U0710656

歷代釋家別集叙録

李舜臣 著

上 册

中華書局

圖書在版編目(CIP)數據

歷代釋家別集叙録/李舜臣著. —北京:中華書局,2022.12
ISBN 978-7-101-15847-2

Ⅰ.歷… Ⅱ.李… Ⅲ.中國文學-宗教文學-古典文學-作品綜合集 Ⅳ.I299

中國版本圖書館 CIP 數據核字(2022)第 147123 號

書　　名　歷代釋家別集叙録(全二册)
著　　者　李舜臣
責任編輯　吴愛蘭
責任印製　管　斌
出版發行　中華書局
　　　　　(北京市豐臺區太平橋西里 38 號　100073)
　　　　　http://www.zhbc.com.cn
　　　　　E-mail:zhbc@zhbc.com.cn
印　　刷　三河市中晟雅豪印務有限公司
版　　次　2022 年 12 月第 1 版
　　　　　2022 年 12 月第 1 次印刷
規　　格　開本/920×1250 毫米　1/32
　　　　　印張 28⅜　插頁 4　字數 760 千字
印　　數　1-1500 册
國際書號　ISBN 978-7-101-15847-2
定　　價　168.00 元

目　録

序

廖肇亨

　　佛教傳入中國之後,不論是一般百姓,還是社會菁英的知識社群,皆深染尚佛之風,佛教與文藝創作深結不解之緣。從大的方向說,"以禪喻詩"是近世中國詩學最重要的命題,不論贊成與否,都無法對"以禪喻詩"視而不見。中唐以後,中國文學史上一個特殊的文化現象爲詩僧的大量出現。自此,傑出的詩僧在中國文學史上代不乏人,明末清初時已然達到極致頂峰。從文學史的角度省視僧詩,具有以下數點值得注意的特徵:(一)就普遍性而言,詩僧廣布是一個全國性的現象,從江南到京畿,乃至滇黔,都有爲數甚衆的著名詩僧。明清之際,詩僧往往也是叢林宗匠。例如憨山德清、紫柏真可皆與文人往來無間,同時期的雪浪洪恩身繫賢首、唯識二宗法脉,晚明叢林尚詩之風半出其手;嶺南曹洞宗尊宿天然函昰、祖心函可能詩之名亦有稱於當世。能詩之名冠絕當世的詩僧蒼雪讀徹,也有東南義虎之目。清初學者潘耒曾説:"前代多高僧,亦多詩僧。詩僧不必皆高,而高僧往往能詩。"(《聞若上人詩題辭》)在此之前,詩僧的佛學造詣經常是論敵批判的焦點,但從晚明以後,能文擅詩似乎成爲高僧不分宗派的共通特徵。(二)就理論架構的深度而言,叢林詩禪論述最重要的理論經典首推《石門文字禪》與《滄浪詩話》,明清的禪林與知識社群不但就此展開論爭,論述的主題除了禪宗一向關心的語言問題以外,也觸及家國、性別等重要議題。(三)詩僧與知識社群往往維持緊密的互動關係。例如德洪覺範與黃庭堅之間的關係，還有晚明的湯顯祖與紫柏真可、雪浪洪恩一脈與錢謙益、覺浪道盛與方以智，當然文人的理論體系未必全與佛學相通，但從中獲得相當程度的啓發，於拓展理論深度與廣度甚得其力亦不足爲奇。僧詩不但是中國古典詩史上不容忘却的重要組成内容，也在理論上扮演着重要的角色。

　　詩僧其實就是知識社群的一環，當然多少有因人而異的成分，但總體而言，除了強烈排佛的理學家之外，佛教在中國社會已然站穩脚跟。特別是經由文學藝術的推波助瀾，從"學詩如參禪"到"詩禪不二"，詩僧與僧詩，内化爲中國文學史上一個重要的旋律主題，時而高揚，時而隱晦。一直存在著，不論批評家知或未知。

　　過去言及僧詩，論者往往喜稱中晚唐三詩僧（皎然、齊己、貫休）以及北宋的參寥道潛、慧洪覺範等人，南宋以降的詩僧往往罕見稱引。近年，雖然明清的詩僧漸漸獲得學界的關注，例如雪浪洪恩、蒼雪讀徹、破山海明、石濂大汕、天然函昰、清末的寄禪敬安（八指頭陀）諸人的相關研究，皆已有長足進步，然畢竟不免碎散拼湊。李舜臣教授積數年之功，窮盡全力，博覽群籍，廣收歷代僧家別集叙錄於一處，不論對於文學史或是佛教史，都留下了巨大的貢獻。此書所收作者雖歷時千餘年，然晚明清初僧人別集數量之衆却是冠絶一時，觀此乃知非虛言也。自此之後，言詩禪關係、言明清僧詩，皆不可再作籠統含糊之言。李舜臣教授此一著作，奠基於嚴格文獻實證調查基礎之上，立言有本有據，荆棘林中，解弄靈蛇。其用力之精勤、心神之專一，不難想見。

2021 年 9 月 18 日於台北

凡　例

○釋家別集,向來爲人所輕視。經藏既捐棄不收,内典書志亦罕見著録。普通書志雖屢有涉略,又每與僧道、閨秀並附於卷末,且錯訛、缺漏甚夥,故釋家詩文,多湮没未耀,檢索查考,殊爲不便。本書旨在叙録現存釋家別集,鈎沉提要,意在發潛德幽光,合經藏書志,庶可完善釋家之撰述。

○所録歷代釋家別集,始於東晋而訖於清季,卷帙浩繁,爲前代所無。每得一集,無論長篇短制,必經眼過目。遇未見之集,寧暫付闕如,決不鈔撮他家書志。

○所録釋家別集,乃釋子之個人詩文集。釋子所撰經論、經解、疏鈔、語録,以及爲弘法、傳法、護法而撰之文獻,不録。釋子所撰著述含“別集”“集”等字樣者,多予收録。但所收爲佛經序跋、目録及修行法式等文獻者,像釋遵式《天竺別集》;或實爲語録者,像《徹庸和尚谷響集》等,均不予著録。

○所録諸書略以作者生年排列,分晋唐卷、兩宋卷、元代卷、明代卷、順康卷、乾嘉卷、道咸卷、清末卷。一人分屬兩朝或數朝者,先依其生活時段之長短而定其朝代,如釋梵琦雖卒於洪武三年(1370),然其弘法事迹、詩文創作要皆在元朝,故列於“元代卷”。

○以人繫集,即同一作者不同之詩文集,合於一篇中叙録。

○叙録項目,約如下數端:(1)作者小傳。置於叙録之前,側重其生卒年、俗名、字號、爵里、出家時日、師承、交遊諸方面,並列出其碑傳材料。凡事迹難考者,不予强解;有數説而無法定奪者,則儘量羅列。(2)版本概貌和傳播情況。界定版本性質,考訂刊刻年代、編校與刻寫者姓名,描述書款版式,釐清版本傳鈔、翻刻情況,詳録現藏處所、重要收藏印章與題記等相關問題。(3)概述別集内容。摘録各集之序、跋、題識、題辭、目録、附録。(4)撮述各書要旨,評價得失。以各書中相關文獻爲主,旁及其他"詩文評"文獻,概述撰者之創作旨趣、詩文風格。遇名篇、名句,則酌情摘録;若該集可資考訂重要史實者,則尤予突出。

　　○經眼之書,多爲原版古籍,或爲諸叢書之影印本。凡爲叢書影印本者,皆説明之。

　　○所撰叙録,凡參考前人研究成果者,或隨文注明,或以注脚形式標明,不掠人之美。

　　○鈔録序跋、辯認印章時,凡遇字迹模糊者,或草書難辨者,以□代替。遇明顯訛誤,則徑改之。

前　言

"釋家别集"是指佛門釋子所撰詩集、文集或詞曲集,也是最能反映釋子才情與辭章的書籍。釋家别集始見於東晋,厥後歷代皆有創製。據我們初步統計,自東晋訖清末,以稿本、鈔本、刊本等形式面世的釋家别集應在 2300 種以上,存世者約 425 種,遠超其他宗教徒所撰别集,集中體現了古代釋子能詩擅文的傳統。然而,自達摩東來單傳心印,禪門確立了"不立文字,教外别傳,直指人心,見性成佛"之旨,詩文被認爲是"小道""外學",各種經録、經藏很少著録或收編釋家别集。這種"崇内抑外"的觀念,使釋家别集的散佚相當嚴重,遺存於今者也大都未能進入學人的視野。目録提要是治學的門徑,叙録釋家别集,可爲深入研究提供文獻指引。

一、"别集"與"釋家别集"

除早期《七録》《隋志》之外,傳統目録學一般罕及佛教經典,釋子的其他撰述分别著録於"子部・釋家類"和"集部・别集類",前者主要收釋子所撰經論、僧傳、燈史等文獻,後者則與文人别集一起收録釋家詩文集,義例甚明。不過,具體到某一種别集,情況又頗爲複雜①;況且"別集"本身之義亦較含混,故有必要對"別集"和"釋家別集"略作辨析。

　　"別集",即"人別爲集"②,通常被認爲是指彙編一個作者的全部或部分詩文和詞曲的書籍。《辭海》稱:"別集同總集相對,即彙録一人著作成爲一書。多數別集以文藝性作品爲其主要部分,但也包括論説、奏議、書信、語録等著作,内容相當廣泛。"③《現代漢語詞典》則定義爲:"收録個人的作品而成的詩文集。"④這兩個定義共同的核心意思是:別集是一個作者的詩文集。但事實上,"別集"中所收文獻甚爲龐雜,既有詩、賦、詞、曲、散文等今日稱之文學的文體,亦有論、説、策、序、跋、碑、銘、奏、議、書、表、啓等實用文體,所以四庫館臣説"四部之書,別集最雜"⑤。另,捜諸書志,並非僅"別集"中的書籍是"一個作者的作品集",史部、子部(例如先秦諸子之書)很多亦是"一人之文章集"。再者,目録學中"別集"所指意涵,並非一成不變,像陳振孫《直齋書録解題》"楚辭""總集""別集""詩集""歌詞"並列爲五類,馬端臨《文獻通考》"集部"分"賦詩""別集""詩集""歌詞""章奏""總集"等類別,似乎"別集"並不一定包涵"詩集""歌詞"等。總之,辭書中的相關定義,顯得比較籠統,有進一步申説的必要。

---

①例如,鄭樵《通志》卷六七將《寒山子詩》《王梵志詩》等釋家詩集收入"釋家頌贊類";楊士奇《文淵閣書目》卷四將《寒山詩》《筠溪牧潛集》等收於"佛書"類,王紹曾等《清史稿藝文志拾遺》則將衆多釋家別集收入"子部宗教類佛教之屬"。又如,明釋袾宏《竹窗隨筆》一卷、《竹窗二筆》一卷、《竹窗三筆》一卷,黄虞稷《千頃堂書目》卷一六"釋家類"和卷二八"別集類·釋家"重收,即反映了對釋袾宏三書判定的混亂。

②馬端臨《文獻通考》卷二三〇《經籍考五十七》引《宋兩朝藝文志》,中華書局1986年版,第1835頁。

③《辭海》第1册,上海辭書出版社1979年版,第420頁。

④《現代漢語詞典》,商務印書館1978年版,第73頁。

⑤永瑢等《四庫全書總目》卷一四八"集部叙録",中華書局1995年版,第1267頁。

　　目録學中最早明確以“別集”類聚圖書者,是梁朝阮孝緒的《七録》。《七録》“文集録”分爲“楚辭部”“別集部”“總集部”“雜文部”四類。《七録》雖已散佚,但估計它的分類與後世相比,不會有太大的出入。受其影響甚深的《隋書·經籍志》“集部”即分“楚辭”“別集”“總集”,僅減去了“雜文部”而已。《隋志》稱:

　　　　別集之名,蓋漢東京之所創也。自靈均已降,屬文之士衆矣,然其志向不同,風流殊別。後之君子,欲觀其體式,而見其心靈,故別聚焉,名之爲集。辭人景慕,並自記載,以成書部。①

這段話需注意兩點:(1)“別集”之名最早出現在東漢。後世對此説多有不同的意見,兹不贅述。(2)“別集”是世人欲觀“屬文之士”的“體式”與“心靈”,特將他們的文稿都爲一集,此爲《隋志》對“別集”内涵之界定。所謂“體式”,在中國文論中大致是指顯現於外在的辭章、文體、風格;“心靈”,則是指作者内在的個性、氣質、精神。由此可見,“別集”在初創之時,被認爲是最能體現一個作者的創作風格與才情氣質的書籍,是人們漸趨濃厚的辨體意識和文學意識的直接反映。

　　值得注意的是,現存較早提及文人撰集的材料中,大多比較强調文體。例如:

　　　　(劉蒼)明年正月薨,詔告中傅,封上蒼自建武以來章奏及所作書、記、賦、頌、七言、別字、歌詩,並集覽焉。②
　　　　(班)昭年七十餘卒,皇太后素服舉哀,使者監護喪事。所著

①魏徵《隋書》卷三五《經籍四》,中華書局 1974 年版,第 1081 頁。
②范曄《後漢書》卷四二《光武十王列傳·東平憲王蒼傳》,中華書局 2012 年版,第 1146 頁。

賦、頌、銘、誄、問、哀詞、書、論、上疏、遺令，凡十六篇。子婦丁氏爲撰集之，又作《大家贊》。①

（曹植）遂發疾薨，時年四十一……景初中，詔曰："……撰録植前後所著賦、頌、詩、銘、雜論凡百餘篇，副藏内外。"②

六年春，（薛綜）卒，凡所著詩、賦、難、論數萬言，名曰《私載》。③

所述文體雖略顯龐雜，但都摒棄了漢代以來昌盛的注疏、章句。到了後世，這種辨體意識依舊比較鮮明。明人張溥《漢魏六朝百三家集叙》云："别集之外，諸家著書，非文體者，概不編入。"④所謂"非文體"，是指包括"注疏""章句"在内的"經翼、史裁、子書、稗説"之作⑤。可見，"别集"統歸的文獻有一定的標準，像注疏、經傳、章句、考證等反映撰者學問而非才情的文字，是不能容括進來的。從某種意義上説，"别集"與其他書籍的分野，也就是中國古代關於"才情與學問""文人與學人""文苑與儒林"擘分意識在目録學中的反映。

在古代，"别集"之謂"别集"，還有另一層意思。王世貞《弇山堂别集自序》云："《弇山堂别集》者何？王子所自纂也。名之别集者何？内之無當於經術、政體，即雕蟲之技亦弗與焉，故曰别集也……是書行，異日有裨於國史者，十不能二；耆儒掌故取以考證，十不能

---

① 范曄《後漢書》卷八四《列女傳·曹世叔妻傳》，第 2244 頁。
② 陳壽《三國志》卷一九《陳思王植傳》，中華書局 1971 年版，第 576 頁。
③ 陳壽《三國志》卷五三《薛綜傳》，第 1254 頁。
④ 張溥著，殷孟倫注《漢魏六朝百三家集題辭注》，人民文學出版社 1963 年版，第 314 頁。
⑤ 楊曉斌《逸集、别集辨析——兼談〈顏延之逸集〉的性質與内容》，載《圖書館雜志》2007 年第 4 期。

三;賓幕酒次以資談謔,参之十或可得四。其用如是而已。"①王氏以"別集"稱名,含有謙遜、自斂之意,却也透露出古人心目中的"別集"無關乎"經術""政體"等經國之大業。宋人曾鞏評價《王深父文集》,也以爲它"非世之別集而已也",原因是"其破去百家傳注推散缺不全之經,以明聖人之道於千載之後,所以振斯文於將墜,回學者於既溺,可謂道德之要言"②,言外之意即"世之別集"非關聖人之業、道德之言。

古人輯書又有"正集"與"別集"之分。此種分別,通常相當於前集、後集(續集)之義,意在區分裒輯之先後。但有些時候,其寓意亦含高下之別。康熙《御選古文淵鑒序》云:"朕留心典籍,因取古人之文,自春秋以迄於宋,擇其辭義精純,可以鼓吹六經者,彙爲正集;即間有瑰麗之篇,要皆歸於古雅,其綺章秀製,弗能盡載者,則列之別集。"③此意味着"正集"關乎經術、義理之學,"別集"則重辭章、秀句。宋人吳箕更説:"前輩文集,惟集可存;其別集、遺文,俱當删削。不惟多有真贋之殊,而當時亦有不得已而作者,如《韓文別集》所載不可存者尤多,非有益於退之也。"④此處"別集"的意思是"區分此集與彼集之別",不全然等同目錄學中的"別集"之意。

綜上所析,稱"別集是一人詩文集",固然無誤,但尚不足完整描

①王世貞撰,魏連科點校《弇山堂別集》卷首,中華書局 2006 年版,第 4 頁。按,王氏此書雖有"別集"之名而無"別集"之實。《四庫全書》列之於史部"雜史部",原因在於"其間如《史乘考誤》,及《諸侯王百官表》《親征》《命將》《謚法》《兵制》《市馬》《中官》諸考,皆能辨析精覈"。館臣未因書名,而依據其性質列入史部,是十分恰當的。
②曾鞏撰,陳杏珍、晁繼周點校《元豐類稿》卷一二《王深父文集序》,中華書局 1998 年版,第 196 頁。
③康熙御選,徐乾學等編注《御選古文淵鑒》,《文淵閣四庫全書》第 1417 册,台灣商務印書館 1986 年版,第 2 頁。
④吳箕《常談》,《文淵閣四庫全書》第 864 册,第 256—257 頁。

述“別集”的内涵。我們認爲，“別集”是按一定的體例將最能反映一個作者“辭章”與“才情”而非“學問”和“經術”的文獻彙編在一起的書籍。

　　照此，“釋家別集”就是指彙編釋子個人所撰且最能反映其辭章、才情文獻的書籍。根據這個界定，我們可以明確：（1）釋家別集不包括釋子所撰經典、經論、經解、疏鈔等反映釋子佛學修養的文獻。這類文獻多入經藏，屬内典文獻，此猶如世俗書志將儒家經典及注疏文獻歸入經部。四庫館臣對於這類文獻的甄別相當嚴格，甚至會删削原本收於釋家別集的内典文獻。例如，元釋大圭《夢觀集》原有二十四卷，但《四庫全書》僅録五卷，原因在於其餘諸卷多爲“夢法、夢偈、夢事者，皆宗門語録，不當列之集中；其雜文亦多青詞、疏引，不出釋氏本色，皆無可取”①。（2）釋家別集不包括燈史、傳記、宗系、僧傳、山志等文獻。此類文獻屬教史文獻，大致相當於世俗書志中的史部文獻。（3）釋家別集不包括禪宗語録以及僧侶所撰弘法、護法文獻，像釋契嵩《輔教篇》、釋道衍《道餘録》等，對應的是世俗書志中的“子部”文獻。（4）因別集屬個人文集，故釋家別集亦不包括《唐僧弘秀集》《古今禪藻集》等釋氏詩文總集。群書中的小集，則另當別論。像《唐四僧詩》《九僧詩》等雖含有某種“專題”的意味，但實際亦是從諸家詩集中擇取部分作品，故書志多列入“總集類”。而陳起書鋪編刻的《江湖小集》《後集》，書志雖亦列入總集，但所收諸家詩集，刊行時日不一，且書前多有作者小傳、序跋，各集又有專名，像釋斯植集稱“采芝集”，釋永頤集稱“雲泉詩集”，實與別集無異。（5）釋子所撰著述題名中含“別集”“集”字樣者一般皆屬別集。但亦有特例，像釋遵式《天竺別集》，祝尚書《宋人別集叙録》和金程宇《和刻本中國古逸書叢刊》均收入“別集類”，但略檢是書，所收多爲佛經序跋、目録及

───────────

① 永瑢《四庫全書總目》卷一六七“《夢觀集》提要”，第 1449—1450 頁。

修行法式等文獻，故《直齋書録解題》將它著録於“釋家類”而未入“別集類”，依循名責實的原則，是書不應列入釋家別集。又如，清釋直在編、釋機雲續編《徑石滴乳集》，雖稱名爲“集”，但所輯則爲僧人傳記，不可望名生義。（6）前人書志列入別集内者，大多屬別集，但亦有特例。例如，雲棲袾宏《竹窗隨筆》，《千頃堂書目》列入“別集類”，但此書應與釋曉瑩《羅湖野録》、釋真可《長松茹退》等列入“子部”爲宜。（7）釋子偶有小説、戲曲之著，然亡佚者多，如釋澹歸《徧行堂雜劇》，依慣例，自不在釋家別集之列。

　　古代很多僧人經常遊離於僧俗兩界，其身份很難遽然斷定。像湯惠休、賈島等人是“中道還俗”，澹歸是“半路出家”，獨庵道衍是“亦僧亦儒亦道”，更有屈大均“半路出家”繼而又“歸儒排佛”，情況甚爲複雜。此猶如清人魏禧所云：“夫僧有始於真，終於僞；有以僞始，以真終；又或始終皆僞，愈不失其真者。”①這些作家能否稱爲釋子，可能亦是見仁見智的問題。我們原則上根據其爲僧時日的短長以及“《春秋》從人主之義”，酌定其身份，像賈島、屈大均等雖有短暫爲僧經歷者，不當以佛門釋子目之，他們的詩文集自然也就不屬釋家別集。

二、釋子對待自家別集的態度

　　釋子詩文結集者，始於東晉的支遁和慧遠。慧皎《高僧傳》卷四云：“遁所著文翰集有十卷，盛行於世。”②僧祐《出三藏記集》卷一五載慧遠“所著論、序、銘、贊、詩、書，集爲十五卷五十餘篇，並見重於世”③，

①魏禧撰，胡守仁、姚品文校點《魏叔子文集》外編卷十《贈頓修上人序》，中華書局 2003 年版，第 509 頁。
②釋慧皎撰，湯用彤校注，湯一玄整理《高僧傳》卷四，中華書局 1992 年版，第 164 頁。
③釋僧祐撰，蘇晉仁、蕭鍊子點校《出三藏記集》卷一五，中華書局 1995 年版，第 570 頁。

所列亦後世别集中常見的文體。因此，余嘉錫以支遁、慧遠爲釋家文學的開山祖師："支遁始有贊佛、詠懷諸詩，慧遠遂撰念佛三昧之集。"①《隋書·經籍志》"集部·别集類"著録有 16 位釋子的 16 種詩文集，除《支遁集》尚存明人輯本外，餘皆散佚無存，其編撰過程無從具考。六朝時期，佛教初入中土，傳譯經典、鈎玄解要乃佛門第一緊要之事，釋子與玄學家雖每論及言意關係，但否定文字者並不多見，能詩擅文的釋子每獲時譽。例如，湯惠休有詩集二卷，風格綺靡清麗，與鮑照並稱爲"休鮑"；釋洪偃有詩文集二十餘卷，文采灑落，更善草、隸，"貌、義、詩、書號爲'四絶'，當時英傑皆推賞之"②。

自達摩東來，尤其南宗禪盛極之時，標舉"單傳心印""不立文字"，意在顯宗破執，不著文字之相。然偏執者以文字爲害道之途，至有禪、教分作兩家，譊譊詆訿，不能自已。明末紫柏真可《〈石門文字禪〉序》即指出：

> 夫自晋宋齊梁，學道者争以金屑翳眼。而初祖東來，應病投劑，直指人心，不立文字。後之承虛接響、不識藥忌者，遂一切峻其垣，而築文字於禪之外。由是分疆列界，剖判虛空，學禪者不務精義，學文字者不務了心。夫義不精，則心了而不光大；精義而不了心，則文字終不入神。③

"金屑翳眼"當出自雲門文偃"金屑眼中翳，衣珠法上塵"詩偈，指禪者應破除思想上的蒙蔽，還原清净之心，並非僅針對文字而言。

---

① 劉義慶撰，劉孝標注，余嘉錫箋疏《世説新語箋疏》，中華書局 1983 年版，第 265 頁。
② 釋道宣《續高僧傳》卷七，《大正藏》第 50 册，第 476 頁。
③ 釋達觀《〈石門文字禪〉序》，見釋惠洪《石門文字禪》卷首，《嘉興藏》第 23 册，第 577 頁。

但在禪宗大盛的唐代，叢林不僅"禪道"與"文字"擘分離析，即僧人亦漸有"高僧"與"詩文僧"之分。一方面，諸宗高僧隨機設巧，卷舒縱擒，棒喝交馳，各種頓悟法門，布在公案之中；另一方面，齊己、貫休等人則沿襲姚、賈"苦吟"詩風，句鍛季煉，窮討冥搜，其才情、辭章見在詩文集中。《宋史·藝文志》"別集類"著録的唐代釋家別集，絶大多數出自中晚唐釋子之手①。因此宋人姚勉稱："漢僧譯，晋僧講，梁魏至初唐，僧始禪，猶未詩。唐晚禪大盛，詩亦大盛。"②標舉"不立文字"的禪宗，出人意料地成爲了推動叢林尚詩風气的主要因素。

　　然而，"語言文字"與"禪道傳釋"之間固有之矛盾，終難彌合；詩與禪雖可互通，却不可齊同。縱觀唐宋有關"禪道與文字""禪與詩"的討論，毋論偏執者，抑或折衷者，皆以前者爲本，後者爲末，文字、詩歌始終落入"第二義"。贊寧《宋高僧傳》以"雜科聲德"統攝貫休、齊己、處默、棲白等詩文僧，且置於卷末閏餘之位，即如實地反映了宋初佛門對"詩文僧"的定位。清釋本黄對於此種定位解釋説：

　　　　儒者謂"三不朽"之業：太上曰德，其次曰功，又其次曰言。蓋有德者必有言，有言者不必有德，所以德爲上，而言爲又次也。吾佛法中亦有四種料簡辨別沙門釋子，所謂是沙門是釋子者，尊莫尊乎道，美莫美乎德，故古來傳高僧者，以"雜科聲德"居最後。然則圓頂方袍之士，假使道、德俱無，而欲僅以文傳，則其品之卑

――――――――――

①《宋史·藝文志》共收入釋家別集50人53種，其中先唐2人3種，唐代31人31種，宋代13人15種，生活年代不可考者4人4種，而寒山詩集，則雜入文人別集中，著録爲"僧道翹寒山拾得詩一卷"。參看馮國棟《〈宋史·藝文志〉釋氏別集、總集考》，載《中華佛學研究》第10輯。

②姚勉《雪坡舍人集》卷三七《贈俊上人詩序》，《文淵閣四庫全書》第1184册，第255頁。

陋甚矣。①

　　釋本黄用儒家的“三不朽”比照佛門的“道”“德”“文”，以彰明“文”之卑陋地位。因此在佛門的價值評判中，“詩僧”“詩文僧”從來都不是什麽光鮮的稱號。釋宗曉稱：“禪月、齊己，止號詩僧；賈島、慧休，流離俗宦，豈出家之本意也。”②言外之意是説，“以詩鳴世”者道、德必虧。自古而還，釋子的墓石上極少鐫刻“詩僧”“詩文僧”等字樣，表明僧人的“終焉之志”亦不在此③。因此，釋子縱然才情豐富且具有吟詩的天然優勢④，但終究不能“放蕩”於文字之表，“教外別傳，不立文字”的宗趣始終像“緊箍咒”一般緊縛於他們頭上。

　　因着此種觀念的影響，釋子對自己的作品大多秉持漠不關心的態度，隨得隨棄、主動焚毁者，在在不少。寒山、拾得的詩偈，最初題於樹葉、石壁之上，若非徐靈府掇拾編葺，恐已散若雲烟。釋皎然早年亦曾“哀所著文火之”，其詩集《晝上人詩集》，係貞元九年（793）于頓分刺吴興時，奉集賢殿御書院之命採編而成。宋釋智圓“皆以草稿投壞囊中，未嘗寫一浄本。兒童輩旋充脂燭之費，故其逸者多矣”⑤。

———————

① 釋本黄《餘學集》卷首《〈餘學集〉自序》，康熙二十九年刻本。
② 釋宗曉《重雕補注禪苑新規》卷三，《卍新續藏經》第 63 册，第 532 頁。
③ 所見惟有康熙年間釋智樸碑石題爲“清詩僧智樸之墓”，然此碑石實爲同治年間薊州人李江過其墓地，傷而立之。或非智樸之本志。
④ 杭世駿《〈炗虛大師遺集〉序》謂：“吾特以爲惟沙門可以爲詩，何也？所居在空山，所交無俗客，口不及朝常，耳不聞市囂，目不見姚冶。以蒼松、瘦竹、清泉、白石爲供養，以經行、晏坐、打鐘、掃地爲職業，以寒、拾爲本師，以皎晝爲程式，轉華嚴之法界，衍魚山之梵唱，澄心渺慮，有觸即書，與吾儒之攢眉苦想，艱虒而不能安一字者，勞逸殊矣。”見釋明中《炗虛大師遺集》卷首，乾隆三十五年刻本。
⑤ 釋智圓《閒居編》卷首《閒居編自序》，見金程宇《和刻本中國古逸書叢刊》第 47 册，鳳凰出版社 2012 年版，第 9—10 頁。

類似事例，不勝枚舉。這種隨意處置、毀棄文稿的"輕慢"態度，在文人中亦頗爲常見，像杜牧、賀鑄、黃庭堅等都曾有類似之舉①。不過，這在文人或含謙虛、韜晦之意，或是接受某種新的文學觀念之後而"悔其前作"。但對於釋子而言，佛門爲其預設的人生進境是"度己度人"，作爲世諦文字的詩文只能是一種"餘事"，甚至是一種"禁忌"。明末釋袾宏擬定的《雲棲共住僧約》即規定："無故數遊人間、數還俗舍者，出院；習學應赴詞章、笙管等雜藝者，出院；習學天文、地理、符水、爐火等外事者，出院。"②因此，釋子們在審視自己的詩文集時，很難不顧慮佛門的戒律及價值觀念。例如，釋大觀的門人默子潛爲其編成《物初賸語》後，大觀訓之曰："吾宗素不尚此，毋重吾適。"③釋名一的《田衣詩鈔》，門人堅請付梓，然其曰："世法文字，了無根蒂，何敢望傳？"④釋寶占稱自己的《法一集》："非特不能不立文，並不能作語言文字禪也，是可愧耳！"⑤正因爲這種顧慮，很多釋子經常婉拒別人爲其董理詩文集。釋紹嵩《〈江浙紀行集句詩〉自序》云：

　　　　八月初九日，永上人來訪，盤礴旬餘。茶次，每爇香請曰："師遊江浙，集句諒多，可得聞乎？"予謝曰："不敢。"永曰："禪心慧也，詩心志也。慧之所之，禪之所形；志之所之，詩之所形。談禪則禪，談詩則詩，是皆遊戲。師何愧乎？"予謝曰："不敢。"力

①參看［日］淺見洋二撰，朱剛譯《"焚棄"與"改定"——論宋代別集的編纂或定本的製定》，載《中國韻文學刊》2007 年第 3 期。
②釋袾宏《雲棲法匯》（選録）上集《雲棲共住規約別集》，《嘉興藏》第 33 册，第162 頁。
③釋大觀《物初賸語》卷首《〈物初賸語〉自序》，見金程宇《和刻本中國古逸書叢刊》第 53 册，第 3 頁。
④釋名一《田衣詩鈔》卷首《〈田衣詩鈔〉自序》，乾隆三十年刻本。
⑤釋寶占《法一集》卷首《〈法一集〉自序》，道光三年松風水月居刻本。

請至再至三,又至於四,遂發囊與其編録,得三百七十有六首,釐爲七卷,題曰"江浙紀行"以遺之。①

紹嵩再三再四地謝絶,容或含謙遜之意,但永上人以"詩禪相通"論勸説,更表明他所顧慮的仍是禪道與文字的離合。當詩文集付梓之際,有的釋子甚至會流露出懺悔之意。釋寄禪《〈八指頭陀詩集〉自序》説:"因將平生幻迹,學詩緣由,言於卷末,以示余學道無成,即以此自爲懺悔,令大覺海中增一浮漚可也。"②

　　釋家別集的書名,也很真實地體現了釋子們的這種態度。除了通常以字號、齋名、堂號等命名之外,釋家別集還有兩種別具深意的命名方式:其一,多以"禪餘""禪暇"等冠名,如釋見自《餘閒集》、釋本黄《餘學集》、釋隆琦《禪餘歌》、釋顯清《禪餘吟草》、釋大涵《丹臺雁黄布衲禪餘草》、釋净樂《禪餘集》、釋隱禪《禪餘吟》等等。所謂"禪餘""禪暇",是説内中詩文皆參禪之餘所得,此猶如文人稱詞爲"詩餘",無關乎道德與事業,純爲餘事而已。釋本黄《〈餘學集〉自序》即云:"《餘學集》者,黄意重在求道而造乎道,修德進乎德,但以餘力學文可也。"③其二,取文字與禪道之關係命名。釋惠洪的別集稱名爲"石門文字禪",特標榜文字的作用,是對叢林判文字與禪道"嚴於水火"的憂慮和反撥,這在宗門中需要足夠的勇力。而絶大多數釋子採取的仍是"妥協"的姿態,比如,釋大觀的別集名爲"物初賸語",意爲"多餘纍贅的言説";釋道璨的別集名"無文印","無文"既爲其號,亦表明所秉持的仍是"不立文字"之旨;釋篆玉的別集名"話

①釋紹嵩《江浙紀行集句詩》卷首《〈江浙紀行集句詩〉自序》,《禪門逸書續編》
　　第 1 册影崇禎汲古閣刊影宋本,台北漢聲出版社 1987 年版。
②釋寄禪《八指頭陀詩集》卷首《〈八指頭陀詩集〉自序》,光緒二十四年葉德輝
　　續刻本。
③釋本黄《餘學集》卷首《〈餘學集〉自序》,康熙二十九年刻本。

墮集”，語出《雲門録》，意爲“自吐語自分墮負也”；釋禪一別集名爲
“唾餘集”，自輕之意更爲明顯。

不過，佛教“色空不異”“不落兩邊”的“中道”義，又提供了釋子
們解脱的“法門”。正如宋代禪林爲了著述立説，在“不立文字”的基
礎上又衍生出“不著文字，不離文字，而爲道用”的觀念，很多釋子在
自序詩文集時，也試圖從理論上爲吟詩作文尋得某種“合法性”。例
如，釋行昱《〈晴空閣集〉自序》以爲“詩非禪家正學”，但“禪中有詩”
“詩中有禪”，若强分門户，則禪“何以名焉，何必狀焉”，故他聲稱：
“願觀是《晴空閣》者，不得作禪會，亦不得作詩會。”①這種以“詩禪
相通”論來爲吟詩撰文立法的言説，最爲普遍。又如，釋德溥云：“由
天竺國俗，本重文制，宫商體韻，以入管弦爲善。經中偈頌，皆其式
也。既事空王，遂習韻語；既習韻語，遂近詩句。”②其實，不僅經中偈
頌盡爲韻語，三藏十二部亦皆如如文字，釋迦説法又何嘗離文字？ 如
此言説，意在表明吟詩撰文實爲宗門的傳統。再如，釋篆玉《話墮集》
自序云：

> 凡事有義三焉，空、假、中三。三原是一，一復成三，而話亦
> 如之。故無話墮空，有話墮假。無話，心聲藴也，不曰空中有假；
> 有話，心聲申也，不曰假亦含空。空假不二，中道斯立。非言不
> 述，述仍墮乎空假也。③

“空”“假”不二，“有話”與“無話”，亦是如此，既不執一端，亦不離一
端，斯爲“中道”。釋篆玉採用“中道義”掃除人們對語言、文字“執

---

① 釋行昱《晴空閣詩集》卷首《〈晴空閣集〉自序》，康熙五十一年六一堂刻本。
② 釋德溥《腰雪堂詩集》卷首《〈腰雪堂詩集〉自序》，康熙六年刻本。
③ 釋篆玉《話墮集》卷首《〈話墮集〉自序》，乾隆十三年刻本。

障”,洵爲最高明的策略。凡此種種言説,從創作心理上説是一種補償和調劑,從叢林制度上説則是爲了吟詩作文“立法”。

儘管如此,詩文作爲“小道”“外學”的地位,在叢林並未得到根本改變,釋家別集也從來没有大規模地被請入經藏殿堂。清釋慧輅稱:“和尚未嘗無詩,未嘗無文,此皆應世之藝,非救世之所急,故俱略之而不收。凡以禮樂之爲禮樂,文章之爲文章,皆是尼山之裔之任,非衲輩事。必以塵無可垢之理,事無可礙之心揭之,動用之中,而作自由之路,使十虚至此盡失其量,乃是後五百歲中傑出人頭之大法王也。”①僧侣雖不廢六藝、詩文,但既非宣教之急,亦非衲子本分事,此乃叢林對待釋家別集的基本態度。

三、釋家別集的編纂

釋子創作出來的作品,最初一般都是以草稿的形式在寺院中流傳,有些比較重視的作者會有意識地加以整理和保存。比如,清代釋紀蔭擅吟詩,被王煐譽爲“吴中詩僧之冠”,所作《宙亭詩集》二十八卷是他與門人合編而成,以編年的形式,分“大中堂草”“雙松草堂稿”“南洲倦筆”“語歐語”“九蓮閣草”“藏雲室集”等二十餘種小集,各集前又冠以小序,明眼人一看便知是精心整理而成的。又如,清釋宗渭《芋香詩鈔》亦自己薈萃成編,卷首摹有釋宗渭的法像、王時敏《華亭船子圖》、鄭簠《芋香》,及吴偉業、宋琬、施閏章、曹爾堪、陳維崧等二十名賢題辭;書後又附録了尤侗、彭定求、潘耒、顧嗣立等人的酬答詩,並以小字雙行注明各人的名號、爵里,圖文並茂,尤見用心。

不過,這種自編文集的現象,在叢林總體輕視詩文的風氣下並非

---

① 釋慧輅《〈鶴峰悟禪師語録〉序》,見釋濟悟《鶴峰禪師語録》卷首,《嘉興藏》第38册,第557頁。

主流,釋家別集大多是由作者的門人及法友、信徒編纂而成。我們約略統計了所經眼的 343 種釋家別集的編纂者,其中,作者自編者有 18 種,占總量的 5.5%;作者法子、法孫編纂者有 121 種,占總量的 37.2%;作者教外法友、信徒編纂者有 107 種,占 32.8%;不可確考者有 97 種,約占 30%。

　　釋家別集的卷端除署有書名、作者之外,一般還明確署有"門人某某編""侍者某某校"等字樣。例如,國家圖書館藏宋刊《參寥子詩集》卷端題"參寥子詩集"/"法孫法穎編";中國科學院圖書館藏康熙刻本《高雲堂詩集》卷端題"華山臣僧曉青著"/"門人敏膚、道濟編校"/"門人震興、震源等編"/"法孫聖藥道立募刻"。有的釋家別集各卷的編纂者都不一樣,像釋澹歸《徧行堂集》四十八卷及《續集》十六卷,凡編纂、校閲的門人有十餘人,像是有一個專門的編纂小組。這種由門人編纂師傅的詩文集絶非偶然現象,甚至可能還是制度上的要求。《百丈叢林清規證義記》卷六載:"外則書記,内則記録。凡遇小參、上堂等事則傳牌,出門則執杖請拂,方丈説法則寫法語實貼,班首秉拂則寫牌懸掛,一一皆其所執。故長老語録,多出其手也。此執以謹慎精細爲要。"[1]"書記""記録"屬寺院"西序"之執事,主管寺院文翰,記録長老上堂、小參之法語。這裏雖未明確他們需承擔詩文稿的編纂,但實際上很多門人會將它視作承續法脉的重要工作。雍正年間,釋明鼎爲乃師釋超格《寶倫集》所撰的編後跋中就説:"鼎忝屬門墻,愧繼芳躅,焉敢炫揚己見,庶不負父作子述之大典也。"[2]

　　由於釋子普遍不愛惜自己的作品,散佚的情況自然非常嚴重,這給編纂工作造成了極大的困難。很多門人經年累日,上下搜討,以求

---

[1]釋懷海撰,釋儀潤證義《百丈叢林清規證義記》卷六,《卍新續藏經》第 63 册,第 445 頁。
[2]釋明鼎《〈寶倫集〉跋》,見釋超格《寶倫集》卷末,雍正十年刻本。

完帙。嘉慶年間,釋了睿爲其師釋際醒編有《夢東禪師遺集》,在編後跋中釋了睿曰:

> 訥堂老人(際醒)一生苦心,爲法真誠,誨人不倦。住廣通時,著作法語、偈頌、題跋甚富。逮輟參後,一意西馳,從前所作,盡令焚之。乾隆五十四年冬,睿始親炙座下。次歲解制,同學喚醒師欲旋梓里,臨行遺余鈔本語錄一卷,題曰"碎瑚析檀",内有山居詩偈等作。余甚愛而吟玩之,惜未暇問出何人手筆。壬子夏,老人遷住覺生,睿亦隨往。一日,老人見之,問曰:"此錄燒已數年,子安得有此?"睿述所由。老人曰:"當時所焚如此者數本,此必喚醒多事,私竊留者。"仍命焚之。睿始知爲老人之稿本也。由是愈加珍秘,且私囑同人,將各所記憶,或別有收藏者,求而時襲之。然希圖完璧,不可得也……丁卯,昶亭居士來山聽講,法喜怡神,深生感激,索所存語句,並堅請老人開示浄土宗旨,及啓信、發願、立行、用心、修持等文,合前詩偈等篇,共爲兩卷。而老人復將宗門中語句删去大半,今所傳者止此耳。[1]

際醒的別集經歷了"焚毁""鈔錄""私藏""輯錄"的過程,若某個環節稍有差池,或許已不復存天壤。《夢東禪師遺集》的編纂尚在釋際醒在世之時,而那些圓寂者的遺稿的編纂過程則更顯艱辛。明末著名詩文僧釋讀徹的平生撰述皆未遑剞劂,殁後悉遭一炬,其詩集經法孫釋行敏,友人陸汾,後學釋正脉、釋圓鼎等數代人的搜集、鈔校,直到1940年王培孫始校印出完備之本。頗有意味的是,有的釋子竭力搜輯保存其師的詩文,對自己的作品却毫不關心,編纂的任務則落到

---

[1] 釋了睿《〈夢東禪師遺集〉跋》,見釋際醒《夢東禪師遺集》卷首,《清代詩文集彙編》第400册,第133頁。

了其門人頭上。例如，釋大觀曾爲乃師釋居簡編有《北磵和尚外集》一卷附《續集》一卷，可自己的作品"纔一脱稿，拂不見蹤迹"①，其詩文集《物初賸語》是在門人默子灅的堅請之下方允許編纂的。這給人的印象是：一方面作者對自己的詩文集漠不關心，另一方面法子、法孫苦心搜羅，竭力保藏，似乎"不立文字"的宗旨只適合於自身，而對別人則失去了規束。這一定程度反映了釋家別集的創製呈現出創作和編纂分離的現象。

有的釋子生前既無門人，殁後亦無法嗣，其人其集的命運則更顯寂寥。浙江省圖書館古籍特藏室藏有《鹿峰草》一卷，清鈔本，作者、編纂者、鈔寫者的信息俱無從考實，僅知曾爲吴興嘉業堂、四明盧氏抱經樓遞藏。據集中相關自述之作，可知作者早年業儒，嘗結識馮家楨、項一經，因遥望四明金峨山有感，遂棄巾易緇，數載影不出山。又如，明末釋宗乘，性耿介，好吟詩，年三十即示疾化去，平生追慕釋明河，默默無聞，以至於釋明河"竟不知其能詩"。其詩稿《載之詩存》因法友石林道源保存，並校付毛晉刊刻，幸而流傳於世。徐波因此慨歎曰："俯仰今昔，如此上人者，世多有之，使無此數篇殘墨，余亦竟失之矣。哀哉！"②徐波的慨歎不無道理，在中國古代，很多詩文僧的作品因沒有得到及時的整理，而永遠消散於時空之中。

晋唐以來，文人禪悦之風，歷朝不輟，很多文人因仰慕釋子的德行、辭章，常主動承擔他們詩文集的編纂工作。憨山德清的"白衣弟子"錢謙益，因德清著作"吴中未有全本"，乘龔鼎孳入粵之際，委其尋訪德清遺稿，錢氏獲後手自讎勘，改訂行墨，勒成四十卷，並付汲古閣刊行。錢謙益又自稱紫柏真可的"白衣私淑弟子"，以行世的真可

①釋大觀《物初賸語》卷首《〈物初賸語〉自序》，見金程宇《和刻本中國古逸書叢刊》第 53 册，第 3 頁。
②徐波《〈載之詩存〉序》，見釋宗乘《載之詩存》卷首，明崇禎汲古閣刻本。

詩文集多有闕疑,故"薈萃諸本,取全集所未載者,排爲四卷,名曰'紫柏別集'"[1]。又如,杭世駿與釋明中爲莫逆交,以明中"文采豐贍"[2],托契尤深,援入"南屏詩社"。明中圓寂後有詩數卷,杭氏爲芟薙其十之三四,編爲《菱虚大師遺集》三卷。

　　釋家別集的編纂,因文稿的質量參差不齊和編纂者個人意圖,還不僅僅是單純地薈萃草稿那麽簡單,"編、校、改、删"等自然在所難免。一般而言,由門人編纂的釋家別集因尊師崇教改動相對較少,而由文人編纂者則塗乙比較嚴重。例如,《憨山德清夢遊集》現存兩種重要版本,其一即順治十七年(1660)十一月由錢謙益編校、在虞山付刻的《憨山德清夢遊集》(簡稱"虞山本"),其二是同年秋德清的法孫釋濟航在廣東鼎湖山刊行的《憨山德清夢遊集》(簡稱"鼎湖本")。"鼎湖本"的底本乃德清稿本,而"虞山本"校對的底本則是德清稿本的轉鈔本,出自嶺南鄉試衆舉子之手。錢謙益稱:"('虞山本')經余勘校,間以管窺之見,撮略字句,移置段落者也。二本蓋少異矣,而未嘗不同。"[3]但仔細比較,二本差異非常大,以詩部而言,"鼎湖本"共收詩737題1093首,而"虞山本"僅收283題504首,失收達454題589首。因"虞山本"校對的底本已經失傳,無從考知這些失收詩歌究竟是錢謙益所删,還是嶺南衆舉子漏鈔所致。但這可能暗示一個事實,即文人在編纂釋家別集時,删改的現象比較嚴重。又如,清釋行悅《呆翁和尚詩集》今亦存三種版本:一是國家圖書館藏康熙刻本,二是上海圖書館藏行悅原稿本,三是上海圖書館藏民國刊本。后兩

①錢謙益《〈紫柏尊者別集〉序》,見錢謙益著,錢曾箋注,錢仲聯標校《錢牧齋全集》第5册,第873頁。

②杭世駿《〈菱虚大師遺集〉序》,見釋明中《菱虚大師遺集》,《四庫未收書輯刊》集部第10輯第20册,第757頁。

③錢謙益《嶺南刻〈憨山大師夢遊全集〉序》,見錢謙益著,錢曾箋注,錢仲聯標校《錢牧齋全集》第5册,第872頁。

種版本都曾歸葉恭綽所藏。葉氏對比兩種版本後，在稿本書前撰有題識曰：

> 余曾收得翁之詩詞刻本，與此互校，各有詳略。彼本有戴鷹阿本孝一序，佘儀曾一序，張圯一序。卷首又有鄧孝威、周屺公之選定之標識，末有至北京諸詩，似是定本。然字白亦有與此本不同者。恭綽識。①

細校二本，稿本不僅有大量圈點、校正之迹，與刊本的内容也存在較大差別。舉其所附“詩餘”而言，即有如下明顯區别：（1）稿本詞集前標有“禪異語”，刻本則無。（2）刊本詞集前無序，稿本則有二序，撰者爲黄雲、默存。黄雲序題爲“金陵老人禪異語序”，默存序題爲“禪異語序”，二序顯然是被編校者所删。（3）稿本收詞 62 闋，刊本收 34 闋，刊本有而稿本無者 17 闋；去其重複者，兩本共收行悦詞 79 闋。可見，從稿本到刊本，編纂者作了大量改動，若稿本遺佚，則行悦很多作品可能失傳。《全清詞·順康卷》即因未見稿本，而漏收了 45 首。當然，文人的删改，有時亦有可取之處，像稿本中黄雲序，末有朱筆批點“此序不佳，不可用”，應出於編者鄧漢儀等人之手。今讀是序，確實文理欠通，删之無妨。

釋家别集的編撰方式以及對稿本的校改、删訂，並非其獨特的現象，在文人文集的編撰中也經常可見。不過，因爲釋子對自己的詩文集普遍持漠不關心的態度，所以編纂工作的重要性較文人顯得更爲突出。這主要體現在兩方面：一是編纂者對文獻的保存之功，若非編纂者的留心搜羅，今日遺存的釋家别集的數量可能還會減少；二是編纂者的删改，從積極意義上説可以完善詩文集的質量，但也可能因爲

---

① 葉恭綽《〈呆翁和尚詩集〉題識》，見釋行悦《呆翁和尚詩集》卷首，清稿本。

編纂者的審美偏好,删除了不少有價值的作品。這提醒我們在研究釋家別集時,應具有更爲鮮明的版本勘校和作品輯佚的意識。

四、釋氏別集的刊刻與流播

宋代之前,書籍主要是以寫本的形式流傳。寫本形態書籍的存佚,一方面更受制於藏書的客觀條件,另一方面則取決於該書的"暢銷度"和作者的"知名度"。釋家別集既非僧侣宣教時所執之本,更不屬官方意識形態的範疇,施諸舉子和普通信衆的影響甚微,它更多的是流布於叢林和居士文人圈,散佚的概率無疑更大。《隋志》著錄16種釋家別集,但到《宋史·藝文志》則僅餘釋慧遠《廬山集》,這表明六朝釋家別集大多佚於唐代。

唐末五代雕版印刷的出現,急劇地擴大了書籍出版的數量,對書籍的傳播無疑具有劃時代的意義。釋家別集同樣受益於此。目前所知最早的釋家別集雕印本是釋貫休的《禪月集》。是書乃貫休圓寂後,由門人曇域"尋檢稿草及暗記憶者約一千首"在後蜀雕版。此本雖已不復存天壤,却是南宋釋可璨覆刻本之底本,而毛晉汲古閣刻本則又據釋可璨本而補刻。正是如此類似於"接力賽"的刊刻,古籍方可能源遠流長。

《禪月集》還是迄今所知中國最早的集部之書的刻本①。天復三年(903),貫休依蜀主王建,爲其寵信,享"國師"之名。是時,毋昭裔力倡文治,雕版刻印業興盛,"蜀本"蜚聲天下,《禪月集》因此拔得"別集刊行之始"。但是,後世釋家別集則未能像《禪月集》那般幸

---

①永瑢《四庫全書總目》卷一五一"《禪月集》提要"稱:"又書籍刊本始於唐末,然皆傳布古書,未有特刻專集者……則刊行專集,自是集(按:指《禪月集》)始,是亦可資考證也。"第1304頁。

運，歷代官修、官刻書籍不可數計，然釋家別集殊爲罕見，即便如“緇衣宰相”獨庵道衍，朱明朝廷亦從未下詔董理、刻印其詩文集。所以，陳繼儒歎曰：“昔人謂詩不在廊廟，不在山林，而在方外，信非虛語。昔于頔守吴興，集賢殿御書院有命，特徵《皎然集》，頔遂採而編之，納於延閣書府。此事豈可望今日？”①釋家別集的刊刻、流布，仍主要是由叢林和民間合力完成，各種經坊、書肆是其刊刻的主要場所。

　　經坊最早出現在唐代，原以鈔寫佛經爲主，雕版印刷術出現之後，鈔、刻並行，特別是北宋開寶四年（971）雕印《開寶藏》之後，各地經坊迅猛發展，至明清而臻鼎盛。歷朝大藏像萬壽藏、資福藏、磧砂藏、普寧藏、徑山藏、頻伽藏等，大多由經坊刊行。不過，經藏所收主要是大小乘經律論及賢聖傳集，釋家別集因屬“外集”，一般不在其列。當然，所謂內、外之分，有時並非不可踰越的鴻溝，特別是明清時期，釋家別集入藏的情況愈趨明顯。檢視入藏的釋家別集，大抵有如下兩種傾向：一是著名高僧的詩文集，文多詩少，且闡論佛教文字比重較大，像宋代福州東禪寺《等覺大藏》所刻釋契嵩《鐔津文集》，《嘉興藏》所刻紫柏真可《紫柏老人集》、憨山德清《夢遊集》、木陳道忞《布水臺集》等；二是叢林中流傳甚廣的詩集及其後來的唱和集，如《嘉興藏》所刻寒山、拾得、豐干著，楚石梵琦首和，福慧野竹重和《和天台三聖詩》；《嘉興藏》所刻惠洪《石門文字禪》及釋達夫集《石門文字禪》詩句而成的《集文字禪》。收入經藏的書籍往往具有崇高的地位，深爲信衆重視，存留甚佳，流傳亦廣。

　　有些經坊也經常出版釋家別集的單刻本。經坊單刻的釋家別集，其作者一般都與該經坊有密切的法緣。例如，淳熙十六年（1189）國清寺刊《三隱集》，是因爲寒山、拾得、豐干爲該寺僧人；淳祐八年

---

①陳繼儒《〈秋潭老人黄葉庵詩稿〉序》，見釋智舷《黄葉庵詩稿》卷首，《禪門逸書續編》第3册影據台灣圖書館藏本。

(1248)西湖瑪瑙寺刻釋智圓《閒居編》,是因爲釋智圓曾任該寺住持;大德年間磧砂禪院刻釋圓至《筠溪牧潛集》七卷,則是因爲釋圓至曾住錫磧砂禪院,並結識了刊刻者行魁上人;乾隆五年(1740)丹霞山别傳寺刻釋澹歸《徧行堂集》,因澹歸是該寺的開山祖師;康熙三十三年(1694)簷蔔樓刊釋願光《蘭湖詩選》,因釋願光是簷蔔樓所在地法性禪院的住持;道光年間海幢經坊重刻釋函昰的《瞎堂詩集》,因其弟子釋今無曾住持海幢寺。經坊單刻與其有密切法緣的釋子詩文集,對發揚該寺尚詩重文的傳統,凝聚叢林詩派,具有較高的意義。當然,經坊也經常會"跨界"刊刻一些久負盛名的釋家詩文集。光緒十一年(1885)海天精舍就刻有永明延壽、石屋清珙、栯堂益三人的《山居詩》,一是因爲山居詩本身即是叢林詩歌的書寫傳統,再者此三僧又是寫作山居詩的典範。雲棲袾宏即曰:"永明、石屋、中峰諸大老皆有山居詩,發明自性,響振千古。而兼之乎氣格雄渾,句字精工,則栯堂四十詠尤爲諸家絶唱。"①

經坊刊刻釋家别集單刻本,很多時候是出於弘法的考慮,並無太多商業目的。光緒元年(1875)古杭昭慶寺所刻釋卍蓮《浄土證心集》,書末題有"此集共三萬三千六百三十三字,除刻資外,印一千七百部敬送"②。助刻佛教書籍,向來被認爲是一種佈施,功德無量,所以釋家别集也大多由文人、信士捐資助刻而成。例如,南宋淳祐八年(1248)刊刻的釋智圓《閒居編》,文士章夷齊即捐金貳阡緡(二千貫);清元璟《完玉堂詩集》十卷的助刻者爲張吟樵,清釋全拙《偶存軒稿》三卷由何鉽捐俸所刻,釋元尹《博齋集》三卷由陳邦懷捐資刻行,釋文峰《如山居未悟編》一卷由陶瑄捐助刻行。若是該集刊刻是

①釋袾宏《竹窗隨筆·栯堂山居詩》,見《雲棲法彙》(選録),《嘉興藏》第33册,第35頁。
②釋卍蓮《浄土證心集》卷末"牌記",光緒元年古杭昭慶寺刻本。

集衆人之力，則書中往往會專列其芳名及捐助金額。

　　釋家別集施於普通民衆的影響，既不如佛教經典，亦不如文人的詩文集，其商業價值並不高，那種令“洛陽紙貴”的現象是很難看到的。不過，由於特定的時代風氣和出版商的個人趣味，世俗書坊亦經常刊刻釋家別集。據現存資料看，現存最早由書坊刊刻的釋家別集，是國圖藏釋居簡《北磵文集》十卷宋刻殘本，其木記標明“崔尚書宅刊梓”。南宋著名的“陳解元宅書鋪”，因坊主陳起廣結方外僧道，先後刻有釋斯植《采芝集》、釋永頤《雲樓詩集》、釋亞愚《江浙紀行集句詩》三種釋家別集。晚明出版業興盛，叢林尚詩風氣亦盛，書坊刊刻釋家別集的現象更爲常見。這其中，尤以毛晉汲古閣最爲突出。毛晉晚思入道，廣交叢林釋子，不僅助刻了《嘉興藏》及大量佛經，而且戮力於釋家詩文的搜集和整理。他曾編輯付刻了《明僧弘秀集》，是迄今爲止收録明代釋氏詩歌最多的總集。在所刻齊己《白蓮集》跋中，毛晉云：

　　　　丙寅春杪，再過雲間康孟修内父東梵川，值藤花初放，纏絡松杉間，如入山谷，皆内父少年手植也，不勝人琴之感。既登閣禮佛，閣爲紫柏尊者休夏之地。破窗風雨，散佚狼籍……又搜得《白蓮集》六卷，惜其未全，忽從架上墮一破簏，復得四卷。咄咄奇哉！余夢想十年，何意憑吊之餘，忽從廢紙堆中現出，豈内父有靈，遺余未曾有耶？[1]

毛晉孜孜搜求釋家詩文的虔敬之心，於斯可見。據相關書志、題跋所載，毛晉刊刻的釋家別集有《白蓮集》《禪月集》《杼山集》（統稱“唐

---

[1] 毛晉《〈白蓮集〉跋》，見釋齊己《白蓮集》卷末，《禪門逸書初編》第 2 册影汲古閣刊本，台北明文書局 1981 年版。

三高僧詩")、《二楞庵詩卷》《水田庵詩卷》《月明庵詩卷》(統稱"華山三高僧詩"),以及《筠溪牧潛集》《道源遺詩》《載之詩存》《牧雲和尚病遊初草》《懶齋別集》等近 20 種,其中的一些釋家別集傳至今世,實賴毛晋之力也。

　　從書籍的性質而言,釋家別集類似文人別集,但由於作者的特殊身份,往往又具有濃厚的宗教内涵。這種雙重屬性,對它的編纂、刊刻和傳播都産生了重要的影響。釋家別集大多是流傳於叢林和文人圈中,不過,因其宗教屬性,有的釋家別集往往會隨著佛教弘傳而輻射到邊陲、異域。例如,王梵志詩以詼諧、鄙俚之語,懲惡揚善,摹寫世情,化導衆生,深爲民間百姓喜愛而遠播於邊陲鄉野,其詩集亦藏於敦煌石窟而流傳下來。再如,唐宋以來,東亞諸國的政治、文化、經濟、宗教交流日益頻繁,很多僧人爲了弘傳佛法,遠涉重洋,經常携帶着大量的圖籍、書畫、琴譜,極大地促進了東亞文化的交流。這些圖籍中有不少是中土的釋家別集,受到了彼邦信衆的重視,不斷被傳鈔、刊刻,有的甚至成爲了他們學習漢文的教科書。這些流播於域外的釋家別集,不少在中土久佚無存,從而成爲珍本秘笈。例如,日本成簣堂文庫、慶應義塾大學斯道文庫所藏宋刊釋大觀《物初賸語》,日本尊經閣文庫藏釋夢真《籟鳴集》《續集》古鈔本,日本國會圖書館藏釋宗衍《碧山堂集》南北朝覆刊本,等等,不僅中土歷代書志罕見著錄,詩歌選本亦罕登其人其詩,有的甚至是天壤之孤本。這些遠播於域外的釋家別集,見證了東亞佛教文化的交流,具有不可估量的文獻價值和文化價值。隨著構建"文化共同體"的籲請漸趨强烈,這些遺珍逐漸"回流",受到了學者極高的重視。

五、釋家文學的文學史價值

　　釋家別集是撰者情性、志趣的集中體現,常載及其生平、交遊、師

承，堪稱“一人之史”，這對於考察作者的生平、行迹和創作編年，無疑
具有極高的文獻價值。另一方面，釋子的詩文固然不像經論、疏鈔、
語録那樣直接詮釋佛教思想，但實際亦是作者觀念的反映，因此，深
入研究釋家別集對推動佛教史的研究亦具有重要意義。

不過，釋家別集收録的主要是釋子的文學作品，其文學史價值無
疑最爲突出。作爲中國古代社會中的一個特殊階層，釋子的人生境
遇、精神信仰都迥異於世俗文人，他們的詩文創作自會呈現出獨特的
風貌，從而豐富和推動中國文學史的發展。關於佛教對中國文學的
影響，陳允吉曾精確地提煉出八個方面①，若僅就釋家文學而言，我
們以爲至少還有以下幾方面的意義，值得文學史家重視。

1. 拓展了中國文學的書寫空間

文學書寫空間的形成和建構，受制於人們的空間意識和實際的
認知。其拓展之規律，無外乎由小而大，或向外開疆拓域，或向内縱
深掘進。而其拓展之進速，則與政治、宗教、交通、經濟、民族心理諸
因素密切相關。依照費孝通的看法，中國古代社會本質是“鄉土社
會”“熟人社會”，物理意義的空間拓展顯得較爲緩慢。不過，某些重
大歷史事件總會衝擊、打破這種平靜而穩定的社會結構，從而推進人
們對空間的認知。而使節往還、罪臣貶謫、宗教徒遊方、商人行賈等
看似“非日常的行爲”，對空間的認知也起着不可忽視的作用。這裏
我們僅談釋子遊方。

---

① 這八個方面是：（一）佛教的時空觀念、生死觀念和世界圖式的影響；（二）大乘
佛教的認識論和哲理思辨的影響；（三）佛經的行文結構與文學體制的影響；
（四）佛經故事和佛經寓言的影響；（四）佛傳文學和佛教叙事詩的影響；（五）
佛教人物和古印度神話人物的影響；（七）佛教文化和美學思想的影響；（八）
佛經翻譯文字的語言風格產生的影響。見陳允吉《佛教與中國文學論稿》，上
海古籍出版社 2010 年版，第 626 頁。

　　釋子"遊方",又稱"行脚""遊化""雲水"。《祖庭事苑》卷八釋曰:"行脚者,謂遠離鄉曲,脚行天下,脱情捐累,尋訪師友,求法證悟也。所以學無常師,遍歷爲尚。"①釋子爲求法證悟、尋訪師友、弘傳法脉,雲水飄笠,遊江海,涉山川,所至之處,既有通都大邑、幽谷僻林,更有邊鄙荒服、外邦異域。藉此機緣,他們或極聆異邦珍聞,或飽覽絕境幽迹,並形諸吟詠,挫於筆端,描寫了大量中國文學從未涉及的自然景觀和人文風情。

　　魏甘露年間,洛陽人朱士行自雍州出發,西渡流沙,迹至于闐,得梵書正本九十章,肇啓中土僧侶西行求法的序幕。厥後,西行求法僧侶駢肩接迹,越嶺涉沙,躡雪履冰,所歷之處多爲中土文人罕至者。這些西行求法的僧侶,不僅求法學習,還充當了當時"文化交流的特殊使者"②,撰寫了大量的行紀之作。《隋志》"史部·雜傳類"即著録了釋法顯《佛國記》一卷、釋智猛《遊行外國傳》一卷、釋曇景《外國傳》五卷、釋法盛《歷國傳》二卷、釋僧祐《世界記》五卷。這些書籍多已散佚,所存者惟有法顯的《佛國記》。《佛國記》記載了西域、天竺、南亞諸國的歷史、宗教、地理和風俗,無論是書寫模式還是精神旨趣都不同於此前人們對西域的書寫。六朝以前,中國古人關於西域的書寫大抵有兩種模式:一是以《山海經》爲代表的神話書寫;二是《史記》《漢書》等史書中的實録書寫。前者率皆"因圖畫而述之"③的想象之辭,後者則是史家依憑使者的考察報告的徵實之辭,都與人們對西域的空間認知相關。而以《佛國記》爲代表的六朝釋子的行紀,文辭古雅清新,皆爲釋子們的親見親聞,不僅所涉區域更廣,備存異聞,字裏行間又滲透着他們的思想情感,可稱之爲"行紀書寫"。

---

①釋善卿《祖庭事苑》卷八,《卍續藏經》第 113 册,第 240 頁。
②劉躍進《六朝僧侶:文化交流的特殊使者》,載《中國社會科學》2004 年第 9 期。
③永瑢《四庫全書總目》卷一四三"《山海經》提要",第 1205 頁。

　　中國文學地理空間的東向開拓，釋子亦起着不可忽視的作用。自唐代以來，無數的釋子爲探究佛法的真諦，遠渡重洋，往來於中土與日本、高麗等國。很多遠至東亞異國的中土釋子經常以椽大筆描述彼邦的風物、人情。例如，中國文人較早關於日本富士山的書寫，就出自釋子之手。南宋楊岐宗高僧釋普寧上堂偈頌云："青州布衫重七斤，由來錯認定盤星。那知富士山孤峻，到頂須行三日程。"①普寧禪師約景定元年（1260）前後東渡日本，受當時幕府北條時賴賞識，住持京都鎌倉建倉寺，富士山之"孤峻"應是其親眼所見。而到明末清初，東渡扶桑的黄檗宗隱元隆琦、高泉性潡、木庵性瑫等人的詩文集中，更有大量描寫富士山等詩文②。這種情形，在文人文集中是很難看到的，從一定意義上填補了中國文學的空白。

　　古語云"天下名山僧占盡"，其實，這句話更應該説"天下名山以僧名"。所謂"名山"最初不過是自然風物而已，但一經高僧住錫、弘法，遂成爲著名的文化景觀。例如廬山，雖早在周代因匡俗兄弟隱居學道而得名，但真正使其成爲名山並爲中國文學重要的書寫景觀，則始於東晋高僧慧遠。晋武帝太元九年（384），慧遠因亂徙南，抵廬山，欣慕之，遂止於江洲龍泉精舍，旋於廬山東面構建東林寺。元興元年（402）七月，慧遠"延命同志息心貞信之士，百有二十三人"③，集於廬山般若臺精舍阿彌陀像前，拈香念佛，染翰綴文，祈往西方浄土，由此迎來了廬山詩詞創作的第一個高潮。又如，素以奇崛、險怪著稱的黄

①釋道昭、景用、禪了編《兀菴普寧禪師語録》卷中，《卍新續藏》第 71 册，第
　　13 頁。
②可參看廖肇亨《木庵禪師詩歌中的日本圖像——以富士山與僧侣像贊爲中
　　心》，載《"中央"研究院中國文哲研究集刊》2004 年第 4 期。廖肇亨《高泉與
　　温泉：從高泉性潡看晚明清初渡日華僧的異文化接觸》，載《長江學術》2017 年
　　第 3 期。
③慧皎撰，湯用彤校注《高僧傳》卷六"晋廬山釋慧遠"，第 211—214 頁。

山,自六朝以來即爲文人所題詠,但天都、石渠、天橋等景觀,至險至絶,常令人望而却步。清代釋大涵、釋海嶽、釋元立等,策杖登臨,分別著有《雁黄布衲黄山遊草》六卷、《雲舫繼述軒文鈔》一卷和《黄山紀遊草》一卷,他們所描寫的黄山景觀,很多都未能進入文人的視野,可謂"三十六峰之巔人不能登者,輒登之;一松一石有奇狀者,輒繫以詩"①。

如果説,佛教對世界結構的認識——"三界"説,仍是一種觀念上的世界圖式,作用的是人的精神世界;那麽釋子們雲水生涯,苦行精勤,披荆斬棘,則是對現實世界的不斷進取,這不僅豐富了人們的空間認知,而且還拓展了中國文學的書寫空間。

2. 爲中國文學注入了利益衆生、悲天憫人的情懷

中國佛教宗派林立,要之皆可統之爲大乘佛教,主張圓融世法和出世法,悲智雙運,利益衆生。因此,釋子們普遍能以佛家之眼關注天下蒼生,具有濃厚的悲憫情懷。這種情懷也鮮明地體現在他們的詩文創作之中。例如,《王梵志詩集》《寒山子詩集》中的一個重要創作旨趣——懲惡揚善、摹繪世情、化導衆生,在儒家"詩教"中並不鮮見,但其深刻辛辣、痛徹淋漓的風格,則非儒家同類詩作所能及。這其中的原因,除了語言風格、表現策略之外,更主要是因爲他們所依據的是佛教苦空無我、因果報應之要義。這種要義與儒家以"仁義禮智信"而追求中庸至德,最終使走向"大同社會"的策略是有着相當的差別的。可以説,王梵志、寒山等人豐富了中國詩歌中勸俗諷世、教化衆生題材的表現内容。

釋子們同樣也創作了大量揭露社會黑暗,關切苦難現實的作品,

---

①潘耒《〈雁黄布衲黄山遊草〉序》,見釋大涵《雁黄布衲黄山遊草》卷首,康熙刻本。

特別是鼎革裂變之際，像釋真《籟鳴集》、釋行起《松寶詩集》、釋函可《千山詩集》、釋大汕《離六堂集》、釋成鷲《咸陟堂集》、釋文峰《如山居未悟編》、釋笠雲《聽香禪室詩集》、釋萬休《無掛礙齋殘稿》、釋寄禪《八指頭陀詩文集》等人詩文集裏，這類作品觸目即是。他們歎時局之多艱，哀生民之疾苦，悲憤之情有踰儒生，真切地體現了佛教悲憫之心和家國情懷。屈大均在讀釋函可詩後曾不無感慨地説：

> 嗟夫！聖人不作，大道失而求諸禪。忠孝臣子無多，大義失而求諸僧。《春秋》已亡，褒貶失而求諸詩。以禪爲道，道之不幸也；以僧爲忠臣孝子，士大夫之不幸也；以詩爲《春秋》，史之不幸也。①

在儒門淡薄、士人紛紛遁入空門的時代，僧人甚至擎起了忠孝節義的大旗，這顯然不是棄佛歸儒的屈氏所願意見到的景象，因而他會生發出如此之慨歎。

3. 形成了衆多獨具特色的文學傳統

釋子們隅處方外，山居修行，雲水生涯，有着較爲相近的生活境遇，精神信仰、知識構成，乃至思維方式都很接近，因此，很容易形成一些較爲恒定的文學傳統，像宗綱偈、浄土詩、山居詩、擬和寒山詩、梅花百詠、佛祖贊、散聖贊等。

祁偉曾梳理了佛教山居詩從唐代到清代的發展，論列的釋氏詩人達三十餘名，較好地呈現了佛教山居詩的寫作傳統②。若更細緻地考察，明清釋家別集中幾乎都有類似之作，有的甚至直接以“山居

---

①屈大均《廣東新語》卷一二《詩語·僧祖心詩》，中華書局 1997 年版，第 352 頁。
②祁偉《佛教山居詩研究》，商務印書館 2014 年版。

詩”命名，像釋法藏《三峰藏禪師山居詩》、釋續燈《南嶽山居詩》一卷、《嶽麓山居詩》一卷、釋德寅《山居詩》等。所作達數百首者，比比皆是，像雪山法杲《雪山草》中的山居詩竟達五百餘首。佛教山居詩作爲一種寫作傳統，還體現在釋子門往往喜歡追步前人韻脚，承續古德的創作精神，像釋法藏、釋敏膺、釋超弘的山居詩皆追和元人栯堂益；釋大香《山居五十六首》《山居雜詠四十首》、釋超源《山居用石屋禪師韻（二十四首）》，則祖述石屋清珙。這些古德的山居詩，往往還被後人編選成集，視爲一種典範。隱元隆琦曾編有《三籟集》，所選即石屋清珙、中峰明本、栯堂益的山居詩偈，其序云：“夫三籟並鳴没絃，音韻畢著，四居已作，列祖聲光儼然。是以寥寥法門，鏗鏗雅致，絶唱古今者，斯集可驗。”統緒意識非常鮮明。

　　“擬”“和”寒山詩，亦是釋家文學的重要書寫傳統。寒山詩自五代結集、流布後，因深得佛理，警勵流俗，常被僧徒援以發明心要；又因其詩格亦莊亦諧，别開生面，頗爲詩家所重，王安石、蘇軾、陸游等人皆模範擬作，“寒山體”遂成爲詩壇的獨特體式。而在叢林中，寒山聲望愈熾，其詩偈幾乎遍及禪僧語録，擬作者更不計其數。自元代楚石梵琦遍和寒山、拾得、豐干詩之後，明清時期亦成風氣，形成了“和三聖詩”的傳統。現存即有石樹道人《合訂天台三聖二和詩集》、福慧野竹《天台三聖詩集和韻》、達傳鼎成《續和妙覺普度和聖寒山大士詩》等。這些詩文集皆首列“三聖”原作，次爲梵琦和作，再録個人和作，如此編排，不僅便於讀者詮衡原詩與和詩之優劣，統緒源流亦非常鮮明。

　　除此之外，梅花詩、净土詩、佛祖贊、散聖贊等也都是叢林中非常顯豁的書寫傳統。這些詩歌大量出現在釋子的詩文集及語録之中，藉此而表達自己對佛禪的理解，傳達禪心詩魄，似乎已成爲了叢林參學之餘的必備功課。

4. 提升了中國詩歌的表現形式

禪宗之所以能在中土迅速紮根並發揚光大,很重要原因是它提倡的隨緣任運、輕鬆簡易的修行方式,契合了中國傳統文化特別是道家文化的精神和特質。但很有意思的是,這種"隨緣""尚簡"的修行方式,並沒有全然體現在釋子的詩文創作中。中唐之後的詩文僧大多追隨賈島、姚合等人的苦吟詩風,終日在禪房、古寺中搜腸刮肚,追求新奇的詩句和精美的格律。例如貫休《苦吟》曰:"因知好句勝金玉,心極神勞特地無。"齊己《喻吟》曰:"日用爲詩苦,吟疲即坐禪。"歸仁《自遣》云:"日日爲詩苦,誰論春與秋。一聯如得意,萬事總忘憂。""苦吟"的創作方式,似乎更貼近於佛教的唱經方式和苦修傳統,而不像禪門盛行的修行方式。這些詩文僧的創作總體呈現出佳句迭現、完篇殊少的特徵,但客觀上也促進了詩歌藝術的發展,很多"一字師"的故事都與他們有關。值得注意的是,中國古代探討詩歌體式、聲律、對偶的詩格類著作,很多皆出自僧人之手,或托名僧人,像皎然《詩式》《詩議》、齊己《風騷詩格》、神彧《詩格》、虛中《流類手鑒》、保暹《處囊訣》、惠洪《天厨禁臠》等。這些詩格類著述,曾受到了文人的嚴厲批評,如嚴羽《滄浪詩話》評《天厨禁臠》"何見之陋邪"[1],但這亦是僧人鑽研詩藝的結晶,一定程度上"增補詩道内涵,深化詩歌美學"[2],其詩學意義不容全盤抹殺。

這種孜孜於"苦吟"的傾向,甚至是很多詩文僧的一種習氣。釋昌仁《〈唯心詩集〉自序》中説:"唯心集者,集性天之幻境也。性天寥廓,幻境參差,境與心會,交於詩歌,涵養性情,淘汰物欲,亦人生之雅

---

[1] 嚴羽著,郭紹虞校釋《滄浪詩話校釋》,人民文學出版社 2006 年版,第 201 頁。
[2] 參看蕭麗華《全唐五代僧人詩格的詩學意義》,載《台大佛學研究》第 20 期,2011 年。

事耳。余深知此趣，但恨學淺庸愚，才情錮蔽，然尤孜孜苦吟者，迺宿生習氣使之然也。"①元明之後，很多詩文僧都專注於苦吟，沉湎於冥搜字句、營構意境，竟日推敲，或廢寢忘食，或不覺霜寒浸衣，以求其是。這種創作傾向，除了追求鍛字煉句之外，還體現在很多釋子喜作大型組詩。釋家別集中的"百詠詩"十分常見，如釋明本有和馮海粟《梅花百詠》，釋大善有《西溪百詠》，釋岳砥有《三友詩》(分《詠松百絕》一卷、《詠竹百絕》一卷、《梅花百詠》一卷)；釋元璟《完玉堂詩集》卷七有"京師百詠"；釋海嶽有《黃山木蓮花百詠》，釋德洪《珠江杲山草》卷一有"和天然和尚梅花詩二百四十首"，釋超源有《梅花百詠和中峰大師韻》，釋漢兆《梅花百詠》，釋隆琦有《擬寒山百詠》，等等。"百詠詩"，始見於唐人，昉自唐人科舉"百篇舉"，多詠宮體，宋元詩人更以百詠寫勝景、花木。因規制浩大，題材單一，又需兼顧平仄押韻，作手倍感艱難。釋子們却頗爲迷戀之，可謂入"至難""至險"之境，非苦心鑽研詩藝者莫能爲之。這亦表明釋子有足够多閒暇去吟詩作文，所謂"不立文字""超言絕象"的宗旨，早已被抛到腦後。

綜上所述，釋氏文學是中國文學的重要組成部分，對羽翼和推動中國文學的發展具有不可忽視的作用。但是，不僅佛門内部視之爲"小道""外學"，世俗社會亦不甚重視。歷代總集在編選釋氏詩文時，通常都與閨秀、仙道、流寓一起附於簡末，詩文評著作中也多以"蔬筍氣""酸餡氣"等術語而泛論之。例如，四庫館臣在評價釋氏詩歌時，總是站在儒家詩教的立場，指摘其"邊幅頗狹""語少含蓄""比興未深""未脱蔬筍氣"等缺陷，即便對於皎然、貫休、齊己等著名詩文僧，亦褒貶參半："唐代緇流能詩者衆，其有集傳於今者，惟皎然、貫休及齊己。皎然清而弱，貫休豪而粗，齊己七言律詩不出當時之習，

---

① 釋昌仁《〈唯心詩集〉自序》，見釋昌仁《唯心詩集》，光緒十三年刻本。

及七言古詩以盧仝、馬異之體,縮爲短章,詰屈聱牙,尤不足取。"①因此,除《寒山子詩集》《杼山集》《禪月集》《參寥子集》《石門文字禪》等,絶大多數釋家別集難入文人法眼。這種觀念一直沿襲至今,一般的文學史著罕及釋氏之創作,很多釋家別集實際遠離於研究者的視域。

六、歷代書志著録釋家別集概況及本書之旨趣

　　雖然目前尚未見到有專門著録釋家別集的書志,但前賢的相關著述其實已爲本書的開展奠定了堅實的基礎。從《隋書·經籍志》以來,後世公私書志、方志等,皆仿其體例,基本都會涉及釋家別集。在衆多的古代書志中,《四庫全書總目》和《千頃堂書目》的意義最爲明顯。《四庫全書總目》著録了乾隆朝以前的釋家別集 37 種,從數量上看並不算多,但它不僅著録了撰者、書名、卷數等要素,還間考撰者生平,撮述要旨,評價得失。而《千頃堂書目》共著録明代釋子 130 家 160 餘種別集,有明一代釋家別集,庶幾網羅殆盡,是著録斷代釋家別集最爲豐富和全面的私家書志。

　　20 世紀以來,較爲集中考録釋家別集者,以冼玉清《廣東釋道著述考》(中山大學出版社 1995 年版)爲最早。該書稽考了 78 種廣東釋家別集,備録諸家序跋、僧傳資料,對未見文獻均如實説明,體現了樸實、精細的學風。2007 年,李國玲出版的《宋僧著述考》(四川大學出版社 2007 年版)耙梳了大量方内外文獻和公私書志,輯録宋僧別集 82 種,較詳細地考索了它們的存佚和版本狀況。類似的著述考還有:雲南省圖書館所編《雲南歷代僧人著述考略》,收録了 63 位僧人

---

① 永瑢《四庫全書總目》卷一五一"《白蓮集》提要",第 1304 頁。

留存於世或已佚僅見於古今目録中的撰著、篇章近百餘種①；李彦輝《東晋南朝隋唐詩僧叢考》分别考察了東晋 11 家、南朝 13 家、隋朝 13 家、唐代 36 家詩僧别集的刊刻和歷代選集的選録情況②。此外，王秀林《晚唐五代詩僧著述考》（載《文獻》2003 年第 2 期）、趙榮蔚《唐代詩僧七家詩文别集提要》（載《圖書館論壇》2006 年第 6 期）、馮國棟《〈宋史·藝文志〉釋氏别集、總集考》（載《中華佛學研究》第 10 期）等單篇文章，也是值得重視的成果。

　　衆多的相關目録學著作，往往也會涉及釋家别集。例如，1966 年商務印書館出版的《敦煌遺書總目索引》，即著録了數十種王梵志詩及禪詩寫本，其中，王重民《伯希和劫經録》著録巴黎博物館所藏十種王梵志詩鈔本和兩個禪詩鈔本；向達《記倫敦所藏的敦煌俗文學》《倫敦所藏〈敦煌卷子經眼目録〉》共著録了倫敦大不列顛博物館所藏的六種王梵志詩鈔本。此外，萬曼《唐集叙録》（中華書局 1980 年版）、王重民《中國古籍善本書提要》（上海古籍出版社 1983 年版）、祝尚書《宋人别集叙録》（中華書局 1999 年版）、袁行雲《清人詩集叙録》（文化藝術出版社 1994 年版），也考録了不少釋家别集的刊刻、流傳情況。而較爲集中的有崔建英等《明别集版本志》，著録見存明代釋家别集 33 家 43 種③；柯愈春《清人詩文集總目提要》（北京古籍出版社 2002 年版）對經眼的近 200 種釋家别集，扼要介紹了作者生平、版本和創作旨趣；江慶柏負責的《清人别集總目》（安徽教育出版社 2000 年版）"釋氏"部分，著録了今存 265 名清代釋子 357 種别集的

---

①雲南省圖書館所編《雲南歷代僧人著述考略》，雲南美術出版社 2007 年版。

②李彦輝撰，李德山指導《東晋南朝隋唐詩僧叢考》，東北師範大學 2006 年碩士論文。

③崔建英輯，賈衛民、李曉亞整理《明别集版本志》，中華書局 2006 年版，第 303—331 頁。

版本和館藏地，並提供了較豐富的傳記資料線索。

近二十年來，隨着海内外學術交流日益頻繁，文獻互通，一些致力於域外漢籍研究的學者，像嚴紹璗、張伯偉、楊鑄、黄仁生、許紅霞、卞東波、金程宇等，在相關書志、論文中亦考録了不少遺存域外的釋家別集。例如，楊鑄《和刻本稀見中國元代僧人詩集叙録》叙録了釋英《白雲集》四卷，並稱比國内現存諸版本多出一卷101首詩；釋克新《雪廬稿》一卷，更是爲國内失傳；釋克新所編《金玉編》則不僅國内久已失傳，而且"幾乎找不到任何相關的藏書著録和流傳記載"①。黄仁生《日本現藏稀見元明文集考證與提要》著録了釋圓至《筠溪牧潛集》七卷、釋梵琦《楚石大師北遊詩》一卷、釋宗衍《碧山堂集》五卷、釋大圭《夢觀集》二十四卷等數種元明釋家別集，且多爲國内目前未見之孤本②。金程宇主編《和刻本中國古逸書叢刊》（鳳凰出版社2012年版）集部共收書近60種，其中釋子所撰就有24種，不僅使稀見文獻公諸於世，所撰解題亦扼要説明該書的刊刻經過、版本來源和文獻價值。

港台地區向來注重佛教文獻的整理和挖掘。1981年台北明文書局、1987年漢聲出版社分別出版了釋明復主編的《禪門逸書》《續編》20册，共收録了80餘種釋氏別集，釋永頤《雲泉詩集》、釋元肇《淮海外集》、釋斯植《采芝集》《采芝續稿》等，多據精本、善本、孤本影印，同時亦撰有解題。釋明復乃出家人，深具慈悲同情之心，所撰解題頗具特色，如其評釋契嵩《鐔津集》云："可謂巨矣！然猶有散逸未得而收録者，足見嵩師學問之博，與夫金湯法門之志之切之懇之誠

---

① 楊鑄《和刻本稀見中國元代僧人詩集叙録》，載《中國典籍與文化論叢》第8輯，北京大學出版社2005年版，第188—197頁。
② 黄仁生《日本現藏稀見元明文集考證與提要》，嶽麓書社2004年版。

矣。丈夫哉！斯人哉！"①

　　總之,書志著録釋家别集,淵源有自,成就亦很顯著,尤其 20 世紀以來隨著大批珍本秘笈的發現,學者研究愈細,搜討更廣。不過,因釋家别集分布零散,考索難度甚大,缺憾在所難免:(1)不够系統。已有的研究多限於時段、地域,未能全面輯録之。(2)疏誤、缺漏者,屢見不鮮。例如,《清人别集總目》漏收釋通琳《大覺禪師遺文》等十餘種,又誤收明代釋智舷《黄葉庵詩草》等②。(3)除少數書志外,大多研究者限於體例,尤其是對大量元明清三代的釋家别集,僅簡單著録了書名、作者、卷數、版本等要素,遠不能滿足研究者的需求。概言之,前賢的研究既爲我們的研究打下了堅實的基礎,亦留有極大的拓展空間。

　　存世的釋家别集究竟有多少? 至今没有人做過完整的統計。爲了摸清基本情况,我們首先查閲了一些公私書志,如《中國古籍善本書目》《宋人别集叙録》《明别集版本志》《清人詩文集總目提要》《清人别集總目》等,所得約 473 種,其中東晉 1 種,唐代 9 種,宋代 30 種,元代 19 種,明代 66 種,清代 348 種。

　　不過,這些書志著録的釋氏别集,有些未必屬於真正的别集,需認真甄别。例如《清人别集總目》著録了鋭僧《抱粹軒詩草》四卷,"鋭僧"是周暘寅的字,略考周氏生平,似無出家經歷,撰者或因其字"鋭僧"而誤其爲僧人。再有,不少爲書志已著録的釋家别集,然至館藏地勘察,實已無存。例如,《清人别集總目》著録上海圖書館藏有八指頭陀《枯木禪師詩稿》一卷、釋含澈《緑天蘭若詩鈔》等五種;廣東中山圖書館藏釋元梁《怡堂集》、釋野鬣《夢緑詩存》等。因此,根據書志著録,除去誤收及不知所蹤者,目前存留下來的釋家别集大概有 400 種左右。

----

①釋明復《〈譚津集〉解題》,見《禪門逸書初編》第 3 册《譚津集》卷首。
②魯小俊《〈清人别集總目〉僧侶資料補正》,《學術交流》2013 年第 2 期。

　　公私書志也經常存在漏收的情況。例如，《明別集版本志》因所收主要是國內現存明代別集，沒有涉及港台、海外所藏文獻，因此漏收釋如愚《寶善堂詩集》、臞鶴寬悅《堯山藏草》、冬溪方澤《冬溪外集》、空谷景隆《空谷集》、道照《漱流集》、雪浪洪恩《雪浪續集》、海觀《林樾集》、道開《密藏禪師遺稿》、大香《雲外錄》、曇英《曇英集》等10餘種。再如，清初赴日高僧隱元隆琦、高泉性澂、木庵性瑫、即非如一等人的詩文集，國內早無傳本，而《清人別集總目》《清人詩文集總目提要》等書志皆失收。另外，還有一些流散於叢林、民間的釋家別集，公私書志亦未見著錄。

　　通過普查各種書志和館藏目錄，我們大致可知現存釋家別集約爲425種左右。對於這些別集，我們擬定的叙錄原則是：無論長篇短制，必經眼過目；若無緣及見者，寧暫付闕如，決不鈔撮他家書志。經過六年的努力，最終叙錄了263人388種。其中，晋唐9人9種，兩宋20人29種，元代14人18種，明代44人65種，清代176人267種。餘有40餘種未能著錄，多爲清代釋氏別集，未能叙錄的原因主要有三方面：（1）因所藏圖書館搬遷，長年閉館，無緣及見，如溫州市圖書館藏釋西來《雁遊草紀遊草》（民國二十四年鈔本）、釋達珍《續寒山詩》（民國十一年石印本）、釋無言《雨花堂吟》（乾隆三十九年刻本）、釋佛第《梅花詠》一卷（康熙三十九年刻本）。（2）或因藏館無暇製作微縮膠卷而未能借閱，如釋德音《淥净軒續集》一卷（清刻本）等十餘種。（3）原來書志著錄者，但訪查館藏單位，或不存，或以書籍損壞嚴重，不予外借。例如，上海圖書館藏釋含澈《綠天蘭若詩鈔》、《鉢囊遊草》一卷、《潛西精舍詩稿》一卷、《潛西偶存》一卷。

　　目前系統整理出的釋家別集主要有《王梵志詩集》《寒山子詩集》《禪月集》《白蓮集》《石門文字禪》《參寥子詩集》《道璨全集校注》《瞎堂詩集》《徧行堂集》《咸陟堂集》《光宣臺集》《八指頭陀詩文集》等四十餘種。此外還有各種叢書，如“四庫系列”叢書、《禪門逸書初編》《續編》、《和刻本中國古逸書叢刊》《清代詩文集珍本叢刊》《清代詩文集彙編》等，據原本影印者約有 120 餘種。易言之，目前較易找尋的約有 160 餘種，而絶大多數仍塵封於各級圖書館，有的甚至流播於域外。毫無疑問，全部獲取這些別集的難度很大。我們曾到北京、上海、南京、杭州、長沙、廣州等地圖書館查訪文獻，或托請師友幫助復印。對於那些實在無緣及見者，則予以特別説明。

　　在總體不被重視的情況下，釋家別集翻刻、覆刻、重刻的機會並不多，因此其版本流變相對簡單，多數只有一二種版本。不過，像《寒山詩集》《王梵志詩集》《禪月集》《逃虛子集》等著名別集，有數種乃至幾十種版本存世。對於這些有多種版本的別集，我們力圖吸取前人的研究成果，儘量多列版本。

　　版本調查的目的，是擇取其中最善之本作爲底本，描述其風貌，然後與他本勘校，扼要説明各自的優劣。例如，元代釋圓至《牧潛集》，有“元大德刻本”和“四庫全書本”。元大德刊本，現藏於國家圖書館、日本静嘉堂文庫，前有大德三年（1299）方回所撰之序。此序是瞭解圓至生平、創作的重要文獻，爲後來釋明河《補續高僧傳·元筠高安圓至傳》所本。但“四庫本”獨缺失此序，而多出了釋明河《書姚廣孝序後》。四庫館臣稱：“前有崇禎己卯僧明河《書姚廣孝序後》一篇，稱初得鈔本於武林。前有方回序，後有洪喬祖跋，又有姚廣孝序，序爲《逃虛子集》所不載。後又得見刻本，多詩數首，因校付毛晉刻之。此本即毛晉所刻。僅有喬祖跋，及明河此文，無方、姚二序，殆偶失之。”①今檢姚廣孝《獨庵外集續稿》卷四，有《讀至天隱文集》一文，或即釋明河所稱之序。顯然，“大德本”與“四庫本”比較，其價值更高，提要的撰寫，當以其爲底本；不過，四庫本所收明河《書姚廣孝序後》，對瞭解《牧潛集》在明代的流傳也有很多幫助。

──────────

①永瑢《四庫全書總目》卷一六六“《牧潛集》提要”，第 1429 頁。

　　古籍中的序、跋，往往是瞭解該書成書、刊刻、創作旨趣的第一手資料，其重要性不言而喻。但有的釋家別集序、跋篇幅很長，有的甚至長達一卷。對於這些序跋，我們擬根據其重要性酌情摘録。此外，有的序跋還有很高的文獻價值，甚至屬於佚文。這些序跋，則應予以全文摘録。

　　古籍提要，篇幅雖略，然考證撰者生平，非備徵史傳而難爲之；董理版本流傳，非廣引書志而難明之；評價得失，非精讀文本、折衷群言而難允當。因此，撰寫提要，前人每歎爲古籍整理中至難之事。釋家別集提要，因需涉及内典文獻，難度更高，即便博學精審如四庫館臣者，在撰寫釋家別集提要時，也經常出現疏誤。例如，“釋圓至《牧潛集》提要”云：“元釋圓至撰。至字牧潛，號天隱，高安人。”實際“天隱”當爲圓至之字，“牧潛”爲其號。又，“釋宗泐《全室外集》提要”誤以明釋宗泐爲“臨安人，還授左善世”，實爲“臨海人，還授右善世”。又，“釋清珙《山居詩》提要”誤以釋清珙“蓋明代湖州僧也”，實爲元僧；又“釋大善《西溪百詠》提要”，誤明釋大善“蓋爲崇禎人”，實大善生年可確考爲隆慶五年（1571）。四庫館臣之所以出現如此多的疏誤，泰半因未廣徵内典之故。例如關於釋宗泐的生平，明代之後的僧傳如《釋鑒稽古略續集》《五燈全書》《南宋元明僧寶傳》《補續高僧傳》均有其小傳，現存於日本京都大學附屬圖書館的《全室和尚語録》亦有其弟子釋心泰所撰塔銘。再如，釋清珙的塔銘見於《福源石屋珙禪師語》，釋明河《補續高僧傳》卷一三亦有其小傳，均明確地記載了清珙圓寂於至正十二年（1352），根本不可能爲“明代湖州僧”。四庫館臣的疏誤，從根本上來説，與他們對釋家詩文所持的輕視態度相關。這提醒我們在從事此課題的研究時，應儘量保持客觀、公允的態度，既不能阿私所好，亦不能刻意貶低。

　　目録提要的撰寫，往往需要參綜前人看法，特別是該書序、跋的相關評述。不過，對於前人的評價，亦需持審慎態度。因爲序跋中往往多有溢美之詞,甚至肆意吹捧。在釋家別集的序跋中,我們時常可以看到類似"有寒山、雲頂之高,無齊己、無本之靡"①、"較白蓮有過之無不及"②、"當於諸老(指皎然、靈澈、貫休、齊己、惠崇、參寥、洪覺範)間立伯仲論也"③,甚至還有"軼高、岑,凌郊、島,駸駸乎少陵、謫仙並駕"④的言論。顯然,對於類似的評語,不必太過措意。

　　古籍目錄的體例,依照不同的研究對象,形態亦不盡相同,有的僅著錄書名、作者、版本、館藏地;有的重在鈔錄序跋,考索作者的碑傳材料;有的則比較注重對該書籍的評價。我們充分吸取《漢書·藝文志》以來目錄學的優良傳統,借鑒《四庫全書總目》的著錄體例、行文風格,依時代先後,著錄書名、撰者和卷數等要素,尤其突出以下四個方面:(1)撰者生平考證。(2)版本概貌和傳播情況。(3)概述別集的基本內容,摘錄各集的序、跋、目錄、附錄。(4)撮述各書要旨,評價得失。以各書中相關文獻爲主,旁及其他"詩文評"文獻,概述撰者的創作旨趣、詩文風格。遇名篇、名句,則酌情摘錄;若該集可資考訂重要史實者,則尤予突出。

　　目錄提要,向來被認爲是治學的門徑。近年來,釋家文學已引起了學者的廣泛興趣,湧現出一些專著和學位論文。但因缺乏全面而系統的文獻清理,總體仍難邁向新境,希望我們的工作能對釋家文學的研究起到一定的作用。

---

①程文海《雪樓集》卷一五《李雪庵詩序》,《文淵閣四庫全書》本。
②周大樁《蘭湖之詩序》,見釋願光《蘭湖詩選》卷首,康熙三十三年刻本。
③張之翰《西巖集》卷一八《跋林野叟詩續稿》,《文淵閣四庫全書》本。
④魏憲《離六堂詩序》,見釋大汕《離六堂集》卷首,《四庫禁毀書叢刊》影印康熙
　　三十年懷古樓刻本。

晋唐卷

《支遁集》二卷，釋支遁撰

支遁（314—366），字道林，世稱支公、林公、支硎，俗姓關。陳留（今河南開封市）人，一説河東林慮（今河南林州市）人。幼有神理，聰明秀徹，隨家流寓江南。年二十五出家，或説其學於支謙，投迹於京城白馬寺、吳地支山寺、會稽靈嘉寺、剡地沃洲小嶺、石城山棲光寺、京城東安寺、余姚隝中。談玄論理，悟道講學，太原王濛甚重之，一時名士王羲之、孫綽、王洽、謝安、郗超等皆與其著塵外之狎，出則漁弋山水，入則言詠屬文。道林精通般若學，以即色義釋《莊子》"逍遙義"，著有《即色遊玄論》《聖不辨知論》《道行旨歸》《學道誠》《大小品對比要鈔》《逍遙論》等。又才藻奇拔，言有深致，所著詩文，高懷興朗，音暢自然，有《支遁集》傳世。生平未見碑傳。梁慧皎《高僧傳》卷四有其傳記。

支遁詩集，《隋書·經籍志》著録"晋沙門支遁集八卷"，並云："梁十三卷。"《舊唐書》《新唐書》並録爲十卷。宋代公私書志則未見著録，蓋宋時已失傳。惟宋釋元照《南山律師撰集録》著録有"廬山遠大師文集十一卷""支道林集十卷"等，或鈔掇前代書志而成，未必親見其書。現存《支遁集》乃明人掇拾他家文獻輯録而成，存本甚夥。

據王京洲考察，自明以來，所傳鈔本、刊本即有十五種之多①。最早者乃明嘉靖乙未（1535）七檜山房鈔本，又稱五川居士本，分上、下兩卷。據是書末莫棠跋云："此明嘉靖中吳郡楊儀鈔本，光緒辛亥得於蘇州。頃又獲嘉慶十年潘奕雋序支硎山僧寒石刻本，蓋即從此本轉寫者。阮氏進本乃據汲古舊鈔，篇目相同。近人有藏葉石君鈔本者，亦據此本校過。然則此蓋吳下最古最著之鈔本也。"筆者未見此本，具體可參看沈津《書城挹翠録》。而最早之刻本乃嘉靖十九年（1540）皇甫涍輯刻之《支道林集》，不分卷。餘者尚有馮彦淵鈔本、汲古閣鈔本、支硎山寺刊本、吳家騆刻本、葉奕鈔本、葉石君鈔本、劉喜海鈔本、潘錫恩刻本、周星詒題識本、馬鍾琇校本等，分藏於各地圖書館，多爲精鈔、精刻珍本。張富春以爲，"明人輯本以鈔本或刊本形式流布，並形成兩個系統：一爲二卷本《支遁集》，以都穆藏明鈔本爲早，稍後有楊儀七檜山房嘉靖乙未鈔本，楊鈔本爲其後明代諸鈔本和清代諸刻本的祖本；二爲一卷本《支道林集》，以嘉靖十九年皇甫涍輯刊本爲早，明末吳家騆將皇甫涍輯《支道林集》與史玄輯《支道林外集》合刻"②。

　　所見則有五種版本：一爲國家圖書館藏皇甫涍嘉靖十九年刊本，二爲國家圖書館藏明鈔本，三爲南京圖書館藏吳家騆刻本，四爲天津圖書館藏清嘉慶十年（1805）刻本，五爲《叢書集成續編》第98册影印邵武徐氏刊本。

　　1.《支道林集》一卷，一册，皇甫涍嘉靖十九年（1540）刊本。見存於國家圖書館。卷端題"支道林集"。内鈐"萛山珍本""鐵琴銅劍

①參看王京洲《〈支遁集〉版本叙録》，載《古籍整理學刊》2014年第3期。
②張富春《支遁詩文輯本考》，載《清華大學學報》2014年第4期。按：張富春又有《支遁集校注》（巴蜀書社2014年），以邵武徐氏叢書本爲底本，參皇甫涍輯本等，校勘甚精良，允爲善本。

樓""□□□□城家""西溪草堂藏書之印""李流芳印""涵仲""西溪小隱""席鑒之印""席氏玉照""樸學齋""□□沈□之印""素君""臣理之印""雨樓"等印。半頁 9 行，行 16 字，左右雙邊，白口，單魚尾，版心鎸"道林集"及頁碼。正文前有皇甫澤序，其稱："庚子之秋，予既淹迹魏墟，旋邁江渚，徜徉西山，乃眷考卜，頗悦幽人之辭而玩焉。往歲獲覯支篇，時復興詠，自得於懷，並拾遺文，附爲一集，刊示同好，用寄遐想，尤有以窺作者之用心。""庚子"爲嘉靖十九年（1540），則此本當刊於是年。皇甫澤，字子安，號少玄，長洲人。蘇州府諸生，嘉靖十一年（1532）進士。正文前有目録，收古詩 8 題 18 首：《四月八日贊佛詩四首》《五月長齋詩》《八關齋詩三首》《詠懷詩五首》《述懷詩二首》《詠大德詩》《詠禪思道人》《詠山居》；雜文 16 篇：《座右銘》《釋迦文佛像贊》《阿彌陀佛像贊》《文殊師利贊》《善思菩薩贊》《法作菩薩不二入菩薩贊》《閒首菩薩贊》《善宿菩薩贊》《善多菩薩贊》《首立菩薩贊》《月光童子贊》《還東山上書》《與桓玄論州符求沙門名籍書》等。

2.《支遁集》二卷，一册，明鈔本。見存於國家圖書館。目録頁鈐有"范承謨印""謙牧堂藏書記""東邵術存書室珍藏""知十印""徐□□印"等印，知此本曾經范承謨、納蘭揆叙、山東聊城楊氏海源閣等遞藏。卷端題"支遁集"/"東晉沃州山沙門支道林"。半頁 9 行，行 20 字，有界欄，左右雙邊，中縫題有書名、頁碼。每頁左上角有"馮氏家藏"四字。第四頁有眉批，提示鈔寫格式及工拙，如第四頁 b 第 5 行提示"'策杖'二字不必偏寫"。此本實爲馮彥淵鈔本，原本現館藏於台灣圖書館，國家圖書館所藏實爲復印本，闕"清順治四年馮武手校並跋"一頁①。此本卷上收詩 9 題 18 首，爲《詠懷詩五首》《述懷詩二首》《土山會集詩三首（并序）》《詠利城山居》《詠禪思道人（并序）》《四月八日贊佛詩》《詠八日詩三首》《五月長齋詩》《詠大德

①王京洲《〈支遁集〉版本叙録》，載《古籍整理學刊》2014 年第 3 期。

詩》，卷下收文，爲《上皇帝書》《座右銘》《釋迦大佛像贊（并序）》《阿彌
陀佛像贊（并序）》《諸菩薩贊十一首》。略異於皇甫涍本，少《與桓玄論
州符求沙門名籍書》。張富春以爲，《與桓玄論州符求沙門名籍書》出
自《弘明集》卷一二，首曰“隆安三年四月五日”即西元三九九年五月二
十五日，與《高僧傳》所載支遁卒於“太和元年閏四月四日”即西元三六
六年五月二十九日相抵牾，故此本及後來二卷本《支遁集》未予收録①。

　　3.《支道林集》一卷、《支道林外集》一卷，明末吴家騳刻本。見
存於南京圖書館，《續修四庫全書》第 1304 册據此影印。卷端題“支
道林集”/“長洲皇甫涍子安編”/“吴江史玄弱翁校”。每半頁 9 行，
行 20 字，白口，四周單邊，單黑魚尾，版心上鎸“支道林集”，正文首頁
版心下鎸“長洲周明徵書”。正文前録有皇甫涍序。吴家騳印本，實
依據皇甫涍本而印行。

　　《支道林外集》一卷，卷端題“支道林外集”/“吴郡史玄弱翁輯”/
“新安吴家騳龍媒校”。前有史玄小序。輯録《世説》（四十則）、《高
逸沙門傳》（節略）、《晋書》（二則）、《世説注》（二則）、《吴地記》（一
則）、《吴郡疏》（一則）等載及支遁事迹之文獻，所引事迹多加按語；
又輯有支遁《逍遥論》及《謝安與支道林書》《王珣法師墓下詩序》文
三篇。卷末附有吴家騳撰《讀支道林外集後》云：“《支公集》始於子
安，外集則余友弱翁編輯。余請刊布，以鼓風流者也。晋世清談，宗
尚簡要。弱翁至性鯁亮，於書無所不敦，而寄情幽勝，政使人人自遠。
詩云：‘我思古人，實獲我心。’余於弱翁差藉此兩言寫照矣。新安吴
家騳龍媒跋。”

　　4.《支遁集》二卷，一册，清嘉慶十年（1805）刻本。見存於天津
圖書館。内鈐“漫叟”“免□”諸印。卷端題“支遁集”/“東晋沃洲山
沙門支道林”。每半頁 10 行，行 18 字，左右雙邊，白口，單魚尾，版心

①張富春《支遁詩文輯本考》，載《清華大學學報》2014 年第 4 期。

上端鐫有"七檜山房"四字,正文末題"夏天培刊"。夏天培乃嘉慶間著名刻工,嘗手刻黃丕烈《百宋一廛賦》及古倪園沈氏刻《梅花喜神譜》,後者鐫有"僑吳七十老人魏塘夏天培鐫"。此本卷首有嘉慶十年(1805)潘奕雋序,略云:

> 支遁,字道林,姓關氏,東晉時陳留人,或云河東林慮人。太原王濛甚重之,曰"造微之功,不減輔嗣"。與謝安、王洽、郗超、孫綽等相友善。郗嘗謂林法師神理所通,玄拔獨悟,數百年來紹明大道,令真理不絕,一人而已。注莊子《逍遙篇》,眾咸歎伏。來吳中立支山寺。今支硎山有放鶴亭,相傳爲道林放鶴處也。後投迹剡山,以晋太和元年閏四月四日終於所住余姚隝中,春秋五十有三。梁會稽沙門慧皎輯《高僧傳》云:"遁所著文翰集有十卷,盛行於世。"今時海內藏書家,當必有全本,而吳中未見有存者。此二卷爲明嘉靖中禮部員外郎吳郡楊儀藏本,支硎山麓吾與庵僧寒石鈔付剞劂,請序於余……道林爲釋氏所宗,今讀所著,大抵脫塵滓,尚玄同,與老莊無異。其所云:"常無爲而天下歸宗,執大象而天下自往。"皆老氏之旨也。其《詠懷》云"涉《老》咍雙玄,披《莊》玩太初""俯欣質文蔚,仰悲二匠祖",則其所得固已自言之矣。寒石寄迹沙門,頤情風雅,所爲詩亦翛然有出塵之致,宜其於支公嚮往,不能已也。集分上、下二卷,計詩十八首,書一通,銘、贊十四首。案《高僧傳》,遁所著尚有《釋矇論》《即色遊玄論》《聖不辨智論》《道行旨歸》《道誡》等篇,俱未入錄,今亦無所採輯云。嘉慶十年歲次乙丑七月,吳郡潘奕雋撰。

奕雋(1740—1830),字守愚,號榕皋,又號水雲漫士、三松居士,晚號三松老人,著名書畫家、藏書家。與黃丕烈、袁廷檮優遊林下,賞書品畫。書法楷、篆、隸俱工,善畫山水。其子潘世璜,孫潘遵祁,重孫潘介祉,後裔潘祖蔭、潘承厚、潘承弼等均爲藏書名家,室名曰"三松堂",輯有《三松堂書目》二册。據潘氏序言,此本實支硎山僧寒石刻本,其底本乃七檜山房鈔本。王京洲以爲僧寒石刻本"在香港及民間仍有收藏",實際上天津圖書館亦藏有此一部,只不過館藏著録爲"嘉慶十年刻本"而已。

　　此本後又附有嘉慶十年(1805)陳鱣所撰《吾與庵記》,内中述及僧寒石生平:"方外友寒石長老,澈優婆之密諦,現金粟之後身,眉象火珠,手印網縵。衲衣無垢,輕携鷲嶺晴雲;松塵驅塵,勻滴鷄園曉露。識禪真之初地,華頂峰寒;悟玄奥於蒼旻,赤城霞爛。由其遊心蓮畍,托足琳宫,夙緣秉彝之誠,遂得無生之旨耳。即其在吾杭也,希蹤南硐,悟道雲棲,山光繞佛髻以長青,潭影並禪心而俱浄。已而聊爲行脚,歷遍吳頭,擔簦茂苑城隅,卓錫天寧方丈。嶒崔巍寶刹,布延衺雕甍。雲虹畫飛,杗桷式焕,鐵鳳高舉,金碧交輝。梵笑宣而衆庶群瞻,金鐸鳴而諸天共仰。有聲即應,隨感乃通,詎非轉普濟之祥輪,然廣照之法炬也哉……因小憩於支硎,結一庵曰吾與。"按,僧寒石名古風,字澄谷,晚號獨樹老人,有《倚杖吟初稿》《續稿》若干卷存世。嘉慶刻本所收詩文篇目與明鈔本略同。

　　5.《支遁集》一卷《補遺》一卷,邵武徐氏刊本。《叢書集成續編》集部第98册據之影印。書前牌記稱"光緒甲申(1884)春三月,邵武徐氏開雕"。卷端題"支遁集"/"東晉沃州山沙門支道林撰"/"邵武徐榦小勿刊"。有目録。每半頁9行,行22字,白口,左右雙邊,單魚尾,版心鎸刻書名、卷數、頁碼,及"邵武徐氏刊"五字。正文前鈔録阮元撰《四庫未收書目提要》"支遁集提要",復移録慧皎《高僧傳》中《支遁傳》,書後有葉弈跋。葉氏稱:"崇禎己巳得是集於曹生,舅氏爲余録就。八月三日晚,李涵沖偕余對勘一過。原本乃嘉靖乙未七檜山房鈔,爲景陽主人舊籍,五川居士校,各有印記。五川居士氏楊,諱儀,字夢羽,禮部員外郎。"又有光緒十年甲申(1884)徐榦題識:"支公所著文翰十卷,久佚弗傳,乾隆時修《四庫全書》亦無支集。儀徵阮相國得毛扆汲古閣鈔本，始以進呈廣內。聞蘇州支硎山寺亦嘗刊板，顧流傳未廣，余求之數年，不可得。寺經兵燹，板亦久毀。歸安陸氏藏有崇禎間鈔本，因輾轉寫得之。余惟古書日微，況支公清標高詣，名流推挹，其文章誠可寶貴，方謀壽梨棗。適吳縣蔣君敬臣同官浙垣，見示所輯《補遺》一卷，皆集外文，遂並付諸梓。蔣君名清翊，澹於榮利，以著述自娛，所注《王勃集》二十卷，援引該博，最爲學者所重，此特其片甲耳。"此本所據底本爲明末鈔本，而所補遺之作，則全據蔣清翊輯録，計有《與高驪道人書》《與桓太尉論州符求沙門名籍書》《大小品對比要鈔序》《天台山銘序》《文殊像贊》《竺法護像贊》《于法蘭像贊》《于道邃像贊》《逍遙論》《即色論妙觀章》《失題詩》。所輯之作，皆一一標明出處。《補遺》卷末又附有蔣清翊題識，稱："余家藏明人鈔本，尾有'都穆藏書'朱印，僅二卷，凡詩文三十二首，似出後人鈔輯。讀挈經室《四庫未收書目提要》，又校吾郡支硎山寺刊本，其卷目皆與家藏本相符，知支公集存世者只有此本。余病其尚多遺漏，需次多暇，廣加蒐輯，得集外文十首，爲書二、序二、贊四、論二及零詩句，編爲《支遁集補遺》一卷。"

支遁理趣符《老》《莊》，風神類談客，乃外來佛教文化與本土文化相共塑之高僧。其精通般若之學，主張"色不自有，雖色而空，故曰色即爲空，色復異空"。又善援佛釋玄，引玄談佛，左右逢源，造微入幾。支遁駐錫白馬寺，嘗與劉系之等談《莊子》逍遙義。支遁曰："不然，夫桀、蹠以殘害爲性，若適性爲得者，彼亦逍遙矣。"爲是退而注《逍遙篇》，以即色義釋《莊子》逍遙義，以爲至人者不惟適天地之性，亦無執無著，"通覽群妙，凝神玄冥，靈虛回應，感通無方"，故而至"無待""無己"之境。此義一出，群儒舊學，莫不歎伏。支遁至剡，王羲之迎之。既至，羲之謂曰："《逍遙篇》可聞乎？"支遁乃作數千言，標揭新理，才藻驚絕，羲之遂披襟解帶，留連不能去。支遁風神俊逸，揮麈清談，捷機敏識，漁弋山水，領握一時玄標，所傳"支遁相馬""支遁放鶴”“買山歸隱”諸逸事，爲世人所欣羨。支遁才藻警絶，清詞麗句，亦比肩當時名士，所撰詩偈，名理精微，辭藻映發，音聲朗暢，如《詠懷詩五首》其二：“端坐鄰孤影，眇罔玄思劬。偃蹇收神轡，領略綜名書。涉《老》咍雙玄，披《莊》玩太初。詠發清風集，觸思皆恬愉。俯欣質文蔚，仰悲二匠徂。蕭蕭柱下回，寂寂蒙邑虚。廓矣千載事，消液歸空無。無矣復何傷，萬殊歸一途。”其俯仰太玄，徹悟名理，真令人想其風神，思接千古。又如《八關齋詩三首》其三謂：“靖一潛蓬廬，愔愔詠初九。廣漠排林篠，流飆灑隙牖。從容遐想逸，採藥登崇阜。崎嶇升千尋，蕭條臨萬畝。望山樂榮松，瞻澤哀素柳。解帶長陵坡，婆娑清川右。泠風解煩懷，寒泉濯温手。寥寥神氣暢，欽若盤春藪。達度冥三才，恍惚喪神偶。遊觀同隱丘，愧無連化肘。”光音朗暢，情隨境遷，實開謝靈運山水詩之先聲。沈曾植稱：“支公模山範水，固已華妙絶倫；謝公卒章，多托玄思，風流祖述，正自一時。”①支遁與同時之慧遠，同爲中土釋子自撰別集之先者，余嘉錫嘗謂：“支遁始有贊佛、詠懷諸詩，慧遠遂撰念佛三昧之集。”②孫昌武則稱其爲“袈裟下的文人”③。然支遁與慧遠，實以佛學修爲著稱於世，援筆作文固其餘事，非後世鏤心雕肝、刻勵詩文者所能比。

《王梵志詩集》，王梵志撰④

王梵志，不知何許人也。唐末范攄《雲溪友議》卷下稱其“生於

①沈曾植《王壬秋選八代詩選跋》，見沈曾植《海日樓題跋》卷一，遼寧教育出版社 1998 年版，第 365—366 頁。

②余嘉錫《世説新語箋疏》，中華書局 1983 年版，第 265 頁。

③孫昌武《支遁——袈裟下的文人》，載《中國文化》1995 年第 2 期。

④參看齊文榜《百年爬梳，百年開掘：〈王梵志詩集〉散佚整理與輯集研究回眸》（載《漢語言文學研究》2010 年第 2 期）、《王梵志詩集叙録》（載《河南大學學報》2005 年第 4 期）。

西域林木之上,因以梵志爲名"。馮翊子《桂苑叢談》、宋李昉等輯
《太平廣記》卷八二引《史遺》載曰:"王梵志,衛州黎陽人也。黎陽城
東十五里有王德祖,當隋文帝時,家有林檎樹,生癭,大如斗,經三年
朽爛。德祖見之,乃剖其皮,遂見一孩兒抱胎,而德祖收養之。至七
歲能語,曰:'誰人育我,復何姓名?'德祖俱以實語之,因名曰林木梵
天,後改曰梵志。曰:'王家育我,可姓王也。'梵志乃作詩示人,甚有
義旨。"所載頗涉怪誕。或曰隋唐人,或曰初唐人,或曰盛中唐人,或
曰中晚唐人,莫衷一是。未見生平碑傳,有詩三百餘首存世。

王梵志詩集,久佚無傳,清編《全唐詩》竟未登其名其詩。唐宋詩
話、筆記、類書、語録則散見其詩:皎然《詩式》卷一引其"道情詩";范
攄《雲溪友議》卷下録其詩十九首;後蜀何光遠《鑒誡録》卷十"見世
報"條引"欺狂得錢君莫羨"詩;黄庭堅《山谷集》卷三〇有《書梵志翻
著襪詩》一首;惠洪《冷齋夜話》卷十《讀傳燈録》引"梵志翻著襪";南
宋費袞《梁溪漫志》録王梵志詩八首;陳巖肖《庚溪詩話》卷下引"幸
門如鼠穴"詩;阮閱《詩話總龜》卷三九、《後集》卷四三皆引有"城外
土饅頭"詩。書志見録其詩集者,則有鄭樵《通志》卷六七"釋家類"
著録《王梵志詩》一卷,《宋史·藝文志》録《王梵志詩集》一卷,胡震
亨《唐音癸籤》録《王梵志》一卷。

20世紀初,敦煌石室大開,王梵志詩得以重見天壤,然多爲西人
劫掠而去,散見於英、法、俄諸國,殘損嚴重,分卷、來源皆複雜難辨。
今略縷述如下。

1. 英國不列顛博物館藏敦煌寫本王梵志詩。英人斯坦因所獲,
約十二個卷子。

(1)《王梵志詩集》,編號 S. 0778。卷端題"王梵志詩集"/"并
序"/"上"。每行 20—23 字不等。卷末題"大雲寺學士郎鄧慶長"
"壬戌年十一月五日鄧慶長"。原卷殘損,序文尚全,存詩 15 首,殘詩
3 首。序云:"但以佛教道法,無我苦空,知先薄之福緣,悉後微之因

果。撰修勸善,誠勖非違,目録雖則數條,制詩三百餘首。"

（2）編號 S.1399,殘損嚴重,唯存殘詩 13 首。

（3）王梵志,編號 S.2710。原卷末題"王梵志"/"一卷",並有題記:"清泰四年丁酉歲十二月合書,吳儒賢書,從頭自續泛富川。""丁酉"乃後晋高祖天福二年(937),題記偶誤。存詩 65 首,殘詩 1 首。

（4）《王梵志詩》一卷,編號 S.3393。卷端題"王梵志詩一卷",卷末題"王梵志詩一卷盡"。每行 18—21 字不等。下有"二月二十六""二月十八"等字樣。存《兄弟須和順》等詩 91 首,殘 1 首。

（5）編號 S.4277 原卷前後皆殘,每行 23—27 字不等,存《世有一種人》等詩 23 首。

（6）編號 S.4966,前後俱殘,每行 21—22 字不等,存詩 22 首,殘詩 5 首。

（7）《王梵志詩集》卷中,編號 S.5441。卷端三次題"王梵志詩集卷中"/"了道"。每頁 25—27 字不等,卷末殘,存《吾家多有田》等詩 19 首,殘詩 2 首。此卷前爲"季布罵陣詞文",詞文末有題記:"太平興國三年戊寅歲(978)四月十日,泛禮目學士郎陰奴兒自手寫《季布》一卷。"

（8）編號 S.5474。每行 10—11 字,殘損嚴重,但字迹較他卷更清晰,存《托生地好處》等詩 4 首,殘詩 1 首。

（9）編號 S.5641。原卷前後殘損,唯存詩 25 首,殘詩 2 首。

（10）編號 S.5794。殘損嚴重。唯存 11 行。

（11）編號 S.5796。卷端題"王梵志詩集卷上"/"并序",次爲序之全文。次存《遥看世間人》詩 2 首,殘詩 1 首。其餘皆殘。

（12）編號 S.6032。前後嚴重殘損,唯存《官宅不許坐》等詩 4 首,殘詩 1 首。

2. 巴黎博物館藏敦煌寫本王梵志詩。法人伯希和所獲,約十五個卷子,較重要者有如下幾種。

（1）《王梵志詩》一卷，右上編號 4094。凡八個半頁，首半頁右下，次頁、三頁、四頁右下和左下，五頁右下，殘損嚴重。半頁 10 行，行約 17 字，字迹工整清晰，存詩 58 首。第七半頁末二行題"王梵志詩集一卷"，次行題"王梵志詩上、中、下三卷爲一部，又□□□□□。維大漢乾祐二年（949）歲當己酉白藏南□□□□□□"，次行題"葉節度押衙樊文昇奉命寫詩□□□□"，次行書"册謹録獻上伏祈容納請賜□□□□"。下接"夫子勸世詞"，與王梵志無涉。

（2）《王梵志詩集》一卷，右上編號 3833。無界行，行 11 至 13 字不等，字迹潦草，但尚可辨。存詩 52 首，殘 2 首。卷末題"王梵志詩第三"，次行題"丙申年二月拾九日蓮台寺學郎王和通寫記"，下接"孔子項橐相問詩一首"，與王梵志無涉。

（3）《王梵志詩集》一卷，右下編號 3724。有界行，存詩 22 首，殘 1 首。無題款。

（4）《王梵志詩》一卷，右上編號 2718。卷端、卷末各題"王梵志詩一卷"，無界行。行 25 至 27 字不等。下接"茶酒論"一卷，署"鄉貢進士王敷撰"，卷末題"開寶三年壬申歲正月十四日知術院弟子閻海真自手書記"①。所鈔《茶酒論》與《王梵志詩一卷》，字體相仿，當爲同一人所鈔。

（5）《王梵志詩》一卷，右下編號 2842。該卷正面書"太上玄一真人真錠光説無量妙道轉神入定妙經"，已殘損。背面爲王梵志詩，卷端題"王梵志詩一卷"。每行 18 字，末書題記："己酉年二月十三日學士郎□□□全文。"鈔王梵志詩 14 首。

（6）《王梵志詩卷》，右下編號 3558。卷端題"王梵志詩卷"，無界行，每行 17 至 19 字不等，卷末殘留"三年正月十七日三界寺"等字，存詩 91 首，殘 1 首。

---

①按，開寶三年爲"庚午"，即 970 年；"壬申"爲開寶五年，即 972 年，未知確年。

（7）《王梵志詩》卷第三，編號 2914。第一頁 29 行，行約 30 字，首二行殘損較嚴重，末題"王梵志詩卷第三"，又有題記："大漢天福三年庚戌歲閏四月九日金光明寺僧大力自手建記寫畢。"①隔行引"王梵志詩卷第一"中《兄弟須和順》詩 1 首，存詩 21 首，殘詩 1 首。

（8）右上編號 3211。首尾俱殘，無界行，每行 23 至 25 字不等，各詩間有空格，存詩 57 首，殘 4 首。末有"千家文一卷"，"乾寧三年歲丙辰（896）二月十九日，李士郎氾賢信士紀之也"。

（9）編號 3266，前後俱殘。每行約 22 字。存詩 41 首，殘詩 1 首。

（10）《王梵志詩》一卷，右上編號 3656。卷端、卷末各題"王梵志詩一卷"，有界行，每行 20 至 22 字不等，存詩 91 首，殘 1 首。鈔寫甚工。

（11）《王梵志詩》一卷，右下編號 3716。此卷前鈔録《□世》一卷、《瑜伽經》第三十卷、《新集書儀》一卷。下接"王梵志詩一卷"，卷端卷末俱題"王梵志詩一卷"，有界行，行約 24 字。後接《晏子賦》，與梵志詩無涉。

（12）編號 3418。首尾俱殘，存詩 46 首，殘詩 1 首。

除此之外，另有編號 2607，原題"王梵志詩一卷"，爲習字者信筆所書，僅有詩半句；編號 3826，原卷前一部分爲佛教文字；後部分爲王梵志詩，首題"王梵志詩集卷"等。

3. 俄藏敦煌寫本王梵志詩。自光緒二十六年（1900）迄民國四年（1915），沙俄奧勃魯切夫、鄂登堡等至敦煌，竊得寫卷達萬件。1963 年莫斯科出版《亞洲民族研究所敦煌特藏漢文寫本解說目録》第一册，録有《王梵志詩集》五個寫本。

（1）編號：Дх. 1456。原卷卷首殘損，每行 26—28 字不等，無界

①按，天福三年爲戊戌（938），"庚戌"爲乾祐三年（950）。或爲乾祐三年，題記既稱"大漢"，又本年有"閏月"。

行,卷末題記:"大曆六年五月□日,鈔王梵志詩一百一十首,沙門法忍寫之記。"存詩 44 首,部分文字殘缺,卷末尤且嚴重。

此爲迄今發現年代最早之王梵志詩寫卷,與斯坦因、伯希和所劫王梵志詩寫卷的内容皆不同,文獻價值極爲重要。

(2)編號:Дх.1487。原卷首末俱殘,下部邊緣亦殘破,唯存二十四殘行,詩 13 首,部分已殘。

(3)編號:Дх.1488。原卷前後俱殘,唯存 24 行,詩 21 首,部分詩句已殘。

(4)編號:Дх.2852。原卷前後俱殘,唯存 5 殘行,詩 1 首,殘詩 2 首。

(5)編號:Дх.2871。原卷前後及上部皆殘,唯存 15 行,詩 8 首,部分已殘。

近半個世紀以來,中國學者歷經艱辛,遠涉重洋,鈔寫、輯録、整理王梵志詩集,冀得完璧。王梵志詩首次刊布於國内,乃 1924 年劉復(半農)自巴黎博物館所鈔三個寫本(伯 3418、伯 3211、伯 2718),收入其《敦煌掇瑣》,於"瑣三二"據原本題記,標"王梵志詩一卷"。1927 年,胡適將伯 2718、伯 2842、伯 4094 斷爲《王梵志詩集》卷上,與標有"王梵志詩第三"寫本整合成全帙。1935 年,鄭振鐸據伯 2718、伯 3266 兩個王梵志詩鈔本,校録出《王梵志詩》一卷,又據胡適所引寫卷 5 首及散見作品,編爲《王梵志(詩)拾遺》(凡 17 首),收入《世界文庫》。鄭氏此本,雖非王梵志詩之全帙,校勘亦簡,却爲最早校録本。60 年代,王重民《伯希和劫經録》録有巴黎藏王梵志詩。日人編《大正新修大藏經》第八十五册亦收王梵志詩一卷。80 年代,中華書局出版《全唐詩外編》,收録孫望《全唐詩補逸》,輯録王梵志詩 111 首;童養年《全唐詩續補遺》復輯得 33 首。

1980 年,趙和平、鄧文寬撰有《敦煌寫本王梵志詩校注》(分載於《北京大學學報》1980 年第 5 期、第 6 期),嘗試校注伯 3211、伯 3418

王梵志詩,此爲首次校注王梵志詩者。1983 年,張錫厚撰有《王梵志詩校輯》(中華書局 1983 年版)。其凡例稱“基本依據敦煌寫本原卷‘卷次’之順序”,分六卷收詩 348 首,所用底本大抵爲斯 0778、伯 3211、伯 3833、伯 2718、伯 3418 等,不僅標題、校録、輯補王梵志詩,亦扼要注釋語詞。然其常“據文改義”,失校、誤校、誤注處良多,一時商兑、匡補意見頻出。故潘重規言:張著雖爲“第一部完備的‘足本’”,却非“一部無疵的‘善本’”①。1987 年,朱鳳玉著有《王梵志詩研究》,分研究、校注二篇,《校注篇》中覆按原卷,精加校注,並首次披露了列 1456 法忍鈔本殘卷 72 首梵志詩。1991 年,項楚著有《王梵志詩校注》(上海古籍出版社 1991 年版),共據 35 種敦煌王梵志詩殘卷,及新獲列 1456 法忍鈔本殘卷寫本,並勾稽傳世文獻,凡録詩 390 首,釐爲七卷。收詩總量、校注質量,皆後出轉精;而其注釋俗字、俗語、事典,尤爲敦煌學者所欽佩。2009 年,項著又據新近公開俄藏王梵志詩卷,重新予以修訂,使之愈臻完善。

　　王梵志詩以寫本流傳,殘損嚴重,其分卷、來源皆複雜難辨。張錫厚以爲,王梵志詩蓋有兩種版本系統,即三卷本和一卷本。“三卷本”,或標明卷上、卷中、卷下,或標明第一卷、第二卷、第三卷;一卷本則類似家訓、世訓、佛戒,與三卷本相比“迥然不同”②。項楚則認爲王梵志詩的來源有四:一是敦煌寫卷中有編號之三卷本《王梵志詩集》,二是敦煌寫卷中標明爲一卷本之《王梵志詩集》,三是法忍鈔“一百一十首”,四是散見於歷代詩話、筆記、小説之王梵志詩③。

　　王梵志詩集前有無名氏序,略述其創作旨趣:

----

① 潘重規《簡論〈王梵志詩校輯〉》,載 1984 年 8 月 16 日台北《“中央”日報·文藝評論版(21 期)》。
② 張錫厚《敦煌寫本王梵志詩考辨》,見《王梵志詩校輯》,中華書局 1983 年版,第 301—331 頁。
③ 項楚《王梵志詩校注》“前言”,上海古籍出版社 1991 年版。

　　但以佛教道法，無我苦空，知先薄之福緣，悉後微之因果。
撰修勸善，誠勗非違，目録雖則數條，製詩三百餘首。具言時事，
不浪虛談。王梵志遺文，習丁、郭之要義，不守經典，皆陳俗語，
非但智士回意，實亦愚夫改容。遠近傳聞，勸懲令善。貪婪之
史，稍息侵漁；尸禄之官，自當廉謹。各雖愚昧，情極愴然。一遍
略尋，三思無忘。縱使大德講説，不及讀此善文。

　　梵志詩駁雜鄙俚，舉凡懲惡揚善，摹寫世情，化導衆生者，無所不及，
然皆本於佛教無我苦空、因果報應之要義。蓋梵志類如"茫茫大士"
"空空道人"之"遊化僧"，或行走閭巷，贈人以箴言；或托鉢街頭，宣
教以警世，逢場作戲，因人施語，故內容駁雜，似非出自一人之手。然
因其格調相近，好事者鳩集之，都爲數卷，皆繫其名爾。
　　梵志詩多五言俗語、俚語，翻轉騰挪，嘻笑怒罵，嘲謔譏諷，無不
痛徹淋漓，令人省思。如第一首："遙看世間人，村坊安社邑。一家有
死生，合村相就泣。張口哭他屍，不知身去急。本是長眠鬼，暫來地
上立。欲似養兒氈，回乾且就濕。前死深埋却，後死續即人。"世人皆
戀生懼死，梵志則據以佛教之"苦諦"，宣傳人生本苦，生不如死，讀之
令人醍醐灌頂，如冷水澆背。又如："不净膿血袋，四大共爲因。六賊
都成體，敗壞一時分。風者吹將散，火者焰來親。水者常流急，土者
合成人。體骨變爲土，還歸足下塵。"則警誡世人妄認"四大"爲身
相，六塵緣影爲自心。又如："吾死不須哭，徒勞枉却聲。祇用四片
板，四角八枚釘。急手深埋却，臭穢不中亭。墓内不須食，美酒三五
瓶。時時獨飲樂，飲盡更須傾。只願長頭醉，作伴喚劉伶。"則又示超
然生死態度，故釋皎然謂其詩"外示驚俗之貌，内藏達人之度"。
　　梵志詩不循軌經典，摒棄風雅比興之義，難免爲正統雅士所輕
視。然其詩於詼諧、鄙俗之表，實藏驚世駭俗之意，如其詩謂："梵志
翻著襪，人皆道是錯。乍可刺你眼，不可隱我脚。"黄山谷評曰："一切

衆生顛倒,類皆如此,乃知梵志是大修行人也……此‘翻著襪法’也。”陳善《捫蝨新話》卷五云:“知梵志翻著襪法,則可以作文;知九方皋相馬法,則可以觀文章。”“翻著襪法”實即梵志詩法。胡適《白話文學史》評梵志爲“唐朝最偉大的詩人”,固然爲恢張其所執“雙綫文學史觀”,然梵志詩風格特異,洵於古詩中別開一徑。嗣後,白話詩代有傳人,寒山、拾得、豐干即直承其緒,文人學士亦偶徵用之,而邊陲鄉野傳其詩者愈廣。應縣木塔出土之遼代秘藏中有《諸經偈語(十一則)》,風格極似之,其第十首“城外一所土饅頭,餡草都是人骨頭。各人吃一所,有甚没來由”,明顯化用於“城外土饅頭”一首。

《寒山子詩集(附拾得豐干詩)》,寒山子撰[①]

　　寒山子,不知何許人。前蜀道士杜光庭《仙傳拾遺》記其大曆中隱居天台翠屏,“好爲詩”,咸通十二年(871)復以“貧士”身份訓誡毘陵道士李褐。静、筠二禪僧所編《祖堂集》,成書於南唐保大十年(952),其卷一六載潙山靈祐(771—853)杖錫天台,偶遇“逸士”寒山。晚唐李山甫、貫休、齊己亦有詩及之。蓋其人行止怪異,蹤迹莫定,隱迹寒巖,故自名之。或曰貞觀人,或曰大曆人,衆説紛紜,概無定讞。著有《寒山子詩集》傳世。

　　世傳《寒山子詩集》卷首有署“朝議大夫使持節台州諸軍事守刺史上柱國賜緋魚袋間丘胤”所撰之序。序中謂寒山隱居天台寒巖,時還國清寺,寺中拾得常收貯餘殘菜滓於竹筒内,若來即負而去。間丘薄宦丹丘,忽縈頭痛,訪豐干禪師,知有寒山、拾得之事。及間丘遷台

州刺史，特往禮拜，二人連聲叫唤，把手出寺，遽歸寒巖，閭丘追之未及。乃歸郡，製净衣、香藥等特送寒巖供養，寒山子見狀，高聲喝曰"賊，賊"，退入巖穴，其穴自合。拾得亦迹沉無所。閭丘遂令僧道翹尋其行狀，於竹木、石壁書詩並村墅人家廳壁上所書文句三百餘首，及拾得於土地堂壁上書言偈，並纂集成卷。

閭丘胤乃貞觀間人，其序一出，爲世人採信。然近人余嘉錫廣搜史料，精密考辨，力證其僞，並疑出於晚唐曹山本寂（840—901）之手："疑本寂得靈府所編寒山詩，喜其多言佛理，足爲彼教張目，惡靈府之序而去之，依托閭丘，别撰一序，以冠其首。"[1]余氏證僞頗爲人認可，惟其疑出本寂之手，似不足爲據。本寂乃曹洞初祖，循理不應作此等詭事，其撰者仍有待考實。今所見較早引述此序者，乃成書於端拱元年（988）之《宋高僧傳》，故此序所出至遲不晚於是年。

閭丘胤之序，雖係僞作，然所述之事並非全然鑿空附會。如其狀寫寒山形貌，可與集中《時人見寒山》《我在村中住》《寒山出此語》《憶得二十年》諸詩互讀；而其言寒山、拾得、豐干三人關係，則可與寒山《慣居幽隱處》、拾得《從來是拾得》《寒山自寒山》諸詩相印證。蓋此序所本即寒、拾詩歌，且闌入稗言傳説，頗契合人們想象，故後世所傳《寒山詩集》常照章移録，徵信無疑。

寒山身份原本混沌不清，儒耶，佛耶，道耶，似難辨清。閭丘胤序中藉豐干之口謂"寒山文殊，遯迹國清；拾得普賢，狀如貧子"，將二人視爲"應化高僧"。宋人僧傳、燈史若《宋高僧傳》《景德傳燈録》《五燈會元》《天聖廣燈録》等，據之而衍生出衆多應化之迹，或發言先覺，或知人休咎，與寶志、傅大士、慧思、僧伽、萬回、布袋、金華和尚、蜆子和尚等並爲"禪門散聖"。宋元畫師梁楷、牧溪法常、因陀羅、顔

①余嘉錫《四庫提要辨正》卷二〇《寒山子詩集二卷附豐干拾得詩一卷》，中華書局 1980 年版，第 1263 頁。

輝等人更摹寫其狀,寒山、拾得作爲高僧,遂成定格。

　　寒山詩最初之結集,亦難考實。托名閭丘胤之序言爲道翹“纂集成卷”,《仙傳拾遺》卷四則謂“桐柏徵君徐靈府序而集之”。靈府乃中唐道士,著有《天台山記》,寶曆初年嘗至天台,則其彙集寒山詩當在寶曆間(825—827)。王堯臣《崇文總目》卷十“釋書類”著録爲“《寒山子詩》七卷”;《新唐書》卷五九“道家類”録有“《對寒山子詩》七卷”;尤袤《遂初堂書目》録爲“寒山詩”,依其體例,未載卷數;鄭樵《通志》卷六七録爲“《寒山子詩》七卷”,多入於“釋家類”。

　　宋元明清,寒山詩集屢經鈔寫、翻刻、重刻,凡著録傳世之刻本、寫本、注本、校本達百餘種之多。項楚、陳耀東、錢學烈、段曉春、李鍾美等多有研究。

　　據陳耀東所考,存世寒山詩大體可分四個系統:一爲宋刻本《寒山拾得詩》之“二聖詩”系統。《宋史·藝文志》所録“僧道翹《寒山拾得詩》一卷”,當依此本。宋原刻二聖本,今未見傳。錢曾《讀書敏求記》卷四録有《寒山拾得詩》一卷,云:“胤令國清寺僧道翹纂集文句成卷,而爲之序贊。附録《拾得録》於詩之前,惜乎傳世絶少。此宋刻摹寫,考《南》《北藏》俱未收。”黃丕烈或亦藏有影本,其《跋寒山拾得詩一卷》記曰:“余向收一精鈔本,似與遵王藏本類,當亦宋刻摹寫者也。惜首尾略有殘缺耳。”二爲宋刻本《寒山子詩》一卷、《豐干拾得詩》一卷系統。南宋初年刊本、《全唐詩·寒山子詩》編録本、陳廣《陳氏叢書》本等,皆出自此一系統。三爲國清寺本系統。此本乃國清寺僧志南淳熙己酉(1189)所刊,首有閭丘胤序,次“朱晦庵與南老帖”,次寒山詩,五、七言不分,總307首,次豐干録,詩2首,次拾得録,詩49首,卷後有志南撰《天台山國清禪寺三隱集記》,版心題“三隱集”。宋紹定二年(1229)東皋寺本、宋無我慧身本,或皆源自此本。東皋寺本國內未見傳本,後者繆荃孫曾藏有一本。明代萬曆庚戌(1610)比丘明吾重刻本、明嘉靖四年(1525)國清寺僧道會刊行,皆屬此一系統。四爲寶祐本系統。此本初刻於南宋杭州郭宅紙鋪,多爲高麗所翻刻,有元元貞丙申(1296)朝鮮本、朝鮮朴景亮本、明高麗比丘可立覆宋本、明正德九年(1514)淮月軒人玉峰翻刻朝鮮本(《四部叢刊》據此本影印,與南宋慈受懷深擬寒山詩148首合編,末有黄丕烈跋)、萬曆己卯(1579)台州太守計謙亨刻本、明廣州海幢寺刻本、吳明春刻本、清雍正十一年(1733)御選本,蓋皆屬此一系統①。寒山詩集版本,源流至爲複雜,陳氏之説未必爲定論。錢學烈則以爲有五大系統:宋版本、國清寺本、東皋寺本、無我慧身本、寶祐本;李鍾美以爲有三大系統:國圖藏宋刊本、國清寺本、朝鮮本②。

今所見寒山子詩集版本,有四種:南宋初年刊本,朝鮮刊本,嘉靖四年(1525)刻本,萬曆二十七年(1599)計謙亨刻本。

1.《寒山詩集》,南宋初年刊本。見藏於國家圖書館。半頁11行,行18字,白口,左右雙欄,單黑魚尾,版心題"寒山子詩"。首載閭丘胤序,次寒山詩,次"豐干禪師録"及其詩,次"拾得録"及其詩。内鈐"宋本""毛晋私印""子晋""汲古主人""天禄琳琅""乾隆御覽之寶""曾在周叔弢處"等印。可知,此本最早爲毛晋庋藏,清宫天禄琳琅遞藏,後歸周叔弢。周氏題識曰:

> 此本原書褚墨精雅,其刊印地無可考,以字體審之,當是南宋初杭州雕本。余於丁巳十一月,與宋紹興本《諸史提要》同得於天津……因念《寒山子詩》世無善本,遂用西法攝影,付北京文楷齋模刻。

民國十三年(1924),周氏委託董康影刻,民國十八年(1929),商務印

---

①陳耀東《寒山子詩集版本研究》,世界知識出版社2009年版。
②李鍾美《寒山詩版本源流考》,浙江大學2004年博士後出站報告。

書館重印《四部叢刊》，隨即抽换了第一次影印時所用朝鮮刻本，而採用周氏影刻本。建國後，周氏又將其捐獻國家圖書館。

此本五、七言雜陳，收寒山詩 313 首，豐干詩 2 首，拾得詩 54 首，内有雙行小字夾注，或以反切注音，或解釋字義，或訂正文句及順序異同。此本又稱爲"南宋浙刻本"，或"天禄宋本"。

2.《寒山詩》一卷《豐干拾得録詩》一卷《慈受深和尚擬寒山詩》一卷，朝鮮刻本。見存於國家圖書館。扉頁題"寒山詩附豐干禪師録，拾得録、詩，慈受深和尚擬寒山詩"/"士禮居重裝"。第二頁手書"錢遵王讀書敏求記"/"寒山拾得詩一卷"/"季滄葦書目"/"寒山子詩二卷"，及牌記"寒山詩、拾得詩"/"明朝鮮(1514)刻本"。内鈐"鐵琴銅劍樓""稽瑞樓""士禮居藏"等印。半頁 10 行，行 16 字，白口，四周單邊，雙魚尾，版心鎸"三隱"及頁碼。正文前有閭丘胤《寒山子詩集序》，所録寒山詩分五言、七字、三字編次，卷端題"寒山詩"，卷末有"杭州錢塘門裏車橋南大街郭宅紙鋪印行"。《豐干拾得録詩》卷末則附有志南《天台山國清禪寺三隱集記》、陸游《與明老帖》，並附有釋音，末題"比丘可立募衆刊行"。所録慈受懷深擬寒山詩，卷端題"慈受深和尚擬寒山詩"/"慈受叟懷深述"。正文前有慈受懷深序，略云："余因老病，結茅洞庭，終日無事，或水邊林下，坐石攀條，歌寒山詩，哦拾得偈，適與意會，遂擬其體，成一百四十八首。雖言語拙惡，乏於文采，庶廣先聖慈悲之意。建炎四年二月望日序。"書末附有淮月軒人玉峰跋，其稱："余昔庚午秋，自關東行脚至金剛山之正陽庵，得斯集於隱溪禪翁，如對聖賢，欽詠不戳，足見三聖風采……余既得之，不可私秘，亦因隱溪禪宿之獎，命工鋟梓，以壽其傳。"淮月軒人，即白光勳(1537—1582)，字彰卿，號玉峰，朝鮮著名詩人，詩宗唐人，著有《玉峰集》。書末又有黄丕烈跋，其云：

寒山、拾得詩一卷，載諸《讀書敏求記》，此從宋刻摹寫。余向收一精鈔本，似與遵王所藏本類，當亦宋刻摹寫者也。惜首尾略有殘闕耳。後五柳主人自都中寄一本示余，楮墨古雅，甚爲可愛。細視之，乃係外洋版刻。惜通體覆背俱用字紙，殊不耐觀。頃命工重裝，知有失去半葉者，共四處，以洋昏補之。復取向所收者，核其文理，始信二本互異，詩之序次有先後，分七言於五言之外，洋版所獨此。拾得詩“雲林最幽棲”一首內“日斜掛影低”句，精鈔本“日”字下俱缺，此外皆不可考矣。故茲所失四半葉，無從補全。而二本版心，彼題“寒山子詩”，此題“三隱”，後又云深詩本不相類也。惜遵王所記但云傳世絕少，豈知宋刻摹寫之外，尚有他刻流傳於世耶？此刻似係洋版，然寒山詩後有一條云“杭州錢塘門裏車橋南大街郭宅□鋪印行”，則又不知此刻之果爲何地本矣。俟與藏書家諗之。嘉慶丁卯春三月二十有五日，復翁黃丕烈識。

據李鍾美《〈寒山詩〉版本研究》透露，今韓國精神文化研究院仍存有朝鮮覆刻元本，黃丕烈所云“失四半葉”者，即有《慈受深和尚擬寒山詩》卷末所附題記一則，其云：“門人慈覺大師文剛校正，大德辛丑松坡曹林命工鋟梓，用廣流通。沙門巘崖可立勸緣，□□錢塘門裏車橋南大街郭宅紙鋪印行。”則此本最早當由大德五年辛丑（1301）釋可立所刊，後由白光勳覆刻。《四部叢刊》首次影印寒山詩，所據即爲此本。

　　3.《寒山詩集》一卷附豐干拾得詩，明嘉靖四年（1525）釋智能刻本。見存於國家圖書館。卷端題“寒山詩集（豐干、拾得詩附）”，半頁9行，行21字，白口，四周單邊，單魚尾，版心鐫“寒山”及頁碼。前有閭丘胤《寒山子詩集序》《朱晦庵與南老索寒山子詩帖》《陸放翁與明老改正寒山子詩帖》。閭丘胤序後有“范上舍、盧上舍”六字。頁四十四“拾得詩”下有“張宗堯”三字。頁四十九錄“拾得詩”後附：

"按：'三隱詩'，山中舊本如此，不復校正。博古君子，兩眼如月，政要觀雪中芭蕉盡耳。"書末又附有釋志南淳熙十六年（1189）孟春十九日《天台山國清禪寺三隱集記》，篇名下有"陸文德"三字。末頁有牌記："嘉靖四年六月□日，國清寺住持道金、信士賈石溪同助化局，道人智能□□刊行。"按，此本當源自南宋淳熙十六年國清寺釋志南刊本。

4.《寒山子詩》附拾得、豐干詩，萬曆計謙亨刻本。見存於國家圖書館。卷端題"寒山子詩集"。内鈐"大雲精舍""羅王印"等方印。半頁8行，行17字，黑口，四周單邊，上魚尾，版心鎸"寒山子詩集"及頁碼。字大如錢，字體清秀。前有閭丘胤序，及王宗沐序。王宗沐序曰：

　　粤自嚴滄浪以禪言詩，遂爲千古玄論，彼以爲詩之神理似禪，而情非近禪者，詩終不工。爾乃天台寒山子以禪入聖，據其小傳所載，謂神能入石，爲文殊應世者，則其爲詩，豈非本色人語耶？故其集中之清幽冷淡，則如萬仞巖崖，風吹月照；其深永隱奧，則如洪流大造，源渺幾玄；其淺俗潦倒，則如衲衣瓦鉢，垂手入塵，真詩家之上乘也。昔之語寒山者多矣，皆涉附會。考其與趙州諗禪師同時，乃貞元間人，而其詩中往往微露其從軍豪宕之氣，計是時唐以分裂，豈係各藩鎮之忠臣義士，曾爲將及柄兵者，不得志而逃於禪者邪？嗟乎！寒山既已成佛，遊戲神通矣，又何意以詩名，此如空谷傳聲，乾坤間一段真韻天籟也。而世顧無有好之者。乃吾馬平益軒計公來守台郡，獨愛而梓之以傳。公文武經緯，高才孤韻，並其博綜群典，摛藻玄詣，真凌躪作者，皆不愧寒山。余嘗謂公門人陳生公綸曰："安知公非如嚴首座、戒長老，與寒山爲後身耶？"陳生唯唯稱賞。詩刻成而公示余，因書此以附於卷端，使寒山有知，其以余爲饒舌邪？然後人因余言，可知寒山，且知公也。時萬曆己卯二月朔，郡人王宗沐書。

王宗沐（1523—1592），字新甫，號敬所，臨海人。嘉靖二十三年（1544）進士，授刑部主事。官至山西、山東等地布政司，著有《敬所文集》三十卷等。

此本首收寒山詩，次拾得詩，次豐干詩。卷末有釋普文跋，其云："大聖愍衆生溺於淫殺業海，不能解脱。是以乘大願輪，垂迹混塵，觸境題詠，含蓄至理，此其陰有遺付也。凡具死心者，請勸覺悟云。萬曆己亥冬，釋普文題於幻寄齋。"按，國圖定此本爲萬曆七年（1579）刻本，據普文跋，則當爲萬曆二十七年（1599）刻本。此本後又爲《嘉興藏》收入。

今人注釋、校勘寒山詩集者亦達數十種，較著者有黃山軒《寒山詩箋注》、曾普信《寒山詩解》、卓安琪《寒山子其人及其詩之箋注與校定》、李誼《禪家寒山詩注》、錢學烈《寒山詩校注》及修訂本《寒山拾得詩校評》、徐光大《寒山子詩校注》、葉珠紅《寒山詩集校考》；而項楚《寒山詩注（附拾得詩注）》廣集版本，備舉異文，注釋精詳，最爲學人崇尚。

寒山詩凡三百餘首，皆無篇目，後人常取首句爲題。清人王士禛評曰："其詩有工語，有率語，有莊語，有諧語，至云'不煩鄭氏箋，豈待毛公解'，又似儒生語，大抵佛語菩薩語也。"寒山嘗自評其詩曰："下愚讀我詩，不解却嗤誚。中庸讀我詩，思量云甚要。上賢讀我詩，把著滿面笑。楊修見幼婦，一覽便知妙。"又云："家有寒山詩，勝汝看經卷。書於屏風上，時時看一遍。"又云："若能會我詩，真是如來母。"其自負若是。今觀所作，意趣駁雜，風格千變，或闡理發微，或逗引機趣，或警策流俗，或思與境偕，雅語俗言，嬉笑怒罵，皆從胸臆中流出，不煩繩削而自合，不學詩而無不以詩。然則，其詩實萃取古人菁華，既有楚辭、漢魏古詩之遺風，亦有齊梁、唐人之風調。若《有人兮山徑》一首，許彦周《彦周詩話》以爲"雖使屈宋復生，不能過也"；《春女炫容儀》一首，乃仿漢樂府《陌上桑》而作；《一人好肚皮》《我見百十狗》《東家一老婆》等白話勸俗詩，則效寶志、王梵志家數；《杳杳寒山道》《重巖我卜居》《登陟寒山道》《層層山水秀》《高高峰頂上》諸篇，風致則近於王維禪境詩；《可貴天然物》《余家有一窟》等，則與中唐叢林禪偈相接。源流所自，燦然分明，惟其能淬煉菁華，自成一體，别開生面。故自結集以來，頗得詩家所重，王安石、蘇軾、陸游、汾陽善昭、慈受懷深皆模範擬作，南宋曹勳徑稱其詩爲"寒山體"，南宋張良臣《酒熟》則曰"濁醪初熟薦霜螯，不擬寒山不廣騷"，直與"騷體"並重。

北宋熙寧五年（1072），日僧成尋訪天台，於國清寺僧禹珪處得《寒山子一帖》，翌年即命弟子賴緣等五人携《寒山詩集》歸國，寒山詩遂遠播東瀛。此後，日人不惟翻刻、校訂、注釋、研究寒山詩，小説、禪詩、俳句、繪畫、舞俑等亦常以其人其事爲創作題材。20世紀中葉，寒山詩流布歐美，備受推崇，"迷惘一代"竟視其爲精神偶像，聲名愈顯，意義愈彰。而個中要義，蓋以其瘋癲佯狂，藐視權威而深孚異國之信衆矣。

《吴興晝上人集》十卷，釋皎然撰

皎然（720—798？），字清晝，湖州人（今屬浙江），謝靈運十世孫。幼負異才，嘗赴京應舉不第，遂棄世。初登戒於靈隱守真律師，留心毗尼道。後博訪名山法席，罕不登聽。中年定居於東溪草堂，謁諸禪祖，了心地法門，日與禪伯詩友遊。文章儁麗，時號爲"釋門偉器"。于頔、顏真卿嘗命其纂修《韻海鏡源》二十餘卷，著有《杼山集》《詩式》《内典類聚》《號呶子》等。贊寧《宋高僧傳》卷二九有小傳，今人賈晋華撰有《皎然年譜》。

　　皎然別集稱名頗雜,《新唐書》卷六〇"藝文四"稱"《皎然詩集》十卷",晁公武《郡齋讀書志》卷四中稱"皎然《杼山集》十卷"、陳振孫《直齋書録解題》卷一九稱"《吳興集》一卷"①,焦竑《國史·經籍志》稱"《皎然集》",錢謙益《絳雲樓書目》稱"《杼山集》",徐乾學《傳是樓書目》録有"《杼山集》四卷"和"《晝上人集》十卷"兩種。錢曾《讀書敏求記》卷四上著録《吳興晝上人集》,自稱所藏即于頔採集本,"今漫稱《杼山集》,乃後人所題,非原書矣,識者辨之"。吳焯《繡谷亭薰習録·集一》亦稱:"當時稱《吳興晝上人詩》,《杼山集》之名,乃後人所題。"南宋釋本覺《釋氏通鑒》卷九載皎然曾"哀所著詩文火之",則皎然詩集稱名混亂,不無原因。

　　據成亞林《皎然集考》,今存皎然別集版本有二十餘種,或名《晝上人集》,或《杼山集》,或《皎然集》,版本則有鈔宋本、補遺本、分體刊本、一卷本等。現今著録最早的版本爲明嘉靖六年(1527)柳僉鈔宋補遺本,已佚;現存最早版本則爲明錢穀嘉靖二十六年(1547)前後所鈔《晝上人集》,藏於北京大學圖書館②;而較常見者有《四部叢刊》本、《四庫全書》本,另有明清鈔本多種存世。筆者所見則有五種:《四部叢刊》本、湖東精舍明鈔本、葉氏賜書樓明鈔本、無名氏清鈔本、繡佛齋清鈔本等。

　　1.《吳興晝上人集》十卷,二册,《四部叢刊初編》據江安傅氏雙鑒樓藏影宋精鈔本影印。封頁有牌記"上海涵芬樓借江安傅氏雙鑒樓藏景宋寫本景印,原書葉心高營造尺六寸七分寬五寸"。卷端題"晝上人集"/"吳興釋皎然"。半頁 11 行,行 20 字,左右雙邊,白口,

---

①按,陳氏所謂"《吳興集》一卷",實非皎然個人撰述。《吳興集》,《新唐書·藝文志》别集類,係於顏真卿下,著録爲十卷。據賈晉華《大曆年浙西聯唱〈吳興集〉考論》(載《寧波大學學報》1991 年第 1 期),是書乃"真卿於大曆中任湖州刺史時與文人詞客聯唱之總集",皎然止預列其中爾。
②成亞林《皎然集考》,華中師範大學 2013 年博士論文。

間有雙行小字注。正文前有貞元八年（792）正月十日《敕浙西觀察使牒湖州》，朝議郎大夫守湖州刺史于頔《吳興晝上人集序》。據牒文稱，晈然集"庫內無本，交闕進奉，牒使請速寫"。釋氏別集，向不爲人重視，因帝王欽命結集者，古來惟晈然一人，一時"天下榮之"。胡震亨《唐音癸籤》卷二七云："唐人詩集，多出人主下詔編進。如王右丞、盧允言諸人之在朝籍者無論，吳興晝公，一釋子耳，亦下敕徵其詩集置延閣。更可異者，駱賓王、上官婉兒，身既見法，仍詔撰其集傳後，命大臣作序，不泯其名。重詩人如此，詩道安得不昌？"

于頔序稱："貞元壬申歲，余分刺吳興之明年，集賢殿御書院有命徵其文集。余遂採而編之，得詩筆五百四十六首，分爲十卷，納於延閣書府。"于頔（？—818），字允元，河南洛陽人，以門蔭補千牛，調授華陰尉。貞元七年（791）出爲湖州刺史，元和間官至宰相。"壬申"乃貞元八年，則允元甫接牒文，旋即採編晈然詩集。是集共收晈然詩文546篇。卷一至卷七收詩，各卷編次順序大體由五言而至七言，卷八、卷九收塔銘、贊文、碑銘、書札，卷十則收與諸友之聯句。惟卷一附有于頔《郡齋臥疾贈晝上人》、韋應物《寄晈然上人》、秦系《奉寄晝公》三首唱和詩。其詩每於詩題中冠有五言、七言、雜言字樣，以標明詩體，如《五言奉酬于中丞使君郡齋臥病見示》《雜言寓興》《五言陪盧使君登樓送方巨之還京》。此一體例，於唐人別集中不多見，不知晈然作詩即有此習慣，抑或于頔編次時所附入。

2.《杼山集》十卷（存一至七卷），四冊，明湖東精舍鈔本。見存於國家圖書館。卷端題"杼山集"/"吳興釋晈然清晝撰"。半頁10行，行18字，白口，黑格，左右雙邊，上魚尾，中縫下題"湖東精舍"。正文前有牒文及于頔序，及目錄。目錄稱原有十卷，今只存卷一至卷七，知散佚三卷。湖東精舍，未詳何人書舍。此本後歸傅增湘所藏，傅氏《藏園群書經眼錄》卷一二著錄云："文友堂魏文傳見之於冷肆，憫其殘佚，爲余收得，將補寫三卷以足之。"然傅氏補足本，今未見。

此本雖非完帙,然較《四部叢刊初編》本,從《才調集》《唐僧弘秀集》等總集中輯有 26 首佚詩。成亞林以爲,湖東精舍本即影鈔自柳僉補遺本。

3.《晝上人集》十卷,二册,明葉氏賜書樓鈔本。見存於國家圖書館。卷端題"晝上人集"/"吳興釋皎然"。內鈐"葉伯寅圖書""葉恭焕印""鐵琴銅劍樓"等印。半頁 10 行,行 20 字,小注雙行,白口,黑格,四周單邊,無魚尾,中縫下書"賜書樓"三字,天頭、地尾多有批註。首册首頁及第二册末頁俱有木記,爲一七絶:"百計尋書志亦迂,愛護不異隋侯珠。有假不返遭神誅,子孫不寶真其愚。"據張金吾《愛日精廬藏書志》卷二九,是書曾經錢磬室遞藏,此七絶爲其藏書印記。正文前亦有牒文及于頔序。書末有葉恭焕題跋:

> 《晝上人集》二册,乃無錫談學山綽板釘宋鈔本。磬室因得借録。予與錢子契合,遂借録焉。《晝上人集》,人有藏者,不能如此之備。予何幸躬逢其盛,因記以示後人。括蒼山人恭焕頌志。

此本原據宋鈔本鈔録,爲談學山所藏,"錢子"(即錢穀)曾借鈔,葉氏因與錢穀交好,亦鈔録一部。葉恭焕,字伯寅,自號括蒼老人,崑山葉盛玄孫,賜書樓爲其藏書樓。昆山葉氏自葉盛(1420—1474)以來,即戮力聚書,至恭焕已近百年,猶如此珍視,足見皎然集至明代已屬稀見之物。

4.《晝上人集》十卷,二册,清鈔本。見存於國家圖書館。卷端題"晝上人集"/"吳興釋皎然"。半頁 11 行,行 20 字,無框,無格,中縫題"皎然集"及頁碼。正文前有牒文及于頔序。內鈐"汪士鍾藏""從吾所好""武陵仲子""攤書豈薄福所能""瑤吟頤唱逸興歸飛"等印。可知是書曾爲乾嘉間汪士鍾所藏。

5.《皎然集》十卷，一册，**清繡佛齋鈔本**。見存於國家圖書館。半頁9行，行22字，白口，四周單邊，有格，單魚尾，中縫上題"皎然集"及卷數，中間題頁碼，下題"繡佛齋藏本"。據楊延福、楊同甫編《清人室名别稱字號索引》，清人室名爲"繡佛齋"者，分屬納蘭性德、馮甦、劉肇域，則此本未審歸屬何人。内鈐"曾在周叔弢處""壽山固輔借觀"等印。正文前八個半頁録有《欽定四庫全書總目》《欽定四庫全書簡明目録》《浙江採集遺書總録·辛集》《郡齋讀書志》《直齋書録解題》《文獻通考》《讀書敏求記》《愛日精廬藏書志》等公私書目著録皎然集之情况。此八個半頁無格，異於正文，或爲後人補録。次爲牒文及于頔序，又次爲于頔《郡齋卧疾贈畫上人》詩。傅增湘《藏園群書經眼録》卷一二亦著録。

皎然詩多爲酬贈、唱和之作，無論簪組布衣，抑或山林野客，凡道同者則必交之，交之則必高吟唱道。集中與顔真卿唱和詩二十餘首；稱于頔"若非禪中侣，君爲雷次宗""若作詩中友，君爲謝康樂"；與陸鴻漸莫逆交；時諺又有"雪之晝，能清秀；越之澈，洞冰雪；杭之標，摩雲霄"，則譽其與靈徹、道標之交。皎然實爲中唐儒釋交遊典範，嘗撰有《儒釋交遊傳》，已佚不存，顧其名，當載文士與僧侣事迹。其於儒者倡"吏隱"，於僧侣則倡"詩禪"，故能彌縫方内、方外界綫。《宋高僧傳》卷二九評其："清浄其志，高邁其心，浮名薄利，所不能唼，唯事林巒，與道者遊。"其與詩友禪伯唱和，大抵談禪論詩，烹茗品茶，悠遊林下。惟集中《答李季蘭》一詩"天女來相試，將花欲染衣。禪心竟不起，還捧舊花歸"，頗引物議。季蘭乃女冠，美姿容，善彈琴，浮艷佻達，不縛女德，與朱放、陸羽、閻士和皆過從甚密，皎然竟不顧自家身份，實有違佛門之教規矣。

皎然詩風清麗、閒雅。于頔評曰："極於緣情綺靡，故詞多芳澤；師古興制，故律尚清壯。其或發明玄理，則深契真如，又不可得而思議也。"胡震亨《唐音癸籤》卷八亦曰："皎然《杼山集》，清機逸響，閒淡自如。讀之，覺別有異味在咀嚼之表，當縣雅慕曲江，取則不遠爾。"皎然著有《詩式》《詩議》，備陳作詩法度，爲唐人詩格重要著作。其論詩，"尚於作用，不顧詞采，而風流自然"，又以"但見情性，不睹文字"爲"詩家之極則"。然平心而議，其詩與理想尚有距離，後人以爲"實不忝江南謝之遠裔矣"。

　　皎然詩文集中"詩僧"一詞凡兩見，《酬別襄陽詩僧紹微》與《答權從事德輿書》稱靈徹上人"齊梁已來，詩僧未見其偶"，此爲最早以"詩僧"稱名擅詩之僧侶。稍後劉禹錫《澈上人文集序》則曰："世之言詩僧，多出江左。靈一導其源，護國襲之，清江揚其波，法振沿之，如幺弦孤韻，瞥入人耳，非大樂之音。獨吳興晝公，能備衆體。晝公後，澈公承之。至如《芙蓉園新寺詩》云：'經來白馬寺，僧到赤烏年。'《謫汀州》云：'青蠅爲吊客，黃耳寄家書。'可謂入作者閫域，豈獨雄於詩僧間邪？"釋子作詩，始於東晉慧遠、支道林，繼之湯惠休、寶志，皆名於世，然未以"詩僧"稱者。皎然發明"詩僧"一詞稱紹微、靈徹，足見中唐釋子尚詩風氣之盛，而皎然又爲其中之代表。宋人葉夢得不喜僧詩，然亦謂"皎然最爲傑出"。皎然詩風清麗，殊異於寶志、王梵志等人勸世白話詩，實開創僧詩"清境"一派。後世言"僧詩"者，亦多以其爲旨歸。

《船子和尚撥棹歌》不分卷，釋德誠撰

　　德誠，約生於大曆元年（766）後，卒於開成元年（836）[1]，四川武信（今遂寧）人。節操高邈，度量不群，參澧水藥山惟儼禪師，盡道三十年，後翩然泛舟於朱涇、松江之上，逍遥於烟波、蘆葦之間，綸釣舞

---

[1]德誠生卒年，參看高慎濤《唐釋德誠〈船子和尚撥棹歌〉考論》，載《江漢論壇》2010年第11期。

棹，隨緣度世，時人莫測其高深，稱爲“船子和尚”。夾山善會曾參禮之。德誠曰：“坐主住甚寺？”善會曰：“寺即不住，住即不似。”德誠曰：“不似似個什麼？”善會曰：“目前無相似。”德誠曰：“何處學得來？”善會曰：“非耳目之所到。”德誠曰：“一句合頭語，萬劫繫驢橛。垂絲千尺，意在深潭。離鈎三寸，速道速道。”善會擬開口，德誠便以篙撞入水中，因而大悟。頃刻，德誠覆舟入水而逝，莫知所終。咸通十一年（870），釋藏輝於德誠覆舟處建法忍寺，後人奉爲“船子道場”。有《撥棹歌》39 首存世。生平略見《祖堂集》卷五、《景德傳燈録》卷一四、《五燈會元》卷五、《古尊宿語録》卷四八。

《船子和尚撥棹歌》不分卷，一册，元刻本，見存於上海圖書館，《續修四庫全書》集部第 1722 册據此影印。開本高 22 釐米，寬 12.7 釐米，半頁 6 行，行 15 字，白口，黑格，左右雙邊，雙魚尾，版心鐫“棹歌”。正文前有天曆二年（1329）釋善慶序，無名氏《華亭朱涇船子和尚機緣》。釋善慶序曰：

> 　　藥山和尚嗣法者有六人，船子誠師其一也。師見藥山有證悟，與道吾、雲巖爲伯仲。負不羈之志，放浪於山水之間，以接來學。後因夾山求參訣，以藥山宗旨授之。載之方册可考，不復重述。朱涇法忍、坦寶二上人，以師機緣洎前輩名尊宿偈贊出示，欲余語叙其端。吁！是太虚空加繪畫耶？上人請益勤，因言曰：達摩之道至大鑒，大鑒至青原，青原至石頭，石頭至藥山，輾轉付授，遞相鈍置，早是埋没己靈了也。何况諸方老凍儂爲蛇添足，去道遠矣。雖然，道本無言，須假言而顯。譬如琴瑟箜篌，雖有妙音，若無妙指，終不能發。只如船子道：我二十年在藥山，只明此事。囑之夾山，畢竟喚什麼作此事？若向這裏明得，不謬爲船子兒孫。天曆二年冬十月，住靈隱比丘善慶焚香拜書。

善慶（1260—1338），即千瀨善慶，俗姓彭，嚴陵（今浙江桐廬）人，嗣法於愚極至慧。生平略見《五燈全書》卷五四、《增集續燈錄》卷五、《净慈寺志》卷九。序中所言"朱涇法忍、坦寶二上人"，或誤，應爲"朱涇法忍坦寶上人"，"二"字疑衍。

　　是集分兩部分。前半部分爲《船子和尚撥棹歌》，後部分則輯宋元禪人追詠德誠之詩文、題跋，稱爲《機緣集》。

　　今存德誠《撥棹歌》凡 39 首，爲後人收集而成。成書於晚唐的《祖堂集》述德誠事迹，即引有"竿頭絲綫從君弄，不犯清波意自殊"兩句，宋代禪史、燈錄、公案亦多援引之，信士張商英、黃山谷等皆有題詞。是集所錄 39 首《撥棹歌》後有呂益柔跋。其曰："雲間船子和尚，法嗣藥山。飄然一舟，泛於華亭、吳江、朱涇之間。夾山一見悟道。常爲《撥棹歌》，其播傳人口者，纔一二首。益柔於先子遺編中，得三十九首。屬詞寄意，脫然迥出塵網之外，篇篇可觀，決非庸常學道輩所能亂真者。因書以遺楓涇海惠卿老，俾鑱之石，以資禪客玩味云。船子事實，備見傳燈，此不復載。大觀庚寅三月十六日，書於楊子步，松澤叟呂益柔。""大觀庚寅"爲 1110 年，據此，德誠《撥棹歌》輯爲 39 首，最遲不晚於北宋徽宗年間，乃由呂益柔得於其父遺編中，並刻於楓涇海惠寺。

　　呂益柔跋後，輯有宋元以來高僧、信士所撰頌贊，有投子青、覺海元、保寧勇、佛迹昱、羅漢南、照覺總、枯木成、佛印元、參寥潛、真歇了、慈受深、大慧杲、蘇臺辯、達觀穎、解空觀、圓極岑、密庵傑、瞎堂遠、可庵衷、水庵一、拙庵光、涂毒策、笑庵悟、或庵體、肯堂充、松源岳、蒙庵聰、別峰印、鐵牛印、無用全、石橋宣、無著總、木庵永、借庵珪、潛庵光、浙翁琰、孤雲權、柏庭月、諾庵肇、少林崧、天童净、空巖印、笑翁堪、愚谷印、孤標獨、癡絕冲、溪翁敬、虛谷愚、何山粹、一庵清、白牛鄉、博山本、亭林彬、北磵簡、無住介、藥山文、林泉永、四明通、當山冲、當山桐、覺範洪、大川濟、無盡居士（張商英）、山谷道人

（黃庭堅）、赤城羅（適）、子固趙（孟堅）、魯國曾（子言）、無懷居士
（葛天民）、國戚高（子雲）、秋澗戚先之、天台師窟、南嶽鐵山瓊、育王
東生明、盤古隱、木庵賓、子庭柏、苕溪錢萬里七十七人。

　　後有嘉熙丁酉（1237）無準師範、至治壬戌（1322）虛谷希陵、至
元丁丑（1337）松月正印三篇跋，及庵曇静、中峰明本題詞二首，北磵
居簡《西亭蘭若記》、幻住（明本）《推篷室記》。據呂益柔跋稱，付刻
者則元僧法忍坦上人。又據虛谷希陵跋曰：“然觀其（案：指德誠）吐
一字一句，皆發揚佛祖無上妙道，非今時蛙鳴蟬噪者比。後來諸大老
過其地，或睹其像，乃仰其高風盛德，有感於中，咸留偈贊以美之。法
忍坦上人，今總裒爲一集，欲鋟梓流通，請題其後。余嘉坦之志，能尊
其祖，有激於世，故爲書之。至治壬戌仲春，住徑山虛谷希陵。”虛谷
跋中稱法忍坦上人，應即善慶序中所言“坦寶上人”。

　　坦寶刻有此集後，後世迭經重刻、續刻，有明萬曆四年（1576）雲
間超果寺釋智空重刻本、崇禎十年（1637）法忍寺釋澄澈續刻本。清
嘉慶間法忍寺釋漪雲以明本爲底本，增續爲二卷，皆明清禪人、信士
詠贊、和作，顏曰“續機緣集”，“不特船子遺韻，歷歷可稽，即法忍寺
盛衰建置，亦獲存掌故”（施蟄存《船子和尚撥棹歌序》）。1987年，施
蟄存建議以元刻本和嘉慶本并入《上海文獻叢書》，由華東師範大學
出版社出版。

　　《撥棹歌》39首，除3首七言小詩外，餘皆漁歌子詞，雖皆俗情俗
調，矢口成吟，乳兒灶婦皆能歌之，然無不深含至理。如其云：“千尺
絲綸直下垂，一波纔動萬波隨。夜静水寒魚不食，滿船空載月明歸。”
又云：“蒼苔滑净坐忘機，截眼寒雲葉葉飛。戴箬笠，掛簑衣，別無歸
處是吾歸。”又云：“乾坤爲舸月爲篷，一屏雲山一罨風。身放蕩，性靈
空，何妨南北與西東。”又云：“一任孤舟正又斜，乾坤何路指津涯。抛
歲月，卧烟霞，在處江山便是家。”或適情適志，或深寓禪理，任運自
然，圓融無礙，別有一種清氣流衍於楮墨間，故呂益柔評曰：“屬詞寄

意,脱然迥出塵網之外,篇篇可觀。"船子《撥棹歌》,可謂於梵志、寒山、皎然、齊己諸僧詩外,另闢一境,其遺風餘韻,綿延千古。

《禪月集》二十五卷,釋貫休撰

貫休(832—912),字德隱,號禪月大師,俗姓姜,蘭溪(今屬浙江)人。七歲投本縣和安寺圓貞禪師出家,日誦《法華經》一千字,過目不忘。大中十三年(859),弘法於豫章開元寺,講《法華》《起信論》,論議精微。往來於江右、兩浙、吳越叢林間。光啓四年(888),北遊陝甘,極邊塞。乾寧初(894),謁吳越武肅王錢鏐,獻詩五章,甚愜其意。旋入富陽申屠山中。後遊湖南、粵中、荊門,因忤荊帥成汭,遞放黔中。天復三年(903)入蜀,依蜀主王建。後梁乾化二年(912)圓寂隆華禪院,世壽八十一。著有《禪月集》。生平未見碑傳。《宋高僧傳》卷三〇、《十國春秋》卷四七有其小傳,今人胡大浚、田道英分別撰有年譜。

貫休詩集,歷代書志多有著錄。晁公武《郡齋讀書志》卷四中著錄:"貫休《禪月集》三十卷。右唐僧貫休撰,字德隱,姓姜氏,婺州人,後入蜀,號禪月大師。初,吳融爲之序,其弟子曇域削去,別爲序引,僞蜀乾德中獻之。"陳振孫《直齋書錄解題》卷一九著錄:"《禪月集》十卷。唐僧蘭溪貫休撰。姓姜氏,後入蜀。"清吳任臣編《十國春秋》卷四七稱貫休"有《寶月集》一卷,《西嶽集》四十卷,吳融爲之序"。

今所存貫休詩集惟《禪月集》一種,版本不多。所見有四種:《四部叢刊初編》據影宋寫本影印本,《四庫全書》本,《禪門逸書初編》據毛晉汲古閣刊本影印本,及清鈔本。

1.《禪月集》二十五卷,《四部叢刊初編》據江夏徐氏藏影宋寫本影印。封頁題"上海涵芬樓借江夏徐氏藏景宋寫本景印,原書版匡高營造尺七寸一分,寬五寸六分"。卷端題"禪月集"/"浙江東道婺州蘭溪縣和安寺西嶽賜紫蜀國禪月大師貫休述"。半頁 13 行,行 20 字,黑格,左右雙邊,白口,單魚尾。前有賜牒,及無爲楊傑《禪月真堂》、濟陽江衍《嚴韻上和》《見兜率寺舊功德再成一絕句》三詩,並翰林學士吳融序。吳融序略曰:

> 沙門貫休本江南人,幼得苦空理,落髮於東陽金華山。機神穎秀,雅善歌詩,晚歲止於荊門龍興寺。余謫官南行,因造其室,每譚論,未嘗不了於理性,自旦而往,日入忘歸,邈然浩然,使我不知放逐之感。此外,商榷二雅,酬唱循還,越三日不相往來,恨疏矣。如此者凡期有半。上人之作多以理勝,復能創新意,其語往往得景物於混茫自然之際,然其旨歸,必合於道。太白、樂天既歿,可嗣其美者,非上人而誰。丙辰,余蒙恩詔歸,與上人別,袖出歌詩草一本曰《西嶽集》,以爲贐矣。切慮將來作者或未深知,故題序於卷之首。時己未歲嘉平月之三日。

"丙辰"乃乾寧三年(896),時貫休在江陵,適吳融奉詔歸朝,貫休作有《送吳融員外赴闕》,並贈以《西嶽集》。《西嶽集》乃貫休生前所編之集。檢齊己《白蓮集》卷八有《荊門寄題禪月大師影堂》詩,"《西嶽》千篇傳古律"句下注曰:"大師著《西嶽集》三十卷,盛傳於世。"故知《西嶽集》原爲三十卷,吳融序,即爲《西嶽集》所撰。《西嶽集》未見刊本行世。陶岳《五代史補》卷一、計有功《唐詩紀事》卷七五、張唐英《蜀檮杌》卷上,皆稱貫休有《西嶽集》,所錄卷數非一,蓋所據皆吳融序,未必親見。及《禪月集》刊行後,《西嶽集》遂漸淹没無聞。

書後有貫休門人曇域後序,略曰:

> 先師長謂一二門人曰:"吳公文藻贍逸,學海淵深,或以揖讓

周旋異待矣,或以文害辭,或以辭害志,或以誕飾饒借,則殊不解我意也。子可於余所著之末,聊重序之。"曇域乃稽顙而言曰:……葬事既周,哀制斯畢。暇日或勋賢見訪,或朝客相尋,或有念先師所製一篇兩篇,或記三句五句,或未聞深旨,或不曉根源。衆請曇域編集前後所製歌詩、文贊,日有見問,不暇枝梧,遂尋檢稿草及暗記憶者約一千首,乃雕刻版部,題號"禪月集"。曇域雖承師訓,藝學無聞,曾奉告言,輒直序事。時大蜀乾德五年癸未歲十二月十五日序。

曇域,號慧光大師,戒學精嚴,能詩善篆,不惟重序乃師詩集,且多方考索,重編之。

曇域序後題"時嘉熙四年五月十五日婺州蘭溪縣兜率禪寺住持賜紫禪悟大師可璨重刊",則表明此本最早由釋可燦刊刻於南宋嘉熙四年(1240),毛晉汲古閣刊本即源於此本。

卷末又附有嘉熙二年戊戌(1238)黿溪周伯奮、平野叟師保、釋祖聞、梅溪紹濤、孟湖童必明、信安余璨、介庵徐琰七篇跋文。周伯奮跋稱:

　　番易松庵璨禪師出干越趙福王之門,王之孫國史左司宗卿守婺時,招致居焉。恬淡無營,得浮屠氏本體。掛錫之初,訪予山中故事,首以是對。師慨然任責,尋求故帙,得於里中檀越之家。計工食費數萬而贏,先捐鉢中所有,不足則募衆緣。鳩工鋟梓,不日而成。既成,求紀歲月。竊謂越五季及我宋,多歷年所,釋家者流,豈無一二好事,而不能使此詩與此山俱爲不朽?今師乃度越前輩,創出一段奇事,以爲動心駭目之觀,志可尚已,是烏可以不書?嘉熙戊戌孟秋朔旦,黿溪周伯奮謹跋。

又童必明跋曰："番易松庵璨上人來往吾鄉兜率有年矣。予偶到彼，因言《西嶽集》禪月貫休所作也，先世嘗收於書室。璨老有請，謂其徒喜聞樂道而未得全集，欲攻木廣其傳。余嘉其用心，勉成其志，遂檢兹集與之，仍薄助鋟版畢，復請紀其事，庶後有考於斯。嘉熙戊戌重九日，孟湖童必明書。"則釋可燦所刊底本源自童必明家藏本，而童氏家藏本未詳刊於何時。《四部叢刊》第三期書録推測云："《禪月集》二十五卷，二册，武昌徐氏藏影宋精鈔本。題'浙江東道婺州蘭溪縣和安寺西嶽賜紫蜀國禪月大師貫休述'。每半頁十一行，行二十字。正文前有無爲楊傑等題詞及吳融序，後有門人曇域序及嘉熙中周伯奮、師保等跋。缺筆至'貞'字而不避南宋諱，是宋季沙門重刊北宋本，分卷處銜接而下，猶存宋初刻書舊式。"一般以爲，此本與毛晉所刻之底本應爲同一來源。

2.《四庫全書》本。《四庫全書》所收《禪月集》，據汲古閣刊本鈔録，然削去卷首吳融《禪月集序》及卷末師保、祖聞、紹濤、余璨、徐琰五家跋文，且因避諱、書禁，"被改竄得面目全非"[1]。但較《四部叢刊》本，則於正文後收有毛晉二篇題跋，其曰：

> 貫休集名不一，卷次亦不倫。計氏云："《西嶽集》十卷，吳融爲之序。"蓋乾寧三年編於荆門者也。或又云《南嶽集》，謂曾隱迹南嶽也。馬氏云《寶月詩》一卷，未知何據。其弟子曇域於僞蜀乾德五年編集前後歌詩、文贊，題曰《禪月集》，重爲之序，諉吳序或以文害辭，或以辭害志，或以誕飾饒借，殊不解休公意也。宋人相傳凡三十卷，余從江左名家大索十年，僅得二十五卷，其文贊及獻武肅王詩五章章八句俱不載，不無遺珠之憾。今略補一二於後。

①參看劉芳瓊《貫休詩集版本源流考》，《古籍研究》1999 年第 3 期。

所謂《南嶽集》《寶月集》云云，蓋傳寫之誤，實不必深究。惟宋人書志所載《禪月集》多爲三十卷（陳振孫《直齋書録解題》著録爲十卷），與毛晋所得二十五卷，相差甚巨。故毛晋又掇拾文獻，補入詩 15 首，殘句 12 句，都爲《補遺》一卷，附之於後，並刻入《唐三高僧詩》。然毛晋所補多有舛誤，四庫館臣即指出：“所收佚句，如‘朱門當大道，風雨立多時’一聯，乃《贈乞食僧》詩，今在第十七卷之首。但‘道’作‘路’，‘雨’作‘雪’耳。晋不辨而重收之，殊爲失檢。”貫休詩散佚、誤收的情況仍復不少，明人胡震亨《唐音統籤》，今人孫望、陳尚君、劉方瓌、曹麗芳等皆有所輯考、辨正。

3.《禪月集》二十五卷，一册，清鈔本。見存於上海圖書館。卷端題“禪月集”/“浙江東道婺州蘭溪縣和安寺西嶽賜紫蜀國禪月大師貫休述”。版高 22.3 釐米，寬 17 釐米。每半頁 10 行，行 20 字，黑格。内鈐“潛夫”“孫潛之印”。首冠吳融序，無格。正文前有孫潛小字題識曰：“己丑七月在□□□□（按，以上四字塗墨）處，假得錢宗伯家舊鈔本，印寫錢本，蓋崧本印鈔者也。二十七日寫完，對讀一過。潛夫記。丙申三月裝訂。”可見，此本乃孫潛所鈔。潛，清初藏書家。

今人整理貫休詩集者亦有兩種：陸永峰《禪月集校注》（巴蜀書社 2012 年版）、胡大浚《貫休歌詩繫年箋注》（中華書局 2013 年版）。前者以《四部叢刊》本爲底本，參考汲古閣刊本、《全唐詩》本、《全唐詩》季振宜寫本、《唐人五十家小集》本，共校注貫休詩 735 首（存疑二首）、殘句 16 句；後者亦據《四部叢刊》本，校以明柳僉鈔本、汲古閣刻本，又參以《文苑英華》《古今禪藻集》等總集，並童養年、陳尚君等輯録佚詩，編爲集外詩一卷，箋釋較陸永峰整理本更詳，末附有貫休年譜、傳記資料、諸本題跋、諸家吟詠、歷代評論、雜記遺聞逸事、書録。

貫休世家業儒，通内外之學，工書畫，所繪羅漢，形骨古怪，悉皆梵相；又精研風什，屢以詩謁諸鎮帥藩王，性耿介，每以詩不合而去。

乾寧中,謁錢鏐,獻詩曰:"滿堂花醉三千客,一劍霜寒十四州。"錢鏐命改爲"四十州",乃可相見。貫休曰:"州亦難添,詩亦難改。閒雲孤鶴,何不可飛。"遂遊荆南。又,節度使成汭以誕生日得歌詩百餘章,而貫休詩與焉。汭令幕僚鄭準評高下,準害其能,置貫休詩第二。貫休怒曰:"藻鑒如此,其可久乎?"已而,汭問筆法於貫休。答曰:"此事須登壇而授,豈容草草?"汭不勝其忿,遞放黔中。其謁王建,上《陳情頌》,獻詩有云:"一瓶一鉢垂垂老,萬水千山得得來。"終爲王建所賞,呼爲"得得和尚",賜賚優渥,署號"禪月大師"。

　　貫休與齊己、處默、方干、張爲等過從甚密,亦頗追懷賈島、孟郊、劉得仁等苦吟詩人,未免晚唐五代積習。然其詩筆豪宕、遒勁,非斤斤於雕琢字句者。集中《酷吏詞》《經古戰場》《田家作》《行路難四首》《偶作五首》諸樂府古辭,皆傷時憫亂,發以悲憤蒼涼之思,字字沉痛,實儒生面目。計有功《唐詩紀事》卷七五載:"唐末寇亂,休避地渚宫,荆帥高氏優待之,館於龍興寺。會有謁宿,話時政不治。乃作《酷吏詞》以刺之云:'霡雨瀸瀸,風吼如勵。有叟有叟,暮投我宿。吁歎自語,云太苛酷。如何如何,掠脂斡肉。吴姬唱一曲,等閒破紅束。韓娥唱一曲,錦段鮮照屋。寧知一曲兩曲歌,曾使千人萬人哭。不惟哭,亦白其頭飢其族。所以祥風不來,和風不復。蝗兮蟊兮,東西南北。'"貫休雖不滿吴融序評,然融論其詩"善善則頌美之,惡惡則諷刺之"云云,則可爲定評。又《塞上曲二首》"一握驍髦一握絲,須知只爲平邊術""男兒須展平生志,爲國輸忠合天地。甲穿雖即失黄金,劍缺猶能生紫氣",則功名抱負,騰湧胸中。此類詩激切、豪宕,殊不類釋子所作,不爲佛門所許可。《佛祖統紀》卷十謂:"昔貫休《禪月集》,初不聞道,而才情俊逸,有失輔教之義。"宋人黄希旦《讀禪月集》云:"唐末高僧號貫休,篇章激切近詩流。烟華雪月何妨詠,水竹雲林不礙遊。蜀國至今名籍甚,蘭溪當日迹淹留。此心彈指雖云妙,爭奈闍黎未點頭。"

　　貫休之詩，以勢取勝，得之於"豪"，然失之於"粗"。方回《瀛奎律髓》卷一二稱："爲詩有極奇處，亦有太粗處。'盡日覓不得，有時還自來'，爲人嘲作'失猫詩'。此類是也。"胡震亨《唐音癸籤》卷八亦謂："貫休詩奇思奇句，一似從天墜得，無奈發村忽作惡罵，令人不堪受。"其五律《休糧僧》云："不食更何求，自由終自由。身輕嫌衲重，天旱爲民愁。應器誰將去，生臺蟻不遊。會須傳此術，歸共老林丘。"方回評曰："第二句好，但近粗俗，第三句工，第四句忽然不測，所謂奇也。'術'字有妙理。"所評甚是。又《經士馬中作》"惆悵還惆悵，茫茫江海濱"、《送衲僧之江西》"索索復索索，無憑却有憑"等句，亦皆粗率。

　　皎然、貫休、齊己，歷來並稱。皎然清機逸響，閒澹自如；齊己清潤平淡，高遠冷峭；而貫休奇崛豪宕，縱橫排戛，雖乏餘味於咀嚼之表，然於僧詩則別拓一路。

　　四庫館臣云："又書籍刊本始於唐末，然皆傳布古書，未有特刻專集者。曇域後序作於王建乾德五年，稱檢尋稿草，及暗記憶者，約一千首，雕刻成部，則刊行專集，自是集始。是亦可資考證也。"後蜀偏安，毋昭裔力倡文治，雕版刻印業頗爲興盛，"蜀本"蜚聲天下。貫休爲王建寵信，享"國師"之名，其集拔得"集部刊行之始"，亦幸事矣。

《白蓮集》十卷，釋齊己撰

　　齊己（863？—937？），俗姓胡，名得生，自號衡嶽沙門，益陽（今屬湖南）人。本佃户子，幼失怙，爲大潙山寺司牧，常取竹枝畫牛背爲小詩，耆宿異之，遂共推挽。入戒後，風度日改，聲價益隆。遍遊洞庭、衡嶽、西嶽、匡廬、錢塘，參藥山、鹿門、石霜諸尊宿。龍德元年（921），過荆楚，爲高季興留，置於江陵府龍興寺，命作僧正。齊己不獲已而受，自是常怏怏不悦。作《渚宫莫問篇》十五章，自稱"青山一衲,白石孤禪",以明其志。性耽吟詠,氣調清淡,與鄭谷善。著有《白蓮集》十卷、《風騷旨格》一卷存世。生平未見碑傳,贊寧《宋高僧傳》卷三〇、陶岳《五代史補》卷三、辛文房《唐才子傳》卷八等有其小傳。

　　齊己詩集《白蓮集》,歷代書志多有著録。王堯臣《崇文總目》卷一二"別集類三"著録爲"《白蓮集》十卷(闕)",陳振孫《直齋書録解題》卷一九著録爲"《白蓮集》十卷,唐僧齊己撰,長沙胡氏"。錢曾《讀書敏求記》卷四之中著録爲:"《白蓮集》十卷。北宋本影録,行間多脱字,牧翁以朱筆補完。又一本有柳僉跋,附《風騷旨格》一卷。"季振宜《季滄葦藏書目》著録爲:"齊己《白蓮集》十卷,二本,鈔。"徐乾學《傳是樓書目》卷四著録爲:"《白蓮集》十卷,唐僧齊己,昭宗,二本,鈔本。"丁仁《八千卷樓書目》卷一五著録爲:"《白蓮集》十卷,唐釋齊己撰,汲古閣本。"按,書志著録《白蓮集》卷數,源流有序,皆爲十卷。惟《文獻通考》卷二四三著録爲"《白蓮集》一卷"。

　　然《白蓮集》傳本甚稀。王士禎《香祖筆記》卷九謂:"然齊己《白蓮集》至今尚傳。余嘗見海虞馮氏寫本,有荆南孫光憲序,篇帙完好,略無闕佚,文章流傳,信有命乎。"據周小艷《僧齊己〈白蓮集〉版本考》,《白蓮集》十卷,宋刻本至明代即已湮滅,自汲古閣刻《唐三高僧詩》本外,別無舊刊本。明清時期,多以鈔本形式流傳,較重要者有柳僉鈔本、馮班家鈔本、曹氏書倉鈔本、何焯藏明鈔本、顧一鶚藏清鈔本等。其中,柳僉鈔本鈔自宋本,爲最古之鈔本。是書經錢謙益、季振宜、金文瑞等先後遞藏,現藏於國家圖書館。柳僉本亦或此後所有《白蓮集》刊本、鈔本之源①。筆者所見則爲《禪門逸書初編》本、《四部叢刊初編》本、《四庫全書》本,及國圖藏無名氏清鈔本。

　　1.《白蓮集》十卷,《禪門逸書初編》第2冊據台灣圖書館藏汲古閣刊本影印。卷端題"白蓮集"/"廬嶽僧齊己撰"。半頁8行,行19

①周小艷《僧齊己〈白蓮集〉版本考》,載《文獻》2016年第4期。

字,白口,左右雙邊,無魚尾,開口處鎸"白蓮集",版心鎸卷數,下有
"汲古閣"三字。正文前有天福三年戊戌(938)孫光憲序,並移録贊
寧《高僧傳》"梁江陵府龍興寺齊己傳"。書末有毛晋題識二則。

孫光憲序云:

　　鄙以旅宦荆臺,最承款狎,較風人之情致,賾大士之旨歸,周
旋十年,互見閫域。師平生詩稿,未遑删汰,俄驚遷化。門人西
文並以所集見授,因得編就八百一十篇,勒成一十卷,題曰"白蓮
集"。蓋以久棲東林,不忘勝事。余既繕寫,歸於廬嶽,附遠大師
文集之末。□□□□□遞爲輝光。其佳句全篇或偶對,開卷輒
得,無煩指摘。濡毫梗概,良深悲慕。天福三年戊戌三月一
日序。

光憲,字孟文,後唐天成初年避地江陵,爲高季興掌書記,始與齊己訂
交。所謂"勝事",係指慧遠集劉遺民、雷次宗等士僧於廬山東林寺結
蓮社之事。齊己嘗久居匡廬,集中多有題詠東林詩,若《題東林寺》
《題東林白蓮》《題東林十八賢真堂》《遠公影堂》等。是集凡詩 807
篇,乃門人西文編訂於齊己圓寂之後。

毛晋跋曰:

　　丙寅春杪,再過雲間康孟修内父東梵川,值藤花初放,纏絡
松杉間,如入山谷,皆内父少年手植也,不勝人琴之感。既登閣
禮佛,閣爲紫柏尊者休夏之地。破窗風雨,散帙狼籍,搜得紫柏
手書《梵川紀略》一幅,末贊一絶云:"只因地僻無人到,更爲池
清有月來。惱殺藤花能抱樹,枝枝都向半天開。"儼然拈出眼前
景相示。又搜得《白蓮集》六卷,惜其未全,忽從架上墮一破籠,
復得四卷。咄咄奇哉! 余夢想十年,何意憑吊之餘,忽從廢紙堆

中現出,豈内父有靈,遺余未曾有耶? 既知爲紫柏手授遺編,早
向未來際尋契,余小子有深幸焉。

毛晋聚書如沙,然獲之亦如至寶,慨歎良深,遂將《白蓮集》及《杼山
集》《禪月集》并刻爲《唐三高僧詩》。《四庫全書》本《白蓮集》卷末
録有毛晋二跋,當亦據汲古閣刊本,館臣稱"是集爲其門人西文所編,
首有天福三年孫光憲序",然未審館臣何以削去孫光憲序。

2.《白蓮集》十卷,《四部叢刊初編》據舊鈔本影印。扉頁題"上
海涵芬樓景印舊鈔本,原書葉心高營造尺六寸,寬四寸一分"。卷端
題"白蓮集"/"廬嶽僧齊已撰"。半頁 11 行,行 21 字,有格,左右雙
邊,單魚尾,版心鎸卷數及頁碼。正文前有目録,無序。書末録有柳
僉跋:

> 陳氏《直齋書解》云:"唐僧齊已《白蓮集》十卷、《風騷旨格》
> 一卷。"今兼得之,爲合璧矣。原書北宋刻,傳世久,湮滅首卷數
> 字,尚俟善本補完,與皎然、貫休三集並傳。嘉靖八年歲已丑金
> 閶後學柳僉志。

按,《四部叢刊初編》雖録有柳僉跋,但非影自柳僉鈔本。柳僉鈔本,
曾經傅增湘遞藏,其《藏園群書題記》云:"是書明鈔本,九行十八字,
前有孫光憲序。《風騷旨格》前有柳僉跋五行。"可見,《四部叢刊初
編》所據鈔本較柳僉本,不僅版式不同,且將柳僉跋移至《風騷旨格》
之後。

3.《白蓮集》十卷,清鈔本。見存於國家圖書館。卷端題"白蓮
集"/"廬嶽齊已撰"。鈐有"嘉蔭樓藏書印""嘉蔭樓""御賜清愛堂"
"劉喜海印""筍河府君遺藏書畫"等印。半頁 10 行,行 20 字,無格,
無框。正文前有孫光憲序,末有"此集汲古閣毛氏曾刊入《唐三高僧

詩》"。

今人整理本有王秀林《齊己詩集校注》,中國社會科學出版社
2011 年出版。

《四庫全書總目》稱:"齊己七言律詩不出當時之習,其七言古
詩,以盧仝、馬異之體,縮爲短章,詰屈聱牙,尤不足取。惟五言律詩,
居全集十分之六,雖頗沿武功一派,而風格獨遒。"齊己之詩,大體屬
晚唐苦吟派。集中追懷、褒譽賈島、孟郊、姚合諸人詩句,比比皆是。
若《經賈島舊居》"若有吟魂在,應隨夜魄回"、《寄洛下王彝訓先輩二
首》其一"賈島存正始,王維留格言。千篇千古在,一詠一驚魂"、《讀
賈島集》"遺篇三百首,首首是遺冤。知到千年外,更逢何者論"、《還
黃平素秀才卷》"冷澹聞姚監,精奇見浪仙"、《覽延棲上人卷》"賈島
苦兼此,孟郊清獨行"句。齊己自稱有"冥搜癖",每於病榻、禪房、旅
舍、燈下,鍛鍊字句,鑽研詩律,幾無日不吟,無事不吟,平生事業似惟
坐禪、吟詩二事而已。其《靜坐》云:"坐卧與行住,入禪還出吟。"《喻
吟》云:"日用是何專,吟疲即坐禪。"《愛吟》云:"正堪凝思掩禪扃,又
被詩魔惱竺卿。"齊己於詩藝之癡迷,幾獨步晚唐。其頸生贅疣,愛其
詩者戲呼之曰"詩囊";而拜鄭谷爲"一字師",張迥拜其爲"一字師"
之事,更爲詩林佳話。

苦吟詩人皆好作近體。近體之中,五律以精緻小巧,便於刻畫雕
琢,尤爲賈、姚輩所擅。齊己亦不例外。《白蓮集》前九卷皆收近體,
而五律尤夥。齊己復有《風騷旨格》《玄機分明要覽》(佚)詩格類著
作,其言作詩法度、標準,常舉己詩爲例,如言"詩有二十式"中"高
逸"(夜過秋竹寺,醉打老僧門)、"出塵"(逍遙非俗趣,楊柳護春風)、
"並行"(終夜冥心坐,諸峰叫月猿)、"艱難"(覓句如探虎,逢知似得
仙)、"達時"(高松飄雨雪,一室掩香燈)、"度量"(還有冥心者,還尋
此境來)、"失時"(高秋初雨後,夜半亂山中)、"靜興"(古屋無人處,
殘陽滿地時)、"知時"(前村深雪裏,昨夜一枝開)、"暗會"(重城不

鎖夢，每夜自歸山）、"返本"（又因風雨夜，重到古松門）等，所舉皆爲
己詩①。齊己所列諸式之意涵，模糊難辨，未免欺人之嫌，至有謂"覽
之每使人拊掌不已"（胡仔《苕溪漁隱叢話》前集卷五五引《蔡寬夫詩
話》）。然所引己詩，確可稱作佳句，其錬字鍛句之功，可略窺一斑。

　　然則，齊己格高調清，氣局又非其他苦吟詩人所能及。《五代詩
話》卷八引《堅瓠集》云："'我唐有僧號齊己，未出家時宰相器。爰見
夢中逢武丁，毁形自學無生理。'如《聽琴》絶句，正宰相詩也。"四庫
館臣亦曰："惟五言律詩居全集十分之六，雖頗沿武功一派，而風格獨
遒，如《劍客》《聽琴》《祝融峰》諸篇，猶有大曆以還遺意。其絶句中
《庚午歲十五夜對月》詩曰：'海澄空碧正團圞，吟想玄宗此夜寒。玉
兔有情應記得，西邊不見舊長安。'惓惓故君，尤非他釋子所及，宜其
與司空圖相契矣。"謂齊己並非惟專注於錬字鍛句，不僅思君念國，亦
有雄渾遒勁之格。

　　齊己之詩，後世評價，毁譽參半。譽之者若胡震亨《唐音癸籤》卷
八謂："齊己詩清潤平淡，亦復高遠冷峭，一經都官點化，《白蓮》一集
駕出《雲臺》之上。"毁之者若蘇軾《東坡志林》卷一謂："唐末五代文
章衰盡，詩有貫休、齊己，書有亞棲，村俗之氣，大率相似。"葉夢得《石
林詩話》謂："陵遲至貫休、齊己之徒，其詩雖存，然無足言矣。"蘇軾、
葉夢得評僧詩最忌"蔬筍氣""酸餡氣"，所評齊己、貫休詩未免苛責。
平心而論，唐末五代詩格卑調衰，乃時代風氣使然，非一二僧侶所能
辦。齊己詩雖出於武功一派，然亦有自家面目，迥出於晚唐五代諸僧
之上。

---

①參看張伯偉《全唐五代詩格彙考》，江蘇古籍出版社 2002 年版。

兩宋卷

《閒居編》五十一卷，釋智圓撰

智圓(976—1022)，字無外，號潛夫、中庸子，因早瘦瘵疾，故又號病夫，俗姓徐，錢塘人。始言則知孝悌，八歲受具於本郡龍興寺(後改爲大中祥符寺)。初從師習周孔書，旁涉老莊。會寢疾，年二十一轉投源清法師，習天台三觀之法。好静默，息絶塵遊，研考經論，著百餘萬言，以廣天台之道。因隱於西湖孤山之陽，與處士林逋爲鄰，有高士之節，人稱"孤山法師"。著述繁複，《閒居編》末附其著述二十餘種，凡一百七十餘卷，其《文殊般若經疏》等十經疏，尤且著名，號稱"十本疏主"。傳世者則有《金剛錍顯性録》四卷、《涅槃經疏三德指歸》二十卷、《涅槃玄發源機要》二卷、《請觀音經疏闡義鈔》二卷、《遺教論疏節要》二卷、《閒居編》五十一卷。嘗自撰《中庸子傳》三篇述平生行迹與志向；另有吴遵路撰於乾興元年(1022)行狀。釋宗鑒《釋門正統》卷五，釋志磐《佛祖統紀》卷一○，釋元敬、元復《武林西湖高僧事略》，均載其傳略。

智圓在宋初聲名頗著。晁説之《懼説贈然公》曰："往年孤山智圓凛然有聲當世，自成一家之學，而讀書甚博，性曉文章經緯。"今人錢穆《讀智圓〈閒居編〉》評曰："唐李翱以來，宋人尊《中庸》，似無先於智圓者。"宋初天台宗有所謂"山家山外之争"。初，慈恩晤恩著

《金光明玄義發揮記》，謂智顗《金光明玄義》廣本非其本意，山家派知禮法智則著書批駁之，智圓乃與同門慶昭合著《辯訛》予以維護，前後論争長達七年。智圓聲名因之愈彰。

《閒居編》乃智圓詩文集，《宋史·藝文志》《浙江通志》《佛祖歷代通載》皆著録爲五十一卷，其他書志則少見著録。今所見最早版本乃日本元禄七年甲戌（1694）京都茨城方道刻本。據此本書末所附《書刻〈閒居編〉後》稱：“《閒居編》五十一卷是也，一家疏鈔不與焉。梓氏謁予，出宋刻舊本而力請予檢閱之，以行諸世。予願看此書久矣，因加國字旁訓，令其鋟之。既成，姑識所蓄於懷於後，訂於有中庸子之志者，且俾後人知此書日東之刻始於今日云。元禄甲戌七月初吉，華陽沙門師點謹撰。”則此本實據宋刻覆刻而成。《卍續藏經》第101 册、《和刻本中國古逸書叢刊》第 47 册據元禄本影印，是集遂廣於世。國内别無傳本。

元録本，凡五十一卷，目録一卷。卷端題“閒居編”/“宋孤山沙門智圓著”。半頁 8 行，行 20 字，無界行，左右單邊，白口，無魚尾，版心上鐫“閒居編”及卷數。正文前有乾興元年（1022）正月大理寺丞吴遵路序（實爲《行狀》），略稱：“始自景德丙午，迄於天禧辛酉，集其所著，得六十卷，題曰《閒居編》……其經論、疏鈔、科注等泊諸外學，自成編録者，凡一百七十卷，皆從别行，不列此集。”則是集所編乃智圓景德三年丙午（1006）至天禧五年辛酉（1021）所撰詩文。次有大中祥符九年（1016）智圓自序：“錢塘釋智圓，字無外，自號中庸子，於講佛經外，好讀周、孔、楊、孟書。往往學爲古文，以宗其道。又愛吟五、七言詩，以樂其性情。隨有所得，皆以草稿投壞囊中，未嘗寫一净本，兒童輩旋充脂燭之費，故其逸者多矣。今年夏，養病於孤山下，因令後學寫出所存者，其後有所得，亦欲隨而編之，非求譽於當時，抑亦從吾所好爾。”

卷末有嘉祐五年（1060）錢塘梵天寺浩竑、淳祐八年（1248）瑪瑙院主持元敬跋、元禄甲戌（1694）華陽沙門師點《書刻閒居編後》。浩竑跋稱：“吳待制（遵路）撰法師《行狀》，云《閒居編》六十卷。雖目其言，終不能見其全集。今開之本，訪諸學校，及遍搜求，得四十八卷，《病課集》仍在編外。今恐遺墜，遂將添入，總成五十一卷。有求之未盡者，俟後人以續之。”《閒居編》卷一一收有智圓撰於天禧四年（1020）之《病課集序》云：“吾以今年夏末炎氣火熾，故疾因作，而倍百於常發焉。伏枕草堂中者，凡四旬餘……或疾少間，則隱几而起坐，自操觚而書之，無乃樂在其中矣。既成草稿，皆投竹篋內。一日，取而閱焉，得古詩及唐律五七言兩韻至五十四韻，合七十首，分爲三卷，題曰‘病課集’。”檢《閒居編》卷四九、五〇、五一，有排律《湖居感傷（五十四韻）》，應出自《病課集》。然計詩實 82 首，或浩竑尚搜有其他散佚之詩。

　　元敬跋稱：“《閒居編》，孤山雜著也。歲久亡版。夷齊居士章氏樂善好施，崇孤山之行而貴孤山之文，慨然作偈，捐金貳阡緡，命工重刊於西湖瑪瑙。”則知是書宋時凡經兩刻，初刊於乾興元年（1022），繼刊於淳祐八年（1248），後未見翻刻。明清時期，宋本仍見流傳。姚廣孝有《讀孤山法師〈閒居編〉》，所見當爲宋本。厲鶚《樊榭山房續集》卷四有《首春連雨兼旬借閱谷林新購宋槧僧智圓〈閒居編〉用前韻》詩云：“鑒薄無痕知宋紙，高人獲之球璧似。開械處處見西湖，瑪瑙院僧中庸子。”又《增訂四庫簡目標注》著錄有《中庸子集》五十一卷，並注曰：“趙氏小山堂有宋刻本。”祝尚書《宋人別集叙錄》卷二以爲《中庸子集》即《閒居編》。

　　《閒居編》卷一至卷三六，收經序、經論、詩序、僧傳、塔銘、記文等，卷三七至卷五一收各體詩，凡 360 餘首。是書雖已入藏，然所收大抵爲智圓詩文，未涉語錄、法語等，體式更近乎別集。智圓博通經論，兼通儒道楊墨，興趣廣泛，所涉非一宗一派。智圓雖與宋初“九僧”之保暹、簡長、惟鳳等人皆有往還，但所作似非“九僧體”。其論詩文,力主風雅傳統,重詩教。《錢塘閏聰師詩集序》言:"或問詩之道,曰:'善善,惡惡。'請益,曰:'善善頌焉,惡惡刺焉。如斯而已乎?'曰:'……故厚人倫、移風俗者,莫大於詩教。'"又《湖西雜感詩序》曰:"雖山謳野詠,而善善惡惡,頌焉刺焉,亦風人之旨。"又自稱:"十五微知騷雅,好爲唐律詩。"智圓尤推崇元、白,其《讀白樂天集》詩云:"李杜之爲詩,句亦模山水。錢郎之爲詩,旨類圖神鬼。諷刺義不明,風雅猶不委。於鑠白樂天,崛起冠唐賢。下視十九章,上踵三百篇。句句歸勸誡,首首成規箴……須知百世下,自有知音者。所以《長慶集》,於今滿朝野。"此論或受宋初盛行的"白體"詩風之影響。

　　智圓長年隱居孤山,讀書著述,所作多爲流連湖光之作。如《湖上秋日》《江上聞笛》《湖上閒坐》等,皆宛然有清致,別有幽趣。然因其讀書廣博,諳熟歷史掌故,詩料在宋初詩文僧中最顯豐富,非徒縛於月露風雲、山水花木者。集中有《讀韓文詩》《述韓柳詩》《讀孫郃詩》《讀禪月集》《讀羅隱詩集》《讀白樂天集》《讀清塞集》《讀杜牧集》《讀元結文》等,論人衡詩,時有自家見地。如論羅隱云:"非非是是正人倫,月夜花朝幾損神。薄俗不知懲勸旨,翻嫌羅隱一生嗔。"智圓又有不少詠史詩,亦能發前人所未發,如《昭君辭》:"昭君停車淚暫止,爲把功名奏天子。靜得胡塵唯妾身,漢家文武合羞死。"又如《讀項羽傳二首》其二:"發歎虞姬勢已窮,烏江此夕喪英雄。當時若也知天命,佐漢應居第一功。"所作《雪劉禹錫》,以爲《陋室銘》"進非稱先祖之美,退非指事以戒過,而奢夸矜伐,以仙龍自比",是"狂悖之辭"。又言"俗傳《陋室銘》,謂劉禹錫所作,謬矣。蓋闓茸輩狂簡斐然,竊禹錫之盛名以誑無識者,俾傳行耳"。劉氏本集未載此銘,故頗令人疑之。智圓之説,雖未可爲據,却可備一説。

《祖英集》二卷，釋重顯撰

重顯（980—1052），字隱之，俗姓李，四川遂州人。世家業儒。幼精銳，讀書知要，下筆敏速，然雅志丘壑，父母不能奪，依益州普安院沙門仁銑爲師，落髮受具。繼參復州北塔雲門下二世智門光祚禪師，依止五年，盡得其道。後隱於錢塘靈隱三年，後出住蘇州之翠峰，晚住明州雪竇山資聖寺，四衆雲集，大闡宗風，有“雲門中興”之稱。皇祐中，賜號明覺大師。著有《明覺禪師語録》六卷、《雪竇顯和尚頌古》一卷、《祖英集》二卷存世。碑傳見吕夏卿《明州雪竇山資聖寺第六祖明覺大師塔銘》，釋惠洪《禪林僧寶傳》卷一一有其傳略。

吕夏卿《塔銘》稱：“自師出世，門人惟益、文軫、圓應、文政、遠塵、允誠、子環相與哀記提唱、語句、詩頌，爲《洞庭語録》《雪竇開堂録》《瀑泉集》《祖英集》《頌古集》《拈古集》《雪竇後録》，凡七集。”今《大正新修大藏經》第 47 册所收《明覺禪師語録》六卷：卷一、卷二爲惟益、文軫所編重顯住蘇州洞庭翠峰禪寺、明州雪竇禪寺語録、拈古、舉古、勘辨；卷三爲允誠所編拈古；卷四爲圓應所編《明覺禪師瀑泉集》，卷五、卷六則文政編《祖英集》。《瀑泉集》，前有圓應小序，稱重顯兩處道場，多應機語句，門人集之，已行於世，“斯所紀者，乃垂帶自答，及古今因緣，朝暮提唱，辭意曠嶮”，近百五十則，“可命曰‘瀑泉集’，意以飛流無盡爲義”。按，《瀑泉集》乃重顯開示學人時隨機設問對答語，雖名曰集，實非別集也。鄭樵《通志》卷六七著録有“《明覺添泉集》一卷”，蓋形近致誤；厲鶚《宋詩紀事》卷九一僅録其《瀑泉集》，而不載《祖英集》，是未加深辨也。《頌古》《拈古》二集，則爲重顯拈頌古德公案語，宜入釋家子部；重顯所謂別集者，似僅有《祖英集》爾。

《祖英集》於宋時嘗單刻行世，《文淵閣書目》卷四著録“明覽（當

爲‘覺’之誤)《祖英集》一部一册”。錢曾《讀書敏求記》卷四著錄爲
“《雪竇祖英集》二卷”,陸心源《皕宋樓藏書志二》著錄爲“《祖英集》
二卷,舊鈔本”。《四庫全書》據汪藻家藏本鈔錄,所收詩歌、編次順
序與《雪竇四集》《明覺禪師語錄》皆同,或後人從中析出。李之鼎
《宋人集》本、《禪門逸書初編》本等,所據皆《四庫全書》本。

　　《祖英集》二卷現存版本甚夥。國家圖書館藏有宋刻本、明刻本
各一部,上海圖書館藏有明刻本、明翻刻本、日本天保六年(1835)刻
本各一部,另有數種清鈔本存世。又,今人整理本則有鍾東、江暉《雪
竇重顯禪師集》,以《四部叢刊續編》“雪竇四集”爲底本,並補充《語
錄》所缺之内容,末附《雪竇拾遺》及傳記資料,極便於研究。是書由
上海古籍出版社 2016 年出版,編入釋明向、馮焕珍主編《雲門宗叢
書》。

　　《四部叢刊續編》本,乃據常熟瞿氏鐵琴銅劍樓藏宋刊本影印。
此本收雪竇重顯《頌古集》一卷、《拈古集》一卷、《瀑泉集》一卷、《祖
英集》二卷,合稱爲“雪竇四集”。《祖英集》分上、下二卷,卷端題“慶
元府雪竇明覺大師祖英集”。半頁 11 行,行 20 字,左右雙邊,白口,
單魚尾,版心鎸“英上”或“英下”及頁碼。正文前有重顯門人文政
序,略云:“師自庚止翠峰、雪竇,或先德言句淵密,師因而頌之;或感
興懷別,貽贈之作,固亦多矣。其有好道者,並録而囊之。一日,總緝
成二百二十首,乃寫呈師。師曰:‘余偶興而作,寧存於本,不許行
焉。’禪者應曰:‘乃祖闡千載之芳烈也,勿輕舍諸。’師察其愨志勉,
弗獲已,抑而從之。文政幸侍座機,輒述序引,用識歲時。炎宋天聖
十年孟陬日,參學小師文政序。”

　　末附有民國二十三年(1934)崑山胡文楷跋,略曰:“此爲宋四明
洪舉所刊,都凡四集,曰《頌古》、曰《拈古》、曰《瀑泉》、曰《祖英》。
字畫方勁,雅近歐、顔,序連正文,猶存舊式。廓字闕筆,當爲寧宗後
刻本。昔年涵芬樓儲有元至正刊《頌古集》,曾取以校勘異同,惜未録

成,遂罹劫火。《拈古集》前有允誠序,《瀑泉集》首載《明州軍州官請住雪竇疏》《蘇州在城檀越請住翠峰疏》《蘇州僧正並諸名員疏》三首,《大正藏》均已删削,非宋刊本舊第矣。《祖英集》傳世亦希,惟宜秋館李氏刊入《宋人集》中,乃録自文津閣者。"

《祖英集》二卷收詩 220 題,凡 288 首,泰半爲酬答、貽贈之作,即以《送僧》爲題者即達四十餘首,造境清絶,四庫館臣評曰:"'静空孤鶚遠,高柳一蟬新''草隨春岸緑,風倚夜濤寒''片石幽籠蘚,殘花冷襯雲''啼狄衝寒影,歸鴻見斷行',皆綽有九僧遺意。"然讀其全篇,重顯詩實非九僧一路。其禪法不拘一格,以爲"一切法皆是佛法",故於門人弟子臨機敲唱,處處提撕,棒喝並用。其送僧詩,亦常藉景物、人情示以第一義諦,直指人心,塵俗氣少。如《送寶月禪者之天台》云:"春風吹斷海山雲,別夜寥寥絶四鄰。月在石橋更無月,不知誰是月邊人。"《天竺送僧》云:"雪霽蓮峰頂,孤禪起石床。向時機自絶,異域路空長。啼狄衝寒影,歸鴻見斷行。後期無定迹,烟水共茫茫。"《送僧》云:"古之别,今之别,目對春江倚寥泬。三樹兩樹啼斷猿,千峰萬峰落殘雪。花濛濛,雨濛濛,坤維步步生清風。"

重顯道行高妙,戒行清潔,所撰之詩,匪詩僧之詩,特高僧之詩也。《祖英集》除却酬答、貽贈之作外,尚有提唱評論先德言句之偈。若《頌雲門九九八十一(二首)》《宗門三印(三首)》《透法身句(二首)》《往復無間(十二首)》《僧問四賓主因而有頌頌之》《風幡競辨(二首)》等,機趣縱横,洋洋乎不可涯涘。四庫館臣即謂:"其詩多語涉禪宗,與道潛、惠洪諸人專事吟詠者,蹊徑稍别,然胸懷脱灑,韻度自高,隨意所如,皆天然拔俗。"洵爲的論。重顯乃早期"文字禪"之代表,長於以語言文字闡明自家禪法和開悟學人,舉凡舉古、拈古、代語、别語、頌古等,皆得心應手。所撰《雪竇顯和尚頌古》一卷,選録唐宋以來叢林流傳語録百則,加以"著語""總結""頌古"。政和年間,圓悟克勤復以評唱,編爲《碧巖録》,號稱"禪林第一書",盛行於叢林。

厲鶚《宋詩紀事》卷九一録其《獅子峰》云："踞地盤空勢未休,爪牙安肯混常流。天教生在千峰上,不得雲擎也出頭。"下注："在廬山。"《僧寶傳》卷一一載重顯"盛年工翰墨,作爲法句,追慕禪月休公。嘗遊廬山棲賢,時諟禪師居焉。簡嚴少接納,顯謙苴不合,作《獅子峰》詩譏之"。此詩譏諷之甚,似非高僧所爲。蓋兹事當在重顯參智門光祚之前,尚未悟道,心氣未平,因而作之。

《鐔津文集》二十二卷,釋契嵩撰

契嵩(1007—1072),俗姓李,字仲靈,自號潛子,藤州鐔津(今廣西藤縣)人。七歲出家,十三得度落髮,明年受具戒。通經書章句,肆意遊覽,受記莂於洞山曉聰。慶曆間至杭州,樂其風土,因居靈隱寺。是時,文人學士皆慕韓愈,闢佛而尊孔,契嵩因撰《原教》《孝論》十餘篇,盡掃儒釋之藩籬,獨與闢佛者抗,由是名聞天下。尋還南嶽衡山,閉關修道,自號"潛子"。皇祐間,再入京師,作萬言書上之仁宗,仁宗大爲歡賞,詔付傳法院編入大藏,以示褒寵,賜號"明教大師",韓琦、歐陽修俱尊禮之。歸東南,應蔡襄之請,居於錢塘佛日禪院、永安院。熙寧五年(1072)示化於靈隱,僧臘五十三。事迹具見陳舜俞《鐔津明教大師行業記》。

契嵩著述甚富,陳舜俞《行業記》稱:"所著書自《定祖圖》而下,謂之《嘉祐集》,又有《治平集》,凡百餘卷,總六十有餘萬言。其甥沙門法燈克奉藏之,以信後世云。"宋釋文瑩《湘山野録》卷下,謂其友楊蟠嘗收全集。《嘉祐》《治平》二集則未見任何書志著録,蓋皆未壽梓,世傳其別集惟《鐔津文集》也。

今傳《鐔津文集》卷二二有紹興四年(1134)釋懷悟序,述是書來源甚詳:

　　繼聞其廣本，除已入藏《正宗記》《輔教編》外，餘皆在姑蘇吳山諸僧室藏之。余固累遣人至彼山諸僧居歷訪之，而寂然無知其所在者。往往所委不得其人，失於護藏，而爲好事者竊移他所也。大觀初，余居儀真長蘆之慈杭室，於廣衆中得湖南僧景純上人者入予室。一日，投一大集於席間，曰："此老嵩之全集也，秘之久矣。聞師切慕其遺文，願以獻師。"余獲之，且驚且喜，念茲或天所相而授我耶，若獲至珍重寶。自《皇極》《中庸》而下，總五十餘論。及書、啓、叙、記、辯、述、銘、贊、《武林山志》與諸雜著等，約一十六萬餘言，皆舊所聞名而未及見者。雖文理少有差誤，皆比較選練詮次，幾始成集，庶可觀焉。更冀善本較詳，莫由得也。後又遇周格非出守虔州回，得其《非韓》文三十篇，三萬餘言，又緣兵火失之，遂未能就其集。近又得本於禦溪東藍彥上人，乃與余昔於匡山所得別本較之，文字亦甚疏謬，乃以韓文條理而正之。然師之著述不得其傳而散落多矣，如《天竺慈雲法師行狀曲記》《長水暹勤二師碑志》《行道舍利述》《匡山暹道者碑》《定祖圖序》，皆余自獲石刻而模傳之。今總以入藏《正宗記》《定祖圖》與今文集等會計之，纔得三十有餘萬，其餘則蔑然無聞矣。如令舉所記謂有六十萬餘言者，今則失其半矣。吁嗟，惜哉！今以令舉所撰《行業記》標之爲卷首，貴在見乎師之世系、嗣祖、出世去留之迹，奇節偉行，高才勝德，邁世之風焉。乃以《輔教編》上、中、下爲前三卷，以師所著之文，志在通會儒釋以誘士夫，鏡本識心，窮理見性，而寂其妒謗是非之聲也。又以《真諦無聖論》綴於《輔教編》內、《壇經贊》後，以顯師之志在乎弘贊吾佛大聖人無上勝妙幽遠淵曠之道，不存乎文字語言，其所謂教外別傳之旨，殆見乎斯作矣……其《輔教集》舊本，以累經鏤板故，雖盛傳於世，而文義脱謬約六十有餘處，今皆以經書考正之，覽者可以古本參讀之，則其疏謬可審矣。今自《論原》而下至於贊、

辭，約爲十二卷，次前成一十五卷，昔題名《嘉祐集》者是也；其
《非韓》文昔自分三十章，今約爲三卷，次前成一十八卷；又得古
律及山遊倡和詩共一百二十四首，分之爲二，總成二十卷，題曰
"鐔津文集"，示不忘其本也。

據懷悟所述，《鐔津文集》由其收集、整理、編訂而成，卷數、目次、所收
詩文，與今所傳之本略同，實爲後世諸本之祖。懷悟是否將其付梓，
史籍無載，宋人書志亦罕見著録。然宋代嘗刻是書無疑，黃丕烈《百
宋一廛書録》"參寥子詩集"條稱："余所見高僧之集而宋刻者，如《北
磵集》《鐔津文集》，皆宋刻。《北磵》在杭州而完，《鐔津》在京師而
闕，皆未之得也。"

　　今所存最古版本，乃元至元十九年（1282）宋刻重修本，庋藏於日
本米澤文庫。嚴紹璗《日藏漢籍善本書録》述曰："每半葉十行，每行
十八字。白口，單邊，有界。版心署‘嵩幾’及葉數。卷首有總目録，
卷一首行‘鐔津文集卷第一’，第二行‘藤州鐔津沙門契嵩撰’，卷一
並有陳舜俞撰《明教大師行業記》。卷末有至元十九年壬午仲夏，住
東禪大藏等覺禪寺主持比丘子成撰跋文一篇，據此則知此本版木，原
收入於福州東禪等覺大藏，有破損缺失，宣授江淮諸路釋教都總攝永
福大師，捐貲助刊，補修完備。今補修部分與原版有別。原版宋諱
‘桓’‘敦’，字皆缺筆。"祝尚書推斷原版當刻於宋光宗時[1]。又，日
本内閣文庫另藏元至大二年（1309）刻本。傅增湘《藏園群書經眼
録》卷一三叙之甚詳。此本前有屏山居士李之仝、高安沙門釋德洪
序，卷末有至大二年比丘永中募刻疏、法珊跋、林之奇跋、比丘希陵
跋。李之仝即李純甫，耶律楚材《湛然居士集》卷一三《糠蘖教民十
無益論序》謂："昔屏山居士序《輔教編》有云：‘儒者嘗爲佛者害，佛

[1]祝尚書《宋人別集叙録》，中華書局 1999 年版，第 182 頁。

者未嘗爲儒者害。’誠哉是言也。”李之全序實爲《輔教編序》。今國家圖書館亦藏有一部元刊殘本。因此本卷一八後俱闕，故未可斷定刊刻年代。據邱小毛、林仲湘所考，此本即傅增湘著錄之至大二年刊本，與日本藏屬同一版本①。此本卷首有幻住沙門明本《重刊鐔津文集疏并序》，此前學者將此序誤以爲李之全序，故無法判斷刊刻年代。

　　元人吳澄《吳文正集》卷六三有《鐔津文集後題》，略云：“鐔津嵩仲靈，生值宋代文運之隆……其文之行世久矣。疏山住半間，重繡諸梓以傳，蓋喜其教中之有是人也。”吳文正所言之本，未審即至大二年刊本歟。至明代，《鐔津文集》刊版少見留存。洪武間，天台山沙門原旭嘗募緣重刊之，開雕至二十餘版，適首座琦上人疾作，未克成其事。永樂三年（1405），天全叡首座發志繼刻之，永樂八年（1410）方告成。茲事具見今本《鐔津文集》卷末所附洪武甲子（1384）天台松雨齋沙門原旭《宋明教大師鐔津集重刊疏》，永樂三年嘉興府僧綱司都綱釋弘宗序，永樂八年徑山禪寺住持沙門文琇序。明初重刻《鐔津文集》，前後近三十年，頗費周折。

　　筆者所見《鐔津文集》最早版本爲弘治十二年己未（1499）刊本。此本署“鐔津文集”，凡四册，二十二卷，見存於國家圖書館。《四庫全書》本、《四部叢刊三編》本，皆以此爲底本。卷端題“鐔津文集”／“藤州鐔津東山沙門契嵩撰”。内鈐“鐵琴銅劍樓”等印。半頁 10 行，行 19 字，四周雙邊，黑口，雙魚尾，版心鎸“明教”及卷數、頁碼。正文前有嘉禾釋如巹撰於弘治十二年序，序中稱弘治丁巳（1497），因老者言及《鐔津文集》板將漫滅，欲重付梓而廣傳，遂慨然任之。又得嘉禾景德寺釋璠瑩之助，音釋句讀，校訂舊板誤處，興聖德海爲書而剞劂盡工。次爲尚書屯田員外郎陳舜俞《鐔津明教大師行業記》，下

①參邱小毛、林仲湘《〈鐔津文集〉的成書與國家圖書館藏原刊殘本考》，載《古籍整理學刊》2012 年第 2 期。

有小字注“石刻本在杭靈隱山”。再次爲《鐔津文集總目録》。

　　《鐔津文集》二十二卷,卷一至卷一九爲文,卷二〇至卷二一爲詩,卷二二附他人所作序、贊、詩、題、疏,有釋懷悟序、佚名序、惠洪《禮嵩禪師塔詩三十一韻》、南海楞伽山守端《吊嵩禪師詩并引》、龍舒天柱山比丘修静《贊明教大師并叙》、靈源叟《題明教禪師手帖後二首》,及原旭《宋明教大師鐔津集重刊疏》《嘉興都綱天寧弘宗指南序》《杭州徑山住持文琇序》,故知此本應據永樂刊本而覆刻。書末又有弘治十二年雲山廣源《重刊〈鐔津文集〉後叙》。

　　今人整理本有三種:其一爲林仲湘、邱小毛校注《鐔津文集校注》,巴蜀書社 2014 年版,收入《廣西地方古籍整理研究叢書》;其二爲鍾東、江暉點校《鐔津文集》,上海古籍出版社 2016 年版,收入釋明向、馮焕珍主編《雲門宗叢書》;其三爲紀雪娟校點《鐔津文集》,西南師範大學出版社 2016 年版,列入《日藏稀見釋家別集叢刊》(第一輯),所據底本爲日本國立圖書館藏五山版《鐔津文集》,五山版則依宋翻刻,所收詩文、篇數皆異於明刻本。

　　契嵩在北宋以能文著稱於世,陳舜俞《行業記》稱:“當是時,天下之士學爲古文,慕韓退之排佛而尊孔子,東南有章表民、黄聱隅、李泰伯尤爲雄傑,學者宗之。仲靈獨居,作《原教》《孝論》十餘篇,明儒釋之道一貫,以抗其説。諸君讀之,既愛其文,又畏其理之勝,而莫之能奪也,因與之遊。”江少虞《事實類苑》卷四五亦謂:“嵩之文,可參韓、柳之間。治平中,以所著書曰《輔教編》,携詣闕下,大學者若今首揆王相、歐陽諸公皆低頭以禮焉。”契嵩通内外之學,故所作議論弘肆,縱横捭闔,觀其《輔教編》上中下三篇,以佛教“五戒”“十善”會通儒之“五常”,論世道、政治、人心、禮樂、刑法,廣引經籍,洋洋灑灑,議論精密。《萬言書上仁宗皇帝》及上富弼、田錫、韓琦、歐陽修等宰輔公卿書信,不卑不亢,懇切合體。《非韓》三十篇,則有的放矢,痛快淋漓。四庫館臣對釋子撰述素帶偏見,然評契嵩之文曰:“其説大抵偏駁不可信，而其筆力雄偉，辨論蜂起，實能自成一家之言，蓋亦彼教中之健於文者也。"元人吳澄亦不輕易許人，然其《鐔津文集後題》曰："鐔津嵩仲靈，生值宋代文運之隆，與歐陽、曾、蘇同時，才思之贍蔚，筆力之橫放，視一時文儒不少遜也……倘論詞章，當爲佛徒中第一也。"明人姚廣孝《讀至天隱文集》亦稱："浮屠而嗜於文者，得其正者，惟宋之鐔津、元之天隱也。"

《鐔津文集》卷二〇、二一爲詩，卷二〇收古律詩 60 首，卷二一則契嵩與人唱和之什。其詩清新雅淡，不脫釋子本色。所作《三高僧詩》序曰："唐僧皎然、靈徹、道標，以道稱於吳越。故諺美之曰：雪之晝，能清秀；越之徹，如冰雪；杭之標，摩雲霄。吾聞風而慕其人，因諺所謂，遂爲詩三章，以廣其意也。"又《遣興三絕》其一謂："逸興應須效皎然，此生瀟灑老詩禪。"故知其詩大抵祖述皎然、靈徹、齊己清雅之格。王士禛《居易錄》卷一七謂其"詩亦多秀句，如'習忍如幽草，觀身類片雲''桑柘雨中綠，人烟關外疏''天岸日將出，田家雞更啼''好山沿岸去，驟雨落花來''雲迷飛鳥道，雨出古龍湫''明月出已滿，白雲歸未多'，皆佳"。然契嵩詩尚有另一格調，《送章表民秘書》《感遇九首》《古意五首》則頗激切感懷，如"錢塘大府多達官，品秩相較我最卑。孟軻獨負浩然氣，誰能斂袂長低眉。丈夫所重以道進，青雲萬里須自馳"。抒懷寫志，有邁世凌雲之風。《湘山野錄》謂其"詩類老杜"，蓋指此類詩也。

契嵩護法輔教，厥功至偉，釋原旭謂"北斗以南，一人而已"。然後世儒者亦多有苛評。林希逸《竹溪鬳齋十一稿續集》卷四《讀契嵩非韓三十首》謂："此緇何事與韓仇，可怪真如撼樹蜉。喚作辨才知汝誤，看成囈語使人羞。賜云日月無容毀，甫歎江河不廢流。者也之乎三十首，千年貽笑幾時休。"明人岳正《類博稿》卷三曰："宋有契嵩者，出既文字其學，又預人家國事，譬之劇戲，官府縱令逼真，畢竟優耳。"實仍依儒者立場，苛評過甚。

《參寥子詩集》十二卷，釋道潛撰

　　道潛（1043—1102？），本名曇潛，蘇軾爲之更名“道潛”，因慕莊子而自號參寥（或曰參寥爲其字），哲宗賜號“妙總大師”。《補續高僧傳》卷二三言其浙江於潛溪村何氏子；《宋高僧傳》一説俗姓武，蒲津人。幼不茹葷，依本縣三學院出家，得法於大覺懷璉。盡窺内外之典，能文章，尤喜爲詩，與秦觀、蘇軾、曾鞏、陳師道、李之儀遊。蘇軾倅杭，卜智果精舍居之；及軾南遷，坐詩語刺譏（一説因度牒冒名）獲罪，勒令返初服。建中靖國初，詔復祝髮。崇寧末，歸老江湖。生平未見碑傳。潛説友《咸淳臨安志》卷七〇掇拾《東坡詩集》、朱弁《聘遊集》、《淳祐臨安志》，修其小傳。

　　道潛著述，所知者惟《參寥子詩集》。《咸淳臨安志》卷七〇“道潛傳”稱：“既示寂，其法孫法穎以其詩集行於世。”法穎所刊行者，即《參寥子詩集》。宋元書志，若《郡齋讀書志》卷四下、《直齋書録解題》卷二〇、《文獻通考》卷二四五等，均著録爲“《參寥集》十二卷”。然宋本流傳甚稀，曹學佺《石倉歷代詩選》，惟録其《再遊鶴林寺》《夏日龍井書事詩》二首，四庫館臣謂“殆從他書採摭，未見此本歟”。明清書志所録則多爲明刊本。徐乾學《傳是樓書目》卷四著爲：“《參寥子詩集》十二卷，宋智果禪師道潛，四本。又一部，十卷，二本。”陸心源《皕宋樓藏書志二》著爲“《高僧參寥詩》十二卷，明刊本，宋智昱禪師道潛參寥著”；丁仁《八千卷樓書目》卷一五著爲“《參寥子集》十二卷，宋釋道潛撰，汪然明校刊本”。是書宋刊本之流傳，黄丕烈《百宋一廛書録》載之甚詳：

　　　　余所見高僧之集而宋刻者，如《北磵集》《鐔津文集》，皆宋刻。《北磵》在杭州而完，《鐔津》在京師而闕，皆未之得也。向

聞池上書堂蔣氏有宋刻《參寥子詩集》，久未得一見，今始由五柳
居得之。書共十二卷，通體皆完而無闕，可謂亞於《北磵》而勝於
《鐔津》矣。世行本向傳有二，以法嗣法穎□□爲勝，此其是也。
卷端序文係鈔補而以貴，與《經籍考》證之，當不謬。若以爲此序
是《餞參寥禪師東歸序》，而非《高僧參寥集序》，是並《通考》而
昧之矣，奚足以論古哉？此書向爲季振宜藏書。徐健庵有圖記，
則又傳是樓中物也。"如村主人"印不知何人。而"黃子羽讀書
記"，則有明黃翼，吾宗之名賢。余所藏宋刻《湘山野録》《續録》
中，亦有黃翼圖書"子羽"，何於高僧著述結此因緣耶？

　　黃丕烈所述宋刊本，今藏於國家圖書館。《四部叢刊三編》據此影印。
書前有陳師道撰《高僧參寥集序》，次録詩集總目，黃氏所見諸藏家印
章俱在。每半頁 11 行，行 24 字，左右雙邊，小黑口，每卷卷端次行皆
有"法孫法穎編"五字。末附嘉慶癸亥黃丕烈題識，略異於上引《百
宋一廛書録》，而與其《士禮居藏書題跋記》同。又附有張元濟撰校
勘記及跋，其跋略曰："（此本）舊爲黃子羽所藏，嗣入於延令書室、傳
是樓，後爲士禮居所得。《百宋一廛賦》'《參寥》歸攝六之物'，注云：
'《參寥子詩集》十二卷。'驗其收藏，最先爲蓮須閣舊物，有'黃子羽
讀書記'小印，即此書也。其後輾轉歸於涵芬樓。"按，蓮須閣應即明
末"牡丹狀元"黎遂球（1602—1646），字美周，著有《蓮須閣詩文集》；
黃翼聖（1596—1659），字子羽，號攝六，歷任新都知縣、吉州知州，明
亡隱居不仕，潛心奉佛，故多"與高僧著述結緣"，錢謙益爲撰墓志。
張元濟所取參校本乃崇禎汪汝謙（然明）刊本，所校異文一百四十
四條。

　　臺灣圖書館亦藏有一部宋末刊補鈔本。版高 17.8 釐米，寬 12.1
釐米，每半頁 11 行，行 24 字，注小字雙行，行約 30 字，左右雙邊，黑
口，雙魚尾。該本無序跋，版式與國圖所藏同，鈐有"北平謝氏藏印"

"季振宜藏書""謙牧堂藏書記""兼牧堂書畫記""夢曦主人藏佳書記""張均衡藏印""張乃熊藏印""近圃收藏"諸印。無序跋。館藏初步判斷爲宋末元初間刊本。

　　除宋刊法穎本外，《參寥子詩集》另有"三學院法嗣廣宂編訂本"。四庫館臣曰："今所傳者凡二本，一本題三學院法嗣廣宂訂，智果院法嗣海惠閱錄。前有參寥子小影，即海惠所臨，首載陳師道《餞參寥禪師東歸序》，次載宋濂、黃諫、喬時敏、張睿卿四序，鈔寫頗工。一本題法嗣法穎編，卷帙俱同，而敘次迥異，未知孰爲杭本。按，集中詩有同法穎韻者，則法穎本授受有緒，當得其真。"廣宂編訂本，祝尚書敘曰："乃傳鈔本，源於何本不詳。既稱有宋濂等人所作序，疑即明正統本。正統本今僅重慶圖書館有著錄，已殘，存卷一至八，每半葉十一行二十四字，細黑口，左右雙邊。今存明崇禎本，即由正統本重刊。"①按，筆者未見正統本，然從祝氏所述版式，頗與宋刊法穎本相同。

　　崇禎本刊於崇禎九年丙子(1636)，見藏於台灣圖書館。共四冊，版高 19.9 釐米，寬 14 釐米。內鈐"吳興劉氏嘉業堂藏書印""松雲精舍"等印。每半頁 9 行，行 18 字，白口，四周單邊，無魚尾，開口處題"參寥子"，版心鎸卷數、頁碼。正文前惟有崇禎八年乙亥(1635)汪汝謙《重刊〈參寥子詩集〉序》，而無陳師道序。汪汝謙序曰："一日，上人印參出《參寥子集》示余。余先授之梓，且卜智果之興有日矣。余昔與玄津校孫太初詩，而竹閣成；與樹庵搜李參戎稿，而岣嶁山房又成。覺山水文字緣，似有偏勝。今日印參，其我玄津、樹庵乎？《桯史》載京洛寺塔矩麗絕代，戎馬兵燹而後，惟籍名賢過客之詩文傳以不朽。則今日太平無事，如參寥一卷詩，一片舊袈裟地，不當專望之蘇子瞻、秦少游也。"書末附《秦少游集摘》一卷。此本雖亦爲十二

①祝尚書《宋人別集敘錄》，中華書局 1999 年版，第 484 頁。

卷,但各卷收詩大異於宋刊本,應另有源本。

　　崇禎十五年(1642),是書又曾重刊,前有陳師道、黄諫、吳之屏、汪汝謙、楊德周、陳朝輔序。崇禎十五年楊德周序稱:"妙總大師詩集凡十二卷,後浸漫漶。邇汪、鮑兩君從檇李叢林中校得原本,爲詮庀成帙……此二十餘年前事也。"所稱原本,未審爲何本。崇禎九年丙子吳之屏序亦稱:"今其(道潜)詩集,賴汪、鮑諸君編次成帙矣。"據此,崇禎本或得他本,重新予以編次,而未録宋濂、喬時敏等人之序。光緒己亥(1899),丁丙又據崇禎本予以重刊,《禪門逸書初編》第 3 册則據光緒丁丙本影印。

　　另,國家圖書館藏有數種清鈔本。其中,黄丕烈精鈔宋本一部,前有黄丕烈題識,後有附録《釋氏寶鑒》道潜傳記。内鈐"宋本""士禮居藏""吳江黄氏圖書"。每半頁 10 行,行 19 字,無格。另有一部,内鈐"鐵琴銅劍樓""宋本"等印,首頁天頭標明"宋本校正",每半頁 11 行,行 24 字,有框,無格,版式亦大抵按宋本鈔録,不合之處,亦特標明。如卷一首頁標有"宋本此卷編字低一格"。書末附有嘉慶癸亥(1803)黄丕烈題識,並題"戊午秋日,徐紹乾手校一過"。

　　今人整理本則有三種:一爲高慎濤、張昌紅校注《參寥子詩集校注》,中州古籍出版社 2014 年版;二爲孫海燕點校《參寥子詩集》,上海古籍出版社 2017 年版,以《四庫全書》爲底本,參校宋本、明清諸本,以及歷代詩歌總集所選之詩;三爲陳小輝《參寥子詩集編年校注》,江西人民出版社 2017 年版,以國圖藏宋刻爲底本,除參校常見版本外,又參以台灣圖書館藏宗譓重集宋刊本,繫年、校注皆頗精詳。

　　道潜平生大半浪迹江湖,寄情山水,嘗自謂"余生飄泊猶斷蓬",所作山水行旅詩,堪稱逸品,尤爲時人所贊譽。卷一《臨平道中》曰:"風蒲獵獵弄輕柔,欲立蜻蜓不自由。五月臨平山下路,藕花無數滿汀洲。"蘇軾倅杭,過而見之,大稱賞,已而相尋於西湖,一見如舊。宗室曹夫人則作《臨平藕花圖》,人爭傳寫。又《秋江》云:"赤葉楓林落酒旗,白沙洲渚夕陽微。數聲柔櫓蒼茫外,何處江村人夜歸。"亦宛如圖畫,蘇軾見之大稱賞,謂"此吾師十四字師號也"。道潛頗追摹陶潛,謂"淵明未掛冠,志已蹈方外。何時辭五斗,散髮從傲睨。閒中氣味好,至樂無與對……超然閭里間,高風邈難繼"。其仿淵明所作《田居四時》,冲淡閒遠,有陶詩之風致。惠洪《冷齋夜話》卷四曰:"道潛作詩,追法淵明,其語有逼真處。"然所舉謂"數聲柔櫓蒼茫外,何處江村人夜歸""隔林仿佛聞機杼,知有人家在翠微"兩聯,而未舉《田居四時》,似未妥切。胡仔《苕溪漁隱叢話後集》卷三七譏之:"余細細味之,句格固佳,但不類淵明語,豈得謂之逼真處?若東坡和陶詩'前山正可數,後騎且勿驅',此方是逼真處。惠洪不善評詩,此豈足憑哉!"

　　道潛作詩,善化用前人詩句。陳巖肖《庚溪詩話》卷上謂:"帛道猷有詩曰:'連峰數千里,修林帶平津。茅茨隱不見,雞鳴知有人。'後秦少游云:'菰蒲深處疑無地,忽有人家笑語聲。'僧道潛云:'隔林仿佛聞機杼,知有人家在翠微。'其源乃出於道猷,而更加鍛煉,亦可謂善奪胎者。"楊慎《丹鉛摘録》卷五則不以爲然,稱少游、道潛"雖祖道猷,語意而不及",至有"蘇糞壤以充幃,謂申椒其不芳也"云云。

　　道潛性孤潔剛狷,不容俗物。蘇軾《參寥子真贊》嘗揭其"不可曉者五":"身寒而道富,辯於文而訥於口,外苛柔而中健武,與人無競而好刺譏朋友之過,枯形灰心而喜爲感時玩物不能忘情之語。"史籍所載其坐罪之由,或以詩涉譏刺,或以度牒冒名,一皆其剛狷之本性也。其所涉禍之詩,乃《春日雜興十首》之二絕:"去歲春風上苑行,爛窺紅紫厭平生。而今眼底無姚魏,浪蕊浮花懶問名。""城根野水渌透沱,颭颭風船掠岸過。日暮蕙蘭無處採,渚花汀草占春多。"朱弁《風月堂詩話》卷下云:"東坡南遷,參寥居西湖智果院,交遊無復曩時之盛。嘗作湖上絕句云……此詩既出,遂有返初服之禍。建中靖國間,曾子開爲明其非辜,始還故服。"然《冷齋夜話》卷六則載:"性偏尚氣,憎凡子如仇,嘗作詩云:'去歲東風上苑行,爛窺紅紫厭平生。如今眼底無姚魏,浪蕊浮花懶問名。'士論以此少之。"所載不一,未知孰是。

吳自牧《夢粱錄》卷一七載,蘇軾嘗評道潛詩:"無一點蔬筍氣,體制絕似儲光羲,非近世詩僧可比。"所謂"近世詩僧",蓋指"宋初九僧"輩。道潛詩確能脱却此輩習氣,不專事雕琢苦吟,無苦寒蹇澀之態。其曾勸人作詩勿苦吟:"苦吟只恐凋肝腎,夫子還宜少黜聰。"其詩思敏捷,詩料豐富,詩風俊逸。《冷齋夜話》卷六載,東坡移守東徐,道潛往訪之,館於逍遥堂。東坡遣一妓前乞詩,道潛援筆而成曰:"寄語巫山窈窕娘,好將魂夢惱襄王。禪心已作沾泥絮,不逐春風上下狂。"其俊逸如此,令一座大驚,自是名聞海內。道潛在宋詩僧中堪稱傑出,時人極推重之。吳可《藏海詩話》載俞清老贊曰:"風流蘊藉,諸詩僧皆不及。"韓子蒼亦云:"若看參寥集詩,則惠洪詩不堪看也。"陳師道序其詩更謂:"釋門之表,士林之秀,而詩苑之英也,遊卿大夫間,名於四海三十餘年矣。"而葉夢得《避暑録話》卷下稱:"道潛初無能,但從文士往來,竊其緒餘,並緣以見當世名士,遂以口舌論説時事,譏評人物,因見推稱。"葉氏尤惡僧詩,故有此褊狹之論。

《芝園集》二卷、《芝園集遺編》三卷、《補續芝園集》一卷,釋元照撰

元照(1048—1116),字湛如(一曰湛然),號安忍子,俗姓唐,浙江余杭人。母竺氏嘗夢異僧托孕,幼依錢塘祥符寺東藏慧鑒律師,習毘尼之學。年十八,以誦《妙法蓮花經》得度。熙寧元年(1068),從神悟處謙習天台教觀;又從廣慈授菩薩戒,戒光發現,頓漸律儀,罔不兼備。南山一宗,蔚然大振。晚居靈芝寺,衆常數百,政和六年(1116)坐化。高宗紹興十一年(1141),謚號大智律師。生平未見碑

傳。元釋念常《佛祖歷代通載》卷一九有其傳略。

《佛祖歷代通載》載，元照嘗言"化當世莫若講説，垂將來莫若著書"，撰有《資持》《濟緣》《行宗》《應法》《住法》《報恩》諸記、《十六觀》《小彌陀義疏》及《删定律儀本》《芝園集》若干卷。元照畢生講法，所著多爲内學，《芝園》諸集，所名雖集，亦復如是。歷代書志少見著録，《武林梵志》卷一〇謂元照有"《芝園集》二十卷"。國内亦未見傳本。是集今收於《卍續藏經》第105册，僅《芝園集》二卷、《補續芝園集》一卷、《芝園集遺編》三卷，距二十卷相去甚遠，散佚嚴重。

《芝園集》二卷，卷端署"元照作"。無序跋，正文前爲目録，收僧人塔銘、行道記、墓銘、書序等三十二篇。《和刻目録》亦載有《芝園集》二卷，中村五兵衛刊，祝尚書《宋人別集叙録》以爲"殆即此本"。《芝園集遺編》上、中、下三卷，卷端署"道詢集"，亦無序跋。前爲目録，卷上署"余杭郡沙門元照"，卷中則署"六世法孫道詢集"，有《建明州開元寺戒壇誓文》，末附嘉熙己亥（1239）安脱居士鄭清之跋，跋中稱"四明號爲佛國，而照公之真迹具存，可寶也已。湖心龍律師得之以示余，因書此紙以歸之"。卷下亦署"六世法孫道詢集"。末後有止止堂老乞士中訥翁跋文，述及是書刊刻始末："貞和三年太簇五日，前泉湧老比丘淳樸於竹園軒看讀，校訂之次，卒點旁訓云。今寬文九年孟秋下旬，更校潤色之，以壽梓流世矣。"《補續芝園集》一卷署"日本輯"，收録佛寺記文六篇。

《芝園》三集雖以内學爲主，然其述律宗、台宗之發展，尤具史料價值。《南山律師撰集録》乃繼《内典録》《開元録》等後，續補律宗著述，録目有《廬山遠大師文集》十一卷、《支道林集》十卷、《南山文集》十卷，可見三大師文集之流傳。《論慈湣三藏集書》，則述及元照紹聖元年（1094）翻刻唐《慈湣三藏文集》，僧衆攻其僞造，元照上書叙明始末，並檢附古本爲證。《高麗李相公〈樂道集〉序》一文，乃序高麗相國李奎報詩集："予昔見海東使臣經從吾鄉名山勝概，率多題詠。

觀其格致,則與夫大國文軌頗同。後見僧統(按:當指義天)所留篇什,語句平易,思味幽遠,復知僧統又知詩之深者。比以朝辭回杭,艤舟府亨,忽持李相國詩集爲示。發卷一覽,愛其學贍而識遠,辭直而理詣……而僧統獨愛此集,將命鏤板流通於世,向所謂僧統知詩之深爲不污矣。"此可見北宋高麗文人與漢地文人之交流。《爲義天僧統開講要義》文,則爲元豐八年(1085)十二月,元照爲義天講説律宗綱要,並授菩薩戒。義天(1055—1101)乃高麗僧統,嘗於元豐、元祐年間兩度率弟子來華求法。此次來華,義天請元照書歸遼東摹版流通。《爲判府蔣樞密開講要義(請簡、謝詩附)》,蔣樞密即蔣之奇(1031—1104),字穎叔,崇寧元年(1102)知樞密院事,出知杭州。所附穎叔《講罷樞密上詩以謝》,爲湯華泉《全宋詩輯補》第3册輯録。集中所收僧人塔銘,亦以律宗、賢首宗僧人爲多,可資考彼時律宗之發展。《杭州祥符寺久闍黎傳》中"久闍黎"乃"江西派"詩僧可久。

《卍續藏經》第105册又收録了《大智律師〈道具賦〉》五篇,署"宋元照撰",分爲《三衣賦》《鐵鉢賦》《坐具賦》《漉囊賦》《錫杖賦》,不知何以未收入《芝園》諸集。祝尚書《宋人別集叙録》以爲"賦題既稱元照之謚('大智律師'),則此五賦顯是他人所作,題'元照'誤"。按,佛門以謚號題其書名者,比比皆是,未可遽斷必非元照所作。

《石門文字禪》三十卷、《筠溪集》
一卷,釋惠洪撰

惠洪(1071—1128),一名德洪,字覺範,別號寂音、寂音老禪、甘露滅等,江西筠州新昌喻氏子,一説姓彭。自幼聰穎,好讀書,善詩律。年十四,父母同月而歿,遂依三峰靚禪師出家。年十九試經於東京天王寺,得度牒。依宣秘大師講《成唯識論》,有聲講肆。南歸後,依廬山歸宗寺真净克文。紹聖間,張商英出鎮洪州,迎真净克文入洪

州石門,惠洪隨之。真净寂後,住臨川北禪二年,旋遊金陵,學士吳開正請住清涼寺,因狂僧誣陷,入獄一年,張商英聞之,特奏再得度牒。政和初,張商英罷相,坐累謫朱厓(今海南)。及蒙恩歸,復證獄并門(今太原)。及歸江南,又爲道士誣爲張懷素黨人,坐南昌獄百餘日。晚年輾轉江南禪林,依法眷以老。平生四度下獄,兩褫僧籍,坎坷至甚。生平未見碑傳。嘗自撰《寂音自序》述平生行迹。方回《瀛奎律髓》卷一六謂韓子蒼嘗有"覺範墓志",未見。宋釋祖琇《僧寶正續傳》卷二、釋正受《嘉泰普燈録》卷七有小傳,今人所撰年譜、行年,以周裕鍇《宋僧惠洪行履著述編年總案》最爲詳密。

惠洪著述繁複,兼及内外之學。南宋釋祖琇《僧寶正續傳》卷二謂其:"著《林間録》二卷、《僧寶傳》三十卷、《高僧傳》十二卷、《智證傳》十卷、《志林》十卷、《冷齋夜話》十卷、《天厨禁臠》一卷、《石門文字禪》三十卷、《語録偈頌》一編、《法華合論》七卷、《楞嚴尊頂義》十卷、《圓覺皆證義》二卷、《金剛法源論》一卷、《起信論解義》二卷,並行於世。"而散見其他文獻著録者仍復不少。《郡齋讀書志》卷四下、《文獻通考》卷二四一著録有"洪覺範《筠溪集》十卷",《直齋書録解題》卷二〇、《文獻通考》卷二四五著録有"《物外集》三卷",《宋史·藝文志》著録有"《物外集》二卷"。方回《瀛奎律髓》卷一六又謂:"覺範,江西筠州人,姓彭,兩坐罪還俗,一爲張天覺丞相黥海外,有《甘露滅詩集》。"今所存其别集有《石門文字禪》三十卷、《筠溪集》一卷。《冷齋夜話》《天厨禁臠》爲其詩學著述,而《物外》《甘露滅》諸集,皆久佚無傳。

1.《石門文字禪》三十卷。歷代書志皆有著録,且多言三十卷,知其流傳有序。然關於此書宋代刊刻情形,則史籍無載。今所存最早版本,乃明萬曆間徑山興聖萬壽寺所刻《徑山藏》本,見存於國家圖書館。共六册,卷端署"宋江西筠溪石門寺沙門釋德洪覺範著"/"門人覺慈編録,西眉東巖旌善堂校"。内鈐"鐵琴銅劍樓"印。首頁爲僧人參禪圖一幅，次頁鎸"皇圖鞏固，帝道遐遠，佛日增輝，法輪常轉"十六字。每半頁10行，行20字，黑口，四周雙邊，開口處鎸"支那"，版心鎸"石門文字禪"及頁碼。正文前有萬曆丁酉（1597）八月達觀序，各卷後有牌記，備載捐刻者、校對者、書者、刻工姓、刻版時日。例如，卷末有牌記："丹陽賀門徐氏男夢燈、女玉燈，金氏、周氏、周晏共施刻此卷。海鹽了緣居士對。長洲徐普書。上元李茂松刻。萬曆丁酉仲冬，徑山興聖萬壽禪寺識。"正文中多有墨釘、脫文，非精善之本。

達觀序曰：

夫自晉、宋、齊、梁，學道者爭以金屑醫眼。而初祖東來，應病投劑，直指人心，不立文字。後之承虛接響，不識藥忌者，遂一切峻其垣，而築文字於禪之外。由是分疆列界，剖判虛空。學禪者不務精義，學文字者不務了心。夫義不精，則心了而不光大；精義而不了心，則文字終不入神。故寶覺欲"以無學之學，朝宗百川"；而無盡歎民公"南海波斯，因風到岸"。標榜具存，儀刑不遠。嗚呼！可以思矣。蓋禪如春也，文字則花也。春在於花，全花是春；花在於春，全春是花。而曰禪與文字有二乎哉？故德山、臨濟，棒喝交馳，未嘗非文字也；清涼、天台，疏經造論，未嘗非禪也。而曰禪與文字有二乎哉？逮於晚近，更相笑而更相非，嚴於水火矣。宋寂音尊者憂之，因名其所著曰"文字禪"。夫齊秦搆難，而按以周天子之命令，遂投戈卧鼓而順於大化，則《文字禪》之爲也。蓋此老子向春臺擷衆芳，諦知春花之際，無地寄眼，故橫心所見，橫口所言，鬥千紅萬紫於三寸枯管之下。於此把住，水泄不通，即於此放行，波瀾浩渺。乃至逗物而吟，逢緣而咏，並入編中，夫何所謂禪與文字者夫！是之謂《文字禪》，而禪與文字有二乎哉？噫！此一枝花，自瞿曇拈後，數千餘年，擲在糞掃堆頭。而寂音再一拈似，即今流布，疏影撩人，暗香浮鼻，其誰爲破顔者？明萬曆丁酉八月望日，釋達觀撰。

萬曆七年（1579）前後，達觀以藏經流通不利，改梵筴裝爲方册裝，倡導刻藏，廣植善緣，因刻於浙江余杭徑山寺，故稱爲《徑山藏》。達觀刻惠洪《石門文字禪》，用意弘深。明末叢林頗重視外學，雪浪、德清、袾宏等尊宿皆極力打通詩禪之隔閡，而達觀尤重視"文字般若"，倡導"文字不二"之論。《石門文字禪》因係較早揭櫫"文字禪"者，故達觀不顧釋氏別集罕見入藏之成例，意在打通詩、禪隔閡，極大促進了晚明叢林外學之發展，其意義不容忽視。

王士禎《古夫于亭雜録》卷一謂："頃讀洪覺範《石門文字禪》，有《同景莊遊浯溪讀中興碑》長句一首，恨此書版行已久，不及收入，亟録於此，以補漏略。"按，此詩實見於徑山興聖萬壽寺刻本，故知漁洋所見定非此本，則清代或有他本流傳。然興聖萬壽寺刻本爲後世惟一源本，日本寬文四年（1664）京都天原仁左衛門刊本、《四庫全書》本、光緒二十五年（1899）刻本、《武林往哲遺著後編》本、《四部叢刊初編》本等，皆據此本鈔録、重刻、影印。

校注《石門文字禪》者，以日本廓門貫徹《注石門文字禪》爲最早。此本亦爲三十卷，寶永七年（1710）調心軒初刊，今人張伯偉、郭醒、童嶺、卞東波並予點校，由中華書局2012年出版。是書卷末有廓門貫徹跋曰："大明達觀師所刊行，寫誤、脱簡甚夥焉，令人不能無惑於其間。余得之善本，欲爲之注。"然其所得之"善本"，據陳自力所考，實亦出於徑山寺，或即據徑山寺本翻刻之日本寬文本①。此本沿襲日人一貫學風，注釋頗詳，誠如書前日本卍山和南《注石門文字禪序》中所稱："一事一言，盡考其所出，注之解之……開露覺範之藴奥於今日，揚般若波羅蜜之波瀾，潤色文字禪之枯槁，以爲見者慰歎。"

---

① 參看陳自力《釋惠洪研究》，中華書局2005年版，第136頁。

《石門文字禪》三十卷，依文體分卷，卷一之卷八爲古詩，卷九爲排律、五律，卷一〇之卷一三爲七律，卷一四爲五絶、六絶，卷一五之卷一六爲七絶，卷一七爲偈頌，凡收詩近一千六百首；卷一八之卷一九爲贊，卷二〇爲銘、詞、賦，卷二一之卷二四爲記、序、記語，卷二五之卷二六爲題，卷二七爲跋，卷二八爲疏，卷二九爲書、塔銘，卷三〇爲行狀、傳、祭文，各體文章凡五百餘篇。是書所收詩文幾未涉法語、經序、疏鈔等佛教文體，實爲醇正之別集。

2.《筠溪集》一卷。《筠溪集》亦爲惠洪之別集，然自宋以後，文獻罕見提及，學者多誤以爲即《石門文字禪》之別名。近年，肖伊緋、許紅霞先後撰文披露新發現《筠溪集》之少量傳本①。筆者未見是書，依體例不當著錄。然唐宋釋氏別集新見者尤且珍貴，故不避自亂體例之嫌，據二位學者之介紹，略予著錄。

肖伊緋《孤本禪詩〈筠溪集〉發現記》稱："近日有廣東書商從日本訪得一册《筠溪集》，終於可以一睹'孤本'全貌。此書是明末印本，其底本所源應當就是某種古本'筠溪集'。是書爲木刻本，共計七十二葉，一百四十四面；半葉九行，每行十八字，單卷全本。正文首頁印有'筠溪集'，'宋石門比丘釋德洪著，明石倉居士曹學佺閲'字樣。"並判斷此書刊行時間晚於《徑山藏》本"大約30—50年"。

許紅霞《惠洪〈筠溪集〉源流考——兼論〈石倉宋詩選〉對作品的删改》則進一步披露此本的具體情況：

> 日本元禄二年（1689，清康熙二十八年）京都小林半兵衛刻本。現爲日本駒澤大學圖書館所藏，乃日本滋賀縣觀音寺舊藏

①肖伊緋《孤本禪詩〈筠溪集〉發現記》，載 2015 年 3 月 4 日《中華讀書報·文化周刊》；許紅霞《惠洪〈筠溪集〉源流考——兼論〈石倉宋詩選〉對作品的删改》，載《文學遺產》2018 年第 2 期。

本,一册。此本首葉中間有竪寫"筠溪集"三個大字,右、左兩邊
分別有"元禄二歲舍巳己正閏月穀且"(許注:"巳己"當爲"己
巳"之誤,"且"當爲"旦"之誤。)"版存京師堀川小林半兵衛宅"
兩行小字,左邊小字下還鈐有篆字"書林"小方白文印。正文首
行頂格也寫"筠溪集"三字,二、三行靠下分別寫"宋石門比丘釋
德洪著""明石倉居士曹學佺閱"。半葉九行,行十八字,共計七
十二葉,一百四十四面。四周單邊,無界,白口,上單魚尾,魚尾
朝下,魚尾下寫"筠溪集"三字,再下是頁碼,最下有刻工姓名,可
辨識的有"長、王、五、才、典、林、有"等,與明崇禎刊本刻工姓名
同。但正文漢字旁標有提示訓讀的日文片假名。

　　所謂"明崇禎刊本"即明人曹學佺《石倉歷代詩選》"宋詩選"所選惠
洪之詩。許氏還細核二本之詩,稱"自《寄彭景醇奉議》至《道中》共
二百五十九首,與《石倉宋詩選》中《筠溪集》完全相同,文字與明崇
禎刊本也基本相同",故斷定元禄本《筠溪集》"應是日本人仿照《石
倉十二代詩選·宋詩選》中之《筠溪集》而刻的單行本"。

　　惠洪在北宋僧人中實屬文章巨擘,諳熟詩文之道,所撰《冷齋夜
話》《天厨禁臠》論詩頗能自出機杼。四庫館臣不許其人品,然亦謂:
"詩論實多中理解,所言可取則取之。"惠洪論詩,必爲"文字禪"立
論,以拆解禪與文字之藩籬,故主張遊戲於翰墨間。又《冷齋夜話》卷
四"詩忌"條謂:"詩者,妙觀逸想之所寓也,豈可限以繩墨哉? 如王
維作畫雪中芭蕉,自法眼觀之,知其神情寄寓於物,俗論則譏以爲不
知寒暑。荆公方大拜,賀客盈門,忽點墨書其壁曰:'霜筠雪竹鍾山
寺,投老歸歟寄此生。'坡在儋耳作詩曰:'平生萬事足,所欠惟一
死。'豈可與世俗論哉!"以禪家法眼觀詩,的確迥異俗論。

　　惠洪詩文大抵師法蘇、黃,論詩作文亦多崇元祐而抑熙寧。其詩
題材廣泛,舉凡山水、禪境、禪理、酬贈詩,皆有所及。又受蘇、黃之沾

染，自稱"好論古今治亂、是非成敗"，故集中懷古、詠史者尤夥，且不乏精警之作，如卷一《題李愬畫像》，極論愬之功勳，近人陳衍謂："抵段文昌一篇碑文。"尤可怪者，惠洪詩不避綺語，其詩常寫飲酒、冶遊、狎妓之事，如卷三《臨川康樂亭碾茶觀女優撥琵琶坐客索詩》、卷一一《鞦韆》等，尤其《上元宿百丈》一首最爲著名。《能改齋漫錄》卷一一"浪子和尚詩"條謂："洪覺範有《上元宿嶽麓寺》詩，蔡元度夫人，王氏荊公女也，讀至'十分春瘦緣何事，一掬鄉心未到家'，曰'浪子和尚耳'。""浪子和尚"之名，遂不脛而走。後世凡稱作詩不避綺語之僧者，必首推惠洪。惠洪曾自云："余少狂，爲綺美不忘情之語。"然檢方回《瀛奎律髓》卷一六引韓子蒼《覺範墓志》，謂"作此詩時年三十四"，實非少作也。四庫館臣頗不齒其僧品，謂"惠洪之失在於求名過急，所作《冷齋夜話》至於假托黃庭堅詩，以高自標榜，故頗爲當代所譏"，然論其詩，則頗爲持平："要其詩，邊幅雖狹，而清新有致，出入於蘇、黃之間，時時近似。在元祐、熙寧諸人後，亦挺然有以自立，固未可盡排也。"

惠洪散文亦著，陳振孫稱："其文俊偉，不類浮屠氏語。"錢鍾書《管錐編》云："僧號能詩，代不乏人。僧文而工，余僅睹惠洪《石門文字禪》與圓至《牧潛集》；契嵩《鐔津集》雖負盛名，殊苦獷率，強與洪、至成三參離耳。"默存先生此論，或沿自姚廣孝《讀至天隱文集》。惠洪論文崇蘇抑歐，以爲歐文"其病在理不通，以理不通，故心多不能平"；而蘇文則"以其理通，故其文渙然如水之質，漫衍浩蕩，則其波亦自然而成文。蓋非語言文字也，皆理故也，自非從般若中來，其何以臻此？"歐文平易正大，紆徐委備，蘇文自然漫衍，行於所當行，止於所當止，二者實無根本差別。然惠洪揚蘇而抑歐，或因歐公未得佛禪般若空觀耶？今觀惠洪之文，風格多樣，長篇巨製，短文小章，皆能得心應手，在宋文中確可獨立成家。

《雪峰空和尚外集》一卷，釋惠空撰

　　釋惠空（1096—1158），號東山，一作慧空，俗姓陳，福州人。年十四出家，携大慧宗杲同參圓悟克勤，後避亂至曹溪，旋至臨川疏山，爲南嶽下十四世泐潭善清法嗣。紹興二十三年（1153）住福州雪峰禪院，次年退歸東庵。紹興二十八年（1158）卒，年六十三，僧臘四十八。著有《東山慧空禪師語録》《雪峰空和尚外集》傳世。生平未見碑傳，事迹略見《東山慧空禪師語録跋》，《五燈會元》卷一八、《續傳燈録》卷二三、《五燈嚴統》卷一八等有其小傳。

　　《雪峰和尚外集》一卷，歷代書志罕見著録，總集亦罕登録其人其詩。國内目前僅見北京大學圖書館藏有一部日本刊本。内鈐“李盛鐸印”“木齋”“木齋秘珍”等印。卷端題“雪峰和尚外集”。每半頁10行，行20字，左右雙邊，白口，單魚尾，版心鎸“東”字及頁碼。多有批注之迹。無序跋。國家圖書館斷其爲日本刊本，刊刻年份不詳。

　　另，《禪門逸書初編》第3册、《宋集珍本叢刊》第40册、《和刻本中國古逸書叢刊》第49册，據日本貞和三年（1347）刊本影印。此本首頁鈐有“神田家藏”“莅圃收藏”等印。卷端題“雪峰空和尚外集”。每半頁10行，行20字，白口，上魚尾，左右雙邊，印刻古樸。正文前有乾道六年庚寅（1170）覺性、淳熙戊戌（1178）比丘惠然二序，書末有淳熙戊戌（1178）惠然及元統丁亥（1348）竺仙梵仙跋。

　　覺性序曰：

　　　　昔孔門曾參、孔伋傳道，而罕見其書，獨《孟軻》七篇具在。學者講習，則知曾子、子思同道者也。吾宗草堂衍派黄龍，而語録皆湮没，因閲《普燈》，僅載一二而已。余舊獲□□□《東山外集》，今刊《靈源筆語》之外，就以外集繡諸梓。學者觀東山機用,橫放若是,況於内集乎? 觀東山鉗鎚,妙密若是,況於草堂乎? 直須透得他中木蛇之毒處,便見風幡下狸奴搏鼠□消息。時庚寅中秋日,前起殿住持黄龍雪村叟覺性書。

釋惠然序曰:

　　東山和尚以百千三昧置毫端,縱横變態,得從上佛祖於不傳之妙,凡有一言一句,叢林争以傳習。侍郎曾公謂誦其"深密伽陀妙天下",乃信然矣。而其道高一世,俯視諸方平居,面目嚴冷,學者不可得而親近,或遭喝罵而出,此真善知識慈悲。惠曩嘗獲侍其誨藥,臨寂之時,以其親删語録相受,尚有偈語、書贊不入録者,斟酌古今,發揚蘊奥。禪衲競編,烏焉成馬,余欲鏤正,廣其傳。今始符斯所願,亦季子挂劍之義矣。於戲! 真正法眼,□不類常流,故大慧老人每以東山爲稱,今信之者咸生敬仰,乃知南陽之鐘,不待叩而鳴也。淳熙戊戌季冬朔日,住雪峰比丘惠然敬書。

知此書當初刊於乾道六年(1170),再刊於淳熙五年(1178)。書末所附梵仙跋,稱是書百年後流於扶桑,貞治、至平間日本建長寺契充書記得此書,讀而好之,乃化緣而鋟之梓。梵仙(1292—1348),字竺仙,號來來禪子、思歸叟,俗姓徐,浙江象山人,嗣法於古林清茂。天曆二年(1329)東渡日本,歷住静妙、净智、南禪、建長諸寺,開創竺仙派。事迹見危素《日本建長寺竺仙和尚塔銘》,《大正新修大藏經》第80册收有其《竺仙和尚語録》四卷。

　　貞治至平刊本,除録雪峰惠空詩文外,另有精詳注釋。釋明復《〈雪峰空和尚外集〉解題》評曰:"尤可貴者,書中偈頌篇裏,夾注殆滿,蠅書蟻畫,精細非常。博引禪册,廣搜梵笈,儒典世籍,亦復不遺。

一人一地，一事一物，皆剖析其意義，標示其出處，雖市諺土語，亦不忽遺。設非宏博之士，窮累年之功，焉克臻此。而其淑人婆心，覺世宏願，顯現於字行間，足令人馨香再拜矣。”是集多收頌古、偈頌、法語、真贊以及與僧侶、居士參學酬答之作，似從其語録中析出。

　　清初赴日高僧高泉性潡《洗雲集》卷一二有《雪峰空和尚外集序》：“雪峰空和尚得法於草堂清，清見晦堂心，黄龍南四世孫也。道風高邁，倫輩罕及，諸方屢致之不可。後出住雪峰，踞曲録，握木蛇，糠秕王侯，蟣蝨龍象，衲子非人類精奇者，莫敢登其門。其語録惜不及見，頃加州心空庵主以所藏古刻外集見寄，輒炷香披誦，如飲甘露，覺八萬四千毛孔，悉發清涼，其樂爲何如也！於是擬重新授梓，使天下人均沾此味，而忘渴乏之思耳。但惜古刻字迹模糊脱落，所有題識不能盡知，乃取《五燈嚴統》所載行略，《枯崖漫稿》所紀題跋，附之首尾，使觀者有所考云。”則《雪峰空和尚外集》或於日本寬文年間曾重新覆刻。

　　慧空與曾幾交誼深厚。曾幾《茶山集》卷一《次雪峰空老韻二首》其一云：“雪峰僧中龍，此道誰與共。蕭然兩伽陀，不舉似大衆。獨貽茶山老，以當蒲塞供。巖花與澗草，信手拈來用。”又同卷《贈空上人》謂：“我睾空門秀，得之古疏山……政使不學詩，已見詩一斑。況復用心苦，俗氛何由干。今晨出數篇，秀色若可餐。清妍梅著雪，圓美珠走盤。乃知心鏡中，萬象紛往還。皆吾所現物，摹寫初不難。誰能效我輩，造語出險艱。請師臘汲古，净洗蔬腸酸。坐令韓退之，收斂加巾冠。”推獎過矣，不必盡信。《雪峰空和尚外集》録有曾幾評惠空之詩：“江西句法空公得，一向逃禪挽不回。深密伽陀妙天下，無人知道派中來。”此詩未見《茶山集》，可輯録之。蓋惠空亦江西詩派詩僧，與善權、祖可同流。

　　《雪峰空和尚外集》中有《跋白鹿寄庵續寒山詩卷後》云：“寒山忍寒哦五字，不爲世間瓜與瓠。寄庵續之則有餘，法燈擬之不相似。

拾得日暮趁牛歸,豐干天明騎虎去。可憐辛苦油澆神,年年打供國清寺。"寒山詩自流播以來,有對之者,有擬之者,未聞有續之者,白鹿寄庵或爲第一人。惠空"以文字作佛事",宣導文字禪,其答建祖禪人問"拈古"之法云:"拈古之法無他,只要眼正,有出古人手段,若只到古人田地,亦動他底不得。先德雖謂之公案,欲後人就其節文輕重而斷之,使合其宜。然亦不只於此。汝不見世間造泥孩兒乎,或捏聚擊碎,或擊碎捏聚,爲之心肝五臟,爲之眼耳鼻舌,衣服鮮明,機關動轉,見者隨其好醜愛惡而形之語言,造之者方且袖手仰視,而不知其爲泥孩兒矣。若能如是,乃可於古人公案中出一隻手,若見他心肝五臟,不得捏聚,擊他底不破,切不可動著。"此則釋"拈古"者,頗具參考價值。

《倚松老人詩集》二卷,釋如璧撰

如璧(1065—1129),原名饒節,字德操,撫州臨川人。博學能文,性剛峻,嘗爲曾布客,後與布論新法不合。崇寧二年(1103),於鄧州香巖寺聽智月禪師説法而悟,遂祝髮爲浮屠,更名如璧。隨身之僕亦出家,法名如琳。後掛錫靈隱,晚主襄陽之天寧寺。朝廷建議以僧爲德士,使加冠巾,作頌婉拒之。嘗作偈云:"閒携經卷倚松立,試問客從何處來。"遂號"倚松道人""倚松老人"。所撰之詩,亦結集名爲"倚松詩集"。事迹見《佛祖綱目》卷三九、《宗統編年》卷二五、《雲卧紀譚》等。

如璧詩集,《郡齋讀書志》卷四下著録爲"《饒德操集》一卷";《直齋書録解題》卷二〇著録爲"《倚松集》二卷";《文獻通考》卷二四一著録爲"《饒德操集》一卷";《宋史‧藝文志》著録爲"饒節《倚松集》十四卷"。祝尚書《宋人別集叙録》卷一四以爲"蓋宋有二本,十四卷爲全帙,二卷本乃江西詩派詩集本"。

　　《倚松詩集》最常見者爲《四庫全書》本。此本二卷，卷首有目錄，卷一收古詩 84 首，分上、下兩部分；卷二收律絶 293 首，亦分爲上、下兩部分。卷端題“倚松詩集”／“宋饒節撰”。無序跋。《四庫全書總目》卷一八九“《古今禪藻集》提要”謂：“又宋倚松老人饒節後爲僧，名如璧，陸游《老學庵筆記》稱爲‘南渡詩僧之冠’，與葛天民卒返初服者亦不同，乃漏而不載。”館臣亦目饒節爲僧徒，則卷端當題作“釋如璧撰”，而非仍其俗名。館臣又曰：“《宋史·藝文志》載《倚松集》十四卷，今止存鈔本二卷，末有‘慶元己未校官黄汝嘉重刊’一行，蓋猶沿宋刻之舊。又今所傳本與謝邁、韓駒二集行款相同，卷首標目下俱别題‘江西詩派’四字，與他詩集不同，或即宋人所編《江西詩派集》一百三十七卷内之三種舊本殘缺，後人析出單行歟？”目前所存饒節《倚松詩集》主要有如下版本。

　　1. 慶元五年（1199）黄汝嘉刻本殘本。藏於上海圖書館。筆者未見。沈津《上海圖書館善本書録·北宋别集》、祝尚書《宋人别集叙録》均予叙録。據沈津介紹，此本有袁克文題識、題詩並跋，李盛鐸、傅增湘跋。半頁 10 行 20 字，白口，左右雙邊，雙魚尾，有刻工。袁克文題識云：“後百宋一廛鑒藏，宋慶元刊本《倚松老人文集》第二卷，凡存三十九頁。丙辰九月，寒雲題於上海寓樓。”又：“乙卯七夕，歸三琴趣齋。寒雲記於上苑倦繡室。梅真侍觀。”又有題詩並跋：“詩派江西幾葷傳，倚松邁世有殘編。慶元佳刻成孤本，並世于湖兩宋鎸。乙卯八月，寒雲。”又跋曰：“饒集從無刊本見於著録，《四庫》所收亦影鈔也。藏家所記鈔本，每卷尾皆有‘慶元黄汝嘉重刊’一行，當即出於此本。此本傳爲西陂舊物，久非完帙，滿洲景氏得自正文譚估，後歸吳印臣，印臣知余有佞宋癖，舉以見貽，可與《于湖居士集》並珍篋中，宋刊宋印宋人集，得雙孤本矣。七夕，喜不成寐，起而書此。”“印臣”爲吳昌綬字，知此本爲吳昌綬購得，後轉贈予袁克文。李盛鐸跋曰：“《倚松老人詩集》宋槧本舊藏商丘宋氏，光緒中宋氏遺書售出，遂歸郁華閣。迨壬子年，由郁華後人售於廠肆，爲書賈韓姓所得，輾轉歸三琴趣齋。上卷已不全，抱存（袁克文）遂從此本鈔補。此當是康、雍影寫之本，在近日已不多覯矣。"傅增湘跋曰："《倚松老人集》，宋慶元刊本，今存三十八頁半，每頁二十行，每行二十字。原板紙祇存八葉，高六寸六分，闊四寸八分，補版亦宋刻，第板匡略低四分耳。刊印皆精雅，古香郁然。憶壬子夏初，意園書方散出，余得見此，詫爲奇秘，留齋中數日，爲沈乙盫（增植）、張菊生（元濟）及椒微師（李盛鐸）諧價賫未成，旋爲吳印臣（昌綬）以重值得之，乙盫刻饒集時曾假校焉。抱存兄佞宋成癖，既得意園所藏三經三集，皆爲海内孤本，然猶皇皇四索，如飢渴之思食飲，尺書商榷，殆無虛日，因爲作緣，以是集歸之。余既喜意園之書散而復聚，而抱存通懷樂善，它日俾同志得以從容勘寫，爲古人續命，爲尤足幸也。乙卯新秋，傅增湘謹識。""意園"爲愛新覺羅·盛昱藏書樓。此本原爲商丘宋犖所藏，後爲郁華閣主愛新覺羅·盛昱所得，輾轉歸於三琴趣齋主袁克文。

據沈津考識，此本鈐印甚多，有"公餘清趣""愚庵""文林世家""友竹之章""景行維賢""完顏景賢精鑒""小如庵秘笈""曉滄藏書""譚錫慶學看宋板書籍印"以及袁克文"上第二子""惟庚寅吾以降""劉奴""孤本書室""人間孤本""三琴趣齋""寒雲""克文""佞宋""後百宋一廛""寒雲子子孫孫永保""與身俱存亡""寒雲鑒賞之印""寒雲秘笈珍藏之印"等[1]。

2.《宋集珍本叢刊》第31册影印清影宋鈔本。此本卷端題"倚松老人詩集"/"饒節德操"，内鈐"謙牧堂藏書印""翁同龢印"等印。每半頁9行，行18字，有格。前有總目，無序跋。末有牌記"慶元己未校官黃汝嘉重刊"。

———————

[1]以上對宋刊本之介紹，參看沈津《上海圖書館善本書録·北宋別集》，載《文獻》1990年第4期。

3. **清鈔本**。藏於國家圖書館。卷端題"倚松老人詩集"/"江西詩派饒節德操"。每半頁 10 行,行 20 字,無格,字迹整齊、秀麗。有總目,無序跋。末亦有牌記"慶元己未校官黄汝嘉重刊"。此本封面題"集部別集類"/"總目卷一百二十四著録"/"宋饒節撰"/"倚松老人集"二卷,則或鈔自四庫本。

4. **清鈔本**。藏於國家圖書館。每半頁 10 行,行 20 字,無格。内鈐"汪客堂氏珍藏",有總目,無序跋。末亦有牌記"慶元己未校官黄汝嘉重刊"。

5. **宣統二年(1910)繆荃孫校鈔本**。卷端題"倚松老人詩集"/"江西詩派饒節德操"。每半頁 11 行,行 24 字,無格。繆荃孫跋曰:"宣統庚戌照十萬卷樓鈔本寫一册,十二月以知不足齋影寫宋慶元刊本校過,前校用墨筆,今用朱筆。荃孫。"

6. **清吴允嘉校本**。見藏於國家圖書館。封面題"倚松老人詩集二卷"/"吴石倉鈔本""癸巳清明後一日裝畢"/"黄裳"。次頁題"倚松老人詩集二卷"/"吴石倉鈔本"/"姚虎臣校開萬樓本並跋"/"癸巳春□□裝"/"黄裳"。半頁 10 行,行 20 字,白口,左右雙邊,中縫題"倚松老人詩集"。内鈐"藥盦珍玩宋元珍本""黄裳青囊文苑""黄裳""木雁齋""小雁""黄裳藏本""來燕榭""黄裳小雁""州來氏藏書記""青烟紅雨山房姚氏藏""石倉"等印。卷端題"倚松老人詩集"/"江西詩派"/"饒節德操"。正文前有張泰來撰《饒節小傳》,又有全書目録,末亦有"慶元己未校官黄汝嘉重刊"刊記。末又附有康熙甲申(1704)秋八月東吴釋超峻跋,中云"惜未見其機緣、語録,載在祖燈,僅有此詩集三卷,庶可以見其所藴"。又有黄裳識語"右跋從汪本補録"。又有姚瑚跋語:"此吴石倉鈔本並校,又借得開萬樓汪氏鈔本校勘餘字,並補一跋。己巳蒲節姚瑚書於青烟紅房。"按,吴石倉即吴允嘉(1655—?),字志上,又字州來,號石倉。"開萬樓汪氏"乃汪啓淑(1728—1799),字秀峰,號訒庵,一字慎儀,自稱"印癖先生",築

"開萬樓""飛鴻堂"，藏書數萬册。又有黃裳跋曰："此錢塘姚虎臣（古香）手跋，其人與鮑以文友善，卒年只三十餘，藏書流傳絕罕，況手迹耶？已巳嘉慶十四年，後五年甲戌以文跋《古逸民先生集》時，瑚已卒，以文年八十七，與虎臣（古香）爲忘年交也。癸巳穀雨前日晴窗展卷記。小雁。"按，姚虎臣，生平未詳，《皕宋樓藏書志》云："《古逸民先生集》，鮑以文手跋曰：'是集藏書家未有蓄之者，吾友錢塘姚君古香得之親串亂帙中，好事者因爭傳録。未幾，古香暴卒，使先一年，此書無從蹤迹矣。古香名瑚，藏書多秘册，與予交最善，卒時年止三十餘。嘉慶甲戌六月，通介叟時年八十有七。'"

如璧早年與謝逸、汪革、謝薖並稱爲"臨川四才子"，又與潘大臨、徐俯、王直方、吕本中、陳師道、洪朋等人遊，吕本中列其爲江西詩派中人。其詩好用典，造語新奇，瘦硬峭拔，自有江西風味。許顗《彦周詩話》評之曰："作詩有句法，苦學副其才情，不愧前輩。"其名篇《次韻答吕居仁》云："向來相許濟時功，大似頻婆餉遠空。我已定交木上座，君猶求舊管城公。文章不療百年老，世事能磨雙頰紅。好貸夜窗三十刻，胡床跌坐究幡風。"紀昀評曰："可謂之山谷句法，不可謂之老杜句法。江西亦有佳處，然自是別派，牽引老杜，依草附木耳。"蓋因其爲僧之經歷，所作並非盡盤空瘦語，亦多輕快、蕭散之格。例如《山居二首》其一："小徑深通竹，疏籬巧過藤。冷猿嘯古木，飢鷺啄寒冰。貴客終難屈，蓬門不用應。此中有佳處，黃卷短檠燈。"小詩《偶成》云："松下柴門閉綠苔，只有蝴蝶雙飛來。蜜蜂兩股大如繭，應是前山花又開。"又如《題骨觀畫》云："白骨纖纖巧畫眉，髑髏楚楚被羅衣。手持紈扇空相對，笑殺傍觀自不知。"他如《答惇上人七首》，俱是其禪悟會心之作。近人陳衍《宋詩精華録》稱其"詩多禪語，非淺嘗者比"。"江西詩派"與禪宗關係密切，派中有所謂"三僧"之説——如璧、善權、祖可。"三僧"中，善權之《東溪集》，祖可之《真隱集》，今俱已無存。僅觀二人所存寥寥數詩，似難媲美如璧，故陸游稱如璧爲

“南渡詩僧之冠”，非過譽之辭也。

《雪岑和尚續集》二卷，釋行海撰

　　行海（1124—?），號雪岑，剡（今浙江嵊縣）人。早年出家，十五歲遊方，咸淳三年（1267）住嘉興先福寺。喜吟事，有詩三千餘首，林希逸選近體二百餘首，編爲《雪岑和尚續集》。生平未見碑傳①。

　　《雪岑和尚續集》，今存日本南北朝刊本，傳本極少，日本宮内廳書陵部、兩足院各藏初印本一部。另有寬文五年（1665）藤田六兵衛刻本。上卷收録詩作 135 首，皆七律，下卷收詩作 174 首，皆七絶，僅《題山水圖（二首）》爲五絶。另，中國科學院圖書館藏有鈔本一部，較寬文本多出《楊柳枝詞》其一、其三兩首，蓋爲鈔者輯入。《和刻本中國古逸書叢刊》第 56 册據寬文五年刊本影印。卷端題“雪岑和尚續集”。每半頁 10 行，行 20 字，黑口，雙魚尾，左右雙邊，無格，版心鎸“岑”、卷次、頁碼，又有日文片假名標注，卷上《僧號利生》有眉批，遇明顯訛字，則點畫更正。正文前有咸淳六年（1270）行海自序，及林希逸序。書末有版記：“寬文五年乙巳九月吉辰，飯田氏忠兵衛刊行。”

　　行海自序曰：

　　　　余林下人，詩非所務，雖已休心於光景，而或技癢未忘，故於山顛水涯、風前月下，感情觸典，形於詠歌，亦一時蚓竅鳴耳。若曰大篇短章之節，古近正變之體，每一首中，各有句法，每一句中，各有字面，氣不膩於蔬筍，味不同於嚼蠟。其寫景也真，不事

---

① 參王朝霞《林希逸生卒年考辨》，載《東南學術》2016 年第 1 期。許紅霞《南宋詩僧叢考》第六章第二節，北京大學 2003 年博士論文。

粧點;其述情也實,不尚虛浮。其勢若水流雲行,無一點凝滯,讀之使人意消。要皆合於六義,而又歸之於"思無邪",固非予所及也。以故不敢輕求大雅君子爲之序引,雖知借重之爲美,抑愧虛獎之無益。然千金弊帚,亦豈敢望歐陽公之採擷焉?余詩自淳祐甲辰到今咸淳庚午,凡若干首,三、四、五、六、七言,歌行、謠、操、吟、引、詞、賦,衆體粗備,旋已刪去太半。以所存者類而成集,以遺林下好事君子,用旌予於無爲淡泊中,猶有此技癢之一累也。白露前一日,剡溪釋行海敘於白雲峰。

林希逸序:

雪岑詩集,本有十二巨編,凡三千餘首。余在閩山時,大兒泳改官後,自京師攜其一小集歸閩數過,起予者多。及召叛冊府,仙麓王師參過余,亦盛稱其能詩,不在惠休、靈徹下。因仙麓得借其全編,常置於几案間,有暇必詳味之,又隨予所喜而選摘之。未及盡卷,適拜起居舍人之命,尋又斥去,故此選纔得二百餘首。平淡處而涵理致,激切處而存忠孝,富贍而不窒,委曲而不涉滯,温潤而蘊藉,純正而高遠,新律、古體,各有法度。其自序中謂非所及者,皆其詩中所有也,林下人豈易得哉?當是逃儒於釋者歟?況以此吟詠情性,不以此爲所挾,尤爲可貴仙麓之言矣。歐陽公爲國朝九僧選詩,拔犀之角,擢象之牙,故皆珍妙。今於雪岑之選,亦猶是夫。予既歸閩,恐其原編失落,並以此選復歸仙麓,異日復當盡其餘卷續選,而終予所言也。雪岑雖不欲求人知,人自知之,蓋喜余兒能擇交於方外云耳。竹溪林希逸序。

綜二序,雪岑詩集當有兩種,一爲其自編之集,達十二巨編,收其淳祐

甲辰（1244）至咸淳庚午（1270）詩三千餘首，或稱爲《雪岑詩集》；一
爲雪岑詩之選集，係林希逸從十二卷本摘選而成。希逸《竹溪鬳齋十
一稿續集》卷一有《題僧雪岑詩》云："本自無鬚學撚鬚，此於止觀事
何如。詩家格怕無僧字，聖處吟須讀佛書。得趣藕花山下去，逃名枯
木衆中居。早梅詠得師誰是，見鄭都官却問渠。"激賞如此，故而選
編。然因未能盡卷，所録僅二百餘首。

　　林希逸稱雪岑詩"平淡處而涵理致，激切處而存忠孝"。南宋偏
安東南，不惟文人志士骨鯁在喉，義憤填膺，即方外釋子亦每寓忠孝
於胸臆。藏叟善珍、橘洲寶曇、物初大觀等皆有發憤抒志之作，而行
海尤且突出。其《次徐相公韻十首》分寫"老將、老馬，復少將、少馬，
出塞、入塞，劉、岳、李、魏中興四將"，序曰"征伐之事，固非林下所當
言，蓋忠憤之心一也"。此十首悲慨沉痛，力壓紙背，如《岳飛》云：
"戰守京河不下鞍，臣圖恢復不圖官。十年南渡客頭白，萬里北征戎
膽寒。叛檜班師金詔急，留飛赤子淚嗥乾。可憐身死莫須有，從此王
墓未得寬。"南宋詩文僧於詩文中每言忠孝節義，既是歷史情境之反
映，亦踐行大慧宗杲所倡言"以忠孝作佛事"之精神。

　　行海之詩，中間二聯，常以時間、空間對照，讀之有濃烈之滄桑
感。如"一枕落花終夜雨，十年荒草故鄉春"（《送石居上人歸別
業》）、"縱然久留千里外，情懷不比十年前"（《送寧雪磯歸剡》）、"一
帆風露官河曉，十月兼葭雁磧寒"（《送希晋還雲間》）、"十年寥落長
爲客，四海交遊少似君"（《寄象岑上人》）、"萬里雲霄曾放鶴，五湖風
月滿歸船"（《西昭樵屋遠歸》）、"五湖風月隨閒客，十載冰霜對短檠"
（《歸剡五首》其一）、"千里暮雲愁作客，一燈寒雨話浮生"（《宿高岸
離》）、"不識朱門識五湖，客中清苦十年餘"（《聞吟》），等等。行海
半生浪迹江湖，萬般感悟皆入詩中，雖極力突出時空感，然境界未必
闊大，此亦爲宋季詩壇之通弊，無關乎方外釋子之詩料與識見。

《橘洲文集》十卷，釋寶曇撰①

　　寶曇（1129—1197），字少雲，蜀嘉定龍游（今四川樂山）人，俗姓許。幼從鄉先生授五經，習章句，已而棄家，從一時經論師遊。謁大慧宗杲於育王、徑山，又從東林卍庵、蔣山應庵住四明杖錫山。歸蜀葬親，住無爲寺。還至四明，史浩深敬之，築橘洲使居焉，因自號“橘洲老人”。著有《橘洲文集》十卷，編有《大光明藏》三卷。《橘洲文集》有其自撰《龕銘》，《寶慶四明志》卷九亦有傳略。

　　《橘洲文集》十卷，宋以後書志罕見著録，國内藏本亦少。《續修四庫全書》第1318册、《和刻本中國古逸書叢刊》第50册據日本元禄十一年（1698）織田重兵衛刊本影印。元禄本，藏於中國科學院圖書館、日本國立公文書館内閣文庫等。是書原版框高28.5釐米，寬20.2釐米，扉頁題“元禄戊寅春”/“橘洲文集”/“神雒壽白堂藏版”。卷端題“橘洲文集”。内鈐“壽白堂”等印。每半頁10行，行20字，白口，四周單邊，版心上鎸“橘洲文集”卷數，下鎸頁碼。字行中有片假名標注。正文前有嘉定改元（1208）通州狼山凌雲叟曇觀《橘洲文集跋》：“橘洲詩文，高妙簡古，有作者之風。予少年誦之，實深致慕。自是片言隻字，率訪尋之。久而成編，不敢自秘，敬命工鋟版，以廣其傳，是亦徐君掛劍之義也。”則是書當刊於嘉定元年（1208），時寶曇已謝世十餘年矣。曇觀跋後爲全書目録：卷一之卷四收賦、楚辭及各體詩，卷五之卷十收記、序、跋、贊、榜、疏、銘、雜文。卷末有版記曰：

①參卞東波《珍稀和刻和鈔宋元漢籍八種叙録》，載張伯偉編《域外漢籍研究輯刊》第8輯，中華書局2013年版。許紅霞《寶曇生平及著作考述》，載《北京大學中國古文獻研究中心集刊》第4輯，北京大學出版社2004年版。倪夏《〈橘洲文集〉研究》，南京大學2013年碩士論文。

"右板元存徑山，毀於癸巳之火。咸淳改元，歲在乙丑，化城石橋塔院重刊印行。"則元禄本乃據咸淳元年（1265）刊本重刻。書末有釋藏山《重鋟橘洲文集跋》："大慧禪師門風廣大，麟鳳黿龍，多萃其間，就中獨以翰墨三昧而名於世者橘洲老人。蓋其人與詩也文也，流出乎胸襟之中，超然乎文字之外，詞理俱到，而筆力雄壯，如健鶻搏空，一舉千里，非尋常斥鷃所可企望也。苟非知道者，要未足以識此也。曩時曇觀捃摭師生平所爲詩文，鋟諸梓以流通。自爾以還，既歷四百餘禩，而若存若亡，世罕見之，恒思其久之泯絶矣。屬本得宋本，即付剞劂而翻刻之，且旁加稣訓，要俾人易解也。庶幾閲者勿取畫足之誚，以忘古月之言，則幸焉。時元禄龍集著雍攝提格月届蕤賓天中節，釋藏山書於北巖之山房。"《續修四庫全書》影印此書削去釋藏山之跋，易爲 1970 年羅繼祖之跋。羅跋略云："此書刊於嘉定改元，見卷首釋曇觀序。板存徑山，毀於紹定六年癸巳之火，至咸淳改元化城石橋塔院重刊，見卷末識語。此乃日本元禄十一年織田重兵衛刊本，意猶略存原槧面目。六三年，予預廿四史點勘之役入都，携在行笈，值鄧恭三廣銘編宋人文集篇目索引，假以入録，頃發篋重睹，爰考而識之，俾後人得之者知爲佚籍加愛護焉。"則此本曾歸羅氏所藏。

　　台灣圖書館另藏有殘鈔本四卷，明文書局據此影印入《禪門逸書初編》第 5 册。此本正文半頁 13 行，行 20 字，四周單邊，白口，無界行，單魚尾，魚尾下題書名。内鈐"臣王韜印""紫荃印""春波沈氏珍藏圖籍書畫之印"。僅存卷七至卷十，曇觀跋置於卷末，並附有寶曇《與金山别峰和尚》《與史太師》《上林侍郎》《賀史丞相復觀文職二首》《謝汪宰惠書》《與汪相公》《送謝子儀西上》《次梅花韻》《梅馥》《送友人》《與月上人》《史衛王祭石橋文》等詩文，皆爲織田重兵衛刊本所無，蓋後人輯補，附於卷末。另附有光緒丙戌（1886）天南遁叟（王韜）跋語："此宋僧文集，未收入四庫者。文頗有古音節，世間流傳甚少，亦秘本也。"王韜筆跡異於正文，應非其所鈔也。

　　《寶慶四明志》卷九稱寶曇:"始爲蜀士時,師慕東坡,後遊東南,敬山谷,故文章簡古高妙,有前輩風。又仿太史法著《大光明藏》,以西方七佛爲紀,達磨以降諸祖師則傳之,未絶筆,故不傳。然每自謂'於第一義諦心有得,人謂我以文詞鳴,是未知我者'。"則寶曇自矜者仍爲佛家"第一義諦","詩文"非其志也。元僧熙仲《歷朝釋氏資鑒》卷一一亦稱其"非但詩文,宗説俱通,世莫能及"。惜乎《大光明藏》今僅存三卷,要皆紀諸祖傳記,難窺其内學涯涘。其擅名宋季,確乎文辭,所交皆一時名公鉅卿、文人雅士。羅繼祖跋略考之曰:"所交遊,就集中考之,史魏公史浩也,楊郡王楊存中也,王公明樞密王炎也,魏南夫丞相魏杞也,范石湖范成大也,汪仲嘉尚書汪大猷也,樓攻愧尚書樓鑰也,吳明可給事吳芾也,陸務觀郎中陸游也,袁和叔袁燮也,黄待制元吉黄裳也,李仁甫李燾也,李文授李光之子孟傳也,李知幾太博李石也,張欽夫張栻也,史同叔史彌遠也,同叔彌遠之弟彌堅也,曾知閣曾覿也,孫季和知縣孫應時也,王性之子仲言倅公,王銍之子明清也,張功父寺簿張鎡也,皆一時名公鉅卿。"寶曇與史浩關係尤爲密切。嘉定九年(1216),史浩之子史彌遠嘗爲其《大光明藏》作序,謂:"橘洲老人,蜀英也。有奇才,能屬文,語輒驚人……先父文魏王去玄鶴之鼎,一見,喜動眉睫。自是文交道契,相羊於東湖山水之間,烟雲沙鳥外,意甚適焉。"集中與史浩唱和之詩達三十餘首。如《詩挽史魏公》五首稱史浩"器業真王佐,詞章動帝宸""遞奏逾金石,斯文粲日星""時方相司馬,吾不愧玄齡"。以史浩之人品、勳業,確可當得起此種賛譽。寶曇與陸游亦過從甚密,《和張功父寄陸務觀郎中》云:"新詩老去合名家,猶喜春風在鬢華。恨徹斯文無雪處,竟將好語向誰誇。自知人物隨時盡,獨倚欄杆到日斜。問訊故人今健否,東籬明日又黄花。"

　　寶曇詩風多樣,若《觀潮行》乃專寫錢塘八月潮,筆勢飛動,氣象雄奇;《樓與善寺丞挽詩二首》諸挽詩,則悲愴沉痛,筆意簡古;《泊分水》諸寫景抒懷之作,清新雅致,絶無"蔬筍氣",足可厠身於南宋諸名家中。道融《叢林盛事》載:"然曇賦性坦率,不事拘撿。在竹院日,復以酒事遭太守林侍郎追至,出對與之曰:'酒曇過界,住無爲而無所不爲。'蓋曇曾住無爲故也。而曇卒不能對。"大凡詩文僧多放任不檢,卓然名士風範,寶曇亦不例外,實與道潛、惠洪同流。

《北磵詩集》九卷、《北磵文集》十卷、《北磵和尚外集》一卷附《續集》一卷,釋居簡撰

釋居簡(1164—1246),字敬叟,號北磵,潼川通泉(今屬四川)龍氏子,一説王氏子。世業儒,資穎異,每見佛書必端坐默觀。及冠,得疾幾殁,依日者之言而披緇,隨本邑廣福院圓澄得度,年二十一薙染,勵志參方,遍訪江浙尊宿。先是至徑山訪别峰寶印、涂毒智策,默自參究。復東遊謁拙庵佛照於鄮峰,往來其門十五餘年,獲其印可。尋杖策走江西,訪諸祖遺迹。大慧宗杲法嗣羅湖曉瑩,與之議論,大賞之,曰:"妙喜之後一人也。"以大慧居洋嶼庵時竹篦爲贈,且曰:"公之後必大。"又掛錫閩中鐵庵雪嶠,居無何,至四明拙庵。嘉泰三年(1203)始出世説法,歷住台州般若寺、湖州鐵佛寺、大覺寺、常州顯慶寺,碧雲崇明寺,平江府常熟慧日寺,杭州浄慈寺等數十刹,弘法二十餘年。著有《語録》《外録》各一卷,《北磵文集》《北磵詩集》若干卷行世。門人物初大觀撰有《北磵禪師行狀》。

大觀《行狀》謂:"有《語録》《外録》各一卷,判府古司劉公朔齋爲序,已鋟梓行。外詩文四十卷,已前行,續集一卷。"大觀卒於咸淳四年(1268),則居簡文集於宋季皆已刊行,然元明時期,所傳不廣,書志見載者頗少。《文淵閣書目》卷二著録"僧北磵《文集》一部二册""《北磵禪師詩集》一部四册",焦竑《國史經籍志》卷五録"僧居簡《北磵集》十卷",孫能傳《内閣藏書目録》卷三録"《北磵文集》二册全,

宋寧宗朝釋居簡著,凡十卷"。清人書志如《善本書室藏書志》卷三〇、
《皕宋樓藏書志》卷九一、《儀顧堂題跋》卷一二所著錄亦皆爲文集,詩
集則罕見流傳。明人曹學佺《蜀中廣記》卷八九"高僧記第九"載有居
簡小傳,然其編《石倉歷代詩選》却未登其詩,蓋未見《北磵詩集》也。

　　1.《北磵詩集》九卷。國內目前惟國家圖書館藏有清鈔本一部,
日本成簣堂文庫藏有宋版足本一部,宮內廳書陵部存宋本殘本一部,
另有據宋版翻刻之五山版,館藏則甚多。《和刻本中國古逸書叢刊》
第 50 册據日本國立公文書館內閣文庫藏日本應安七年(1374)刊本
影印。此本首頁爲"水心先生酬北磵詩帖",鈐有"淺草文庫""日本
政府圖書"等四個印記。葉適詩帖疑有脫文,難曉大意:

　　　　簡師詩語特驚人,六反掀騰不動身。說與東家小兒女,塗紅
　　染綠未禁春。新詩尤佳,三復愧歎,然有一說,不敢不告。林下
　　名作,將以垂遠,不可使千載之後(此句疑脫字)。集中有生日
　　詩,此意幸入。思慮何時共語,少慰孤寂。

是書無目錄。每半頁 14 行,行 24 字,有界行,左右雙邊,白口,上魚
尾。書末題有"石津之庵",又有應安甲寅(1374)釋祖應記文:"北磵
老子從涵養蘊藉之中,獲超然自得之妙,離文字之縛,脫筆墨之畛畦。
文章鉅公與交,則寂寥乎短章,舂容乎大篇,謂之詩也亦得;與衲子酬
唱,則痛快過乎棒喝之用事,謂之頌也亦得;與夫休、己、島、可之徒,
雕肝鏤腎,抽黃對白,以詩著名者,不亦邈乎? 由此云之,謂舍吾佛祖
之道而到詩之妙處,則吾不信焉。古巖峨公盡將北磵平生文字僦工
鋟木,不終而遽爾,其徒周楨書記善卒先志。峨長崎之子,世稱名家,
視其所希,可以知其人焉。"又有正德辛卯(1711)沙門伯映泰跋:
"《北磵禪師語錄》二卷,《文集》十卷,《詩集》九卷,《外集》《續集》各
一卷,合五部二十三卷,是一代之全編也,而全部本希於世也。適得

《文集》並《外》《續集》，開卷視之，扶桑上古之舊板也，蓋是貞和、觀應之間，於天龍、臨川等禪刹，以宋元舊本所翻刻者歟？曩濕損耗，匹展開卷，因修補焉。次復獲支那印刻之語録，損滅殊多，已没序跋等。前後紙亦加修飾，校於類本，補於其闕。久欠詩集，歷年月矣。今歲復感得古本詩集三度，五部二十三卷，圓備周足，歡喜修補，調成九册，收之一帙，留書藏焉。嗚呼，是誠因緣不思議，而見北磵禪師之全懷者乎？時正德辛卯仲夏下浣求法沙門伯映泰。"可見，北磵《文集》十卷、《詩集》九卷、《外集》《續集》乃貞和、觀應間（1345—1351）在日本天龍、臨川等寺院，據中土宋元舊本翻刻而成，因缺損嚴重，伯映泰據語録修補而成，並釐爲九册。

　　2.《北磵文集》十卷。今最常見者爲《四庫全書》本。四庫本乃鈔據浙江鮑士恭家本，名曰《北磵集》十卷，正文前有嘉定丁丑（1217）十月望日盱江張自明叙。《北磵文集》之宋刊本，目前藏有兩部，即國家圖書館藏宋本殘八卷本與日本宫内廳書陵部存殘本（卷七至卷十）。

　　國圖藏宋本殘八卷本，筆者未見。據紀雪娟云：此本前亦有張自明序，大字 7 行，行 13 字；次永嘉普觀義同宣子序，半頁 14 行，行 21 字，略曰："北磵，蜀人也。蜀有山水之秀，是多異人，要非甚異者不出，則北磵其人也。其徒會萃成編，因抗筆以題其卷端云。"次牌記"崔尚書宅刊梓"五字，鈐有毛子晋、曹棟亭、張元濟等人藏印。義同宣子序後爲全書目録。半頁 14 行，行 24 字，白口，左右雙欄，版心上記字數，下記"文 X（卷數）"、頁碼，再下記刻工姓名，刻工全名可辨識者爲馬良、賈義、蔣榮祖、徐珙等，餘或姓或名①。

　　國圖藏清鈔本十卷，中縫題"北磵文集"及卷數。正文半頁 9 行，

①參看紀雪娟《宋釋居簡生平與〈北磵文集〉版本考述》，載《宋史研究論叢》第 20 輯。

行 21 字。前有吴城題跋：“厲徵君樊榭近自馬氏小玲瓏山館借得宋
槧居簡《北磵文集》十卷，嘉定盱江張自明序，詩九卷，以葉適贈答七
絶一首、尺牘一通冠於簡端。詩見《水心先生集》，題作《奉酬般若長
老印》。居簡也，焦氏《經籍志》只稱集有十卷，全集豈未之見耶？
按，居簡蜀僧，始居净慈，後隱飛來峰，常往來於□□間，故集内詩文
大概在吾浙時撰者居多。鄉邦典籍，率得流傳，取常什襲珍之。庚申
夏五，吴城跋。”“小玲瓏山館”乃康乾間人馬曰琯、馬曰璐藏書樓。
又有“同治甲戌正月，新安陸心源録校一過”十五字，次録張自明序、
義同（誤爲“問”）宣子序，又有“崔尚書宅刊梓”六字。内鈐“前分巡
廣東高廉道歸安陸心源捐送國子監書籍”“光緒戊子湖州陸心源捐送
國子監之書匱藏南學”“京師圖書館”等印。此本亦源自崔尚書宅宋
槧本。

　　另，日本宫内廳書陵部存殘本一部（卷七至卷十），版式同於國圖
藏宋本。日人據宋刊本屢爲遞刊，有五山板及元禄十六年（1703）木
活字本。《和刻本中國古逸書叢刊》第 51 册據國立公文書館内閣文
庫藏南北朝刊本影印。此本半頁 14 行，行 24 字，白口，左右單邊，單
魚尾。正文前有張自明序，然義同宣子序及“崔尚書宅刊梓”牌記則
移至書末，且無全書目録。

　　《北磵文集》明清鈔本亦有多種流傳，《宋集珍本叢刊》據傅增湘
藏清鈔本影印（缺卷九、卷十）。此本無張自明序，但有“崔尚書宅刊
梓”牌記。首爲傅增湘題識：“此帙從涵芬樓假宋刊本鈔出，惜缺九、
十兩卷，兹别求舊鈔本補完，附刊於《蜀賢叢書》之末。”

　　3.《北磵和尚外集》一卷附《續集》一卷。中土未聞傳本。《和刻
本中國古逸書叢刊》第 51 册據國立公文書館内閣文庫藏南北朝刊本
影印。鈐有“日本政府圖書”“淺草文庫”等印。卷端題“北磵和尚外
集（偈頌）”/“嗣法小師大觀編”。半頁 10 行，行 20 字，白口，單魚
尾，版心鎸“外集”及文體。《和刻本中國古逸書叢刊》書前“解題”

稱：“此本題嗣法小師大觀編，前有淳祐庚戌（1250）大觀序，末有日僧圓月應安庚戌（1370）題識。”但影印時，則未審何以未録大觀序及圓月題識。

《北磵和尚外集》一卷附《續集》一卷又收入於許紅霞《珍本宋集五種——日藏宋僧詩文集整理研究》上册。許氏以日本宫内廳書陵部所藏宋本爲底本，參校日本内閣文庫藏本、日本大東急記念文庫所藏五山版、日本駒澤大學圖書館所藏鈔本，並撰有前言，考述版本源流，徑改錯字、俗字，堪稱精善之本。其録大觀序曰：

> 大觀昔侍先師，每聽火爐頭語在衆時事，間舉舊作偈句，多佛照祖會下洎雪峰鐵庵席中時也。兹於《提倡録》外得之，又《録》中所不載者，並萃以爲《外録》焉。夫言豈又内外哉？以其多未出世時之言爾。惟先師於佛照祖相見處，脱然忘所得，故見於言句，如珠走盤。其發揚宗趣，砭警後學，自是前輩手脚。如《禮諸祖師塔》，與夫《東山下十父子》、《漁家傲》贊之類，尤爲叢林所傳。舉見諸此，渾金璞玉，土苴緒餘，具眼高流，大家證據。淳祐庚戌清明後十日，客冷泉嗣法小師大觀謹書。

許紅霞以爲，序中所云“外録”應即《外集》。然大觀所撰《行狀》則稱居簡“有《語録》《外録》各一卷，判府右司劉公朔齋爲序，已録梓行。外詩文四十卷，已前行。《續集》一卷”。似《外集》不當爲《外録》也。

許紅霞整理本後不僅附有大觀《行狀》，尚録有原墨筆補鈔日本五山詩僧圓月中正所撰“題識”一則，其曰：

> 磵陰語，日本未行，予忝爲耳孫，責不歸焉耶？古巖西堂募緣開版《語録》《外集》二册，既印行京師，予集衆讀而誇之。吾祖如此胸次也，有似葛伯不能祀其先，成湯送餉於民，使耕田爲

祀,葛伯奪而食之。繇是予雖讀而誇之,額泚且如雨下。應安庚
戌夏,不肖遠孫圓月拜手。

圓月(1300—1375),號中巖,別號中正,鐮倉人。元泰定間嘗遊中土,
嗣法於東陽德輝,因東陽德輝屬大慧宗杲一派,故圓月自稱爲居簡
"耳孫",著有《東海一漚集》傳世,爲日本五山著名詩僧。據其題識,
《語録》《外集》爲古巖西堂所刻,古巖即古巖周峩(？—1371),乃南
宋赴日僧人無學祖元之三傳弟子,亦即前所述應安七年(1374)刊
《北磵文集》釋祖應記文中所稱"古巖峩公",蓋因居簡日本裔孫甚
夥,其撰述頗流播東瀛。

　　居簡雖詩文集俱存,然仍有散佚之作。物初大觀《物初賸語》卷
一五《北磵老人詩》:"《紙背歌》,不知作於何時,集中所無,昔所未
見,豈其删之邪？ 味之,不當删,則逸之也審矣。"今人柴繼紅又從《梅
澗詩話》《吳都文粹續集》《中興禪林風月集》中檢出其四首佚詩①。

　　張自明序稱:"讀其文,與宗密未知伯仲;誦其詩,合參寥、覺範爲
一人,不能當也。"所評略過,然居簡確爲南宋著名詩文僧。徐集孫
《挽北磵》云:"本分參禪學,吟中透一關。清名傳北磵,遺像在南山。
石塔人千古,烟梯屋數間。詩魂何處覓,應伴白雲閒。"高斯得《次韻
北澗禪師留别》云:"參寥一以去,詩宗久無傳。阿師佩密印,絶後如
光前。"皆推崇備至。居簡詩文兼善,四庫館臣以爲"不摭拾宗門語
録,而格意清拔,自無蔬筍之氣"。觀其《讀南遷録》《讀泣蘄録》《毗
陵三題》《昭君行》《昭臺行》等詩,皆悲慨沉痛,北望恢復之心歷然。
而《有虎(嘉定五年台州有虎入城)》《苦旱》《宥蟻》《蝗去》《漲水
嘆》,則又憂民生之疾,有悲天憫人之懷,故或有稱其"袈裟亦帶少陵
風"。其詩以意行之,非雕肝鏤腎、抽黄對白者所能比。居簡頗擅辭

①參看柴繼紅《釋居簡及其詩歌研究》,西北大學 2009 年碩士論文。

賦,《北礀文集》卷一收賦 15 篇,亦是僧中翹楚;其記禪宫寺院、僧侣傳記,不惟可資考東南佛寺源流、叢林趣事,且條暢清晰,文字簡練,無冗長之習。

方回《瀛奎律髓》卷四七“釋梵類”載釋簡長《贈浩律師》詩,注曰:“蜀僧北礀簡讀其集,及見葉水心與之絶句,且令其除去。集中生日詩,此説是也。”檢居簡《北礀詩集》卷七,即有《贈皓律師》,故知此詩應爲居簡所作,而非簡長。明李蓘《宋藝圃集》卷二二、曹學佺《石倉歷代詩選》卷二三〇、陳焯《宋元詩會》卷五九皆繫於簡長,今人所編《全宋詩》則將此詩兩繫於“簡長”與“居簡”。清查慎行已指其誤:“此另是一人,不入九僧之數,乃作《秀州報本院三過堂記》者,所著名‘北礀集’。”查氏以爲“簡長”非九僧之“簡長”甚確,然以其爲居簡則誤。宋季確有僧名簡長者,或與北礀有密切之關係。劉翼《題簡上人西亭詩文後》云:“真如非字義,綺語道之疵。未見西亭作,長爲北礀欺。晚因僧媚遠,初實客從曦。多少才名士,沈淪世不知。”則簡長著有《西亭詩文集》,然詩名遠不若居簡。檢葉適《水心集》卷八有《奉酬般若長老》:“簡師詩語特驚人,六反掀騰不動身。説與東家小兒女,塗紅染緑未禁春。”此詩即《北礀詩集》卷首水心先生酬北礀之絶句,謂贈予“簡師”。宋人文獻中罕見稱居簡爲簡師者,頗疑刊刻者將此詩帖誤刻於《北礀詩集》卷首。

《淮海拿音》二卷、《淮海外集》二卷,釋元肇撰

元肇(1189—1265),字聖徒,號淮海,通州静海潘氏子。母朱氏一夕夢僧梵相而孕。髫齡見佛像必拜,僧必合掌。十九薙染受具,先習教觀,參浙翁琰禪師於徑山,命爲掌記。從北礀、天目二老遊。初住通州光孝寺,歷住吴城雙塔、金陵清凉、天台萬年、蘇之萬壽、永嘉江心、杭之浄慈、靈隱諸寺,平生十住巨刹,講法三十餘載。咸淳元年

（1265）六月示寂於徑山，壽七十七，僧臘五十八。善詩文，爲葉適賞
識。著有《十會提唱》《雜録》《淮海拿音》《淮海外集》等。碑傳有釋
大觀所撰《淮海禪師行狀》《淮海法兄》，分見《物初賸語》卷二四、卷
二二。

　　1.《淮海拿音》二卷。宋以來公私目録罕見著録。此本收元肇各
體詩，初刻於南宋理宗寶祐六年（1258），殆因元兵南下，動蕩中逐漸
失傳，幸爲日僧得之，携歸扶桑。元禄八年（1695）神雒書林柳枝軒據
宋刊本重梓，傳本極少。大正二年（1913），蘇峰學人收入《成簣堂叢
書》影印。王寶平《中國館藏和刻本漢籍書目》著録天津圖書館、大
連圖書館藏有成簣堂影印本；嚴紹璗《日藏漢籍善本書録》著録日本
國會圖書館藏有元禄八年神京茨城方道刊《淮海拿音》一册二卷、寶
永七年（1710）日僧常信活字版刊本《淮海外集》二卷。今所見則爲
《和刻本中國古逸書叢刊》第52册據國立公文書館内閣文庫藏元禄
八年刊本影印本。

　　是書扉頁題“淮海拿音”/“神雒書林柳枝軒茨城方道藏版”。鈐
有“林氏藏書”“日本政府圖書”“闊齋藏書”“淺草文庫”等印。卷端
題“淮海拏音”/“通川釋元肇聖徒”。每半頁10行，行16字，左右雙
邊，白口，上魚尾，版心鐫“拿音”及卷數，字行間有日文片假名標點。
正文前有六篇序：印應雷序，寶祐戊午（1258）陸應龍、陸應鳳序，淳祐
八年（1248）冬趙汝回序，淳祐四年（1244）程希穎序，肇上人老禪詩
友序，淳祐十二年（1252）周弼序。筆迹精美，蓋皆爲諸家手迹。陸應
龍序稱：“吾鄉淮海師之詩，自水心先生賞鑒，江湖傳誦久矣。程滄州
諸名家爭爲序引，先君教授屢欲刊行，而師方以道任衆而遲之。師今
索居，先君永感，遂得以鋟梓。非惟貿傳寫之訛，是不没先君之志
也。”則是書當由陸應龍、應鳳兄弟合力刊於寶祐六年（1258）。書末
附有日人識語：“《淮海拿音》上、下二册，世罕傳之。予嘗聞藏宋刻
舊本於名山書庫，而欲廣行於世，數請而得之矣。刻字楷正，足爲清

玩。直貼壽梓,好雅君子,幸賞鑒焉。元禄乙亥二月初吉,神京書林茨城方道謹識。"

2.《淮海外集》二卷。日藏舊鈔本,《禪門逸書續編》第 1 册據之影印。卷端署"淮海外集"/"通川沙門元肇述"。半頁 10 行,行 20 字,無格。正文前有咸淳丙寅(1266)物初大觀序:

> 《淮海外集》,空諸己而後空人,雖一字著不得,有法門在,必有所潤色焉。淮海生通川,所稟英利,形諸外者亦稱是。登凌霄見浙翁,盡空諸有。時緣既稔,柄厥弘持,其所以潤色者,又善用夫空也。諸子會萃《十會提唱》,並以《外集》鋟諸梓。噫!淮海已繪空矣。予爲之序,重重繪空,空果受繪也哉!時咸淳丙寅結制後十日,住玉几末屬物初大觀序。

此序亦見於《物初賸語》卷一三。書末有咸淳庚午(1270)印應雷跋:"《淮海外集》二卷,余軍書膠葛中,不暇盡讀,觸手而觀,得《來月軒記》,爲之擊節。蓋其命意遠,狀物工,嘗鼎一臠,已知師之所以爲文者矣。若及末後轉語,乃師法門中機關活潑潑地,未必爲蜜説甜。"印應雷,字德豫,静海人,嘉熙二年(1238)進士,官至權理兵部侍郎,率軍抗元,屢獲功。又有元禄辛巳(1701)月潭禪師跋曰:"《淮海拏音》刊行於世既久,□□又有《外集》,上下蒼茫,在慧日山中頃本獲借覽,即命椿洲徒謄寫一本。"據此可知,此本乃月潭尊宿委其徒椿洲僧徒鈔於慧日山中。是書有文無詩,所收爲表、榜疏、銘、記、跋、祭文,凡153 篇。

元肇之詩,頗爲葉水心賞識,且由其推奬而蜚聲江湖。趙汝回序稱:"其未遊永嘉時,人固知有淮肇,及見水心,詩聲遂大震。"釋善珍《藏叟摘稿》卷下《跋淮海塔書軸後》亦曰:"淮海少年時,嘗贄詩謁水心先生。先生和其詩,由是叢林雖不識者,亦稱肇淮海。每得句,必對余朗誦，以首觸予懷，涎沫噴余面，不顧也。然其中恢疏無他腸。"
檢物初大觀《行狀》，元肇嘗以同鄉印應雷之邀，住持永嘉江心龍翔
寺。《淮海拿音》卷下有七律《上水心先生三首并序》，序曰："文暢南
遊，必請縉紳先生永歌其志，故韓、柳喜序其行。某來淮，才非暢比；
侍郎今韓、柳也。援爲近體，贊門墙，予之潔幸也。"此三首七律諷揚
得體，深爲水心所喜，《水心集》卷八有《贈通川詩僧肇書記》即贊美
其道藝。要之，僧人欲揚聲詩壇，亦必得附翼於青雲之士。

　　元肇之詩，頗具"四靈"遺風，此或爲葉適賞識之由也。周弼評曰
"與四靈接迹繼踵"，"老禪詩友"亦贊"雖四靈復生，不能語也"。其
詩長於五律，不用僻典，對仗精工，多寫泉石田園，詩風清寒峭拔，如
《淮海拿音》開篇《徑山冬日》中間二聯："壑雪陰猶在，溪雲凍不浮。
鳥驚樵斧重，猿掛樹枝柔。"《秋晚庵中》："江邊成獨宿，徹夜聽吟蛩。
窗月低殘影，客衣寒未重。林疏出幽磬，風回遞村舂。細採東籬菊，
曉雲橫瘦筇。"《擬寒山吳下庵居》一首，頗有寒山禪境詩之遺風，爲
研究寒山詩傳播者未所注意。又《吊毛惜惜并序》云："毛乃高沙妓。
端平間，营（按，當爲'榮'）全叛城，呼毛佐酒，不從，遭戮，罵賊至死
不絶口。"詩云："嗟爾男兒活，羞它冢樹旁。史應收列傳，祀合御睢
陽。"後惜惜果入《宋史》"列傳"，此可見元肇之識見非尋常人可比。
卷下《天台道中》"片片開田種階級，家家壘石作門墻"，辛德勇以爲
可資考南宋梯田之分布與聚落景觀。

《藏叟摘稿》二卷，釋善珍撰

　　善珍（1194—1277），字藏叟，泉州南安（今福建南安）呂氏子。
年十三薙髮，十六遊方至杭州受具，得法於妙峰之善。歷住里中光
孝、承天，安吉思溪圓覺院，福建之雪峰寺。移詔住四明育王、杭之徑
山。著有《藏叟摘稿》二卷。生平未見碑傳，《補續高僧傳》卷一一、

《續傳燈録》卷三六有其小傳。

《藏叟摘稿》，中土傳本甚少，宋以來書志皆未見著録，總集亦罕登其人其詩。日本五山詩僧虎關師煉編於康永元年（1342）《禪儀外文集》收有是書卷下榜疏、祭文十二篇，則流入日本久矣。嚴紹璗《日藏漢籍善本書録》著録日本國會圖書館藏日本南北朝刊本，一册，另附有日本國會圖書館室町時代日人手寫《藏叟摘稿》二卷（存卷上）；又録有寬文十二年（1672）藤田六兵衛刊《藏叟摘稿》二卷。今所見爲《和刻本中國古逸書叢刊》第 52 册據日本國會圖書館藏南北朝刊本影印本。

此本扉頁題“藏叟摘稿”，次頁題“宗門六笈”。卷端題“温陵釋善珍”。每半頁 10 行，行 18 字，有界行，字行間有片假名標點。細觀此書，上、下兩卷版式雖同，但上卷筆墨更淡，爲楷體字；而下卷則墨濃，字體近宋體，似非同時刊刻，間有眉批，而上卷則無。無序跋。上卷收各體詩，古體 23 首、七言 64 首、五言 23 首、絶句 30 首，騷詞 1 首，詞 3 闋。下卷收記、銘、跋、榜、疏、祭文等 87 篇。

物初大觀《物初賸語》卷一三有《藏叟詩序》曰：

  托物引興，出風入雅，有以厚人倫，美教化，移風俗，非左右逢源，不足進乎此。杜少陵讀破萬卷，續三百篇之絶響。自兹而降，以風雅名家者，未有不策博約之勳，而後能古今衆作，淺深疏密皆可考。沾沾晚生，單庸撤莘，組織風雲月露，較工拙於片言隻字間，儇輕浮薄，媚俗而已。以望夫風雅之垣，奚啻天淵相邈哉！泉南珍藏叟，用唐人機杼，斥凡振奇，一語不浪發，發之必破的。當吟酣思苦時，視聽爲不行。句活篇圓，汰煉詳穩，人肯之而叟不自肯也。往來南北山者數年，一夕幡然賦歸，將杜門理故書，資討論功，以昌其詩，不極其所詣不止也。俗尚誇毗，叟不自滿；士多沿襲，叟則討源；人方奔競，叟以自樂。夫如是，則櫱騷追雅，可俟也，豈止唐人哉！謬我奚爲，情不足進，無計駐豪儁轍，以求切磋。姑序其詩，與之別。

是書既稱"摘稿"，則善珍當有全集行世。大觀此序，或爲其全集所撰，今未見傳世。

善珍執於詩藝，大觀序中稱其"當吟酬思苦時，視聽爲不行"，頗有晚唐詩僧苦吟之態。其《和徐國録韻》實爲論詩詩，略云："當今稱文宗，斗南一和仲。掣鯨力倒海，蘭苕不同夢。百年日苦短，千載事誰共。賦詩推義山，論舊數季重。客持邀我讀，歡喜蹋破甕。疾鈔畏紙盡，飢誦忘漿凍。欲傳換骨方，伎工恐無用。塗窗謾成鴉，過門任題鳳。唐僧句月煉，一步不敢縱。高參鬼仙吟，下比古佛頌。"語含謙遜，亦表明其作詩似唐僧月鍛季煉，不敢縱橫，難及掣海之鯨，筆力雄壯。今核其篇什，大抵規摹晚唐，與"四靈"相接。北磵居簡《北磵集》卷七有《書泉南珍書記行卷》稱："泉南珍藏叟學晚唐，吾未見其失，亦未見其止，駸駸不已，庸不與姚、賈方軌？"工近體，尤以五律爲佳。《題金山寺》《春寒》《偶成》《暮春》等篇，清儁雕琢，刻厲爲工。"薄藹遮西日，歸雕逮北雲""瘦草牛羊路，高松鸛鶴巢""雪瞑迷歸鶴，春寒誤早花"等聯，以白描狀景，頗具清巧之思。善珍雖寓處方外，然決非以枯禪衲子自居，詩中每流露家國情懷。例如《春寒》："艱難知世味，貧病厭年華。故國風塵外，無心更問家。"七古《和忠獻堂諸官韻》乃追懷魏國公張浚之偉業，亦含國事之憂："聞孫來補翁祖處，玉題繡井新前躅。落成舉杯文字飲，高臺何必糟丘築。百年往事陵谷改，故國蒼然徂喬木。"善珍七絶亦頗具巧思，如《題驢畫》之《少陵騎驢》《浪仙騎驢》二首："市橋日暮蹇驢嘶，雙袖龍鍾醉似泥。回首長安淚沾臆，落花何處杜鵑啼。""官路騎驢突尹驕，尹曾罵佛去潮州。却從渠問推敲字，千古詩人作話頭。"唐以來詩人好騎驢，具有獨特之象徵意蘊。善珍此二首詠詩人騎驢，尚未引起研究者注意。

　　元釋真《竹居集》卷下有《跋藏叟二詩軸後》云："常見前輩老成議論，當端、嘉、祐、淳間，兩浙叢林全盛之時，諸禪掌污墨，通古今，有聲譽者五人：泉南之藏叟，西蜀之石樓，淮之淮海，浙之物祖，江西之無文，各有所長。持藏翁疏頭與詩，自是一家，句法高古老硬，又出於諸老之上。所以北磵老人爲之作序，後村劉君亦爲之賞音，無怪其平日點胸眼空無人。"則藏叟爲南宋末年著名之詩文僧。今人黄啓江著有《文學僧藏叟善珍與南宋末世的禪文化——〈藏叟摘稿〉之析論與點校》（新文豐出版公司 2010 年版），除析論善珍與文士、僧侣所交之詩文以見於南宋季世叢林風氣與士風外，又以日本元禄十一年（1698）古川三郎兵衛鋟梓本爲底本，參以日本寬文十二年（1672）藤田六兵衛刊本，整理點校《藏叟摘稿》之全文。

《物初賸語》二十五卷，釋大觀撰①

　　大觀（1201—1268），字物初，號慈雲，玉几山人，俗姓陸，鄞縣（今寧波）衡溪人。幼孤，從道場山北海悟心薙髮受具，繼參無準師範於育王，依浄慈石田法薫，終得法於北磵居簡。歷住安吉州顯慈禪寺、紹興象田興教禪院、慶元智門禪寺、大慈山教忠報國禪寺、慶元阿育王山廣利禪寺，諸會語録，門人德溥編爲《物初大觀禪師語録》一卷，又有詩文集《物初賸語》二十五卷存世。碑傳有嗣法門人晦機元熙所撰《鄮峰西庵塔銘》，見《明州阿育王山志》卷八下。

　　《物初賸語》，國内久佚，宋以來書志少見著録。今存最早版本爲

---

①物初大觀，近年頗受學界注意，主要研究成果有：椎名宏雄《北磵と物初の著作に關する書誌的考察》，《駒沢大學仏教學部研究紀要》第 46 號，1988 年；王汝娟《物初大觀及其〈物初賸語〉小考》，載王水照、朱剛主編《新宋學》第 3 輯，上海人民出版社 2014 年版；劉恒武、魯彎彎《南宋高僧物初大觀四明行迹考》，《社會科學戰綫》2018 年第 10 期。等等。

日本成簣堂文庫、慶應義塾大學斯道文庫所藏宋刊本。晦機元熙《鄮峰西庵塔銘》謂大觀有"《賸語》六册、《六會語》一册"，或即宋刊本。然此後中土極少言及《物初賸語》者。許紅霞據日人川瀬一馬《新修成簣堂文庫善本書目》稱：宋刊本《物初賸語》與《語録》合刻，每半頁11行，行20字。卷首爲咸淳三年（1267）物初大觀自序，中有"碩人魏氏道昌施財，命工鏤版，以垂後學，功德報答，四恩三有"牌記。此本或爲至元十七年（1280）無學祖元（1226—1286）赴日所携之物①。

另，日本國立公文書館内閣文庫藏有寶永五年（1708）木活字本，《和刻本中國古逸書叢刊》第53、54册據之影印。卷端題"物初賸語"。内鈐"淺草文庫"等印。每半頁11行，行20字，無界行，左右單邊，白口，無魚尾，版心題書名及卷數。正前有大觀自序：

> 　　與世同波，於世無涉，泠然其間，亦聊以自適。萬象爲賓朋，萬籟爲鼓吹，斯亦足矣。簷隙徜徉，白間虛明，奥弗容遏，竺册魯典，遮眼爲樂，或便謂予從事乎討論矣。職提唱外，酬應或需韻句，事功或需記録，或求於予，予性不善拒。然法不孤起，理不它隔，言在此而意在彼，或便謂予長乎文言矣。纔一脱稿，拂不見蹤迹，如是者有年。吾徒默子潛會萃成編，擎於予前，恍然永師後身見破甕中物，前身知藏僧，忽省書未了經也。翻揭增報，自訟斐淺輕出，欲敗而秉畀之。默捍護堅甚，知藏則訓之曰："吾宗素不尚此，毋重吾適。"默曰："目連之集異，鶖子之法藴，洎夫華竺諸賢，率多論著雜華，取淵才雅思，又如何？"予因自笑曰："治亂不關，寵辱不聞，山林自詮，寂默自業，予老之賸人也。謬當知宗，亦有本末，瑣瑣筆墨，亹亹酬應，又吾之賸事也。説而無説，文而非文，又吾之賸語也。人賸、事賸、語賸，惡足識其中有無欠賸句，亦

①參看許紅霞《南宋詩僧叢考》，北京大學2003年博士論文。

　　或有所取哉!"咸淳丁卯夏五,玉几山人物初大觀自序《膡語》。

　　是書乃大觀門人默子潛編於其示寂前一年,名曰"膡語",顯含謙遜之意。大觀序後,爲全書目録:卷一至卷七收各體詩五百餘首,卷八至卷二五收賦、贊、記、序、銘、跋、疏、祭文、塔銘、書札等文。

　　《物初膡語》二十五卷,又收入許紅霞《珍本宋集五種——日藏宋僧詩文集整理研究》。

　　大觀詩文兼善,達官雅士頗雅重之。集中卷二五所收書札,皆與某尚書、某寺丞、某侍郎、某明府、某相國,可見其涉世匪淺。其人於宋季聲名頗著,集中序跋文字尤多,且勤於收集、刊刻僧人撰述。道璨《雲太虚四六序》載其嘗將太虚禪師詩文,"擇其工致精粹者,付其孫訥刻梓,以惠後學",蓋繼北磵居簡之後,大觀實爲結係東南叢林詩文僧之樞紐人物。道璨《江湖勸請觀物初住大慈疏》又云:"某人瘦露秋山之骨,語敷春物之華。爲北磵流末後之遺芳,薄游滄海;念衛王有大功於吾教,來布慈雲。活死句於翰簡叢中,發生機於葛藤椿上。傳千古文章之印,固不愧於若翁;爲萬乘帝王之師,當毋忘於乃祖。"萬紹之《送觀書記住山》稱其:"本是儒流學釋流,枝藤所寓即清幽。西山不用一錢買,北磵空爲百計留。禪向静中能妙覺,詩於閒處得冥搜。秋風芳蒂甜如蜜,許我溪頭繫小舟。"可謂知人之言矣。

《無文印》二十卷、《柳塘外集》四卷,釋道璨撰[①]

　　道璨(1211—1271),字無文,世居廬陵泰和柳塘村,因號柳塘,豫章陶氏子,晋陶潛之後。髫齡信佛,紹定六年(1233)於白鹿洞書院師

───────────

①參黄錦君《〈道璨集校注〉前言》,巴蜀書社 2015 年版;祝尚書《宋人别集叙録》;金程宇《和刻本中國古逸書叢刊》"《無文印》解題"。

事名儒湯巾,科場不利,遂皈佛。先依杞室和尚出家,歷參育王笑翁、徑山無準、癡絕道冲。寶祐二年(1254)主饒州薦福寺,開慶元年(1259)入主廬山開先寺,景定五年(1264)主薦福寺,咸淳七年(1271)示寂。著有《無文印》二十卷、《柳塘外集》六卷、《無文和尚語錄》一卷存世。生平未見碑傳。《五燈全書》《續燈正統》所傳簡略,今人黃錦君撰有《釋道璨年譜簡編》①。

一、《無文印》二十卷。歷代書志罕見著録,其他文獻亦無蛛絲可尋。所見有宋刊舊鈔本、《和刻本中國古逸書叢刊》影印日本貞享二年(1685)刊本。

1.宋刊配舊鈔本。藏於遼寧圖書館。楊守敬《日本訪書志》卷一六著録。是書先爲日人杉本仲温所藏,内鈐"杉桓簃珍藏記"印,後歸羅振玉,鈐有"大雲精舍"印。傅增湘《藏園訂補邵亭知見傳本書目》謂:"(《無文印》)乃友人羅振玉獲自日本之書,蓋宋元倭僧携歸之書也。"此與《祖堂集》皆屬回流之域外漢籍。今《宋集珍本叢刊》第85册據此影印。

是書原版框高17.8釐米,寬11.3釐米,每半頁11行,行20字,白口,上魚尾,左右雙邊。刊刻甚精良,墨色濃潤,間有朱筆片假名標注,卷三第4頁及卷一二以下皆爲鈔配。正文前有李之極序,略曰:

東湖無文師方弱冠時,天資穎脱,出語輒驚人,坐白鹿講下,師事晦静湯先生,雅見賞異。一再戰藝,不偶即棄去,從竺乾氏遊。異時諸方叢席號大尊宿者,一見輒器之,必以翰墨相位置,無文自是始不能無文矣。歲滋久,知滋多,應酬滋益夥。中年病眩,猶信口命侍僧執筆以書,爲語皆刻屬警特。師不自知其爲工否也。辛未二月示寂後,其徒惟康萃遺稿二十卷,請於常所來往

---

①黃錦君《釋道璨年譜簡編》,《宋代文化研究》第19輯。

之有氣力得位者,助而刊之,囑予爲之序。予家番,與師遊最後,
而語最合,於康之請不復辭。又怪世之不知師者,疑其於言語文
字爲詳,是殆見其善者機耳。故曰:"言而足,則終日言而盡道;
言而不足,則終日言而盡物。"語默不論也,多寡不論也。師長於
文而自號"無文",則世之疑之者淺之爲丈夫矣。癸酉長至日,李
之極序。

道璨示寂於辛未(1271)二月,生年則可據其撰於咸淳元年(1265)
《慈觀寺記》中自言"年五十有五",當在嘉定四年(1211)。《無文印》
乃道璨門人惟康於其圓寂後所編,刊於宋咸淳九年癸酉(1273)。

2.《和刻本中國古逸書叢刊》第55册據日本國會圖書館藏貞享
二年(1685)刊本影印本。日本國會圖書館藏有宋本《無文印》二十
卷一部,國立公文書館内閣文庫、駒澤大學圖書館各存鈔本一部。是
書曾於貞享二年重刊,日本各圖書館多有館藏,國内則北京大學圖書
館藏有一部。《和刻本中國古逸書叢刊》據之影印。此本封頁題"無
文印",卷端惟題"無文印"。鈐印莫辨。半頁11行,行20字,四周雙
邊,黑口,雙花魚尾,版心鎸文體及頁碼。正文前除李之極序,另有咸
淳九年(1273)余安裕序,略曰:

　　　無文禪師少之日,名聲已撼叢林;中年厄於丘明、子夏之疾,
志謝文字,嘗長開先,再長薦福,最後省符起之,長建康之清凉
山。其辭牘自謂:"晚以疾故,遂用其精神智慮,應酬事物,無不
起之廢,無不中之度。於是益信無事外之理,無理外之事。"嗚
呼,異哉! 浮屠氏所謂説法者,高入雲烟,深入淵泉,大抵遺事棄
理,庶幾萬一,絶識頓悟,以至於坐脱立亡,足以警動世之耳目而
已,其有能知事理合一者乎? 嗟乎! 以無文之文學,乃老於東湖
之上,其亦有不遇者乎? 然以宇宙之大,生才無窮,汩没於山巔

水涯者,何可勝數,如無文之逃儒而釋,抑又未爲不遇也。康侍者以無文《語録》一編示予,且求一語。夫無文化爲虚空數年矣,其徒散在四方,尊信其説,如其師之存,視富貴磨滅者,奚翅霄壤。予故喜爲之書,千載之下,定有知者,而後無文果不爲不遇也。咸淳九年重九後一日,信余安裕書。

此序實安裕爲無文《語録》所撰,蓋日人將其移入《無文印》。無文《語録》,今所見有《卍續藏》第150册所收《無文和尚語録》一卷,此本卷端題"小師惟康編",前有癸酉秋仲穎序,後有咸淳九年冬靈隱虚舟普度跋,安裕序則未見。據此序,道璨晚年嘗罹眼疾。

後爲全書目次:卷一、卷二收各體詩百餘首,卷三收記文12篇,卷四收行狀、壙志4篇,卷五收墓志銘、塔銘4篇,卷六收銘文29篇,卷七收道號序13篇,卷八收詩序、贈序15篇,卷九收序9篇、字説9篇,卷一〇收題跋49篇,卷一一收四六文34篇,卷一二、一三收祭文58篇,卷一四收雜著11篇。卷一五之卷二〇收書札119篇。大抵以文體編次,卷七專收"道號序",此例於他書不多見。然卷五《欽緑閣銘》循理當編入卷六,卷一一所收實爲榜疏、上梁文等,總之爲"四六",似亦不協。

物初大觀《物初賸語》卷一三有《無文印序》,略曰:

於斯時也,吾友璨無文崛起,以參爲主,以學爲張,振南浦、西山之英氣,追寂音、浯溪之逸響,歷掌笑翁、無準、癡絶三老之記,三老咸敬愛之。健筆如建瓴,間以稿曰"無文印"爲示。余得而覽之,簡而足,繁而整,於理脱灑,於事調皀,蓋假文以明宗,非專文而背宗也。噫! 僧史斷缺,英才不生,網羅遺逸,放失舊聞,此吾黨之責也。余嘗以此責加諸無文,他日將取償焉,則今之述作,又未遽充余之饞腹也。無文性耿介,重然諾,秕糠乎聲利,於朋友交和而不同,論士則先節概後事業。蓋躬允蹈之,非自恕以責人,人亦敬服焉。余謂無文從事乎筆墨間,文采爛然,敢問"無文印"果安在哉?

茲序未見於《無文印》。另,《物初賸語》卷一六又有《題無文詩》:"南昌覺上人,無文璨書記之近屬,於其歸也,料揀古錦囊,手鈔絶句百爲之贈,非徒以吟事益也。仿佛故山水光林影中,展卷長哦,則與昔之箴規切磨者,悠然會心,亦何以異夫同堂合席時耶? 其有益也宏矣,其於屬也厚矣。無文,吾黨楚巨擘,詩有佳趣,他文亦稱是,人皆知之,不待余言也。"

二、《柳塘外集》。明清時期,凡詩歌總集、書志目録涉及道璨別集者皆謂《柳塘外集》。丁丙《善本書室藏書志》卷三二著録兩種,"《柳塘外集》二卷,醉經樓鈔本""《柳塘外集》二卷,舊鈔本,振綺堂藏書";陸心源《皕宋樓藏書志》卷九二著録"《柳塘外集》四卷,舊鈔本"。今存《柳塘外集》有二卷本、四卷本、六卷本。

1.《柳塘外集》二卷本,藏本甚多,南京圖書館即有醉經樓鈔本、振綺堂鈔本,實《無文印》前兩卷,殆僅鈔録其中之詩。正文前有張師孔序,稱:

> 《柳塘外集》者,宋南渡之僧無文道璨之所著也……所著有銘、贊、記、序、雜文若干篇,皆鈔本。予丁亥遊廬山,偶獲翻閱,不及録,録其詩百二篇以歸。予懼其□久失傳,因校勘,備宗人之一向。柳塘屬豫章,漢昌邑地,多陶姓,五柳先生後也,今猶聚族居焉。師亦其裔,故以柳塘自名集云。

若依此,則《柳塘外集》成書時日或早於《無文印》。然此材料後出,未可遽信。乾隆間曹庭棟《宋百家詩存》卷四〇收道璨詩47首,或即據張師孔鈔本。張氏鈔得此本後，曾徵序於王漁洋。漁洋《分甘餘話》卷三曰：“《柳塘外集》二卷，宋廬山僧無文道璨詩也。頗有江西宗法，江都張印宣師孔遊開先，於佛藏中鈔得之，刊以行世，問序於余，老懶未報，姑記於此。”

另，《柳塘外集》二卷，尚有宜秋館刊本存世，《宋集珍本叢刊》第85冊據此影印。宜秋館乃李之鼎藏書室。李之鼎（1865—1925），號振堂，江西南城人，光緒辛卯（1891）舉人，清末民初藏書家，嘗輯刻有《宜秋館彙刻宋人集》四編，《柳塘外集》二卷即其中一種。此本卷端題“柳塘外集”/“宋江西饒州薦福寺沙門釋道璨無文著”。半頁10行，行20字。正文前輯有《四庫全書總目》“《柳塘外集》提要”、沙門大雷原序、雍正癸卯（1723）釋燈岱序。後有“汪甯汪家聲校”六字，及李之鼎跋。其曰：

> 　《柳塘集》有二本，一爲四庫著録、釋大雷所得、釋元宏校刊於康熙間四卷本；一爲江都張師孔在廬山傳鈔舊本，僅録其詩，分爲二卷，凡百二首，此刻是也。此本乃錢塘丁氏所藏，一出醉經樓鈔本，一係振綺堂所藏舊鈔，以兩鈔互校。聞新昌胡瘦篁侍御有釋大雷刊本，走伻寄稿乞勘，又得校正十餘字，補鈔序二篇。溉允假鈔文集，劍合延津，會當有日，先以詩集付諸梓人。胡君收藏甚富，頗多秘本，鼎徵刻南北宋人集，曾允相助，爲理致足感也。甲寅仲夏，南城李之鼎振唐謹跋。

李之鼎刊本乃以張師孔鈔本爲底本，又得釋大雷刊本參校之，然之鼎略去張師孔序。

2.《柳塘外集》四卷本。《四庫全書》據鮑士恭家藏本收入。館臣稱：“集凡詩一卷，銘、記一卷，序文、疏、書一卷，塔銘、墓志、壙志、祭文一卷，宋以來諸家書，皆未著録。國朝康熙甲寅釋大雷始訪得舊本,釋元宏燈岱因爲校正鋟版。"所稱舊本,不得其詳。館臣既稱釋大雷、釋元宏云云,則未審何以將二人之序刪除不録。今據李之鼎刊本所收二序,照録如下。釋大雷序曰:

　　馬祖以不世出之才賢,應識上藍,化被天下,凡草木沾濡之者皆活祖師意。後之食毛茹土於斯者,如飲鴆毒,嬰之則命根斷。故中其毒者,咳唾掉臂,皆能殺人活人,發而爲語言,爲文字,無不薰天炙地,寧止五百年後,即千萬禩而毒氣勃勃而不可觸。吾於璨翁之手著,深有感焉。翁之語録,近日始繡梓於海鹽,如萬鈞洪鐘,裂範出土,聾瞶未有不立醒者。獨《外集》《拾遺》四卷,藏於新建昌邑養母之室,賚上廬山。予甲寅避亂,讀之於黄巖歸宗。入大寧,復得昌邑原本校正。噫!是集也,不傳於五百年前,乃傳於五百年後。翁嘗序《高僧傳》云:"發潛德之幽光,訪遺才於林壑,斷碑草莽,奮弊端之鋭而表章之,以成末世之大典,天下豈無人乎?"此蓋翁之自序也。此毒流行,命根未斷者,當以此爲發藥。康熙己未春,住壽聖後學沙門大雷慶槃譚謹撰。

釋大雷鈔本所據亦爲廬山原鈔本,或與張師孔所鈔爲同一本也。
　　釋燈岱序云:

　　南宋無文璨禪師《語録》既行於世,不啻明月千江,開悟後來不少。其《柳塘外集》,不知稿藏何所。間見一二章,俱最上乘。壬寅歲首,石兄和尚從長安來,暫息荒山,竹爐湯沸之餘,即片言長語,皆深相契也。居數日,乃出此集,同盥手焚香讀之。此岱數十年所願見而不可得者,今得細玩其全,且有聖壽大雷和尚序其梗概,歡喜無量,爰就石兄請付棗梨。噫!由宋迄今已歷五百

餘年,物之遭毁壞者,不知凡幾,而斯集復傳播人間。此固大丈
夫事業,歷久彌光,有出於滅之外者。爲識簡端,要當與唐貫休
諸大老並乘不朽焉耳。雍正癸卯仲秋朔旦,住湛真後學井人燈
岱和南謹書。

燈岱(1667—1724 後),字岳宗,俗姓姚。淮陰湛真禪院僧,著有《妙
葉堂詩鈔》二卷存世。據此序,燈岱所得即釋大雷序鈔本,刊刻於雍
正元年癸卯(1723)。

　對照四庫本《柳塘外集》與《無文印》二十卷,前者所收之詩,皆
見於後者,或爲節錄後者。如卷一有《和菊隱陳知縣西庵有感》,實則
節錄《無文印》卷二《紀夢》中部分内容①。故《柳塘外集》二卷本、四
卷本、六卷本,蓋皆係《無文印》鈔録而成。祝尚書謂:"道璨集以今
遼寧圖書館藏本爲完帙,且屬孤本,宋槧又居其半,珍本秘笈,無出其
右。"②所稱遼寧圖書館藏本即《無文印》二十卷宋刊配鈔本。

　3.《柳塘外集》六卷本,二册,清鈔本。見藏於浙江圖書館。開本
高 27 釐米,寬 17.8 釐米;版框高 18.6 釐米,寬 13.9 釐米。内鈐"荃
孫""吳興嘉業堂藏書印"。卷端題"柳塘外集"/"南宋江西饒州薦福
寺沙門釋道璨無文著"/"侍者康知明等編録"。每半頁 10 行,行 22
字,無格,白口,單順魚尾,中縫題"柳塘外集",版心下有"心古堂"三
字。前有張師孔序、德慶憨叟序(即釋大雷序),惟末署"康熙己未春
住壽聖德慶憨叟□譚謹撰"。此本卷一、卷二收詩,七律 17 首、七絶
38 首;四庫本七律僅 13 首,且七律、七絶編排順序顛倒;卷五《薦福
法堂上梁文》中所缺"南面之詩",亦同於四庫本。

　另,今人黄錦君有《道璨全集校注》,由巴蜀書社 2015 年出版。

---

①參《宋集珍本叢刊》"《無文印》提要"。
②祝尚書《宋人別集叙録》,中華書局 1999 年版,第 1345 頁。

　　道璨論詩主性情、學問，頗不滿於近世之詩。《無文印》卷八《潛
仲剛詩集序》云："詩天地間清氣，非胸中有清氣者，不足與論。近時
詩家，艶麗新美，如插花舞女，一見非不使人心醉移，頃輒意敗。無
他，其所自出者有欠耳……自風雅之道廢，世之善詩者，不以性情而
以意氣，不以學問而以才力，甚者務爲艱深晦澀，謂之托興幽遠，斯道
日以不競。"集中《題水月軒》《月窟》《疏山問竹》諸篇，清絶拔俗，頗
有高致。四庫館臣雖評其詩"未能脱蔬筍之氣"，然亦謂"短章絶句
善用其短者，亦時有清致，如題《水墨草蟲》《陳了翁祠》《和恕齋濂溪
書院》諸作，未嘗不楚楚可觀"。其七律《西湖除夜》《釣臺》《讀陸雲
西志洪定城墓有感書呈子勉總幹三首》則直抒家國情懷，未可以"蔬
筍氣"而概論之。道璨交遊廣泛，與江萬里、方逢辰、姚勉、謝枋得等
直臣志士皆有往來，集中所載相關詩文，可資考證其人事迹，亦可見
出道璨之人品。

《潛山集》十二卷，釋文珦撰[①]

　　文珦（1210—1289?），字叔向，自號潛山老叟，浙江於潛人。《四
庫全書總目》謂："其生平遊歷，略見於所作《舊遊一百十韻》詩中，大
抵出家於杭州，遊於湖州，因而遊浙東至閩，由金華嚴陵返越，又至毗
陵、陽羡、金陵、淮甸而止，後仍歸杭州。遭讒下獄，久之得免，遂遁迹
不出以終。"《潛山集》卷一〇《禪翁》中有"禪翁八十鬢如霜"，則元至
元二十六年（1289）仍在世。著有《潛山集》十二卷存世。生平未見
碑傳。

　　文珦《潛山集》，清以前書志少見著録。《四庫全書》從《永樂大
典》輯出十二卷。今覆查《永樂大典》，引文珦詩或稱"文珦《潛山

---

①參考林斌《釋文珦研究》，南京師範大學 2007 年碩士論文。

集》",或稱"文珦《潛山稿》",據此可知明前中期,是書仍存。檢四庫本《潛山集》卷四有《哀集詩稿》云:"吾學本經論,由之契無爲。書生習未忘,有時或吟詩……老來欲消閒,哀集還自嘲。聊以識吾過,吾道不在茲。"則文珦晚年嘗自編己詩。元釋英《白雲集》卷一有《夜坐讀珦禪師〈潛山詩集〉》:"詩從心悟得,字字合宮商。一點梅花髓,三千世界香。卷翻燈影斷,葉墮漏聲長。遠想人如玉,何時叩竹房。"由是,《潛山集》或於文珦在世時即已編成,第未知其刊刻與否。

今所見《潛山集》爲《四庫全書》本,凡十二卷,無序跋。除卷一二末附《杭州薦福寺記》,所錄皆詩。大抵依體式編排,卷一之卷五收古體 215 首,其中五古 159 首;卷六之卷七收七律 167 首,卷八之卷九收五律 166 首,卷一〇收七律 66 首,卷一一收五絕 32 首、七絕 49 首,卷一二收七絕 35 首、五排 12 首,凡 742 首。循理卷一〇所收 66 首七律,當列於卷六或卷七,未審館臣何以如此編排。

清以後書志著録《潛山集》多爲十二卷,蓋皆從四庫本,如陸心源撰《皕宋樓藏書志二》。然館臣所輯仍有遺漏。許紅霞又從《永樂大典》《詩淵》輯録一百八十餘首,編入《全宋詩》[1],故文珦今存詩達九百餘首,在宋季詩文僧中堪稱翹楚。

四庫館臣稱文珦"遘讒下獄,久之得免"。今觀《潛山集》卷二之《自紀》、卷三之《生年》《吾心》《吾年》《惟初》,卷五《遣興》《寧退耕巖維石隆湖隱皆嘗有德於余圖報未能而俱下世感念存亡哭以十韻》等自述生平之詩,皆有所涉及。如《自紀》云:"寧教身不遭,頗謂首難俛。餘年辭畏途,滅迹向絶巘。形骸未全枯,囂煩幸俱遣。中心本難誣,萬事不欲辯。"然其獲罪之由,史籍無考。潛説友《咸淳臨安志》卷七八"寺觀四"《太傅平章賈魏公遊山題名》載:"咸淳三年九月二十八日,賈似道因展先墓,爲泉石一。來客束元直、廖瑩中、俞昕、

黄公紹、王庭、子德生、諸孫蕃世,僧法照、智印、祖印、文珦。"則文珦似曾追隨賈似道。然讀卷三《紀事》《過賈似道葛嶺舊居》,卷八《聞似道入相因賦詩》,則力斥似道罪行。似道入相,乃在理宗景定元年(1260),權傾朝野,炙手可熱。然文珦賦詩曰:"盛德方爲貴,虚名底用高。異時遊蕩子,今日擬蕭曹。紅粉催身朽,清霜入鬢牢。勢窮人事改,槐棘等蓬蒿。"(《聞似道入相因賦詩》)揭其虚僞面目,直嘆大道淪喪。據此可知,文珦決非攀權附勢者。其所與交遊唱和者,皆林希逸、馮去非、趙汝回、周密、仇遠等清流之士,非干謁阿世之流。故館臣以爲:"或似道重其名衲,遊山邂逅,偶挈同遊,遂題名賓從之末,亦未可定也。"

　　文珦雖爲方外之僧,然頗關切時事,五古《紀事》不惟斥似道之罪行,亦堪稱宋季"詩史"。卷二《感時》、卷五《鹽婦辭》《聽野老所言》《夏暑正隆望秋得雨因賦長句》等,則嘆民生之疾苦,尤具佛者悲天憫人之懷。文珦所交多爲江湖詩人,未免江湖習氣,所作雖多山林閒適之作,然因其遭讒下獄,嘆老嗟悲,屢雜其間,時露蕭瑟、逼仄之態。衆體之中,文珦長於古體詩,擅長叙事,層次分明,於宋末諸僧中頗具自家面目。

《采芝集》一卷、《續稿》一卷,釋斯植撰

　　斯植,字建中,號芳庭,武林(今杭州)人。理宗時以詩稱。初住南嶽寺,旋投單四方,歷吳越、長安、長洲、江淮、金陵等地,晚築室天竺,別築邃室曰"水石山居",日吟詠其間。著有《采芝集》一卷,又《續集》一卷。生平未見碑傳。

　　斯植之詩,常見於《南宋六十家小集》《南宋群賢小集》《宋人小集》等叢書。宋陳起《江湖小集》卷三五收《采芝集》、卷三六收《續稿》;清曹庭棟《宋百家詩存》所録宋人凡一百家,始於魏野《東觀

集》,終則斯植《采芝集》。然其集單行本流傳不廣,書志所載頗罕。黃虞稷《千頃堂書目》卷二九“補”著錄“芳庭斯植《采芝集》《續稿》”。

《采芝集》,今存本最早有宋刊本,乃嘉定、景定間臨安府陳解元宅書籍鋪刊本,《禪門逸書續編》第 1 册據之影印。卷端題“采芝集”/“芳庭斯植”,内鈐“楝亭曹氏藏書”印。半頁 10 行,行 18 字,左右雙邊,單魚尾,魚尾下鎸“采芝”及頁碼。《續集》卷端題“采芝續集”/“芳庭斯植建中”,版式與前集略同,惟版心鎸“采芝續”。無序。書末則以大字草書附有寶祐丙辰(1256)斯植自爲跋:

> 詩,志也,樂於性情而已,非所以有關於風教者。近於覽卷之暇,心忘他用,得之數篇,目曰《續稿》。然不可謂之無爲也。寶祐丙辰良月望日,芳庭斯植書。

二集所收有詩無文。《采芝集》收詩 80 題 80 首,殘詩一首《過桃源》;《續稿》收詩 55 題 59 首,共 135 題 139 首。此本收詩數量、編次順序與《南宋群賢小集》《南宋六十家小集》《宋人小集》大抵相同。另,《四庫全書》收《江湖後集》卷二三,自《永樂大典》輯有《和子履雍家園詩》《送李容甫歸北都》二詩,知其詩尚多遺佚。今所存清黃氏醉經樓鈔本(藏南京圖書館)、顧氏讀畫齋刊本(據鈔本刊刻)等本,亦皆源於宋刻本或其傳鈔本。

斯植之詩,率多遊方、山居時所作,大抵不出酬答、遣懷等題材。《遣懷》一詩,尤可見其意緒:“愁極鬢成絲,滄江夢未歸。鳥啼山雨急,春盡故人稀。曉潤侵吟壁,寒雲繞竹扉。向來詩滿束,應是與心違。”其詩不惟“非所以有關於風教者”,亦絶少禪味、禪趣,直是“四靈”面目。曹庭棟謂:“雅練深穩,脱去禪家落套語,不愧風雅之目。”所謂“雅”,蓋指其詩如文人墨客寄情山水,流連風雅;所謂“練”,則

謂其詩詞句練達，自是"四靈"之流亞也。王士禛《居易録》卷二摘其
"相逢春草外，歸隱石房西""春風思華嶽，夜雨夢瀟湘""住當南嶽
寺，門對赤城霞""月過東西浦，潮分遠近山""水國今宵別，天涯隔歲
歸""春歸芳草暗，雲入暮山長""野雲低水樹，春雨閉山城""鐘聲兩
寺合，人影一溪分""路長沙鳥盡，人在翠微深""落花千點恨，疏雨一
簾風""野店春寒雨、江城橘樹林""斷雲連雨雪，落日遠人烟""鳥啼
山雨急，春盡故人稀""烟波春雨渡，燈火夜漁村""島雨連秋曙，江風
入雁聲""滿山晴葉雨，四壁暮蛩秋""一夜霜欺鬢，連朝雨送愁""桃
花曉落水流去，山鳥晚啼風送來"諸聯，謂"此君及趙汝鐩，五言皆多
佳句而無遠神"。漁洋論詩倡"神韻"説，力主興會神到，味外之味，
今觀斯植之詩，研煉甚工，境象清寒，然反復諷詠，實乏遠志，蓋以其
閲歷既淺，思乏醇厚矣。

《雲泉詩集》一卷，釋永頤撰

永頤，字山老，仁和人（今杭州）。居唐棲寺，生平未見碑傳，世
緣、法系皆不詳。據《上天竺志》載，永頤，杭之耆宿也。淳祐十年
（1250）冬十一月，聞上天竺佛光法師以左藏薛師普占廨院欲作廳，佛
光勿許，輒渡江東歸。永頤甚高之，遺書嘉慰。則永頤之操行，亦可
知矣。著有《雲泉詩集》一卷。

《四庫全書總目》卷一九四"《傳是樓宋人小集》提要"謂："卷尾
有嘉定戴范雲跋語云：'是崑山徐氏所輯，故仍題之曰《傳是樓宋人小
集》。'然則徐乾學家本也。所録凡二十二家……皆吳之振《宋詩鈔》
所未收。然陳起《江湖小集》中則皆已收録，所遺者惟釋永頤一人
耳。"今檢《江湖小集》確未收永頤之詩，而《江湖後集》卷一六則收有
32首。永頤《雲泉詩集》，宋元書志罕見著録，《八千卷樓書目》卷一
五著録"《雲泉詩集》一卷，宋釋永頤撰，舊鈔本，《群賢小集》本；刊

本,《武林往哲遺著》本"。清《續文獻通考》卷一九五著錄:"釋永頤,《雲棲詩集》一卷。永頤,字山老,仁和唐棲寺僧。臣等謹案,集中所與唱和者韓淲、周靖、趙師秀、周弼等皆寧宗、理宗間人,則永頤當在南宋時也。"所謂"雲棲詩集"蓋并"唐棲""雲泉"之誤。

今存本最早有宋刊本,乃嘉定、景定間臨安府陳解元宅書籍鋪刊本,《禪門逸書續編》第1册據之影印。卷端題"雲泉詩集"/"唐棲釋永頤山老"。半頁10行,行18字,黑魚尾,版心鐫"雲棲"及頁碼,行款與宋刊斯植《采芝集》同。無序跋。是書收永頤詩凡111首,較《江湖後集》多79首,但《後集》中《吕晉叔著作遺新茶》等則爲集中所無。

另,宋季薛嵎有《雲泉詩》一卷,易與永頤《雲泉詩集》一卷致混。釋明復撰永頤《雲泉詩集》題解,即誤以淳祐九年(1249)趙汝回《雲泉詩序》爲永頤《雲泉詩集》所撰,實則此序爲薛嵎《雲泉詩》所撰,與永頤無涉。

永頤之詩,頗類於斯植,所寫無非山林興況及酬答贈别。一丘一壑,頗有佳致,如"遠浦生微月,荒草起暝烟"(《山村日暮》)、"柳摇冰綫斷,鷺起玉衣明"(《往龍岫舟中》)、"風晚低輕燕,川明媚浴鵝"(《汀漲》);念友思親,亦頗誠摯,如"西峰難獨往,茶灶誰對烹"(《悼周晉仙》)、"歌鳥不來香室掩,綬花空結紫藤高"(《春暮懷周伯弼》)。其所交韓淲、周靖、趙師秀、周弼等,皆"四靈""江湖"派中詩人,故詩亦不外江湖一派,尤近四靈。王士禛《居易錄》卷一七摘其"手携一束書,秋風獨來此。松深孤月明,水冷芙蓉死。時看澗鼠來,食我山茶子"(《西峰日暮》)、"拒霜花落碧潭秋,懶向山巔水際遊。貪看夕陽烏柏樹,白雲紅葉亂溪流"(《秋晚》)、"獨聽子規叫,况逢山月明"(《冷泉亭》)、"溪色乍凉雙鷺下,雨聲纔絶一蟬鳴"(《憶舊隱》)諸句,謂其與宋末江湖詩人"多摹擬'四靈'家數,小氣格卑,風氣日下,非復紹興、乾道之舊,無論東京盛時已,可一慨也"。

《江浙紀行集句詩》七卷，釋紹嵩撰

　　紹嵩，字亞愚，號廬陵樵衲，廬陵（今江西吉安）人。紹定二年（1229）自長沙遊江浙，五年五月，嘉禾太守黃尹元以大雲虛席，俾令承乏。生卒年無考。善詩，嘗摘張滋、杜荀鶴詩而作《自笑》詩云：“自笑從來癖，平生斷在詩。”著有《江浙紀行集句詩》七卷。清《續文獻通考》卷一九五著錄“釋少嵩《漁父詞集句》二卷”，注曰：“少嵩，字亞愚，嘉定中嘗往來鄱陽巴河間。”“少嵩”當“紹嵩”之誤。然《漁父詞集句》二卷未見。其人生平未見碑傳，沈季友《檇李詩繫》卷三〇有小傳。

　　《江浙紀行集句詩》凡 376 首，乃紹嵩廣集唐宋詩人名句，詠江浙風物之詩。是書非僻書，《江湖小集》《南宋群賢小集》俱收錄之。今所存單行本，最早爲汲古閣影宋本，藏於國家圖書館。祝尚書謂，此本“卷末有‘嘉熙改元丁酉（1237）良月師孫奉直命工刊行’二行，又有紹定四年（1231）宣城陳應申跋……是集宋本當非臨安陳氏書鋪所刊”①。《禪門逸書續編》第 1 册亦有影印本，所據則宋嘉定至景定間臨安府陳解元宅書籍鋪刊本。此本凡七卷，卷端題“亞愚江浙紀行集句詩”/“廬陵沙門紹嵩”。内鈐“棟亭曹氏藏書”印。每半頁 8 行，行 16 字，左右雙邊，白口，雙魚尾，魚尾方鐏一致，頗異於常見雙魚尾。上魚尾下鐫卷數，下魚尾下鐫頁碼。正文前有紹嵩自序，次爲楊夢信、楊天麟等人題詩；書末有陳應申跋。後有牌記“嘉熙改元丁酉良月師孫奉直命工刊行”。《四庫全書》本《江湖小集》卷三至卷九所收亞愚是集，則未見楊夢信、楊天麟等人題詩。

　　紹嵩自序曰：

---

① 祝尚書《宋人別集叙錄》，中華書局 1999 年版，第 1267 頁。

予以禪誦之暇，暢其性情，無出於詩。但每吟詠，信口而成，不工句法，故自作者隨得隨失。今所存集句也，乃紹定已丑之秋，自長沙發行，訪遊江浙，村行旅宿，感物寓意之所作。越壬辰五月中澣，嘉禾史君黃公尹元以大雲虛席，俾令承乏。八月初九日，永上人來訪，盤礴旬餘。茶次，每炷香請曰："師遊江浙，集句諒多，可得聞乎？"予謝曰："不敢。"永曰："禪心，慧也；詩心，志也。慧之所之，禪之所形；志之所之，詩之所形。談禪則禪，談詩則詩，是皆遊戲。師何愧乎？"予謝曰："不敢。"力請至再至三，又至於四，遂發囊與其編錄，得三百七十有六首，釐爲七卷，題曰"江浙紀行"，以遺之。二十一日，廬陵亞愚樵衲紹嵩序。

《江浙紀行集句詩》乃亞愚於紹定五年壬辰（1232）八月自編而成。"永上人"，未知何人，集中有《送別永上人》《江上嬉行和永上人》等詩。

陳應申跋曰："作詩固難，集句尤不易。前輩有云：不行萬里路，莫讀杜甫詩。一杜詩且病於難讀，而況集諸家之詩乎！亞愚嵩上人，穿戶於詩家，入神於詩法，滿心而發，肆口而成，玉振大成，默詣聖處。人目其詩，固不知其爲集句，而上人亦不自知也。抑猶有妙於此者，青出於藍而青愈於藍。蓋諸家之體制，各隨其所主而形於言。今觀亞愚之集，千變萬態，不梏於所見，如所謂老坡之詞，一句一意，蓋不可以定體求也。雖然，愚固喜其詩，然亦有不平於上人者焉。夫以無爲爲有，以有識爲無，此固宗風箕裘之業，顧乃攙行奪市，嘲風弄月，與我輩抗衡，是果何見也？上人浩然嘆曰：'君之言過矣。孔墨之道，本相爲用，況予由儒入釋也，非爲釋而盜儒也。如□山齋易文昌□東山楊大帥諸公，皆不我棄。予方以詩而與君友，君反以詩而怒我也。君苟釋然於心，請爲我書之於集句之首。或有不知我而罪我者，當以此公案爲之張本。'予於是乎慨然爲之書，亦以爲雌黃者之戒云。紹定四年季夏中澣,從事郎監慶元府昌國縣西監鹽場宣城陳應申跋。"所評甚高。

　　明人徐師曾《文體明辨》謂:"集句者,雜集古句以成詩也。"其體始於晋之傅咸,所作《七經詩》乃摘擷儒家經典四句語連綴而成。北宋王荆公益工此法,所集《胡笳十八拍》十八首絶句,嚴滄浪評曰"如蔡文姬肺腑間流出"。宋季集句詩蔚爲風尚,如郭適之《梅雪集》六百餘首,李龏《梅花衲》百餘首,文天祥幽縶中有《集杜詩》二百首,亞愚《江浙紀行集句詩》亦風氣使然。宋人以爲集句之體,"近世詩人遊戲之法"。然集句殊爲不易,既要屬對、協韻,亦需切題、圓融,非奧博、巧思者莫能爲之。高明者可至渾然天成,若自出機杼;拙劣者則易流於堆垛拼湊,了無生氣。亞愚所集詩句,上起六朝,下迄當世,所涉詩人凡百餘人千餘首詩,確如陳應申所云:"穿户於詩家,入神於詩法。"今觀其集句詩,屬對工整,音韻和諧,亦頗切題。如卷一《憩江寺》云:"衆岫聳寒色(賈島),長溪報碧岑(許渾)。波傾三峽急(徐俯),樹合四時陰(張柲)。野寺江天豁(杜工部),禪房花木深(常建)。幽簾宜永日(羊士諤),閒坐聽春禽(祖詠)。"所集既有名句,亦有僻句,且每句所處位置與原作俱同,不至於失粘,所繪亦是仲春江寺之景,情景交融,自成一詩。亞愚集句詩題中常有"戲題""戲作""戲書"等字眼,蓋其於野水舟行間、禪房荒寺中,以鑽研詩藝而遣寂寥,以遊戲翰墨爲禪事。亞愚所集前人詩句,以庾信爲最早,以釋曉瑩爲最晚,尤以唐人之詩最夥,具有較高輯佚、校勘之價值。今人陳尚君《全唐詩補編》、傅璇琮主編《全宋詩》即從中輯録出大量唐宋詩人佚句,張福清更以其校勘《全唐詩》異文①。

---

①張福清《紹嵩〈江浙紀行集句詩〉對〈全唐詩〉校勘、辨重和輯佚的文獻價值》,《古籍整理學刊》2007 年第 6 期。

《籟鳴集》二卷、《續集》一卷，釋夢真撰

夢真，字友愚，號覺庵，俗姓汪，宣州寧國（今屬安徽）人。八歲爲僧，十九受具，二十行脚。遍參尊宿，不能了決。因慕徑山無準師範道風，遂往叩見，仍無入作處。繼往四明雪竇參大歇仲謙，嗣其大法。出世住永慶、連雲、何山、承天諸寺，至元二十一年（1284），住平江府雙峨寺。嘗有華嚴宗講主奏請江南兩浙名刹皆易爲華嚴教寺，夢真奉旨剖析諸師論解，若指諸掌，講主悔悟，遂禮師回奏。著有《夢真語録》（佚）、《籟鳴集》。生平未見碑傳。《嘉靖寧國縣志·寺觀·仙釋》卷二、《五燈全書》卷四九、《續指月録》卷五有其小傳。今人李貴撰有《宋末詩僧覺庵夢真及其〈籟鳴集〉小考》①。

夢真生卒年不詳，其《寄雁蕩柳下師》有"七十老僧逢世亂，桃源無可路通津"句，揆其口吻，"七十老僧"當是自指，則其世壽在七十以上②。夢真詩文最晚繫年者，爲至元甲申（1284）所撰《月磵文明語録序》③。

夢真所著《籟鳴集》《續集》，中土書志極少著録。《江南通志》卷一九四著録曰："《籟鳴集》，寧國夢真覺庵，汪姓。"同書卷一九二又

---

① 李貴《宋末詩僧覺庵夢真及其〈籟鳴集〉小考》，載四川大學中國俗文化研究所編《項楚先生欣開八秩頌壽文集》，中華書局 2012 年版，第 219—224 頁。
② 許紅霞推測，夢真約生於寧宗嘉定七年（1214）左右，圓寂時間"大致是在至元二十五年（1288），俗壽約七十五歲"。見許紅霞《珍本宋集五種——日藏宋僧詩文集整理研究》，北京大學出版社 2013 年版，第 109—112 頁。
③ 《籟鳴集》中有《戊申歲晚夜坐書懷》一詩，"戊申"原作"咸申"，金程宇《尊經閣文庫所藏〈籟鳴集〉及其價值》改作"戊申"。《籟鳴集》《續集》，夢真所撰自序、自跋，分別撰於 1274 年和 1278 年，集中所收之詩，率皆在 1278 年前。此詩爲戊申（1308）所作，太顯突兀，前後相差三十年之久，不合情理，頗疑"咸申"或爲"壬申"（1272）。

載有"《夢真語録》,寧國僧"。《嘉靖寧國縣志·寺觀·仙釋》"夢真小傳"亦載曰:"有《籟鳴集》《語録》行於世。"夢真之詩,知者亦少,明清詩歌選本罕選其詩,蓋《籟鳴集》亡佚甚久矣。今人湯華泉《全宋詩輯補》第 11 册僅輯録其詩 5 首。

國内較早披露《籟鳴集》存世者,爲許紅霞 2003 年所撰博士論文《南宋詩僧叢考》,述及《籟鳴集》之流傳、館藏及夢真之生平①。2009 年金程宇著《稀見唐宋文獻叢考》,内有《尊經閣文庫所藏〈籟鳴集〉及其價值》一文,則詳述《籟鳴集》之版式、價值,並初步董理之。2013 年許紅霞又著有《珍本宋集五種——日藏宋僧詩文集整理研究》,校對疑文、脱文,尤稱精審。筆者無緣及見古本,第以金、許二氏所述叙録之。

據金程宇稱,是集今存於日本尊經閣文庫,爲古鈔本:

> 封面左上墨書"籟鳴集(全)",一册,二卷(卷上、卷下、續集),四針眼裝訂,半頁 11 行,行 18 字,書體大小爲 20.2×17cm,内書大小爲 18×14.4cm。葉邊上部書有頁碼,卷上 18 葉,卷下 39 葉,續集 21 葉……此書首葉題下書"宣城覺庵夢真友愚",换行書"雁山柳下惠惠天澤選"。柳下爲葛天民之號,惠惠或其出家時法名,天澤當爲其字。知詩爲夢真所作,而卷上則係葛天民所選。卷上前有夢真自序(1274 年),於其詩學主張及此集之命名等問題皆有所述。卷下題作"錢塘意山傳質純夫選"。傳質,生平未詳,意山當爲其號……《續集》未題編者,夢真後序(1278 年)中有"積成若干篇,薦入諸梓"的話,當爲夢真自編。②

---

①許紅霞《南宋詩僧叢考》,北京大學 2003 年博士學位論文。
②金程宇《稀見唐宋文獻叢考》,中華書局 2012 年版,第 53 頁。

所述甚詳,惟稱編選其詩"柳下惠惠天澤"指葛天民,不確。許紅霞略
考了葛天民的行迹,以爲"柳下惠"當是一位僧人①。潘猛補《〈井中
奇書新考〉補正》則以爲,"柳下"實宋季雁蕩詩僧柳下惠②,當以潘氏
之説爲是。

　　釋夢真以德行修爲稱譽宋季叢林。龍巖真首座嘗親承其教,其
《竹居集》卷上載《賀覺庵生日》詩云:"曉來紫氣滿千巖,呱地聲前事
可諳。三月八即四月八,彼瞿曇即此瞿曇。"夢真圓寂後,真首座又有
詩悼曰:"毘藍一夜撼松江,大廈千間失棟梁。走遍鐵圍無覓處,冷泉
空浸月蒼蒼。"以其爲吳中叢林之"棟梁"。至元中,天隱圓至、元叟
行端、虛谷希陵等禪師,遊江浙叢林,皆至承天參訪夢真。元叟行端
有《思洞庭寄承天寺覺庵老師》云:"烟蒼蒼,濤茫茫,洞庭遥遥天一
方。上有七十二朵之青芙蓉,下有三萬六千頃之白銀漿。中有美人
兮,體服金鴛鴦。遊龍車,明月瑠,直與造化參翱翔。憶昔天風吹我
登其堂,飲我以金英八月之沉瀣,食我以崑丘五色之琳琅。换爾精
髓,滌爾肝腸,灑然心地常清凉。非獨可以眇四極,輕八荒;抑且可以
老萬古,凋三光。久不見兮空慨慷,久不見兮空慨慷。"行端辭別夢真
後,若有所悟,故詩中對其推譽備至。兹事見載於元僧恕中無愠《山
庵雜録》卷下。黃溍亦作有《平江承天能仁寺記》,稱夢真"以明德爲
世師表"。據《嘉靖寧國縣志・寺觀・仙釋》卷二載,夢真禪師示寂
時,"舍利湧出"。釋英《白雲集》卷三《禮覺庵真禪師塔》亦云:"一死
雖無憾,平生亦可憐。道高人不識,語妙世空傳。舍利光含日,浮圖
影插天。修名清似水,宜葬太湖邊。"

　　然宋元文獻中名曰"真禪師"者,未必皆指"覺庵夢真",如袁桷
《清容居士集》卷四〇《真禪師住定水疏》、卷四三《祭定水真禪師》,

①許紅霞《珍本宋集五種——日藏宋僧詩文集整理研究》,第114—116頁。
②潘猛補《〈井中奇書新考〉補正》,《温州職業技術學院學報》2017年第1期。

所指似非"覺庵夢真"。《真禪師住定水疏》謂:"真公長老,松源嫡嗣。"《祭定水真禪師》又謂:"在昔源公,孤立巖泉。食苦避甘,養其德全。匪石匪金,以刻以鑴。來者却立,恣言占喧。疾抱遺衣,涕語漣漣。信宿熟視,維師是傳。"所謂"松源""源公",乃指松源崇岳(1132—1202)。覺庵夢真嗣法於大歇仲謙,確爲松源崇岳之法孫。然宋季松源崇岳弟子無數,嗣其法者即有天目文禮、運庵普巖、石巖希璉、掩室善開、無得覺通、少室光睦、北海悟心、無準師範、瑞巖雲巢、大歇仲謙等十數人,其中天目文禮法嗣中有"翠巖守真"。揆諸文獻,未見覺庵夢真與袁桷及其家屬往來,故不可輕言袁桷二文中之"真禪師"必爲覺庵夢真。

釋夢真早歲遍參宋季尊宿,與北礀居簡、無準師範等人遊。《籟鳴集》卷末附有馮去非跋曰:"北礀敬叟與余遊,最後住慧日峰下,所與劇談摛文,皆一時之勝。今其塔既古矣。將復從高菊礀九萬、翁五峰賓暘、趙東閣幾道、尹梅津惟曉、葉靖逸嗣宗、周汶陽伯弼,俯仰之間,相繼地下。未知此老管領我輩能如生前否?時覺庵友愚在諸公間,日相追隨,所見所聞所傳聞,加於人一等矣。"宋季叢林最倡詩文書畫,不惟於翰墨文字,遊戲三昧,又能於死生之際,沉冥超越。北礀居簡《書雪巢林景思詩卷》中言"煉字貴活不貴死",無文道璨《韶雪屋詩集序》謂:"雪屋入天童室已參活句,晚入康山,宴坐絶頂,一足不印人間地,乾坤清氣,盡入其手,無怪乎詩之清而活也。"夢真《籟鳴集自序》則謂:"詩與禪俱用參,參必期悟而後已。參需參活句,不當參死句。活句下悟去,迥然獨脱。死句中得來,略無向上承當。知詩、禪無二致,是必曰悟而後已。唐之名家者不下三百餘輩,皆從參悟中來。王建《宮詞》有曰'樹頭樹底覓殘紅,一片西飛一片東。自是桃花貪結子,錯教人恨五更風。'學者多作境會,既不求意於言外,又不求悟於意外,徒誦之曉曉而卒無成功。是豈□□□□揚子雲者用心之不苦耳。"夢真此論蓋受北礀居簡之影響。所謂"活句""死句",乃禪門術語,惠洪《林間錄》卷上舉洞山初禪師語曰:"語中有語,名爲死句;語中無語,名爲活句。"北宋詩家若許彥周論詩時即已謂"參活句",而宋季叢林於此思考最爲深切。世人言及詩禪關係,每奉嚴羽《滄浪詩話》爲圭臬,而極少顧及叢林中諸多精妙之論,此殊爲憾事。

夢真之詩,出儒入釋,風格多樣。觀其《小爾雅十篇》《樂府》《竹枝雜體》《踏歌采蓮行》等組詩,雖雜取民歌體,却不流於浮響,語語皆從胸臆中流出。若《小爾雅十篇》其五曰:"王孫冢上木,貴買如種玉。培植未百年,凋零少親屬。材則官取之,不材付樵牧。惟有石馬羊,春風換苔綠。"又如《樂府》其六:"東家富多金,畏亂入山去。西家貧無依,搬入東家住。一朝大盜臨,盡獲東家金。西家貧如舊,子父長相守。"即俗而真,近乎寒山之諷喻詩。釋夢真與高九萬、李雪林、周伯弼等江湖詩人所交甚深,作詩亦未免受宋季江湖詩風之薰染。《籟鳴集》中,江湖詩人慣作之旅況抒懷、歲除抒懷者,亦復不少;其嘆世路之艱,撫韶華之逝,幾與士夫文人等。

宋元之際,僧中之遺民者似不多見。天隱圓至詩文中隱然有故國之思,然正如其《牧潛集》卷四《淦明甫詩集序》自言:"余奔走天下,遇厄窮困苦,雖激於中,若羹火之沸、鉦鼓之考,終不能以哀思怨憤噍殺之言。"今觀《籟鳴集》之詩,不惟彌漫哀怨乖困之思,更能作戰伐鉦鼓之音,憫蒼生於羹火之沸,尤其《籟鳴集續集》,率皆爲此而作。其自跋云:

嗚呼,孰無生?生於治世;孰無死?死於正寢。生非治,死非正,率爲冤□□□。丙子予客四明,三月九日,北帥奧魯赤部馬步五千,由會稽入四明,躬責歸恫。越三日,搜兵四掠,窮山絕頂,例不免禍。繼此黃世強合刺□正副招討出兵爲□,搜劫不已,民生哀號,毋所赴愬。奉川鹽□□□素秉忠義,氣蓋一方。奮臂一呼,萬□□□□集,痛與之角。開合三月,北兵日增。即

□□□□泯滅無聞。北興問鼎，鄉民十殺□□□□□□血厭原隰，焚蕩掘伐，野無完□。□□□□□地西山，日寓於目，多以詩紀之。□□□□□之音，哀怨乖困，非盛時雍容和□□□□□□日既久，積成若干篇，薦入諸梓。□□□□□今老矣，必極治之時，予不得□□□□□。知我罪我，准此集乎！戊寅中秋寅□宣城覺庵夢真友愚書。

序中“丙子予客四明”句，原脱“丙”字，許紅霞補之，甚是。端宗丙子（1276）正月，元軍克臨安，旋攻浙東。釋夢真客四明，血腥殺伐和忠義之舉，“日寓於目，多以詩紀之”。所作《舞番曲》《德祐錢塘録事曲》《雜詠十二絶》《昭君行》諸詩，皆沉痛悲慨，力透紙背。例如《德祐錢塘録事曲》云：“東南天傾地維缺，四海英雄眼流血。翠華北狩信沉沉，百年繁華頓消歇。胡兒躍馬如遊龍，金絲織袍光蒙茸。酒酣碧眼仰天笑，一箭忽墮雙飛鴻……太皇七十病不支，二三老媪晨進糜。金莖露冷仙掌瘦，玉樹風寒王氣衰。皇天雖高聽尤近，肝膽此時共裂盡。帝王正統今雖歸，有德還應寄斯任。元勳那有張與韓，扶顛宗社逾泰盤。生民無聊至此極，願早平治咸熙安。”宋社既屋，釋夢真雖爲方外釋子，然扼腕嘆息，氣鬱胸中，其承當不減文人。德祐乙亥（1275）清明，夢真有詩紀池州戰中死難志士趙卯發，椎胸頓足，悲慨淋漓，孤忠遺恨，氣貫長虹。夢真甚至謂：“嗚呼！今已矣。聖朝褒身，後爵甚侈。大夫死之日，夢真留四明，不能跣足千里，洗骨於折戟戰血間，深有愧於生死。”要之，論宋元之際的遺民僧，必推釋夢真爲首。讀《籟鳴》一集，可知宋季僧詩不盡爲“江湖習氣”所牢籠。

元代卷

《月磵別稿》十四卷、《後集》一卷，釋文明撰

釋文明(1228—1311)，號月磵，籍貫不詳，生平未見碑傳。所作嘗自署"東湖廣行禪師月磵叟"。明代釋文琇《增集續傳燈録》將其歸入西巖了慧禪師法嗣，名曰"薦福月磵文明禪師"，惜有目無傳。今人所作《宋元明清漢傳佛教人物資料庫》收"釋文明"條，謂："生卒年不詳，號月磵，天童西巖了慧禪師法嗣，受經於黃龍寺，景定五年(1264)受請住信州鵝湖仁壽禪寺，後歷住饒州天寧禪寺、棲賢妙果寺、饒州薦福禪寺。法嗣有東山崇禪師。"著有《月磵別稿》十四卷、《月磵別稿後集》一卷、《月磵禪師語録》二卷。

稽考文獻，釋文明生卒年可以考實。《月磵別稿後集》有《戊戌始□□□□二絶》一詩，中有"等閒七十一年過"句，"戊戌"乃元成宗元貞四年(1298)，逆推之，釋文明當生於紹定元年(1228)。又據釋真《竹居集》卷下《悼月磵和尚二首》其二中"天開雲静顯真空，八十四年今説破"句，則當卒於至大四年(1311)。

釋文明早失怙怙，由叔父養之教之。其所作《祭師叔(丁巳春□□□)》自云："我生不辰，早失怙怙，孤苦，叔父念之，愚不知學，教之載之，期至先覺。"其很早即已出家，親炙宋季禪林諸尊宿，《月磵禪師語録》卷下《跋宋諸老墨迹》自云："余出叢林早，恨生晚，見前輩尊

宿,於晨星曉月之時,每懷謙慕。"嘗遍訪江浙叢林,從臨濟宗天童景
德禪寺西巖了慧六年,得其大法。《跋西巖和尚墨帖》曰:"此帖乃余
別師後,十閱月所書也。已知客遠訪出此,因焚香拜讀,恍若葉拱侍
左。自丁自(按,當爲'至')丙,倏四十年,驚歲月之易化,感世時之
殊異,只令前輩掩光,叢林寒寂。"西巖了慧卒於 1249 年,則"自丁至
丙",指釋文明於淳祐七年丁未(1247),離開西巖了慧,時年二十歲。
西巖了慧嗣法於無準師範,禪法峻烈,當爲臨濟宗楊岐下十世孫。釋
文明《淵侍者歸天童西巖和尚塔所》詩云:"堂堂幻智翁,爲宋鉅魔
孽。我昔誤見之,痛棒打得折。冷地驀思量,有屈無處雪。"(《月礀
禪師語録》卷下)所憶即其參法之情形。釋文明辭別西巖了慧後,主
要傳法於江右,先後住持信州鵝湖仁壽禪寺、饒州天寧禪寺、薦福寺
諸刹。圓寂後,樵隱和尚有《悼薦福月礀和尚》一詩:"薦福碑轟姓字
留,楚天空闊句誰收。長竿影冷磯痕雪,礀水無聲月自秋。"其嗣法弟
子有祖平、妙達等人。

　　《月礀禪師語録》二卷,乃妙寅等門人所編,收録釋文明數會語録
及頌贊、題跋,今編入《卍續藏經》第 150 册。是書卷首有至元甲申
(1284)秋平江覺庵夢真序,卷末則有大德元年(1297)净慈寺佛心老
叔跋。夢真序云:"净慈仁知客袖《月礀和尚語録》示余。余與翁別
久,喜猶見翁,因重撫卷而曰:'龍淵一滴,甚於毒藥,曼衍四海,魚龍
蝦蟹,莫不喪身失命,毒流東湖,益見毒波浩渺。三十年後,支分派
别,當無際涯。後之學者,切忌望洋向若。'"覺真禪師稱其《語録》爲
毒藥、毒波,乃禪家正話反説法,實謂其禪法之極峻烈。釋文明《印甥
請贊》自云:"行脚見淳祐諸老,住院歷南北兩朝。不守黄龍活業,不
傳太白箕裘。爲人處慣向弓弦上結絲,横機時每於險處斷橋。設出
古老文章,解教夫子啞舌;舉示杜撰提唱,剛要達摩點頭。長處全無,
拙處偏優,是爲楊岐十一世孫月礀比丘。"佛心老叔跋亦曰:"歲己未,
自智者移仰山,月礀撰榜疏,出惡語罥余一上。歲丁酉,哲侍者持月

碉五會録至，因自首至尾，一一閱過。而若佛若祖，咸被呵罵，老氣不平，以德報德，亦出穢言，罵伊一上云。"蓋因其氣高孤僻，所交皆窮儒隱士，又全殺奪人，故不聞達於名士公卿間。

釋文明詩文集《月碉別稿》，中土久不見傳，書志、總集俱未見著録編選者。今《禪門逸書續編》第1册據日本舊鈔本影印。釋明復解題曰："刊梓於元之中世，泰定、致和間。書成，適世多變故，不甚流通，展轉傳至日本，好事者鈔之置諸山中，歷數百年，塵封蟲蠹，傷損慘重，影印以歸，殘缺幾不可讀，再四摩沙，廬面依稀，方始可讀。"此本實爲天壤孤本，真堪秘笈。是書前有李嘉龍序，此序闕首頁，脱字、殘字甚多，幾不可讀，略云：

> 史修水亟稱東湖月碉善□□□□。他日，吾見蔑之。吟酬唱□，迥出唐諸僧□□□□□此詩，吾幾失公，別石能舍去。又一日，陳一正□□亥寓番，驚窘鋒刃，出月碉近稿及雜著等。暨歸山中，契闊晤言不作，與前所見，殆又過之，得傾倒詩囊，吸金□□。近時言詩，錮以家數聲響，非晚唐不好。三百篇多出小夫賤隸之口，家數聲響云乎哉？詩言志而已，辭達意而已，發乎情止乎禮義而已。今觀此稿，三百傳芬芳，清無寒病，宗乘了徹，典無俚疵。矧月碉天禀素異，重以好修，遍歷海嶽，所參皆老禪宗伯，所交皆韻人勝士，所見皆佳山秀水，靈扃明湛，與所號稱有本者如是。夫師詩重如吴鼎，余言非錦璧，愧□□□□先前清江通□□□□□□□。李嘉龍叙。

李嘉龍，生平無考，《全元文》未收此篇，可補入。序中稱許釋文明詩，得《詩三百》正傳，清無寒病，非宋季以來盛傳叢林之晚唐詩風，亦無僧人之"蔬筍氣"和"酸餡氣"。序中所及之陳一正，蓋爲傳播其詩者。《月碉別稿》卷一四有《題一正所録別稿》："余少從□學，於詩於文何有哉！不得已而鳴者，□□筆之成帙，而一正且欲□以歸。”

　　此本卷端題“月礀別稿”/“門人住饒州明教禪寺祖平薦福禪寺妙達等編”。每半頁 11 行，行 20 字，無界行。卷一、卷二每頁近四分之一殘損，鈔者用白框符號，標示脱字或難辨字；卷三之後則基本爲全璧，然亦因年代邈遠，鈔寫不工，辨讀不易。

　　是書原無目録，《禪門逸書續編》影印重編目録，卷一之卷三收古意、古風、擬騷百 30 餘首，卷四收序 18 篇，卷五之卷七收各體詩 170 餘首，卷八收疏 37 篇、詩 2 首，卷九收記文 8 篇，卷一〇收雜著 4 篇，卷一一收祭文 58 篇，卷一二收説文 6 篇，卷一三收銘文 2 篇，卷一四收題跋 63 篇。

　　釋文明《月礀別稿後集》一卷，《禪門逸書續編》第 1 册亦據日本舊鈔本影印，附於《月礀別稿》之後。是集無序跋，收詩凡 32 首，末首《卒然答謝□教雷雨詩》有目無詩，蓋亦有脱頁。觀其款式、字體，與《别稿》俱同，當爲一人所鈔。字迹欠工整，加之殘損嚴重，亦辨認不易。

　　今觀釋文明之詩，多贈人題畫之作，頗具古人遺意，尤其卷一之古意、卷二之古風、卷三之擬騷，格調拙樸，近似漢魏之詩，如《山隱歌》《牧牛歌》《送月齋詹高士歸歐峰》《些藏山詹居士》《送舒隱君歸白雲深處》等，筆意縱横，無江湖末派之陋習，亦非搜字煉句者所能比。其絶句則精緻小巧，例如《四老圖》，分詠蘇軾、歐陽修、韓愈、柳宗元四人，以一詩繫一人之事。《東坡》云：“風雨滿笠屐，醉眠小天地。萬里抱孤心，無怪厖也吠。”叙蘇軾儋州遇雨，戴笠著屐，邑犬群吠，事見南宋費衮《梁溪漫志》。《六一居士》：“今古同一夢，石馬夢何官。夷陵江上山，至今青未了。”叙歐陽修夷陵謁廟，果見石馬隻耳之夢中景象，事見蘇軾《書歐陽公黄牛廟詩後》。《昌黎》云：“湘也忽相見，立馬語躊躇。雪中山更好，前卒毋疾□。”叙韓愈雪擁藍關，與韓湘立馬話别，事見韓愈《左遷至藍關示侄孫湘》。《子厚》云：“能以柳易播,高謳塞天被。萬事柳花風,老瓦傾白□。"叙柳宗元以柳易播,士窮見義,事見韓愈《柳子厚墓志銘》。釋文明之贊頌,立意亦新,如《寒山拾得》云:"忘却自家心,却指天邊月。更言無物比倫,分明化作兩橛。生苔帚,何不槭。"《布袋二首》其一:"曲江磯頭,奉化縣裏,拖潑囊,落落魄魄,剛道一聲,歡喜不知,月在雲中笑你。"其悼念宋季著名詩文僧道璨之作云:"玉几深深結死冤,錯傳一印漫無文。春雷轟破轟不破,盡盡江天飛暮雲。"抑揚縱奪,放歸自如,脱略筆墨畦徑,深得禪家三昧。

《竹居集》二卷,釋真撰

釋真,生平未見碑傳。宋元時人稱"龍巖真首座",文琇《增續傳燈録》卷四、超永《五燈全書》卷一○,列其於"徑山雲峰妙高禪師法嗣",但皆有目無傳。著有《竹居集》二卷存世。

《竹居集》二卷,歷來書志未見著録,《元詩選》等亦未選其詩。《禪門逸書續編》第1册據舊鈔本影印,未審何種鈔本。釋明復所撰題解,略叙其生平:"真師興於宋末,詢訪參叩,二十餘年,迹遍東南諸刹。生性恬淡,無意名利。入元後,歷充靈隱、能仁、東林、圓通諸寺首座,暇則事詠哦,與諸禪人相酬唱,一時名動林下,禪者多以得其贈偈爲榮,求索不絶户前。然因世亂多灾,文物散失,其身世行業,不能盡知。《增續傳燈録》《五燈全書》等以爲師出臨濟宗徑山雲峰妙高和尚座下,爲大鑒二十世傳人。然集中有《悼徑雲峰和尚》七絶二首,全然不似師弟口吻,而於《跋雪巖送行偈》中,自言於佛心愚極會中啓悟,足證史傳有誤,未可遽信。師於宋世,勤於參訪,集中有云,於佛心處來去二十年,又曾共祖闇等遍叩閩浙禪席,唯缺略年月可考,無從究查詳情。"檢《竹居集》卷下《復謝清拙寄鈔》詩中云:"自家寮舍自家當,何待師兄爲著忙。"清拙,即清拙正存禪師,嗣法於佛心愚極,釋真既稱其爲"師兄"，則應嗣法於佛心愚極。

《竹居集》，又名《竹居火後拾遺集》，原集罹於延祐七年（1320）東林寺大火，門人掇拾餘稿而成。《竹居集》開篇有圖以示釋真之法系："天童密庵咸傑—卧龍破庵祖先—靈隱石田法薰—净慈愚極智慧—龍巖真首座。"並注云："《續傳燈》四爲雲峰妙高法嗣者，恐非也。"此注當爲鈔者所爲，則此鈔本應係明清時人所鈔。

此本原無目録，影印者自編之。半頁 10 行，行 20 字，無界行，鈔寫甚工。正文前有黑山光《竹居集序》、至治改元（1321）安國自立《竹居火後拾遺序》、至治改元福源《火後拾遺集序》，卷末又附有松巖、仰山虚谷、永福古林、空遠、開先一山、靈隱玉山、薦福月磵、虎溪悦堂、能仁藏室、圓通玉崖、松塈、道璀、休居叟清茂、廬山圓通友弟□心、石田林昉十六篇跋文。此益見釋真於大德、延祐間，聲名光耀江南叢林，非如後世寂寂無名者。"休居叟清茂"，即古林清茂。其於《竹居集跋》評曰："吾龍巖誠叢林中一代偉人，窮天地，亘萬古，不可名得者也！"

安國自立《竹居火後拾遺序》曰：

> 龍巖首座足迹半天下，晚年種竹虎溪，以古寺閒房自適。有睦州拶韶陽之用，而鮮克當其機者。由是抒其所藴，或敲唱玄宗，或揀辨古今，或感懷風物，或娱情泉石，與夫送贈題跋，祇夜伽陀，歲千萬言，集之曰"竹居"。溪寺之變，一爲灰燼，有網羅放失者得□十篇，特十之一二耳。噫！未火以前，則□千里山川人物，於一集中囊括無遺。既火之後，一言言、一句句充塞太虚，與日月争耀，又豈千里山川人物而已。若於是集中求龍巖，如以管窺天，其見者小也。吁！至治改元二月十九日，番陽安國自立拜書卷首。

至治改元福源《火後拾遺集序》：

夫所謂佛祖心印者，衆生靈智之府也。其體妙而常明，萬類紛然，日用殊趣，而文采粲然明瞭。悟之者，謂之神通，大光明藏流出一切清净語言，包括萬象，發智光於末世也。竹居老師蚤見佛心覺庵，端、嘉、淳、寶諸尊宿，得智通無礙之旨，歷登清要，分座説法，爛熳閩浙。披台雁之清，把衡嶽之秀，山川物塔廟勝概，目之所到，盡入冥搜矣。猶以匡山甲天下，潔室白蓮池上，以古道自娛，不知人間是非榮辱貴賤功利也。居山三十年，凡一泉一石，一草一木，俱受賞識。及贈送、提唱、詠歌，總若干首，皆道德光華之言也。余嘗窺其大全，皆去葩華艷麗，由本根而達枝葉，傳於世久矣。延祐七年秋，畢方崇於寺，集以隨化，其光焰萬丈，與廬山相高。衲子復捃拾幾稿，曰“火後拾遺”，譬猶松下剖甕而獲古帖者，豈易得哉！翁之心迹暴白，拔俗出塵，爲世標格，當時龍象巨擘題之詳矣。語言其末也，余特嘉翁之道，而普告大衆云。時至治改元七月，番陽福源拜手。

釋真又有《廬山行卷》，未見。釋文明《月磵和尚語録》卷下《題龍巖〈廬山行卷〉》謂：“康廬勝處，龍巖行得到，見得到，説得到。愚極叔謂不曾到，艮巖謂親到。據老拙看來，來老總是搏量，龍巖未到。”

釋真之文字，筆勢縱横，脱盡江湖詩人習氣，此誠如清茂跋曰：“玄言妙句，縱筆而書，非冥搜苦吟者比。”觀集中《拄杖歌》《盂鉢歌》《樂閒歌》等歌行，盡寫僧侶苦樂生涯，雖間以佛語入詩，却富有生氣，發人省思。而其酬答僧侶及向佛居士之詩，則處處提撕，示以第一義諦。若《送儒藏主見古林和尚》：“玲瓏八面足機輪，撥草瞻風遍討論。知識眼寒星揀月，祖師骨冷劍求痕。永嘉一宿曹溪寺，雪嶠三登

投子門。喜有鄉中老尊宿,澹湖深處覓生冤。"雖欠工整,却絶非世俗
文字。集中《罷僧道衙門》《送雲藏主下浙》諸詩則抨擊當時僧官衙
門、公選制度,力主禪門净規。《竹居集》中最引人注目是近四十餘首
憑悼亡僧之作。釋子參禪修持,終極目的乃在解脱生死困擾,於生命
之意義每有獨到之體驗,故此類悼亡詩尤不同一般世俗文字。例如
《悼本師和尚》詩云:"一生父子似深冤,天竺歸來隱洞天。天樣師僧
宜早死,丁丁八十又三年。"乃深悟"緣起性空""萬法平等"之理後,
悲欣交集,措語無端。

　　釋真由宋入元,親歷趙宋覆亡與生民塗炭,詩中常流露出故國家
園和悲天憫人之懷。如《苦雪行》:"生民多少苦飢寒,最是牛羊皆凍
死。但恐上帝好生爲吉徵,凡愚未可輕測擬。"《旱魃歎》云:"三年兩
遭旱,赤日麗天果。我令垂天風,排雲叫蒼昊。老天不我應,扼腕空
懊惱。萬里無片雲,晴天净如掃。有苗而不秀,田疇半萎草。禽鳥渴
無聲,池魚盡乾藁。上帝奮天怒,人心胡不好。環甕祈蜥蜴,水廟空
求禱。鑼鼓空自鳴,一雨從何討。丁此大凶荒,寧免飢火燎。魔世佛
不靈,神龍亦顛倒。十雨五風年,香粳長夜擣。列鼎食者誰,一飯尚
不飽。"其憂民嗟生之心若此。而《烏江項王廟》《春日錢塘》《岳王
墓》《金陵》諸詩,則盡抒興亡之思、黍離之歎。如《岳王墓》曰:"忠心
二帝氣吞虹,生死難論蓋代功。百六十年湖上路,白楊搔屑動悲風。"
宋元之際詩文僧如居簡、道璨、善珍、行海等皆有憑吊岳武穆之作,寄
予家國情懷,此足徵宋末元初僧侣並非盡離世事之枯禪衲子。

《筠溪牧潛集》七卷,釋圓至撰

　　圓至(1256—1298),號天隱,字牧潛,高安姚氏子。季父姚勉,父
姚文,叔兄姚雲,皆中顯科,爲宋名臣。咸淳十年(1274)按窺世相,深
有所悟,依仰山慧朗欽公薙髮。至元中,自淮入浙,依承天覺庵真禪

師、天童月波明禪師、育王橫川鞏禪師，得法於袁州仰山雪巖祖欽，爲南嶽第二十一世。圓至沉靜寡交，怡然以道味自尚，喜爲文章，非炫飾知見以自售者。至元、元貞間，住建昌能仁寺。大德二年（1298），寂於廬山，年四十三，僧臘二十三。生平未見碑傳。著有《筠溪牧潛集》七卷。

《筠溪牧潛集》七卷，今所見有四種版本。一爲大德刻本，一爲《文淵閣四庫全書》本，一爲汲古閣刻本，一爲清鈔本，俱藏於國家圖書館。

1.《筠溪牧潛集》七卷，一册，元大德刻本。藏於國家圖書館，《北京圖書館古籍珍本叢刊》第 91 册據之影印。卷端題“筠溪牧潛集”/“高安釋圓至”。每半頁 12 行，行 21 字，四周雙邊，黑口，雙魚尾，版心則間次“天集”“牧集”等字樣。正文前有大德三年己亥（1299）方回《天隱禪師文集序》，書末有大德三年天目雲松子洪喬祖跋。此本分七部分，依次爲“詩”“銘”“碑記”“序”“書”“雜著”“榜梳”，七部分又分別次以“甲”“乙”“丙”“丁”“戊”“己”“庚”。黃仁生《日本現藏稀見元明文集考證與提要》中亦著錄了《牧潛集》①，與國圖藏本當爲同一版。方回序略曰：

天隱文集若干卷，非特南渡後僧無之，南渡後士大夫亦未辦至此也。然予惜其不專於儒也。咸淳甲戌年十九出家，依仰山慧朗大師欽公脱髮，有所迫而墮於浮屠歟，抑有所爲而隱於浮屠也？《易》《詩》《書》《春秋》《論語》《孝經》《孟子》《爾雅》，儒之文，三禮惟《儀禮》《古戴記》《周官》三傳有是非，荀、楊、馬、班醇不掩疵，爲儒之文之病。《四十二章經》以至一大藏之文，可並學

---

①參看黃仁生《日本現藏稀見元明文集考證與提要》，嶽麓書社 2004 年版，第 7 頁。

乎？中國之聖人與西方之聖人，果同乎？天隱之言，以吾儒之文
爲舊學，以浮屠之文爲己學。其胸中融會超了之見，不惟欲合
禪、律、論而一之，又謂佛若老與孔子之道一，豈有所不得已而立
爲是言乎？至元、元貞間，住建昌能仁禪寺，其説法亦稟於欽，不
兩年棄去。大德二年戊戌卒於廬山，年四十三。不屑爲其徒之
長，而其徒至然宗之以爲師。得於天而修於己者，不偶然也。吾
徒亦或宗之，不特爲其徒之師。而年之不延，修於己而不得於天
者，吾亦不知其所以然也。噫！予蓋惜其人品，視契嵩、惠勤、參
寥□過之，而永叔、子瞻之不相值也。抑又深惜其局於浮屠，多
爲其徒爲文，不得爲吾儒士製作，與《無逸》《立政》相表裏也。
《與某學士書》，乃予同年鄧公光薦，又不能不有感於近世人物之
衰少也。天隱季父癸丑廷魁姚公勉，父文叔，兄雲，皆前進士。
吳門磧砂魁上人偕其友清表，將以其文梓行。魁皆英妙高亢，蓋
遊於天隱，而余亦遊之云。三年己亥十月初九日丙辰，紫陽方回
萬里序。

圓至嘗自編其稿，其《寄海書記》有"著紙過寒如著錦，近詩成集有人
偷"句，然未必刊刻付梓。據方回序稱，圓至詩文集乃由吳門磧砂魁
上人付梓。行魁，俗姓朱，居吳中，有良父兄別業，藏書致客，亦善詩
文。此本或即行魁所編之本。又戴表元《剡源文集》卷九亦有《圓至
師詩文集序》稱："魁師嘗南泛長江，問其安否。今死，又懼遺稿散墜，
爲掇拾刊木磧砂，以傳其氣義，可謂能始終，而天隱爲少慰矣。"戴序
或亦爲行魁所請，然未知何以未收入大德刻本中。

　　至正間，《牧潛集》或被重刻。楊維楨作於"至正丙午夏五月朔
日"《雪廬集序》稱，老友劉海持釋克新《雪廬集》一編見過徵序，"於
是命筆胥録其編，凡若干首，使與至文同梓於肆云"。廉夫之願是否
實行，尚不能確定，因爲包括克新《雪廬集》在内，目前未見有至正刊

本。據楊鐮披露,現存《雪廬集》目前僅有日本兩種刊本,即南北朝刊本和江户前期刊本,南北朝刊本前有周伯琦序,未言及《牧潛集》①。

2.《筠溪牧潛集》七卷,二册,汲古閣刻本。見存於國家圖書館。封頁題"筠溪牧潛集"/"汲古閣刻本"/"翼庵藏",扉頁題"筠溪牧潛集"。卷端題"筠溪牧潛集"/"高安釋圓至撰"/"華山釋明河訂"。内鈐"詩龕書畫印""詩立求人,龕中取友,我懷如何,王孟韋柳"等方印,知曾爲法式善藏書。半頁 8 行,行 19 字,白口,左右雙邊,無魚尾,開口處鎸"牧潛集",版心題文體,版心下鎸"汲古閣"。正文前有崇禎十二年(1639)釋明河《書姚序後》,書後有洪喬祖跋。釋明河《書姚序後》略曰:

> 前有方虚谷序,後有洪居士跋。二老皆極口稱許,而少師此序,集無有也。予得之會稽祁侍御家,乃知此集國初已經翻刻。道開法友近又得殘破刻本,亦無少師此文,知是元板,校對無不同者,但多詩數首耳。恨空囊蕭瑟,不能梓公同好。適海虞毛子晉社兄,入山見訪,合前所得,舉畀之。子晉負奇志,交友滿天下,天下之奇書、秘典將漸滅而僅存者,不惜重購刻之,爲古人通血脉,與後世開心眼。其學日富,其刻日廣,是帙之歸,殆輕塵足嶽耳!

據明河稱,《牧潛集》在明初曾再刻,前有姚廣孝序。明河將明初刻本與元刊本互校,並付毛晉刻之。惜明初刻本,尚未見傳。而毛晉刻本,後來爲《四庫全書》所本,俱缺方回序。

3.《筠溪牧潛集》七卷,二册,清鈔本。見存於國家圖書館。卷端

---

① 參看楊鐮《和刻本稀見中國元代僧人詩集叙録》,載《中國典籍與文化論叢》第八輯,北京大學出版社 2005 年,第 188—197 頁。

題"筠溪牧潛集"/"高安釋圓至撰"/"華山釋明河訂"。內鈐"曾經玉人收藏""曾在鮑以文處"等方印，知曾爲鮑廷博知不足齋收藏。半頁10行，行20字，無格。正文前有永樂十四年丙申（1416）姚廣孝序、釋明河《書姚序後》、方回《天隱禪師文集序》。書後有洪喬祖《天隱禪師文集跋》。姚廣孝序曰：

　　自唐宋以來，浮屠氏文之善鳴者，獨鐔津翁一人而已。文之合作，固不在言。其爲善者，以神聖、道德、性命、死生、變化，發前人之所未發，輔其教而爲文也，非特雄於僧中、士林中。歐陽子者，文名冠於當世，見翁之文，亦歎服而言曰："不意僧中有此郎也。"南渡後，僧非無文，而其文也，縟駁萎薾，而不足以耀宗工、秀士之目，亦徒爲文爾。至於元，善鳴者盛稱"三隱"：曰天隱，曰笑隱，曰覺隱。雖"三隱"並名，而居最者天隱耳。天隱之文，雖未見其如長江大河，浩汗無際，波濤洶湧，魚龍騰躍，駭膽驚魄之勢，然其規矩準繩，精密簡古，削去陳言，爲可愛爾。使歐陽子見之，亦必點首而稱道之也。余少好於文，得天隱之文，讀之耽玩不舍，至有忘其餐寢者。每下筆欲少效之，駑鈍蹇劣，雖竭其力而弗能及，未嘗不置筆而歎也。蘇州府磧砂寺僧嗣詵以天隱《筠溪牧潛集》板刻不存，欲載鋟梓，以永其傳，來徵予序於卷端。吁！天隱之文，予少欲學而似之不可得，恒有愧於其心，又奚敢以鄙辭而加其首乎？雖然，天隱之文流布於世，猶水之在地，豈藉人言而後行耶？詵懼其板泯而不傳，重爲刻之，其意不可孤也，故勉而爲序。詵，長州人，靈谷幻居和尚弟子，出世鎮江丹陽縣之孝感云。永樂十四年歲在丙申夏四月十有三日，太子太師吴郡姚廣孝序。

廣孝序，未見其撰述中。惟《獨庵外集續稿》卷四有《讀至天隱文集》。據此序,明初永樂刻本爲磧砂寺僧嗣詵所刊。

《牧潛集》共七卷,卷一爲"詩",收各體詩 50 首;卷二爲"銘",共 7 篇;卷三"碑記",共 16 篇;卷四爲"序",共 19 篇;卷五爲"書",共 6 篇;卷六爲"雜著",共 25 篇;卷七"榜梳",共 15 篇。四庫館臣云: "明河又稱,嘗讀《虎丘舊志》,見圓至《修隆禪師塔記》,歎其文字之 妙。今此記不見集中,則不知何以不補入也?"圓至平生酷愛詩文,其 《贈魁天紀》甚至稱"難醫最是狂吟病,我恰纏痊又到君。"集中僅存 詩 50 首,不合實際。

圓至論詩主"和平之性",非賈島"苦吟"一路。《牧潛集》卷四 《淦明甫詩集序》云:"蓋詩之用與樂合,皆所以宣民風而暢其壅,故 必有和平之音,然後能養其和平之性。而孟郊、賈島之徒,抉肝斸肺, 務爲險艱奇苦,以角其能。既以窮其身,又以愁於人,使讀者憭然不 愉,如處呻冤號痛者之側,則亦何樂於詩而爲之而讀之耶?"然圓至却 非"和平之人"。戴表元《圓至師詩文集序》記曰:"每見但好弈棋,勞 形苦心,拈子移時,囁嚅不即下。骨貌素癯,不善飲啖,一語不肯爲人 説詩文。"圓至親歷宋季陵谷變遷,《淦明甫詩集序》自云:"余奔走天 下,遇厄窮困苦,雖激於中,若羹火之沸、鉦鼓之考,終不能以哀思怨 憤噍殺之言。"圓至一生雖"寡交識",但與方逢辰、戴表元、袁洪等遺 民往來密切。袁桷撰《師友淵源録》,羅列其父袁洪交遊名録,稱: "謝翱,南劍人。僧圓志('志'爲'至'之誤),瑞州人。俱能古文,尚 嚴簡,氣鬱不自舒,困死。"將圓至與抗元志士謝翱並列,當別有深意 存焉。

圓至之詩,遺民之思隱然可見。《牧潛集》卷一《逢故人》云:"共 看咸淳上苑花,錦箋彩句敵春華。白頭相見鍾陵寺,我亦如君未有 家。"同卷《元夕觀傀儡》云:"錦襠叢裏鬬腰支,記得京城此夕時。一 曲太平錢舞罷,六街人唱看燈詞。"二詩叙上苑觀花、元夕觀燈、太平 錢舞之故國往事,雖無"哀思怨憤噍殺之言",但滄桑變遷,繾綣之懷,盡寓其中。圓至曾"遍歷荆、襄、吴、越"，集中寫行旅勝迹、山川景物、酬答贈别者，無慮大半，《重登牛頭峰》《雪後荆林道中》《吴王廟》《暑途樹下偶成》《曉過西湖》《雪》《寒食》《芳塘》《土木渡阻風》《福聖院寬陰閣》《暮至奉化縣》《曉過西湖》《憩青蓮寺》，叙情寫景，皆"楚楚有清致"。

　　圓至更擅長屬文。楊維楨《雪廬集序》稱："宋南渡後，大夫無文章，乃得於高安上人圓至者，方嚴陵有是言也。始予怪其言之自薄，及取至文覽之，則於江子、參寥輩，誠有過之者。"姚廣孝《讀至天隱文集》亦稱："浮屠而嗜於文者，得其正者，惟宋之鐔津、元之天隱也。"而天隱之文"珠瑩冰潔，照映簡册，使人讀之，味雋永而不厭也"。四庫館臣更稱："自六代以來，僧能詩者多，而能古文者少。圓至獨以文見，亦緇流中之卓然者。"圓至稱譽於元代文壇，或許更因其文，而非其詩。

《白雲集》四卷，釋英撰

　　釋英，字實存，號白雲，錢塘人，俗姓厲。唐詩人厲玄之後。弱冠即有詩名，嘗有家室，歷貴仕，遊閩海、江淮、燕汴間。一日登徑山，聞鐘聲忽有所悟，遂去爲浮屠，結茅天目山中。嘗與高峰原妙、雲峰妙高等往來，師承、法嗣皆不明，生平未見碑傳。約生於淳祐、景定間，卒於後至元、至正間，世壽八十七，元人成廷珪《白雲上人悼章》有"八十七翁如古佛"句。著有《白雲集》存世。

　　《白雲集》國内存本皆爲三卷，《中國古籍善本書目》録有三種清鈔本，另南京圖書館藏有清鮑氏知不足齋鈔本，上海圖書館藏有光緒二十一年（1895）當歸草堂刻本。常見者則爲《四庫全書》本。四庫本卷首有牟巘、趙孟頫、胡長儒、林昉、趙孟若序，各卷編排，雜亂無序，卷一收30首，卷二27首，卷三41首，凡98首。趙孟頫序稱："上人亦南來，出此集，屬爲叙引，乃爲叙之如此。詩凡一百五十首，分三卷，後所作者將甲乙第之。"可見現存本並非完帙。四庫館臣發現，卷一七律《奉贈趙似之架閣》亦重見於明人張羽《静居集》中，並稱"張集蓋偶爾誤收"。然釋英詩誤入《静居集》者，絶非少數。楊鐮、張頤青稱，《白雲集》"幾乎整集被明人略做'手術'之後編入張羽的《静居集》"①。

《白雲集》尚存數種日本刻本，所見有應安七年（1374）刻本（稱和刻本）、貞享五年（1688）刻本（稱貞享本），皆爲四卷，收詩多於三卷本，彌足珍貴。

和刻本《白雲集》四卷，孤本，今藏東京静嘉堂文庫。金程宇《和刻本中國古逸書叢刊》第57册影印收録並解題②。卷端題"錢塘釋英實存"，半頁10行，行20字，白口，四周雙邊，雙魚尾，版心鐫字不詳。正文前有牟巘等五人之序。卷一收詩44首，附趙孟若和詩1首，卷二45首，附趙孟若詩1首，卷三50首，卷四8首，卷末"題贈附録"，收入陳麟、王泌、文及翁、趙孟若、高克恭等人投贈詩19首，所收之詩，與趙孟頫所稱"詩凡一百五十首"大抵相當。卷末題有"應安七年（甲寅）歲仲陽日西山兜率門人利生叟書""俞良甫學士□置"刊記。良甫，元末刻工，福建莆田人。至正二十七年（1367），避亂赴日本，居京都，以刻書爲業。和刻本《白雲集》在日本凡經數刻，有南北朝刊本，藏於天立大學圖書館；又有寬文五年（1665）藤田六衛兵刊本等。

貞享本《白雲集》四卷二册，扉頁題"鼇頭白雲詩集"/"貞享戊辰（1688）歲季夏中浣日"/"銅駝坊書肆平樂寺重鐫"。白口，四周單

---

①參看楊鐮、張頤青《元僧詩與僧詩文獻研究》，載《北京工業大學學報》2003年
　　第1期。
②參金程宇《和刻本中國古逸書叢刊》第57册《〈白雲集〉解題》，第1頁。

邊,雙魚尾,每半頁 8 行,行 14 字,注釋密行小字,半頁 18 行,行 30 字。原文約占頁面三分之一,周邊爲注文,亦有全頁皆爲注文者。注者爲日人,不詳其人,引用書目包含佛典甚多,或爲日僧。國內大連圖書館亦入藏此本①。

《白雲集》所收釋英詩多誤入張羽《静居集》中。楊鑄取和刻本《白雲集》與弘治六卷本《静居集》勘校後稱:"《静居集》的各體詩當中,已見於《白雲集》者,居然多達一百四十四首。"②《静居集》亂入釋英之多,貽害甚遠,明人詩選若《石倉歷代詩選》《列朝詩集》等皆以訛傳訛,常誤將釋英詩繫於張羽名下。不過,弘治本《静居集》早於四卷本《白雲集》,亦具有一定的校勘價值。

四卷本《白雲集》卷末爲"題贈附録",收有陳麟、王泌、文及翁、趙孟若、高克恭、范晞文、釋祖闓、李衎、釋安、李京、傅立、燕公楠、牟巘、劉鉉、釋克振、仇遠、釋月庭、釋永珍贈詩十九首,此足見釋英交遊甚廣。然因其生平不詳,學者常將元代名爲"白雲上人"者誤以爲釋英。耶律楚材《湛然居士集》卷七有《寄白雲上人用舊韻》,顯然非指釋英,楚材卒於 1244 年,是年釋英尚未出生,或僅爲幼童,絶無交往之可能。另,虞集《道園類稿》卷五《聞白雲上人自吳中來訪表侄陳可復畫其像因題之》,此詩作於元統元年(1333)虞集歸隱臨川之後,此"聞白雲上人"亦非釋英。

釋英世家業儒。先祖屬玄,登唐大和二年(828)進士,官侍御史,有詩名,《全唐詩》存其詩 5 首,與賈島、姚合交往甚密。釋英亦頗崇尚賈、姚苦吟詩風,稱"但得遺風追賈島,不須虚譽繼盧能"(《涉世》)、

---

①參范蒙《日藏元代詩僧文集六種研究》,南京大學 2015 年碩士論文。

②參看楊鑄《明初詩人張羽〈静居集〉版本考》,《文學遺産》2004 年第 5 期;楊鑄《和刻本稀見中國元代僧人詩集叙録》,《中國典籍與文化論叢》第八輯,北京大學出版社 2005 年版,第 188—197 頁。

"郊島事寒瘦，元白極偉麗。休己碧雲流，顯洪大法器……參幻習唐聲，雕刻苦神思"（《言詩寄致祐上人》）。釋英幾乎"無日不吟詩"，視"吟詩"爲平生大業。嘗云"五字詩中妙，一名天下傳"（《呈林且翁隱居》）、"五字關風雅，千年說姓名"（《越上人別范景文》）、"半世尚清苦，五言能琢磨"（《讀李芳卿吟卷》），與苦吟詩人同一聲氣。

釋英之詩，承續南宋江湖詩風，絕類於苦吟詩人，若"山川孤館夜，風雨獨眠人"（《客夜有感》）、"連雲秋樹老，卷雪暮濤寒"（《寄蘭墅宗長》）、"客愁燈影外，蛩語月明中"（《倪秀才歸越》）、"青燈背壁客孤坐，黃葉滿階蛩亂鳴"（《客夜有懷》）、"寒瀑瀉蒼壁，晚花生古林"（《寄祖雍上人》）、"野徑多黃葉，寒江老白蘋"（《贈余秀才歸釣臺》）、"風雨殘燈夢，關河落木秋"（《寄劉仲鼎山長》），意象殘破，意境幽冷，彰顯出細微而敏感之內心。釋英作詩，亦刻意雕琢中間兩聯，殊有"有句無篇"之憾。像《愛梅》云："我愛梅花好，情同骨肉親。瘦於唐島佛，清似楚湘臣。折處香浮樹，吟時雪滿巾。孤山林處士，應想是前身。"中二聯寫梅之瘦、之清、之香、之潔，刻苦經營，對仗極工，頗能傳梅之韻。然首句平平，末句用林逋之典，乃江湖詩人寫梅之俗套，有敷衍之嫌。

南宋江湖詩人雖嘯遊山林，談禪證道，然亦常走謁公卿顯貴。釋英則無此種習氣。胡長儒序中稱釋英："又嘗有家室，歷貴仕，一日棄去，衣緇褐，涉遠道，求名尊宿而爲之役，略不見勢利貴富、驕泰矜誇餘習。此於其道，非有所得能若此乎？"其詩中亦常抒寫淡泊名利之懷，如"涉世情懷冷似冰，狂歌醉飲任騰騰"（《涉世》）、"年來懶爲利名愁，未老先尋退步休"（《山中偶作》）、"下視塵埃裏，勞生易白髭"（《題遜翁自在廬》）、"堪嗟名與利，白了幾人頭"（《重到楓橋》）。故四庫館臣稱釋英之詩："其才地稍弱，未脫宋末江湖之派。而世情既淡，神思自清，固非如高九萬輩，口山水而心勢利者，所可同日語也。"

《梅花百詠》一卷、《浄土詩》一卷,釋明本撰

　　明本(1263—1323),字中峰,號幻住、幻庵、智覺,俗姓孫,錢塘人。臨濟宗禪僧高峰原妙於天目山獅子巖設"死關",嚴冷孤峻,參學之士皆望崖而退。明本往參之,高峰一見歡然,終付其大法。後遊皖山、廬山、少林,結幻住庵,聚徒講法,又船居儀徵,道風大振,時人譽爲"江南古佛",朝廷賜以"佛慈圓照廣慧禪師"之號,宣政院屢請其出世住持,明本皆婉拒之。著有《中峰和尚廣録》三十卷。碑傳見釋祖順《元故天目山佛慈圓照廣慧禪師中峰和尚行録》、虞集《大元敕賜智覺禪師法雲塔銘》、宋本《大元普應國師道行碑》等。

　　明本不惟蒙元高僧,亦傑出詩文僧也。所著有《擬寒山詩》《和馮海粟梅花詩百詠》《懷浄土一百八首》等,除《擬寒山詩》外,餘二種皆有單行本行世。

　　1.《梅花百詠》一卷《附録》一卷,明萬曆二十五年(1597)金陵荆山書林刊本,又收入於明人周履靖所輯《夷門廣牘》。見存於浙江圖書館。開本高28.5釐米,寬17.8釐米;版高20.2釐米,寬14.4釐米。卷端題"中峰禪師梅花百詠"/"元中峰禪師著""明周履靖校梓"。半頁9行,行18字,白口,單魚尾,版心題"梅花百詠"。前有太原王□登序。

　　《四庫全書》亦收有明本《梅花百詠》,與馮子振首倡百首合璧。四庫館臣稱:"時趙孟頫與明本友善,子振意輕之。一日,孟頫偕明本往訪子振。子振出示《梅花百詠詩》,明本一覽,走筆和成,復出所作《九字梅花歌》以示子振,遂與定交。是編所載七絶百首,即當時所立和者是也。後又附春字韻七律一百首,則僅有明本和章,而子振原唱已不可復見矣。"馮子振(1253—1348),字海粟,號瀛洲客、怪怪道人,湖南攸州(今湖南攸縣)人。明本與海粟之和事,亦藝林佳話。兹事

見於明人田汝成《西湖遊覽志餘》卷一四，繫年難以考實。元明之際，頗盛傳一則故實：明本於平江築幻住庵，趙孟頫、馮子振皆鼎力相助，身體力行，馮子振煉泥，趙孟頫搬運，明本自以塗壁。此一景象，堪稱元人奉佛之經典畫面。

二人所唱和者有《古梅》《老梅》《疏梅》《孤梅》《瘦梅》《矮梅》《蟠梅》《新梅》《早梅》《鴛鴦梅》《千葉梅》《寒梅》《臘梅》《綠萼梅》《紅梅》《胭脂梅》《粉梅》《黄梅》《鹽梅》《未開梅》《乍開梅》《半開梅》《全開梅》《落梅》《十月梅》《二月梅》《憶梅》《探梅》《尋梅》《問梅》《索梅》《觀梅》《賞梅》《評梅》《歌梅》《友梅》《寄梅》《惜梅》《夢梅》《移梅》《譜梅》《接梅》《浴梅》《折梅》等凡百題，雖不無巧立詩題、湊成百章之嫌，然觀梅之細，入梅之深，非常人所能曲盡。梅花詩，自林和靖"疏影""暗香"之聯出，骨格清奇，風流百世，宋元詩人紛然仿效，尤爲宋末江湖詩人所嗜好。子振、明本之百首和章，實爲宋元詠梅詩之集大成者。四庫館臣考《宋史‧藝文志》載，李縝有《梅花百詠》一卷，久佚弗傳，又端平中張道洽作有梅詩三百餘首，惟《瀛奎律髓》僅存數首。以兹而論，子振與明本此卷實今存最早梅花百詠，後之作者，若明王達、清人李確、釋岳砥、釋超源、釋觀我《梅花百詠》無不皆祖述之。

明本所和子振之詩，和意而不和韻，不問工拙，如《孤梅》一首，子振詩云："標格清高迥不群，自開自落傍無鄰。天寒歲晏冰霜裏，青眼相看有幾人。"明本和云："獨抱冰霜歲月深，舊交松竹隔山林。英姿孑立誰堪托，惟有程嬰識此心。"皆孤高自標，真如四庫館臣所云"雕鏤盡致，足以壁壘相當爾"。

2.《懷淨土詩》一卷，一冊，洪武二十四年（1391）刊本。見存於國家圖書館。封面題"懷淨土詩"/"附神棲安養賦"。卷端題"懷淨土詩"/"元天目幻住沙門明本撰"。半頁8行，行17字，左右雙邊，白口，單魚尾，版心鎸書名、頁碼。卷末附有馮子振贊曰：

幻住老人《净土偈》一百八首,數等念珠,若人念念阿彌陀佛,若晋唐向上諸賢劉遺民、白香山輩同參净社,是人獲福無量,即得净土現前。他日持珠默坐時,一百八偈三千二十又四言,原不曾説一字。爾時,發願學人馮子振稽手作禮而説偈曰:我觀幻住師,於幻無所住。雖不住於幻,能覺如幻人。幻人汝當知,垢與净相對。雖垢即净生,净土應現前。是故幻住師,演説净土偈。偈本不須説,説偈一已多。手拈提佛機,數與念珠等。善知識觀察,是偈非老聞。假使古佛生,所説亦如是。悟即一偈了,百千偈亦然。凡夫一偈迷,何況百千偈。一偈偈四句,四句意畢彰。字數逾三千,其實無一字。若人於此中,一一總無念。於無念念佛,無念亦復無。紅爪紺髮螺,種種白毫相。有目具瞻仰,月白照日輪。華敷四色蓮,出微妙香潔。所生皆净土,云何更西方。是人見彌陀,悉得安穩住。

《天目明本中峰禪師雜録》收入此《净土詩百八首》後,附有馮子振跋語:“右懷净土詩者,中峰和上之所作也。詩凡一百八首,取素珠之一周也。予嘗爲書其全稿矣,兹特採其要者再爲書之。憫群生之迷塗,道佛境之極樂,及其成功一也。”又稱:“大德五年春三月戊申,弟子趙孟頫書。”明本《净土詩》約撰於大德五年(1301)。是集後又有洪武辛未無名氏跋曰:“中峰和尚《净土詩集》,命工鋟梓印施,學者乘機言前領旨,見聞樂助,咸歸功德之林,觜譽稱讚,共證菩提之果。惟願四恩普報,三有均資,法界含靈,同圓種智。歲次洪武辛未仲春吉日重刊,版留山西古并。”“辛未”爲洪武二十四年(1391),乃是集重刊之時,初刻本則尚未及見。另,國圖另藏有明刊本一種,封面題“懷净土詩”/“附神棲安養賦”。卷端題“懷净土詩”/“元天目幻住沙門明本撰”。每半頁8行,行16字,四周單邊,白口,無魚尾,版心鎸“净土”及頁碼。卷末無馮子振贊。末賦有無名氏《勸修偈》40

首及永明延壽《神棲安養賦》。

懷淨土詩偈,乃詠贊蓮邦之境,策進信衆往生,唱導念佛法門。東晉慧遠於廬山東林般若臺開"蓮社",修念佛三昧,作《念佛三昧詩》行於世。宋元時期,禪淨合流,諸尊宿多宣導禪淨雙修,於參禪時亦不廢念佛名號,篇什益多,有不可勝錄者。明本乃元代叢林俊麾,尤肆力宣導禪淨並修法門,所作淨土詩偈百八首,專意淨業,觸境遇物,事理一貫,歷歷與佛經合。今捧讀諷誦,音調諧美,恍然如遊珠網瓊林、金沙玉沼,頓忘塵世之累。如云:"船上西來憶故鄉,四花池上晚風凉。飄零不奈歸心切,一片輕帆掛夕陽。"又云:"七重密覆真珠網,三級平鋪瑪瑙階。安養導師悲願切,遥伸金臂接人來。"又云:"禪外不曾談淨土,須知淨土外無禪。兩重公案都拈却,熊耳峰開五葉蓮。"不惟佛門唱贊宣導,辭意亦佳,堪稱優美之七絶。

《山林清氣集》一卷,釋德淨撰

釋德淨(1263—?),字如鏡,錢塘人。著有《山林清氣集》。生平未見碑傳,其師承、法嗣皆不可考。其《次韻雲屋韻三首(元統甲戌)》詩,中有"辛酉生來七十二"句,元統甲戌爲元統二年,即1334年,逆推之,則德淨當生於南宋景定四年(1263),卒年未可考。

德淨詩集,在元明兩朝傳本甚少,以至於《元詩選》《古今禪藻集》等總集均未選其詩。錢遵王《述古堂藏書目錄》卷七著錄:"德淨《山林清氣》一卷,述詩集鈔。"今所見《山林清氣集》,乃乾嘉間趙之玉星鳳閣從《唐宋元三朝名賢小集》中鈔錄,爲《四庫全書存目叢書》集部第22冊影印。此本卷端題"山林清氣集"/"錢唐德淨如鏡"。每半頁10行,行21字,黑口,左右雙邊,無魚尾,中縫題"山林清氣集"/"星鳳閣正本"/"趙某泉手鈔"。内鈐"古歡書屋""趙輯寧印"。從《四庫全書總目》所云"《續集》僅詩七十六首",館臣所見當亦爲此本。此本《正集》詩 118 首，《續集》76 首，《附集》摘録仇遠、徐采、陳直清、馮子振、顧逢、白珽等人酬答詩 9 首。又卷首收有署"三山王都中""蒙古"所作《題山林清氣集》兩首五律。王都中，字元俞，一字邦翰，福寧州（今福建）人。都中詩亦見顧嗣立《元詩選》三集卷七，作"題如鏡山林清氣集"。"蒙古"，四庫館臣以爲即集中所稱"錢蒙古松壑僉事"。今檢尋，集中確有《次韻餞蒙古松壑僉事之海康任》《謝松壑僉事逌道知州下訪》二詩，然根本未言"蒙古"姓錢，蓋館臣將"餞"誤認作"錢"。檢陶宗儀《書史會要補遺》有名"松壑"者："松壑，以字行，蒙古人。士夫間多推其書。"虞集《道園學古録》卷三有《題蒙古松壑書》一詩："長風壑中來，吹雨灑高竹。憶昔曾見之，終南跨黃犢。"爲德淨詩集題詩者，當即此"松壑"。"蒙古"指其乃蒙古人，"僉事"則爲官名。元人慣於蒙古人名前加"蒙古"二字，如貢奎有《贈送蒙古字周教授》、貢師泰有《送蒙古彭教授往高州》、陳樵有《送蒙古教授郭受益歸洛陽》諸詩。《山林清氣集》書前兩首題詩中"蒙古"二字顯然對應"三山"二字，"三山"乃指王都中郡望，而"蒙古"下脱却"松壑"二字。館臣未能細察，誤將"蒙古"爲人名，又誤其爲錢姓。

德淨之詩，一如其詩集名，清空一氣。德淨頗援唐釋靈一爲同調："儒釋原同調，清吟會竹林。幾回生別夢，何日得相尋。夜漱寒溪遠，春行山路深。疏花與幽鳥，相對兩無心。"（《擬寄靈一上人》）"清吟"亦允爲其詩之自評。集中之詩含"清"字者，約有三成，或用以狀寫景物，或描寫生活之況味、心境。其《自題陋質》二首，頗可見其性情。其一曰："青鞋布襪此山翁，五彩傳來道是同。翠竹爲兄芝作弟，梅花相對月明中。"德淨極喜芝、蘭、竹、梅，可媲美"梅妻鶴子"林逋。其詩詠物之作尤多，《續集》更有《詠物次韻宏叟五十二首》，分詠牡丹、桃花、梨花、海棠、佛見笑、金沙花、鳳仙等五十一種花木，四庫館臣以爲"格調亦皆淺弱"，未免苛責於人。其詠物之作無關寄託，而以傳神見長。例如，其詠荷："蛙鼓喧喧四月天，小池落落散青錢。天然秀出非雕琢，急雨跳珠不肯圓。"（《新荷》）"翠葉霜□半倒池，影涵殘照雨菲微。鴛鴦飛到曾來處，高蓋難堪蔽羽衣。"（《敗荷》）形肖神現，一見便知何者爲新荷，何者爲敗荷。

《廬山外集》四卷，釋道惠撰

道惠（約 1266—1337?），號性空，師事廬山東林寺悦堂祖誾，喜遊歷，交遊甚廣。著有《廬山外集》四卷。生平未見碑傳，明清僧傳亦罕見其小傳。其人其詩，長期隱没無聞。楊鐮《元詩史》首先披露北京大學圖書館所藏《廬山外集》四卷，其後楊鑄、金程宇、卞東波、潘建國、范蒙等學者陸續撰文考察諸種流播於東瀛之《廬山外集》。

北京大學圖書館藏《廬山外集》四卷，爲翁同龢舊藏，《中國古籍總目》《中國古籍善本書目》皆著録爲"延祐三年刻本"或"延祐刻本"，卷三、卷四配清鈔本。然潘建國以爲此本並非元刻本，而是日本五山版後印本①。所謂日本五山版，係指日本南北朝時期翻刻之五山版，其源本爲元刻本，今藏於足利學校遺迹圖書館。寬文三年（1663），長尾平兵衞據五山版（或元刻本）或其傳鈔本②，再予重刻。金程宇主編《和刻本中國古逸書叢刊》第 57 册即據寬文三年刊本影印。

和刻本《廬山外集》四卷，卷端題"廬山外集"/"將仕郎前興國路總管府知事蘭陵岳延秀東山集點"/"佛智真覺圓明普照大師九江廬山釋道惠性空撰"，餘諸卷卷端則題"同前集點、撰"。岳延秀，生平

①潘建國《關於五山版漢籍〈廬山外集〉：兼證北大藏本非爲元刻本》，載劉玉才、潘建國主編《日本古鈔本與五山版漢籍研究論叢》，北京大學出版社 2015 年版。
②參看卞東波《稀見五山版宋元詩僧文集五種叙録》，《文獻》2013 年第 3 期。

不詳,爲此集校點者。每半頁 12 行,行 16 字,四周雙邊,無界行,雙
魚尾,細黑口,書口題"廬山外集"及卷數。末有牌記"寬文三稔三月
吉祥日,長尾平兵衛開版"。正文前有泰定元年(1324)廬陵龍仁夫
和延祐三年(1316)臨川姜蕭二序,大字 8 行,行 8 字。龍仁夫序云:

　　曩予過東林,客悦堂闇公方丈,識其高尚弟子性空惠上人。
悦堂謂予,是嘗以詩名聞匡廬南北。予心記之。俯仰卅年,虎溪
舊遊,使人慨今。兹年夏朔,予病呻少間,忽性空履聲跫然闖草
堂,出巨帙視予。綠蔭烟雨,雪眵昏讀,嘗五、七言暨絶句數百,
矍曰:"是何善學唐體,甚肖許渾。彼俗間亂蜩噪、飢鼯吟,殆天
壤絶。"或曰:"黄魯直、陳無己諸公來,往往嘲許詩平淡,何如?"
予曰:客非知言者。今人學詩,開口談唐律,李杜天馬神龍勿論,
唐初宋之問、沈佺期輩,體尚疏,後來姚、賈諸人,似太費鑱鈇,浸
入纖薄,非大音。許詩雄渾而不粗獷,秀麗而近自然,蓋盛唐錚
錚,世無黄、陳,客非知言矣。且師律度嚴而天機熟,材力裕而神
宇完,得心應手,全據天成。不待規規學渾,真丁卯橋法嗣耳。
曩予癖吟哦,謬欲遍參諸方,自爲一祖,耄而洟泗淪落,於詩萬萬
無此數。然粗能評詩,因師枉教,不復多讓。師方主席紫烟銀瀑
間,師事常日勝,夔後乳篇,幸甚教我。泰定甲子夏,七十二叟廬
陵龍仁夫。

龍仁夫(1253—1335),字觀復,號麟洲,學者稱麟洲先生,江西廬陵
(一作永新)人。文章奇逸流麗,著有《周易集傳》。事迹附見《元
史·劉詵傳》。釋道惠《廬山外集》卷二有《謝龍麟洲先輩作詩序》,
或即應此序而作。檢《廬山外集》中可明確繫年之詩,至遲爲天曆三
年(1330),故楊鐮、潘建國皆以爲此集之刊刻應不早於本年,然范蒙
據集中《送吳草廬相公歸江南》《寄龍翔笑隱訢禪師》《常道夫御史暮

別》諸詩,認爲《廬山外集》刊刻時間可推至後至元三年(1337)①,如此,則道惠卒年亦可推至後至元三年之後。

姜蕭序云:

《廬山外集》三讀十讀之,慨然歎曰:今人楚聲楚氣,牛鬼蛇神,長編大什,抑何足多貴哉!若上人蹴翻餘子之白,聖入唐人之壺,運意精神,屬辭妙密,春容韶濩之宣,璀爛珠玉之儷,能澹能濃,有離有近,不牽合而函自益勻,不矯拂而箭鋒相直者也。余因舉其略:理趣如"麟經兩卷君臣體,羲易一編天地心";感恨如"晋室僻居天一隙,胡床忍對月三更";傲兀如"眼空四座麒麟楦,心在百年鸚鵡杯";閒適則"坐石衣粘殘薜露,穿林履帶落花泥""見月不眠吟到曉,看山有味坐多時";景妙則"虎嘯暮林風滿院,龍歸曉洞雨穿樓""百雷捲雪來三峽,一雨收雲過五峰";情實如"四海孤筇頭半白,千峰一榻眼雙青""暖日花時懷土遠,秋風桂月上樓頻";瀟灑如"一操秋琴人寂寂,半瓢春酒月蒼蒼""定回庭院天花滿,夢斷池塘春草深"。若"席捲江南諸國土,囊歸天北一乾坤""百二山河歸玉璽,三千歌舞罷銅臺",則俯仰浩然,今古如史;"雲暗旗頭橫殺氣,墨磨劍面寫新詩""馬上風清吟鬢冷,雁邊天闊醉眸高",則英風挾筆,勁氣拂人;"煉句直驚天寶杜,買鄰要配雪堂蘇""千兒縛毫供米墨,雙魚剖腹發吳箋",又新奇出類,縱宕可愛。五言"拂雲雙雁回,照水一螢低""雲歸疑樹動,瀑響畏崖崩""浪起巫山矮,天頹夢澤低""露袍空翠濕,風帽落紅香""千里吟身隻,百年愁鬢雙""風平帆盡落,波近墻偏尊""青雲無捷徑,白髮不饒人",皆鍛煉工緻,一字不草。絕句《館娃宮》云:"金屋煌煌列九霄,吳王沉醉越娃嬌。一從鳳管

---

① 參看范蒙《日藏元代詩僧文集六種研究》,南京大學2015年碩士論文。

生消後，僧在龍樓看雪潮。"《碧雲精舍》："古藤陰下小茅齋，石
闕生成門半開。白髮老人聞犬吠，旋收紅木下山來。"《掘河舟
曉》："江曉船艙半敞時，紅香迎棹岸蒼飛。一川白霧三竿日，閒
看春潮上釣磯。"《寄江夏故人》："碧梧枝老藕蒼稀，幾度心飛漢
水涯。不是故人音問絕，江南秋熱雁來遲。"《別海上人》："冰雪
肝腸鐵石心，生平世事未嘗聞。寒流石上盤松下，結得茅庵定取
君。"皆徹篇流麗婉娩，可歌可弦，若此者衆。然性空上人，佛海
之遊龍，空林之碩幹。其演繹奧乘，敷喝宗旨，方抱彌天聲價，而
猶能出其緒餘，匡指詩道，以爲世道人心，興觀可群之一助。比
於吾儕搜擇生平無可流益於世者，得不霄壤望耶？嘗觀昌黎於
令縱輩，歐公於惟儼諸人，極意稱道其爲詩與文之能，蓋謂天壤
間有不可磨滅者，安可以嘗所排論而盡掩之哉！性空詩，其在今
日，政天壤間所不可磨滅。其書也，其傳也，必矣，又誰得而掩
諸？余故摘拾其尤，叙於篇端，以俟夫識者。然而余言未足盡
之。延祐歲丙辰孟春下澣，臨川姜肅序。

　　姜肅，江西臨川人，生平不詳，與吳澄友。宋濂《文憲集》卷二〇《故
韶州路儒學教授曾府君墓銘》載："（曾順）性尤仁慈，振貧邮匱，每不
遺餘力。臨川姜肅、長沙譚志仁、盱江王旭皆顛沛流離，數瀕於危亡，
府君能振之。"蓋亦江湖落拓者。

　　道惠喜遊歷，凡燕京、川渝、荆楚、江浙皆曾涉足；集中《汪水雲方
士以詩和之》《程雪樓學士漢江早發》《鳳凰臺和馮海粟學士韻》《江
都和馮海粟學士重會韻》《復天隱上人韻》《酬貫酸齋學士歸隱韻》
《悼貫酸齋學士（自號雲石仙）》《寄龍翔笑隱訴禪師》《陪盧疏齋廉使
秋夜宿饒城》《送吳草廬相公歸江南》，皆有助於考察汪元量、程鉅
夫、馮子振、盧摯、貫雲石、吳澄、笑隱大訴、天隱圓至等人行實。釋道
惠較同時期居於廬山之詩文僧龍巖真首座等，似更爲活躍於吟壇，然

元人文獻竟罕及其名,蓋因其名既不顯於叢林,亦未附驥於青雲之士,其詩句"平生結友渾無數,青眼相看有幾人",即道出了落拓江湖之悲辛。

《廬山外集》卷四有《送指空禪師歸西天》,頗值一説。指空禪師,乃元朝時由天竺來華復入高麗之印度僧。釋至仁《澹居稿》卷一《指空禪師偈序》曰:"至正(疑爲'大')二年春,有夫禪師號指空,自身毒航海至廣東。大子威順王延致之,懇問法要。既而以聞英宗皇帝,遣使召至内殿,問法供奉,公卿大夫莫不受其道。歷泰定、天曆逮至今天子,尤加敬禮。"指空禪師頗受中土民間、官方之禮敬。今人楊學政、賀聖達、段玉明、桂棲鵬及韓日學者皆廣稽文獻,細甄材料,撰文研討指空禪師入華時間、路綫、化迹,然釋道惠此首《送指空禪師歸西天》,則未見有徵引者。據至仁《指空禪師偈序》載,指空嘗於至治間(1321—1323)過江州路(今江西九江),授經半月,道惠詩當作於此時。詩中謂指空禪師:"耆年過二百,法子列三千。道行超群象,聲名蕩八埏。人空留錦緞,目不視金錢。弘教周天下,歸心指日前。功成辭北闕,願滿返西乾。"元人文獻有關指空禪師之傳聞頗爲蕪雜,所載常相抵牾,不少學者以爲釋至仁所載,不可采信。然據道惠此詩,可證至仁之説,當有所據。

道惠早年汲汲於功名,或嘗預科考,所作《延祐開科舉詔》《和陽懷古(宋朝有九十三人進士)》《戴秀才下第欲就武科貽之》《白燕(乃御試三題)》《送月烈迷失秀才下第歸》諸詩,透露出對功名之渴望。集中又有《三吴道中》《江夏舟中》《舟過九華山下》《漢江小艤》《除夕病中接家書》《曾港阻風》及《酬馬之驥明府見寄》《史敬齊太守春宴檢賦》,或書寫羈旅愁緒,或叙寫拜謁官吏之情形,實爲江湖末派之餘緒。然《己巳天下大旱》《庚午薦飢民大荒亂》《庚午過大治縣》《庚午旱》諸詩,所記乃天曆二年(1329)、至順元年(1330)天下大旱之事,其嘆民生之疾苦,憂天下之情懷,直是儒生面目,非戚戚於一己得失者。例如卷二《庚午薦飢民大荒亂》云："萬姓飢餐百草根,相看誰不淚沾襟。黄昏持刀盗傷盗,白晝操戈人喫人。千里地排千里骨,一升米换一升金。傷心天地皆如此,不易成湯旱七春。"天曆、至順,號稱極盛,奎章閣文人虞集、馬祖常、柯九思等鑒書賞畫,詩文風流,焉知民間之疾苦;而釋道惠平生"去國三千里,辭家四十春",所聞所見,皆入之於詩,其揭示反映社會之廣度和深度,不惟於元代僧詩中堪稱異數,亦可令虞集等館閣文人而汗顔。

龍仁夫序《廬山外集》曰："善學唐體,甚肖許渾","師律度嚴而天機熟,材力裕而神宇完,得心應手,全據天成。不待規規學渾,真丁卯橋法嗣耳"。道惠不僅如許渾擅長近體,即詩題亦多沿襲於《丁卯集》,如《金陵懷古》《館娃宫》《四皓廟》《唐李白翰林墓》,皆許渾已詠題材①。今觀其詩,風格較許渾更焉豐富,故姜肅以"理趣""感恨""傲兀""閒適""景妙""情實""瀟灑"摘評其詩。然其風格之多樣,亦易流於雜遝,反無自家面目,陳俗濫調,頗充斥詩集。釋氏著述,常有内、外之分。内集所收焉經疏、語録、頌贊等,外集則收詩文。是集既稱"廬山外集",則道惠或有"内集",惜未見任何蹤迹。

《石屋山居詩》一卷,釋清珙撰

清珙(1272—1352),字石屋,俗姓温,江蘇常熟人。生時"有異光",自幼即斷絶酒肉,依本州興教崇福寺釋永惟出家,二十祝髮,後師事高峰原妙,"服勤三年,大事未明",遂轉投原妙弟子及庵宗信,及庵宗信譽之焉"法海中透網金鱗"。皇慶間,住持當湖福源禪寺。延祐六年(1319),以老引退,結庵隱居湖州霞霧山之天湖,"三十年居山,足不入闉,盡忘塵曉,清志堅澹,利不干懷"。至正間,朝廷降香幣

---

① 參見范蒙《日藏元代詩僧文集六種研究》,南京大學 2015 年碩士論文。

以旌異，賜其金襴衣。至正十二年（1352），因疾而化，世壽八十一，僧臘五十四。生平碑傳，見釋元旭所撰《福源石屋珙禪師塔銘》，明清諸家僧傳亦多有其小傳。

　　門人至柔將其語録、偈頌、歌詩，裒爲一集，名曰《石屋清珙禪師語録》（又作《佛慈慧照禪師語録》），分爲上、下兩卷。上卷爲清珙於福源寺上堂、小參語要；下卷則爲其隱居天湖所撰之詩偈。下卷詩偈，萬曆間潘是仁刻入《宋元四十三家集》，今《續修四庫全書》第1324 册據此本影印。光緒年間海天精舍僧人又加以校訂，獨自析出，名曰《石屋山居詩》，與《慧日永明智覺禪師山居詩》《高郵釋悟開諫幻居詩》合刻刊行。據楊鐮介紹，《石屋山居詩》尚有兩種明刻本傳世，一種一卷，一種六卷，分卷不同，内容一樣。《四庫全書存目叢書》集部第 195 册據南京圖書館藏明刻本影印。國家圖書館還藏有清初鈔本①。

　　《石屋山居詩》收各體詩 272 首，其中七律 56 首、五律 18 首、七絶 94 首、歌 15 首。前有清珙自序云："余山林多暇，瞌睡之餘，偶成偈語自娱。紙墨少便，不欲紀之。雲衲禪人請書，蓋欲知我山中趣向。於是静思，隨意走筆，不覺盈帙，故掩而歸之。復囑慎勿以此爲歌詠之助，當須參意，則有激焉。"是集所收詩歌蓋皆其隱居天湖所作。

　　清珙禪風活潑、樸實，宣導"無用心處用心"的禪修方式："即心即佛也不是，非心非佛也不是，不是心不是佛不是物也不是；恁麼也不是，不恁麼也不是，恁麼不恁麼總不是。子細看來，直教你無用心處，正好用心。"此種禪修方式即南宗禪所謂"平常心是道""道在日常功用中"。清珙居山三十餘年，無日不躬耕園畝，運水搬柴，補衲織布。其有詩云："古人爲道入山中，日用工夫在己躬。添石墜腰舂白

---

① 參看楊鐮《元詩史》，人民文學出版社 2003 年版，第 680 頁。

米,携鋤帶雨種青松。擔泥拽石何妨道,運水搬柴好用功。罷懶借衣求食者,莫來相伴老禪翁。”即是山中生活之寫照。

　　所謂“無用心處用心”,乃在自然萬化、日常功用中處處提撕,時時悟道,葆有悠閒、淡定之心境。清珙山居詩,處處言及“閒”:“柴門雖設未嘗關,閒看幽禽自往還”“翠竹黄花閒意思,白雲流水淡生涯”“自覺從前世念輕,老來任運樂閒情”“競利奔名何足誇,清閒獨許野僧家”“坐石看雲閒意思,朝陽補衲静工夫”“年老心閒身亦閒,掃除一榻卧松間”“山月如銀牽老興,閒行不覺過峰西”“厭煩勞役愛安閒,個樣如何居得山”“老去一身都是懶,閒來百念盡成灰”“閒閒兩耳全無用,坐到晨鷄與暮鐘”諸句。清珙詩中之“閒”,不僅是無事之“身閒”,更是無修無證、無形無役之“心閒”,故而,山水清音、鳥啼花笑,觸處皆爲菩提:“道人緣慮盡,觸目是心光。何處碧桃謝,滿溪流水香。草深蛇性悦,日暖蝶心狂。曾見樵翁説,雲邊有書房。”

　　論者多以爲清珙山居詩“帶寒山遺風”,殊爲的論。清珙本人亦頗傾慕寒山,常“禪餘高頌寒山偈”,又言“寒山曾有言,吾心似秋月。我亦曾有言,吾心勝秋月”。清珙與寒山,不僅長年獨隱山林,遺世獨立,而且皆涉筆成趣,妙造自然。清珙亦慈悲心切,寫了不少勸世詩,警示衆生。集中《荒冢累累没野蒿》《逐日挨排過了休》兩首,皆意在勸誡世人放棄富貴功名,回歸生命本真狀態。

　　清珙山居詩,涉語清新、樸質,少運佛典,而無“偈頌氣”和“語録氣”,禪意與詩味相兼。釋來復評曰:“(清珙)居山三十餘載,入定觀心,妙達真體,故其言語不事造作,實自胸襟渾然流出者也。”然四庫館臣評曰:“不脱釋家語録之氣,不足以接迹吟壇。”又曰:“《石屋山居詩》一卷。題曰石屋禪師撰,不著其名,《明史藝文志》《浙江通志》亦不載其目。詩中有‘吾家住在雪溪西’之語,蓋明代湖州僧也。”按,四庫本《浙江通志》卷一九九《仙釋二》實載有清珙小傳,且《石屋清珙禪師語録》亦非僻書,精審若館臣者,不知何以如此粗疏?

《谷響集》三卷，釋善住撰

　　善住（1278—?），字無住，別號雲屋，吳郡僧，嘗居郡城之報恩寺，往來吳中淞江之上。著有《谷響集》三卷存世。生平未見碑傳。周永年《吳都法乘》卷六收有姚廣孝《雲屋善住和尚》並注曰：“雲屋和尚，諱善住，蘇人也。受業於郡之善慶院，習賢首，學於臥佛和尚，性禀高潔，不近聲利，學通華梵，能文善書，方外大夫士無不崇敬。掩關不出，晝夜六時稱念阿彌陀佛萬聲，讀誦大乘，禮拜懺悔，坐臥面西，雖病久不易。吳中之修净土者，惟和尚爲最，故緇白多取則焉。有《安養傳》及《谷響集》行世，臨終異香滿室，翛然而去。”善住先從臥佛和尚習華嚴，後習净土，著有《净業往生安養傳》十二卷，明末袾宏亦以爲元代吳中修净土者，以善住最著。

　　據《谷響集》卷一《丁巳元日》“四十今朝是，余生未有涯”句，善住當生於宋祥興元年（1278）。其卒年不可確考。楊鐮《元詩史》以爲約卒於1330年，即天曆三年。傅璇琮主編、查洪德分卷主編《中國古代詩文名著提要·金元卷》亦認爲其生卒年爲1278年至約1330年，但皆未提出可靠依據。檢毛晉《明僧弘秀集》卷九收“雲屋”詩六首，其小傳稱：“雲屋，名善住，吳人，有《谷響集》。洪武初，重修幻住庵，題詩於壁間。其紀略云：幻住庵，在閶門外雁蕩村。大德間中峰禪師初至吳，喜其地名與雁蕩山合，遂結草庵於此，趙孟頫名曰‘棲雲’，其後別創精舍，名曰‘幻住’。”中峰禪師，即中峰明本，善住與其交往甚密，《谷響集》中有《寄中峰長老》《偶讀中峰和尚和瀋王王璋留題真際亭詩因而有感遂次其韻二首》《幻住草廬二首》《悼幻住和尚》諸詩，可證之。善住《少年遊·次韻》詞中亦有“百年光景無多日，七十古來稀”句，蓋作於七十歲時。因此，毛晉《明僧弘秀集》謂其已入明，應有所據。如此，則善住卒年當在洪武元年（1368）之後，世壽達九十餘歲。

　　《谷響集》三卷,《文淵閣書目》著録"僧雲屋《谷響集》一部四册","僧《谷響集》一部一册";《千頃堂書目》著録"僧姜('善'之誤)住,《谷響集》四卷"。《元詩選》初集選其詩105首。《谷響集》較常見爲《四庫全書》三卷本,所録僅詩無文,卷首無序,未知底本始刊於何時。約存詩800首,卷末附詞13闋。應予注意者,現存幾種四庫本的《谷響集》情況還比較複雜。今子真也、林祖藻認爲:"現存日本静嘉堂《欽定四庫全書》中的《谷響集》上、中、下三卷並非文瀾閣的真鈔本,而是原文瀾閣《谷響集》重鈔本;浙江圖書館館藏文瀾閣《四庫全書》'谷響集'亦非文瀾閣正宗版本。"①

　　善住有《論詩》云:"是非不到白雲中,高卧冥冥碧漢鴻。典雅始成唐句法,粗豪終有宋人風。智愚願作登壇將,茅土偏旌蓋代功。狂妄末流徒好惡,豈知到海味還同。"四庫館臣以爲"命意極爲不凡"。元人詩學常主張"出宋入唐",善住亦未免俗,然末二句則頗顯通達,無論宗宋、宗唐,皆似百川入海,終歸大同。《谷響集》集中有數首步韻賈島、姚合、孟郊、許渾等人之作,卷三《賈浪仙》更對賈島追懷不已:"忍飢猶覓句,每憶賈長江。逆旅寒侵骨,愁眠雪滿窗。"善住亦有吟癖,尚苦吟,其自言"吟癖丹心苦,年侵白髮催"(《歲晚三篇》之二)、"客愁眠不得,達曙動吟魂"(《舟行夜泊》)、"宦遊傷客思,醉卧醒吟魂"(《草》)、"孤吟猶未穩,牧笛起前峰"(《山中秋夜》)、"爲愛吟詩心獨苦,每於人事少關情"(《秋居》)、"吟詩只益丹心苦,擬挈筠籠共採薇"(《寄巖棲翁》)、"竟日何勞事苦吟,漫因幽興寫閒心"(《遣懷三首(其二)》)、"夜窗夢覺驚風雨,寒燭吟殘動鬼神"(《讀時太初海昌詩卷》)等,"苦吟"幾爲其日常生活重要組成部分。

---

① 參看林祖藻《從文瀾閣〈四庫全書〉的"谷響集"談起》,《浙江學刊》1995年第1期。

善住之詩，除偶涉民生、時事外，多吟其人生感悟。每逢歲暮、元日，善住必有詩抒懷，若《歲晚三篇》《丁巳元日》《除夕次韻山村先生二首》《辛酉歲暮》《癸亥歲暮》《歲暮書懷次韻無功二首》《己未歲感事二首》《除夕二首》《庚申歲暮三首》《歲晚書懷二首》《癸亥歲寓錢塘千頃寺述懷》《癸亥歲暮書懷》，等等。"歲晚""元旦"，乃人生旅程重要節點，極易觸發感悟，或嗟歎光景之易逝，或憧憬志向之可騁。而善住絕少樂觀情調，滿紙皆悲。例如，四十三歲所作《庚申歲暮三首》其一："是非無定底須聽，飽食遊譚更不經。髮短意長猶困學，智生毫及漫勞形。"四十四歲所作《辛酉歲九日二首》其一云："雲物淒涼秋意深，江山何處可登臨。一頭白髮驚風雨，滿地黃花恨古今。"仿佛終日獨守禪房，長吁短歎，抒寫着無盡哀愁。

善住出生之時，距宋亡僅兩年，不宜以遺民而論，然其受遺民影響頗深。四庫館臣稱："集中《癸亥歲寓居錢塘千頃寺述懷》詩，有'高閣攻書三十年'句。從英宗至治三年癸亥上推三十年爲世祖至元三十一年甲午，距宋亡僅十四年。其《贈隱者》詩有'對食慚周粟，紉衣尚楚蘭'句，蓋猶及見宋之遺老，故所作頗能不失矩矱。"明乎此，則善住詩中濃烈愁緒不難想見。

善住乃元僧存詞最多者。其詞清空婉約，頗具詞人思緻。如《卜算子·秋夕》云："夜月照西風，露冷梧桐落。揚子江頭朔雁飛，黃葛終難著。促織吊青燈，遠夢驚初覺。擬撫窗間綠綺琴，寂寞無弦索。"釋子填詞，始於北宋，若仲殊、惠洪等，皆爲詞壇勝手；而入元之後，叢林填詞者寥寥，風流雅韻盡被仙道所掩。善住之詞，差可爲元代釋子於詞史中爭得一席之位。

《蒲室集》十五卷，釋大訢撰

大訢（1284—1344），又稱大欣、大忻，自號笑隱，原籍九江，後徙居南昌。唐尚書陳操後裔。生而穎悟,過眼成誦。十歲祝髮於郡城水路院,後依廬山一山了萬,旋投百丈山晦機元熙,因參"百丈野狐"公案而悟,陞記室。至大、泰定年間,住持湖州烏回禪寺、杭州報國寺、中天竺。天曆二年(1329),入奎章閣覲見元文宗,授爲太中大夫,主金陵集慶寺,兼領五山,聲名大振。薩天錫有《送訢上人笑隱住龍翔寺》詩贊曰:"江南隱者人不識,一日聲名動九重。"至正四年(1344),退處東庵,舉徑山曇芳守忠自代,未幾示微疾而化,年六十一,僧臘四十六,謚號廣智全悟大禪師。碑傳資料,見虞集《笑隱訢公行道記》、黃溍《訢公塔銘》。著有《蒲室集》《四會語録》。

《蒲室集》最早見録於《文淵閣書目》:"僧笑隱《蒲室集》,一部一册。"《千頃堂書目》《四庫全書總目》皆著録爲十五卷,而《江南通志》卷一九四則誤爲"江寧來復見心著"。是集前有虞集撰於後至元四年(1338)四月八日之序,蓋最早刊於本年。元刊本今未見存。今存《蒲室集》最爲常見乃《四庫全書》本,餘多爲清鈔本,均爲十五卷,蓋皆屬同一版本系統。

是集存詩六卷,文九卷。卷一收古辭 5 首,四言古詩 5 首,五言古詩 26 首;卷二收七古 18 首;卷三收五言排律 8 首;卷四收五言律詩 19 題 28 首;卷五收七言律詩 42 題 55 首;卷六收五絕 5 題 9 首,七絕 30 題 41 首,聯句 1 首,凡 197 首;九卷收文,凡 57 篇。明偶桓編《乾坤清氣集》選其詩 6 首;《古今禪藻集》卷一三選 22 首,卷一四 8 首,卷一五 11 首,卷一六 8 首,卷一七 14 首;《元詩選》選 50 首。

至正年間,高士明嘗以笑隱大訢、天隱圓至、覺隱德誠詩文集,薈萃成編,號"三隱集",黃溍爲之鼓吹,"詩禪三隱"之名,遂不脛而走。然笑隱大訢實爲"大元僧官",難當"隱者"之名。其詩既乏山林孤寂之興,亦無"蔬筍氣",而激揚"名教節義",幾與士大夫同。《蒲室集》之命名,取睦州織鞋爲養之事,已喻其旨。集中言忠孝節義之作,俯拾即是,若《宋孝子詩》《思親辭》《賦得露盤送邵本初侍親之括蒼》

《題程仲華西行集》《送人奔父喪二首》《眉壽堂爲趙子威照磨賦》《王氏孝感瑞華圖詩序》《梅孝子序》《題朱俊卿爲父母修冥福後》《題曇西竺母李氏墓銘後》諸作，皆著力彰表古今孝子賢孫，故虞伯生序其集曰："至於名教節義，則感厲奮激老於文學者不能過也。"

天曆、至順間，文宗倡言"孝治"，屢下詔旌表孝行傑出者。大訢既得文宗寵眷，故爲之鼓吹而不遺餘力。其《寄隆祥使司張司丞》云："聖皇孝治嚴宗禋，祠官秩秩皆大臣。"《送秦元之參議赴太禧宗禋院二首》其一云："聖皇思孝治，禋祀答鴻禧。"魏晉以還，宣揚忠孝節義最著之釋子，莫過於契嵩、宗杲。《蒲室集》激揚孝子賢孫，屢及曾子，引其"先意承志，諭父母於道"，故時人常將大訢方之爲宗杲、契嵩之流。然契嵩著有《孝論》，引《梵網經》"孝名爲戒"發論，宣導"大孝"；宗杲倡言"以忠孝心作佛事"，"菩提心與忠義心也，名異而體同"。大訢之"忠孝觀"，則全爲世俗忠孝之義，似難企二尊宿，實儒者之流。楊維楨《東維子集》卷一〇《冷齋詩集序》曰："大中訢公又以文字禪動黼座，一言一行，皆有裨於世主，吾儒流偉之。"

大訢之詩，諸體皆備，五古尤其所擅，如《送暉東陽往江西省佛智師》《感興》二首，意脉通暢，格調渾然，"實足揖讓於士大夫間"（《四庫全書總目》"蒲室集"提要）。其律詩亦頗有特點，五排《述懷送觀空海歸臨川七十韻》，楊鐮評曰："其感世傷時，陳情述懷，寫得真切無諱，力透紙背，且用心極爲專注，布局謀篇也相當講究。"[1]洵爲元人長律之佳作。

元明之際，大訢詩名極盛。歐陽玄曾謂："皇元開國，若天隱至公、晦機熙公倡斯文於東南，一洗咸淳之陋，趙孟頫、袁桷諸先輩，委心而納交焉。晦機之徒，笑隱訢公尤爲雄傑。其文太史虞集嘗序之矣。訢公既寂，叢林莫不爲斯文之慨。豫章見心復公以敏悟之資，發

---

①楊鐮《元詩史》，人民文學出版社 2003 年版，第 691 頁。

爲辭章,遡而上之,卓然並驅於嵩、璉諸師,無愧也。"(顧嗣立《元詩選初集》壬集"蒲室禪師大訢"小傳引)大訢其人其詩,上承契嵩、懷璉,下開來復見心、季潭宗泐、懷渭清遠、克新仲銘、獨庵道衍諸人,意義自不可忽略。

《北遊詩》不分卷、《西齋浄土詩》四卷、《和天台三聖詩》不分卷,釋梵琦撰

　　梵琦(1296—1370),字楚石,小字曇曜,別號西齋老人,俗姓朱。明州(今浙江寧波)象山人。生時有佛緣,其母張氏"夢日墮懷中",襁褓中又有神僧謂其父曰:"此兒佛也,他日必當振佛法,照曜濁世、宗族、鄉黨。"父因以"曇曜"字之。師事海鹽天寧寺訥翁永模禪師和湖州崇恩禪寺晋泃禪師,年十六,於杭之昭慶寺受具足戒。因讀《首楞嚴經》若有省,遂至徑山參元叟行端。至治三年(1323)六月,應詔至大都書寫金字藏經。一日晨起,忽聞彩樓鼓鳴,汗下如雨,豁然大悟。南歸後,再至徑山參元叟行端,獲其印可。歷住海鹽福臻寺、天寧禪寺、杭州報國寺、嘉興本覺寺。至正七年(1347),朝廷嘉其行業,賜以"佛日普照慧辯禪師"之號。洪武建極,太祖屢徵高僧説法蔣山,梵琦皆預列其中。洪武三年(1370)七月二十六日,忽索浴更衣,跏趺書偈而寂。世壽七十五,僧臘六十三。平生六坐道場,弟子無數,聲名遍及東瀛、高麗。著有《北遊詩》《西齋浄土詩》《佛日普照慧辯禪師語録》《和天台三聖詩》《和陶詩》《鳳山集》《西齋集》等。傳記資料,見宋濂《佛日普照慧辯禪師塔銘》、釋行中《楚石和尚行狀》、姚廣孝《西齋和尚傳》。

　　1.《北遊詩》不分卷,現存三種清鈔本:清古香樓鈔本,藏於國家圖書館;清眠雲精舍鈔本,藏於南京圖書館;清振綺堂鈔本,藏於台灣圖書館。所見爲國圖藏清古香樓鈔本,一册,内鈐"國立北平圖書館

收藏”“柯庭流覽所及”“古香樓”“休寧汪季青家藏書籍”“延古堂李氏珍藏”等印。卷端署“元釋梵琦楚石著”。每半頁 10 行，行 21 字，無界欄，正楷，共 67 頁。書前無序，但附有宋濂《佛日普照慧辯禪師塔銘》。

　　另所見有浙江圖書館藏鈔本一部，不分卷，二册，開本高 28.2 釐米，寬 18.4 釐米。每半頁 9 行，行 20 字，無格，楷體書寫，字大俊秀。卷端署“楚石大師北遊詩”/“嗣孫明秀拾遺”。首頁鈐“浙江省圖書館藏書印”“劉承幹字貞一號翰怡”“嘉興劉氏嘉業堂藏書印”“四明盧氏抱經樓藏書印”。正文前有明秀撰《楚石大師北遊詩序》、卞勝《楚石大師北遊詩序》及楚石撰《重修釋迦如來真身舍利寶塔頌（附錄）》，簡末題有“崇禎庚辰春日蕙水陳時較正”。此本未題鈔撰年代和鈔者姓氏，頗疑爲較早鈔本。

　　《北遊詩》最早刊刻時日已難考實。據正德十年（1515）梵琦九世孫雪江明秀《楚石大師北遊詩序》云：“隱製奧作，千篇萬章。當天兵剿逆，胡元革命，奔走道途，散落人世，惜無完書。西齋舊閣簡得刊本《語録》、《北遊》鈔本。《語録》已行世，鈔本則未有知者。秀忝承衣鉢，有愧貽謀，敬繕鋟梓，欲圖永傳。”雪江明秀“鋟梓”之願，未必得以實現，因爲崇禎間錢甲徵《募刻楚石大師詩引》仍稱是書“未壽之梓”；且明清諸多書志，除《千頃堂書目》著録有《北遊集》外，餘者絶少載及。

　　2010 年，吳定中、鮑翔麟據古香樓、眠雲精舍、振綺堂三種鈔本及《列朝詩集》《明詩綜》等選本，重予校定付梓，名曰《楚石北游詩》（浙江古籍出版社 2010 年版）。吳、鮑校訂本，或比勘諸本互校，或依義例定奪，使之愈趨精善。然所參校之本，皆爲鈔本，對校尤不便，缺憾在所難免。如《天曆二年甲子春鄧公善之任國子祭酒試禮部進士甚公善之謂予曰袁伯長學士在京師累歲不肯取鄉士今年得程端禮兄弟人亦不以我爲私余聞之喜因謝》詩，題中“天曆二年”應爲“泰定元年”之誤,是年乃“己巳”而非“甲子”。據《元史·鄧文原列傳》,文原任國子祭酒從至治三年至泰定元年(1323—1324),卒於天曆元年(1328),年七十一,故題中“天曆二年”必爲“泰定元年”,惜校訂本未予校正。又《黑谷二首》,校訂本引宋祝穆《方輿勝覽》注曰:“黑谷:黑谷山,在甘肅省東部。”按,“黑谷”實黑峪口,今北京延慶縣城東北,乃元帝巡行上都之要道。又《燕京絶句》其六中“波送羅川鴻雁來,天高露冷夜聞哀”句,注曰:“送:‘振綺堂’本作‘送’,‘古香堂’本、‘眠雲精舍’本作‘謎’。”此處實應從“眠雲精舍”本,作“波謎”。“波謎羅川”乃地名。《大唐西域記》卷一二“商彌國”條:“波謎羅川,東西千餘里,南北百餘里,狹隘之處不踰十里,據兩雪山間,故寒風凄勁。”然小小疏誤,難掩校訂本之價值。校訂本使《北遊詩》六百餘年來首次得以付梓,吴、鮑二先生堪稱《北遊詩》之功臣。

《北遊詩》收詩凡307首,略以時序編次,備記至治三年(1323)四月至泰定元年(1324)秋,梵琦北遊之聞見。據《初入經筵呈諸友三首(并序)》,梵琦北遊之由,乃因趙孟頫、鄧文原交薦,應徵至大都以金泥粉書藏經。然集中言及“書經”之事,惟此而已,餘皆記北方人物、社會、風情、交通,足資考證元代史實。《駕幸白塔寺二首》《皇帝幸永安寺設齋》《五花山寺》三首,叙泰定帝臨幸京師禪寺之盛况,以見當時佛教之隆;《賀人及第》中“甲子龍飛榜,江南有幾人”句,則謂兩榜取士、南人仕進之艱。《園陵》一首,可資考元蒙陵寢制度;《梁山泊》《宋江分贓臺》兩首,則涉宋江起事,爲元代稀見《水滸》文獻,朱一玄、劉毓忱《水滸傳資料彙編》失收。《牧羊兒》一首,則涉元朝南北賦税之差異。

元廷實行兩都巡幸制,每年初夏,元帝皆避暑上都。雖名曰“避暑”,實仍處理政務,扈從人員甚多,氣勢浩蕩,虞集、袁桷、周伯琦、黄溍、馬祖常、郝經、王惲、柳貫、張翥、陳孚、柯九思、胡助、楊允等文士皆有詩紀行,名曰“上京紀行詩”。泰定元年(1324)夏秋之間,梵琦亦列於扈從隊伍，作有 60 餘首詩，未引起研究者注意。

梵琦上京紀行詩，窮塞外之勝，狀江山人物，記殊産異俗、朝廷禮樂，可資考證歷史名物、塞外風俗。循《亡金故内》《軒轅臺》《易水》《秦王城》《居庸關》《李陵臺》《琴峽》《龍門》《檜杆嶺》《獨石站西望》諸詩，可考元帝兩都巡行之"輦路"；《上都十五首》則述宫殿、田獵、歌舞、遊戲、讌飲；《朔漠》《塞外》《開平書事十二首》《漠北懷古十六首》諸詩，則似一幅幅獨具特色之風俗畫。如寫北人之居室："築城侵地斷，居室與天連"（《開平書事》其二）、"土屋難安寢，飛沙夜擊門"（《開平書事》其十二）、"厚土覆屋上，薄鹽凝樹巔"（《漠北懷古》其三）、"薄酒千盅醉，穹廬四向圓"（《漠北懷古》其五）；寫北人之服飾："胡女裁皮衣，奚兒挽角弓"（《開平書事》其四）、"舊俗便弓馬，新妝稱綺羅……翠袖調鸚鵡，金鞭控駱駝"（《開平書事》其五）、"紫貂裁帽穩，銀鼠製袍新"（《漠北懷古》其二）、"馬酒茶相似，駞裘錦不如"（《漠北懷古》其十一）。又《漠北懷古》其十二提及北人"種羊"一事，可與姚桐壽《樂郊私語》、劉郁《西使記》、吴萊《西域種羊皮書褥歌寄李仲羽》相關記載互相參證。

2.《西齋浄土詩》四卷，金陵刻經處刻本。見藏於天津圖書館。封面題"西齋浄土詩"。卷端題"西齋浄土詩"/"四明釋梵琦楚石撰"。半頁 10 行，行 20 字，白口，左右雙邊，無魚尾，版心鐫書名、卷數、頁碼。正文前有洪武二十一年（1388）弘道序。其略曰：

> 廬山遠法師招同志結蓮社，修念佛三昧，晋唐諸賢皆有念佛三昧詠。宋樞庵教主始作《懷浄土詩》，繼而和之者亦不少矣。然未有若西齋老人禪悦之餘，專意浄業，觸境遇物，發爲歌詩，凡數百餘首，歷歷與契經合。使人讀之，恍然如遊珠網瓊林、金沙玉沼，殊不知有人間世也。苟非深達事理一貫、心境混融者，能之乎。而其臨終措識明瞭，自言吾將往西方，泊然而化，斯正念

往生之效也。余時因赴召來京，寓龍河，目擊其事。今觀所作，益知平昔用心勤矣。三宗學人將繡諸梓，以壽其傳，爲修淨業者勸。余實嘉之，遂書其編首云。洪武二十一年龍集戊辰冬，上天竺前住山弘道序。

弘道，字存翁，號竺隱，俗姓沈，桐鄉密印寺僧。吴江人，洪武初住持杭州上天竺，嘗與梵琦同被召入京，授僧録司左善世。據其序，《西齋淨土詩》當由三宗學人付梓於洪武二十一年（1388）前後，今未見傳本。此本或爲後人重予輯録。前有總目，後有刻經題記並列捐刻者芳名。

楚石《列名淨土詩自序》云：“予幼時便修十念，願登淨土，倏忽三紀，未嘗廢忘。閒居西齋，試筆一百八篇，勸人念佛，蓋沙門釋子分内事也。”其自幼即秉禪淨雙修，於死生之際，遊戲去來，真得佛祖心髓。姚廣孝《西齋和尚傳》載：“和尚平昔於淨業一門，自行之外而復化於他，於是撰《三十二相頌》《八十種好頌》《四十八願偈》《十六觀贊》，《懷淨土》七言長句一百十首，‘標名者’（按，指《列名淨土詩》）一百八首，又《析善導勸念佛偈》八首，《化生贊》及《勸念佛》篇，《婆娑苦》《西方樂》《漁家傲》三十二首，又《百韻淨土》一首。”除《三十二相頌》《八十種好頌》《四十八願偈》外，其餘諸種淨土文字，皆爲此本收入，又收有楚石《行狀》《塔銘》等傳記材料。梵琦之淨土詩偈，散見於其語録及歷代淨土詩偈集中，此本堪稱今存梵琦最爲全面之淨土詩偈集。

3.《和天台三聖詩》不分卷，《嘉興藏》本。是集又名《天台三聖詩集和韻》，所收爲楚石梵琦與清代福慧野竹和“三聖詩”。所謂“三聖詩”乃指唐代寒山、拾得、豐干之詩。梵琦、福慧所和各 350 首，並附有三聖原作。正文前有康熙九年庚戌（1670）馮甦序、張方起序，並移録《寒山詩集》原序，即閭丘胤序。梵琦嘗自序云：“天台三聖詩，流布人間尚矣。古今擬詠非一,而未有次其韻者。余不揆凡陋,輒撰次和之,殆類摸象耳。雖然,象之耳,亦豈外於似箕之言哉？歲丙申中秋,四明比丘梵琦頓首。”北宋以還,寒拾詩因深得佛理,警勵流俗,亦莊亦諧,別開生面,而頗爲詩家所重,王安石、蘇軾、陸游、慈受懷深等人先後模範擬作,謂之“寒山體”。元代叢林擬作寒山詩者,亦有橫川行珙、古林清茂、元叟行端、中峰明本等人,然賡和者未有見聞。首開其風者,則梵琦《和天台三聖詩》也。

“和詩”有“依韻、從韻、步韻”之別。而步韻一項,用原韻、原字,且先後次序亦同,難度最高。吳喬《答萬季埜詩問》云:“步韻最困人,如相敺而自縶手足也。蓋心思爲韻所束,於命意布局,最難照顧。今人不及古人,大半以此。”梵琦《和天台三聖詩》,皆屬步韻之作,可謂“取其至難、至險之境”。

梵琦賡和三聖詩,多師法其形式、風調。如寒山《獨坐常忽忽》云:“獨坐常忽忽,情懷何悠悠。山腰雲漫漫,谷口風颼颼。猿來樹嫋嫋,鳥入林啾啾。時催鬢颯颯,歲盡老惆惆。”梵琦和詩曰:“無事晝寂寂,不眠夜悠悠。雜花春爛爛,喬木夏颼颼。霜曉鶴踽踽,雪晴猿啾啾。此心坦蕩蕩,何必懷惆惆。”二詩句句巧用疊字,整齊中寓變化。和詩八組迭字,各具情狀:“寂寂”“悠悠”,一言空間,一言時間;“爛爛”“颼颼”,一繪色,一狀聲;“踽踽”“啾啾”,一摹動態,一狀聲音;“蕩蕩”“惆惆”雖皆係人之心態,但特質不一。此八組迭字,或山或水,或鳥或人,或風或雪,或境或情,變化多姿,音節復遝,讀之和諧貫串,復而不厭,賾而不亂。和作與原詩,若金石合奏,如出一手。

梵琦和詩,多以原詩立意,或推原本意,或釋其意趣,造語平淡、自然。如寒山《快哉混沌身》詩云:“快哉混沌身,不飯復不尿。遭得誰鑽鑿,因之立九竅。朝朝爲衣食,歲歲愁租調。千個爭一錢,聚頭亡命叫。”梵琦和詩曰:“不見木傀儡,何常遺屎尿。高低逐綫索,動静

因關竅。渠本無愛憎,他來任嘲調。分明幕裏人,代作啾啾叫。"皆用
淺白語寓深刻之理。

　　自梵琦首開賡和三聖詩之風,明清釋子皆紛然仿效。明末石樹
通隱曾遍和三聖詩,其《和三聖詩自序》言:"擬作者如法燈、慈受、中
峰諸祖,而賡韻者惟國朝楚石梵琦禪師。余初讀之,不知三聖之爲楚
石,楚石之爲三聖。再讀之,恍若三聖之參前,楚石之卓立也。"康熙
滇南福慧野竹亦遍和三聖詩。據其弟子宗昌跋曰:"三聖詩傳之久
矣,而擬者過半,未有如元楚石和尚次其韻,高朗如日星者。昌小駚,
學不及古,然敢忘先德之遺愛哉!乃今憶吾師野竹和尚住嵩山寺十
有四年,康熙己酉秋,忽湖南巨微大師至,自天童惠楚石和尚《和三聖
詩集》。吾師讀竟,愛其蒼奧高朗,絶不襲時人故事,遂和之。"釋子賡
和三聖詩,不僅光大了"三聖詩"於叢林之影響,亦豐富了"寒山體"
之表現,而梵琦無疑具有篳路藍縷之功。

《碧山堂集》五卷,釋宗衍撰

　　釋宗衍(1209—1351),字道原,蘇州人。年十八,以詩謁袁桷。
至正初住石湖楞伽寺,築碧山堂以自娱,後主持海鹽德藏寺。未入明
而亡,年四十三。善書法①,遍讀内外書,而獨長於詩。著有《碧山堂
集》。生平略見釋妙聲《東臯録》卷中《衍道原送行詩後序》。張昶
《吳中人物志》卷一二、顧嗣立《元詩選》二集卷二六,有其小傳。

　　宗衍化迹不詳,毛晋《明僧弘秀集》、錢謙益《列朝詩集》等明詩
選本皆選其詩,黄虞稷《千頃堂書目》卷二八、《明史・藝文志》亦著
録之,蓋皆誤其爲明人。所著《碧山堂集》亦久無傳本,顧嗣立《元詩

---

①郁逢慶《書畫題跋記》卷二收有釋宗衍至正九年(1349)六月所作《題心上人得
　拙無爲所藏燕侍郎畫山水圖歌》。

選》選其詩 40 餘首,《詩淵》存其詩 180 餘首。今所見最早版本爲日
本南北朝應安五年(1372)刊本。據金程宇稱,此本末有"應安五年
八月初旬,中華大唐俞良甫學士謹置"刊記,知爲入日福建刻工俞良
甫所刻。另有"吳郡張克明刊"刊記,當係所據底本原式。此本僅東
洋文庫有藏,殆天壤孤本。另有應安本之覆刊本,除無俞良甫刊記
外,餘均與前本同,今藏於國會圖書館①。

　《和刻本中國古逸書叢刊》第 57 册據日本國會圖書館藏南北朝
覆刊本影印。原爲三菱財團巖崎氏家舊藏,内鈐有"鹿王藏書""雲
村文庫"等印記。嚴紹璗《日藏漢籍善本書録》著録。卷端題"碧山
堂集"/"中吳釋宗衍道原",書末牌記"五山版《碧山堂集》五卷"。每
半頁 10 行,行 20 字,有界行,左右單欄,細黑口,雙魚尾,上魚尾下題
"碧山堂集"及卷數,下魚尾鐫頁碼。無序跋。此本卷一收五言古詩
61 首,卷二收七古 25 首,古詩雜言 15 首;卷三收五律(包括排律)53
首、卷四收七律 85 首,卷五收絶句五言 6 首,七言 42 首,凡 287 首,較
《詩淵》所存多百餘首。

　宗衍所居石湖,山水冠絶三吳,集中《石湖》《石湖閒居二首》《秋
日思歸石湖》《春日歸碧山堂》《楞伽寺得月屋》《送模範堂歸石湖》
等,皆寫兹山兹水之勝景,寓自我旨趣和情愫。例如,卷三《吳江晚
泊》云:"風壤三州接,江湖一水分。虹消滄海雨,日落洞庭雲。客意
終難盡,漁歌實飽聞。長思陸魯望,不出可忘君。"境界闊大,立意高
遠,尤爲選家所重。又如卷一《閒居》云:"杜口非拒客,閒居客自稀。
空廊深迤邐,黃葉映寒暉。謂静道可庶,有懷心曷違。興來自出户,
臨水看鷗飛。"但宗衍聲名頗振,詩書兼善,所交甚廣,並非僅寓居湖
山、杜門謝世者,一時名士如陳高、柯九思、張伯雨、楊維楨、危素、鄭
元祐等皆樂與之遊。陳高有《夜泊臨平山下有懷衍道原上人》云:

_____

① 金程宇《和刻本中國古逸書叢刊》第 57 册《〈碧山堂集〉解題》,第 248 頁。

"衍公與吾諧，交誼比金石。別來遙相望，何以慰岑寂。"釋妙聲《衍道原送行詩後序》謂："昔在至正初，石湖衍道原善爲詩，一時知名士無不與之遊，而尤爲今翰林危公太朴、先輩覺隱誠公所推許。"又《危學士贈渭上人詩序》云："始石湖衍道原與臨川危先生爲方外友，蓋以文字相知，而未嘗相見也。先生歷官於朝，爲名法從，爲賢執政，而道原之殁久矣。洪武革命，先生歸江南，始克序道原所著《碧山堂集》者。"危素（1303—1372）入明五年後卒，其所作《碧山堂集》序，今未見存，據此或可推測是集始刊於明初，今所見應安五年本亦非完帙。宗衍有《聞危太朴除官翰林友人楊季民必有連茹之慶喜而作詩》，危素官翰林編修在至正七年（1347），距宗衍去世僅四年。

　　宗衍於叢林中亦頗孚聲望，道友則有石屋清珙、楚石梵琦、石室祖映、懷渭清遠、東皋妙聲等，皆吴越龍象。惜其法緣不詳，未知其嗣法。門人中則以西白萬金最爲著名，入明後任天界寺總持。《江南通志》卷一七四謂："萬金，字西白，吴郡人，姚氏子。依寶積院宗衍爲弟子，後住瑞光寺。洪武初起住持大天界寺，召入禁廷，奏對稱旨，兩建法會於鍾山，命總持齋事。大駕臨幸，六年冬示寂。"《碧山堂集》中有《秋日示師孫萬金》："憶汝吟詩碧山裏，風杉潤竹柴門幽。禽鳥盜果莫教打，柿栗滿園宜早收。好客寧甘自奉薄，讀書肯爲空囊羞。有孫如此也可愛，而翁老矣復何憂。"對萬金期許甚高。

　　釋妙聲謂宗衍詩"博採漢魏以降，而以杜少陵爲宗，取喻托興，得風人之旨，故其詩清麗幽茂，而皆可傳也"。集中《示雲漢》"草堂遺帙在，千古感愁端"句，排律《東湖詠懷奉寄吴中諸故舊一百韻》所用乃"老杜夔府詠懷韻"，其宗老杜詩，於兹可見。宗衍詩厚重旨遠，有別於寡味、清淡之僧詩。凡詠物、遣懷、酬贈、題畫、懷古等題，若《白露》《啄木鳥》《西湖懷古二首》《次答子熙見寄韻》等，皆善用比興寄托，或感時發憤，或寓興亡之歎，或寄人事滄桑，確有杜詩遺風。例如，卷四《秋興四首》其二云："一別空山舊草亭，衣裳五見點秋螢。沙沉短艇餘菰米,苔卧長鑱老茯苓。弱水蓬萊那可得,瞿塘灩澦不須經。歸帆早晚吳波裏,嬝嬝涼風望洞庭。"遣詞、格律、意旨,皆逼肖杜甫《秋興八首》。

《夢觀集》五卷,釋大圭撰

釋大圭(1305—?),字恒白,自號夢觀道人,俗姓廖,晋江人(今屬福建)。家世業儒,苦志勤學,善屬文,有聲於時。禮郡開元寺廣漩禪師得度,凡三歷職,而至分座秉拂。宣政院聞其名,檄主承天寺,謝不起。嘗築室開元之西,曰"夢觀堂",吟詠自怡,爲文簡嚴古雅,詩頗有風致。著有《夢觀集》及《紫雲開士傳》,紙貴一時。生平未見碑傳。顧嗣立《元詩選》二集卷二六、釋明河《補續高僧傳》卷二〇、喻謙《新續高僧傳》卷六一有其小傳。

大圭生卒年,史籍失載。《泉州開元寺志》收錄其《息見閣記》,中有"吾生四十有七年"之句,自署"至正辛卯二月五日記"。據此,大圭當生於大德九年(1305)。今泉州開元寺尚存晋南布金大鐘,上鐫有至正二十四年(1364)釋大圭所撰銘文,則其世壽當在六十以上①。

釋大圭所著《紫雲開士傳》,今未見傳本。釋元賢所編《溫陵開元寺志》卷二收有其自序,略曰:

> 泉州開元寺,創於唐,更五季十國而盛,至宋益盛而未合。迄於我元,始合而大。其間高僧、異人出世,名不滅磨於茲,而僧史未有作者。雖作如許列輩,率得於剽聞,傳芜穿鑿,瑣細粗陋,不核其實,不語其精,而不著其大。今主者崇會師覽之,慨然以爲六百年異人名氏,湮没殆盡,而幸所存者,此不一修之,則後將

---

① 參張欣《元人傳記資料補正四則》,載《江海學刊》2018 年第 2 期。

無聞矣。以屬大圭筆削云：盛事子其無讓。乃搜集録，撫碑刻，訪長老遺軼，而序其世，正其年時，考定其姓名，盡去其怪迂卑鄙之説。人爲之傳，合若干卷……至正八年戊子夏四月，釋大圭序。

“紫雲”乃泉州開元寺別稱。釋成時編《靈峰蕅益大師宗論》卷八載有《誦帚師往生傳》謂：“按《紫雲開士傳》已得八十人，今當續稱第八十一云。”誦帚師，即晚明僧人如是宏思，據此可知《紫雲開士傳》載有八十名開元寺僧之行迹。

《夢觀集》乃釋大圭之詩文集。《文淵閣書目》卷二著録爲“僧《夢觀集》一部一册”。《欽定續通志》卷一六二著録爲“《夢觀集》五卷，元釋大圭撰”。陸心源《皕宋樓藏書志二》著録爲：“《夢觀集》五卷，鈔本，元釋大圭撰。”並按曰：“《夢觀集》原本二十四卷，首語録三卷，次詩六卷，次雜文十五卷。四庫館惟取其詩，以卷四爲卷一，卷五爲卷二，卷六爲卷三，卷七爲卷四，卷八、卷九爲卷五，編爲五卷，著於録，餘皆斥而不收。同治十二年奉旨赴閩，從晉江黄制軍處借得翰林院底本，命小婿影寫副本，卷第則改從閣本焉。”《四庫全書》所録此書，乃據浙江鮑士恭家藏本，館臣以其前三卷爲夢法、夢偈、夢事，又所著文十五卷多青詞、疏、引，“不出釋氏之本色”，皆删削不録，惟取詩五卷。是集原有吳鑒序，今未見存。四庫館臣引其評釋大圭詩文語：“華實相副，詞達而意到，不雕鏤而工，去纂組而麗，屏耘鋤而秀。”吳鑒，生平不詳，嘗爲元代福建詩人盧琦撰有墓志銘，署爲“前國子生三山吳鑒”。

釋大圭於至正五年（1345）爲所居夢觀堂撰有記文，頗能見其志趣。又婉拒宣政院徵請，作偈答勸者曰：“幾年學得舞腰肢，到處身將竿木隨。底事逢場羞作戲，只愁笑倒鄧禪師。”又云：“水牯還生水牯兒，入田不放鼻頭低。秋來禾麥多成稗，空負先農一把犁。”其清志堅澹,淡泊名利,堪比石屋清珙、中峰明本,允爲元代叢林之楷式。晚明高僧永覺元賢《懷夢觀禪師》稱:"自元以至今日,少有能匹其休者。法門下衰,殊可深慨,故私心於夢觀,獨嚮往之切云。"

《夢觀集》卷一收五古 31 題 40 首,卷二收七古 13 首,卷三收五律 61 首,卷四收七律 41 首、六言 2 首,卷五收五絕 14 首、七絕 62 首,凡 233 首。喻謙《新續高僧傳》卷六一稱其"學博識端,爲文似柳,爲詩似陶"。觀集中《逢蒙》《田家》《客趙鄭二生者談歐陽室形勝》《和詹生飲酒二篇》《和再飲酒二首》《造唐山人居》《古意八首》諸詩,所取實陶詩悲凉慷慨之格,匪特平淡、閒適之田園詩,其所憂者道之污隆,其所嘆者世無知音。若《古意八首》其七云:"山阿有香草,採採不可掬。願言遺同心,日夕行空谷。遠道阻關河,懷人在心目。芳菲幸未闌,聊以身佩服。"大圭五、七言絕句,如《山居》《桐下井》《雨歸》《池上》諸篇,則多寫僧侶之逸致,華實相符,尤有可讀者。朱彝尊《靜志居詩話》摘其"山色宜茅屋,松風滿飯盂"(《世故》)、"偶臨湖坐得佳樹,欲傍花行無小船"(《湖上簡閒中》)兩聯,以爲"均饒風致"。

《夢觀集》中最有價值者,當屬《定公生焚詩(并序)》《僧兵歎》《哀惠廓上人》《築城曲》《僧兵守城行》《苦旱》《吾郡》《賊起》《憫農》《哀殍》等反映元季閩中動蕩現實之作。元中後期,泉州、漳州諸地,非旱即水,米價騰升,至有人相食者。《元史》卷五一《五行志》載:"(至正十四年)泉州種不入土,人相食。"繼之李志甫、吳仰海、陳角車、李國祥等先後揭竿起義,生民塗炭。釋大圭將所見所聞,筆之於詩。例如,《哀殍詩》云:"斗米而今已十千,幾人身在到明年。誰門有粥如甘露,活得操瓢死道邊。"《南國》詩云:"南國地皆赤,吾生亦有窮。豐年何日是,菜色萬人同。海上舟頻入,民間楮已空。猶聞穀價湧,開糴若爲功。"《僧兵嘆》則叙寫官吏逼迫僧侶從戎的情形:"飢民聚爲盜,鄰警來我疆。有兵既四出,頭會家人良。趣赴義軍選,萬室日夜忙。吏言僧實多,亦可就戎行。牧守爲所誤,毆僧若毆羊。
持兵衣短袂,一時俱反常。伊余生不辰,逢此祇涕滂。慈悲以爲教,
王臣所金湯。復之勿徭賦,甲令明有章。胡爲不爾念,而此出倉皇。
軍旅托未學,佳兵云不祥。永言愧二子,歸哉慎行藏。"釋大圭嘗言:
"不讀東魯書,不知西來意。"實能貫儒釋而一之,然其悲憫情懷較通
常儒士更爲深廣。故四庫館臣評其詩曰:"氣骨磊落,無元代纖穠之
習,亦無宋末江湖蔬筍之氣……蓋石湖、劍南之餘風,猶存於方以
外矣。"

《澹居稿》二卷,釋至仁撰

　　至仁(1309—1382),字行中,號熙怡,又號澹居子。江西鄱陽吳
氏子。五歲從江州報恩寺真牧純公受業,七歲得度,識見超穎。西域
指空禪師來華,見其歎爲"再世人天師也"。後參徑山元叟行端,令掌
記室,元叟許爲"虎而翼者也"。歷住蘄州德章,越州雲頂、崇報,長洲
萬壽寺。通内外典,尤邃於《易》,名重一時,風譽四溢。洪武初,被召
至京,奏對稱旨,入住常州天寧,晚退居松林蘭若。洪武十五年
(1382)三月而寂。世壽七十四,僧臘六十七。著有《行中和尚語録》
《澹居稿》行世。生平未見碑傳。《元詩選》初集卷六八、《釋氏稽古
略續集》卷二、《增集續傳燈録》卷四、《五燈全書》卷五五有其傳略。

　　《澹居稿》爲至仁詩文集。《文淵閣書目》著録《行中和尚語録》
一部三册,《古今禪藻集》未録其詩,或明代少有傳本。《千頃堂書
目》卷二八曾予以著録。丁丙《善本書室藏書志》卷三四著録爲至正
刊本,稱:"前有至正二十四年江左外史左(此字疑衍)克新序,有'秀
野草堂顧氏藏書印''顧嗣立印''俠君'三印,蓋選元詩時作底本者。
别有'汪魚亭藏閱書'一印。"

　　目前國内僅國家圖書館藏有一部清鈔本,《北京圖書館古籍珍本

叢刊》第 99 册據之影印。内鈐“遇讀者善”印，乃彭元瑞（1731—1803）藏書印。卷端署“澹居稿”/“熙怡老人鄱陽釋至仁行中”/“前饒州路總管府判官皇甫琼廷玉編”。每頁 18 行，行 20 字，無格。前有至正二十四年（1364）釋克新序：

> 吴興皇甫廷玉編集《澹居子詩文稿》一通，來請序。叙曰：澹居子年十八，爲徑山書記。出世蘄之德章，避兵浙東，住紹興之雲頂，繼遷崇報。前後爲文四十餘卷。今是編捃拾於戎馬搶攘之後，蓋千百之什一也。天隱至公謂佛之道寡文，竊爲不然。夫文在天爲日月星辰，在地爲山川草木，在人爲言語音聲，無物不具，無處不有。佛之書，動以千萬言，赫乎如太陽之計也，燦乎如衆星之麗也，峯乎如喬嶽之峻也，蔚乎如百卉之華也，浩乎如江海之波，不可涯也。自文興來，未有若斯之盛者，奚爲寡哉？揚雄謂儒駕孔子之説，今澹居子其駕佛之説者歟？澹居子尤邃《詩》《書》《禮》《春秋》，往往發興微意，皆先儒所未言。尚書黄公泰甫、侍講黄公晋卿，感服其説。然則澹居子非獨有功於其教，有補於儒者亦爲不少。惜其書佚於兵，學者不得窺其大全也。太史虞文靖公嘗稱其文醇正，雄簡有史筆，宗門之子長也。天下以爲知言。澹居子名至仁，字行中，號熙怡叟，鄱陽人，得法於元叟端和尚。廷玉通内外學，棄官居田里，嗜斯文如芻豢，既爲吾刊《雪廬集》，今又編是集，具可知也已。至正廿四年冬十二月，江左外史克新叙。

至仁詩文集原有四十餘卷，皆毀於元末兵燹，《澹居稿》所收詩文俱劫灰餘燼爾。編訂者爲皇甫廷玉，亦克新《雪廬稿》之刊刻者。是集上卷收文 28 篇，卷下收詩 82 題。另，元明其他文獻亦可見至仁少量佚文，如《南堂和尚語録續集序》，見於《南堂了庵禪師語録》卷末；《楚石和尚行狀》，見於《佛日普照慧辯楚石禪師六會語録》。

　　據卞東波《稀見五山版宋元詩僧文集五種叙録》、范蒙《日藏元代詩僧文集六種研究》，《澹居稿》在日本仍存兩種刊本：一爲日本南北朝刊五山版，係京都建仁寺兩足院藏本；二爲日本寬文四年（1664）飯田氏忠兵衛刻本，日本國立公文書館、東京大學東洋文化研究所等庋藏。金程宇《和刻本中國古逸書叢刊》未收入日本刻本，筆者無緣及見。據卞東波、范蒙介紹，五山版和寬文版所收僅詩無文，數量與國圖藏本大抵相當，惟字形差異甚多①。

　　至仁博通内外之學。謝應芳《龜巢稿》卷一六有《過天寧寺閲行中和尚澹居稿知其邃於易學兼長於詩故寄此》，宋濂《佛日普照慧辯禪師塔銘》稱其文“博通内外典，文辭簡奥，有西漢風”，虞集則稱“其文醇正，雄簡有史筆，宗門之子長”。觀集中上卷所收《黄州思賢禪寺蘇文忠公祠堂記》《黄州聚寶山龍君廟記》《了堂和尚塔銘》諸文，考鏡源流，追述前事，記人德行，皆條脉清晰，簡明曉暢，不枝不蔓。所作《指空禪空（當爲師）偈序》，詳述來華梵僧指空禪師事迹，頗爲研究者所徵引。

　　至仁之詩，所存雖惟八十餘首，然清雅秀整，顧嗣立《元詩選》摘“松間石榻春雲護，花底山尊夜月開”“沙渚草香流水活，海天雲净碧峰遥”“醉題梧葉秋陰合，坐對槐花莫雨來”“月裏精神今更好，雨中顔色向來新”，以爲“俱穩秀有法”。謝應芳亦贊其“二雅什中歌矩度，九師注外易源流”。至仁有一首《集杜句述懷寄見心書記》云：

　　　　宿鳥戀本枝（《無家别》），南雁意在北（《客堂》）。飄飄愧此身（《贈王二十四侍御契四十韻》），一歲四行役（《發同谷

①參看卞東波《稀見五山版宋元詩僧文集五種叙録》，《文獻》2013 年第 3 期；范蒙《日藏元代詩僧文集六種研究》，南京大學 2015 年碩士論文。

縣》）。所憂盜賊多（《將適吳楚留別章使君留後兼幕府諸公得柳字韻》），不獨凍餒迫（《石櫃閣》）。東下姑蘇臺（《壯遊》），殘生（年）傍水國（《入喬口》）。金銀佛寺開（《龍門》），信美無與適（《成都府》）。細人尚姑息（《贈鄭十八賁》），賢者貴爲德（《送韋諷上閬州録事參軍》）。之子白玉温（《別李義》），令我心悦懌（《鄭典設自施州歸》）。晤語契深心（《大雲寺贊公房》），洞徹有清識（《送韋諷上閬州録事參軍》）。學貫天人際（《贈秘書監江夏李公邕》），溟漲與筆力（《殿中楊監見示張旭草書圖》）。神功接混茫（《瀼澦堆》），風雷纏地脉《大曆三年春白帝城放船出瞿唐峽久居夔府將適江陵漂泊有詩凡四十韻》。靈芝冠衆芳（《贈鄭十八賁》），冰壺動瑶碧（《贈崔十三評事公輔》）。紫燕自超詣（《夜聽許十一誦詩愛而有作》），尤異是龍脊（《送李校書二十六韻》）。流傳必絶倫（《寄李十二白二十韻》），許與必詞伯（《壯遊》）。喧争懶者（著）鞭（《秋日夔府詠懷奉寄鄭監李賓客一百韻》），飛騰知有策（《奉寄李十五秘書二首》）。吾道屬艱難（《空囊》），鸞鳳有鎩融（翮）（《敬寄族弟唐十八使君》）。天門鬱嵯峨（《別唐十五誡因寄禮部賈侍郎》），乘槎斷消息（《有感五首》之一）。干戈尚縱横（《太子張舍人遺織成褥段》），道路時通塞（《歸夢》）。顧惟魯鈍姿（《送韋郎司直歸成都》），養生終自惜（《寄劉峽州伯華使君四十韻》）。桃源無處尋（《不寐》），黎民糠籺窄（《驅豎子摘蒼耳》）。故國莽丘墟（《逃難》），夢歸歸未得（《歸夢》）。悵彼高飛禽（《阻雨不得歸瀼西甘林》），何以有羽翼（《夢李白二首》之一）。匡山讀書處（《不見》），宿昔長荆棘（《別贊上人》）。陰房鬼火青（《玉華宫》），戰地骸骨白（《驅豎子摘蒼耳》）。骨肉恩書重（《前出塞九首》之二），看雲涙横臆（《苦戰行》）。西江萬里船（《春夜峽州田侍御長史津亭留宴》），終當掛帆席（《詠懷二首》之二）。天寒鷗鵁呼(《纜船苦風戲題四韻奉簡鄭十三判官泛》),北風破南極(《北風》)。梅花已飛翻(《別李義》),節序昨夜隔(《立秋後題》)。感激在知音(《風疾舟中伏枕書懷三十六韻奉呈湖南親友》),書此豁平昔(《柴門》)。

集句詩,有"百家衣衲"之稱,係集前人詩句而成,或彙集諸家,或專於一家,若組織工巧,契合詩意,而非炫博逞技者,常能別開生面。至仁此詩凡五十六句,出自五十四首杜詩(按,以上所引詩題爲筆者注),乃歷代集杜詩篇幅較長者,可見其頗諳熟杜詩,幾信手拈來。宋公傳《元詩體要》卷八、清代《御選明詩》卷一二〇均視之爲元明集句詩之典範。

明代卷

《東臯録》三卷，釋妙聲撰

妙聲（1307—1388?），字九臯，吳縣横金人。祝髮於城中景德寺。年十九，以詩謁袁桷，殊見引重。泰定間，嘗至四明求道。元末居姑蘇景德寺、石湖治平寺，後居常熟慧日寺，主平江北禪寺。洪武三年（1370），召赴闕，顧問稱旨，賜金還山，遷住吳之延慶，次住寶華，後歷揚州都綱，兼住天宫。著有《東臯録》三卷。生平未見碑傳。周永年《吳都法乘》卷八《禪藻篇》有其小傳。

妙聲《東臯録》卷下《故慧辯普聞法師塔銘》云：“余長師一歲，相知最深。”普聞法師卒於“（洪武）十二年八月十二日……春秋七十一”，則妙聲當生於大德十一年（1307）。卒年俟考。《東臯録》最晚繫年詩作於洪武十二年（1379）；而《式古堂書畫彙考》卷一七《仇山邨七言詩卷》收録其撰於洪武二十一年（1388）題跋一篇，則釋妙聲世壽應在八十二以上。

妙聲别集名曰“東臯録”，蓋取其隱居於吳縣之故也。《明史·藝文志》《千頃堂書目》《吳都法乘》均著録爲七卷，徐乾學《傳是樓書目》著録爲“東臯録五卷，釋妙聲，二本”，陸心源《皕宋樓藏書志二》著録爲“《東臯録》三卷，明鈔本，明釋妙聲撰”。今所見有明刻本、四庫本及清鈔本三種。

1.《東皋録》五卷,二册,洪武十七年(1384)德瓛刻本。見存於上海圖書館。版高17釐米,寬11.2釐米。内鈐"松陵莫氏壽樸堂書籍""金星軺藏書記""汪魚亭藏閲書""家在黄山白岡之間""結一廬藏書印"等印。卷端題"東皋録"/"吴郡釋妙聲九皋",半頁12行,行21字,下黑口,左右雙邊,單魚尾。無序跋,目録配清鈔本。

2.《東皋録》三卷,《四庫全書》本。四庫館臣以爲"蓋傳録時所合并也"。正文前有毛晋題識云:

> 師名妙聲,字九皋,吴郡人也。《姑蘇志》云,景德寺僧。有詩(闕)。生平多著述,名"東皋録",命弟子繕寫,藏之山房。總其事者,白蓮住山完敬修、虎丘藏主慧無盡、善士陳君錫也。洪武十七年甲子春,法孫德瓛跋而授梓。凡詩三卷,序、記、贊、銘、傳、跋、雜文四卷。其中載記同衣行業,既多且詳,劉子威《吴釋傳》皆拾其餘沫也。尤長於四六儷語,卷末諸山江湖等疏,堪與月泉吟社往復詩啓並傳。其《興福》《桃源》諸記,余已撰入邑乘云。

此本卷上、卷中收妙聲詩169題近200首詩,卷中又有序、記50篇,卷下則序、碑、銘、題跋、贊、榜疏、雜著等61篇。與五卷本相較,二者收詩大抵相當,所謂三卷本,確如館臣所稱"傳録時合并也"。明清詩歌選本,如《明詩綜》《列朝詩集》《古今禪藻集》等皆選入其詩。

3.《東皋録》不分卷,清鈔本。見存於國家圖書館。半頁9行,行20字,無格。卷端題"東皋録"/"吴郡釋妙聲九皋"。正文前無序文,末有康熙三十八年己卯(1699)懶髯道人跋,其云:

> 妙聲字九皋,吴縣人,景德寺僧。嘗居常熟之慧日寺,師事古庭學公,洞明止觀,博綜内外典,善詩文,主平江北禪寺。洪武三、七年,與西白金公同被召,莅天下僧教。有《東皋録》,洪武十

七年法孫德瓛所刻。康熙乙卯秋七月，懶髯道人録於錦帆涇之
寓舍，時年六十有八。

此本所鈔俱詩無文。内鈐“延古堂李氏珍藏”“四明盧氏抱經樓藏書
印”等印，知曾爲乾隆四明盧氏及清季津門李氏延古堂遞藏。

《四庫提要》稱妙聲“所作頗有士風。當元季擾攘之時，感事抒
懷，往往激昂可誦”。此評洵是。其《停雲軒詩序》評他人詩云：“興
寄高遠，感慨之深，見於言外，非止思友而已。”又《小山序》云：“夫比
興之作，詞旨音調，雖有古今之異，然感乎物，發乎情，則今猶古也，古
猶今也。”集中多爲贈答、題畫、詠物之作，大抵皆感物發情，比興寄
托。例如《和感遇並雜詩（六首）》《行路難》《秋興》等，無不興寄遥
深，托物寓志，似出士人之手。妙聲又傾心於杜詩，卷上《題郭義仲詩
集》中四句“蘭苕翡翠春風後，碧海珊瑚夜月時。吳下篇章誰最好，杜
陵才力晚尤奇”，頗具杜詩風力。又如《劾飛廉》，責飛廉竊權弄柄，
致人神共怒，百姓焦勞。然於元明之際，妙聲作此詩，當別有寄意焉。
妙聲之詩，諸體皆備，尤擅歌行，集中《送端上人遊江西》《題空同外
史傳》《龍河》《鍾山》諸詩，俱順暢淋漓，筆勢不凡。

妙聲交遊廣泛。《四庫提要》稱：“妙聲與袁桷、張翥、危素等俱
相友善。”《東皋録》卷上有《奉上袁侍講伯長》二首，並附有袁桷二首
答詩，未見《清容居士集》，可輯補之。袁桷答詩中有“屈指當今人物
論，從此有約同垂綸”句，期許甚高。另《草堂雅集》卷七有李瓚《春
初奉寄海虞山北聲九皋上人》，稱妙聲“染翰超懷素，哦詩繼惠休”，
則其詩文翰墨頗爲文人所認可。

《全室外集》九卷、《續集》一卷，釋宗泐撰

宗泐（1318—1391），字季潭，别號全室，台州臨海周氏子。出身

甚微,父母俱早卒,寄食貧里。八歲趨本郡天寧寺,適逢笑隱大訢説法其間,遂禮拜之。訢公愛而異之,稱其爲"昏途慧炬也"。出遊兩浙、江右,遍叩尊宿,聲譽漸著。至正七年(1347),出世住持水西寺。洪武初,舉高行沙門,命住天界寺。尋往西域求遺經,還授左善世。後以"胡黨"案下獄,有司奏擬極刑,太祖下旨免死,以老賜歸槎峰。洪武二十四年(1391)四月某日示疾,年七十四。著有《全室和尚語録》三卷、《全室外集》九卷、《西遊集》等行世。碑傳有釋心泰所撰《前天界禪寺住山全室大禪師塔銘并序》,明清僧傳如《五燈全書》《南宋元明僧寶傳》《補續高僧傳》皆有其傳略。

宗泐語録,明清書志俱未見著録。日本京都大學附屬圖書館藏有《全室和尚語録》三卷,鈔本,一册。卷一爲門人自性等編至正丁亥(1347)二月入宣州水西寶勝禪寺語録、門人守欽等編洪武元年(1368)四月入杭州府中天竺禪寺語録、門人普華等編洪武四年(1371)正月入徑山興聖萬壽禪寺語録、門人行忠、慧和等編洪武五年(1372)正月入京都天界善世禪寺語録,合稱"四會語録"。卷二收頌、偈、歌、序、書諸體,卷三爲記贊、題跋、祭文,末附徑山佛幻比丘心泰撰《前天界禪寺住山全室大禪師塔銘并序》。

宗泐詩文集,《文淵閣書目》卷二著録"《僧全室稿》一部一册",卷四著録"《全室外集》一部一册",另有"《泐季潭集》一部一册,闕"。《千頃堂書目》卷二八著録"《全室外集》十卷""《全室西遊集》一卷"。《明史·藝文志》卷九九著録"宗泐《全室外集》十卷,《西遊集》一卷"。《全室西遊集》,又稱《西遊集》,今佚無存。是書應爲宗泐西行途中所撰詩文,止庵德祥讀其《西遊集》賦詩云:"一字一寸珠,一言一尺玉。"康熙間吳中藏書家陸漻《佳趣堂書目》著録有"《全室西遊集》""《全室外集》九卷,《續集》一卷"。四庫館臣則稱:"宗泐尚有《西遊集》一卷,蓋奉使求經時道路往還所作,見聞既異,其記載必有可觀,今未見其本。"則康熙間仍或見存,乾隆後則未見蹤迹。

宗泐詩文集今所見存惟《全室稿》《全室外集》。徐𤊺《紅雨樓題跋》
卷下稱：

> 釋宗泐，洪武中與復見心齊名。余見泐詩，僅諸家所選數首
> 而已。今歲立春，偶客虎林，偕曹能始、林茂之過吳山雲居寺，有
> 僧寮闃寂無人，《全室集》在塵埃中。遂拾而歸，覽其簡末，乃永
> 樂癸卯年鈔錄者，留寺中二百年，一旦屑越而不之重，良爲可惜。
> 非余拾得之，必入香積，作醬瓿覆也。乙巳臘月立春日，興公書
> 於浙城旅次。

徐𤊺（1563—1639），字惟起，別號三山老叟，數十年聚書達七萬餘卷，
其亦未見《全室外集》，可見明代是書傳本甚少。今所見有四庫本、明
永樂刻本、嘉靖刊本、清鈔本四種。

1.《全室外集》九卷、《續集》一卷，《四庫全書》本。四庫館臣稱：
"首二卷爲應制詩及樂府、供佛、贊佛諸曲，三卷至八卷爲古近體詩，
九卷爲疏及題跋。《續集》詩文合編，而詩文之間闕四頁，其原數遂不
可考。今所存者凡詩三十六首，題跋十五篇。《千頃堂書目》作'《全
室外集》十卷'，蓋合此一卷言之耳。"館臣所云題跋十五篇，今未見
載此本，而《全室和尚語錄》卷下，恰有十五篇題跋，應是館臣所指
"題跋十五篇"。四庫本卷端題"全室外集"/"明釋宗泐撰"。正文惟
有徐一夔序，略云：

> 余與公同里閈，及壯而遊，又托方外之好。公軀幹魁碩，音
> 吐洪暢。其與人交也，意度豁如，望之者知爲法門偉器。初，出
> 世李白題詩之寺，值天下亂，入山益深，入林益密，以養其高。會
> 大明混一，肇隆像教之事，今京師第一禪林，即廣智說法之地，桑
> 門上首，非有宿德重望爲上所知者，不以授之。公以廣智大弟子

繼席,據猊座,揮塵之日,四衆雲會,莫不榮之,而公處之不以爲泰。佛有遺書在西域中印土,有旨命公往取。既銜命而西,出没無人之境,往返數萬里,五年而還,艱難險阻,備嘗之矣。而公處之不以爲戚。定力所至,出乎世相之表,夫豈庸流之所能窺哉?若其見諸語言文字,則又特其寓者耳。公之從子永祚得公詩法之傳,既彙萃其所爲古樂府,歌行,五、七言近體爲若干卷。公別號“全室”,因總題曰“全室集”,以集示余,意欲得余言,以引其首者。

此序又見於徐一夔《始豐稿》卷一二。一夔(1319—1399),字惟精、大章,號始豐,天台人,元末官建寧教授,入明特授以翰林官,以足病辭歸,事迹具《明史·文苑傳》。據其所述,宗泐之集似編訂於其圓寂之後,稱“全室集”。

2.《全室外集》九卷,四册,明永樂刻本。見藏於國家圖書館。卷端題“全室外集”/“天台釋宗泐季潭”。内鈐“徐乃昌讀”“古愚藏本”“古愚”“結一廬藏書印”“臣德和印”“大清”諸印,知嘗爲朱學勤、宣哲等人遞藏。朱學勤《結一廬書目》嘗著録此本:“《全室外集》九卷、《續集》一卷,計四本,明釋宗泐撰,明永樂元年本。”此本半頁12行,行21字,有界欄,四周雙邊,雙魚尾,黑口,版心鎸“全室外集”及卷數、頁碼。正文前首冠朱右序,次爲徐一夔序,再爲王達序。朱右序略曰:

> 自是遭時多故,予避地姚虞間。師出主宣之水西寺,風塵修阻,欲見無由,俯仰二十餘年已。兹獲遇西湖之上,握手道舊,因出其平日所著《全室稿》,若古詩、樂府、歌行、唐律,凡若干卷,讀之終夕不厭。

此序又見朱右《白雲稿》卷五。朱右（1314—1376），字伯賢，臨海人，自號鄒陽子。洪武三年（1370）召修元史，除翰林院編修，事迹見《明史·文苑傳》。宗泐住持水西寺，事在至正七年（1347），則此序當撰於入明前後。序中所稱宗泐詩集爲《全室稿》，或爲宗泐最早編訂之集。

王達序略曰：

季潭泐公以博大之德，圓融淵偉之道，陶鑄龍象，出而爲天下叢林師。間作詩章，渾涵汪洋，千匯萬狀，而一以理爲主，抑所謂七德者歟？太祖皇帝恒稱爲福慧僧，且和其詩百四十五首，美其兼通儒學，而神不妄馳。夫以太祖皇帝之明聖，猶眷寵贊誦若此，草茅之士其敢致訾於其間哉！今將鋟梓，其徒永祚、如升求余序之。

王達字達善，號耐軒居士，無錫人，洪武中以明經薦爲縣學訓導，改大同府學，後遷國子助教。永樂初擢編修官，至侍讀學士。此序後署永樂元年（1403）十一月，則《全室外集》或刊於本年。

3.《補刊全室外集》九卷《續集》一卷，二册，嘉靖刻本。見藏於南京圖書館。此本卷一卷端題“補刊全室外集”/“天台釋宗泐季潭”，其餘卷端仍題“全室外集”。半頁 12 行，行 21 字，四周雙邊，雙魚尾，大黑口，版心鐫“全室集”、卷次、頁碼。續集半頁 11 行，行 20 字，卷端題“續全室外集”，版心刻“續集”。正文前仍有徐一夔序、朱右序、王達序。前有藏者手寫題識，略云：“此集第一卷皆欽和御製及應制之作。首題‘補刊’二字，蓋必有所諱，而補編以冠其端。二卷爲樂府、贊佛樂章，皆在焉。三卷五古，四卷七古，五卷五律，六卷七律，七卷七絶，八卷六言、五絶，九卷疏，十卷續集……卷端蓋翰林院印，且多塗乙之筆，當爲館中底本也。”此則題跋又見於丁丙《善本書室藏

書志》卷三五“《全室外集》十卷”。又，此本前鈔錄《四庫全書總目》
“全室外集”提要，亦出自丁丙或其手民之手。丁丙以此本爲“永樂
刊本”。但仔細比較此本與國圖藏永樂刊本，二者至少有如下差異：
（1）兩者卷一卷端署題不同。（2）續集多收詩 36 首。（3）卷一首頁
第 5 行南圖藏本唯“宸章”二字，而國圖藏永樂本有“宸章欽和”四
字，類似差異尚有多處。（4）南圖藏本字體更顯工整，而國圖藏本字
體樸拙。總之，南圖藏本即丁丙善本書室所藏本，應是較永樂刊本更
晚出之本。卞東波斷此本爲明嘉靖刊本，應可采信。

　　4.《補刊全室外集》九卷《續集》一卷，二册，清鈔本。見存於國
家圖書館。卷一卷端題“補刊全室外集”/“天台釋宗泐季潭”；卷二
至卷九題“全室外集”/“天台釋宗泐季潭”；續集題“續全室外集”/
“天台釋宗泐季潭”。內鈐“延古堂李氏珍藏”“四明盧氏抱經樓藏書
印”。半頁 12 行，行 21 字，無界欄，楷書。正文前朱右序、徐一夔序、
王達序俱在。從版式、內容看，此本應鈔自嘉靖刊本。惟續集後多出
嘉靖年間吳性《題〈補刊全室外集〉後》，云：

　　　　《全室外集》，乃季潭泐禪師以餘伎遊戲三昧，示法門外護意
　　也。師在勝國時，爲廣智訢公首座弟子，且往復參承於一時名宿
　　間，兹實學焉而得其精華者。集凡九卷，惟詩暨疏，而續集一二
　　附焉。永樂初元，其徒永祚入梓。曩余遊金陵，思閲之，未獲也。
　　爾來復圖請□告屏處萬松山房，偶□遺刻，塵委堂皇，軼有□矣。
　　立命洗刷，摹而讀之，古雅清適，超脱庸凡，韻調才情，似不在雪
　　竇、中峰諸高行下。夫蓋稟英偉之姿，兼通儒之學，遭時否晦，隱
　　於緇流耳。晚際我明，受知聖祖，膺命開創天界，獨稱昭代禪宗，
　　迄今纔百六七十載，而其集顧殘缺乃爾耶？住山前覺義德理進
　　而請曰：“此吾徒嗣法派者之責也。先是版已流落他寺，理購得
　　之，亦竊有志。而謝事以來，力莫之逮，乃因循至今耳。”余聞而

有感焉，因以重修之役。謀之省中諸大夫，諸大夫僉曰然。遂令僧錄道果、住持成霆，遍訪諸山舊本，募工補刊如干葉，始成完書，庶俾傳世。餘若語錄、贊偈諸篇，多所匡於心宗、內典，俟更有知者，當自續入大藏云。嘉靖甲寅之歲春中□□□寓庵□□陽羨吳性定甫氏識。

《江南通志》卷一二二《選舉志·進士四》"嘉靖乙未科韓應龍榜"下有"吳性（武進人）"，或即撰此序之吳性。吳性既稱"遍訪諸山舊本"，"補刊如干葉"，則知其補刊當從永樂刻本增益而成。南圖藏嘉靖刊本，因脫落吳性題識，故丁丙誤以爲永樂刊本。此鈔本所錄吳性題識，可證丁丙藏本即南圖藏本爲嘉靖本無疑。然，清鈔本較南圖藏嘉靖刊本，續集不僅收詩 36 首，尚有題跋 15 篇。此 15 篇題跋或清鈔本從他本輯錄，或南圖藏嘉靖刊本連同吳性題識一并脫落。四庫本因據嘉靖補刊本鈔錄，故亦未收入此 15 篇題跋。

另，據卞東波《明初詩僧季潭宗泐文集的版本及其作品在日本的流傳》等文介紹，宗泐《全室外集》流播東瀛，南北朝時期，日人嘗據永樂刊本翻刻，稱爲五山版，現存於成簣堂文庫、京都建仁寺兩足院、東洋文庫等地；寬文九年（1669）飯田忠兵衛又據五山版本翻刻，稱爲寬文版，藏於日本國立國會圖書館、尊經閣文庫、國立公文書館等地。此外，日本京都建仁寺兩足院藏有古鈔本《全室稿》不分卷，編排秩序與所收之詩，俱異於嘉靖本、四庫本、五山版、寬文版《全室外集》；其中所收"西天紀行"組詩，尤具價值。卞氏稱，此本爲"天下孤本"，"是宗泐文集最完整、最接近原貌的傳本，極可能鈔自宗泐本人的稿本"①。

《全室外集》《續集》共收詩 378 題，各卷之詩大體以時間先後編

---

①卞東波《明初詩僧季潭宗泐文集的版本及其作品在日本的流傳》，載《中華文史論叢》2015 年第 1 期。

次,其中古體詩 107 題,律詩 120 題,基本相當。此正如徐一夔《〈全室外集〉序》所言:"在江湖則其言蕭散悠遠,適行住坐卧之情;在山林則其言幽夐簡澹,得風泉雲月之趣;在殊方異域,則其言慨而不激,直而不肆,極山川之險易,風俗之美惡。其詩衆體畢具。"宗泐詩才不凡,其與明太祖之唱和,明初傳爲盛事,集中收其應制唱和詩頗多,如《欽和御賜詩》一首云:"奉詔歸來第一禪,禮官引拜玉階前。恩光更覺今朝重,聖量都忘舊日愆。鳳閣鐘聲催曉旭,龍池柳色弄晴烟。有懷報效慚無地,智水頻澆道種田。"然明初政治最爲詭譎,宗泐亦深知"伴君如伴虎"之事理,及"胡惟庸案"發,太祖嗜殺成性,劉基、宋濂等元勳皆招致貶壓。宗泐詩中亦常露懼禍情緒。其《偶成》詩即云:"人事天時不可常,纔逢炎暑又逢凉。芭蕉似解知秋早,蟋蟀如能識夜長。向日高臺還走鹿,只今滄海已成桑。殷勤説與權豪客,鳥盡良弓合自藏。"其西行取遺經所作《夜宿陝州》《度關隴》《過虎牢關》諸詩,皆含辛茹苦,絕無超然之態。據《五燈全書》卷五六"全室宗泐禪師"載,宗泐臨終示衆曰:"人之生滅,如海一漚;漚生漚滅,復歸於水。何處非寂滅之地耶?"言畢乃喚侍者曰:"者個聻。"侍者茫然。師曰:"苦!"遂入滅。宗泐於世間所留最後文字惟一"苦"字,此不惟佛家所謂"苦諦",亦是其沉浮朱門十餘年間之感慨。

　　宗泐之詩,影響甚著。四庫館臣曰:"宗泐雖托迹緇流,而篤好儒術,故其詩風骨高騫,可抗行於作者之間……皎然、齊己固未易言,要不在契嵩、惠洪下,與句曲外史張雨,均元明之際方外之秀出者也。"明初釋子,若以才藝而論,宗泐允爲第一。

《蒲庵集》六卷《補遺》一卷,釋來復撰

　　來復(1319—1391),字見心,自號竺曇叟,別號蒲庵,俗姓黄,一説王,江西豐城人。幼祝髮於普庵堂,後師事南楚悦公。早有詩名,

曾遊燕都、吳中、會稽諸山，復主靈隱寺。至正十七年（1357），奉行宣政院檄，主慈溪定水教忠報德禪寺。洪武初召至京，太祖覽其詩，褒美弗置，賜金襴袈裟，授僧錄司右覺義，詔住鳳陽圓通院。洪武二十四年（1391），山西太原捕得“胡黨”僧智聰，供稱其與季潭宗泐等往來胡府。二公由是被罪，宗泐服役造寺，來復凌遲至死。著有《蒲庵集》《澹遊集》《清江集》等。生平未見碑傳。釋明河《補續高僧傳》卷二五、錢謙益《列朝詩集‧閏集》有其小傳。

　　《澹遊集》成書於至正二十五年（1365），國家圖書館藏有清鈔本（有殘缺），《續修四庫全書》集部 1622 册據此影印。是書分上、下兩卷，上卷收來復與士人、同儕交遊之作，凡 170 人，存詩 300 餘首；下卷收歐陽玄、危素等名流及僧侶所贈之文 17 篇，並附有各人小傳，可資考證其人生平①。今人徐永明即據之考出《琵琶記》作者高明之生卒年及字號②。

　　來復尚有《清江行卷》。鄭元祐《僑吳集》卷七有《題復見心〈清江行卷〉》，歐陽玄《圭齋文集補遺》卷二有《觀見心上人〈清江行卷〉有感》，來復《澹遊集》卷上收錄有蘇大年《奉題見心禪師〈清江行卷〉》四首、顧瑛《奉題見心上人〈清江行卷〉後》。另，《江西通志》卷一〇三稱來復有《鍾山稿》。惜二書俱未見流傳。

　　來復《蒲庵集》，明清書志著錄頗多。《明史‧藝文志》《浙江通志》《千頃堂書目》皆著錄爲十卷；錢謙益《絳雲樓書目》未著卷數；徐乾學《傳是樓書目》、陸心源《皕宋樓藏書志二》、季振宜《季滄葦藏書目》、丁丙《八千卷樓書目》等皆著錄爲六卷。十卷本當爲《蒲庵集》之全本，六卷本則殘本。可見，入清之後，是書全本頗爲罕見。今所

①參看劉嘉偉《釋來復〈澹遊集〉文獻價值芻議》，載《新世紀圖書館》2014 年第 7 期。
②徐永明《高則誠生平行實新證》，《文學遺產》2006 年第 2 期。

見有洪武刊本《蒲庵集》十卷(存六卷)《補遺》一卷,正統刊本《蒲庵集》十卷(存六卷),藕香簃鈔本《蒲庵集》不分卷(偽),清鈔本《蒲庵詩》三卷。

　　1.《蒲庵集》十卷(存六卷)、《補遺》一卷,洪武刊本。存於台灣圖書館,《禪門逸書初編》第7册據此影印。原版框高20.6釐米,寬13.6釐米。扉頁題"蒲庵集",次頁題"明洪武間刊"。卷端題"蒲庵集"/"門人曇鍠、法住編次"。半頁13行,行23字,四周雙邊,白口,雙魚尾,版心鎸"蒲集",下魚尾下鎸頁碼。内鈐"克庵""黔寧王子孫永保之""毗陵董康審定""董康暨侍姬玉奴珍藏書籍記""東壁圖書"等印。正文前有歐陽玄、宋濂二序。歐陽玄序略稱:"今年秋,翰林修撰張翥彙示豫章見心復公所爲文一巨帙,且囑爲序。余暇日静閲數過,啓沃於老懷者多矣。"歐陽玄卒於1358年,尚未入明。檢《蒲庵集》收有釋來復諸多入明後所作詩文,則歐陽玄序《蒲庵集》時,是書未必正式刊行。洪武十二年(1379)宋濂序稱:"今來朝京師,其徒曇鍠編類成書,釐爲十卷,來徵濂爲之序。"此文又見於宋濂《文憲集》卷七,名曰《靈隱大師復公文集序》。來復之詩文,最早當由其徒曇鍠彙成十卷,約刊於洪武十二年。然洪武刊本今所存者僅六卷,散佚四卷,收各體詩約381題423首,各類文94篇。末附來復門人法住《幻庵詩》一卷。

　　《禪門逸書初編》於《蒲庵集》後又有《蒲庵集補遺》,收文3篇,七古13題,七律101題,七絶78題,雜體17題,凡209題。所收之文如《宋學士畫像贊》《潞國公張蜕庵詩集序》《高房山山邨圖跋》,分見於宋濂《潛溪集》、張翥《蜕庵集》、倪濤《六藝之一録》,皆可一一覆核,當爲來復所作。至於所收二百餘題詩,雖未注明出處,然略觀之,應出於來復之手。如《甲寅歲病中述懷》中"卧遊天地一蒲蘆,老病侵尋五十餘"句,與來復生年相近。所收諸多與蜀王酬贈詩,如《車駕臨蔣山於崇禧寺賜高僧齋議設無遮會謾成口號二首》等,俱合其生平。另，《送錢子予新除博士致政還越中》《烟波釣客爲張道士賦》諸詩，《古今禪藻集》亦繫於來復名下。《蒲庵集補遺》所補之詩，數量之多，當非輯録於選本、方志或他人文集，而應係源於來復另一詩集。據此集後附楊士奇跋曰：

> 《蒲庵詩》，釋見心復公所作。余初得之陸伯陽，皆七言古近體。其五言古近體及文，嘗見之而未得也。余藏之久。近會僧録覺義南浦，言及之。南浦忻然請刻以傳。復公，江右豐城人，雖從釋，凡其所交遊往還論議率儒者……南浦既刻，屬余一言於後。復公詩，宋學士言之備矣。余特著其平生之概，與南浦之好義云。

細察之，補遺所收大多爲來復"七言古近體"，正合楊士奇所云"余初得之陸伯陽，皆七言古近體"。故，頗疑此補遺與楊氏關係密切。

台灣圖書館又藏有另一部洪武刊本，存卷一之三，序、版式皆同上，應爲同一版本。内鈐"宗室文慤公家世藏""聖清宗室盛昱伯熙之印""文臺主人""張鳴伯父""陽湖陶氏涉園所有書之記""莊圃收藏"等印。

洪武刊本之所以殘佚，或與來復之死相關。楊士奇《東里續集》卷二三《題全室集》即透露此中消息："《全室集》者，釋泐季潭所作詩也。泐，龍翔訢笑隱高徒，工詩，洪武中與復見心齊名。復坐法死，其詩無傳，獨泐有此集，亦其徒之力也。"楊士奇方外友南浦曾重刻來復詩集。又《東里續集》卷四七《與南浦禪師書》云："新刻《蒲庵集》，尤感用心……南浦師能使之有傳，比於建一禪刹，造一津梁，功德不減矣。恨老疾目昏，不能詳閱，聊爲正誤數字，奉去改刻之後，便可印行。"又卷六二《寄遠法師兼柬南浦》詩云："又是經年不相見，蒲庵新刻幾篇成。"則《蒲庵集》在永樂間嘗重刻。然永樂刻本今未見著録信息。

2.《蒲庵集》十卷,存六卷,正統刊本。見存於南京圖書館。内鈐"光緒所得""錢唐丁氏正修堂藏書""八千卷樓""烟霞道人""江蘇第一圖書館善本書之印記"等印。卷端題"蒲庵集"/"門人曇鍠、法住編次"。每半頁13行,行23字,黑口,四周雙邊,有格,雙魚尾,版心鎸"蒲集",下魚尾下鎸頁碼。此本應爲洪武刊本之覆刻本,版式與洪武刊本相同,内容亦大致相同,僅書後多出了正統五年(1440)孫以寧《蒲庵集後序》。孫序略曰:

> 愚自往杭登具,得先師幻庵所刊《蒲庵内集》印裝若干帙,散與諸方名德賢士。凡所受者,靡不欣然而珍愛之,且曰:"其所謂内集幸已蒙賜,而其《外集》則無有乎爾?"乃謂全稿未獲,尚俟它日償之。則又憮然而嘆曰:"蒲庵老師詩文之道之名,已洋洋乎四海矣,子盍留心繡梓以成其美乎?"余時鬱抑□中,若礙膺之物在焉。已而歸洪,即謀諸吾屬竺庵友商榷之。翁其詩文全集未知何往。愚方走富州,從僧牧心源究公處訪之,獲其親書諸長篇律詩、絶句若干首,敬自捧玩,未忍釋手,感之無已。既而還城及竺庵,文得其序、記、碑、銘諸篇,詞三大册。徐展視之,乃玄齋歐公、景濂宋公二學士所爲序文,冠其篇端,遂與竺庵再喜而再拜,一舉而兩得,雖連城之璧,奚足比焉?

據此序,釋來復詩文曾刊爲《蒲庵内外集》,孫以寧先將刊印《内集》散諸他人,而今所存《外集》,正統年間頗爲罕見。以寧先從釋牧心處獲觀詩文若干,又得三大册及歐陽修、宋濂之序。其所獲者或即洪武刊本,故一仍其版式,重予付梓。

此本尚有書前丁丙手寫提要,又見其《善本書室藏書志》卷三五。又有丁丙侄子道甫手録郎瑛《七修類稿》中所載來復事迹,及丁丙跋。

其曰：

> 光緒十年長夏，臥病閱《七修類稿》，因屬道甫姪録於《蒲庵
> 集》之首頁。九秋，復得《清教録》殘本，内列僧徒爰書交結胡惟
> 庸謀反者，凡六十四人，以智聰爲首，宗泐、來復皆智聰供出逮問
> 者也。復見心招辭："本豐城縣西王氏子，祝髮行脚至天界寺，除
> 授僧録司左覺義，欽發鳳陽府槎芽山圓通院修寺住。"洪武二十
> 四年，山西太原府捕獲胡黨僧智聰供稱胡丞相謀舉事，時隨泐季
> 譚長老及復見心等往來胡府。復見心坐凌遲死，年七十三歲。
> 泐季譚免死，著做散僧。似《類稿》所稱"元明濬曾爲學士，後應
> 制詩有'殊域'字觸怒，賜立化階下之説"未合。又，田汝成《西
> 湖志餘》載：見心臨刑，道其師訢笑隱語，上逮笑隱而釋之。尤爲
> 傅會。笑隱入滅於至正四年，來復未嘗師笑隱，與《類稿》同一傳
> 訛。是集刊於正統五年，上溯洪武二十四年見心受刑之時，纔五
> 十年，而以寧後序無隻字道及見心之生平，殆爲尊者諱耳。仍屬
> 道甫書此。錢塘丁丙。（八行賜字下脱死字）。

丁丙此則題跋，未見《善本書室藏書志》，因《清教録》今未見藏本，故
其考證來復之死，尤顯重要。

《蒲庵集》正統刊本，較洪武刊本，字迹更顯清晰，可補洪武刊本
殘損之處，但正統刊本脱去卷一第 10 頁、卷二第 21 頁、卷三第
83 頁。

3.《蒲庵集》不分卷（僞），二册，藕香簃鈔本。藏於台灣圖書館。
《禪門逸書初編》第 7 册據之影印。版框高 17.5 釐米，寬 13.9 釐米。
卷端題"蒲庵集"/"釋來復見心著"。半頁 10 行，行 21 字，左右雙
邊，黑口，雙魚尾。鈐有"迮圃收藏""陽湖陶氏涉園所有書籍之記"。
正文前摘録錢謙益《列朝詩集》《杭州府志》所載來復小傳，書末附有

張寧《蒲庵詩稿跋》及正統辛酉（1441）楊士奇《題蒲庵詩集後》。張寧《跋》稱："沈履德所藏蒲庵手書、詩稿二帙，多應世之作，脱去空寂，章然作者之用心，當時業儒而隱於釋者。隱於釋將以求聞，而竟聞之，其迹愈奇，名愈顯。此稿固其所也。此蒲庵之所以終其生也。方洲張寧書。"按，張寧（1426—1496），字靖之，號方洲，浙江海鹽人，景泰五年（1454）進士，授禮科給事中，後爲人所忌，棄官歸，著有《方洲集》二十六卷，收於《四庫全書》中，《明史》有傳。檢《方洲集》卷二一，確有《蒲庵詩稿跋》，文字與上引幾無大異。張寧稱此手書、詩稿原爲沈履德所藏。沈履德，即沈行，履德其字也，能詩善畫，田汝成《西湖遊覽志餘》卷二一有其小傳。張寧與沈履德交誼甚厚，《方洲集》所見其名甚多。然今人朱家英細察是書所收 68 通書札，與來復生平並不相符，實爲笑隱大訢所作①。朱氏考辨言之鑿鑿，可以采信。今檢《大藏經補編》第 24 册，收有笑隱大訢《蒲室集》，所據乃日本和刻本影印，書後牌記爲"永應二年初冬，風月莊左衛門"。此書收録此 68 通書札，且順序與《蒲庵集》所誤收者亦同。蓋張寧偶將"蒲室"誤書爲"蒲庵"，繆荃孫手鈔此本時，未加審核，以訛傳訛。《禪門逸書初編》亦沿其謬。

4.《蒲庵詩》三卷，清鈔本，二册。見存於國家圖書館。卷端題"蒲庵詩"/"釋來復見心著"。鈐有"長樂鄭振鐸西諦藏書"印。每頁 10 行，行 20 字，藍格，白口，四周雙邊。版心上題"蒲庵詩"、卷數、頁碼。正楷字鈔録。正文前有洪武十二年（1379）宋濂序，書末有正統辛酉（1441）楊士奇《蒲庵詩集後序》。有目録，卷一收七言古體 18 首，卷二收七言近體 154 首，卷三收書問 68 通。此 68 通書問大致同於藕香簃鈔本，所據或爲同源之本。

另，所見來復詩集，尚有國家圖書館藏《蒲庵集》鈔本六卷。細核

①朱家英《藕香簃鈔本〈蒲庵集〉獻疑》，載《文獻》2015 年第 5 期。

之,當源自於洪武刊本。

來復乃元明之際著名詩文僧。宋濂序稱:"當今方袍之士與逢掖之流,鮮有過之者焉。"徐伯齡《蟫精雋》卷一〇《蒲庵詩》稱其詩:"體詠精切,引事詳實,非直嘲吟風月而已,宣時方袍之士哉!"楊士奇稱:"少壯遊燕都,親炙虞文靖公、歐陽楚文公諸君子,而與張潞公交尤厚,蚤有詩名。元政不綱,遂航海至鄞,止焉。洪武初,公與季潭泐公皆用高僧召至京,二公詩於時表表叢林中。泐公清淡古雅,復公豐腴條鬯,中朝大夫士多所推讓,而求者日接踵戶限。吾聞鄉先生劉子高言,見心學博而才敏,於詩援筆立成,未嘗苦思,日雖十數篇,如源泉混混,無難者。"今觀其詩,各體皆備,才華卓異,然多酬答、題贈之作,與士大夫幾無異質,殊少釋子面目,尤其《奉和蜀王殿下所賜詩韻》《奉寄蜀王殿下古詩二十韻》《奉寄蜀王殿下二十四韻》諸詩,足見其頗熱衷於權貴之間,決非山林枯槁之僧,殞身非命,不亦悲乎!

《夢觀集》六卷,釋守仁撰

守仁(? —1391),字一初,號夢觀,富陽人。早歲從楊維楨遊,遭時不偶,遂剃髮出家,發迹四明延慶寺,元末住持靈隱寺。洪武四年(1371),與宗泐、來復等十高僧同召入京,洪武十五年(1382)授僧録司右講經,三考而陞右善世。母歿,奉旨奔喪,賜鏹殯殮。洪武二十四年(1391)主天禧寺,示寂於寺。生平未見碑傳。錢謙益《列朝詩集》閏集載其生平最詳。

黃虞稷《千頃堂書目》卷二八著録"守仁《夢覺集》六卷",並小字注"字一初,號夢觀,富陽人。四明延慶寺僧,住持靈隱。洪武中,徵授僧録司右講經,陞右善世"。《明史》卷九九著録:"守仁《夢觀集》六卷。"《浙江通志》卷二五一據《富陽縣志》載:"《夢觀集》六卷。釋守仁著,字一初,古春編定。"可見,釋守仁惟有《夢觀集》六卷傳世①。

　　釋守仁《夢觀集》,今所見有三種版本:一爲南京圖書館藏明刊本,存前三卷,以下簡稱"南圖刊本";一爲北京大學圖書館藏清鈔本,存前三卷,以下簡稱"北大鈔本";一爲日本國立公文書館鈔本,六卷全,以下簡稱"日藏鈔本"。

　　1. 日藏鈔本《夢觀集》六卷,三册。見存於日本國立公文書館②。扉頁題"夢觀集",貼有内閣文庫編號。内鈐"林氏藏書""日本政府藏書""淺草文庫""内閣文庫""江雲渭樹""昌平阪學問所"諸印,曾爲日本江户初期著名學者林羅山(1583—1657)所遞藏。卷端題"夢觀集"/"富春釋如蘭編次"。每半頁 11 行,行約 20 字,無格,有朱筆圈畫之迹。是集正文前有全書目録:卷一七言古詩 80 首,卷二五言古詩 60 首,卷三七言律詩 185 首,卷四七言律詩 157 首,卷五五言律詩 64 首,卷六絶句,七言 268 首,五言 9 首,六言 4 首。凡 827 首。正文前序,題名"夢觀文集序",末署"天台方孝孺",未及年月。簡末有釋守仁門人祥彤題識曰:

　　　　昔慈雲大師云:"吾或從事於文墨,非以廢道沽名,蓋有不得已也。"先師夢觀和尚蚤工於詞詠,其亦不得已資黼黻焉耳,豈特尚聲韻之峻哉? 於是板刻遺稿,以共道者。時建文二年歲在辛巳季春,四明延慶住持門人祥彤謹識,長汀胡公義刻。

---

① 另,楊士奇《文淵閣書目》卷二著録有"僧夢觀集一部一册",然明初有兩種"夢觀集",一爲釋大圭《夢觀集》二十四卷,一爲釋守仁《夢觀集》六卷,未知《文淵閣書目》所録指何者。

② 此本最早由黄仁生《日本現藏稀見元明文集考證與提要》(嶽麓書社 2004 年版)披露,鍾彦飛《日藏釋守仁〈夢觀集〉鈔本考論》(載《文獻》2019 年第 3 期)繼而全面叙録了現存各種版本,其文獻價值初步得以彰顯。

“建文二年”爲庚辰年（1400），“辛巳”爲建文三年（1401），應是鈔者筆誤，實爲“建文三年”。又有鈔者題識曰：“維時永禄十歲歲舍丁卯卯月之末，借明國印本於琛甫小友，而遮眼者數日，遂不獲已，寫烏絲以爲後來學助云。季夏十有二日，就妙智精廬南簷下畢功。謙齋周良六十七齡志焉。”據此可知，此本乃由謙齋周良鈔於永禄十年（1567）。謙齋周良（1501—1579），法名周良，字策彦，號謙齋，俗姓井上。九歲出家於嵯峨天龍寺，師事心翁周安。嘉靖間先後以遣明副使、遣明正使兩度入華。謙齋周良耽讀漢詩文，爲五山文學末期巨匠，著有《策彦和尚初渡集》《再渡集》《謙齋詩稿》等詩文集。謙齋周良稱，所鈔《夢觀集》之底本爲“明國印本”，然並非其携歸之物，而是借自“琛甫小友”，其人待考。

2. 明刊本《夢觀集》六卷，存三卷，一册。見存於南京圖書館。館藏查詢書目標注爲：“釋大圭撰，存三卷：一至三。”應沿襲丁丙《善本書室藏書志》卷三四之誤，未核驗書也。是書內仍藏有一書簽，略曰：“《夢觀集》六卷（明初刻本），汪蓮涇、汪魚亭藏書，富春釋如蘭編次。元釋大圭撰。大圭字恒白，晋江廖氏子，至正時居泉州之紫雲寺，著《夢觀集》二十四卷。”頗疑爲丁丙手迹。檢丁丙《善本書室藏書志》卷三四云：“此明初刊六卷本。首題‘夢觀集卷一’，當是專刻詩集。有洪武廿二年金華宋濂序，有‘□□’‘太原叔子藏書記’‘秘篋抱書抵百城’‘汪魚亭藏閱書’各印。”“太原叔子藏書記”乃清人王聞遠（1663—1741）藏書印，所脱二字疑爲“蓮涇”，亦王氏藏印；“汪魚亭藏閱書”，爲汪憲（1721—1771）藏印。清末丁氏八千卷樓藏書散出，多歸南圖。今核此本，所鈐之印與丁氏著録吻合，知確爲八千卷樓舊物。卷端題“夢觀集”/“富春釋如蘭編次”，小黑口，有格，左右雙欄，雙魚尾，每半頁 11 行，行 21 字。正文前亦有目録，與日藏鈔本同；又有序一篇，題爲“夢觀集序”，末署“洪武廿有二年歲在己巳春二月望日，前翰林學士承旨嘉議大夫知制誥兼修國史兼太子贊善大夫金華宋濂序"。因脱去後三卷,未見簡末題識。

　　3.清鈔本《夢觀集》六卷,存前三卷。見存於北京大學圖書館,《明别集叢刊》第1輯第15册據此影印。卷端題"夢觀集"/"富春釋如蘭編次",内鈐"李盛鐸家藏文苑""北京大學藏""鳳生""畢經山館"等印。每半頁10行,行20字,無格。正文前亦有目録,與日藏鈔本、明刊本同;又有序一篇,篇名爲"夢觀集序",署名與南圖藏明刊本同,蓋據明刊本而鈔録。

　　今存《夢觀集》三種版本正文前所冠之序曰:

　　　　五穀所以療飢,而水所以禦渴。人皆知五穀之用重於水也,而不知五穀非水則不能成,生物之功,反有急於五穀者。有水而無穀,則鳥獸之毛血,草木之膚實,或可治以養生,未有無水之地能久存而不死者也。惟文與道也亦然。天下皆知道之貴於文也,寧知道非文則無所寓,而文有急於道者乎?周衰以來,老莊諸子發其術,著書者以百計,惟佛氏入中國稍後,而其術最奇。其閎詭玄奧,老莊不能及之。然而,世之學者常喜觀諸子之書,至於佛氏之説,非篤好者多置不省。何哉?豈非諸子之文足以説人,故人尤好之邪?佛氏之意,蓋亦深遠矣,惜其譯之者不能修其辭也。以其所言之詳,使有能文者譯其辭,命文措製與諸子相準,雖阻遏諸子而行於世可也。其動物誘民,奚止若斯而已哉?蓋知道而不能文,其失蕪昧而道不章;能文而不知道,其失荒鄙而不足以立教,兼通而並至者,非奇傑之士不能也。余行四方,與學佛者遊頗衆。其以知道自名者,則綴緝俚俗之説,以誑誣其徒,污穢煩褻,近於俳戲之語,謂道當若是,而不必乎文。或病其然,則絶去其教不省,而雕斲麗語曼辭以取容於世,心甚厭而非之。人咸誚余不喜佛氏,亦有以致之耳。今年道錢唐,遇普福大師仁公一初,於其道甚習,出其文若詩。覽之,持論深醇而

不雜以它説,爲辭富麗而不流於詭異,吾儒之工於言者殆不能
過。余喜與之值,師亦樂與余言,逌然相宜,犁然相諧,歡然忘其
所從之殊、所居之遠也。夫道固無窮,文亦無窮,能言斯道者,豈
特古之仁哉? 闇乎而非隱也,茫乎而非誕也,杳乎微乎而非昧
也。試歸而求之,余不有得焉,則師得之矣。

　　除略有異文外,三種版本所録内容大抵相似,但篇名、落款不同。
鍾彦飛以南圖刊本爲明初刻本,且落款年月與其推斷之日藏鈔本《夢
觀集》六卷所收作品最晚繫年——洪武二十二年(1389)相吻合,遂
"讞定序文作者爲宋濂",並以爲"此序不見於現存宋濂各集,亦爲集
外佚文"。日藏鈔本鈔於永禄十年,即明隆慶元年(1567);而南圖刊
本一般認爲是明初刻本,早於鈔本百餘年。類似此種刊本在前、鈔本
在後的情形,依據常識,似應以南圖刊本爲確。

　　然略作考察,此判斷頗有問題。首先,序末署款"洪武廿有二年
歲在己巳",即1389年,而宋濂卒於洪武十四年(1381),何有作序之
可能? 其次,序中稱"人咸誚余不喜佛氏",亦非宋濂口吻。宋濂自稱
"永明後身",號"無相居士"(《血書華嚴經贊》),又説"我生本是菩
提種,誤嬰世網未解脱"(《夕佳樓頌》),平生詩文泰半爲浮屠氏作,
其篤信、護持佛教,元末明初文人中無有出其右者。檢宋濂遺存文
獻,幾未見其有詆佛言論,焉可説出"人咸誚余不喜佛氏"之語?

　　然則,日藏鈔本《夢觀文集序》署名方孝孺,可否采信? 方孝孺
(1357—1402),字希直,一字希古,號遜志,學者稱"正學先生",浙江
寧海人。建文四年(1402),因拒擬詔書而被朱棣磔於市,並夷十族,
一門死難者達八百餘人,其慘怛人寰,亘古未有。方孝孺雖從學於宋
濂,然視佛禪却判然二途,其《答劉子傳書》中嘗言:"僕有志於古人
之道久矣。今之叛道者莫過於二氏,而釋氏尤甚。僕私竊憤之,以爲
儒者未能如孟、韓放言驅斥,使不敢横,亦當如古之善守國者,嚴於疆

域斥候，使敵不能攻劫可也。"孝孺之闢佛，雖不如韓愈之峻烈，却亦引起叢林内外"毁訕萬端"，序中所稱"人咸誚余不喜佛氏"，頗合其人其情。又，檢《方孝孺集》卷一〇《答鄭仲辯二首（其二）》云："去年王仲縉至蜀，承手帖。諭以近讀佛書自遣，心切疑之，以爲特戲言耳。及朝京師，於一初處，見所往還書，援佛氏之説甚詳，向慕於彼者甚至，然後知足下之果入於佛也。""一初"即守仁，可見方孝孺與釋守仁曾相往還，應有作序之可能。

《夢觀集序》之闢佛，語非激烈，惟論浮屠氏不能文道相貫，致使"知道而不能文，其失蕪昧而道不章；能文而不知道，其失荒鄙而不足以立教"，否則"其動物誘民，奚止若斯而已哉"，實含惋惜之意。而於釋守仁"持論深醇而不雜以它説，爲辭富麗而不流於詭異"之文風，則深自贊賞。此種旨趣、風格頗符契孝孺其他涉佛文。總之，無論從《夢觀集序》的落款，抑或該序之旨趣、風格來看，筆者以爲此序作者爲方孝孺而非宋濂，宜以日藏鈔本爲是。

釋守仁《夢觀集》之序，南圖刊本和日藏鈔本何以出現不同的署名？鍾彦飛推測説："日藏鈔本題方孝孺或因所見明刊本署名葉脱落而誤補。"然細查二本署名頁，這種推測基本不成立。日藏鈔本和南圖刊本的署名頁皆非單獨成頁：前者序文有三頁，署名頁與正文108字同頁；南圖刊本署名頁則含正文"則師得之矣"五字。若脱去此頁，則日藏鈔本不應有此五字。細校此二版本，凡南圖刊本脱字、漏字處，日藏鈔本亦空缺，並無擅自補入。如卷二五古《道心堂爲彭司農賦》所脱字句，南圖刊本有"湛然明鏡中，徹見□□□""紛紛事外馳，逐物不□□""□□心境空，明月在秋水"六句，日藏鈔本亦脱此七字。因此，日藏鈔本擅自定奪序作者的情況可以排除。

南圖刊本因脱去後三卷，具體刊刻年代不易考實。不過，南圖刊本或非惟一刊本。清末方濬師《蕉軒續録》卷一曾提及《夢觀集》：

余從海舶賈人購得《夢觀集》六卷,釋如蘭編次。按,夢觀禪師名守仁,富陽人,發迹四明延慶寺,住持靈隱。洪武十五年徵授僧録司右講經,甚見尊禮。三考陞右善世,母歿,賜錙殯殮。二十四年主天禧,示寂。方正學先生撰其詩序云:……此叙《遜志齋集》中無之,蓋先生文章遺失多也。

方濬師(1830—1889),字子嚴,號夢簪,安徽定遠人。同治八年(1869)至光緒五年(1879)間,任分巡廣東肇陽羅道。方氏明確稱所購《夢觀集》序之作者爲方孝孺,且驗過方氏《遜志齋集》,斷定爲其中佚文。其細緻若此,應不存在誤書之可能。此本後歸劉承幹嘉業堂。《嘉業堂藏書志》卷四曾著録此書,首録方孝孺序,次録方濬師題記,再録撰者題識云:

明釋守仁撰。建文時刻本。黑口,雙邊。分體編次。古詩雄健高騫,律詩典麗。楊鐵崖《東維子集》《送蘭仁二上人歸天竺序》,謂皆有用之才,授之以《春秋》史學,兵興潛於釋,又云能以宗乘與吾聖典合兩爲一。集中《鐵崖先生挽詩》有云:"舊業門生今幾在,下車空拜馬陵墳。"是爲先生入室弟子,濡染有自,宜其迥出恒流也。卷末題志三行:"建文三年歲在辛巳季春,四明延慶住山門人祥彤刊行,長汀胡□義刻。"黄虞稷《千頃堂書目》作《夢覺集》,蓋偶誤。有"後正之齋藏書圖記""佐伯文庫""廣東肇陽羅道關防"諸記。(董稿)

《嘉業堂藏書志》乃繆荃孫、吳昌綬、董康三人合撰。此段文字末題有"董稿"二字,則應出自董康(1867—1947)之手。董康明確稱此本爲"建文時刻本",所述版式與南圖刊本相同,所録卷末題志則同於日藏鈔本。董康並没有對方濬師題識中所載方孝孺序提出疑異,蓋所見正是方孝孺序。"後正之齋藏書圖記"未審何人藏印。"佐伯文庫"則是日本九州佐伯藩毛利高標（1755—1801）私家藏書室，建於天明元年（1781），以收藏漢籍爲主。明治維新時期，日人鋭意變法，摒棄傳統古籍，大量漢籍散出。李希聖《雁影齋題跋自序》即稱："光緒初元，日本方一意變法，視舊籍如土苴。"方瀎師或許正是藉此機緣而獲《夢觀集》，惜今已不明下落，但方氏題識和董康所撰藏書志表明：這本曾流落於東瀛的《夢觀集》六卷，應爲建文刻本無疑，序之作者爲方孝孺，不同於南圖刊本。

　　綜上所述，釋守仁《夢觀集》在明代曾出現了兩種不同刊本，一爲方瀎師所購建文刊本，一爲今藏於南京圖書館的刊本。前者已不見存，後者僅存前三卷。兩者的版式並無太多差異，惟序作者的署名不同。那麼，何以會出現這種同一篇序署名不同的現象呢？明成祖朱棣即位後，即頒行酷烈的文字禁令。方孝孺爲反抗靖難之魁首，其著述尤遭致嚴厲禁毁，《明史·方孝孺傳》稱凡"藏方孝孺詩文者，罪至死"。永樂三年（1405）十一月，庶吉士章朴因家藏方孝孺詩文而被斬。方氏所撰《周易枝辭》《周禮考次目録》《宋史要言》《基命録》《文同》等撰述皆毁而不傳，其餘與方孝孺相關文字亦多被禁行。例如，建文三年（1401），方孝孺曾手自繕寫宋濂《宋學士文萃》，但後來重印時，其中"若正學父方愚庵先生墓版文，及《送方生還寧海》詩，與鄭柏後跋皆非舊。凡涉方氏者，概不敢書名，第曰某某，即内府本用墨塗乙之意也"。此種酷令持續至天順年間，臨海人趙洪任始輯孝孺詩文鋟梓以傳。綜合以上因素，筆者謹慎推斷，南圖刊本因畏懼永樂文字禁令，抽改了建文刊本之序，將序之作者方孝孺易爲宋濂。

　　南圖刊本的刊印者何以將《夢觀集序》的作者托名於宋濂，而非他人？蓋以宋濂乃方孝孺師，而孝孺又嘗爲宋濂代作有大量文章。唐堯臣曾列舉宋濂《潛溪集》中"如送李參政、王文炯、李生及《方氏族譜序》《越國公神道碑》"等文，在方孝孺《遜志齋集》邑本各題下均注明“代太史公作”，實爲孝儒作也。南圖刊本的刊印者欲以假亂真。然其人去洪武年不遠，應知宋濂卒於洪武十四年（1381），序末却署款“洪武二十二年”，或屬另類《春秋》筆法，亦未可知也！

釋守仁著稱於明代，乃因其與釋德祥因詩賈禍之事。兹事較早見載於郎瑛《七修類稿》卷三四“二僧詩累”條：

> 元末高僧，四明守仁字一初，錢塘德祥字止庵，皆有志事業者也，遭時不偶，遂髡首而肆力於詩云……入國朝，皆被詔至京，後官僧司。一初《題翡翠》云：“見説炎州進翠衣，網羅一日遍東西。羽毛亦足爲身累，那得秋林静處棲。”止庵有《夏日西園》詩：“新築西園小草堂，熱時無處可乘凉。池塘六月由來淺，林木三年未得長。欲净身心頻掃地，愛開窗户不燒香。晚風只有溪南柳，又畏蟬聲鬧夕陽。”皆爲太祖見之，謂守仁曰：“汝不欲仕我，謂我法網密耶？”謂德祥曰：“汝詩‘熱時無處乘凉’，以我刑法太嚴耶？又謂‘六月由淺’‘三年未長’，謂我立國規模小而不能興禮樂耶？‘頻掃地’‘不燒香’，是言我恐人議而肆殺，却不肯爲善耶？”皆罪之而不善終。

陳師《禪寄筆談》卷六、蔣一葵《堯山堂外紀》卷七七、吳之鯨《武林梵刹志》卷九皆轉録或節録《七修類稿》中之記載，或曰“皆罪之而不赦”，或曰“遂皆棄市”，或曰“爲太祖所見怒而罪之”。可見，兹事大抵始見於嘉靖間，而盛傳於萬曆間。然錢謙益《列朝詩集》力辨其非，以爲“野史流傳，不足信也”。守仁獲罪之詩《題翡翠》今見諸日藏鈔本卷六，若果因之獲罪，焉敢刻入集中？郎瑛《七修類稿》中尚載有釋來復“文字獄”，亦與其生平不符，蓋皆掇拾異文，眩人耳目，不足採信也。

釋守仁之詩諸體兼備，古體縱橫宕逸，律詩謹嚴而不失靈動，方溍師曾摘其五言"雨壑龍隨卧,晴林鶴共蕫""山川壯齊魯,河漢入青徐""溪雲千頃雪,松籟一庭秋",七言"雲銷碧海天無際,波撼金山地欲浮""漢室將軍雙玉斗,郭家天馬五花文""巖僧掃月千峰浄,山鬼吟風萬壑哀""故人消息雙魚素,遊子衣裳寸草心""瘦駝裹裹隨燕草,歸馬蕭蕭識漢旌""謫仙浩氣臨青海,賀老清風滿鑒湖",以爲"嶔奇超拔,不似衲子口吻"。毛晉《明僧弘秀集》選其詩 123 首,尤激賞其題畫詩,又舉集中所涉一時名僧詩題,以爲"據前題中詩禪不下百人,余所見寂寂如寒木蟬聲,始識傳薪之難,令我心驚不已"。其名作《鐵崖先生挽詩》:"玉笙聲斷泣龍君,撼樹蚍蜉謾作群。一代春秋尊正統,兩朝冠冕在斯文。他生有約尋圓澤,後世何人識子雲。舊業門生今幾在,下車空拜馬陵墳。"情真意摯,徐伯齡《蟫精雋》卷九以爲:"所謂情詞兩到,恩義兼盡者也。"

《雪廬稿》一卷、《元釋集》一卷,釋克新撰

釋克新(1322—?),字仲銘,自號雪廬、江左外史。江西鄱陽人,俗姓余,宋尚書左丞余靖九世孫。始業科舉,元廷罷之,乃學佛。至正初,遊廬山,下金陵,依笑隱大訴,掌大龍翔集慶寺書記。元末兵起,輾轉蘇浙,住常熟慧日寺、秀州資聖寺、嘉興水西寺,與楊廉夫、顧仲瑛、陳基等名士遊。明初被詔入京,奉命往西域招諭吐蕃,圖其山川地形以歸。著有《南詢稿》,毀於兵,存世者有《雪廬稿》《元釋集》《金玉編》三種。生平未見碑傳。《續燈存稿》《列朝詩集》《檇李詩繫》等有其小傳。

釋克新《奉寄崇報仁禪師(并叙)》詩稱:"行中禪師與予同生番易,而長予十三歲。"仁禪師即至仁行中,據《五燈全書》卷五五,至仁示寂於洪武十五年壬戌(1382)三月望,世壽七十四,僧臘六十七,則其生年爲 1309 年。以此推之,克新仲銘生年應爲 1322 年。卒年

俟考。

1.《雪廬稿》一卷。《文淵閣書目》著錄爲"僧克新《雪廬稿》，一部一冊"。張萱、孫能傳等撰《內閣藏書目錄》卷三"集部"著錄爲"《雪廬稿》一冊全，元至正間鄱陽釋克新著，周伯琦序"。錢謙益《絳雲樓書目》卷三著錄爲"克新《雪廬稿》"。據至正二十四年（1364）克新爲至仁行中所撰《澹居稿序》，是書由吳興皇甫廷玉編印，則元末即已刻梓。楊維楨作於至正丙午（1366）《雪廬集序》稱，老友劉海持釋克新《雪廬集》一編見過，徵序言，"於是命筆胥錄其編，凡若干首，使與至文（按：指天隱圓至）同梓於肆云"。今存《雪廬稿》未見楊序，但可證是書元季即已刊行。另，楚石梵琦有《讀雪廬稿錄謝仲銘禪師》詩，亦作於元末。

然是書流傳不廣。今存者惟有日本南北朝刻本、寬文六年（1666）藤田六兵衛刊本等版本，《和刻本中國古逸書叢刊》第 57 冊據日本國立公文書館內閣文庫藏五山版影印。封頁左上題書名"雪廬稿"。收克新詩凡 128 首，前 60 首爲七絕，後 68 首爲七律，未收古體和五言近體。

正文前有至正二十四年（1364）周伯琦序，序曰：

> 吾家鄱之板橋里。里之東南五百里，有大姓曰余氏。其上世宋嘉祐中名臣尚書左丞始興襄公，以功業致顯位，與范、歐諸公同列。其子仲荀由屯田守鄱，遂爲鄱人。子孫仕宦，訖宋終不絕。今有爲釋氏之學曰克新仲銘者，襄公之九世孫。始齓，知讀書，慕西方教，從師祝其髮，受信具，遍走江湖間。既精內典，復究儒藝。發爲詩歌，音韻辭藻，壹中矩矱。綴輯爲文，短章大篇，粲然炳如，遂以名世。雖京師號爲能文者，往往數千里交書問賡倡，蓋中弸而外蔚，勢有必至。今主禪席於嘉興之水西。水西，唐宣宗微時避難之地也。蘊雅致，居名剎，昕夕從容雲松水竹之

間，益肆於文墨，彙而成帙，所謂《雪廬稿》者若干卷。吾深奇之。
夫北□於斗，而後知衆星之運次；東□於海，而後知百川之朝宗。
仲銘緇衣糜鉢，遊於通都會同之域，接乎四海之英俊，挹乎當代
之文物，抒其情而達其辭，則兹稿如是，其浩博奇傳也宜矣。使
仲銘不從釋而立乎朝廷之上，則其顯揚始興之慶澤也，可量哉？
吾於仲銘呈中諸父行也，惜其才，嘉其志，故推本所自，而書其稿
之端以皈之。至正甲辰初夏，資善大夫江浙等處行中書省左丞
周伯琦温翁序。

周伯琦，字伯温，饒州人，據《元史》本傳載，至正十七年（1357），江浙
行省丞相達實特穆爾假伯琦爲參知政事，招諭張士誠。士誠既滅，伯
琦乃得歸鄱陽，尋卒。周伯琦爲《雪廬集》撰序，當在其歸隱鄱陽時。
周伯琦既稱“《雪廬稿》若干卷”，則知是書初刻當已分卷。然今所見
者，未分卷。卷端題“雪廬稿”/“江左外史番易釋克新仲銘”。半頁
10行，行18字，有界行，四周雙邊，白口，上魚尾下題“雪廬稿詩”，則
原書或收有其文。

2.《元釋集》一卷，清鈔本。見存於國家圖書館藏，《四庫全書存
目叢書》集部第24册據之影印。此本蓋清人掇拾釋克新遺作及他家
選本而成，别題爲“元釋集”，以其爲元代釋子也。四庫館臣曰：“此
本别題‘元釋集’，僅古今體詩六十餘首，考賴良《大雅集》有克新詩
四首，而此本皆無之。蓋後人從《雪廬集》中摘録鈔存，非其全稿
也。”細校之，集中《壯丁行》《送日本成上人》諸詩，未見於今存《雪廬
集》，此亦可證今存《雪廬集》必非全帙。

釋克新還有《金玉編》三卷，輯録其與僧俗唱和之詩。此本亦未
見國内藏本，《禪門逸書續編》第1册據日本舊鈔本影印，具體來源未
詳。日本國立公文書館内閣文庫藏有五山版。前有至正二十二年
（1362）釋至仁序，略曰：

天曆初,文宗皇帝以金陵潛邸爲大龍翔寺,起笑隱禪師主之,而天下學者雲輸川湧。今水西新公仲銘晚至,以雄材碩學爲書記,文采彪裸,聲譽大起。當時賢達之主,莫不景慕而推重之。若今翰林承旨張公、江浙左丞周公、中書參政危公、故監察御史程公,皆篤斯文之好。而覺隱誠公、南堂欲公、用章俊公,尤善定年之誼。由是,四方英偉文雅之倫,莫不嚮風而願内交焉。故其詞章之往還,翰墨之酬酢,殆無虛月。

次爲至正二十三年(1363)張羽序,略曰:"新公仲銘,賦性高曠,喜爲詩,住嘉禾之水西寺。水西,古名道場也。枕南湖之勝,風烟開闔,雲物寥迴。凡縉紳之友,禪教之侶,登臨唱答,往來簡贈,飛牋捷翰,聚在梵笈,時出而玩之。"是書輯録克新與張羽、顧瑛、周伯琦、陳基、成廷珪、了庵清欲、來復見心、至仁行中、九皋妙聲、良琦、楚石梵琦、本誠覺隱等文士、釋子名僧交遊詩文 102 首,與釋來復《澹遊集》皆爲元末士僧交遊唱和總集,尤具有文獻價值。例如,卷二收録本誠覺隱《答仲銘手簡》云:"本誠頓首,奉啓仲銘記室尊友足下。別後兩辱書,累數百言,文雄理勝,讀之不能釋手。然中間推獎過情,使人慚汗,不敢當也。僻居村疃,無便,失於裁答,益增愧赧。聞行中近留萬壽,乞致廿年相別之意。方今叢林人物寥落,幸有用章、行中與足下,黼黻宗教,惟在二三公而已。倘過枕望,迂舟芝皋,叙論數日,以慰懸渴。承索《三隱集》,俟刊完,專用寄去。偶感寒畏風。奉啓,不具。十一月五日,本誠頓首。"覺隱本誠,乃元朝著名"詩禪三隱"之一,其人其事莫詳,存詩亦寥寥,文則無所見。黃溍《覺隱文集序》嘗盛稱其文,此篇可窺一斑;而所謂"三隱集"者,則元人高士明所編,今亦未見傳。

克新之詩,散見於其他文獻者亦復不少。《古今禪藻集》卷一三收有 2 首,卷一四收 6 首,卷一五收 5 首,卷一六收 28 首,卷一七收

28首,共69首。賴良《大雅集》收有《次鐵雅先生送沈煉師韻（四首）》,《檇李詩繫》收有18首,其詩所存約150首。克新另存有文5篇:錢穀《吳都文粹續集》卷三三收《天池寂鑒禪院記》,朱存理《珊瑚木難》卷七據《雪廬集》錄有《玉鶯傳》《孔方傳》二文,及《曇芳守忠禪師語錄》所附《守忠曇芳行業記》,至仁行中《澹居稿》卷首之《澹居稿序》。

　　今所見克新之詩,多作於元末,頗見季世板蕩現實。如《送石仲德司丞》《贈夏君美同知》《送王中承赴浙西使》《次韻茅經歷聽雨》《奉寄崇報仁禪師》《爲清上人題竹》諸詩,寫元季兵甲、兵戈、殺伐,似夢魘潛藏其心,揮之不去。《壯丁行》一首,所寫應爲至正十二年（1352）事,末兩句“安得盡銷天下之甲兵,鑄作農器驅民耕”,表達了對泰平清寧之嚮往,直爲元末實錄。元末明初,政局動蕩詭譎,克新先後周旋於元蒙、張士誠、朱元璋政權之間。沈季友《檇李詩繫·克新小傳》稱:“如《送總管側失總管還朝序》,徵糧於張氏,由海道還朝者也。《蘇院判招降詩序》則張氏之蘇同僉攻江陰而旋師也,大率望庚申之中興,美張氏之內附,而於明多指斥之詞焉。”至正十七年（1357）,朱元璋平陳友諒,轉攻張士誠,士誠莫攖其鋒,遂降元,每年海運糧食於元廷。蘇同僉事,則指至正十九年（1359）二月,士誠圍攻江陰吳良部,艨艟蔽江,蘇同僉建牙君山,作進攻狀。事見《明史紀事本末》卷四。元末,克新曾從嘉興水西寺移住吳中,錢穀《吳都文粹續集》卷三三收有其撰於洪武二年（1369）《天池寂鑒禪院記》,落款爲“智文辨大禪師蘇州府承天能仁禪寺住持克新撰”,又其詩《會陳彦博編修》有“忽復乘海槎,銜命自天帝”,所指或即徵糧之事。釋克新雖曾婉拒特穆爾布哈之招,説“不是賢王招不起,山人只合住山中”,但其絕非真正之山人、方外隱者。

《幻庵詩》一卷，釋法住撰

法住，來復見心門人，生平不詳，著有《幻庵詩》一卷。

《幻庵詩》一卷，附見於洪武刊本、正統五年（1440）孫以寧刊本來復《蒲庵集》之後。《明史·藝文志》著録爲“法住《幻住詩》一卷”，《千頃堂書目》卷二八著録爲“法住《幻住詩》一卷，來復弟子”，“幻住”當爲“幻庵”之誤。錢謙益《列朝詩集·幻庵住公小傳》謂：“法住，豫章人，號幻庵，又號雲峰。得法蒲庵復公。”法住詩集曰“幻庵詩”，乃因其號命名。是集卷端署“豫章翠峰幻住”，蓋亦江西僧也。

此本收法住詩84首，率皆奉和題贈之作，所結交者亦多文人、官吏、王侯，與來復頗同聲氣。蓋法住隨侍來復既久，詩亦隨之。集中《次蒲庵到京》三首，極盡頌聖禱祝之能，比之於士夫文人，有過之而無不及。

《朝天集》一卷，釋法天撰

法天（1333—1406），號無極，雲南大理楊氏子。年十六出家，禮蕩山海印爲師，海印乃高峰原妙三傳弟子。後遍遊叢林，參叩明眼，大悟宗旨。主大理感恩寺，以宗印心，敷演《華嚴》《圓覺》《法華》《楞嚴》大旨，四衆無不歸仰敬信。洪武十四年（1381）明軍征滇南，既平，法天率衆僧朝貢，進白馬、山茶和《征南賦詩》，太祖賜以紫衣，賜號“無極”，並御製詩28首，授雲南大理府僧綱司都綱。洪武十九年（1386）再進表謝恩。永樂四年（1406）六月二十七，端坐而逝，世壽七十四，僧臘五十八。著有《朝天集》《法華經注解》等。生平可見楊仲節所撰《無極禪師行實》。

　　《朝天集》一卷,《雲南叢書》本,《叢書集成續編》第 137 册據之
影印。扉頁題"雲南叢書集部之一"/"朝天集"/"共一卷",次頁題
"雲南圖書館藏板(甲寅年刊)"。卷端題"朝天集"/"法孫都綱司師
天謹輯"/"太和李孔惠美爾、萬崇義宜也同訂"。每半頁 10 行,行 21
字,左右雙邊,下黑口,單魚尾,版心鎸"朝天集"及頁碼。正文前有黄
元治序,略曰:

　　　　余初至大理,即聞感通寺有明太祖御製詩。云先是寺僧法
　　天,當潁川侯傅友德討平大理,法天知中國有聖人,爰率衆入觀
　　京師,獻白馬一、茶花一、詩二章。上御殿,忽馬嘶花放,天顔喜,
　　書二詩賜之。已而,又命諸詞臣各賦詩以送,上復製詩十八首,
　　道其往還跋涉江山之况,且賜號"無極",敕授大理府僧綱司都
　　綱,世世勿替……獨無極以一緇衣,翻能觀天子於方輿,揚詩歌
　　於盛世,可謂絶群而出矣。彼古來詩僧亦衆矣,率皆淪落孤蹈,
　　求如無極遇主而揖讓於公卿之間,以動當世之聽聞者,則斷斷未
　　之有也。然則,無極安得以緇流目之哉? 無極歸,刻御詩於石
　　上,集其所自爲詩賦,以及當時君臣諸贈言,裒而成編,名曰"朝
　　天集"。今其集具在也,即御書亦未至大剥落而不可讀。獨寺僧
　　椎野,日計田園,以取贏餘,而如此昭日耀星之文,反置諸寒氊敗
　　几,日爲鳥鼠之所弄。客求觀,即從烟埃中隻手取授客,客觀已,
　　即又不擇地置之。嗚呼,良可歎矣! 夫感通一寺,實以朝天增
　　榮,而爲諸梵刹之領袖。顧視龍文鳳藻,曾弁髦之不若,遲之再
　　傳,湮没尚可問哉! 余以辛未春過感通,得瞻太祖筆,竊自欣幸
　　已,乃索《朝天集》閲之,又不禁悵然。爰爲訂其訛謬,命寺僧壽
　　諸棗梨,以傳永久,而煌煌御製更屬裝整珍藏,以爲山門鎮。此
　　豈特寶宸翰、侈君恩而已乎,亦示後之用兵者,務修德以來遠,而
　　托之空門者,正不徒以禪寂爲高也。今有無極其人乎? 吾願策

杖而與之遊。康熙三十二年歲次癸酉臘月之朔,新安黃元治題於松韻樓。

黃元治,號樵谷鈍夫,康熙十五年(1676)進士,知雲南澄江府,與李思仝並撰有《大理府志》。康熙三十年(1691),元治過感通寺,"得瞻太祖筆,竊自欣幸已,乃索《朝天集》閲之,又不禁悵然",故訂其訛謬,命寺僧付梓。此本所收爲法天進京朝貢自作詩賦,以及明太祖御製詩、翰林學士及名僧高道之贈詩。

是書明清以來書志罕見著録,《列朝詩集》《明詩綜》等亦未登其名,蓋其湮晦於世久矣。《雲南歷代僧人著述考略》稱:法天《朝天集》,雲圖另藏嘉慶安徽望江二餘堂刻本,殘存一册①。今檢是書,乃乾嘉間滇西師範所撰,與法天《朝天集》實同名異書。

洪武初,太祖安車蒲輪,遍徵東南高行沙門,説法蔣山,雲集天界寺,楚石梵琦、九皋妙聲、宗泐季潭、至仁行中、來復見心等悉入其彀中。法天無極以滇南叢林職志,率衆覲天子於方興,揚詩歌於盛世,揖讓於公卿之間,不惟滇中佛教之盛舉,實亦啓沃彼邦叢林尚詩之風。所作《洪武十七年正月元日上書》《征南賦》《貝生賦》《法華經賦》及諸詩,鏗鍧炳烺,昭日耀星,自中節度,可與宗泐、來復諸人把臂頡頏。集中所收《御製詩送大理僧無極》《題卷十八首(有序)》,皆未見四庫本《明太祖文集》,可補之。其中《題卷十八首》,分《舟行長江(六首)》《閲黃鶴樓》《望岳陽樓》《僧過巫山》《僧歸雲南》《舟過巴山》《白帝城懷古》《足躡黔中》《僧涉黔難》《歎僧黔中行》《僧入崇山》《鶯啼碧鷄》《僧居點蒼》,皆擬無極趨水之險,步陸之艱,以贊其苦行之志,亦可見太祖指畫江山、氣吞萬里之氣度。集中又收有李

①雲南圖書館編《雲南歷代僧人著述考略》,雲南美術出版社 2007 年版,第 21 頁。

潮、宋訥、張來儀、釋弘道、釋夷簡、釋如玘、釋清濬等群臣所和太祖御詩,不惟具有極高之輯佚價值,亦可資考明初叢林生態、招撫邊疆之史實。

《圓庵集》十卷,釋居頂撰

居頂(？—1404),字玄極,別號圓庵生,俗姓陳,黄巖(今屬浙江)人。幼學出世法,聰慧過人。投天台無慍恕中,剃髮受具。性相雙融,行解兼至。初住四明翠山,次遷婺州雙林。洪武中授僧録,住靈谷,敷座傳經,其道大行。永樂二年(1404)二月示寂。著有《續傳燈録》三十六卷、《圓庵集》十卷。生平未見碑傳。《新續高僧傳四集》卷十九、《增集續傳燈録》卷六有其小傳。

《圓庵集》十卷(存六卷),二册,明初刻本,見存於上海圖書館。版高 17.5 釐米,寬 12 釐米。封面篆書"圓庵集"/"戊午十月"/"耕石書"。卷端題"圓庵集"/"天台釋居頂玄極"。半頁 12 行,行 21字,黑口,四周雙邊,雙魚尾。正文前有楊士奇序,有脱文,據楊氏《東里文集》卷二五補足如下:

> 爲釋氏之學,其才智有餘,研極宗旨之外,往往從事於儒,而與文人遊,亦時作爲文章,泄其抱負,寫其性情。蓋自惠休有文名世,而唐之靈一、靈徹,宋之惟儼、秘演,元之大訢輩,累累有繼。逮於國朝,宗泐、來復諸老,亦彬彬乎盛矣。玄極頂公於諸老差後出,其文實伯仲間,蓋重於世久矣。玄極,天台儒家子,自其童卯,已悟解穎敏,脱略凡近,始出家,從浮圖師。居無幾,師謝之曰:"吾不足子師。"乃求禪林之邃於道者而師之,篤志苦力,久而悉其道焉。又以爲儒之道當究也,又求邃於儒者而師之,又篤志苦力,久而並其文悉焉。夫爲文與爲佛之道,其理無以異

也,必有師宗,必究旨歸,壹其心,篤其志,先乎本而後乎末,探乎
粹精而黜乎糟粕,無弗造者,若所造之,難易淺深,則繫其天稟之
高下焉。玄極非其資稟之高,師承之正,積勤之久之所臻歟?於
是勃勃起聲譽,而與宗泐諸老先後有聞於四方矣。蜀獻王首遣
幣聘之,且寓詩有"僧中班馬"之襃。太祖高皇帝聞其名,召至,
奏對稱旨,命爲僧録左講經,陞左闡教兼住持靈谷寺,獎任之日
重焉。玄極平生詩文甚富,多不存稿。既謝世,其徒崇遠收萃散
逸,僅得其詩、賦、雜文二百首,釐爲十卷,名"圓庵集"。圓庵,玄
極別號也。將刻梓以傳,而求余序。玄極之文,根於學,充於才,
論性道明,言德行正,簡而不促,豐而不泛,尤謹於繩尺。要其造
詣,非叢林之名能文者所易及也。然非獨其文,吾聞玄極於事其
師如事父。師没哀毁,服心喪三年,終其身語及師,泣下泫然。
其篤於倫誼類此,尤非尋常方外離倫遺情以爲高者所可同日語
也。崇遠惇實清雅,惓惓圖永其師之傳,是亦其師之心矣,皆可
尚也。故爲之序。

《圓庵集》十卷,今僅存前六卷。據《明別集版本志》,餘四卷及附
録一卷,今存寧波天一閣。但《天一閣書目》實際著録爲十卷附録
一卷,爲足本,惜未親見。卷一收詩 50 篇、辭賦 2 篇,卷二收序 13
篇,卷三收序 10 篇,卷四收序 13 篇,卷五收説 11 篇,卷六收記 13
篇,計詩賦 52 篇,文 60 篇。與崇遠所編二百首,相差 80 餘篇,應爲
後四卷之數。

　　此本輾轉於多位藏家之手,所見鈐印有"鮮灝""初我小印""歸
曾祁""趙鈁珍藏""曾在趙元方家""一廛十駕""藏園籍藏""卷盦六
十六以後所收書"等方印,及殷鮮灝、丁祖蔭、歸曾祁手書題跋①。

①參看沈津《明代別集》,載《文獻》1991 年第 3 期。

　　殷鮮灝跋云:"天台頂公爲詩文數十年,即遠遊不遑息,圓寂後,其徒彙而刻之,名曰'圓庵集'。楊士奇爲之序。江南北少流行本,故諸藏書家多不載此書,而世遂無知之者。戊午秋,余得之武林,讀之,能於諸名家外自闢町畦,其古質處如漢尺秦權,博雅處如山經水注,詭逸處如犛軒竭陀,真率處如村談巷語,衆妙畢臻,無美不備,知公之得於此道者深矣。按序云,公字玄極,天台儒家子,壯歲出家,事浮圖師道通。棄去,從名儒遊,盡力爲詩文,業大進,偶有所作,一時傳誦之。洪武中,王十一子椿封成都,知其賢,幣聘之,公不去。太祖召爲僧録,遷左闡教,住持靈谷寺。所交皆當世貴顯有大才,而亦甚奇公才,公由是知名。在靈谷時,雖居方外,然朝廷慶賀事,未嘗不與,集中《嘉禾》《應制》諸詩是也。洪武十五年,高后崩,諸王奔喪將還,帝選高僧各一與之福。上人在遣中,寓詩於王。其後二十六年哭公之蜀,又爲文以宣王之德化,其拳拳不忘蜀王者,蓋以感王之知遇也。公生於元季,流寇之亂,尚及見之。洪武中,公年方盛,所作詩文甚多。永樂改元,公將老,而又懷遜國之憂,則絶筆矣。集凡六卷,刻於洪熙,初集不載年歲,以楊序推之,當亦可信。戊午十一月耕石殷鮮灝記。"鮮灝,民國常熟著名藏書家,所記圓頂生平甚詳,惟稱集凡"六卷",與楊士奇所記不符,蓋因其所見惟六卷本也。其以是集刻於洪熙年間,亦可採信。

　　丁祖蔭跋云:"是集諸家藏目未著録,字體圓勁,紙質堅韌,確是明初刊本,去元槧遺意未遠也。元季多名僧,蒲庵、全室爲最著,東里稱公在伯仲間。今二集流傳亦罕矣,矧是本之亡來久乎?天壤孤槧,當與予家《蒲庵》一集共寶之。戊午嘉平初園識。"丁祖蔭(1871—1930),原名祖德,字芝孫,一作之孫,號初我、初園居士,又號一行,常熟著名學者、藏書家。

　　歸曾祁跋云:"耕石遊杭,得明僧居頂《圓庵集》,刻劃精爽,紙墨雋雅,確係明初佳刻本。而諸家藏目未載,比之陳氏之得《稽瑞》,喜不自勝,出以示余。余案,頂公俗姓陳,台之黄巖人也。父君璋,母氏葉,夫婦奉《法華》惟謹。兄景星、嫂氏王刲股療翁疾。頂公向慕真乘,發心出家,投天台和尚無愠,剃落受具。無愠淹博教觀,益工文翰,年七十,歸自京師,著《山庵雜録》上、下卷,頂公與其同門韞中等鏤板行世。頂公事略,不慨□見鄉覽雜録,而知其得父師之教,濡染有自來。今觀其詩文,又知頂公所與交者,皆一時知名士,天資清敏,才解英富,承一心三觀之傳,通百氏諸子之學,宜其灑翰摘辭,動可觀采也。文如《送松巖住上人侍師奉使日本國序》有曰'惟忠與孝可以動天地,感鬼神';《念佛三昧説》有曰'治其心實自古立國爲政之本也'。是則頂公之學,不僅以法雨溉莖草,慈雲遮尺地,成宗門著作家已也,殆隱於浮屠,竊取君平賣卜之意歟? 己未閏七夕,虞鄉歸曾祁跋於三薇精舍。""陳氏之得《稽瑞》",乃指陳揆偶購得唐人劉賡《稽瑞》一書,喜不自勝,即名其藏書樓爲"稽瑞樓",歸氏以此喻殷鮮灝之得《圓庵集》。

居頂詩文,東里及諸藏家所評甚高,俱以爲與宗泐、來復伯仲間。然今觀之,泰半爲與明太祖、蜀王椿應制唱和之作,雍容典雅,黻黼聖意,殊不類釋子所作。例如《欽和御製豐年有感二首》其二云:"聖明圖治廣推恩,恩洽生民似原坤。率土太平端有象,昊天仁祐本無言。五雲繚繞薰佳氣,百穀敷榮茂本根。盛德巍巍何以報,焚香松下誦經文。"《念佛三昧詩敬奉蜀王殿下作》《欽和御製嘉禾詩五首》《欽和御製郊祀詩》等,皆類如此作,以此方之宗泐、來復,差可相似。然居頂詩風格單一,才情似不逮二公。倒是其序説記文,寫人叙事,平實曉暢,如《送雲南珪上人遊方序》《送松巖住上人侍師奉使日本國序》等,宣大明之教化,法雨之沾溉,簡而不促,豐而不泛。

《松月集》一卷,釋睿略撰

　　睿略(1334—1412),字道權,號簡庵,嘗以"松月"匾其居,人稱"松月翁",蘇州人。早歲出家於城南真慶院,受具足戒,後隨永定九皋聲公,習天台教。因不樂名相,遂至徑山參愚庵智及。洪武六年(1373),住吳縣延慶寺,再住寶華寺。洪武三十年(1397),住持上元縣延祥寺,建文四年(1402)任揚州府僧綱司都綱兼天寧寺住持,大建佛殿僧寶,安僧護法,政理清平。永樂十年(1412)示寂,年七十九。生平碑傳,可見其法兄獨庵道衍所撰《簡庵略禪師塔銘》。

　　睿略著述不多,所知僅《松月集》一卷。《千頃堂書目》著録爲"《故山松月集》",並注"洪武初揚州府僧綱司都綱",應即《松月集》。今所見有永樂年間刻本和清鈔本各一種。

　　1.《松月集》一卷,二册,永樂刻本。見存於國家圖書館,《四庫全書存目叢書》集部第27册據之影印。卷端題"松月集"/"吳僧睿略"。内鈐"蒿庵""振綺堂兵燹後收藏書""汪魚亭藏閲書""釋氏宗奥""白□櫝物"等方印。半頁11行,行20字,有格,四周雙邊,黑口,雙魚尾,版心鐫"松月集"及頁碼。正文前有洪武二十六年(1393)吳中文人俞貞木序,書後有永樂十一年(1413)獨庵道衍所撰塔銘。俞貞木序曰:

　　　　余取友於方外,求其内外不偏而胸中灑落者,不易得也。蓋内學能究明夫心性,外學能遊戲於文辭,兼之者尠矣。若松月略禪師,氣韻高爽,自幼習儒,蚤歲從釋,遍參老師碩德,而有得焉。迺退然闤闠之林下,無慕乎外,喜爲唐人詩。禪餘則吟詠,與朋遊唱和。其徒孫永禎掇集成帙,甚肖唐人體制。中年更歷世故,披一衲於三椽之下,究竟直指之學,往往發於言辭,警世俗而薄勢利,人争傳誦之。及屏居雙塔精舍,出入尤簡,凡騷人韻士相過,則留連徘徊,終日不已。余暇造其室,獲觀其所謂《松月集》者,展誦數篇,不覺令人灑然脱去塵慮。禎求序於卷端。吁!朋舊零落,方外之友亦稀矣。若師乃茂林之松檜,歷霜雪而不變者,余得爲友而樂於餘生,亦幸矣。夫詩以寫情性,爲詩而不本乎情性,則亦何爲而樂乎?矧林下詠歌,非食肉人所可道,超出塵埃,脱去凡陋,使人朗詠而長歌之,則此身如在烟霞泉石之間,大山深林之下,不知世之有金玉富貴也。余本山澤枯槁之士,絶軒裳榮辱之念久矣,每於高僧、道民即與之爲友如師也,久同山林之盟。今觀是集,乃陶情寫性,得其所樂哉!蓋師冲襟雅度,與嘉木同其寒暄,與浮雲同其紓卷,故發於五言、七言,開闔變化,不煩繩削,非抽黄配白者比。余故不辭而爲之序。具眼自能知之,固不在贅辭焉。師名睿略,字道權,以"松月"扁其軒居,人呼爲"松月翁",蘇人,徑山愚庵禪師之高弟云。洪武癸酉六月朔,包山俞貞木序。

俞貞木(1332—1401),初名楨,字有立,吴縣人。洪武初薦爲樂昌令,有古循吏之風。因勸姚善勤王,建文四年(1402)朱棣入京,被逮,既白將歸,暴病卒。貞木爲人清節,敦行古道,耽於世外之樂,其所述睿略品局亦高,非苟且勢利者可比。

2.《松月集》一卷,清鈔本。見存於國家圖書館。半頁11行,行21字,無格。正文前亦有俞貞木序,書末有永樂十一年(1413)獨庵道衍所撰塔銘。未知何人所鈔。

《松月集》一卷,收睿略各體詩259首。睿略頗耽吟業,所作《止吟》云:"予生徒嗜吟,罔諳詩旨妙。適意聊自娱,形言但詒誚。由斯欲止吟,吟癖難自療。聞歌即技癢,觸景每頭掉。"凡聞歌觸景,登樓陟橋,皆難以克制吟詩之欲。《松月集》所存之詩,多爲入明之後所作,以酬贈、題畫居多。其自稱:"自謂談詩不離禪,更無別法可相傳。"然所作除《自遣示兒孫》《貧樂歌》諸首,旨在表現禪者安貧樂道之志外,餘皆與士大夫無甚差別,寫景、詠物,少見圓融之境。

睿略平生遊歷甚廣,集中《次韻宿黄山酬道庵》《宿洞庭回吴口占》諸詩,所載即其行蹤,所寫則多羈旅苦愁。如作於洪武十八年(1385)《途嘆》云:"世路澀如棘,前程踥步間。遂疑行蜀道,不覺唱陽關。白日投無處,愁雲望滿山。出門衹有礙,那復問荆蠻。"又如《舟嘆》云:"上岸復登舟,攜家無所投。易地皆扃户,逢人競説愁。日高移柳渚,夜静泊瀘州。縮地嗟無術,隨風漫逐流。"似滿腹愁緒之俗世失路者,殊少僧人灑然情致。倒是所作梅花之詩,頗爲别致。如《題梅花》云:"冰玉清姿滿面霜,水邊林下發奇香。縱教才子多題詠,無出逋仙意趣長。"《題梅》云:"疏影摇窗月,繁葩撲鼻香。詩人逢此景,未免攬枯腸。"又《題梅》云:"皎如瑞雪照巖扃,風遞幽香到骨清。誰似當年何水部,看花吟詠有閒情。"所持議論,頗中後世詠梅詩之得失。道衍所撰塔銘中稱其詩"格高趣遠,絶肖唐人製作,無一點塵俗氣,不下於雪竇、越澈"。然四庫館臣評曰:"今觀其集,大致亦承九僧、四靈之派,而陶冶之力則不及古人,故邊幅淺狹,意言並盡,五首以外,規格略同。廣孝之言,未爲篤論也。"館臣所評,似更允當,其詩不過宋元江湖詩風之餘緒。

《逃虚子詩集》十卷、《逃虚類稿》五卷、《獨庵外集續稿》五卷,釋道衍撰

道衍(1335—1418),俗姓姚,名廣孝,出家後更名道衍,字斯道,號獨庵,晚號逃虚老人,江蘇長洲(今蘇州)人。本醫家子,却志方外之樂。至正八年(1348)出家妙智庵,遊學湖海,從愚庵智及於徑山習禪。洪武八年(1375),朱元璋遍詔通儒,道衍入禮部,然"不願仕,賜

僧服還"。高皇后崩,選高僧侍諸王,道衍以季潭宗泐薦,入僧録司。
洪武十五(1382),隨侍燕王朱棣至北平。建文元年(1399)七月,密
勸燕王舉兵,策動"靖難之役"。《明史》本傳謂:"在軍三年,或旋或
否,戰守機事,皆決於道衍。道衍未嘗臨戰陣,然帝用兵有天下,道衍
力爲多,論功以爲第一。"永樂二年(1404),拜資善大夫、太子少師,
皆不受。成祖勸蓄髮,亦不從,衲衣僧帽,往來蕭寺,無改其初。永樂
十六年(1418)卒,追封爲榮國公,謚號恭靖。碑傳有明成祖親撰《御
製推忠輔國協謀宣力文臣特進榮禄大夫上柱國榮國公姚廣孝神道
碑》,《明史》有其傳略;另自撰《相城妙智庵姚氏祠堂記》,可視爲
自傳。

　　道衍著述頗豐,有《道餘録》《逃虛子集》《逃虛類稿》《獨庵續
稿》等,又有《佛法不可滅論》一卷(未見)。四庫館臣謂:"所著初名
'獨庵集',殁後,吳人合刻其詩文曰'逃虛子集',後人掇拾放佚,謂
之補遺。"道衍詩文集大抵可分屬兩個系統:一者名曰"獨庵集",有
《外集》《續稿》;一者名曰"逃虛子集",有《文集》《詩集》《詩集續集》
《詩集補遺》等。前者乃道衍生前所編,後者則其卒後由吳人整茸
而成①。

　　道衍兩個系統之詩文集,今皆有存本。"《逃虛子集》系統"較爲
完備者,有南京圖書館藏清鈔本,《四庫全書存目叢書》集部第28册
據之影印。此鈔本含《逃虛子集》十卷、《續集》一卷、《逃虛類稿》五
卷、《逃虛子道餘録》一卷、《逃虛子集補遺》一卷、《詩集補遺》一卷、
《附録》一卷。"《獨庵稿》系統",則有日本五山版《獨庵外集續稿》,
庋藏於瀋陽圖書館及日本建仁寺兩足院、國立國會圖書館等地,《遼
寧省圖書館孤本善本叢刊》《和刻本中國古逸書叢刊》皆據之影印。

　　1.《逃虛子集》十卷、《續集》一卷、《逃虛類稿》五卷,二册,金氏

---

① 參看余霞《姚廣孝及其詩歌研究》,江西師範大學2012年碩士論文。

文瑞樓鈔本。見存於國家圖書館。扉頁題"姚少師詩集"，鈐有"文瑞樓""結社溪山""家在黄山白岡之間""金星軺藏書記"。金檀，字星軺，浙江桐鄉人，自幼習經史圖籍，聚蓄古異之書，築"文瑞樓"以貯之，多宋元精槧本，編有《文瑞樓藏書目録》十二卷。是書卷一卷端題"逃虚子詩集"/"資善大夫太子少師吳郡姚廣孝"。半頁 11 行，行 22 字，黑格、白口，左右雙邊，單魚尾，中縫下書"文瑞樓"。卷首鈔録有《姚廣孝小傳》及朱彝尊《静居志詩話》中姚廣孝小傳、詩評。第 1 册爲《逃虚子詩集》十卷及《續集》；第 2 册爲《逃虚類稿》，下又標"獨庵集"或"獨庵稿"，收道衍之文，分賦頌、碑塔銘表墓銘、序贊銘、雜著、書題跋等文類。

2.《逃虚集》四卷，一册，清鈔本。見存於國家圖書館。半頁 11 行，行 20 字，無格，卷端題"逃虚集"/"太子少師柱國兼太子少師榮禄大夫推忠輔國協謀宣力文臣榮國公姚廣孝著"。正文前有目録，卷一收五古 37 首，六古 2 首，七古 12 首；卷二收古風 86 首，但雜有《筠溪牧潛集序》一文，又《師子林三十韻》等同於上卷；卷三收七律 86 首；卷四收七絶 158 首。

3.《逃虚類稿》五卷，一册，鈔本。見存於國家圖書館。卷端題"獨庵稿"，鈐有"東吳王蘇經藏書記"。半頁 10 行，行 21 字。所收俱道衍之文，與文瑞樓鈔本大抵相同。

4.《逃虚類稿》不分卷，二册。見存於國家圖書館。卷端"逃虚類稿"，鈐有"謙牧堂藏書記""韓氏藏書""傅增湘印""藏園""萊楊室印""沅叔審定""閒興""雙鑒樓""兼牧堂書畫記""江安傅沅叔珍藏善本""江安傅忠謨晉生珍藏"等印，可知是書曾經揆叙、韓應陛、傅增湘等人遞藏。正文前有傅增湘題識曰：

　　　　廣孝僧名道衍，字斯道，居相城妙智庵，嘗從靈應觀道士席應真學道，兼通兵家言，盡得其學，深自退藏。友人王行獨深知之,曰:"他日必當有所遇也。"後以靖難功居第一,復姓賜今名,蓋以擬於元之劉秉忠也。病卒,文皇帝幸其第,問以後事,曰:"出家復何所戀?"旋官其養子姚繼爲尚寶少卿。著有《道餘錄》,專詆程朱,其友張洪嘗云:"少師於我厚,今死矣,無以報之,但見《道餘錄》,輒爲焚棄。"今卷首所載序文,實即《道餘錄》序,非爲《逃虛類稿》作也。甲戌八月初三日,藏園老人書。

此本正文前有《逃虛類稿序》,然細審之,此序確如傅氏所言,爲《道餘錄》所作,而非爲《逃虛類稿》所作也。

此本收賦頌 3 篇、記 11 篇、碑塔銘 4 篇、墓志銘 2 篇、序 12 篇、贊銘説 16 篇、雜著 8 篇,碑行、狀祭文 6 篇,書題跋 16 篇、疏 21 篇。

5.《逃虛子集》十卷,鈔本。見存於南京圖書館,《四庫全書存目叢書》集部第 28 册據之影印。正文前鈔有《四庫全書總目》"《逃虛子集》提要",另有"此本出自舊鈔,有翰林院印册。前有乾隆三十八年四月,□兩淮鹽政款□□馬裕家□□□□《逃虛子集》□□□□□□□□□□□□□□□□□□□□□□□□□□□□□"識語,蓋出自秘府。卷端題"逃虛子詩集"/"資善大夫太子少師吳郡姚廣孝"。半頁 10 行,行 20 字,無界行。前有目錄一卷,所收皆詩,卷一、卷二收五古 89 首;卷三收七古 17 首;卷四、卷五、卷六收五律 95 首;卷七收七律 43 首;卷八收七律 36 首,五、六言絶 28 首;卷九收七絶 82 首;卷十收七絶 15 首、樂府 32 首、歌行 12 首,凡 477 首。《續集》則收各體詩 12 題 17 首。

6.《逃虛類稿》五卷,鈔本。見存於南京圖書館。版式、字迹皆同《逃虛子集》十卷,蓋爲同一人所鈔。卷端題"逃虛類稿"/"獨庵稿"。書前亦有目錄一卷,卷一收賦、頌、記 14 篇,卷二收碑、塔銘、表、墓銘、序 7 篇,卷三收序、贊、銘、説 31 篇,卷四收書、雜著 14 篇,卷五收書題、疏 31 篇,中有缺頁、脱字。揆其分卷,頗顯雜亂,如所收序文僅

12 篇,却割爲兩卷,卷四收雜著,實又涵括書札 3 篇,與目録所列不合,或爲鈔者妄爲。

　　7.《逃虚子補遺》一卷附録一卷,鈔本。見存於南京圖書館。所補有《平安南頌》等詩文 28 篇。附録一卷則收有明成祖撰《神道碑》,顧興祖、陳珪、陳瑄等人御祭文,及《震澤紀聞》《明史紀略》諸書所載道衍事迹。

　　8.《獨庵外集續稿》五卷,五山版,《和刻本中國古逸書叢刊》第57 册據此影印。正文前有道衍自序,稱:"《獨庵外集續稿》已膳入梓。兹《續稿》二册,付與扶桑小比丘等聞持歸東國,可出似乃師絶海和尚,必有以見教也。永樂元年蒼龍癸未冬十一月十一日道衍。"此本乃道衍贈予日僧絶海中津之弟子,並持歸日本,後在日本重刻。絶海中津(1336—1405),别號蕉堅,日本臨濟宗高僧。洪武元年(1368)與汝霖良佐來華,應太祖之詔,應敕賦詩,有"熊野峰前徐福祠"句,得太祖和韻,一時傳爲盛事。洪武九年(1376)歸國。所著《蕉堅稿》前有道衍撰於永樂元年(1403)之序,與《獨庵外集續稿》所撰時間接近,蓋亦由等聞持歸日本。

　　《獨庵外集續稿》傳至日本後,見重於彼邦人士,刻梓刊行,惜刊刻年代不詳。是書序文首頁鈐"京都相國寺世□□□藏書"印。京都相國寺乃日本"五山十刹"第二山。目録首頁則鈐"羅振玉"圓印,知曾由羅振玉遞藏。羅氏嘗三度赴日,頗得稀見中土古籍,後遷居旅順,築"大雲書庫",劫火之餘,約一萬六千餘册歸藏於遼寧省圖書館。《獨庵外集續稿》,蓋亦在其中。是書每半頁 11 行,行 21 字,有界行,左右雙邊,花魚尾,黑口,版心題書名"獨庵續稿"及頁碼。字體清秀大方,疏朗有致,洵爲善本。卷首有目録一卷,卷一收各體詩 20 首,卷二收 56 首,卷三收碑銘、塔銘、記文、箴 8 篇,卷四收序、偈、贊、銘31 篇,卷五收傳、雜著、説、書、題跋等 24 篇。所收詩文大多未見於《逃虚子集》《逃虚類稿》等集,應爲道衍生前所編定。其中前兩卷收詩近 80 首,有 30 餘首即爲"逃虛"諸集所失收①。

　　道衍詩文集流傳頗爲龐雜,諸集中互補者亦不在少數。2016年,商務印書館出版了欒貴明整理《姚廣孝集》,收入了其現存《逃虛子詩集》十卷、《逃虛類稿》五卷、《獨庵外集續稿》五卷、《道餘録》,以及《净土簡要録》《諸上善人詠》等,另輯録散佚於諸集之詩文若干篇。然是書校對尚待改進,詹緒左等即撰有《商務本〈姚廣孝集〉筆札》,指其漏字、脱字、奪字、衍字等達二百餘條②,繼而出版有《姚廣孝全集》(安徽大學出版社 2019 年版)。

　　明前中期,道衍名傾朝野,然其詩文集之刊本,頗爲罕見③,此或與道衍聲譽升降相關。洪熙元年(1425)三月,明仁宗特命將其配享太宗廟庭,哀榮備至。然道衍輔佐成祖"靖難",且撰《道餘録》專攻程朱,正統儒者頗非議之。嘉靖九年(1530),明世宗以"釋氏之徒,班諸功臣,侑食太廟,恐不足尊敬祖宗",將其移出太廟。清乾隆年間纂修《四庫全書》,《凡例》中特提及道衍:"至於姚廣孝之《逃虛子集》,嚴嵩之《鈐山堂詩》,雖詞華之美,足以方軌文壇。而廣孝則助逆興兵,嵩則怙權蠹國,繩以名義,非止微瑕。凡兹之流,並著其見斥之由,附存其目,用見聖朝彰善癉惡,悉准千秋之公論焉。"

　　道衍平生參禪濟世,肆意於詩文,嘗與高啓、張羽輩往還唱和,號稱"北郭十子"。其論詩頗重"性情",以爲詩之本質,即爲"陶冶性

────────────

①參看康爾琴《日本刻本〈獨庵外集續稿〉的價值》,載《圖書館學刊》2009 年第8 期。

②參看詹緒左、温志權《商務本〈姚廣孝集〉筆札》,載《中國詩學研究》第十四輯,2017 年 12 月。

③清代黄丕烈曾遞藏道衍詩文集。黄氏《堯圃藏書題識題跋》曰:"《逃虛子詩集》十卷、《續集》一卷……余藏《逃虛子詩集》向有二卷,一係殘刻本而補鈔,一係完刻本而無缺,可云美備矣……嘉慶丙寅七月堯翁。"堯圃所藏刻本,後不知所蹤。

情”。《題鼓缶稿》謂：“古之論夫詩者，無他論也，不過謂其陶冶性情耳。然所貴乎合作也。貴乎合作，則詎可以一途而取之耶？”《蕉堅稿序》又謂：“詩之去道不遠也，蓋其繫風俗，關教化，興亡治亂，足以有徵，勸善懲惡，足以爲誡。故閭巷思婦之賦、田野小子之作，其言出於性情之正者，而孔子亦取焉。”浮圖中晋之湯休，唐之靈徹、皎然、道標、齊己，宋之惠勤、道潛，亦皆“出性情之正而不墜於庸俗”。道衍論“性情之正”，顯受儒家詩學之影響，然其所謂“性情之正”，更在於“貴乎合作”，即詩人抒寫之性情當與其身份、處境、心境相符契①。今觀道衍詩，可與其論相印證。凡山水名勝、贈別酬答、國計民生、觀賞題畫、禪心佛性等，皆入其詩筆，此乃道衍一生出將入相、習佛參禪、嘯遊山林之映現。例如，樂府《雞鳴歌》《苦寒行》《亂後入城有感》等，志在關切家國、悲憫蒼生；《萬歲山》《嘉禾》等，則其作爲佐命勳臣頌聖之歌；《五色雀并序》《寄周鶴林》《登惠山觀泉》《柳胥莫歸》《奉簡學士》諸篇，則是其法緣與世緣糾葛之體現；《竹院聽渭公琴》《與友人登金山寺》《立秋夜聽秋聲》等則抒發對人事物理之體悟。道衍詩文，博採衆長，四庫館臣雖不允其人，但仍以爲其詩“清新婉約，頗存古調”，盡洗元季纖穠之習，雖不能比肩高啓、劉基、宋濂輩，然亦能自闢町畦，堪爲一家。

《空谷集》六卷，釋景隆撰

　　景隆（1393—1444），字祖庭，號空谷。姑蘇洞庭黿山陳氏子，父月潭處士，母金氏。幼即不茹葷，趺坐若禪定，樂嗜佛理，志求爲僧。永樂十年（1412），從臨濟宗弁山南極智安禪師，廣參古拙和尚等湖海禪伯。十八年（1420）從虎丘石庵宗玠出家。宣德二年（1427），至杭

---

① 參看余霞《姚廣孝及其詩歌研究》，江西師範大學 2012 年碩士論文。

州昭慶受具。後住靈隱寺。七年(1432)往天目禮祖塔,憩錫一載,刻苦參究,忽有省,遂重訪懶雲和尚,獲其印可。嘗自製塔銘,載於雲棲袾宏《皇明名僧輯略》卷一及吳永年《吳都法乘》卷五上。另,《吳都法乘》卷五上收有雲棲袾宏《大明空谷隆禪師》、釋大香《碧巖空谷隆禪師傳》,聶先《續指月錄》卷九等僧傳中亦有其小傳。

景隆道行頗高,機辨峻拔,儒釋通貫,事理交融。其師南極智安嗣法於天真惟則,爲無準師範、雪巖祖欽、無極源公一系,皆正傳正受,爲叢林龍象。黃虞稷《千頃堂書目》卷一六著錄其"《大藏要略》五卷""《緇門警訓》二卷"兩種內典撰述。又,吳之鯨《武林梵刹志》卷一一稱其著有《空谷集》三十卷、《心宗洞達》等。

景隆生前或有《林泉清思》一集。《空谷集》卷四《林泉清思序》云:"余處蘇杭交仁義者,縉紳先生、文人才士、清澹緇流、道情衲子,既不棄余無學之鄙,每達之以簡章,或爲偈頌,或著詩辭,雲箋迭至,勉爲應酬,長歌短詠,不爲不多。去者去矣,來者存焉。有覽之者,愛其句法新奇,或愛其書法超卓者,擅携而去,是以散失尤多。今檢其所存者,裝潢二軸,題名'林泉清思',是則不復淪於墨迹,以見一時湖海之義。"

景隆著述今所存者惟有《空谷集》,顯非完帙。《國家圖書館善本佛典》第 57 冊收有《空谷集》三卷,上、中二卷爲《尚直編》,下卷《尚理編》,卷端署"中吳沙門空谷景隆述"。正文前有正統五年(1440)五月景隆自序。是書乃景隆辨析歷代文人論佛文字,類似於李純甫《鳴道集說》、釋道衍《道餘錄》,皆屬護法文字,可見其非凡辯才。

景隆另有一種《空谷集》存世,即《禪門逸書續編》第 2 冊所收《空谷集》六卷。此本乃據"釋文盛等編次明杭州廣化寺刊黑口本"影印而成。毛晉《明僧弘秀集》卷一二嘗稱:"其(景隆)弟子文盛彙師之法語及詩文凡七卷,曰'空谷集',丐吳興少師楊公復序以行世。

時正統五年也。"是書今僅六卷，未見楊序，應非毛晋所稱之本。正文前有鄭雍言序、周叙序、彭清序。三序皆言及文盛持景隆語録前來索序，可知此三序實爲景隆語録《空谷集》之序，故頗疑是書乃從語録《空谷集》摘鈔而成。

此本半頁 10 行，行 21 字，四周雙邊，黑口，雙魚尾，版心鎸書名"空谷"及卷數、頁碼。各卷所收内容：卷一標爲"散説"，所收主要是題跋、開示僧徒之文；卷二爲"長偈"；卷三爲自贊、四六、古體；卷四、卷五爲詩歌、偈頌；卷六爲《奉和永明和尚山居詩韻七十首達禪人命作》及書、啓、偈、贊數篇。

《空谷集》撰述旨趣，誠如鄭雍言所云："余得觀其所作，多指諭學者心法之要，或因應酬以贈遺於人，或因問答以啓迪於人。禪機之語，莫測其端倪，儒釋並用，變化無窮。"景隆之詩，以《奉和永明和尚山居詩韻七十首達禪人命作》最爲著名。永明和尚即永明延壽，有《山居詩》69 首存世，後世僧人多有擬、和之作。元代無見先睹即遍次其韻。景隆所作 70 首，亦次韻之作，然極少爲人關注。民國間懶庵居士所編《高僧山居詩》，未選一首。此 70 首山居詩，風格、旨趣絶類於永明山居詩。如此首云："大道何曾有異同，悟來無處不圓通。要令一段真機透，須把千般妄念空。山鳥間關催曉旭，林花爛漫占春風。騎聲蓋色超群客，日用頭頭是進功。"永明和尚原作云："怡和心境了然同，大道無私處處通。舉世豈懷身後慮，誰人暫省事前空。門開巖石千山月，簾捲溪樓一檻風。羸體健來知藥力，緣心寂後覺神功。"二詩皆主説理，僅頸聯用景語，力求工穩，而意趣亦闡明悟道之要旨。前二句景隆僅將永明詩句稍作微調，意旨全同；頷聯句法雖略有變化，然亦是論悟道當空諸妄念、思慮；尾聯則皆言悟道後之心性體驗。佛教山居詩，最能體現僧詩之特質，然極易陷入題材狹仄、作法單調之窘境，欲獨闢蹊徑，彰顯自家面目，洵非易事。若拋開次韻之影響，景隆某些詩作，反而頗得自在、悠閒之趣。如《野趣》云："朱溪溪上舊名家,詩禮論交幾歲華。撥棹近驚鷗聚散,到門不計路橫斜。晴窗清思多朋舊,書院寒梅一樹花。何事久淹漁隱樂,好從天闕泛仙槎。"格調清新,尤其頷聯,寫景狀物,筆致細膩,頗傳神韻。毛晋《明僧弘秀集》卷一二選録其詩 20 首,以爲其"詩調頗平,佳句亦不少",並列舉"花明曉苑翻晴蝶,柳暗春塘轉乳鶯""一架茶杯延到客,半厨經史作傳家""天曉開門閒縱目,好山依舊送青來""數椽竹屋隨緣住,一扇柴門不用開""鳥啼乍暖嬌無力,蘚暈初晴濕有痕""幾度長吟岑寂夜,獨看明月上窗紗""一江碧水一明月,半簷青松半紫芝"等句,以爲"不愧晚唐"。彭清序稱,洪熙間,景隆禮石窗玠公爲剃度師,石窗甚許之。石窗玠即石窗德瑁,景隆早於石窗圓寂。石窗有《挽隆空谷》云:"講罷西來最上乘,一漚幻滅竟無憑。交遊已散林間社,法印曾傳海外僧。溪院白雲閒草座,石房秋雨暗松燈。空遺靈塔西湖上,野樹啼猿思不勝。""空遺靈塔"句,指景隆晚年於西湖修吉山,卜地爲生壙,築室以居,名曰"正傳塔院",圓寂後,亦葬於此。

《儗寮集》二卷,釋宗賢撰

宗賢,號月堂,杭州人。著有《儗寮集》二卷存世。生平未見碑傳。

《儗寮集》二卷,一册,清李氏研録山房鈔本,見存於國家圖書館,《四庫全書存目叢書》集部第 146 册據之影印。扉頁題"方赤先生屬克明書簽",卷端題"儗寮集"/"古杭月堂宗賢著"。半頁 11 行,行 24字,白口,左右雙邊,單魚尾,版心題書名,下題"東武李氏研録山房校鈔書籍",小字雙行。無序跋。

《欽定續通志》卷一六二著録爲"《儗寮集》一卷,舊本題古杭月堂宗賢撰"。《四庫全書總目》卷一七八謂:"舊本題古杭月堂宗賢撰,不著時代,考之志乘,亦不載其名氏。據其題名,似乎衲子,故所與唱和者,亦衲子爲多。集中有《和沈石田鵲橋仙詞》,知爲正、嘉間人也。詩筆清曠,頗近自然,特邊幅少狹,不免傷於寒瘦。"宗賢之詩,明清詩選罕見蹤迹,其名亦未登僧傳、燈史,故生卒年、行迹皆失考。除據《和沈石田鵲橋仙詞》一首,知其爲正、嘉間人外,集中又有《贈雙林凌先生(能行針,名聞於時)》一詩。凌先生,即明代針灸家凌雲,字漢章,號臥巖,孝宗聞其名,召至京師,事見《明史·方技傳》,故館臣推其爲"正、嘉間人",甚是。

　　《儗寮集》共收宗賢詩 300 餘首,各體皆有,然其詩題材偏狹,多題畫、贈人、詠物之作,大抵浮泛淺近,無過人處,如《題花鳥圖》四首,純鋪寫畫中之景,穠麗富貴,了無生趣;《與芳一春上人題風烟雪月梅》四首,語不出"孤山""月影""殘香",未脫宋元以來"詠梅詩"格套。倒是《妾薄命》《嫠婦吟》《春閨怨(六首)》《楊朝宗喪偶思之不置因賦睹物思人十詠以書其卷》《在潮喜庵賞紅白蓮花》《貧婦吟》《商婦吟》諸首,能代入情境,曲盡閨婦、貧婦、商婦之幽微心態,纏綿悱惻,殊無衲子本色。例如《并剪》云:"院落春寒静畫屏,并州快剪寂無聲。尋芳幾度人歸晚,不見忙抛出笑迎。"《繡鞋》云:"費盡針頭幾日工,繡成閒著步春風。鞋尖未破人先破,孤負秋蓮兩瓣紅。"二詩乃代楊朝宗悼亡之作,雖未脫古今悼亡詩之作法,却頗具巧思。又如《春閨怨》其三:"含愁無語倚妝臺,又見飛花點翠苔。蝴蝶似知人冷落,雙雙飛近繡簾來。"《商婦吟》曰:"良人重利輕顏色,遠向浮梁去販茶。去日初栽窗外樹,樹高今已可棲鴉。"古今文人,亦常作閨怨詞,稱之爲"代言體",往往別寄懷抱;而禪門涉之,則常涉禪意,或名曰"在欲行禪"。宗賢此類詩作,似純爲代人或戲筆之作,幾使人疑心其僧人之身份。

　　又,《明別集叢刊》第二輯第 24 册影印有清東武李氏研録山房鈔本《大伓集》三卷,署"明釋宗賢撰"。今檢是集,卷端確無題署,然只需略讀書前序文,則可知此書作者實爲明人王璜,影印者或因二書皆爲李氏鈔本而誤書作者。

《雪江詩稿》二卷,釋明秀撰

明秀(? —1534),字雪江,號石門和尚,俗姓王,海鹽(今屬浙江)人。生而巨目闊吻,面骨巉巖,相貌異常。稍長,穎敏過人,父奇之,禮送出家,師沙門文昌。成化丁未(1487),始削髮爲僧,遂諳内典,修戒行。正德戊辰(1508),以行業爲時輩推重,薦之朝,命主釋教;然性嗜吟哦,不樂奔走視事者,不數載輒棄去。日與文人逸士沈石田、曹定庵、吕九柏、許九杞、董從吾、朱西村、陳句溪輩遊,仿東林故事,吟詠結社,相與論詩法,著有《雪江詩稿》二卷存世。生平碑傳,可見其友人吳昂所撰《石門大和尚傳》。錢謙益《列朝詩集》閏集、沈季友《檇李詩繫》卷三一有其小傳。

吳昂所撰《石門大和尚傳》云:"歲甲午,杖錫入澉之海門禪刹,聚樸野可教者數人,復修廬山故事,榜曰'雪堂春社'。戒律清嚴,誘掖懇至,聞者動容歎服。未幾還山,閱六月,遂寢疾不起,緇素喪其宗師,朋儕失其良友,於乎傷哉!"則明秀當卒於嘉靖十三年(1534)。

《雪江詩稿》二卷,初刻於嘉靖十六年(1537)前後,即明秀歿後不久,由其徒永欽鋟刻。《雪江詩稿》在明清時期,傳本甚少,所見書志似僅《千頃堂書目》卷二八曾著録。現僅上海圖書館、國家圖書館有少量存本。上圖所存乃嘉靖十六年原刻本。版高 15.5 釐米,寬 13.3 釐米。左右雙邊,單魚尾,黑口。正文前有《明秀小傳》,嘉靖十六年姜南明序、徐元泰叙,書末則附吳昂《石門大和尚傳》。二卷共存詩約 400 餘首。

明秀戒律精嚴,性嗜吟哦,不樂奔走視事。《檇李詩繫》卷三一"雪江和尚明秀小傳"載,雪江晚年習禪定於勝果山,嘗夜夢陳姓者揖曰:"西有月巖,請觀前生所爲詩。"次日晨起,即榛莽中,果得月巖所刻元人詩,題曰"雪江陳天瑞"。因悵然有悟,以"雪江"爲號。思之愈深,則夢以應之。於兹可見,明秀"詩癖"不輕。

明秀友人中以王陽明最爲著名。《雪江集》中有《奉次陽明先生謫官龍場所作原韻》云:"花落鳥啼春事晚,心旌難副簡書招。蠻烟瘦馬經山驛,瘴雨寒鷄夢早朝。佩劍衝星南斗近,諫章回首北辰遥。江東便道如相過,煮茗松林拾墮樵。"此詩乃明秀最著名之詩。朱彝尊《静志居詩話》卷二三評曰:"斯未爲警策,特以清越勝耳。"雪江明秀與嚴嵩亦有交誼。《雪江詩稿》中《寄答嚴介溪大宗伯》云:"聖化同天遊,維摩病未除。"《介溪嚴公招會於南津亭不果》云:"重叙何由彈慷慨,坡翁那有慧勤期。"《奉寄嚴翰林介溪兼呈徐郡伯白泉》云:"此夜玉堂應共榻,月明斗酒話滄州。"《題嚴介溪鈐山草堂》云:"老桂幽篁春自好,文章劍氣自争雄。"《寄答嚴介溪》云:"每於北斗懸高望,忽見南鴻得寄詩。天下英才春濟濟,朝廷文運日熙熙。"正、嘉之際,嚴嵩先隱居鈐山讀書達十年之久,頗著清譽;後供職南都,亦常指摘朝政之弊,儼然爲正直之臣,臭名尚未昭著,故明秀與嚴嵩之交接,不可以"諛媚"論之。

明秀之詩,具清秀、宕逸之氣。姜南明序評曰:"觀其臭味清越,膏分馥播,如入籧篨之林,楠檀靄然,而清香獨異也。其高古澄邁,秀辭峻句,如瞻好堅之樹,衆木森然,而喬姿孤聳也。其圓融宛轉,和聲絶唱,如聞頻伽之鳴,百鳥啾然,而奇言不偶也。由是高標方外,獨步吟壇,繼響前宗,馳聲海内,豈偶然哉?"朱彝尊《静志居詩話》卷二三稱其詩:"流轉跌宕,不失清江、靈一之遺音。"集中如《和夏雲山先生寫懷韻》《楚江秋發次石田翁韻三首》《卜居勝果招董蘿石》《春晚五畝山唱和在席俞蟆庵縣博及蘿石静山西存三逸人》諸詩,皆清逸秀拔。徐元泰稱,明秀《雪江詩稿》"與西齋等集可並重不朽矣"。"西齋"乃楚石梵琦,明秀爲其九世孫,曾搜輯刊刻其《北遊集》。明秀詩名見稱於明中期東南叢林,其嗣法子孫,若石林永瑛、平野戒襄、虚堂守節、少林戒言、浄覺本中等，皆長於吟事，隱然有"雪江詩派"之目。錢孺穀、鍾祖述合編《小瀛洲十老社詩》所附"瀛洲社十老小傳"之"釋永瑛小傳"中即稱："成、弘、德、靖間，有秋江師文湛、雪江師明秀，相繼嗣響，海上衲子以詩名者，惟永祚爲冠。（永瑛）上人係雪江派，澄懷物外，意致閒遠，瓶鉢所資，翛然無繫。"惜諸僧詩文集皆未見傳。

《玉芝和尚内集》二卷，釋法聚撰

　　法聚（1492—1563），號玉芝、月泉，俗姓富，嘉興人。年十四，出家海鹽資聖寺。好爲韻語，忽自謂"出家兒當爲生死，嗜此何益"，遂誓志參學。往謁吉庵祚，不契；復見法舟濟，多有啓發。嘉靖五年（1526），觀王陽明《傳習録》，謂與禪理不殊，乃以偈趨叩，陽明以偈答之。後結廬於南海澉湖之悟空山中，聞金陵天通夢居之名，荷笠往參，獲其大法。嘉靖十七年（1538），徙居武康天池，與王畿、蔡汝楠、唐樞、董澐諸公發明心地，會同儒釋之旨。嘉靖四十二年五月示寂，壽七十二。著有《玉芝内外集》。生平碑傳，可見徐渭《玉芝大師法聚傳》、蔡汝楠《玉芝大師塔銘》、釋大香《天池玉芝聚禪師傳》。另，《稽古略續集》卷三、《續燈存稿》卷一〇、《五燈嚴統》卷二三、《五燈會元續略》卷四上、《五燈全書》卷六〇等，均有小傳。

　　法聚著述，《明史·藝文志》著録有"《法聚玉芝語録》六卷、《内語》二卷"。沈季友《檇李詩繫》卷三二"玉芝和尚法聚小傳"稱其有《龍南漫稿》。《千頃堂書目》卷一六著録有"《法聚玉芝語録》六卷，又《玉芝和尚内語》二卷"，卷二八著録有"《法聚玉芝内外集》，又《龍南漫稿》"。《法聚玉芝語録》《内語》，當爲内典文字，未見；《龍南漫稿》則應其別集，亦未見存。

　　《玉芝法聚内外集》，所見惟有《玉芝和尚内集》兩卷，明嘉靖四

十三年（1564）釋明源刻本，藏於上海圖書館。版高 19.5 釐米，寬
13.5 釐米。内鈐“知北樓所藏書”“王培孫紀念物”“枕凉圖書印”等
印。卷端題“玉芝和尚内集”/“覺庵居士祖覺、祖胤先集”。半頁 10
行，行 20 字，左右單邊，單魚尾。正文前有忘言居士陸樹聲《題玉芝
禪師稿》、羅汝芳《玉芝禪師内語叙》、佚名《禮玉芝禪師塔文》《玉芝
和尚内集目録》，卷末附有小傳。此本收法聚書札、法語、偈頌，故以
“内集”名之；其世諦文字，當收於《外集》中，惜未見。

　　玉芝法聚因與心學中人王陽明、王畿、羅汝芳等人交誼甚厚，頗
爲心學研究者所關注。日本學者荒木見悟《明代思想研究》即有“禪
僧玉芝法聚と陽明學派”一節，彭國翔《王龍溪與佛道二教的因緣》
亦屢及其與王龍溪之交往。檢《王文成全書》卷二〇，有《答人問良
知詩》《答人問道》《寄題玉芝庵（丙戌）》諸詩，即陽明答法聚問道之
詩，其云：“良知却是獨知時，此知之外更無知。誰人不有良知在，知
得良知却是誰。”“知得良知却是誰，自家痛癢自家知。若將痛癢從人
問，痛癢何須更問爲。”參叩内容、觸悟方式，與佛禪無有大異。

　　玉芝法聚詩名甚著，憨山德清《夢遊詩集自序》云：“我明國初有
楚石、見心、季潭、一初諸大老，後則無聞焉。嘉、隆之際，予爲童子
時，知有錢塘玉芝一人，而詩無傳。”《玉芝法聚内集》卷末所附“傳”
稱“新安王寅選其詩二百首”，可見法聚所作之詩數量不菲，然今所存
寥寥。除《内集》所收詩偈外，《古今禪藻集》編有 28 首，錢謙益《列
朝詩集》閏集卷二編有 7 首，《檇李詩繫》卷三二編有 6 首，《明詩綜》
卷九一編有 2 首，除去重復者約 33 首。

　　法聚小詩絶句，清新可喜。例如《西樓夜聽溢師彈琴》：“湖上千
峰雪未消，天風颯颯捲寒濤。窗前夜半梅花落，人倚西樓月正高。”韻
高孤絶，讀之令人有出塵之想。其《小景》云：“野色蒼蒼江日殘，水
清沙碧蔣芽寒。孤舟吹笛前村去，屬玉低飛過別灘。”其《立玉亭》
云：“山當崖斷孤亭立，竹樹回環翠萬層。倒看夕陽深澗底，不知雲外

有歸僧。"其《江郊》云："殘陽在木末,遠鳥下孤嶼。漁舟歸未歸,吹笛芙蓉渚。"短章絕句,精思巧構,情境相合。而歌行古詩,頗有雄偉跌宕之勢。例如《石橋阻雨》一詩,句式靈活,以誇張、比喻等手法,極寫天台山高峻、瑰麗氣象。七律則當以《白溪贈禪友》最佳:"鷗波十里草堂前,水觀明通静裏禪。雲母夜光沉貝館,鮫綃秋淚泣珠淵。影空不見雙林鶴,香度應知九品蓮。兩岸月明吹笛裏,蘆花飛落釣魚船。"月明吹笛,蘆花入船,鶴過長空,影無蹤迹,可謂詩禪兼善,能所俱泯。

《冬溪外集》二卷,釋方澤撰

方澤(1505—?),字雲望,後稱冬溪,號無參,俗姓任。嘉善(今屬浙江)奉賢里人。年十三始習佛,肆力於内外典,以古僧自策。嘉靖七年(1528),受具足戒。遍訪兩浙名山,覲見天寧法舟道濟,朝夕參請,嗣其大法。方澤戒學俱高,稟性穎拔,日誦萬餘言,詩偈文章,下筆無礙。一時名士唐荆川、張王屋、方棠陵、陸五台,皆禮敬之。著有《華嚴要略》《冬溪内外集》。生平未見碑傳。錢謙益《列朝詩集》閏集、《五燈會元續略》卷四上、《五燈嚴統》卷二三有其小傳。

《冬溪内外集》二卷。《四庫全書》收於"别集存目類"。館臣稱:"明詩選本載方澤詩俱作'冬溪内外集'。據此本實作'冬溪外内集',上卷爲外集,下卷爲内集。以詩爲外,以文爲内。蓋詩多涉文字,而文皆關禪義,故其下卷之詩亦不謂之詩,而謂之偈。則其外、内之義,即程氏之外學、内學,作内、外者誤也。"館臣應見其足本,但因内集或"關禪義",或爲偈頌,故只收錄《外集》而略《内集》。

《冬溪内外集》,傳本甚罕,《四庫全書存目叢書》亦付之闕如。是集今見藏於日本尊經閣文庫。黄仁生《日本現藏稀見元明文集考證與提要》著錄曰:"釋方澤撰《冬溪外集》二卷、《内集》二卷,附《諸友壽什》一卷。明隆慶間刻本，尊經閣文庫藏。四册（26.3×16.8），每半葉九行，行十九字，有欄，注文雙行，版框19.3×13.2，左右雙邊，版心白口。前二册封面題'冬溪外集'，後二册封面題'冬溪内集'，皆爲原刻。卷内有'松儔竹伴''學'等印。"①

　　另，台灣圖書館亦存有《冬溪外集》二卷，《禪門逸書初編》第7册據之影印。扉頁題"冬溪外集"，次頁題"明隆慶辛未刊"，即隆慶五年（1571）刊本，與日本尊經閣藏本爲同一版本。卷端題"冬溪外集"/"檇李釋方澤撰"/"平湖陸光祖校選"。内鈐"吳興劉氏嘉業堂藏書印"。正文前有張之象、隆慶三年（1569）彭輅、隆慶四年（1570）曹大章、隆慶五年（1571）陸光祖四篇序文。半頁9行，行19字，左右雙邊，白口，雙魚尾，版心鎸"外集"、卷次、頁碼，無注文。卷上有牌記"長洲吳曜書，陳益、鄭國□同刻"，卷下有牌記爲"長洲吳曜書，陳益、林朝祖同刻"。各卷前有目録。上卷收五律89首、五排8首、七律96首、七古4首、四古3首；下卷收五古21首、五絶12首、七絶105首，另雜著25篇。

　　黄仁生稱，尊經閣藏本書末有附録四頁，首行題"附諸友壽什"，並有作者識語"嘉靖甲子（1564）澤年六十"，則方澤當生於1505年。台灣圖書館藏本無此四頁，但《續稿》收《答邑諭謝吉齋》四首、《贈錢慕畬》四首、《贈饒貳尹懷亭》諸詩，字體與正文不同，蓋爲後來增刻。如此看來，尊經閣藏本與台灣圖書館藏本或刊於不同時期。因黄仁生未能鈔録具體篇目，未知二者是否存有差異。

　　張之象《冬溪上人集序》所叙方澤生平頗詳，節略如下：

　　　　師名方澤，姓任氏，嘉善奉賢里人。幼坐頹然，不耐與群兒嬉。逮入鄉校，群兒所課習者，乃咸誦焉。父喜，聞靈光明和尚

―――――――――――

① 黄仁生《日本現藏稀見元明文集考證與提要》，嶽麓書社2004年版，第148頁。

有學，而其師瑞庵持毗尼最謹，乃正德丁丑以師捨是院，年十三矣。於是肆力內外經子諸書，以古僧自策。又三年祝髮，志益奮，舒翹吐穎，翩翩焉有出塵氣韻。當時名人若唐荊川、屠漸山先生咸齒譽之，郡守梅林蕭公、貳守梅潭趙公相繼力挽歸之儒，皆以疾辭。於是廢撰詠，專事梵筴。嘉靖戊子，受具戒，行參訪遍兩浙名山。過西天目師子巖，謁中峰像，泫然泣下，徘徊於西湖，遂返，慨然嘆曰："嗟乎！佛道其微矣。"庚寅，法舟禪師由毗陵還於天寧，始與入室，朝夕請叩。聞舉龍潭公案，有省。念江淮間祖塔及金陵牛首諸勝，冀一禮造。偶授業師病甚，而兩兄又相次沒。法舟囑之曰："養親侍師，事在吾子，不必遠遊為矣。"蓋以陸沉僻壤，而與翱翔大方者同一歸也；應酬曲折，而與深冥禪觀者無相礙也；窮探經論，而與杜口毘耶者非二門也。故湯藥之勤，承歡之饋，亦要道也。然則冲襟幽抱，詎可以形迹而擬議也乎？師疏爽閒靖，諸山穎秀，頗知景附，獨性孤介，不能為諛悅語，至老落落無顯遇。其言曰："緣生世間，與一乘大義同一實相，虛心應之，即是經綸之業。"由是觀之，榮衰得喪，師故一目之矣。所著詩文、偈頌若干萬言，門人真謐裒次為外、內集，請余作序。外集蓋寓給園微旨，而盡詞林雅藻；內集多宗乘語，以續先緒、開來葉也。

序中稱方澤與谷泉、玉芝、西洲"日與徘徊唱和，上下其議論"，皆"同時以善詩鳴"者。方澤還嘗與朱棲林、禹上林、項少岳等結社於城西之項園，又與彭輅、戚元佐、項元淇、釋正念結社唱和，在士林中頗具影響。彭輅《詩社四友傳》云：

余當嘉靖丁巳之歲，自刑曹拂衣歸，適與吾嘉詞翰之士四人偶聚。所謂四人者，戚希仲元佐、項子瞻元淇、精嚴寺僧冬溪方澤、故三塔僧西洲正念也……四君與余聚晤團欒，莫逆歡甚，謂可優遊卒歲矣。有頃，念病且死。希仲登進士，除儀制，旋以世宗廟祀竣，遷太常少卿，暫休澣還，而奄忽捐舍。子瞻以太學謁選，得上林監事，都下無薦揚者，踽踽鬱鬱，雄心銷盡，而羈紲未能遽歸。獨方澤留里閈，又病，足不出户，棄翰墨之藝而專力於禪參，蓋吾道孤而騷雅之趣索然矣。

丁巳，爲嘉靖三十六年（1557）。彭輅，字子殷，海鹽人。嘉靖丁未進士，官南京刑部主事，以察典罷歸，著有《彭比部集》八卷。《彭比部集》卷四有《秋日澤上人招飲》，卷五有《同諸友集澤公山房》，卷七有《項子瞻招集澤上人禪房》《冬溪上人招飲莊上牡丹》，蓋皆爲社事活動而作。

彭輅稱：“方澤資分奇儁，網羅浩博，貫穿馳騁於梵藏、繹典、六經、子史之間，詩方盛唐體格，而不喜剪刻藻繪。”又説：“古體上仿漢魏，而律一以初盛唐爲準，晚乃旁溢，稍稍及於錢、劉、皇甫諸調……繩墨自維，猶法史之慎守三尺，弗敢墜也。”方澤詩尊四唐，乃時代風氣。其《唁岳武穆》云：“廟門松檜晝森森，風起如聞鼓角音。日月猶懸南返駕，關山未死北征心。雲來朔漠陰長慘，潮至錢塘勢自深。棲鳥似知千載恨，含啼飛度碧湖潯。”格律精嚴整飭，“日月”一聯絶似唐調；“雲來”兩句寫景，一雄渾，一悲壯，與本詩意趣甚相符契。尾聯棲鳥含恨，實詩人之“自恨”，此詩頗爲彭輅所激賞。其《白鹿》云：“元戎出獵野雲空，白鹿銀騰耀武功。墮角或從瑶水上，食蘋應在雪山中。狼歸漫紀千年瑞，雉獻還聞九譯通。何似兩階干羽動，蹌蹌應舞玉墀風。”下注云：“胡總制耀兵越中，獲白鹿以獻。”胡總制，即胡宗憲；“耀兵越中”，指嘉靖三十五年（1556）宗憲擢兵部右侍郎兼僉都御史、浙閩總督，剿滅倭寇。宗憲獵獲一白鹿，以爲祥瑞，獻給皇上，徐渭爲之撰《獻白鹿表》，深得世宗賞識。所謂"狼歸""雉獻"，皆用古代禎祥之典。方澤還有一首《亂後還鄉》云："故鄉離亂後，惆悵對斜曛。宅毀猶餘灶，林殘已露墳。村原今昔改，親故死生分。獨有重歸客，浮身尚似雲。"此詩寫離亂歸鄉所見所感。"宅毀"兩句，當用漢樂府《十五從軍行》"遙看是君家，松柏塚累累"意，雖不及其樸質，却亦極寫亂離之哀。此類詩作在明中期僧詩中並不多見。

《雲棲大師山房雜録》二卷，釋袾宏撰

袾宏（1535—1615），俗姓沈，字佛慧，號蓮池，古杭仁和人。世爲名族，生而穎悟，世味澹如。年十七，補邑庠生，學行名重一時。然棲心净土，每書"生死事大"四字於案頭。年二十，娶妻張氏，生子祖植，早夭。後迫於母命，娶繼室湯氏。嘉靖四十四年（1565），因盞裂而悟因緣無不散之理，志求出家。翌年，依南五台性天理和尚出家剃度，請昭慶寺無塵玉律師受具足戒。旋北上參學，遊五台，感文殊放光，至伏牛山隨衆習禪。至京師，參遍融真圓、笑巖德寶等名宿。因身染重疴南返，道經東昌，忽有悟，作偈曰："二十年前事可疑，三千里外遇何奇。焚香擲戟渾如夢，魔佛空争是與非。"隆慶五年（1571），袾宏行化梵村，喜雲棲岑寂，欲居之。太學生陳如玉、李繡等爲其構静室三楹。自是駐錫雲棲，弘化四十四載，制定規制，籌建僧團，漸成叢林典型。萬曆四十三年（1615）七月初四示寂，世壽八十一，僧臘五十。生平碑傳有憨山德清《古杭雲棲蓮池大師塔銘》、吳應賓《蓮宗八祖杭州古雲棲寺中興尊宿蓮池大師塔銘并序》、釋廣潤《雲棲本師行略》等。

袾宏素有"文龍義虎"之稱，著述頗豐，現存《阿彌陀經疏鈔》《諸經日誦集要》《緇門崇行録》等各類著述 30 餘種。其中《山房雜録》收録其序、跋、偈頌、詩歌等。《澹生堂藏書目》"集部下"著録"《山房雜録》一卷一册”,《千頃堂書目》卷二八著録“《山房雜録》一卷”,錢曾《述古堂藏書目録》著録“《山房雜録》二本”,《傳是樓書目》著録“《雲棲山房雜録》二卷,明蓮池大師,二本”。

《雲棲大師山房雜録》二卷,現存版本頗多,所見爲光緒二十五年(1899)春金陵刻經處刻本。此本二卷一册,半頁 10 行,行 20 字。卷一收序 24 篇,跋 21 篇,記 8 篇,疏 6 篇,附《自傷不孝文》《張内人志銘》2 篇。卷二收説 15 篇,偈頌 25 首,贊銘 15 篇,詩歌 80 首,附録 11 首。

袾宏幼習儒業,通曉詩文辭賦,亦喜戲劇、小説。然持論甚謹,嚴守戒律,力弘淨土,嚴禁習學藝文,以糾僧徒外學之弊。其親定《雲棲共住規約》云:“無故數遊人間、數還俗舍者,出院;習學應赴詞章、笙管等雜藝者,出院;習學天文、地理、符水、爐火等外事者,出院。”“出院”之懲,實與破根本大戒、親近邪師等,足見其嚴苛。然袾宏深知藝文亦爲弘法之助緣,更兼二十餘年科舉經歷,故每能踵繼儒家風雅傳統,論詩力倡尊道貴德。如《栯堂山居詩》云:“永明、石屋、中峰諸大老皆有山居詩,發明自性,響振千古。而兼之乎氣格雄渾,句字精工,則栯堂四十詠尤爲諸家絶唱。所以然者,以其皆自真參實悟,溢於中而揚於外,如微風過極樂之寶樹,帝心感乾闥之瑤琴,不摶而聲,不撫而鳴,是詩之極妙而又不可以詩論也。不攻其本而擬其末,終世推敲則何益矣。願居山者學古人之道,毋學古人之詩。”袾宏勸誡僧徒當學古人之道,而非僅習其詩,“讀聖賢書,須要學做聖賢”“文字即本人精神心術”“從師非只要學文藝,要以德行爲本”,可謂不辭口舌,諄諄教導。

袾宏非不能詩,乃刻意不爲也。其晚年所作《遺稿·自警》,條例七事,實爲檢點生平之作,其四曰:“不得吟作詩文,書寫真草,題貼對聯,修飾尺牘,泛覽外書,議論他人得失長短。乃至教憑臆見而高心著述,禪未悟徹而妄意拈評。緘口結舌,一心正念。”故其作品不多,

《山房雜録》僅存詩 91 首,含佛事詩、詠懷詩、詠史詩、寫景詩、贈答詩諸種題材,詩體以五言爲主,兼有七言、雜詩之作。其佛事詩,重在抒寫修持感悟,反思叢林之弊,舉凡齋僧、佛會、講經、説戒、行脚、自恣等,悉在此列。此頗可注意者,《乞身》《示牙蟲》諸作,抒寫自我病痛,外示自嘲而實蕴豁達。如《示牙蟲》云:"憶昔甫幼冲,斯齒爲爾食。工如匠鑿山,狡如狐處窟。覓之不可見,驅之不可出。殘缺我門户,崩頹我垣壁。比鄰失所侣,配偶亡其匹。幾年百之半,已落三之一。或陳戟刺方,或獻火攻策。客憐而教我,我笑而謝客。只因咀嚼礙,所以討治急。段食棄如唾,水飲甘如蜜。此樂常有餘,彼害奚足戚。殷勤報爾蟲,安隱寓吾室。佛尚捨全身,吾何吝纖骨。吾骨及爾躬,二俱是幻色。"妙喻紛呈,摹寫真切,略見小説證禪之朕迹。

祩宏之寫景詩,境界自然清新,語言淺顯平易,絶少典故堆砌。如其出家前所作《西湖晚渡》云:"買棹入平湟,翩翩萬柳傍。亂烟迷野色,殘照映湖光。駭鹿呼群切,寒鴉擇樹忙。詩成天欲暝,新月下前塘。"頗得禪家三昧。而《雲棲六景》組詩,分詠回耀峰、寶刀巃、壁觀峰、青龍泉、聖義泉、金液泉,題名、景況、禪理圓融如一,堪稱寫景詩之佳作。如《回耀峰》云:"東方初出漸當陽,使得人間萬事忙。轉軸西來山欲暮,寶光依舊映紗窗。"緊扣"回耀"二字,從尋常事物著眼,寄寓哲思。故前人評曰:"蓮池坐禪之暇,遊戲翰墨,即景有言,無非禪理,詩成可以歌矣。聞歌而善,能無和答?載誦一記,恍若在山中與禪師晤談也。"蓋詩爲禪餘之物,景爲禪理之媒,恰與祩宏詩論符契。此"六景"詩,影響甚著,沈淮、張元忭、柳瀠、沈瀾、虞淳熙、陳光贊、張位、宋守一、湛然圓澄、雪嶠圓信、董漢策、董友松、董師植、汪文楨等士僧皆曾和之。(此則由王彦明執筆)

《紫柏老人集》十五卷、《紫柏尊者别集》四卷,釋真可撰

　　釋真可(1543—1603),俗姓沈,字達觀,號紫柏,吳江人。五歲不語,遇異人摩頂,並期以"出家當爲天人師"。性雄猛,慷慨激烈,貌偉不群,不喜見婦人。年十七,欲仗劍遠遊,至蘇州閶門,阻雨,遇虎丘僧明覺,聞僧夜誦八十八佛名,心生歡喜,遂禮明覺剃度,終生修不倒單,脅不至地。年二十,從講師受具戒,至武塘景德寺掩關三年,又至匡山、五台、京師,參遍融真圓、笑巖德寶諸老,復歸江浙,與傅光宅、管志道等善。聞大千潤公開法少林,偕巢林、戒如輩往參,見其"以口耳爲心印,以帕子爲真傳",恥之,遂以復興佛教爲己任。先是中興嘉興楞嚴寺,收徒密藏道開,見藏經請施不易,會同陸光祖、馮夢禎、曾同亨、瞿汝稷輩,易梵筴爲方册,初刻於五台山妙德庵,後南遷至徑山寂照庵、嘉興楞嚴寺,遂成《嘉興藏》(亦稱《徑山藏》)。萬曆二十三年(1595),憨山德清因海印寺官司被貶嶺南,後兼吳寶秀案發,真可北上京師,藉由其與皇室、内監之關係,奔走救拔。萬曆三十一年(1603)十一月,妖書案發,真可被捕入獄,感慨"世法如此,久住何爲",遂於十七日坐化獄中,世壽六十一。生平碑傳可見憨山德清《徑山達觀大師塔銘》等。

　　真可嘗自稱:"甘露漸而續石門之血脉,石門之血脉幸而續之,則飲光之笑聲,或將傳於龍華會上。"(《禮石門圓明禪師》)厥志乃以繼惠洪覺範之血脉自任,著意搜集惠洪著述,"若寂音尊者所著經論、文集,皆世所不聞者,盡搜出刻行於世"。因于玉立等人襄助,真可重刊惠洪《石門文字禪》《僧寶傳》《智證傳》《林間錄》等書,乃晚明弘傳"文字禪"第一人。吳應賓贊其"瓶瀉雲興文字禪",馮夢禎視爲"今之覺範"。德清則將其全集名之曰"紫柏老人集":"昔覺範禪師妙悟

超絕,語工典則,其所著述,自目之曰'文字禪',故予題之曰'紫柏老人集',蓋非墮於俗數也。"

真可《紫柏老人集》十五卷,《千頃堂書目》卷二八著録"真可《紫柏老人集》十五卷",注云:"字達觀,吳江人。萬曆中住石徑山,慈聖太后賜以紫衣。後坐妖書事,死於獄。"《明史·藝文志》著録"釋真可《紫柏老人集》十五卷",附注與《千頃堂書目》同。《八千卷樓書目》著録"《紫柏老人集》三十卷",注稱:"明釋真可撰,金陵刊本。"

1.《紫柏老人集》十五卷,天啓七年(1627)刻本。見存於國家圖書館、天津圖書館,《嘉興藏》亦收録之。《嘉興藏》本爲全本,國圖本、天津圖書館藏本均有殘缺。國圖藏本,内鈐"長樂鄭氏藏書之印""長樂鄭振鐸西諦藏書"二印。卷端題"紫柏老人集"/"憨山德清閲"。半頁10行,行20字,白口,四周雙邊,版心鐫書名、卷次、頁碼。正文前載李日華《紫柏大師集序》、德清《紫柏老人集序》。後載目録,真可自贊,德清、周汝登、陶望齡、李培敬、姚士慎、陸基忠、董其昌、陳繼儒所作像贊,以及萬曆四十四年(1616)德清所作《達觀大師塔銘》《祭文》《舉火》和吳應賓《紫柏大師全身舍利塔頌有序》,並附録曹學程《紫柏老人圜中語録序》。正文凡十五卷,卷一至卷五爲法語,卷六爲釋經之作,卷七爲緣起、疏、序、記、文,卷八爲題、跋、拈古,卷九爲頌古,卷一〇爲偈,卷一一爲雜説、字説、雜記、解易、銘、傳,卷一二爲書,卷一三、卷一四爲詩,卷一五爲歌。其中缺卷六、卷七兩卷,實存十三卷。書中存有墨釘,如卷一三《山堂夜坐》"所樂既難齊,滄□豈牛習",缺"浪"字;《秋夜宿積善庵洪上人禪房》"獨聽草□鳴,遺塵契深奥",缺"蚤"字。此外,卷末《贈戴昇之》後缺"踐報吳痛"四字。卷末附賀烺《紫柏大師集跋》。

天津圖書館藏本卷首缺董其昌、陳繼儒二人像贊,卷末《贈戴昇之》缺"丈夫雖生何異"以下半頁。

另有三十卷本,名曰《紫柏尊者全集》,《乾隆大藏經》《中華大藏經》《卍續藏經》等收録之。《乾隆大藏經》本爲祖本,卷首載憨山德清、李日華之《序》和賀烺《紫柏大師集跋》。正文三十卷,其中卷一至卷一〇爲法語,卷一一、一二爲解經,卷一三爲緣起、疏,卷一四爲記、文,卷一五爲題跋,卷一六爲拈古,卷一七爲贊,卷一八爲頌古,卷一九、二〇爲偈,卷二一爲雜説、字説,卷二二爲雜記、解易、銘、傳,卷二三、卷二四爲書,卷二五至二七爲詩,卷二八、卷二九爲歌,卷三〇爲《圜中語録》。《乾隆大藏經》本名雖謂"全集",實則不全,删去德清之《塔銘》、吳應賓之《紫柏大師全身舍利塔頌有序》及諸家像贊。《中華大藏經》《卍續藏經》又予以增補收録。除個别文字差異外,正文内容相同。

2.《紫柏尊者别集》四卷,《嘉興藏》本。錢謙益纂閲,按指契穎壽梓。正文前有錢謙益《紫柏尊者别集序》,其云:

> 金壇刻《紫柏尊者全集》,已行叢林。此外有錢啓忠《集鈔》四卷,陸符《心要》四卷。按指禪師携吳江周氏藏本,乃尊者中年之作,白衣弟子繆仲淳、周季華、周子介執侍左右,手自繕寫者。余爲會萃諸本,取全集所未載者,排爲四卷,名爲"紫柏别集"……尊者之文,一言半偈,稱性流出,如水銀瀉地,顆顆皆圓,余不敢輕爲揀别。然集中散落者不少,如《乙未送憨老渡嶺作》《逐客説》及顧仲恭所見澹居鎧公本論卓吾、誠所諸篇,皆法門眼目也。斗間紫氣,久而不没,殆斯文之祥乎!余雖耄矣,猶願得而見之。歲在庚子十一月長至後七日來復之日,虞山白衣私淑弟子蒙叟錢謙益焚香肅拜謹序。

錢謙益爲晚明清初文壇巨擘,亦爲護法金湯,著有《楞嚴經疏解蒙鈔》《般若心經略疏小鈔》等。錢氏與真可素未謀面,却有夢中付囑奇緣:"尊者之化去也,次年爲萬曆乙巳。余夢至高山,有大和尚危坐巖端,謂是達觀尊者。恭敬禮足已，指左方地命余坐，密語付囑，戒以勿忘。涕淚悲泣而竄。"故錢氏每自稱真可之白衣私淑弟子。真可原有《紫柏老人集》及錢啓忠之《集鈔》、陸符之《心要》等著述，皆非全本。顧大韶《跋紫柏尊者全集》云："此金壇于氏所刻，不知誰所删定，較予所定本，似有遺漏。聊記所憶一二條於後。"並舉金壇本所無者四則。職是之故，錢氏決意重新輯校，名曰"紫柏尊者別集"。是集成書時間，約在順治十七年（1660）；而刊刻者，則《嘉興藏》後期主持者按指契穎。

　　是集之編撰，是以按指契穎所鈔之吳江周氏藏本爲基礎，取全集失載者，增補而成。錢氏爲編撰此集，嘗遍訪真可僧俗弟子，肆力搜討。其《跋紫柏大師手札》云："右紫柏大師手札一通，故祭酒馮公開之家藏，其孫研祥裝裱爲一册……大師作書，都不屬草，緣手散去。《全集》載與祭酒書繾二紙，甬東陸符搜訪爲別集，而未盡也。研祥以念祖之故，念法念僧，鄭重藏弄，俾余得翻閱繕寫，豈不幸哉！"另，錢氏有意標注材料來源。如卷二《示潯陽二邢偈》《讀東坡夢齋銘偈》，出自王肯堂《筆麈》；卷末附録《東廠緝訪妖書底簿》，係"故司理陳矩家所藏"。集中亦有重收者，如《天池山煅昏散道場説》，原見於《紫柏老人集》卷四法語，尾注"煅昏散道場"。《別集》重收，或有意爲之。錢謙益注曰："此文已收全集中矣。天池道場，迄今尚爲魔外之所據。經過此地者，道俗四衆，無不傷心。故拈書'天池山道場'等字，以爲人天眼目，觀者幸爲著眼。庚子長至日，蒙叟謙益謹識。"

　　此本卷一收録經解、題跋、序文、祭文等雜文，卷二爲贊、偈、歌，卷三爲書信，卷四爲語録。卷末附陸符《紫柏尊者傳略》《東廠緝訪妖書底簿》、馮夢禎《送達觀大師序》、顧大韶《跋紫柏尊者全集》、錢啓忠《紫柏老人集鈔序》、賀寬《紫柏尊者別集跋》等諸家序跋。

　　真可之詩，收録於《紫柏老人集》卷一三至一五，其中五古58題61首，五律58題64首，五排1題1首，七古8題8首，七律65題72

首,五絶 51 題 56 首,七絶 293 題 335 首,歌 82 題 82 首,合 616 題 679
首。

　　真可之藝文觀意在弘傳"文字禪",分般若爲"文字般若""觀照
般若"與"實相般若"三類,以爲"娑婆界中苟無文字般若,則觀照般
若無有開發;觀照般若既不開發,則將何物了知正因般若","文字般
若"乃開發"觀照般若"、契悟"實相般若"之根基。真可還以"春"
"花"譬喻"文字"與"禪"之關係:"蓋禪如春也,文字則花也。春在於
花,全花是春;花在於春,全春是花。而曰禪與文字,有二乎哉?"又以
"水""波"喻之:"文字,波也;禪,水也。如必欲離文字而求禪,渴不
飲波,波欲撥波而覓水,即至昏昧,寧至此乎?"比喻之貼切、形象,與
嚴羽"妙悟説"、元好問"添花錦""切玉刀"之喻,皆爲古代最爲著名
的"詩禪關係"論。然真可之思,絶不僅限於此。其以三種般若會通
傳統文論之言、意、象,以爲"表即象也,象即表也。象則托物寓意,表
則借事顯理,故意得則無象非意,理顯則無事非理",强調以意統象,
象外無意,認爲文章之妙當於可見處尋其不可見者,於文章背後尋其
内藴,切不可以人就我,隨波逐流,此或爲復古風習盛行之晚明文壇
痛下針錐。

　　真可好山林之思與烟霞之賞,舉凡名山大川,遊賞殆遍。其《登
徑山歌》自云:"紫柏老,紫柏老,一枝筇杖探奇奥。但除中國未經封,
勝水佳山無不到。"《山居歌》云:"達觀顛,達觀顛,衆人所愛渠弗憐。
鬧裏抽身委噪君,疏狂一味樂林泉。"佳山秀水之勝境,皆助道之緣,
故其詩多以山水寫悟境。如《山居》云:"鳥道曲復直,迢遞通幽寂。
枯松學龍舞,怪石疑僧立。香雲襯足柔,清磬聲歷歷。老衲笑相迎,
有意非言説。"真可本具雄傑之氣,素以勇猛剛烈著稱,始終秉持修持
實踐和禪觀體驗之結合,又深得文字三昧,故其詩尤顯空靈、澄澈之
境。如其筆下之月:"黄昏停棹問尸林,月滿寒空秀水深"(《冬夜泊
漏澤寺寄梅禪人》)、"静夜無雲月正中,清光何處不相同"(《月下偶

成》)、"獨有月明流不去,蓬窗此夜照幽人"(《雜吟》)、"後夜空山坐
入禪,那知明月照寒泉"(《夜坐》)等。讀之頓感根塵脱略,泯除身
心,萬古一瞬,自性永恒,時空、物我、身心圓融一體,無二無别。又如
詠潭"巖端待月一天静,石上聽泉萬慮空。笑問同來二三子,是誰行
樂有無中"(《日暮龍潭即事》)、"石縫瀉流水,見之心湛然。是誰掬
漱齒,吸盡空中天"(《本湛泉》)、"長松夾道陰,幽勝許吾尋。樹老寧
知歲,潭清喻此心"(《題玉女潭》)等詩,由泉即心,因泉悟理,泉之澄
湛空寂,亦如禪者圓明澄寂之如如心性。凡此之類,皆有别於奉佛文
士乃至詩僧之作,堪稱高僧詩之典範。(此則由王彦明執筆)

《雪浪集》二卷、《雪浪續集》不分卷,釋洪恩撰

洪恩(1545—1608),字三懷(一作"三淮""三槐"),號雪浪,俗姓
黄,上元(今南京)人。家本富室,然素有出世之志。年十二歲,聽無
極守愚演法,遂出家爲沙彌。十八歲即淹通佛法,聲名大著。無極守
愚遷化後,荷擔祖道,爲人天耳目,法席遍及吴越,三十餘載演《華嚴》
法界圓融無礙之旨,聞者無不心志移奪,"東南法席,未有盛於此者"。
晚年因得罪當道,被逐出大報恩寺,流於吴之望亭。萬曆三十六年
(1608)十一月十五日圓寂。生平行履,見於錢謙益《華山雪浪大師
塔銘》、鄒迪光《華山雪浪法師塔銘》、憨山德清《雪浪法師恩公中興
法道傳》。

雪浪洪恩不惟晚明高僧,亦傑出之詩文僧。錢謙益《華山雪浪大
師塔銘》稱其"譚詩顧曲,徙倚竟日","博綜外典,旁及唐詩、晉字,研
朱益丹,帷燈畫被"。沈德符《萬曆野獲編》卷二七稱其"敏慧能詩,
博通梵筴""風流文藻,辨博自喜,有支郎畜馬剪鶴之風"。洪恩嘗與
山人文士、法中諸子結有焦山詩社、長干詩社,贈答宴遊,拈題分韻。

今所知洪恩撰述有三種:《谷響録》《雪浪集》《雪浪續集》。《谷

響録》,今存東京内閣文庫,乃海内孤本,筆者未見①。常見者乃《雪浪集》二卷和《雪浪續集》一卷。

1.《雪浪集》二卷,明萬曆釋通澤刻本。藏於湖南圖書館、國家圖書館,《四庫全書存目叢書》集部第190册據之影印。卷端題"雪浪集"/"雪浪庵比丘洪恩著"/"門弟子通澤校刻"。半頁9行,行18字,小黑口,四周單邊,上魚尾,版心鎸"雪浪集"、卷次、頁碼。正文前有劉覲文序,略曰:

> 嘗與雪浪講於山中,其論《易》《論語》《楞嚴》《涅槃》之旨,是非不謬於聖人。及其徒持一卷來讀之,灑然若遇於大江之上,而白雲烟水亦不得結爲色相,有詩之道也乎。故吾觀雪浪胸中,無以有詩也,而乃其有雪浪之詩。萬曆戊戌上元前三日,谷陽劉覲文叔熙父撰。

劉覲文(1570—1607),字叔熙,江蘇丹徒人。萬曆二十三年(1595)二甲進士。歷任開州、汝州知州,有政聲。此本上卷收各體詩213題,下卷收偈頌、法語、書札等文25篇。

《禪門逸書續編》第2册亦收有《雪浪集》二卷,所據則日本舊鈔本影印,除未收文之外,所收詩文同於通澤刻本,應從刻本鈔録而成。

2.《雪浪續集》不分卷,萬曆戊午(1618)吴門管覺僊刊本。《禪門逸書續編》第2册據影印。卷端題"雪浪續集"/"明雪浪庵釋洪恩著"。半頁8行,行17字,四周雙邊,黑口,單白魚尾,版心鎸"續雪浪集"及頁碼。正文前有萬曆乙卯(1615)"朗道人沈顥"序,每半頁6行,行11字。沈顥(1586—1661),字郎倩,號石天,江蘇吴縣人。工

①參看廖肇亨《雪浪洪恩初探:兼題東京内閣文庫所藏〈谷響録〉》,載《漢學研究》第14卷第2期,1996年。

詩文,書畫尤有一絶。其序略謂:"今日讀雪浪恩公詩,詩耶,禪耶?非詩非禪,亦詩亦禪耶?公□以舌題詩,以筆説法,以兩眼注經,以儲□之腹容八萬四千師子座,下三十二轉語。食精衣綺,破天下□□□衲,作盲鬼禪。大談閫閾,蕩天下逢臼迎簸,作隨人漢。故其所傳詩,吾不得以詩測。有遠公之悠然,支老之刻畫,皎然、無可之當行,中峰、石屋之任運。"書末則有萬曆戊午管覺僊題跋,其稱:"大師以文字説法,一句半偈,可令花飛露灑。解者以法會則得,以文字會則背。此《續集》不甚夥,乃余檢拾所積,殘珠剩璧,實堪珍秘,非余珍文字,蓋珍法也。緬予侍師三十餘年,劌心剖腹,久飫法乳,今日不得復親,而獲師遺言,當作難遭想。即壽諸梨棗,以公世之同志者,披覽之餘,知有天花散几席矣。"是集應爲洪恩圓寂之後,由管覺僊掇拾佚稿而成。内中所收《閏九月九日宿風穴庵值予六十初度過浮山二首》《九月過祖堂六十自壽》《丙午九日過檇李初度喜同諸法侶》諸詩,皆雪浪晚年之作,爲前集所無。然細校二集,重出者達二十餘首,既言"續集",則不當收前集之作,豈管覺僊收編時未仔細勘校歟?又,晚明蕭士瑋《春浮園集》卷上有《雪浪集序》,未爲《雪浪集》所收,或晚明另有一種《雪浪集》行世歟?《雪浪續集》所收皆詩,其中五古 9 題,七古 10 題,五律 102 題,七律 40 題,五絶 16 題,六絶 3 題,七絶 52 題,凡 232 題。

據憨山德清《雪浪法師恩公中興法道傳》云,洪恩二十一歲"始習世間經書,子史百氏,及古辭賦詩歌,靡不搜索,遊戲染翰,意在筆先。三吳名士,切劘殆遍。自是所出聲詩,無不膾炙人口,尺牘隻字,得爲珍秘"。洪恩吟詩作文,既不汩没於文字中,亦不離文字,以爲"前輩衲僧"之"韻語":"殆非有意,只欲涵詠性情,遊戲神通耳。或意幽而語直,詞雖不華而理常自足。"故其作詩,能盡脱文人積習,以法眼觀照世界。

《四庫全書總目》評雪浪洪恩詩曰:"朱彝尊《明詩綜》載其詩二

首，然未離世法之僧，不能語帶烟霞也。"評價略顯草率。沈顥《雪浪續集序》云："今讀雪浪恩公詩，詩耶，禪耶？非詩非禪，亦詩亦禪耶？"雪浪之詩，既是其佛法、心性之細微體悟，亦有對世態、萬象之知性觀照。此種情感與意緒，雪浪常寄之於自然山水，非關理語、直語，於"詩禪之間"，實難判分。譬如"雨收殘暑盡，月出大江空""潮長江天白，霞收海日昏""鳥没沙頭影，人分渡口烟。星初垂覆釜，月欲引虚弦""一夜冰霜清萬籟，縱餘松月帶寒烟""瑟瑟蕭蕭落葉，颼颼颯颯冷風。淅淅瀝瀝雪霰，瀰瀰漠漠寒空""石面潮初落，江頭月正來""海間霞嶂起，窗裏夕陽時""一片清光孤玉笛，千家烟樹亂疏鐘"等寫景之句，若從詩藝角度看，無論煉字、鍛意，都堪稱上乘；若以法眼衡之，則無不機趣靈動，令人生塵外之想。

　　雪浪洪恩於晚明聲名籍甚。錢謙益《列朝詩集》嘗云："（雪浪）説法三十年，如摩尼圓照，一雨普沾。賢首一宗，爲得法弟、得繼席者以百計，秉法而轉教者以千計，南北法席之盛，近代所未有也。"程嘉燧亦云："百年以求號東南大法幢，莫盛於雪浪恩大師。"明朝佛教分"禪""講""教"，"講"即注重講説義理之賢首、天台諸宗，牧齋於此特指賢首宗。晚明賢首宗中興，雪浪洪恩可謂厥功至偉。其法子、法孫巢松慧浸、一雨通潤、蒼雪讀徹、汰如明河，肆弘其志，開法吴中華山、中峰講席，號稱"巢、雨、蒼、汰"。此數僧不僅禀賦辯才，且一門風雅，能詩者極衆。除此雪浪與"巢、雨、蒼、汰"外，又有雪山法杲，王穉登《雪山草序》稱之爲"近代詩僧領袖"。

　　然雪浪洪恩又是極具争議之僧。西人利瑪竇入中國，嘗與洪恩辯論，所著《中國札記》載及兹事，内中稱其爲"瀆神的神秘主義者""偶像崇拜者"，辯論時"帶著一副輕蔑的腔調"，"傲慢地咧嘴一笑"，"宴會結束以後，只有那位僧人不肯承認失敗，儘管所有的人都一致認爲他失敗了"。沈德符《萬曆野獲編》卷二七則述其種種劣行："然性佻達，不拘細行，友人輩挈之遊狎邪，初不峻拒，或曲宴觀劇，亦欣然往就。時有寇四兒名文華者，負坊曲盛名，每具伊蒲之饌，邀之屏閣，或時一赴，時議譁然，遂有摩登伽、鳩摩羅什之謗……曾至吳越間，士女如狂，受戒禮拜者，摩肩接踵，城郭爲之罷市。雪浪有侍者數人，皆韶年麗質，被服紈綺，即祖衣亦必紅紫，幾同烟粉之飾。"姚旅《露書》卷九亦載："余嘗見雪浪、蘊璞，經僧也。雪浪多妖童，客至，童即出門看，蓋隨車從之多寡，以爲款供之等第。"雪浪洪恩於晚明叢林堪稱卓異之僧。若以俗世眼光判之，其種種"異行"確然有悖僧律，敗壞風俗；若以法眼觀之，實是其"遊戲神通""脱略拘忌""逸鶴凌空"之外現。此正如蕅益智旭所言："掃蕩支離，不拘軌則，瀟灑風流，露疵縮德。分明是玄奘再來，怪得肉眼不識。"

《朽庵集》六卷、《説破浮生夢幻集》一卷，釋宗林撰

宗林（1471—?），字大章，號朽庵，俗姓宋，原籍浙江余姚東山，遷仁和（今浙江杭州）。年十三，其父責其愚魯，送入空門，棲隱於杭之安隱寺。弘治八年（1495）欽宣到京，提督五台山，校正《清涼通傳》入藏。正德間，欽賜紫衣玉帶法王、佛子大宗師。嘉靖初，遊都下，屏居香山，開萬壽戒壇，欽建宗師府。生平未見碑傳。錢謙益《列朝詩集》有其小傳。

朽庵《自贊》詩曰："宗林是我名，大章是我字。賤號是朽庵，宗師是虛位。"又《浮生夢幻歌》謂："成化辛卯年，子月二十五。是日己未時，慈親受艱苦。誕我出人間，深恩蒙恃怙。父號雲槎翁，讀書貫今古。原籍在余姚，東山宋氏府。晦庵朱文公，墨迹序家譜。自宋迄於今，世不絕簪組。先父走江湖，能文亦能武。隱居仁和鄉，立山對門户。育我年十三，責我多愚魯。送我入空門，死心依佛祖。"可略見其生平。

《朽庵集》六卷《説破浮生夢幻集》一卷，萬曆四十二年（1614）釋

智壽刻本,見存於國家圖書館。內鈐"子剛經眼""永寶用之顧子剛贈"等印。顧子剛(1919—1984),原北京圖書館副研究員,文獻專家,多次將私家藏書捐贈給國圖,此本即其所捐明清善本、孤本之一。卷端題"朽庵集",半頁 12 行,行 20 字,無格,四周單邊,白口,單魚尾,版心鎸"朽庵集"及頁碼。正文前釋智壽序,有缺頁。略曰:

> (以上缺頁)《歌詩》爲約,《古禮》爲客問,《春秋》爲撮詠,《四書》爲外集。又於本宗之經,《法華》爲衍義,《華嚴》爲或問,《楞嚴》爲補頌,校正清涼僧史,並雜著《寒燈衍義》共百有餘卷。太史蒲汀公等爲叙跋焉。然師幻視之,故散漫人間,不存完册。有智化思修禪伯者,今之耆宿也,其性悦詩,得朽和尚手繕詩草一本,藏瑶紫廿年。萬曆壬子秋,將厭世,余往視疾,謂余曰:"人生亡蒂,飄如陌塵,揮手自兹,已無絲毫之罣。獨宗師詩未刻,爲我未了之緣。子任之,當叙其始末,使其言不朽,即其人常在。子不泯先覺之光明,則子之光明不可量也。"余唯唯,攜歸之。時僧録碧宣道丈聞之,喜助刻金。同付剞者,僭贊一語,庶見區區不忘修師之遺屬,覽者毋以佛頂著糞爲罪。是爲叙。萬曆歲次甲寅穀雨後二日,天寧寺賢首後學智壽和南書。

據此序,朽庵著述宏富,凡百餘卷,然皆散佚。《朽庵集》六卷,則以智化思修得其手稿而存留,萬曆四十二年甲寅(1614)由釋智壽付梓問世。是書卷一收五律 55 首,卷二七律 34 首(中鏑去一首),卷三七律《詠宋史》16 首,卷四五絶 24 首,卷五七絶 33 首,卷六五古 9 首。

所附《説破浮生夢幻集》一卷,卷端題"説破浮生夢幻集"。正文前有朽庵自序云:"朽庵道人宗林作夢多年而不覺。既覺,尋夢境而了不可得,因著夢中所歷諸事若干篇,總爲一卷,題曰'説破浮生夢幻集',蓋取儒釋所謂處世若大夢,如夢幻泡影之意。"此卷僅收《浮生夢幻歌》《辭佛》《辭法》《辭僧》《辭世長行》五首,皆朽庵示寂前所撰之詩,有脫頁。

錢謙益《列朝詩集》閏集"朽庵林公小傳"載:"世宗皇帝奉玄,上書規勸,請弘護大法,上不以爲忤。"《朽庵集》卷六有《癸亥上書》云:"洗心欲扶宗,犯顏不畏死。北闕上封章,南宮承敕旨。舊典悉頒行,頹綱復振起。僧録弗欽遵,□金罷鍐梓。""癸亥"爲弘治十六年(1503),此詩非規勸明世宗棄道奉佛而作,然朽庵與朝廷關係甚密則無疑也。蓋以其周旋既久,故其詠宋室諸帝之作,尤爲深切。如《徽宗》云:"萬歲山成物色新,昏昏長樂夢中春。黃金耗費猶傾土,白刃相欺反結鄰。禁苑景添村苑景,袞衣身作羽衣身。百官美惡何曾辯,不及鐫碑隱諱人。"不惟詠史,亦兼諷今。朽庵著述甚富,《朽庵集》所存之詩蓋不及什之一,《列朝詩集》"朽庵林公小傳":"武廟初年,朝士有以郎官致仕者,朽庵取淵明《歸去來兮辭》爲題,賦《樂歸田園》十詠送別,字畫瘦勁,前有圖,似戴進筆法。崇禎初,余被放南還,燕中故人遺此册贈別,余有感而和之。今年以詩册贈道開局公,藏弆於虎丘精舍。"朽庵所賦《樂歸田園》十詠,即未見於本集之中。又,朽庵有《焚舊詩稿》曰:"充囊皆瓦礫,誰收入珠林。弟子識多病,過目終不尋。蠹魚覺無味,忍飢亦不侵。一朝付乾焰,半世成灰心。"折射出僧人對待自己詩文集之態度。

《譚友夏先生評訂秀野軒集》十二卷、《巖棲集》七卷、《同波集》五卷,釋慧秀撰

慧秀,字孤松,俗姓蔣,常熟人。出家遊峨眉、天台、雁宕,棲仙巖休糧庵,歸老虞山、陽羡之間,受具足戒。嘗刺指血寫《華嚴》《妙華》等經,凡一百六十餘卷,爲管東溟所重。喜吟詠,入龍膺、何無咎所結白鹿社,著有《秀道人集》《棲巖集》《同波集》等。生平未見碑傳。錢

謙益《列朝詩集》閏集有其小傳。

　　慧秀詩文集,《千頃堂書目》卷二八著録爲"《慧秀道人集》十三卷,字孤松,常熟人"。《明史·藝文志》仍之,後之書志著録者極少,蓋傳本罕見。今北京大學圖書館藏有其《秀野軒全集》,内含《譚友夏先生評訂秀野軒集》十二卷、《巖棲集》七卷、《同波集》五卷。《明別集叢刊》第四輯第 60 册據萬曆書林龐雲衢刻本影印。扉頁題"譚友夏先生評訂"/"書林龐雲衢梓"/"秀野軒全集"。半頁 9 行,行 18字,白口,左右雙邊,無魚尾,版心鐫"秀道人集"/"巖棲集"/"同波集"、卷次、頁碼。各集卷端除書名不同外,皆作"海虞釋慧秀著",版式亦同。然《巖棲集》卷五卷端,不知何故,題爲"譚友霞先生選訂秀野軒集"/"景陵譚元春友夏甫選訂"/"海虞釋慧秀著"。《同波集》則多有脱頁,且收詩多見於《秀野軒集》,似諸集非一時所刻。

　　是書正文前有王衡《巖棲集序》、萬曆三十年壬寅(1602)秋龍膺《秀道人詩集序》、萬曆三十六年戊申(1608)冬張以登《禪友秀公巖棲集序》、汪道會《刻秀公詩集後跋》。王衡序曰:"松上人受具足戒,修蒲塞行,刺指血寫《華嚴經》若干卷。泊然深居,於世味了無嗜也,而獨嗜詩。其詩清新雅秀,皎然、靈徹之流,而鑱刻過之。集凡若干卷,其遊越中詩曰'巖棲集',而屬余爲之叙。"則《巖棲集》七卷乃其遊越之詩,集中有遊天姥、雁宕、天台、仙巖諸地詩近百首。龍膺《秀道人詩集序》曰:"上人生平所著諸集,一曰'巖棲',屏迹息心,其音冲以遠;一曰'同波',與世浮沉,其音婉以麗;一曰'勝感',不執文字,不離文字,而爲道用,其音曠而超。大抵吟寫性靈,不傍蹊徑,如孤鶴唳空,閒鷗忘海,其深於禪而詩者耶?"龍膺所稱"勝感"一集,今未見存。

　　《秀野軒集》冠以"譚友夏先生評訂",然覆查釋慧秀詩集及《譚元春集》,未見二人往來文字,更無所謂"評訂"之相關記載。晚明書賈好托名家編刊書籍,以邀名射利,李卓吾、陳眉公、鍾伯敬、譚元春等名流之評點、選訂本，一時積篋盈肆，真偽莫辨。譚友夏評定釋慧秀詩集，亦不可不疑。錢謙益評其詩曰："上人富於詞藻，採擷六朝，多所沾丐，小賦駢語，時足獻酬，而意象凡近，殊非衲子本色。昔人言，僧詩忌蔬筍氣，如秀道人者，正惜其少蔬筍氣耳。"錢氏之評或本於王衡。王衡嘗語慧秀云："闍黎自有本色禪，亦有本色詩，如寒山子輩，不歌不律，鳥鳴泉流而已。而子（按，指慧秀）字必綺，聲必諧，襲香珠纓珞，以爲莊嚴衲子，而奪詞人之藻。"慧秀應之曰："夫日雨感而成虹，烟雲感而成嵐，風谷感而成韻，是何情乎？所感不同，設色比韻，濃淡纖宏係之矣。且夫空中花，燈上暈，病不在空與燈也。子姑旋汝目而觀之矣。"慧秀所言自有道理，其論詩本出性情，以爲"真詩本自性情出，眼前佳句何紛紜"（《詩狂行》），而讀者不應著相而觀，似空中花、燈上暈，而應直入性情。今讀慧秀之詩，則未必如錢謙益所云"殊非衲子本色"，其寫山林遊觀，雖澄言藻發，然清泉絶石，松濤鳥鳴，猶有禪韻。集中《刺血寫經詩十首（有序）》，所述乃其刺指血寫《華嚴》《妙華》諸經一百六十餘卷，其心底之虔敬，意志之決絶，尤且令人震撼。惜其所書血經，未見流傳。

《憨山老人夢遊集》四十卷，釋德清撰

德清（1546—1623），俗姓蔡，字澄印，號憨山，安徽全椒人。九歲能誦《法華經·普門品》，十二歲依報恩寺西林永寧爲師，十九祝髮出家。因聽《華嚴玄談》，慕五台清涼之境，自號澄印。後隨雲谷法會於天界寺習禪，旋北上冰雪苦寒之地痛自磨礪，參遍融真圓、笑巖德寶，結夏盤山千像峰。萬曆九年（1581），與妙峰福登等於五台山建無遮大會，爲國祈嗣。萬曆十一年（1583）退居東海牢山之那羅延窟，以李太后所贈内帑三千金，盡施灾民，又得内廷之助，建海印寺安置藏經。黃冠以海印寺占其道院，聚訟撫院，更兼京師權貴誣陷，德清被逮入獄,遣戍嶺南。遂仿大慧冠巾説法,大作佛事,因機施教,聲譽日隆,又重振曹溪祖庭,後因敕放還。萬曆四十二年(1614),於李太后靈龕前披剃,重返僧服,歷徑山、雲棲,結庵廬山,建法雲寺。天啓二年(1622),因嶺南僧俗敦請,重返曹溪,次年十月十三日圓寂,世壽七十八。生平碑傳有自撰《憨山老人年譜自叙實録》、吳應賓《大明廬山五乳峰法雲禪寺前中興曹溪嗣法憨山大師塔銘》、錢謙益《大明海印憨山大師廬山五乳峰塔銘》、陸夢龍《憨山大師傳》等。

德清解行並重,著述繁複。經疏類有《楞嚴經通議》《莊子内篇注》《大學綱目決疑》等,門人又彙集其法語、偈頌、詩文等,裒爲《憨山老人夢遊集》。是集諸家書目著録不一,《千頃堂書目》卷二八著録“德清《憨山夢遊集》四十卷”,《明史·藝文志》同,而《八千卷樓書目》則著録“《憨山夢遊集》五十五卷”,注稱:“明釋德清撰,金陵刊本。”

德清道價隆盛,《夢遊集》迭經刊刻,存本甚多。大抵而言,略可釐爲兩個系統。一曰虞山本,錢謙益整理。錢氏乃德清俗家弟子,嘗爲其撰《大明海印憨山大師廬山五乳峰塔銘》《憨山大師托生辨》等。順治十三年(1656)冬,錢氏以《夢遊集》“吳中未有全本”,因龔鼎孳入粵,作《致憨大師曹溪塔院住持諸上座書》,托其尋訪德清遺著。龔氏經曹溶、萬泰、何雲、錢朝鼎、宗寶道獨、今種、今照、今光等人襄助,於肇慶鼎湖山棲壑禪師處訪得德清原稿,繕寫歸吳。牧齋校讎刊定,勒成四十卷,委毛晋刊行,適毛晋歿,其子毛表等竣其業。錢氏校訂虞山本,現存《嘉興藏·續藏》第264、265函,共14册,順治十七年(1660)十一月刻,《續修四庫全書》第1377册據之影印。卷端題“憨山老人夢遊集/侍者福善日録/門人通炯編輯”。正文前有《憨山老人自贊》《畫像》、真可《康居國會尊者像贊寄憨山大師并序》、錢謙益《憨山大師夢遊全集序》、今釋《録夢遊集小紀》。正文標曰四十卷,實爲四十二卷。卷一至卷五爲法語,卷六至卷九爲書問,卷一〇、卷一一爲序,卷一二、卷一三爲記,卷一四、卷一五爲塔銘,卷一六爲傳,卷一七、卷一八爲題跋,卷一九、卷二〇爲贊,卷二一爲頌、箴、銘,卷二二爲偈,卷二三爲説,卷二四爲疏、文,卷二五爲《楞嚴懸鏡》,卷二六爲《法華擊節》,卷二七爲《楞嚴補注》,卷二八爲《楞伽補遺》,卷二九爲《大學決疑》,卷三〇分上、下,爲《觀老莊影響論》《道德經解發題》,卷三一爲《憨山緒言》《徑山雜説》,卷三二爲《化生儀軌》,卷三三爲《净土會語》,卷三四爲《性相通説(上、下)》,卷三五、卷三六爲《夢遊詩集》,卷三七爲《曹溪中興録(上)》,卷三八爲《曹溪中興録(下)》,卷三九、卷四〇爲《自叙年譜》,卷四〇下附録塔銘、傳、挽詩、書跋、舊序。此本又收入《乾隆大藏經》第155、156兩册。與四十卷本不同者,《乾隆大藏經》釐爲五十五卷。另,《中華大藏經》第83、84册據此刊印,卷末附校勘記,剖明卷數拆分和文字差異。日本《卍續藏經》則在《乾隆大藏經》基礎上整理而成。與四十卷本相較,五十五卷本除個别文字外,正文内容差異不大。

　　二曰鼎湖本。此本係以德清原稿本,亦錢謙益整理本之底本,由憨山德清之法孫潭柯濟航刊行。錢謙益《嶺南刻〈憨山大師夢遊全集〉序》稱:"己亥秋,王大哉自粤歸,言彼有潭柯上人名濟航者,自東充入蜀,精研宗教。棲壑化去,購得《夢遊集》本於鼎湖,捐衣貲付梓。"此本現存順治十七年(1660)靖南王耿繼茂刻本,與虞山本同年刊行。《四庫未收書輯刊》第3輯第25册據之影印。卷端題"憨山大師夢遊全集"/"侍者福善日録"/"嶺南門人釋超逸、劉起相同訂"/"三峰山後學濟孫編輯"。正文前有耿繼茂序。該本凡二十卷,其中卷一至卷四爲法語,卷五、卷六爲記,卷七、卷八爲序、題跋,卷九爲題跋,卷一〇爲傳、説,卷一一爲頌、贊、補遺,卷一二至卷一四爲詩,卷一五至卷一七爲書,卷一八爲《影響論》《緒言》《大學決疑》、文、《徑山雜説》,卷一九爲塔銘,卷二〇爲《中興曹溪實録》。

　　錢謙益《嶺南刻〈憨山大師夢遊全集〉序》稱:"余惟大師集本,鼎湖、虞山，頗有異同。鼎湖則大師原稿，弟子福善、通炯及五羊劉司理起相所結集也。虞山則經余勘校，間以管窺之見，撮略字句，移置段落者也。二本蓋少異矣，而未嘗不同……故知二本不妨兩行，並舟而觀月，分河而飲海，其聞法得益，則一而已矣。"耿繼茂《序》稱"衲子濟孫忽從鼎湖敗簏中得兹集"，與錢氏所言相符，知底本爲德清之原稿本無疑。

　　虞山本因"藝苑宗工"錢謙益整理，兼龔鼎孳、曹溶等名流與宗寶道獨等嶺南叢林名宿襄助，聲譽日隆，流行日廣。而鼎湖本卷首僅載靖南王耿繼茂《憨大師夢遊全集序》，無塔銘、像贊，以卷數觀之，亦不足虞山本之半數，助刻者係明朝、清廷叛將，整理者名微言輕，故素爲教内外所輕。然細加比勘，二者絕非牧齋所言文字潤飾之異，缺失之處指不勝屈，姑就詩歌略發一端。

　　鼎湖本詩歌之編排，兼顧詩體與時序，次序略與虞山本同，但收錄數量遠較虞山本爲多。其中，四言古詩二本相同，皆收 2 題 25 首；五古鼎湖本收 45 題 45 首，虞山本收 27 題 27 首，失收 18 題 18 首；七古鼎湖本收 21 題 22 首，虞山本收 8 題 9 首，失收 13 題 13 首；五排鼎湖本收 4 題 4 首，虞山本失收；五律鼎湖本收 178 題 250 首，虞山本收 65 題 110 首，失收 113 題 140 首；七律鼎湖本收 209 題 237 首，虞山本收 37 題 47 首，失收 172 題 190 首；五絕鼎湖本收 87 題 201 首，虞山本收 56 題 133 首，缺 31 題 68 首；六言詩鼎湖本收 2 題 21 首，虞山本收 1 題 20 首，缺 1 題 1 首；七絕鼎湖本收 189 題 288 首，虞山本收 84 題 127 首，缺 105 題 161 首。總計，鼎湖本收 737 題 1093 首，虞山本僅收 280 題 498 首，失收 457 題 595 首。另，虞山本失收詩作多呈連續狀，如七律《舊同妙峰師遊河東萬固寺今聞重新賦此寄懷》下，連續失收《送蔣都閫再入賀》等 25 題 28 首。蓋因虞山本謄寫出衆人之手，分工不明，整理草率，致使連篇累紙整體失收。又有 6 題 6 首，虞山本收錄而鼎湖本缺。兩本相合，德清詩歌存世數量當爲 743 題

1099 首。

德清不惟晚明叢林巨擘,論詩衡文亦別具法眼。其論詩力主"詩乃真禪",以爲王維等文士之作雖多佛語,"特文字禪耳",惟陶淵明、李白之詩"造乎文字之外"。昔人論詩與禪,無論離、合,要之皆判爲二物。德清則超宗越格,不落二邊,直截根源。後之擔當普荷稱:"禪而無禪便是詩,詩而無詩禪儼然。"王士禛亦云:"詩禪一致,等無差別。"皆與德清同一論調也。德清以爲,作詩以"情真境實"爲高。如《夢遊詩集自序》謂:"因見古詩之佳者,多出於征戍、羈旅,以其情真而境實也。"又自叙《從軍詩》曰:"情境逼真,諒非綺語。"此論實德清創作經驗之總結。德清因弘法罹難,詔下獄,瀕九死,是爲夢墮險道。大抵詩人所歷之境愈險愈難,其情則愈真愈切。

德清之詩,以遣戍嶺南時所作最勝。所歷瘴癘叢發,餓殍遍野,復值歲飢,米穀湧貴,民不聊生。德清以大乘佛教之願力,作濟度道場,掩埋骸骨,此種徹心悲慘一一見諸詩章。集中《感時詩十五章》《采珠行》《征途述懷十章》《從軍詩》等作,疾痛慘怛,呼天告地,其意義遠非"詩史"所能概括,所見者實佛教徒獨具之慈悲願力。德清解行精絕,平生喜抱烟霞之癖,早年厭南方軟暖之地,深入冰雪苦寒之境,自我磨礪,深悟清寂、澄明之境,故能逢春花放,觸處即真。其《山居二十八首》,堪稱禪境詩之佳作。例如,其六云:"寒燈獨照影微微,疏屋風吹雪滿衣。忽憶五台趺坐處,萬年冰裏一柴扉。"其十三云:"雪滿乾坤萬象新,白銀世界裏藏身。坐來頓入光明藏,此處從來絕點塵。"其二十四云:"萬峰深處獨跏趺,歷歷虛明一念孤。身似寒空掛明月,惟餘清影落江湖。"寒燈照影,風雪滿衣,身心皎無纖塵,猶如寒空孤月。德清避居東海牢山,靜坐夜起,"見海湛空澄,雪月交光。忽然,身心世界,當下平沉,如空華影落,洞然一大光明藏,了無一物"。悟後取《楞嚴經》印證,恰與經中所言如來藏心契合,遂有《楞嚴懸鏡》《楞嚴通義》諸書之作。發之於詩,澄明之境亦屢見之。如

《山居二十首》其十四云:"清浄涵空寶鏡,春來水滿彭湖。照徹廬山面目,月如額上明珠。"其十九亦云:"世界光如水月,身心皎若琉璃。但見冰消澗底,不知春上花枝。"《憶山居六首》其三亦云:"明月掛寒空,光徹寒潭底。上下本自同,看來無彼此。"月掛寒空,光徹潭底,身心澄徹,物我一如。德清乃晚明江南叢林尚詩風氣之宣導者,禪理詩境,圓融無礙,實爲考察宗教實踐與文學創作之極佳個案。(此則由王彦明執筆)

《龍華院稿》二卷,釋中英撰

中英(1560—1648?),字朗如,生平未見碑傳。著有《龍華院稿》二卷存世。《清人别集總目》未著明其生卒年,《清人詩文集總目提要》則以其"生於崇禎十四年至順治二年(1641—1645)"間,誤甚。《龍華院稿》卷下《慨樹》小序謂:"門前又榆樹數株,相傳爲國初始祖所植。余自萬曆乙酉入寺,迄今亦不見其甚大。適逢革運,歷數變更。丙戌夏,當事將取材焉。師徒相向,惟有涕泣。"則其萬曆十三年(1585)前或已出家。中英與雪浪洪恩、湛懷義欽、一雨通潤、蒼雪讀徹等僧人往來密切,或爲雪浪系僧。

《龍華院稿》二卷,順治年間《燈傳集》本,見存於國家圖書館,《清代詩文集珍本叢刊》第147册據之影印。卷端題"龍華院稿"/"重玄釋朗如中英著"/"纇庵釋道開自扃選"。自扃(1601—1652),字道開,號闇庵,俗姓周,吴人,師事蒼雪讀徹、汰如明河。嘗刻《燈傳集》四卷,收釋中英《龍華院稿》和釋宗顯《龍樹齋稿》兩種,現仍藏於國家圖書館。《龍樹齋稿》,筆者未見。此本半頁8行,行19字,左右雙邊,白口,單魚尾,版心自上而下鎸"燈傳集""龍華院"及頁碼。無序跋。

是集大抵以時間編排,起於萬曆年間,訖於順治五年(1648)。中

英久居吳中,多與名衲相往還,集中《中秋同王百穀雪浪師看月》《過
徐氏園謁湛懷師》《贈一雨師住中峰》《挽道源》《和蒼法師中峰解制
韻》《華山汰法師新立梵規》《蒼雪師贈余壽言次韻奉酬》《和蒼法師
中峰解制韻》等,可覆按其交遊。釋中英還與宰官、文士往來頻繁,
《溫相國予告榮歸敬賦志喜》《挽溫太師》可見其與溫體仁關係密切。
《挽溫太師》云:"方開綠野集賢賓,何事龍蛇歲不辰。衣帶御爐香未
盡,恩傳宸翰墨猶新。玉樓作賦徵才碩,寶籙登仙列上真。數載廟堂
經濟在,君王猶切歎無臣。"蓋因中英與溫氏之關係,集中未見其與錢
謙益交往之詩,而錢氏與雪浪洪恩、湛懷義欽、蒼雪讀徹、汰如明河、
石林道源、道開自扃關係極爲密切。以此可見,明季叢林亦是風雲激
蕩,暗流湧動。

《雪山草》九卷,釋法杲撰

法杲(?—1609),字雪山,姑蘇人。出家吳門之雲隱庵。舞象之
年,嘗修瑜伽法,及長,悔而棄去,修出世法。與一雨通潤、巢松慧浸
同參雪浪洪恩於無錫華藏寺,往來於金陵之華山、京口之焦山,歷十
餘夏,相依如形影。著有《雪山草》九卷。生平未見碑傳,《吳都法
乘》卷六有其小傳。

據《雪山草》前釋慧秀序云:"惜乎神駿先徂,芳蘭易萎,死生預
定,失我良朋。卒之載明年,昭陽故人李無競沮修暨洞庭潤公哀集手
錄若干卷,總付諸梓,以永其傳……時萬曆庚戌四月佛降日,海虞慧
秀撰。"萬曆庚戌,爲萬曆三十八年(1610),則法杲卒年當爲萬曆三
十七年。雪浪洪恩卒年爲萬曆三十六年,故《列朝詩集·雪山法師杲
公小傳》云:"雪浪遷化,師亦繼之。"法杲生年,不可具考。然《雪山
草》卷五竟有《丁巳除夕》五首,丁巳爲萬曆四十五年,此距法杲圓寂

近十年，此殊不可解，抑或"丁巳"（1617）爲"己巳"（1605）之訛誤歟①？

　　法杲今存撰述，惟《雪山草》。是集由昭陽李思睿初刻於萬曆三十八年（1610），見存於國家圖書館、台灣圖書館，《禪門逸書續編》第3册據此影印。卷端題"雪山草"/"吴門釋法杲著"/"新都潘之恒選"/"震澤釋通潤編"/"昭陽李思睿校"。半頁9行，行18字，黑口，左右雙邊，上魚尾。版心鎸"雪山草"及卷次和詩體。正文前有釋慧秀、無名氏、王穉登三序。

　　是集卷一收四言詩4題13首，樂府5題34首，卷二收五古11題119首，卷三收七言歌行48題52首，卷四收五律71題123首，卷五、卷六、卷七、卷八收各體山居詩，卷九收偈、頌、像、贊16題23篇。

　　法杲生平泰半隨侍雪浪洪恩，行迹似不出江南叢林，實忠孝、本分之僧。慧秀謂："公生平相羊泉石，遇物春融，愁不掛眉，嗔不入面，慈愛之心，悠然滿腹。當毒癘盛行之日，恒手齎湯劑，扶掖病僧數十輩，飲而活之廊下，此尤人所難能者。"王穉登序亦稱："僕見雪山爲沙彌時，口誦多羅般若，身著水田衣，修瑜伽法。後乃腰裝頂笠，擔經托鉢，修出世法，對人都不談詩，人亦不知其能詩。往往於紙屏木榻題蕉刻竹，間見一篇兩篇，識者莫不咋指吐舌，嘖嘖稱詩僧矣。"然頗覺奇怪者，《雪山草》竟少見與洪恩相關之文字。

　　法杲之詩，以山居詩最爲著名。《雪山草》卷二有五古《山居雜詠一百首》、卷四有五律《山居雜詠二十八首》、卷五有七律《山居四首》、卷六有五絶《山居一百六首》、卷七有六絶《山居七十六首》、卷八有七絶《山居一百六十七首》，共計五百餘首之多，實釋子作山居詩

①《禪門逸書續編》所收《雪山草》前釋明復"解題"稱："萬曆戊申十月，師以疾終，得壽四十三歲，知即惜之。"言之鑿鑿，似有所據。據此，則法杲生於嘉靖四十五年（1566），卒於萬曆三十六年（1608）十月。

最富者。其《山居詩》善於捕捉山間聲色，以透顯當下心境，尤以描寫
"風"最爲擅場。例如"木葉落還窮，天風吹不歇""巨壑一朝風，頹門
丈餘葉""涼風起暮天，碧雲流緩緩""日迥蒼鴿啼，風疏緑猿叫""遥
天瀑花灑，竟日松風哀""風嬌石蘚明，霧醒溪花艷""日晚天風吹，山
花擊羅帳""天風自西來，吹此明霞色""初日滿山溪，谷風來習習"
"刁刁霜木音，切切涼風悲""隆寒改芳景，風木有餘音""對兹風木
音，因傷歲時感""惠日麗遊絲，孤風引桐葉""回風自天起，遣我飛瀑
音""天雲振孤鵠，海隅鳴斷風"諸句。"風"者，寒暑皆有，晝夜亦來，
隨物賦形，遇物輒響，既可聞之於耳，復可見其形，最能觸發詩人之詩
情。法呆縱身山林中，以極爲細膩敏鋭之詩筆，捕捉各種形態之風。
法呆還常以凡塵之浮華對比山林之生趣，以凸顯前者之空幻和後者
之永恒。例如，"白日塵網深，西風鬢絲短。形難五石支，心匪三江
浣""人離濁世清，日到空山永。笑聞隔窗雲，汝能還過嶺""靈台日
荒蕪，齷齪徇所私。何不策高足，斯言當及時""浮骸匪金石，俯仰空
徘徊。白日不相惜，奄忽朱顏頹""世塵汩已深，靈光寧復睹。欲寄同
心言，修途險且阻""既匪金石軀，浮生易延促。不及野草根，年年一
回緑"等，此種塵世、山林之對比，乃佛教山居詩傳統寫作策略，意在
鞭撻混濁之塵世，嚮往清寧之山居生活。法呆山居詩，還常塑造詩人
自我鏡像，例如：五古《山居雜詠》第五十首："山木何槎牙，冷雲凄石
窟。借問窟中誰，一尊近死客。飲啄都未知，唯存鼻端白。夜半萬峰
明，豁然孤月出。"五絶《山居》第六十六首："一尊巖上人，幾寸階頭
蘚。世路隔滄江，雲山滿青眼。"所謂"近死客""巖上人"，皆指法呆
本人，乃孤寂空靈、超越塵俗禪者之鏡像，意在砥礪心性，凸顯怡然自
在之山居生涯。

　　法呆之詩，頗具本宗特色，不避綺語。其云："《三百篇》則以夫
婦之昵托於禽獸草木間，而《古十九首》又以君臣睽違之私寄托於夫
婦。今之企慕聖諦者，獨無所寄寓哉？讀者幸勿以相似別離作情會

也。"實以俗世離情,托寓對佛祖聖諦之企慕,絕非文字遊戲,更非怡情浪思。王穉登序稱:"雪山之詩,如寒潭印空,遥峰積雪,清可徹人骨,絕無一火食語。讀之如餐霞吸露,僊僊欲輕舉。寒山子高則高矣,終是禪人偈子,不能協律。惠休、皎然、清江、靈一之流,鏤雲裁月,幾與作者數子並驅中原,終未免落詞家綺語障。"法杲詩才頗富,長篇短制,皆得心應手,尤其善於結撰組詩,除各體《山居詩》外,尚有《樂府雜曲二十八首》《雜詩四十首》《焦山與湛兄夜坐十首》《寄潤兄十二首》等。組詩中各詩既需獨立成章,又需互有勾連。清人朱庭珍云:"合觀之,連章若一。分觀之,各章又自成章。其先後次第,自有一定不紊之條理。"非具豐富詩才、高超技巧者,實難駕馭,故王穉登、錢謙益皆推法杲爲近代"詩僧領袖",並非全然阿私之辭。

《堯山藏草》三卷,釋寬悦撰

寬悦(1549—?),字朧鶴,南京人。薙染於普德寺,善講解,兼贍才華,與雪浪、湛懷齊名。南都法席,悦居第三。後遁居堯山。著有《堯山藏草》。生平未見碑傳。錢謙益《列朝詩集》閏集有其小傳。

寬悦生卒年,史籍失載。雪浪洪恩《雪浪集》卷下《跋悦公四十自祝偈》中謂:"至戊子暮春……而悦公即以其年届臨四十初度,説偈自祝,共得若干首。"戊子乃萬曆十六年(1588),逆推四十年,則寬悦生年當爲1549年。卒年俟考。

寬悦所著《堯山藏草》,《明史・藝文志》著録曰:"寬悦《堯山藏草》五卷。"《千頃堂書目》卷二八著録:"寬悦《堯山藏草》,字朧鶴,南京人,居普德寺。"所見《堯山藏草》惟三卷,乃萬曆二十九年(1601)潘之恒編刊本,藏於台灣圖書館,《禪門逸書初編》第7册據之影印。扉頁題"堯山藏草",次頁題"明萬曆辛丑古巖潘之恒編刊"。潘之恒,字景昇,號鸞嘯生,安徽歙縣人,官至中書舍人,晚明著名詩人、曲家。景昇與寬悦交往頗爲密切,因以編刊其詩文集。内鈐"豐華堂書庫寶藏印""身入群經作蠹魚"等印,乃杭州楊復"豐華堂"舊藏。正文前有萬曆辛丑(1601)虞淳熙所撰《堯山藏草引》,鈐有"長孺""虞敏私印"二印。半頁 9 行,行 18 字,有界行,左右雙邊,單魚尾,白口,版心鎸有"堯山藏草"、卷數及各小集名。

是書分三卷。卷一卷端題"堯山藏草卷之一(長干集)"/"黄曲釋僧悦著"/"檇李馮夢禎閲"/"古巖潘之恒選",《長干集》收五古 2 首,五律 92 首,七律 6 首,五絶 6 首,五排 1 首。卷二前有萬曆辛丑潘之恒撰《道德頌序》,鈐有"潘之恒印""景生□"二印;卷端題"堯山藏草卷之二(伊闕集)"/"黄曲釋僧悦撰"/"烟霞虞淳熙、淳貞閲"/"古巖潘之恒校",《伊闕集》收頌 81 首。卷三卷端同卷二,惟閲者爲"琅溪程可中",收五古 31 首,七古 4 首,五律 18 首,七律 22 首,七絶 16 首,古辭、謡各 1 首。全書共收寬悦詩凡 281 首。

嘉、萬之際,寬悦與雪浪、湛懷名滿金陵。潘之恒《道德頌序》稱:"當嘉、萬間,三大師比肩長干,而老莊盛行於世。先是,歷下、婁東、礻龠中諸公皆以著作顯,競蒐奇獵,艶於漆園。而三大師獨標名理,所稱雪浪恩公、朧鶴悦公、湛懷義公是已。三師同時同里,同席同參,常歷嵩、岱、衡、華、峨眉、終南、天台、五台,憩足於伏牛,闢草萊,龕木石,艱阻同之。而朧師尤厭世味,耽禪寂,一切講壇齋筵,俱謝不赴,獨居菩提場,招同志結黄曲社,深研《道德》五千言,稍用羽翼十二大部。"佛教發展至晚明,中心漸由杭州移至金陵,蓋因"三大師"所宣導,雪浪洪恩大竪法席,肆弘《華嚴》義學,循誘善士;而寬悦則由講入禪,獨自高標,亦爲文人居士所嘆服。錢謙益《列朝詩集·湛懷義公小傳》載:"金陵周暉吉選其詩三十二首,附憨山、雪浪二老之後,曰'長干三僧詩'。"若以宗派而論,"長干三僧詩"當以"雪浪、寬悦、欽義"三人似更宜;若詩文成就言,則當爲"雪浪、德清、寬悦"。晚明佛教號稱"中興",僧侶之詩文創作,厥功至偉。鍾惺《隱秀軒集》卷一七《善權和尚詩序》即謂："金陵吳越間，衲子多稱詩者，今遂以爲風。大要謂僧不詩，則其爲僧不清；士大夫不與詩僧遊，則其爲士大夫不雅。"雖語含譏諷，然亦可見一時之風氣。

寬悦廣交金陵吳越文人，不惟招同志結有"黄曲社"，又入汪道崑、潘之恒、屠隆等人主盟之"白榆社"。《長干集》中有《汪伯玉司馬龍君御司理汪仲淹仲嘉潘景昇諸文學招入白榆社偕義公赴之》《同白榆社佘宗漢屠長卿徐茂吳龍君善潘景昇仲淹仲嘉義公諸君集汪司馬太函館分得無字》，"伯玉"爲汪道崑字，"君御"爲龍膺之字，"仲淹"爲汪道貫字，"仲嘉"爲汪道會字，"景昇"爲潘之恒字，"宗漢"爲佘翔字，"長卿"爲屠隆字，"茂吳"爲徐桂字，"義公"即湛懷欽義。白榆社約創於萬曆十一年（1583），萬曆十三年（1585）冬至，社中成員於汪氏太函館舉行規模盛大社集，寬悦詩當即作於此會。佘翔《薜荔園詩集》卷四有《冬至汪伯玉召集太函館同屠長卿徐茂吳吳少君龍君御吳叔嘉汪仲淹仲嘉潘景昇暨悦公得燈字》詩。汪道崑嘗有"率白榆社遊黄山"之舉，寬悦亦預焉。《長干集》中《宿萬松庵與汪仲嘉夜談》，題下小字注："余將有黄山白嶽之遊。"白榆社集萬曆初期東南詩壇名流，爲當時最重要之詩社，"天下騷客詞人，咸跂望白榆之社"（周弘禴《白榆社草序》）。

今讀寬悦詩，多爲酬答、紀行之作，有"山林氣""蔬筍氣"，未出釋子本色，一時所傳佳句"千樹夕陽鳴暮鳥，一溪殘雪掩柴扉"，細味之，並無過人之處。而其《道德頌》誠如潘之恒所言"深研《道德》五千言，稍用羽翼十二大部"，又未免"偈頌氣"。寬悦與雪浪頗爲相類，遊戲神通，亦不避綺語。集中有《木末亭逢李叔茂索贈妓女徐驚鴻》一詩云："日晏逢君至，虛亭靈籟生。句空言外意，色破鏡中情。翠雨交深境，青天落近楹。把將蘭芷佩，幽潔照人清。"驚鴻，字飛卿，名翩翩，精通詩文書畫，乃金陵名妓。此詩雖無褻語，然終非釋子之行。寬悦嘗作四十祝偈，或流傳甚廣，馮夢禎、雪浪洪恩皆作有跋。

雪浪譽曰:"正以餐風味道,有得於中,發揚於外,可謂以麗藻之詞鋒,寓西來之密印。雖無心於工,自然合作,言言字字,如鮫目淚流,蚌腸珠剖,映奪今昔矣。"馮夢禎跋則曰:"白下恩公、悦公俱從講入禪,未免帶六朝鉛華習氣。中歲知非,逃八珍五齋,而甘無味之味,有同心焉。悦公住牛山幾十年所,始與余相見湖上,覺其眉宇間俱帶冰雪。己示余四十自祝偈……真本色人語。"惜此偈未見今本《堯山藏草》中。

《黄葉庵詩稿》一卷,釋智舷撰

智舷(1556—1630),字葦如,號秋潭,俗姓周,嘉興梅溪人。居秀水金明寺,久之,構黄葉庵於西郊,自稱黄葉老人。修竹百竿,手自拂拭,客至拾落葉煮茶,移時無寒暄語。能詩工畫,擅行草,吴越士大夫慕謁者接踵,與陳眉公、董其昌、沈純甫、吴少君、殷方叔交善,名滿東南,人稱"僧中黄叔度"。崇禎庚午(1630)示寂,年七十五。著有《黄葉庵詩集》《黄山老人詩》等,嘗校閲大慧宗杲《正法眼藏》。生平可見李日華所撰《秋潭禪師傳》,沈季友《檇李詩繫》卷三二、錢謙益《列朝詩集》閏集亦載其小傳。

智舷著述,《明史·藝文志》載:"知(按,當爲'智')舷《黄山老人詩》六卷。"《千頃堂書目》卷二八云:"智舷《黄葉庵詩集》二卷,又《黄山老人詩》六卷。"《黄山老人詩》,今未見傳本,刊刻、成書過程不詳,"黄山老人"或爲"黄葉老人"之誤。乾隆間纂修《四庫全書》,智舷詩集被黜入禁毁書目。《清代禁毁書目補遺》著曰:"《黄葉庵詩》二本。查《黄葉庵詩》,明釋智舷撰,詞多鄙陋,又有指斥之處,應請銷毁。"揆諸内中所收詩歌,所謂"違礙語""指斥之處"實不多見,其詞更非鄙陋,館臣所指殊令人不解。

今所見《黄葉庵詩集》有兩種版本:一爲台灣圖書館藏一卷本,名

曰《黃葉庵詩稿》;二爲上海圖書館藏清鈔本。另民國項乃斌纂修
《嘉禾項氏清芬録》亦收有《黃葉庵詩稿》,稿本,毛裝,藏於國家圖書
館,未見。

　　1.《黃葉庵詩稿》一卷。藏於台灣圖書館,《禪門逸書續編》第3
册據之影印。卷端題"秋潭老人黃葉庵詩稿"/"長水沙門智舷著"。
半頁8行,行20字,無界行,四周單邊,小黑口,無魚尾,存詩206首。
正文前有陳眉公序曰:

　　　　余交秋潭師三十年餘矣,非禮不動,即動亦不可得,時然後
　　言,即言亦不可得。晚投黃葉庵,修竹百竿,老桂一樹,村深水
　　曲,雞號燐飛,一味闇然塊坐而已。第師名自微而顯,客造請無
　　虛日,然僅見師者膚耳。若其容與出没,如鷗戲春海,飛動險快,
　　如龍躍天門,即唐宋以來詩人之能言者,未之或先也。師究心生
　　死,一切語言文字,直作鸚鵡嬌、秦吉了,無復置輕重胸懷間。而
　　讀其詩,則居恒枯木寒灰之意,隱隱見於筆端。昔人謂詩不在廊
　　廟,不在山林,而在方外,信非虛語。昔于頔守吳興,集賢殿御書
　　院有命特徵皎然集,頔遂採而編之,納於延閣書府,此事豈可望
　　今日! 第詩中有元紫芝,僧中有黃叔度,而不以貽示來禩,皆吾
　　黨之過也,故熙時屬叙陳子而傳之。白石樵陳繼儒撰。

陳繼儒(1558—1639),字仲醇,號眉公、麋公,以山人、隱士自居。其
譽辭若此,足見智舷之品格。智舷古澹脱塵,韻度奇高,眉公嘗以"人
與寒雲淡,身如秋葉輕"喻之。所居金明寺,樓東有老梅横窗,日吟詠
其下;後築黃葉庵,村深水曲,或冥心枯坐,或品字吟哦,蕭然物外,不
問塵事。

　　陳繼儒《陳眉公先生全集》卷七又有《黃葉庵詩叙》,與《禪門逸
書》本《黃葉庵詩稿》所冠之序不同,曰:

　　雲棲、達觀、夜臺，余皆得從遊，若黃叔度之品而兼孟浩然、韋應物之詩，無若秋潭老人。初居范蠡湖僧寮，有孤梅橫窗，日哦詠其下，詩法清麗，被除一切流俗。後移黃葉庵，則人愈枯品愈淡，戒律愈精嚴，似絕不解詩賦者。余薄暮訪之，臨出不忍別，一手秉燭，一手挽余，出小徑旁曰："新篁解籜，如綠玉杖矣。"余因題贈云："水邊鬼火時一點，樹下頭陀絕四鄰。欲別攜燈看新竹，自開門送自關門。"蓋實境也。黃葉庵四面泥壁，其光可鑒，叢桂婆娑，薔薇半立半仆。客至，敕其弟同六煮茶，自喜可終老。未幾，鳩奪鵲巢，不免復還金明。兵使者詹公愛其詩，枉駕就之，為撤去庫屋，創靜室三五楹。師堅辭，不能止也。師妙解山水、詩文之味。弟同六前歿，無可，荷瓢笠偕遠遊者，猶三四歲一顧予山中。既漸老，蹐足不出，而剝啄隨之。索詩乞字，縱橫几榻間，師雖攢眉而意緒常不亂，應酬群心，往往有幽素清真、蒼辣怪險之調出之，若易拙之實奇。苟未臻斲輪弄丸妙境，豈知有禪中詩，詩中禪，如潭公者乎？宋九僧詩，歐陽公求之不得，後忽得於萬安山玉泉寺中，始摘其秀傑之句傳之人間，然不過數聯而止耳。今潭公集一刻於譚司空梁生，再刻於葉熙時，又刻於程尚甫之姪潛仲，窮搜別購，必欲潭公超出宋九僧，而直躋惠休、皎然之堂奧，斯亦貧布衣之奇俠者也。夫潭公詩尚爾，乃遺骨久寄影空，入土無期，可為淒絕。即茶毗，收數百斛五色舍利，而使師遂作焦尾琴，忍乎哉？故題詩後，以勸買山葬師者。

序中陳繼儒稱智舷詩凡經三刻，一刻於譚梁生，再刻於葉熙時，三刻於程潛仲。沈季友《檇李詩繫》卷三二"智舷小傳"亦稱："同郡譚梁生、休寧葉熙時輩各梓其稿，名'黃葉庵集'。"《禪門逸書續編》本《黃葉庵詩稿》陳繼儒序末既云"熙時屬叙陳子而傳之"，則是本當為葉熙時所刻。而陳繼儒此序則或為程潛仲刻本所撰。

2.《黃葉庵詩草》一卷,一册,清鈔本。見存於上海圖書館,《四庫禁毁書叢刊》集部第 182 册據此影印。開本高 25.3 釐米,寬 13.5 釐米,扉頁題"黃葉庵詩草"。卷端題"黃葉庵詩草"/"繡水釋智舷著"。内鈐"倪耘畫印""芥蓀""在陽"諸印。半頁 7 行,行 21 字或 22 字不等。正文前有嘉慶戊辰三月(1808)姚儼題識,書末有鈔錄者柳村主人題跋。姚儼題識稱:"此册偶從舊書肆購得,切勿隨意遭汰,蓋作者固屬名重緇流,而詩格尤極秀挺,並無頭陀氣。至鈔摘之人選核得宜,其書法亦頗渾古,跋中有'恨不得見者有年',想亦黃葉之朋耶?末署'歲在戊午在陽手錄',亦百數十年前物矣。"柳村主人跋曰:"詩以鏤砌爲佳,譬如脂粉嬌施,反減真面目。間或方外士,爲放浪不羈之作,則又與偈語無異。是知非真學問、真禪悟不能。秋潭之不工而工,不玄而玄也。予素慕其名,恨不得見者有年。秋初閱及摘集,不全銜之,就數首中,雄偉曠拓,逸雅幽麗,如九霄鶴唳,萬里潮聲,而又有嬌英迎風,弱柳迷烟之致,學問、禪悟兩兼盡之。嗟乎,此衲之學問、禪悟,豈在詩耶!市南之丸、大娘之劍、伯牙之琴、庖丁之刀,神也,寄也,非技也。黃葉之集,神也,寄也,非詩也,而詩之風氣,則實係之云爾。戊午中秋,柳村主人在陽手錄。"此鈔本存詩 277 首,所收之詩與台灣圖書館藏本差異甚大。

智舷論"詩禪關係"曰:"詩奪禪者言,禪奪詩人髓。"(《朱修能同戴馭長項于王過訪》)此與元好問"詩爲禪客添花錦,禪是詩家切玉刀"相當,皆主張禪爲體,詩爲用。其詩出語多黃葉枯木、寒梅冰雪,故眉公以爲"枯木寒灰之意,隱隱見於筆端",如"躡磴松杉暗,聽泉澗壑遲"(《過定慧寺》)、"近壑半隨水,在林全帶霜"(《落葉》)、"鳥窺桑椹下,人踏蘚泥歸"(《溪南作》)、"破屋頹垣雪滿床,疏燈殘焰影無光"(《志懷》其二)、"古路荒苔無過客,秋風落葉獨思君"(《秋日寄懷吳少君》)、"一枝一葉俱無恙,秋雨秋風也不堪"(《秋柳》)、"一片飄時絶可憐,如何消盡不淒然。若爲苦憶孤吟夕,月掛空枝雨後天"(《落梅》)、"寒色敗焦葉,雨聲枯樹林"(《冬夜無染内惺二上人過宿普善》)諸句,皆神韻孤迥,超脱凡塵,讀之令人意興蕭索,人世兩忘,不言禪而不離禪。其詩又常以眼前景抒寫懷抱,全篇渾然,無鍛煉痕迹,若七絶《冬日穆湖村居同蘊公四首》《松風》《壬子春妙蜜林解制詩(同雪嶠頭陀作)》《村居志感》等,流利通暢,一氣呵成。

晚明叢林熱鬧非凡,智舷却甘以"枯禪"自居,名望雖不及憨山、雲棲、紫柏等大師,然其人高風跨俗,其才卓異特出,亦頗爲人所敬重。陳眉公、董其昌等人皆願以爲交,小萍庵文貞、雪溪映等詩文僧亦有題黄葉庵之詩。智舷卒後數年,朱彝尊過黄葉庵,有詩紀之曰:"三過堂東開夕照,滿村黄葉一僧歸。(下注:三過堂,蘇子瞻遺迹;黄葉庵,釋智舷所築)"(《鴛鴦湖棹歌(其九十三)》)智舷通書畫,所交陳眉公、董其昌、項聖謨、項元卞、項希憲、李日華等皆晚明書畫大家。項聖謨所繪《尚友圖》,智舷赫然在列,故所作題畫詩尤多。智舷題畫詩,不惟詩畫相兼,且具考證價值。例如《程尚甫寫經圖》,所指當即《徐弘祖遊記》"丙子九月二十七日"所及烏鎮書商程尚甫,其人生平未見傳記,智舷此詩,可資考其人其事。又如《林屋洞同眉公》《寄陳眉公》《簡董太史》《題項孔彰畫芭蕉》《項希憲夜航偈》《項希憲野航舟中作》《題項子京先生小像》《題徐春門小像》等,可資考晚明秀水文人風流,照映一時。於此觀之,智舷雖以"枯禪"自居,又決非苦頭陀者也,故姚儼題識稱:"蓋作者固屬名重緇流,而詩格尤極秀挺,並無頭陀氣。"

《空華集》二卷、《飲河集》二卷、《止啼集》一卷、《石頭庵集》五卷、《石頭庵寶善堂詩集》五卷,釋如愚撰

如愚(1561—?),字蘊璞,江夏(今湖北武漢)人。少爲書生,跡

迤負俗，削髮爲僧，居衡山之石頭庵。後至金陵，居石頭城南碧峰寺，因號石頭和尚。師事雪浪洪恩，然思篡雪浪講席，僭之於郭正域，雪浪以此被逐。雪浪門人相與鳴鼓而攻之，後入燕京，居七指庵，遘惡疾，不知所終。生平未見碑傳，錢謙益《列朝詩集》閏集記其小傳最詳。

釋如愚生年，據其詩可考定爲嘉靖四十年（1561）。《石頭庵集》卷一《己亥初度前一夜四首》有“我笑愚和尚，錯生此夢世。三十九年來，何曾成一事”“仲尼大聖人，四十而不惑，我唯差一年，行藏猶反側”諸句；又同書卷二《庚子初度二首》有“一電浮生四十臨，百年少半去光陰”句。“己亥”爲萬曆二十七年（1599），“庚子”爲萬曆二十八年（1600），故可知其生年爲嘉靖四十年（1561）。其卒年，俟考。袁中道《珂雪齋前集》卷一〇《石頭上人詩序》云：“記二十年前，與中郎同會石頭於維揚，彼此論禪不契，遂大罵而別。今又會於都中，故人零落，伯修、中郎皆下世，昔之罵者相視而淚數行下矣。”按袁中郎卒於萬曆三十八年（1610），則石頭如愚卒年應在本年之後。

石頭如愚著述頗豐，内學、外學皆備。内學著作，今所存者有《妙法蓮華經知音》，實《妙法蓮華經》之注解。據其序稱，此注“歷地凡三郡一邑。始於南京應天府碧峰寺之石頭庵注兩品，次於鎮江府之焦山寺注一品，次於徽州府之松蘿庵注四品，次於高淳縣之淳西庵及韓鄉官止庵精舍注十五品，末復於石頭庵注六品也。歷年凡三載有奇，始於萬曆三十年壬寅夏六月十五日，訖於三十三年乙巳秋七月十五日也”。此書今收於《卍續藏經》。《千頃堂書目》卷一六又著録有“僧如愚《莊子旦暮解》一卷”“僧如愚石頭和尚《陰符經解》一卷”，未見。又，劉侗、于奕正《帝京景物略》卷一《金剛寺》載：“方僧爭宇以訟，桐城諸紳，迎蘊璞住之。蘊璞，同省南師雪浪者。雪浪具大辯才，講經四十年，然不著一字。蘊璞居此八年，則著《金剛筏喻》《心經鉢柄》等書。”則如愚尚有《金剛筏喻》《心經鉢柄》等。關於《心經鉢柄》，姚旅《露書》卷七説："蘊璞著《心經注》，名之曰'鉢柄'。鉢不宜柄，喜之者或以便於把捉，今世爲之鉢柄者多矣，其喜鉢柄者亦多。"郭正域《石頭庵蘊璞上人詩文序》又稱，如愚曾著《心經正論》，亦未見傳本。

如愚所著詩文集亦有數種。《四庫全書總目》卷一八〇"《石頭庵集》提要"云："是集凡四種，初曰《空華集》，詩二卷；次曰《飲河集》，詩二卷；次曰《止啼集》，文一卷；次曰《石頭庵集》，詩三卷、文二卷。《明詩綜》但稱有《飲河》《石頭》二集，蓋未睹其全也。據自序，最後有《寶善堂集》，今亦未見。"今《四庫全書存目叢書》集部第 191 册據重慶市圖書館藏明萬曆刻本，收有《空華集》二卷、《止啼齋集》一卷、《飲河集》二卷、《石頭庵集》五卷。

1.《空華集》二卷。卷上卷端題"空華集卷上"/"石霜山僧如愚著"/"武陵龍膺選"/"剡溪周汝登校"，卷下卷端題"空華集卷下"/"石霜山僧如愚著"/"柞林袁宏道選"/"豐干潘之恒校"。半頁 9 行，行 18 字，左右雙邊，白口，單魚尾，版心鎸"空華集"卷次、頁碼。正文前有萬曆三十年壬寅（1602）于若瀛序、萬曆二十五年丁酉（1597）袁宏道序、萬曆二十一年戊戌（1593）張民表序。于若瀛序稱："（愚公）又間吐韻言，寄宣妙偈，久之成集，曰'空華'。歲丙申，曾以叙屬不佞，踰六年矣。俄見公於北固山下，始了夙諾。"蓋《空華集》結集約在萬曆二十四年丙申（1596）前後。袁宏道序則云："余往住京邸，聞家伯修與愚公談禪，心竊喜之。然余於禪本不甚解，亦不知作何語也。今秋過白門訪愚公於碧峰，復見愚公眼益强，神益王，所就溢不可量。"中郎此序未見於錢伯城《袁宏道集箋校》，是爲佚文①。

集中繫年詩有《戊子長安除夜》《己丑春雨》《辛卯春日奉内旨飯僧南海樂石帆廣文雨中來別贈余以劍賦以紀之》《壬辰元日》《壬辰

---

①參看孟祥榮《袁宏道佚文一篇》，載《文獻》1996 年第 4 期。

小年夜歸静海寺》。此集蓋收録如愚萬曆十六年（1588）至萬曆二十年（1592）間之詩，多其寓居京師，奉旨飯僧南海，往來京師、江南途中之作，應爲最早結集之詩集。

2.《飲河集》二卷。正文前有萬曆二十九年辛丑（1601）周應寶序，萬曆二十五年丁酉（1597）阮自華序。

本集明確繫年詩有《甲午春日詠懷二十二首》《乙未春日留別松蘿山忠上人》《丙申春日投華山贈雪浪師》《丁酉春日皖山解制一首》《戊戌春日同蓮宇應供陳明府齋中賦贈》。所收當爲萬曆二十二年（1594）春至萬曆二十六年（1598）冬，即如愚參學雪浪、至皖山等地講法時所作之詩，爲諸集之中涉及雪浪文字最多之詩集。

3.《止啼齋集》一卷。所收皆文，無序跋。卷端題"止啼齋集"/"石霜山僧如愚著"/"公安袁宏道選"/"夷陵劉戡之校梓"。版式同前二集。内中可繫年之作有《刻王君和遊仙詞五十首序》（中有"今年丁酉仲夏來游"語，故繫於萬曆二十五年，1597）、《跋書溪上落花詩卷尾》（末署"丁酉歲五月"）、《碧峰寺募造鎈金佛像補遺序》（末署"丁酉八月試日"）等，蓋收如愚丁酉前後之文。

4.《石頭庵集》五卷。卷端題"石頭庵集"/"石霜山僧江夏如愚著"。正文前有傅新德《蘊璞上人石頭庵集叙》，萬曆二十九年辛丑（1601）湯賓尹《石頭庵詩集序》，萬曆二十七年己亥（1599）顔素《石頭庵集序》，曹學佺《石頭庵集序》，萬曆二十九年辛丑（1601）祝世禄題辭。版式同前三集。傅新德序第三頁版心下有"秣陵徐應選督刊"七字。曹學佺序稱："余在金陵有詩社談詩，社中有愚公。余之初訪愚公於石頭庵，愚公自江上來，余讀其新詩異之。今年信宿庵中，始得睹全集。"則《石頭庵集》爲如愚一時之全集。祝世禄題辭曰："余方外交愚公者，江夏名家子，少歲行脚四方，中歲思歸南嶽石頭庵，未遂，卓錫石頭城南碧峰寺。莊嚴戒律，妙透梵典，隨喜作詩，久之成帙，中有卒然得之，騷人墨客經年累月、嘔心斷鬚所不可致者。其徒刻之,名'石頭庵集',志所居也。"

集中可繫年之作有:《己亥元日答劉毘耶試筆之作》《己亥初度前一夜四首》《己亥冬夜雨聞雷電有感》《己亥黃州除夜》《庚子初度二首》。蓋此集所收爲萬曆二十七年(1599)至萬曆二十九年(1601)所作之詩。但頗可疑者,于若瀛《空華集序》稱:"久之成集曰'空華',丙申曾以叙屬不佞,逾六年矣,俄見公於北固山下,始了夙諾。公更有《石頭庵集》行於世,世爭誦之。"則《石頭庵集》成書早於《空華集》,爲如愚最早結集之詩集名。或今存《石頭庵集》,與于若瀛所稱《石頭庵集》非同一書,後者一仍其名,内容則不同。傅新德序中稱:"上人籍江夏,嘗遊衡山,山故有石頭庵。頃自江夏來金陵,所居寺又近石頭城,則總而名其集曰'石頭庵集'。"則"石頭庵集",又爲如愚詩集之總稱。職是之故,萬曆三十六年(1608)劉戡之刻《寶善堂詩集》,不僅照搬《石頭庵集》諸家之序,且版心上方亦題爲"石頭庵集"。頗可注意者,今本《石頭庵集》絶少涉及雪浪,蓋雪浪被逐後,如愚已逐漸疏遠之。

四庫館臣以爲此四種詩集,刊刻時間依次爲《空華集》《飲河集》《止啼集》《石頭庵集》,大體正確。然《四庫全書存目叢書》在影印諸集時,將《止啼集》置於最前,蓋未細審各集刊刻之時日。

5.《石頭庵寶善堂詩集》五卷,萬曆三十四年(1606)劉戡之南京刊本。見存於國家圖書館、台灣圖書館等,《禪門逸書初編》第8冊據台灣圖書館影印。扉頁題"石頭庵寶善堂詩集",次頁題"明萬曆丙午劉戡之刊於南京"。卷端題"石頭庵寶善堂詩集"/"金陵碧峰寺僧江夏如愚著"/"夷陵毘耶居士劉戡之校梓",序文第三頁有"秣陵徐應選督刻"七字。半頁9行,行18字,左右雙邊,白口,單白魚尾,版心上方題"石頭庵集"。版式與前幾集完全相同。正文前有曹學佺、傅新德、祝世禄、顏素、湯賓尹序,均與以上各本諸家之序同,僅多出萬曆三十四年丙午(1606)夏劉戡之《刻石霜和尚寶善堂詩集序》和郭正域序。劉序稱："余之所以知師者止此，若師之所以自知者，自有師之文在。余實不文，余又安能盡余之情？ 故盡授師之文於梓。"則是集乃劉戡之刻梓。

此集繫年之作有《壬寅春住焦山枯木堂》《壬寅小年爲立春前一夜同孤雲養中慎諾諸門人詠懷二首》《萬曆癸卯七夕前一夜與湛若交蘆虛靜完因訂住匡山之盟》《癸卯高淳縣淳西庵除夕篇有引》《甲辰冬立春前雨夜對月》《丙午夏日宿青松庵贈松屏上人》等，所收大抵爲萬曆三十年（1602）至萬曆三十四年（1606）如愚講法於焦山、松蘿山、黃山、高淳諸地所撰之詩。

《列朝詩集》閏集"石頭如愚傳"稱："愚爲人，才辯縱橫，筆舌踔屬，以詩遊宰官族姓，搖筆數千百言，觀者争吐舌相告。曹能始叙其詩，謂其五言律奇險，多慷慨悲憤之句，不作禪語，所以爲佳。僧詩不作禪語可也，如石頭七言詩吊太白、東坡諸篇，不徒野狐外道，直是牛頭阿旁波波叱叱口吻，亦可以其不作禪語而取之乎？ '松子誘鼯剥，花神惱蝶過'，鄙俚穢雜，無所不有，道人本地風光，應作如是觀否？吾師傅文恪公，學佛作家也，叙《石頭庵集》，拈出此中末後一句云：'去，去，石頭路滑。'石頭畢竟死此句下。余存石頭詩，仍附雪浪門徒之後，爲渠末後發露懺悔，庶不負定襄一片老婆心爾。"錢牧齋痛詆如愚者，乃其叛師離道，論其品行，自是不齒；然牧齋以"野狐外道""鄙俚穢雜"評其詩，則未免有因人廢詩之嫌。牧齋所舉"七言詩吊太白、東坡諸篇"，蓋指《石頭庵集》卷一《采石吊李太白先生》《宿赤壁吊蘇東坡先生》二詩，今觀之，句法凌亂，意脉不暢，確難稱佳構，然絶不至於如錢氏所評乃"野狐外道"也。如愚詩文集前諸家之序，多以"真情""至情"稱許其詩。如袁中道稱："今石頭之集具在，其精光爍人目睛者，豈文人學士所可及其耶？ 彼其視世間之毁譽，如飛蚊之過於前，而不能爲之動也，巖頭云'一一從自己胸臆中流出，蓋天蓋地'，有旨哉！"如愚之詩可觀者，即直抒胸臆之作，如《懷净國詩七首》，不循傳統"浄土詩"軌則,直寫一己之悲愁,其云:"自吾離鄉井,飄零已十冬。烟霞懷所賞,泉水隔音容。目擊人間世,憎愛煩心胸。客亭獨延佇,忽忽日下春。頽陽逐歸鳥,深淵自潛龍。鼷鼠穴神丘,鳴鶴戀喬松。安得久忘歸,伶俜疏自備。"如愚之詩,知之者,罪之者,或全在於此也。以詩家之眼觀之,則爲慷慨悲歌,真性情也;以佛家法眼視之,則積習甚重,戾氣太盛。

《三峰藏禪師山居詩》一卷附
《三峰三十景詩》一卷,釋法藏撰

法藏(1573—1635),字於密,號漢月,梁溪(今無錫)蘇氏子。十五歲出家,從雲棲袾宏受沙彌戒。萬曆三十八年(1610)遊常熟東塔寺,後至三峰寺。萬曆四十二年(1614)得惠洪《臨濟宗旨》,"如對面親授於五百年前"。天啓四年(1624),至金粟山廣慧禪寺,禮密雲圓悟爲師,嗣其大法。次年,撰《五宗原》,以臨濟宗三玄三要、潙仰宗圓相、法眼宗六相、曹洞宗君臣偏正、雲門宗三句爲"五宗法印"。密雲圓悟覽之,大爲不滿,作《闢妄七書》《闢妄三録》批駁之。法藏示寂後,弟子譚吉弘忍繼作《五宗救》力護其説,圓悟再作《闢妄救略説》,是爲晚明禪林著名僧諍——"密漢之爭"。"密漢之爭"延續數代,及至雍正撰《揀魔辨異録》駁斥法藏,下詔毁其書版,兹事方息。除《五宗原》《弘戒法儀》等,法藏尚有《山居詩》一卷,門人繼起弘儲編有《三峰藏和尚語録》十六卷。生平具見弘儲所編《三峰和尚年譜》,附見於《三峰藏和尚語録》。

1.《三峰藏禪師山居詩》一卷,明刻本。見存於國家圖書館。封頁題"漢月禪師詩集"/"同治乙丑閏月文邨老人手裝"。扉頁題"三峰藏禪師詩集"/"恬裕齋藏書"/"文村題籤"。内鈐"可齋圖書""貞豐朱氏鑒藏"等印。卷端題"三峰藏禪師山居詩四十首"/"嗣法門人弘璧手輯"/"吳門文震孟文起父閲"。半頁9行,行18字,白口,四周單邊,單魚尾。正文前有錢謙益《山居詩引》、萬曆四十四年丙辰(1616)文震孟《漢月禪師山居詩叙》。文震孟序略曰:"讀漢月山居諸詩,悠然翛然,境緣俱湛,鳥歌猿叫,石雲江月,種種會心。乃至鹿走中原,瓮烹沸釜,三皇禮樂,五伯縱横,總不直懶殘芋頭、秦人桃樹,更令人掩卷旁皇,雄心都冷。"法藏《山居詩》,當撰於萬曆四十四年(1616)秋之前。

　　是集收法藏山居詩四十首,皆爲七律,大抵祖述元人栴堂益之山居詩,不惟描寫山中風物、閒適心境,更抒寫其對人事、物理之思索。如其一曰:"隋珠自瑩難求色,秦璧已完休問疵。世事半生雲起壑,物情千派水介岐。"其五曰:"嚴瀨片時成寵錫,渭濱八十始公侯。世間彈指夢中事,誰似懶殘煨芋頭。"讀之令人深省。法藏山居詩,亦寫其禪法主張。如其二云:"覓得青山好卜樓,三峰擎屋海環溪。朝陽入户水光遠,凉月到階松影齊。一念何須分起滅,雙輪那復計東西。晝長獨愛閒如歲,卧聽隔林啼竹鷄。"又其十一云:"寂寂一心融法界,寥寥萬境絶思量。樹深竹簟卧雲冷,花落瓦瓶分澗香。爐凍好尋灰裹火,世炎難爍鬢邊霜。不知回首黄昏近,猶向西窗愛夕陽。"皆以山中景致,營構念無起滅、心融法界之境,亦即法藏力倡之"祖師禪"境界。

　　2.《三峰三十景詩》一卷。法藏詠三峰三十勝迹之作也。卷端題"三峰三十景詩"/"明沙門法藏著"。字體、版式,皆異於山居詩,半頁7行,每行15字,四周單邊,白口,無魚尾,版心下端題有"寂照堂"三字,與《山居詩》非刻於一時。正文前有法藏自序,又録有唐人常建五古《第三峰》及法藏和詩,以示此篇皆棲隱三峰而作。"三峰"在虞山北麓,溪壑幽深,松林翳翳,唐時即有古刹,常建詩中謂"尋空静餘響,娟娟雲溪鐘"。考《三峰和尚年譜》,萬曆三十八年(1610),法藏東遊,一日過虞山北麓,見有古院沉寂,甚樂之,遂復興棲隱。法藏居山既久,感悟良多,遂撰有此集。法藏自序略云:

海虞之第三峰,其峰最高,爲諸山之頂。舊志圖名烏目山,山之左有瑞石庵、上方院,右有拂水塔,下有烏目澗。山之翠微,有古刹,圖名山峰禪院,俗名三峰,以在第三峰故也……茲有□□□孫唐卿居士指授常建詩,令求名筆,勒石峰下,以志古迹。不揣蕪闇,詠三峰三十餘景,以發□高。人採爲提唱之柄,或文或詩,乞成僧史,庶幾梓傳千古。因人托附,爲烏目山峰不磨之勝概云。其抛磚引玉之醜,似不能掩其拙也。萬曆庚申六月日,梁溪德慶法藏於密氏敬書。

《三峰三十景詩》撰於萬曆四十八年(1620)。又《三峰和尚年譜》"天啓元年"條載:"和尚四十九歲,復五乳大師書,次唐人常建第三峰詩,作三峰三十詠。"所謂三十詠者,即"晴波案嶼""平野壇蕪""右嶺螭蟠""左峰豹伏""老藤呈坐""中峰微磬"等,皆三峰之勝概。法藏以如椽大筆,極盡想像,摹畫諸景之形狀。例如,《海門初日》云:"錦霞初作浪,赤日未離潮。"《塓橋過馬》云:"鞚裏橋邊影,珊瑚柳下鞭。"《月落寒鐘》云:"山深五夜後,夢斷一聲中。"皆能聚焦諸景色之特點,摹狀描繪,具傳神之效。

錢謙益《山居詩引》云:"已得其(按:指法藏)《山居詩》,靜夜誦之,殆如杜子美所謂'欲覺聞晨鐘,令人發深省'者,以此知藏公之所存遠矣。《唐高僧傳》稱'杼山、皎然,凡所遊歷,皆以詩句牽勸,令入佛智'。而文舉居破山寺,用元和體著《青山履道歌》。兩公飛錫之地,比在虞山,皆以詩句作佛事。藏公庶幾近之……讀《山居詩》,想見其根性猛利,機鋒自爾溢出也。心死如灰,根利如火,無火寧復有灰乎?火之種性,生而有光,千年之幽谷,破於一燈,果然在於用光也。是詩也,以徵諸藏公之種性,其亦千燈之一枝也與!"牧齋之譽辭,至矣盡矣,蔑以加矣。然二十餘年後,錢氏編選《列朝詩集》竟全然無顧法藏之詩。究其緣由,即二人因"密漢之爭"而交惡。萬曆四十二年(1614)，法藏住錫虞山北麓三峰清涼禪寺，與牧齋常相唱和。萬曆四十七年(1619)，憨山德清擬請法藏至廬山歸宗寺，牧齋寓書德清，堅決勸留，並稱"敝邑佛法衰微，賴漢師力振宗風，衲子中始知有本分事。今聞邢公與師(指憨山大師)將遂邀往匡廬，一二有血性男子，空群而行，是不特撤三峰法席，並撤此方佛法也。"(弘儲《三峰和尚年譜》"萬曆四十七己未"條)然"漢密之爭"事發後，輿情多向圓悟，"漢公之跋扈，士庶咸惡而薄之，太史錢牧齋特甚"，錢氏詆法藏及其所創"三峰宗"云："自國家多事以來，每謂三峰之禪、西人之教、楚人之詩是世間三大妖孽。三妖不除，斯世必有陸沉魚爛之禍。"平心而議，牧齋苛責法藏其人，自有其道理在；然因人廢詩，則有失"以詩存人"之旨。

《林樾集》二卷，釋海觀撰

　　海觀，自號"融二"，明末僧，四明人。未披田衣，則航海之補陀山，恭禮大士。後師事元初開士，得其法乳，隱居補陀山林樾庵，自號"林樾野人"。淹通內外典，尤喜讀史，賞書畫，知音律，著有《林樾集》二卷傳世。生平未見碑傳，其名亦未登明清僧傳。

　　海觀《林樾集》屢及補陀山隱居生涯。卷上《小年頌爲伯子賢喬梓》曰："山野不敢違時絕俗，爲詭激之行。第契踰連理，時值飢荒，罔吐真情，自繫自解，飄然切塵外之舉矣。山野向來處在古餘，熟處漸生，航海淪隱於補陀之林樾也。林樾竹樹陰翳，長桐清映，霞標不少，締想高懷。"又《篔簹說》云："余年來住補陀山磐石之下，庵名林樾。"所著《融二自慰諭》尤能見其志趣："佛子融二，以夷粹之資，口吻峭直，事少緣飾，常與世相左，不如總付之癡憨爲妙，入道穩實也。又志樂靜處，捨衆憒鬧，掣肘而去，遠寄補陀之西巖谷，以水聲林影自娛，謹守西巖師之言，讀誦大乘，顗持佛名，以爲日課。"海觀自稱，隱於林樲，乃因時值飢荒，又志樂静處。然其韜晦海島，或亦不滿當時叢林之弊。其《效顰禪病》曰："近日以來，師法大壞，諸方以撥去文字爲禪，以口耳受授爲妙。耆年凋喪，晚輩蜩毛而起，服紈綺，飯精妙，施施然以處華屋爲榮，高尻馨折王臣爲能，以徂詐羈縻學者之貌而腹非之，上下交相欺誑，雖儈牛履狶之徒所耻爲，而其人以爲得計。至於上堂、普説、小參、頌古、機緣，種種效顰，俱爲戲論。於是佛祖之微言，宗師之規範，掃地而盡也。"此段文字多節略於惠洪《題隆道人僧寶傳》，所指則晚明佛教泥沙俱下、良莠雜生之弊象。

海觀《林樲集》二卷，明清書志未有見載，詩歌選本亦未見選其詩，蓋傳本稀少，知者亦罕。今台灣圖書館藏有明刊本，《禪門逸書續編》第 3 册據之影印。内鈐有"巴陵方氏碧琳琅館藏書之印"，則是書嘗歸方功惠碧琳琅館。卷端題"林樲集"/"補陀山釋海觀融二著"。半頁 8 行，行 17 字，左右雙邊，單魚尾，白口，版心鐫"林樲集"、卷次、頁碼。正文前有釋海觀自叙，略云：

> 所以無業禪師云："古人得意之後，茅茨石室，向折脚鐺中煮飦吃，過三二十年，大忘人世，隱迹巖叢，少有希求，如短販人相似也。"山野深愧其言，住山私念，甘淡薄以酬夙志，處林樲以終天年。但快快於栽田博飯之舉，回視古德，色力智慧，瞠乎不可及矣。山野胸中略諳書史，僅嫺聲律宫商之辯，不敢居騷雅之壇，禪誦經行，隨步悉清況也。第横口所占，横手所書，非山居詩也，乃山居頌也。若以唐人五言律詩繩之，則失之矣。因地題名，云"林樲集"，郢竄大方，聊爲噴飯之資也。補陀山釋海觀自叙並書。

是集分上、下兩卷。上卷收頌、贊、題跋等 34 題，卷下則收山居偈、頌、誄、疏等 29 題，皆隱居林樲庵所撰詩文。卷下《山居頌》70 首，全爲五律，多寫其幽寂於山林，調心息緣。例如：“山居二十年，靜除其習氣。架木茅苫蓋，何須軒敞葺。坐啜效盧仝，午炊聊自給。經行禪誦外，不必瓢與笠。”又：“境寂心似靜，秋深萬籟停。飢鳥傷落羽，病雀倦垂翎。坐月悲頭白，看山喜眼青。獨憐人如夢，吾自愛吾醒。”海觀稱此類詩作爲“山居頌”，而非“山居詩”，以其肆口而出，不拘格律之故也，實與通常山居詩並無大異。

海觀之文，則多佛禪，橫説豎説，皆機趣縱橫，別具隻眼，如《不二石頌》《無住偈》《鳴鐘説》等。海觀隱居林樾，枕席書史，故集中書畫、史論文字亦復不少，例如《王孫篇》《公論不磨》等篇；而卷下數篇誄文，悲智雙遣，情真意切，尤可觀讀。因長期韜晦海島、山林，難免“蔬筍氣”和“酸餡氣”。

《漱流集》一卷，釋道炤撰

道炤，生平未見碑傳，明清諸種僧傳亦未見其小傳，生卒年、世緣、法緣皆不詳。

所著《漱流集》一卷，據日本舊鈔本影印，今收於《禪門逸書續編》第 2 册。據釋明復解題稱：“日本内閣文庫藏有明代刊印本，京都大學圖書館藏手鈔本，兹依鈔本影印。”卷端題“漱流集”/“菩薩戒芝山道炤玄暉著”/“弟子弘初録梓”。半頁 9 行，行 18 字，無格。清以來傳世文獻，載及道炤事迹及《漱流集》者，極爲罕見。《漱流集》中有《上博山雪師和尚》《上壽昌闉師和尚》二札。“博山雪師”，即晚明高僧博山無異元來法嗣雪關智誾（1585—1637），崇禎辛未（1631）繼博山法席。“壽昌闉師”即壽昌無明慧經法嗣闉然元謐（1579—1649），則道炤應爲明末清初人。因雪關智誾、闉然元謐分屬南嶽下三十六、南嶽下三十五法嗣，而道炤皆以師稱之。

釋明復以爲，道炤乃明末“有托而逃禪者”，隱晦姓名，實黄伯端之流亞，"豈果有不得不爾之苦衷耶"？然細讀道忞寄雪關智誾、闐然元謐二札，明復之説或可商榷。《上博山雪師和尚》云："久向宗風，無緣參叩。幸寶筏南渡，透通霄，掀鼓嶽，法雨弘施，甘露普潤，使四衆弟子均沾化澤，則閩山草木，俱揚真諦，樹林水鳥，同唱梵音。弟子親承見灌，覺透心涼。"博山復書中謂："長慶一晤，喜對清談，知禪丈宿因中根基已厚，福慧兩輪，兼有其美。"按，"長慶"指三山（今福州）長慶禪寺，亦壽昌系法席，無異元來及其弟子宗寶道獨先後住持兹寺，有《長慶語録》存世。又《上壽昌闐師和尚》云："庚午春一別，癸酉復會於龍安。承示慈旨，弗覺心眼豁開，欣感交集。愧未得再居片時，候王元公居士，亦足登龍門也。歉歉。兹別後，不覺葛裘已三易耳，奈光陰迢遞何。弟子宿緣喜於壽昌，早晚欲放下着而來領棒也。唯祈不棄爲幸。""庚午"乃崇禎三年（1630），"癸酉"爲崇禎六年（1633），則道忞非明社既屋後"有托而逃禪者"，可明矣。而數通書札中屢及"閩山""長慶""龍安"，則道忞玄暉修行、弘法於閩中。又集中有《送超塵上足歸支提小別》，超塵亦爲壽昌系門人，《無異元來廣録》卷一九有《示超塵禪人二首》，《永覺元賢禪師廣録》卷八有《爲超塵上人舉火》，綜合以上材料，道忞玄暉與曹洞宗壽昌系禪僧關係極爲密切，蓋亦壽昌系門人。

　　《漱流集》所收爲道忞書札、偈頌、像贊等二十篇，皆參學悟道文字，無關世諦。若《十究竟》《年月日時四警歌》《參禪要略》《參禪頌》《勉參禪》諸篇，發弘誓願，具正法眼，足可啟發志於此道之士。而其所呈雪關智誾、闐然元謐二十首偈頌，則出入深淺，機趣縱橫。例如："龍頭喝水莫訛猜，一喝何曾有去回。若悟靈源清澈處，海濤絶頂湧滔來。""亂雲堆裏結茅廬，已共紅塵迹漸疏。枕石漱流聞老我，任縱大塊一呼嘘。""萬仞巖頭進步時，也無恐怖也無疑。須彌一踏翻筋斗，石人舞掌笑嘻嘻。"盡顯禪者靈心妙悟和無上氣魄。

《雲外録》十八卷，釋大香撰

大香（1582—1636），字唵嚪，號香公，俗姓吳，名鼎芳，字凝父，吳縣洞庭人。少工詩文，留心梵乘，嘗居烏程霞幕山。與范汭交，有《披襟唱和集》。一夕，夢感大士舒光印攝，決志出塵。年四十，復因亡母感夢，誠其出家，以懺己罪。乃宵征入雲棲，薙染於蓮大師像前，往中庵叩本净信禪師。行脚十年，蕭散如閒雲孤鶴，獨來獨往，芒鞋所至，遍及吳越、閩中。然不敢以禪自任，開講説法，道風秀出吳越之間。崇禎九年（1636）九月八日示寂，年五十五，僧臘十六。荼毗之夕，栴檀香氣，累日不散，遠近緇素咸加禮敬。所著有《雲外録》《明僧傳》《道德經解》等行世。生平具見陳元塽所撰《聖日唵嚪香禪師傳》，錢謙益《列朝詩集》、朱彝尊《明詩綜》有其小傳。

《雲外録》十八卷，明清書志較少見録。今存崇禎間德清夏元彬刊清順治十六年（1659）修補本，見藏於國家圖書館。《禪門逸書初編》第 8 册據台灣圖書館藏本影印。卷端題“雲外録”/“姑蘇釋大香唵嚪撰”。半頁 10 行，行 20 字，四周單邊，單魚尾，白口，版心鎸“雲外録”、卷數、頁碼。正文前有德清弟子陳元塽所撰《聖日唵嚪香禪師傳》，詳記大香出家後行迹。次爲十八卷目録：卷一收賦 7 篇，卷二收五古 97 首，卷三收七古 44 首，卷四收五排 85 首，卷五收七律 88 首，卷六收五律 21 首，卷七收五絶 54 首，卷八收六絶 46 首，卷九收七絶 173 首，卷一〇收偈 24 首，卷一一收詩 30 首，卷一二之卷一五收傳 45 篇，卷一六收序 18 篇，卷一七收説 10 篇，卷一八收記 7 篇。書末附有己亥仲夏望日清溪主人題跋：“《雲外》一書，孝廉仲弢夏公捐刻。公歿後，年深日久，録版屬之他人。余時謀諸善侶，請至吉祥，其間缺板，嗣服蔡老居士續刻。俾唵禪師一段光明照諸宇内，見聞之者飽獲法喜云。”按“仲弢夏公”，即夏元彬，本名彪，字仲弢，德清人，有

《麟傳統宗》十三卷傳世。"清溪主人",未詳何人。據此可知,《雲外錄》原爲夏元彬出資刊刻,清順治間蔡嗣服補刻。後附助緣緇素名單,有蔡嗣服、夏季涵、陳玉成、程衷甫、鏡如、覺華、三如、常住。版藏於德清吉祥禪院。

大香雖由儒入釋,然持律泠然,與世無忤,所作詩文頗具僧家面目。且不説集中爲數衆多佛教題材之作,諸如《十二時歌》《住静十首》《浄土十六詠》《山居雜詠》等,即通常之寫景抒懷,亦卓然有僧人風致,如"濯濯松篁影,閒閒鹿豕群"(《博山步月》)、"竹掃烟成水,花扶月出雲"(《玉湖秋夕》)、"野水正無際,夕陽時欲昏"(《野泊》)、"幾家雲外市,一點雪中燈"(《於潛道中》)、"碧雲到海秋無隙,白鳥翻空夜有痕"(《東山夜坐》)、"影淡自忘纖月到,香濃果信逆風來"(《梔子花》)諸句,皆清新有致,宛然可誦,故《宗統編年》卷三一稱其詩"有皎然、貫休之風"。大香尚有《山居五十六首》《山居雜詠四十首》,大抵祖述石屋清珙,其《山居詩自序》云:"因閲……《山居詩》一卷,世外人,空中思。咳唾落九天,隨風成珠璣。孤峰頂上,盤詰烟雲,宜乎此老獨善其美。嗟夫! 古今作者紛紛,不習鐘鼓音,即受糟粕氣,妄厠詞林,終假禪販。惟中唐二三子,頗近此道,然非本色禪流,未足與也。天啓、崇禎間,掛衲瞿曇庵,得與天河密邇。時玄冥在駕,積雪滿空山,人影罕覯。汲爨之餘,聊和七言近體如干數,以見異時繾綣之懷。若云嗣響,能不厚顔? 但可自娱方外,莫教流落人間。"

大香各體詩皆擅,卷四收五排達 85 首之多,此於僧人中殊爲罕見,尤可見大香於詩體之駕馭力。卷一一又收大香詩餘 30 闋,今《全明詞》又據《古今辭彙》《古今詞統》輯録 24 闋,共計 54 闋,乃明僧存詞數量較多者。其詞多紅香翠軟,婉約柔媚,或爲出家前所作。

《雲外錄》卷一二之卷一五收 35 篇傳記,皆爲傳明代僧人事迹,又稱《明僧傳》。首萬峰時蔚,終道永無涯,中有復原福報、至仁行中、全室宗泐、惟則天真、景隆空谷、玉芝法聚、楚山紹琦、圓信無念、法舟法濟、笑巖德寶、紫柏真可等。有明二百六十年間，禪源一脉，繩繩相武，於兹可見。與雲棲袾宏《皇明名僧輯略》、釋如惺《大明高僧傳》，皆爲研究明代禪史的基本文獻。

《曇英集》四卷，釋曇英撰

曇英，字普秀，生卒年、世緣、法緣皆不詳，生平未見碑傳。著有《曇英集》四卷存世。

《曇英集》四卷，今存明末闓峰居刊本，藏於台灣圖書館，《禪門逸書初編》第8冊據此影印。扉頁題"海鶴老人黃居中選訂"/"曇英集"/"闓峰居藏版"。卷端題"曇英集"/"梁園釋曇英氏普秀著"/"海鶴老人黃居中選定"。黃居中，字明立，又字坤吾，號海鶴，福建晉江人，官至南京國子監丞，爲黃虞稷之父。居中銳意藏書，築"千頃齋"，聚書達六萬余卷。《曇英集》雖由黃居中選定，然頗可怪者，黃虞稷《千頃堂書目》竟失載是書。是書半頁8行，行17字，四周單邊，白口，單魚尾，版心題書名、卷數、頁碼。正文前有閔繼迪、張民表二序。閔繼迪序稱："上人生長夷門雄封豪貴之鄉，兔園遺風，披拂後代。""夷門"即古開封名，"兔園"即"梁園"，今在河南商丘，則曇英或隸籍河南開封。張民表序稱："予頃在都門，逢曇英上人，因見其詩。兹復訪於中牟，偕至夷門，稱詩不去口。"按，張民表，字林宗，中牟人。子史百家無不淹貫，放達不減晉人風味。崇禎十五年（1642），水陷大梁，人與詩文俱陸沈。張序稱"在都門逢曇英上人"，則曇英嘗北上入京。檢《曇英集》卷三《大慈仁寺召閱藏經》《登大慈仁寺毗盧閣二首》諸詩，大慈仁寺即今北京報國寺，則曇英嘗應召至京閱藏經。集中又有《上御皇極門召輔臣孫承宗行邊》《哭慈聖太皇太后二首》《泰昌皇帝即位有喜》《泰昌皇帝挽詞》諸詩，可見其與朱明皇室頗有淵源；又有《上象雲韓閣老》《上是庵劉閣老》《上葉臺山閣老》，則其與韓爌、劉一燝、葉向高等宰輔聯係密切。

曇英早年遊歷吳越、荆楚、江右等地。《曇英集》卷二《自述》詩云："早年懷抱在江湖，今日方能遂所圖。湖泛洞庭曾適楚，江探采石復遊吳。"集中又有《過汾州報恩寺訪潤山法兄》《米脂城北萬佛洞》《榆林》《絶塞》《榆谷》，則其履迹又嘗至西北邊陲。曇英在吳越時，亦常與文人雅士結社唱和，頗活躍於吟壇。集中有《別法雲社諸友》《別約甫社長》《別爾賓社長》《別元一社長》《別李小庵社長》《林須奕社長九日邀登半山同賦兼誦令嗣元鞏佳章作此以贈》《將結白門詩社有作》《半山社集呈康侯王孫》《吳苑即事兼寄社中諸友》《登龍光山寓目兼懷半山詩侶》等詩，《中秋前二日阮無聲社長至自薊門》中更有"半山詩社盟堪訂，松塵茶杯話夕暉"句，故閔序中稱其爲"半山社詩僧普秀"。

《曇英集》四卷收其各體詩四百餘首，多世諦文字，不拾宗門語録，類如文人之詩。觀其詩，除多自寫身世、感懷人生之外，頗可觀者乃時事詩。曇英生當明末，邊警日急，民亂四起，一一皆寓之於目，筆之於詩，集中類如《感時》《即事五絶》《聞警》《途窮》《石堆山有警》《乾坤》等詩極夥，皆飽含憂國傷民情懷。例如《即事》云："戎馬乾坤滿，幽人感慨多……謁主皆持笏，梟胡那枕戈。"又《即事》云："天地干戈起，江湖道不行。"《上御皇極門召輔臣孫承宗行邊》一詩，則述天啓二年（1622）十一月，召命前大學士孫承宗爲兵部尚書巡視山海關事："君臨皇極自推輪，秋月行邊囑老臣。山海西來迎漢節，風雲東去掃胡塵。帳隨虎賁三千士，營列貔貅百萬人。恢復遼陽應有日，竚聽歌凱報楓宸。"晚明詩文僧中，若以關切時事而論，曇英頗顯突出。閔繼迪序稱，曇英深疾冲恬屠靡之詩，又不喜間雜偈語、寒儉苦澀之釋氏詩。其作詩宗李北地、謝茂秦等前後七子，才思雄鶩，多有宏肆排闔之氣，於僧詩中，則近於禪月。

《二楞庵詩卷》一卷，釋通潤撰

　　通潤(1564—1623)，字一雨，俗姓鄭，蘇州西洞庭山人。幼即親近像教，祝髮長壽寺，參雪浪洪恩於華藏寺，究心大乘經論，旁通義學。與巢松慧浸矢心執侍雪浪，歷十餘夏。雪浪寂後，置鉢於虞山北秋水庵，有終焉之志。後慨然出世，講《法華》《楞伽》《唯識》大義，肆弘雪浪之道。晚卜居鐵山，築二楞庵，以疏《楞嚴》《楞伽》二經故也。通潤狀貌古樸，風調閒雅，一時名士如錢謙益、程嘉燧、鍾惺、文震孟等皆與之遊。天啓四年(1624)九月十八日，示寂於二楞庵，世壽六十。及門弟子汰如明河、蒼雪讀徹，繼其法席，弘法吳中。著有《楞嚴合轍》《楞伽合轍》《梵綱初釋》《金剛心經解》《法華大㲉》《圓覺正疏》《唯識集解》等，詩文集則有《秋水庵集》《二楞庵詩卷》。生平碑傳可見錢謙益撰《一雨法師塔銘》。

　　通潤詩文集，《千頃堂書目》卷二八著録爲“通潤《秋水庵集》”，朱彝尊《明詩綜》卷九一亦曰“有《秋水庵集》”。是集今未見存，所存者惟《二楞庵詩卷》。

　　《二楞庵詩卷》一卷，一册，清初刻本，見存於國家圖書館。卷端題“二楞庵詩卷”/“明華山釋通潤著”/“虞山毛晉輯”。半頁9行，行19字，四周單邊，有界行，白口，雙魚尾，版心鐫“二楞庵詩卷”及頁碼。正文前有通潤弟子蒼雪讀徹序，曰：

　　　　高僧詩者，固詩以僧高，僧以詩高。詩以僧高，高不在詩；僧以詩高，高不在僧。庸詎知高不在詩而在僧，僧何必詩；高不在僧而在詩，詩何必僧。僧耶，詩耶，吾竟莫知其高之所在？雖然，庸詎知詩非僧而不高，高非詩而不僧，則僧可不詩，詩可不僧矣。庸詎知僧而非詩，詩而非僧者，亦强名曰僧之詩、詩之僧乎。吾恐一經巨手濫厠,無容來者,尚欲希冀步其象龍之躍,烏可得哉?
噫!吾師也,吾友也,僧之高,詩之高,蒼然古,幽然秀,固已見於
是;恍兮有,惚兮無,或未盡於是。吾於此極力模擬,不能佛頭著
穢,更措一辭,請將質諸海内騷壇有道,以爲何如?亦自有三高
僧詩者在。甲申除夜,法弟子讀徹和南拜書於雲半間。

"三高僧詩",乃毛晋所輯晚明蘇州華山寺通潤、慧浸、明河三高僧詩
集,即通潤《二楞庵詩卷》、慧浸《水田庵詩卷》、明河《月明庵詩卷》。
"華山三高僧詩",今藏於上海圖書館,清鈔本,内鈐"王培孫紀念
物"。其中所收通潤《二楞庵詩卷》與單行本《二楞庵詩卷》,卷端皆
題"明華山釋通潤著"/"虞山毛晋輯",所收詩歌、排序、題名亦同,末
亦附有林侍者(紀花木也)及佛奴(紀法器也),凡148題279首。

　　通潤乃晚明義學高僧,詩特其餘事也。然所作一如其人,古澹清
雅,真高僧之詩也。例如《山居十二首》其一曰:"山雨暮方歇,澹雲
天際收。蒼茫遠峰樹,浩渺春江流。風影弄竹色,隔花啼錦鳩。還須
待明月,聽水溪南頭。"又如《山行》云:"閒花歷歷鳥關關,盤過斜溪
更入山。身到孤峰心亦住,却嫌流水出人間。"又如《月夜二首》其一
云:"昨夜對君時,白雲滿青嶂。人在明月中,月在青松上。"又如《石
壁下》云:"孤巖斜吐壁,乘暇屢經過。背日疏花冷,梢雲亂竹多。數
蟬鳴水樹,一鳥入烟蘿。正可臨風坐,其如暮色何。"雖不出乎花鳥、
山川、月露、風雲等僧人常用景致,然皆能抒寫自我静謐、幽微之心
境,非徒狀寫景致而已。其詩不求巧思,不刻意煉字鍛句,然拙古高
簡,渾融流暢,語語皆從胸襟流出。通潤平生志在修行、撰述、弘法,
置身於晚明波譎雲詭政局之外,故詩中絶少譙殺激切語。《自羨》云:
"羨汝多年一破瓢,裝雲貯雪冷蕭蕭。向來飽喫金牛飯,隨例看花過
板橋。"自是安貧樂道、隨緣任運者。今讀其詩,慕其人,真令眼中塵
消、心中機息也。

《寄巢詩》二卷，釋道源撰

　　道源（1586—1657），字石林，號寄巢老人，婁江（今屬江蘇）許氏子。九歲禮智林寺明公爲師，十八薙染，二十二受具於古心律師，後專精禪講。隨巢松慧浸習《楞嚴》《法華》《唯識》諸經。母喪後，居虞山破山東塔。禪講之餘，尤好苦吟，嘗類纂子史百家爲《小碎集》，又以餘力注《李義山詩》三卷，與虞山錢謙益、毛晋、陸貽典爲方外交。順治十四年（1657）示寂，世壽七十二，僧臘四十五。著有《寄巢詩》二卷存世，生平碑傳見錢謙益《石林長老塔銘》。

　　《寄巢詩》二卷，順治十八年（1661）毛表、陸貽典刻本，見存於國家圖書館。内鈐有“國立北平圖書館收藏”“舊山樓秘笈”等印，知嘗爲常熟趙宗建舊山樓所藏。卷端題“寄巢詩”/“虞山釋道源石林撰”。半頁14行，行22字，黑口，四周單邊，單魚尾，版心鎸書名、卷數、頁碼。正文前有順治十七年（1660）錢謙益《石林源上人寄巢詩序》、陸貽典《寄巢詩小引》。錢謙益序曰：“石林源上人，吾里中清净僧也。喜獵外典，好苦吟，余每見必痛規之。既殁，篋中無片紙半偈，深以爲惜。陸子敕先録《寄巢詩》，請曰：‘源師亡矣，夫子幸以一言存之。’余讀之終卷，喟然嘆曰。”“陸子敕先”，即陸貽典（1617—1686），敕先其字也，虞山人，牧齋門生。博學工詩，工書法，精校審，富於藏書，有藏書樓名曰“玄要齋”“頤志堂”等，所撰《寄巢詩小引》述道源生平及詩集結撰過程更詳：

　　　　智林寺去虞城六十里，高僧了通示現之處，唐宋以來名藍也。石林源師少時習禪其中，中歲有撓之者，先君子爲力解之已，乃肩囊而去，從事雲水，所在稱“寄巢”焉。師固卓品，受知於牧翁先生，其孤情絶照，著見於先生壽言傳銘中。余不敢贅。顧其生平，篤於交友，與先君訂文字交，歷三十餘年如一日。其懷贈詩有"始衛波旬擾，唯君力最強"之句，蓋道其實也。余髫時侍先君，讀書頤志堂，師每過從，談詩講義，移日乃去，故余識師最早，而師與余定交，屈指亦垂三十年已。師好讀書，工詩，嘗類纂子史百家爲《小碎集》，而以其餘力注《李義山詩》三卷。今松陵注本略採取之，惜未能流布其全書也。其所爲詩甚富，多不令人見。雖酬贈之作，嘗秘篋中，人不必盡知，其高寄大率類此。自丁酉順世，遺稿悉歸其學人文石，而文石又已物化。師之詩，其不爲《廣陵散》者幾希矣。客歲有事於斯集，從文石法嗣法具搜訪遺集，得詩幾四千首，子晉毛子隱湖社刻又百餘首，彙萃採輯，得如干篇，分爲上、下二卷，請錢先生爲之序，以與《杼山》、《白蓮》諸集輝映今古焉……其詞並有可採，不能恝置，輒仿《中州集》例，附錄於此。外有《文集》一卷，多著高禪隱衲之迹，採僧傳者，宜有取焉。顧未訂定，不遑付梓，姑以俟諸異日。辛丑三月四日，敕先陸貽典識。

據陸序，道源遺詩，原有四千首之多，毛晉隱湖社嘗刻之，惜未見傳本。《千頃堂書目》卷二八著錄有"道源《寄巢詩集》"，不知是否爲此本。所輯《小碎集》及《文集》亦皆未見傳本。道源箋注義山詩亦未刻而無傳。朱彝尊《靜志居詩話》卷二三載，道源論少陵與義山，有"詩人論少陵忠君愛國，一飯不忘，而目義山爲浪子，以其綺靡華艷，極《玉臺》《金樓》之體而已。第少陵之志直，其詞危。義山當南北水火，中外箝結，不得不紆曲其指，誕謾其辭，此風人《小雅》之遺"云云。竹垞評曰："惜其書未刊行。會吳江朱長孺箋義山詩，多取其説，間駁其非。於是愚山詩家謂長孺陰掠其美，且痛抑之。長孺固長者，未必有心效齊丘子也。"按，陸序中謂"今松陵注本略採取之"，所指或即朱鶴齡（1606—1683，字長孺）之《李義山詩集注》三卷本。

《寄巢詩》二卷收詩約三百餘首，多與人贈答之作。道源尚苦吟，雖與錢謙益、毛晋、馮班、程嘉燧等時相切磋，然猶能保有僧人品性。錢謙益評其詩曰："觀其詩，罕目疏節，癯然而瘦硬，如其人之顴孤頤削，骨格崚嶒，矗出於條衣外也。觀其詩，偏弦短韻，峭然而凄冷，如其人之琢冰嚼雪，失群啞羊，而却食仰口也。觀其詩，耽思傍訊，邈然而慘澹，如其人之窮老嗜學，吞紙以實腹，而食字以飽蠹也……寄巢之詩，蔬筍也，鮓魚也，春餘之孤花，睡夢之清磬也。"其人其詩，大抵規模賈島、姚合一派，多孤月、清磬、荒烟、孤鶴、鳴蟬、急弦等意象，盤空硬語，清蒼孤迴。摘句如"風篁和鶴唳，月笛引樵歌"（《夢山》）、"驚鳧掠渚去，獨雁逗蘆飛"（《曉行》）、"每驚中夜露，常和九皋音"（《園鶴》）、"未曉星沉彩，移更雨共寒"（《殘燈》），蓋皆孤燈下、蕭寺中冥搜所得，似竟陵偏弦孤韻，故牧齋每見道源苦吟輒"痛規"之，亦如其痛詆鍾、譚。入清後，道源所作每具黍離、麥秀之思，《甲申除夕》《乙酉元旦》《乙酉感事》《乙酉感事詩之二首》《丙戌除夕》《丁亥元旦》諸詩，悲懷滿目，不能自已。例如《乙酉元旦》云："舉目山川異，驚心節物同。曉光明蕙草，禪意付梅叢。欲灑新亭淚，難忘故國風。太平何處告，仿佛鳥聲通。"藉此，道源亦可稱"僧中之遺民"也。

《南來堂詩集》四卷《補遺》四卷
《附録》四卷，釋讀徹撰

蒼雪（1588—1656），原名讀徹，初字見曉，號南來，俗姓趙，雲南呈貢人。七歲隨父祝髮於昆明妙湛寺，十二歲至鷄足山寂光寺禮滇南高僧水月爲師，職掌書記。萬曆三十五年（1607），矢志參方，孤筇萬里，慨然遠遊，履至峨嵋、天台、雁蕩、黃山諸名山，遍訪國清、清涼、普陀等大刹，所到之處，皆虛心叩訪尊宿，"叩《楞嚴》於天衣，受十戒於雲棲，受滿分戒於古心律師"。至金陵，適逢雪浪洪恩説法望亭，遂隨其習《華嚴》精義。雪浪化後，禮巢松慧浸、一雨通潤爲師，習《楞伽》《楞嚴》義理，一雨坐化後，獨竪法席，聽者絡繹不絕。崇禎三年（1630）募修中峰寺，與汰如明河分講《華嚴疏鈔》，一歲兩期，互爲主賓，世稱"蒼汰"。順治十三年（1656）五月，坐化於寶華山，世壽六十九。著有《南來堂詩集》四卷存世。碑傳有錢謙益《蒼雪和尚塔銘》，近人陳乃乾撰有《蒼雪大師行年考略》一卷。

據諸家書志，蒼雪詩集，所存版本甚多，鈔本即有雲南省圖書館藏雍正元年（1723）釋圓鼎鈔四卷本、傳鈔鐵琴銅劍樓鈔本，中國社科院文學所藏清鈔四卷、《補遺》四卷本，復旦大學圖書館藏清鈔《拾遺》一卷本，常熟圖書館藏《南來堂詩鈔》二卷鈔本等。所存刊本則有民國初年《雲南叢書》所收之四卷本；民國廿九年（1940）王培孫校印本，分《正編》四卷、《補遺》四卷、附錄各種傳記四卷，並鈎沉史事，發覆典故，名曰《蒼雪大師南來堂詩集》。另，今人楊爲星撰有《蒼雪大師南來堂詩集詩注》。所見則有雲南省圖書館藏雍正元年釋圓鼎四卷本、傳鈔鐵琴銅劍鈔本，及《雲南叢書》本、王培孫校印本。

1.《南來堂集》三卷①，雍正元年釋圓鼎鈔本。見存於雲南圖書館。開本高 31.8 釐米，寬 18.3 釐米。扉頁題"滇南蒼雪和尚著"/"南來堂集"/"虛齋署檢"，鈐有"陳"方印。卷端題"蒼雪和尚南來堂輯略詩集"/"門人行敏等同訂"。紅欄，四周雙邊，半頁 9 行，行 23 字，單魚尾，版心空白，有圈點、校改痕迹。正文前有蒼雪法像，鷄足寂光眷孫正脉撰《中峰寺蒼雪法師老和尚像贊》二首，理州蒼山比丘常樂圓鼎《像贊》一首，順治十二年乙未（1655）落木老人徐波《南來堂遺稿題辭》，順治十五年戊戌（1658）錢謙益《牧齋題辭》，康熙十七年戊午（1678）陸汾《中峰蒼雪大師詩集序》《募刻中峰蒼雪大師詩文

---

①雲南圖書館"書目查詢系統"作"四卷"，此本五言絕句前亦有批注語"卷四"，然細檢之，原鈔本實僅"三卷"。

小引》《凡例六則》，雍正元年圓鼎《鈔録續例五則》、七律二首、《南來堂詩集目録》《南來詩集編訂鈔録清款體式名目》。書末則有順治十四年丁酉（1657）錢謙益《蘇州府中峰山蒼雪法師塔銘》、康熙五十二年癸巳（1713）釋正脉《後述》，雍正元年圓鼎《鈔録拙語》。

據陸汾序稱，讀徹著述，生前未付剞劂，殁後皆蕩爲灰燼。陸汾偶獲某衲子所録詩二百篇，繼而歲構月求，復得二百餘篇。數年後，又獲讀徹法孫行敏編録之集，並徐波、錢謙益所撰塔銘、序，編摩考訂，五易寒暑，輯得《南來堂詩集》四卷，並擬付梓。陸汾原刻本今未見傳，或其願未遂歟？嘉慶間袁文典編《滇南詩略》卷一四録讀徹詩六十首，即稱“因全集未刊，故附録於此”。

正脉《後述》則稱：康熙四十八年（1709），遊吳門，叩詰讀徹詩集，“奈以中峰早經燬惑，諸集無存。後過洞庭之東山湘舟法侄大師處，得之一册，裝寫嚴工，遂即懇而録之，不勝倉卒”。釋正脉，號笠庵，又稱中峰脉禪師，著有《大鑒堂詩全集》四卷存世。其所得中峰詩集，或即陸汾輯本。圓鼎鈔本，則據正脉歸滇時所携之本，費時三月，方克鈔成，並補入數年所輯二十二首，“按類增濡，約共六百有奇，可謂完璧也”。圓鼎鈔本，乃現存讀徹詩最早之本，民國三年（1914）《雲南叢書》即據此本刻入。

2.《中峰蒼雪大師集》不分卷，一册，傳鈔鐵琴銅劍鈔本。見存於雲南圖書館。開本高 30.9 釐米，寬 15.8 釐米。封頁題“中峰蒼雪大師集”/“一册”，卷端題“中峰蒼雪大師集”。内鈐“秘本”“鐵琴銅劍樓”“畢瀧潤飛藏印”“畢瀧閲印”等印。半頁 9 行，行 23 字，無格，有圈點、眉批。前有錢謙益《南來堂遺稿題辭》《中峰蒼雪大師塔銘》，及陸汾《中峰蒼雪大師集序》《凡例》《募刻中峰蒼雪大師詩文小引》等。

3.《南來堂詩集》四卷《附録》一卷，民國初年《雲南叢書》本。正文前有滇南釋正脉、釋圓鼎三篇《像贊》，以及徐波《題辭》、錢謙益

《題辭》、陸汾《中峰蒼雪大師詩集序》《募刻中峰蒼雪大師詩小引》《凡例》等,釋圓鼎《鈔錄凡例》。此本實據雍正元年(1723)圓鼎鈔本影印。

4.《南來堂詩集》四卷《補遺》四卷《附錄》四卷,四册,民國二十九年(1940)校印本。見存於上海圖書館、中山大學圖書館、雲南圖書館。《清代詩文集彙編》第5册據之影印。扉頁有庚辰季冬陶齒題書名。次頁爲牌記"民國二十九年校印於上海"。卷端題"蒼雪大師南來堂詩集"/"上海王培孫校輯"。半頁15行,行35字,黑口,四周單邊,單魚尾,注文小字單行。正文前有《傳法系統》、陳乃乾《蒼雪大師行年考略》,民國二十九年(1940)金山復廬居士姚光石序,民國二十七年(1938)周鳳庠二序,民國二十九年王培孫《校輯緣起》。王培孫稱:

　　丙子季春某日,郵人來,得吳門潘聖一先生遞書一册,則蒼雪大師《南來堂詩鈔》殘本下册也。開緘喜甚。詩爲吳江顧有孝茂倫選刊,分上、下二卷,外編一卷。外編爲關於佛事之作。今存下卷及外編,已佚其所選之半,則雖喜而猶有憾焉。余二十年來,暇每披閱明清間詩,就選本中讀蒼雪詩而好之,知蒼雪有集名"南來堂",而未之見。後得雲南刊本四卷,訛脱過多,不可卒讀,投置篋中者久矣。乃於癸酉清明時,以錢琴一先生約,偕遊虞山,參觀常熟圖書館,見鈔本《中峰蒼雪大師集》四卷,錄自常熟瞿氏者。得館長陳敬如先生許可假歸。檢取雲南本互勘,鈔本雖亦多訛脱,而詩多於雲南本者幾十之四,且訛脱處二本不同,而不妨於互勘也。二本均冠以陸汾序文、凡例及募刊小引,其序文康熙十七年作,距蒼雪示寂二十餘年耳。據序文言,所得蒼雪詩爲行敏所鈔藏,亥豕竟同落葉,遍訪蒼雪生前留墨處考訂,經五易寒暑而得成斯集,則斯集訛脱之多,在陸汾時已然矣。

雲南本，據正脈《後述》，得自洞庭東山。《後述》作於雍正元年，
距陸汾考訂又四十餘年。據陸汾凡例，以乙酉至丙申示寂詩爲
第三段，而雲南本罕見乙酉後詩，似當時別一人所擇録，或國變
後，慮文字有所忌諱而不入也。然其擇録，自有旨趣，非偶然者。
至顧茂倫選刊本，則陸汾、正脈等皆不及述，殆所未見，可知流傳
之少，惜佚首册，致刊書之序例及年月俱無可考。然在二本互勘
後，遇此殘册，裨益已匪殘，欣幸又奚如！且此册中爲二本所無
者，又得多首，不特訛脱之賴以校正已也，抑又思之顧茂倫之選
刊，或在陸汾考訂之後，故以陸汾訪求之殷切，而未見此選刊本。
余後陸汾幾二百年，而於蒼雪詩之契愛，殊有同情之感。假得常
熟鈔本，潘聖一先生又得顧刊殘本，且校且輯，於是《南來》一集，
隱而復顯，闕而復全，絶而復續。校輯之餘，復就集中詩題，爲箋
注其人與事之來歷。而斯時也，適范成上人得《吳都法乘》《南
山宗統》《弘儲語録》等歷久沉湮之法寶，以次流通，時相過從，
因更得資參考，增箋注之興趣。凡此因緣湊合，事有非偶然者。
中日戰起，避地武進南鄉者逾五閲月，歸則寓居租界，寂寥寡歡，
幸携此數册自隨，乃得間而從事焉。而尤幸者，工作甫竟，獲識
常熟瞿鳳起先生，爲就其家藏原鈔本校字一過，所正頗多。雖全
書猶有闕疑，而庶乎可無憾矣。

顧有孝（1619—1689），字茂倫，號雪灘釣叟，明諸生，明亡後，焚棄儒
冠，日與遺民、釋子往來，臨終遺命，殮以頭陀妝，著有《雪灘釣叟集》，
編有《唐詩英華》等多種詩選。其選刊蒼雪詩，不惟存文獻之義，亦紀
二人之交誼。王培孫乃民國文獻大家，其整理《南來堂詩集》，歷數年
心血，以顧有孝選刊本、常熟圖書館藏瞿氏鈔本、陸汾本（雲南本）、瞿
鳳起家藏本，相互比勘、校對，並輯録其他文獻，箋注詩題，索其本事，
使《南來》一集臻至完備，堪爲蒼雪詩集之功臣也。

王培孫校印乃諸本最完備、精善之本，卷一收古體詩 40 題 41 首，卷二收近體 125 題 163 首，卷三上收近體 98 題 127 首，卷三下收近體 74 題 123 首，卷四收近體 37 題 204 首，附遺文 4 篇；補編卷一收古體 17 題 21 首，卷二收近體 102 題 117 首，卷三上收近體 91 題 107 首，卷三下收近體 71 題 90 首，卷四收近體 14 題 55 首。附錄一爲本集舊序凡例 14 篇，附錄二爲南來事迹紀述 10 則，附錄三爲中峰前後概況 8 篇，附錄四爲諸家酬唱彙録 73 首。

蒼雪乃明末清初賢首高僧，滇南鍾秀，遷居江南，廣交文人雅士。檢《南來堂詩集》，與其來往唱和者，有陳眉公、董其昌、錢謙益、吳梅村、顧崑芷、章青蓮、萬壽祺、徐元歎、方以智、周文斗、胡清壑、錢礦日等人，人數之夥，交遊之廣，當時吳中僧人恐無出其右者。諸文士頗傾心其佛法，常有追隨不及者。吳梅村《梅村詩話》載：“（蒼公）以壬辰臘月過草堂……是夜，風雨大作，師語音傖重，撼動四壁，痰動喉間，咯咯有聲已，呼茶復話，不爲倦。漏下三鼓，得數十篇，視階下雨深二尺矣。”蒼雪卒後，梅村隨帝南巡，至吳中，聞之大悲，作《哭蒼雪法師(二首)》《過中峰禮蒼公塔(四首)》以祭之。

蒼雪之詩，清幽蒼勁，陸汾以爲“氣盛骨勁，想幽語雋”，陳眉公以爲“嚴勁有力”，吳梅村則以“蒼深清老，沉著痛快”評之。其詩衆體皆備，尤長於五、七言律體，多寫參學講法之生涯，抒寫其佛道禪心。如《秋夕遊山》云：“手携三尺杖，隨步入深松。水落澗邊澗，雲含峰外峰。臨橋將月近，近寺忽聞鐘。坐到清凉處，蒼烟起萬重。”《懷尼則(二首)》其一：“掃盡蒼苔葉，敬亭人不來。鳥飛雲散處，流水與花開。”蒼雪親歷南明弘光政權之覆亡，忠孝節義每攄於胸臆，黍離之悲挫於筆觸。集中《乙酉積雨紀事一百三十字》《乙酉之變避迹喝獅窩臨年仍歸一把茅度歲》《夜雨吳中懷古》《丙戌元旦次答王彥平》《金陵懷古》諸詩，沉鬱頓挫間時露梗概之气。明季文人至有謂“風雅之寄繫存亡於一老”，王漁洋更曰：“近日釋子詩，以滇南讀徹蒼雪爲第一。”然讀徹學深養邃,亦明季賢首高僧,詩特其餘事耳,其所演《華嚴》《楞伽》《唯識》諸經,“如肉貫串,處處同其義味”,叢林靡不推爲魯靈光也,咸謂“蒼公存而法存,蒼公亡而法亡”。

《餉園集》八卷、《橛庵草》七卷,釋普荷撰

普荷(1593—1673),又名通荷,號擔當,別號布史、此置子,俗姓唐,名泰,字大來,雲南晋寧人。幼承家學,工詩文。年十三隨父唐懋德北上應選,遊金陵。三十三入京應試,不第,旋遊吳楚,與董其昌、陳繼儒、李維楨等遊,又至會稽參湛然圓澄。六年後歸滇中,無意仕進,居家養母。年五十九,因參與土司沙定州起兵,事敗,祝髮出家,往來於鷄足、點蒼之間。康熙十二年(1673)冬,一日趺坐説偈曰:“天也破,地也破,認作擔當便錯過,舌頭已斷誰敢坐。”寂然而化,壽八十一。擅外學,詩、書、畫堪稱三絶,索者盈門。著有《餉園集》八卷、《橛庵草》七卷、《拈花誦百首》。生平碑傳有馮甦《擔當禪師塔銘》,今人方樹海撰有《擔當年譜》,《鷄足山志》卷六、《新續高僧傳四集》卷二三亦有傳略。

1.《餉園集》八卷,四册,明崇禎刻本。見存於雲南圖書館。開本高32.1釐米,寬19.2釐米;版高20.1釐米,寬14.5釐米。卷端題“餉園集”/“滇中唐泰大來著”。半頁8行,行18字,四周單邊,白口,無魚尾,版心鎸“餉園集”、卷次、頁碼。正文前有李維楨、陳繼儒、董其昌三序。

李維楨序曰:“滇人唐廷俊舉鄉書第一,數上春官不録,遂棄去,獨研精古辭賦之業。其子孝廉世修仕南郡丞,以父所著賦一卷俾予序,已從南郡移臨洮,絶不相聞。今年,余以事入郡中,有郡丞子大來明經過余旅舍,謬以余一日長,執門弟子禮,出其囊《餉園集》詩視予。且言曰:‘邇者二三名士,遊戲翰墨,猶晚唐、宋、元俚調,猶晋人喜洛

生詠耳，海內靡然響風。滇在萬里外，亦學步效顰。小子姑捨是，以先進爲程，慮不諧於俗，夫子明以教我。'余謂楊用修先生居滇，滇士尸而祝之，所與論詩，則張愈光爲最。然先生於唐詩中自成一家，愈光亦不能越其範圍。今滇無楊、張兩君子爲倡，子獨能作開元、大曆以前人語，清而不薄，婉而不蕩，法古而不襲迹，卑今而不吊詭。後來之彥，如子詩典雅温淳，指不勝僂也。子之家，弓冶箕裘，三世相承，變化彌新，豈朝夕之故哉？國家聲教南暨，子言詩如御範馳驅，射中侯鵠，中原人士當有聞正始之音而深嘉屬和者，即不悦里耳，何傷乎？宦子之鄉，能賞識子者數董，謝武林大雅不群，余所服膺，爲子玄晏足矣。子無以名成有矜心倦色，是則余所以相長也。大泌山人李維楨本寧撰。"李維楨（1547—1626），字本寧，湖北京山人。隆慶二年（1568）進士，官至南都禮部尚書，著有《大泌山房集》百餘卷行世。

　　陳眉公序曰："古詩云：'因緣苟會合，萬里猶同鄉。'此言定交之奇也。天寶間，李康成選《玉臺後集》，自陳、隋而降，凡二百九人，而李、杜、高、岑輩，與康成同時，獨闕選中，何況千秋重譯之遙哉？唐大來才名噪滇中，以明經入對大廷，遊於吳楚。楚中本寧太史以及吾鄉董宗伯玄宰，膾炙其文不釋手。萬里論交，遇合亦已奇矣，而大來顧獨深沉於詩。嘗讀其《篠園集》，靈心遒響，麗藻英詞，調激而不叫號，思苦而不呻吟，大雅正始，而不入於鬼詩、童謠、俚語、方言之俳陋，即長吉、玉川復生，能驚四筵，豈能驚大來之獨坐乎？余常嘆陸賈《南中行記》、韋臯《西南夷事狀》不經見，爲千古恨。端自趙宋玉斧畫大渡河，棄之異域者三百餘年，賢人絶附驥之榮，王道貽隔化之頌。賴聖祖恢還版圖，用修纂葺文獻，蓋文明至今已極。而大來適生其時，發皇家學，模範先民，斯亦用修衣鉢之一助也。大來神用清審，志意貞立。當奢安煽禍，貴筑爲梗，大來從嶺右間繭足萬里，訪眉道人於空山。余震駭相勞，苦不得怡，而大來謂：'吾友天下士，方自此始。'真磊落奇男子也。今出其著作，與中原鉅公相上下，得時而駕則陸賈、韋臯之流,豈獨以詩文行於象胥、鷄林而已哉? 雲間眉道人陳繼儒撰。"

　　董其昌序曰:"往予之承乏成均也,海內子衿以登極恩升於國學者,鱗集館下九百餘人。余下教曰:'國子先生試多士,不獨以帖括,將以不朽勝事、經國大業,有能如《軍中露布》《帝京篇》《前出塞》《後出塞》詩者,以非時見。'或謂余曰:'子之所求於士者左矣。唐以詩賦取士,士各持行卷遊大人,彼一時也。我國家功令則異於是。子所爲含毫損神,輟篇驚夢者,惟帖括專事,靡他,直拾芥青紫耳。無奈所謂不朽道何也?'余應之曰:'固也,子安得以偏長限天下士? 且明經而上,不有宏詞選乎? 患才不能近,力不能兼耳,即能何故置之?'蓋余抗論如是,居久之,未有應者。余既奉旨求遺書,事竣還里,而滇中太學唐大來自輦下至,以其詩爲贄。讀其詩,温淳典雅,不必賦《帝京》而有'四傑'之藻,不賦《前》《後出塞》而有少陵之法。余所求之六館而不得者,此其人也。夫滇之談藝,自張愈光破荒,百年來浸以盛,雖豪酋洞主皆擁書萬卷,革其象戰鳥言之俗而事柔翰,緘書走幣,達交畛域之外,其風尚如此。大來趫遊萬里,觀國之光,與中原才子並驅爭路,又得代興之鉅公如雲杜者助其羽翼,藉甚詞壇,不減畫繡。雖然,吾聞大來乃祖乃父皆以鴻漸之資困於一第,將無所學非所用,而兼才之難乎! 吾願大來以吟詠之間,不廢公車言,如車雙輪,如鳥雙翼,極其才情之所如,以收名定價,無俾承明著作之庭,謂滇無人焉! 即身爲公而慚卿慚長,庸何傷夫? 言豈一端而已,大來謂何? 華亭董其昌玄宰撰。"[1]

　　《檽園集》八卷,所收之詩起於萬曆丙午(1606),迄於崇禎壬午(1642),即普荷十三歲至五十歲詩作,亦即出家前所作。其中,卷一收樂府81首,卷二收五古51首,卷三收七古31首,卷四收五律100首、五排2首,卷五收七律91首、七排1首,卷六收五絶52首、六絶2

---

①此序參校董其昌《容臺集》卷四,西泠印社出版社2012年版,第315—316頁。

首,卷七收七絕 74 首,卷八收各體詩 30 首。

2.《橄庵草》七卷,六冊,康熙刻本。見存於雲南圖書館。開本高 32.1 釐米,寬 18.6 釐米;版高 20.3 釐米,寬 12.1 釐米。內鈐"雪廬""方樹海印""學士山樵""天許閒人□□□""山人自不約束"等印。卷端題"橄庵草"/"鷄山僧通荷擔當著"。半頁 8 行,行 18 字,白口,四周單邊,上魚尾,版心鎸"橄庵草"及卷數,版心鎸頁碼。內有鈔補。正文前有擔當自序、自跋。

擔當《橄庵草序》云:"詩以代言,重復古也,爲世運關於聲歌者,代有明驗。苟聲歌流而趨下,世運可知。由是操觚者,復古洵爲要務,非僅恣吟弄已也。慨自漢魏六朝以上,先達言之備矣,姑毋論。余從唐而概之,有初盛中晚。繼唐而概之,宋元盛於律,而自成一家言。繼宋元而概之,明之高、楊,應運而興,當帶宋元習氣。至何、李崛起,大雅正始,復還舊觀。至七子而再盛,有如長江始岷嶓而匯於洞庭。噫!壯則壯矣,安能截其流而使之不下注哉?於是有好庾、鮑而排擊七子者出,專以近體爲號召,使人易就。一旦輒登壇坫,天下靡然響風,而詩亡矣,世運得不隨之?雖然,即不排擊法勝習陳,則又奈之何?當此之時,解人正不易得也。於是雲間有唐、陳二老起衰振雅,力挽狂瀾,還醇雖有其幾,而解人猶不可得。何也?明季作家,大率重才輕養,猶學仙者知有還丹而不言火候,自誤誤人非小,可不慎哉!余滇人而布衣,而又衲子,而又在塵劫之中,處培塿而干霄漢,則吾豈敢?惟是匡扶運會,大丈夫皆有其責,聊就我所學,就我一家言。除年來患難焚溺之外,又除有類偈頌者不入,有類香奩、詩餘者不入,有悲歌慷慨、觸時忌者不入,不啻十去其九矣。況年逾七十,方敢災木。無他,專爲復古計耳。若捨大雅正始,謂不得不流而趨下者,乃時爲之,則砥柱無人,黃虞終不復再見矣。其如世運何?是編志有餘而學力未逮,且薰染既久,自拔猶難,其中豈無妖淫靡曼,欲違時而不覺淪於時者?願海內大方,鑒余培養元氣之思,重加塗置,雖覆瓿所不恤也。通荷撰。"

　　擔當《橛庵草跋》："禪若分净穢,將乾屎橛、布袋裏猪頭,置於何處,非禪也。僧詩若無姬酒,都是些豆腐渣、饅頭氣,名爲偈頌,非詩也。此與王北中郎有《沙門不得爲高士論》,不可同年語也。何也?沙門之中,有沙門而士者,洪覺範是也,觀其《鞦韆》等詩,非出士口不能。有士而沙門者,佛印是也,著作猶多,不可盡舉。觀其口頭排語,具見宗風,博學如東坡,開口即讓一籌,但曰沙門單也。若夫沙門而士,士而沙門,則兼之矣。兼之者,非大力不能剿俗情而歸空劫,又何怪中郎之著論耶? 後世則湛然雲門和尚偈頌中,頗有風雅遺意。余昔公車事竣,參和尚於會稽顯聖寺中,覿面相承,授以禪旨。因有母在堂,不能染剃相隨,只得回滇以供定省。及母養告終,海内遂多事矣。間關伊阻,不能飛度中原,受衣鉢於大老。不得已,就近參求,以終未了之志。前名普荷,從戒師無住,遵戒而不嗣法也;今名通荷,從先師雲門,嗣法而遵正眼也。通荷,時年七十六識。"

　　《橛庵草》七卷所收爲普荷崇禎壬午爲僧後之詩作,卷一收樂府42 首,卷二收五古 52 首,卷三收七古 48 首,卷四收五律 51 首、五排 2首,卷五收七律 151 首、七排 1 首,卷六收五絶 230 首、六絶 20 首,卷七收七絶 544 首、聯句 1 首。

　　雲南圖書館另藏有《橛庵草》清鈔本一卷,封面書籤題"橛庵草"/"明擔當僧著"/"壬戌仲夏伴雲山人寫籤"。卷端題"橛庵草(七言律)"/"鷄山僧通荷擔當著"。半頁行數、行字數不等,無格,有朱筆圈點。此本所鈔之詩皆七律,蓋從刻本卷五中鈔出。

　　浙江圖書館另藏有《擔當和尚遺詩》,清鈔本,原爲一册,因破損嚴重,浙圖改裝爲三册。原開本高 22.9 釐米,寬 13.3 釐米。半頁 8行,行 18 字,無界行。此鈔本自七絶始,所收皆擔當七絶詩。簡末有數殘字:"《橛庵草》跋終,時大清乾隆二十八年歲在癸未。"或乾隆二十八年(1763)鈔本。

普荷詩歌,後世屢經刊刻、傳鈔。民國三年(1914)《雲南叢書》集部之十四即刻有《擔當遺詩》一卷,選録其詩 177 首,除收入《橛庵草》序跋、諸家評擔當詩畫及投贈詩外,又有近人趙藩所作前言、李根源撰《普荷傳》等。此本實李根源據《滇詩拾遺》和其他鈔本輯得,又名《明義僧擔當公遺詩》。另有鉛印本《擔公遺詩》一卷,前有宣統元年(1909)李文治序,香山孫璜署箋"明義僧擔公遺詩"。收詩略昉於《雲南叢書》本,但另附有唐華詩四首、唐素蕙詩三首及晋寧方氏家藏普荷詩五首。雲南文獻家方樹梅又裒輯文獻,整理出《擔當大師全集》十八卷,現藏於雲南省圖書館。2003 年,雲南美術出版社出版余嘉華、楊開達點校《擔當詩文全集》,收有《翛園集》《橛庵草》《拈花頌百韻》《罔措齋聯語》等,又輯録散諸其他文獻中之序跋、畫記六十首,並附有歷代士人詠擔當之詩文,及擔當傳記、碑銘、方樹梅所撰《擔當年譜》。另,今人李崑聲輯有《擔當書畫全集》(雲南美術出版社 2001 年版),分"垂釣圖""山水人物圖""山水圖""高士圖""山水詩文册頁""行草斗方""草書斗方"等,收其書畫作品百餘幅。

普荷擔當嘗遺命後人:"吾死之後,吾之墓表得題'明遺僧普荷之墓'足矣。"蓋"遺民僧"乃其自我身份之認同。明季世局,跌宕翻覆,士人有志難伸,一腔熱血托諸空門,寄情於山水、藝文。普荷擔當不惟滇中之傑出者,亦堪稱彼一時代之縮影。《翛園集》之詩,乃儒者之詩,温淳典雅,清新澹遠,李維楨謂"清而不薄,婉而不傷,法古而不襲迹,卑今而不吊詭";陳眉公謂"靈心逌響,麗藻英詞,調激而不叫號,思苦而不呻吟"。《橛庵草》之詩,因其閱世既深,職在匡扶運會,復得禪家三昧,自在灑脱,故風格多樣,或清幽寂遠若閒雲野鶴,或幽寂孤峭若殘雪枯枝,或沉鬱激憤似排鶴抗雲,或遊戲圓通似禪門散聖,其靈心逸響,未可以詩格而繩之。其詩各體皆備,樂府古詩多言志述懷,如《君馬黃》《將進酒》《秋胡行》諸篇;五、七律則氣勢沉雄,五、七絶尤所擅長,或題書畫,或寫遊歷,或摹山水,筆致流暢,極具巧思。

季世之人情世態,個人之幽微心曲,盡在《儵園》《橛庵》二集中。

《絶餘編》四卷、《浄信堂集》八卷,釋智旭撰

　　智旭(1599—1655),自號漚益,别號西有、八不道人等,俗名鍾際明,字振之,先世爲汴梁人,後遷居於蘇州木瀆。早歲習儒排佛,撰有《闢佛論》十餘篇。萬曆四十六年(1618),其父鍾之鳳去世,讀《地藏菩薩本願經》《楞嚴經》諸書,決計出家,盡焚前作。依憨山德清門人雪嶺峻剃度出家,參禪悟道,克期證果。又遍參叢林尊宿,精研唯識、律學,晚年則專意修持浄土,遍注經典,著述極富。蘇州弘化社裒輯其稿,編成《漚益大師全集》,凡五十六種,二百三十五卷,三百五十餘萬字,由巴蜀書社2014年出版。智旭名列"晚明四高僧",傳記資料頗詳,要之有智旭自撰《八不道人傳》、弟子堅密成時《八不道人續傳》、彭希涑《清青陽九華山華嚴庵釋智旭傳》、近代弘一法師所編《漚益大師年譜》。

　　智旭著述,除疏論經解之外,堅密成時曾將其《浄信堂初集》《絶餘編》《閩遊集》《浄信堂續集》《西有寱餘》《西有寱餘續編》《幻遊雜集》《幻住雜編》七部稿,"總以《宗論》收之,合十大卷,分三十八子卷",顔曰《靈峰宗論》。此七部稿,除《絶餘編》《浄信堂初集》,多散佚無存。

　　1.《絶餘編》四卷,明刻本。見存於國家圖書館,又收入於《嘉興藏》第28册。卷端題"絶餘編"/"漚益道人智旭著"/"門人圓果録"。内鈐"無畏居士""敕賜萬安山法海禪寺記"諸印。半頁9行,行20字,白口,四周單邊,單魚尾,版心鎸書名、卷數、文體。正文前有智旭自序,其云:

　　　　生平行履,百無一長,獨有大菩提心,忘身爲法,捨己從人,

則堪質諸三世慈尊者也。自庚午至甲戌，五年之中，幾經困衡，曾無退悔。蓋因乙亥仲秋，復遇一友背盟，而此志遂不啻如槁木死灰矣。丙子春，本擬遁迹萬山深處，甘與野獸同死。途中大病，逗留九華，哀禱地藏本師，仍得閱藏著述之決，乃不復與文字般若爲讎。嗟乎！文字性空，性空即是實相，實相離一切相，即一切法，豈離文字而解脱哉？追思昔年焚棄筆硯，絕不而絕，今也不絕而絕矣。非絕非不絕，而論於絕，絕無絕相，姑名"絕餘"。知我者，其惟此編乎？笑我者，其惟此編乎？吾以俟諸後世子興可也。崇禎壬午仲夏，蕅益道人智旭書於吳興之鐵佛觀堂。

"庚午"（崇禎三年，1630）至"甲戌"（崇禎七年，1634），係指智旭矢志弘律，三閱大藏；"復遇一友背盟，而此志遂不啻如槁木死灰矣"，則指乙亥（崇禎八年，1635），與其同參無異元來、誓志弘律之法友歸一受籌背盟而去。丙子（崇禎九年，1636）三月，智旭遁迹九華山清修，於地藏像前抓鬮問佛，拈得"閱藏著述"，至此由弘律而轉歸義學，勤勉著述。其所撰《大悲壇前願文》云："切惟智旭，向於九華拈得'閱藏著述'一鬮，遂復安心，重理筆硯。"《絕餘編》，亦即其佛教理念轉變後之產物，約終稿於崇禎十五年壬午（1642）。

智旭七部稿，皆按文體類分。成時《宗論序説》云："文以類出，取便耳，非以文體也。見文則昧道，因文則明道，達文則證道，證道而後知文無體也。"《絕餘編》四卷，卷一收願文6篇，卷二收法語10則、傳1篇，卷三收序3篇、題跋5篇、書柬11通、雜文2篇、疏6篇，卷四收贊11首，銘23篇，詩偈149首，附對聯4首。

2.《净信堂初集》八卷，崇禎刻本。見存於天津圖書館。《天津圖書館孤本秘笈叢書》第13冊據之影印。卷端題"净信堂初集"/"蕅益道人智旭著"/"門人果海録"，各卷録有助刻芳名及助刻金額。半頁9行，行20字，白口，四周單邊，單魚尾，版心鎸"净信堂初集"及卷數、文體、頁碼。正文前有智旭自序云："丙寅季夏，先慈捐世，即已焚棄筆硯，後因閲藏暫開，荏苒復經八載，日積月累，狼籍遂多。門人好事，輒隨録之，偶一展現，不足存，亦不足毁也。夫羸羊茹退，物之至賤，隔日瘧者，塞鼻便痊。今天下寒熱於愛見者多矣，予言雖無似，安知不可與羊矢同奏功乎？乃删其繁蕪，聊存八卷，始自未出家時一二殘稿，止於丙子入山之前，名爲'浄信堂初集'。倘以耆婆眼視，亦當置藍空回，曾何非藥之可採哉！崇禎壬午仲夏，蕅益道人智旭書。"是集蓋亦編定於崇禎十五年（1642），所收爲其出家前至崇禎丙子（1636）所撰詩文，卷一之卷二收願文、禮懺文、燃香文、咒偈，卷三收示人法語，卷四收答問、論、傳等，卷五收記、序、跋，卷六收書柬，卷七收雜文、疏、贊，卷八收詩偈。

　　智旭平生苦行精勤，志在弘法，力革晚明叢林弊象。《九華地藏塔前香文》《十周願文》《閲藏願文》諸願文，皆具菩提心、正法眼，矢志自度度人，悲願雙遣，瀝血銘心。其示諸僧法語及與諸居士書柬，則對病治人，反復叮嚀，老婆心切。《絶餘編》卷四有《山居百八偈》，其"小引"云："抱病入山，了當大事之不暇，而暇作吟哦活計乎？然俯仰身世，自憫憫他，又似有不容默默者。隨意所到，舉筆直書，積而數之，偶成百八。蓋實不向吟哦中來，倘得意忘言，亦未必非了當大事之一助也，乃不毁而漫存之。"其山居諸偈，意非山林野興、隱居之閒，而仍在遂其弘法大志，或痛心於叢林之窳敗，或勸世救俗，雖皆其"隨意所道，舉筆直書"，然讀之令人警醒。智旭有辭世偈云："生平過失深重，猶幸頗知内訟。渾身瑕玷如芒，猶幸不敢覆藏。藉此慚愧種子，方堪送想樂邦。以兹真語實言，兼欲告誠諸方。不必學他口中瀾翻五宗八教，且先學他一點樸樸實實心腸。"與其他禪門大德辭世偈相較，智旭辭世偈更似懺悔偈，誠實樸質。今讀《絶餘編》所載詩文，知其志行合一，如實修行，所著所言，决不掠名苟利，顧預他人，洵爲晚明叢林之楷式。

《載之詩存》一卷，釋宗乘撰

　　宗乘（？—1638），字載之，俗姓鄔，常熟人。幼薙染於邑之東林，性耿介，好讀幽異書，每到山水深秀處，或遇素心人，相視莫逆，輒留短句而去。一瓢一笠，居無定所。傾慕汰如明河，追隨久之。汰公往住月明古刹，遂挈杖之練川，歸時忽示疾化去，世壽僅三十餘。法友石林道源持其遺詩付毛晉刊刻，曰《載之詩存》。生平略見於毛晉所撰《紀略》。

　　《載之詩存》一卷，一册，明崇禎毛晉刻本，見存於國家圖書館。書前有題識：“乾隆壬子季春廿一日購並珍藏，計一册二部，釋乘公《載之詩存》，合河康綸鈞識。”知此本原爲康綸鈞藏書。綸鈞，字鵬書，號伊山，乾隆間人。内鈐“康綸鈞字鵬書號伊山”等印。卷端題“載之詩存”/“海虞毛晉閲”。半頁8行，行19字，小字雙行，白口，四周單邊，無魚尾，版心題“詩存”及頁碼。正文前有陳宗之、徐波、釋明河三篇序及毛晉所撰《紀略》，末附辛巳（1641）臘月釋正止書《載之詩存後》及釋通微跋文。

　　釋宗乘介性孤潔，十者嘗九齟齬之，故籍籍無名，以至乃師汰如明河竟不知其詩。明河序稱：“載之器品静慎，嘗執經相從，坐安恬性，舉無躁機，衆中表表自立。予心重之。但其神氣清弱，恐不得老才成用，爲異時法門之須，而歸獨善耳。豈意應在無年，遽爾隨朝露長往耶！法友持其遺詩一卷，讀之凄然，空中生響，筆下消塵。奇哉！載之親予不爲不久，乃竟不知其能詩，是何吾之懵！而載之之能蘊藉至此，真令人可想也。”明河乃賢首高僧，亦能詩，其沉痛之情力透紙背。

　　載之天年不永，幸有石林道源刻其遺詩傳世。徐波序曰：“緇衣白足之流，水邊林下，幹辦己事，焚香洗鉢，無别用心。然茶餘飯罷，時有吟詠，以遊戲於文字之海，亦情之所時有也。求其入律而兼灑脱之風，本色而無蔬筍之氣，唐宋迄今，世不多人，人不多篇，蓋難言之矣。石林禪師久寓北禪，將還北山度夏，袖一編相示，則其亡友載之上人詩也。其中有深而似淺，亦有拙處反工，妙於發端，巧於落韻。其佳處往往與人意會，比尋常詩家不同。惜乎短命，未竟厥稟。因叩其生前，亦出汰法師之門，爲人傲岸，不浪與人交，意匠經營，兀然枯坐，人亦不甚憐之，亦竟窮以死，纔三十餘耳。夫人既不樂周旋世間，而自托於空門；又不能一向無言，而稍露聲影，以自別於流俗。俯仰今昔，如此上人者，世多有之，使無此數篇殘墨，余亦竟失之矣。哀哉！”自東漢佛法東漸，迄於清季，弘法、修道者不啻以萬千計，然留名青史、志於佛傳燈史者，泰山一毫芒爾。設若宗乘不詩，其詩又不傳，孰人知之？此本收宗乘詩惟 45 首，雖寥寥數篇，然其名皆賴之以傳。故其法弟釋通微跋曰：“寥寥數十篇，非載之存詩，實詩存載之耳！”

今觀其作，大抵多得於晚唐，詩風清苦。陳宗之序曰：“大率思懷所通，多得之晚唐，而聲諧體安，絶無割裂湊砌痕。”例如《月影》云：“萬古無異照，一庭殊可親。寂寥同止水，虛白映禪身。星隱覺天闊，烟消見樹真。省曾留客看，於此了空因。”又《小寒泉》云：“幽泉滿石罅，湧出非無端。手掬始知有，清清乍看難。微雲時能生，喜在數武垣。片月落不去，秋風吹更寒。”摘句如“風閒零細葉，雀冷聚荒籬”（《吳去塵見過》）、“風閒樹欲雨，日薄山增幽”（《惠山寺》）、“雨花吹壁暗，松雨覆溪寒”（《隱者》）、“數里似過春水上，一村遥愛晚烟中”（《同蘭谷戒日西山看楓葉》），皆涉筆成趣，佳處可與人意會。故陳宗之謂“假令天假之年，深其夏臘，其爲淵匠，亦胡可量者哉！”

宗乘雖不樂與人交，然集中多有與人交遊之作。除石林道源外，集中尚有《題魏叔子書齋同瞿稼軒給諫》《衍門師客毛子晉寶月堂》《丙子冬應錢侍郎招入西山》《錢侍郎諸公山中過存》《宋比玉見過》《懷宋比玉》諸詩，知其所交亦有魏禧、瞿式耜、毛晉、錢謙益、宋珏等名流。推其志，蓋亦非甘心潛處山林，不求聞達者，惜天年不永，既未爲法門所用，亦未揚聲於詩壇。

《密藏開禪師遺稿》二卷，釋道開撰

道開，號密藏，江西南昌人。早年習儒，後棄青衿，出家披薙於南海。聞紫柏真可高風而往歸之。真可知爲法器，留爲侍者，凡事悉委之，嘗主持興復嘉禾楞嚴寺。萬曆七年（1579），真可以大藏卷帙重多，遂與陸光祖、馮夢禎、瞿汝稷等謀欲刻方册，命道開董其事，以萬曆十七年己丑（1589）創刻於五台。居四年，以冰雪苦寒，復移於徑山寂照庵、嘉興楞嚴寺。道開以病隱去，未知所蹤。著有《密藏開禪師遺稿》。生平未見碑傳，事迹略具於憨山德清《達觀大師塔銘》。

《密藏禪師遺稿》二卷，《禪門逸書初編》第 8 册據《嘉興藏》本影印。卷端題"密藏開禪師遺稿"/"苕上後學弟子王祺校閱"/"紫柏第六世孫契穎壽梓"。半頁 10 行，行 20 字，四周雙邊，白口，無魚尾，版心鐫"密藏禪師遺稿"及卷數。正文前有順治十五年（1658）秋日覺浪道盛，順治十七年（1660）錢謙益、于元凱，順治十五年季秋王祺四篇序。覺浪道盛序稱："今秋，予倚杖皋亭，門人樞子遊雙徑，值王祉叔居士，談及往事，因囑按指上人持其先祖密大師親書《發願刻藏文卷》及其《遺編》，屬予爲叙。"錢謙益序曰："《密藏開禪師遺稿》，法孫按指上人所收輯也。藏師英偉雄駿，千仞璧立，爲紫柏尊者上首。"于元凱序曰："師不欲以文章自見，故多散失，且無刻本。今師之五世法孫按指上人欲竟師刻藏之志，携師遺稿，來自徑山，索序言於予，將付之梓。"王祺序曰："予於密藏禪師有深慕焉。乃時遷世遠，法語沉湮，厥五世孫按指穎公欲紹刻藏之願，搜搆遺編，竟得於耆舊之手，而手澤箋疏復出之荒院之間。雖禪師之慧覺長存乎，亦穎公之善述也。予友丹山吳山人爲穎公倡，以壽之梓，索弁於予。"據以上四序，《遺稿》乃道開五世孫按指契穎裒輯，並徵序於叢林高僧、文壇名士。

卷末則附有順治十六年（1659）紫柏真可四世法嗣釋解印《密藏禪師遺稿後跋》，其云：

> 我紫柏尊者有徒七人焉：一密藏祖，二幻予祖，三寒灰祖，四幻居祖，五澹居祖，六洞聞祖，七慈音祖。其擔荷翻刻大藏經者，惟密祖與幻予祖也。恢復化城，中興刻藏者，乃澹祖也。幻居、寒灰二祖者，贊襄刻藏者也。洞祖不預焉。慈祖無聞也。密祖有徒焉，乃念雲翁也。念翁纘祖父之志，續刻未刻之經，司掌經坊，吳江開建禪林，接待往來雲水，二時茶飯精嚴，天下禪流稱頌，此真誠實行菩薩人也。念翁有徒焉，今我香庵叔也。香叔生平無喜怒色，無世情態，具慈忍心，體佛祖意，持《蓮華經》數千餘部，寒暑不歇，老病堅持，此是靈山會中曾受佛記弟子者也。香叔有徒焉，乃明一兄也。明兄蚤厭世途，長卧而逝。明兄有徒焉，今吾按指穎侄是也。維其傑出緇倫，注心道法，慨祖宗之公案未完，收輯密祖遺言，廣布擔願，了完全藏，不謂第六世而有斯人，願來繩繩而無盡。我本樵採之人，愧無文字可贈，但直叙其枝分源派而已，以示將來法屬，咸知刻藏相承之脉。若一微塵內流出大千經卷，半滿科中現起無位真人，則在讀是書者，當機領略云爾。

此跋叙紫柏法嗣承傳甚詳，故錄之。又有順治十五年（1658）九月契穎所撰《遺稿始末略言》，則詳述遺稿刊刻始末，亦錄之：

> 契穎嘗讀古傳記，授受中間，未有冥通如密祖之與穎之緣奇也。穎年十六，幸嗣祖派，知祖矢刻書冊藏板流通，而功未竣，飄然往矣。惜其遺稿諸篇湮沒無傳，心甚悲之。丁丑歲杪，謁巾石

師，座側見祖親書《誓刻大藏願文》一手卷，固請至再，乃得歸焉。
然亦僅得其一。聞遺稿向爲介生翁秘笥中。後介翁卓錫凌霄，
歲戊寅往謁之，叩示跪讀，具見吾祖之矢願宏深，禪益大法，豈細
也哉！穎因固請，珍祕不與，許穎祝髮後，力能勝此，斯不虛所
授。求之不獲，鬱鬱而歸。庚、辛兩歲薦飢，介翁拽筇去矣。後
聞奄謝吳門，故物散佚，耿懷彌切。壬辰冬，走虞山，與澄如法兄
促膝論心，情甚歡洽。語及遺稿，不復再睹爲恨。澄曰："無憂，
介嘗授我，今以授爾，可乎?"穎之驚喜，出自意外，拜受而歸。
噫！是非祖願神護，何以隱而復現？俾穎既得其一，復得其一
也，又得牙篆一方，乃祖諱章也，亦名手所鎸，捧持秘重。時癸巳
中秋日也。若《楞嚴寺規約》並《禪堂規制》，俱出祖心裁製，復
從徹微老宿處得之。斯真祖靈有屬，大願欲成，故種種法緣萃於
一時，每於無意中作有意之合，於難得間啓必得之緣，不知造物
與之歟，抑精誠合之歟？固不憚炎霜，將所得文言敬壽諸梓，以
廣其傳。惟諸高賢覽是刻者，知穎之志願之誠，特符祖意之神護
不没也。

契穎與道開遺稿之緣，冥通神感，真可謂精誠所至。是集所收皆文無
詩，多道開因刻藏而作願文，及與叢林同道、宰執信士之書札。書末
所附《楞嚴寺規約》《禪堂規制》，乃道開興復嘉禾楞嚴寺所製寺規，
可資考察明末叢林制度。

　　《嘉興藏》之刊刻，始於萬曆十七年（1589），綿延至清雍正年間，
刻經無數，實明末清初佛門之盛事，亦道開平生之偉業。觀集中卷首
所收道開、曾乾亨、傅光宅、瞿汝稷、唐文獻、曾鳳儀、徐琰、于玉立、吳
惟明、袁黃、法本、王肯堂等十餘篇"刻藏發願文""緣起實紀"，及卷
末所收《附刻徑山請書》，或出自道開之手，或其聯絡多方人士所撰，
不惟有神於稽考《嘉興藏》刊刻之緣起、人員、始末，亦可見刻經者赤

誠向佛之心，非具没身未止、斷臂不終之志者所不能爲也。集中又有萬曆十四年（1586）二月初五日道開所撰《定製校訛書法》，述及《嘉興藏》校書之法。而所收道開與同道之書札，除自叙參學，鋭志弘法外，亦多勸募助化之辭，若《與王弇州書》《與真實居士》《與馮開之居士》《與陸五台少宰》涉及王世貞、馮夢禎等著名文人。要之，欲考察《嘉興藏》刊刻之始末及晚明奉佛文人，必以是書爲要籍也。

《一葦集》二卷《附録》一卷，釋圓復撰

圓復，字休遠，號病腰，四明人。明末僧。出生名族，少喜佛，師事沈嘉則。先住延慶寺，後住錫蘇州北禪寺。嘗瓢笠渡海，禮大士補陀，遍歷五嶽，興會所至，輒成篇詠。著有《三支集》《一葦集》等行世。生平未見碑傳。

黄虞稷《千頃堂書目》卷二八著録圓復有“《三支集》□卷，又《一葦集》一卷。字林遠（應爲‘休遠’），四明僧，屠隆叙其詩比之魏之三支”。《明史・藝文志》則著録：“圓復《三支集》二卷、《一葦集》二卷。”《四庫全書總目》卷七七“史部・地理類”著録有《延壽寺紀略》一卷，並稱：“明釋圓復，字休遠，鄞縣人，與屠隆同時。延壽寺在鄞縣南三里，舊號保恩院。宋祥符間改今名。是書詳述知禮禪師本末，及宋相曾公亮置買莊田舊事，他無所載，蓋自備古刹之典故而已。”《三支集》今未見傳本。朱彝尊《明詩綜》卷九一引李杲堂云：“《三支詩》以休遠爲第一，此外又有萬詵、希聲、福亮、覺真、道東、起白、宏演、敬中，皆延慶寺僧，俱一時之秀。”“三支”指三國時入華弘法月支僧人支讖、支亮、支謙，則所謂“三支集”或爲僧人詩歌之合集。

《一葦集》二卷，一册，明刻本，見存於國家圖書館。内鈐“振綺堂兵燹收藏書”“汪魚亭藏閲書”諸印。半頁8行，行17字，白口，左右雙邊，單魚尾，版心鎸有書名、文體、頁碼。正文前有汪其俊、徐孝

則二序。汪序云：

　　休遠托身名族，少負聲腹笥，往往機鋒所觸，得未曾有，尤喜誦西方語。嘗師事沈嘉則先生，甚重。每先生片言出，捧若天書異寶。先生多豪舉，未有定評，以質我。休遠知不爽也。休遠棲真延慶，中逾兩星，龕燈蒲團外，都無所問，寂寂了義，人莫窺其崖略。已披衲渡海，禮大士補陀。又南歷天台，訪有門法師石梁、雁蕩間，數年而遍五嶽，區中佳勝，盡收之杖頭。偶興會所至，輒成篇詠，要以吐其機景之自逼，非如世之藉筆墨為津梁者也。今年更自南來，住錫北禪寺中，闤闠曇密藏。余夙有塵外契，時從蘭若，發其橐中，覽之俱向所稱五嶽烟霞也。意不必律古，無一語不律古。嘻，進乎道矣！意樹發空花，心蓮吐輕馥，當非浪語。便欲悉謀之梓人。休遠堅不欲，以為是塵中塵，影外影也。頃一葦欲東，乃強其寓蘇諸作行之，固足窺休遠一斑，亦聊徵余夙好爾。社友汪其俊書於北禪蘭若。

徐孝則《重刻一葦集序》云：

　　袁石公云：當代士詩，務期盛唐，捨旃即非詩，不知盛唐將何仿乎，字剽句獵，詩亡也。然楊伯翼謂詩不型範先民，不可言詩，暗中索模，知其為今人詩。兩先生言詩指，胡異操哉？余讀休遠《一葦集》，不能無感云。余髫年肆志於詩，與休遠商榷，恒在兩先生間，斷如也。厥後，余為帖括所奪，風雅悉喪，而休遠亦乞法天台，究心內典，以了無生大事，直視詩為土苴耳。客歲，休遠又携瓢笠往金閶，訪道林、生公遺蹤。跏趺之餘，偶攄靈府，得詩若干首，非欲覬人耳目也。適為汪少府士元所物色臧否，未及訂，輒付剞劂氏。金閶人靡不膾炙其口，恨不獲全收者矣，庸詎知休

遠衷未寧乎？於是就隱麟居士竄政，參益舊作，而重爲之梓，豈
惟欲無負士元雅意，亦不願欺當世人也。故休遠詩不失於楊之
遵途，亦不溺於袁之闊迤，無一似盛唐，無一不似盛唐，清新俊
逸，如晴霞臨澗，秀色可餐，明月在松，清光堪掬，其入詩之三昧
者乎！此又余之遠不逮者也。世有句累萬，篇累百，亦稱侈也。
詠之多不韻，而按之輒索然也，雖多亦奚以爲哉？余宿知休遠爲
東渡後身，故宜其“一葦”名集。若《霞中吟》，有隱麟居士暨亡
友宣遠品騭定矣。余寧能不箝籥也哉！友人徐乾孝則甫撰，袁
明保書。

是集分二卷，然第一卷卷端署“一葦集”/“病癯圓復休遠著”/“社友
聞龍隱麟選”，僅收《清旭樓賦》一篇；第二卷卷端署“一葦集”/“僧圓
復休遠著”，收圓復詩 93 題，及唱和詩 10 首。篇卷命名不甚相符，各
卷容量亦頗懸殊，蓋非同時刊刻之故，抑或有散佚歟？

　　卷末又有《霞中吟》，署“天台乞士圓復著”，所收僅詩 8 首，亦爲
後刻。《霞中吟》有聞龍、陳鎡跋語二則。陳鎡跋曰：“休遠入天台，
從有門大師誦講修持，殆無虛隙。一日，坐霞中口占八詠，其徒文心
輒登諸梨棗云。人或謂休遠結習未忘，疇知其對物總是真如，觸境無
非般若。故斯皆出世語，與前諸刻較別，洵稱香象渡河，直截洪流者
矣。”既稱“與前諸刻較別”云云，則《霞中吟》定爲後刻。卷末又有
《附錄》一卷，收圓復《寄何無咎書》一通，以及何白《答休遠上人書》
《和霞中吟八首》。

　　圓復之詩，雖友人汪其俊、徐乾、聞龍等推挹備至，但觀其詩，實
多稀疏平常之作，如開首之作《一葦》云：“百里晴光散綠蕪，偶乘一
葦到三吳。病身瘦過清江鶴，幻影閒同碧浪鳧。玄墓暫依雲裏寺，洞
庭只想月中湖。明朝直入千峰去，柳櫪凌風不用扶。”詩思平庸，無甚
精警。而頗爲人所稱頌的口占《霞光吟》八首，亦顯滯塞不暢，細讀

之，反不如何白之和詩。例如其二：“吾意在玄冥，乾坤逆旅亭。骨堪隨地白，山愛入天青。藥廢神農譜，茶虛陸羽經。向來渾底事，如幻亦如萍。”何白和詩曰：“遠水霞中渌，孤烟雨後青。閣虛含竹浪，窗暝綴琴星。峰與雲爭異，山將草共靈。試拈無一法，剩得印心銘。”寫景、立意，何白詩似更勝一籌。有明一代，因政治中心之遷轉，金陵爲像教之中心，明末詩文僧、高僧大德亦多出於金陵、蘇州。圓復常與何白、徐乾、汪其俊等兩浙文人酬答往還，雖頗得聲響，然流風雅韻則不逮宋元諸僧。圓復詩散佚頗多，《古今禪藻集》所選《經沈嘉則先生殯所》《山居遲休明不至》《蕭齋》《謝張儒願先生惠緇衣》《秋日同朗初師休明空波西來過楊伯翼先生犄園》，《明詩綜》所選《山中》《留別念空》等，俱未見於本集之中。

《牧雲和尚病遊初草》一卷、《後草》一卷、《懶齋別集》十四卷、《懶齋後集》六卷，釋通門撰

通門（1599—1671），字牧雲，號臥庵、樗叟、澹翁，俗姓張，常熟人。從近邑破山寺洞聞和尚祝髮，後參密雲圓悟，嗣其大法。繼圓悟住持嘉禾梅里古南禪院，會世鼎革，逃禪之士翕然輻輳，歲時禮誦，魚梵之音常響徹於十里之外。後主四明棲真禪寺，復住嘉禾梅溪，遷破山及鎮江鶴林。順治九年（1652），延主天童，尋遷秀峰。生平蕭散磊落，莅衆甚嚴，詩章超潔，書法遒勁，後退老於湖邨恤廬，錢謙益《恤廬》有“兩牧之生，一僧一儒”之句。康熙十年（1671）十一月望日示寂，塔於西資庵。著有《四悉書》十四卷、《懶齋別集》《懶齋後集》《病遊初草》《宗本投機頌》《牧雲和尚七會語錄》等。耳順之年嘗自撰《澹翁自傳》，《新續高僧傳四集》卷九有其小傳。

1.《牧雲和尚病遊初草》一卷、《後草》一卷，汲古閣崇禎刻本。

見存於國家圖書館。卷端題"牧雲和尚病遊初草"/"東吳毛晉子晉編閲"/"鄂州記室智時較訂"。内鈐有"舊山樓""景鄭藏本""非昔居士""長樂鄭氏藏書之印""舊山樓密篋"等方印。半頁10行,行21字,有界欄,四周雙邊,無魚尾,白口,版心鎸"病遊初草"或"病遊後草""汲古閣"及頁碼。正文前有崇禎庚辰(1640)通門自叙,其曰:

> 茫茫大塊,載我以生,勞我以形,息我以老,佚我以死。死果佚乎? 釋迦老子以生老病死,總目之爲苦諦。三乘聖人之出世,皆因厭苦而修道,修道而證滅,證滅而後生死空,乃知浪死非佚之道矣。其故何耶? 一切有情所感之身,福業雜糅,捨此則趣彼,想高情下,流轉生死之途,正如轆轤不息,豈一死而即了局哉? 由是觀之,吾人莫不有身,則莫不有生死之大病。是病,世醫拱手,除佛莫療。其或不諳病源,妄修藥劑,則爲戲論也明矣。設有誤服他藥,至於宛轉躃地而莫救,可不哀耶? 余自謝俗,汲汲於東西南北,不遑安處者無他,博問先知,審此病源而已。故十餘年之遊,謂之病遊。又十餘年間,一身恒病,以病而畏生死愈切,每抱病而遊,不以病而不遊。遊者何? 務求好色香藥於良導,冀差我此病也。於是所寓非一人,所感非一境,磨礱砥礪,所造日移,不覺咨嗟詠嘆之音生焉。雖咨嗟詠嘆,非有意於語言文字也。撥草瞻風,登山臨水,直發病遊之心志,初不自知耳。噫!窮途往復,寓事攄懷,興味蕭然,於斯可見。若夫侍嚴師,值畏友,錐札命脉,攻擊病本,有時瞑眩而憒悶,有時慶快而踴躍,一按指間,身相不移,大病了無覓處,豈語言文字所可形容者哉? 亦俟夫病可者得之言外云爾。時崇禎庚辰歲夏五月,述於破山禪院之西軒。

是集所收俱通門明亡前之詩,《初草》136題,《後草》47題,凡183

題,亦其最早刊刻詩文集。通門平生體羸多病,故名之曰"病遊草"。集中亦多言己病,若《病中自警八事》《病中口偈十六首》《早秋抱病出山》《冬日臥病寄訊玄微師》《己巳除夕病中》《鹿山養病自感》,又喜寫蟋蟀、落葉、蟲鳴、秋風、砧聲、古井,多爲荒寒、蕭索之象。

2.《懶齋別集》十四卷,順治十四年(1657)汲古閣刻本。見存於國家圖書館。卷端題"牧雲和尚懶齋別集"/"東吳毛晋子晋編閱"/"鄂州記室智時較訂"。内鈐"東湖僧玉亭珍藏""余姚謝氏永耀樓藏書""長白敷槎氏菫齋昌齡圖書印""曾爲祝小雅閲"等印。半頁10行,行20字,四周雙邊,白口,無魚尾,版心鎸"懶齋別集""汲古閣"及頁碼。正文前有檇李王庭、朱一是二序。書末有校訂者智時題識,其曰:

> 老人嗣先天童之道,七坐道場,邗江以北,南至於甬東,凡所住處,適所性而已,不以進退爲介,故其隨在丈室皆顏曰"懶齋",蓋其實也。御衆嚴冷,有古宿之風,一時緇素向慕問道者不一流,乞語者不一方。於是上堂入室之外,引接之權,或寓諸文辭。其間有書尺以通勸發,有紀述以存曩猷,有偈句以示提持,有韻語以相酬和。因事以作,隨樂爲説,應機而投,如水遇器,方圓不一,如雲在空,卷舒無定。因之而忘言領要,正自不少,故叢林識者奉持老人篇翰,幾與法録並崇。時曾參繹老人之文,澹婉樸深,旨遠詞約,不與乎微言大義則不書。此在行脚時,蚤有卓識,矧登廣座有閒言語乎?即其韻語,視若遊戲,及反復深玩,句若專家,而歸趣亦含第一義,知者異之。顧老人恒抑而弗有也。主太白時,諸及門衰集歷會之語,維時預記事,備觀法海,向若而歎,謂此文字異乎今世宗宿之所言。宗説不二,内外綜該,雖在古德中不多概見。惜諸稿或多散軼,即存篋者,雜然未有倫紀。爰請諸老人蒐拾而詮次之,釐爲十四卷,名曰"懶齋別集",用別

行於法録之外。庶幾將來與於斯文者,仰法性之寬鏡幽賾之旨,
而悟立言之方,是則時之志也。歲乙未,隱湖逸老毛潛在獲是
編,殷重稱歎,旋請剞劂。至丁酉春,校閲已,因書緣起於末。同
時梓者,有《七會餘録》六卷、《宗本投機頌》一卷、《病遊遊刃》一
卷、《病遊草》一卷、《病遊後草》一卷,余藏稿有《四悉書》,皆法
門綱維,淵識至論,獨出一時,嘉惠後學不淺,尚俟續梓。記室智
時敬識。①

據此題識,《懶齋別集》乃通門自編,順治十四年(1657)毛晋刊刻。
是集首爲目録,卷一之卷三收雜文,卷四之卷六收書、啓,卷七、卷八
收頌、贊、偈語,卷九之卷一四收詩,凡十四卷。袁行雲《清人詩集叙
録》卷三著録通門《懶齋別録詩》六卷,並稱其"爲詩晦澀,意每難
通",當即此書之後六卷。

　　3.《懶齋後集》六卷,清初刻本。見存於國家圖書館。卷端題
"牧雲和尚懶齋後集"/"門人果得編次"。內鈐"無竟先生獨志堂物"
等印。半頁9行,行18字,四周單邊,白口,單魚尾。無序跋,有目
録。卷一收示語、機緣、像贊等法語文字,卷二爲58通書問,卷三專
收《與友論出世書》,卷四收雜詩108首,卷五收《續五燈三難論》等,
卷六收論、雜詩、序若干。然細校之,卷六僅收論和雜詩,序則無存,
蓋殘缺脱落矣。

　　通門孤高狷介,不徇俗情,雲行鶴矯,蕭然物外。朱彝尊《曝書亭
集》卷六七《古南禪院重建方丈記》稱通門"安禪賦詩,所居方丈,不
盈一丈,止水一泓,稚竹數挺,足以濯巾瓶,掛塵拂。雪霽扶杖,以觀
月明,拿舟以瞰,恒蕭然物外焉",故集中頗多悠遊山林、江湖、禪寺之
作。例如《懶齋別集》卷一一《池上來三十五首》,即甲申(1644)春其

_____

①按,此題識未見於國圖藏本,據《四庫全書存目叢書補編》第1冊影印本移録。

謝事古南禪院、退居盛湖折蘆庵時所作，皆寫水居幽致，格調閒雅，似子然塵外，未染風雲之氣。然通門又喜與士大夫遊，尤其甲申鼎革，儒門淡泊，文人士夫無有依歸，通門恒以循誘接引。讀《懶齋別集》中《復虞山諸護法》《復錢牧翁宗伯》《復周貞可》《與社友》等書札，不惟談禪證道，了脫生死，亦常論及時變，忠孝憫慈之心歷然可觀；而《悼黃介老》《讀新桂瞿公臨難諸作》《新正三日寄李曉令》諸詩，憂時傷懷，沉深悲慨。

《西溪百詠》二卷，釋大善撰

大善（1571—?），字心宗，號虛閒道人。生平未見碑傳，著有《西溪百詠》二卷存世。

《西溪百詠》二卷，今存有崇禎刻本、光緒六年（1880）八千卷樓刻本等。《四庫全書存目叢書》集部第 195 册據中國人民大學圖書館藏光緒本影印。卷端題“西溪百詠”/“虛閒道人大善著”。半頁 10 行，行 20 字，四周雙邊，白口，單魚尾，版心鎸西溪百詠、卷次、頁碼。正文前有崇禎十三年庚辰（1640）大善自序，卷末有丁丙題識。大善自序稱：

> 《西溪百詠》，宋人所作，始行於元世，亡其姓字，必宋之遺民也。蓋以百題擬作五十聯，一題一序。自留下、仙宮，東出報先、佛慧，西入妙浄、光明，東西各去二十餘里。於五十里間，梵刹琳宮，冢祠橋渡，山房別墅，嶺嶠林泉，奇勝全收，班班可考。詩雖不工，其志山水、紀事實甚明核，使稽古觀風者，每有所採，可作茲山一册志略，故爲好事者珍惜之。國朝天順間，隱士周謨和之，積百首一題，僅存一章。坊刻久湮，唱和莫辨，溪人獨能記誦，傳録不衰，使先民勝事，猶不至與斷碑破壁同滅没於荒烟蔓

草中也,則溪之人實功焉。余住西溪三十年,於其所詠,皆足歷而目訂之。惜乎陵谷時遷,興廢莫紀,履今溯古,欣慨交心,溪山泉石,泃惟白雲明月爲其常主也。余久欲屬和,耽禪未暇,今年七十,謝參罷讀,偶拈舊題,並爲分注。或即事,或懷古,拾遺補闕,芟俚登雅,其得百首,分上下卷。自謂無當風雅,庶幾兹山鼓吹云。然考之古志,六朝、五代時,西溪實隱士、高僧之淵藪,今拾宋人所集,百遺一存,能無掛漏? 惟俟博雅君子補輯,爲兹山眼目,則幸甚矣。崇禎庚辰重陽日,虛閒道人大善書於安樂山下古福勝庵。

　　《四庫全書總目》卷一八〇稱:"大善號虛閒道人,其始末未詳,以其詩考之,蓋崇禎初人也。"此序撰於崇禎十三年(1640),内有"今年七十"云云,則大善當生於隆慶五年(1571)。據《萬曆杭州府志》,西溪在武林山之西北欽賢鄉,宋高宗欲都其地,後得鳳凰山,乃云"西溪且留下",俗稱留下。溪水所至,山明水秀,佛寺如林,南宋以來,常爲文人、畫工所題詠。大善作《西溪百詠》即踵繼宋人先例,亦一題一詠,每題之下,且注明其位置,或考其由來,述先賢遺蹤、趣聞,尤可補志乘之闕。清人纂修《浙江通志》及梁詩正《西湖志纂》,即屢徵其書。

　　大善《西溪百詠》,凡百首,《拾遺》五首,末又附有《福勝庵八詠》《曲水庵八詠》。是書正文前尚有秀水黄鼎《讀虛閒大師西溪百詠有作》二詩,其二有句云:"自凭瘦杖注山經,百里諸峰老筆青。"贊大善之詩筆清俊、秀麗。今讀其詩,不惟摹狀山川風物、世俗人情,且多即事懷古,別有寄托。西溪,因宋高宗先卜之地,故宋人每藉之遣懷托興,寄興亡之思。大善之百詠撰於崇禎十三年,距明亡不足三年,山雨欲來,大厦將頹,方外釋子大善或早已預聞。如第一首《留下》云:"南轅歷亂度重關,萬騎宸遊單騎還。細草久承回馬路,老松常伴指鞭山。錢塘宮闕今潮遠,安樂梅花古雪閒。留下地應傳不朽,一溪千載水潺湲。"注曰："宋建炎間,高宗渡江幸西溪,初欲建都於此,後卜遷錢塘江左,奉旨留下,地因名焉。"詩中飽含興亡之思,於季世之際應有特殊之意義。

《大錯和尚遺集》四卷、《梅柳詩合刻》一卷,釋大錯撰

大錯(1600—1673),原名錢邦芑,字開少,江蘇丹徒(今鎮江)人。明諸生,有文名,與復社張溥並稱於時。明亡,入隆武政權,任內閣中書、監察御史。桂王監國肇慶,赴之,任四川巡按使、巡撫,兼貴州總兵,竭力翊衛。邦芑爲結李定國、劉文秀、白文選,以阻抑孫可望,其功最多。桂王倉卒奔滇黔,孫可望將其安置於安龍,陰謀篡位,屢逼邦芑從官。拒不從,退居貴州餘慶蒲村柳湖,以順治十一年(1654)二月二十三日初度日,削髮爲僧,改所居曰小年庵,自號大錯。三日內,門下祝髮者十一人,改柳湖所居曰大錯庵,結茅梵修。順治十六年(1659),至雲南鷄足山,草成《鷄足山志》十卷,後往來滇黔,晚至衡嶽,死即塔焉。所著《蕉書》及詩文集,皆散佚。劍川趙聯元搜輯編爲《遺稿》四卷,又有《詠梅柳詩》傳世。生平傳記見趙聯元《大錯和尚傳》,《新續高僧傳四集》卷六二及諸明遺民傳記皆有其小傳,近人陳垣《明季滇黔佛教考》考其事迹甚詳。

1.《大錯和尚遺集》四卷,《雲南叢書》本。卷端題"大錯和尚遺集"/"明丹徒錢邦芑開少稿"/"清劍川趙聯元拙庵輯"。正文前有趙聯元撰《大錯和尚傳》稱:"邦芑所著書有《蕉書》,記殘明事,入《禁毀書目》,今不傳。所著詩文雜見他書者,余哀而輯之,曰《大錯和尚遺集》四卷。其所謂《梅柳詩百詠》,久已單行。"趙聯元(1831—1914),字上達、春圃,號拙庵,劍川人,淹通經史,古樸高風。其輯錄此書,間或標明文獻來源,若《明遺民詩》《黔詩紀略》。是書卷一之卷二,所

收爲詩，其中大錯詩 81 首，大錯從弟錢邦駿詩 2 首，附刊大錯從子錢點詩 38 首，皆從莫友芝《黔詩紀略》中輯出。卷三之卷四收書賦、記、序等 24 篇，尤以記文最多。

　　2.《柳梅詩合刻》一卷，《雲南叢書》本。卷端題"梅柳詩合刻"/"滇釋大錯著"。收其所撰《梅花》《秋柳》，各 70 首，共 140 首，且各有小序。《梅花》小序曰："余也時當歲晏，道值陽消，偶屬意於詠歌，非敢托名花知己，即興情於搖落，亦徒爲澤畔行吟。但求命旨摘詞，毋得罪於風雅，比物起興，或有當於美刺云爾。"《秋柳》小序曰："歲庚辰，讀書驪渚之江峰閣。閣宏敞，可四望，前有高柳數株，霏微掩映，翠色依人。及乎秋深，風霜欲下，枝葉漸凋，回念春陽，可勝凄惻。嗟乎！時多變易，物有榮枯。春華方盛，芳菲之態堪憐；秋露將零，慘澹之容欲絶……爰寫短章，用伸哀思。流連多感，悲寄托之無端；忠孝懷思，知比興之不忘。從來宮詞閨怨，多托意於佳人。""庚辰"乃崇禎十三年（1640）。《梅花》多詠物之詞，托喻較淺，而《秋柳》則寄托無端。

　　大錯乃明季遺民僧之典型，出家之機緣、蹤迹及所撰詩文，最可見出滄桑之際士大夫之悲苦。《大錯和尚遺集》所收詩文，皆其出家後作，悲慨沉深，即便悠遊山水，撫琴自適，亦磊落孤懷，興寄遙深。所作《甲午祝髮偈》曰："一杖橫擔日月行，山奔海立問前程。任他霹靂眉邊過，談笑依然不轉睛。"其行潔，其志高，其迹奇，幽隱鬱結，慷慨悲歌，真可感鬼神而泣風雨矣。《被械至黔途中口占三首》，乃大錯出家後不久，孫可望命鄒秉浩押其至貴陽途中所作；大錯計橫禍難免，慷慨悲歌，以忠孝爲法身，以桎梏爲幻身，直陳精忠大節，蔑視塵世劫難，讀之令人傾服。大錯自名"大錯"，實有深意存焉。滇黔名僧敏樹如相《敏樹禪師語録》卷一〇有《寄大錯禪師書》辨曰："今禪師既不愛功名富貴，不受世之塵網者，是之不錯也。既而下髮爲世外之高人，以青山作伴，綠水爲鄰，喜時歌，悶時飲，真乃天子不得臣，王侯

不得友,此禪師別具一番眼界,有何錯也！然所謂錯者,想是曠大劫
來一個路頭,不因一念萌動,爲儒家做個書債人物。今爾官至中丞,
書債酬矣,思其本來面目,原是靈山種子,何故還做這頂紗帽頭氣,一
旦奮發勇猛,披緇於深山窮谷之中,是不錯也。今禪師何故言其大
錯? 莫不失一腔熱血未曾冷,忠肝義膽,欲上報天子恩渥? 莫不失一
個老萊子未曾學得,劬勞罔極,欲酬父母深恩? 今禪師以不報之報,
不酬之酬而出家,是萬幸也,是大忠孝人也,何言錯?"以此釋名,可謂
深得其心矣。

《鷄足山悉檀寺本無禪師風響集》四卷,釋禪撰

　　釋禪(1577—1632),字本無,俗姓張,昆明人。幼孤失學,放鶩不
羈。稍長,從師授讀,天姿明敏。偶遊昆明,見池中青蓮浮於水面,始
嘆異焉。年十九,禮通海秀山妙空祝髮,稟具於大方,得法於所庵。
後棲鷄足,研窮經藏二十餘載,見道精深。一日,托鉢洱海城中,忽聞
諺語有"枕上思量千條路",胸中豁然冰釋。憲副馮時可擇鷄足勝處,
建息陰軒居之。萬曆四十五年(1617),麗江土知府木增建悉檀寺,延
之開山。工竣,木增奏請大内藏經。時光宗御極,企禪道風,亦加敬
仰,特旨頒賜,授秩爲僧錄左善世,兼錫紫衣。崇禎五年(1632)示寂。
著有《楞嚴懺法》《風響集》《禪林佛事》《因明論隨解標釋》《老子玄
覽》等。碑傳可見蔡毅中《雲南鷄足山悉檀寺開山本無禪師記》、陶
珽《鷄足山悉檀寺開山本無大師實行記》,《新續高僧傳四集》卷七有
其小傳。

　　《鷄足山悉檀寺本無禪師風響集》四卷,四册,永曆八年(1654)
寫刻本,見存於雲南圖書館。開本高44.8釐米,寬18.9釐米;版高
21.4釐米,寬14.6釐米。卷端題"鷄足山悉檀寺本無禪師風響集"/
"金陵睫庵陳斌校"/"台山不退陶珽閱"/"潛石張炳訂"/"門人體極、

道真録"/"法潤、道源刊"。卷二後題有"徒道慈刊"四字。内鈐"趙宗瀚讀書記""教立""雪樵"等方印。半頁9行,行19字,黑格,白口,四周單邊,單魚尾,版心鎸"風響集"、卷次、頁碼。正文前有崇禎九年丙子(1636)陳繼儒《風響集序》,木增《風響集序》,陶珽《本無禪師風響集序》,永曆八年甲午(1654)普荷《風響集序》,崇禎五年壬申(1632)釋禪題詞,書後附有蔡毅中《本無禪師記》及陶珽《本無大師實行記》。

陳繼儒《風響集序》,未見於其《晚香堂集》及《陳眉公先生全集》等著述中,是爲佚文。兹移録之:

　　佘山休夏,輒多苦雨,今年猶倍之,故其暑益烈。余思一清涼處以避之,未遂。忽山童報到,有滇僧弘辯、安仁叩我,覺暑氣頓消。更出其師本公《風響集》示余。余方展之,宛置身於冰雪中矣。因爲之序曰:古宿有云:"靈山會上,迦葉親聞;少室峰前,神光得髓。請問聞個甚麼,得個甚麼? 若作實法會,滿紙大呼小叫,又作麼生?"余於本公集,得不下一元字脚耶? 余聞風自西南起者,竟日不休,本公以風名集,豈即動即静,不可以示人,但以響露其消息,快矣哉! 可知詩以韻勝,勝以風也。夫惟有以風之,始得《三百篇》之旨趣。獨是文中有響,此本公獨得三昧,未可以章句擇也。何也? 文以古淡爲極則,其文方足風世,頑廉懦立,鼓蕩非小也。吾於是知公能以詩爲文,又能以詩禪爲文禪,總得靈山、少室之秘密,即之無形,叩之有聲也。從此吹萬之功,使大地山河各領無生一竅,是在公筆尖撥轉須彌耳。崇禎丙子仲夏日,華亭陳繼儒撰。

因着此種機緣,陳眉公結識了弘辯、安仁二僧。本年九月,陳繼儒還專門爲徐弘祖遊滇,先行寄信給二僧。事見《徐霞客遊記》卷二上

《浙游日記》"丙子九月二十四日"條:"午過青浦,下午抵佘山北……因急趨眉公頑仙廬。眉公遠望客至,先趨避;詢知余,復出,挽手入林,飲至深夜。余欲別,眉公欲爲余作一書寄雞足二僧,一號弘辯,一號安仁。"

木增《風響集序》曰:

> 自古詩文之有章句,亦操觚家事耳。我宗則不然。宗門密印,則有"有句無句,如藤倚樹,樹倒藤枯,句歸何處"之語。可見,假言句以明宗,非具開天眼弗能也。余與本大師有深契,非一日矣。師不從文字悟入,而能以文字闡宗風,故動筆在一毛頭上放照天照地許大光明,究其結角下手,則又別行條令,非個中人不能窺見一斑也。爲師有鐵脊梁,能爆脱無字殼,嘗不欲以筆墨示諸方,恐人從含元殿裏問長安也。師圓寂已。壬申年,有高弟法潤、安仁來雪山禪院,向余云:"吾師得法,雖然離却言詮,直超第一義諦,尚矣。在愚徒又安忍埋没吾師?"於是謀之於予,以其集壽諸梓,實獲予心。余乃助之工,而又爲之序,序其師離四句而悟三玄,大概如此。太僕寺正卿生白居士木增頓首撰。

木增(1587—1646),字長卿、益新,號華嶽、生白。納西族人。年十一襲土知府職。天啓二年(1622),隱遁玉龍山南麓"解脱林",著述自娛,與楊升庵、徐弘祖遊。著有《雲薖集》《嘯月函》《山中逸集》《芝山集》《空翠居録》《光碧樓選集》《雲薖淡墨》七部詩文集。《明史·土司傳》云:"雲南諸土官知史書,好禮守義,以麗江木氏爲首。"木增爲母求壽,上奏准於雞足山建寺,捐銀萬餘兩,延請釋禪創修。天啓四年(1624),明熹宗御賜藏經,題寺名爲"祝國悉檀禪寺"。據木增序,釋禪《風響集》乃其門人法潤、安仁鳩集,木增助刻而成。

普荷《風響集序》曰:

　　余甫弱冠時，即參本大師於昆明池上息陰軒中，見師經禪之暇，頗事柔翰，著作幾於盈几。余時業儒，雖捧誦之，未得其奥，然已知師之胸中武庫矣。及染剃結茅於鷄山，欲求師著作一見，數年未遂。永曆甲午冬，有法潤、安仁二公持師《風響集》向余乞序。余以後進，誼不可辭，乃曰：師固深於禪者，若云禪，一字也無，烏得有集？非也。惟其深於禪，無説無聞禪也，橫説竪説亦禪也。今觀師之詩，超於僧詩。凡僧詩皆以偈頌爲能事，設使有句不禪，有等衲僧讀之，不甚欣快。此但知禪而不知詩者，難與言詩。惟文亦然。而師無此病，何也？詩文而通禪，不過鏡花水月，在若有若無之間，非是句句不離僧相之謂詩文。此祖家之不欲禪忒多也。顧師於釋博精三藏，師於儒富極五車，而才識又能充之。所以有時以禪爲詩文，説偈頌而無偈頌氣；有時離禪爲詩文，説理事而不爲理事所障，是皆從得大解脱中來，非可以衲子伎倆測度之也。雖然，詩文特其餘藝，豈能盡師之藴？師之藴，視太虚猶一概耳。余之序，誠筆疣也，又何足以重師？蓋亦從其法、安二公之孝思云爾。永曆甲午冬日，普荷擔當撰。

　　普荷，即擔當，著有《翛園集》《橛庵草》。普荷嘗師事本無，又精於詩畫，所論詩禪相通，獨具隻眼。

　　釋禪《風響集偈贊誦引》云：“世尊拈花，滿盤托出，不容動舌開唇；頭陀微笑，一肩擔荷，何異聞琴起舞。少林面壁，正令全提，奚必竪石點頭；雪庭霜刃，重法亡身，寧非喜見燒臂。溯觀佛祖授受之際，何等真實；領略之頃，何等俊快。參禪者流，祇當討本尋源，政不必雕冰鏤雪。至於真作家相見，機緣湊合，惟是信手拈來，初無情識卜度。然已屬糟粕，不堪咀嚼，尤宜息陰默究，靈光透徹處，頓了目前法爾，與先覺同一鼻孔，乃後學於無味中索味，亦有鑿枘不合者。因其請益，率意爲頌贊數首，未能眼筍，恰可持以就正諸方之匠石云。大明崇禎壬申歲仲春八日,悉檀牟尼開山老人釋禪題辭。"

是集卷一收禪宗偈 15 首、禪宗贊 33 首(贊西天二十七祖及東土六祖)、禪宗頌(頌公案、話頭)91 首,卷二收禪宗頌 96 首,卷三收五古 14 首、七古 11 首、五律 18 首、七律 37 首、五排 4 首、五絕 13 首,七絕 55 首,卷四收記、跋、示語等 20 餘篇。

釋本無道風孤岸,榮膺清秩而不爲物轉,接於世而不爲塵累,超然拔萃,允爲滇中一高僧矣。所作禪宗偈、贊、誦二百餘篇,橫説竪説,機鋒峻烈,意趣橫溢。而所撰各體詩亦多以文字言禪,抒寫幽寂、閒適之情,未離本色。如《雨霽望點蒼山》云:"雨後看山山轉藍,白雲如練吐蛟潭。欲乘黃鶴凌風頂,背倚長庚卓小庵。"五排《題鷄足山》,鋪排有致,筆力蒼勁,極寫佛國莊嚴妙勝義。故普荷評曰:"説理事而不爲理事所障,是皆從大解脱中來,非可以衲子伎倆測度之也。"七律《山居五首》、七絕《山居十首》乃仿栯堂益山居詩而作,含哲思,寓玄理,不惟寫山林閒適之情。其《書元栯堂禪師山居詩後》云:"玄波逸響穆清風,天動星回妙不窮。徵叩商和時可變,金聲玉振調彌崇。藻思抽發疑神造,繪意含藏得化工。自是乾坤鍾間氣,鶯鳩焉敢望鵬翀。"景仰若此,可謂栯堂之隔世知音。

《合訂天台三聖二和詩集》,釋濟岳撰

石樹道人,字濟岳,號通隱,具德弘禮禪師法嗣。生平未見碑傳,著有《和三聖詩集》。

《合訂天台三聖二和詩集》一卷,民國二十年(1931)上海法藏寺募刻揚州藏經院刻本,《大藏經補編》第 14 册收録。卷端題"唐(寒山、豐干、拾得)三聖原詩"/"明四明楚石梵琦首和"/"明西吳石樹濟岳載和"。正文前有木叉道人鄭龍采《寒山唱和序》、虞山許宸翰《合刻楚石石樹二大師和三聖詩集序》、晦山戒顯《和天台三聖詩叙》、石樹通隱《和三聖詩自序》，又移録原三聖詩集中閭丘胤《天台三聖詩集序》、沙門志南《天台山國清禪寺三隱集記》、南堂清欲題詩，陸放翁《與明老改正寒山子詩帖》、朱熹《與南老索寒山子詩帖》，以及至正十六年丙申（1356）楚石梵琦《刊三聖諸賢詩辭總集序》。書末則有光緒十年甲申（1884）海虞張寂《重刻和天台三聖詩序》，民國二十年辛未（1931）釋興慈《合訂天台三聖二和詩集新刻緣起》，又有捐資助刻芳名，及牌記"上海法藏寺募刻揚州藏經院藏版"。

石樹通隱《自序》曰：

嘗讀三聖詩，聲韻似出尋常，意義都超格外。故愚者讀之易曉，智者讀之益深，三聖之詩至矣。追夫三聖示迹寒巖，或悲或笑，或舞或歌，或書石壁，或書樹皮，爲狀不一，爲語甚奇，人皆目之爲風顛漢也已。自豐干饒舌，閭丘傳頌，而後世知其爲三聖詩，然不知其詩曷爲而作也。不知作者之意，而讀之何爲？蓋三聖以憫世之熱腸，爲惺世之冷語，其意以諸經之旨玄微，未能旦晚解悟，故以觸景即物之句，爲引迷入悟之門，使智者得魚忘筌，愚者因象覓意，智者去浮辭而證實際，愚者由粗言而悟直指。此三聖憫世惺世之深意也。擬作者如法燈、慈受、中峰諸祖，而廣韻者惟國朝楚石梵琦禪師。余初讀之，不知三聖之爲楚石，楚石之爲三聖。再讀之，恍若三聖之參前，楚石之卓立也。是時凡遇佳山勝水，好風朗月，目之所見，意之所會，輒不禁長吟短詠，獨於三聖詩，未敢輕和。癸未罷參，高臥黃海，復見三聖詩，讀之爽然曰："此余向所欲和者也。"去余三百年之上有楚石，去楚石五百年之上有三聖，時移事易，風韻若合符節。彼在盛唐、國初者，猶有世道人心之嘆，今時人心逾薄，生茲不辰。所見所聞，又當超三聖、楚石而快言之。隨拈三聖韻而爲石樹詩，不逾月而和竟。乃囅然曰："吾願在二十年前，而酬於二十年後，吾事畢矣。

但未知於三聖憫世惺世之旨，有當乎否也？"姑録此，藏之名山，俟後五百年，或復有人焉，讀之和之耳。石樹道人通隱題於黄海石筍峰前。

據此序，石樹通隱和三聖詩在崇禎十六年癸未（1643），不逾月而竟之。張寂《附重刻和天台三聖詩序》云："（楚石）《西齋集》既刻於吴中，《和三聖詩》獨無傳本，輒以爲恨。今歲清涼寺傳戒，隨藥、藕二公登藏經閣，見有以'禪林唱和集'名者，乃楚石、石樹二老人《和天台三聖詩》也。爰分爲三集，藕公刻原唱，藥公刻石樹，寂與季子栽甫刻是編。一夕之聚，頓令三聖密語，二老心傳，並垂不朽，洵樂事也。"據張序，楚石、石樹和詩，原名'禪林唱和集'，明末或有原刻。光緒年間，張寂、藕公、藥公則分刻之。釋興慈《合訂天台三聖二和詩集新刻緣起》曰：

原本寒山詩三百七首，豐干詩二首，拾得詩四十九首。明初楚石琦公一一和之，明末石樹師爲之載和，禪機俱徹，足見三聖之心矣。初刻分三集，名'禪林唱和集'。又刻或將二和簡次於原詩，參刻成集，名'和三聖詩集'。然今坊刻寒山原詩，只一百二十七首，次第亦別，乃清雍正御選本也。光緒間有藕師刻原唱，藥師刻石樹，海虞張寂居士刻楚石，仍分三集，其序附此。民國三年春，常熟法華寺耀文和尚，請余講《彌陀疏鈔》。城有張楚懷居士，以二和詩兩本，並《娑羅閣清言》見贈，十餘年來，欲刻未遂。戊辰，有覺觀師函索方外詩類之書，余志方切，遂函常熟耀師、蔡善士慧清，於藏書家訪之，唯得龐北海居士家所藏張刻楚石版，而藕刻、藥刻二版，未知所藏。庚午秋，又講《圓覺》於法華寺，本城蕭冲友居士以唱和合刻舊本見送。余時猶欲三集分刊，迨辛未春赴蘇隆慶講《彌陀要解》，特謁報國寺印光法師，言及於

斯,即呈舊本,請以校閲。師云:"盍依舊刻之醒目易讀乎?"師縱
慧眼,所有誤者及俗體、破體字,悉改正焉。余易其題曰"合訂天
台三聖二和詩集",遂登梨棗,即祈來者隨讀,直得寒山真面目,
而於清風明月,流水高山,恍然莫知我誰,可謂覿面而見三聖矣
夫。民國二十年辛未春,天台石梁觀月比丘興慈謹撰。

據此序,初刻《禪林唱和集》分爲三集,次刻雖稱《和三聖詩集》,然僅
將梵琦、石樹和詩簡次於原詩之後。釋興慈本欲仍以三集分刊,後以
報恩寺印光法師之言,則將原詩及和詩合刊爲一集,題曰"合訂天台
三聖人二和詩集"。此種合刊形式已見於康熙十一年(1672)所刻福
慧野竹《天台三聖詩集和韻》。

　　此本收寒山原詩 307 首並二和詩,共 921 首;豐干原詩 2 首,並
二和詩共 6 首;拾得原詩 49 首,並二和詩共 147 首。石樹步原詩之
韻,且能和原詩之意,意在揭橥三聖"憫世惺世之旨",與原詩及梵琦
和詩,堪稱"古今合璧"。晦山戒顯甚至謂曰:"一字一句,如入萬山
深處,荒寒幽峭,使人毛髮俱栗。又若高山望海,静夜聞鐘,曠若發
蒙,猛地痛省。較之楚石,可謂後來居上,壓倒元白。"然和詩之分寸,
實難把握,既不宜乖離原作,更不可屋上架屋。無論楚石抑或石樹,
所和難免有多餘之感。例如,寒山《獨坐常忽忽》云:"獨坐常忽忽,
情懷何悠悠。山腰雲漫漫,谷口風颼颼。猿來樹嫋嫋,鳥入林啾啾。
時催鬢颯颯,歲盡老惆惆。"楚石和詩云:"無事晝寂寂,不眠夜悠悠。
雜花春爛爛,喬木夏颼颼。霜曉鶴踽踽,雪晴猿啾啾。此心坦蕩蕩,
何必懷惆惆。"石樹和詩云:"心中常落落,世外任悠悠。春山花棣棣,
秋樹葉颼颼。雲門雁肅肅,石壁蟲啾啾。此際獨灑灑,切莫空惆惆。"
無論格調、立意,楚石、石樹之和詩皆未超出寒山原作之藩籬。

順康卷

《豁堂老人同凡草》九卷，釋正喦撰

正喦（1597—1670），字豁堂，號隨山、椒庵、耦餘，晚號南屏隱叟，俗姓郭，仁和（今浙江杭州）人。夙秉異姿，長無俗緣，七齡即絕葷，十歲喪父，至靈隱薙染，充行童。十五歲謁無盡祖燈禪師於天台，師大奇之。更謁三峰法藏於净慈，聞静板聲有悟，獲其印可。又嗣橫山一默禪師，尋出主皋亭顯寧，後遷主靈隱，繼席净慈。康熙五年（1666）罹誣，轉獄江寧，後事白獲釋。九年（1670）七月二十日，跏趺書《掩龕偈》而化，世壽七十四，僧臘五十五。著有《豁堂老人同凡草》九卷、《屏山剩草》五卷行世。馮溥嘗爲撰行狀，龔鼎孳爲撰道行碑，釋際祥《净慈寺志》卷一九、《五燈全書》卷八二、《新續高僧傳四集》卷二二有其小傳。

《豁堂老人同凡草》九卷，簡稱《同凡草》，清初刻本，見存於國家圖書館。鈐有"國立北平圖書館藏""國家古籍保護中心製"等印。各卷卷端題"豁堂老人同凡草"。半頁9行，行20字，白口，左右雙邊，單魚尾，版心鎸"同凡草"、卷次、詩體、頁碼。無序跋。此本有兩個卷一、兩個卷三、兩個卷四。第一個卷一收四言古詩10首，署"參學門人道成、通曇同録"；第二個卷一（實爲卷二）收五言古詩55首，署"參學門人海舥記録"；卷二（實爲卷三）收七言古詩22首，署"參

學門人振濟記録";第一個卷三(實爲卷四)收五言律詩 111 首,署
"參學門人通達記録";第二個卷三(實爲卷五)收五言排律 6 首,署
"參學門人道育記録";第一個卷四(實爲卷六)收七言律詩 150 首,
署"參學門人寂音記録";第二個卷四僅收七言排律一首,署"參學門
人□□記録";卷五收五絶 68 首,署"參學門人寂慧記録";卷六收七
絶 49 首,署"參學門人照雄記録";卷七收七絶 45 首,未署記録人;卷
八收七絶 26 首,未署記録人;卷九收詩餘 18 闋,署"參學門人照弘記
録"。各卷收詩甚不平衡,編排甚亂,頗疑爲配補本。

　　正喦晚年又撰有《屏山剩草》五卷,今有清初刊本,藏於北京大學
圖書館。未見。

　　《古今圖書集成·博物彙編·神異典》卷一九四引《浙江通志》
謂:"正喦,字豁堂,金陵郭氏子。明初,其祖以軍功授杭州衛指揮,遂
家焉。"正喦雖年少即棄世,然親歷季世亂局,目睹喪亂之象,所作詩
詞,多故國滄桑之思,慷慨悲涼。例如,四言古體《臨水》《獨鶴》《寒
夜》,梗概悲涼;五古《慶忌塔》《東臺》《西臺》《大江懷古》等詠古抒
懷,借他人酒杯,澆己之塊壘;五古《虎崇》《梟誡》,七古《烈鷄行》《義
虎行》《民夫前》《民夫後》反映喪亂流離中生民之艱。正喦平生所
交,除法侶同道外,或山人陳眉公、李元昭之輩,或屈翁山、陸麗京、宋
琬等遺民志士,或潘涵素等俠義之士。七律《贈陸麗京》乃彰表陸氏
一門之節義,《留守稼軒相公喪歸虞山》則述釋澹歸、楊碩甫向平南王
爲瞿式耜乞骸骨之事,中有"除卻二三方外士,幾人把臂死生關"句,
尤可見明季"儒門淡薄,收拾不住,皆歸釋氏"之局面。正喦還常歌詠
孝節士女之志行,例如《吳居士悼内索詩》《節孝行七章》,實關乎忠
孝節義,大有深意存焉。各家傳記,多載及正喦嘗掛吏議,繫於圜室,
諸方竭力營救,方得解脱,然未詳明原因。查繼佐《罪惟録》"列傳卷
四""周定王橚"條,載其以明宗室後裔而罹罪:"又明年甲申,賊南
下,巡按御史陳潛夫保王恭枵渡,依魯監國。越敗,入海。已而其支

安昌王乙從監國乞師日本，日本師不出。舟山敗，乙野死。有子，從母逸，艱難，已從杭淨慈寺受拂於豁堂和尚。母密藏故王印，不令子知，憩南直之松江野庵。庵故有僧，利其貲，飾宇安其母子。子知王家，不知爲主，僧並不知其爲王家也。母且卒，乃露其印於子，且囑僧善其子。僧警，晨朝之，稍稍聞於寄單，每作耳語，爲巡者所迹。事連豁堂，豁堂簿對：'某故善知識，他何知？'則主讞者方別恨鄉紳郜質生，以三字聲疑，遂密逮質生於官。脅其金，不與。與豁堂對勘，重鍛煉之，必豁堂誣扳。豁堂必不識質生，質生亦不肯服。豁堂善詩，寄慨時事有之。於是安昌王子與野庵僧咸就斃數百人。而豁堂與質生二人免。"

正嵒又絕非僅一詩文僧而已。《五燈全書》卷八二"杭州淨慈豁堂嵒禪師"載其化迹甚詳，則爲高僧無疑也。其詩亦格高調清，如卷三《雪後湖心寺主邀同苕青及澹泠開微兩禪子茶話閣上喜珠藪陪金虎文至》曰："四面皆餐雪，同人總不群。空明初映水，山遠欲爲雲。白鷺晴飛見，青村午爨分。那期歌舫寂，此際獨逢君。"王士禎《池北偶談》卷一二亦採其詩數首，以爲"無香火氣，《唐弘秀集》中所少"。

正嵒亦能倚聲填詞，所撰《點絳脣》等雖僅18闋，然題材廣泛，或敝屣名利，或抨擊時政，或抒寫憂思離情，或描摹湖光山色，或傷悼明室，皆清婉可誦。張德瀛《詞徵》卷六載："淨慈豁堂和尚，工詩與書畫，性喜遊覽，嘗畫一漁艇於竹樹下，曖曖漠漠，烟水一灣，題一詞其上：'來往烟波，十年自號西湖長。秋風五兩，吹出蘆花港。得意高歌，夜静聲初朗。無人賞，自家拍掌，唱得青山響。'見李介立《天香閣隨筆》，詞極俊爽。"查禮《銅鼓書堂詞話》"武林一老僧詞"條亦謂："茂州陳時若大牧最喜歌此調，云武林一老僧所填《點絳脣》也，忘其名。余聞之，輒録出。往復詠嘆，音調超絕。噫！此亦紅薑老人之儔匹也。"此詞音調超絕，格高俊逸，讀之使人有出塵之想。近人趙尊岳《惜陰堂明詞叢書叙録》云："正嵒、今釋，皆禪門尊宿，《遍行》《豁

堂》，超仲殊之舉媚，宗風棒喝，林壑清梵，音教所被，同軌緇素。"①洵
爲確論。

《雲濤集》一卷、《雲濤二集》八卷、《佛祖像贊》一卷、《雲濤三集》八卷、《松隱集》三卷、《擬寒山詩》一卷、《又擬寒山詩百首》一卷、《松隱二集》四卷、《松隱三集》四卷、《禪餘歌》一卷、《松隱續集》四卷、《松堂續集》四卷、《隱元和尚耆年隨録》二卷、《耆齡答響》一卷、《松隱老人隨録》三卷，釋隆琦撰

　　隆琦（1592—1673），字隱元，俗姓林，名曾昺，號子房，福清（今福建福清市）人。生有靈徵，幼志凝重，嘗詣補陀禱祝，睹大士境界，遂有軼塵之想。年二十九，禮福清黄檗山萬福寺鑒源爲師，剃染易服，遍造諸方。聞密雲圓悟居海鹽金粟，徑往依之，道業大進，深徹源底，豁然開悟。崇禎三年（1630），侍圓悟至黄檗山萬福寺。圓悟法嗣費隱通容住持黄檗，隱元任西堂，彼此禪機相契，終獲費隱印可，嗣其大法。崇禎十年（1637）住持黄檗，苦心經營，重興伽藍，黄檗禪風大盛。順治十一年（1654），應日本長崎興福寺住持逸然性融之請，率三十僧俗東渡，構建萬福禪寺，創黄檗一宗，法雨所施，罔不沾溉，一時朝野名流皈依者甚衆，寵錫優渥，被賜爲"大光普照國師"。康熙十二年（1673）四月三日示寂，世壽八十二，僧臘五十三，得法者二十二人。

――――――――――

①參看何廣棪《明季詞僧釋正嵒及其〈豁堂老人詩餘〉研究》，載《詞學》第二十二輯。

生平事迹,可見《新纂校訂隱元全集》附録《普照國師年譜》《黃檗隱元禪師年譜》《黃檗開山隱元老和尚末後事實》)。

隆琦狀貌魁偉,秉性剛正,詩文書畫皆擅,著述甚豐。於中土所撰《隱元禪師語録》十六卷收入《嘉興藏》;東渡扶桑後,宣教弘法,著述更夥,語録、詩文集多達數十種,惜國内久未見流傳,歷代書志亦罕見著録。1979 年,日本學者平久保章衷輯所存之作,都爲一集,名曰《新纂校訂隱元全集》。除收有《隱元禪師語録》十六卷、《隱元禪師續録》二卷、《黃檗和尚扶桑語録》十六卷、《太和集》四卷等語録之外,尚有《雲濤集》《雲濤二集》《佛祖像贊》《雲濤三集》《松隱集》《松隱二集》《松隱三集》《松隱四集》《擬寒山詩》《松堂續集》等詩文集,並附有年譜、索引,隱元著述,大體完備。另,陳智超、韋祖輝、何齡修輯有《旅日高僧隱元中土來往書信集》)。

1.《雲濤集》一卷,順治八年(1651)刻本。見於《新纂校訂隱元全集》第三卷《隱元禪師語録》第十四、第十五卷中。是集所收乃隆琦崇禎、順治年間,住持黃檗禪寺、行道東南時所作詩偈。隆琦所編《黃檗山寺志》卷二"刷印樓"所列"遞年刷印"書目中有"本山隱元和尚《語録》全部、《又録》二本、《雲濤集》一本"。據《全集》解題,《雲濤集》原爲一卷一册,門人性願記録,常滑市龍雲寺藏本,爲順治八年刻本。

《黃檗山寺志》卷六收有唐顯悦撰《雲濤集序》,其云:

　　詩有近於禪,而不可以禪名;禪有寓於詩,而不可以詩名也。余讀晋慧遠諸公詩,愛其詩而不著於禪也;閲古諸名宿偈,愛其禪而不屑於詩也。雖然,此猶分言之也,獨不有亦禪亦詩、非禪非詩者乎? 黃檗隱元和尚,今之斷際也。中秋遊我仙邑,從遊如雲,瞻禮如嶽。余慚非裴居士,曷敢謬附唱和? 緣閲其《語録》,觀之觸機縱横,批竅揮灑,已知老和尚胸中磊落,品調不凡也。

嗣是門下高足果（疑爲"杲"）以《雲濤集》示余，展卷微吟，雲濤
滿眼。夫雲觸於石，大則爲雨爲霖；濤怒於海，小則爲松爲茶。
雲有影而無聲，濤有聲而無影，大小有無，各相變幻，取以名集，
又知和尚不自謂詩也。蓋雲見爲雲則無聲，雲不見爲雲則有聲
矣；濤聞爲濤則無影，濤不聞爲濤則有影矣。謂濤非雲也可，謂
濤亦雲也可；謂雲非濤也可，謂雲亦濤也可。聲影皆塵，見聞胥
幻。雲濤自有詩，詩自有雲濤。諸人無以眼耳求之，則雲濤之詩
甫變幻於方寸，即遍覆於三千大千矣。余且不得以禪名，又安得
以詩名？惟頂禮唱歎而爲之序。

　　唐顯悦（1593—?），字子安，號梅臣、枚丞，又號泊庵、雲衲子，仙遊
人。天啓二年（1622）進士，明亡從唐王，先後任兵部右侍郎、兵部尚
書，後辭官。永曆九年（1655）居厦門，隱居雲頂巖，著有《浣紗碑記》
《半樵山房記》等。另，《黃檗山寺志》卷六又有莆田人林嵋（?—1648）
所撰《雲濤集序》，聲氣與唐序相伴。林嵋，嘗官吳江知縣，蘇州失守，
歸仕唐王。守興化，清兵破城，自縊死。於兹可見隆琦與東南抗清勢
力之關係。

　　2.《雲濤二集》八卷。見於《新纂校訂隱元全集》第六卷，據日本
常滑市龍雲寺殘本影印。卷一之卷四署"侍者性瑩編録"，卷五之卷
八署"侍者性派編録"。無序跋。卷末有刊記云："長崎弟子林仁兵
衛領森口屋莊兵衛，爲薦性秀、性成二靈，捐資刻此黃檗老和尚《雲濤
二集》八卷。伏願一言契旨，頓破曠劫無明；半句投機，俱成菩提妙果
者。萬治四年歲在辛丑季春清明日，福元禪師識。京城岡村太即兵
衛敬書，京城村上平樂寺刊行。"萬治四年即順治十八年（1661），時
隆琦抵達長崎已閱七載。後又有牌記云："泉州弟子道成敬捐資，刊
此《雲濤二集》八卷流行。仗此善勳，用資故考一空定德、妣妙印二靈
冥福。伏願夙障頓消，真心徹悟，同乘般若舟航，速登菩提覺岸。時

寬文七年歲次丁未仲春日識。"寬文七年爲康熙六年丁未（1667），則《雲濤二集》初刊於萬治四年，再刊於寬文七年，收隆琦抵長崎之後所作詩偈。

　　3.《佛祖像贊》一卷。見於《新纂校訂隱元全集》第七卷。正文前有康熙元年壬寅（1662）八月隆琦自序，略云："有丹羽玉峰居士，自江府送佛祖圖數十幅進余丈室，係探幽昆季之名筆。展而視之，神清貌古，墨法精奇，雖古之僧繇亦不是過，大愜余意，非佛祖靈應，焉能使人輸誠於是哉？乃焚香集衆禮之。衆曰：此事稀有，必須和尚一一留題，成其美善，以壽將來後世。不惟本寺之幸，抑此邦禪林千古之大幸也。余雖老邁，不禁忍俊，乃按行由，各繫以贊，仍命畫士臨小影一冊。自西天釋伽老子至東土二十九祖神光，遞而至於千巖長，長九傳至幻有傳老人，則闕圖矣，故不及畫。第按《五燈》以行實贊，如密雲師祖、徑山先師則現有圖，亦繫贊繼之。伏望四方賢衲信士，倘得古像，持至以補其遺，共成傳法正宗圖，代代不間，不亦法門之盛事者焉？老僧雖樗朽無文，有忝先宗，惟一片誠心至意，差可原其萬一矣。因以序云。時歲次壬寅臘月八日，臨濟正傳三十二世黃檗隱元琦撰。"據《普照國師年譜》"寬文二年壬寅"條，時隆琦七十一歲，"八月，丹羽玉峰居士命法印、探幽等繪十八羅漢並列祖像，奉鎮當山，因著《佛祖像贊》一卷"。詠贊者，自印度第一祖迦葉尊者至第二十七祖般若多羅尊者，東土初祖菩提達摩而至六祖慧能，臨濟宗第一世南嶽懷讓至第三十五世費隱通容，人各一像一傳一贊，不惟疏瀹臨濟宗之源流，亦圖像并呈，有豐富之史料價值。是書卷末又有牌記云："女弟子性恩捐資謹刻《佛祖圖贊》壹冊流行。伏願菩提智種，世世常萌；般若靈光，時時顯煥。用祈如意者。壬寅年臘月吉旦識。"

　　4.《雲濤三集》八卷。見於《新纂校訂隱元全集》第八卷，據東京都池袋洞雲寺藏本影印。卷端題"黃檗隱元和尚雲濤三集"。卷一、卷二署"侍者性派編録"，卷三、卷四署"侍者性潡編録"，卷五、卷六署"侍者道收編録"，卷七、卷八署"侍者道實編録"。卷末有刊記曰：
"長門弟子道可捐資謹刻黄檗和尚《雲濤三集》捌卷流行。伏願菩提
智種，世世常萌；般若靈光，時時顯焕。用祈如意者。時寬文三年歲
次癸卯葭月吉旦識。"寬文三年爲康熙二年癸卯（1663），則《雲濤三
集》當刻於本年。是集乃寬文元年（1661）隆琦主持黄檗寺後詩
偈集。

　　5.《松隱集》三卷。見於《新纂校訂隱元全集》第八卷，前半部分
據龍雲寺藏本影印，後半部分據駒澤大學圖書館藏本影印。卷端題
"隱元和尚松隱集"/"侍者道澄編録"。無序跋、刊記。

　　6.《擬寒山詩》一卷、《又擬寒山詩百首》一卷。見於《新纂校訂
隱元全集》第八卷，據常滑市龍雲寺藏本影印。卷端題"隱元和尚擬
寒山百詠"/"侍者道澄録"。正文前有寬文六年丙午（1666）隆琦自
序，其云：

　　　　余家閩之福唐東林林氏子，幼以耕樵爲業，以供母氏。及母
　　棄世，即脱白黄檗，期了生死大事，用報養育之恩。初未知子史
　　爲何物也，又曷敢言詩？迄今年逾七旬，應化此邦，已三開法社。
　　尋退休松隱，與二三子優遊以樂，不知老之將至。有時適興説
　　偈，或應善信之請，日久成帙，好善者乞爲流通。余不逆人意，輒
　　付之剞劂。故方來衲子吟之，不無慕腥，謂余能詩，余實未能也，
　　亦有能而不能，蓋真能也。余果不能，其敢言能，但適時情而已
　　矣。如其褒貶，是在仁者，我奚辭焉？季春望日，偶過侍者寮，見
　　几上有寒山詩，展開數章，其語句痛快直截，固知此老遊戲三昧，
　　非凡小愚蒙所能蠡測也。侍者啓曰："和尚去夏有《松隱吟》五
　　十首，甚暢於懷，今再擬寒山詩百首，以廣益壯之風，不亦善乎？"
　　余曰："詩亦難言，豈易吟乎，而擬之又難於言與吟也。或一言半
　　句不合其宜，未免寒山所哂，以瀆林泉，非所益也。"且余未敢即

擬，恐孤所請，聊試自擬其拙，自狀其醜，庶幾以慰其誠。時楮先生與管城子在傍，唯唯點首，以助老興，遂掀翻枯腸，疏通源脉，津津然湧出，不二旬而就。雖無妙句可觀，亦一時適趣也。第不無出醜外揚，塗污寒山不少。適高泉法孫遠來省侍，見是集，即乞刊行，大似傳言送語，重增老者之醜。雖然，不妨面皮厚三寸，與夫寒山子把手峰頭，呵呵大笑，且不知余之爲寒山歟，寒山之爲余歟？惟呵呵而已。設有豐干輩陡然突出，饒舌一上，覷破此集，則余與寒山覿面逡巡，思無所遁焉。時寬文六年歲次丙午孟夏佛誕日，松隱老人隱元識。

據隆琦所述，擬寒山詩始作於寬文六年（1666）季春，未二旬即完稿，而刊印者爲高泉性潡。是書卷末有高泉性潡跋，略曰：“甲午歲，吾祖隱老人應聘東國，説法十餘霜，昉開山黃檗，遂逸老松堂。坐卧之餘，亦喜歌詠，尋有《松隱吟》五十首響震山川，雅有寒山子之風。今年春季，爲侍者澄月潭所啓，復擬寒山詩一百首，惟信口而出，聽筆而書，方旬餘而告成。初未嘗凝滯其中，或美或刺，或抑或揚，或敷演人倫，或發揮宗乘，重重錯出，種種交翻。泠泠焉如逝川之玉髓，隱隱焉若際天之松濤。妙矣哉！不可思議之極致也。潡小子輩，其知之乎？雖曰不知，亦知其有益於天下也。乃踴躍歡喜，拜乞繡梓，以壽其傳，使天下知吾祖之婆心，亦不亞於寒山者矣。用是僭述數語於末，大似執管窺天，持蠡測海，觀者得無捧腹一笑耶？奧州法苑山法孫性潡百拜敬跋。”

　　7.《松隱二集》四卷。見於《新纂校訂隱元全集》第九卷，據黃檗文華殿藏本影印。卷端題“隱元和尚松隱二集”／“侍者道澄編録”。無序跋。卷末有刊記云：“泉州弟子道成敬捐資，刊此《松隱二集》四卷流行。仗此善勳，用資故考一空定德、妣妙印二靈冥福。伏願夙障頓消，真心徹悟，同乘般若舟航，速登菩提覺岸。時寬文七年歲次丁未仲春日識。"則是集當刊於寬文七年（1667）。

　　8.《松隱三集》四卷。見於《新纂校訂隱元全集》第九卷。卷端題"隱元和尚松隱三集"/"侍者性派集錄"。正文前有隆琦自序，略曰："第爲文有二焉：有道德之文，有華飾之文。華飾之文，背覺合塵，艷時失雅，不可尚也。道德之文，明心見性，去僞存真，不可磨也。如貫休、齊己、本中峰、杲大慧、永明、雲棲諸老，其所著述皆純全道德之文，非有涉乎華飾也。是故天下重之，今古傳之，洋洋乎盈溢於四海，巍巍焉頓超於大千。見聞之者，滌清曩劫之塵埃；徹悟之者，全彰兩足之道果。非唯有補於宗乘，抑亦陰翊於皇綱也。凡有血氣，莫不蒙益，至於草木，悉被光華。蓋道德文章，普利如此，其可不力而弘之乎？老僧不德，一介粗行，向隱巖穴，無心應世。詎意天不容閒，推向曲録床上，不得已鼓兩片皮，横説竪説，以開來學，遞今將三十餘載。而鈴言殘語，纍集成篇，不下七十餘卷，特以道德爲己憂，華飾非所尚也。甲辰秋，逸老松堂，每適趣應酬之間，不覺修輯盈帙，乃付梓生。至丁未歲，行年七十有六，老慵無事，輒寄意於吟詠。未幾，復得兩巨軸，固知疏曠弗文，不堪鳴世。惟期少補於人，以盡己之心而已，非敢並乎貫休、齊己等純全道德之文也。曰愚曰智，是在仁者，吾何言哉？時寬文丁未七年九月中澣穀旦，老僧隱元琦筆於松隱丈室。"甲辰乃寬文四年（1664），丁未爲寬文七年（1667），是集收隆琦此四年間所撰詩文。

　　9.《禪餘歌》一卷。見於《新纂校訂隱元全集》第九卷。正文前有隆琦自序，其曰："人之聲曰歌。歌者，柯也，以聲吟詠，如風動柯鳴也。又歌者，詠也，長引其聲，以詠之也。故古人有所感發，多作歌。如寶志大士、杯渡和尚、永嘉大師以至紫柏尊者等，皆有歌鳴於世。蓋借題以作歌，借歌而説法，非徒取於詠歌，如詞人之所作也。老僧自開山黄檗，逮今八易寒燠，或土木之暇，或槌拂之暇，或夷猶瞌睡之暇，意之所之，詞之所發，不覺成歌。無論長短，計合寶公《二六時》暨

《棲賢歌》等。裒而集之，凡五十餘篇，總目之曰‘禪餘歌’。雖老腸枯澀，無古人金聲玉振之詞，然皆借之以説法，冀小補於諸仁，非敢以文言論也。設有英靈之士，向語句下，觸著自性天真佛，掇轉廣長舌相，於彈指頃，演出百千妙法，則老僧當合掌贊歎，豈不俊哉？雖然，莫將鐘響誤作龍鳴。時寬文戊申年陽月聖製日，黃檗老僧隱元琦自題於松隱。”按，《全集》收録是集時，因其中《十二時辰歌用寶志公韻》《結茅歌》《磊落歌》《無用歌》等三十三題，另見其他著述，故略去未録，唯存《棲賢歌》《大殿落成歌》等題。

10.《松隱續集》四卷。見於《新纂校訂隱元全集》第九卷。卷端題“松隱續集”/“侍者性派録”。是集除收隆琦退居松隱詩偈外，又有《補和詩卷》。隆琦自序曰：“曩癸巳春，徑山本師費老和尚六十初度時，余擬上徑山致祝，以盡師資之義。眆整行裝，適值搶攘之秋，躊躕未發。聞及本邑太史枝南葉公暨諸文學韻士等，各聲詩餞送，凡若干首，集成巨帙，皆金聲玉振，固知諸公雅誼。奈何余住持事繁，未及酬答。兹萍居海外，歲晚無事，偶翻舊稿，再四吟哦，儼然與諸公對談時也。不覺挑動老懷，索筆補和，雖疏拙不文，俾有緣見者，知予垂老之際，猶不忘方外故舊之交也。”此卷凡收詩二十一題，可考隆琦渡日前之交遊。

11.《松堂續集》四卷。見於《新纂校訂隱元全集》第十卷。卷端題“松隱續集”/“侍者性派録”。無序跋。大抵收寬文九年（1669）以後之詩偈。

12.《隱元和尚耆年隨録》二卷。見於《新纂校訂隱元全集》第十卷。卷端題“黃檗隱元和尚耆年隨録”/“侍者道澄編録”。是集收寬文十一年（1671）後之作詩偈。

13.《耆齡答響》一卷。見於《新纂校訂隱元全集》第十卷。卷端題“黃檗隱元和尚耆齡答響”/“侍者道澄編録”。正文前有隆琦自序云：“幽谷無私，有呼則應；洪鐘在架，有叩則鳴。水清而二輪必現，春至而萬木争新。物之無情,尚能感應,況人爲萬象之主,而稱爲最靈之物,安有所感而不應之者乎? 老僧自退閒松隱,已八易春秋,扃門謝事,作箇任性逍遥、隨緣放曠底老杜多,以俟符到而行。詎意天留餘喘,尚住世間,贏得兩眉皓雪。今年仲冬四日,乃老僧八十歲覽揆之辰,諸門弟子,合山雲水,暨四方好道之者,各以詩文歌詠爲老僧壽,亡慮數十巨軸。横説竪説,巧妙尖新,攢花簇錦,琢玉雕金,燦然如啓波斯之肆、驪龍之宫,縱目所觀,舉皆無價。猗歟懋哉,蔑以加矣! 是皆仁者從自己無盡藏中流露將來,煒煒奪目,鏗鏗作響。老僧雖老朽無文,而口門尚在,惡得而忘言焉。由是日呼管城子,一一賦答,不覺成一百五十餘篇,哀而集之,命之曰'耆齡答響'。蓋不欲忘幽谷洪鐘,有呼則應、有叩則鳴之類也。然則,一呼一應,一唱一酬,一句一言,一文一偈,皆至道之所存。與夫普慧雲興,普賢瓶瀉,今古同聲,未可以世間文字目之也。儻以世間文字目之,非老僧答響之本旨矣。是爲序。時龍飛辛亥年黄鐘月吉旦,松隱老人隱元琦題於丈室。"

14.《松隱老人隨録》三卷。見於《新纂校訂隱元全集》第十卷。卷端題"松隱老人隨録"/"侍者道節録"。無序跋,收寬文十一年(1671)以後示法偈。

據林觀潮統計,《新纂校訂隱元全集》共收隱元隆琦詩歌(或詩偈)4909 首、題贊 653 首、上堂 331 篇、書問 180 篇、頌古 135 首、機緣 104 篇、法語 84 條、小佛事 78 則、小參 65 則、歌 65 首、代古 54 首、雜著 41 篇、源流頌 35 首、拈古 27 首、啓 13 篇、開堂 7 篇、入院 6 篇、答問 4 條、入室 2 篇、行實 1 篇、答垂語 1 條,共計 21 類 6786 點①。隆琦所存詩偈之夥,可謂冠絶明清叢林。其内容之豐富、體式之多樣,深得文字禪之三昧,舉凡異國風情、去國鄉愁、山居禪修、生死去就、

---

①林觀潮《佛教文學中的隱元詩偈》,載《文學與文化》2010 年第 3 期。

弘法垂示、修證悟道、陰翊皇綱者,皆有所涉獵。藉此,既可觀明末清初東南沿海之驚風駭浪,亦能恢廓胸襟,暢人心目。隆琦嘗編有《三籟集》,選石屋、中峰、栯堂三僧詩偈,又有《擬寒山詩》二百餘首,可見其詩偈實淵源有自,具有集大成之功。隆琦於扶桑肇開黃檗法脉,及門弟子無數,凡王公、幕府、官員、文士皆頂禮膜拜,實近世中土佛禪東傳之大事。

《布水臺集》三十二卷、《百城集》三十卷,釋道忞撰

　　道忞(1596—1674),字木陳,號山翁、夢隱,俗姓林,茶陽(今廣東朝陽)人。幼有夙慧,總角,以藝文擅名鄉曲,試博士弟子員。然性不耽世好,飄然有塵外想。及冠,讀《大慧語錄》,忽憶前身雲水參方,歷歷如見,依廬山開先寺若昧智明剃髮。後以父母命,還俗成婚,生一子。二十歲,再投智明剃髮,依憨山德清受具足戒。遊歷諸方,嗣法於四明天童寺密雲圓悟。崇禎十五年(1642),圓悟示寂,繼掌天童。順治三年(1646),退居慈溪五磊山,歷住越州雲門寺、台州廣潤寺、越州大能仁禪寺、湖州道場山護聖萬壽寺、青州法慶寺。十四年,再返天童。十六年,奉召入宮爲清世祖説法,甚受賞識,賜號"弘覺禪師"。晚年隱居會稽化鹿山。康熙十三年(1674)六月圓寂,世壽七十九。著有《百城集》《北遊集》《布水臺集》《山翁禪師文集》《新蒲録》《奏對機緣》《從周録》《天童密雲禪師年譜》《禪燈世譜》及其語録若干卷。嘗自撰《山翁忞禪師隨年自譜》,《五燈會元續略》卷四、《五燈嚴統》卷二四、《五燈全書》卷六六有其小傳。

　　道忞生平著述極富,其《百城集自序》曰:

　　　　粵自崇禎庚午,迄今康熙壬子,四十三年之間,所撰諸體共

有六集。其一曰“禪餘”者。蓋禪爲萬法之宗，契其宗，則戲笑怒罵總屬真詮；昧其旨，縱説妙譚玄皆爲膬語。所以禪非文而爲文之母，文得禪而爲道之載。故不稱文而稱禪，不曰文之軌、文之範，而曰禪之餘也……次曰“布水臺集”者。時既出住天童，五遷而至湖之道場山矣。因事拂衣去，將歸隱匡山布水臺，側立千峰之外，澆蔬五老之前。而集亦因兹得名者，取狐死正首丘，不忘其本之義也。既而歸，猶未得。寓止邗溝，復爲相國張東萊強起視青州大覺之篆。由是踰長河，臨海岱，吊尚父之遺蹤，考桓、宣之往迹。登仰山，陟雲門，再夏循海而南，歷覽九仙五朵之奇，還寓於邗。故其三曰“雲僑集”者，自狀行蹤靡定，如雲之僑於海嶽也。越明年丙申，天童席虚，明州緇素遺使敦迎，再領院事。喜暮鳥而投林，驚殘陽之掛樹，不停驂以息駕，欲攬轡其焉如。於是自營窀藏於寺之西巖，而待盡焉，即以“西巖隱”名其集，謂將歸復大化而絶筆於兹也。詎意詔下金門，入京問道，留住齋宫，載離寒暑，復有“北遊集”云者。蓋不欲誇耀朝堂，駕言北地之遊，以自貶損焉耳。於時九重禮遇，雖至隆渥也，而大名久居，昔人所誠，屢辭闕庭，乃得請還山，並天童亦遜謝弗居矣。而武原、陽羨諸檀護復有金粟龍池之命。念先人堂構之重，寧不廢墜是虞，又往來兩山，坐不席暖者三載，故六集曰“停梅”者，取中峰《船居》“有時待月停梅北，或復因風繫柳西”之句也。今歸老平陽，謝絶交遊，不復問津沮、溺矣。然日以詩文求索者，踵相接也，卷復盈帙。弟子損巖堅請命名，爲予將謀剞劂氏，乃并前六集删繁就簡，合爲一集。於題之下，綴以所作時處，使夫覽者一展卷，而生平事迹了然在目，則無俟再譜其年矣。此外，復有《反正》《鏡麟》《從周》《聞先》《醒迷》諸録，則聽其支本别行焉。於是校讎既定，總而名之曰“百城集”者，志遊歷也。

據道忞自述，自崇禎三年庚午（1630）至康熙十一年壬子（1672）四十三年間，所撰詩文集，凡有《禪餘集》《布水臺集》《雲僑集》《西巖隱集》《北遊集》《停梅集》，而《百城集》爲前六集之精選集也。檢《北遊集》雖名曰“集”，然內中所收實道忞入萬善殿時之語錄，及與順治帝之“奏對機緣”“奏對別記”等，非自家詩文集也。

　　1.《布水臺集》三十二卷。收於《嘉興藏》第 26 册。正文前有錢謙益序和包爾庚序。卷端題“布水臺集”/“住明州天童寺匡廬黄巖沙門道忞著”。另有《布水臺集》二十卷，六册，見存於國家圖書館。卷端題“布水臺集”/“住明州天童寺匡廬黄巖沙門道忞著”。半頁 10 行，行 20 字，白口，四周雙邊，版心鎸“支那”“布水臺集”及頁碼。正文前有包爾庚《布水臺集序》，婁東王挺敬《後序》，而無錢謙益序。

　　三十二卷本與二十卷本前皆有目錄，所收詩文差異甚大。三十二卷本，卷一之卷五收詩，卷六之卷九收序，卷一〇收碑銘，卷一一收記，卷一二收傳，卷一三之卷一五收塔銘，卷一六收行狀，卷一七收表、奏疏、文疏、啓、銘、題詞，卷一八之卷二一收贊，卷二二收書，卷二三收跋，卷二四收説、引，卷二五收祭文、見聞雜記，卷二六收警語、規約，卷二七之卷三二收尺牘。二十卷本，卷一收雅，卷二收碑記，卷三收傳，卷四收塔銘、墓志，卷五收狀，卷六收遊記，卷七收序，卷八收引，卷九收疏，卷一〇收啓，卷一一收跋，卷一二收説，卷一三收雜記，卷一四收祭文，卷一五收贊，卷一六收詩，卷一七之卷二〇收尺牘。

　　2.《百城集》三十卷，六册，康熙刻本。見存於國家圖書館。開本高 26.6 釐米，寬 17.3 釐米；版高 22.3 釐米，寬 14.4 釐米。卷端題“百城集”/“住明州天童寺匡廬黄巖沙門道忞著”。半頁 10 行，行 20 字，左右雙邊，白口，無魚尾，版心鎸書名、卷數、頁碼。正文前王仕雲《山翁禪師全集序》、錢謙益《百城集序》，道忞《自序》，門人明堅《募刻弘覺禪師百城集疏引》。

　　王仕雲《山翁禪師全集序》略云：“辛亥歲，山師以《北遊集》及

《布水臺全集》見貽，焚香盥手，受而讀之。玄機妙緒，霏雪裁冰，泛止水之安流，陟無生之遠岸，真足使六地震動，四華普雨者矣。其尤可頌法者，析理則程、朱也，抒文則賈、董也，譚詩則李、杜也，發揚盛德則唐虞賡歌、商周雅頌也。他若感存悼昔，對物興懷，如山月水光，非空非色，機鋒接引，無一不與吾儒立人達人，老安少懷，沂水春風，蔬食曲肱之况味，互相闡發。是能以道學正傳，悟波羅真諦者，斯足通之萬世而不變者也。"

　　按，錢謙益序後署"順治己亥春王二月望日，海印弟子虞山錢謙益槃譚謹書"，兹序雖名曰"《百城集》序"，但實同於《布水臺集》前所附錢氏序，蓋編撰《百城集》時所移錄。

　　明堅《募刻弘覺禪師百城集疏引》略云："余觀吾師弘覺老人，首自繼席天童，終至安禪大内，固既純以第一義諦，開鑿人天七衆矣。出其緒餘，製爲文章諸體，則莫非屬忠勸孝之言。所謂夾扶尼山，以木鐸乎千春者，又造極幽玄，豈非兩至人之能事，吾師以一身兼之者乎？但其説法提綱，載在語錄者，余自蜀中早睹青州一録，於雙桂堂時，諸學者人鈔復挾，不啻洛陽紙貴。今來越，執侍吾師且數年，老不開堂，唯見詩文日富，惜乏資壽梨棗，以廣流通耳。余愚不自揣，散布告高門，願捐九牛一毛之餘財，共襄厥舉，則湖海緇流幸甚，天下之操觚而學爲文者亦幸甚焉。古蜀華陽國學人明堅具疏。"

　　是集書前有總目，各卷前有篇目。卷一之卷五收詩，卷六收奏疏、啓、書，卷七之卷一○收書札，卷一一收表、文疏、祝文、對聯，卷一二之卷一五收序，卷一六之卷一九收贊，卷二○收傳、說，卷二一收論，卷二二收建置碑銘，卷二三收興修記、遊記，卷二四收跋，卷二五收引、銘、題詞、規約、禪訓，卷二六之卷二八收塔銘、塔表、墓表、墓志，卷二九收行狀，卷三○收祭文、見聞雜記、記異。

　　道忞才華卓絕，詩文如水瀉泉湧，感存悼亡，對物抒懷，足可動人，然其人決非皎然、齊己之流亞。道忞既爲密雲嫡傳，拄撐叢林法席,正本清源,擊荼毒鼓,實叢林之巨擘也。而於鼎革之際,道忞既義不忘國,復事新主,徘徊於故國與新朝之間,又爲清初最具争議之僧。論節義,道忞每於先帝忌日,聚衆修薦佛事,並致哀思;所撰詩文如《戊戌暮春十九之作》《毅宗烈皇帝哀詞》《哀江頭》等,拳拳忠義三致焉,"不勝原廟之悲,極寫煤山之痛",故陳垣以爲"深於故國之思,與忠義士大夫等"。然其親事順治帝,"首尾兩端",焉能不聳動彼時之叢林耶?謂其"失德"者,比比皆是。道忞之内心,世人或難知之。余觀明季清初之叢林,道忞其人其志,略仿於錢謙益,謂其爲"叢林錢謙益",亦無不可。故牧齋評其人文字,尤應重視:"公同體大悲,惻然憐愍,以爲今世之所崇尚者士大夫也,故現忠義士大夫身而爲説法。士大夫之所崇尚者文字也,故又現聲名文句身而爲説法。有人於一言半句,汗下毛竪,留得此一點血性在人世間,即是不斷佛種,斯即公出世爲人全提正令之綱宗也。"所謂"同體大悲",則莫分遺民與貳臣,莫分故國與新朝,二者實爲一體;所謂"血性",則不拘於世間"忠誠惻怛"之熱血,更是釋子無懼榮辱、不計名利固有之猛性利根。以此詮衡道忞其人,堪爲"同情之理解"。

《冶父星朗和尚梅花詩百首》一卷附《南洲和尚山居詩》《某禪師花月詩》,釋道雄撰

道雄(1598—1673),字星朗,別號丹霞,龍溪(今福建漳州)林氏子。家世宦顯,幼年聞誦《華嚴偈》,矢志離塵。年二十一舉孝廉,參天童密雲,雲門圓澄,俱獲領益。崇禎二年(1629),聞博山無異元來道冠江南,特詣天界參禮之。元來授名道雄,以偈印證,有"倒跨金鱗自在時,手把明珠千萬顆"之句。後遍歷名刹,依潤州楊彭法天剃染,圓具於三峰。嗣後雲間相國錢幾老、都諫許霞城請住長生院,激揚法化無虛日,道譽藉著。順治四年(1647)秋,遷住廬州冶父實際寺,誅

茅剪棘，墾土耕烟，開廣廓之基，下無盡光明之種。康熙十二年（1673）秋示微疾，跏趺説偈云："山中月滿臨秋夜，樹上星輝掛薜蘿。"世壽七十六，僧臘三十七。著有《語録》《教外直指》《山居詩》《梅花詩》等行世。民國二十五年（1936）《廬江縣志》載其塔銘，《五燈全書》卷六三亦有小傳。

《冶父星朗和尚梅花詩百首》附《南洲和尚山居詩》《某禪師花月詩》一卷，一册，光緒三十二年（1906）刻本，見存於安徽圖書館。天津圖書館藏有 1936 年木活字排印本，未見。開本高 25.2 釐米，寬14.5 釐米；版高 19.6 釐米，寬 12 釐米。內鈐"金氏養真室藏書記""廬江化南金氏澤周觀""安徽圖書館藏書印"。卷端題"冶父星朗和尚梅花詩百首"/"嗣法門人大瞿曇曳父閲"/"嗣法門人大蔭笠庵父録"/"嗣法十一世孫常明重刊"；或題"冶父山居詩"/"釋大月南洲父著"/"嗣法十世孫常明輯刊"；或題"禪師花月詩"/"冶父釋常明浄根父録刊"。半頁 9 行，行 20 字，無格，白口，四周雙邊，單魚尾，版心鎸"梅花詩"及頁碼。正文前有光緒壬辰（1892）、光緒丙午（1906）釋常明所撰前後序。

釋常明前叙曰：

> 廬邑東北鄉十五里許，有冶父山焉。山麓唐敕建實際寺，亦名冶父寺。寺之左爲星朗和尚塔，塔之左爲衆僧塔。粤匪犯廬，寺罹煨燼，嗣僅建羅漢堂，而佛殿缺如也。常明以庚寅歲住持其中，明年募修衆僧塔，暇輒瞻拜星祖塔旁，思星祖中興之功，低徊不能去。是歲秋，過邯鄲悟道生家，生以星祖《梅花詩》見示，云係盧君鳳樓手鈔。展讀之下，即思刊布四方，以廣星祖之傳，且以志盧君鈔存之德。壬辰春，始謀諸手民，間加考訂，其間有殘缺者仍之，以俟他日得原刻完本。與夫寺院重興，均仰賴星祖呵護之靈，是則常明所私祝者已。光緒壬辰夏四月浴佛日，嗣法十

一世孫常明謹識。

後序曰：

　　光緒壬辰初刻星祖《梅花詩》，迄今十有五年矣。爾時僅於辛卯重修衆僧塔，至恢復寺院，則有志而未之逮也。越七年戊戌，重建大雄寶殿，悉如舊制。又二年庚子，重建大山門。又三年癸卯，修改羅漢殿。而寺中向所典質田産，適於是年悉數贖回。又二年乙巳，重修星祖塔院，復於殿左旁增築寮舍。是年冬，購石重建無隱機禪師塔，今歲丙午夏工乃成。暇复過邯鄲悟道生家，商訂重刻本《冶父山志》。適座間盧君伯平言有家藏雜鈔詩，中載《南洲和尚山居詩》七言律十一首、五言律十首，又《某禪師花月詩》十首，可採入《山志》藝文類中，以存不朽。常明聞言，瞿然以興曰："事有前後巧相合者，其佛家因果之説歟？曩者重修衆僧塔而得星祖《梅花詩》，兹又重建無隱機禪師石塔而得南洲和尚詩，謂非佛祖呵護之靈所默爲感召者乎？"南洲和尚爲星祖第一位高弟子，《山志》載法名弘月，一名大月。無隱機禪師爲唐孝慈伏虎禪師之第七代，師生於南宋，入塔於元初。至元三年其徒白雲可悦禪師所建，元貞元年重修，至今幾七百年。塔漸荒圮，今乃砌石，巍然改觀。師於伏虎禪師開山之後，星祖中興之前，其間振起宗風，禮宜崇報。師之功與冶父傳，固不繫乎塔，然後之居是寺者，瞻拜塔旁，溯歷代祖師創繼之功，懍然思有以善持乎後。常明謀刻《山志》，猶此意也。頃因遊山者索星祖梅花詩甚夥，罄無以應，仍用排字重印數百本，並附《南洲和尚詩》，而《某禪師花月詩》亦繫於後，名雖佚而詩附以傳云。光緒丙午夏六月天貺節，嗣法十一世孫常明再識。

據二序所述，道雄星朗《梅花詩》初刻於光緒十八年壬辰（1892），所據之本乃邯鄲悟道生從盧鳳樓鈔出。光緒三十二年丙午（1906），常明再遇悟道生，商訂再刻之，因獲盧伯平所鈔而再刻《南洲和尚山居詩》二十一首及《某禪師花月詩》十首，並附刻於後。

道雄《梅花詩》，百首一韻，皆以“餘、舒、如、居”爲韻脚，或昉自中峰明本之《梅花百首》而作。星朗以梅自娱，或純任自然，乍泄天機，如“魚唼花姿情自放，鳥銜玉蕊性狂舒”；或抒寫懷抱，別有寄託，如“半世經綸抛世外，輕移竹杖入溪居”“不沾世味風塵淡，傲骨於今獨自居”；或以梅入禪，以禪寫梅，如“久坐傾杯香露冷，下車問道醉禪如”“月冷冰心寒透骨，幽然静養傍禪居”，皆其性情之流露。星朗世家顯宦，早年習舉業，蓋亦季世有托而逃者也，故其百首《梅花詩》時有抑鬱不平之氣充塞其間，如末首更謂：“茶興醉來濡發書，顛狂梅賦百章餘。臨風漢粉匀將遍，坐月秦蕭怨未舒。身老不嫌春意晚，鬢衰早已雪花如。東風到處開眉眼，小補江天作廣居。”似非僅歎老嗟悲耳。

南洲和尚，原名弘月（1632—1697），字南洲，號大月，六安（今安徽）李氏子。順治十三年（1656）依星朗道雄披剃。嗣是遍遊諸方，順治十七年（1660）隱於大望山，忽大徹證，即走冶父見道雄，乃承印可。康熙十二年（1673），繼星朗主冶父。民國二十五年（1936）《盧江府志》有其小傳。著有《借竹居集》。邑人王鳳鼎撰序，稱其詩“皆抒寫性情之句”“允矣靈一復生，信乎皎然再世”。惜《借竹居集》未見傳本。今觀其所附於本集之二十一首《山居詩》，大抵描寫山林風物，抒寫禪悦之趣。

《某禪師花月詩》十首，每首皆寫花月，每句亦不離花月。若其三曰：“雨餘花放月初升，月上花梢不用燈。置酒賞花花若醉，高歌弄月月如冰。花香透月蟾光静，月影穿花蝶夢凝。欲識好花清月趣，拈花對月坐禪僧。”又如第十首：“風花月雪古今同，意興長存花月中。月

隱高林花淡淡，花倚曲檻月朦朦。莓苔漫點花臺翠，楊柳斜傳月路
通。用盡精神花月上，花無一語月空明。"風格清揚婉麗，似可怡人，
然未免堆垛，"不用燈""花臺翠""月路通"，尤覺平弱。僧人閒居無
事，喜拈韻語，凡一題百首、一韻百首者，比比皆是，又有作回文、嵌字
體者，似非至難、至險者不足以顯揚詩藝，然往往百密有疏，似巧實
拙矣。

《虛舟省禪師詩集》二卷，釋行省撰

　　行省（1599—1668），字虛舟，原名通省，因嗣法費隱通容更名爲
行省，慈水（今浙江寧波）姚氏子。世家纓冕相望，幼攻儒業，善屬文，
性謹厚，以孝友稱。年十八，因病起出塵之想，遍訪禪門尊宿。甲申
鼎革，脱白於乳峰，得法於費隱通容。後開法於剡曲、吼山。戊戌
（1658）春杪，西泠諸君子留住西湖，悠遊其間。著有《虛舟省禪師語
録》四卷、《詩集》二卷、《八識規矩頌注》。碑傳見門人超溜所記《行
由》、史大成《西湖虛舟省和尚塔銘》及徐善《虛舟和尚行狀》。

　　《虛舟省禪師詩集》二卷，附見於《虛舟省禪師語録》四卷之後，
收録於《嘉興藏》第33冊。卷端題"虛舟省禪師語録"，卷一爲"小師
超直編"，卷二、卷三、卷四爲"門人超溜編"。《語録》四卷收行省住
持嵊縣顯净禪寺及吼山護生禪院法語、小參、機緣、示衆、題贊、拈古、
頌古等文字。正文前有輆轢大參、張文嘉二序。卷末有癸丑（1673）
徐善跋，其曰：

　　　　留錫和尚示寂於康熙戊申，越六年而始克梓其《語録》。予
　　讀之終篇，見其一字一句，都從胸襟流露，不假藻繢，專用本色提
　　持，冲和純粹，無慚絶峭屬之色。後世展誦者，當想見其爲人也。
　　凡爲法語、偈頌、詩及雜文共若干卷。内《八識規矩頌注》一卷，

嘉禾施、王兩先生見而歎慕，送楞嚴經坊，以餘貲刻之，約費四金有奇。其餘諸卷則皆大弟子問公募刻也。先是壬子之冬，已成大半，有頌古數首，乃近時尊宿所作，因雜稿爲侍師所録，未免帝虎之訛。後問公從敝楮中得師親筆，題署了然，始悟前刊之失，急爲鑱去，訂正重刊，遂與原本小異。恐覽者訝其參錯，特爲拈出，不嫌爲編摹者志過云。癸丑長至前五日，檇李參學弟子徐善記。

　　"留錫"指行省晚年所居杭州之留錫院。行省禪師《語録》先刊於康熙壬子（1672）冬，因濫入其他尊宿所作頌古，故於次年重刊。所著《八識規矩頌注》今亦收録於《嘉興藏》第 33 册。

　　《詩集》二卷附於語録後。卷端題"虛舟省禪師詩集"。卷一收詩 40 首，卷二收 54 首，凡 94 首。史大進《塔銘》稱行省於道風日替之時，"藏鋒斂鍔，庶幾足以砥柱中流，師殆龍山、大梅之流亞"。行省平生孤高自守，所作《自寓》詩，直抒心志："曲高自古少人知，瘦得腰身似柳枝。羞學東籬飢乞食，聊同南郭倦支頤。門無車馬詢奇字，日有鶯花索好詩。風月盡堪爲伴侣，扁舟何必傍西施。"其詩多爲開示門人信士參禪修行之作，或苦心提持，具正法眼，或煉明心志，俾參向上一路。如《送白雨居士次韻》云："溪山遠隔各分天，得會西陵信夙緣。濃抹春山能動樹，淡描秋水亦生烟。元章筆絕非關巧，安道墨傳獨擅妍。與我盤桓多逸趣，不妨談笑傲神仙。"《雪竇觀雪送香山禪師》云："翠竹移來近草堂，床頭珠落濕禪裝。四山路没人難到，萬樹寒驚鳥亦藏。影入蘆花還滯色，白分銀碗惜浮光。雪獅推倒還多事，試看香河照象王。"行省自稱"余性不好吟"，然頗喜陶潛詩，稱"古今詩滿帙，獨愛陶令篇"，又作有《回文》《八音體》等詩，皆遊戲圓通，得文字三昧。《八音體》乃以"金""石""絲""竹""匏""土""革""木"八種樂器爲每句之始。此體並不多見，宋方岳、元周巽、明潘希曾嘗有是作。行省《八音體》曰："金粒盈盤較勝花，石池漾碧好漚麻。絲頭懶著身常暖，竹底閒搜興欲賒。匏落休嗟時未熟，土宜可辨日方斜。革心久矣無多慮，木榻雲眠隱士家。"運筆自然，非牽攣補衲者所能道也。

《和中峰禪師懷浄土詩》一卷，釋大𡎴撰

大𡎴（1602—？），字方融，俗姓任，涇陽（今陝西咸陽）人。幼即善根夙植，愛靜坐，食素食，不好共群童戲。年十六，辭母隨族叔謁五台，禮大材和尚剃度。年二十，遊峨眉、荆黄、襄州，登博山、匡山，抵金粟、徑山、天台，歷參無念和尚、密雲圓悟、湛然圓澄、雪嶠圓信諸尊宿，終嗣法於覺浪道盛。歷住金陵天界寺、江西南康雲居山真如禪寺。著有《方融𡎴禪師語録》附《懷浄土詩》一卷。生平可見自撰《行實自紀》。

《和中峰禪師懷浄土詩》一卷，附見於《方融𡎴禪師語録》，收録於《嘉興藏》第 29 册，又見存於上海圖書館。開本高 26.9 釐米，寬 17.5 釐米；版高 22.9 釐米，寬 15.3 釐米。封面題"支那撰述"/"方融𡎴禪師語録卷一之三附浄土詩"。《語録》所收爲大𡎴住持天界、弘濟、雲居諸刹上堂語録、示衆、機緣、垂語、佛贊、歌偈，浄土詩則單獨附爲一卷。卷端題"和中峰禪師懷浄土詩"/"廬山瑞雲沙門大𡎴著"。卷末題"菩薩弟子劉興孝敬刊"。

《大𡎴和中峰禪師懷浄土詩》亦取素珠一周之義，凡 108 首。細讀之，百八首中合轍和韻者寥寥，要在紹續明本旨趣，摹狀浄土極樂景象，憫群生之迷塗。第 105 首云："自從親入遠公社，善友難逢是箇中。不遇中峰《懷浄土》，青山逾遠雲彌豐。"仰慕之情，溢於言表。其所作亦反復丁叮，苦心勸告，策勵群迷，共往西天極樂浄土。如云"萬樹春風入院温，寒凉消盡熱心存。花香水暖蓮臺浄，直往西方面

世尊”“冬至風寒雨雪飛,飄零稚子欲誰依。婆心切切倚門望,臘盡年窮不見歸”。大璽於詩中尤凸顯禪净合一思想,既宣導念佛法門,亦注重自性圓覺。如云“一心不亂是專持,名號聲聲莫暫離。打破疑團即是佛,不須重覓古阿彌”“洪名一舉萬緣灰,獨露娘生面本來。非色非空非背向,更從何處惹塵埃”。故其末三首中反復稱:“最上參禪惟念佛,祖師公案漫疑猜。”“或曰西方或謂禪,聖凡沙界總同圓。”“詩成百八口親宣,雖贊西方不礙禪。”宋元以來,叢林尊宿多主張禪净合一,大璽所唱雖無新意,然通俗易懂,於普及净土法門仍具有相當之價值。

《雪峰如幻禪師瘦松集》八卷,釋超弘撰

超弘(1605—1678),字如幻,別號瘦松,俗姓劉,惠安(今福建惠安)人。父劉佑爲潮州府學教授。幼習儒業,十九爲諸生,二十七嬰劇疾,因閲《維摩詰經》而興出塵之志。偶遇費隱通容弟子亘信行彌法師,蒙所激發,矢志皈依。順治三年(1646),時值鼎革,强令剃髮,辭父母,依行彌於南山寺,執侍十載。歷住泉郡承天、延福、會城之芙蓉、雪峰、慶城諸刹。康熙四年(1665),住惠安雪峰寺,與衲子數輩栽田博飯,矢志終焉。十七年(1678)十月示寂,世壽七十四,僧臘三十二。著有《瘦松集》八卷存世。生平碑傳有自撰塔銘及弟子所撰行狀,均見於《瘦松集》中。

《雪峰如幻禪師瘦松集》八卷,四册,乾隆二十一年(1756)刻本,見存於復旦大學圖書館。開本高 17.6 釐米,寬 10.3 釐米;版高 11.8 釐米,寬 8.2 釐米。扉頁題“瘦松集”/“狄觀止敬題”。次頁爲“雪峰如幻老人像”及自贊。卷端題“雪峰如幻禪師瘦松集”/“門人照拙録”/“法孫海印重編”。半頁 10 行,行 20 字,下黑口,四周雙邊,版心鎸“瘦松集”、頁碼,及“金”“石”“絲”“竹”“匏”“土”“革”“木”,以示

卷次。正文前有雍正五年（1727）林之滮、乾隆十九年（1754）洪世澤、康熙二十一年（1682）龔錫瑗序，及乾隆十九年海印《刻瘦松集緣起序》。

林之滮序略曰："天地四時密運，草木因以榮瘁。惟松之貞心勁節，挺立於歲寒霜雪中，其色不變。彼士君子臨綱常節義，而毅然不渝，其操亦猶是也。雪峰如幻禪師別號瘦松，或取諸此歟？師壯歲受饘，值時鼎革，歲丙戌功令剃髮，師乃辭父母，捨妻子出家。甲午，惠邑城破，父竄鄉間，師日走數十里，持鉢奉養，夜擁敗絮，與父抱腳眠，使父忘困。此其大概也。及參亘大和尚於榕城、丹霞諸刹，歷侍十載，真切精勤，盡得不傳之秘。故其法語文辭，皆超卓絶倫，大有關於身世法道，非泛泛者比也。前康熙壬戌，其門人余公刻語録二册，盛傳於世。茲法孫章公編定遺稿曰'瘦松集'，意承祖也，將以付梓，問序於余。余按諸禪書，古今之提唱綱宗，明言直指者有之；或棒唱縱橫，如雷轟電掣，不言心性而發明心性者有之。至云不立文字，而能妙從文字以闡不立之旨，足以息文人口而服其心，如《鐔津集》《石門文字禪》等書，實不多覯也。今觀幻公書，深樸峭嚴，不事奇麗，而俊偉光明之氣，具見筆端。文稱其號，所謂瘦鱗蒼鬣，不逐時雕，宜其傳遠留芳，與《鐔津》諸集並垂千古，讀者自有賞音。師於余爲同邑前輩，敬綴數語於弁，志景仰云。雍正五年歲丁未桂月，法弟子林之滮頓首拜撰。"林之滮，字巨川，號象湖，幼聰穎，文章自成一家。據其序，《瘦松集》由超弘法孫瑞章編於雍正五年（1727）。洪世澤序則稱："余甲子歸里，嘗一遊其寺，里中諸友爲余言：'禪師之法孫瑞章師，丕象玄風，闡揚緒教，彙所爲集，凡若干篇，釐爲八卷，壽諸梨棗，永播前徽。'因請余序其端云。乾隆甲戌孟夏望前三日，邑人艮谷洪世澤拜書。"洪世澤，字叔時，號艮谷，又號艮圃，南安人，著有《斐亭詩文集》等。據此序，雍正五年瑞章編訂《瘦松集》後，或久未付梓，里人復於乾隆十九年（1754）請序於世澤。又，龔錫瑗序曰："老人生平著述甚富。曩庚申之夏，達忍禪師携其全集，募刻於白門，屬機緣有待，僅刻成二本。求余爲序，而欲傳之。惜乎板狹小，字多錯誤，兹道余禪師乃重爲校訂，復付剞劂，哀然成鉅觀矣。道余復問序於予……老人往亦録傳，忍公經始之於前，道公重梓之於後，二公並承記莂，而能使老人慧命不絶於人間，誠賢矣哉！老人住武榮梅山，爲真覺禪師生處，故亦號雪峰云。康熙壬戌季秋，法弟子岸齋龔錫瑗拜撰。”“庚申”爲康熙十九年（1680），達忍禪師擬刻超弘全集，然僅成二本；康熙二十一年（1682），道余禪師重爲校訂，擬刻於白門，復問序於龔氏，故此序又冠爲“原序”。

　　海印《刻瘦松集緣起序》略曰：“生平抱道自守，力辭巨刹諸請，既不出世匡徒，故小參、法語不多，而著述尚富。前法叔達忍禪師先募刻二本於白門，板多訛舛。康熙壬戌年，先師余和尚復爲校定重刻，而所存遺稿猶未能及也。甲申夏，海印受命於先師時，僅以此爲囑。慨印德薄緣疏，銘諸心而弗逮者。初以院宇傾頹，山門冷落，將先修建爲急，殫苦心，承檀德，漸次整理，規模粗備，五十年來力竭而憊矣。歲癸酉，印年七十有六，每嘆遺文未刻，負師囑爲憾。徒孫智融力肩斯役，襄成其事，遂復重加檢閲，編次付梓，而派下孫曾及諸道愛至友，樂輸而贊成之。於是刊刻續編，以入舊録，彙而合之，名曰‘瘦松集’，蓋本於師翁當日曾刻《瘦松吟》之號也。嗚呼！師翁示寂之年月，即印誕生之年月，師翁言於七十七年之前，印刊成於七十七年之後，此其爲師翁之感格佛天，將以光揚祖道，嘉惠後學。而印於衰耄之年，猶及親見其成，得以不負師囑，其慶倖何如也！敬述其緣起如此。乾隆十九年甲戌孟春，法孫海印稽首拜題。”據此序，超弘在世時，嘗有《瘦松吟》，此本則由海印上人及徒孫智融編纂並付刻而成。

　　此本八卷，卷一“金部”收小參、法語、頌古、小佛事；卷二“石部”收塔銘、志銘、祭文；卷三之卷四“絲部”“竹部”收序、引；卷五“匏部”分上、下兩部分，收題、跋、贊、説、銘、傳等文類；卷六“土部”，收書、啓、記、論、賦；卷七"革部"收各體詩，亦釐爲上、下兩部分；卷八"木部"收偶録、垂儆、紀事、因事示衆、末後示西堂、自撰塔銘、行實等雜著，亦釐爲上、下兩部分。

　　超弘道法精深，論詩文別具隻眼，以爲詩與禪，雖"皆須妙悟耳，其實各有門庭。從上尊宿間爲詩偈頌，皆本地風光，不屑爲詩人之言"，而皎然、齊己之徒，"則斷斷以其詩鳴，不作一禪人語，亦可謂之各有所見也。夫鼓中無鐘聲，鐘中無鼓響，微相攙奪，終乖本色。流俗阿師，才則不逮，又喜托詩名，間獵取禪家囈語，文其固陋，下劣詩魔，得其便利，出没筆端，因以號於人曰我衲子之詩也，遇明眼則亦敗耳"（《光際禪師竹院詩集序》）。論釋子之詩，頗切中肯綮。明清之際，僧人尚詩之風極盛，至有謂"僧不詩則不韻者"，超弘以爲此實"以詩累僧，復以僧累詩，輾轉不已，艾氣熏人，吾以是增嘆"（《晦文師詩草序》）。詩之於僧，本爲外學，强爲外飾，汨没其中，不惟誤禪，於詩亦無裨益。超弘所言，洵爲的論。然超弘極喜爲詩，自稱"總角時，即竊喜學詩"，嗣後固屢悔前習，然所作亦夥。集中之詩凡一卷，近二百餘首。今觀其詩，不類凡俗衲子所能言。《山居》二十首及《和栴堂山居》四十首，信口成章，率意淺談。如："披緇未必便超塵，正果還需屬正因。不遇驅牛奪食手，多逢買櫝棄珠人。六根清净湫湫冷，萬象森羅色色新。正眼開時全鶻露，虛空消隕浩無垠。"又如："生死海中没復回，因循流浪可勝哀。菩提有種仍萎謝，煩惱無端自結胎。好向清凉地歇脚，莫將名利酒添杯。分明舉似知音者，撲鼻香生雪後梅。"不惟描摹山林風物，抒寫山居閒情幽趣，更在提撕初心向道者。超弘雖因鼎革而皈依佛門，但詩文較少關涉世情，所言皆僧家本地風光，具正法眼、菩提心，實宗門中第一等文字。超弘爲福建僧，集中頗涉閩中叢林人事，而關乎黄檗宗者尤多。《黄檗隱老和尚衣鉢塔記》述及隱元隆琦之生平，王啓元有專文發覆之。

《瞎堂詩集》二十卷、《梅花詩》不分卷、
《丹霞天老人雪詩》不分卷，釋函昰撰

　　函昰(1608—1685)，字麗中，別字天然，號丹霞老人。原名曾起莘，字宅師，廣東番禺人。少穎悟，負才名，年十七補諸生，與里中梁朝鍾、黎遂球、羅賓王遊，相與縱論時事，以康濟爲己任。崇禎六年(1633)中舉人，十三年赴京應試，途中入匡廬歸宗寺，禮道獨宗寶爲師。崇禎十五年(1642)省親廣州，以陳子壯等文士之請，開法訶林。明亡避亂西樵山，入番禺雷峰寺，旋移錫廬山棲賢寺。歷住華首、芥庵、海幢、丹霞諸刹。其以文人慧業，深入真際，直見本源，又以忠孝廉節垂示及門，故學士大夫從之遊者，每於生死去就多受其益。著有《楞伽心印》四卷、《首楞嚴直指》十卷、《金剛正法眼》《般若心經論》一卷、《天然昰禪師語録》十二卷、《同住訓略》，詩文集則有《梅花詩》《雪詩》《丹霞天老人古詩》《丹霞詩》《瞎堂詩集》等。碑傳有湯來賀《塔志銘》、釋今辯《行狀》，俱見《天然昰禪師語録》卷末，汪宗衍撰有《天然和尚年譜》，李福標有《清初丹霞天然年譜》)。

　　1.《瞎堂詩集》二十卷，道光海幢經坊重刻本。見存於中山大學圖書館、國家圖書館、廣東中山圖書館亦有館藏，《四庫禁毀書叢刊》集部第116冊據此影印。卷端題"瞎堂詩集"/"番禺天然昰著"/"書記今㮰編"。半頁10行，行21字，白口，四周雙邊、雙魚尾，版心鎸"瞎堂詩集"卷次、詩體、頁碼。正文前有天然和尚像、張維屏撰像贊、函昰《自序》、湯來賀《塔志銘》。函昰自序曰：

　　　　説作吼子乞余詩付梓人，已而乞名，名曰"似詩"。"似詩"者，何謂也？夫道人無詩，偈即是詩，故亦曰"詩"。然偈不是偈，詩又不是詩，故但曰"似"。吼子請焉，更爲語曰："子以予偈不

可讀，姑取詩以示人，爲其近人也。何近乎？情近也，境近也。悲歡合離與人同情，草木鳥獸與人同境。同人者善入，入則親，親則信，信則漸易而不覺矣。"噫！此吼子之説也。然予以爲吼子之知予詩者惟近，而不知余之不是詩者亦惟近。近者，天下之所同也，而有異焉。然則天下之所爲樂近者，爲其同也而有異，則天下之所謂樂，一人尤樂。余之不是詩，是以樂與天下，而以尤樂待一人。萬世而下，其旦暮遇之邪？昔南禪師住歸宗時，遣化至虔上。將還，有劉君遠送郊外，祝曰："爲我求老師一偈，爲子孫世世福田。"明年，南以偈寄之曰："虔上僧歸廬嶽寺，首言居士乞伽陀。援毫示汝箇中意，近日秋林落葉多。"後四十年，雲庵復住歸宗，法席盛於前。劉君之子携此偈來飯僧，叙其事。雲庵上堂，有偈曰："先師昔住金輪日，有偈君家結浄緣。我住金輪還有偈，却應留與子孫傳。"噫！吼子謂是偈耶詩耶？固非艱深不可曉，而古今傳誦，不敢目之爲詩，則安知夫人之所謂近者而即遠，所謂遠者而即近耶？吾願天下勿以堅白之昧，終而自安於所樂，是不但一詩也。天然道人書。

"説作吼子"，即王邦畿，字誠儔，番禺人，曾任南明紹武御史，又事永曆朝，後依天然函昰爲僧，法名今吼，有《耳鳴集》遺世。此序後有門人今毬注曰："此老人早歲刻《似詩》自序也。老人生平吟詠之意已盡於是，讀者玩索之，不惟老人之詩可悟，即老人之人亦可得。故全集編定，即録以爲序。今毬謹識。"今毬，字雪木，東官尹氏子。幼出家雷峰海雲寺，爲人耿介，隨函昰七住道場。今毬以天然和尚所著《似詩》《梅花詩》《雪詩》諸集合刻爲《瞎堂詩集》，故《瞎堂詩集》實爲函昰詩之全集。汪宗衍《天然和尚著述考》云："此集爲和尚寂後，今毬取《似詩》與其未刻稿彙編而成。乾隆間列爲禁毀書目，原刻本未見。"冼玉清《廣東釋道著述考》亦如是云。孫殿起《販書偶記》著録云：“《瞎堂詩集》二十卷，番禺釋天然昰撰，無刻書年月，約道光間刊。”孫氏所見或亦爲此本。

1976 年南海何耀光據道光刻本重新影印，凡四册，二十卷，目録一卷。此影印本扉頁有何氏題“瞎堂詩集”，又影有廣州海幢寺藏“天然和尚畫像”、何氏至樂樓藏“天然和尚自題詩卷軸”、小畫舫藏“天然阿字師弟唱和詩卷之二”等遺珍；又有何氏親筆書“重印瞎堂詩集序”。此本藏於廣東中山文獻館、廣州圖書館、中山大學圖書館等。

據《清人別集總目》，《瞎堂詩集》尚有康熙刻本、乾隆嘉慶刻本、同治廣東刻本、民國十五年（1926）廣州重刻本等多種版本。另，李福標、仇江點校《瞎堂詩集》由中山大學出版社 2006 年出版。

2.《梅花詩》不分卷，道光單刻本。見存於廣東中山圖書館、中山大學圖書館。卷端題“天然和尚梅花詩”/“學人古鍵録”，卷末有“板藏廣州海幢寺”七字。古鍵，字鐵關，順德胡氏子。康熙九年（1670）甫十八即出世雷峰，初欲入棲賢依天然和尚，至海幢爲今無禪師留掌記室，尋典賓客。“單刻本《梅花詩》應是他初入海幢寺掌記室時據今辯鈔本繕録寫刻，後於古翼編刻《雪詩》數年”①。無序跋，具體刊刻年份不詳。冼玉清所見爲康熙間寫刻本，但在録卷序時又云“此書首五律，次七律，又次五絶，最後七絶”，與此本略異。李福標則以爲“今傳是道光以後的重印本”。

函昰《梅花詩》一百二十首，除有單刻本行世外，又曾刻入《瞎堂詩集》《天然昰禪師語録》中。《語録》收《梅花詩》時，録有王庭《詠梅詩序》，其曰：

> 天然老人以名孝廉，早謝舉子業，入選佛之場。其事在鼎革前，非他，有托而然者倫也。老人爲博山之孫，乃建立其宗旨於

①李福標《天然老人梅雪詩單刻本的文獻價值》，載《文獻》2007 年第 1 期。

廣南，一時道望之高，從遊者益衆。會下澹歸師，予同年友也。羊城平定之後，安集爲難。予鞅掌爲俗吏，曾再通澹歸信，不及訪，因不及一謁老人。老人曾從平藩請一入城，予適有他務羈，不得見。茲去粵有日矣，念此常爲歉然。有客以老人《梅花詩》示者，云：“澹歸致言，索予序。”嗟乎！予不見老人，今得附名於其詩，使老人見我，乃予之幸也。夫詩之一道，本非禪家所貴，然而古德多爲之。其詠梅未嘗沾沾於梅也，原風人之意，如河鳩、淇竹，非爲比即爲興，大都偶感於物，以寄其懷云耳。若必詠物之體求之，將曲肖其形質，微寫其性情，博徵其事實，非切而能工，不以名執。此評諸詠梅者，林逋“暗香”“疏影”二語而外，可稱者寧有幾哉？然而昔人詠梅往往多百篇，今老人之作亦百有二十篇。嗟乎！吾知老人之托意深矣。夫佛之妙法取之蓮，老人之微旨取之梅，以例之柏子草頭。老人之詠梅未嘗非説禪，豈可以詩觀之耶？然即以詩觀之，此老人諸作其格高矣，其趣合矣，其詞爲雅馴，又豈他百篇者所可及哉？同時有名孝廉美周黎公，與老人俱以大法自任。美周前在揚州，有《詠黃牡丹詩》十首盛行於時。夫牡丹之黃者特表異於繁艷，而梅寂守其清寒，各有所取之。他日，美周以節烈終從世間法，老人常逍遥於方外遊。嗟乎！予於茲詠梅詩得之矣。賜進士出身通奉大夫山西布政司王庭拜撰。

王庭（1607—1639），字言遠，浙江嘉興人。順治六年己丑（1649）進士，初擢爲廣州知府，順治十六年（1659）任山西右布政司，以清惠廉潔稱，有《秋閒詞》等。言遠與澹歸同爲崇禎九年丙子（1636）舉人，故稱“同年友”。

3.《丹霞天老人雪詩》不分卷，一册。見存於杭州市圖書館，《四庫禁毀書叢刊》集部第 183 册據此影印，然誤署爲“明釋古翼撰”。卷端題“丹霞天老人雪詩”/“侍僧古翼録”。古翼，字輔曇，俗名王華，字蒲衣，王邦畿之子，番禺人，禮函昰爲侍僧。半頁 8 行，行 20 字，白口，四周單邊，版心鎸"雪詩"及頁碼。所收雪詩，依韻而作，五律、七律、五絶、七絶各 30 首，凡 120 首。正文前有陸世楷叙，書後有澹歸跋。據汪宗衍《天然和尚年譜》，康熙五年丙午（1666）臘月，函昰以澹歸之請，入丹霞，主席別傳寺，則《雪詩》或作於康熙五年，百二十首，竟於四日內脱稿。

　　函昰以鼎革前剃髮出家，未可以"有托而逃者"視之，然其卓然騫起，智斧慧刃，以忠孝廉節垂示及門，粵中文人學士，縉紳遺老，多奔走輻輳，似決諸河而歸之海，堪稱遺民逃禪之淵藪。徐作霖、黄蠡編《海雲禪藻集》輯錄僧人 73 人、居士 63 人，皆其及門或再傳弟子。順治間博羅僧行森上書曰："近三十年來，則世家公子、舉監生員，亦多有出家者。浙直素稱佛地，覺似不如廣東矣。"函昰之詩，感時勵志，多彰表忠孝節義，抒寫故國之思，如《梁未央死難二首》其一："聲名世共仰，生死君須知。白刃春風冷，懸崖撒手時。"《霍覺商父子四人死難二首》其二："共明千古節，就義且從容。生死去來際，衣冠談笑終。"《金太史正希殉義》："頭目髓腦君甘捨，山河日月淚難乾。可憐石上三生話，回首歸宗夢裏看。"又有哀悼陳子壯、陳邦彦、張家玉"三忠"死事之《廣州三首》等，皆傷悼抗清殉難之士，悲慨沉深，讀之令人唏噓淚下。函昰復以古道自持，悲智俱足，心量齊全，其托諸歌詠，又"非此一世界氣運之所管攝"。如《歸宗山籟一百四首》《梅花詩》《雪詩》諸作，清曠絶倫，觸處成真，有萬壑空明、千山皓白之致，此皆詩人胸中沆瀣自然流溢，非掇拾禪典、臘語者所能及者也。如《歸宗山籟一百四首》其四一："匡月入湖小，千波影共圓。月光不到水，水月豈從天。對鏡看群岫，依林數過船。箇中誰是主，斂目獨澄然。"無所用意，猝然與景相遇，水月相忘，主賓俱泯，理事雙遣，乃曹洞宗旨之詩化體現。

《冬關詩鈔》六卷《補遺》一卷, 釋通復撰

通復(1609—1679)①, 字文可, 別號冬關老人, 俗姓胡, 嘉興(今屬浙江)人。家世業儒, 因多病出家, 梵誦之餘, 亦旁及儒書, 無所不窺。晚年遊粵東。與曹秋岳遊。著有《冬關詩鈔》存世。生平未見碑傳。

《冬關詩鈔》六卷《補遺》一卷, 二册, 康熙四十八年(1709)刻本, 見存於上海圖書館、國家圖書館。開本高 26 釐米, 寬 16.9 釐米; 版高 18 釐米, 寬 11.7 釐米。扉頁題"嘉禾文可大師著"/"冬關詩鈔"/"瓣香庵、華及堂雕行"。是書分上三卷、下三卷, 上三卷卷端題"冬關詩鈔"/"嘉禾釋通復文可著"/"同里盛遠宜山輯"; 下三卷則題"嘉禾釋通復文可著"/"休陽汪文楨鷗亭輯"。半頁 9 行, 行 21 字, 左右雙邊, 大黑口, 雙魚尾, 版心鐫書名、卷數、頁碼。正文前有康熙己丑(1709)盛遠、汪森二序, 及盛遠所撰《凡例》。盛序云:

> 明季清初, 我禾有兩高僧焉, 並以詩鳴世。一爲秋潭舡公, 一爲冬關復公。秋潭有《黃葉庵詩稿》, 行世已久, 爲譚司業掃庵校刻, 陳徵君仲醇撰序, 至今學詩者流, 無不家藏一本。而冬關無聞焉。黃葉詩摹擬蘇、陸之間, 冬關一本少陵, 古渾沉雄, 老氣無敵, 論僧品相與頡頏, 而詩則可弟視黃葉也。冬關沙彌時, 與曹侍郎秋岳同里塾, 相劘切。侍郎與師詩云"共排流俗論重起, 杜陵人立志既同", 終身不易。當時每一篇出, 則萬口傳之, 計數十年來, 不知幾千百首。惜不留稿, 遂至湮没。今師死已三十年, 甚有但聞師名而未曾見詩一章一句者, 更數十年, 則並師名

---

① 通復生卒年, 參看魯小俊《〈清人別集總目〉僧侶資料補正》, 載《學術交流》
　 2013 年第 1 期。

亦邈乎不知之矣。此其故皆由無鑱本行世，故不能久而傳也。念侍郎與師爲同調莫逆，使能如歐陽之序秘演，烏待至於今日哉？亦似有數存焉爾。然少陵爲詩家壇坫，其集自唐迄宋數百餘年，如子瞻、山谷輩，各有藏本，多寡不同，至介甫而得鄆客所貽數百篇，始爲完本。今余所得師詩，半從門下生巾箱中物，不過什之二三。而桐川汪刺史碧巢久已留心鈔撮，欲鑱師稿，見余授梓，甚愜其意，將家藏圖畫、卷册、題句，平時往來倡酬及向所購詩，共若干首，録成三卷，並鋟於後。後之君子有能繼碧巢而蒐刻，則師稿焉知不若少陵之成完本哉？竹垞朱供奉所選《詩綜》，以不得師詩爲憾。今得序師詩，猶歐公之序秘演，不第慰師於長寂光中，且以補侍郎未了之公案，豈非千秋快事哉！康熙己丑花朝，宜山居士盛遠書於瓣香閣。

盛遠（1630—1710），字宜山，號鶴江，浙江秀水人，工詩，善書畫，時稱“三絶”。著有《瓣香閣詩鈔》。序中稱，通復詩原有數千首，然多散佚，朱彝尊選《明詩綜》，以未得其詩爲憾。而所刻《冬關詩鈔》三卷，乃其從通復遺物中檢出。汪森序略曰：

　　憶余壬子間晤言於初地庵中，自後每至郡城，必造訪焉。蓋道氣迎人，故樂與之親。乃己未冬遽歿。歿後，余與曹先生談及，輒嘆息久之，恒約余讎比其詩，以登梨棗。余諾焉。未幾，曹先生亦逝。余又薄宦粵西，忽忽二十年，雖往來於懷，殊未遑也。邇年來，余適有《粵西通載》之刻，既而念及諸亡友，復雕《視昔》一編。方謂如冬關焉者，宜更得一浮屠中之能詩者，與之合輯，而未得其人。宜山先生發興裒集，採掇三卷，斯真先得我心者矣。爰以既刻者見示，邀余續成。余閲所藏鈔本，復得三卷，因竊論之。其五言古，間規撫於漢魏，而七古及五、七言近體，則少陵是宗。颼颼乎正始之音，非同凡響，固可與黃葉庵詩並傳於世。微先生，其誰發潛德之幽光乎？而余因不致負二十餘年曹先生之約，且得以慰三十年前之方外交。先生之功，豈惟冬關，實嘉賴之余，亦庶幾無忘息壤矣。康熙己丑夏五泛蒲前之二日，小方壺汪森序。

汪森（1653—1726），字晉賢，號碧巢，浙江桐鄉人，官廣西桂林府通判，著有《小方壺存稿》十五卷。嘗築“裘杼樓”，藏書七千餘册，編有《裘杼樓藏書目》。晚年編《粤西詩載》，擬將通復詩與他僧合刻，未果，遂於盛遠所刻三卷之後續刻三卷，并爲《冬關詩鈔》六卷。

盛遠又撰有《凡例》，稱是集之刻，乃就鈔付者隨到隨刻，不及分體，亦不依年譜序次先後。而付到之詩，先後不齊，間有重見者，則存其先至者，而去其後至者。又稱中間不無魚魯之訛，命門人張雨村、沈寓廉代爲校讎，先後覓詩最多者爲茅鶴書、張平山、程篔軒、盛玉田；又稱下三卷乃汪文桂（鷗亭）、汪森（碧巢）昆季所刻，並錄有“彙輯上三卷詩稿姓氏”三十一人。

國家圖書館尚有另一藏本，前有題識云：“《冬關詩鈔》六卷，國初釋通復文可著，樵李曾子家藏。”內鈐“樵李”“曾子家藏”等印。又，通復尚有《冬關詩草》不分卷，清稿本一册，藏於台灣圖書館，未見。

是書正文前有總目，卷一收詩140首，卷二收148首，卷三收100首，卷四收116首，卷五收104首，卷六收133首，又補遺若干首。大抵記其遊蹤及與友人唱和之作。所交者多爲吳偉業、沈融谷、曹溶、姜宸英、李潛夫等，詩亦多寫季世滄桑與故國之思，或釋名而儒行者。其《寄梅邨先生》云：“天曠冥鴻羽，投林自有真。江湖高縱酒，日月老垂綸。黑髮還初服，青山奉潔身。秋風瓜再熟，未許故侯貧。”語非激切，却頗契梅村心境。戊申、己酉間，嶺南烽火連天，干戈遍地，通復已屆暮年，不辭遠遊，訪天然和尚、澹歸禪師等於丹霞別傳寺，意其未必皆爲弘法、問道之故。如《贈丹霞别傳寺主澹公》其二曰："窮海孤臣淚,名山國士恩。田園戎馬盡,筋骨雪霜存。午甑青精滑,秋床白氈温。巖窗容乞火,來擬共朝昏。"孤臣、遺民之淚,揩拭於青燈、古佛之下,實澹歸當時心境之寫照。盛遠等人取其《春草》以壓卷,未必盡得其心矣。四庫館臣則摘其中"魂消南浦人將遠,夢落西堂句忽成"句,以爲"格落晚唐,非其至者也"。通復之詩,宗法子美,沉雄悲慨,曹溶贈之以"杜陵人立志既同"句,盛遠亦謂其"一本杜陵",集中亦有多首追和杜韻之作。若論通復之詩,當以《悼徐貞侯》《哭少典和韻》《挽李公麟》《張履石挽詞》《四哀詩補》等最爲典型,長歌當哭,頓挫無端,不惟痛悼友朋之凋零,實亦故國之挽歌。

《靈隱晦山顯和尚全集》二十四卷,釋戒顯撰

晦山戒顯(1610—1672),號黄梅破額、罷翁、晦山樵者,俗名王瀚,字悔堂,又字願雲,太倉(今屬江蘇)人。弱齡遊泮,有聲庠序。甲申之難,棄衣焚書,作文告廟,入金陵,禮三昧老人祝髮,後受具參天童雪嶠,遇具德弘禮於皋亭,大悟"雲門拄杖"話頭,遂得法。初隱廬山,開法雲居,歷主東湖薦福、黄梅四祖、臨皋安國、武昌寒溪、荆州護國、撫州疏山,化行江楚,道望大著。康熙六年(1667)繼席靈隱。康熙十一年(1672)以病摑鼓辭衆,退居皋亭山佛日寺,一旬即示寂。示偈云:"老來住院已知非,六十三年一夢歸。接得天衣來鷲嶺,自投黄鶴作天衣。"世壽六十三,僧臘二十八。著有《禪門鍛鍊説》《現果隨録》《佛法本草》及語録詩文集若干卷。文德翼爲撰《傳臨濟正宗第三十代恢法雲居繼住靈隱晦山顯老和尚塔銘》①。

---

① 晦山戒顯全身塔在今江西省永修雲居山,文德翼所撰《塔銘》鑴於塔後石牆上。

　　《禪門鍛鍊説》擬於孫子兵法,謂禪門以機法鍛鍊禪衆,宛如治國用兵,凡十三篇,乃戒顯自創隨衆經行、敲擊移換、擒啄斬劈之法,故自號"禪門孫武子",收録於《卍續藏經》第 112 册。《現果隨録》則爲戒顯筆記,記載親聞親見現業感現果者,收録於《卍續藏經》第 149 册。

　　釋戒顯詩文集曰《靈隱晦山顯和尚全集》,流傳甚罕,目前所知僅有兩種存本。一種是日本東洋大學東洋研究所藏本,名曰《靈隱晦山顯和尚全集》,凡二十四卷。開本高 27.1 釐米,寬 17.7 釐米;版框高 21.7 釐米,寬 14.5 釐米。卷端題"靈隱晦山顯和尚全集"/"雲間無住道人同鑒定"/"鹿城冰庵張立廉較定"/"住佛日、雲居嗣法門人正端、元玠編"。半頁 10 行,行 20 字,四周雙邊,有格,版心鎸書名、卷數、頁碼。版心下方爲墨釘。書前書後俱無序跋。内鈐"投戈講藝息馬論道""青田徐則恂藏"等印。徐則恂,字允中,浙江青田人。早年留學日本,入光復會,歸國後與徐錫麟、秋瑾等舉事,戎馬半生,又嗜好藏書,築"東海藏書樓",藏書五萬餘册。民國十八年(1929)四月,將所藏四萬餘册,售予日本外務省對支文化事業部,後歸東洋文化研究所。是書當由此而流落東瀛。

　　另一種是西泠印社拍賣本。2019 年 7 月 8 日西泠印社拍賣有限公司公開拍賣,成交價高達 30 萬元人民幣。筆者無緣及見。據西泠印社拍賣有限公司提供信息,此本凡四十卷,詩文二十八卷、語録十二卷。其中卷一至卷二八收録詩、賦、序、文説、跋、雜、碑記、傳、疏、引、銘、啓、書、像贊等各體詩文 768 篇,語録十二卷收録順治八年至康熙六年(1651—1667)間戒顯住建昌雲居山真如禪寺、武昌府西山寒溪禪寺、黄州府黄岡安國禪寺、饒州府鄱陽薦福禪寺、黄州府黄梅四祖正覺禪寺、荆州府護國禪寺、撫州府金溪疏山白雲禪寺、杭州府錢塘靈隱景德禪寺説法語録三百餘則,示衆、普説、機緣、拈古、頌古語録 90 餘則,以及《禪門鍛鍊説》12 篇,末附弟子正瑞、元玠所撰行狀。

　　西泠印社拍賣本，扉頁題簽“支那撰述，靈隱晦山顯和尚語録全集”。版式同於日本藏本。正文前有康熙十八年（1679）華亭無住道人序、張立廉序、查繼佐序，康熙十年（1671）徐增序，康熙十八年（1679）張遴跋；卷末刻張立廉《刻晦山和尚語録暨詩文全集募引》《流通便法》。語録卷三、卷九、卷一〇、卷一二末有募刻牌記，如“雲間弟子王宇桓法名元慧”“監刻弟子趙雲法名定慧、仝室顧氏法名定朗”等。此書乃康熙十八年（1679）由王日藻（字印周）刻於中州，版式悉依《嘉興藏》，版存靈隱。但《嘉興藏》現存目録中並無此書。與西泠拍賣本相較，日本東洋大學東洋研究所藏二十卷本，不僅缺少語録、首尾序跋，且缺詩文四卷。

　　戒顯早年受業於太倉宿儒張采，文章與吳梅村齊名。文德翼《塔銘》稱：“更值京師賊陷，帝后殉社稷，師大悲憤，約同學某翰林逃去。某不果，遂獨持衣冠書册，辭拜先師文廟曰：‘瀚雖不弟，不爲羅昭諫，終爲饒德操耳。’”“某翰林”即吳梅村也。戒顯《哭梅村老友》中“甲申陡聞變，號呼共搶地。相誓走深山，披緇避鼎沸。臨行促登舟，失計在猶豫。一着蹉先機，萬事增塵累”諸句，所憶即當日與梅村携手逃禪之事，蓋以梅村猶豫寡斷而使二人揚鑣分途。明乎此，亦不難理解梅村臨終遺言“斂以僧裝”之隱衷。戒顯處明季天崩地解之日，自是以遺民而逃禪，然不可全以遺民僧視之。明季遺民逃禪，其取向不一：或全身避害，保全志節，若錢邦芑、葉紹輩；或以世不可爲，而篤志作出世豪傑，若函昰、函可、澹歸、正嵒輩。戒顯之逃禪顯爲後者。其《道一和尚燕臺集序》云：“古今人物豪傑有二：一世間，二出世間。顧世間豪傑難，而出世豪傑更難，天既命以出世之任，其人行履必離奇超曠，不可一世。”集中卷一四《自策文（臨出家時作）》《甲申除夕自責文》等頗可見其出家之決絶：“投身覺海，雖千鍛以彌堅；委命空門，信萬牛之莫挽。”人情佛法，毅然斬然；斷盡命根，不留一綫。故能爲金剛爪、獅子吼,震天動地,掀翻窠臼,創爲“鍛禪”之説,實爲法門之大器,故不可概以遺民僧而論矣。集中與吳梅村、王時敏、周亮工、查繼佐、顧夢麟等舊交之作頗多,“永嘉悲淚,積成江海”。如名篇《題武昌黃鶴樓》云:“誰知劫火憑陵後,猶得重登黃鶴樓。晴樹已隨人事盡,長江依舊大荒流。楚王宮闕銅駝暮,仙客乾坤鐵笛秋。極目蒼烟悲慨遠,一瓢歸掛亂雲頭。”沈德潛《清詩別裁集》卷三二選入此詩,謂:“玩《登黃鶴樓》詩,應是遺民而爲僧者,無詩稿,於卷軸中得之。”然戒顯之詩文,絕非僅遺民黍離之悲一端而已。其論詩文“要以骨爲主”,“骨既立矣,然後風神韻度,相錯而成。或奇光奧響,或壯采雄文,皆可各自成家而千年不宿”(《葉井叔詩序》)。其詩文要皆開廓心性,條貫宗乘,刮骨剃髓,搜造化之奇,悟人事之理,乃禪林中第一等文字。

《桐樹園集》六卷,釋超悟撰

　　超悟(約1610—1689後),字日休,號蠡齊、大梅山人、大梅老人,俗姓林,東甌(今浙江溫州)人。明亡爲僧,得法於法幢行幟大師,主鄞縣大梅山古荷衣院。著有《桐樹園集》六卷、《大梅山人尺牘》二卷存世①。生平未見碑傳。

　　《桐樹園集》六卷,三冊,康熙二十八年(1689)刻本,見存於復旦大學圖書館。開本高26.4釐米,寬16.6釐米;版高18.7釐米,寬14.2釐米。卷端題“桐樹園集”/“大梅蠡齊超悟日休氏著”/“證山周斯盛屺公、鑒湖張起宗兀友選訂”,各卷選訂者不一。鈐有“吳興嘉業堂藏書印”“劉承幹字真一號翰怡印”等印。半頁10行,行20字,白口,四周雙邊,單魚尾,版心鐫“桐樹園集”、卷數、頁碼。正文前有康

---

①《大梅山人尺牘》二卷,藏於中國科學院圖書館。未見。

熙十一年（1672）李文胤、錢光繡、孫榮旭、蔡啓傳序，康熙十七年（1678）李象坤、林必登序，康熙二十七年（1688）周斯盛、董楨序，康熙二十八年（1689）張起宗序，康熙十年（1671）超悟自序，凡十序。

超悟自序云：“兹山自歷代以來，釋蹤仙迹，屈指不盡。如先大父、先師嘗删荆剗柞，築廬而居，蓋先大父住日少而先師住日多也。嘗考前人著述，僅見山志者，所存機緣、法語數則而已，文章詩賦無聞焉。懷宗時，有空巖禪師從鹽官來，卓錫於此，著有《槎舍吟十二景》詩。先師獲其斷刻於塵坋間，喜而和之。予雖不敏，竊怪人撰題捏景，强人賡和，故未遑操觚，然豈可因噎廢食耶？十二景中獨缺《桐樹園》《桃花溪》二詩，殊不可解。嗟嗟，世間英傑之士，汩没於屠釣塵埃中，没齒不得顯達者，往往而亦有，在夫人之物色何如耳。譬如爨桐獄劍，未遇之時，與殘薪鈍鐵何異，一遇蔡、張，遂稱至寶。世詎乏知音，誠在乎遇與不遇，可概謂千古同灰壞哉！予於桐樹園、桃花灣亦然，因表而出之，用補前賢所不逮。至於十二景中，其有關古迹形勝之可泯滅者，亦繫以詩，庶幾不虚住此山云爾。因並集近作，總命之曰‘桐樹園’。時辛亥霜降後日。”“桐樹園”原爲大梅山古荷衣院一處勝景，超悟因補足崇禎間空巖禪師《槎舍吟十二景》詩，而因以名集。

周斯盛序曰：“余少時多從方外遊，其以詩往來最多且久者，少古、嵩巖及日休三人而已。少公髯髯如戟，與休公同爲甌産，又同出雪竇門下，自琴溪來主吾郡天寧，提唱闤市中，三數載乃去。嵩公，山左人，姿宇秀發，身形如鶴，目精如點漆，歲嘗往來吾邑阿育王及錢塘靈峰間。唯休公獨居梅子峰頭，豹聲虎迹，寥闃無鄰，破衲餿羹，安之若素……今年春，公命其門人止山嘔輩以舊稿屬余選輯。余既汰其十之五，復叙生平往來之故，並及嵩、少二公，以志吾感。”《桐樹園集》蓋由周斯盛編於康熙二十七年（1688），而刻於康熙二十八年（1689）。是書正文前有總目，卷一收五古63首、五排8首，卷二收七古 36 首,卷三收五律 87 首,卷四收七律 87 首,卷五收七律 70 首,卷六收五絕 9 首、七絕 84 首。

李鄴嗣《杲堂文鈔》卷二《大梅禪師詩序》中謂:"東甌太史林可任先生去爲雪寶法嗣,稱法幢禪師……大梅日公爲林先生法嗣,即繼其席。其人意思蕭散,與吾輩賦詩贈答,風味宛然。吾鄉吏部孫君,林太史所錄士也。日公嘗有贈吏部入燕詩,蒼凉頓挫,獨出冠時。"此序不見於《桐樹園集》,蓋爲超悟另一詩集所撰。

超悟之詩,有禪家本地風光,《山居》《早雁》《落葉》《晚晴》《病鶴》諸詩,皆清蒼古樸,超逸不群。例如《歸舟》云:"出門入昨日,不道是桑時。雨過依山轉,舟行見岸移。數峰前代畫,一篋故人詩。麥飯村中熟,聞香五里炊。"《獨山道中》云:"路自嵩山出,雲烟鳥道重。人歸寒嶺市,我適獨山松。鵝鴨喧村瀨,牛羊下夕春。最憐今夜月,何處聽疏鐘。"《和劉長卿餘干旅舍韻》:"日入江烟淡,行人漸已稀。青山依岸出,白鳥掠波飛。漁艇渡頭泊,樵歌隴外歸。故園今夜月,撩亂搗征衣。"又《住山事事竹枝詞》二十一首,俱寫僧家生活,柯愈春以爲"事則平淡,語則清新"。董樵序稱,超悟先世多閥閱,少年豪氣,國初爲僧,師法幢行幟,故其詩"大約開曠之意少,而慷慨之思居多",如《法幢先師髮爪塔》《憶昔》《大風雨紀事》諸詩。又有《雜體十三首》,取此體不拘章法、句法,遍涉古今人物、江山宮闕、草木禽魚以及離亂變遷,隨筆信書,意蘊尤顯豐富。

《直木堂詩集》七卷,釋本晝撰

本晝(1621—?),字天岳,號寒泉子,黃州蘄春(今屬湖北)人,俗姓蕭。受具足戒於四明天童禪師,久侍山翁道忞,投機得法。始住舒州龍門海會寺,次遷武林龍泉清流,兩住越州平陽寺。通經論,旁及儒道百家之學,擅詩書,與黃宗羲、李鄴嗣交善,著有《直木堂詩集》存世。《直木堂詩集》卷二《丙辰八月作》有"五十今逾六,無心笑浮世"句,則其生年當在 1621 年。卒年俟考。

《直木堂詩集》七卷,康熙睡香庵刻本。見存於上海圖書館,《四庫全書存目叢書》集部第 205 册據之影印。開本高 26.2 釐米,寬 16.8 釐米;版高 19.2 釐米,寬 12.5 釐米。扉頁題"匡廬寒泉子著"/"直木堂詩集定本"/"睡香庵藏版"。睡香庵,乃本書於越州平陽寺所構休老之所,因鑿井得泉,與其所號符契。内鈐"寒石""澄谷""不薄今人愛古人"等印。"寒石""澄古"乃嘉慶間釋古風號,則是書曾經其遞藏。卷端題"直木堂詩集"/"匡廬釋本書天岳著"。半頁 9 行,行 19 字,四周雙邊,白口,單魚尾,版心鎸"直木堂詩集"及頁碼。正文前有黄宗羲、吳棠禎、李鄴嗣、毛際可四篇序。

黄宗羲序,又見於其《南雷詩文集》,題爲《天岳禪師集序》。略曰:"天岳畫公以《直木堂詩集》寄余評定,余閲之兩日方畢。五言古取裁於謝,而以輕清敵其鎚鍊。七言律似香山,而不遷就老嫗之解不解,然其至處自在。五律凍澗枯槎,霽宇孤籟,務爲撃斂,上之入王、孟之室,次亦不落大復以下,豈獨振響於僧中者哉? 余於近日釋氏之詩,極喜澹歸,及《徧行集》出,粉墨點雜矣。雪嶠之詩在語風,得之無意,開先不能繼也。錢牧齋搆憨山未刻之集,余翻不過數葉,粗厲呶叫之音,觸目生憎,絶不似道人語,況於下此者乎? 今乃得之畫公。余昔訪公於平陽。平陽,祖席也,海内望之如五山十刹,易於名世,而公唯以脱去爲幸。單丁土竈,榮於金碧,烟霞中人物,恍然自有神遇,無俟於刲心燥吻而後工也。"

李鄴嗣序,又見於《杲堂文續鈔》卷一,其曰:

　　方外學者時從余問詩,余謂之曰:"諸公學詩,惟應學方外詩,前輩吳門杲公,今日則寒泉子,真若師也。"因選《雪山草》《牧石吟》各數十首授之。蓋雪山老氣横屬,寒泉高懷幽冽,自三唐方外諸詩之盛，未有過此兩家者也。今歲，寒泉子以《直木堂近集》相寄，余適患氣，彊起爲選定，得四百餘首，請即傳之諸方，使舊學《牧石吟》者，知寒泉子詩後出，蓋有如此者也。余極欲一相傾寫，爲此老發其詩心之妙，而喀喀藥火間，意殊不盡。因取向題《牧石吟》卷首數則附錄於此，以當序言。然寒泉子之詩，亦略盡之矣。一曰讀其詩，如對蒼宫幽瀑，斑鼎薛碑，能悚人心骨。老我三十年，坐盡山房，得一寒泉子，可以不恨。二曰廢盡人間答酬，單行孤眺，自爲可傳，窺其立意陡絶處，使人生畏。三曰非有人作叙，幾不知此老是曲録座上人，故曰：脱盡本來，乃見本來。四曰憶曾與此老把手江干，其風流藴藉，契闊三十年，往來於懷，乃得此一卷詩。古人有言：所與通夢交魂，推矜送抱。人外之交，此一人而已。甬上法弟李鄴嗣拜纂。

兹序後，有釋本書題識云："杲堂謂予廢盡人間答酬，單行孤眺。嗟夫！此語似爲寒泉子三十年前故吾也。自兹以往，不意涸迹人間，答酬滋甚，故予之有愧杲堂者深矣。初意欲將此序藏之篋中，勿令出以視人，復念杲堂已往，知我者亦皆零落無幾，斯又不容不刻之卷首，以存故人耳。至云自爲可傳，得無所謂與其進不與其退邪。"據李氏序，釋本書原有詩集《牧石吟》，今不見存。《四庫全書總目》稱《直木堂詩集》"乃其晚年所著"。李鄴嗣又有《寒泉子語録序》稱："蓋余初識寒泉子於江上一精舍，年各二十餘。寒泉子美風儀，著大布裙，爲人温然有藴藉。山翁老人爲指示余曰：'此吾家大慧再來者也。'"知二人交之深矣。《直木堂詩集》卷四有《明州哭李杲堂》，則李鄴嗣序作於詩稿編定之前。

《直木堂詩集》七卷收釋本書各體詩凡 388 首，卷一、卷二收五古 82 首，七古 19 首，卷三、卷四收五律 117 首，卷五、卷六收七律 107 首，卷七收五排 6 首、五絶 24 首、七絶 33 首。本書乃三峰木陳道忞

嫡嗣,遍交李杲堂、黄宗羲等名流,超淵心壁、天岸禪師等詩文僧亦多
與其唱和,似爲清初浙東叢林詩壇職志。其詩如四庫館臣所言"不作
禪語,絕無僧家蔬筍氣",多寫山林清況與友朋交誼,風格近杼山一
路。因是集乃其晚年之作,未免遲暮之感,如《吾生》云:"吾生胡不
樂,所向悉心違。湖海衰遲盡,雲山故舊稀。秋深徒返棹,寒近未添
衣。幾片淮南葉,紛紛下釣磯。"其詩以古體見長,黄宗羲以爲"五言
古取裁於謝,而以輕清敵其鎚鍊",差可作定評;然謂其五律"上之入
王、孟之室,次亦不落大復以下",則非持平之論。黄宗羲於序中,譏
澹歸《徧行堂集》出,其詩則"粉墨點雜矣",又極詆錢牧齋所搆憨山
德清《夢遊集》,以爲"粗厲呥叫之音,觸目生憎,絕不似道人語",尤
可見出其論釋氏詩之偏頗。

《正覺潤光澤禪師澡雪集》一卷,釋潤光撰

　　潤光(1611—1682),俗姓陳。性薄劣,父母以凶頑捨太平寺,竟不
樂習僧法。十五還家,又膺尪羸吐血之病。崇禎末,父母皆逝,兵燹飢
饉,貧病無以活。清兵下剃髮令,乃披剃出家,受記蓊於繼起弘儲。平
生多病,色身羸瘦,無力匡徒領衆,康熙二十一年(1682)某日,書偈而
逝。著有《澡雪集》一卷存世。生平見《澡雪集》末所附《自狀》。

　　《正覺潤光澤禪師澡雪集》一卷,收於《嘉興藏》第 39 册。卷端
題"正覺潤光澤禪師澡雪集"/"香巖照水重編"。正文前有康熙二十
四年乙丑(1685)陳聞道序。卷末有潤光《自狀》及釋照水題識。目
録後有牌記"康熙庚辰冬日板存浙江嘉興府楞嚴寺大藏經坊"。

　　陳聞道序曰:"粵形諸言句,謂之文字禪;鑱去言句,謂之祖師禪。
總然鏤塵雕雪,得無眼中金屑耳。從上千七百則,諸方正襟而談,言
句乎?文字乎?潤翁大師究竟窮極,不存軌則,於是向日用酬答中,
或行吟澤畔,或臥病床頭,不覺成帙。甲子秋杪,余歸自洞庭,聞師遷

化,人琴之感,涕泗滂沱。適上人春臺詣余,袖出册,曰:'此先師《澡雪集》也,欲謀剞劂,知公與先師最善,乞一言以弁諸册。'余曰:'諸方用陞堂入室爲傳心,大師以詩歌、尺牘作佛事耶?'閱之,語語風來,層層空到,文冶丹融,詞珠露合,古今雅俗,泚筆皆佳。沛公殆天授,非人力乎。至於綽虹布橋,食肉帶刺,冷哨打世,邊鼓撾人,不疼不癢處,真有涕腐墳之海澨,斬猿圈之利鋒。若夫向夕陽古道乞一文錢,於衰柳寒蟬修五供養,木土堊丹,一期心血,水月鏡花,半世行履,此亦比丘之急務也。余塡箧此集,若有獲心者得澡雪,則作者、傳者亦勝禮懺三年矣。爰命受梨,以傳不朽,但能了然一句,勿誇念佛千聲,世人眼開,大師眉舞。康熙乙丑仲春上澣之吉,髮弟陳聞道沐手敬題。"

　　釋照水題識曰:"師雖受記荊靈巖,不肯匡徒領衆者何? 蓋師生平多病,色身羸瘦,緣力之不充耳,故未有上堂、小參。然無上堂、小參,即古人咳唾掉臂,皆是西來祖意。然師所著《澡雪集》,無有一言一句不是發明向上,又奚用上堂、小參而爲哉? 師全集二卷行世,板存正覺。照水捐鉢資編刻《澡雪集》一卷,附入《嘉興楞嚴大藏》,並與法寶流通,以傳不朽耳。"全集今未見存,所存惟照水捐刻之《澡雪集》一卷。

　　是集雖收入經藏,但並無小參、上堂語錄等文字,實詩文集。凡收潤光各體詩 38 首,示徒、書問、雜著若干。所作之詩,以山居詩爲多,清詞雅句,盡寫山林風物及閒適之趣。如七律《山居》一首:"溪烟清冷絶纖塵,茅屋連松結勝因。路僻猶多採藥客,雲深也有弄風人。波濤返覆人情險,變易滄桑世故新。收拾山光歸鉢底,道人出處總無垠。"五律《山居》:"碧嶂有佳致,冷雲閒不飛。巔危峰欲墮,崖險水如推。苔裏埋文碣,霞中見石扉。山靈多護惜,不令老僧歸。"《口鼓子歌(述以志感聊爲末後警訓云)》一首及雜著《亂談》《續亂談》二篇,縱橫説法,酣暢淋漓,仍是佛家本色。

《紫雲止草》二卷、《東來集》二卷,釋性瑫撰

性瑫(1611—1684),字木庵,俗姓吳,晋江(今屬福建)人。自幼失怙,祖母長之育之。年十六,至泉州開元寺禮印明禪師,十九剃度,歷遊江浙叢林,參訪諸方。崇禎七年(1634),禮鼓山永覺和尚,受具足戒,又至金粟廣慧寺參費隱通容。崇禎十三年(1640),因篤念祖母,乞假省親。旋歸廣慧,拜隱元隆琦爲師,嗣其大法。順治十一年(1654),隱元東渡扶桑,次年性瑫亦往之,助本師弘法。隱元退居松隱,性瑫繼主黃檗寺,爲日本黃檗宗第二代祖師。貞享元年(康熙二十三年,1684)正月十八日示寂於長崎,世壽七十四,僧臘五十六。嗣法門人南嶽道宗撰有《木庵禪師年譜》及《黃檗第二代紫雲木庵老和尚末後事實》等。

性瑫著述,中土傳本甚少,歷代書志亦罕見著録。日本學者平久保章彙集其遺著,裒成《新纂校訂木庵全集》七卷,1992年思文閣梓行。《木庵全集》除收《木庵禪師語録》十四卷、《木庵禪師東來語録》七卷、《黃檗木庵和尚續録》七卷等外,尚有詩偈集《紫雲止草》《東來集》。

1.《紫雲止草》二卷。未見單行本。據《新纂校訂木庵全集》"解題"稱,此本原爲一册,日本駒澤大學圖書館、黃檗文華殿有傳本。檢《全集》收録《木庵禪師語録》十四卷,卷首移録白雲居士劉沂春《木庵禪師詩序》、三山獨往子性幽《紫雲止草序》、木庵《紫雲止草自序》。劉沂春序曰:"紫雲之奇,桑蓮現瑞。高士叢驟,支院始興。履斯地,令人滌凡超舉,而況寢處其間乎。木庵禪師薙髮斯寺,律行孤皎,根源洞徹。觀其詩,瀟灑不群,混混雅致,蓋胸中無一物,故筆下無點塵,豈以紫雲奇乎? 淵明結廬人境,而韻致幽絶,是故不關地也。木公久參金粟,而法受於黃檗元和尚,所謂一點水墨,兩處成龍。而離垢得師,胎骨久脱換矣,其善鳴也宜也。是可謂句得玄微,與常流

迥別矣。余素所深慕焉。兹碧居禪丈爲索詩序，祇略其概耳。若欲知海之全味，則木公詩在焉，閱者當別開隻眼，庶幾無負此集。"

木庵自序云："予雲遊之後，棲止茅唐。山景空閒，人蹤闃寂，或樵蔬以挑野興，或吟詠而暢道宜。凡有詞章，未嘗記録。兹回温陵，室處紫雲，禪人索予稿，欲知我山中趣向。隨靜思走筆，計詩若干。禪人喜爲剞劂之，乃命名曰'止草'。"是集所收乃木庵順治十一年（1654）四十四歲前所撰詩偈。《木庵禪師年譜》"順治十一年"條謂："二月至紫雲……朝清侍者請問數年所著之稿，乃録《紫雲止草》，與之剞劂。"檢《木庵禪師語録》卷九、卷一〇有"詩偈"，或即《紫雲止草》，共收詩偈 260 餘首。

2.《東來集》二卷。見存於《木庵全集》第三卷。原本爲一册二卷，據黃檗文華殿藏本影印。卷端題"東來集"/"温陵木庵瑫著"。正文前有木庵自序。其云：

> 道人在處爲家，不守一隅，遇緣即宗，合意即住，竿木隨身，逢場作戲，乃尋常事也。甲午春，予自黃檗回温陵之紫雲。是冬，兩仕子同諸士紳及耆宿請就象山惠明寺開堂。予見其誠，乃忻然應之。次年乙未夏，本師老人遣雪侍者遞福濟寺主暨檀護書，接予東來，助揚法化。義不可辭，遂束裝登舟，是秋抵崎。見其人境渾樸，機緣略契，乃放懷其間。行道之餘，或遇興而吟詠，或見機而酬唱，或開示而直指，或感慨而述懷，積之歲月，不覺成帙，分爲二卷，名曰"東來集"。非敢與《石門》並行，聊爲有志者而共趣耳。時龍飛甲辰年蕤賓月，温陵釋木庵瑫書。

卷末有木記云："弟子定珠、定和、范道生等同刻象山和尚《東來集》一本，伏祈智慧洞徹，共與大地同證菩提果者。"是集所收詩偈，起順治十二年乙未（1655）秋木庵抵長崎，訖康熙三年甲辰（1664）。卷一收七律 90 餘首，卷二收五律 69 首、七絶 104 首、五絶 6 首。

木庵所作詩偈等文字極夥，據陳白雪統計，其各體詩文有：卷頭序 6 篇，請啓 4 篇，入院 1 篇，開堂 3 篇，上堂 286 則，小參 47 則，普説 1 則，答問 4 則，機緣 172 則，拈古 49 首，頌古 105 首，源流頌 36 首，法語 131 則，禪警語 111 則，行由 1 則，贊 546 首，詩偈 2129 首，歌 4 首，書問 158 篇，啓 4 篇，雜録 102 則，雜題 84 則，聯 42 幅，篇 4 篇，序 9 篇，記 4 篇，論 4 篇，跋 16 篇，引 4 篇，傳 1 篇，銘 22 篇，祭文 9 篇，小佛事 88 則①。

臨濟宗隱元隆琦及其門人高泉性㵮、木庵性瑫、即非如一等人，弘法扶桑，創黄檗一宗，弟子無數，實近世以還中日佛禪文化交流最重要之僧團。而隱元一門，不拘限於“不立文字”之規，宣導外學，及門弟子詩文書畫兼擅者極夥，此不惟勸誘信衆之法門，亦是諸禪人心性之呈現。此一系禪僧波瀾世法與佛法，善施權宜機巧，能出能入，復以異域人物、風情之陶染，眼界頓開，於此亦可觀近世東亞佛教發展格局。木庵禪師受法於費隱通容、隱元隆琦，律行孤皎，根淵洞徹，所作文字，雅致淵深，蓋以胸中無有一物，筆下自無半點烟塵也。觀《紫雲》《東來》二集之詩偈，雖前後有處境、悟境之異，然其抱道守根、胸襟朗朗則一也。所惜者，其人其詩其文，中土多所未聞，至有迹絶響沉之歎；所幸者，彼邦大彰其道，崇敬有加，諸僧之著述亦陸續回流、發掘，其於禪學史、文學史之意義必獲重新之評估。

《千山詩集》二十卷首一卷《補遺》一卷、 《剩祖心詩》一卷，釋函可撰

函可（1612—1660），字祖心，號剩人、剩和尚，又號楑樆、罪秃，原

名韓宗騋,博羅(今廣東博羅)人。明禮部尚書韓日纘長子。生聰穎,少補諸生,性好義,與梁未央、曾起莘交摯。年二十九,禮空隱道獨爲師,入匡山受具,爲其第二法嗣,後於廣州創建黄花寺。甲申(1644)入金陵請藏經,因事獲罪。順治五年(1648),被遣戍瀋陽,入普濟禪院,説法醫巫閭,七坐道場,全提直指,絶塞罕聞,一時緇白稱佛出世。又與譴謫諸臣、流民、土著結冰天詩社,吟詠不輟,以節義文章相慕。順治十六年十一月二十七日示寂於醫巫閭,世壽四十九。著有《剩人和尚語録》六卷、《千山詩集》二十卷等存世。生平碑傳見函昰《千山剩人可和尚塔碑銘》、郝浴《奉天遼陽千山剩人可和尚碑銘》,近人王在民撰有《明末詩人函可和尚年譜》,汪宗衍有《明末剩人和尚年譜》。

　　1.《千山詩集》二十卷首一卷《補遺》一卷,道光刻本。見存於北京大學圖書館,《四庫禁毁書叢刊》集部第144册據此影印。卷端題"千山詩集"/"博羅剩人可禪師著"/"書記今羞編"。半頁10行,行21字,四周雙邊,白口,雙魚尾,版心鎸"千山詩集"、卷次、詩體、頁碼。正文前有《剩人和尚像》,次陳棠溪書、函昰題《像贊》,又次爲顧夢游、韓履泰、函可序,今羞、今何、未著撰人題識,又次爲天然和尚《千山剩人可和尚塔銘》、郝浴《奉天遼陽千山剩人可禪師塔碑銘》。書末附有《重刊長慶語録瞎堂詩集千山詩集捐資列名》。

　　顧夢游序曰:"神宗末載,黨禍已成。博羅韓文恪公思以力挽頽波,毅然中立,簡在先帝,且晚作輔。天禍宗社,哲人云亡。有丈夫子四:宗騋、宗驎、宗騄、宗驪。騋最才,弱年名聞海内。公殂,太夫人在堂,閨玉掌珠,種種完好。以參空隱老人得悟,世緣立斬,與髮同斷,年二十有九耳。歲乙酉,以請藏經來金陵,值國再變,親見諸死事臣,紀爲私史。城邏發焉,傅律殊死,奉旨宥送盛京焚修。今弘法天山,所群奉爲祖心大師者也。當大師就縛,對簿備慘,拷訊所與遊,忍死不語。囚於滿人,厥婦張敬共頂禮之。既去,追之還,進曰:'師無罪,此去必生,然竊有請也。師出萬死,幾不一生,不擇於字,其禍至此。師生,無論好字醜字,毋更著筆。'師爲悚然。真乘師者,少與同學,同著時名,同依空老人棄家薙髮,從羅浮得大師消息,徒步萬里,入冰天雪窖中,相對三月,持《剩詩》歸,示我大師遺書曰:'罪禿相見無期,石火可念。近家書從福州來,流涕被面。先子傳十年不報,今以真兄坐索家間事,或得附見。此願既酬,胸中更無別事矣。'此數者,余嘗疑之。大師泡視生死,於諸死事絡索不休,乃及於難。張婆何知,能衝口道及老衲痛處? 當其酷刑刻骨,忍死不一語,痛定而哦,復忍俊不禁。既用鐵石心,棄堂上佛,以下決意事佛,家信遥傳,情動乃爾。成佛人上報父母,有蓮花座在。萬里十年,文負是責,皆理之不可解者也。是不然,世界法界,忠孝所植,諸佛祖與帝王實共持之。讀大師詩,而君父之愛油然以生,聲教也。讀大師詩,而知忠孝之言不可以苟,生死不了,無以爲文字,文字不徹,無以爲生死,身教也。是詩之所以傳也。真師又爲余言,大師既喜紀死事,驎、騄、驪以節死,叔曰欽,從兄如琰,從子子見、子亢皆死,姊矢嬬節城陷死,妹以救不死,騄婦不食死,驪婦飲刃死,即僕從多視死如歸者。嗚乎! 大師死矣復生,合門不生,猶未死也。嗚乎! 文恪公之倬遠矣。江寧顧夢游力疾敬書。"顧夢游(1599—1660),字與治,江寧人,明副使顧英玉曾孫,崇禎十五年(1642)貢生。平生任俠好義,喜交結四方名士賢豪,入清以遺民終老,著有《顧與治詩》八卷存世。函可與顧與治乃世交,其至金陵請藏即寓顧氏家中,集中往來酬答之作甚夥。顧氏此序實爲《剩詩》所作。《剩詩》者,乃真乘至遼東返歸江南所携之物,亦曰"剩人詩"。

　　韓履泰序曰:"余猶憶童年追隨剩人兄,學語瞿曇,繞塔膜拜,聽梵唄音,歡喜踴躍。其時,群從咸在,家庭樂事。未幾,滄桑變易,雁行中斷。追空老人從長慶返錫華首,余始皈依。於杖履間得聞兄信,輒相對泫然。今亦已矣,悉付非非想矣。夫儒釋二道,皆所以扶綱常名教之重,而成佛作祖多屬之血性奇男子。兄當家國全盛之日,棄紛華如敝屣,豈逆知將來劫火洞焚、覆巢毀卵之痛哉?及其以文字獲罪,脫萬死於一生,視吾舌尚在,習氣未除,復寄情於吟詠。睠懷宗國,篤念同氣。或和《採薇》之歌,或擬《招魂》之些。撫今追昔,感慨繫之。雖然,兄固不欲以詩名也。既聞道於華首,復闡化於塞外,當宗門茅靡波頹之日,大機大用,全隱全彰。自小乘至於圓頓,縱橫該貫,隨機導化,聲光莫盛焉。祇今纓絡山頭冰雪,錦屏峰下松風,有色可見,有聲可聞。以此昭示來茲,已無剩義矣。當世不乏明眼,其以予言爲當否?華首五戒老行人函靜韓履泰敬題。"

　　函可自序云:"敗龜門下,捧洗脚水,兼理刷洗馬桶。斫頭牢囚曰:'向見吾里張孟奇先生,七十後文字多不經意,竊謂英雄欺人。'余今歲望七十尚二十有三,然備歷刑苦,鬚白齒落,耳聾目瞶,一切不能經意。重陽後,於金塔盡遣諸子,每自佇立,明月在天,寒風習習,輒不自禁,繞塔高歌,正如風吹鈴鳴,塔又何曾經意耶?因語二三知我,及時努力,毋俟一切不能經意,更有百倍切於文字者,尤不得不早自經意也。"此序實函可爲《金塔鈴》所作。今人曹汛《剩人和尚〈金塔鈴〉詩集考述》一文,以爲"現在傳下來的《千山詩集》是在原來的《金塔鈴》詩集的基礎上增補刊刻而成的"①。清初流於瀋陽、後獲宥南歸的李呈祥《東村集》中有《與湄村貽上兩公商刻徂東集金塔鈴》一詩,《徂東集》爲另一流人左懋泰之詩集,《金塔鈴》則爲函可之詩集,李呈祥曾與杜濬(湄村)、王士禛(貽上)商刻二公之集,然終未果。據此可知,《金塔鈴》乃函可於遼東所撰詩集。

　　又有不著撰人《題識》曰:"禪師遺稿至粵,海幢阿字和尚、樂說和尚,居士韓十洲先生,皆爲藏弆。康熙四十二年癸未冬,華首常住

①曹汛《剩人和尚〈金塔鈴〉詩集考述》,載《中華文史論叢》1986 年第 1 輯,上海古籍出版社 1986 年版,第 273—285 頁。

始合諸本彙集之,鏤版廣爲流通。黄華寺所存金陵諸作後至,另爲補遺。事竣,附識於此,蓋欲不没其因云。"據此,《千山詩集》當初刻於康熙四十二年(1703)。所附《補遺》一卷,收函可請藏經寓居金陵所作之詩,其後亦有題識:"右七言舊體詩三十一首,皆禪師丙、丁間寓金陵所作者,稿存黄花寺,瀋陽原集未之載也。梓事將竣,黄花主人始出相示,不及依次編入,附之卷末,另爲補遺一卷云。"

　　是集有目録一卷,大體以詩體編排,卷一收古歌謡、風雅體、騷體13首,卷二收樂府30首,卷三收五古73首,卷四收五古69首,卷五收七古29首,卷六收五律107首,卷七收五律84首,卷八收五排7首,卷九收七律50首,卷一〇收七律85首,卷一一收七律78首,卷一二收七律76首,卷一三收七律70首,卷一四收五絶129首,卷一五收七絶140首,卷一六收七絶150首,卷一七收七絶127首,卷一八收六言詩13首,卷一九收雜體14首,卷二〇收"冰天詩社"唱和之作及招人入社詩86首,《補遺》卷收寓居金陵之作七律31首。

　　《千山詩集》初梓於康熙四十二年冬,刻所未明。今頗難及見,諸書目亦罕著録之。今常見者則道光間刊本,國圖、粤圖、中大圖書館等均有館藏。1971年,南海何耀光據道光本重新影印,爲"何氏影印本",扉頁左下題"一九七一年九月,南海何氏至樂樓借錦堂何蒙夫藏道光廣州海幢寺本影印",前有何氏《重印千山詩集序》與汪宗衍《千山剩人和尚傳》。何氏影印本印量有限,亦不易得,廣東中山圖書館、廣州圖書館藏有。另,今人整理本猶有數種:遼海出版社2007年版《千山詩集》,由楊輝校注;"中央"研究院中國文哲研究所出版社2011年版《千山詩集》,由嚴志雄、楊權點校;黑龍江大學出版社2011年版《千山詩集》,與明人張春《不二歌集》合爲一册,收入《東北流人文庫》;廣東旅遊出版社2015年版《函可和尚集》,由張紅、仇江、沈正邦校點,書前冠有函可道影、書迹,内附《千山剩人和尚語録》,書末附函可俗家韓氏後人秘藏三十幅《意中幻肖圖》,係函可出家前請畫師所繪,尤爲珍貴。

2.《剩祖心集》一卷,清鈔本。見存於國家圖書館。《四庫全書存目叢書》集部第 25 册據此影印。此本與元人釋克新合爲一册,收函可詩百餘首。然與《千山詩集》校勘,錯訛甚多,洵非善本。

博羅韓氏爲世家簪纓,然庚寅廣州之變,舉族盡亡。函可以名家子而歸釋氏,又因文字而獲罪,不亦奇乎?於冰天雪地與諸流人,悲哭歌吟,血淚揮天,不更奇乎?屈大均《廣東新語·剩祖心詩》慨曰:"嗟夫!聖人不作,大道失而求諸禪。忠孝臣子無多,大義失而求諸僧。春秋已亡,褒貶失而求諸詩。以禪爲道,道之不幸也;以僧爲忠臣孝子,士大夫之不幸也;以詩爲春秋,史之不幸也。"儒門淡泊,盡歸釋氏,清初嶺南禪僧實可證成此説,而函可尤爲其中之代表。《千山》一集,字字血淚,其痛傷人倫之變,感慨家國之亡,至性絶人,實非士大夫之所能及。集中單詩題冠以"遥哭"或"哭"字眼者,即有四十餘首。如《淚》一首云:"我有兩行淚,十年不得乾。灑天天户閉,灑地地骨寒。不灑流東海,隨潮到虎門。"淋漓痛快,噴薄而出,無問平仄與格律。又《讀杜詩》謂:"公詩化作血,予血化作詩。不知詩與血,萬古濕淋漓。"實爲函可詩之自注。函可生前因文字罹禍,死後亦因文字獲罪。乾隆年間,《千山詩集》與《瞎堂詩集》《光宣臺集》《徧行堂集》《咸陟堂集》《離六堂集》等清初嶺南釋家别集悉被禁毁。《禁毁書目補遺》云:"《千山詩集》四本,釋函可撰。函可與金堡唱和,應請銷毁。"然而檢二人詩文集,唱和之作並不多見。《千山詩集》惟卷一五有《寄澹歸》一首,《徧行堂集》則僅有《寄函可二首》《題千山剩人秋興八藝》等。考函可順治五年(1648)五月流謫遼東,金堡則自湖湘投桂王,二人似無謀面之可能。此尤可見出清代"文字獄"之酷烈。

《九臺山知空禪師草堂集》三卷
釋學蘊撰

　　學蘊(1613—1689)，號知空，洱海王氏子。性頑愚，十四歲入鷄足山寂光寺禮上和和尚祝髮，又從大力和尚、野愚和尚、徹庸和尚、了凡和尚諸尊宿參究，然疑情未釋，遂精修戒律，建玉霖軒静修，脅不至席者數十年。因禮《萬佛名經》至三卷“南無”二字，忽心身脱落，内外圓明。晋王李定國平楚雄永昌叛軍，遇之道中，因止晋王至鷄足山，請免山中徭役。後於楚雄九臺山，建大方廣寺，學人數百。年七十七寂於山中，僧臘六十五。著有《知空蘊禪師語録》及《九臺山知空禪師草堂集》。碑傳可見《語録》上卷所附《行録》，另《新續高僧傳四集》卷二二、《鷄足山志》卷六亦有小傳。

　　《九臺山知空禪師草堂集》三卷(佚卷二)，二册，康熙二十三年(1684)刻本，見存於雲南圖書館。柯愈春《清人詩文集總目提要》失收。開本高42.2釐米，寬19.5釐米；版高22.1釐米，寬14.2釐米。卷端題“九臺山知空禪師草堂集”，卷一爲“門人通昧等録”，卷三爲“門人宗源等録”。半頁8行，行20字，黑格，黑口，四周雙邊，無魚尾，版心鎸“草堂集”及卷數、頁碼。正文前有康熙二十二年(1683)覺山陳士恪序。書末附有木記“康熙二十三年歲在甲子太簇月吉旦，板存方廣禪院”。

　　陳士恪《臺山知空禪師草堂集序》曰：

　　　　余昔丁亥避兵於鷄足山，即與知空大師爲方外交。及其歸里筮仕，盈盈一衣帶，恍如蓬萊、弱水之隔。雖時有鱗鴻傳素，而春樹著雲，猶不禁依依也。荏苒癸卯，余隱居碧蒼山，托業河汾，内習聞修三昧，正思印證。適師卓錫九臺，遠來尋訪，大慰幽懷。

丹霞、龐老,相歡倍昔。徐及開山事,遂遇姚瑞亭爲檀越,大方廣
寺以成,豈非夙有因緣哉?師住此廿餘年,擊無生之磬,而醒勞
生之夢,道風遠被,緇素雲會,不減大慧、中峰。師今逾稀齡矣,
余亦七十有二,不畏臺山路滑,數數登臨。乃白師曰:"昭華潛
璞,精神現於山川;明月韜淵,光彩輝於草木。誠中形外,自有不
可掩者。師數十載正偏兼帶,笥藏撰述,皆靈源内迸珠霏玉,盍
與天下知音人賞鑒耶?且禪燈一焰,正賴師燃也。"師遜謝不敏。
余再三趣之,乃出門人所録《草堂集》示教,余悉爲校訂。在建化
門庭入理深談者,有法語焉,上堂、示衆焉,小參、普請焉,拈古、
頌古、代語、別語焉,回答、機緣焉。在隨順世緣應接日用者,有
詩辭、歌行焉,記、序、箴、銘、頌、贊、引、跋焉,書、啓、祭文焉,隨
筆、雜著焉。有德之言,字字甘露,見道之語,句句生機,固不同
於學解,而却擬議而成者矣。蓋師自見桃聞角後,紹臨濟正宗於
三十三代者闡衣鉢,遥從天童傳來,濟北鉗錘,今在臺山拈出,其
淵源有本,故其全機大用,舒卷無方耳。法嗣通味、通照輩請付
剞劂。余語海衆曰:"言如墻壁,默如雷霆,不語不默,是誰説法?
如説法者,即見真大師,即見自己真面目,《草堂集》不可以作文
字觀。"時康熙癸亥歲陽月上浣之吉,白鹿受戒居士覺山陳士恪
元敬父頓首撰於紫溪山麓之金粟園。

士恪,字元敬,號退庵,楚雄人,崇禎十五年(1642)舉人,歷官宗人府
經歷,著有《庸書》《鴻雪草》等。《知空藴禪師語録》卷二有《贈退庵
陳居士(宗人府經歷)偈》一詩。

　　是書正文前有目録,上卷收七律 90 首、五律 40 首、七絶 41 首、
五絶 19 首、四言 5 首,凡 195 首。中卷收偈 131 首、贊 12 篇、辭 2 篇、
跋 1 篇、文 5 篇等。下卷收發願文 3 篇,法語 10 則,題畫 3 篇,機緣
11 則,頌、警示、銘、傳、記、書問、家訓等若干篇。

　　《知空蕴禪師語録》二卷，收於《嘉興藏》第 37 册，收上堂、小參、示衆、茶話、法語、機緣、像贊、雜著等，多爲《草堂集》所未收録，可互參。

　　學蕴乃滇南一代高僧，嘗與擔當大師往來，荷承一方法脉，大闡宗風，所著自不可作文字觀。集中凡詠山川花木，抑或與王公貴族、文人士夫酬答，皆應機説法，以明心見性、循誘開導爲旨趣，如《九臺九詠》《山居四首》《復明府彭公兼簡方伯徐老先生三首》等。而法語、機緣、書問等，顯揚法要，亦縱横自在，舒卷自如，非徒説教文字耳。如《示堂大衆》二偈云：“蝦蟆拽磨上天臺，夜半泥牛渡海來。六月火中三尺雪，石人摇扇點頭回。”“冷即穿衣熱打扇，渴時飲水饑餐飯。眉分八字鼻頭垂，朝朝日出大東畔。”兼具臨濟之峻烈與曹洞之綿密，真説法示現之高手。

《徧行堂集》四十九卷《目録》二卷、《續集》十六卷、《嶺海焚餘》三卷，釋今釋撰

　　今釋（1614—1680），字澹歸，號舵石翁、徧行道者等。俗姓金，本名浚，後更名爲堡，字道隱，仁和（今浙江杭州）人。崇禎間官山東臨清知州。順治五年（1648）與姚志卓等起兵欲復杭州，事敗，旋入唐王隆武政權，授禮科給事中，因丁服未除。八月，入桂王政權，指摘權奸，危詞切論，與袁彭年、蒙正法、丁時魁、劉湘客等並稱“五虎”，金堡爲“虎牙”也。順治七年（1650），馬吉翔、吳貞毓輩陷“五虎”下獄，金堡備受酷刑，雙腿致殘，流離中入桂林依瞿式耜，於茅坪草庵削髮出家，得名性因。九年，至廣州雷峰寺，依天然和尚爲師，受具足戒。順治十八年（1661）始，構建韶州丹霞山別傳禪寺。康熙七年（1668），天然和尚付以大法，爲其第四法嗣。十七年至嘉興請藏經，十九年，示寂於嘉興陸孝山南園，卒年六十七，僧臘二十八。著有《徧行堂集》

《續集》《嶺海焚餘》《行都奏議》《徧行堂雜劇》《丹霞澹歸禪師語録》等行世。碑傳有釋成鷲《舵石翁傳》，王夫之《永曆實録》、邵廷采《西南紀事》均有其傳略。今人容肇祖《徧行堂集殘本跋》末附有年譜簡編、王漢章有《澹歸大師年譜》、吳天任有《澹歸禪師年譜》。

　　1.《徧行堂集》四十九卷，十八册，乾隆五年（1740）刻本。見存於上海圖書館，《四庫禁毁書叢刊》集部第 127、128 册據此影印。開本高 27.7 釐米，寬 18.2 釐米；版高 23.1 釐米，寬 14.9 釐米。封面有藏者題識："《徧行堂集》四十八卷，金堡著，前清入禁書目中，久不見行於世。癸丑嘉平得於廠肆中。松廣主人記。"扉頁題"澹歸和尚著"/"徧行堂集"/"丹霞藏板"。卷端題"徧行堂集"/"丹霞今釋澹歸造"。半頁 10 行，行 20 字，下黑口，四周雙邊，無魚尾，版心鎸"徧行堂集"、卷次、頁碼。正文前有李復修序、函昰序、今無《徧行堂文集序》、趙佃《舵石翁詩集序》、今辯《丹霞澹歸禪師語録序》、今釋自撰《頌古自題》、陸世楷《徵刻徧行堂詩文引》、今釋自撰《徧行堂集緣起》，以及《助刻徧行堂集檀越姓氏》。

　　陸世楷《徵刻徧行堂詩文引》曰："丹霞澹歸大師學羨五車，書詩三壁。盇年制藝，紙貴國門。中歲詩篇，價高海賈。至於繪圖鄭俠，無非痛哭之書；請劍朱雲，盡是風霜之筆。既而皈心净域，弘覽宗乘，霏玉屑於杖頭，擲金聲於鉢底。江花謝草，皆成祇樹檀林；學海文河，別現金繩寶筏。鴻篇累牘，見者仰爲斗山；尺幅單詞，得之珍同琬琰。兹將彚其全集，公彼諸方，敢勒片言，敬告同志。味如冰雪，山中固以自怡；光若珠璣，海内行當共睹。各助棗梨之費，永垂金石之函。庶《鴻烈》不爲秘書，而《桓譚》無俟異代矣。鴛水陸世楷啓。"

　　今釋《徧行堂集緣起》九則，其中六則曰：

　　　　予以壬辰謁雷峰，滌器厨下，盡棄筆研。俄充化主，未免以詩文爲酬應。及開丹霞，穿州撞府，積稿漸多。門人編録，迄於甲寅，凡四十八卷，目曰《徧行堂集》。閱之自笑，登歌清廟與街頭市尾唱蓮華落，並行千古，若一派化主桴鈴聲，喧天聒地，則昔賢集中所未有者，不妨澹歸獨擅也。

讀古人書，見古人如此作，如彼作，便須自尋出路。若纔拈筆，便思古人某作如此，當如此作；某作如彼，當如彼作，作作皆效古人，將自置何地？或又謂，此作似文，不似時文；今之出家時文，又不似在家時文也。李卓吾光頭上戴紗帽，何必不戴頭巾？若秀才家要攻冒籍，却指衲衣，更無襴衫可剥耳。

庚寅，梧州詔獄中作詞數闋，方密之見而稱之，後絶不作。至庚戌復作，孝山謂吾手筆乃與詞相稱，意殊欣然。時孝山、融谷方共填詞，復有不期而合者。此後一切填詞作詩遂少矣。頃來老病，詞亦不作，稍可自力，則讀大乘經典。應發書疏，捉筆便倦，壯色無常，正可自警。集止於此，亦時爲之，非予所能起止。

《菩薩戒經》有説法主、行法主、僧坊主、教化主、坐禪主、行來主，皆佛滅度後三寶所係也。桴鈴聲非教化主所尚有。予爲監寺，職典十方，則僧坊與行來二主皆在桴鈴聲裏。充西堂，住持丹霞，則説法、行法、坐禪三主亦不出桴鈴聲外。語録、頌古四卷并入集中，正如梵網重重影現，未可作彼此差別之觀耳。

是集，孝山一閲稿有《徵刻引》，天然老人先爲製序。雲芝瑞侍者欲任此役，未幾而殁，置不復道者久之。公絢聞而寄語，當爲勸導。於是石叭監寺走穗城，合諸檀越所助，始克竣工。公絢於予有譜誼，其人好奇，故樂於從事。是書始末，因緣非一，具述於此，不敢忘朋好之雅也。

宗門有文集者，明教嵩、覺範洪耳。明教以護宗，故著書所傳三十卷，皆外篇也，其內篇竟失傳。坐佛日未久，即退院，屢受講家齮齕。覺範一生多難，纔入崇寧，便爲狂僧所訟，當時之人皆以詩僧薄之。其於法緣，則已淺矣。予既落在筆墨行中，同道謬推,謂可作後學資糧。此集不知於《鐔津》《石門》相去遠近,若法緣之淺,更甚於二公。與角去齒,多足少翼,理有固然,無足怪者。舵石翁今釋自題。

《徧行堂集》四十九卷《目録》二卷,當刻於康熙十五年丙辰(1676),所收爲今釋自順治九年(1652)訖康熙十三年(1674)所撰詩文。卷一至卷二九文部,爲侍者古理、古習編,其中,卷一之卷三收説文71篇,卷四之卷八收序文144篇、上梁文等29篇,卷九之卷一〇收疏、引100篇,卷一一之卷一二收記文49篇,卷一三收墓表、傳19篇,卷一四收贊124篇,卷一五收偈、頌、銘、頌、雜著等90篇,卷一六之卷一八收題跋146篇,卷一九收論58篇,卷二〇收志、論40篇,卷二一之卷二九收啓、尺牘661則。卷三〇至四一爲詩部,侍者古踰、古旛編,卷三〇收五古88首,卷三一收七古39首,卷三二收七古26首、五律132首,卷三三收五律215首,卷三四收七律266首,卷三五收七律271首,卷三六收七律173首,卷三七收七律168首,卷三八收七律167首,卷三九收五排41首、七排3首,卷四〇收五絶57首、七絶175首,卷四一收七絶207首。卷四二之卷四四詞部,侍者古市、古踰編,收詞180餘闋。卷四七、卷四八收頌古,侍者宏琚、傳達編。卷四九《菩薩戒疏隨見録》,侍者古市、心得編。

2.《徧行堂續集》十六卷,乾隆五年(1740)刻本。見藏於上海圖書館。《四庫禁毀書叢刊》集部第128册影印。版式同前集。正文前有康熙二十年(1681)李復修《徧行堂續集序》、沈皞日《徧行堂續集叙》、今辯《刊徧行堂續集序》。

李復修《序》略曰:"往年托請藏嘉禾,以丹霞遜於樂公,從此長寂。門人摭其遺稿葺之,仍名曰'徧行堂續集'。嗚呼!《徧行》之有續集,而澹公不續矣。觀嘉興以後諸作,頻提正法,欲覓一箇半箇能續《徧行》之續者,渺不可得,豈竊竊以語言文字見於世哉?毋亦懼天下後世以言求我,而我不獲以言正之,等於自了自覆,於‘徧行’之義何居? 如止以文字禪觀,猶是以道隱、澹歸一齊並出,不慮澹公從旁突出曰:‘子還有者箇在耶?’則續‘徧行’之續,端誰望矣? 吾願天下讀《徧行堂》之文,當思徧行堂之人,能學徧行堂之人,方許位置徧行堂之文。正法難遇,邪見多嗔。書此歸其門人,亟謀鋟之,與丹霞山韋馱永鎮,斯集可也。時康熙二十年歲次辛酉菊月,中憲大夫知韶州府廣州府事漁陽李復修頓首拜撰。”

沈皞日《徧行堂續集叙》略曰:“乙丑七月哉生明,余抱病閉門謝客,日呻吟於一榻間,無起色。丹霞樂説大師遣自破上人齎《徧行堂續集》來視,余不覺輾然喜而矍然以起也。余與澹歸和尚別幾十二年,其間爲順爲逆,爲通爲塞,爲夢寐往來,爲尺書,爲五七言相問訊,不知其幾千百變,而猶未得見和尚之《前集》也。是余之罪也。夫得見《續集》,如見《前集》矣。未得見《前集》而得見《續集》,如見我和尚矣。樂大師致書曰:《徧行堂續集》已成,必得余序,傳之無窮。且曰:念平昔交誼,不得以他故辭。嗟乎! 是何深知和尚與余交之深,而以何人視余哉?”

今辯《序》略曰:“庚申之秋,澹兄示寂嘉禾,親書遺札,寄全稿還山。閱今四載,方克梓成,編次一依《前集》,故名《徧行堂續集》云。同門辱教弟番禺今辯稽首謹述。”今辯(?—1697),字樂説,麥氏子,番禺人,爲函昰第五法嗣,歷主法別傳、海雲、海幢等刹,繼主福建長慶。據李復修、沈皞日、今辯序,是集編撰付梓於澹歸示寂之後,約刻於康熙二十二年(1683)。所收詩文,乃澹歸康熙十七年(1678)至康熙十九年(1680)至嘉興請藏經所撰詩文,凡十六卷。卷一之卷一二文部,侍者古止、傳湧編。卷一收説文20篇,卷二收序文23篇,卷三收序文28篇,卷四收序文31篇,卷五收疏、記等29篇,卷六收傳18篇,卷七收贊64首、偈49首、銘5篇,卷八收塔銘6篇、題跋57篇,卷九收題跋等51篇,卷一〇收尺牘73則,卷一一收尺牘62則,卷一二收尺牘 53 則，卷一三收五、七言古 92 首，卷一四收七古、五律、七律 216 首，卷一五收七律 194 首，卷一六收五、七排、六、七言絕句 75 首，詩餘 60 闋。

《徧行堂集》四十九卷、《續集》十六卷，今存本甚少，康熙刻本更屬罕見。據《清人別集總目》著錄，僅福建省圖書館、中國科學院圖書館藏有《徧行堂集》康熙刻本，俱爲殘本；天津圖書館、福建圖書館藏有《續集》康熙刻本。乾隆五年（1740）刻本亦不多見，蓋因乾隆纂修《四庫全書》時，今釋十七種著述悉被禁毀，且嚴厲程度遠超他書。乾隆《欽定四庫全書·聖諭》云："金堡、屈大均則又遁迹緇流，均以不能死節，靦顏苟活，乃托名勝國，妄誓狂言，其人實不足齒，其書豈可復存！"《聖諭》乃編修四庫之總綱，今釋以逃禪遺民之典型而被肆意歪曲。乾隆四十年（1775）閏十月十八日，乾隆偶閱原韶州府知州高綱所撰《徧行堂集序》（按，高序今未見），以爲"高綱爲八旗大臣子孫，其家藏有應毀之書，不可不示懲儆"，遂鈔其家，家眷皆發配爲奴。次日，復諭："僧澹歸《徧行堂集》語多悖謬，必應毀棄，即其餘墨迹、墨刻亦不應存。著李侍堯等逐一查明繳進，並將所有澹歸碑石，亦即派誠妥大員前往椎碎推撲，不使復留世間。又聞丹霞山寺係澹歸始闢，而無識僧徒竟目爲開山之祖，謬種流傳，實爲未便。"十一月，兩廣總督李侍堯秘遣廣州知府李天培馳赴韶州，會同南韶道李璜突襲別傳寺，將《徧行堂集》及尚存墨迹、碑版、塔墓，一一椎碎刨毀，不留片紙隻字。由是，《徧行堂集》遂罕傳於世。然幽光逸彩，不可芟絕，今釋詩文每以鈔本形式流傳。蘇曼殊《燕子龕隨筆》載："昔余行脚至紅梅驛破寺龕旁，見手鈔《澹歸和尚詩詞》三卷，心竊愛之，想是行客暫爲寄存，余不敢携去。猶記其《貽吳梅村》一律，大義凜然，想見其爲人矣。"龍榆生《近三百年名家詞選》選其詞五闋，後附云："所著《徧行堂集》，清初曾刊版行世，旋遭禁毀，丹霞寺亦被其災。往歲余客嶺南，於謝英伯處獲觀全集四十卷原鈔本，附詞三卷。"四十卷鈔本,今未知下落,龍氏則將所鈔《徧行堂詞》三卷捐於上海圖書館。謝英伯不知何人,竟能得《徧行堂集》原鈔本,當亦是收羅頗富之藏家。

宣統三年辛亥(1911),國學扶輪社重刊《徧行堂集》十六卷,所依底本爲江南圖書館所藏鈔本。末附王文濡《徧行堂集跋》略云:"相傳先生全集舊存於某寺中,爲某守揭發,朝議以語多悖謬逆,概予銷毁,甚至殃及當日助刊之人。錮藏之僧相率騈戮,亦慘矣哉。本編十六卷,乃江南圖書館鈔本,詩、古文、詩餘、尺牘略備。爲《前集》,爲《後集》,論者紛如。惟附有今辯一序,□□以未見《前集》爲言,則此固爲《續集》無疑也。要之,灰燼之餘,得見此吉光片羽,在今日爲幸事,而豈知數十人之流血有以□之哉!"2008 年,段曉華以乾隆五年刻本及國學扶輪社刊本爲底本,參校現存各種鈔本,全面整理《徧行堂集》,凡四册,一百五十餘萬言,由廣東旅遊出版社出版,是爲《徧行堂集》惟一整理本。

3.《嶺海焚餘》三卷,南潯張氏《適園叢書》本。《中國野史集成續編》第 32 册、《四庫禁毁書叢刊補編》第 24 册均據此影印。卷端題"嶺海焚餘"/"仁和金道隱父著"。半頁 11 行,行 23 字,黑口,左右雙邊,雙魚尾,版心鎸"嶺海焚餘"、卷次,下鎸"適園叢書"。書末有孫德謙跋,其曰:

> 《嶺海焚餘》三卷,明金堡道隱撰。堡,浙江杭州府仁和縣人,中崇禎十三年庚辰二甲進士,官至兵科給事中。《明史》無傳。此書皆其職居掖垣及一切封奏之作也。明當隆、永之際,僻處海隅,大勢已去。堡獨能奮不顧身,犯顏極諫,彈劾不避權貴,真李成棟所云"朝廷尚有此人者也"。所上疏,如《中興大計》《時政八失》諸議,無不憤激敷陳,規切時事,使當日擢用其言以爲恢復計,明之存亡,或未可知。乃在廷諸臣猶且媢嫉其短,不使安於其位,必置之死地而後已,良可歎也!國亡後,堡祝髮爲

僧,又復高尚不事,抗志以終,其節操爲何如哉! 觀於《論陳載述疏》引范滂之言曰:"身死之後,埋滂於首陽山側,上不負皇天,下不愧夷、齊。"然則堡之甘自湮暖,希軌西山,蓋素所蓄積然也。苟有好事如篁墩程氏作《明遺民録》,以繼宋後,知必與謝枋得、唐鈺輩後先輝映矣。書凡四十九篇文,則稱心爲言,浩乎沛乎,不在蘇文忠下。昔人評子瞻文"其過人處,在能説得出,不但見得到",余於堡亦云然。其書世無刊本,藏家無著録者,蓋舊在禁毁之列。今暇睹閣移鈔本,獲讀一過,因綴數語以歸之。後之君子,可以觀覽焉。歲在癸丑,隘堪居士孫德謙跋。

　　據冼玉清《廣東釋道著述考》著録,今釋尚有《粵中疏草》《行都奏議》等文集,睹其標題,當亦出家前應制之文,惜未見存世。然僅《嶺海焚餘》所録四十九篇,可窺今釋匡政治國之卓識、敢於直諫之品格。

　　今釋所撰詩文,一如其生平,明顯可分爲前後兩個階段,即爲臣之文與爲僧之文。前期之文,以奏議、疏策爲主,尤其《嶺海焚餘》中《上中興大計疏》《時政八疏》《中興四議疏》《劾何吾騶疏》諸篇,危詞切論,言之鑿鑿,指摘權奸無諱,直聲傾動南天,尤可見出其"虎牙"之面目。後期之詩文,則無體不備,凡論説、疏記、尺牘、序跋、碑傳、墓表、語録、偈頌、詩、詞、曲等,皆酣暢淋漓,謹嚴法度。今釋論文頗講究創新獨造,不喜軌步前人。其曰:"讀古人書,見古人如此作,如彼作,便須自尋出路。若纔拈筆,便思古人某作如此,當如此作;某作如彼,當如彼作,作作皆效古人,將自置何地?"其所獨造之文,則是"登歌清廟與街頭市尾唱蓮花落,並行千古,若一派化主桹鈴聲,喧天聒地"。其詩文既有宗門通俗本色語,又不乏儒者之莊重、雅正。前者如《前集》前四卷中之説文、上梁文、募化文等;後者如詩序、題跋、頌贊等。其論詩,則主張抒發一己之志,如《張雛隱詩序》中言:"詩依人而重輕，人依志而大小。古之人以志言詩，今之人以詩爲志矣。以志爲詩，見志而遂見詩；以詩爲志，見詩而不見志。夫見詩而不見志，君子耻之，況於借詩以爲志，借志於詩以爲詩乎？"觀集中《酬錢牧齋宗伯壬辰見寄原韻》《又贈牧齋》以及七律《遣興七十六首》《南詔雜詩四十首》等，或悲歎板蕩現實中小民之疾苦，或抒發亡國之恨，或慨歎凄凉晚境，頓挫沉鬱，憤悱抗激，誠非寂滅枯禪者所能爲也。

今釋亦擅填詞，豪放而不流於粗疏，痛快又决不直露，多步法蘇、辛，直抒胸中憤慨，如名篇《滿江紅·大風泊黄巢磯下》《賀新郎·次竹山兵後寓吴興》等；其凄切慘澹，曲寫幽情别恨，則類如易安，例如《蝶戀花·次韻易安離情韻》《百字令·惜春》等。故沈融谷評其詞曰："豪而爲銅琵琶、鐵綽板，細而爲曉風殘月，秦、蘇、辛、柳，不多讓焉。"

今釋臨終遺偈云："入俗入僧，幾番下火，如今兩脚捎空，依舊一場懡㦬。莫把是非來辨我，刀刀只砍無花果。"然世人偏以是非判之。不惟清廷毁其碑，磨其骨，即便黄宗羲、黄宗炎、全祖望、李慈銘及近人陳垣亦頗置微辭，而要皆因其爲尚可喜所撰家譜《元功垂範》及集中與清廷大吏之交往詩文。例如，陳垣《清初僧諍記》謂："今所傳《徧行堂續集》二，有某太守，某總戎，某中丞壽序十餘篇，卷十一有上某將軍，某撫軍，某方伯，某臬司尺牘數十篇，睹其標題，已令人嘔噦。"若以"遺民節義觀"而論，所責自有道理。然今釋已爲瞿曇氏，仍以"遺民節義觀"而詮衡之，則非"同情之論"。釋今無曾云："人每以道隱求澹歸，而不知澹歸非道隱也。三十年内澹歸之爲澹歸，日進而月化也。"今釋《答巢端明孝廉》中亦言："然世間法不可以律出世間法，出世間法亦不可以律世間法。兄（巢端明）以世間法見責，弟僅爲世間受過，兄亦存此世間大議論爲世間作，則弟自任出世間法者，固無疚於心，無負於理也。"世法與出世間法各具不同準則，不得混淆，非此即彼；而世人偏以世間法評價之，則有失其心矣。

《即非禪師拾草》一卷、《即非禪師雪峰草》一卷、《即非禪師之遠吟》一卷、《即非禪師雲外集》一卷、《黃檗十二峰詩》一卷、《即非和尚洛行草》一卷、《即非禪師豐州草》一卷，釋如一撰

如一（1616—1671），號即非，俗姓林，福清（今屬福建）人。宋寶謨閣學士林希逸之裔。自幼挺拔不群，七歲從舅氏習經書，略通大意。十三失怙，事母至孝，每懷出塵之志。母察其誠，許之，遂謁本縣龍山灝公爲弟子。明年浴佛日剃染，受沙彌戒於費隱通容，尋登壇受具。歷參長慶石雨、靈石朝宗、曹崎萬如、鼓山永覺、羅山亘信諸尊宿，每有省發，然未經本色鉗錘。走黃檗，拜謁隱元隆琦，彌切激勵，身不倒單者三年，一夕徹悟，承隱元記莂，命爲首衆，秉拂説法。順治十二年（1655）夏，隱元寓扶桑，以書招之，遂飄然乘風而東，不旬日抵長崎。康熙二年（1663），隱元新開黃檗寺，如一與木庵爲兩堂首座，秉拂提唱，名震扶桑。明年秋，將辭回崎，諸方屢以名席挽，皆不應，歷四寒暑。示寂於康熙十年（1671）五月二十日，世壽五十六，僧夏四十。碑傳可見釋明洞《廣壽即非和尚行業記》、宋德宜《廣壽山福聚禪寺開山即非大和尚塔銘》、釋性澂《廣壽即翁大和尚舍利塔銘》等。

即非著述，《嘉興藏》第38册收録有《即非禪師全録》，日本平久保章又輯其所存撰述爲《新纂校訂即非全集》，1993年思文閣梓行。據《新纂校訂即非全集》“解題”，即非所撰詩偈集有如下幾種：（1）《即非禪師拈古》，一卷一册，侍者性開録，藏於黃檗文華殿吉永文庫。（2）《即非禪師拾草》，一卷一册，收崇禎十四年（1641）至順治十一年（1654）詩偈104首，吉永卯太郎氏寫本，黃檗文華殿吉永文庫

藏。(3)《即非禪師雪峰草》,一卷一册,侍者性瑩録,收 52 首詩偈,藏於鐮倉·松下岡文庫。(4)《即非禪師之遠吟》,一卷一册,侍者性嘉集,收順治十二年(1655)至十三年(1656)詩偈 61 首,黄檗文華殿吉永文庫藏。(5)《即非禪師雲外集》一卷一册,侍者性安録,黄檗文華殿吉永文庫藏,收順治十四年(1657)東渡至萬治元年(1658)所作詩偈 53 首。(6)《黄檗十二峰詩》,一卷一册,收即非詠黄檗寺詩 12 首、附録 8 首,藏於三重縣菰野町見性寺。(7)《即非和尚洛行草》,一卷一册,侍者性侒集録,收寬文三年(1663)至寬文四年(1664)詩偈 135 首,黄檗文華殿吉永文庫藏。(8)《即非禪師豐州草》,一卷一册,侍者性節集録,收寬文四年(1664)九月至翌年三月所作詩偈,常滑市龍雲寺黄檗堂文庫藏。以上八種詩偈集,筆者皆未見單刻本,然大部分收録於《新纂校訂即非全集》卷一六至卷二三。

　　即非禪師少具超方之志,挺卓不群,性至淳至孝,中土所撰詩偈《甲申五月十三日書事》《哭崇禎帝》《崇禎帝殯於東華門側覆以蓬廠莫有敢往哭者惟二沙門在傍誦經長伴帝柩》等,悲慨沉深,拳拳忠孝廉節,真有老杜“一飯不忘君”之志也。而東渡扶桑後,每望海西向,寄故國家園之思。其《遺囑語》謂:“入龕之後,俟天晴抬上東山,面西火化。”即非如一及隱元隆琦等僧,忠孝之心每見諸於文字,故世人常以“遺民僧”目之。或有謂,其人東渡扶桑,蓋以聯絡海上義軍,圖恢復計。雖厥志未酬,然普施法雨,養護心珠,如日麗天,光明赫奕,使華夏元氣溥暢淋漓,耀古爍今。

《采霞集》十卷,釋岳峙撰

　　岳峙,生卒年不詳,字杲山,號海門,俗姓厲,嘉興人。十七歲剃落,二十參大覺寺靈乘運遐,三十受法。順治十三年(1656)繼靈乘運遐住持海鹽玉庵,開講《維摩》《藥師》《圓覺》諸經。康熙十四年

（1675）遷住西庵，營構土木，習净土法門。喜遠遊，善交友，日與文人品茗敲棋，吟哦酬答。著有《采霞集》十卷存世。生平未見碑傳，《續檇李詩繫》卷三〇有其小傳。

《采霞集》卷二有《先老人行略》，乃釋岳嵝爲本師靈乘運遐所撰傳記："余（按，指靈乘）十七歲剃落，二十親近大覺老和尚，三十受法。總之無別異想，凡語默間，只以大事因緣爲念頭耳。憶戊子年，值吳中管大師開玄義講席，吳浙衲子，水赴雲從。時先和尚居首座之職，余亦隨而侍之。"靈乘（1623—1695），字運遐，別號青蓮，海昌澹塘楊氏子，著有《地藏菩薩本願經注》六卷、《地藏本願經綸貫》一卷、《地藏本願經科文》一卷存世。靈乘嗣法於天溪景淳（1607—1675），傳習止觀之學①，著有《摩訶止觀貫義科》二卷等存世，乃明末清初天台宗高僧。據此，釋岳嵝亦當爲天台宗僧。

《采霞集》乃岳嵝詩文集，光緒《平湖縣志》卷二三稱："《采霞集》，岳嵝，《續檇李詩繫》。"光緒《嘉興府志》卷八一亦載："釋岳嵝《采霞集》十卷，尤侗序，未刊。"所知惟國家圖書館藏清鈔本一部，蓋爲天壤孤本。

《采霞集》十卷，四冊，清鈔本。半頁 10 行，行 20 字，無格，版心有書名、卷數、文體、頁碼。略有蟲蛀、水漬之迹，字體尚清晰。無序跋。所收詩文俱有圈點。首頁右下鈐印三方："北京圖書館藏""國家古籍保護中心藏製""欽訓堂書畫記"。"欽訓堂書畫記"，乃愛新覺羅·永瑢（1712—1787）藏印。永瑢爲胤礽之孫，字文玉，號益齋，又號素菊，封輔國公。工書畫，精鑒別，築"欽訓堂"庋藏書畫名迹②。《采霞集》既曾爲永瑢遞藏，則必爲乾隆或此前之物，洵可寶也。

---

① 天溪景淳傳記，見釋靈耀《隨緣集》卷二，《卍續藏經》第 101 冊，第 1011 頁。
② 參看胡瑶《永瑢的交遊與書畫鑒藏》，載《中國國家博物館館刊》2017 年第 12 期。

　　《清人詩文集總目提要》《清人別集總目》及國家圖書館“書目查詢系統”，皆著録爲《采霞集》九卷。然略予考察，是書實爲十卷，與光緒《嘉興府志》所載同。諸家致誤，蓋緣於鈔者將卷二誤作卷一，餘下諸卷類推之，終卷即爲第九卷。易言之，是書有兩個“卷一”，著録者未加細檢，誤以終卷之數而著録爲九卷。

　　此本各卷前皆有目録，卷一、卷二（原誤作卷一）題“海鹽衲子岳峙杲山手著”，其餘八卷則題“海鹽衲子岳峙杲山著”。既云“手著”，則此本或爲岳峙親手鈔定，抑或他人轉鈔其手稿。目前未見岳峙《采霞集》任何刊刻信息，蓋一直以鈔本形式流傳。

　　各卷參與編選、校定者不一，卷一卷端題“長洲尤侗悔庵叟選閲”/“遼左李鍵梅墅甫較定”，卷二（原作卷一）題“長洲尤侗悔庵叟選閲”/“遼左李鍵梅墅甫較定”，卷三（原作卷二，以下類推）題“山陰錢霍去病選閲”/“同里朱常鹿巌較定”，卷四題“茂苑宋實穎既庭選閲”/“華亭同學宗渭筠士較”，卷五題“石門顧鴻雯賓遠選閲”/“蕭山毛遠公季蓮較定”，卷六題“荆溪陳維崧其年選閲”/“陳維岳緯雲較定”，卷七題“魏里劉又伶隱篁選閲”/“金陵黃鶴田芝九較定”，卷八題“檇李周篔青士選閲”/“當湖沈季友客子較定”，卷九題“同里彭孫遹羨門選閲”/“蕭垂北江較定”，卷一〇題“鴛湖王庭邁人選閲”/“李良年秋錦較定”。諸卷選閲、校定者，多爲當時名流，可見岳峙交遊之廣，詩名甚著。

　　是集卷一收書札 148 通，卷二收序 33 篇，卷三收題跋 77 篇，卷四收疏 31 篇、引 27 篇，卷五收像贊 105 題 108 首，卷六收四六啓文 51 篇，卷七收五古 43 題 61 首，卷八收七古 24 題、七絶 46 題 92 首，卷九收五律 57 題 183 首，卷一〇收七律 164 題 202 首。

　　岳峙交遊甚廣，《采霞集》中所涉當世文人極夥，卷一即有與尤侗（2 通）、汪琬（2 通）、彭孫遹（1 通）、陳維崧（4 通）、杜濬（1 通）、余懷（1 通）、毛大可（1 通）、黃芝九（1 通）等人書札 148 通。然頗令人疑

惑者，尤侗、陳維崧等人詩文集則罕登岳崞之名。《光緒嘉興府志》稱
“岳崞有《采霞集》十卷，尤侗序”，今本亦未見尤序。卷八《停雲詩百
詠》目録中謂“序見卷一”，然遍查之，未見此序。《停雲詩百詠》，乃
岳崞借陶淵明詩而詠當世百名詩人。停雲，喻思親友也。淵明《停雲
小序》云：“停雲，思親友也，罇酒新湛，園列初榮，願言不從，歎息彌
襟。”岳崞所詠則有尤侗、曹溶、魏象樞、宋實穎、丁澎、卓爾堪、杜濬、
周亮工、林嗣環、吳弘人、黃與堅、余懷、魏裔介、計東、徐倬、宋琬、汪
庭、范驤、龔鼎孳、吳偉業、錢霖、吳綺、魏禧、汪猷定、紀映鍾、江藩、魏
憲、李霨、王士禎、郭裏圖、胡介、吳之振、徐士俊、吳國縉、張惣、曹寅、
吳沆、徐乾學、攴丹生、高士奇、錢德震、王鴻緒、孫暘、葉燮、米漢雯、
沈荃、陳維崧、方膏茂、施閏章、許旭、汪琬、凌一蜚、岳宏譽、錢朝鼎、
黃周星、汪淇、彭定求、卓天寅、鄧漢儀、周篔、翁澍、羅世珍、梅庚、吳
騏、項玉筍、熊文舉、徐增、梅元鼎、韋人鳳、徐崧、孫枝蔚、李念慈、李
鄴嗣、繆彤、葛雲芝、白夢鼐、柏古、汪懋麟、吳炯、馮雲驤、田茂遇、陸
莱、倪燦、朱彝尊、呂潛、周清源、王晫、汪楫、陸進、諸嗣郢、翁白、毛奇
齡、曹垂燦、秦松齡、張圯、丁棠發、何焯、林企佩、鄒祇謨、彭孫遹，凡
百人。此百詠先以雙行小字注明其人名、字、號、籍貫及詩集，再附題
詠，或評其人格、詩格，或抒停雲之思。如第一首長洲尤悔庵（諱侗，
字展成，江南蘇州府長洲縣人，《西堂全集》）：“賢達知天命，高風迴
自存。獨龍臥江海，一劍老乾坤。具眼看時輩，全身委至尊。文章留
大塊，千古重清論。”所詠清初文人，或顯或晦，所載生平、字號、詩文
集，頗具考證價值。例如，長白曹荔軒（諱寅，字雪樵，盛京奉天府遼
陽州人，《野鶴堂草》《荔軒詞》）曰：“吳會偶相識，官銜值素秋。芳樽
邀勝迹，萍梗得良儔。語爲崇朝契，情隨往古投。平陽勳業在，不愧
舊封侯。”通常以爲，“雪樵”乃曹寅之號，但此處作其字。觀此詩，岳
崞與曹寅關係頗爲密切，似不應誤記。

　　岳崞善於以詩論人，《停雲詩百詠》既思親友，亦論其人，如謂吳

梅村之苦悶云："所思誰爲識，湘瑟弄哀歌。"謂杜濬之疏放："典衣春市裏，脫屣草堂間。"謂余懷之風致："閉門空澗壑，修竹冷烟雲。"謂宋琬之風流："簪帶拖新紫，笙歌醉軟紅。"皆係知人、同情之論。岳峙又有《代古詩十首》，其序稱"詩者，各言其志而已"，不以江文通《擬雜體詩三十首》爲極則，復縱論詩歌由四言至五言之嬗變，若陶、謝、鮑、沈等"總不越乎志"，故不揆魯鈍，率爾成章，聊與前人作夢尸耳。此十首代古詩分寫禰衡操鼓、桓伊弄笛、王粲登樓、嵇康操琴、劉伶斟酒、阮籍寄興、杜預注書、張翰思蓴、陶侃運甓、庾亮賞月，洋洋灑灑，皆五言古體，人物精神、風致俱出。

《呆翁和尚詩集》一卷，釋行悦撰

　　行悦（1619—1684），字梅谷，又字梅國，號呆翁，晚號蒲衣尊者，俗姓曹，婁東（今江蘇太倉）人。年十八披剃於普陀海岸禪林，受具後至崆峒參入就瑞白，知向上事。歷參天童密雲圓悟、夾山南澗箬庵，嗣法於南澗箬庵。嘗遊匡廬數載，順治十四年（1657），繼主南澗；康熙四年（1665）主粤東龍樹院；六年主蔣山天華禪寺，十年秋復入粤住大隱禪院。十二年至南安，居西華山龍光寺，十八年赴江寧蔣山金陵寺請，二十一年擬至五臺山，先入京師，憩錫城西。二十三年臘月，索水沐浴，焚香禮佛，辭衆端坐，説偈而逝，三日荼毗，舍利瑩瑩。壽六十六，臘四十八，平生七坐道場，弟子數十人。著有《正宗語録》《列祖提綱》《增集禪宗雜毒海》《歷代帝王弘教録》等，又有《三會語録》《夢冰》《東皋》《拈莊》《放鉢》《北遊》諸集，今存有《呆翁和尚詩集》一卷、《列祖提綱録》。生平略見《新續高僧傳四集》卷二四、《普陀洛迦新志》卷六。

　　《呆翁和尚詩集》一卷，柯愈春《清人詩文集總目提要》著録曰："釋行悦撰。行悦生於萬曆四十七年（1619），卒於康熙二十三年

（1684）。字梅谷，號呆翁，江蘇太倉人。俗姓曹，後住理安寺。此集康熙二十年刻，中國國家圖書館藏。又民國十年刻，上海圖書館藏。"康熙刻本，南通市圖書館亦藏一部，未見。所見爲上海圖書館藏民國十年（1921）刻本，一卷一册。開本高 25 釐米，寬 16 釐米；版高 13.5釐米，寬 19 釐米。封頁題"行悅和尚呆翁詩詞集"，卷端題"呆翁和尚詩集詩餘附"／"東吳行悅梅國著"／"□陵鄧漢儀孝威、鄖山周斯盛屺公選定"／"吳州黄雲仙裳、虞山劉淙稼梅、如皋石湘王香、晋安佘儀曾羽尊同參"。半頁 9 行，行 19 字，白口，四周雙邊，單魚尾，版心鎸"呆翁和尚詩集"、頁碼。第四十七頁版心鎸"呆翁詞集"。内有藏書題識："民國三十三年五月就范成和尚所藏《呆翁手稿》較一過。遐庵。"是書曾爲葉恭綽所藏，内仍有一書簽，題"遐庵藏書"／"呆翁詩集一册"／"僧行悅"，並云"清詞已選"。正文前有戴本孝、佘儀曾、張圯三序。

戴本孝《呆翁和尚詩序》略曰："呆老和尚，余雖未素相接，然嘗聞禪宿中數十年來僅有是人與吾儒不甚遠。比年，余來雒皋訪舊，偶過舍枒禪院，則固呆翁倚杖處也。問其弟子智觀大師，愛其誠樸，且善肅客，因出師語録，讀之頗不似他人綺妄，復葺其遺詩成帙見示。然呆翁生平遊歷與所交之人士，亦多有與余相善者。東皋老叟張子茗柯從師遊最久，知師最深，道師行業最熟。余益起敬，夫豈苟於言者哉？然師逝久已，獨其言在耳，亦足以不朽矣。嘗慨數十年來，觸目皆曰龍象。嘻，盛矣哉！然盛衰之感，寧獨於禪爲然？吾安得起師而問之，故以是叙其詩。歷易光孝、碧落後人、鷹阿山樵弟子戴本孝拜撰。"戴本孝（1621—1691），字務旃，號前休子，終生不仕，以布衣隱居鷹阿山，故號鷹阿山樵，别號黄水湖漁父、太華石屋叟等，安徽和州人。著有《碧落後人詩集》。

張圯《東皋詩選小引》略："詩非僧家事，然有以詩名者矣。宋之惠休，齊之寶月，唐之皎然、無可、貫休、齊己是也，第以詩名詩僧而已。至我蔣山梅國和尚則不然……四十年來，以覺物利生爲己任。至鈎章摘句，月露風雲，則固夷然不屑也。雖有《匡廬》《衡嶽》《編年》《鄜居》諸集，率皆退休之餘，空山獨坐，吟風弄月，自適其適耳。又隨説隨掃，不肯落片紙於人間，以其近名不可爲訓，故概置之。間從高座結集之餘，拾單詞隻字，奉爲吉光片羽，多爲騷壇宗匠所收，如鄧中翰之《詩觀》、小山吾之《歲寒》等集，不過十分之一耳。兹帙則數年以來在吾皋所作。皋邑雖蕞薾彈丸，不爲有道所棄，鳳池才子以及藝苑名流，往往至焉。至則與師通愍勤款洽，往來贈答，稠叠如林。吾里能詩諸子又相與結青蓮之社，廣杜若之章，歲月層累，遂已成積。師雖足迹半天下，然生平未至京師。邇來思以一瓢一笠，問香山之勝概，尋玉帶之芳蹤，躡笑祖之道場，訪閶山之舊址。因與吾友黄仙裳、戴介眉、佘羽尊遴而閲之，十存一二，各述其意，用爲引首，授諸梓氏，以見師之所實惟道，而非區區屬意於詩歌之末者也。時辛酉（1681）三月，如皋法弟子張圮授法名願續熏沐拜題。"據此序，行悦尚有《匡廬》《衡嶽》《編年》《鄜居》等集，此本乃張圮、黄雲、戴本孝、佘儀曾等人選定，共收行悦詩238首、詞33闋。第26頁脱版，爲藏者補之。

　　另，上海圖書館又藏有稿本《呆庵和尚詩集》，一册。開本高28.8釐米，寬17.7釐米。扉頁題"呆庵和尚詩詞原稿"/"遐庵居士"，鈐有"遐庵""遐庵經眼"印。半頁9行，行20字，無格。前有遐庵（葉恭綽）題識曰："余曾收得翁之詩詞刻本，與此互校，各有詳略。彼本有戴鷹阿本孝一序，佘儀曾一序，張圮（應爲'圮'）一序。卷首又有鄧孝威、周屺公選定之標識，末有至北京諸詩，似是定本。然字白亦有與此本不同者。恭綽識。"封底有范成和尚題跋。其曰："余爲驅烏時，聞諸前輩論詩詞，東皋數百年來，釋氏中首推呆翁。於是留心尋其集。丁巳冬，遊舍浮庵，見有刻版藏之殿旁，原稿供於佛前，惜其年深蠹損，首尾均不完全。今僅將原稿逐張修補，與刻本相較後，始知未刊木者，有詞四十八篇，詩二百餘首，以期他日訪一同志之士發心續刻流通,供諸參考,而志願足矣。戊午仲春觀音菩薩誕日,范成謹題。"據此,民國刊本中葉恭綽題識"就范成和尚所藏《呆翁手稿》較一過"云云,所指即此稿本。而民國刊本蓋范成以康熙刻本及此稿本合校而成。

稿本有朱筆、墨筆多處圈點、較正,對於已收入刻本中之詩詞,均標明"已刻"二字。今以稿本和民國刻本相校,不惟詳略不一、字白不同,所收作品亦大異,尤以所收詞集差異更大。

刊本詞集前無序,稿本則有二序,撰者爲黃雲及默存。黃雲序末署康熙戊午王月(朱筆改爲"辛酉正月"),題爲"金陵老人(朱筆改爲'寒香堂')禪異語序";默存序題爲"禪異語序"。馮乾《清詞序跋彙編》據稿本收入此二序,但未審黃雲序何以僅録一頁。今移録之:

予向讀皎然《高陽臺》詞,大慧《過秦檜墓》詞,覺範《懷古》詞,中峰《行香子》詞,古德《滿庭芳》《牧牛》諸詞,意爲方外填詞,更無與此爭衡並駕者矣。近過金陵,偶入記録,□得閱金陵老人《禪異語》一編,不覺髮毛通暢快,若千眼頓開。而字字離文字即文字,離棒喝即棒喝,似吹毛劍芒刺魂消,如玉壺冰寒清魄奪,非從胸襟流出,焉能若是之蓋天蓋地哉? 昔靈山世尊假以異方便引導衆生,第異方便者不特文章、詞賦、詩頌、歌曲、圖書、醫卜、星相等,即拈花、傅粉、舞劍、輥球,進門便唱,入門使棒,皆異方便也。□老人"禪異"之編,或不越是乎? 宗師家嘗以一喝不作一喝用,一棒不許作一棒會。吾輩讀此,非具超宗異目,不妨礙著。康熙戊午二王月(朱筆改爲"辛酉正月")既望,吳州黃雲撰。

此序滿紙爲朱筆、墨筆塗抹,並謂"此序不佳,不可用",推之,應出於編校者之手。

　　稿本詞集前標有"禪異語",刻本則無題名。稿本收詞凡 62 闋,有《六么令》《傾杯樂》《水龍吟》《沁園春》《滿江紅》《百字令》《一寸金》《瀟湘夜曲》《多麗》《晝錦堂》《千秋歲》《浣溪沙》《何滿子》《青玉案》《洞仙歌》《江城子》《踏莎行》《菩薩蠻》《武陵春》《望仙門》《望江南》《小重山》二十二種詞牌。刊本則收 32 闋,刊本有而稿本無者 17 闋,則兩本共收行悦詞 79 闋。《全清詞·順康卷》僅據《東皋詩餘》收録釋行悦詞 34 首,而因未見稿本、刊本,漏收 45 首。

　　行悦之詩,多紀其行脚參訪、弘法之蹤,以地繫詩,分"廬山""鳩兹""武林""嶺南""廣陵""金陵""東皋""北遊"等部分,每多參悟本色語。例如《鄽居六言雜詠七十六首》,參究公案,機鋒峻烈,若棒喝交馳,直鎚人心,又似閒雲出岫,鵬駕天風。集中又有《吊李卓吾墓》二首,實爲其平生志向之寫照,其一云:"世間出世不兩立,我是人非今古同。視二千石如敝屣,尋常肉眼豈能容。"

　　行悦擅長以詩餘作佛事,非徒事雕紅刻翠者。集中談禪證道,煉明心性之作,無慮大半。顧其佳者,則以《踏莎行·題牧牛十圖》尤具勝義。"牧牛十圖",又稱"十牛圖",昉自宋代清居禪師八牛圖,後廓庵禪師改作十牛圖,以牧牛喻修心,隨機設教,導禪者漸次修行進階,終至人牛俱忘之境。後世禪人多以七言偈頌提唱,而行悦則以詩餘題詠,委曲靈動,別具一格。如《相忘》云:"花鳥能言,木人解舞。謝家月下閒搖艫。等如白練冷涵空,鷺鷥獨立銀盆裏。　　水底蹤由,空中頭路。東西多是皇王土。些些隨分納些些,風流享盡天真趣。"意句圓美,能所俱泯,堪爲禪詞之精品。又《滿庭芳·述五牛旨意以示後學》一首,似更佳:"明月灘前,蘆花影裏。牛兒似雪如銀。高眠露地,肥壯好精神。滿眼芳菲紅紫,從不解些可沾唇。蓋自他,那時飽飯,齒頰有餘芬。　　風塵一誤落,漸趨漸遠,時近時親。嗟泥水、蹤兒只見鮮新,廢盡田園稼穡,江天暮、逐隊隨群。怎知道,迷途猛省,回首出荆榛。"言近旨遠,象顯意生。

歷代釋家別集叙録

李舜臣 著

下　冊

中華書局

《藕華園詩》二卷,釋德立撰

釋德立,字鶴矓,號西池,生卒年不詳,俗姓朱,樂清(今屬浙江)黃華岐頭人。早離塵垢,秉戒律,受法於吳興藻錦鑒照,旋至虞山禮截流行策。後主席虞山普仁院,倡淨土法門。善書畫,工草書,著有《藕華園詩》二卷。生平未見碑傳。《光緒蘇州府志》卷一三九有其小傳,稱所著有《藕華園詩》八卷、《鑒公詩》一卷,又有《語錄》行世。

《藕華園詩》二卷,一冊,康熙四十七年(1708)刻本,見存於上海圖書館。開本高26.6釐米,寬17.9釐米;版高17.7釐米,寬12.3釐米。卷端題“藕華園詩卷”/“樂清釋德立鶴矓著”。半頁9行,行18字,白口,左右雙邊,單魚尾,版心鐫“藕華園詩”、卷次、頁碼。正文前有康熙十九年(1680)錢朝鼎、冷興渤、朱昌緒三序。

錢朝鼎序略曰:“余於鶴矓師有取焉。師之為詩也,法苑珠璣,藝林標榜。禪心江上,僧臘階前,此詩中之境也;夜潭秋月,曉塢寒花,此詩中景也;閒雲無住,野鶴高騫,此詩中旨也。性乎情乎,又安能擬議於其間乎?予自甲寅同金子水若識師於截大師丈室,截翁門庭孤峻,師以茂齡親炙,風格棱棱,為宗門法傑,而未知其能詩也。師亦未嘗語及詩。一日,水若手師近作數章示余,余讀而擊節無已。後歸苕溪,與其本師藻和尚隱居庚村,屏絕外緣,專修淨業,禪淨雙振,如戴角虎。以故苕上諸名士就正問道,稱方外交甚多。師既道價日隆,詩亦日進。庚申秋,截翁門人身葉禪師以師詩問序於予,其殆以予為知師,且知師之詩者耶?憶予蒞官越水,時師年尚少,以所如不合,接迹空門。其父陟屺為樂清名宿,學富於殖,有穀詒子,故師之詩,雖別才天賦,而稟之家學多。嗟乎!今之詩人,名冒實疏,固不獨僧為然,而僧亦未免。若鶴師者,真僧中之祥麟威鳳歟?然而識其人則易,識其詩則難;識其詩猶易,而識其人其禪於詩更難。將見是編之行於世也,誠今法苑增光,騷壇生色哉！時康熙十九年歲次庚申小春既望,虞山帚庵居士錢朝鼎敬題。"朝鼎,字禹九,號黍穀,常熟人。順治丁亥(1647)進士,官至都察院右副都御使、大理寺少卿。序中所稱"藻和尚"即藻錦鑒照;"截大師",即蓮宗十祖截流行策;身葉禪師,即德立同門法兄身葉萃禪師。虞山普仁禪院先後主席者爲截流、身葉、德立三人,其人弘傳蓮宗之事,略見於清人金善所撰《普仁七日念佛記》。

冷興渤序曰:"記於庚申歲,予省親維揚,始得讀鶴朧和尚之詩,並覽其書於江門堂頭處,私謂和尚爲清晝、智永一流人。忽忽廿餘年,未一謀面,然心竊儀之。迨兹甲申秋杪,訪友琴川,因覽虞山諸勝,始晤和尚於普仁函丈,一見如舊識。接談之頃,乃知和尚爲明教、永明一流人。盤桓浹辰,悲莫能別,因贈以詩曰:'廿載懷思千里從,短蓑爲爾集芙蓉。飛殘黃蝶溪邊樹,撲落青霞枕上峰。羞向大明揚爝火,敢希衰鳳嘆猶龍。翻嫌杜甫飄零甚,霜骨曾憐四小松。'又曰:'錦峰秀出尚湖隈,擬築孫登長嘯臺。坐對青雲懷隱逸,携將白月踏蒼苔。驚人詩寄小師去,泣鬼書求巨筆來。自是神仙難比數,却疑冰雪尚凡胎。'瀕行,因出所著《藕華集》以相質。予因展閱一過,其高處已臻盛唐人壼奧,而平處亦不落宋元人蹊徑。其五、七言古寄興高遠,用意深厚,覺鏗鞫鏗鞳之音突出紙上。其五、七言律婉煉精切,無餘思。其五、七言絶詞局短而味雋永,其一種烟霞之氣,冰雪之焰,而俱以錦心繡口出之,洵非他人所可及。然其間規畫吾道而警省世俗者,亦必以此也,豈古人云'先以文字牽,後令入佛智'者乎? 顔之曰'藕華',清净不染之謂歟? 予於斯道,雕心鏤腎,窮精覃思,幾二十年,頗窺藩籬。今見和尚之詩,如河伯之遇海,若所謂汪洋浩瀚而無涯涘,未免惕然驚爽然自失矣。予因述其旨,弁諸簡端,以識予始之向往之誠中,豁然以慰所懷,末復別去,又能無悵然於其間哉? 歐峰邗水冷香興渤拜撰於昭明讀書臺之左个。"後摩有"興渤之印""冷香”二印。興渤，生平俟考。

　　民國年間，《藕華園詩》又刻入永嘉黃群《敬鄉樓叢書》。扉頁書“藕華園詩”，次頁署“民國十有七年永嘉黃氏校印”。卷端題“藕華園詩卷”/“釋德立鶴臞”。開口處亦題書名，版心下鎸“敬鄉樓叢書”。書末有校印者黃群跋稱：“今《藕華園詩》僅二卷，予向得之溫郡書肆，舊鈔本，極精善，豈已半佚？而序文三篇則皆未舉其卷數也。《鑒公詩》一卷疑爲其師藻鑒和尚之作，而師爲之刊於虞山者。”此本較單行本略有差異，正文前無錢朝鼎序，但多出康熙壬戌（1682）陸廷福序。柯愈春以爲“單刻本與叢書本當是同一系統”。單刻本卷上收詩117首，卷下收61首，凡178首。今溫州市圖書館仍藏有黃群手鈔本。

　　德立恂恂儒雅，有“法門重器”之稱，能圓融世間出世法，所作《極樂本師照和尚割肉療親恭賦二十四韻以紀》，縱論儒、佛之異同，頗裨益於名教。其詩則多古體，興寄深遠，格高調古，例如《吳中曲》《行路難》《思鄉吟》《雜詩》《短歌》《浩歌》《古意》等。《舊燕》云：“朝來雙燕子，千里獨勞勞。不忍尋新主，還思理故巢。身輕穿户疾，翼健剪風高。野屋茅簷矮，君須慎羽毛。”頗有自況之意。德立之父名子瞻，善屬文，鼎革後棄舉業，奉西方之教，所著詩文，燬於兵燹，蓋亦失意而逃禪者也。德立常寄意於孤松片石間也，寫景述懷，時有遠韻，摘句如“帆隨天色遠，秋與水雲平”（《舟夜》）、“霜紅溪上樹，烟碧嶺頭村”（《夜抵十八澗》）、“海紅生曉日，峰白閣秋雲”（《拂水巖》）、“夜靜烟沈磬，風清月在門”（《夜歸明月草堂》）等，宛然可諷。

《漱玉亭詩集》附《贈行詩》一卷，釋心壁撰

　　超淵，字心壁，生卒年不詳，雲南昆明人。幼習儒，因體弱多病，好老莊之學，有出世參方之志。後遊歷江南，得法於金陵，度入空門，

其《追憶汪仁澍老師兼呈伯端昆季》詩句“雙峰遇知識，披緇歸空王”，“雙峰”下小字注“即金陵華山”。康熙二十七年（1688）主南昌東湖憩雲庵，募捐興修，復振宗風，郎廷極爲撰《東湖憩雲庵重建碑記》。康熙三十一年（1692），受宋犖之請，卓錫匡廬開先寺，重修殿宇，闡揚大法，立《叢林共住規約》十條。康熙南巡，赴淮上迎駕，陪至松江。康熙手書“秀峰寺”匾額賜之，遂改“開先寺”爲“秀峰寺”。心壁持法刻苦精猛，風骨高朗，辭氣温然，於詩能“剖析源流，别裁僞體”。著有《漱玉亭詩集》存世，生平未見碑傳。

《漱玉亭詩集》附《贈行詩》一卷，一册，民國十六年（1927）新昌胡氏重刊本，見存於江西省圖書館。扉頁隸書大字題“歸雲草”。卷端題“漱玉亭詩集”/“匡廬釋超淵心壁”，或題“歸雲草”。半頁10行，行19字，四周單邊，雙魚尾，版心鎸“漱玉亭詩集”或“歸雲草”。正文前有宋犖、尤侗、蔡方炳、周司渭序四篇，《憩雲庵圖》一幅，後附録《豫章詩話補》一則、《南昌寺觀志》一則、郎廷極《東湖憩雲庵重建碑記》、釋來松《書後》、胡思敬《跋》，以及心壁、釋元璟、閔鑒、李霖題詩各一首。

據胡思敬《跋》，《漱玉亭詩集》初由“宋牧仲撫江右時爲僧心壁編刻”。宋犖，字牧仲，康熙二十七年（1688）擢江西巡撫，始聞心壁，賞其詩，與之訂交。其序曰：

以禪喻詩，其説自嚴滄浪羽發之。滄浪之言曰：“論詩如論禪，漢、魏、晋與盛唐第一義也。大曆以還則小乘禪也；晚唐之詩，則聲聞辟支果也。”又曰：“禪道惟在妙悟，詩道亦在妙悟，而謝靈運至盛唐諸公爲透徹之悟。”明高廷禮論詩一宗嚴説。數十年以來，學者争趨宋詩，漢、魏、盛唐諸賢文集幾束高閣，而滄浪之論亦絀。近日新城王阮亭先生復申斯旨，自謂别有會心，選《唐賢三昧集》，又重鎸《唐詩十選》行世，海内學士大夫駸駸趨之,則滄浪之論又將大昌於天下。予謂古今持論,不無異同,要以詩貴妙悟,則非好學深思者不知。蓋詩之道通於禪,信夫!心公學禪而能悟者也。予延之主席開先,方以白椎卓杖,振揚宗風。今春偶遊吳會,將返廬阜,出詩一卷,屬予序。嗟乎!心公以禪之悟悟詩,詩不工乎哉?予固學詩而未知所悟者,它日釋節歸田,得以一瓢一笠訪心公於漱玉亭畔,且姑與心公論禪。商丘宋犖題。

此序未見宋犖《西陂類稿》等著述中,是爲佚文。序中稱心壁遊吳會時,出詩一卷,而宋犖於康熙三十一年(1692)至四十四年(1705)擢任江蘇巡撫,則《漱玉亭詩集》應非宋犖撫江右時所刻。集前又有尤侗序,曰:

夢廬山而不得見,僅見心壁一道人,猶東林之有遠公也。顧心公住山十年,未嘗作詩,一旦省親,直至滇南,因寫摩詰句“萬里一歸人”圖,漫堂中丞贈以長歌,予亦和成如韻。比其反也,以《歸雲草》一卷示予,予讀而善之。夫詩家景象,莫有過於廬山者。勿論叠嶂九層,崇巖萬仞,即香爐一峰,珠簾一谷,便引人著勝地,何必追嶽麓之遺迹,搜點蒼之奧區哉?雖然,模山範水,詩之小者也。心公以方外高聞,遠尋親舍,一瓶一鉢,訪老人於白雲深處,大家團圓頭,共説無生話。此孝子之至,發於性情,天下真詩皆從出矣。推之風人《陟岵》之思,《南陔》《白華》之養,何以異哉?豈非惟遠公復起,把臂入林,即呼摩詰而問之,亦當相視而笑,不知詩中有畫,畫中有詩乎?鶴棲八十四叟,尤侗題。

尤侗(1618—1704),字展成,號悔庵,江蘇長洲人。康熙十八年(1679)舉博學鴻儒,授翰林院檢討,預修《明史》,康熙譽爲“老名士”。是序亦未見尤侗《西堂全集》《西堂餘集》《鶴棲堂稿》等著述中，是爲佚文。但《廬山秀峰志》卷四收有此序，可互補脱文。又，是書又收有張尚瑗《漱玉亭詩集序》。尤序寫於康熙四十年（1701），時尤侗 84 歲，則《歸雲草》一卷約初刻於康熙四十年至四十四年（1701—1705）間。胡思敬跋曰“圖及附録則爲後人增板”，則《歸雲草》又有增刻本。考釋來松《書後》一文載，咸豐三年（1853）憩雲庵遭兵灾摧殘，寺僧重修殿宇，“工竣之後，檢舊篋，得心公《歸雲草》一部，翻閲數過，欣慰交集。門徒智海恐其久而散失，因請將原本就重付剞劂”。蓋重刻應於咸豐三年之後。現存民國六年（1917）版本，應是在智海重刻本基礎上再次付刻，存有圖及附録。

另，據相關書志載，江西省圖書館、吉林大學圖書館等尚存有《漱玉亭詩集》六卷本，扉頁題“漱玉亭詩集十笏堂藏板”。但筆者仔細查詢，江西省圖書館藏本已未見蹤迹。據該館館員劉景會披露，六卷本録心壁詩 480 餘首，其遊滇之作見於卷二①。

心壁交遊頗廣，與宋犖、郎廷極、尤侗、邵長蘅、毛奇齡、吳之振、羅飯牛等均有往來，尤與宋犖過從甚密。心壁不因釋而廢儒，曾於康熙三十六年（1697）返滇省親，一瓢一笠，萬里孤行，費時一年有餘。道人羅飯牛繪《萬里一歸人圖》專紀此行，宋犖、尤侗、毛奇齡等多有題詠，一時傳爲美談。

《漱玉亭詩集》亦題“歸雲草”，皆心壁省親滇南所作。集中有《丁丑除夕和朱子眉山人韻》詩，可知省親應在康熙三十六年（1697）；自本年二月出發，《將歸省滇用萬里一歸人爲韻留别諸同人五首》其三云：“二月寒未减，當春少晴日。風雨别故人，扁舟衝浪出。”越明年寒食，辭親歸，《黔南道中偶詠孟浩然落景餘清暉清樵弄溪渚之句因以爲韻賦詩十首》其一有“東風寒食前，親朋餞東郭。再

----

①劉景會《〈清人詩文集總目提要〉訂補五則》，《黑河學刊》2017 年第 6 期。

拜辭老親,有淚不敢落"句,其二有"還鄉剛一載,又出滇南境。一笠
一枝筇,蕭然伴孤影"句,則歸鄉而返正閱一載。蔡方炳序云:"此編
則往返滇中時作,於滇途所見月露風雲、山川草木,無非吾親之音容
笑貌,有欣欣相覯之意。其返也,則同此月露風雲,同此山川草木,有
戀戀不捨之意。"詩多紀遊、訪友、懷人、寄贈等,以行途編次,有七絕
48 首,五律 35 首,七律 24 首,五絕 5 首,五古 5 首,七古 3 首,凡 120
首。其律、絕善寫景物,如"玉峽久晴流水澀,爐峰乍暖淡烟拖"(《和
周朝暉見訪不值留題原韻》)、"岸接孤村近,舟橫片月斜"(《沙
陂》)、"七十二峰遠接天,一峰雲起衆峰連"(《舟中望南嶽》)、"蒼烟
白鳥斜陽外,老樹欹斜好繫船"(《野泊》),尤侗贊之"詩中有畫"。
五、七古則善於寫人紀事,娓娓述來,平實感人,如五古長詩《追憶汪
仁澍老師兼呈伯端昆季贈余子馨》,七古長詩《舟過德山懷補樵秀侄
禪師》等。而《大鸕鷀灘》極寫灘途艱險,氣勢雄偉奔放,筆力亦自
不凡。

《寒松大師拈來草》一卷,釋智操撰

　　釋智操(1626—1688),字寒松,別號隱翁、百愚老人,俗姓嚴,桐
城(今屬安徽)人。六歲習書,喜聞道,曾云"原來道在平常",衆異
之。十二歲遭寇變,父被執,母溺殉節,遂發願爲僧。順治元年
(1644)四月十八日脫白,七年參青龍百愚於弁山,後住青龍、善權、白
雲、寶嚴、安樂、禮庵、弁山等地。著有《寒松大事拈來草》等行世。生
平未見碑傳。紀蔭《宗統編年》卷三二"(康熙)戊辰二十七年"條云:
"香山智操寒松和尚寂,嗣百愚斯,歷住青龍、龍華、喻葦甞和尚住靈
巖,未幾退居承天,嗣南嶽儲。"又《寒松操禪師語錄》卷一七收錄《自
序》一篇,頗述其生平。

　　《寒松大師拈來草》一卷,二册,見存於浙江圖書館。開本尺寸

25.5 釐米,寬 16 釐米;版高 21.2 釐米,寬 14.3 釐米。卷端題"寒松大師拈來草"/"龍眠方拱乾坦庵選"/"婁東吳偉業梅村校"。半頁 10 行,行 21 字,四周雙邊,白口,無魚尾,版心上鎸"拈來草"。正文前有康熙四年(1665)方拱乾、吳偉業序。方序曰:

> 寒松大師,余同里隱翁也。別硯超然得大總持,印心於百老人。余鄉素稱佛地,投子浮度,青鷹遠録,遺躅琅琅。弁山法乳,遍吳越兒孫,不啻馬駒師起而光大之,踏殺天下。吾桐重矣。大作獅子吼,法語如金玉,真再來人也。至拈題得句,清正圓秀,不下漢魏唐人。詩之禪,禪之詩有異,余敢以詩測禪,師蓋禪而詩赴焉。誦其詩者,須具隻眼。乙巳九月,方拱乾坦庵敬撰。

方拱乾(1596—1667),字肅之,號坦庵,安徽桐城人。崇禎元年(1628)進士,累官編修、左渝德、少詹事。順治十六年(1659),因受江南科場案牽連,流於寧古塔,兩年後赦歸。著有《何陋居集》《甦庵集》存世。此序作於康熙四年,時方拱乾已赦歸。《拈來草》中有《爲老人求坦庵方學士塔銘次韻留別》一詩,係智操爲先師向方氏求塔銘所作,云"銘求千里步遲遲,纔遇知音又別離",援方氏爲知音。

吳偉業序曰:

> 詩從無字處生,還從有字處覓。執一失一,不墮枯葉邊,即逐亂流中去矣。隱翁大師,禪宗峻峭,音節高超,有字無字,兩際俱斷,信手拈來,溯洄波浪,吞吐風雲,知師之詣於此道者深也。有客持師集過梅村,問:"詩從何處生?"曰:"千峰從地湧,孤鶴自天還。"又問:"詩從何處覓?"曰:"湖海三生客,乾坤一隱翁。"婁東吳偉業梅村盥手謹題。

《拈來草》中有《訪吳梅村祭酒》一詩,云“孤雲出岫三年別,一水環村六月凉”,蓋智操與梅村別後三年重訪所作。詩題稱梅村爲祭酒,乃其入清所任之職。順治十三年(1656),梅村丁憂南還,蟄居不起,故此詩應作於其晚年,而梅村序則晚此而作,或與方序互爲先後。

　　《寒松大師拈來草》又收入於《寒松操禪師語録》。《語録》凡二十卷,見於《嘉興藏》第37册,前有陳維崧、錢謙益、祁熊佳等名流序,《拈來草》在卷二〇中。另,《語録》卷一八又收有《方外英華》,題後注曰:“原版存吳江,今收入《全録》卷第十八。”内有《顧茂倫王咸平選先師百老人同予詩入方外英華集梓竣承送閱拈謝》。此卷卷端題“吳江顧有孝茂倫、王載咸平選定”/“新城王士禄西樵、平湖陸世楷孝山、侯官許玭天玉、武進薛信辰國符參”/桐城智操寒松(號隱翁。百愚老人法嗣,住青龍、善權、白雲、寶嚴、安樂、禮庵、弁山),卷末則有方拱乾題跋,與《拈來草》方序略有不同。又卷一九收録《寒松操禪師九峰草》,標題後注:“原版藏吳江,今收入《全録》卷第十九。”卷端題“吳江顧有孝茂倫、王載咸平評定”/“同學諸子參閱”。蓋亦爲其單行别集,後收入《語録》中也。

　　《寒松大師拈來草》收詩約232首,以詩體編次,首五古,次七古,次五律,次七律,次七絶,次五絶,末爲兩篇銘文。是集大多訪友酬贈、寫景詠物之作。集中所見清初大家,除吳梅村、方拱乾外,尚有錢謙益等人。五古《中秋次韻贈錢牧翁》中有“祖褐坐臨風,倚月聽歌郢。白雪老秋容,談笑娱清影”句。而詠物之作,如寫竹、梅、蘭、硯等,皆寄托遥深,非徒寫物也。智操尤鍾情於“竹”,如《孤竹吟示子清二首》其二云:“玉立高原氣自昂,娟娟占斷衆芬芳。半竿葉傲三冬雪,數載雲消一徑霜。深隱擇鄰唯有月,山棲結侣不須凰。蔡邕何必重留戀,天外吟風韻更長。”乃托竹言志,贊孤傲、清高之品格。又如《竹二首》其一云“愛伴禪心静,和雲掃夕陽”,其二云“攝生唯有節,虚己欲無心”,藉竹之風韻,寫傲然勁節、虚懷清澹之懷。集中連排組詩亦頗引人矚目,有《十僧詠》《青龍十二景組詩》《隆福八詠》《山居十詠》《雁字八詠》等,描景寫人,詠物抒情,内容不一。《十僧詠》乃一組刻畫各類僧人形象之七律,含《山僧》《禪僧》《講僧》《詩僧》《老僧》《病僧》《孤僧》《遊僧》《貧僧》《懶僧》。《詩僧》一首云:"瀟灑狂歌别一天,無中有味淡中妍。空林雨過詩成畫,古塔雲收畫入禪。閒借推敲消歲月,清憑嘯傲老山川。從來懷抱多題石,不到驚人不浪傳。"頗狀寫出僧人作詩之心態。

《借巢集》三卷,釋原志撰

原志(1628—1697),字碩揆,號借巢,俗姓孫,鹽城(今屬江蘇)人。天性孝友,豪邁不可羈約,嘗手刃父讎,告祭於墓。順治七年(1650)祝髮於通州佛陀寺,師事元璽和尚,未幾投靈隱具德弘禮受戒,旋命居座首,倡明三峰之學,電激雷奔,當者震慄。康熙元年(1662),具德弘禮手書付屬。歷住揚州上方、泰興慶雲、鎮江五州、常熟三峰、揚州善慶、杭州靈隱諸大刹,所至香花傾城,萬指環繞,東南法席,莫與比盛。和碩康親王奉衣鉢請其説戒,徒衆累千,焚香塞路。康熙南巡,御書"雲林"二字賜之,更錫金百鎰。晚主三峰,以康熙丁丑(1697)七月十五日示寂,世壽七十,臘四十九。著有《八會語録》《借巢集》行世。《增修雲林寺志》卷五收有王澤宏所撰塔銘,《新續高僧傳四集》卷二四有其小傳。

釋原志《借巢集》三卷,清代書志罕見著録,今所知常熟市圖書館藏有一部。此本首尾俱缺頁,定非完帙。内鈐"上海圖書館退還圖書章""常熟市圖書館藏""舊雨重逢""别來無恙""常熟縣圖書館藏"諸印。各卷端題"借巢集"/"沙門原志碩揆氏著"。半頁10行,行21字,四周單邊,白口,有格,上魚尾,版心上鎸"借巢集",各卷版心又分別鎸"和寒山""廣寒山""五言古"等字樣。無序跋。

是書雖云三卷，然卷端實未明確分卷，內含"和寒山""廣寒山"
"五言古詩"。"和寒山"乃賡和寒山詩，現存 222 首，殘 1 首。"廣寒
山"前有自序云："寒山詩，余既次和之矣，今又以'廣'命名，何哉？
蓋即其一首之八句，分作八題，爲詩八首，首皆以題爲起句，而推廣其
義也。或曰：'原倡三百七首，今止題其三十七首，計得詩猶不滿三
百，以是爲"廣"，又曷故哉？'曰：'示不敢也。寒山子菩薩應身，其詩
天蓋地擎，豈余一人所能闚其幽？余見不廣，姑發其端，留此未了，須
人廣之，故曰廣寒山詩。'"凡 296 首。其中，《弟兄同五郡》一首"欲
驗飛鳧集，須徵白兔遊。靈瓜夢裏受，神橘座中收。鄉國何迢遞，同
魚寄水流"六句，《東家一老婆》一首"今笑我無錢。渠笑我在後，我
笑渠在前，相笑儻不止，東邊復西邊"五句，俱非完篇。卷三"五言古
詩"，則有《詠史》86 首及《示徒雜詩》等 32 首。三卷收詩約 642 首。
然原志詩散佚猶夥，《國朝杭郡詩輯》卷三二所選《酬李南枝秋日同
佟鍾山見訪》等 3 首俱未見本集中。

王澤宏《塔銘》稱原志之詩"自吐胸臆，論者謂在寒山、栢堂間，
翰墨似顏平原，握拳透爪。師皆不以措意也"。如《和寒山》《廣寒
山》諸詩，雖依傍於寒山詩，但絕非亦步亦趨，拾人牙慧。其云："爲詩
不爲我，雕辭争得失。執帚掃他門，徒屈男兒膝。我愛寒山子，常言
衝口出。衆星何無光，滄江湧紅日。"謂吟詩當如寒山子衝口而成，自
吐胸臆，不事雕琢。集中之詩，以古體爲主，不繩格律，所寫者自家之
情性，所談者無生之理，所持者正法眼藏，一種真意流通，天機鼓蕩，
信非明道者所不能爲也。其《廣寒山》體式特出，所謂"廣者"，蓋仿
自揚雄之《廣騷》，將寒山一首之八句，分作八題，爲詩八首，每首皆以
題爲起句，而推廣其義也。歷來追步寒山詩者，有所謂"擬""和"
"續"等形式，而未聞有"廣"者，釋原志於寒山詩之接受，可謂別開新
體。又，王士禛《居易錄》卷三二載及"靈隱碩揆禪師昔與予別於揚
州禪智寺"，是集卷三正有《禪智山中送王阮亭司李遷儀部北上用壁

間蘇東坡送李孝博奉使嶺表韻兼致西樵子側兩居士》詩,可覆案茲事。

《太古庵集》一卷附《台山紀勝》
一卷,釋照正撰

照正,號驀直老人,七齡失怙,祝髮天成,後居祥雲之水目山,繼遷五台山,年九十餘,乃圓寂。著有《太古庵集》存世。生平未見碑傳。《太古庵集》中有無題文曰:"予茲度八旬,頗知七十九之非……康熙乙酉春王正月水日,後學照正謹識。"則其當生於 1626 年,卒年俟考。

《太古庵詩集》不分卷,一册,康熙刻本,見存於雲南圖書館。開本高 32.6 釐米,寬 18.6 釐米;版高 23.5 釐米,寬 15.6 釐米。封面墨書"驀直和尚照正遺稿全册"/"石禪題"。"石禪"乃趙藩之號。內鈐有"善住居當住居"印。卷端題"太古庵集"/"鎮南歲進士羅弘章闇然甫參閱"/"天水歲進士劉錫珵仲玉甫較訂"/"侍者普恪、普賢同錄"。半頁 10 行,行 20 字,白口,四周雙邊,單魚尾,版心鎸"太古庵集"及頁碼。正文前有藏書者墨筆題識一則,康熙二十九年庚午(1690)余日新序,康熙三十一年壬申(1692)歐陽方曜、張其翊序,康熙三十八年己卯(1699)吳振魯序,書末有康熙三十二年癸酉(1693)梁朝炳跋。

藏書者墨筆題識曰:"《太古庵集》一册,釋照正遺著也。照正初居雲南祥雲水目山,後遷居五台山,年九十餘乃圓寂,彼教中稱爲驀直老人。時爲康熙初年,滇亂未靖,雲趙蒙榆遺民故老,多逃山寺與之遊焉。"題箋上有"趙藩"二字,當爲撰者名。趙藩(1851—1927),字樾村,一字介庵,別號蝯仙,晚號石禪老人,雲南劍川人。著名學者、詩人、藏書家,嘗主持刊刻《雲南叢書》。

歐陽方曜序曰：

　　乃蕎直上人之所作也。上人禪定三十年，直究西來大意，方且脱棄一切語言文字，何暇從聲韻中覓生活。禪僧而以詩集傳，非西來意也。雖然，言心之聲也，匪言之，胡爲而知其心？又胡爲而知其心之有所得，而不能已於言也哉？上人七齡失怙，祝髮天成，後三年而往水目，其執樵牧之役，未知學也。然每取荻管松毫，學書不倦，識者知其在塵埃中，已有健翮摩雲之概。及長，從無住禪師請參，過雲隱，下妙峰，凡選佛期場，無不往與其列。記其西堂索偈，上人信口拈云：“不會作詩，不會説偈，話頭橫胸，如吞粟棘。”時儩五聚先生見知曰：“是用心所得者。”後知空禪師贈以偈云：“憶昔靈山拈一花，西天東土續靈芽。如今大故難瞞汝，付柄吹毛鎮海涯。”是足以觀其心之所得矣。若夫絶糧而應工人之夢，斷火而致樵子之來，其神異感人，迥超形迹外，又非區區言論所可擬議者。夫其心之所得如是，烏能已於言所言如是？又烏能禁其不盈笥克篋，積而至於行世傳世也哉？是集也，詩偈、贊頌等，語無倫次，故顔曰“雜集”。然談禪不墮野狐，擒詞不墮蛇神牛鬼，要皆直攄胸臆，言其心之所欲言，並言其心之所不得不言者而已。謂是足以竟上人乎？異日訪上人於水目峰頭，五台山畔，松風謖謖，入耳成聲，溪月皎皎，寓目成色。上人竪鐵春，坐蒲團，頓悟本來，不落言詮色相，然後知上人之所得自此遠矣。時康熙壬申春王正月，一庵居士歐陽方曜撰。

　　《太古庵集》編排頗爲混亂，所收大抵爲照正弘法之警言、贈寄、偈頌、真贊、法語、詩歌等文字，中間夾有一篇釋不敏之跋。所附《台山紀勝》則收入照正題詠五台名勝之《台山十二景》《台山十二峰》，及郭復虢、余日新、張炅楚、饒有廉、歐陽方曜、趙礦、饒濬、羅弘章、劉錫理、俞汝韶、趙鏞、馬邦禮、張其翎、張錦蘊、沈中舸、湛然居士、洪希、余汝弼、熊一程、雷四知、錢萬璋、雷偉、吳振魯、雷僖、熊文岸、蘇霖泓、楊戴星、教誼、照怡、照安、吕振雅、楊愷、薛天瑞、丁天祥、楊賓國、楊聲譽等人詠天台勝景詩百餘首。

　　照正志行苦卓,潛神祖意,徹悟宗乘,乃康熙間滇南叢林之白眉,尋訪證道者,絡繹不絶,似李翱問道藥山,裴相傾向黄檗,有“水目七祖”之稱。集中與彼地寺院長老、禪人之贈言,諄諄教誨,提撕贊頌,儼然爲叢林一炬,輝映四方。所拈古德公案,皆樸魯無華,言其所欲言,不顧頇他人。所作詩偈,多遊詠滇中名山及山居感懷之作,雲林花鳥,游泳性情,風格恬淡、清寒,皆自性之流露,本地之風光,了無半點粉痕世態容其污染者。例如《水目八詠》及遊感通、九台、烏龍、尖峰、妙高、會龍諸名山之作,寫景書懷,微探妙諦,不可徒作文字觀爾,如《山居》一首云:“茅庵高插碧雲霄,絶壁連溪繫短橋。拄杖撥開靈脉眼,蒲團壓折虚空腰。鋤雲種出松千樹,汲水盛來月一瓢。除此現成公案外,更無別法可相招。”

《高雲堂詩集》十六卷附《恭和御製詩應制詩》一卷、《高雲堂文集》十六卷,釋曉青撰

　　曉青(1629—1690),字僧鑒,號硴庵、濟悟,俗姓朱,吳江(今屬江蘇)人。根性猛利,儒釋典籍,過目不忘。薙染後,參繼起弘儲,未幾,徹明心地,旋遵師命分座秉拂。歷主三峰清涼、蘇州泖潭、蘇州靈巖諸刹法席,聚五湖俊衲,隨機化導,輝煌祖席,道風遐被。康熙二十八年(1689),皇帝南巡,於蘇州召其賦詩,欽其智德道範,特旨召見,錫御製宸章,寵賚優渥。示寂後,謚高雲。嗣法弟子上嚴道、自求膚、湘鄰濟、浣墨源等,分主吳江長慶、蘇州泖潭、蘇州祇園、吳縣海雲諸刹法席。著有《高雲堂詩集》十六卷、《高雲堂文集》十六卷、《恭和御製

詩應制詩》一卷等存世。生平事迹，具見張雲章所撰《塔銘》、敏膚自求所撰《傳》，以及曉青自撰《自責文》。

1.《高雲堂詩集》十六卷附《恭和御製詩應制詩》一卷，康熙釋道立刻本，見存於中國科學院圖書館。《四庫未收輯刊》第 8 輯第 20 冊據此影印。內鈐有"中國科學院圖書館藏""東方文化事業總委員會所藏印"等印。卷端題"高雲堂詩集"/"華山臣僧曉青著"，各卷編者不一，卷一爲"門人敏膚、道濟編校"，卷二爲"門人震興、震源等編"，卷三爲"門人震智、敏膚等編"，卷四爲"門人震貽、震昭等編"，卷五爲"門人震成、震濟等編"等；卷一之後各卷卷末均題"法孫聖藥道立募刻"。半頁 11 行，行 20 字，左右雙邊，黑口，單魚尾，版心題書名、卷數、頁碼。正文前有康熙御製詩《欲遊華山未住》。卷一《御製詩》後有康熙三十五年（1696）崑山徐樹穀跋和康熙三十四年（1695）釋超揆跋。卷首爲《恭和御製詩》100 首、《應制詩》12 首，後依詩體分卷，卷一之卷二收五古，卷三之卷四收七古，卷五之卷八收五律，卷九之一一收七律，卷一二收五排、七排、五絶，卷一三之卷一六收七絶，共收詩 1200 餘首。

2.《高雲堂文集》十六卷，康熙華山刻本，見藏於華東師範大學圖書館，《清代詩文集彙編》第 114 冊據此影印。是集扉頁題"僧鑒禪師著"/"高雲堂文集"/"華山藏板"，次頁亦收有康熙御製詩《欲遊華山未住》。內鈐"照塵""藥龕""禪心俠骨"等方印。卷一卷端題"高雲堂文集"/"華山釋曉青著"，各卷編者亦不同，卷一爲"門人震道、震晝等編"，卷二爲"門人震興、震源等編"，卷三爲"門人震智、敏膚等編"，其他各卷亦如是。各卷末有"法孫聖藥道立募刻"8 字。版式同於《高雲堂詩集》十六卷。是集所收皆文，卷一、卷二爲序，卷三爲題跋，卷四、卷五爲記、塔銘，卷六爲銘、贊，卷七爲書，卷八爲表、啓，卷九至卷一六爲書。

曉青以詩文著稱於世，遍識一時高僧、名流、文士，若納蘭容若、曹溶、冒辟疆、嚴繩孫、高澹人、徐波、吳兆騫、徐乾學等。《文集》卷九之卷一六所錄書札，俱班班可考。《詩集》卷一五所收《寄成容若四首》，乃其與納蘭容若酬答之作，中有"不信儒門終淡薄，要從釋氏證天淵"句，可見其與文士往還之旨趣。鄧之誠《清詩紀事初編》卷三謂其詩"格韻俱工，唯不特無蔬筍氣，轉嫌文人結習過重，文多爲教乘作……然書記翩翩，辭約意雅，一時高手皆遜之，亦甚難能矣。"其詩諸體兼備，長篇短制，皆得心應手。《詩集》卷一四《楊柳枝詞三十首》筆翻波瀾，清麗絶倫，不惟詠紅香翠軟，亦歌詠英雄遺恨。故寶雲南潛題辭曰："幾幅烟雲，一聲款乃。清波殘紅，意外劉郎之賺；臨池細嚼，空山白足之心。藏鶯鬱鬱，未訝細腰，結蓋青青，無端致恨。英雄槁死，俠骨鏗鳴，萬古不平，多情浪天。兹纖履之哀吟，信風霜之絶唱者也。"《和慈受深禪師披雲臺十首》前後十和，洋洋灑灑，凡百首之多。"披雲臺"，即慈受懷深所撰《靈巖披雲臺十頌》，以提撕祖道、透徹本心而著稱。曉青所和百首，接響慈受，盡去書生面目，返歸僧人本性，亦痛快淋漓，斬藤去縛，堪稱高僧之佳作。

《香域自求腯禪師内外集》十四卷，釋敏腯撰

敏腯，字自求，號服庵，康熙皇帝賜號"香域"，生卒年不詳，嘉定（今屬江蘇）人。幼祝髮白鶴寺雪方堂，嗣法於僧鑒曉青，嘗赴燕京，住圓通教寺。康熙二十八年（1689）二月，康熙南巡，幸蘇州華山寺，曉青"秉化奏對，喜溢天顔"，大獲賞賜。十一月，敏腯奉師命入京謝恩。次年，曉青圓寂，奉詔繼主華山。三十八年（1699），康熙再巡江南，又幸華山，敏腯率寺僧恭迎之，奏請曉青《語録》入藏及諡號，及三峰祖庭虞山三峰寺寺額，康熙贊其孝心，皆應允之，並以"香域"賜之。後住持三峰清涼寺，終老翠巖寺，卒於鹿山。著有《香域自求腯禪師

內外集》十四卷存世。生平未見碑傳①。

《香域自求膚禪師內外集》乃敏膚詩文集，《四庫全書》列於"別集存目類"，提要曰："《香域內外集》十二卷，兩淮馬裕家藏本。國朝釋敏膚撰。敏膚，蘇州花山翠巖寺僧。是集乃其弟子聖藥等所編，外集詩文凡七卷，內集五卷，皆語錄、偈語。"是書久未見世，或與雍正撰《揀魔辨異錄》下令銷毀三峰派書版有關。柯愈春《清人詩文集總目提要》著錄此書，稱："詩文止於康熙三十八年，集當刻於此年。"

是書今存十四卷，康熙刊本，見存於復旦大學圖書館、台灣圖書館。台灣圖書館本，殘存五卷，《禪門逸書初編》第 9 冊據之影印。《四庫全書存目叢書》集部第 278 冊則據復旦大學圖書館藏本影印。各卷卷端題"香域自求膚禪師內外集"／"華山翠巖寺臣僧敏膚著"。諸卷編者不一，為門人聖興、聖月、道立等編。半頁 10 行，行 21 字，左右雙邊，雙魚尾，白口，版心鐫書名、卷首、頁碼。正文前有康熙御題："翠巖寺高雲賜諡禪師曉青。香域賜華山敏膚。閒起溪雲下，詩清山雨歸。清涼禪寺。"

是書卷首為敏膚撰《紀恩雜詠》一卷，收其觀見康熙時所撰《恭和御製詩二十首》等詩及題、奏疏二篇、法語一則，又有徐樹穀所撰跋語。徐氏跋曰："康熙三十八年春，皇帝巡幸東南，湛恩瀁澤，所至覃敷，御詩宸翰，光燭日月。山林方外之區，咸得邀蒙顧問，焚香刻石，稱祝萬壽，紀誦功德，亙古未有之盛也。華山為吳郡勝地，曩者僧鑒青禪師卓錫於此，精研內典，兼工詩筆，深荷皇帝眷注。今逢駕幸山寺，賜額賜諡，殊恩盛典，輝映蓮峰。法嗣自求膚禪師感激隆遇，刊勒《御製華山作恭和》二十首，附以奏疏、法語，垂諸簡册，與天地悠久。"《紀恩雜詠》或曾單獨刊行。卷一之卷四收敏膚於華山翠巖寺

①敏膚生平，參見張晨曉《清初三峰派高僧香域敏膚研究》，南京大學 2017 年碩士論文。

語録；卷五收頌古，前有寶雲南潛所撰《服庵頌古序》；卷六之卷七收偈；卷八之卷一〇收詩；卷一一之卷一二收書問；卷一三收序、傳；卷一四收贊、書等。

　　敏膚自求師事僧鑒曉青，曉青則師繼起弘儲，弘儲乃漢月法藏之法嗣，此爲臨濟宗“三峰派”之主脉。因“密漢之争”之餘波，“三峰”僧徒每被推至風尖浪口，升沉不定。敏膚自求奏請康熙賜號、賜額，使“三峰一脉”臻至極盛，實爲“三峰”之功臣。“三峰”禪僧承續漢月法藏能詩善文之傳統，曉青有《高雲堂詩文集》、濟悟有《執帚集》，略可與嶺南曹洞宗天然函昰一系相頡頏。敏膚亦“三峰系”傑出詩文僧，其拈頌永嘉玄覺、德山禪師、馬祖道一、古澗寒泉等古德公案，既能全體正舉，又能體兼風義，“能以革之妙，用古人之因，能以新之妙，用古人之陳”。所撰《山居詩和栯堂禪師原韻四十首》，深得栯堂禪師骨髓，與漢月法藏《山居詩》先後輝映。而其世諦文字，無論恭和御製，抑或與文士酬答，雖有悖於古德之風，然佛法流衍震旦，已逾千載，勢必依國主而立。清初叢林波譎雲詭，遺民紛然翕向，皇權亦極力滲透，釋子若非圓融世間法與出世間法，殊難自立自求，故決不可以節義一端而苛求之。是以陳寅恪謂：“世人或謂宗教與政治不同物，是二者不可參互合論，然自來史實所昭示，宗教與政治，終不能無所關涉。”“三峰”一系依國主而臻至極盛，亦因國主而衰亡，即可證成此説。

《花笑軒集》一卷，釋大健撰

　　大健，字蒲庵，六合（今屬江蘇南京）人。順治、康熙間弘濟寺僧，覺浪道盛嗣法弟子，與宋琬、杜濬等爲莫逆交。著有《花笑軒集》。生平未見碑傳。

　　《花笑軒集》一卷，康熙十年（1671）周亮工刻本，見存於南京圖書館。開本高 22.7 釐米，寬 15.5 釐米；版高 18.3 釐米，寬 13.4 釐米。内有牌記題"花笑軒集"/"藏退思齋"。卷端題"金陵釋大健蒲庵甫著"/"東萊宋琬荔裳甫選"/"黄岡杜濬于皇甫訂"。半頁 9 行，行 18 字，四周單邊，白口，單魚尾，開口處鎸書名，版心刻頁碼。正文前有康熙九年(1670)王澤弘序、康熙十年(1671)周亮工序及杜濬序。

杜濬序曰：

禪可以爲詩也，而不可以爲詩也。禪可以爲詩者，詩中有悟境；而不可以爲詩者，詩中有禪障也。唐之詩人深於禪者，最推王維、柳宗元。然二子之詩高潔明秀，其言外之意，不著色相，此所謂悟境也。晚末言詩者，或初翻教典，或新事參學，則經論成語，五宗公案，葛藤滿紙，此所爲禪障也。蒲庵和尚具正知見，其於爲詩，亦復净掃游氛，以歸於澂霽之景。吾定其精鍊之語，直逼右丞峻削之格，不下愚溪。而究其所以得力，在於以詩爲詩，而不以禪爲詩也。夫以詩爲詩而禪存，以禪爲詩而詩亡。唐人知之，是以詩禪兩盛；而宋元以來，寖失其指也。和尚超傑而上，妙與唐人合，用能有其悟境而無其禪障，豈不偉哉！余固亟稱之久矣。近得山左宋荔裳臬憲與余同好，因相與慫恿授梓，以教世之學禪以及詩者。和尚亦順應之。爰各爲之序。弟黄岡杜濬撰於燕子山房之雪窗。

兹序未見於杜濬《變雅堂文集》《變雅堂遺集》十八卷中，是其佚文。茶村所論"以詩爲詩而禪存，以禪爲詩而詩亡"，意在爲詩不著色相，不著公案語，區分悟境與禪障，識見較嚴滄浪"以禪爲詩"，似更進一步。杜濬與蒲庵唱和頗多，集中有《和茶村居士捨舟陸行望花笑軒作》《杜茶村見過》等詩。如後一首云："蘆荻晚蒼蒼，烟嵐在下方。

蘭舟維此際,萍迹任他鄉。風浪几前大,僧衣世外長。艱辛今夕會,江海意難忘。"情誼纏綿,可謂知交之音也。杜濬《推枕吟(乙丑)》中有《弘濟寺尋蒲庵》:"幾度維舟訪老僧,巉崖拾級又來登。飯鈔雲子三春白,茗瀹秋江萬里澄。長恨南朝沉鐵鎖,何如西竺引金繩。元知世外多奇士,高築詩壇祭少陵。(蒲公欲於山中建一閣祀少陵)"

《花笑軒集》一卷,收各題詩近二百餘首。大健之詩,周亮工以爲可拱揖於陶、韋、儲、王之間,不滯禪語、公案語,大抵高潔明秀,格清境幽。所作《十雪詩》,凡《欲雪》《初雪》《對雪》《踏雪》《卧雪》《煮雪》《藏雪》《晴雪》《殘雪》《憶雪》,曲盡雪之妙境。又如《見遠山殘雪》中"清深通竹路,虛白映松關。片石能相偶,孤雲無此閒",《穀日霑水澗探梅》中"一枝橫水開,幾樹拂雲回。晴日初相照,春風且慢催",《人日先夜喜月棲霞同竺庵和尚限韻》中"峰頂月來照,忽生林壑光。空庭疑積雪,老樹欲飛霜"等句,皆超塵拔俗,入於澄明、清和之境。

《三友詩》三卷,釋岳硅撰

岳硅,字今聞,號願庵,俗姓徐,石門(今屬浙江桐鄉)人。海寧安國寺僧,主嘉興漏澤寺。究心天台教觀,旁通百氏之書,學者目爲智者大師再來。著有《三友詩》存世。生平未見碑傳。

《三友詩》三卷,初刻於康熙三十七年(1698),再刻於乾隆二十四年(1759),俱見於國家圖書館藏。康熙本首頁右下鈐有"知非樓藏書印"等印。卷一卷端題"詠松百絶"/"願庵岳硅著",卷二題"詠竹百絶"/"願庵岳硅著",卷三題"詠梅百絶"/"願庵岳硅著"。半頁9行,行20字,四周單邊,單魚尾,白口,各卷版心分別鎸"詠松百絶""詠竹百絶""詠梅百絶"及頁碼。正文前有康熙三十七年戊寅釋大燈《松竹梅百詠序》及岳硅《自序》,書末有朱洪福題辭。

釋大燈序曰:"世間之清香高潔,莫過於松、竹、梅三種矣。松凌霄直上,翠蓋千尋;竹玉立森森,緑陰布徑;梅冰姿鐵骨,香發初春。所以投古人之好,而匹爲'歲寒三友'也。願庵和尚專心天台教觀,旁通百氏之書,吾郡紳士延居漏澤方丈,登座講論,口若懸河,學者目爲智者大師再來,故從之者,時滿千指也。間於空、假、中三觀之餘,以松、竹、梅三種,每詠百絶句,直寫性靈,字字雋逸,蓋有托其清香高潔而言,不似世人逐牡丹之富貴、桃李之穠艷而爲詞,使讀之者神清氣爽,消去塵渣,如坐翠蓋緑陰中飽領寒香,以沁心骨也。憶昔宗測之眷戀松雲,張鷟之竹中爲屋,與夫林逋之孤山三百六十樹,爲我願庵和尚一人得之矣,豈不快哉!爰爲序,請壽諸梓,以公同好。康熙戊寅秋九月望日,賢溪社弟大燈拜撰。”大燈,字同岑,俗姓項,鼎革後出家,參覺浪道盛,充記室。

　　岳硅自序曰:“余初參學時,於西溪法華院讀中峰大師《梅花詩》,一韻百篇,蓋見道之後,字字從性體中流出。其摛辭拈韻,天真爛然,往往平淡雋永,超人意表,非騷人韻士所及。讀之不忍釋手,屢欲和而未遑也。後見武原馮海粟先生《百詠》,一題一韻,句輒驚人,讀之又有不能自已者,乃依原韻一一和之。然花之全身體用,古人漏泄略盡,所餘者不過墜枝折幹,微葉細瓣耳。又復於教觀之暇,影傍其題,詠竹百絶,並藏諸篋中,未敢視人,恐又拾前人牙後慧也。及住錫鴛湖之漏澤數年,堯夫陳徵君、賢溪同和尚過從酬倡,出以就正焉,相與鼓吹,授之棗梨。賢溪又謂余曰:'從來但有詠梅而無詠竹,雖明教嵩有竹尊者之詩,而無百詠。今既百詠矣,曷再詠松百絶配之,庶稱“三友”耶?'不揣固陋,又復捏管總寫,山野性情,平生樸素,未知比賦興感,敢云追步古人耶?覽者鑒之。鹽官岳硅願庵自序。”是集乃岳硅因讀中峰明本與馮子振梅花百詠唱和詩而作,卷三“梅花百詠”卷端更題“和馮海粟先生題並次韻”。明本與子振之唱和,振鑠古今,影響所至,見稱於吟壇叢林。岳硅繼蹤前賢,揚其風雅,更唱有詠竹百詠、詠松百詠。

　　另，國圖尚藏有《三友詩》乾隆刻本。此本各卷前及簡末鈐有
"長樂鄭氏藏書之印"印。書前有陳菼序、釋大燈序及岳硅自序。書
末又有康熙三十六年丁丑（1697）陳菼跋，乾隆二十四年己卯（1759）
釋一訥跋。陳菼跋曰："願庵禪師以《詠竹百絕》見貽。甫展讀，而幽
篁之韻，竿翠之色，仿佛耳目間，如入篔簹之谷，應接不暇。搜羅與可
胸中之畫，擊節香嚴悟後之禪，師蓋所見無非是爾。中峰作《梅花百
詠》數百年後，而師以《詠竹百絕》配之，使更有寫虬髯馬鬣之奇，狀
龍攀虎跋之怪，亦繼之以百詠，以'三友'合一編，不大快乎！余與師
其共俟之。丁丑穀日，七十六叟陳菼潛父跋。"陳菼，字堯夫，浙江秀
水人，康熙十八年（1679）試鴻博，未中，有《東溪詩稿》。

　　釋一訥跋曰：

　　　　曾師翁願庵老人所著《三友詩》，有徵君陳潛夫先生與同衣
　　大燈禪師爲之序於前。戊寅歲，壽梓行世，板存漏澤寺，主席屢
　　易，俱置高閣，若無睹焉。而先人著述，幾致湮没不傳。曩余灑
　　掃，又值修整寺宇，無暇，每以未克刷印傳播爲憾。今夏，方丈雪
　　子院事之餘，獨起而任之，以公同好。余喜其能慰先志，可謂實
　　獲我心，孰道吾徒之無繼述者哉！故謹爲數語述之簡末云。卷
　　中《梅花百詠》板失，遺詩一十二首，姑存其目，以俟名士藏書家
　　檢得，懇郵至刊入，不獨訥爲感激，而老人常寂光中亦應含笑矣。
　　乾隆二十四年己卯之夏，嗣法曾孫一訥謹識。

釋一訥云"徵君陳潛夫先生與同衣大燈禪師爲之序於前"，今所見康
熙刻本並無陳菼序，或爲脱葉散佚。釋一訥又云此本"《梅花百詠》
板失，遺詩一十二首，姑存其目"，檢之確僅存 82 首，《琴屋梅》《釣磯
梅》等十二詩惟存詩題，缺 4 頁，而康熙本則爲完帙。可見，岳硅《三
友詩》至乾隆間傳本已稀，以至主漏澤寺竟亦無全本。

是集分《詠松百絕》一卷、《詠竹百絕》一卷、《梅花百詠》一卷。松、竹、梅歷來有"三友"之譽,故總之曰"三友詩"。"百詠詩",昉自唐人科舉"百篇舉",多詠宮體,宋元詩人更以百詠寫勝景、花木。因規制浩大,題材單一,又需兼顧平仄押韻,作手倍感艱難。岳砠一氣作"三友"百詠,體皆七絕,可謂入"至難""至險"之境,良可佩也。然讀其詩,除《春松》《山頂松》《憶竹》《尋竹》《問梅》數首差可諷讀外,率多粗疏,鮮乏遠韻,難言精工。如《風松》:"驟起狂風萬壑陰,卷雲括地舞松林。屢看勢若龍蛇走,每聽聲如虎豹吟。"《路旁竹》曰:"萬竹林中建一庵,路旁向有竹三三。還家僧至如點首,迷路人來若指南。"似氣盡語窮。若與中峰明本等《梅花百詠》相較,岳砠"三友詩"辭氣欠雅,詩思不深,非自性之流露,每給人有拼湊、補衲之感。睹其詩題,有所謂《胖竹》《大竹》《村前竹》《簷前竹》《未放竹》《乍放竹》《半放竹》《全放竹》,牽率無端,若以此諷詠,敷衍千首亦不難矣。要之,岳砠"三友"百詠,雖規制浩大,然未可允爲佳作。釋大燈以"直寫性靈,字字雋逸"評之,似有阿私鼓吹之嫌。

《鶴山禪師執帚集》二卷,釋濟悟撰

濟悟(1626—1687),號鶴峰,俗姓費,蘇州(今屬江蘇)人。幼有夙慧,年十二投松陵羅漢寺瑞芝光律師剃染,稍長,依萬峰剖石受具足戒,繼禮杭州佛日寺靈隱具德弘禮爲師。一日,見燈花爆而有省,大徹法源。充華嚴、廣孝、顯寧、徑山、天寧諸刹首座,分衛江西景德鎮,結茅施茶,開闢古路,皈依者甚衆。康熙六年(1667)夏,返歸靈巖,弘禮授其衣鉢,爲臨濟下三十三世法嗣。出世住雲陽寶覺禪寺,五年間丕振宗風。時有五鶴來巢殿庭,觀者咸以爲與師號相符。後移錫濮水福善寺,住姑蘇寶樹、當湖竺隱、桐溪寂照諸刹。晚退居桐鄉福壽寺,閉門却掃,以遂初志。康熙二十六年(1687)九月二十日示

寂。著有《鶴峰悟禪師語録》二卷、《鶴山禪師執帚集》二卷存世。碑
傳可見同門法弟慧輅所撰《行狀》、弘道所撰《塔銘》，俱附於《語録》
之末。

　　《鶴山禪師執帚集》二卷。柯愈春《清人詩文集總目提要》著録
曰："《鶴山禪師執帚集》二卷，釋□慧撰。字鶴山，金山縣僧。此集
乃釋德敷編，康熙間續刊《嘉興藏》本，台灣圖書館藏。又有《鶴山禪
師外録》一卷，釋德敷、德楠同輯，有詩無文，康熙十七年刻，《販書偶
記續編》著録。"按，署"釋□慧撰"未知何據，所稱《外録》則未見。
《禪門逸書初編》第 10 册所收《鶴山禪師執帚集》據台灣圖書館藏本
影印，然誤署爲"釋曉青撰"。是書卷端題"鶴山禪師執帚集"/"記室
德敷録"。半頁 10 行，行 20 字，白口，四周雙邊，無魚尾，版心題書
名、卷數、頁碼。無序跋。此本卷上收詩，五古 16 首，七古 2 首，五律
46 首，七律 100 首，七絶 18 首，凡 182 首；卷下序 3 篇，書問 42 通，啓
3 篇，記 1 篇，贊 9 篇，題跋 6 篇。

　　華亭學者能印《鶴峰禪師語録跋》稱："和尚（濟悟）賦性真純，稟
資高簡，故所著法語、詩偈，字字皆從妙净明心流出，不落名句文身識
相，如摩尼寶珠，顆顆皆圓，隨機取給，便與傾出一栲栳也。"今觀其詩
文，率皆與同道、信士酬答之作，或深切著明，直透西來意旨，或以詩
歌砥礪心志、煉明心性。如《乞食江陰宿朝陽山房》云："來宿朝陽
院，還同海岸行。高賢談白雲，矮榻憶華亭。日落江天遠，風寒草舍
清。烹泉相對坐，剪燭慰平生。"又《絶糧遣懷二首》其一云："清苦生
平慣，飢寒甚往年。一絲宗鼎繫，短鬢歲華遷。瘦骨藏山谷，虚名續
祖編。秋花零落盡，古柏翠撑天。"雖困頓窮惡，却不自怨自艾，惟篤
志向上一路。

　　《鶴峰悟禪師語録》二卷，收於《嘉興藏》第 38 册中。卷首有同
門法弟釋慧輅序稱："和尚未嘗無詩，未嘗無文，此皆應世之藝，非救
世之所急，故俱略之而不收。凡以禮樂之爲禮樂，文章之爲文章，皆

是尼山之裔之任，非衲輩事。必以塵無可垢之理，事無可礙之心揭之，動用之中，而作自由之路，使十虛至此盡失其量，乃是後五百歲中傑出人頭之大法王也。"揭櫫出釋氏別集罕入經藏之根由。

《石堂集》十卷附《石堂近稿》一卷、
《金臺隨筆》一卷，釋元玉撰

元玉（1628—1695），字祖珍，號古翁、石堂，晚號死庵，俗姓馬，通州（今江蘇南通）人。以辭婚出家，遍參尊宿，終得法於木陳道忞座下金粟天岸。康熙初居泰山普照寺，聚經數千卷，澄思密探，寺前一石題曰"界塵石"。名流往訪，咸比之遠公蓮社。康熙南巡過岱，嘗接聖駕於御帳坪，命高士奇問答機緣，皆稱旨，詔取其《石堂集》以進呈。另有《金臺隨筆》《華嚴頌》《菊花百詠》等行世。康熙三十四年（1695）示寂，世壽六十八歲。唐賚撰有《泰山普照禪寺祖珍和尚塔銘》，《新續高僧傳四集》卷六三有其小傳。

《石堂集》十卷附《石堂近稿》一卷、《金臺隨筆》一卷，國家圖書館藏康熙十五年（1676）吳雲刻本，上海圖書館藏康熙五十二年（1713）普照寺刻本，浙江圖書館藏道光刻本，北京大學圖書館藏光緒十六年（1890）普照寺覆刻本。

1.《石堂集》十卷，二冊，道光刻本。見存於浙江圖書館藏。開本高 26.5 釐米，寬 16.8 釐米；框高 20.3 釐米，寬 13.4 釐米。首頁鈐有"劉承幹字貞一號翰怡""嘉興劉氏嘉業堂藏書印"等印。各卷卷端題"石堂集"／"崇山菊林懶衲古翁玉著"／"豫章雪圃道人柘翁霖編"／"吉安三堂居士舫翁雲閱編"。半頁 9 行，行 24 字，無格，四周雙邊，白口，單魚尾，版心鐫"石堂集"、卷數、文體。正文前有淄川高珩序、吉安吳雲序 2 篇、古安成宏聲序、豫章雪圃道人序、孔貞瑄序。有缺頁。內有圈點、評語，如卷八《奉哭金粟先師天岸和尚昇和尚十二

律》，評曰：“此挽詩若酸風淒雨之出於寒崖，而不能聞者也。師徒之
誼如此，則幾由於天性人倫有不容自已者，又當如何哉？築室於場，
再居三年，復植楷以侍於師，乃儒之道也。今仿佛此意而見之釋氏，
然則石堂不但賢於佛也。”

　　吳雲序稱：“石堂祖珍和尚，別號古翁，得心傳於金粟天岸老人，
金粟得心□於天童木陳老和尚。昔淄川唐公濟武已梓石堂《菊花百
詠》及《華嚴頌》行世矣。今予取其法語、詩文若干卷，皆名《石堂
集》，同柘翁先生評而序行之。石堂謙虛不遑，謂其言不足以傳也。”
可知此本實吳雲裒集並付梓。諸家序後又有吳雲、徐宗幹所撰《石堂
記》《祖珍禪師小像》，徐宗幹撰小像題識，唐賚撰《泰山普照禪寺祖
珍和尚塔銘》。徐宗幹題識稱：“予既得《石堂全集》而讀之，意師之
遺風餘韻，必尚有藏之名山者。復蒐訪寺僧，得自題小影一幅。又於
寺後攀蘿捫石，見墓上塔銘具載入山始末。惜其詞大半闕如，宋書堂
二尹以家藏鈔本見貽，因附刻《石堂集》中，並屬里人陶君步桂摹繪遺
像於簡端，庶幾讀其書見其人也。然撥諸遁世之初心，師其罪我乎？”
則書前小像、塔銘皆由徐宗幹續刻時增入。浙圖藏本定此本爲康熙
刻本，然徐宗幹乃道光年間人，則此本必非爲康熙刻本。

　　此本正文前有目録，卷一收元玉住鄒平縣書堂山白雲禪寺、泰安
普照禪寺、沂水縣望仙山資慶禪寺三會語録及上堂法語；卷二收《牧
牛頌》《擬船子和尚撥棹歌》《山居偈》《十二時歌》等十六題頌偈；卷
三收書札、銘、塔銘、序等文類71篇，卷四之卷一〇則收各體詩近300
百首。

　　2.《石堂集》十卷附《石堂近稿》一卷、《金臺隨筆》一卷，光緒十
六年（1890）普照寺覆刻本。見存於北京大學圖書館，《清代詩文集
彙編》第114册據之影印。扉頁題“泰山祖珍禪師著”/“石堂集”/
“後附《石堂近稿》《金臺隨筆》”/“普照寺藏版”。卷端題“石堂集”/
“崇山菊林懶衲古翁玉著”/“豫章雪圃道人柘翁霖編”/“吉安三堂居

士舫翁雲閱"，鈐有"燕京大學圖書館"印。較浙圖藏本，此本增有康熙甲寅（1674）張肇昌序，又附有普照禪寺圖，及朱卿雲《普照禪林圖記》、光緒七年（1881）祖珍八世孫杲倫所撰《題識》。杲倫《題識》稱："向聞普照寺於有明末造，漸就荒蕪，幸得祖師玉翁飛錫來，而頹綱俱振，且能以真釋之心闡真儒之道。以故名公鉅卿、騷人韻士，靡不往來，皈依於玆。特恐後之人不知護惜，或致傷我薪木，污乃凈土，詎不以負師祖者、負山靈耶？爰延□畫師縮寫一圖，附入集中，庶後之披閱遺文，周覽勝概，而永寶無替，是則厚望所幸甚焉。若謂蠅附驥尾，則誠鄙意所弗暇計也。時在光緒辛巳夏月，八世徒孫杲倫敬識。"據此，《普照禪林圖》爲杲倫所附入。

　　所附《石堂近稿》一卷，前有康熙二十九年（1690）徐煒然序。版式異於《石堂集》，半頁 8 行，行 24 字，有界行，四周單邊，白口，單魚尾，版心鐫"石堂近稿"。卷端題"石堂近稿（戊辰紀興）"／"五琅孟隱泰山玉著"，所收皆其康熙二十七年（1688）紀興詩。

　　後又附有《金臺隨筆》一卷，版式同於《石堂近稿》。卷端題"岱嶽祖珍禪師金臺隨筆"／"侍者佛光記録"。前有康熙二十八年（1689）韓冲序、康熙二十九年（1690）陳于逵序。陳序稱："予癸亥秋初量移博城，私擬名山□嶽、清泉白石間，挺奇標秀，必自有人。及晋接屢勤，惠教寥寥。甲子冬，幸聖駕臨岱，予泥首道左，因節勞於普照勝地，得遇祖珍禪師。覺冰雪襟期，陽春齒頰，一種光偉霽爽之度，衣風□雲之致，馥馥襲人眉宇。始信得道人，金玉爾音，藏姓字於若□若現之中，令人暗中摸索而不得也。遂出《石堂集》示予……復示《金臺隨筆》。予即篝燈，令侍□蓺香，朗誦如洪鐘，聲肆響徹中外。"則《金臺隨筆》當成書於康熙二十九年（1690）前後。

　　《金臺隨筆》收元玉法語、雜著、尺素、詩偈若干。末有嘉慶二年（1797）蔣大慶《石堂集後跋》曰："曩余過普照寺，即聞祖珍上人著有《石堂集》四五種，心竊異之。嗣閱邑志，知中多見道之言。而問其書，一無存者，蓋寺之荒廢久矣。祖珍四世孫曰瑞庵，自勞山問道歸，始於榛莽中得《石堂集》板。至弟子盛光庋藏益謹，並購得《金臺隨筆》《石堂近稿》二種。於是向之失者及散者聚，雖祖珍之瓣香未泯，天將以永其傳。而二人先後勤劬搜護之功，亦不可没。不特恢宏舊基，修舉廢墜，爲有造於斯寺已也。余近習靜寺中，與瑞庵及盛光遊最洽，因得從容紬繹祖珍之書，以慰數十年私心嚮往，爰綴數語，志欣幸焉。時在嘉慶丁巳秋七月，芝田蔣大慶沐手敬跋。"可見，《金臺隨筆》乃嘉慶二年（1797）重刊《石堂集》《石堂近稿》時所附錄。又有道光十六年（1836）徐宗幹《讀石堂集跋》，版式則同於《石堂集》而異於《石堂近稿》。徐序稱："余來泰山下五年矣，而不知有吾鄉之古翁也。匪直不知泰山有吾鄉之古翁，抑且不知吾鄉之有古翁也，蓋古翁真釋者也。戊子年，重輯邑乘，徵考文獻，悉搜采之，而未見古翁之書。志稱古翁名元玉，居泰山普照寺。年來遊寺屢矣，但見巖谷幽邃，白雲往來，松竹掩映，竊謂當有遺世獨立、翛然絶塵之士居其間，意古翁當其人也。志稿既成，復校訂之，又從而紬繹之，見孔貞瑄《菊圃詩序》云：'古翁禪師，廣陵崇川人。'夫而後知古翁之爲吾鄉人，質之鄉先達劉石臣先生，囑求其遺書郵寄於家，以附楊子述臣所輯《五山耆舊集》中。於是索之寺中，於經幢梵貝中檢得其書，偕同鄉龔子廉白重爲編次。"由此，《石堂集》，自康熙十五年吳雲刊刻以來，經嘉慶二年蔣大慶校刊、道光十六年徐宗幹考訂、光緒十六年杲倫重刻，凡經四刻。

　　元玉平生操履行實，及諸會語錄、偈語，要皆治己救人，殷切樸實，絶不承虛納響。又好爲吟事，嘗與巾瓶侍者種菊植蓮，疏泉磊石，日吟嘯其間。觀其詩文，則非山林枯槁之士，頗能圓融世法與出世法。《石堂近稿》中《復友》云："出世間事與世間事雖別，至於化民立法，操精持簡之要則不二也。"又《金臺隨筆》中《代人勉友讀書》云："爲人立德莫若先於孝親，孝親又莫若先能體親之心，事親之志。攻苦道業，求進功名，是體親之心，事親之志。”持論幾與儒者同。故徐宗幹稱：“誦其文，讀其詩，而後知古翁真儒也。”《石堂近稿》所收“戊辰紀興”，乃因康熙二十七年（1688）夏逢龍兵變而作。是年，夏逢龍聚集平定三藩後被裁兵勇，起事湖湘，一時聲勢浩大，攻佔數個州縣。如《和宋中丞西陂雜詠六首》“序”曰：“戊辰五月，適聞楚兵之變，同人遠間，兼自臥病，百感駢集，無以抒懷，遂拈先生六題，乃爲用遣一時憂鬱。”又有《八月初三聞楚兵敗信紀樂十六韻》。夏逢龍兵變距泰山千里之遠，然元玉之憂鬱喜樂，因之而起，其憂時濟世之心比之於儒生，而無愧色矣。

《集文字禪》一卷，釋達夫撰

達夫（1628—？[①]），字蘊上，明楚昭王八世孫，藩王朱華壏之子。少負穎異，及國破家亡，晦迹緇侶，流離滇黔，祝髮於永昌郡之山寺，閱歷艱險。後東歸。著有語録《鷄肋集》一卷、頌古集《頌古鈎鉅》一卷、詩文集《集文字禪》一卷存世。生平未見碑傳。

《集文字禪》一卷，收入於《嘉興藏》第 29 册。卷端題“鄂州僧蘊上達夫著”/“永寧舒峻極漸鴻校”/“江夏杜國柱石安、楊璿七玉閲”。正文前有康熙二十六年丁卯（1687）舒峻極序、康熙三十四年乙丑（1695）杜石安序。

舒峻極序曰：“往聞有韻士拾道上廢瓷敗斝，鼟合而爲瓶盂、碗盞及茶具、酒尊之屬，極天劃神鏤之巧，如詩家之集唐一派。集唐始王

[①]《鄂州龍光達夫禪師鷄肋集》中有《先大人文貞先生行狀》謂：“初先妣以早年所生不存，屢勸大人取妾。大人喻之曰：‘汝非無出，是我福薄，不能載也。兒女遲早，信乎天定，烏用妾爲？’實大人清浄無欲之學，備見於此矣。至丁卯果生鋐。”《鷄肋集》雖名曰集，實則語録。

文公，自《剪綃》而下，至孫典籍、陳山人、童廷瑞輩，皆有專集。凡拈一題，命一意，獵唐人之精華，組織成篇，如出一手。蓋言者，心之聲也。心地虛明，靈變不測，適與境會，無不吻合，豈有所期而然邪？余友達夫爲明高皇帝裔，托迹龍湖，歷滇黔、吴越蠻烟瘴雨、天風海濤之鄉，學道有年。歸而築室城東，蒔花種竹，與兄寬夫彈琴吟詠，意之所發，集《石門文字禪》詩爲一帙。覺範爲博大秀傑宗師，嘗謂禪者精於道，身世兩忘，未嘗從事於翰墨。然禪兼衆妙，若雪鴻戾天，仰不可及，有所題詠，纚纚千言，是非離文字語言，亦非即文字語言以求道者也。故其詩備衆體，擬之三唐，其杜少陵之大家也哉！今達公所集諸體，取諸腹笥，不待檢閱，殆與洪覺範千古同心，非得之團焦静悟未易及此。昔少陵江頭野哭，不忘故國之亂離，往往托物，連類以發，抒其至性。宋文山居不得已之地，取其詩而集之，讀者不知爲杜爲文，實非有所以期之而然也。余讀達公之詩，傷達公之遇，因思韻士之補綴，極天劃神鏤之巧者，不過如是。而追念舊事，感憤欷歔，又言外之意，知獨不以語言文字求白於世者。康熙丁卯孟秋月朔日，永寧弟舒峻極拜題。"舒峻極，字漸鴻，廣濟人，著有《韋園集》。

　　杜石安序曰："我夫子以生民未有之聖，兢兢焉取六經而删定。筆削之日，述而不作，竊比於我老彭。噫！何德之盛，而辭之謙也。今我達公者，係出帝胄，少負穎異，及國破家亡，晦迹緇侣，閲歷艱險，固已老其才矣。矧又面壁有得，證無上三昧，傳正法眼藏，以慧心而發辯才，即高踞詞壇，爲騷人領袖，亦其餘事。而每每唱和，輒取《文字禪》而一一集之者，何哉？蓋亦我夫子述而不作之意也。夫文字禪，何昉乎？自偏見枯寂之徒出，執不立文字一語，以爲西來大旨盡此而已，不知大得手人圓通無礙。時而斂袵正究，時而嬉笑怒駡，時而機鋒殺活，時而揮毫落紙，何文之非禪，何禪之非文，不可離文以爲禪，即不可離禪以爲文。此石門老人文字禪之所由作也。嗟乎！石門當日因境會心，或有寄托，或有感觸，或有贈答，不過一時之情，發爲吟詠，以快心悦志，何嘗冀後人之集之邪？達公則以石門之情，無非己之情，凡己之所欲言，皆石門之所已言，又何必當作者之名哉？雖然，難言之矣。蓋作者一章有一章之意，而集者於數章之内，偶抽一語以成篇，安能必其機杼一家，轉換合拍也哉？我達公則無慮此矣。情之所觸，信手拈來，無非妙義，絶去紐合牽强之痕，止見草蛇灰綫之巧，非拈一莖草作丈六金身，以丈六金身作一莖草者，不能臻此。噫！徑山爲雲峰後身，達公非石門之再來乎？夫六經經夫子之删定筆削，而爲夫子之書，則《文字禪》得達公之拈弄集合，即爲達公之詩也，亦無不可，又何必諄諄然辯之曰某爲作、某爲集也邪？知是意者，可以讀《文字禪》，可以讀《集文字禪》。時康熙乙丑菊月中旬，鄂東弟杜國柱石安敬題於倚春園之别舍。”

《集文字禪》一卷，收詩 82 首，皆達夫集惠洪《石門文字禪》詩句而成，故名曰《集文字禪》。集句之作，古人多有之，始昉於石曼卿，而以王荆公最得其中三昧。集句者，或藉他人杯酒澆己之塊壘，然究其實，仍是筆墨遊戲，以文字爲詩耳，此正合於以文字證禪、明禪、悟禪之“文字禪”。且僧人禪修之暇，常吟詠自娱，研詩鍊藝，誦古人之詩既多，衝口而出，率然而成，故叢林撰集句詩者多矣。達夫是集，意在表達對惠洪所倡文字禪之尊崇。所集之詩，舒、杜二人評以“不復見有針綫紐合之痕”“如出一時，似成一手”“一氣呵成，真是天衣無縫”，雖嫌過譽，然今觀之，確頗得集句之妙。如《春日閒居》一首云：“一幅紗巾九節筇，滿懷疏快與誰同。塵清霧斂閒身在，兩葉風枝小徑通。蔽日緑陰鳴好鳥，凭欄詩眼送飛鴻。過墻山潑軒窗翠，瘦坐孤行兩頰紅。”出自惠洪《贈許彦周宣教遊嶽彦周參機道者》《二月大雨江漲晚晴作三首（其二）》《襄州亂後逢端州依上人》《題雲巖筠軒》《次韻題南明山凌雲閣》《次韻題上封》《題德明都護熏堂》《石頭庵主居南嶽僅三十年忽思還江南龍安作此寄之三首（其二）》中八句詩，不見補綴之嫌。所惜者，達夫遭逢季世，備歷艱險，又以貴胄王孫而逃禪，内心悲苦較常人更重，然此種情緒，於集中殊爲罕見。

《南嶽山居詩三十韻》一卷、《嶽麓山居詩》一卷、《南嶽雲海詩》一卷、《南嶽中庵後草》一卷、《五言古詩》一卷，釋續燈撰

釋續燈（1632—1690），字彌嵩，號頑叟，俗姓鄭，孝昌（今湖北孝感）人。幼從廣化禪師薙染，受具戒於華山。後至湘中，嗣法於嶽麓肺山檀。康熙六年（1667）繼主嶽麓寺。十五年，遷居南嶽中庵，及清涼寺中庵。二十一年還長沙，重興嶽麓。二十九年六月示寂，世壽五十九，僧臘四十七。著有《南嶽山居詩三十韻》《嶽麓山居詩》《南嶽中庵後草》及《語録》若干卷。得法弟子文惺爲撰塔銘。《新續高僧傳》卷六三有其小傳。

續燈諸詩文集，都爲一册，見存於湖南圖書館。該館書目查詢系統題爲“南嶽山房詩”，實爲“南嶽山居詩”。是書開本高 26.7 釐米，寬 18.3 釐米。除收《南嶽山居詩三十韻》外，另有《嶽麓山居詩》一卷、《南嶽雲海詩》一卷、《南嶽中庵後草》一卷、《五言古詩》及《語録》一卷。據其版式，各集刊刻時間不一。柯愈春《清代詩文集總目提要》惟著録《南嶽山居詩》一卷，或未親見其書。

1.《南嶽山居詩三十韻》一卷，刊刻年代俟考。卷端題“南嶽山居詩三十韻”/“嶽麓頭陀續燈彌嵩父著”。半頁 9 行，行 10 字，無格，白口，四周單邊，單魚尾，版心鎸“山居詩”。正文前有釋傳止《南嶽山居詩序》，其曰：

> 古云：“三十年前見山是山，見水是水；三十年後見山非山，見水非水；年來見山依舊是山，見水依舊是水，只一山水耳。”惜

乎古人是是非非，無有休息。向來見山未嘗喚水，見水未嘗喚山。然是山何妨喚水，山容不改；是水何妨喚山，水性無虧。必有人焉，相望於山水之間。山耶，水耶，總不知是何物；坐也，臥也，竟莫知其所以。法佺彌公和尚開法於嶽麓十有餘載，近以時事風鶴，避迹衡峰，卜居於天柱中庵。讓祖、思大鄰其右，懶殘、齊己鄰其左，斷壑虛巖，一呼百諾，花香鳥語，萬叠千重。而點綴烟雲，指揮風月，直令七十二峰無所逃其影質。偶有得意處，稱口而吟，信筆而書，其調高，其格古，發千古未發之奇，更誰謂"都緣身在此山中，不識衡山真面目"耶？南嶽廣濟傳止。

所謂"三十韻"者，自"東"至"咸"，一韻一篇，皆爲七言律詩。南嶽之春花夏雨、秋雲冬雪、峰巒濤聲、澗水巖岫，盡收筆下；復以釋子虛靈之質，陶之染之，故雄奇古樸，雲舒風捲，不可涯涘。例如"十灰"韻："蒲龕乍起碧雲隈，繞屋清香況有梅。齊己洞天詩易就，懶殘巖畔芋常煨。誰能逼我隈蟲豸，無復從人弄傀儡。携得碧桃和露種，不愁春至不花開。""十五删"韻："馬祖當年住此山，讓師磨鏡到禪關。古人已往言猶在，百鳥不來心自閒。老我山雲空繾綣，笑他石子太粗頑。飯餘獨整遊山屐，采得巖花自破顔。"彌公乃因避世亂而遁迹南嶽，所居中庵，似倦鳥歸林，魚返河海，怡然閒適，盡忘世事。

　　2.《嶽麓山居詩》一卷，康熙二十七年（1688）刻本。卷端題"嶽麓山居詩"/"嶽麓續燈彌嵩老人著"。版式異於《南嶽山居詩》，半頁8行，行22字，有格，四周單邊，版心亦題"山居詩"。前有李中素序，略云：

　　　戊辰初夏，偶止星沙，見壁上懸幅，詩字既妙，拈示尤新，知爲吾鄉彌公和尚題書。因亟入麓山頂禮，倉皇解纜，賓主未交一言。今秋，同汪子乘六信宿松門，得聞和尚無上法寶，因讀《山居

偶詠》。其蒼涼幽峭,清醇澹遠之意,皆獨抒機軸,暗逗機鋒,無
一語隨人脚跟,亦無一人望其項背,使讀者塵坌頓消,清凉立現,
隨所見聞,成第一義諦。由其胸中圓明湛定,興會所屬,自然成
響,故能横絶古今,蓋天蓋地而出,有不厭鐘鼎爲腐穢,知龍象爲
家珍者,吾不信也。近聞有以古德山居詩,攘爲己刻者,聚訟諍
辨,至今未已。余謂詩文被竊,仍是作者用意下筆,無沉著痛快
處。若和尚此詩,句句是説嶽麓,移入他山不得;句句是和尚説
嶽麓,移作他人説嶽麓不得,只許諸方贊歎,不許諸方懷挾。瞻
仰既久,貪嗔自息,又何嘗不以本地方風光,普施十方恒河沙界、
一切賢聖及大地衆生,使人人各有一嶽麓在其胸中,皆願五體投
地,皈依上乘。然則和尚之山居詩,又正是人人之山居詩也,更
何得攘之始得乎! 和尚聞之,亦鼓掌大笑,因並記於此,以付剞
劂氏。時康熙二十七年秋九月廿一日,同日學人鵠山李中素拜
識於深固軒。

中素,字子鵠,號鵠山,又號怍庵,湖北麻城人,曾任湘鄉教諭,康熙三
十四年(1695)調台灣,操履端潔,莅治精勤,卒於任所。著有《梅花
書屋詩選》四卷。"戊辰"爲康熙二十七年(1688),則《嶽麓山居詩》
蓋刊刻於本年。是集惟收詩二十三首,乃和南澗法雨大師韻而作。
第二十三首止録二十二字,後俱脱頁無存,非完帙也。所寫爲彌公居
嶽麓之日常生活及本地風光,較《南嶽山居詩》更富禪意。如第一首
云:"本色居山事事優,石林穩貼好安眠。藤枯樹倒心方歇,燕語鶯啼
境自遷。鑽火直教星子迸,夾籬曾把箴頭穿。等閒得到兒啼止,黃葉
依然不是錢。"清淳淡遠,暗逗機鋒,隨所見聞,俱成義諦。

　　3.《南嶽雲海詩》一卷,刊刻時日俟考。卷端題"南嶽雲海詩
(次嚴覆嵩韻十首)"/"嶽麓頭陀續燈彌嵩父著"。半頁9行,行20
字,四周單邊,白口,單魚尾,版心鎸"雲海詩"。前有沈一揆序,

略云：

> 甲子夏，予客星沙，善知識彌嵩以詩招予，因留山數日，幾有出世之想。臨行，出《衡嶽雲海詩》見示，披讀間，恍如幼時所見也。至於詩之雄奇古樸，直追少陵，誠令我輩望之却步。蓋彌翁以虛靈之質，寫浩瀚之境，如雲舒風掃，不可端倪。予友王友湘評之曰："看得飽，做得出。"二語誠然。因問數言爲弁，但予勞勞塵境已及十年，幾不知筆墨爲何物。今以儈父之詞點染名作，誠如遺溲溺於佛頭，能不謝曰罪過？吳興法弟沈一揆拜題。

沈一揆，字在田，奉天寧遠人，原籍浙江烏程。康熙十五年（1676）丙辰進士，官庶吉士，刑部主事。序後録詩十首，沈一揆的落款置於詩後，蓋裝訂致誤。"甲子"爲康熙二十三年（1684），是時彌嵩已歸嶽麓，然詩中所作皆爲南嶽雲海、松濤，蓋其避迹南嶽所作。

《南嶽雲海詩》後，又摩有彌嵩手寫十首詩及觀音大士像贊真迹，大開頁，經摺裝。並收侍者福詔録《南嶽中庵嵩和尚十二時採茶歌》《己巳夏五月將武昌訪丁總制泰巖》《趙大參雲岑兩先生讀杜少陵自京赴奉先縣詠懷五百字憂思彌同次韻志感》，後題"嶽麓頑叟續燈稿"，並李中素跋。又有《桂圓秋訪諸禪友》十二首，乃彌嵩與禪友唱和之作。諸詩版式皆不同於前此三集，蓋後人合訂而成。

4.《南嶽中庵後草》一卷，康熙二十五年（1686）刻本。卷端無題款，半頁10行，行20字，有格，四周雙邊，無魚尾，版心鐫"南嶽中庵後草"。正文前有彭大壽序，康熙二十四年（1685）高騫序，康熙二十一年（1682）張鴻烈序，康熙二十二年（1683）趙承爍序、周燦星序。末附康熙二十五年（1686）法弟李何偉跋。《南嶽中庵後草》收詩僅三十題，序文竟比正文篇幅更長。彭大壽序略曰：

吾友彌公能孝友，而兼長於詩，質有其文，非諸公之後，又一奇者？甲辰，憩武陵德山，念母老歸省，程子風樵結茅東池居之。晨夕承歡，不啻睦州尊宿。其事兩兄，極恭謹藹然，和順之至，不啻彭城季江。池種千葉蓮花，豐美可愛。余與二三友人常造其廬，烹茗唱和，又不啻香山一社。丁未，以兩兄善養母，遂赴星沙之約，從此説法嶽麓矣。雖千里外，僅通音問，而法堂翠壁，書院荒烟，如在目中。丙辰，避難衡山，烽烟肆集，風鶴皆驚，彌公雖怡然自適，而觸目感懷，豈忘吟詠！甲子歲暮，以葬母歸澴，仲春同蕭子二資策蹇蓬陂，二十年一面，相對滄浪，欣慨交至。問所著，乃示以《南嶽中庵後草》。挑燈讀之，不覺叫絶。幽逸則澗響松濤，閎肆則黃鐘大呂，蓋融會於少陵、襄陽之間，而獨運之靈心者也。奇之者謂與皎然、無可輩同一詩僧，豈知彌公者哉？峻瀑樵者彭大壽。

彭大壽（1612—1690），字松友，號蓮陂居士，孝感人。明諸生，入清後，以授徒於雲夢金蓮陂，閉門潛修，終生未仕。據其所序，康熙三年甲辰（1664），續燈嘗棲息於武陵德山，因母老歸省。康熙六年（1667）始至星沙（今長沙），主嶽麓寺。康熙二十三年（1684）以葬母歸孝感，示所作《南嶽中庵後草》予彭大壽。集中有《同取叔過大錯和尚墓》：“紫雲峰下讀神碑，日落空山叫子規。井底蕉書成故事（公著有《蕉書》若干卷），庵前梅樹見風儀。銅駝有恨泉臺遠，鐵甕無家嶽杖遲。暮草一時芟不盡，歸來還讀《大招詩》。（公吊明季忠士有《招詩》一卷）”大錯和尚嘗築室於衡山紫雲峰，彌嵩此詩憑悼先烈，抒興亡滄桑之感，沉痛悲慨，一時爲楚南所傳誦。

5.《五言古詩》一卷，刊刻年代俟考。卷端題“嶽麓頭陀續燈彌嵩父著”，半頁 10 行，行 20 字，有格，白口，版心鐫“五言古詩”。前有東吳方亨咸序。共收詩 21 題。後附《語録》一卷，卷端題“續燈禪師

語録"/"侍者洞文燈記"。半頁 10 行，行 20 字，有格，白口，版心鎸
"支那""彌嵩禪師語録一卷"，應是仿《嘉興藏》版。書前有方孝標
序，所收爲彌嵩嶽麓苑萬壽禪寺上堂法語，亦非全帙。

　　續燈雖有多種詩集存世，然數量不過百餘題。湖南圖書館所藏
之本，蓋後人將諸集合訂而成，摩印手稿與刊刻稿混編，多處脱頁、倒
裝，洵非善本。然續燈之詩，惟藉此本而傳。

《離六堂集》十二卷、《二集》三卷、
《潮行近草》三卷、《燕遊稿》六卷、
《離六堂近稿》不分卷，釋大汕撰

　　大汕（1633—1704），字石濂，又字石蓮，號厂翁、石頭翁、石公、五
嶽行脚石頭陀。俗姓徐。祖籍九江（今屬江西），一曰嘉興（今屬江
蘇），一曰南昌（今屬江西）。出身微賤。幼而警敏，供奉於沈顥、龔
鼎孳門下，習繪畫，尤擅仕女畫。有故出家，禮覺浪道盛爲師，參禪證
道，行脚雲遊。康熙三年（1664）至廣州，得屈大均、梁佩蘭等人護持，
入主長壽庵。因多才多藝，貴人益匿近之，聲名煊赫。三十四年，應
越南國王阮福周之請，至安南傳法，度弟子上千。三十八年潘耒至
粵，因故與之交惡，憤然刻《救狂砭語》攻之。四十一年，粵東按察使
許嗣興逐其至江西贛州，旋又被江西巡撫李基和驅逐。四十三年，客
死常山道途。著有《大佛寺上堂法語》《源流就正》《問五家宗旨》等，
詩文集則有《離六堂集》十二卷、《離六堂二集》三卷、《潮行近草》三
卷、《燕遊稿》六卷、《離六堂近稿》等，又有《海外紀事》乃紀其安南行
之見聞。生平未見碑傳。筆者嘗撰有《石濂大汕年譜》，附見於《嶺
外別傳：清初嶺南詩僧群研究》。

　　1.《離六堂集》十二卷，康熙三十年（1691）懷古樓刻本。見存於
國家圖書館、上海圖書館等。《四庫禁毀書叢刊》第 186 冊據國圖藏

本影印;《清代詩文集彙編》第 130 册據上圖藏本影印,但缺書前三十四幀自畫像。扉頁題"嶺南長壽石濂汕禪師著"/"離六堂集"/"版藏懷古樓"。各卷卷端題"離六堂集"/"嶺南長壽釋大汕厂翁氏撰"。半頁 9 行,行 19 字,四周單邊,黑口,版心鎸"離六堂集"、文體、卷次、頁碼。正文前有大汕所作自畫像三十四幀,學者多名爲"行迹圖",除其中一幅未命名外①,各圖依次爲:行脚、負薪、遣魔、讀書、供母、默契、遇異、演洛、觀象、説法、吟哦、遨遊、訪道、作畫、吹簫、賣卜、釣魚、夢遊、雅集、繪雲、秣馬、賣雨、浣花、法起、卧病、出嶺、領衆、酌古、注書、抱琴、論道、製器、北行、長嘯。每幀均配有文人所作題畫詩。鄧之誠《清詩紀事初編》卷三謂:"凡三十二圖,一生行迹略備,皆出大汕手筆,槧刻精細。"饒宗頤謂:"行布之雅,筆勢之健,足使老蓮俯首,曾鯨減色。"例如"繪雲圖",繪大汕披髮,長鬚,赤足,坐水中石板上,行雲與流水相接。黃攄之題此圖云:"散髮山間,群遊爨變,顧我之無心,比俗之變態。不堪贈人,唯獨得於谷陰潭影之外。"又如"長嘯圖",繪大汕披長髮,拍掌長嘯。山陰金周題辭云:"最上一乘,和尚已造,彼岸茫茫,和尚已到。視一切之禪宗,盡可悲而可悼。既不屑振聲一喝,令聽者作三日耳聾。遂不禁披髮佯狂,仰面向天,拍掌而長嘯。是所謂歌以當哭,一片婆心者非歟? 嗟乎嗟乎,誰則知道,誰則知道。"再如"遣魔圖",繪一美女,長袖玉帶,作顧盼狀,大汕安禪於巖石蒲團上。李芳廣題曰:"生死關頭第一關,毒惡魔中第一魔,唯此境與己莫然,能於此遣之,真極烈丈夫也。"

　　正文前又有曾燦、王培、熊一瀟、張熙、屈大均、高層雲、唐化鵬、徐釚、吴綺、梁佩蘭、樊澤達、周在浚、陶煊、李方廣、毛際可序,及大汕

①谷卿《奇僧石濂大汕的"行脚"背後》(載《收藏·拍賣》2019 年第 3 期)以爲,此幅未題名之畫爲《秣馬圖》,在後來的版本中,"秣馬圖"三字遭鏟去,蓋其秣馬屬兵以對抗清廷之意圖太過直露。

自叙;及陳維崧、張彬、方文、王培、吳伯朋、魏憲、徐作肅、陳昌國、宋
犖、童樞、黃河圖等人詩評十一則;卷一一後有黃鶴巖跋,卷一二前有
毛際可所撰《繪空詞序》。

大汕《離六堂自叙》云:

> 吾洞山老祖,常以重離六爻、偏正回互爲宗旨,又分正偏五
位、五位兼中,猶《易》之有六爻也。六爻從五生,以一變,而循環
爲用,故離六而不離五。然六爻變而能回互,而不落於正偏者,
惟吾洞上一宗。言禪而不離五位,猶之言《易》而不離六爻也。
然則,吾以"離六"名堂,何居?亦將並夫五而離之耶?曰:否,
否。夫離六者,以一歸五也,位至五而止矣。"兼中到"一位爲五
位中之最尊貴,非離六而不能變合。蓋六爲水,離水所以得火,
離月所以得日,離心所以得性,故道貴乎離。先師浪杖人常著論
尊火爲宗。火在天爲日,在人爲性,在卦爲離。離貴"重離"。吾
洞上以"重離"表法,以火爲用,爍破四天下,其亦《易》之"明兩
作離"之旨也。《易》之五爲君,吾宗之五爲君臣道合,君不偏於
正,臣不正於偏,如銀盤盛雪,明月藏鷺,混然而分明,斯爲向上
一路。知斯旨者,始可以言禪,並可以言詩。詩誠事君事親之
資,方外人亦所不廢。故言《易》不知君臣,言吾宗不知正偏,言
詩不知忠孝之道,是皆失其本者。吾不識字,況復言詩,偶興會
所至,信口發聲,侍者記録成帙,無容心於其間也。然以爲禪則
離詩,非也;以爲詩則離禪,非也;以爲詩禪互用而無分別,非也。
然離非也,而合亦非也,知合之未始合,則離之亦未始離。五也、
六也,猶之乎非五與六也。兹因侍者請梓,書以示之。五嶽行脚
石頭陀大汕述。

大汕以"離六"名其所居及詩集,意在"離六"而"尊五",進而以"兼中

到"爲"五位中之最尊貴者",實則洞宗家風之體現。其名"離六",蓋又取《易》之"離"卦"大人以繼明照於四方"之志。梁佩蘭《離六堂詩序》即云:"離,火也,祝融之神,司之衡嶽,朱鳥配之,爲南方之卦。所謂元離之極,君子應以大稷也。和尚續燈杖人,爍破天下,倡道於東南,離其麗乎,離其麗乎!""離",火也,日也,附麗也,大汕取之,意在倡道東南,爍破天下之志。

　　是集諸卷前皆有目録。卷一收賦 3 篇、詞 2 首、四言古詩 3 首;卷二收五言古詩 100 首;卷三收七言古詩 41 首;卷四收七古 31 首;卷五收五言排律 5 首;卷六收五律 167 首;卷七收五律 117 首;卷八收七律 131 首;卷九收七律 114 首;卷一〇收七絶 149 首、五絶 36 首;卷一一收雜言 40 首;卷一二收《繪空詞》92 闋。所收之詩,止於康熙三十年(1691),含部分《燕遊稿》中之作。《離六堂集》十二卷刊刻時日定當晚於《燕遊稿》,然毛際可《厂翁燕遊詩序》稱"師向有《離六堂集》",則《離六堂集》或有更早刊本。

　　2.《離六堂二集》三卷,康熙刻本。冼玉清《廣東釋道著述考》據孫殿起《販書偶記》著録,但云"未見"。此本今見存於國家圖書館,《四庫禁毀書叢刊》第 186 册據此影印。卷端題"離六堂二集"/"西江釋大汕石濂氏撰"。半頁 8 行,行 16 字,左右雙邊,黑口,版心鎸"離六堂二集"、詩體、頁碼。正文前有高層雲序,又有大汕所繪《行迹圖》中的"夢遊""論道""製器""浣花""卧病""繪雲""雅集""賣雨""領衆""抱琴""酌古"十一圖,並有鄒庚芳、梁佩蘭、李國珍、吳壽潛、季煌、黃河圖、王永譽、吳綺等人題辭。

　　高層雲序曰:"陶寫性情,博綜倫物者,詩之旨也。空諸所有,非實所無者,禪之旨也。二者不同,然詩之元音淡泊,冲虛無朕,與禪之有無不住、離塵去縛者,其道最近。故嚴滄浪輩每以禪喻詩,非無見也。顧世之號爲禪師者,往往多不能詩。間或有之,如石門、栯堂諸公,不過以詩言禪,終不可律以風人之旨。至靈徹、齊己之流,雖得與於詩人之列，而又非禪家宗師矣。則自佛法盛傳於世，求其以禪宗而兼詩人者，蓋不數數見也。石和尚，乃天界之法嗣，得曹洞之正傳，其大機大用，爲緇白所共仰者幾三十年，洵禪宗之宿老已。其爲詩，包含庶物，澹遠雄奇，不特無禪家餘習，並無詩家窠臼，遠非靈徹、齊己之比。蓋由和尚遇異人，讀異書，於世間法、出世間法莫不通曉，天文、地理、兵農、禮樂之事，以至術數、書畫、琴棋、劍戟、百工之藝，莫不周知。所以發而爲詩，卓然大家，如水之流，如風之行，不可推測而量度之也。曲士者流，恒以禪宗清净，不宜肆力於詩，恐或有妨乎禪，不知了悟之後，事事無礙，接人利物，無所不可，詩固無害於禪也。況乎和尚之詩，超超玄箸，雖不言禪而禪自在，觸類旁通，在觀者興感耳，在和尚未嘗以詩言禪，以禪爲詩也。陶寫性情，博綜倫物，亦寧不可也哉？菰村居士高層雲撰。”按，高層雲序，亦見於《離六堂集》中。

　　是集卷一收七古8首，卷二（原標卷一二）收五律62首，卷三（原標卷一三）收七律52首。孫殿起《販書偶記》著録此書曰：“五律、七律、七古各一卷，即第十二、十三、十四等卷。蓋《離六堂集》本十二卷，其末卷爲詩餘也。”所見似與此本略異。是集所標卷次，頗令人費解。若既以《離六堂集》卷一二爲“詩餘”，則《二集》卷一則應標爲卷一二或卷一三，餘下類推，其標“卷一”殊不可解。是集所收之詩，蓋康熙三十年（1691）之後所作也。

　　3.《潮行近草》三卷，康熙二十三年（1684）刻本。孫殿起《販書偶記》著録曰：“即五律、七律、雜言各以卷，首有圖十一。”冼玉清《廣東釋道著述考》據此著録，但云未見。此本今見存於國家圖書館，有缺頁，與《離六堂二集》并爲一書。卷端題“潮行近草”/“長壽釋大汕石濂著”，版式與《離六堂二集》同。正文前有康熙二十三年甲子（1684）吴綺序，康熙二十二年癸亥（1683）林杭學序、馬三奇序。按，康熙二十二年（1683）五月至歲末，大汕過循州、博羅、惠陽、河源，而至潮州，是集即紀其潮州行之見聞，約刊刻於康熙二十三年（1691）。

　　吳綺《潮行近草序》略云："予以漫叟,浪迹鷗波;得遇厂翁,論心
虎阜。前期莫負,不辭挐楫而來;良晤偏遥,乃復披帷不見。則余之
至廣,始及一陽;而師之遊潮,已先五月矣。既而冀回北律,松轉東
枝。廬嶽籃輿,還迎靖節;石泉槐火,常對參寥。時同匡坐三更,爰讀
《潮行》一帙。或狀溪山之雄麗,而嶽起筆端;或寫潮汐之奔騰,而聲
留紙上;或賓朋贈答,叙情致以纏綿;或歲序遷移,慨光陰之流轉。蓋
相知有素,偏逢好客陳蕃;而自得爲多,不類依人王粲。故能無言不
韻,有語皆新,直從句外求禪,豈獨詩中有畫而已哉? 香巖悟道,惟聞
擊竹作聲;迦葉傳心,只在拈花微笑。以此慧解,求之正聲,自有天中
之天,別出味外之味。豈與《白蓮》爲集,較蔬筍之酸鹹;青豆成編,得
栴檀之氣味耶? 予罔知西竺之學,頗覽東陽之書。萬水千山,知和尚
之來得得;三唐八代,任説者之論悠悠爾。康熙甲子清和浴佛日,豐
南弟吳綺拜題。"按,黃登《嶺南五朝詩選》卷八"吳綺"條云:"癸亥,
應留村吳大司馬之約,策杖羅浮。"次年八月十三日,吳綺將還廣陵,
《離六堂集》卷九有《八月十三圜次吳使君將還廣陵約過佛山話別艤
舟賦送》詩,吳綺《林蕙堂集》卷一六亦有《厂翁和尚同偉公蘭及家武
登送別佛山舟中望月分韻》《留別厂翁和尚即次見送原韻》二詩。
《潮行近草》三卷,卷一收五律52首,卷二收七律22首,卷三收雜言
13首。

　　4.《燕遊稿》六卷,康熙二十七年(1688)刻本。見存於廣東中山
圖書館。開本高26釐米,寬16.5釐米;版高18.5釐米,寬13.8釐
米。卷端題"燕遊稿"/"嶺南長壽釋大汕石濂甫著"/"記録侍者普潤
編"/"隨杖侍者法具集"。半頁9行,行18字,黑口,四周單邊,無魚
尾,版心鎸"厂翁燕遊稿"及詩體、頁碼。正文前有康熙二十七年戊辰
(1688)劉曉,康熙二十六年丁卯(1687)李方廣、毛際可三序。李、毛
二序又見於《離六堂集》,而劉序則未見,兹移録之:

石和上道中宗匠，世外風人，其"菩提非樹，明鏡非臺"之旨，久已錘碎。建法幢於嶺海，示心性之騷壇，名聞華轂，爲舉朝王公鉅卿所翹仰。徵書遠至，瓢笠長行，大顛叩齒，遠公結社，一時碩彥名賢，莫不禮足皈依者也。兹以葬親南還，偶飛錫於六橋、三竺間。時木落山空，冰天月皎，一艇獨帆，茗香静對，訪林處士之高蹤，吊岳武穆之遺烈，嘯詠於波光蕩漾中，爲脩然物外遊。豈寧是少室面壁，趙州行脚，同日而語乎？余聞和上至止，訪諸湖上，聆其名理清言，淵然握塵，已心折支公，自慚玄度。及讀近詩，當瓣香北面矣。蓋杜少陵之深穆渾厚，李青蓮之瀟灑絕倫，王右丞之静理禪心，皆已兼之。古詩直追漢魏，排律遠駕昌黎。性情博雅，無所不備，乃出於超世絕俗，了悟無生者之筆，真足使樹壇坫者，退三舍而避之，豈今之泛泛言詩者，可窺其藩籬、望其項背哉？因合十而序。時康熙戊辰花朝，彭澤法弟劉曉頓首拜題。

是集爲六卷，五古，五排，五律，七古，七律，五、七絕，各一卷，收詩400餘首，多大汕康熙二十六、二十七年北遊之詩。

5.《離六堂近稿》不分卷，見存於上海圖書館。《清代詩文集彙編》第 130 册據此影印。卷端題"離六堂近稿"/"雲半閣侍者法詮等錄"。半頁9行，行19字，四周單邊，黑口，單魚尾，版心鎸"離六堂近稿"及頁碼。無序跋。此稿《寄賀司寇王阮亭先生》中有"屈指十七年，相思不相見"句，則此詩當作於王士禛康熙二十三年（1684）入粤後十七年，即康熙三十九年。又有《寄懷安南阮國主四絶有引》中云："一江烟浪，道阻重雲，八度春光，雪添華鬢。數人間之夏臘，憶天外之因緣。"則此稿至遲大汕安南傳法後八年刊印，即康熙四十二年（1703）。本年，廣東布政司許嗣興將大汕逐出廣東，此稿應爲大汕在世最後刊刻之詩集。

　　大汕乃清初嶺南極具争議之僧。潘耒刻《救狂砭語》攻之，王士禛《分甘餘話》卷四亦稱"妖僧大汕"，屈大均亦撰有《花怪説》刺之，並揭發《離六堂集》"在翁山集中已竊至數十處，他人之集，蓋不知悉數矣"，"集中牛鬼蛇神、不成文理者十而四五"。然觀諸集前所附諸家詩序及題辭，大汕不僅才情極富、個性卓異，又能承洞宗正傳，倡道宗風，堪爲天下叢林楷式。其人其行，撲朔迷離，莫衷一是。然大汕之詩汪洋恣肆，包容萬象，《出郭行》《地震行》《河决行》等，感時憂世，悲天憫人，語語皆似儒生；《金陵》《秣陵寒食》《過楳山》《吴江訪顧茂倫不值因寄》等，則飽蘸濃厚之遺民情結；《錢塘觀潮歌》《雲海謡》《太華山八憶》等，雄渾壯觀，飛動流麗，可謂動其胸中之奇而布之山水之間；而《次竺庵和上壁間韻》《山中人》《溪山雜詠》《夏日山中》《湖山晚望》《江上晚行》等詩，清冷幽静，雖未著禪語、禪典，而禪無不備，可謂詩禪兼善矣。大汕之詩，諸體皆備，尤以歌行最爲擅長，變化無方，氣勢淋漓，長短結合，曲張有度，讀來令人氣壯神完。要之，大汕其人其詩，可於清初叢林獨樹一幟，諸家詩序、詩評推崇備至，亦盡非曲意阿私者。

《光宣臺集》二十五卷，釋今無撰

　　今無（1633—1681），字阿字，俗姓萬，番禺（今屬廣東）。父諸生，以株連坐繫。年十七抵雷峰，禮天然函昰爲僧，十九隨杖入匡山，監院棲賢，備極艱辛。旋奉命訪剩人函可於瀋陽，復遊瓊州，歸雷峰，天然付以大法，爲第一法嗣。主廣州海幢，創建大刹，一時法席之盛，不减晦堂、大慧。著有《光宣臺集》二十五卷、《光宣臺尺牘》三卷、《海幢阿字無禪師語録》三卷、《四分律大全》等行世，乾隆間多被禁毀。生平碑傳見門人古雲所撰《海幢阿字無禪師行狀》。筆者撰有《海幢阿字禪師年譜》，附見於《嶺外别傳：清初嶺南詩僧群研究》。

　　《光宣臺集》二十五卷，康熙刻本，見存於國家圖書館。《四庫禁毀書叢刊》第 186 冊據此影印。卷端題"阿字無禪師光宣臺集"/"門人古正、古雲同編"。半頁 9 行，行 19 字，白口，左右雙邊，單魚尾，版心鐫"光宣臺集"、卷次、文體、頁碼。正文前有澹歸撰《光宣臺集序》，《阿字和尚像》及棲賢老僧（函昰）題詞，以及古雲《海幢阿字無禪師行狀》。澹歸序曰：

　　　　卜梁倚有聖人之才而無聖人之道，女偊有聖人之道而無聖人之才。夫有道無才，則法海之波瀾不大；有才無道，則意地之根本不清。波瀾不大，猶未礙源流；根本不清，即速趨塗炭。此潛修之士所爲輕視才而重視道也。雖然，道外非才，才非道外，菩薩之行願不極深純，即般若之光明不極圓現，天下安有無才之道乎？我法兄阿字無和尚得道於天然老人，間以其才道爲筆墨，幾於排山倒海，浴日吞天。予嘗私語，以爲雷峰門下固稱才藪，即其所至，皆已卓然有成。若夫氣格雄傑，思理深長，人境都盡，出路愈多，山巔已陟，海濤忽作，勢欲斷而仍連，義將顯而更隱，予以推兄，不爲他人輕屈一指也。學士大夫埋頭故紙，數十年所造，有至有不至。兄幼而遭亂失學，自十七歲始侍老人。執役之餘，籌燈自力，大法既明，世出世典，一目洞然，探幽接爽，爭奪競秀。專車之骨，節節明璘，燒尾之雷，聲聲天鼓，皆不從伊吾講貫而得之，豈非多生所蘊之才，發於一旦，自聞之道之驗耶？才有二：或偏於立功，或偏於立言。則杜甫卓午之笠，讓績鄭公；韓琦無口之瓠，歸文永叔矣。兄經營土木，量度米鹽，酬酢公卿，調攝僧行，晝夜不遑，尺寸不失。而尋丈以計，毫素日長，此一異也。言有二，或以手爲口，或以口爲手。樂令之清談，潘生之文筆，用不能兼，勢須相借。兄說法則草靡衆喙，論事則風生四座，奮舌而出，燦然成篇，援毫而書，快如面語，又一異也。然則具萬夫之禀，爲古今之通人，以道發才，以才發道，行鋒車於八達之途，直趨寶所。予昔爲兄屈一指，今既信矣。二祖少通墳典，兼擅老莊，清凉才供二筆，灌頂日誦萬言，法眼於講席推爲遊、夏，皆以鼓吹宗教而用文集傳者。《鐔津》《石門》，或鮮内篇，要以法無内外，因時立度，則《光宣》一集，置之一大藏中，《華嚴》十地而上，真俗已圓，事理咸化，讀者當自得之。言中言外，予所論不出於文，亦不取其出於文。德成而上，藝成而下，皆二見也。釋迦四十九年，惟鼓舌端，稱爲文佛。天上無不識字之仙，寧有不能文之佛？兄之著述無盡，予之贊歎亦無盡。故爲波瀾不大者，加菩薩願行之鞭，不爲根本不清者，助世智辯聰之難也。雖然，世智辯聰與大般若光明，果有二乎？倘能親到一回，更不稍生顧盼，則街談俚唱，鳥啼花開，皆四無礙辯之所縱橫懸示。聖人之道，聖人之才，或有或無，一輕一重，總爲二見，始堪與此集俱入不可思議法門耳。同門弟丹霞今釋和南謹題。

是書前有目録，卷一之卷四收法語，卷五之卷七收序文、記、論、説等文類；卷八之卷一〇收書，卷一一收跋、塔銘，卷一二收贊、題、頌、偈、銘，卷一三收頌古，卷一四收佛事，卷一五之卷二五收各體詩。

今無苦行精勤，道才兼備，時人稱其“朗如秋月，温如春風”，説法堂堂密密，不必鐵棒風馳，即令人向聲色堆裏埋頭没腦，死盡偷心。今讀其上堂“法語”，泃可見之。所作詩文則氣格雄傑，多具遺民之思。如《厓門感賦二首》《和澹歸韻九首》，故國家園之思、悲天憫人之懷，歷然可見。今無嘗備嘗艱辛，訪剩人函可於遼東，二人雪窖擁被，以藝海書厨消黃沙白雪，取杜少陵《夔門》諸作狂吟痛歌，擊案叫呼，悲苦憂傷與浩然正氣，充塞於冰天雪地。然細檢其集，又有《頌祝俺答公》《國公諸世子邀登鎮海樓次韻》《平南王祝詞》《壽尚伯世君五十又一》等浮泛、空洞祝頌詩文，不惟曲盡逢迎，亦有違氣節。今無對此嘗釋曰：“夫祝嘏之文，不誇誕則人不喜……予説法海幢，日與人事相接，方苦作此等詩文，厭之如厭五色糞。然不能深相告語，亦只隨手作去。作去後，耳熱面赤，彌日而止。”（《巳虚師六十又壽序》）則其所謂“逢迎”，實不得已矣，亦其循誘當道宰官奉佛之善權法門也。

《隨緣集》六卷，釋靈耀撰

　　靈耀（1633—?），字全彰，號隨緣老人，浙江嘉興楞嚴寺僧。著有《隨緣集》六卷、《首楞嚴經觀心定解》十卷、《楞嚴經觀心定解科》一卷、《楞嚴經觀心定解大綱》一卷等存世。生平未見碑傳。

　　《隨緣集》卷三《自題小像》曰：“壬戌之夏，隨緣老人五旬初度，諸門人皆繪其像乞贊供養。”“壬戌”爲康熙二十一年（1682），則靈耀當生於 1633 年，即崇禎六年。卷二《紀夢》：“丁未長烈，予三十五歲。”“丁未”爲康熙六年（1667），逆推之，亦爲崇禎六年。卒年俟考。其所述《大佛頂如來密因修證了義諸菩薩萬行首楞嚴經觀心定解》末自署爲“天台教觀嗣興第五世住嘉禾楞嚴講寺隨緣比丘靈耀”，《隨緣集》卷六“源流”，亦署“天台耀老人著”，則當爲天台宗僧也。

　　1.《隨緣集》四卷，收入於《卍續藏經》第 101 册。卷端題“隨緣集”/“嘉禾楞嚴講寺靈耀全彰著”。正文前有康熙十八年（1679）靈耀自序。略曰：

　　　　門人裒集成帙，以乞名。予曰：“我無特操，我無專屬，而言者又非本真也，其名‘隨緣’可矣。”因編類爲四，而削去十九，雜著存十一，尺牘成百一，詩偈存千一，而源流則具存也。徐孺子曰：“《周易》稱，隨時之義大矣哉！以剛來而下柔，動而悦隨，天下隨時而大貞亨。”“隨緣”之義，取諸此乎？予曰不也。予卑卑雌伏，言不出群，殆無幾於《易》之澤中有雷，隨以響晦宴息耳。
己未中元日，楞嚴講寺比丘靈耀書於大樹方丈。

此本蓋刊於康熙十八年，卷一、卷二爲雜著，卷三爲"源流"，乃靈耀咐
囑門人之語，卷四爲尺牘，凡四卷。

　　2.《隨緣集》六卷，康熙二十二年（1683）刊本。見存於北京大學
圖書館、天津圖書館等。《清代詩文集彙編》第 128 册據北大圖書館
藏本影印。卷端題"隨緣集"/"嘉禾楞嚴講寺靈耀全彰著"。半頁 10
行，行 20 字，四周雙邊，白口，無魚尾。正文前有大梁蕭奇中所撰《隨
緣集經解總序》，靈耀有《首楞嚴經觀心定解》十卷《大綱》一卷《科
文》一卷、《藥師經直解》一卷，總名之曰"隨緣集經解"，梁氏所序當
爲此而撰。次爲康熙十八年（1679）靈耀《隨緣集序》，與四卷本同，
蓋從前者移錄。此本卷一之卷三收雜著，卷四爲尺牘，卷五收詩偈，
署"嘉禾釋靈耀全彰稿"；卷六爲源流，署"天台耀老人著"，收雜著、
尺牘、源流，所收篇目與四卷本略有差異。卷五詩偈，前有康熙二十
一年（1682）靈耀自序。其云：

　　　　詩不屬僧，僧不宜詩。詩因悲歡離合、憂思感憤而發者居
　　多。"我知如此，不如無生"，僧無也；"琴瑟友之，鐘鼓樂之"，僧
　　無也；"死生契闊，與子成説"，僧無也；"角枕燦，錦衾爛"，僧無
　　也；"牂羊墳首，三星在罶"，僧無也；至於"我徂東山"，"我獨南
　　行"，清廟明堂，弦歌譪會，僧尤無也，故詩不屬僧。僧已謝絶萬
　　緣，耑心三學，詩能起淫，是犯戒之源。模寫形容，墮綺語之業，
　　耽情風月，實妨道心。放逸苦吟，翻棄正務，殆無益而有損者也，
　　故僧不宜詩。予性不喜詩，亦不能詩，偶有應酬，略不着意求工，
　　過即付諸祖龍。《隨緣集》刻之四年矣，諸學人出予疇昔之詠，請
　　續集後，以爲備體。然往復觀之，膚淺平淡，無一可存。正詩不

屬僧，僧不宜存詩也。二三子復請，勉存近體數十首，得無免人
之譏曰"口説空而行有中"乎？試觀予作，豈有意於詩中者乎？
壬戌夏月，隨緣比丘靈耀書。

據此，詩偈乃《隨緣集》刊行四年後之續録。

　　靈耀天性嗜書，遇古人書，輒思卒業，焚膏繼晷，雖鷄鳴月没，而
不忍棄去，嘗費年餘盡閲《文苑英華》。故其評詩論文，頗有自家見
解。例如《閲鍾子評選史傳詩歸隱秀軒集》云："然文不難於自作，而
難於評選古人之作。蓋立題命意，理閎大而文陸離，則已膾炙人口，
適悦人懷。此猶畫龍肖真，長袖善舞，俾觀者心目驚悦，斯不可謂不
難矣。此第畫工美人之常耳。若夫千百年古人之骨髓命脉，蘊於側
理，吾能潜神冥會，入而得之，復能搜精括要，出以示人，使陳死之精
神躍然與觀者交接，俾之懼然顧化。比猶點睛於畫龍，而使之破壁驚
飛，伽陀一丸，能生死肉骨，而土木形骸，皆飛升仙去。此屠龍技成，
而不用其巧，復能馴之，使興雲致雨，以膏澤六合者也，是爲難耳。由
此觀之，評選古文，蓋端也源也；自作詩文，緒也流也。"此辨選文與作
文之難，頗爲精核。又如，《閲元白全集》辨元白之短長，亦可成一家
之説。靈耀雖習天台教觀，以義學爲重，然亦頗擅詩文，集中《泗水梅
花記》《梧桐月記》《西湖紀遊》等篇，皆紆余委備，從容不迫。《蓮花
賦》一篇，則鋪陳寫物，比物托志，洋洋灑灑，近三千餘言，實爲僧人賦
之傑作。詩偈《品僧詠》乃其暇日無事，檢僧行差別得五十類，類繫一
詩，成五十首，詩未必皆佳，然以僧行類分僧侶，頗値得參考。集中又
有《與徑山化城寂照兩常住修刻大藏書》《復吳江衆護法請修藏板
啓》《修刻大藏經板疏》《復寂照諸護法公啓》等文，頗涉康熙間經藏
之刻印，尤具史料價值。

《法苑略集》五卷、《一滴草》四卷、《佛國詩偈》六卷、《洗雲集》二十二卷、《翰墨禪》二卷、《喜山遊覽集》一卷，釋性激撰

性激（1633—1695），字雲外，號高泉，又號曇華道人，俗姓林，福清（今屬福建）人。父茂高，長齋奉佛，母趙氏。幼習儒書，却懷出世之志。十三歲，父母俱喪，禮黄檗山萬福寺隱元隆琦出家，充侍者。十九受具足戒。隱元東渡後，弟子慧門如沛繼主黄檗山萬福寺，高泉充副寺，嗣其大法。順治十八年（1661）以賀隱元古稀大壽東渡日本，至死未歸。歷主日本奧州甘露山法雲院、黄檗山法苑院、金澤獻珠寺、伏見天王山佛國寺。元禄四年（1691），幕府選爲萬福寺第五代住持。元禄八年十月示寂，世壽六十三。寶永二年（1705），封爲大圓廣慧國師，享保十二年（1727），賜謚佛智常照國師。生平詳見其嗣法門人道祐所撰《大圓廣慧禪師紀年録》。

高泉禪師不惟道法精深，德曜扶桑，且擅長文筆，所著極富。詩文集有《法苑略集》五卷、《一滴草》四卷、《佛國詩偈》六卷、《洗雲集》二十二卷、《翰墨禪》二卷、《喜山遊覽集》一卷、《常喜山温泉集》一卷，語録類有《高泉禪師語録》二十四卷、《佛國大圓廣慧國師語録》二卷、《黄檗高泉禪師語録》二卷、《黄檗大圓廣慧國師遺稿》七卷、《黄檗大圓廣慧國師遺稿》一卷、《大圓廣慧國師廣録》十五卷，編有《釋門孝傳》一卷、《山堂清話》三卷、《曇華筆記》一卷、《東渡諸祖傳》二卷、《扶桑禪林僧寶傳》十卷、《東國高僧傳》十卷等，皆刊於日本，中土書志罕見著録。平成二十六年（2014），日人平久保章領銜黄檗文化研究所《高泉全集》編纂委員會據古刊本輯成全帙，分“語録篇”“詩文集篇”“編著·年譜·行狀篇”三部分，凡1518頁；並附“解説·索引篇”，顔曰“高泉全集”，由黄檗山萬福

寺華殿梓行。藉此全集，高泉撰述蓋無遺佚，平久氏實高泉性激之功臣也。

1.《法苑略集》五卷。原版藏於吉永文庫黃檗文華殿，鈐有"黃檗山萬福寺文華殿"等印。卷端題"高泉禪師法苑略集"／"侍者道亨編録"。半頁10行，行20字，四周雙邊，版心鎸"支那撰述""法苑略集"及卷數。正文前有寬文十二年（1672）九月佛日主人慧林機序，略曰："我黃檗高泉禪師，凤植智種，秉性非凡，脱塵於舞勺之年，得記於而立之候，樹德積學，已歷多載。歲旅辛丑，東來日國。近年，庵於新黃檗，以法苑榜其門，蓋重法也。禪師自中華迄今，禪宴之餘，所有著作不下三十卷，胥江八月之濤，莫能過者也。常自秘其稿，不即刊行。然諸方有知禪師之名者，莫不欲得其言，率多從知識故舊處鈔出二三草稿，不無刁刀魚魯之訛，讀者病之。由是其侍司亨子等就全集中揀其什一，大似拔犀之角，擢象之牙，題曰'法苑略集'，授梓剞劂，期與諸方好道者共焉。"按，"法苑"乃高泉禪師於寬文八年（1668）所築禪苑之名。又有寬文十三年（1673）六月性澄獨湛序稱："（高泉）所著之書，不下數種，蒐羅今古，洞貫天人，樹果標因，利人善世。若是集始自支那，繼於日本，不倡遊言，一一胸襟流出甘露味、旃檀風，群類受其化育沾濡，上皇欽有褒嘉賜賚。覽者得其詳，又知此集實非略矣。"書末有寬文十二年五月元信題識："洛京弟子元信奉刻高泉禪師《法苑集》五卷。伏願因文字以通慧性，因慧性而破群疑，時時開般若之花，處處獲菩提之果。寬文十二年壬子五月五日謹識，銅駝坊書肆村上勘兵衛鋟梓。"

是集釐爲五卷，收高泉於中土及初至日本時所作詩文，起於順治十六年（1659），訖於寬文十年（1670）。卷一收古詩47首、五律64首，卷二收七律68首，卷三收七絶176首，共355首，卷四收序3篇、跋5篇、記8篇、辭1篇、書問16篇，卷五收書問16篇、啓6篇、祭文

5篇、贊85篇、銘8篇①。是集收有性潡於中土所作之文,可考其早期世緣、法緣。集中《辭本師和尚之扶桑省祖》《聞人説扶桑之勝》《辛丑五月二十五日東渡省祖舟中作》《六月十六日登岸》《東渡舟中作》《海中初見山》等詩,叙其東渡途中見聞甚詳。其初至扶桑,除弘法外,亦頗欣羨異邦風物,流露懷鄉之情。如《觀富士寄松山禪友》云:"爛銀色映萬峰寒,第一名山不浪譚。積雪千年堅不散,擬將富士比終南。"《謁徐福廟》云:"徐君□解自何年,廟貌威靈尚儼然。見説秦時採藥至,一千仙子坐同船。"又《和王陽明先生前身偈(并序)》一首,則可見陽明學於日本之傳衍。

2.《一滴草》四卷,貞享四年(1687)刊本。吉永文庫黄檗文華殿藏版,《禪門逸書續編》第5册據此影印。扉頁題"貞享丁卯四年秋"/"新刊一滴草"/"洛陽書肆文華軒藏版",鈐有"獻□""文華畫印"。卷端題"高泉禪師一滴草"/"門弟子道行編録"。半頁10行,行20字,四周雙邊,白口,無魚尾,版心鎸書名及卷數、頁碼。正文有雪峰頭陀即非如一叙,其叙曰:

> 鴆毒一滴,斷人命根;醍醐一滴,活人性命。倘遇非器而不善用,縱上味亦能誤人,可不慎歟?高泉禪師,乃黄檗慧和尚之嗣,童真入道,負清净器,貯曹溪一滴於妙齡之年。他日霈之,爲霖爲雨,蓋未可量也。禪暇喜作詩偈,不覺盈帙,自鳴其集曰"一滴",意謂文字之於吾道,猶一滴投於巨海,視彼河伯自多於水,不復知有百穀王者爲何如哉。辛丑夏,不憚涉萬里鯨濤,省覲師翁,道由崎島,謁余於聖壽山中。闊别十載,相見如隔生。意外雲合,道聚月餘,將别去,出是集請益,丐一言爲證。余因是而讀之。其言澹而旨遠,如澂川逶迤,而無怒奔之狀,非涵養之功,烏

———————————

①大槻幹郎《高泉禪師語録類之解題》,見《高泉全集》第4册,第3頁。

能至是？雖未盡其餘，然嘗潮一滴，味具百川，舌頭具眼者，必有取焉。是爲叙。雪峰頭陀一即非書於聖壽山方丈。

卷末有弟子道清、道發跋：“右《一滴草》，吾師在唐及初東渡時作，無慮四百餘篇。雪峰即大師嘗覽之，有文弁其首。師以著述多故，意不欲傳，置諸敗篋久矣。今兹京兆有白衣弟子來乞版行。師不獲已，取而畀之，蓋亦不妨以翰墨爲佛事云爾。龍飛丁卯年季春禊日門弟子道清、道發跋。”並有牌記“八尾市兵衛發心謹梓”。

是書前三卷收詩 400 餘首，又收序、跋、書、啓、祭文 50 餘篇，亦爲高泉在中土及初至扶桑所作詩文。卷四《鑊餘集自序》稱：“予遯迹山林，草衣蒲履，硜守者有年。喜效古人風致，或耘籽白雲影裏，或嘯傲紅日峰前，石友草茵，吟詠忘機，時獲一言半句，名曰‘鑊餘’。願學云爾，非敢列風雅之林，爲諸君子羞。”觀其文意，高泉於中土時，似已編訂詩稿，名曰《鑊餘集》。

3.《佛國詩偈》六卷，貞享二年（1685）刊本。吉永文庫黃檗文華殿藏版。卷端題“佛國高泉禪師詩偈輯要”/“門弟子道清、道發同編”。半頁 10 行，行 20 字，版心下有墨丁，四周雙邊，無魚尾，版心鎸“佛國詩偈”卷數和頁碼。正文前有高泉自序云：“《佛國詩偈》，蓋曇華道人隨機隨時所作也。拾得子云：‘吾詩也是詩，有人喚作偈。詩偈總一般，讀時須子細。’此語有淆訛處，不可等閒讀過。既曰‘一般’，似不待辯；又曰‘子細’，容有説焉。予今集中所有，無慮九百餘篇，且道是詩邪，偈邪？讀者請下一轉語。曇華道人潋高泉題。”書末有其門人道清、道發跋：“本師佛國老人前後所作詩偈不下五千篇，置之餘二十白矣。蓋不欲以文字鳴於世也。兹京師好事者，數來懇請流通，清等不能終却，乃輯其要者校之，以塞來意云。”又有牌記云：“貞享二年乙丑晚冬穀旦，洛陽書坊石田茂兵衛、林五郎兵衛同刊。”

是集記述高泉與日本皇室、幕府之往來甚詳，如《御賜佛舍利塔》

《大將軍爲開山老和尚建萬福寺落成志喜》《御製贊》《南都皇太子丹至》《恭和皇太子春日韻》《如意上太上法皇》《青蓮皇太子至》《聖護皇太子挽辭》等。又有大量描寫日本風土、人情之詩，如《南都紀勝》《遊伊勢》《洛京即景二首》《富士石》等。又有《慶贊聖像并序》，述及鑒真所創之寺："寬文壬子春，予遊南都，謁招提寺。寺唐鑒真律師手創。規制雖在，殿堂頹朽，而梵相甚多，皆散置於殿角，塵埃漫漶。予太息久之，因勸以施人。僧忻然以一軀遺予，崇三尺，即律師上首思阿闍黎所造，但金彩剥落。乃重新裝飾，加以花座、焰屏，赫然如鑄金像。海衆瞻依，歎未曾有。且造者、修者，皆支那之人，雖古今時代不同，而一段因緣巧湊，其可以凡情測乎！"高泉嘗編有《東渡諸祖傳》，備載唐以來東渡之高僧事迹。其《詩僧》云："宫商不入更希奇，縱口哦吟即好詩。字字自無蔬筍氣，非關唐島苦敲推。"亦以僧詩有"蔬筍氣"爲非。

4.《洗雲集》二十二卷，元禄三年（1690）刊本。正文前有元禄二年己巳（1689）高泉自序，云："曇華道人，自幼從釋，忝習禪，以質弱善病，又所依受業山寺恒以耕種爲務，文字之學，無瑕及焉。然其素性頗嗜吟詠，每觸景會心，輒有所作，特蚓竅鳴耳，謬爲長者所稱道。故嗜之益甚，病益劇。或者規之，則有未必不詩能不病語。及壯歲，爲佐先師行法，侚於公務，悉棄去。辛丑夏，承命東渡，一見山川之美，風物異常，而夙習復萌，屢寄意於篇什。至於爲文，豈道人之所長哉？唯求其辭達而已。以此邦雖重佛法，亦極尚文字，殆不亞於諸夏，故率多應酬之作。久而成編，意不欲傳，緣好事者數請梓，因題之曰'洗雲'，蓋'一塵清風洗，白雲老通玄'之句云爾。願有緣覽者，當味言外之旨，莫作文字觀。若作文字觀，則所失多矣。元禄己巳二年黃鐘月長至日，支那曇花道人激高泉筆傍圖方丈。"是集亦署門人道亨、道清編録，版式同於前兩種詩文集。書後有信清識語："京師茨木方淑發心捐資，奉刻全二十二卷《洗雲集》。伏願以此勝緣，世世生生，般若智光現前。元禄三年庚午正月穀旦，家弟信清謹識。”

　　是集凡二十二卷，卷一之二收古詩 66 首、五律 131 首，卷三之四收七律 110 首、五絕 86 首、六絕 72 首，卷五之卷一〇收七絕 952 首，共詩 1417 首，卷一一之一二收序 32 篇，卷一五之一六收跋、疏、啓，卷一九之二〇爲書問，卷二一之二二收祭文、表、傳、榜、引、曲歌、偈贊，凡 500 餘篇，多爲高泉至日本後所撰詩文。集中《題海粟吟稿》乃題馮子振詩集，可見久未見傳於中土之海粟詩文集，元明時已傳入日本。《讀名僧詩選》曰：“東國多僧寶，禪餘亦好吟。”則可見日本詩僧之盛。《傀儡》一詩云：“一聲鼓了一聲鑼，鬼面神頭弄許多。弄到力窮兼綫斷，可憐狼籍滿棚阿。”演述日本傀儡戲，亦頗具價值。卷一五、一六所收日僧塔銘，若“大宗正統禪師”性潛龍溪、日本曹洞宗初祖永平道元、法王山正宗寺開山祖師性善大眉、薩州忠德山覺萬字堂等塔銘，詳述諸僧事迹，於考證日本禪史，尤具價值。

　　5.《翰墨禪》二卷，元禄八年（1695）刊本。吉永文庫黃檗文華殿藏版。卷端題“高泉禪師翰墨禪”/“侍者道清編”。正文前有高泉自序：“予自法苑興佛國，轉盼間，易裘葛者踰一紀。雖未應時出世，以虛譽頗盛，而皂素求語者不輟，未免藉翰墨以明禪，往往爲人所傳誦。予甚慊。頃有好事者復乞鋟棗，既不能堅拒，乃於近稿中撮其要者畀之，故命之曰‘翰墨禪’。若喚作禪，又是翰墨；若喚作翰墨，復不離禪，切不可岐而爲二，亦不可匯而爲一。二既不存，一亦莫守，庶幾於翰墨禪之旨，無少疑矣。元禄歲辛未月建午日庚子，曇花道人激高泉自題於佛國方丈。”版式略異於前面三書，版心上題“扶桑撰述”，書後有牌記“元禄甲戌七年五日穀旦，林五郎兵衛藏版”。

　　是集所收皆高泉禪師住持佛國寺之詩文。集中有《題二白詩選》，序曰：“暇日嘗選白樂天、白玉蟾詩，意欲合刻，目之曰‘二白詩選’，因題其後。”又有《贈悦公（并序）》一詩，乃贈日本圍棋世家本因坊三世道悅之詩，其序略曰：“京兆有本因坊悅公者，善弈棋，名馳海內。凡平日以棋稱者，皆不能敵也。當朝大相國公聞其名，召之對弈，審其有神機，國手甚愛之，於是公之名益顯。予與公素昧平生，叨蒙雅意，嘗修書問訊，故作此以贈。以公嘗謁大相國，正爲國爲法盡忠盡義之時，亦是菩薩方便善巧之法也。”其詩稱：“神機國手世嘗談，大士行權豈易諳。能使邦君廣德化，借棋説法更誰堪。”

6.《喜山遊覽集》一卷，元禄四年（1691）刊本。扉頁題“元禄四年龍集辛未仲冬穀日”/“喜山遊覽集”/“書房林石渠齋藏版”。鈐有“黄檗文庫之印”。正文前有高泉自序，云：“予不入此山，已十五白矣。今兹春三月偶沾微恙，諸子勸入浴，予堅不聽。然非不欲入浴也，以予舊交者夥，一入浴則訊候饋遺者麕至，得不役人乎？古杭蓮大師，天下古佛也，尚有‘不欲以無德勞人’之語，予何人斯，而敢爾邪？諸子勸之不止，姑從焉。既至，浴數時，而遠來訊候者，果不出所料，甚至累及皇太子。不得已，輒分送諸庵院及所舊知者，少減予之所愧。浴後，常與諸子覽山中形勝，因有所感，作《後温泉記》及諸篇什，以貽後之來者，知此山之大較云。時元禄辛未四年四月佛降生後三日，曇華道人漷高泉自題於丈室。”書後有牌記：“洛陽書肆弟子林五郎兵衛敬刻《喜山遊覽集》一卷，流行於世。伏願讀斯集，味斯言，頓空文字之相。登此山，浴此水，了無疾病之憂，吉祥如意者。”此集專收高泉至兵庫縣有馬温泉洗浴之詩文，或描述温泉之景，或言洗浴之悟，或藉温泉而説法，未嘗不可强名之曰“温泉禪”也。渡日華僧頗好温泉之道，木庵性瑫、慧林性機、南源性派等人皆有詩文描述，然出現頻率之高、論説之精，未有出於高泉其右者，温泉實《高泉全集》中隨處可見之日本風景①。

綜觀高泉性潡六種詩文集，其著述之富、撰述之勤，實僧人中僅見，方之於宋之契嵩、惠洪、元之明本，皆有過之而無不及。無論短章絕句，古體歌行，塔銘、遊記，書問、小品，皆得心應手，令人歎乎觀止。其詩文涵古括今，涉筆於方内、方外，行於中土、扶桑之間，不苟作，不吝作，不惟其一世參禪弘法之實録，亦明清之際中日兩國佛禪文化交流之縮影。

《竹窗集》三卷附《西堂繼集》一卷，釋秀撰

釋秀（1635—1702 後），字語峰，俗姓李，黎平（今屬貴州）人。自幼剃染，遊資江。康熙二十六年（1687）回里，住圓通禪院。超然性靈，不溺物累，喜吟詠，著有《竹窗集》三卷存世。生平未見碑傳。

《竹窗集》三卷，三册，康熙四十三年（1704）刻本，見存於復旦大學圖書館。開本高 26.2 釐米，寬 15.1 釐米；版高 19.7 釐米，寬 12.3 釐米。卷端題“竹窗集”/“黎五南泉莊秀語峰著”/“門人嚴福、嚴霖記録”。鈐有“吴興劉氏嘉業堂藏書印”，内題有“文水歐陽天（篤聖）梓”。半頁 9 行，行 20 字，白口，四周雙邊，單魚尾，版心鎸“竹窗集”、卷次、頁碼。前有康熙四十二年癸未（1703）王克昌、夏敦倫，康熙十一年（1672）壬子陳亮工，康熙四十一年壬午嚴嗣勳序四篇，康熙四十二年癸未孫承印箋一首、詹霖民銘一首，康熙三十九年庚辰（1700）章瑋評一則，康熙四十二年癸未姜遇文引一篇，康熙三十九年庚辰王弘寬跋一篇。

夏敦倫序略曰：“余來黎之永從，地既僻，落落寡所合，惟寄情山水間。見語峰禪師所著《竹窗集》，各抒胸臆，不涉世務，蓋能雅與賢士夫遊。況家世業儒，出邑文人之後，而又向自吴楚中來，謂從野老人受業，聞見博洽，故卓犖不群，嘯歌自適。乃掩卷致嘆曰：苟有釋名而儒行者，樂爲進之，庶幾如古之隱君子超然於山巅水涯，豈僅以浮

圖目之乎！於是叙。黔習安夏敦倫誠齋氏拜題於來鱣堂。”

　　詹霖民銘略曰：“禪師諱秀，字語峰，乃吾邑薦紳振華李老先生嫡孫也。自幼剃染，參叩諸方，受付於從兄野老人座下。丁卯秋，楚遊回里，闔郡紳士耆人迎居古刹圓通禪院。余一日過訪，見案頭一集名曰《竹窗》，隨取讀之，堅蒼古韻，所謂不衫不履，別具世外一種蕭疏氣味者也。”

　　《竹窗集》三卷，卷上爲“寄懷雜韻”，收五律 32 首、六絶 10 首、詩餘 20 首（詞實僅 4 闋，餘爲四言、六言）；卷中爲“偷閒雜韻”，收七律 100 首；卷下爲“閒遊雜韻”，收七絶 38 首，又有《南泉八景》八首，補遺 15 首。後附諸名公唱和題贈 25 首，謝韻一首，外附《西竺堂詩》16 首。集中頗多與黔中官吏唱和之作，如《頌黎平幕府孫公德政》《頌五開衛主謝公德政（公諱京）》《頌黎平都督府李公德政（公字簡公）》《奉和黔撫王大中丞喜雨原韻》等，卷末《附鍥諸名公知識唱和題贈》，收有李孝、姚夒等黔中文人或入黔文士唱和詩，皆注明其人字號、任所，可補方志之闕。《初度有感》一詩，或可見其志趣：“守愚抱拙藏林麓，堅拂拈錐心不違。歲月苟延荒慧定，陰陽虚度欠精微。搖唇講道無奇句，把筆敲詩惹玷譏。問我浮生今幾許，行年六八近知非。”其以講道吟詩爲業，雖回首往事，頗有今是昨非之感，然尚能抱樸守拙，脱略物累。集中有《和栯堂山居二首》其一云：“樵經崔嵬峰頂斜，栅培蘭菊景堪誇。山前伏石雄如虎，月下盤松影若蛇。雨洗春堤浸翠柳，雪飛冬嶺點紅花。風光讓我閒中樂，把筆敲詩賦晚霞。”古樸閒淡，有道人本地風光。語峰頗擅長作回文詩，集中有《新秋寄友回文》《和君寵歐陽天先生四序回文（春景、夏景、秋景、冬景）》，雖爲遊戲之作，亦顯示出較圓熟之技巧。清初，黔中佛教頗盛，能詩釋子亦不少，然詩集存世者寥寥，語峰《竹窗集》可爲代表。

　　《竹窗集》後所附《西堂繼集》，署後學嚴霖蓮沐著，凡 16 首。嚴霖乃語峰嗣法門人。退園居士小引曰：“《繼集》者，乃語峰禪師上首座蓮沐善繼而作也。見師志趣脫塵，超然物外，不禁神思勃發，奮然以無欲上人之心，而吐露其上人之句。詞極顯淺，意極深長，白雪陽春，殊難賡和，卓有石屋風度。雖曰初學，古筆井然。前有所創，後有所詠，由斯善造，媲美一堂，洵無愧於繼述之善者也。寧不與大隱小隱，並稱無上。余喜而引之。時康熙壬午歲嘉平候臘日，大治齋退園居士謹識。”則此集乃嚴霖蓮沐因受語峰影響之初學之作。

《香谷集》六卷，釋蔭在撰

蔭在（1637—1674），字香谷，號橖庵、頸桂，俗姓皇甫，吳江人。順治四年（1647）爲六都妙華庵僧，康熙四年（1665）至江右、湘中，六年復歸至雙林。善詩文，曾隨寶雲南潛（即董説）、張雋習詩文，入東池詩社。著有《香谷集》六卷行世。生平未見碑傳。《五燈全書》卷一〇五、《兩浙輶軒録》卷五一有其小傳。

《香谷集》六卷，四冊，康熙三十九年（1700）刻本，見存於天津圖書館。内鈐“善本鑒定”“天津特別市市立第二圖書館藏書”等印。卷端題“香谷集”/“松陵釋蔭在著”。半頁 9 行，行 19 字，白口，四周單邊，無魚尾，版心鐫書名、卷數、頁碼。版心下端或題“妙華庵”，或題“屠階陞”，或題“王雍聲”“沈端揆”，或題“朱慶懷”“俞賓陶”，或題“韓植三”“張錦旂”，或題“沈季傳”“陳繡藩”，或題“天眉”，當爲捐資施刻者之名。正文前有石屏南潛序，略曰：“癸丑冬，香谷病起，乞余批定其詩舊本，遂書昔者溪堂問答之語，告世之言詩者，告世之見香谷詩而不豁然悟其宗者。石屏南潛臘十七日題。”“癸丑”爲康熙十二年（1673）。南潛即董説（1620—1686），字若雨，號西庵，爲僧後法名南潛，字月函、寶雲，別號漏霜，浙江烏程人，著有《豐草庵雜著》等數十種。是集卷六有《余詩積二十年未暇詮次癸丑季冬寶雲老人憫余病廢散亂亟爲點閲且示以序語欣慨並臻述懷感謝》一詩，述及其學詩經歷及董説點閱其詩之緣由。

書末有康熙三十九年(1700)庚辰潘麟跋,其曰:

予及紀子餘素與香谷先後師事寶雲,而香谷稱入室弟子。香谷少時,嘗手挾濟南《唐選》一編,揣摩聲律。西廬先生至,見之曰:"子欲爲詩而乃讀此,不畏烏附入腸乎?"因授以窮經探史之學,導之使事寶雲。不數月,香谷遂以其詩噪東南。寶雲嘗云:"詩文家有生死兩路,若走入死路,縱極工麗,亦剪綵之花耳。"西廬先生嘗手評韋蘇州、陳後山之詩,以教學者,故遊兩先生門者,皆能自拔於風塵溷濁之中,而香谷則尤其超然直上者也。今西廬殁矣。後十餘年,寶雲亦相繼謝世。宗風既墜,群魔擾攘,斯世不乏聰明奇崛之士,非汩没於鍾、譚,即牢籠於王、李。夫眼目不分,雖有性靈,曷覩天日?鮑魚之肆,久與之化,抑且不覺其非矣。向使香谷不遇兩先生,豈能成就卓卓如此。予既歎絶香谷之詩,又不得不爲天下而悲兩先生也。御書閣僧學海工於詩,酷嗜香谷之詩,既心慕而手追之矣,又約同志共刻其集,以嘉惠海内之學詩者,學海之用心厚矣。予與餘素謀之數年而刻不就,學海以數月成之。學海之勇猛精進,大率如此。香谷既没,寶雲嘗哀其遺稿而删定之,末二卷即所定之本也。前四卷雕已竣,力不能改,姑有待云。嗚呼!西廬遺刻,碑板無存,寶雲文稿積尺許,僅飽蠹魚,以兩先生之宗工哲匠而遺集零落,無或過而問焉。然則香谷亦何幸而遇學海其人也。悲夫!庚辰蒲月既望,苕上潘麟喜曾跋。

潘麟,字喜曾,浙江烏程(今吳興)人。康熙四十一年(1702)舉人,授中書舍人,好學不倦,日誦千言,穿穴經史,事迹見《烏程縣志》卷一六《人物五》。

"西廬"乃張雋，字非仲，一字文通，號西廬，吳江諸生。曾寓居潯上，莊氏"明史案"案將法，避於僧舍，年已七十餘，就逮時談笑自若，死於法。集中與董説、西廬唱和詩極夥，如卷一《訪月函和尚》《寶雲避暑呈月和尚》《懷寶雲和尚》《遥同東池三集和西廬先生韻》《答西廬先生見訪（四首）》，卷二《詠墨和西廬先生韻示諸子》《讀雲公近製》《謝雲公惠八角茶》《雲公閲韋詩有得走句問之》《呈寶雲和尚》等等。據此可知，蔭在詩頗得董説、張雋之助。詩集前四卷康熙三十九年（1700）由御書閣釋學海收其遺稿編刻而成，末二卷由董説刪定而成。

是書有目録，卷一收各體詩 141 首，卷二收 145 首，卷三收 144首，卷四收 113 首，卷五收 92 首，卷六收 56 首，共 691 首。蔭在頗宗子美、山谷，曾有詩句曰："在唐浣花叟，在宋西江黄。寥寥五百年，雜霸裂封疆。"頗以苦吟著稱，詩風瘦削、清苦。如《煮葉》云："山鳥丁冬歇，風傳杵臼諧。野賓勤看火，皋士偶唧柴。響入茶三沸，烟青篆側排。阿伽何日遘，高古廓詩懷。"頸聯煉字遣意，頗費匠心。《病卧》云："繩床角壞紙衾裂，鷄骨蕭蕭冷不支。黄葉滿窗燈一點，怕聽風雨夜催詩。"寫身病與詩病，直追孟郊、賈島。又《奇病》云："不道詩奇病益奇，病根丁倒插詩脾。還因病橘增三歎，誰念枯梨賦五悲。跼蹐如背老烟殼，膨脝怕詠石鼎詞。自知久壓令大慰，公等安能夢剃髭。"用字奇僻。其詩大抵酬答、遣懷之作多，气局稍仄，較少關涉明季板蕩現實，蓋畢生精力皆用於精研詩藝。

《咸陟堂詩集》十七卷、《文集》二十五卷，釋成鷲撰

成鷲（1637—1721），又名光鷲，字即山，別字即刪、迹刪，號東樵山人，俗名方顓愷，字麟趾，番禺（今屬廣東）人。父國驊，明季舉於

鄉,鼎革後隱居授徒。年十二補邑弟子員,三十五喪父,感念無常,別母學佛於肇慶鼎湖山中。四十一禮石洞禪師出家,晚居大通古寺。戒律精嚴,道範高峻,以宏邑道妙爲本,一時名卿鉅公俱與往還。藩使王朝恩、學使樊澤達、給事鄭際泰盛譽之,名益顯,詩文甚富,所著有《咸陟堂詩文集》若干卷。生平可見自撰年譜《紀夢編年》。

《咸陟堂詩集》十七卷、《文集》二十五卷,康熙耕樂堂刻本,見存於江西省圖書館。《四庫禁毁書叢刊》集部第149册據首都圖書館藏本影印。扉頁題"東樵迹删山人著"/"咸陟堂詩集"/"耕樂堂藏板"。卷端題"咸陟堂詩集"或"咸陟堂文集"/"東樵山人迹删鷟著"。半頁9行,行19字,左右雙邊,白口,單魚尾,版心鎸"咸陟堂詩集"或"文集",及卷次、頁碼。《詩集》正文前有成鷟小像及自題像贊,康熙四十八年己丑(1709)樊澤達序,康熙四十六年丁亥(1707)李來章序、劉臨序、羅顥序。《文集》正文前亦有成鷟小像及自題像贊,及成鷟自序,書後有吳琨跋。

樊澤達序曰:"士之行高志潔者,置身山巔水涯,吟嘯自適,以樂天地之真,非如丘園屠販鬱其所畜,不得施於世,托烟雲猿鶴發爲不平之鳴者也。唐之文暢、高閒,宋之惟儼、秘演,絶寵辱,遺世慮,隱於浮屠,喜爲文章,當時縉紳先生咸相推許。至今誦其詩,忠厚和平,居然高致,蓋不必有愁思之聲、感激之詞,而自臻要妙矣。迹删上人家世番禺,少承令先君孝廉公庭訓,抱龍門太平之策,負中郎秘笈之文,磊落不羈,薄視華膴,築魏野草堂。迨婚嫁既畢,追向平之蹤,振隱峰之錫,學少林而不師面壁,結蓮社而嘗笑過溪,胸次浩然,於詩發之,一時賢士大夫悉願從遊。余校士餘閒,嘗造其室,接其爲人,知公志行與世之逃虛空而習清净者不同日語。去冬,移錫鼎湖,與名山長晤對,朝霏夕霽,竹月松風,盡屬聲歌詞譜。公騁其筆墨,掩顔、謝之孤標,奪曹、劉之秀麗,含英咀華,不知其老之至也。使公身生唐宋,與文暢、高閒、惟儼、秘演輩相周旋,得韓、歐諸先正親於其身而叙之,千百世後,見其志,欽其行,侈爲古今美談者,其聲施不更遠耶? 上元前四日,余過端溪,舟回羚羊峽口,乘月登鼎湖,訪公於丈室。公方出所著《咸陟集》,索序於余。余受而卒業,高吟逸興,載以忠厚和平,絶無憂思感憤之慨。其行高,其志潔,不愧古隱君子風。公之詩必傳於後。余未能窺韓、歐堂奥也,安能序公之詩? 康熙己丑上元後二日,西蜀樊澤達草於日帆齋。"樊澤達,字崑來,宜賓人,康熙二十四年(1685)進士,三十五年主試粵東,四十五年提督廣東學政,著有《敬業堂稿》等。

李來章序曰:"大通迹删上人以文字説法,著名海内,賢士大夫多與之遊。大通,古名刹也,在省會十里,相距大江,兩涯不辨牛馬。向予奉公趨郡,道經其地,訪上人蘭若。潮淺舟膠,不得艤岸。踐澱攝衣而登,幽徑蛇摺,夾樹栝、松、荔、櫻諸木,綠陰森濃,雲日蔽虧。傍爲蓮池,雖露冷粉墜,葉猶田田也。至山門,上人曳杖而出,修幹如鶴,霜髭盈頰,年約七十餘矣。中爲草堂,後障疏櫺,賈客帆檣,隱見於江波烟雨間,榜歌漁唱,時復入耳,宛然蓬壺、武陵,不復知身在塵世也。坐定,出茶設果,手揮麈尾,譚鋒漸吐,卓犖之色,發於眉宇。意其人固豪傑倜儻之流,殆有所托而逃焉者乎? 尋詳上人本末於人。上人方氏,尊人舉前明孝廉,鼎革後歸隱林下,講學授徒,自顔其堂曰'學守',世稱學守先生。先生没,上人有感於衷,乃棄其家學,從西來離幻禪師得法,矢志入山,蹉跎以至於老。晚年匿影大通,足迹不入城市。人或見之,道話之外,公私一無所及。遇家人輩有所咨,瞑目趺坐,寂然若無聞也。平生所著《咸陟堂詩文集》共若干卷,常欲秘之,爲有力者奪之而出。中間寫景舒情,旨多曠達,怨尤之思、悲憤之氣,斬然不見於筆端。非通權達變、樂天知命者,未易得此也。予友張子白作宰中,宿與上人爲方外之交,往還唱酬,不一而足。予惜其交上人最密,而知上人者淺。子白去官,而上人之集始出,子白未有序也。予爲之序,粗述其梗概焉。惜子白歸大伾,無緣質之,質之當無異辭。時康熙丁亥冬十月朔日，中州禮山李來章撰。”

　　羅顥序曰：“士僅得爲名士，僧僅得爲詩僧，辱甚。何辱乎爾？失實而後有名，失性而後有詩，君子恥之。恥生於辱，辱生於俗，俗不可醫也。世之人自甘其俗，自忘其辱，心且榮之，口且鳴之，耳聽熒之，目瞪瞢之，不自以爲恥焉。意謂生人之辱，有甚於此乎？夫實失則性失，性失則孝弟忠信之行、仁義禮智之常，與之俱失。聖人不得已，少存其實於名，微露其性於聲，是猶去禮存羊之旨云爾。迹刪子早爲士，晚爲僧，本來實性無有得失，風雅夙習，未免累以虛名。好事者哀其言以出之，迹既刪矣，猶有未刪者存焉。詩辱人耳，人亦何辱於詩，觀者不妨具眼。戒軒羅顥撰。”

　　成鷲《咸陟堂文集自序》曰：“舉世所貴，嘉穀也。春而作，秋而收，可釀可芻，可薦可羞，民生日用，不可一日無之。所賤者，稊稗也。其體輕微，不盈於手；其味澹薄，不適於口；其性枯槁而苦澀，又不可以爲酒。生於畝，鋤而去之；棄諸途，蹂而躪之。爲稊稗者，自甘於無用已矣。或有過而斂之，衆皆笑爲顓癖，則解之曰：嘉穀非不美也，釀秫蒸黍，飲之食之，一朝醉飽，剩爲糟粕，化爲臭腐矣。彼美者自美，吾不知其爲美也。苟爲不熟，不如稊稗，儉歲得之，桑中孚，溝中瘠，充然起矣。彼惡者自惡，吾不知其爲惡也。東樵老農日以稊稗爲業，斂而藏之，幾盈廩矣。不敢出以示人，慮獻笑故。有布田先生者，解百金以出之，曰：‘此奇貨也可居，人棄我取，人取我與，宜若可爲也。’老農有同好矣，遂發其藏，爲稊稗之言以報知己。東樵迹刪鷲題。”“稊稗”之喻，典出《莊子·知北遊》，成鷲用此典，外示謙遜之意，實則其道眼之體現。序中所稱“布田先生”，未知何人。

　　乾隆年間編撰《四庫全書》，《咸陟堂詩文集》因“多涉激憤之語”，被黜入《禁書總目》《違礙書目》，故傳本甚少。道光二十五年（1845），嶺南黃培芳出資重予刊刻，是爲道光刻本。黃培芳《重刻咸陟堂集叙》中稱：“惜乎全集版片久已無存，藝林未由遍覽。道光乙

巳，華林僧明超，祇園公之法裔也，購得原本，重付剞劂。"道光本與康
熙本版式大致相通，但内容頗有差異。據冼玉清《廣東釋道著述考》，
道光本正文前多出黄培芳叙，胡方、鄭際泰、樂澠題辭，胡方《迹删和
尚傳》及康熙六十一年（1722）孫繩祖《跋》，並將所輯之作，刻爲《咸
陟堂二集》。

　　目前所見《咸陟堂詩文集》惟康熙本和道光本。然諸家書志著録
是書卷數，頗爲不同。冼玉清雖未見康熙本，但著録爲："文集二十五
卷、《二集》三卷，卷一詩，卷二文"，道光本"《文集》二十五卷、《詩
集》十七卷、《二集》文八卷、賦一卷、詩十六卷，共五十七卷。"阮元纂
修《廣東通志》著録："《文集》二十五卷，《詩集》十七卷。《文集》文
八卷，賦一卷，詩六卷，道光二十五年重刻。"戴肇辰撰《廣州府志》著
録爲"《初集》二十二卷、《二集》八卷"。成鷲自編年譜《紀夢編年》
中稱："爲文二十有七卷，爲詩十有五卷，詩文續集三卷。"諸家書志著
録不一，或因未見全本，或初刻、二刻重復計算，或成鷲有其他詩文
集，此皆未可定矣。成鷲平生著述甚富，未及付梓者尚多，僅《咸陟堂
詩文集》所及者即有《鹿湖草》《詩通》《不了吟》《自聽編》等集。
2008年，廣東旅遊出版社出版有曹旅寧等整理之《咸陟堂集》，列入
《清初嶺南佛門史料叢刊》。

　　成鷲年逾不惑出家，自稱"回首八十年間，半爲俗人，半居僧次。
俗固夢境，僧亦夢緣"。出家原因不甚明朗。沈德潛即言："中年削
髮，不解其故。"凡人作僧，不外貧寒不能度日、禍患纏身、兵亂流離諸
般原因。若遭逢鼎革裂變、喪亂動蕩之世，人無不思超現實之樂土，
以解脱困頓煩擾，故臣莊士更藉此全身遠害，以貞厥志，故逃禪皈依
者愈夥。成鷲《紀夢編年》雖少言時事，然屢屢流露"挽狂瀾於既倒"
"砥柱中流"之雄心，亦有不論"時節因緣""知不可爲而爲"之癡心；
既有"駿馬之羸""賁育之哀""誇父之竭"式有心殺敵無力回天之悲
愴，亦有"橫槊賦詩之奸，竟移漢祚"之悲慟。故識者皆以爲有托而逃

者也。

成鷟論詩主張適情適志，不計工拙，《藏稿自序》曰：“自爲詩文，無所取法，第惟根於心，出諸口，發之而爲聲，歌之詠之，自適其情而已。”《浪錫草序》中又謂：“詩貴本色，文士有風雅之氣，山僧有烟霞之氣，此真品也。詩貴出格，風雅中帶烟霞氣，烟霞中帶風雅氣，此妙品也。詩貴超方，風雅中無風雅氣，烟霞中無烟霞氣，此神品也。神品上矣，非深於道者未足語此。”作詩貴在超脱自身習氣，亦即通常所謂“無疏筍氣”“無酸餡氣”也。今觀成鷟詩文，多涉山林清景，與文士結社唱和酬答，很少流露噍殺、怨憤之音，李來章即評曰：“中間寫景抒情，旨多曠達，怨尤之思、悲憤之氣，斬然不見於筆端。”然内心則不乏怨憤之思。内中原因，或以其主張“詩貴超方”，亦是其寫作之策略。正如其《紀夢編年》所稱：“關外之客，各攄所見，以伸其情；關中之人，三緘其口，弗致其辨。”成鷟之詩，沈德潛推爲“本朝僧人鮮出其右”，此實爲沈氏一家之言，未可允爲定論。

《餘學集》十二卷，釋本黄撰

本黄（1637—?），字蒿庵，號古求、檗巖。俗姓許，名琬，常熟（今屬江蘇）人。世家業儒，敬僧護法，自幼即歸心法門。嘗參金粟費隱通容、古南牧雲通門等尊宿，矢願披緇。奉母陶氏命完姻，凡四歷寒暑，衣不解帶。母知志不可强，遂許出家。孫雪屋贈詩有“金色頭陀成密行，散花天女不沾衣”之句。年二十一入天童，謁木陳道忞，求剃度，掌記室，受記莂。錢牧齋請住寶巖，旋去，後出世住廣陵萬壽、吴門虎丘、崑山安禪諸寺。著有《餘學集》十二卷行世。濮淙《澹軒詩選》有其康熙二十九年（1690）自傳，《五燈全書》卷七五列其爲南嶽下三十五世。

《餘學集》十二卷，六册，康熙二十九年刻本，見存於復旦大學圖書館。開本高 28 釐米,寬 18.8 釐米;版高 22.1 釐米,寬 18.8 釐米。
卷端題"餘學集"/"虞山釋本黃嵩庵著"/"法弟子王御戒庵、許趙泰
岳先、宋世隆文森、王抃鶴尹、顧以安小謝、楊俞崑濤、王撰隨庵、王麟
來玉書評點"/"嗣法門人元則潛庵、元誠立庵編次付梓"。鈐有"吳
興嘉業堂藏書印""劉承幹字真一號翰怡"等印。半頁 10 行,行 20
字,下黑口,四周雙邊,版心鐫"餘學集"、卷次、文體、頁碼。有蟲蠹水
漬之迹,第六册後半部分蟲蛀尤爲嚴重,僅存三分之一版。正文前有
詹淇、張立廉、張遠及康熙二十九年本黃自序。

本黃自序曰:

　　儒者謂"三不朽"之業:太上曰德,其次曰功,又其次曰言。
蓋有德者必有言,有言者不必有德,所以德爲上,而言爲又次也。
吾佛法中以四種料簡,辨別沙門釋子。所謂是沙門,是釋子者,
尊莫尊乎道,美莫美乎德,故古來傳高僧者,以雜科聲德居最後。
然則圓頂方袍之士,假使道德俱無,而欲僅以文傳,則其品之卑
陋甚矣。余小子初生時,先文貞夢天台老僧,載書兩車來求寄
居。五歲而就傅,六歲而先文貞捐館,黃已□《孝經》《四子書》
將畢矣。先本生父職方公教育小子□教,未能精通教義,頗知一
心三觀之法。既而入維摩之室,從費隱老人參禪。因閱木陳老
人上堂語有省,故特上天童從本師剃染。後遍參諸方大宗匠,再
參費隱老人於福嚴,參石奇老人於南廣,參牧雲老人於古南,參
三宜老人於西湖之愚庵,參浮石老人於西山、福城兩處,見靜遠
大師於青芝塢,見靈章大師於皋亭山,見玉林老人於虞山之拂水
巖,見覺浪和尚於武林之報國院,凡三登寶華。至年二十有七始
得從本師見月老人□具足戒。年三十有一,再參本師木陳老人
於會□□陽山,得受記蒴。前後南詢東請者十餘年,非聖賢不
師,非豪傑不友。黃之鄙心實志在乎道德,未嘗願□文字傳也。

但每思幼年，先母陶安人延師課讀，辛苦拮据，殫心盡力。黃也
欲報之德，昊天罔極，願以不文之詞贊歎三寶，贊歎宏通法人，或
以一言半句表章明師善友之德業，庶或可報先母教誨之恩之少
分耳。昔曾以積年雜著就正於姚江老友邵得愚先生。先生曰：
"吾觀師凡有著述，未下筆以前，先有一片誠心，字字句句，皆以
誠心出之，實未嘗求工於爲文，而理明辭暢，大中至正，自然□
便，好道者讀之，不忍釋手也。"得愚蓋道德之儒，少□才名，學通
今古，先從沈子求如得理學之正傳，後從天童諸尊宿參究禪宗，
晚年入鼓山爲靈禪師之室，深明儒釋一貫之旨。余故樂與談道
論文，特以誠心二字相許。惜乎盤桓未久，匆匆話別，未及爲余
加删定之工也。余家自先大父侍講少微公力主三教合一之説，
先文貞、先職方咸能格遵過庭之訓，爲法門外護。先侍講公喜爲
古文詞，而不肯拘拘步趨唐宋八家，喜爲詩，亦不苦學三唐諸家，
世稱虞山許氏之學，自成一家之言。先□父嘗語先父輩曰：經
史，文之祖也。而古來群經，各自成一書，即《史》《漢》諸家亦各
不相師。總之，爲文之道，不出《魯論》所謂"辭達而已"矣。《三
百篇》詩之祖也，十五《國風》及二《雅》、三《頌》亦各自成篇，未
必互相模擬。總之，爲師（按，應爲"詩"）之法，不出《書》所謂
"詩言志"而已矣。今吾輩之爲文爲詩，不過稱述往聖，以開導來
學，務在明學術、正人心，令人讀之誦之，實有益於身心，斯爲不
虛傳於世間耳。何必效學故人之口吻，以爲專門名家哉？蓋侍
講公之家訓如此，余小子總角而習聞之者也。稍長，因表兄馮定
遠、陶鉏園而遊於牧齋錢夫子之門，略聞先輩之緒論，而未能得
□文學之真傳。迨從先師木陳老人出家，惟懼其父□新而其子
弗克負荷，每爲之戰戰兢兢。老人雅思淵才，卓然爲一代文中之
王，有《布水臺》久行於世，晚年又自定爲《百城集》。其爲文尚
不步趨明教、寂音，而何暇模擬唐宋八大家？嗟乎！老人洵可稱

良弓良冶，小子之學爲箕爲裘也，能不栗栗危懼乎？今黄之有是集也，蓋以贊歎佛法、僧寶之心，少報母氏劬勞教育之德，無論長篇短章，皆鄭重載筆，言我所欲言，但以誠心撰述，必不敢造綺語之罪耳。若云繼述先人，則我豈敢哉？黄也行年□十有四，梵行未成，所作未辦。老冉冉其將至，去日既多，來日甚少，此生虚度。我憂傷行，將杜絶筆墨而專事修持。乃思古人有言“言之無文，行而不遠”，自知□集之潦草粗率，必不傳也，欲盡付之一□，而乾行元則學焉。元志、東白、元杲輩固止之，且曰：若付之一炬，其如贊歎初願何？於是二三子再拜稽首，請自删而存之，凡若干卷。“鏡餘堂”者，昔年參見元白老人於金陵，普濟老人特爲名我著述之廬，謂不可忘宗鏡之餘願也。“餘學集”者，黄意重在求道而造乎道，修德進乎德，但以餘力學文可也。因從二三子之請，不焚此稿，略爲删定，遂自述鄙人□□志如此。

是書前有總録，題曰“鏡餘堂餘學集”。卷一收贊 100 則、歌 17 章；卷二收碑 17 篇、塔銘 7 篇（1 篇未刊）；卷三收墓志銘 7 篇、誄 3 篇；卷四收銘 34 篇；卷五之卷六收序 32 篇；卷七收記 14 篇、辯 1 篇、議 1 篇；卷八收傳 4 篇、時事 2 則；卷九收行狀 3 篇；卷一〇收啓、狀、書 44 篇；卷一一收祭文 10 篇、雜文 22 篇；卷一二收説 7 篇、疏 5 篇、引 2 篇、書後 31 篇。

本黄長於史筆，除張立廉所列“禪門世譜”“法行傳”“法檀録”諸篇，裨益於禪史外，所載其親炙者如費隱通容、牧雲通門、木陳道忞等人事迹甚詳，藉此可觀當時叢林之生態。集中所見當世名人甚多，例如《受寶巖寺請謝牧齋錢宗伯狀》，因牧齋請其住持虞山寶巖寺而作，《與丹霞澹歸和尚書（己未秋時丹寓吳門壽聖寺）》作於澹歸康熙十八年（1679）返江南之時。集中還有《管東溟先生傳》，備載管志道生平；《顧涇陽涇凡兩先生合傳》《高景逸先生傳》則記東林顧憲成、

顧允成、高攀龍等人生平事迹,皆爲稀見之材料。本黄雖矢志奉佛,
然其世家業儒,代有忠貞耿直之士。其祖父許弘綱,字張之,號少微,
官至南京兵部尚書,因抨擊魏閹而罹禍,故本黄所載管志道、顧憲成
等人事迹,寓旨甚明。集中卷八又收有"時實"二則,《書二黄説偈死
難事》載黄端伯、黄毓祺英勇就義之事。本黄遭逢鼎革滄桑,復有忠
義之家風,故每攄憤慨於胸臆,見諸文字之表。本黄詩歌不多,蓋因
其不喜作詩之故。其《不作詩説》云:"詩之道難言矣。余生而無才,
長而不知所以學,故不敢作詩。然余之所以誓不作詩者有三説焉:戒
歌詠,遵佛制,一也;杜雜念,究法要,二也;省應酬,崇僧品,三也。蓋
余之捨儒歸釋也,將覃精於戒、定、慧三無漏學,以自利利生,若工意
□以博聲名,非吾志也。夫詩以言志,違吾志而作詩,則何如不作之
爲愈也。"故其筆墨多用於論説、記事。《書寒山詩後》論宋刻本之謬
反有不如坊本之可信,亦言之鑿鑿,頗令人信服。

《東皋全集》二卷,釋心越撰

　　心越(1639—1695),法名興儔,心越其字也。初名兆隱,別號東
皋,俗姓蔣,名尚部,婺郡蒲陽(今浙江金華)人。八歲投吳門報恩寺,
禮族叔蘭石智靈剃髮受具,十三歲遊江浙間,謁覺浪道盛,晨夕參究。
康熙七年(1668),登皋亭山,謁覺浪道盛法嗣闊堂大文,獲其大法,爲
曹洞宗第三十五代傳人。旋住西湖永福寺,道譽日盛。康熙十五年
(1676)秋乘槎東渡,携琴五張,琴譜五部,抵長崎。歷住長崎興福寺、
水户岱宗山天德寺,應水户藩王德川光圀迎請,住持新建壽昌山祇園
寺。元禄八年(1695)九月示寂。心越旅居日本長達十九年,論者以
爲"法悦廣被,頌聲洋溢,唐鑒真上人東渡以來,莫如師者",被譽爲日
本佛教曹洞宗壽昌派開山祖師。心越能詩善畫,工篆刻,精於撫琴。
著有《東皋全集》《東皋琴譜》《和文注琴譜》等存世。日僧斧山迂衲

撰《東皋心越禪師傳》，又有《東皋心越全集》後所附《東皋心越禪師年譜》。

《東皋全集》二卷，二冊，日本明治四十四年（1911）東京一喝社排印本。藏於日本國會圖書館。此本分"乾""坤"二卷，即上、下二卷。封頁題"東皋全集"/"乾"。卷端題"東皋全集"/"祇園寺現董斧山編"。半頁 12 行，行 28 字，無格，四周雙邊，白口，上魚尾，版心鐫書名、卷次、頁碼。上卷正文前有心越自畫像、自贊、手書《曼陀羅關記》《光國公禪師入院之賀章》，明治四十四年一月編者《例言》，斧山迁衲撰《東皋心越禪師傳》。下卷正文前有心越繪《散尊之三幅對》《三聖之三教辨》圖，篆刻"大明方外一人等""敕賜備兼文絕代名士""源光圀""子罍子"等。下卷末附有《心越禪師略年譜》何禮之氏《跋》。

何禮之氏跋曰："古來以功業顯世者，必有方外師友，蓋欲因以折伏驕盈之氣，涵養寬容之器局也。如元耶律楚材之輔佐太祖，樹立一大帝國，有負於萬松老人者居多焉。我水府義公之於心越禪師，亦非其類歟？觀其執弟子禮，嗣師宗派，展墓哀悼之詩，平素崇信之厚，可知已。禪師生於明季禪風極弊之秋，卓然單提洞上正令，一葦東渡以來，擊節永平妙唱。禪梵之餘，遊戲翰墨，毫端蕙露，靜聽有聲，可謂真得個中三昧也耶！今兹現董祇園斧山和尚編輯禪師遺稿，囑予跋之。予夙欽義公之功業，而慕禪師之道風，乃染筆續貂應之。維時明治辛亥佛涅槃日，菩薩戒弟子赴溪七十二老人迁禮拜撰。"《東皋全集》乃由淺野斧山編輯而成。卷上、卷下末皆有牌記"明治四十四年六月印行""編纂者淺野斧山"。

《東皋全集》卷上（乾集）分"宗脉""宗綱""偈""題贊"四部分。"宗脉"收文四篇《宗派論略並法系》《壽昌派分派一覽》《印心紀（嗣書）》《日本由兩宗明辨》；"宗綱"則收《壽昌略清規》《十牛圖頌》等八篇；"偈"分"東明詩偈集""拾遺詩偈集"，前者下注曰"長崎東明山興福寺住中”，約 380 首，後者約 160 首；“題贊”則收佛祖贊、散聖贊、自贊等，近 70 首。卷下坤集，分銘跋 9 篇、雜著 8 篇、尺牘 19 通，附有二十二位禪師與心越尺牘若干通，琴譜四種及人鶴見三等問琴詩若干首，心越以日語所撰歌俳十餘首。書後附録《東皋吳雲禪師偈頌集》《月坡道印禪師偈頌集》《西山觀之居士詩偈集》《日本壽昌派祇園寺沿革一斑》《祇園寺舊地中全圖》《寶物一覽表》，别録《壽昌清規》《關帝之畫像》《覺世真經》等。

心越著作，後人又輯有數種。民國三十三年（1944），荷蘭高羅佩（R·H·VanGulik）編有《明末義僧東皋禪師集刊》五卷，由重慶商務印書館出版。高羅佩自稱，曾及見心越詩集的兩種鈔本：一爲水户彰考館藏《東皋集》六册，其中二册爲心越手稿，四册爲祇園寺某僧所鈔；一爲水户祇園寺藏《東皋心越大禪師雜詠》一册，爲比丘德峰所鈔。然高羅佩所編《集刊》，要在自家所撰心越傳及年譜，心越詩文只作附録。1994 年，陳智超輯有《旅日高僧東皋心越詩文集》，由中國社會科學出版社出版。陳智超曾多次至祇園寺考察，又得日人杉村英治襄助，輯録、校勘了大量心越詩文。2006 年，浙江浦江縣政協文史資料委員會編有《東皋心越全集》，在數種輯著基礎上，收有大量心越詩文、書信及傳記交遊資料，釐爲十五卷，最爲全備。

論者多以爲心越赴日，乃向德川幕府乞師復明。集中作於康熙十五年（1676）之長詩《東渡述志》似隱約透露其志：“彼人被榮耀，職授大總戎。不負男兒志，爲國當盡忠。”然其亦深知此事實“不可爲”：“衆人頻涙流，無計可勘籌。身命總虛空，者事向誰謀。”心越至日後，極少言及東南義事，每以孤臣自居，抒寫去國離鄉之愁。《讀蘇武傳》云：“持節歸來十九年，也曾嚙雪與餐氈。孤臣心固如金石，不枉漢庭有大賢。”實自況也。《思月寫懷》云：“獨座幽窗待月明，原何幾度不相親。圓缺一般曾普照，覆盆之下理難伸。萬國此時俱朗徹，九州今夜色偏新。只恐更遭雲覆蔽，愁添寂寞可憐人。”《送客回

唐》:"閒庭拭目看孤帆,倐爾如飛過萬山。無限離情俱隔斷,望餘兩
眼淚潸潸。"心越博學多才,書、畫、琴、印皆稱絕藝,其靈心妙韻與禪
魂詩魄融合無間,故其詩頗得摩詰精髓。高羅佩稱云:"初誦之,似感
拙樸;再誦之,則綿密淵冲,如葩開暖;熟誦之,則引人入勝,豁然得其
幽韻矣。"此爲識者之論。

《拾遺編初刻》一卷,釋圓微撰

　　圓微,字介庵,號白水子,康熙間慈溪白水僧。生平不詳。有《拾
遺編》一卷存世。

　　《拾遺編》一卷,康熙五十九年(1720)刻本,見存於國家圖書館,
《清代詩文集珍本叢刊》第 213 册據之影印。卷端題"拾遺編"/"白
水釋圓微介庵著"。半頁 9 行,行 18 字,白口,四周雙邊,單魚尾,版
心鐫"拾遺編""初刻"及頁碼。正文前有康熙五十九年庚子樊琳序
及康熙五十七年戊戌(1718)圓微自序。樊琳序稱:"歲癸巳,余奉命
蒞慈。初下車,即謁同袍羅芥圃,見齋頭有'裁詩猶帶雲湖雪,酌酒還
生白水春'之句,清真嫺雅,無時俗風味,首肯者久之。芥圃曰:'公第
見其作也,他日如見其人,吾知相賞必更有甚焉者矣。'後以公事抵寺
者再,每與語,見其機致圓敏,丰裁雅飾,戒行卓然,詩固可稱,其爲人
抑非時下方外所及。余拙性頗傲,今見介庵上人而不能不爲之心折
者,誠有如芥公所云也。昔韓退之與僧大顛遊,稱其知書識道理,余
雖不敢仿佛文公,而上人則今之大顛也。"樊琳,字林玉,號月山,河南
河内人。康熙四十五年(1706)進士,五十二年癸巳(1713)秋來宰慈
溪。圓微自序曰:

　　　《拾遺編》者,白水子丙申以前所作詩也。白水子留心平仄,
　　每見山光樹色,月吐花舒,機之所觸,興之所至,信口謳吟,絕不

著意留稿。歲癸巳，鄭子南溪過山，唱和浹旬。討論之暇，且索從前所作，惘無以對。乃曰："詩固性情之語，更關學問、精神之考驗，不拘工拙，當彙集之。"因追録舊章，十不得一，譬之天風地籟，隨響隨滅耳。年前六月，遭先師祖大變，枯坐山齋，忽忽無聊，整理先師遺篋，不料得長短律詩若干首，批摘井然，瑕瑜莫掩。嗚呼！師墓草已兩垂，一旦出孫詩於篋中，留連反復，能不戚然於衷而潛然流涕乎？含哀編次，名之曰"拾遺"。若夫傳世行遠，古之雄篇傑構、冰澌霧散者未易更僕數，況區區下里之句哉？但念經先師手筆，情難磨滅，灾之梨木，已質知者。戊戌夏六月，白水自序。

《拾遺編》收圓微康熙五十五年（1716）前所作之詩，僅 67 首，乃其從先師祖遺篋中偶然檢出。此本間有評點，如第一首《湖上》末評曰："著句穩。"《乙未水灾》末評曰："語帶悲憫，似欲普度世上，但須心口相應，許稱入室弟子。"蓋爲其先師所評。

　　圓微詩多寫景懷人之作，格調清雅，時見遠韻。摘句如"無聲壓竹重，有意作梅飄"（《詠雪》）、"月到梅花風到竹，此中身前自家知"（《漫成》）、"足底流泉分去路，眉邊積翠記來時"（《留別天童和上》）等等，蓋其人性情淡雅、兀自孤高之故也。《自題梅林抱膝小影》中有"氣與梅俱清，心與梅俱冷。春風寒巖下，聊爾相馳騁"諸句，即其夫子自道也。

《寶倫集》六卷，釋超格撰

　　超格（1639—1708），字夢庵，俗姓丁。蕪湖（今屬安徽）人。生性穎異，九歲能吟詠，長攻帖括，有聲庠序間，然非其志也。獨好內典，喜趺坐。初謁梅生，聞萬法歸一語有省，欲出家，以親在不果。年二十八,始投金陵清凉寺劍門落髮,秉戒於寶華山見月禪師。歷諸名勝,偶登廬山五老峰,豁然悟徹,有"踏破虛空作兩邊"之語。後參禹門天笠禪師,獲其大法。歷主嘉善東禪、慈雲、武林南澗、清波,最後主京師柏林寺。康熙戊子(1708)六月二日坐化,世壽七十,僧臘四十二。著有《五會録》《寶倫集》,生平略見《新續高僧傳四集》卷二四。

　　《寶倫集》六卷,一册,雍正十年(1732)刻本,見存於上海圖書館。開本高 26.1 釐米,寬 17.7 釐米;版高 19.6 釐米,寬 14.7 釐米。卷端題"寶倫集"/"沙門蕉湖超格夢庵撰"。半頁 10 行,行 20 字,白口,四周雙邊,單魚尾,版心鎸"寶倫集"、卷次、篇名、頁碼。書前無序。書後有超格門人明鼎跋,其曰:"學必溥,見必深,意必遠,則世間道、出世間法,曷有漏□哉? 吾師蕉湖名族,幼而庠序,學至遊泮,孔孟之言,罕無過目。脱有出塵之志,頓徹宗猷,掀翻竺典。弘法利生之暇,續有《寶倫集》上、下卷,包羅一切,大有補於世矣。今壽梨棗,公諸天下,回風易俗,乃千載知識一片慈心,而功不朽也。鼎忝屬門墙,愧繼芳躅,焉敢炫揚己見,庶不負父作子述之大典也。雍正十年歲次壬子佛誕日,柏林嗣法門人明鼎敬跋。"明鼎(1680—1751),字調梅,號粟庵,晚號恬退翁,俗姓馮,黄梅人,著有《符夢堂集》一卷。此跋版式、字體與正文均不同,或後所鈔録。目録中卷六末原有《夢庵禪師塔銘》,亦未見,此本或非全帙。

　　此本六卷,卷一至卷四分論出世三寶,即佛寶、法寶、僧寶,其中《僧寶論》又釐爲過去僧寶、現在僧寶、未來僧寶分論之,尤有價值。又有《佛祖正傳傳略》分"竺乾篇""震旦篇",所列天童圓悟下三世師承源流,極爲精詳,可資禪史考證。卷五爲"世間五倫",縱論君臣、父子、夫婦、昆弟、朋友學佛之要,弘深精當,頗切中肯綮。超格應世以誠,稱性説法,眼識甚高,頗爲時人所推重。卷六附"同事攝文集",所收爲超格與信士書札及他人著作題跋。《讀楚辭聽直後書》尤可關注。《楚辭聽直》乃明人黄文焕撰述,超格借此書,於《楚辭》史上之重要問題，闡發一己之見。據柯愈春《清人詩文集總目提要》，超格另有《同事攝詩集》不分卷，藏於首都圖書館。

《柴村詩集》五卷，釋傳退撰

　　傳退，字介旭，號柴村，生卒年不詳。俗姓孫，荆溪（今江蘇宜興）人。工詩畫，著有《柴村詩集》存世。生平未見碑傳。《江蘇詩徵》卷一七九有其小傳。

　　據《柴村詩集》“鍾山草”“西堂草”卷首小序，傳退於順治十四年（1657）秉具華山，十六年發軔鍾山。康熙十二年（1673）冬至淮袁江檀度寺，參弘依南庵得法。十三年夏四月佐湖心，復佐金陵石頭，任西堂職。後歷主湛真、棲蘆，遊歷閩粵，三十年歸隱金陵西華山響鈴庵，終老於此。

　　《柴村詩集》五卷，一册，民國十年（1921）補刊本，見存南京圖書館。《清代詩文集彙編》第 25 册據之影印。開本高 26.2 釐米，寬 15 釐米；版高 17.3 釐米，寬 13.5 釐米。扉頁題“辛酉嘉平”/“柴村詩鈔”/“王鴻翔呵凍署”。各卷卷端題“柴村詩集”/“荆溪沙門傳退介旭著”/“門人燈岱岳宗編輯”。半頁 10 行，每行 19 字，左右雙邊，黑口，單魚尾，版心題“柴村詩集”及各卷數。正文前有民國十一年范文慧《重印柴村詩集緣起》及程萬榮序。程序題爲“原序”，版心下署“辛酉補刊”，蓋爲原刻本序，民國本補入。序曰：

　　　　自初祖一葦東渡，而法教蕃衍，拈花擊竹，代有名宿，以振起
　　宗風，提携後學。稽之載籍，莫可計數。柴翁和尚，岳公得法本
　　師也，闡第一義，演最上乘，天人宗之，衲子歸之。初，發軔鍾山，
　　繼參睡老人於淮北之湖心、檀度、石頭，往來江淮間，師皆佐之。
　　最後開堂於閩之浦城邑，有天心、開教兩刹，住十餘年，津梁少

倦，歸掃睡老人塔，爲終焉之計。所至輒爲詩歌，詞旨澹遠，有《三百篇》遺響，藝苑無不心折。師殆了悟三乘，頭頭是道者矣。或云：禪不落文字。然文字何礙於禪？果其深於禪，必有得於詩，作止語默，無非禪也；果其深於詩，必有得於禪，山水清音皆詩也，而皆禪也。吾於柴翁得之矣。比年示寂，建塔西華。岳公亦出世於湛真，追溯昔緣，情不能已，結集語録若干卷行世。邇復裒羅《鍾山》《西堂》《閩粵遊草》《歸老》《晚香》諸什，授之梨棗，以傳後世，於以見岳公繾綣師門，不忘授受。師固千古人傑，而岳公亦並垂不朽矣。因漫題數語，以弁簡端云。黄海法弟程萬榮拜撰。

岳宗，即燈岱（1667—1724後），俗姓姚，著有《妙葉堂詩鈔》二卷存世。燈岱乃傳遐主席湛真之傳法弟子，《柴村詩集》有《午日舟中漫成示岳宗書記》一詩。傳遐圓寂西華山後，岳宗將師語録、詩稿裒輯付梓。此蓋爲《柴村詩集》之初刻，存於湛真寺。《語録》若干卷，今未見。詩集經年漫漶，直至民國十年（1921），方由冒廣生主持重刊。范文慧序曰：

柴公諱傳遐，字介旭，柴村其別號也。爲本寺中興祖師南庵老人之名弟子，工詩善畫，卓爾不群。嘗佐老人任本寺西堂職，井井有條理。旋乃遷主同宗之湛真寺，後復歷遊閩粵，已而歸隱於金陵西華山之響鈴庵，遂終老焉。歲辛酉，如皋冒公疚齋來權淮榷，耳其名，過從相晤，每以其所著詩草存板，殷殷向余詢所在，余茫然。蓋余壯歲逃禪，久參焦麓，到此憾遲，於前賢故事初乏考據也。一日偕遊湛真寺，偶得之於其藏書樓，乃相與狂喜不□，惟惜中多殘損，已非完璧耳。冒公固今之詩文大家，豪邁而深於情者，睹之觸目生情，若有無窮感慨，深慮板棄於此，徒供蠹食，久必消滅，因諄屬移歸湖心，從事修整而珍藏之。余維兩寺本同一系，後人對於前人遺迹，義當盡所以保存愛重之責，期垂不朽，自無畛域可分，又奚敢辭！爰商彼寺今主席達邦和尚，亦樂交付，遂檢取而歸，污者滌之，缺者補之，半年蕆役。雖然，微冒公，則板之與詩或將盡滅其迹，即不爾，亦終化爲冷烟矣。儒家有言，得一知己可以無恨，如冒公者，其非我柴公百數十年後之真知己哉？余既欽冒公之賢，而又厚爲柴公幸也。詩凡五卷，首“鍾山草”，次“西堂草”，次“閩遊草”，又次“嶺南草”“晚香草”，皆其門人岳宗和尚所編。今特重爲付印，藉廣流傳，謹書其緣起如此。壬戌仲春范文慧之甫識於湖心丈室。

此序作於民國十一年（1922），述《柴村詩集》重刻緣起。“如皋冒公”，即冒廣生（1873—1959），字鶴亭，號疚齋，江蘇如皋人。平生喜刻書，尤以詩文集爲專，有《如皋冒氏叢書》《永嘉詩人祠堂叢刻》《楚州叢書》等。工詩詞，有《小三吾亭詞》。《柴村詩集》乃冒氏發其板於湖心，檢其詩於湛真，故得重刊。

是集五卷，依時地編次，分爲卷一“鍾山草”75首、卷二“西堂草”102首、卷三“閩遊草”58首、卷四“嶺南草”71首、卷五“晚香草”47首，凡353首。傳遘一生參遊吳、越、閩、粵等地，凡觸興有感，皆拈筆成詩，集中多行旅紀遊、題贈懷人之作。酬贈之人，如杜于皇、張南邨等，均一時名士也。卷一《同杜于皇張南邨和陳緑崖大參韻送魏惟度吳星若結夏西湖》云：“烟開吳苑秀，雨過越山蒼。好友同題詠，能無寄一章。”蓋傳遘依鍾山、遊吳越之時，與杜、張訂交，同題賦詠，引爲同好。集中同門僧衆酬和，亦不在少數，如《侍睡翁老人夜坐同天紹御天限春字》《雨阻洪福靈焰和尚方丈夜話同玉巖天根雪濤雪莊諸大師作》等。睡翁老人，即傳遘業師，名弘依，字南庵，晚號睡翁，明亡出家，嗣法曹洞宗，歷主金陵攝山寺、楚州湖心寺等，亦能詩，故門下弟子拈題分韻，頗好詩事。

《芋香詩鈔》四卷附《贈言》一卷，釋宗渭撰

宗渭，字筠士，號紺池、華亭船子，俗姓周。婁東（今江蘇太倉）人。生卒年不詳。披緇於峰泖間，性愛竹，所棲禪寺多種修篁，日把卷吟誦，賢士大夫咸以《修竹篇》贈之。得法於康山，見叢林雜遝，恥與燕雀爭響，乃慕古尊宿垂絲千尺，自稱華亭船子。嘗遍訪林和靖墓、許玄度蕭然石、嚴陵祠、王右軍蘭亭等遺迹。吳興祚督撫八閩，欲招其主禪席，竟流連山水，飽瞰荔枝而歸。返吳下，構茅屋三楹，顏曰“芋香”，息交絕遊。著有《芋香詩鈔》存世。生平見宋實穎所撰《華亭船子傳》。

《芋香詩鈔》四卷附《贈言》一卷，康熙四十三年（1704）刻本。見存於中國科學院圖書館、上海圖書館，《四庫未收書輯刊》第 8 輯第 23 冊據中科院本影印。開本高 26.1 釐米，寬 17 釐米；版高 17.3 釐米，寬 12.8 釐米。鈐有“挹翠”“挹翠山莊”等印。扉頁題“華亭船子紺池著”／“芋香詩鈔”／“霞外藏板”。卷端題“香芋詩鈔”／“華亭船子宗渭紺池撰”。半頁 10 行，行 19 字，單魚尾，四周單邊，白口，版心鐫書名、卷數、頁碼。正文前有康熙四十三年宋實穎撰《華亭船子傳》，其稱：“公著作等身，不欲炫世，生平未嘗乞玄晏序。每謂聲詩一道，精詣實難，此中得失，我自知之。身既隱矣，焉用文爲，古人獲我心也。其及門請之不已，採十之三以付梓焉。”次爲康熙十四年（1675）計東題照。次爲王時敏畫、宗渭自題、丁世武寫《華亭船子圖》，畫一僧垂絲江上，蘆花霜月，清波漾漾，清冷孤絕。又次爲錢芳標、鶴棲八十四老人題贊。又次爲鄭簹所畫《芋香》，一僧披緇擁爐，撥火煨芋，四境白雪茫茫，惟一野鶴，悠然自在。又列有吳偉業、宋琬、周亮公、陳肇曾、施閏章、曹爾堪、吳興祚、丁澎、陳維崧、張彥之、董含、曹溶、王棪、吳之振、尤侗、彭定求、王頊齡、陳菁等人題詞，或譽其超逸之格，或贊其詩藝。是書共收宗渭詩 380 餘題。

　　所附《芋香贈言》一卷,卷端題"華亭船子宗渭紺池編"。正文前有宗渭自序曰:"蓮社往還,竹林酬倡,體非一制,人有多篇。三十年間,何啻數百首。中間雪笠雲蹤,復無長物,清詞雋句,散失居多。甲申清和,病起無聊,偶檢敝簏中名賢贈什,尚存十有二三,因薈萃成編,付之梨棗,留爲他日世外佳話云。"此篇實宗渭親手編定時賢與其酬贈之詩文。又附有《香嚴倡和》,據宗渭題識稱:"戊寅穀雨後三日,大中丞綿津公過香嚴看菜花,即席留贈二律,一時名賢和章斐然,彙萃成集,爲山門帶鎮云。""戊寅"爲康熙三十七年(1698),"綿津公"即宋犖,字牧仲,號漫堂、西陂,河南商丘人。牧仲康熙三十一年(1692)擢江蘇巡撫,清廉剛正,賑荒撫民,極有政聲,其題贈詩曰《過香嚴寺看菜花留贈紺池道人》。和詩者則有尤侗、宋實穎、褚篆、顧汧、孫暘、彭定求、潘耒、馮勗、尤珍、朱端、高不騫、顧嗣立、汪立名、宋至、施何牧、陸祖修、沈受宏、宋志益、黄庭、釋大宗二十名賢。是編除輯録和者姓名、詩作外,復以小字雙行,注明其字號、籍貫,頗具考證、輯佚價值。

　　宗渭高蹈絶俗,似閒雲野鶴,迹無所蹤,神駿若支道林,高逸似船子德誠。其《自題華亭船子小影》云:"月白江寒放眼足,釣竿常傍蘆花宿。有人問我是何人,自西自東自南北。"其自號華亭船子,實慕船子德誠之高風。然所交甚廣,集中所録諸家題辭、贈言、唱和之詩,皆出吟壇宗匠之手。如吳梅村稱:"讀筠上人詩,詞采泉湧,藻艷雲披,絶無繁促之音,妙協宮商之度,以此名世,洵可奪幟騷壇,豈止稱雄禪窟已哉!"宋琬云:"其詩絶去塵埃,超然物表,今其所詣,已在清江、齊己之間。"尤侗稱其詩:"新聲逸韻,濯濯出塵,以詩品目之,則亦其澹如菊也,我當以賈島佛稱之矣。"今觀其詩,風骨俊秀,調清格整,灑然有出塵之想。如"遠寺秋鐘天外落,虛空畫檻鏡中明"(《遊東園呈王烟客太常》)、"烟波渺渺正高秋,白雁黄蘆水面浮。七十二峰青不斷,一聲鐵笛起漁舟"(《出太湖》)、"古堞飢鳥寒背日,半江秋水冷侵衣"(《登丹鳳樓》)、"野梅涵水口,漁火逗烟青"(《橫塘夜泊》)、"梅泓冷香深雪裏，燈昏孤烟亂雲邊"（《甲乙歲交》）、"懶挑煨芋火，不飲出山泉"（《止慕棲庵》），朗然可誦，清可移人。沈德潛《清詩別裁集》選宗渭詩九首，頗稱賞《重過海印庵》中頷聯"鳥背斜陽微帶雨，寺門衰柳漸迎秋"，以爲"鳥背一層，斜陽在鳥背一層；微帶雨又一層；七字中寫出三層，渾然無迹"。集中有《過董倉水業師看雲草廬》，倉水，即董含，字閬石，倉水其字也，松江華亭人，明諸生，明亡後，避兵戎馬間，順治十八年（1661）中殿試二甲第二名。既稱其爲業師，則宗渭亦由儒而釋者。集中除"碧雲"之思外，時露興亡之嘆，如《歸雲間即事》云："滿目干戈半庭月，明朝惟有淚沾衣。"故宋實穎爲其作傳曰："我知公之所得者深，所寄者遠也，其釋氏之遺民歟？"

　　《芊香詩鈔》所收宗渭社集或與人唱和之作，多附錄唱和者原詩，頗具有輯佚、校勘價值。例如《梁溪旅次潘次耕先生以長句見投依韻答之》後所附潘耒原作，未見於潘氏《遂初堂詩集》；《從曹秋岳司農鐵舟將過黃葉村莊猥蒙賦詩言別屬寄孟舉吳中翰漫次原韻》所附曹溶原作，亦未見其《靜惕堂集》，另附尤侗、陳維崧、余懷等人詩作，亦可珍視。要之，《芊香詩鈔》一集，不惟其詩可讀、其人可慕，亦可補闕輯佚，觀清初江南詩壇之勝概。

《雲聲詩集》不分卷、《冰壑子雲聲二集》不分卷，釋本元撰

　　本元，字冰壑，號冷翁，湖廣武陵人。康熙二年（1663）秋入滇①，建昆明縣香海庵。工行草，著有《冰壑子雲聲集》行世。生平略見

①《雲聲詩集·次答友見寄（有序）》中有"予雖方外，聞先生之名久矣。癸卯秋至滇"云云。"癸卯"爲康熙二年（1663）。此詩前又有《寒食客維揚作次韻》，中有"春光五十客中殘，寒食愁逢邦水邊"句，則其入滇蓋五十前後。

《滇南詩略》。

《雲聲詩集》不分卷，稿本，見存雲南圖書館。開本高 31.3 釐米，寬 20.2 釐米。正文前有趙藩題識：“釋冰壑《雲聲二集》稿本，其刊行本用分體編定，詩則無所删也。石禪老人識。”半頁 8 行，行 20 字，無格，前後俱有缺頁。

《冰壑子雲聲二集》，不分卷，康熙刻本，見存雲南圖書館。開本高 32.1 釐米，寬 20.3 釐米；版高 17.2 釐米，寬 12.3 釐米。卷端題“冰壑子雲聲二集”/“浙西顧珵美輝六選”。目録卷有格，正文無格，半頁 7 行，行 18 字，白口，四周雙邊，版心鎸“雲聲二集”及頁碼。内有墨筆圈點、眉批。正文前有庚午九穀題識：“冰壑詩出宋九僧，苦澀味永，自是作手。惜性靈是恃，不肯通篇注意，佳句多而完篇少。又與瀋陽諸公往還甚殷，雪□亦與之友，滇僧之詩雄也。選録數十，以俟公酌。庚午九穀。”後鈐有“九穀”之印。又有滇南吳自甫序，末有繆有廉《雲聲二集後跋》。

繆有廉跋曰：“予向讀冰翁《雲聲詩集》，知其久爲海内所稱最，每心折之。今再讀《二集》，益信原泉之水，應用靡窮，誠如玉噴珠圓，盈千累萬，江海流注，蓋有所自來焉。昔人論詩，言自性情發露，情景逼真，不相假借。予因思古今之以詩鳴者，不知凡幾，能各成一家，豈性情之别有異耶？然在性情無異，而所以應用之靈妙，自有異耳。至若冰翁之詩，蓋從慧性中流出，故横非道竪，總不尤人，非僅得之天真，更得之參悟，即性宗尚自了然，而況此筆墨之靈妙，不又遊戲之餘事哉？盤中寶珠，光華輝映，通明透徹，圓轉無停，於冰翁詩得之矣。予久聆性旨，兼領卮言，遂不自揣迂疏，敬爲之跋。時康熙辛未夏月上浣日，昆明後學繆有廉撰並書。”

趙藩稱《雲聲詩集》爲《二集》之稿本，“詩則無所删也”。然比較二本，或非如此。今人曾慶雨云：“除有字句的增改、錯漏、脱誤之外，詩作也有少量的增删。如在《詩稿》中以《宮詞》《宮怨》《子夜歌》

《再嫁行》等爲題的詩作,在二集中没有收入,但增加了如《漁父詞》《樵父詞》等作品。從編排體例看,《詩稿》似乎是按寫作時間的先後順序排列,《二集》則以詩的體例編排,有五古、七古、五絕、七絕、五律、七律等。"①故頗疑《雲聲詩集》非爲《二集》之稿本。若前者爲後者之稿本,則後集焉可稱爲"二集"歟?是集有總目,大抵按詩體編排,收五古 13 首、七古 2 首、五律 58 首、七律 59 首、五絕 27 首、七絕 46 首,凡 205 首。

本元之詩,以描寫滇中山水、風物爲主,藉此抒發其對人世、佛禪之感悟,風格清雋。如《秋仲日奉陪學臺克庵吳老先生由昆池泛舟登雄川閣四首》其三云:"水闊疑無岸,高樓喜可躋。耳空天語近,目曠鳥飛低。雲漢驚談嘯,溪山任品題。巍然尊一閣,不與衆峰奇。"極寫昆池闊大與雄川閣之高聳氣勢。本元久寄他鄉,亦常流露出思鄉之情,如七律《感懷》:"久客無端未得還,故山長在夢遊邊。萍飄昌谷九千里,浪别明州十五年。春去秋來歧路日,人情世態雨晴天。相憐獨許昆池月,夜夜携琴對榻眠。"或抒寫禪悟後閒適、幽静心態,如《遊清嶂溪》:"携筇清嶂裏,迥與世塵分。曲徑通深翠,危樓高宿雲。溪幽延古色,泉響發清聞。不具烟霞骨,兹遊未可群。"《閒居雜詠四首》其一:"無心臨枳棘,有分契林泉。萬念空山裏,一枝野水邊。惟餘幽静事,迥絕世塵緣。豈是外世俗,多因性自偏。"本元雖聲名不顯,然其詩可讀者甚多,於清初滇中詩僧堪稱一家。

《松寶詩集》二卷,釋行起撰

行起(1621—1686),字采若,俗姓王,寧都(今屬江西)人。幼即

---

①曾慶雨《雲嶺詩歌方外吟:論冰壑子〈雲聲詩稿〉》,載《雲南民族學院學報》1999 年第 4 期。

出家,師事牧雲通門,爲臨濟宗三十二代法嗣。崇禎十年(1637)建松竇寺於本邑烏華山中。著有《松竇詩集》行世。生平傳記有楊長世所撰《行略》、黎士弘所撰《塔銘》,皆附於《松竇詩集》書末①。

柯愈春《清人詩文集總目提要》著録行起著述曰:"所撰《松竇詩集》二卷,乾隆十九年刊本,江西省圖書館藏。乾隆四十六年,江西巡撫郝碩奏繳書目,列'松竇詩集'二本,不知是否原刻。奏中以'語多狂誕,又失於敬抬寫字樣'爲由,將此書入目查禁,誤作者爲行超。"

《松竇詩集》二卷,乾隆十九年(1754)刊本,見存於江西省圖書館,存一册(卷上)。卷端題"松竇詩集"/"瑞金釋行起采若著"/"同學楊以兼惟才甫、謝邦驊先路甫、黎文遠質扶甫、楊枝衍德本甫共訂"/"後學謝邦駿遵路甫手鈔"/"弟子超權、超岸督梓"/"徒孫實智、實濤、顯湛、顯熙、悟增重刊"。半頁10行,行20字,左右雙邊,白口,單魚尾,版心鐫書名、卷數、頁碼。第三三頁下半頁似脱版,爲後人所補。正文前有乾隆十九年甲戌楊于位序:

> 　　群力以裏厥成,今諸上人力任開雕,不資傍助,勤勤焉,懇懇焉,惟思不朽厥祖,不敢少惜勞費。其間節縮經營,力圖成事者,則顯湛上人之力爲多,豈非末法中甚難稀有之事乎? 昔嶺南諸子刻憨山大師《夢遊全集》,虞山錢宗伯聞之,歡喜贊歎,至比之續佛之慧命。今大師之詩,翛然塵表,讀之可以蕩滌俗情,怡悦

①參看李靈年、楊忠主編《清人別集總目》,安徽教育出版社2000年版,第2474頁。筆者所見《松竇詩集》二卷,爲江西省圖書館藏本,然此本後並無《行略》《塔銘》,蓋已散佚。《清人別集總目》謂,行起生年不可考,卒於1689年。柯愈春《清人詩文集總目提要》則以爲行起生於天啓元年(1621),卒於康熙二十四年(1685)。黎士弘《托素齋文集》卷四《瑞金縣松竇采若禪師起公塔銘》稱:"師生明天啓辛酉八月一日,示寂於康熙乙丑十一月十一日子時,世壽六十五,僧臘四十九。"

真性。則是集之行，其裨益於人者甚大。吾是以歡喜贊歎而樂爲之序也。乾隆甲戌季冬月，竟庭楊于位拜撰。

揆文意，此序似有脫頁。據之，則《松寶詩集》當初刊於乾隆甲戌年，由其門人顯湛等籌資刊刻。又黎士弘《松寶詩集序》云：

余友事采公近五十年，曾未敢以詩人位置采公也。采公道行，孤高自古，得法東歸，住松寶窮山，領三四徒衆，火種刀耕，歷三十餘寒暑。有以堂頭方丈目之者，輒面發赤不肯受，況昔賢所謂詩人餘事，而乃與世頡短長、取名當世哉？采公示寂已七年，一二著述，其徒超權、尊經等藏弆唯謹。亡友謝公怡古之子遵路，爲怡古續刻遺詩，念怡古交好，唯采公最密，入松寶抱其稿本以歸，手自編摩，與其兄先路詳訂缺失，竭數月之力始成書，付山中授刻，而先令其徒走百里示余。其間有爲余所舊見者，有余所未見者，又有余與采公同時共作者，回環卒讀，感嘆唏噓。嗟乎！我即不敢位置采公於詩人，而詩人中亦安能不置采公一席也？采公之爲詩也，始於謝怡古，其後乃交余兄弟及蔡子漢右、楊子惟明，而其詩與怡古同作者爲多。壬辰中，余過會昌，曾約怡古、采公爲盤山、漢巖之遊，舟車登眺，間有述作。余率意數行，不深揀擇。怡古性癖苦吟。采公則志趣蕭閒，時或偶厭捉筆，稿成亦不急出示人，人爭賞之，亦無德色，若無意於爲詩也，而詩乃特至。平生所見僧而詩者，接踵林立，若如采公，在古人則吾不知，在今人斷斷乎其未有也。記向者與采公談次，謂我輩爲數行筆塵所累，不則早聞道有年。采公笑曰："絶不如公語。古來尊宿巨德未有不能文字，文字在人，如山有烟霞，春有草木，原各出於性分，大小深淺，不能勉強。且問公此數行筆塵亦曾累公何等事來？"與大笑，不能置對。今爲公檢校編章，聊一叙述燈前之絮話，覺德音未遠，遂爾邈若山河。若先路兄弟繼述其先爾，遂及先人之友，"孝子不匱"之思，更可爲之起敬矣。采公諱行起，原貫江西寧都，嗣法於古南牧老人。皇清康熙乙亥春月，閩長汀同學黎瑰曾士弘拜識。

"乙亥"爲康熙三十四年(1695)，序既云"采公示寂已七年"，則其卒年似在康熙二十八年(1689)。行起生前友人謝怡古之子謝遵路，入松竇山抱其稿本以歸，並竭數月之力，編摩考訂，書付山中授刻，故知此書嘗刻於康熙三十四年。今未見有康熙本傳世。楊長縉《松竇重刻詩集跋》云：

歲癸酉重修《縣志》，余與朱君牧夫襄事採輯。至方外釋氏獨聞松竇采公，戒律精嚴，文辭淵博，輒悚然以生晚不獲瞻仰爲恨。所著詩集原板，昔年爲劫火所焚，未及雒頌，复撫然悼嘆者久之。越明年甲戌，其法嗣曉初等捐資重刻以壽諸世，誠盛舉也。自夏徂冬，凡七閲月，而工始竣。楊竟庭先生序而行之。予讀其詩，見其音節鼉振而鯨鏗，其風格春容而大雅，其意理則真俗二諦互相表裏，蓋三唐之盛響，而宗門之鼓吹也。考《舊志》，予邑自有刹以來，從未有以詩鳴者，有之自采公始。厥後嗣響者，雖不乏人，要皆寥寥不數覯，然後嘆極盛之下難爲繼也。采公當年與閩汀黎大參往來唱酬，又與邑謝怡古、楊延會、德本、惟明諸先正相爲劘切，故其詩益超妙絶倫。昔人論老杜詩，上薄風雅，下該衆美，謂集諸家之大成。至論僧詩則取皎然在唐諸僧之上，若齊己、貫休輩，皆弗及也。予謂近今僧而詩者多矣，要未有能争采公上者，即謂采公集諸僧之成，誰曰不宜？乾隆甲戌冬杪，虚堂楊長縉拜撰。

據此跋可知，《松寶詩集》再刻於乾隆十七年（1752），乃由行起法嗣曉初捐資重刻。又楊以兼《采若和尚詩集跋》曰：

聞釋氏之學從最上乘、具正法眼，一切聲聞小果等之陽焰空花，漠然不以動心，而況形之於言？形之於言，而又爭妍競巧於比偶聲韻之間。昔賢尚稱餘事作詩人，而謂澄心學道者，乃以是爲名乎？杼山有言："驟名之人，萬慮都盡，强留詩道，以樂情性。"蓋由瞥起餘塵未泯，豈有健羨於其間，則深於禪者自不能已於詩也？采大師以古南嫡子，卓錫松寶，丰標孤峻，人有一代龍門之目，非僅以詩鳴也。厭其隱囊遊屐，水宿山棲，信筆點染，天機流露，非有意於詩，却非近世詩人之所能及。此師之詩所以無妨師之禪也。師順世已十年，長汀黎瑰曾先生搜其遺稿，梓以問世。先生與師，蓮社友也。師當年遁迹幽棲，高翔退引，罕得其蹤迹，惟與先生昆季及余同里謝君怡古、家兄惟明諸君子，酬唱於空林落月、雲深蟄静間，人艷稱之，以爲不減東林盛事。最後與先君子及余亦往復有年。至今讀師之詩，回首昔遊，忽忽如昨日，而師杳厭不可作。嗚呼！其可感也已。適園楊以兼拜識。

《松寶詩集》卷上，以體編排，收四言古體 19 首、五古 41 首、七古 13 首、五排 4 首、七排 1 首、五律 129 首，凡 207 首。

行起自稱"平生耽寂寥"（《旅病其二》），所交亦謝怡古、黎士弘等蕭散之士。其所欽佩古德爲高峰原妙，集中有《禮高峰老祖塔》稱："遙想高峰住死關，十七歲時自磨礪。孤標如處萬峰頭，頓使世流知顧忌。"其人性淡志堅，甘苦自持，然處滄桑之際，亦關切世事，悲憫蒼生。集中《己亥志所見》《紀感》《松寶山中伐木行（并序）》諸詩，皆反映明季江南翻覆政局與民生疾苦。若《松寶山中伐木行》，備載甲申鼎革至康熙十三年（1678）之禍亂："甲申神京賊内侵，乙酉兩江旋鼎換。一時伐盡孝陵松,窮鄉下里何足算。戊子錦江賊圍城,生靈此日真塗炭。富家盡室走空山,畫棟雕梁作薪爨。平川荒原山突兀,附郭巒林無一半。"蓋鼎革裂變之際,世無完卵,處帝力外之佛門亦難避兵燹亂離。行起雖遁迹幽棲,高翔遐引,然耳目所及,或殘山剩水,或餓殍相枕,故無不一一筆之於詩,此或即郝碩以爲"語多狂誕"之作耶?

《宙亭詩集》二十八卷,釋紀蔭撰

紀蔭(1644—1710),字湘雨,號宙亭、損園、湘公,俗姓游。徽州人。少通儒術,深得文字三昧。脱白龍溪,出家受業於射州葉庵和尚,旋住持兜率寺。後遊江南諸名刹,遍參釋乘。謁繼起弘儲於靈巖,不契,繼參弘儲弟子卑牧式謙,嗣其大法。弘儲一系爲三峰法藏所傳,道價傾海内,紀蔭承心印,聲譽大起。康熙二十八年(1689),康熙三巡江南,召見行在,所對稱旨,屢詔入都,賜御書、御額、御詩。與勝國諸遺老徐乾學、毛晋、王煐等人遊相唱和,一時有齊己、貫休之目。歷住常州祥符寺、揚州高旻寺等大刹。著有《金剛經注》《宗統編年》《宙亭詩集》《宙亭别録》等。生平略見陸鼎翰撰《宗統編年後序》。

《宙亭詩集》二十八卷,八册,康熙四十七年(1708)校刻本,見存於上海圖書館。另,復旦大學、故宫博物院各藏有一本。開本高26.2釐米,寬17.3釐米;版高18.8釐米,寬14.2釐米。半頁10行,行21字,黑格、白口,左右雙邊,雙魚尾,版心鐫"宙亭詩集"、卷次、各小集名、頁碼。正文前無序。各卷均有小集名,爲其門人校理,並附紀蔭或門人題識。

第一册(含卷一之卷三),上圖藏本因殘損未能借閲。據他本可知,此册收卷一"明白庵草""射州兜率",爲己酉、庚戌、辛亥三年所

作之詩；卷二“鏡清樓草”“吳靈巖”，爲壬子所作之詩；卷三“天山閣
草”，收癸丑、甲寅之詩。

　　第二、三册爲卷四之卷一〇，名“大中堂草”。各卷俱明確編年，
卷四繫“甲寅秋、丁卯”，收詩 89 首；卷五繫“乙卯”，收詩 83 首；卷
六、卷七繫“丙辰”，收詩 113 首；卷八繫“丁巳”，收詩 70 首；卷九繫
“戊午”，收詩 108 首；卷一〇繫“己未”，收詩 110 首。後標“門人秉
岳校録”。

　　第四册爲卷一一之卷一三。卷一一曰“雙松草堂稿”，繫年“庚
申”。卷末有侍者師眉題識：“祥符門徑，窈窕烟蘿，蔽虧人徑，雙松峙
立如龍虎，號龍虎松。許侍御令吳漁山居士繪《雙松圖》以進，時新葺
高風堂成，遂更名雙松草堂。和尚坐卧，多在於此。其年春，以歲儉
分衛白門，與諸公有倡和賡韻諸作。歸來，夏浸稽天，聊藉詠歌以舒
永日，亦多叠和成韻，筆花墨瀋，師眉侍焉。然散華落藻多矣，遂編存
者爲《雙松草堂稿》。澄江侍者師眉謹識。”卷一二曰“南洲倦筆”，繫
年“辛酉”。卷末有秉岳題識：“《南洲倦筆》。和尚將入越，往來毘
陵、姑蘇，周旋道舊之所作也。越州祁、吕諸檀護以大能仁寺虛席，來
請南堂老人。老人欲和尚偕行，和尚將俶裝以送也。殘春初夏，逗留
毘陵，間往吳門，行吟坐詠，雖不廢筆墨，然意興闌珊，頽然倦矣。適
梁溪、新安有以精藍相招，和尚期之，異日因題‘南洲草堂’額，而吟篇
一帙輒題‘南洲倦筆’云。門人秉岳謹識。”卷一三曰“語歐語”，繫年
“辛酉夏”。卷末有我勤題識：“辛酉夏，和尚瓢笠客研山南堂。秋中
隨南堂老人入越，行至武林，老人示寂於沈園巢雲堂。和尚扶龕歸夫
椒，中間留連風月，轆轆烟波，諸所吟詠一編題‘語歐語’，悼師友之
云亡，傷情緒之無告也。供過行者我勤記録。”

　　第五册爲卷一四之卷一七。卷一四曰“九蓮閣草”，繫年“壬
戌”。卷末有秉化題識：“壬戌夏初，天寧期畢，和尚北渡射州，重訊兜
率草堂。秋初，還夫山，經冬有詩一帙，爲參學者行笈負之而去，俟彙

求補之。又有《和中峰梅花韻》《牡丹百詠》，行世已久，兹未登梓，因並識之。記室秉化校理。”卷一五曰“藏雲室草”，繫年“癸亥”。卷一六、卷一七曰“甲子詩稿”，前有紀蔭自識：“入山十載，蘿薜依然。瓶盂屢罄，未能枕石安眠；鷗鷺時親，聊與謳歌擊壤。喜逢太平盛世，欣值甲子上元。詩成口授松風，箋就閒留鳥迹。甲子上元日，宙亭自識。”末署“弟子惲鶴生校閲”。

　　第六册爲卷一八之卷二〇。卷一八曰“萍香草”，繫年“乙丑”“丙寅”。前有師眉記曰：“乙丑、丙寅兩年分衛維楊、秣陵之間，箋什其繁，都散失去，僅存一二，題曰‘萍香’，見波流之餘剩也。侍者師眉記。”卷一九曰“丁卯薄言”“戊辰長語”“己巳殘吟”，末署“澄江記室秉化校理”。卷二〇曰“雪椒松吹”，繫年“庚午”，前有秉密題識曰：“山中之巔曰椒，湖中七十二峰，夫椒次焉，吳越稱兵於此。後峰曰秦履，相傳秦始皇帝東巡登此，俗訛津里。峰之左右，支巒開合，映帶如蓮花，滿山皆松。時當冬春之際，積雪凝寒，皎如頹玉，而松風奏響，有若鼓吹。和尚嘯歌與之相葉，題曰‘雪椒松吹’，識時地也。參學侍者秉密記録。”

　　第七册爲卷二一之卷二四。卷二一曰“宙亭寒籟”，因“丈室西軒，新宇宙亭，秋後微吟，聊名‘寒籟’”。卷二二曰“高梧軒草”，繫年“壬申”。卷二三曰“得一堂隨録”，繫年“癸酉”。前有紀蔭自序：“詩非余所習也，山林偶適，間一微吟寄興而已。今衰病洊侵，褐來城市，大與素心相違，筆墨應酬，誓將捐委。乃宿習未即盡湔，而一二事機之來，復洟涊形之贈答。揆諸風雅，粗屬殊乖，自顧情懷，漸没殆盡，何堪稱詩，詎足齒録？記者掇拾手存之，因名之曰‘隨録’，愧其不成詩，而隨録之也。癸酉春三月朔十日，雨窗泚墨。”卷二四曰“甲戌微吟”。

　　第八册爲卷二五之卷二八。卷二五曰“乘桴吟”，繫年“乙亥”。卷二六曰“冷焰齋稿”，繫年“丙子”。卷二七曰“芋爐檢稿”，繫年“丁丑”。卷二八名曰“盤枚寱言”，繫年“戊寅”，前有清遠題識曰：“木之

獨生曰杕。丈室前有桐,孤高百尺,無依附。和尚每盤桓其下,題曰
'瘖言',矢勿諼也。門人清遠記。"

2021年5月,廣陵詩社出版伍達復整理《宙亭禪師詩集》,據其
書訊介紹,是書以復旦大學藏本爲底本,別録南開大學圖書館藏《宙
亭別録》,並輯有《牡丹百詠》等散佚詩文。然是書尚未見售,筆者無
緣及見。

紀蔭之詩,或親自董理,或門人校理,繫年明確,並自題各小集
名,可見其頗重己詩,真詩文僧也。王熚稱其爲"吳中詩僧之冠"(王
熚《寄湘鄰大師二首》題後小引),又有詩稱:"藤杖挾來自武當,佐將
茶具與詩囊。"《宙亭詩集》收詩二千餘首,然亦僅爲康熙壬戌(1682)
迄戊寅(1698)之詩。紀蔭圓寂後,王熚作《至後七日聞獅林湘公圓
寂感悼書五斷句寄徐堅蕉吉士》,其五曰:"花山法語僧徒録,篋裏新
詩誰爲傳。寄語堅蕉老居士,同心好共輯遺編。"頗慨歎其詩散佚甚
多,故欲與徐駿擬編録之。今觀紀蔭之詩,題材豐富,諸體皆備,長篇
歌行多述事感懷,如《具區山人以詠詩治亂長篇見投率和答》《再寄
青嶼侍御一百韻》《雪夜與煉石頭陀煮茶歌》等,洋洋灑灑,才情橫
肆,若泉流汩汩,不可遏止。小詩題畫絶句、山居閒吟,亦得心應手。
然其所作愈多,愈有務博之嫌。紀蔭爲康熙中高僧,遍交江南達官、
文士,集中唱和之作,可資考文人之行履、交遊。

《偶存軒稿》三卷,釋全拙撰

全拙(1646—?),字等安,號五峰上人,吳人。妙齡祝髮,杯渡雲
遊,初揭雲棲正印,遊餘姚,住法華庵。與黄宗羲遊,梨洲稱之爲"今
之郊島"。晚年結跱五峰之陽。世壽在七十以上。著有《偶存軒集》
存世。生平未見碑傳。倪繼宗《續姚江逸詩》卷一二有其小傳。

《偶存軒稿》三卷,康熙五十九年(1720)鄭性等刻本,見存於中

國科學院圖書館,《四庫未收書輯刊》第 8 輯 29 册據此影印。卷端題
"偶存軒稿"/"釋等安全拙撰"。每半頁 14 行,行 26 字,四周單邊,
雙魚尾,大黑口,版心題書名、卷數、頁碼。正文前有何鉽、黄宗羲、李
曛、鄭性、王有慶、朱衣容、王純緯七篇序。鄭性序云:

> 辛未春,余識安公於南雷座間,南雷謂郊、島復出。同别去,
> 與之舟行數里,中途稱范石湖詩,至蜀山而别。余初謂一詩僧
> 也,忽忽二十年,而安公老矣。己丑秋,邂近桐湖之東,安公自誦
> 其句曰:"半夜開門看月明。"余嘗爲友人述之,友人曰:"此亦無
> 甚佳。"夫半夜月明,其佳何似? 開門而看,其佳何似? 天下人大
> 都耽睡,夫誰則解其佳者? 此種佳處,第可俟人自解,余安能令
> 人解之。别又十載,戊戌春,余將西遊嵩華,安公適見訪,題詩三
> 首,其末句云:"牙如劍樹口如海,嶽色芳鮮大嚼還。"夫嶽色乃供
> 人大嚼之物耶? 正恐友人聞之,又未必不曰"此亦無甚佳耳"。
> 顧安公於月明則半夜開門看之,而於嶽色則屬余大嚼而還。其
> 看後月明何似,安公未嘗爲余告;嚼後嶽色芳鮮何似,余亦未嘗
> 爲安公告。相見之頃,一笑而休。此則安公之所以爲詩也,詩僧
> 云爾哉! 命其稿曰"偶存軒稿"。"偶存"云者,無所於存,而何
> 有於詩乎? 康熙庚子七夕前五日,五嶽遊人鄭性題。

鄭性(1665—1743),字義門,號南溪,自稱"五嶽遊人",浙江慈溪人。
嘗築"二老閣"以藏黄梨洲"續鈔閣"遺書。序中略述其與全拙交遊
始末,知其實爲《偶存軒稿》編訂、校梓者。王有慶序即稱:"鄭先生
有五嶽遊,足迹幾遍天下,所至題詠,皆足千秋。乃更注意我公,簡其
近稿梓之。何公亦捐清俸,以襄厥美。其必有所見於公矣。"何公,即
何鉽,字芝田,其《五峰上人詩集序》稱:"今上人全拙嫺聲韻者五十
餘年,且精戒律,悟宗旨,結趺五峰之陽,婆娑日月,屏逐風塵,固不求

人知，人亦無知之者。余自象山渡海歸，經橫溪，遇李子東門、鄭子南溪，見其扇頭近體一章，讀而異之，欲窺其全豹。鄭出之袖中，因得攜歸諷詠。見夫意立象先，境遊物外，若花光潭影，不動真如，遂知爲緣靜得悟、緣悟得超者，急與鄭子謀所以梓之。蓋是時與上人猶未識面也。上人耽寂山中，素不入城市，聞與李子東門神交者久，將出山以質素心。余遂屬李子晤接之餘，相與偕來，乃得挹其德輝。若昔所稱古靈者，行年七十五矣，真樸若羲皇上人，言無枝葉，貌覺清癯。以若人而爲若詩，洵可傳也。遂以全集付之梓人。"李東門者即李暾，南溪者即鄭性，何鈇助刻全拙《五峰上人詩集》，乃其全集也。柯愈春《清人詩文集總目提要》以爲，《偶存軒稿》又名《五峰上人詩集》。何序中既云"行年七十五矣"，則全集付梓，當在全拙晚年，惜今未見存稿。又李暾序稱："邑侯何公芝田讀公之詩而賞之，謂余曰：'知全公不與公卿大夫往還，倘過君，當先訪之。'一日適至，聞之，何公輒命駕，把晤極歡，捐俸刻其詩。"《偶存軒稿》卷三有《何公分俸刻拙語迭韻奉謝》一詩，亦言及何鈇助刻之事。

　　黃宗羲序未見於《黃宗羲全集》（浙江古籍出版社 2005 年版）中，是爲佚文，照錄如下①：

　　　　全拙安公之詩，如挂雪長松，枯枝半折，非深於寒餓者不能也。僧以寒餓爲門庭，今之不耐寒餓者，方始爲僧。其出言同於流俗，故流俗無僧之詩，而僧亦無僧之詩也。予近讀諸名家詩，未嘗不美。歲庚午，全拙以詩來，予讀之，如纔離軟暖而入春冰夏雪苦寒不可耐之境，心甚異之。公本吳人，來吾姚十年，把茅僻陋之地，無一人言及之者，雖全拙之善藏，亦吾姚之陋也。其年七月，姚江大水，避地之吳。吳之居士物色之，而尤與沈向中

①參看侯富芳《黃宗羲佚序一則述略》，《淮陰師範學院學報》2010 年第 4 期。

善,因有《松陵唱和集》。夫松陵,皮、陸倡和之所也,流風餘韻,散於款乃、鷗鷺之間,一旦起而收之,訶陵樽、五泄舟,寒餓者之受用不淺,更不知屠沽兒之有酒食也。雖然,詩有可以倡和者,有不可以倡和者。寒山之詩,隱現於鬼炊虎獄之下,未聞拾得和之也。即如近來雪嶠之詩:"青山個個伸頭看,看我庵中喫苦茶。狡兔地邊偷菜吃,齒寒嚼嚼又看看。"此等詩,豈可和耶? 詩至於不可和,始知大地一詩,情之融結爾。外史黄宗羲。

全拙與黄梨洲交遊甚密,《偶存軒稿》中即有《呈黄梨洲先生》《草稿請正寄梨洲先生(九首)》等詩,可覆按二人之交遊。

王純緯序稱:"夫僧之於詩,特僧之緒餘耳。苟不先之以器識,見之以行事,雖有句如郊之寒,島之瘦,祇成一詩僧耳,於僧未足爲重輕。蓋鑴冰鏤雪,有識者尚棄而不取,況遊方之外者乎? 至如五峰全公者,真可以傾倒矣。"今觀全拙禪師之詩,格調清苦,不繩於格律,時有奇趣、真意,大抵如梨洲所稱雪嶠圓信之詩。例如卷一《臨行迭韻》:"一韻韻無已,去思思轉真。不如都抹過,省得更添新。蕩口初冬樹,窗中起早人。相逢須異日,難禁是心親。"又如卷二《俗句》其三:"語到十成學到老,心無半點久無人。三朝兒子一聲哭,才得出身知養身。"口語、僻語、莊語,似皆信手拈來。鄭性所激賞之《睡起》:"坐到倦時須合眼,悉憑天色變陰晴。醒來點火燒茶吃,半夜開門看明月。"乍讀之,平淡無奇,細思之,則覺斯情斯境,希夷冲淡,引人蕭然自遠,洵非久躬身其中者實難道出。集中《閲僧詩皆紳衿當道銜》詩,頗能代表釋全拙之僧詩觀,其謂:"僧詩貴高潔,如月上寒松。沉静一方木,孤危千仞峰。真機觸處轉,空理泯心逢。使落春風裏,不爲花草容。"真僧詩,高潔若月下松,嫻静似幽木,孤危若千仞峰,不着色相,不染塵滓,觸處皆真。

《雁黄布衲黄山遊草》六卷、《丹臺雁黄布衲禪餘草》一卷,釋大涵撰

　　大涵(1647—1713),號雁黄、喫雪子,俗姓潘,吳江人。九歲出家,習誦梵典,聰穎過人,能通大義。既長,入靈巖師從繼起弘儲,上南嶽,歸洞庭,繼從南潛月涵飽參法乳。禪理文心,俱極超妙,有名於時。俗僧忌之,謀折其足,乃夜遁走大雪中,飢則搏雪食之,自號"噎雪子"。後住雁蕩,入黄山,因字曰"雁黄"。因聞伐木聲丁丁,静中有悟,盗擊之不死。居海寧安國寺,陳元龍撫粤西,招之遊羅浮,歸至肇慶鼎湖山,示微疾,説偈而化。著有《黄山草》《西湖草》《補陀南參集》《彈指集》《桂羅壯遊集》《鹽官剩草》《丹臺集》,皆已刻。陳元龍爲撰塔志,黄之雋有《釋大涵傳》。《新續高僧傳四集》卷六四有其小傳。

　　1.《雁黄布衲黄山遊草》六卷。乃大涵詩集。柯愈春《清人詩文集總目提要》著録是書:"安徽省圖書館藏鈔本二册,題《雁黄布衲黄山遊草》,不署卷數。《販書偶記》著録有康熙四十五年刻本,多至六卷,中國國家圖書館殘存卷一、二、五、六。安慶市圖書館藏鈔本及民國間鉛印本,全六卷。又有《南參集》一卷,拜經樓藏寫本。雍正《浙江通志》卷二五一,載《黄山草》十二卷。《光緒杭州府志》卷一一四,稱其又有《西湖草》一卷、《彈指集》四卷、《南皋集》一卷、《鹽官剩草》無卷數、《桂羅壯遊集》四卷,今皆未見傳本。"

　　今所見大涵詩集,乃國家圖書館藏《雁黄布衲黄山遊草》,殘四卷(第一、二、五、六卷)。卷端題"雁黄布衲黄山遊草"/"江城噎雪大涵著"。半頁10行,行21字,左右雙邊,白口,單魚尾,版心鎸書名、卷數、頁碼。正文前有康熙四十五年(1706)陳元龍序、潘耒序、查嗣珣序。陳序略云:"雁公住黄山丹臺凡十年,近卓錫安國寺,海隅僻陋,

無山水之觀，日與天眼師坐對，嘗鬱鬱也。暇日，以舊所著《黃山遊
草》介余侄適齋示余，乞數語弁其端。"

潘耒序，未見於潘耒《遂初堂文集》《遂初堂別集》，是爲佚文。
移録之：

> 余性嗜山水，天台、雁宕、羅浮、武夷、五台、大小勞諸名山無
不至。至輒淹留旬月，搜奇剔勝，不憚險遠，頗爲詩文，以發其勝
概。然終恨遊屐草草，山川變態無窮，耳目所接有限，雖盡慮竭
思，安能摹寫萬一。計惟枕石眠雲，不限年月，而後可以吾之筆
墨，發山水之性靈。第士夫縻於俗累，方外罕能操觚，能償此願
者，蓋亦希矣。今年春遊黃山，聞有吳僧雁黃策杖來遊，三年不
返。三十六峰之巔人不能登者輒登之，一松一石有奇狀者輒繫
以詩。余心異之。既相見，則余同邑禪宿也。初參靈巖退翁，繼
從月涵和尚上南嶽，歸洞庭，飽參法乳而不自足。歷叩諸方，不
入保社，發意遍遊名山，腰包頂笠，興到即行，溪必窮源，峰必登
頂，遇絕勝處則流連忘返，雖忍飢凍不去。最愛雁宕、黃山，因自
號"雁黃"。遊覽之作，匠心獨構，不循途轍，而奇思警語，旁見側
出。蓋惟居山日久，烟雲變幻，晦明開合，一一心領神會，筆之於
詩，如燈取影，無不逼肖。快哉遊乎！吾弗能逮也。昔寒山、拾
得於破竈邊，漉殘菜食之，或歌或舞，題句石崖，如詩如偈，自非
豐干道破，世皆謂之風狂。今師行履，人未盡識，余既相遇，不得
不質言之。師亦將言此君饒舌否也。松陵舊史氏潘耒題。

檢是集卷六作於丁丑《閏三月初一日潘稼堂先生序我黃山遊草刻燭
告成曉同吳鱗潭祭酒及陳周綸汪文治王名友諸公讀於傳鉢堂志喜》
詩，則潘序當作於康熙三十六年丁丑（1697），時潘耒亦遊黃山，邂逅
大涵，因喜其詩而序之。集中尚有數十首與潘耒唱和之作。

　　查嗣珣序則叙大涵與其師月涵因緣頗詳："予亟謁丈室,雁黄手捧其師月函詩集,曰'豐草庵',則董説字若雨,未爲僧時之詩也;曰'寶雲'則後號月函之詩也。予愛而卒業焉,歎其不縛於唐宋人之習氣,而義理淵邃,詞藻鮮澄,逸似文房,峭似東野,淡若浩然,險若長吉,而尤長於樂府……雁黄與之遊處者最久,悉舉月函所讀之書,領其大義,詳其旨歸,一旦解悟,忽呈一詩。月函告之曰:'從此路入則幾於道矣!'後遂勃勃雲興水湧,機不可遏,其《松圖歌》多至二百餘首,蓋得力於月函樂府之微,諸體皆自出機杼,有足觀者。雁黄留鹽官六七年,鬱鬱無可與語,日讀月函詩,淒然以泣,嚻然以號,少焉,君然以解,暢然以喜。夫善讀月函詩者,莫如雁黄,故能吸取《豐草》《寶雲》之精華而爲雁黄之詩。"

　　是集所收之詩,始自甲戌(康熙三十三年,1694)九月初一日,終至丁丑(康熙三十六年,1697)六月三十日。此中三年,大涵幾乎每日有詩,甚至一日數詩,並明確繫年繫日。此種記遊詩,數量之多,規模之大,記録之細,不僅爲僧詩中翹楚,於古詩中亦屬罕見。

　　2.《丹臺雁杭布衲禪餘草》一卷,一册,民國九年(1920)鈔本。見存於上海圖書館。開本高 28.4 釐米,寬 15.5 釐米;版高 23.5 釐米,寬 12.5 釐米。紅格,紅扣,四周單邊,中縫有"南社叢刻"。前有柳亞子題詞及大涵生平簡略。柳亞子題詞曰:"此册爲禊湖丁生友果隨所贈。卷首一册,從沈□堂□志鈔上,亦丁生□□也。書此以志而護。"上海圖書館還藏有另一種鈔本,亦一册,開本高 24.2 釐米,寬 13.4 釐米,内鈐"丁濤私印""友杲""松陵丁濤珍藏"等印。卷端題"丹臺雁黄布衲禪餘草"/"松陵嚚雪大涵著"。前亦有柳亞子題識和大涵傳略。所收之詩與前一鈔本皆同,二者當來源於同一底本,或前者爲後者之副本。

　　僧侶行脚遊觀,鍊明心志,直徹心源,亦爲修行之法門。大涵竹杖芒鞋,腰包頂笠,凡險峰絶壁、幽谷窮源人不能至處,皆以勇猛無畏之氣概親臨之,故奇峰、雲海、怪松、絶壁、碧嶂等皆神之於詩。然大涵之詩,不惟描畫黃山之景,亦别有寄意焉。集中有數首自讀自作之詩,頗能見出其心志。如《二十一日自讀黃山遊草》云:"風騷滿肚蹙愁眉,六六峰頭琢句奇。冷抱新詩和淚讀,只緣痛處自家知。"詩集卷末有《二十日自讀黃山遊草》則有"風雅運衰聊待罪,春秋道喪繫微生。採餐黃海三千首,牘奏軒皇高厥成"句,則大涵亦以肩負風雅之道而自任者。

《墨餘吟》一卷,釋超量撰

超量(1657—1711),字復初,湖南零陵人,俗姓王。七歲薙髮於仙人山大覺林正定禪師,翌年圓具於邵陵天池。後往東安華山寒巖冶和尚座下,精研教典十年。康熙己巳(1689)秋辭華山,遍歷諸方,先後參石莘珓、平陽天岳晝、理安天笠珍,後依本師石莘珓老人,爲海鹽金粟書記。蒙羅弘載留隱松筠將四載,因歸省親,住吳陳村北草庵。康熙辛卯夏(1711)染寒濕疾,端趺而逝。世壽五十六,臘三十六。著有《墨餘吟》一卷存世。

《墨餘吟》一卷。一册,見存於南京圖書館。開本高 26 釐米,寬 16.5 釐米。卷端題"墨餘吟"/"零陵釋超量復初著"。半頁 10 行,每行 20 字,單魚尾,版心題"墨餘吟"。正文前有門人所撰《復初量禪師行略》,照録於下,資考生平:

> 師諱超量,字復初,係湖廣永州零陵籍,王姓。父貴臺,母馮氏。師生於清順治十三年丙申十二月十五日午時。是夕,母夢一老僧從南溟來僭寓,次日誕師。及七歲,母曰:"此子有夙因,觀其氣度,非塵勞中人也。"遂送於仙人山大覺林正定老宿薙染,翌年圓具於邵陵天池。一日,有謂曰:"出家人教典不可不知。"

遂往東安華山寒巖冶和尚座下，精研十稔，自思教理雖明，終是數他人財寶之輩，非得自寶也，人生浮世，儼同電露，又豈可以文字爲工務，虛擲光陰哉？康熙己巳秋，竟辭華山，循江而下，遍歷諸方，寡言笑，單提本分一著。庚午秋，抵海鹽金粟，參本師石莝琈老人二載，又往參平陽天岳晝和尚、理安天笠珍和尚共二載，仍回金粟。時浪山嶼爲首座，博靈奇爲後堂，璿鑒衡爲維那，師爲書記，皆爲道中莫逆友也。粟知師爲人厚重，入道穩密，且機緣屢契，於丙子人日遂記莂焉。是年夏四月，粟移皋亭之佛日，師因遊普陀，秋後方依座下。次年丁丑八月八日，老人示寂，同諸昆季治喪建塔畢意者，結茅臺頂。因過越，訪南中兄，蒙弘載羅先生留隱松筠將四載。因師旋里省親，辭松筠，渡錢塘，值歲災不果，蹔住吳陳村北草庵。俟歲登楚上。不料辛卯夏，染寒濕疾，於十一月十二日戌時端趺而逝。師所著述機言法語，皆不留於篋中，祇得《墨餘吟》一帙，林等不暇棄，遂刊行於世。師世壽五十有六，臘三十有六，塔建於皋亭佛日之南平陽，甲午三月二十日也。據師生平顛末不能盡悉，惟所聞見者敬陳大略云。嗣法不肖門人明林、明印同受業孫達先等拜述。

可知《墨餘吟》一卷，係超量故後，門人明林、明印索之行篋，不忍暇棄，遂刊行於世。其生平機言、法語，則散佚殆盡。《墨餘吟》扉頁題"復初上人眉庵太史詩集合訂"，然此本僅超量一人詩集。眉庵太史，不知何人。

《墨餘吟》共存詩 119 首，各體兼有，多遊方、山居之作。超量爲人敦樸厚重，往還者多釋子信衆，詩則淡泊清雅，少塵埃氣，如"竟日無人語，茅堂獨我閒"（《草庵十味》其六）、"居僻交遊少，寥寥意自清"（《草庵十味》其十）、"年來事事不干懷，終日兀兀百不會"（《山居歌》其四）、"松食荷衣非强求，得失榮枯總不計"（《山居歌》其

十）、"淡薄不如我,清高却讓君"（《過洞源和尚隱居》）等,皆表達翛
然物外,無拘無繫之情懷。集中還有詠物之作,如《枯木吟》組詩十
首,亦托枯木言己志,寄寓個人"雄雄獨峙出林中"之風骨。超量詩質
樸無華,不事用典,讀之淺近,然一些寫景之作,如"野樹出還没,村烟
淡復濃"（《晚眺次友韻》）、"屋藏紅樹烟浮赤,籬綻黃花風落金"
（《秋日廣福庵與方埜兄夜話》）、"野徑紛紛紅葉墜,亂峰點點白雲
浮"（《留別金粟》）、"呼風林外鳥,噪夕樹頭蟬"（《雨後晚眺》）等句,
於濃淡之中工筆切描,仍可見詩人之匠心。

《浮雲草》一卷附《題遊五台山圖
贈行詩》一卷,釋行珠撰

　　行珠,字古淳,別號宇堂,雲南太和人。幼參禪定,祝髮於點蒼
山,能詩,精戒律,後遍遊宇内名山,入匡廬,渡南海,登九華,歷燕薊、
江淮,息心於五台。著有《浮雲草》一卷存世。生平未見碑傳。

　　《浮雲草》一卷。康熙六十年（1721）劉旗錫、王思訓刻本,見存
於國家圖書館,《清代詩文集珍本叢刊》第 192 册據之影印。卷端題
"浮雲草"/"滇南釋行珠古淳氏著"。半頁 10 行,行 19 字,四周單
邊,黑口,雙魚尾,版心鎸"浮雲草"及頁碼。正文前有王思訓序,戴大
源序,康熙五十九年（1720）劉旗錫序、葉丹序,後有康熙六十年
（1721）李仍跋。

　　王思訓序云:"吾滇西邇天竺,自贊陀崛多後,代出高僧,而鷄足
小澄最著。今有古淳上人者,由鷄足入匡廬,北歷燕薊,謁予且蘭學
圃。予觀其貌粹神清,似乎有道,而未暇叩也。他日,訪師千佛寺不
遇,見案頭詠漱玉亭詩甚佳,予和之,題壁而返。詰朝,師過我,學博
致高,絕無蔬筍氣味,余因憩師。春秋佳日,相對竹窗花榭間,大能遺
外塵俗。丁酉冬,予視學西江,約師偕往,事竣還京,諷師效無本故

習,而師不顧也,遂留圓覺精舍。臨行,出其平昔所作詩示予,予亦匆匆不及卒業,書數語歸之。待秋杪重返燕山,香繞茗椀,静坐快讀,如聞《韶》《濩》之在雲山。予不啻方外遊,而以師爲朝市中之烟霞友也,誰曰不宜? 同里王思訓題。"王思訓,字疇五,號永齋,昆明人。康熙四十五年(1706)進士,改庶吉士,授檢討,官至翰林院侍讀。

劉旗錫序曰:"浮屠之師古淳者,滇南人,遊學於江寧靈谷寺,歲許以詩名。余往鍾山,道逢長老曉蒼,爲余言,且請見焉。余惟儒之與釋,門徑不同,旨歸相悖,且其所謂詩者大抵語録、傳燈,無當於風雅,欲不之見。而師適來前,氣宇清和,周旋合度,有儒者風。與之語,則念及於君親,而有懷莫遂,殆非寂守其虛無之教者。因訂交,各以詩相往來。越三年,而師遊晋楚,又年餘而去廬嶽、五台諸山,音問久疏,詩情不見。每當初地,輒念故人,今且十五年於此矣。一晤於潯陽行館,再會於南州使院,聯床風雨,把臂論文,不啻往日事也。問其所爲詩,皆以遊歷故,散失無多存者,發篋僅百有餘篇。清思肖物,劃景繪神,脫除禪誦餘習,漸近自然,非復曩昔之所見者。師能學,與年俱進,可不畏歟? 余故同太史王公付之梓,而以言冠之首。"據此序,則《浮雲草》乃由劉旗錫、王思訓付梓。

李仍跋曰:"吾儒以仁治,佛氏以仁傳,然其慧業相爲表裏。古之高僧知識,或村居山處,而清齋禪誦之外,恐落聲聞障,礙其真性靈也。淳師學博識遠,飄然有遺世厭立之想,來自滇南,復之燕北。曩予繪《雲山》一卷,贈其行,學士大夫相餉以詩。兹又從永齋王太史公遊,吟詠殆無虛日。讀其全稿,戞金石而抱風雲,絶無人間烟火氣。予思太史道德文章,名垂宇宙,不啻昌黎之於大顛也。它年重晤,無暇説禪,始與師論詩也可。辛丑春三月修禊日,蘇參李仍漢孫謹跋。"所附《題遊五台山圖贈行詩》,卷端題"題遊五台山圖贈行詩(附)",版心鎸"贈行詩"。收王思訓、彭廷訓、張彙、董宏、劉蛟、王夢旭、陳法、熊應璜、陳瓚、漆紹文、王翰、任廷用、葉丹、李仍等人之贈答詩。

行珠學博識遠,有遺世獨立之想。是集收行珠各體詩約 150 餘首,多爲山水遊歷之作,自然清發,語含烟霞,王思訓稱爲"學博致高,絶無蔬筍氣味",戴大源稱"予覽之,覺回翔飄渺,不染纖塵,殆無心出岫之雲",葉丹序則稱"其詩之古樸淡雅,清思逸興,皆從參悟中得來,無一字一語拾人牙吻者"。其山水遊歷詩,筆隨景遷,或雄闊壯麗,或清麗淡雅,或幽寂寧謐。如寫鄱陽湖:"高底衝巨浪,遠近逐閒鷗。映日空吳楚,浮天望斗牛。"(《鄱陽湖》)寫虎丘:"泉清僧眼碧,林静鳥聲幽。誰識凌空鶴,飄然物外遊。"(《遊虎丘》)寫慈恩寺:"四野晴雲環七級,一輪曉日照孤峰。勢摩天際驚飛雁,影落江干起卧龍。"(《慈恩寺浮屠》)等句,下筆不凡,蓋以久參太虚之故,胸無塵滓也。

《完玉堂詩集》十卷,釋元璟撰

元璟(1655—約 1735),字借山,一字以中,號紅椒、晚香老人,初名通圓,浙西嘉興平湖蕭姓子。自幼脱髮於平湖化成庵,二十受具足戒,行脚京師、五台等地,遍參名宿,後受法於平陽天岳本書門下,爲木陳道忞之法孫。康熙四十二年(1703)春,康熙皇帝四巡江南,召赴吳門行宫,諮問法門淵源,元璟賦詩以獻,稱旨,康熙特賜化成庵"樓心寺"匾額,並待詔入都,一時"千官翹首,萬姓驚呼,無異青蓮在沉香亭"。居京十餘年,始放行南歸,仍住化成庵。後至嶺南、湖湘等地,欲遁迹匡廬,未果。雍正乙卯(1735)後示寂。元璟悟性空靈,儒釋互參,尤長於詩,著有《完玉堂詩集》十卷存世。生平未見碑傳。《光緒嘉興府志》有其小傳,今人周小春撰有《元璟年表》,附於其碩士論文《清代詩僧元璟研究》。

《完玉堂詩集》十卷,清刻本,藏於浙江圖書館、國家圖書館、天津圖書館。《四庫全書存目叢書》集部第 211 册據中國社會科學院藏清雍正刻本影印,《清代詩文集彙編》第 195 册據清初刻本影印。所見爲浙江圖書館藏本。開本高 24.5 釐米，寬 17.5 釐米；框高 19 釐米，寬 14.7 釐米。扉頁大字篆書"完玉堂詩集"。卷端題"完玉堂詩集"/"浙西釋元璟借山"。半頁 11 行，行 21 字，白口，左右雙邊，單順魚尾，版心鐫書名、卷數、頁碼。正文前有完璟自序云：

　　晚香曰：禪與詩一也。禪貴悟，詩亦貴悟也。禪無名無形相，如水中月，火上霜，從無思議、没把握處追之拯之，一旦豁然，直達本源，乃真禪也。詩有仁義，繫風教，可以感天地、泣鬼神，必從《三百篇》、漢魏、晋宋、三唐參悟其旨趣，鎔其精液，然後緣情托物，性靈流露，醇雅和平，空明超遠，以極自然之妙，此真詩也。否則，粗心莽鹵，支解杜田，陰僻軋苗，陳辭浮艷，禪不禪，詩不詩矣。夫削鐻者進於神，斲輪者務於化，神化無方，道在斯焉。《傳》曰："擬議以成其變化。"譆！詩文雖小道，作者之意，固難言也。余束髮讀儒書立志，入空門讀梵典，聽講習毘尼，志學佛也。於是腰包著草鞵，遍參濟宗諸名宿。蒲團香版，孳孳不惜身命，歷十六寒暑，虛空撲落。嗚呼！禪亦豈易事哉？自愧賦性迂直，弗諧於俗，欲肥遯匡廬，中間爲虛名所誤。蒙聖天子詔，命入都，承恩就日，淹留鳳闕下，杜機任運，放曠自如。北方鮮學者，乃絶口不談禪，豐暇隨意之所之，自言自語，自信自怡，澹而静，漠而清，調而閒，志與道皆化而無方，無方則一忘乎其詩與禪，不知其所以然而然，又寧復必其傳與不傳也哉？昔龍門《史記》成，世無其人，而自序之。陶淵明與顔延之交善，勿爲序，死而誄之，後蕭統序而傳。左太冲賦《三都》，丐序於皇甫士安，是亟欲得名之病。余非三者之意，鏡以自照，妍媸難掩。第五十年來，竊聆宇内前輩作家緒論，及諸素友品騭題詞，節録於前，因刪定十卷，共千首有奇。生平甘苦，境遇情事，已略寓於其中，故自述其端如此。華亭張吟樵先生憐余老而恐其散失，捐資灾木，蓋知己之高義，不可以不書也。

是集分十卷，俱收其古今體詩：一曰《東湖集》，收詩 103 首；二曰《名山集》，收詩 103 首；三曰《紅椒集》，收詩 108 首；四曰《紫柏集》，收詩 100 首；五曰《太白集》，收詩 100 首；六曰《綠瓊集》，收詩 102 首；七曰《京師百詠》，收詩 101 首；八曰《晚香集》，收詩 105 首；九曰《黃琮集》，收詩 114 首；十曰《鶴南集》，收詩 116 首。每集一卷，大抵以時序排列，可略觀其平生行迹。據是書前陸奎勳（坡星）題辭曰："晚香老人乞假還山，以生平詩稿屬余編次，刪去八九，止存十卷。"則此集實陸氏編次，所收亦僅元璟之詩十之一也。

　　元璟詩才出衆，交遊廣泛，《完玉堂詩集》前附有汪琬（鈍翁）、翁力（蟄園）、吳騏（日千）、董含（蒼水）、毛奇齡（大可）、王士禛（阮亭）、朱彝尊（竹垞）、洪昇（昉思）、查慎行（查田）、惠士奇（天牧）、宋和（介三）、沈岸登（覃九）等近三十名文士題詞，皆極力稱譽之，至有"丁卯不足讓""與石門尊者抗行，唐賢如皎然、靈徹輩瞠乎後矣""當代禪林第一"云云，未免推獎過甚。沈德潛《清詩別裁集》選元璟詩十首，並稱："丙午歲，與予遇於天宮佛寺，名流咸在。時炎月，借山裸裎指予曰：'此則長洲沈生耶？'既出詩稿相質，爲點出敗闕幾處，輒心服。別時整衣送半里外，知非一例傲岸者也。"

　　平心而論，其詩大抵如四庫館臣所云："以清雅爲宗，時有秀句。"元璟足迹幾半天下，遍歷山川，飽餐雲霞，復耽於禪味，才情清俊，故所作自以清秀見長。王士禛《居易錄》卷一七嘗摘其秀句"相思若鷗鳥，咫尺隔風烟""鄰衲司吟卷，門生致酒錢""風曳鵝黃淺，寒吹鴨綠平""坐看春牒子，吟到閶闉城""清鐘來木末，白鳥落風湍""人家收柏子，楓樹著霜花""晚菘分竹圃，秋水繞籬根""烟中多翡翠，花裏又鉤輈""一笛破寒渚，千帆湊夕陽""懶呼猿引客，閒許鹿參禪""試看青菡萏，倒浸碧玻璨""卜築精籃似净名，愛君三絕擅平生""桑條綠滿門前徑，客到幽禽啼數聲""瘦策衝泥訪鐵厓，銅坑小喫雨前茶""無端攪亂春愁客，屋角一枝山杏花""玉削群峰抱一村，甘泉如乳出雲根""負薪伐竹扶犂叟，多是楊家十葉孫"等十數聯，俱清麗娟秀，自是禪家語。

然通觀元璟之詩，又絶非清而寡味者。此正如陸坡星所言："其遊歷南北山川名迹，足迹不翅半天下，故其詩體亦屢變。"筆隨境遷，意之所到，亦氣象萬千，風格多樣。《東湖竹枝詞》《廈門竹枝詞》等篇，宛如風俗畫卷。卷七之"京師百詠"，所詠者乃京師之宮闕、廟宇、人物、節日、風俗、物産。余鴻客曰："紅椒老人《京師百詠》，蓋倣應璩《百一詩》，勸百而諷一之義也。宛微莊麗，有體有則，故家弦戶誦，一時爲之紙貴。"此百首京師題詠，所記人日喇嘛打鬼、正月十九廟會、"燕九節""秧歌"、西洋"自鳴鐘"等，可資考清初北京之概貌，補史之闕。而其詩風亦隨所述之景而變化無端。宋介山即云："凡宮闕郊廟，其詩莊；山林名勝，登覽興懷，其詩静而閒遠；鑒於古而有感於今之世，其詩婉以風；而謡俗、貞淫、幻怪之可懲者，其詩隱而滑稽；至於草木、鳥獸、方伎、釣詭之可怡可愕者，其詩奇而葩；土産、食物，情致精切，得諷喻之旨，足見遊戲三昧，不特詩空，且空佛矣。"元璟《京師百詠》上接楚石梵琦《北遊詩》，俱寫釋子遊蹤見聞，爲釋氏文學另一景觀。

《高雲詩集》七卷，釋元弘撰

元弘，字石庭，號杜鵑和尚，俗姓姚，會稽人。世家子，平陽寺僧，中歲曾遊吳中，北至京師主彌陀寺。康熙四十六年（1707）至天津海光。生平未見碑傳。《兩浙輶軒録》卷三九有其小傳。著有《高雲詩集》《杜鵑集》七卷存世。

《高雲詩集》七卷，康熙刻本，見存於國家圖書館。《清代詩文集珍本叢刊》第 188 册據之影印。內鈐"彗鑒樓珍藏印"。卷端題"高雲詩集"/"會稽釋元弘石庭"。半頁 10 行,行 19 字,左右雙邊,白口,無魚尾,版心鎸"高雲詩集"卷次、頁碼。正文前有康熙二十七年戊辰(1688)徐述法序,康熙五十年辛卯(1711)馬樸臣序,康熙五十三年甲午(1714)孟駿序。

徐述法序略曰:"余觀石公之質,蕭然癯然,不勝衣笠。其清逸之姿,如鶴翔松際,翩翩塵表;其襟期之高卓,如淵之澄,如鑑斯礪。空明洞達,饒活潑機趣,而無拘牽之迹,宜一無所縈其心。顧其爲詩,每有懷思之句。其於友朋,既多《蒹葭》《白露》之什;而於母氏昆季,則復殷其劬勞、原隰之感。此非得其情之正者耶?此非情之有主於中,而不爲他物之所摇奪者邪?此非情之有繫於中,而不爲放廢者耶?宜其詩之軼倫,而爲吾黨之所推重也,豈惟詩?向也石公固以此情而漸劚於師友,乃深有造乎心性之域也夫何疑,況乎傳薪傳火之切,復於歌詠見之也哉?戊辰端陽後五日,友弟雙澗徐述法拜手撰。"徐述法,生平俟考。《高雲詩集》卷三有《哭徐雙澗》小序云:"旁公爲余畏友,夏中嘗同沈銘過其寓,相與論詩談道,更爲余作拙集序。相别未幾,訃至山中,不禁悲感。"按,"戊辰"爲康熙二十七年(1688)。時元弘僅三十一歲,而是集所收之詩止於康熙五十二(1713)年,則徐述法撰此序時,元弘詩稿尚未編定。

馬樸臣序略曰:"我友高雲上人,才氣邁一世。既已爲僧,無所放其意,好爲詩,而越之士大夫皆以爲不可及。而高雲不矜,獨出其生平所作數百篇示余,曰:'予之爲此,非以釣時名,聊適吾真耳。世人知我不知我,我無問也。吾惟子之正。'余既受而卒讀,見有脱口而出,振筆欲飛,孤鶴唳空,江波回瀾,此非得於李太白者乎?冥心內照,孤想入微,落花無言,太華夜碧,此非得於王摩詰者乎?若夫不著一字,盡得風流,穆如清風,與道俱往,此陶淵明之高詣也,而子乃至此乎!高雲於是拂衣而舞曰:'有是哉?予爲詩三十年,而今乃得知音也。予三十年苦心於是，而子乃發吾覆也。吾自是心折於子矣.’余以爲高雲之詩，既深似古人，而其生平性情亦有可想見者。"馬樸臣字相如，桐城人。雍正壬子（1732）舉人，乾隆丙辰（1736）開鴻博科，公卿爭以其名薦，已列選，爲忌者所去。

孟騤序略曰："公嘗語余曰：‘予之所爲，凡以適於性而已，安問其近於儒否乎？至於壞不壞，尤不足道也.’公固無所爲家者也，然而建先祠，衛祖塋，撫弟孤，敦友誼，皆忘其身爲之。性之所至，輒見乎詩。至於流連景光，特十之二三。苟性不壞，則是集之不壞，的然矣。余之所爲，自托於知公者此爾。至於詩之工則工，於詩者自能知之。余可以弗論。"孟騤字敏度，號筍莊、藥山，浙江會稽人，著有《筍莊詩鈔》存世。

《高雲詩集》七卷，大抵以時間編排，共收詩近六百首。元弘以儒而釋，不忘世情，《復作絕句二首》其二云："山僧夢破人間事，只記中元丁卯年。"集中每多懷思父母、昆弟、友朋之作，例如《五日歸柳潭晚映堂》《病中寄弟》《哭既朗》《哭徐雙澗》《故人既朗死一年矣夢入謝花泫然有作》《寒食祭先慈》《別先慈墓廬》《謁六世祖孝子公墓》等，情真意切。而其寫浙東風物《若耶溪上詞》《平陽山中》《月夜泛南湖》《早春集宛委山》諸詩，格調清雅，饒有情韻，例如《鏡湖晚歸》云："落日回蘭棹，微風曲曲清。樹連雲影斷，波與月痕平。雁陣銜黃葉，鷗群起綠蘋。中流乘穩坐，泛泛入秋聲。"集中有《贈王山眉畫竹歌》《紅蘭主人見過》《紅蘭主人見招邸第即席賦贈同偉載兄》《冬日集紅蘭主人讀畫齋分韻得二蕭》《面山樓贈紅蘭主人》《同深雪和尚過漁洋先生不二齋》《寄西河先生》《客從番禺來屈翁山丈以詩外見寄讀而懷之》《龔蘅圃先生以紅藕莊詞爲贈走筆寄謝》等詩，知其與愛新覺羅・蘊端、王士禎、毛奇齡、屈大均、龔翔麟等藝苑名流頗相往來，又《遊西山訪碓庵和尚》《送鐵夫兄歸山陽》《送借山兄歸平湖》《送彬牧兄之東甌》等寫予釋曉青、釋元立、釋元璟、釋元質等詩文僧之詩，頗具考證價值。

《憨休和尚敲空遺響》十二卷，釋如乾撰

　　如乾（1631—1701），字健中，號憨休，俗姓胡，生卒年不詳，蜀西龍安人。十九歲出家，二十二歲圓具，遂行脚江浙，遍參諸大宗匠，隨處皆有悟入。康熙六年（1667）遊少林，過風穴（今屬河南汝州），參雲峨行喜，針芥相投，親炙六載，乃授記莂，爲臨濟下三十三世之孫。十一年，開法涇陽興福禪寺，後遷廣教、清福、敦煌、金粟、興福諸刹，二十七年住風穴白雲寺。如乾器宇超卓，志略宏遠，提唱宗乘，不假辭色，兼博通文翰，善法書，及門從遊之彥，稱濟濟焉。著有《憨休禪師語録》十二卷、詩文集《敲空遺響》十二卷及《行餘草》《續草》行世。門人弘善撰有小傳，見《語録》卷首。另，乾隆《風穴續志·續禪宿》卷四有其小傳。

　　《憨休禪師語録》十二卷，收入於《嘉興藏》第 37 册。門人繼堯等編。正文前有憨休和尚小影，何瑞徵序，張恂序。所收爲如乾住西安府涇陽縣興福禪寺、咸陽縣廣教禪寺、涇陽縣清福禪院、長安縣青門敦煌禪院、汝寧府新蔡縣金粟禪院、咸寧縣大興善寺、汝州風穴白雲禪寺等七會語録，及小參、拈古、頌古等。

　　《憨休和尚敲空遺響》十二卷，乃如乾詩文集，康熙刻本，見存於國家圖書館。《嘉興藏》第 37 册亦收入是書。卷端題“憨休和尚敲空遺響”/“關中張恂穉恭編閲”/“益州記室繼堯校訂”。半頁 10 行，行 20 字，白口，四周雙邊，無魚尾。正文前有王錫命、楊諤言、李柏序及目録。王錫命序稱：“乙丑夏，余客長安，過訪興善，見案頭一帙，名曰‘敲空遺響’。”據此，是書或初編於康熙二十一年（1682）。李柏序則稱：“歲屠維大荒落冬十月，大興善寺憨休和尚過太白山房，以所著《敲空遺響》文集若干卷，俾予序之。”“屠維大荒落”爲己巳年，即康

熙二十八年(1689)，蓋爲是書付梓之年。是書名曰"敲空遺響"，頗
具奥義。李柏釋曰：

　　予曰："空可敲乎？"師曰："不可。視之湏湏洞洞，聽之窅窅
冥冥，棒不能打，刀不能割，火不能燒，水不能溺，我欲敲空，却於
何處着敲？故空不可敲也。""然則空卒不可敲乎"？曰："可。
敲鐘也，鼓也，筑也，木魚也，皆空物也，敲之斯響。其未響也，窅
窅冥冥，沉寥無聞。確然一敲，小敲小應，大敲大應，聲滿天地，
響振山谷，通幽明，和神聽，郊天而祭地，祫祖而禋宗，鳳凰儀而
麒麟遊，皆空中之響所致也。"予聞師言，憬然曰："空之時義大矣
哉！三教聖人皆以空爲欛柄者。是故孔子曰'空空如也''空無
知也'，老子曰'空無所空，空無所物也'，佛曰'萬法歸空''空無
法也'。無法而與諸大菩薩、阿羅漢、一切比丘、比丘尼千二百
人，或説《四十二章》，或説《圓覺》，或説《妙法蓮花》，所説皆法
也，有説即不空也。然因問有説，説已即空，亦猶有敲即響，響絶
即空。孔子講'六經'，説《魯論》，老子説《道德》，皆因敲有響，
響絶即空。執以爲空，空能生響，空不空也，以爲不空。敲罷響
絶，不空空也。空不空，不空空，是一是二，孰辨之耶？"師竪拂子
笑曰："究竟是空。"又笑曰："究竟非空。天空空耳，倏然而雷霆
震；山空空耳，倏然而萬木鳴。木之鳴，孰敲之，風飆敲之也；雷
之震，孰敲之，陰陽敲之也。倏然而雷止風歇，天復空空，山復空
空，過去空空，現在空空，未來空空，故曰究竟是空。然谷神不
死，萬響攸生，故曰究竟非空。"余曰："凡天地間有形之物有壞，
無形之物無壞。陰陽風飆，無形者也，無形即空。陰陽敲雷霆，
風飆敲木竅，是以空敲空，空生響，空無盡，響亦無盡；空無壞，響
亦無壞。故歷恒河沙劫以來，打空無棒，割空無刀，燒空無火，溺
空無水，故三教聖人欛柄在空。或曰無知空空，或曰空無所空，

或曰萬法歸空，空之時義大矣哉！"師笑而不答。予送師，師空
去，予空歸。

李柏，字雪木，號太白山人，陝西眉縣人，與李顒、李因篤並稱"關中三
李"。此序又見於李柏《太白山人槲葉集》卷二。序中論空敲響，實
爲"不立文字"而又無不以文字立説辯護。是書卷一收碑記、傳、行
狀；卷二收塔銘、辭、賦、牒、説、題跋，卷三收疏、引、閒語，卷四收啓，
卷五之卷六爲尺牘、像贊，卷八收偈，卷九之卷一二收各體詩。

如乾尚有《行餘草》，柯愈春《清人詩文集總目提要》以爲"早年
所撰"。另，鄧之誠舊藏有《行餘續草》一卷，録康熙十一年（1672）至
十四年（1675）所作詩，刻於康熙十五年（1676）。今兩本俱未見。

李柏《送憨休和尚》中謂"予所見上人者，殆所謂英雄迴首托而
逃禪者"，"與之談儒學則源溯象山，派分東越；談經濟則石補青天，淵
浴白日；談文章則水傾三峽，星焕一天；談禪則舌分廣長之辯，口吐青
蓮之香"。雪木性孤高，不輕許人，以此可見憨休如乾之才能。集中
卷二《歸去來辭》"序"嘗自述逃禪之緣："明崇禎十七年歲在甲申，值
流冠犯闕，神京失守，龍御上賓，四海鼎沸，率土蜂飛。是年八月，巨
寇張現忠據蜀，僭號頃覆，屠戮生民。血丹原野，全川絶草色之青；骼
胔相枕，灌莽滿骷骸之白。真宇宙未有之奇凶，今古從前之異變也，
豈止血流漂杵也哉？毒暴慘酷，不可甚言。予幸脱於鋒鏑，萬死一生
之中，竊母逃難於秦。聞高衲輩言，皆往昔定業。予始悟劫運乃夙因
所造之，惡果循環耳。壽命有盡，微生幾何，以有限之身而造無窮之
業，況諸行無常，夢幻空花，豈有實耶，遂決出塵之志。"

如乾淹通内外典，學貫華竺，不惟一詩文僧耳。其文高古清奇，
宗旨俱從墳典中來，集中所收啓文、尺牘、偈頌，博綜以盡理，辭達而
旨明，正令全提，具菩提正法眼。其詩則冲淡自然，拔秀揚芬，迹近陶
韋。如《東皋野望》云："東皋舒野望，晴鳥語關關。碧淺明秋水，翠

深見遠山。雲衢虹散彩，雨霽日燒瘢。何處漁歌發，扁舟在一灣。"又
如《曉起》："幾點殘星破曉鐘，群鴉飛散寺前松。開門忽見新秋色，
畫出南山四五峰。"《幽篁深處》："小搆藏幽篠，灑然萬籟清。稍垂新
雨濕，葉響晚風生。倒水揩花鏡，高枝度鳥聲。坐來忘物我，秋月印
湖明。"因事寫物，寓境寫情，較少冥搜苦討之痕迹，不葛藤，不蔬筍，
實康熙叢林間一作手也。卷二《叢竹説》一文，尤膾炙人口，可爲清文
選家所注意。

《晴空閣詩集》十卷，釋行昱撰

　　行昱（1658—?），幼祝髮於鎮江焦山，自稱"京江釋"，中年轉赴
揚州，康熙二十九年（1690）住持平山堂，號"平江沙門"，別號"麗
杲"。三十一年至京師，交孔尚任、王士禛等名流。三十三年冬還山。
四十六年，康熙南巡，行昱接駕獻詩，獲賜"澄曠"二字。著有《晴空
閣詩集》十卷存世。《京口三山志·焦山志》有其小傳。
　　《晴空閣詩集》十卷，二册，康熙五十一年（1712）六一堂刻本，見
存於廣東中山圖書館。開本高 25.5 釐米，寬 13.8 釐米；版高 17.4
釐米，寬 12.8 釐米。扉頁題"京江釋昱麗杲著"/"晴空閣集"/"六一
堂藏板"。内鈐"宸翰澄曠""乙酉閏六月初一日進呈""二十四橋今
把釣焦山是我舊蝸廬""海門令長六一詩翁"等印。卷端題"晴空閣
集"/"京江釋行昱麗杲著"。半頁 9 行，行 21 字，四周單邊，白口，單
魚尾，版心鎸"晴空閣集"、卷次、頁碼。正文前有張潮序及康熙壬辰
行昱自序。
　　張潮序曰："從來名勝之區，必有佛寺以爲之點綴，而後遊者始有
所詢訪而托足，亦事之甚便者也。然其中古迹有屬於釋氏者，則以禪
僧爲宜；有屬於吾儒者，則又以詩僧爲尚，寧可不各取其相近乎哉？
今揚州平山堂，蓋吾儒歐陽公舊迹也。向淪没已久，幸太守山陰金公

爲復其舊，而其東偏則佛寺巍然，頗稱壯麗。適詩僧麗㮣上人駐錫其間，誠可云人地相宜者矣。上人於十年前以詩稿屬予序，予雖諾之，而上人不予趣，久且忘之矣。今年秋杪，上人重徵前諾，予實不復記憶前者曾諾與否，而竊喜平山堂側有此一韻人以爲方外之友，則春秋佳日偕二三知己，烹第五泉，分題覓句。倉卒主人無難，向吾師一謀之，則是上人之所資於吾儕者甚緩，而吾儕之所資於上人者甚急。上人雖不欲予之序其詩，予方且强欲爲之序，其又何可辭耶？上人久住焦山，焦山之妙，過於平山堂百倍。然焦山爲仙者之區，而平山爲吾儒之地。上人雖不必逃墨，然與其近於仙也，不若近於儒，則吾師平山之稿，必將倍於焦山之舊刻。予苟能證不動地，不妨又爲吾上人作平山詩稿之序，則斯序又其嚆矢也已。至於上人之詩，冲淡高妙，識者自能賞之，予亦何必爲之贅乎？心齋居士張潮序。"後摹有"張潮之印""山來"二印。張潮（1640—？），字山來，號心齋居士，歙縣人。累試不第，以貲爲翰林郎，不仕，杜門著書，自著詩文、詞曲、筆記、雜著數十卷，輯成《檀几叢書》，又有文言小説《虞初新志》。然此序未見於張氏詩文集《新齋聊復集》中，是爲佚文。康熙四十三年（1704），行昱刻《平山志》，校訂者即張潮和孔尚任。

　　行昱自序曰："余年齠齓脱白京江之焦山寺，長而遊獵吴越、幽燕，凡諸名山大川無不登眺，或觸景留題，或訪友贈答。自庚申年起彙以成帙，從未敢舉似於人。逮庚午夏，主席揚州平山寺，删定詩稿，自名之曰'晴空閣集'，始刊問世。山居二十餘年，素不喜懸羊買狗，指鹿爲馬，日與殘僧數輩吟詠烟霞，有松可餐，有泉可飲，世俗之情淡然。或謂：'平山長老不諳世法，祇擅騷壇。'余聞此語，乃笑曰：'余本麋鹿之性，愛居長林丰草，而俗人以不通世故目之，不亦宜乎？'余與六一爲比鄰。六一乃趙宋大儒，余空王弟子，得居爲鄰，亦何幸焉！儒釋雖二，其揆一也。且詩與禪有以異乎？無以異耶？如言詩非禪家正學，則不知禪中有詩、詩中有禪之旨趣也。余雖宗禪教，庸詎敢以禪自居，視詩歌、文字爲外學乎？但强分門户者，妄以禪宗自尊，試問禪之一字，何以名焉，何必狀焉？願觀是《晴空閣》者，不得作禪會，亦不得作詩會。質諸騷人名士，向此著眼，庶不負麗杲長老林下數十年之苦心。片言隻語，稍得孔子骨髓；長篇短章，皆具達磨眼睛。若言會禪即會詩，會詩即會禪，其平山又獲大妄語罪。然則或人之語，當焉，否耶？不見道昔日迦文老子説法四十九年，未嘗説著一字，今日平山長老又豈饒舌也耶？明眼者試甄辨看。時康熙歲次壬辰春王月，平山沙門釋昱麗杲盤譚識。""庚午"爲康熙二十九年（1690），是年行昱始住持平山堂，已將所作之詩輯爲《晴空閣集》，故可知康熙五十一年壬辰刊本，一仍其名。前二卷，所收其住持平山堂前所作之詩，卷三下則收其後之詩。

　　此本凡十卷，卷六之第十一頁下半葉、卷六之第一頁上半頁缺。是集所收之詩，大抵以時序編排，且各卷皆明確標明繫年。卷一收"庚申起癸亥止"之詩，末有行昱《自序》云："京口有三山，曰金山，曰北固，曰焦山。焦始名曰譙，又曰獅山……余齠齡剃染於此，又棲遲最久。後居平山，時常携一二知己，登高遙眺，江南諸峰，宛在几席。而故山之情，殷殷介意，莫能忘也。今夏伏日，命小師曝破書於庭，檢出《焦巖詩稿》。余曰：'此吾未適江浙時作也。'小師曰：'胡不刊行於世？'余曰：'詩未工，不堪問世耳。'小師固請。予唯唯曰：'吾於此山胸臆之志，未能殫述，隨境寓心，因事命意，彙成一帙，壽諸梨棗，幸祈同志勿作詩論，祇存草木，以待將來有好事者搜剔古迹，或襄成寺志，則下里鄙詞，未必非兹山之一助也。'"蓋卷一所收即《焦巖詩稿》；卷二收"甲子起丁卯止"之詩；卷三收"戊辰起辛未止"之詩；卷四爲"壬申起甲戌秋止"之詩，即行昱康熙三十一年（1692）至京師所作《燕山吟》，署"清揚州平山沙門行昱麗杲著"；卷五爲"甲戌冬起丁丑止"之詩，署"平山釋昱麗杲氏著"；卷六收"戊寅、己卯、庚辰"之詩，署"清揚州平山沙門行昱麗杲著"；卷七收"辛巳、壬午"之詩；卷八收"癸未"之詩;卷九收"甲申"之詩;卷一〇收"乙酉"之詩。

行昱所主平山堂,乃慶曆八年(1048)二月歐陽修守揚州時之居所,爲揚州名勝也。康熙元年(1662),土人變制爲寺。行昱居處其間,多詠其勝景風物,如卷三《平山雜詠》其一曰:"廣陵佳勝處,題韻自歐公。鑒水來賢守,平山繼古風。鶯啼溪柳緣,雨潤嶺梅紅。習隱存吾拙,仙吟翠壑中。"詩語清麗,格調冲淡,宛然可誦。行昱詩藝高妙,頗爲當時名流賞識,集中交遊酬答之作亦夥。毛慶耆從中檢出《曹棟亭銀臺兼攝兩淮鹽院呈》一詩,以考證曹寅之家世和沉浮,尤具史料價值①。集中又有多首迎駕康熙南巡之詩,如《三月初九日清江浦接駕(二首)》《十一日駐蹕高橋》《恭和御製賜高寺贈紀蔭詩原韻》《乙酉閏四月初一日鑾回駐蹕高寺御前應制賦得龍出曉堂雲》《初二日御賜澄曠二字恭頌》《恭和御製塔灣行宮詩原韻》《初六日恭送聖駕謝恩》諸詩,可資考康熙南巡舊事。

《妙葉堂詩鈔》一卷附《正曉詩》一卷,釋燈岱撰

燈岱(1667—1724 後),字岳宗,俗姓姚。世代業儒,僑居白門,然天性喜佛,遂剃度於句曲西來國,後瓢笠至淮陰,掛錫湛真禪院。康熙四十七年(1708)隨住持朗公迎聖駕,同覲天顏。越數載,朗公示寂,遂主法席,名動遠邇,道俗皈依,文士達官咸與結契。著有《妙葉堂詩鈔》一卷存世。生平未見碑傳。

《妙葉堂詩鈔》有《丙申春將歸故里掃先人隴墓時予五十初度》,"丙申"爲康熙五十五年(1716),則燈岱當生於 1667 年,即康熙六年。卒年俟考,至遲雍正二年(1724)仍在世。

《妙葉堂詩鈔》一卷,雍正二年刻本,見存於國家圖書館。卷端題

---

①毛慶耆《新發現贈曹棟亭詩考辨》,《紅樓夢學刊》1998 年第 2 期。

"妙葉堂詩鈔"/"龍眠釋燈岱岳宗著"。半頁 10 行,行 19 字,黑口,左右雙邊,單魚尾,版心題書名、頁碼。正文前有康熙六十一年(1722)張廷玉序,其曰:

岳宗禪師者,余外家姚氏子,少業儒,僑居白門。姚氏固江左崔盧,岳公獨性喜佛氏教,遂剃度於句曲西來國。公素積道風,日精突義,飄笠至淮陰,挂錫湛真禪院。康熙四十七翠華南狩,湛真主持朗公迎駕河干,奏對稱旨,賜以御書。時岳公爲首座,同覲天顏。越數載,老僧示寂,而岳公遂主法席。風徽高扇,名動遠邇,開堂說戒,道俗歸趄,文士達官咸與結契。爰以解帶布金所積,式廓精藍。凡三身之座、四天之閣、十八應真之位,以及禪室、講堂、養老、居疾、庖廚、庫廩,無不畢具,湛真倏然淮陽一大叢林,而岳公亦誠然東南一老耆宿矣。研求法藏之暇,或緣性觸興,文采灑落,得詩若干首,介其弟范衣問序余。余閱之,喜其詞清致逸,純任自然,不事雕繢,無塵土氣,亦無蔬筍氣。噫!此其所以爲姚氏子歟? 而或者謂:"自唐以來,士大夫爭以排釋老爲言,故昌黎《贈靈師》詩有云'齊民逃賦役,高士著幽禪。官吏不之製,紛紛聽其然''靈師皇甫姓,胤胄本蟬聯',意以名家子,固不應爲僧也。"或又謂:"瑜伽氏戒綺語,故老泉於唐詩僧文暢之徒謂'其飲酒食肉,自絶於其教,以求知於吾士大夫之間',意以爲僧,又不應爲詩也。"余皆不謂然。三教並存,其來久矣,各極其致舉,可造聖賢地。是以皎然爲靈運十世孫,顏真卿、韋應物並重之,相與酬倡。無可爲閬仙從弟,與閬仙齊名。廣宣廖氏子,與劉禹錫善,爲内供奉,有《紅樓集》。惠洪新昌彭氏,禪學最深,旁通書史,與陳了翁、黄山谷爲友,有《甘露》《林間》諸集。道潛姓王,字參寥,陳師道《送別序》稱爲釋門之表,士林之秀,而詩苑之雄,蘇子瞻作參寥泉銘。由此觀之,詩固無妨其爲僧,僧固無妨其爲名家子也。又况岳公以名家子而僧,僧而詩,而素積道風,而日精突義,而主東南之法席乎? 余塵鞅羈紲,不能爲入社之宗雷,而許詢之詞復覺難酬支遁。它日者,倘相遇於世内外間,岳公其亦葭莩我耶? 抑亦鷗鳥我耶? 我不敢知也。聊爲題數語,藉其弟以歸之。康熙六十一年歲次壬寅孟秋月中浣,硯齋張廷玉題。

　　張廷玉(1672—1755),字衡臣,號硯齋,安徽桐城人。此文未見於其所著《澄懷園文存》《澄懷園載賡集》等詩文集中,是爲佚文。張廷玉稱燈岱爲"余外家姚氏子",則二人有親誼。集中有《西來國和尚上供偈》《與范衣三弟》諸詩,可考燈岱之生平。

　　卷末附有燈岱門人正曉詩9首,並有燈岱題跋曰:"亡徒正曉、正得,淮陰人也,少依余究佛老學,性俱聰慧。於翻經之暇,好弄筆墨,不幸皆早死。死後發其遺篋,得書各一卷,視之,乃詩也。嗚呼! 徒死矣,徒有詩而徒寧死哉? 爰各取數章,附梓《妙葉堂詩》後,以正諸當世之善詩者,或不訶余爲阿其所好也。雍正二年七月朔日,岳宗老人書。"據此,燈岱《妙葉堂詩鈔》應自編於雍正二年(1724)。跋中所稱《妙葉堂詩鈔》後尚附有正得之詩,然此本未見,蓋未爲全本。

　　《妙葉堂詩鈔》收燈岱詩近三百首,内中多酬贈、遺懷之作,用語清新、質樸,不用僻辭、僻典。《除夕》一詩,頗具自傳性質:"節序應除舊,風光欲轉新。留連將盡夜,惆悵未歸人。鄉路懷迢遞,天涯嘆苦辛。青山知久別,白業悔前因。家世中凋落,宗乘幾屈伸。入明增一歲,我暗痛雙親。淮水淹遲甚,鍾峰盼望頻。病多愁易入,夢醒記難真。"蓋平生大半雲水瓢笠,詩中每流露思鄉、懷人之情。又如《丁亥歲暮喜家襄宸叔唐智伯兄來》:"迢遥五百里,歲暮抵淮陰。細問家園事,重驚旅客心。貧交三世久,夜坐一燈深。明日如何別,相看淚滿襟。"瞿曇氏雖捨親離家,然決非忘情絕愛者,教内規訓與世俗倫常亦非全然相抵。他如小詩《雪後寄叙天》:"空明霽雪映高臺,一夜梅花開未開。却笑袁安貧穩卧,凌晨不策蹇驢來。"頗可諷誦,惜其名不顯於叢林、詩苑。

《西庵草》一卷、《息影齋詩鈔》三卷,釋律然撰

律然(1672—1749後),字素風,原名律度,號西庵,俗姓秦,常熟(今屬江蘇)人。四歲失怙,喜讀書,聞誦《心經》,即能默記。九歲禮長壽庵午月恒公爲師,十七歲祝髮,二十六受具於三峰揆碩和尚,後至吳郡聽講於弘方法師,嗣法於三峰雪亭密公。平生不貴慕遊,不事化緣。禪餘之暇,好聲律,翕然以詩鳴。晚年尤耽静寂,闢"息影""石經"二室,終日坐卧不出。著有《西庵草》一卷、《息影齋詩鈔》三卷存世。生平見法弟孫淇撰《西庵和尚塔銘》。

1.《西庵草》一卷,稿本。見存於國家圖書館。卷端題"西庵草"/"釋律然素風"。內鈐"偶然爲客落人間""三峰學人""未學""未能免俗""不足觀""餘習未忘詩""律然""素風""息影齋""旅泊三界"等印,蓋此本爲釋律然之手稿。半頁 10 行,行 20 字,黑格,左右雙邊,中縫題"西庵草"。內多有圈點、校正痕迹,幾至莫辨。正文前有康熙四十年辛巳(1701)嚴德垕《西庵集叙》,康熙三十五年丙子(1696)錢陸燦《題西庵詩》,及律然《自述》。錢陸燦序述及律然向其學詩之經歷,略云:

> 梵壽庵釋子年十有七,蹇來請予安名且題字,曰:"予生命寒,據珞琭子平之術法當殀。"予見其貌文,其辭氣雅,因爲名曰"律然"。"然"者,助之以火也。字之曰"素風",風值火,火益熾寒,水土或藉以無恙。別號曰"西庵",西者兑金卦,氣火然之,母不生子,可年永也。書聚頭箑以與之。自是去又來,又請予學爲

詩。予曰："子曾讀杜子美詩乎?"曰："未也。"因畀以向所閱本，且告以閱之故。欣然持去。不數日，旋返予，且曰："已遵夫子筆點定一部。"及叩之，則甚了了解予意。予甚喜，去。又幾一載，復來見予。予曰："子喜詩，曾學爲詩乎?"曰："曾爲之，勉録一册，不敢呈師覽。"予迫而索之，囁嚅不敢出諸袖。臨去，以其所爲置諸几，急呼之，已遠矣。取而閲之，意甚邇而取徑圓，脱無滯色。予驚而喜曰：噫! 是詩也，是成於詩者也。文如是，而加之以學問，何患杼山、齊己、禪月不可至? 予老矣，恐不及見子成就時，因書於卷端如此。時丙子夏六月初伏日，三峰四世鐵牛居士錢陸燦，法名道燦，時年八十有五。

據此，《西庵草》實爲律然學詩之習作。今所見之本，内中頗多圈點、眉批、夾評，筆迹頗類於本集末所附錢陸璨所撰跋語，當出於錢氏之手。錢氏跋曰："遍閲諸作，和易輕穩，絶少字句之疵，是學之已成者。但出之太現成，恐泛應有餘而深入不足，盍更以沉雄奇闢進之。我輩既欲做詩人，則須鉥心鏤骨，極其才力而後止，則苦吟既久，自有無窮旨趣。"細讀批語，並非一味稱揚，實亦多校正之語。

律然自述曰：

余自戊辰冬薙染入空門，時年十有七，輒擬參學諸方，了此生一大事。越二載，先師順世，未辦腰包，鹿鹿忽十載餘。性甘淡泊，禪誦外無他好，間學有韻語以遣懷。自愧質鈍無師，又未嘗讀書識字，茫乎不得其緒。聞諸司空表聖云："愛吟僧亦俗。"然則詩非釋子所當事也。余更爲轉一語曰："愛吟聊破俗。"夫比興之義，古人所以抒寫其性情，言在此而意在彼，鏡花水月，原與出世之法不殊。且皎然謂"以詩句牽勸，令入佛智"，則詩亦證道之門，正與俗遠。微吟自遣，如蟲食木，偶然成字，當亦無害乎清

浄法也。嗜痂未變，性不能已，每當山空水寂時，會心不遠，偶有
所得，書以投篋，敝帚自珍，積之既久，凡若干首，目之曰《西庵
集》，不敢示人，聊以自怡云爾。歲在上章執徐涂月，律然自述。

"上章執徐"爲庚辰年，即康熙三十九年（1700），時律然二十九歲，亦
即其初學詩之時。卷末又有嘉慶二十四年己卯（1819）彭兆蓀跋云：
"右西庵上人詩集手稿，所詣雖未精，而清夐越俗，讀之如在寒巖蕭寺
中支折脚鐺，煮糙米飯。"又有嘉慶二十四年孫元培跋曰："華嚴法界，
清絶飛塵，旃檀香林，妙動靈籟，意旨既遠，神韻自超。齊己、貫休而
後，師其嗣音，獲睹手稿，亦三生文字緣也。"彭、孫二跋，應是遞藏時
所撰。

　　2.《息影齋詩鈔》三卷，乾隆十四年（1749）刻本。見藏於國家圖
書館，另上海圖書館藏前二卷。鈐有"鐵琴銅劍樓"印。卷端題"息
影齋詩鈔"/"虞山釋律然素風"。半頁10行，行19字，無格，白口，四
周單邊，單魚尾，版心鎸書名、卷次、頁碼。正文前有乾隆戊午（1738）
沈德潛序、王材任序，乾隆己巳（1749）陳祖範序、柏謙序，康熙壬寅
（1722）王應奎序，及乾隆乙丑（1745）孫淇撰《西庵和尚傳》，書末題
"學徒果惟旦豁庵校"八字及江藻跋。

　　細察之，國圖藏本"自常熟山水"至"嘗謂余"半頁，似爲另一序，
且沈德潛序與王材任二序裝幀顛倒。沈德潛序曰：

　　　詩貴有禪理、禪趣，不貴有禪語。王右丞詩"行到水窮處，坐
看雲起時""松風吹解帶，山月照彈琴"，韋蘇州詩"經聲在深竹，
高齋空掩扉""水性自雲静，石中本無聲"，柳儀曹詩"寒月上東
嶺，泠泠疏竹根""山花落幽户，中有忘機客"，隨江山魚鳥，烟雲
花樹，友朋酬對，皆能悟入上乘，可以證禪理與趣足也。宋人精
禪學者，孰如蘇子瞻？然《贈三朵花》云："兩手欲遮瓶裏雀，四

條深怕井中蛇。"意盡句中,言外索然矣。解此可與讀素風上人
之詩。上人性地既高,沉寂淵泊,屏居虞山,篤友生之誼,中有所
得,發而爲詩,疾痛煩惱,搬柴運水,皆成韻語,不必刻意求工,而
求工者自不能到,惟理趣而得也。中亦有以禪語證禪處,要皆不
背不觸,不定不亂,視外間禪習,乞靈於《弘秀》諸集,執著語言而
汩没其性靈者,夫亦適爲禪縛爾已。予於虞山詩人前哲如王僉
憲西澗,同學如陳進士見復、汪貢士茶圃、侯秀才秉衡、王秀才東
溆,皆後先結契。五詩人者,或秉高格,或主性情,或崇才華典
碩,雖風裁各異,然皆原本騷雅,每能匡予不逮。上人生於其地,
志與唱和贈答,定方内外之交。五詩人者不學禪,而每通於禪
理、禪趣。上人之詩不學儒,而禪理、禪趣中並不違於儒言、儒
行,知得力於友朋劘刃者,爲有素也。憶戊申首春,訪上人於山
庵,坐蒲團,聞妙香,聆清磬聲,頓令心骨閒冷。今相距十有一
年,兩目眵昏,鬂絲俱白,殖業頹惰。而上人德力精進,兼以詩學
提唱後人。視十有一年,不啻恒河數中一彈指頃,知外人内天遊
於方外者,天不能以日月限之也。他日重詣山庵,追尋舊蹤,如
話三生,並印證禪理、禪趣、禪語之説,上人應必有以教我。乾隆
三年戊午立秋日,長洲法弟沈德潛題於靈巖山居之歸愚齋。

按,此序未見於潘務正、李言點校《沈德潛詩文集》中,是爲佚文。錢
鍾書《談藝録》曾提及此文:"余嘗細按沈氏著述,乃知'理趣'之説,
始發於乾隆三年爲虞山釋律然《息影齋詩鈔》所撰序。"並注曰:"按
《歸愚文鈔》中未收。"是集卷末有江藻跋曰:"西庵老和尚少時師事
圓沙錢先生,與先君爲同學友。禪誦之餘,研精詩律,所交皆當世知
名士,望重一時。集中詩可覆而按也。舊刻《息影集》久已流布,今年
近八旬,學益懋,詩益醇,積卷日益富,乃不自足,以舊刻猶未愜心,删
存十之二三,並將歷年所得詩,抉擇去取,編成三卷示余。且告之曰:

'律然畢生嗜吟,性鈍未窺古人堂奥,非敢言詩,妄冀傳後,亦以一生精力嘗瘁於此,不忍棄也。子其知我,爲我記之。'余憶髫時,時隨先君過從,備聆言論,迄今四十餘年,宛然如昨。先君墓木久拱,圓沙先生門下無一存者,而和尚巋然靈光,爲吟壇壽考。痛先人之久背,幸老成之尚存,不鄙末學,虛懷下問,自慚固陋,聊識數言於卷末。至其詩品,在唐人齊己、皎然之間,已詳諸先輩弁言,余不贅。乾隆十四年己巳九月,同社後學江藻拜跋。"按,跋中言及律然"今年近八旬",則卒年應在乾隆十四年(1749)之後。

另,北京大學圖書館亦藏《息影齋詩鈔》一部,《清代詩文集彙編》第 230 册據此影印。此本亦爲三卷,卷端亦題"息影齋詩鈔"/"虞山釋律然素風"。版式同於國圖藏本。然書前所録之序略有不同。北大本首列王應奎序,次爲沈德潛序,次爲陳祖範序,又次爲柏謙序,及釋孫淇《西庵和尚傳》,闞王材任序,書後亦無江藻跋。或此本即江藻跋中所謂"久已流布"之"舊刻《息影集》"。

律然平生不貴慕遊,不儲鉢資,長年端坐靜室,禪修吟詠。其人穆如清風,靜若止水,所作之詩亦清絶拔俗,平和淡泊,絶無烟火氣,亦無盂鉢氣。沈德潛《清詩別裁集》卷三二所選之《落梅》云:"和風和雨點苔紋,漠漠殘香靜裏聞。林下積來全似雪,嶺頭飛去半爲雲。不須橫管吹江郭,最惜空枝冷夕曛。回首孤山山下路,霜禽粉蝶任紛紛。"又《西齋小葺初成西澗露湑兩先生見過贈詩次韻》云:"緇廬不厭如蝸小,喜是軒窗兩面開。種竹葉沾新雨露,移松根帶舊莓苔。偏多白髮携筇過,盡放青山入座來。點檢階除忙未了,幽花野草按時栽。"出語平和,却頗能造境,諸家之推許不誤也。

《腰雪堂詩集》六卷,釋德溥撰

德溥(1674—?),字百泉,江蘇泰興人。住慶雲寺。著有《腰雪堂詩集》六卷存世,生平未見碑傳。

《腰雪堂詩集》六卷,康熙六年(1667)刻本,見存於上海圖書館①。開本高 16.7 釐米,寬 26.1 釐米;版高 17 釐米,寬 12.5 釐米。卷端題"腰雪堂詩集"/"慶雲釋德溥百泉",鈐有"王培孫紀念物"印。半頁 10 行,行 19 字,黑格,白口,左右雙邊,單魚尾,版心鎸"腰雪堂詩集"、卷次、頁碼。正文前有德溥自序,卷末有徐鎔章跋(有缺頁)。卷一第 17 頁、卷二第 1 頁,爲鈔補。

德溥自序云:

> 劉夢得有言,詩僧自"靈一導其源,護國襲之,清江揚其波,法振沿之。如幺弦孤韻,瞥入人耳,非大音之樂"。矧予以鈍根忝傳衣鉢,主席慶雲,而四辯三乘,了然不解,十纏五惑,蓁然都在,曾何敢以一吟一詠,與當世大雅之林角其工拙?所以爲此者,由天竺國俗,本重文制,其宮商體韻,以入管弦爲善,經中偈頌,皆其式也。既事空王,遂習韻語;既習韻語,遂近詩句。凡士大夫之見容以賓接者,類有投贈,雖乏瓊玖,不能廢報。又芒鞋布衲,經歷匡廬、洞庭、黃山、白嶽諸勝,雖無會於中,而軋軋其若抽,殆如瘖者之思語,故亦不得而禁焉。而士大夫愛而忘其醜,遂斂金如干,哀其集而付之剞劂。予自哂智不周物,所謂未識刹那之賒促,安知麻姑之桑田?是曾幺弦孤韻猶不逮,而況大音之樂鼓之二十五弦皆動者哉?然冀得大雅君子指摘疵瑕,則茲集之爲誤作,猶可自策於疲暮。昔張孝秀博涉群書,專精釋典,僧有虧戒律者,集衆佛前作羯磨而笞之,多能改過。詩律尤戒律之,今得拜賜一言,是即金壇上聞佛羯磨,歡喜無量。或竟以爲

①上海圖書館、徐州圖書館藏有《腰雪堂詩集》六卷,雍正五年釋德溥自刻本。今又收入《泰州文獻》第四輯第 45 册。另,首都圖書館藏有清鈔本一部。

牛糞之孔，非香泥所補，是有力如四童子，而直以雀離浮屠視其
詩也夫，何敢。時丁未陽月，德溥自記。

"丁未"乃康熙六年（1667），德溥詩集蓋由文人募刻而成。序中稱自
己爲詩之由，頗能代表僧人心態。

徐鎔章跋曰："（以上缺頁）過，恍如觀寶春山，獲珠大海，何奇不
毓，何珍不藏。余既歎服百泉爲詩之工，又因以知其不以禪鳴，而禪
正未可量也。昔南嶽懷讓大師弟子六人，各契其眉、眼、耳、鼻、舌、
心，一體照耀震旦。今讀百泉之詩，春容和粹，何減常浩之威儀；紆徐
往復，何減智者之顧盼；證性觀空，何減坦然之聽理；含毫吐馥，何減
神照之知氣？至於瑰詞秘義，雨散烟涵，方諸嚴峻之善談；説道之善，
古今當不是過。於戲！詩如百泉，是可以詩鳴矣。且詩如百泉，抑又
可以禪鳴矣。世人言詩不言禪，言禪不言詩，余喜百泉之兼之也。與
之遊焉，浹二三旬日，不忍去。將歸之日，贈之言，勸其彙輯前後所
作，壽之梓流，示鷲山、鹿苑間，愧夫謬以禪鳴者，而抑顧一切大衆知
渠囉囉所傳，固在此而不在彼也。昭陽髮弟白齋徐鎔章頓首纂。"徐
鎔章，字白齋，號海翁，擅書法，超拔高逸。

是集凡六卷，卷一收詩 88 首，卷二收 101 首，卷三收 116 首，卷
四收 104 首，卷五收 97 首，卷六收 61 首，共 567 首。德溥歷覽匡廬、
洞庭、黃山、白嶽諸勝，吳山越水，幾遍涉之，故其詩多遊山涉水、攬勝
懷古之作，格調清峻通脱，可讀者甚多，《舟中夜雨》《燕子磯》《沙溪
曉發》諸作，皆可入禪林詩選。舉如《金山》中二聯："鐘聲四落征人
夢，月影孤懸衲子禪。北府軍營餘舊壘，南朝舞榭盡荒烟。"其詩並非
一味清空虛明，淡乎寡味，而有渾厚之象。詩集開首《詠史》《柴墟岳
王廟》及《金陵懷古》《廣陵懷古》等，用典精切，議論弘深，情懷深廣，
尤可見出德溥乃博通群書、積學儲寶者。柯愈春以爲"讀史詩以禪理
入志傳，尤獨出機杼"。其詩亦不乏禪趣、禪味，寫景述懷，常顯僧人

本色。如《晨起》云："静不貪閒動不嘩,肯攖塵夢落天涯。敢將枕子推抛地,打破虛空作碎沙。"《山中訪隱者不遇》云："上山下山砌足入,入雲出雲雲遮目。躡履來尋隱者居,萬叠雲山一茅屋。灑掃不見三尺童,守門獨卧千峰鹿。徘徊溪畔無人聲,但聽春流響空谷。"斯情斯境,非俗輩所能道。

《博齋集》三卷,釋元尹撰

元尹(1666—?),字宇亭,號旅三,俗姓吕,江蘇常州人。少多病,遂棄家學佛,居山三十餘年,略有所見,嘗住湖州吴山萬壽寺,結歸雲庵,徒衆日滋。康熙五十三年(1714)至海鹽,住安國寺,易號爲"海角頭陀"。著有《博齋集》三卷存世。生平未見碑傳。《正源略集》卷一〇列其爲節崖琇法嗣,爲南嶽下三十六世,其法嗣則有金陵吉祥寺樸庵修禪師。

《博齋集》卷上《登顧龍山(有引)》言"乙巳小春朔有八日,乃余六十初度之辰","乙巳"爲雍正三年(1725),則其生年當爲1666年,即康熙五年。卒年俟考。

《博齋集》三卷,康熙五十九年(1720)海寧陳邦懷刻本,藏於中國科學院圖書館,《四庫未收書輯刊》第8輯29册據此影印。開本高27釐米,寬17.7釐米;版高20.8釐米,寬14釐米。内鈐"東方文化事業總委員會所藏圖書印"等印。卷端題"博齋集"/"住鹽官沙門元尹宇亭著"。各卷編梓者不一,卷上爲"海寧□□□學庵閲"/"陳邦懷棲霞梓",卷上之餘爲"門人淮海成理編"/"楚湘成祥梓",卷中爲"江南錢中樞秋水編"/"山西賈擴基亦庵梓",卷下爲"周光斗太微校"/"施溥放儒等梓"。半頁10行,行21字,有界欄,四周雙邊,白口,無魚尾,版心鎸"泊齋集"及卷數、文體、頁碼。正文前有許汝霖序,康熙戊戌(1718)陳勳序,康熙己亥(1719)陳世仁序,康熙庚子

（1720）徐有緯序、施謙序，及元尹自序。元尹自序稱：

> 余素不知詩，亦不會禪。向於平陵、吳興兩處，住山多暇，每風晨月夕，觸景興懷，不覺隨口亂道，偶積有《山居》《詠閒》《落索》等集。至丁亥、戊子，連遇凶荒，頻遭賊火，諸稿皆失，隻字無存矣。後幾十年甲午歲，住鹽官，因學者叩索及此，乃靜思之，略記數首焉。又或於知己輩酬應者，稍留一二，先後共輯一帙，曰"博齋集"。然皆鄙俚粗野之語，不過以自志其山林之景趣耳。余道護棲霞陳工部者，嘗過我，每見禪衆臆好，鈔錄頗多，由是捐資勸刻之。亦惟黃葉止啼之意，又烏可以詩禪云乎哉！海角頭陀元尹識。

《博齋集》乃元尹從《山居》《詠閒》《落索》等散佚舊集輯出，陳邦懷捐資付梓。此本卷上收各體詩 200 餘題，卷上之餘收詠金壇東林詩 30 題、詩餘四闋、《太平氣象詩》十首等，卷中收偈 175 題，卷下收贊略、對聯 81 幅，榜、疏、書札等雜著 16 題。

元尹非以詩自矜者，陳勳言："毘陵宇亭和尚飛錫鹽官安國寺，期月之內，宗風丕振，四方聞風而至參學者日數百人。每相對莫逆，喜其意氣閒靜，終日坐談，未嘗言及於詩，人亦未嘗以詩僧目之。"施謙序亦曰："甲午秋來吾邑，居安國寺，間為詩，初不示人，人或知而求之，雖病必應。且曰：'吾亦自道所得耳，至求合於古人者，何如不計也。'"然元尹頗能以文字作佛事，觀其於吳興吳山歸雲庵所作七律《山居二十首》《遣懷二首》，平陵所作七絕《山居二十首》等，出語質樸，興趣盎然，蘊涵真意，句句皆從胸襟流出，庶幾如其所言"借詩說禪"，而非"借景表情"，"直與天下後世學者，解粘去縛，作將來眼也"（卷下《巨容普伭禪師和栯堂山居詩集序》）。如云："自家活計自家知，日用工夫說向誰。大小石頭形塊塊，短長竹子影枝枝。無心未必能移物,有念依然被物移。坐斷有無中不守,一輪明月照清池。"既爲説法,亦明自性,純樸歸真。元尹詩文,無論與人酬答,抑或題詠山寺、法物之作,皆觀佛禪要義,不輕作世諦語,更不作高深語,可謂如實修行者也。集中有《西洋觀音》詩云:"西洋賣俏又東吳,祇作尋常美婦圖。愛水欲枯諸有界,不知諸有幾時枯?"詠西洋所製觀音像,饒有意趣。

《松阿詩集略選》四卷,釋常岫撰

　　常岫(?—1689),字蒼林,別號懦翁,一號松阿、松阿樵者,俗姓巴(一説鄭),浙江黄巖人。生於京師,少習經史,頗能屬文。十五歲,因讀内典,契心空門,歸依印空長老,薙染於大千佛寺。從大演義公習梵教。年二十,參廣濟玉光大師,即遊五台、南海諸名勝。後棲隱上房山五載。忽焉南旋,高澹人居平湖,得馮氏舊圃,割其中一區,招之駐錫,名曰"簜藪"。康熙二十八年(1689)七月示寂於平湖。常岫喜吟詠,著述甚富,居千佛寺有《祖華堂集》《聽濤厂稿》《寒濤閣稿》《墨香幢集》《遂清堂集》、住大房六聘山有《邃園稿》《東峰蘭若集》、寓良鄉弘恩寺有《復古堂稿》、居平湖有《簜藪詩》,存世者則有《松阿詩集》四卷。乾隆間,傅雯曾爲之塔銘(未見),《新續高僧傳四集》卷六四、《檇李詩繫》卷三三有其小傳。

　　《松阿詩集略選》四卷,一册,康熙二十九年(1690)張興淳刻本,見存於南開大學圖書館,另山西大學圖書館藏有一部。《南開大學圖書館藏稀見清人別集叢刊》第5册據之影印。扉頁題"松阿詩集略選(四卷)"。版高29.9釐米,寬14.1釐米。卷端題"蒼林岫和尚松阿詩略選"/"豫章李其蘇雲若"/"虞山許天錦芳洲同校"/"雪川韓鴻遇飛六、廣陽張興淳溯源同選"。半頁10行,行20字,四周雙邊,白口,無魚尾,版心鎸"松阿詩集略選"、卷次、頁碼。正文前有釋元丹序,書後有張興淳跋。

釋元丹序曰:"丹溺儒者二十年矣,謂狃於章句也,則棄文而從武;宦遊者二十年矣,謂伍於肉食也,則離俗而稱僧。薙染以來,自覺快樂,然竊見今世之所謂僧者,而深有異焉。謂夫紛紛若若者,何求乎? 求佛也。佛何求乎? 求明心見性也。不意求佛之中,而巧爲藏疵之藪,於明心見性之地,而反多弋名漁利之途。僧於詩者,僧於丹繪者,歧爲醫卜門户雜術者,俗士之心生,則林泉不可問。奚衲僧之甚難乎? 非難也,爲真僧者之難也。律師蒼林岫和尚,素未謀面,然在京都已藉藉。其人客歲獲交於溯源張君,因以師遺集見示。其人真,其意沉,調高而氣厚,故思遠而語純,蓋寄興於實而不求於名,斯所謂有傳人而後有傳文,如是者,其可以爲真僧乎? 故樂爲之序。震澤南濱釋元丹又霞拜題於燕京水碓之左。"序中所言"溯源張君",即張興淳。

張興淳跋曰:

師住持藏教,嚴淨毘尼,吟興最豪,而著作甚富。縱片言隻字,脱體烟霞,學者見之,如親炙師範。居都門千佛寺有《祖華堂集》《聽濤厂稿》,住大房六聘山有《邃園稿》《東峰蘭若集》,寓良鄉弘恩寺有《浚古堂稿》,總目之曰《松阿集》。惜乎淳未獲全編而快讀之。戊辰春,師南遊。明年秋,遷化於越之平湖。檢其所遺,僅見《雪詩》一卷、《浚古堂稿》一卷、《六聘山稿》數篇、《聽濤厂稿》數篇,同安釋超全大輪評者居多,第未有倫次,難以紀編,惟湮没是懼。庚午初夏,友人丘勝萊香谷過我齋中,捧讀師之遺墨,殷重稱歎,旋請壽梓。淳遂忘固陋,謹選其和陶、集唐、村居、遊覽諸作略成四卷,《雪詩》一卷,付諸剞劂。敬書原委於末,俟全稿北還,再續之爾。廣陽學人張興淳溯源甫榮譚敬識於古存堂。

正文前有選目,卷之一選五古 3 題 18 首,卷之二選五律 17 題 36 首,卷之三選七律 8 題 12 首,卷之四選五絕 3 題 4 首、七絕 5 題 6 首。所選之詩,明確標明出處,或"聽濤厂遺稿選",或"浚古堂遺稿選",或"六聘山遺稿選",皆由張興淳從其諸集中選出。

《松阿詩集略選》四卷所選多爲常岫"和陶、集唐、村居、遊覽"之作,鮮染世諦,風格高古冲澹。《和陶飲酒原韻十五》渾樸自然,頗具淵明神韻。如其四曰:"結宇重巖下,而遠人世喧。胡爲就小隱,素性玄幽偏。既爾卧泉石,不覺身在山。負戴一何苦,修途艱往還。樂世惟自知,難以從者言。"其遊覽經行之作,則清雅儁秀,無苦吟寒蹇之態。例如《遊翠微山》云:"日下峰先暝,烟橫望忽迷。到門雲已合,倚檻樹全低。共欲探龍窟,重來識虎溪。不知何處雨,活活響窗西。"而《寒夜書懷四首集唐》《春思四首集唐》等集唐詩,借他人之句抒己之懷,通暢自然,若天然合作,無有拼湊之痕。

《散庵詩集》三卷,釋智慎撰

智慎,生平未見碑傳,僧傳、詩選亦未登其名。著有《散庵詩集》三卷傳世。據集中卷二《初度酬子晳先生韻》中"流光六十乍云周,鬢已成斑刺衆眸"句,世壽在六十以上。又據書前康熙二十六年(1687)徐元定序,稱其常"夕泛鑒湖之月,朝採戢山之雲",蓋爲會稽僧,其名智慎,號散庵。

《散庵詩集》三卷,一册,康熙二十六年刻本,見存於浙江圖書館。開本高 25.4 釐米,寬 14.6 釐米;版高 21.8 釐米,寬 21.8 釐米。卷端題"散庵詩集"/"逸山氏智慎稿"。半頁 10 行,行 20 字,白口,四周雙邊,單魚尾,版心鎸題"散庵詩集"、卷次、詩體。正文前有康熙二十六年丁卯徐元定序,其曰:

人生如寄，頃得言之事，殆爲都盡，終日戚戚，觸事惆悵，惟遲君來，以晤言消之。而予塵驅碌碌，北走燕雲，南浮湘蠡，不得偕指師夕泛鑒湖之月，朝採蕺山之霞。而涉則濯芳襟於八解，屏塵相於七花，玄途眇曠，高義成林，其梁元所云"言語斯絕，詩歌作焉"者乎？當夫山浮翠黛，水蕩清漣，好鳥弄音，名花曜色，雪堆壔圃，月泛銀河，莫不觸景寫懷，感時賦物，誠不愧"理愜鷲山，醉珍鹿苑"矣。予愧乏鳩摩十喻之所，王筠三縛之什。細味碧雲，時聞嘯虎。望山椒而躑躅，並坐奚從；睎幽岫而徘徊，連床何日。聊志數言，以抒鄙緒。若道是詩，當折潛、昭之角；若道是禪，又當生拔遠、休之舌矣。時康熙丁卯孟秋，鹿溪法弟徐元定撰。

後摩有"徐元定印""客家"二印。徐元定，生平未詳。

《散庵詩集》三卷，卷一收五言律詩 66 首，卷二收七律 71 首，卷三收七絕 99 首，凡 236 首。智慎詩多寫山水、寺院風物，句法工整，頗有巧思。例如《秋興》："旅館京門外，誤刪落日邊。酒帘除店火，漁灶散江烟。月白雲初静，沙明鷺未眠。到涯誰是主，遠水浸長天。"《客剎》："駐錫仙巖近，清燈獨掛冠。水聲侵户響，山氣入樓寒。月磴孤村寂，霜鐘野寺殘。忽聞雲外雁，歸思滿江干。"《若耶溪》："扣舷驚犬吠，茅屋傍林幽。六寺孤舟盡，千山兩岸浮。暫開雲外眼，遥望水西頭。柳緑無人處，沙邊卧白鷗。"清空省净，無囂塵之氛。摘句如"地窄飛紅滿，崖高滴翠遲"（《南明山》）、"水響魚分浪，庭墟鳥啄花"（《蘭亭吊古》）、"碣殘迷遠迹，池湛浸寒空"（《天華》）、"水流花不動，花落地無聲"（《江干》）、"野水生浮骨，清光上素幛"（《賦雪》）、"月浸梅花僧入定，水涵松影鶴驚飛"（《雲門寺》）、"輕風未息潮盈岸，微月初生雪滿川"（《十錦塘》）等，皆井然工整，不難想見其苦吟鍛煉之功。智慎詩中亦偶露歎老嗟卑、學道未成之惆悵。例如

《山居》十四首云：“百年光景逐浮萍，未老灰心似白頭。碧水祇堪窺瘦影，青山那許著閒愁。風聲菊圃金千樹，月吐松門玉一樓。安分自甘天地外，迥然不與世相儔。”雖“自甘”云云，却未必真正入三摩地者也。

《耕烟詩鈔》一卷、《黄山紀遊草》 一卷，釋元立撰

　　元立，字鐵夫，又字鐵庵，俗姓張，生卒年不詳，康熙間淮南僧。久侍天岳本書，受記莂。居焦山數年，後入黄山，住雲谷寺。與黄宗羲、毛奇齡等人遊。著有《耕烟詩鈔》一卷、《黄山紀遊草》一卷存世。生平未見碑傳。

　　1.《耕烟詩鈔》一卷，一册，康熙刻本。見存於上海圖書館。開本高 25.9 釐米，寬 16.6 釐米；版高 16.2 釐米，寬 12.7 釐米。内鈐“王培孫紀念物”印。卷端題“耕烟詩鈔”/“淮南釋元立鐵夫”。正文前有黄宗羲、毛奇齡、胡從中、吴蕭公序，諸序之後列有選校姓氏，有盛遠、黄宗羲、毛奇齡、胡從中、查士標、余懷等 19 人。卷末有張弘保題識及評語，並附黄宗羲、毛希齡、王撰、董瑒、黄百家、張總、查士標、盛遠等人投贈詩及宗子豫跋。

　　黄宗羲《平陽鐵夫詩序》曰：“唐人之詩，大略多爲僧詠。如岑參之‘相識唯山僧’，盧綸之‘幾年親酒會，次日有僧尋’，鄭巢之‘尋僧踏雪行’‘留僧古木中’，皇甫冉之‘吏散重門掩，僧來閣復開’，項斯之‘勸酒客初醉，留茶僧未來’，李山甫之‘檻前題竹有僧名’，李洞之‘壁記醉僧書’‘鄰僧點寒竹’，張喬之‘僧説讀書年’‘吟僧欲伴行’，朱慶餘之‘時復留僧宿’‘唯僧得住還’‘江僧伴晚吟’，崔塗之‘暫得同僧静，偏逢僧話久’，耿緯之‘尋僧已白頭’，唐求之‘問寒僧接杖’，馬戴之‘孤壁野僧鄰’，其他不可枚舉。豈不以詩爲至清之物？僧中

之詩，人境俱奪，能得其至清者，故可與言詩多在僧也。齊己云‘五七字中苦，百千年後清’，此之謂也。豈若今之支那撰述，惡詩村偈，粗厲呶叫之音，剽取市廛，以爲脚本乎？余居四明山中，僧舍不啻千餘，閒時遊覽，但見有物象人，詰之，口輒動，所謂僧也。此曹不可與談笑，況於詩乎？平陽鐵夫名元立，兩月之間，兩度過我已。出其詩，不染纖塵，真英靈衲子，唐人之所詠也。有天岳以爲之師，當趁此色力，專志讀書，無徒普説茶話，理會饅頭夾子也。”黄宗羲序殘缺甚多，所幸亦見於《南雷文約》卷四。

毛奇齡序曰：“古文無言時與景者，日記、遊覽記，皆漢後之作也；亦無言情者，寓書、贈答序，皆近代製也。其專言時與景與情者，在三古以旋，惟詩耳。然則，賦詩而能静領節候，體會境地，終其日閒觀性情，以與世往來，宜在釋氏。而自唐迄今，傳者多有，顧求其顯著一時，與李、杜、王、岑爭先後者，卒亦罕有。則以寫景倉卒，便涉疏俚，造情唻樸，反成鄙夐也。鐵庵和尚爲平陽付法子弟，而下筆爲詩，如湯休，如靈一，如賈浪仙，辭致結屬，韻句縈貫，就其體撰，而皆得其言情言景之趣。劉夢得有云：‘片言可以明百意，坐地可以役萬景。’此其是與？鐵公住平陽，與越人遊，越人無言宋詩者。今將歸淮南，行脚道路，亦定無有以弇鄙疏俚之習污我念誦。惟是淮南舊遊地，且多勝景，而其中人士，亦往往與予有疇昔之好。他日能憶我，未免有情，當復記其所遊覽，而示予讀之。”此序又見於毛氏《西河集》卷五一。

胡從中序曰：“予讀鐵夫和尚《耕烟詩》，然後知詩應於何人可作，而人必如何可作詩。太史公曰‘詩本乎性，發於情，止於禮’是已。鐵夫薙□□□□道人久矣，不與夫父母兄弟、族黨婚姻、晨昏之事，及人世興亡、黍離麥秀、友朋離合之感。常居山陽故里，或往來吳越山水間，而於師友又往往形之夢寐縈回之際。其爲詩，經營慘淡，蕭然自遠。予讀之不禁愀然，又不禁躍然也。何也？以言乎性情，即從之情性也；以言乎禮義，即古今聖賢相傳之禮儀也。若余論詩，自吾儒而之二氏，第見其枯寂貿貿，絶少神明，則不許其能詩；挾詐虞，伏宄匿，荒蕩佚，亦不許其能詩。若然，則能詩者可知矣。或謂鐵夫曰：'以公才峰秀逸，曷去浮屠學孔子之學，而不以巖穴終乎？'鐵夫曰：'是賈島我也。夫賈島者，世外人之所羞稱，而我不願也。'或曰：'以公清苦深旨，何不演取忠孝廉讓之事，以醒夫世之童叟者乎？'鐵夫曰：'是寒山我也，是拾得我也。夫寒山與拾得者，世外人之所艷稱，而我亦不願也。且我期遊心於冥漠，與物無忤，亦第於身世之交，共適其所適者而已矣。《南華》曰"彼且奚適也"，不亦大可駭哉？'此鐵夫作詩之旨也。知此於古屋月荒、空山雪霽時，可以讀鐵夫之詩矣。同里胡從中。"從中，字師虞，號天放，崇禎間舉人。國變遁迹鄉里，繞屋植棟樹，名曰棟居。爲人外和内介，不事干謁，善書法，長篇短札，遍滿人間。

　　《耕烟詩鈔》一卷共收元立詩173首，各體皆有。元立雖多與遺民相接，然其詩清麗可讀，絢爛中見平淡。其爲詩既不宗賈島苦吟之風，又不以寒、拾警勵流俗爲旨趣，惟適情適性耳。如《江村即事二首》其一云："避暑宜山閣，閒看野老耕。榴紅當檻放，草碧繞窗生。短榻渾無夢，流泉細有聲。江光侵几案，觸目動幽情。"不事雕琢，而幽趣自現。又如小詩《杏花》云："人間那得此鮮妍，十里殷紅映碧天。幾日酒樓東畔望，祇愁風雨泣啼陽。"亦富生氣。又《山居遺興》其四："空翠浮林端，流泉響溪畔。我本巖居人，久與塵埃判。長風西北來，急急吹群雁。聽之動遐思，天地何浩瀚。悠然揮五弦，曲終仰雲漢。聊之適我心，豈云期汗漫。"頗有古意。集中又多有與黃梨洲、毛西河、毛大可等人唱和之詩，可資考證諸文士之方外交。

　　2.《黃山紀遊草》一卷，一册，康熙證源堂刻本。見存於浙江圖書館、上海圖書館。開本高 25.2 釐米，寬 16.5 釐米；版高 18.2 釐米，寬 13.5 釐米。卷端題"黃山紀遊草（己卯秋）"/"淮南釋元立鐵夫"。半頁 10 行，行 19 字，白口，左右雙邊，單魚尾，版心鎸"黃山紀遊草"、頁碼、"證源堂"。正文前有毛奇齡序、汪士鋐序、王晫序。

毛奇齡序曰："生平乏濟勝之具，過岱勿前，望匡山而不能登，即已陟太室而中道旋返，未嘗越數峰而上。宜乎藉觀覽以代遊歷。而乃篋無山經，且曾謂人曰'僕最不喜觀近人遊記'，人遂有誚予無登陟情者。顧少時讀《漢官儀》而驚心，偶閱謝客入康王谷詩，輒把卷惟懼其盡，則是能言山水者，亦未始不好之矣。鐵公居焦山數年，而後入黃山。既窮其勝，抑復退居雲谷寺，作黃山主人，因之有遊黃山詩，越千里相示。夫鐵公有道者也，曩者於無何之中不知何所見，而太白山人以爲見道而許之，使如來無象而忽著之爲有象。而況山容儼然，極人世變幻之形，視之如指螺掌壑，當下可信，而且見之真而言之切。舉所見示人，而人必不以爲不可見之事，則雖謂謝客之詩、應劭之文，畢陳於吾前，無不可也，則雖如予之不能登黃山，亦得也。蕭山西河毛奇齡秋晴氏題，時年七十九。"此序亦見於毛奇齡《西河集》卷五二，題名爲"鐵庵遊黃山詩序"，有異文，可資勘校。

汪士鋐序曰："黃山踞新安之北，鳥道蠶叢，人迹罕到。即有到者，登蓮花、玉屏者鮮矣，何敢問天都？天都峭崖危背，石皆陡絕，下俯萬仞，懸巖突出，層石摺叠，形若剝蕉。石渠、天橋固九霄仙吏之所棲托也，遊人以故多望崖而返。近年有海陽吳子青霞、何子昭夏先後登峰，撰爲遊記、詩歌，展讀歎爲奇崛。天童鐵公從焦洞來遊茲山，便道阮溪，過予草堂茗話。予嘗愛公《探梅》詩，有'雲邊天不夜，露下月皆香'之句，思其人必佳韻欲絕者。一見欣慰，人如其詩。公語我，此遊發願登天都絕頂，賦詩而還。予心壯之，然慮其或以險阻。乃兼旬往返，出詩三十餘首，天都一峰竟落公其鞋底矣。爲語登峰層次，蟹行蟻拊，益服其膽。有吳、何兩記中所未及者，公一一歷數，如道家珍。其詩皆意匠經營，未嘗有一習見語。於是歎公胸次之豁，而眼光腕力都非尋常之所能及也。天都之勝，九霄仙吏之所棲托，竟有拍其肩而拊其背者，非鐵公其孰能之？昔天童和尚題文殊院額曰'到者方知’，若爲鐵公今日識者。予因選其言尤雅者，登之《續志》，以見人迹所罕到，竟有安意肆志，登峰而吟嘯自如如鐵公者，謂非即天童大士之後身耶？阮溪教弟汪士鋐拜手撰。”汪士鋐（1632—1706），原名征遠，字扶晨，號栗亭，歙之潛口人。好遊黃山，嘗助程宏志、閔麟嗣纂《黃山集》。著有《栗亭詩集》六卷，輯有《近光集》《新都風雅》等。

《黃山紀遊草》一卷，收釋元立紀遊黃山詩 50 首，並次有秦松齡、何梅莊、汪士鋐、賓連、王宸玉、金海門等人評點。元立自焦山來遊黃山，窮搜遠探，考古尋真，復住錫雲谷寺，與山之絶峰、雲海、怪松、奇花昕夕相接，其詩則高古雄渾，氣象醇厚，頗有唐人風調。如《卧龍松歌》《蓮花峰》《玉屏峰觀日出》《從蓮花溝下百步步雲梯復上鼇魚澗至天海》《天都峰》《由老人峰入松門過小心坡走一綫天坡至文殊院》諸作，皆極妍幽深險怪變幻之狀，與夫草木烟雲泉石之殊致。例如《鋪海》云：“分明獨立在空谷，頃刻雲濤起平陸。大者長江小者湖，摩天群峭皆潛伏。似合不合兩茫茫，五色潮頭閃異光。試問來源莫能辨，奔騰澎湃合復張。轉眼倏忽成一片，明似玻璃净如練。颸颸罡風山半來，雲裏松聲戰雷電。吾生從此解誇奇，到者方知正此時。莫能名家矧言説，飄然身欲與雲馳。”賓連評曰：“轉折形容，備盡情態，他人必矜奇尚異，反覺格格不吐。”清初文人學士以登覽黃山爲尚，今人汪世清輯有《黃山藝苑詩選》，輯録汪汝謙、羅逸、凌世寧、汪作麟、汪士鋐等三十餘名士遊黃山詩，惜未及釋元立與釋大涵之作。《黃山紀遊草》有《贈雁公》一詩曰：“我來遊黃山，遇爾以爲快。無論石與雲，觸目即下拜。拜起問君意如何，仰天不答但高歌。”則元立與大涵或同時登臨黃山也。

《鹿峰草》一卷，釋□□撰

《鹿峰草》一卷，清鈔本，一册，見存浙江圖書館古籍特藏室。開

本高 28.8 釐米,寬 18.5 釐米;版高 25 釐米,寬 16.4 釐米。卷端題
"鹿峰草",内鈐"吳興嘉業堂藏書印""四明盧氏抱經樓藏書印""春
星草堂""遊好六經"等印,内中夾有嘉業堂藏書籤。半頁 10 行,行
20 字,無格。無序跋。共收詩 134 首。

　　是集不著撰人。開篇《丁巳寒食前一日化鹿山中作》小序稱:
"吾十有五輒喪母,母年甫四十,時丙午四月二十九日也。胞弟一人
先予死。□事父。不數年,父亦喪。父生於天命丙辰之夏,逝於康熙
丙辰之冬。余於父喪之明年入吳,復歸越,乃遊於會稽之平陽。時逢
拜掃,望故土以增悲,身屬飄零,念先人而益慟,不拘格調,因發哀
音。""丙午"乃康熙五年(1666),則撰者當生於順治九年(1652)。
《哭句章馮太仆退庵先生》序曰:"先生諱家楨,舉崇禎乙未進士,官
至太仆卿,遭國變,遂不仕,高卧北山之陲三十餘年,不一登有司之
庭。丙午夏,余守母喪,甫闋。先生因入郡,過余家,謬以能文見奇,
訂忘年交。時先生年七十矣。是年冬,招余過句章,留別業兩載,朝
夕出其著述、比興之文,勉余深造之,俾得臻厥美也。辛亥冬別先生,
還甬上。至中途忽有感,遙望郡東南七十里許有金峨山,因步趨而
入,棄儒冠,易緇衣,影不出山者三載。先生覓余蹤迹不可得。後問
禪於天童,繼參越之平陽,逾七八年,先生始知余爲僧也。戊午夏五
乃至句章,訪先生之宅,先生已卒於丙辰之冬十月矣。"金峨山,在今
寧波南二十公里處,則撰者當爲四明僧也,早年業儒,中道出家,嘗遊
方天童、平陽等地。集中又有《銓部項葦庵先生典試浙闈早春將近都
門與余有姑蘇之訂徐上淮揚舟次贈謝》一詩,項葦庵,即項一經,葦庵
其字也,湖廣漢陽人。初授金華府推官奉裁,康熙八年己酉(1669)改
令建德。有政聲,督撫交薦,擢吏部考功司主事,康熙十七年戊午
(1678)典浙鄉試。事見《浙江通志》卷一五〇。又有《送昆明心壁兄
遊天台》,知其曾與超淵心壁往還。

　　撰者身世悲涼,詩亦多愁苦悲音,或傷身世,或憫蒼生,無超然自

得之氣象。如《八月八日揮淚成詩》云："草草生身不復論，獨看孤月坐黃昏。他鄉有我常流淚，此夜無人爲倚門。一著袈裟聊異俗，三摩頂髮笑徒髡。秋山寂寞猿啼後，我蓼聲悲衹自吞。"又有《閶門除夕》云："飄零歲月胥江暮，點點寒燈照水斜。却笑鄰舟無醉客，都言飲酒不如家。"孤苦孑零，自怨自艾，若無停歇之時，蓋亦釋名而儒行者。《雪中擔草飼牛歌》一詩，則述其雪中擔草飼飢牛之事，悲天憫人，尤且動人。

《石頭詩草》一卷，釋元質撰

元質，字彬牧，浙江瑞安桐溪僧。生平未見碑傳，法緣、世緣皆不詳，據其詩，康熙間曾與超淵心壁等交往，著有《石頭詩草》一卷存世。

《石頭詩草》一卷，一册，清刻本，見存於南京圖書館。開本高 26 釐米，寬 16.5 釐米；版高 20.8 釐米，寬 14.8 釐米。卷端題"石頭詩草"/"桐溪釋元質彬牧著"。半頁 10 行，行 20 字，四周雙邊，白口，無魚尾，版心題"石頭詩草"，書末有牌記"蠹城韓學川拜贈鶴公書籍之圖記"。無序跋。

是集收元質詩百餘首，多爲寫景、酬答之作。《石頭庵八景》《平陽十景》等組詩摹繪景物、名勝，時有清致，然總體難稱佳構。元質所交亦多叢林同儕，若心壁和尚、次霽和尚等，眼界拘狹，詩料不豐。可讀者如《元旦》："村叟携童共拜新，荷裳且幸異時人。諸禪圍坐私爲喜，一境相看意更親。好鳥聲聲憐自語，幽芳點點眷生春。門迎翠色開千嶂，即景成詩句倍神。"頗能傳寫新年氣象。又《夜宿江濱》云："迢遞江城外，停舟聞夜濤。好風生樹近，明月在山高。灘響飛沙鳥，雲垂出海鼇。余生更飄泊，吟苦笑同袍。"中二聯寫景氣象闊大，然末兩句筆勢若斷，言個人漂泊之身世，蓋本無超然自得之象也。

《綠蘿庵詩》二卷、《黃山賦》不分卷、
《萬山拜下堂稿》一卷，釋海岳撰

　　釋海岳，生卒年不詳。字菌人，號中洲，一作中州。俗姓張，江蘇
丹徒人，世居京口。少習儒，張潮《黃山賦序》稱"其始蓋學於子思、
孟子者"。順治己亥（1659）之變，全家百口遭縲絏，海岳雖年幼，力
辨其誣。未幾父亡，廬墓三載後，遁迹方外。戒行精嚴，苦心修禪，嗣
法海寧安國寺愚山超藏禪師，歷駐錫江寧清凉寺、海鹽金粟寺、黃山
慈光寺、錢塘東明寺。海岳博學多才，善詩賦畫，往還者多黃宗羲、龔
賢、曹貞吉、毛奇齡、張潮等時彥俊傑，曾於海昌結苕溪詩社。著有
《黃山木蓮花百詠》《綠蘿庵詩》《黃山賦》存世。今人張昊輯録校注
其遺著，名曰《中洲海岳文集》。

　　1.《綠蘿庵詩》二卷，一册，康熙刻本。見存於南京圖書館。開本
高 25.5l 釐米，寬 16.5 釐米；版高 19.3 釐米，寬 14 釐米。卷端題"綠
蘿庵詩"/"京口釋海岳中洲著"。半頁 8 行，每行 19 字，四周雙邊，單
魚尾，版心鎸"綠蘿庵詩"、卷次、頁碼。正文前有黃宗羲序、曹貞吉
序。黃宗羲《綠蘿庵詩序》曰：

　　　　中洲禪師住持黃山之慈光寺。余至寺中，值師他出。明日，
　　天雨枯坐，取師《綠蘿庵詩》讀之，凄風拂林，鳴弦映壑，似無意爲
　　之，而未始不工也。其天竺之陰、何乎？師聞余至，亦遂還山，遇
　　之於潛口，屬余序之。余雖與師傾蓋，然師曾主鹽官國師道場，
　　鹽官爲余舊遊地，師之所與唱和者，非余之門人，即故人也。憶
　　鹽官之爲詩者雖多，而其欸唾相熏，無日不談者，亦可屈指。朱
　　止溪論詩甚隘，以賦比興爲繩尺。陳令陞喜蘇詩，共罄胸懷，誰
　　云猜忤。陸冰修善於應捷，譬之朱漆，雖無楨幹而有光澤。查二

南幽夜逸光，不耐曉日。朱人遠揣摩之才，其於家學，頗爲轉手。
陳子文翩翩書記，以書法佐之，固當世之膏粱也。陳敬之輕誕自
矜，未見涯涘。查夏重自黔返，吐詞清拔。查德尹填詞入情，而
苦纖媚。李是庵佛火消寒，未泯俠骨。可謂盛矣！"有婦人焉"，
"魯無君子者，斯焉取斯"，宜乎師詩之美也。師家京口，己亥之
變，百口舉遭縲絏，師以三尺童子直其誣。未幾而父殁，三年廬
墓，遯迹方外。夫身當患難，去死毫釐，人世怨毒酸苦之境，陷於
心坎，則其發之爲詩，當必慷慨而不可收拾。彼秘演、惟儼，身處
無事之地，尚有不平之鳴。顧師之爲詩，歷然雅體，何其得性情
之正乎？此蓋得之心行路絶之後，而非師友所能助也。姚江黃
宗羲拜纂。

《緑蘿庵詩》分卷上、卷下。卷上收古體詩 148 首，卷下收律絶詩
252 首，凡 400 首。其古體詩長於擬古，如《野田黃雀行》《行路難》《有
所思》《枯魚過河泣》屬樂府舊題，《擬四愁詩》擬張衡《四愁詩》，《古詩
八首》擬《古詩十九首》。律、絶則題材不限，多能獨抒性情，《幽花》"但
教林士賞，不受俗人憐"，《詠松》"貞心秉孤直，歲寒無改移"等，能托物
言志，抒寫高潔堅貞之品格。酬贈詩，如《示隨學諸字》"爲學汝曹志，
成人吾輩心"，《送心璧師》"最是關心處，而今路不平"，《王甫瞻貽詩
讀罷賦答四首》"一篇慰我秋風苦，三年憐君世路遥"，皆情真意切。
黃宗羲序評海岳詩"歷然雅體，何其得性情之正"，蓋人世患難皆已散
若空花幻影。然集中感懷之作，仍時可見其内心苦楚。《偶述》詩云：
"縹緗潦倒復何云，浪迹東西二十春。天下我爲無用士，世間誰是有
心人。極誇陶令詩情逸，敢恨虞翻骨相屯。幾度閑吟知命語，不須重
自黯傷神。"雖云知命，亦難免神傷。海岳詩無烟火氣息，筆致或清
疏，或深婉，大體近温、李一派曹貞吉贊之曰"咀英華，含吐風雅，其
上者乃至奪錢、劉之席，而抽温、李之簀"。集中亦有慷慨沉雄之作，

如《感慨吟贈葛襄成》《述懷》等,詩風不拘一格。

2.《黃山賦》不分卷,一册,康熙刊本。見存於南京圖書館。扉頁題"萬山拜下堂稿"/"慈光寺沙門海岳集",内鈐"頤志齋藏書記"方印。半頁10行,每行19字,四周雙邊,單魚尾,版心題"黃山賦"。正文前有張潮序,序末摩"張潮之印""山來□心齋""山陽丁晏藏書"三方印;毛奇齡序,序末摹有"毛奇齡印""史官"二方印。該賦屬集句賦,大字正文,小字夾註標示各句所出。

毛奇齡序,又見於《西河集》卷五四,述《黃山賦》原委頗詳,節錄曰:

> 康熙三十九年,居杭州嘯隱,客有言黃山中公善文賦者。予謂中公受福巖記荊,儒者也,而入於佛,其工文賦,本事耳。且以道法兼文字,在平陽多有之,此習氣也。其明年上巳,禊飲於杭州之東園,四方集者三十人。晋江郭河九携中公《黃山賦》來,讀而驚曰:"佛不立文字,而今兼之。然而文與學究兩事也,佛門無博學者,中公是賦極博矣,何以致此?"時予欲題數語於其上,以倉卒捨去。又明年中公乃寄一本,介吴山道士黃方城投予屬題,曰:"吾素志也。"急起而應之。夫以黃山之奇,登之而賦之,遍天下八十年來寓目者亦何翅十百,曾無足爲黃山重。而中公生平所學,集成句而爲之賦,其爲纂組薈萃,誠不知其如何也。

是序作於康熙四十一年(1702)夏四月,乃毛氏應海岳之囑而撰。據序可知,《黃山賦》約作於康熙四十年(1701)上巳日前,時四方雅集,禊飲於杭州東園,郭九河携海岳賦而來,一時四座驚歎。時海岳已悠遊黃山,"方漸八年",棲遲觸悵,目所綢繆,先欲擬一小賦以叙之,後別創規模,"勉十舍之勞,惜三年之陰,歷觀文苑,泛覽詞林"。

《黃山賦》洋洋萬言,極頌黃山形勝。首以天下名山"惟兹黃山,實乃首出"總領,後表"首出"之因,不惟山勢磅礴,牢籠物態,更在於山之德性,使"抱韻者可以濟勝,抱奇者可以宣藻,逃世者可以令高,知道者可以觀妙"。隨之逐層分述黃山景觀及風物,凡奇石珍木、鳥獸蟲魚、雲雨雪霧、佛殿道觀,皆入其管中,黃山森然萬象,繽紛絶景,排闥而下,歷歷如在目前。文末則轉入作賦之由,"冀首冠乎山經,穿聞於未聞者,亦將有感於斯文"。全篇脉絡清晰,瑰瑋雄闊,尤令人驚絶者,全賦乃集句而成,廣取六經史籍,旁涉諸子百氏,氣勢磅礴。張潮歎曰:"擇其言尤雅者,参伍以變,錯綜其數,然後選義按部,考辭就班,怪怪奇奇,相與爲一,穠纖得中,修短合度,累累乎端如貫珠,成一家之言。"毛奇齡贊曰:"前之爲《七略》《七錄》之所遺,而後之爲四部、十二庫之未備,長詞短句,檼攢而車轃。凡夫駢聯轤轆,疏謐單復,宜均而均,宜助而助,一若湧化城於中天,散青嬰於平地,所謂神爲輸、鬼爲運者。"釋家能有如此奇偉巨制,洵爲罕見。

3.《萬山拜下堂稿》一卷,一册,雍正鈔本。見存於南京圖書館。卷端題"萬山拜下堂稿"/"慈光寺沙門海岳集"。無框,無格,半頁9行,每行24字。内容惟海岳《黃山賦》一篇,前有張潮序,無鈐印,亦無毛奇齡序。該本末附一跋文,曰:"雍正甲寅八月朔,予過椒園先生案頭,見《黃山志》。椒園因出中洲禪師《黃山賦》示予,予讀之竟,乞歸鈔誦。怪哉! 中洲格整規弘,調高思逸,所見不可謂不多,所考不可謂不精,尤喜無一禪氣,無一衲語。中洲中洲,豈有慕於吾儒,溺於其途而不可出耶? 何其超然遠騫迤如此也!"可知,海岳《黃山賦》曾收錄於《黃山志》中,此本係從中全文鈔錄,而鈔錄者名無存。賦文内容與康熙刊本同。

《洞庭詩稿》六卷,釋大燈撰

大燈,字同岑,俗姓項,嘉興人。明英宗忠臣項忠八世孫,家世簪

緩科第。明亡後，絶意世事，志慕宗乘，於里中賢溪出家。後受具於
資聖寺愚庵盂，尋事遍參，得法於天界覺浪道盛，充其記室。著有《洞
庭詩稿》六卷，生平略見《五燈全書》卷三四《蘇州西洞庭同岑大燈禪
師》。

　　《洞庭詩稿》六卷，一册，康熙二十七年（1688）刻本。見存於南
京圖書館。開本高24.5釐米，寬16.4釐米；版高18.6釐米，寬14釐
米。内鈐有"八千卷樓藏書記""樹人居""卧雲"等印。卷端題"洞庭
詩稿"/"七十二峰釋大燈岑公著"。半頁10行，行21字，四周單邊，
大黑口，雙魚尾，版心鐫書名、卷數、詩題、頁碼。正文前有徐嘉炎序，
其曰：

　　《洞庭詩稿》者，吾方外友岑公之所著也。時寓洞庭之西山，
因以名焉。岑公爲故大司馬項襄毅公仍孫。襄毅當前朝英宗
時，扈從北征，瀕死獲濟，共諸勳名，事業彪炳天壤。積厚者流
光，是以代有聞人，簪纓科第，甲於江左。洎乎六宇維新，金銅辭
漢，岑公以名家子散屣世榮，托迹西方氏，甘忘情焉。余嘗謂客
曰："古所稱隱君子者，若岑公其人歟？"客曰："夫隱者巖棲穴
處，不欲世聞其名。今岑公受記莂，唱宗風，四衆欽仰，爲人天
師，是儼然浮屠矣。子謂之隱君子，何以徵焉？"余應之曰：岑公
之隱也，以浮屠謂之浮屠可矣；岑公之浮屠也，以隱謂之隱焉又
可矣。吾安知岑公之於浮屠，不猶夫曼倩之金門，子真之吳市
耶？且子亦淺之乎論隱也。丈夫以七尺拄天地，必不能爲無益
之身，故隱者雖巖棲穴處，要其軫顚連，憫無告，未嘗一日去諸懷
也，否則爲石隱。岑公之受記莂，唱宗風，亦不欲爲石隱耳矣。
盍徵諸岑公之詩乎？方其抱膝橘香之室，振衣飄渺之巔，探奇於
金庭玉柱，選勝於七十二峰，從容吟嘯，樂以忘疲，若將終身焉。
攬斯旨趣，豈後於遺民者流歟？而其升沉新故之感，時有發乎一

唱三歎間者。噫！可以知岑公矣。抑余之識岑公也，自嶺南屈
子翁山來寓於賢溪草堂始。賢溪草堂，岑公舊住精藍也。當是
時，翁山未返初服，卓錫揮麈，詩名滿天下。岑公與相唱和，彼登
太白之堂，此入錢、劉之室。余時亦以白衣握管掉鞅兩公間，致
足樂已。無何，翁山歸省母，不能數相見。而岑公二十年來，養
道一茆，侶雲濤而友松竹，品益峻，志益純，則詩益工。余益喟然
於向者知岑公之未盡也。夫以余交岑公久，而知之猶有所未盡，
况於詩人之旨，固有沉吟含蓄而發之甚遠、求之轉深者，雖將竭
吾才以序岑公之詩，又安足以盡之哉？時康熙歲次戊辰長至日，
同里法弟徐嘉炎撰。

　　徐嘉炎（1631—1703），字勝力，號華隱，浙江秀水人，康熙十八年
（1679）應博學鴻儒科，試列一等，授檢討，官至内閣學士。著有《抱
經齋詩集》二十卷、《文集》不分卷、《焚餘草》一卷等。此序未見於徐
氏諸集中，是爲佚文。“戊辰”爲康熙二十七年（1688），《洞庭詩草》
蓋刻於本年。徐序中所及屈翁山訪賢溪草堂事，約在順治十八年
（1661），兩人頻相唱和，集中有《翁山北遊數載復來晤别還里省母賦
此送之》《送翁山之山陰》《送翁山還廣州省母》《歲暮偕子方山行見
早梅有懷翁山》，翁山集中則有《秋夕别岑公》諸詩。

　　是集前有總目，以詩體分卷，卷一收五古 60 首，卷二收七古 60
首，卷三收五律 120 首，卷四收七律 120 首，卷五收五排 15 首、五絶
30 首、六絶 30 首，卷六收七絶 100 首，諸體詩大抵較爲均衡。大燈乃
鼎革後出家，蓋有托而逃者，其《入洞庭作》云：“道路多風塵，浮雲多
變幻。吾生三十載，花甲慨已半。”滄桑巨變，世家大族無可逃遁，惟
有依傍古佛青燈，消解愁緒。集中多與遺民若屈翁山、顧茂倫等唱和
之作，家國之思，麥秀之嘆，時見筆端。如《挽吳梅村先生》詩云：“去
年與客訪烟蘿，揮麈論詩逸興多。華表忽驚乘鶴去，空山無復泛舟

過。春風吳市虛簫管，夜月婁江罷綺羅。海內一時騷雅盡，空教薤露起悲歌。"又《有伐墳樹之變觀莘兄貽書促歸故里先此答寄》云："高臥孤峰已十年，閒情終爲繫林泉。書來雁足秋雲遠，夢到家山夜月圓。身世每愁逢亂日，弟兄時恨隔遥天。先人墓上青青樹，何意摧殘楓落前。"《戊申歲暮即事感懷》云："萬木成搖落，空山霜雪深。艱難逢世運，災變出天心。舟阻黃河竭，雲迷白日陰。吾生忘寵辱，高臥任浮沉。"涉語雖不激切，然滿目悲懷，不難想見其煢煢孑立、踽踽獨行之苦悶。

《月鷺集》十卷，釋古雲撰

古雲，字不挂，原名周瑞駧，字雲庵，廣東增城人，諸生。早年得甘泉《心性圖》，深窺其奧。中年出家，得法於海幢阿字今無禪師，今無寂後，繼主海幢。禪定之餘，極喜詩文。著有《月鷺集》十卷存世。

冼玉清《廣東釋道著述考》著録古雲有《月鷺集》十卷存世，然云"未見"，是知此本存世者極少。

《月鷺集》十卷，三冊，康熙三十年（1691）刻本，見存於南京圖書館。卷端題"月鷺集"／"釋古雲不挂撰"。半頁 10 行，行 22 字，左右雙邊，白口，無魚尾，版心鎸"月鷺集"、卷次、文體、頁碼。正文前有張進箕序，其曰：

> 但願空諸所有，慎勿實諸所無。萬語千言，見一絲之莫挂；三玄五位，借半偈以全提。花放管城，凝艷飛香，豈是寒崖枯木；蛟騰學海，唾珠咳玉，無非甘露醍醐。若言文字非禪，試問如何學佛。師幼本儒林，久參洞下。吟風詠月，祖風月之襟懷；勺水鋤雲，適水雲之興致。雷峰頂上，助獅吼已多年；海寺堂中，留鳳毛於異日。恨識荆之不蚤，喜讀稿之無遺。麈尾春風，淑氣盡舒

茗葉,鶹頭秋水,深情不减桃花。丰姿類鶴,筆墨猶龍。誠哉是
白社之白眉,信矣動青蓮之青眼。鉢囊好句,光分驪項之珠;瓦
缶喑聲,響愧雷門之鼓。命題弁首,不棄菲葑;敢拂知交,固辭不
敏。謹陳鄙俚,附驥佳章。時康熙辛未歲季春朔日上穀,小野山
人張進篹題。

　　"辛未"乃康熙三十年,蓋此本即刊於本年。張序後又列"刻集法屬"
156 人。正文前有總目。卷一之卷二收序 21 篇、説 6 篇,卷三收記 3
篇、題 5 篇、引 8 篇,卷四收疏 56 篇,卷五收啓 6 篇、尺牘 8 篇、贊 5
篇、祭文 7 篇、碑 1 篇、賦 1 篇、頌古 9 篇,卷六收五古 15 首、七古 8
首、排律 2 首,卷七收五律 89 首,卷八之卷九收七律 139 首,卷一〇
收五絶 4 首、七絶 21 首、詞 22 闋。

　　古雲乃天然函昰法孫,承天然系禪僧能文擅詩之門風,亦筆耕不
輟,《月鷺集》所載,多其參學、弘法之行迹。然蓋因天下略定,時移勢
易,天然一系禪僧沿至"古"字輩,遺民義氣漸已消歇。集中多與當道
交涉文字,如《爲平藩七秩祝壽疏》即爲尚藩祝禱之辭。古雲詩文,清
新雅正,無剩人函可、澹歸今釋等人奇崛之氣。如《山行》云:"高松
帶白鶴,衆岫迴連雲。洞口誰先到,林烟此獨分。果攀猿盡落,溪飲
鹿成群。歸路樵歌滿,荒村見月痕。"又《寒山》:"林枯霜葉净,澗瘦
雪苔微。半户僧還隱,千峰鳥自飛。北原收暮磬,東嶺落斜暉。獨倚
巖前杖,長吟笑採薇。"宛然僧人風致。其所作詩餘 22 闋,亦復如此。
如《八聲甘州·送忍上人歸龍瑞》:"八閩遥别路,恨江山、迢遞涉清
秋。過延平津口,霜花劍化,錦浪龍遊。爲説高僧歸去,獨豁此雙眸。
欲寄天涯信,霞落鴻愁。　日晚平沙棲泊,知鄉魂漸隔,山夢還幽。
對月明人静,吟句足風流。問一聲、深居龍瑞,有雨花天散到林丘。
烽烟裏、帆微海闊,何日重投。"

　　古雲論詩一主唐調,以清遠爲宗,稱"張子野詩格絶清,儲光羲詩

品甚遠，遠則不貴近，清則不貴濁，而始可與言詩"(《陳光佩詩集序》)。又崇尚"天分""天機"，以爲"詩不可無天分。天分如風，學如船。船雖牢，篙師舵長，非不美且備，以之泛小津則可矣，若涉大江海，則匪風不能"(《題兀堂詩卷後》)。又云："天籟不鼓而自鳴，故雖樵童野叟鼓腹而歌，亦可與卿雲糾縵、賡復旦者同樂。無爲之化，蓋動於天也。"(《湯秀君詩集序》)又云："不識字之詩，詩較精；不識字之禪，禪較敏，皆於天機未動前，一窺便破。六祖禪師不練詩，而親見黃梅後率多偈言。偈者，詩與禪相爲表裏者也。"(《自破義公詩集序》)持論可與明清詩學中"真詩"觀相接。

《蘭湖詩選》十四卷，釋願光撰

願光，字心月，遠布和尚法嗣，住法性禪院。嘗與梁佩蘭、陳恭尹、周大樽等結社於蘭湖。吳江潘耒、歸安沈彤、武進毛端士、江陰司旭、吳江張尚瑗等人入粵，亦與往還唱酬。輯有《法性唱和集》，自著有《蘭湖詩選》。生平未見碑傳。溫汝能《粵東詩海》卷九八有其小傳，黃登《嶺南五朝詩選》卷一四選錄其詩 16 首。

孫殿起《販書偶紀》云："《蘭湖詩選》八卷。釋願光撰，康熙甲戌籈葍樓刊。"又云："《蘭湖詩選》六卷，釋願光撰，康熙間借甕堂刊，起卷十至卷十五。"冼玉清據此而云："知此書凡十五卷。殆先次刊刻。甲戌爲康熙三十三年(1694)。惜未見也。"

《蘭湖詩選》十四卷，康熙三十三年(1694)籈葍樓刊本，見存於國家圖書館。版高 23.5 釐米，寬 17.6 釐米。扉頁題"太史梁藥亭先生評定"/"蘭湖詩選"/"籈葍樓藏版"。內鈐"雖爲物外閒人""詩合龍鑑藏""山陰劉石夫藏書""詩合龍書畫印""存素堂珍藏"諸印。卷端題"蘭湖詩選"/"法性釋願光心月著"。半頁 7 行，行 19 字，左右單邊，大黑口，單魚尾，版心鎸書名、卷次、詩體、頁碼等。正文前有梁

佩蘭序,卷七之後又有乳峰周大樽序。梁佩蘭序曰:

> 天地萬物雜陳於前,人以其耳目攝之,猶外也。人心原自有
> 天地萬物也,心能載天地萬物之有,又能造天地萬物之無。當其
> 寂然,冰澌雪消;當其勃然,草芽木茁,無所往而不見其心也。其
> 所以使之然者,其誰耶? 神明變化焉已爾。詩者,神明變化之事
> 也。今體論律,古體論格,而又聲以和之,氣以暢之,情以留之,
> 神以化之。至心之所得,口不能言,而人默會其旨,詩之能事畢
> 矣。客冬,諸子集予六瑩堂唱酬,予每以此語相質,蘭湖心公在
> 焉。公,禪者也,詩通於禪,故不河漢予言,而以禪説詩。公爲人
> 孤介絶俗,所居西郊,屢月不輕一出,而於風雅之會,雖風雨亦頻
> 往來。詩精鋭入冥,天骨自張,姿態呈露,殆山林詩之雄傑也。
> 昔有唐高僧詩,推杼山、禪月、白蓮。予閲其全集,惟杼山詩清澂
> 宕遠,類有道者所爲,能自成一家言耳。禪月自選家所録而外,
> 俱粗俗不堪。白蓮咄咄能新,而間以用意太過,少傷氣骨,俱不
> 能與公比量。假使同在今日,正不知珠盤玉敦,誰當拱手而讓
> 也。公謬以予爲知詩,屬予評次其集,以付剞劂,因綴數語於簡
> 端。甲戌秋日,鬱洲梁佩蘭拜題於仙湖齋閣。

此序未見於吕永光校點《梁佩蘭集》(中山大學出版社 1992 年版),
是爲佚文。梁佩蘭耽於禪悦,喜結方外人士,與願光之關係尤切,唱
和之作頻見於《六瑩堂集》及《蘭湖詩選》中。康熙二十六年(1687)
前後,二人同主蘭湖白蓮詩社,先後入社者有屈大均、陳恭尹、陶璜、
周大樽、陳阿平、潘耒、何絳、梁無技等士僧一百三十餘人,爲清初嶺
南風雅盛事。梁佩蘭以爲釋願光詩超軼貫休、齊己,容或過矣,然集
中藥亭所次點評,則頗有可採者。

　　是集今存十四卷,一之八卷、一〇之一五卷,與孫殿起著録相仿。

《清人別集總目》謂佚失第九卷，或誤。冼玉清以其"殆先後刊刻也"，即一之八卷刊刻於康熙甲戌，一〇之一五卷後刊（含卷一三和卷又一三），具體年份不詳。各集收詩爲：卷一收五言古 10 首、七言古 4 首，卷二收五言律 38 首，卷三收五言律 39 首，卷四收五言律 21 首，卷五收五言律 16 首，卷六收七言律 16 首，卷七收七言律 10 首，卷八收七言絶 9 首，卷一〇收五言古 11 首，卷一一收七言古 9 首，卷一二收五言律 23 首，卷一三收五言律 29 首，卷又一三收五言律 50 首，卷一四收七言律 20 首，卷一五收七言絶 23 首、五言絶 11 首。

　　願光之詩，諸體兼備，用力甚勻。五古《簷蔔樓雅集呈石和上同諸子》《早春與諸子集靈洲寶陀院》《送徐紫凝歸錢塘因柬吳石蒼三首》等，布局縝密，意脉流暢，有六朝遺意。梁佩蘭評其《題珠崖圖》："描寫珠崖，或大段，或細碎，或散或整，似一則風土記。"評《贈李提軍》亦稱"精整"。七古《優曇華歌并序》《觀羽士祈雨》等則筆勢淋漓，一氣呵成，絶類太白。五、七律俊秀特異，煉字煉句，精工整飭，尤其中二聯，摹景立意，多有妙句，如"人猶紅樹外，鹿避白雲稜。筍茁寒巖雪，泉甘古澗冰"（《訪隱者》）、"細雨勻春日，輕烟淡户庭。落花回蛺蝶，淺草拂蜻蜓"（《青苔》）、"梧桐臨古甃，楊柳暗前溪。流響遷寒葉，懷人倚斷藜"（《聽蟬》）、"樓臺開鏡裏，談笑入秋中。月隱前山樹，潮分一島風"（《宿敏弟靈洲精舍同梁太史諸公賦》）。梁佩蘭所次評點，所激賞者多在中二聯。沈德潜亦頗賞其律詩："迹删（成鷟）古體遠過心月，而近體不及。"豫章楊士吉讀《蘭湖集》曰："一自湯休去，僧詩天下無。何期千百載，今復見《蘭湖》。才子空門老，文星海上孤。怪來光萬丈，湧出金浮圖。我愛君詩句，能將生面開。喜無禪氣味，獨自抒仙才……嶺外逃禪客，文人豈易多。近來惟屈子，自昔有劉軻。衣鉢誰能任，聲詩自不磨。獨憐心大士，總領更如何？"冼玉清先生云："與翁山並提，雖未免過譽，而其詩之清氣撲人，已可想見。"

願光所居法性禪院原在光孝寺東北隅，康熙十四年乙卯（1675），平藩駐兵於此，僧人離散。次年，院主遠布禪師移錫城西郊，草創新寺，仍沿舊名，並構有文佛殿、韋馱殿、簷蔔樓、放生池、借甕堂。因寺内"院主遠布，暨徒心月，安禪之暇，不廢詩章"（潘耒《遂初堂別集》卷三《竹院清吟題辭》），清初嶺南文士多集於此而聯吟唱和。兹寺前有蘭湖舊迹，因曰蘭湖詩社，唱和詩集則名《法性唱和集》。是集由願光托周大樽於康熙四十二年（1703）彙編付梓，並序之，後周氏又彙編《續集》六卷。二集共録文士 115 人，屈大均、陳恭尹、梁佩蘭、陶璜、陳阿平、黃河徵、黃河圖、何絳、梁無技、周大樽等名流均爲社中常客，另有達津、願光、古雲、本果、古叢等僧人二十餘名。入粵文人亦多訪之，誠清初粵中風雅之盛事。

《珠江杲山草》三卷，釋德洪撰

德洪，字若涵，浙江慈溪人。康熙十年（1671）掃塔曹溪，後住杲山蓮池。三十一年（1692）入粵結制説法。著有《杲山草》存世。事迹略見黃登《嶺南五朝詩選》。

《珠江杲山草》三卷，康熙三十八年（1699）刻本，見存於上海圖書館。開本高 25.2 釐米，寬 16.1 釐米；版高 18 釐米，寬 13.1 釐米。卷端題"杲山草"／"蓮池釋德洪若涵甫著"。半頁 11 行，行 21 字，黑格，白口，左右雙邊，單魚尾，版心鎸"珠江杲山草"、卷次、頁碼。首尾俱有闕頁。正文前有吳灝序，有闕頁。其云：

> （以上闕頁）院僧也。越二年而去官，客寓五羊，與二三知己詩簡絡繹，酬唱不倦，而於方外之交爲尤多。適於李子東園案頭見若涵和上語録、詩集，凡數帙。其語録之萬象包羅，拈花點石，余且勿論。至《杲山草》各體詩類，皆真率處時露天機，陶寫處能

超俗韻,斯真至性至情之詩。余所推爲詩家之上乘也。余亟與東園步至蓮池精舍,蒲團對坐,談論忘疲,袖其詩而歸旅館。焚香展卷,如見杲山師於蓮花座中説法,頭頭是道也。集中有《和天然和尚梅花詩》二百四十首。余憶庚申春月,過廬山,晤天然於棲賢寺中,談禪竟日,留信宿焉。今見杲山《和天然梅花詩》,而歎二十年來天然之玄機法輪,不可復作也,故見杲山之詩,如見天然也。余《贈杲山詩》末云:"不嫌社結陶彭澤,三笑亭邊送我行。"序杲山之詩,杲山能弗過虎溪而同一笑也乎?康熙三十八年又七月七夕後一日,陽羨法弟吳灃拜序。

吳灃著有《百花凡譜》《燕友樓集》等,《全清詞·順康卷》第 18 册收有其詞。後又有德洪自序云:

余幼歲離塵,鮮讀書史。廿餘年來,惟知親見賢,虛衷受益,至於詩文,初不自識。偶一日,有客來自雷峰,惠我天然和尚《梅花詩》百二十詠,展誦間,恍見其人之清芬與梅花鬥麗矣。擬和之,辭不我構;欲不和,思不自禁,遂牽率吟和,而倍於原唱。由是始學詩,稍知音韻,雖不工而諸體備焉。然自揣俚俗,未敢灾梨。或曰:縱不欲公諸同好,將以就正有道,未爲不可。於是乎序。杲山德洪書於旭日堂。

天然和尚《梅花詩》作年不可確考。李福標以爲作於順治十年(1653)至十四年(1657)其住廬山歸宗、棲賢時,先於叢林傳鈔,至康熙間已有單刻本流傳①。德洪於康熙三十一年(1692)入粵,則《和天然梅花詩》當作於在本年之後。

---

① 李福標《天然老人梅雪詩單刻本的文獻價值》,載《文獻》2007 年第 1 期。

　　《珠江杲山草》三卷，卷一爲"和天然和尚梅花詩二百四十首"，以韻部編排，每韻 2 首，凡 240 首。卷二爲詠物詩 45 首，有《和十九秋詩》，若"秋瀑""秋原""秋屋""秋蝶""秋烟"之屬；又有《嶺南銷夏詞》，以"南鄉子"爲詞牌，分詠"荔枝""莞香""丫蘭""巖硯"等嶺南風物，凡 10 闋。後附有吴瀔評語。卷三爲山居詩，其中五律 8 首，七律 8 首，五絶 20 首（卷三第 4 頁脱字甚多），七絶 20 首，六言仄韻 12 首；水居五律 4 首，存 3 首，後皆闕頁。

　　天然和尚數日間成就百二十首《梅花詩》，一時爲嶺南僧俗所欽羡。釋澹歸即歎曰："蓋其心量已全，心力已足耳！"百詠之題，非才力豐贍、詩思敏捷者不能辦。德洪本不學詩，因酷愛天然《梅花詩》而擬和之，竟一發不可收，不惟倍於前者，且才情、思力亦可與天然相埒。其詠梅二百四十首，不拘於摹寫梅之形，傳梅之韻，更以梅説法。如十一真韻其一云："問君宜臘抑宜春，不浴湯盤日又新。寶鏡開時臺砌玉，金砂化地後鋪銀。豪華安敢驕原憲，淡薄偏能傲季倫。莫道皇天無眼界，看來唯德是親親。"德洪長於組詩，其《嶺南銷夏詞》亦頗具有特色。吴瀔評曰："杲山詞疏中有密，重處見輕，請位置於蘇、辛二公之間。"如其寫"榕陰"："草木量能容，四顧荒林俯首從。翠蓋如君應有别，陰濃，薿葉森羅幾萬重。　　如柏又如松，鳳下鶯棲見異蹤。餘蔭天南人借影，英雄，或坐其間論道宗。"又"藤簟"："几席羨嘉文，體段端方可與群。削就瓊藤編一片，飛雲，黑間紅條十字文。　　敷坐蕩氤氳，生色牙床夏不炘。未假鮫綃凝爽氣，成雯，恰似書人撇捺分。"狀寫細緻，可資考嶺南風物。

《嘯翁老人村居以後詩》三卷，釋顯鵬撰

　　顯鵬（？—1708），字彬遠，又字秋蟾，號嘯翁，永嘉（今浙江温州）人。明末從笑魯和尚居杭州法喜院，住院四十餘年，僧臘六十七，

世壽當在八十以上。嗜吟詠,自稱嘯翁老人。顯鵬之詩由門人刊爲
《村居詩》《蘋洲詩略》,存世者惟《嘯翁老人村居以後詩》三卷。生平
未見碑傳。《兩浙輶軒録》《國朝杭郡詩輯》《晚晴簃詩彙》皆選有
其詩。

《嘯翁老人村居以後詩》三卷,一册,康熙四十八年(1709)刻本。
見存於上海圖書館。開本高 27 釐米,寬 16.9 釐米;版高 20.2 釐米,
寬 13.8 釐米。卷端題"永嘉嘯翁彬遠和尚村居以後詩"/"錢塘丁文
衡茜園選"/"小師汝虎編"。卷下卷端"小師□□編録",編者名被鏟
去。鈐有"拜經樓吳氏藏書""松齡之印""志日館藏書印"等印。半
頁 9 行,行 21 字,無格,白口,四周單邊,版心鎸書名、卷次、頁碼。正
文前有康熙四十八年張芳序。其曰:

> 嘯翁者,永嘉人也,隱於杭郡東郊之棲禪院,形貌古甚,寡言
> 笑,不事修飾,工於詩。與人語,未嘗及詩一字,其中之所蘊,人
> 莫能窺。予生也晚,年十七始獲交嘯翁。嘗叩之曰:"翁非浮屠
> 中人,何爲至於斯?"翁笑而不答。予因賦一律贈之曰:"一庵桑
> 柘外,相訪白雲中。地僻無來客,庭深有落紅。著述窮歲月,披
> 衲老英雄。盡日唯高枕,幽懷孰與同。"翁誦畢,不禁張目大呼
> 曰:"君真知我者!"遂稱莫逆焉。丁亥冬,先大人卒於江右官舍,
> 予倉卒奔喪,未及與嘯翁別。逮戊子春扶櫬歸,而翁竟溘然物化
> 矣。傷哉!翁詩甚富,所梓惟《村居以後詩》,皆遲暮所作,漸歸
> 平淡者。若其峥嶸燦爛之章,固不盡此。不意人既云亡,詩亦湮
> 没。予悲其生平寄托之苦,刻意訪求,迄今年餘,始獲所梓。檢
> 之卷末,已亡去數版,然精光古色,略見一斑。急公諸大雅,庶讀
> 其詩,想見其爲人。康熙己丑初夏,武林後學張芳謹撰。

後摹有"張芳之印""潔園"二印。據此序,顯鵬嘗刻有《村居以後

詩》，然流傳不廣，多有缺版，張芳因重刊之。此本中有屈翁山、高雲客、杜于皇、丁茜園、沈方舟、毛稚黃、傅南厓等人評語。

另有《嘯翁老人村居以後詩》三卷，三册，吳氏繡谷亭鈔本。見存於上海圖書館。開本高 17 釐米，寬 12.3 釐米。卷端題"嘯翁老人村居以後詩"/"錢塘丁文衡茜園選"/"小師青笠編"。内鈐"吳城""敦復""繡谷亭續藏書""杭州王氏九峰舊廬藏書之章"等印。黑格，欄外題"繡谷亭續藏"。正文前除有張芳序外，又有吳城題識，曰："僧顯鵬，字彬遠，住吾杭東郊之棲禪院。張芳序白：少作皆不存，惟傳《村居以後詩》，蓋晚年筆也。其友丁文衡茜園選，格調清純，不墮語錄習氣，宜爲當時諸名士所稱。乾隆己丑春，甌亭吳城識。"吳城，字敦復，號鷗亭，錢塘人。喜愛文學，擅長作曲，家世富藏書，尤勤於搜求、校勘，築"瓶花齋"藏書，聞名一時。是書正文中亦有吳城批校。

《嘯翁老人村居以後詩》卷中有其受業門人正鑒題記云："近代一二尊宿以詩自豪者，不過蹄涔螢焰，終未脱時人蹊徑、衲僧窠臼耳。如和尚者，危峰天半，氣色高寒，故操觚之頃，情多忼慨，句切嶔崎，凌今鑠古，獨驅中原，真香林稀有事也。豈獨與鏤雲裁月者，所可相較量哉？彙成斯帙，名《蘋洲詩略》，付諸梓，以永其傳。和尚別號嘯翁，受業門人正鑒記。"《蘋洲詩略》蓋其早年之詩，今未見傳本。

《嘯翁老人村居以後詩》卷一收詩 69 首，卷二收 90 首（卷前有缺頁），卷三收 79 首（末首《過張明園亭次韻奉答》爲殘詩，後亦有缺頁），凡是 238 首。顯鵬諱言其姓，人多以爲明宗室。今觀其詩，雖多爲暮年所作，"漸歸平淡"，然鬱勃悲慨之氣，隱然其中。《宋古松歌》《沙河翁》《讀稚黃先生遺稿》《招隱詩》《悲歌行》《漢古瓶歌》《秣陵春望》等，或借古詠懷，或傷時悼人，或直抒胸臆，皆遺民之悲歌。如《秣陵春望二首》其一云："園林處處杜鵑紅，空使當年霸氣雄。雙闕烟雲連塞北，六朝花草滿江東。美人跨鶴歸霄漢，悲士悲歌泣路窮。獨上高臺頻遠眺，春光都在夕陽中。"其所交亦多爲屈翁山、杜于皇等遺民。集中有《讀屈翁山集》《讀屈翁山哭華姜詩却寄》《讀屈翁山吹葉詞》等詩，未爲研究者所注意。顯鵬之古詩，篇法奔放，格高調古，卓有漢魏遺意；五、七言律詩，則格律精嚴，時有佳句。例如《桃源》云："一路桃源路，風光競物華。溪聲殘夜月，山色暮春花。老樹眠幽壑，橫橋接斷沙。昨宵曾記得，洞口飯胡麻。"黃無敖評曰："佳句常得之象外，故能幽，能遠，能靈動，能自然，於古詩家俱無可擬之，於方内外俱無可域，真能自成一家，不可無一，不可有二耶？"

徐逢吉《清波小志》稱："學士橋側有笑隱庵，又名法喜院，老僧笑魯者居之。予童時見其人，自言從董宗伯其昌、陳徵君繼儒遊，故其書法不落時蹊。每朝夕往來橋畔，眺望湖山，意有所得，輒賦小詩。一日，舉'一燈千古夢，萬壑老僧寮'二句示予。是時，予未知詩也。後歸天台山，年餘復來，没於庵中。繼席者爲翼庵，其徒彬遠、奕是俱能詩。"《國朝杭郡詩輯》卷三二云："彬遠名顯鵬，自稱嘯翁老人。棲禪庵在諸葛廟北，近鄭家埠，見《艮山雜志》。康熙初，翁來卓錫於是，卒於四十七年戊子，僧臘六十七，世壽則不知也。張潔園芳《村居以後詩序》言：嘯翁永嘉人，而未詳其薙染以前之蹤迹。二徒曰青笠鑒、曇吉瑞，俱前殁，呼爲老龍乳虎而哭之慟。青笠曾刊翁《蘋洲詩略》，跋云：'受業門人正鑒記。'黃書厓《武林新雅》云：嘯翁似明故侯之裔，然不知其姓。宋周密號弁陽，嘯翁著《草窗詞》，一名《蘋洲漁笛譜》。今其號與詞名宛然相合，豈俗姓周，即崇禎周后之族耶？"顯鵬有師兄曰翼庵濟白，亦能詩，著有《逸庵詩稿》《和寒山詩》二卷行世，濟白之徒燈奕則著有《嘯隱偶吟録》，一門代有詩僧。

《霜葉吟》一卷附《一葦集》一卷，釋法新撰

法新，字不染，閩縣（今屬福建福州）人。鼓山爲霖道霈弟子。著有《霜葉吟》《一葦集》存世。生平未見碑傳。所作《癸酉除夕》詩中

有"無成每慨霜鐘夜,六十餘春虛度驚",又有"丁丑臘月,年將七旬"云云,則其約生於 1631 年前後,即崇禎初年。

《霜葉吟》一卷附《一葦集》一卷,一册,康熙三十九年(1700)刻本,見存於上海圖書館,南開大學圖書館亦藏有一本。開本高 25.3 釐米,寬 14.8 釐米;版高 18.6 釐米,寬 12.2 釐米。封面題"霜葉吟附一葦集",卷端題"霜葉吟"/"閩鼓山釋法新不染稿"。半頁 8 行,行 20 字,白口,四周單邊,無魚尾,版心鎸"霜葉吟"。前有龔錫瑗、陳宗柏、陳軾三篇序。

龔錫瑗序曰:"霜露既降,木葉盡脱,而丹楓樹林,偏以傲岸風霜之致,燦若春華。蓋氣斂於中,故色凝於外,愈冽而愈奇耳。禪家之爲詩文也亦然。劉勰之《文心雕龍》,陸羽之《茶經》,其一種高潔森爽之氣,皆從風霜中鍛煉而出,故豪士之文鮮有能過之者。而皎然、貫休、靈徹輩作爲有韻之言,絶無一點氛埃味。其清音若霜鐘夜鳴,寒泉夕咽;又若大山嵯巖之中,積雪初銷,而石稜呈露也。嗚呼! 此居塵俗之士所得而仿髴哉? 不染新公罷參歸來,掩扉石鼓,日與寒山秋水相向答。故其爲五、七言諸詩,靈心逸韻,閒情幽致,置之皎然、靈徹諸公集中,若出一手。異哉,新公筆墨,陶洗之妙,乃至是耶! 公自額其曰'霜葉吟',蓋亦傲岸於風霜之致而有得者。唐人曰'停車坐愛楓林晚,霜葉紅於二月花',此詩讖也,請以是爲公詩贈。時康熙辛未首夏,温陵法弟龔錫瑗題。"後摩"龔錫瑗印""瞻蓼"二印。"辛未"爲康熙三十年(1691)。龔錫瑗,順治十八年(1661)進士,福建石獅永寧人,任寧遠知縣,著有《郵亭草》。

陳宗柏序略曰:"余年三十五,始專信佛乘,乃登石鼓,皈命爲老人。承其多方善誘,嘗演説開示,以台、賢、性宗諸要,俾於向上一路,粗知層次,始不至躐等而登,儱侗而得也。自惟此恩德,雖奉塵刹,猶不足報。更親炙其座下諸公,有以清品自高者,有以苦行自勖者,有以教理研幾兼爲禪定者,有以灑然解脱、自凈其心者,類不乏人。而專志净土者又繁有從,余皆一一從其議論,獲益猶多。若染公則解脱自如,可與入俗入真,無往不利也。蓋其爲人涯岸惓捐,性情純淑,不著事而事自辦,不經心而心亦到,蕭然獨處,淡泊經營。余初叩之,不知佛法道中有何等人物,久乃知其解脱無礙,故然矣。一日,出示以《一葦集》《霜葉吟》,先大夫爲序在焉。二十年前物,墨迹猶存,使人不禁潸然動風木之悲。及讀其諸篇,鏗鏘鞳鞳,静則如梵唄初匀,動則如天花遍被,落落索索,寫心説境。其自得處,當必有獨能領解之深,豈貫休、齊己輩僅以詩名而禪行不聞於時者,可同日而語耶? 余謂佛法唯心,特難於解脱耳,即此唯心,便是未解脱病根。古人原爲黄葉止啼而作是語,然實當情當理,未知唯心者示以唯心,已得唯心者當趨解脱也……染公之解脱,吾知之矣;染公之詩,可歌可詠……康熙庚辰歲花朝前二日,道山弟陳宗柏漫題於蚊睫庵。"後摩"陳宗柏印""堅屏"二印。"甲辰"爲康熙三十九年(1700)。序中所稱"爲和尚",即爲霖道霈。

《霜葉吟》所收俱詩,以詩體編次,七古1首、五古3首、七律26首、五律48首、七絶69首、五絶10首,凡157首。《一葦集》所收俱文,引1篇、序6篇、説2篇、跋2篇、記2篇、傳1篇、箴1篇、賦1篇、祭1篇,凡17篇。

法新靈悟機穎,灑然解脱,其論詩亦稱:"夫禪與詩,悟之則同,迷之各殊,蓋悟能融貫。"雖非獨造之論,然其所作詩文俱可見其靈心妙悟。《山居》十三首寫其山中洗鉢栽花,品茗修禪之高韻,如:"葉落籬疏聊補户,高低巖竇聚成堆。隨緣遣興空諸有,莫使銜花鳥雀來。"又如:"尖頭茅屋一溪分,石榻忘年卧白雲。客至懶拈賓主句,聊將杯茗叙寒温。"其詩寫景抒懷,清空爽朗,無有滯澀之感。如《金陵早發》云:"放浪孤身遠,誰將心事通。半帆翻月白,兩岸落楓紅。采石空流水,鍾山聽早鴻。萋萋荒草地,何處問吴宫。"又如《月下懷友》:"紅蓼風微冷石臺,倚欄寂寞問蒼苔。一聲邊雁寒雲裂,影落江南更不回。"其詩絕少關乎世諦,蓋專詣解脱,自净其心,心與境契,故所作多具禪家本色。

《虛堂詩集》十卷,釋古奘撰

古奘,字願來,號拾影,俗姓湯,新會(今屬廣東)人。吳三桂入粤,湯氏一門三十餘口遇害。古奘方在襁褓,賴奴婢救護得全,僧惟一拾而養之。四歲能詩,後參角子今董禪師,與成鷲相遊,唱和頗多。著有《虛堂詩集》《蠹餘集》(佚)等。

《虛堂詩集》十卷,三册,康熙五十八年(1719)刻本,見存於上海圖書館。開本高25.7釐米,寬15.6釐米;版高18.3釐米,寬13.7釐米。卷端題"虛堂詩集"/"獦獠蠻古奘願來著"。内鈐"知非樓藏書""王培孫紀念物印"等印。半頁8行,行18字,白口,四周雙邊,單魚尾,版心鎸"虛堂詩集"、卷次、詩體、頁碼。正文前有曾隆志叙及古奘自叙。

曾隆志序曰:"譬之車,才,輪輻也;法,衡勒也。借古人之法以馭吾才,而立言之能事畢矣。詩者,言之有韻者也。五、七言近體,言短而韻長,爲法更嚴且難,非才、法兼者不能致其精。今之學者,限於學之所不精,苟而之俚焉;屈於氣之所不舉,詭而之險焉,而風雅之道病矣。吾友願兄和尚,負絕群之資,於世出世典靡不一覽洞然,所爲詩尤清超健儁,雖未嘗擬一李青蓮而效之,而得意處偏能酷似。海内固多才士哉,予必爲兄首屈一指,以其隨意縱横,而格律老成,實能兼才與法之全,神契古人而不爲古人所拘也。明詩人惟徐昌谷才近太白,有稱於時。近日則吾粤屈翁山篤好學李,灑筆千言,直躋青蓮之堂奥,咀嚼其菁英,足以踸跨儕輩,一時亦罕有與抗衡者。兄後翁山四十年而生,幼丁家難,既而被僧服,每視其儕輩所爲詩,輒讀不終首棄去,曰'吾意殊不爾也'。及其自作,往往有超詣之句,雅不自是。十九歲，從高涼返廣州，受戒具。予始見其詩，驚曰：'此太白一瓣香也，翁山而後無人得此筆者矣。願益自愛重，十年後必有知君者。'兄笑而退，旋出嶺參方，未幾復入嶺，得法於丹霞角子䲭和尚。慧海昭融，肆口而談，無非妙諦，奮筆所就，悉達璇源，灑灑洋洋，若出天漢，銀潢之水而下注也，又匪直始予向之所驚者矣。是詩乃兄之剩技，而剩者已自足傳。兄著作頗多，不自愛重，隨手散逸，今所刻止近體若干首，釐爲若干卷，皆侍僧掇拾於焚棄之餘，存什一於千百者。夫近體難工，較古體爲甚，束長篇於數十字之中，叶律諧聲，行八達之衢，去鄙俗而存大雅，渾才、法於無可見，而才與法益神。子曰：言之不文，行而不遠。兄之詩，有道之文，文之至者也。御鋒車而趨寶所，行無弗屆，茲其輪蹄之偶見者乎！兄方受八閩之請，法輿已戒，侍僧來問序，故因車以爲發端。同參弟曾隆志伊甫和南。"

　　古奘自叙中云："人各有性情不同，人各有詩不同。人之性情不同，猶如其面；人之詩不同，又若其性情。今之人必求其同乎己者謂之佳，異乎己者謂之惡，此誠與吾好尚有大相徑庭者焉。何也？譬如一人以手障自己之面目，認他人之面目以爲己有，觀者必以爲狂妄。況乃自己之詩、自己之面目、自己之性情，而認他人之詩、他人之面目、他人之性情、他人之好尚而爲己有，可乎？孔子曰：'《詩三百》，一言以蔽之，思無邪。'此詩吾之性情也，吾之思也。若夫邪之與正，觀者自得之，予何言哉？倘求之於聲律，索之於工拙，吾之詩，吾之面目、性情，失之久矣，吾又惡乎言哉？昔丁敬禮曰：'文之佳惡，吾自得之，後世誰相知定吾文者邪？'曹子建歎達言。吾鄉李燕客先輩自評其詩亦曰：'吾之詩，美惡惟吾自知之。'此二人者，不求知於人，而人自傳之。吾則不然。夫臭人之所惡者，而北海有逐臭之夫。吾詩，吾之臭也，逐者亦可，不逐者亦可。吾之詩，吾之面目、性情，未嘗因人好惡而失之也。且夫學道人，詩乃剩伎，又惡可刻之，於臭中求其好惡耶？杜少陵有言：'文章一小伎，於道未加尊。'予於此亦云：率毋索

我於優孟衣冠，可也。予稿三十年前者，盡已失散。今之存者，同學
電公、侍者壑舟所錄，然亦僅存五六耳。蓋予平生疏懶，隨手應酬則
已，故所存者亡。此因同學之好，故授之梓人，以公之逐臭者云。康
熙歲次己亥二月花朝日，古岡釋古奘題於丹霞長老峰下。"後摹有"古
奘""願來"二印。電公，即古電，字非影，新會人。幼隨母出世，禮天
然受具，執侍左右三十餘年。是集乃古電及壑舟編次，刻於康熙五十
八年(1719)。

　　《虛堂詩集》現存本甚少，冼玉清《廣東釋道著述考》據《番禺縣
志》著錄，但云"未見"。上圖存本或爲海内孤本。此本分上、下兩
册，凡十卷，缺四至六卷。上册含序、目錄及卷一、二、三，下册則收卷
七至卷十，各卷收詩略爲：卷一五古 15 題 19 首，卷二五古 23 題 23
首，卷三七古 14 題 15 首、五排 1 首、四言 1 題 2 首，卷四五律 70 題
75 首，卷五五律 73 題 91 首，卷六五律 65 題 85 首，卷七七律 5 首，卷
八七律 37 題 43 首，卷九五絶 60 題 102 首，卷一〇七絶 47 題 82 首。

　　古奘之詩，《粤東詩海》選錄五律《山行》1 首，《廣東詩會》選 3
首，《海雲禪藻集》選 16 首，《嶺海詩鈔》選 1 首。另，楊藻評其詩云：
"神明於襄陽、杜陵得意之句，遂成偉觀，釀花成蜜手也。"然曾隆志却
以其酷似太白，皆過溢之辭也。與天然函昰、千山剩人、澹歸今釋相
較，古奘之詩，品局不高。集中頗可取者有五古《九哀詩》，叙寫順治
三年(1646)山寇劫掠鄉村，黎氏一族斃於火，無人哀之，古奘用以慰
藉冤魂。又《泊文丞相祠下作》，藉挽文天祥而寄興亡之思，感慨沉
深，可視爲代表作。

《仿梅集》二卷，釋月海撰

　　月海，金陵人，出生世家大族，嘗寄迹錢塘，後往衢州祥符寺。著
有《仿梅集》二卷存世。生平未見碑傳。

　　《仿梅集》二卷,又名《衢州古祥符寺月海禪師仿梅集》,一册,康熙四十四年(1705)刻本。見存於上海圖書館,又收入《衢州文獻集成》。開本高 24.3 釐米,寬 16.2 釐米;版高 17.5 釐米,寬 12.4 釐米。封面題“月海禪師仿梅集”/“但植之先生所贈”。内鈐“王培孫紀念物”印。按,但燾(1881—1970),字植之,湖北蒲圻人。此本蓋但氏贈予王培孫之物。卷端題“衢州古祥符寺月海禪師仿梅集”/“婺東徐尚德仔文氏閲”/“西泠蕭啓熊文卜氏訂”/“記室然英、然傑同録”;卷二卷端題“嗣法門人實目、照臻同録”。半頁 9 行,行 18 字,版心鐫“仿梅集”、卷次、頁碼。正文前有康熙八年己酉(1669)徐尚德序云:

　　　嘗聞桃放三春,聿啓不知之旨;桂馨八月,頓闡無隱之宗。卓錫湧泉,志公之法輪永照;聯吟揮麈,慧遠之靈偈常懸。玉帶鎮山門,轉語壓髯翁之座;錦編驚海市,濡毫炙支遁之光。存心有感,觸景則鳴。維海公和尚,古棠閥閲之家,江左蟬聯之族。向道立心,悟徹空空色相;捨身護法,抛却種種塵緣。授西峰之派,承臨濟之宗。迹寄錢江,名蜚瀫水,棲遲乎柯郡,偃息於霞城。時而聽松聞竹,即倚席以分題;時而烹雪餐霞,就雕鞍而索句。或登吴江越巘,學海潺湲;或遇金谷輞川,文河汹湧。忽焉榮戟遥臨,抒片石孤雲之賦;忽焉壁奎交集,賡清池皓月之篇。花落鳥啼,皆分逸興;星馳霧列,別有會機。送南浦之歸航,蒼凉動容;吊西陵之斷碣,蕭瑟驚魂。俯承友範,聆玉韻之在天;仰炙師模,領金聲之擲地。四如砥志,訪五柳而停車;九辯行吟,居三衢而倒屣。念正果之非遥,證菩提之有望也。(德也)竹院消閒,偕揮玉管,槐蔭散慮,共布瑶枰。挑燈梵殿,聞舌底之機鋒;啜茗花宫,滌胸中之磊塊。讀君幼婦之章,惠投明月;愧我巴人之曲,莫和陽春。兹製里言,敬弁佳集。虎溪蓮社之中,孰非同氣;流水高山之調,自遇知音。詩謂仿梅,清潔凌六花之勝概;序當植

菊,融合值三月之良時。拱辰堞上,志公行來;浮石渡前,慧遠歸
去。髯翁之玉帶常存,支遁之錦編如在。庶不忝桃放三春,桂馨
八月矣。是爲序。時康熙歲次己酉桃月,法弟婺東雲槎氏徐尚
德頓首拜撰。

後摩有"徐尚德印""文仙"二印。尚德,生平不詳,不僅爲《仿梅集》撰序,
且亦爲之閱定。集中亦有數首與尚德唱和之作,或爲月海禪師詩友。

　　《仿梅集》二卷,卷上收詩 53 首,卷下 49 首,凡 102 首。徐序極
稱賞月海之詩,詞采飛揚,幾不遺餘力。然觀其詩,則多與文士、法侶
遊賞唱和之作,詩思蹇澀,詩藝不精,允爲下品。今所見《仿梅集》,内
中尚有墨筆評點,多"不工""欠工"語。若七絶《偕孫仲彬觀榴花》
云:"偶坐蟾窗下,榴紅吐半枝。與君談片刻,燕語似催詩。"詩語、取
意皆不佳也。又七律《回金陵省親即事》云:"買得柯城一葉舟,半篙
欸乃水悠悠。山山盡看穿雲鶴,處處愁聽喚雨鳩。月湧風聲飛逸興,
人隨樹影送清謳。歸來侍省承歡日,喜見雙親未白頭。"似有拼湊之
嫌。《訪雪浪和尚於蘭江廣長庵》中有"道弘咸莫及,詩俊孰同群"
句,然此"雪浪"非"雪浪洪恩"也。

《來鶴庵詩草》四卷附《五峰詩草》
一卷,釋德元撰

　　德元,字天倪,號訥園、五峰,俗姓張,長洲(今江蘇蘇州)人。性
穎敏,讀書過目成誦,九歲出家甫里海藏寺,天隱圓修器之,付其大
法。今存《天隱和尚語録》中有《示天倪上座》文。圓公示寂後,繼主
海藏,康熙三年卓錫穹窿㧕花庵。後遊京師,主石氏萬柳堂。四十一
年(1702),康熙聞其詩名,數召見,御書寺額賜之。奉歸後,不久示
寂。著有《來鶴庵詩草》四卷附《五峰詩草》一卷。生平略見《民國吳

縣志》。

《來鶴庵詩草》四卷附《五峰詩草》一卷，康熙三十二年（1693）刻本，見存於上海圖書館。國家圖書館、中科院文研所圖書館各藏一部。開本高 24.1 釐米，寬 15.9 釐米；版高 18.9 釐米，寬 12.9 釐米。卷一卷端未見題署，有缺頁；卷二卷端題"來鶴庵詩草"/"長洲釋德元訥園氏著"/"同社王晨石園、顧湄伊人、顧昉、張補庵氏訂"；卷三卷端題"同社王遵晦梅隱、陸友蘭襖亭、安期亦生氏訂"；卷四卷端題"同社沈兆崧岳瞻、許集中望宣、沈日琉香年氏訂"。是集首尾皆有缺頁，未見序跋，蓋已脱落。前有德元小傳，録自《民國吳縣志》，當爲藏者所鈔。卷四有《來鶴庵詩草編成諸同社欲以授諸剞劂撫卷自慚感賦一首》云："性癖耽詩老未成，苦吟拼得了平生。填詞每交張三影，叶韻偏師沈四聲。病棄灾梨還自愧，覆瓿糊壁任人輕。諸君强欲攻吾短，始笑從前浪得名。"所附《五峰詩草》中《喜雨三十首》下有"癸酉蓮誕日五峰德元製"，"癸酉"即康熙三十二年，則是集約刻於本年。

《來鶴庵詩草》卷一收五古，卷二收七古，卷三收五律，卷四收七律，約 600 餘首。《五峰詩草》則收詩近 50 首。德元詩各體兼善，造詣頗高，尤其贈别詩，情韻豐潤，寫景造境，别有巧思。例如七律《送朱有枚之金陵》云："玉勒蕭蕭踐緑蕪，王孫遊騎出姑蘇。黯然欲别看長劍，行矣當歌擊唾壺。禪室自開歡喜地，畫船爭渡莫愁湖。江南處處花如綺，一路春風聽鷓鴣。"又如《送孟德戀》云："四海無家者，惟吾與使君。已憐成浪迹，豈忍復離群。驛路兼秋雨，關河隔暮雲。前途逢九日，最憶孟參軍。"皆流利自然，不似苦思冥想者所能得也。

《天台三聖詩集和韻》，釋福慧撰

野竹，號福慧，渝州長壽（今屬重慶）葉氏子。生有異質，志趣不

凡。幼皈心紺園，潛心釋典，精進苦勤，蜚聲永昌郡。後出遊嵩山寺，
因兹寺年久失修，遂勉力修復。先後住持慈雲禪院、嵩山禪院、卧龍
山法華禪院、雲州五福禪院、樹宗山善法禪院、潞南州彌勒禪院、竹林
禪院等地，法乳殆遍。法嗣不磷宗堅編其語録爲《嵩山野竹禪師録》
十四卷，洪希編有《益州嵩山野竹禪師後録》八卷，另有《天台三聖詩
集和韻》一卷存世。

　　《天台三聖詩集和韻》一卷，康熙十一年（1672）刻本，《嘉興藏》
第 33 册收録。卷端題"四明釋梵琦楚石首和"/"益州釋福慧竹重
和"。正文前有康熙庚戌（1670）馮甦序及張方起序，又移録《三聖詩
集》閭丘胤序。卷末有廬陵門人宗昌題跋，及牌記："佛弟子張起龍，
法名宗璽，號佛源，室人劉氏，捐資奉刻《嵩山和尚和三聖詩集》一部、
《後録》一部。以此功德，上祝慈母陳氏覺慈福壽齊臻，道心永固，並
熊羆早協，厥昌似續者。時康熙十一年三月朔日，計字十四萬零，該
刻資百金。"

　　馮甦序略曰："吾至滇，得從野竹和尚遊，博學能文，洞晰禪理，所
集《語録》，久爲宗門傳誦。蒲團餘暇，仿元楚石故事，悉取寒、拾遺詩
和之。友人劉文季持以見示，且命爲序。夫寒、拾既以佛菩薩轉身，
楚石、野竹又皆禪林老宿，其道一矣，斯其言前後若合符節，尤非儒名
墨行者所可幾。"馮甦，字再來，號蒿庵，臨海人。順治十五年（1658）
進士，授永昌推官。歷徵江、楚雄知府。張方起序曰："和《三聖詩》，
和也，非倡也。予以嵩山之和《三聖詩》，倡也，非和也。古之倡教者，
佛法必有過人處，手眼必有精明處，是故玄要君臣，十智同真，三關險
峻，各各建立不同。或兄弟倡和，或父子倡和，大抵皆激揚道法，別有
一番光彩。此所以倡即和，而和即倡，擬《易》非《易》，反《騷》乃
《騷》也。嵩山和尚具丈夫衝天之志，不迹如來行處行，矧豐干乎？矧
寒山、拾得乎？三聖者皆奇怪示人，而嵩山惟以平常合道；三聖者祇
以散聖鳴世，而嵩山則以適統相傳。然則和之者，亦猶非郭注《莊》，

而《莊》注郭云爾。爲我語國清寺，不必於灶上尋得三聖，不必於石縫尋得三聖，不必於三聖集中尋得三聖，惟於嵩山集中尋得三聖，故曰嵩山之和《三聖詩》，倡也，非和也，和也即倡也。"方起，字耕烟，又字賡言，浙江桐鄉人。順治十八年辛丑（1661）進士。康熙初授雲南江川縣令，既解組，遭吳逆亂，不得歸。

　　是集乃野竹門人釋宗昌等梓於嘉興楞嚴寺經坊。宗昌題識稱："《三聖詩》傳之久矣，而擬者過半，未有如元楚石和尚次其韻，高朗如日星者。昌小駑，學不及古，然敢忘先德之遺愛哉？乃今憶吾師野竹和尚住嵩山寺十有四年，康熙己酉秋，忽湖南巨微大師至自天童，惠《楚石和尚和三聖詩集》。吾師讀竟，愛其蒼奧高朗，絶不襲時人故事，遂和之。稿成，張公栢麟居士及雪可廣兄、文遠煓兄議昌走吳，尋善梓者以廣其傳。嗚呼！先輩有善不能昭昭於世，皆後學之過，昌敢辭間關之勞而不行乎？乃拉化一、夢周二兄以壬子四月長發，至七月始抵蘇，又二月梓成。昌不文，且不避不文，而聊識歲月云。""己酉"爲康熙八年（1669），則福慧和韻當作於本年。十一年，宗昌携至嘉興楞嚴寺經坊，於本年刊板。另，《嘉興藏》第33冊所收《嵩山福慧野竹語録》八卷，亦由宗昌刊刻於嘉興楞嚴寺經坊。

　　《天台三聖詩集和韻》一卷，共收寒山子詩並梵琦、福慧和詩921首，拾得詩並和詩144首，豐干詩並和詩6首。每詩均首列三聖原作，次爲梵琦和作，再則福慧和作。如是編排，便於讀者詮衡原詩與和詩之優劣。福慧所作，同於梵琦，皆逐句和韻，絲絲入扣；而所和之詩，多能追和其意，凡明心見性、高蹈飄逸、勸世化俗者皆所涉獵，雖不必如張方起所評"猶非郭注《莊》，而《莊》注郭云爾"，然亦不必皆以"三聖詩"而下之。明清叢林盛行"擬""和"三聖詩之風，實亦可作如是觀云。

《餘閒草》二卷，釋見自撰

　　見自，生平不詳，湖南僧，著有《餘閒草》二卷存世。

　　《餘閒草》二卷，四册，康熙刻本，見存於復旦大學圖書館。開本高25釐米，寬16.8釐米；版高21.9釐米，寬15.2釐米。卷端題"見自禪師餘閒草"/"嗣法門人實葵、實清、實容等集"。内鈐有"吳興劉氏嘉業堂藏書印""劉承幹字真一號翰怡印"等印。半頁10行，行20字，下方小黑口，四周雙邊，單魚尾，版心鎸"餘閒詩集"、卷次、頁碼。正文前有康熙二十一年（1682）汪特昌、康熙四十五年（1706）馬滕雲、謝瑾序。

　　汪特昌序曰："楚先輩有言：江南之士大夫不與詩僧遊，則其爲士大夫必不雅；僧不詩，則其僧必不韻。以故無僧不詩，而士大夫亦無不樂與之遊者。雖然，此言乎江南固然，然盡人如是，恐亦□□於偏矣。至於他處，其士大夫之不必以詩者所在都有僧，固不足言也。吾楚極南之沉郡，地接黔岷，爲古龍標地，五溪二西，人文亦自不乏。第兵革以來，蹂躪三紀，民生其間者，走山棲谷之不暇，尚何人文之能爲哉？獨是城郭丘墟中，列刹相望，磬鉢宛然，余竊心異之。乃久之，上人見自來訪，手一帙，索余疏請藏經。余窺其人恬淡澂泓，迴出常衲之表，蓋其志念深矣，常有以自下者。余尤心愛之。既已之疏，然猶未罄其藏也。壬戌之秋，公車返沉，與之晨夕一閣，見其滿壑滄州，始知其新畫；彩毫飛舞，始知其能書；午夜清響，始知其彈琴笙；□手談，始知其能棋。未已也，倚歌屬和，其花鳥詮次之詠，山川題諸之詞，積帙盈笥，更知其能詩。夫詩蓋難言也，僧而詩尤難也。乃清池皓月，走皎然於腕下；松枝蓀蘿，寫靈一於雲門。碌碌緇流中，豈易得詞雋品哉？……因爲之反復沉觀，篝火丹鉛，拔其尤者若干首，既贈之詩矣，復弁此於篇端，以俟剞劂。見自方有江南之役，將與江南士大夫遊,而其士大夫亦必浸浸乎有一見自矣。見自乎不且與衆見之,而獨其自見乎哉!時康熙二十有一年冬十月朔五日,漢水於岡子汪特昌題於南寺之藏經間。"後摩有"汪特昌印""千巖"二印。汪特昌,漢川人,康熙庚子鄉舉爲岳州教授,篤於躬行,勤於課士。事迹見《湖廣通志》卷四六。據此序,《餘閒草》乃汪氏甄選編定而成。

《餘閒草》二卷,卷上收五絶 52 首,七絶 120 首,五排 6 首,五古 17 首,七古 19 首;卷下五律 112 首,七律 147 首。集中多見自與同社諸友唱和及其遊歷江南之作,其與同人所結詩社即有"南雅社""黔陽社"等。例如《別黔陽同社》云:"此地新聯社,其如迫我歸。臨江愁渡岸,回首濕征衣。春樹迷高谷,青雲映遠暉。吾儕勞筆硯,堪遺雁鴻飛。"又《秋日王茂修社兄携陳聶二友過訪索詠菊》云:"秋意蕭條山色淡,人情翻恐亦如之。今知吾友同寒菊,故把書齋當短籬。黃白丹雖殊賦質,松霜風固共堅姿。高懷舊有陶彭澤,千古能教獨解頤。"清初湘西南詩學不昌,賴此一集,或可窺彼地風雅。見自詩清蒼古樸,時見遠韻,例如《兵後書馮姚劉蔡諸公扇頭贈別四首》其三云:"日歸歲有暮,寧復得逡巡。北斗徒懸望,金聲惜遠振。蓬窗含雪影,桂棹亂江蘋。他日晴川上,離思一爲詢。"盡洗僧家習氣,不葛藤,不蔬筍。集中《乞書詩》中有"我今正滿七十七"句,可知其得年當近八十。

《梅花百詠和中峰大師韻》一卷,釋智珺撰

智珺,字介庵,清初洞宗僧人,生平不詳,著有《梅花百詠和中峰大師韻》一卷存世。

《梅花百詠和中峰大師韻》一卷,一册,清鈔本。見存於復旦大學圖書館。開本高 24.4 釐米,寬 12.8 釐米。卷端題"梅花百詠和中峰大師韻"/"魏里釋智珺介庵著"。半頁 8 行,行 21 字,無格,有圈點校

對痕迹，似爲稿鈔本。

正文前有陳珠林序，曰："文字爲禪家末乘，而宋儒談道學者，亦略於詞章而重實行。至於詩之一道，率人之性情，而寫天真。遠自唐虞，以至《三百篇》，蓋詩之祖也。大抵漢魏多真，六朝多麗，法備於唐，體薄於宋。此論其大概耳。若夫一代，各有偉人，又不得以時代限之矣。彼夫言唐者每薄宋，而言宋者又以唐爲駢麗之色，豈知宋詩之韻者，皆返於唐。若夫放翁則似子美，長公則似青蓮，未嘗不以唐爲準則也。且夫詩者又曰文字禪，而釋氏自唐迄宋，其長於詠歌者，指不勝屈。《書》曰'詩言志'，是以談道學者，未嘗不借此抒其性情也。獨怪腐儒寫陳朽語，釋氏寫野狐禪，真堪按劍而拒，噴飯而笑也。元季中峰大師有《梅花百詠》，卓絶千古，幾令後人難道隻字，真'崔顥題詩在上頭'矣。明季龍湫孝廉李潛夫從而和之，足與之頡頏，猶鳳凰臺上之與黃鶴樓也。洞宗介庵禪師工於詩句，與余唱和有年。一日，出唱和詩示余，蓋和中峰《梅花百詠》也。奇思偉句，足以泣風雨而驚鬼神。潛夫之外，又有中峰知己，不特爲兩公後塵也。誰謂曲高和寡，陽春白雪，千古無同調哉？因一言以爲叙。當湖陳珠林碧山氏拜撰。"李潛夫，即李天植，字因仲，號蠡園，崇禎六年（1633）舉人，明亡不仕，改名爲確，字潛夫，所作《梅花百詠》一卷即賡和明本百詠而作，風岸孤高，爲時人所稱賞。

柯愈春《清人詩文集總目提要》著錄有張吳曼《集古梅花詩》不分卷："凡和中峰禪師韻者一百首，和陳涉江韻者三十首，自和者十首。又一百首則吳曼以同里高士沈球本有是體，爲繼作而令刻之者。又一百首則吳曼六十生日其仲兄文卿取'十月先開嶺上梅'句集古爲壽，吳曼因積爲之者。末附《集唐梅歌》一首，乃七十六歲所作。"並以"智珺與張吳曼當係一人"。按，張吳曼，字也倩，上海人，居吳淞江上。晚歲同其子張槎仙、孫張俊儒移居干山，後或皈依佛門，署名釋智珺[①]。生平見周厚地《干山志》卷一二。然覆按《四庫全書存目叢書》集部第 258 册所收張氏《集古梅花詩》十九卷，其中《梅花百和》與智珺此本絶不相同，或智珺非張吳曼，抑或張吳曼有多種《梅花百和》歟？

是集詠梅百韻，篇篇皆次明本百詠，即以"神""真""人""塵""春"爲韻序，無有更動。首篇云"古來騷客盡傳神，獨羨中峰得趣真"，可見其對明本《百詠》之景仰。末章又云"飛花天女超凡神，學步中峰愧後塵"，則爲自謙之辭。梅花香勝幽蘭，色蓋輕霞，其未生也，發而未發，非有非無，空諸大地，真有不可思議之妙諦。是故古今詩人詠之不竟。今觀智珺之百詠，雖軌步明本，然亦可見其詩思之廣、詩才之富，如此大規模嚴整之組章，確非常人所能作。舉二例以見一斑："百花隊裏獨稱神，畢竟其中別有真。帶雪凝霜舒玉蕊，傍山依水伴幽人。清香襲襲頻生座，素影翩翩不礙塵。空劫已前誰是主，無私天地合知春。""玉蕊臨風自得神，融合透出暗香真。立身怪石堪圖畫，移影瑶臺似倩人。東閣何郎常對酒，兔園枚叟不治塵。江南芳信頻頻有，惟獨推伊雅淡春。"傳神寫照，用典精切，頗得梅之精髓。

《盤谷詩集》二卷、《辛壬蔓草》一卷，釋智樸撰

智樸，字拙庵、質庵，俗姓張，號松庵。徐州人。早年隨洪承疇戰於松山、杏山，後歸釋氏。嘗謁南華，憩佛日峰，住五老、東西二林間，得法於百愚净斯。康熙十年（1671）居盤谷，構庵青溝之中盤，漸成巨刹。禪餘更耽藝文，詩有佳句，爲世所稱。二十五年季冬，康熙駕幸

---

①參看徐俠《清代松江府文學世家述考》，上海三聯書店 2013 年版，第 434—435 頁。是書著録張吳曼著述亦云："《梅花百詠和中峰大師韻》一册，清鈔本（復旦）。按，署釋智珺撰，當即張吳曼。"

青溝,樸口占應制詩曰:"冷静峰頭雲水香,六龍車駕幸山堂。百年勝覿唯今日,塊雨條風祝我皇。"既愜聖賞,遂承宸翰,御書"户外一峰"四字。舊無山志,樸思創之,搜集遺聞,傍及碑碣,都爲十四卷,體例嚴潔,九載乃成。後得王阮亭、朱竹垞諸賢爲之參訂,益臻完善。著書甚富,有《谷響集》《電光録》《雲鶴集》《盤谷集》《存誠録》《遊臺集》《辛壬蔓草》等行世。《新續高僧傳四集》卷六三有其傳略。

1.《盤谷詩集》二卷,二册,康熙刻本。見存於上海圖書館。開本高 25.7 釐米,寬 16.2 釐米;版高 18.9 釐米,寬 13.6 釐米。封面題"盤谷詩集"/"拙庵智樸"。卷端題"盤谷詩集"/"盤山拙庵智樸著"。内鈐"王培孫紀念物"。半頁 9 行,行 20 字,白口,四周單邊,單魚尾,版心鐫"盤谷集"、卷次、頁碼。正文前有鄭纉祖序、白巖浄符序、崆峒智鼎序、西泠嚴沆跋。

智鼎序曰:"天地闢而人生,人生而性賦焉,才因焉。吾拙庵大師,雖不異乎人之性,而實有異乎人之性;雖同乎人之才,而實有不同乎人之才。不觀夫寄迹於烟霞之内,遊情於山水之間,人所能唱者而唱之,人所不能唱者而亦唱之,人所能和者而和之,人所不能和者而亦和之,殊無有難。或雄豪而空曠,或沉静而壯厚,或婉曲而委順,或感慨而激烈,以至含蓄優遊者,險奇斬截者,典麗靚深者,微密閒艷者,絶無狂誕、粗硬、柔弱、哀傷之病,鮮有迂闊、怪短、容冶、碎瑣之癖。宜古宜今,不即不離。黜偏見而獨全,融諸家而不襲,是其異矣,是其不同矣。而吾所以服大師者,又不在其異與不同矣,則猶有經天緯地化人之大者也,區區詩云乎哉? 崆峒智鼎。"二卷收詩共近千首之多。

另,《清代詩文集珍本叢刊》第 71 册收有國家圖書館藏康熙刻本《盤谷集》一卷。

2.《辛壬蔓草》一卷,一册,康熙四十二年(1703)刻本。見存於上海圖書館。開本高 24.1 釐米,寬 15.8 釐米;版高 19.1 釐米,寬

13.7 釐米。封面題"辛壬蔓草"。卷端題"辛壬蔓草"/"盤山智樸拙庵氏著"/"濟南王士禛阮亭批點"。半頁 10 行，行 20 字，黑口，四周單邊，雙魚尾，版心鐫"辛壬蔓草"及頁碼。正文前有康熙四十二年張朝琮、鄭纘祖二序。

張朝琮序曰："世固有豪傑之士，不欲輕用於世，自托於佛以見志，而靈心慧性往往表見於山川，令人物色而得之。如上拙公者，非所稱豪傑之士耶？闢荆棘於虎豹之鄉，結草廬於蟲蛇之穴，踟跦獨坐，蕭然無與於塵世，蓋三十載矣。天乃假之以奇緣，命予守漁陽，因得與追隨晋接，稱方外交，凡六載，而情好彌篤。己卯冬，予以憂服歸田。讀書之暇，極目荒郊野寺，忽忽如有所失。每念拙公嘯傲盤谷，其胸次蕭疏，洞達學問，光明俊偉，攄其性情，發爲詩歌。舉凡層巒叠嶂，激湍奔流，以及蒼松怪石奇卉焉，莫不繪之錦心，出之繡口，沛然如長江傾瀉，皦然如皓月凌空，連翩紆曲，姿態橫生。讀其詩者，無不豁然心爽，悠然神會，聽龍鬼而馴獅象，洵有道仁人也。一朝別去，三年寂寥，千里河山，恐未必復假緣相聚。壬午夏，予服闋抵京師，因假道薊門，肩輿走訪，而拙公始自吳江返棹。足音空谷，有如訂期，執手話舊，纏綿不已。私念拙公身居絕谷，羅耳目之奇，盡著爲聲歌，況以芒鞋竹杖，遍歷名山大川，入豪傑之胸懷，見諸吟詠，當必有十倍於昔，爲當代宗工所賞鑒者。獨恨予無緣，不得久盤桓，以讀其詩，慷慨悲歌，於邑不勝。乃未兩月，而余忽奉綸言再莅漁陽，殊恩遭際奇矣。去而復返，與拙公有奇緣也，豈偶然之會合出人意計哉？莅任三日後，命介使持寸言告拙公曰：蕭邑張某重來守茲土矣。拙公驚喜錯愕，具言相慶，並出《辛壬蔓草》相示。予樂從拙公遊，復依拙公之廬，睹盤谷之蒼翠幽奇，而宛然如昨。幸矣哉！天之賜也。因序其始末以誦拙公之詩。康熙四十二年歲次癸未夏，湘水張朝琮撰。"

鄭纘祖序曰："辛巳秋，拙公大師過我，謂將南行，了數件事。予時方抱痛，未及作詩相送之。今秋還山，書來示我《辛壬蔓草》。塔其祖有詩，葬其師有詩，修葺其父母墳墓有詩，而且浴佛有詩，至善權掃塔曠田有詩，懷人覽勝有詩，示諸法侶有詩，入吳憩滄浪亭有詩，重遊焦山有詩，歸附糧艘，坐船艙中，所聞所見，莫不有詩，凡若干卷。最後一篇則回山簡予作也。阮亭先生閲之詳矣，予何能贊一辭？獨怪其結茅盤山三十載，始闢青溝一片席，梵宇莊嚴，香厨簡潔，此正抱膝長吟、閉户安養時也。顧乃不避寒暑，不憚跋涉，棲棲道途，必欲往返歷幾千餘里，畢此數大事而後即安。使非仁孝性成，惡能經營慘澹，藹乎其言之若是？而謂佛教異於儒教，論亦隘矣。信乎仁孝之言，與吾儒是一是二，如阮亭先生所云也。因爲之序，並和其詩。詩曰：‘别來常作惡，相憶兩經秋。忽接還山信，如瞻佳氣浮。新詩添白雪，舊隱勝青溝。我亦傷心者，棲遲老未休。’井江鄭纘祖撰。”是集收詩始於“辛巳”，凡 95 首。

　　柯愈春《清人詩文集總目提要》卷八著錄智樸《盤谷集》不分卷，並云：“此《盤谷集》，康熙間青溝禪院刻，中央民族大學圖書館藏《盤谷後集》一卷，今不可全得。上海圖書館藏《盤谷詩集》二卷、《辛壬蔓草》一卷，中國國家圖書館藏《盤谷集》一卷、《青溝偈語》一卷。又存《盤山盤谷寺拙庵樸禪師尺牘》一卷，康熙間孫國賓刻，中國人民大學圖書館藏。别有《駕幸青溝恭紀》一卷、《存誠録》一卷、《二刻》一卷、《臺山遊》一卷、《電光録》一卷，今皆不存。”上海圖書館尚存有其《電光録》一卷，亦康熙刻本，然是書爲法語、經論文字，非别集也。

　　智樸示寂後，門人葬其於盤谷寺東。同治年間，寺院荒頽，薊州李江過而傷之，爲之立石，題曰“清詩僧智樸之墓”。智樸實爲古代惟一以“詩僧”立於墓石之僧侶。其平生作詩無數，涉筆廣泛，以“詩僧”論之，蓋亦從公之志。今觀智樸之詩，詩僧之詩也。《葬師》《浴佛》《修墳》諸篇，至淳至孝，純爲儒者語。例如《修墳》其五曰：“悠悠方外可憐人，進道無成老病身。慚愧親恩難報答，一回修墓一回傷。”王阮亭評曰：“仁孝之言，與吾儒是一是二，足使韓、歐二公結舌矣。”

《率爾詠成》《再上雲龍山》《京口喜遇王紫詮觀察舟中夜話》《慨然有作》等詩，撫今追昔，慨歎無端，讀之令人惘然。如《再上雲龍山》云："老去雲山不易登，烏藤再到碧崚嶒。須知皓首如霜雪，還是從前綠鬢僧。"智樸又樂與文人雅士相接，集中與王士禛、朱彝尊、宋犖、洪昇等人唱和詩極夥，描摹其人其情，頗具參考價值。如贈宋犖詩有"官從冷處千秋重，心到空時晚境休"，王阮亭評曰："是名句。"《贈洪昉思》謂："洪子一雙眼，炯炯照漢唐。橫穿無個字，終日含清光。豈特在詩卷，別自有冰霜。"《懷阮亭》："宮詹學士老詩伯，筆掃時風絕世才。日把盤山懷我句，橫肩椰槊幾時來。"《秋日懷竹垞》云："金風亭長七十四，送我江頭共黯然。倚杖松門頻悵望，霜空冷落亂鴻天。"智樸又性嗜山水，凡所至之處必遊，遊必吟哦，其所居盤谷，奇峰插漢，怪石摹霄，故誅茅居之。集中寫盤山風物之詩亦多，如《盤山絕頂》云："盤空鳥道穿，俯瞰諸峰小。一嘯動山靈，驚雲落樹杪。"其足之所履，目之所見，與盤山之山水、雲峰相摩相蕩，發之於詩，亦氣勢磅礴，有風雲之氣。

釋智樸亦善書畫，其《青松紅杏圖》頗著稱於藝壇。震均《天咫偶聞》卷七載："崇效寺，俗名棗花寺，花事最盛。昔國初以棗花名，乾隆中以丁香名，今則以牡丹名。而《青松紅杏》卷子，題者已如牛腰。相傳僧拙庵本明末逃將，祝髮於盤山。此圖感松山、杏山之敗而作也。其圖畫一老僧趺坐，上則松蔭雲垂，下則杏英霞艷。首有王象晋序，後題以竹垞、漁洋冠其首，續題者幾千人，亦大觀也。然而金貂共狗尾偕陳，玉楮與敗葉參見。甚至有妄人，將己名與古人夾寫，真爲不識好惡之尤。曾有某君題詩於匣以止之，亦無人肯顧也。"

《上定詩存》一卷，釋夜川撰

夜川，號上定，檇李（今浙江嘉興）語水名家子。八歲失怙，一門三十口俱離喪,出家爲桐鄉惠雲寺僧。其詩原有四册,吴江黄容遴二百餘篇輯入《惠雲寺三僧詩存》。生平未見碑傳。

　　《上定詩存》一卷,與觀樹、悟拈詩合爲一編,額曰"惠雲寺三僧詩存",康熙四十一年(1702)刻本,見存於上海圖書館。開本高 24 釐米,寬 15.5 釐米;版高 16.1 釐米,寬 11.5 釐米。封面題"惠雲寺三僧詩存"。内鈐"王培孫紀念物"印。半頁 9 行,行 20 字,版心鎸各卷詩名。前有黄容撰《詩存合選序》。其曰:

　　　　詩與禪,况味相近。浄名之流,萬慮都盡,假吟詠以陶冶性靈。贊寧稱杼山詩,謂"文人結習深重,故以詩爲牽勸,令入佛智",不其然乎? 惠雲夜川禪師,語水名家子,孤情邃詣,超乘絶出。其詩骨力秀拔,意匠深遠,命筆造微,迢然以古人爲歸,所與遊皆鴻生巨儒。兵燹後,篋衍狼籍。予自丙子客鳳里,六載於兹矣。辛巳臘抄,從其法孫曙巖師所閟藏稿四册,遴詩約二百篇。夜川之弟子聲海負至性,事母甚孝,詩格古淡安雅,清高凄警,遴定百餘首,合爲一集。曙巖恐終湮没,因付剞劂氏,公諸同好。噫! 此幽蘭白雪之曲,殆疏瀹神明,故能標新領異,妙氣來宅者耶? 微特不屑與繁音俗響爭妍而赴節,即彼勢尖徑仄、捫枯守寂以爲宗者,亦未離蔬筍氣,使取是編雜諸《弘秀集》中,當奉爲詩家正令也。康熙壬午仲春望日,吴江黄容題。

是編乃夜川與其門人聲海詩之合輯,由黄容編選,夜川法孫曙巖付梓。

　　《惠雲寺三僧詩存》卷一乃夜川詩存。卷端題"詩存合鈔"/"惠雲夜川上定著"/"吴江黄容圭庵選",存其詩 157 首。多古體,意悲而遠,頗有漢魏悲凉梗概之氣,如《贈友二首》《次答沈疏庵唐麗公携拙稿見還不值之作》《辛卯又飢》《苦雪吟贈俠者》。《母諱日紀哀》云:

“有我始八歲，薄怙喪亂作。同室三十人，東西各淪落。死者殯無葬，生者食無藿。”又《上冢詩》序稱：“予二十年不歸故里，今己卯寒食，女兄輩拉予上冢，不勝悲忱，得詩三章，知我者無咎我遊族姓也。”其一曰：“荒絶荆棘冢，忽然來祭人。鄰曲相聚觀，因以喻不仁。死者欲得土，如生重衣巾。殘削何所忍，骸骨人之親。世間世反復，豈保長相春。我家曾富盛，誰識有兹晨。諸君存古道，無傷没後身。”又有《虎來行》《塞女行》俱寫板蕩之現實。顧其詩存，亦鼎革裂變有托而逃者矣。

《觀樹詩存》一卷，釋觀樹撰

觀樹，字聲海，慧雲寺夜川上人之門人，吳江黃容輯其詩入《惠雲寺三僧詩存》，生平未見碑傳。

《觀樹詩存》一卷，見於吳江黃容編《惠雲寺三僧詩存》卷中。卷端題“詩存合鈔”/“惠雲觀樹聲海著”/“吳江黃容圭庵選”。此卷存觀樹詩凡55首。今觀其詩，雖有《苦雨行》《田無穀》諸作，然總體較夜川更顯舂容、平和，尤以七律見佳。例如《賦得雲破月來花弄影》：“春陰猶喜散晴風，半卷重雲露半空。烟定烏棲依樹北，花因人静依墻東。娉婷月下疑仙子，摇曳階前似醉翁。領略已深詩未就，呼童拂座撫焦桐。”對仗工整，意脉亦順暢、平和，而非黃容所稱“清高凄警”者。又如《丁未九日有感》：“貧耕學圃幾重陽，親老其如戀舊鄉。無底芒鞋愁問菊，多情破帽敢辭霜。隨時懶曳登高策，遁世殊艱渡海航。却怪鄰翁多野趣，邀余緩步踏秋光。”格調雖以悲沉，然終無梗概之氣。

《悟拈詩存》一卷，釋悟拈撰

悟拈，字曙巖，惠雲寺夜川上人之法孫、觀樹上人之法子。嘗合刊夜川、觀樹之詩，吳江黃容復輯其詩入《惠雲三僧詩存》。生平未見碑傳。

《悟拈詩存》一卷，見於黃容編《惠雲三僧詩存》卷下。卷端題"詩存合鈔"/"惠雲悟拈曙巖著"/"吳江黃容圭庵選"。此卷前有黃容序曰："方外詩以脫灑孤邁，清新閒適，得味外之味，斯爲上乘。而思致幽微，含蓄深窈，過於瘦隱寒澀，未免掩奪性情。曷若辭近旨遠，寄至味於淡泊，使人涵詠無盡乎？惠雲曙巖禪兄既刻其師祖夜川、師翁聲海兩公遺集，予並録其自爲詩一卷，統名之‘詩存合鈔’云。曙巖爲人蕭散磊落，早受戒具，參學多遠遊，嘗航海出大洋，抵落伽山禮普門大士。庚辰夏五，復渡錢塘，歷富渚，涉新安江，登九華、齊雲諸名山，所至輒撰景留題，吟詠不倦。大抵舒寫性靈，雅調清音，刊落凡近塵腐，陶、謝之超然，曹、劉之自得，方之曙公，靜獨有境，可謂得風人逸致。當世不乏惠崇儇體，曙公見之，急下鉗錘提誨之也哉！康熙壬午孟秋，圭塘居士黃容題於桐溪書屋。"黃容編曙巖詩當在夜川、聲海詩集付刻之後，今所見《惠雲三僧詩存》應屬續刻本。

此卷存詩 67 首，多曙巖行脚、遊方、紀遊之作，歌行《觀海歌》極寫黃山雲海之氣象；《黃山》極寫山之峭拔、崔嵬："俯視千萬山，繞膝衆羅列。豈曰號兒孫，奴婢恐弗肖。巧怪疑鬼工，奇險待神設。攀崖崖石斷，樹掘身挽掣。試尋軒轅迹，煉丹臺斗絶。巍然居其所，天都獨雄傑。"余皆不甚可觀，於僧詩中當入下品。

《大鑒堂詩全集》四卷，釋正脉撰

釋正脉，號笠庵，又稱中峰脉禪師，鷄足山僧。康熙四十八年（1709），遍遊吳越，手録讀徹《南來堂詩集》歸滇。著有《大鑒堂詩全集》四卷存世。生平未見碑傳。

《大鑒堂詩全集》不分卷，一册，雍正刻本，見存於雲南圖書館。扉頁題"吳越滇黔諸集同訂"/"大鑑堂詩全集"/"板貯妙湛樓"。內鈐四方印,皆模糊莫辨。是集分"鷄足中峰笠庵脉禪師詩集""虎丘堆雲閣集""南旋詩集""鷄足山中峰脉禪師撰述"四部分,版式、字體不一,蓋皆異時刊刻,後人訂爲一集。第一部分題"鷄足中峰笠庵脉禪師詩集"/"學人了義、了悟、普仁、了初審□□同梓"。半頁 10 行,行 20 字,無格,白口,四周單邊,單魚尾,版心鐫"笠庵脉禪師點蒼詩集"。正文前有雍正八年庚戌(1730)春正脉《點蒼詩自序》云:

> 余遊天下名山大川,十有數載,惜乎蒼雲洱月,未入板圖。迫夫大明洪荒始闢間,有名儒高士不可勝紀,前賢之弘山、中溪、雪屏、升庵,湃舟浩瀚,博廣詞林,吞吐淵洌,卷舒艷氎,搜謳水石,點撥烟巒,洱鏡蒼容,大開生面。然而十九旄巒,十八香澗,秋濤約雨,洲島縈回,刺額聳襟,未悉詳詠。時於己酉,泛舟過榆,玉屢襟帶,大展芝眉,考閱旄題,遂爲判袂。奇遇好事者,而不爲我挵焉。時雍正庚戌春,中峰脉山人自識。

是集收正脉《點蒼十九峰詠》《十八溪詠》《十樓烟雨詠》《四閣秋濤詠》《四洲》《三島》等詠滇中勝景詩 61 首。第二部分卷端題"虎丘堆雲閣集"/"憨懶頭陀正脉笠庵";半頁 10 行,行 20 字,無格,白口,上下雙邊,單魚尾,版心鐫"堆雲閣集"及頁碼。正文前有正脉書《登天童》《招遊天台石梁》,收其遊歷江南詩 12 首。第三部分卷端題"南旋詩集"/"憨懶頭陀正脉笠庵著",半頁 10 行,行 22 字,無格,四周單邊,白口,單魚尾,版心鐫"南旋詩集",收正脉返滇詩 42 首;第四部分卷端題"鷄足山中峰脉禪師撰述"/"嗣續重孫悟宗敬錄",半頁 10 行,行 20 字,無格,白口,四周單邊,上魚尾,版心鐫"飲光撰述",收與飲光寺相關雜文 3 篇。簡末有釋正脉書《虎丘生公臺》《千人石》二詩。

釋正脉《大鑒堂詩全集》字體粗疏,幾難辨識,流傳甚罕,僅知雲南省圖書館藏有一部。然雲南圖書館編《雲南歷代僧人著述考略》不知何故,未能著錄是書。各種滇詩選本亦未登其名。是集所錄多滇中、吳越題詠之作,大體規整,匠氣十足,殊乏遠韻。如寫滇中十二峰之雲美峰、五台峰二首,竟用"峆嶗""岂岌""嶐嵸""峈嶧""峒巄""斸屶""嶵嵬""嵾嵯"等近十組聯綿詞,雖蒐羅殆盡,然詰屈聱牙,味若嚼蠟,幾同字書。蓋其詩思平常,欲以辭而補拙,反失其趣。《唐梅》一首云:"怪殺時人獨擅奇,不奇幹古獨奇時。名標唐代詞何麗,品重蒼崖價倍稽。枯盡寒粧逾有態,折殘冷艷到無枝。不辭瘦杖徐徐訪,也共騷壇補一詩。"立意尚新,對仗亦工,余皆不足道也。

《華頂和尚山堂舊稿》一卷,釋寂震撰

寂震,字仁山,號華頂,梁溪(今江蘇無錫)單氏子。住台州寶華,繼住天台華鼎,弊衣糲食,勤於著述。所著《金剛三昧經通宗記》十二卷,文簡意豐,性相互融,宗説兼唱,爲末世修行之法程,魏學渠爲之序。是書末列有《華頂仁叟震禪師書目》凡八種百餘卷。又有外集《華鼎和尚山堂舊稿》一卷。生平未見碑傳。

《華頂和尚山堂舊稿》一卷,一册,乾隆刻本。見存於上海圖書館。開本高 27.1 釐米,寬 18.5 釐米;版高 21 釐米,寬 15.2 釐米。封頁題"華鼎和尚山堂舊稿"/"人壽廬主人藏"。卷端題"華鼎和尚山堂舊稿"/"侍者覺慶錄"。半頁 10 行,行 20 字,白口,四周雙邊,版心鎸"華頂和尚山堂舊稿"、頁碼。無序跋。

是集共收寂震詩 54 首,寫其參訪尊宿、法侣之詩頗多,有《登三峰謁豁堂和尚》《秋日感懷留别碩揆法兄》《登靈巖謁退翁和尚》等。除參禪問道外,亦偶露興亡之思。《燕子磯二絶》其一云:"王謝堂前不肯留,無端啄破大荒流。銜泥懶更巢人屋,遺落江邊石化頭。"洵可發人之思。又有《題紅豆花寄錢宗伯牧齋二首》云:"紅豆莊前紅豆花,相思有淚落君家。可知不受春風詔,木槿空勞人歎嗟。""前朝元老後朝花,流落還開燕子家。十七年來何所事,堂前鸚鵡暗咨嗟。"意緒無端,殊難揣摩。其寫景小詩,則時有妙句,如《山中感懷》"尋花曳杖雲隨脚,掃葉烹泉月到窗"句,是得大自在人之語。

《芝厓詩集》二卷,釋超凡撰

超凡(? —1721),生平未見碑傳。所著《芝厓詩集》二卷,卷端署"墨池釋超凡鐸夫著",則超凡爲其僧名,鐸夫應其字也。《杭郡詩續輯》四十六卷稱其字雪堂,號鐸夫,海寧查氏子,住蘭溪廣長庵,能詩善畫。

《芝厓詩集》二卷,一册,清雍正刻本。見存於天津圖書館,《天津圖書館珍藏清人別集善本叢刊》第16册據此影印。《清人詩文集總目提要》《清人別集總目》皆未著録。卷端題"芝厓詩集"/"墨池釋超凡鐸夫著"/"明招、嗣法門人明訴編"。半頁10行,行19字,有界行,左右雙邊,白口,上魚尾,版心鎸書名"芝厓詩集"及頁碼。正文前有雍正元年(1723)張雲鵬序、王崇炳題辭。張雲鵬序曰:

> 芝厓學佛能詩,亦工畫,卓錫於金華瀫水,然挪瓢盛月,布衲穿雲,時往來名山大澤,無所蹤迹。是以余稔其名,未謀一面。從子凌千嘗爲方外友,師出枕中秘囑凌千過予問序。予自念所學殊趣,既不知禪,又不工詩,何以叙芝厓? 逡巡者兩歲,而師輒化去,終不復見,西顧唏嘘。門人又藥繼其志,將受梨棗,仍促予叙。予快芝厓筆墨妙於生前,而嘉其徒傳於死後,乃執筆而爲序曰:芝厓,禪也,禪則叛心白業,無有語言、文字,而何有詩? 然禪無藉於詩,而因詩可以測禪。彼夫上隴坂,陟高岡,遊精宇宙,流目八絃,歷觀九州山川之體,遍覽時行物生之趣,擊竹拈花,披風帶月,在在得西來意。矢口諧聲,灑然塵外,不特消盡憤激牢騷、

抑鬱不平之迹，並筆痕墨瀋皆若蕩以曉風，滌以清露。使人讀之，如聽晨鐘，如盛暑飲冰雪，如髻珠之光明，舍利之變現，雖緘以金函，藏以石匱，固不得而掩之者。其於畫也亦然。興酣潑墨，機趣天成，片紙尺幅，備萬色相，方其凝想，運毫拂拂，十指都從無色相中來。世稱摩詰"詩中有畫，畫中有詩"，單提互見，吾不獨於芝厓之畫中見詩，而以是爲詩也，是畫也，是芝厓之禪也。蓋詩之難在澹而旨，而非飄然物外則不能澹，其何能旨？芝厓能澹矣，故旨者可傳。雖然，日月幾何，芝厓往矣，紙上丹青，或存或亡，皆不可知。而心發於聲，興托於物，尚賴斯集之流播人間，則無有語言、文字者，又何嘗不因語言文字以不朽哉！投筆而起，臨風一嘆。時雍正元年癸卯重九後二日，富春張雲鵬集園氏書於文淵書院之麓澤堂。

張序既云"逡巡者兩歲，師輒化去"，則超凡或示寂於1721年前後，即康熙六十年。又王崇炳《芝厓詩集題辭》曰：

予與雪師往還頗久，齒牙脣吻間，未嘗黏着禪字，豈以予不知而不言耶？或予知之而不言耶？又或以木葉山花，松風水月，無在非禪，禪固不待言，即言亦不能盡禪耶？又豈以落墨山飛，吐辭雪韻，其畫與詩，莫非禪耶？予無以知之。淡歸老人曰：僧詩不可有僧氣，詩僧不可無僧氣。其詩有僧氣與？則洪覺範也。無僧氣與？則善權也。讀者當自得之。至詩僧之有僧氣，則禪月大師也。吾一見而已知之，蓋其一舉一動，一默一語，無在而非真僧，不得以詩僧目之也，至今猶得而想像之。東陽八十二叟鶴潭王崇炳。

王崇炳（1653—1739），字文虎，號鶴潭，浙江東陽人。嘗彙集蒐羅鄉邦文獻，編有《金華文略》。

　　《芝厓詩集》卷一收四言 2 首、五古 27 首、七古 15 首、五排 1 首、五律 52 首，卷二收七律 57 首、五絶 19 首、七絶 58 首，凡 231 首。超凡之詩，詩僧之詩也，非高僧之詩也。雖多寫山川、木葉、水月之景，然殊少禪意。超凡亦工畫，故集中題畫之作頗多，偶有佳構，如卷二《題梅》云："畫眠驚覺便呼茶，擲醆揮毫似匃鴨。放意蕭蕭三五點，誰人不道是梅花。"《九日畫梅爲梁五嫈作》云："風塵九日感知音，恐問黃花傷客心。滌硯獨餘何遜癖，寫來空色過墻陰。"《墨荷》云："春暖荷錢翳淺波，臨池似有暗香過。道人空外參空色，轉覺空空趣更多。"從畫中景而巧作引申，不即不離，詩畫兼善，機趣盎然。

雍乾卷

《雪床遺詩》一卷、《續刻雪床遺詩》一卷，釋德亮撰

德亮（1656？—1726？），字霽堂，號雪床，俗姓陳，長洲（今江蘇蘇州）甫里人。年十二即喜爲詩，弱冠後棄世，祝髮於天津彌勒禪院，受具於武清極樂寺雪堂禪師。越三年，托鉢行脚，縱遊名山十年，所過五台、峨眉、天台、雁蕩、匡廬、羅浮諸名山，皆有詩紀之。後歸故里，受鉢於玉峰雪厓禪師，後住分湖長馨庵，日事吟哦，以詩自娛，與沈德潛爲莫逆交。世壽七十以上。著有《雪床遺詩》傳世。分湖柳樹芳撰有《詩僧雪床小傳》，附於《雪床遺詩》末。

1.《雪床遺詩》一卷，一册，道光元年（1821）續刻本。見存於天津圖書館。扉頁題"雪床遺詩"。卷端題"雪床遺詩"/"釋德亮霽堂"。半頁 10 行，行 21 字，左右雙邊，白口，上魚尾，版心上鎸書名，下鎸"養餘齋"三字。正文前有嘉慶二十四年己卯（1819）翁廣平序，略曰：

> 自六朝來，以浮屠著名者衆矣。至唐宋，類多長於辭章，然必有鴻儒碩望者表彰而著録之，其名始不朽，如文暢、高閒之見稱於韓文公，惟儼、秘演之見稱於歐陽公是也。然韓、歐二公爲

闢佛之儒，文暢、惟儼輩爲異端之徒。苟能工於辭章，則必述其志趣之超曠，友朋之贈答，山水之登臨，以鋪張而揚厲。是辭章之學之可貴，雖出自異端之徒，遇闢佛之儒，亦能作平等觀也。沿及我國朝，尤多能詩僧。今讀霽堂師之《雪床詩鈔》，而後知其見稱於人者有自也。霽堂，長洲縣甫里人，俗姓陳氏，年十二喜爲詩，弱冠祝髮於天津之彌勒禪院，受衣鉢於玉峰之雪厓禪師。既而行脚至兩浙，登吳山之頂，觀廣陵之濤，搜雙峰三竺之奇，攬西湖六橋之勝，渡錢塘，升子陵之釣臺，訪安道之剡溪，留滯於雲棲、四明者數年。之粵東探庾嶺之梅，謁曲江之祠，尋元虛之洞，拜觀音之巖，莫不以韻語記之。既歸，住吳江莘塔之長馨庵，遠近之長於詩者咸樂於倡和，而長洲沈歸愚宗伯尤爲莫逆交。宗伯有別墅在水瀆，常以詩造訪，宗伯以爲有韋、孟之風。時霽堂年近六十矣，筋力將衰，不能遠遊，然猶躡黃山三十六峰，涉大江，上金、焦，各駐錫數旬。而吳中之洞庭、馬迹、靈巖、天平諸山，無歲不至，至則必有題咏也。既寂，宗伯選其詩入《別裁集》中。今同邑柳君古槎搜輯遺稿，將付剞劂氏，繕寫成編，請余爲之序。余惟辭章之必待表彰而後傳固也，然必其作者實有可傳之處，而後鴻儒碩望之表彰自至耳。不然，韓、歐之於文暢、惟儼輩，豈竟漫然獎假乎？夫歸愚宗伯，今日之韓、歐也，所評選古今詩，爲天下後世之楷模，而不遺霽堂之詩者，蓋實有清幽古澹、超曠拔俗之致，雖以韋、孟目之，豈虛譽哉！古槎（按，當爲“楂”）風雅好古，工詩詞，留意邑中文獻，而於霽堂詩好之尤篤。余亦喜雒誦之，且喜古楂之能壽諸梨棗也，爲序其始末如此。嘉慶己卯小暑節後五日，鶯湖翁廣平撰。

翁廣平（1760—1842），字海琛，號鶯脰漁翁。性喜藏書，家有“聽鶯居”，積書數萬册。序中所稱“古楂”，即柳樹芳（1787—1850），字湄生,晚自號古楂,自稱勝溪居士,乃《雪床詩集》編訂者,亦爲近代著名文人柳亞子高祖。是書後又有長洲顧日新跋、柳樹芳跋及《詩僧雪床小傳》。柳樹芳跋曰:"雪床遺詩,訪之久矣,恨不可得。丁丑歲,顧三坻乃齎携一册見示,曰:此雪床遺詩,沈歸愚宗伯所點定也。余急録一副本,仍以原本歸之。夫一方之詩文當與一方共之,苟不廣爲流播,恐亦終晦不傳。余將梓雪床詩,因叙其顛末如此。戊寅夏柳樹芳識。"

2.《續刻雪床遺詩》一卷。見存於天津圖書館。版式同《雪床遺詩》。書末有何其偉跋、柳樹芳跋。何跋曰:"乾隆庚戌、辛亥間,先從叔見山先生(世義)寓遊莘溪,於友人齋頭得雪床上人遺稿一册,携歸示偉。讀而愛之,屬舍弟録一副本以藏諸篋。他日,有吳中朋好欲徵方外詩人,而無愧乎唐音者,當出以示之。嘉慶庚午夏日,何其偉重讀一過並識。"柳跋曰:"往余刻《雪床遺詩》,合古今體不過八十餘首,嘗以不得全稿爲憾。辛巳歲,何君書田見余前刻雪公詩,遂出示全稿,較前刻多至百餘首,因爲録成一册,續付諸梓。雪公之歷久不滅,何君之善藏有待,蓋於文字中別成一段佳話也。道光元年辛巳秋,柳樹芳湄生氏跋。"據此,《雪床遺詩》當續刻於道光元年辛巳(1821)。

德亮與沈德潛有同鄉之誼,爲莫逆交。沈德潛嘗評定其詩,選其《龍泉關》《孤花》入《清詩別裁集》,稱其"出家後,豪氣未除,能面斥人過,人以正理責之,亦拜而受。詩不多作,出語必欲勝人"。檢《雪床遺詩》,有《沈歸愚北歸》《萬峰獨立圖爲沈歸愚題》《詠修竹贈沈歸愚》《題沈歸愚瀆上山居》《題沈歸愚隱居時披澗上先生畫》《歸愚齋夜坐論詩》《訪沈歸愚山居》諸詩,可考二人交遊。其中《杪秋訪沈歸愚》有"物外清閒愛詠詩,十年函丈是吾師"句,則可見德亮之詩效法歸愚。今觀其詩,多爲遊方、行脚之作,所繪清音清景,頗具韋、孟之風。如"遠鐘沉古寺,明月晃清流"(《夜泊常州北關》)、"流水無心住,孤雲有意來"(《阻風留雲水僧夜話》)、"虹吞半江雨,鳥散一林風"(《朝望江上霽景》)、"殘雪半龕雲壑冷,月明長照雁門僧"(《東林寺》)諸句,自然清發,宛然可誦。其詩含蓄蘊藉,不急不迫,實"格調詩派"於方外之嗣響。

《蕭鳴草》一卷,釋寂傳撰

寂傳(1664—1731),俗姓陳,號苣亭,法號道本,晚號槐翁,字憲壽,福建福清人。五十六歲,受其師靈源海脉之召,東渡日本,爲長崎崇福寺第六代住持。詩文書畫兼擅,著有《蕭鳴草》一卷存世。生平未見碑傳。《中國佛教人名大辭典》有其小傳。

《蕭鳴草》一卷,一册,日本江户鈔本,藏於日本國立公文書館。另中國社會科學院文學所藏有雍正二年(1724)刻本,未見。開本高18.5釐米,寬13.5釐米。封面左上題"蕭鳴草",内鈐有"日本政府圖書卷""昌平阪學問所""内閣文庫""述齋衡新收書"等印。"述齋衡新收書"乃日本人林衡之印。林衡,字述齋,號天瀑山人,又名花潮天瀑,編有《佚存叢書》,以集中國久佚古書。卷端題"蕭鳴草"/"閩山釋苣亭傳著"。正文半頁9行,行21字,無格,共83頁。前有金潮、嚴雲二序,後有陳肖野跋。金潮序曰:

> 韓昌黎居潮州,與老僧大顛遊,稱其外形骸,以理自勝,又嘉文暢喜文章,善高閒寓智巧。柳柳州有《送浩初序》,歐陽公嘗序秘演詩。此數公者,間與浮屠遊,凡所許可皆文章氣節,其人其詩乃足取焉。予謫居玉峰,流寓臺江、蒔水間,投閒無事,日以尋僧、尋寺爲樂。所交斂山上人十數輩,往往投詩索序,然多遠遊或老玄者,岑寂無可與語。一旦,董子鑒亭自海外來,持苣亭上人詩一卷示予,且曰:"上人居臺江蓮社詩壇,唱酬有日矣。既乃

別同社諸友，携詩卷獨游海外，東至崎陽。國君好詩書，見而重之，名大著。凡吾鄉估客來往長崎者，皆好義推引，酬答無虛日。”予聞而異之，嘆曰：“是爲氣節相高，以理自勝者耶？何近今之不數覯，而顧飄然於海外耶？”及讀其集，所交遊贈答皆吾鄉名人學士，而閱歷山川名勝各有紀載，間與當事酬應，則其喜文章，樂山水，不逐逐印組爲務以相軋，亦慨可見矣。苣公雖客海外，其感懷寄興，復戀戀不忘故鄉，是皆近人情，有合吾儒忠恕之道。至若寄挽黄、陳諸作，淋漓愷惻，殆其生平交好如曼卿者流耶？宜苣公之淡然無所内，而獨肆意於崎陽島嶼之間也。□者坐卧竹林，縱觀巔崖崛峰，風濤汹湧，東南山水之美，所得豈與秘演異哉？當秘演云“北渡河也，無所合，困而歸”，今苣公且大遇矣，爲我語曰：“南國有人，尋親收老，何由負土家山乎？”禪燈一指，且當與苣公聽偈釣龍□上也。夫歐陽之交秘演也以曼卿，因愁其盛衰，而發將老之嘆；昌黎、柳州以謫居，故與大巔、文暢、高閒、浩初爲方外交。今予放廢且老，雖未得與苣公遊，見其詩如見其人，不禁讀韓、柳、歐陽之作，默然有動於中矣。故不敢辭董生之請，援筆而爲之序。時甲辰端陽，同里方外弟金潮海翁氏頓首拜書於吳門之寄漁亭。

董鑒亭，亦曾東渡日本，與寂傳結有大江社，時相唱和。《蕭鳴草》中《崎陽寄故園諸君子十首》後附有鑒亭和詩并序，其序曰：“余與和尚結大江社，晨夕風雨，酬唱於師蒼蔔林中。己亥夏六月，和尚應請崎陽，住持天后崇福寺。越月，予隨伯氏抵其地，嘗例舍館山城，僅得拜謁方丈，賴閩譯司俞公達焉，復得繼見。歷十閱月庚子，蒲陽將解纜歸閩，和尚有《寄故園諸君子》五言十首出示。余三復淒愴，因之續貂，以寫離索，兼呈諸同學，欲申暮雲春樹之懷云爾。”集中又有《謝董鑒亭以銀燈見惠》《社友鑒亭集大光寺看櫻桃謂余愆期不赴以詩見訊次韻答之》《送董鑒亭歸閩並寄諸同社二首》諸詩，蓋《蕭鳴草》即由鑒亭持歸請序於諸家，並付剞劂。

嚴雲序曰："姑蘇，江南一大都會也。東抵滄溟，控閩浙，通群島，而於長崎尤近。貨貝之所聚，艘舶之所至，吾鄉之挾貲服賈者多奔走焉，而懷奇好異之士亦往往借之以供其壯遊之具。余以丙戌歲來令茂苑，越四年而罷，羈迹於此者又十有六載矣。既擯退澆落，無所用思，欲乘桴槎，追風逐浪，遁迹遐區，漫遊海表，馳域外之異觀，寓胸中之高寄。拘於時，囿於俗，不能自脫。竊意必有超群絕類之彥，風雅而有文者，能遊於方之外，爲之流覽其山川，詠歌其景物，必有可觀而可傳者，欲得其人而未見也。董君鑒亭，吾閩佳士也，與余季爲筆硯交，特訪余於邸。一日，自長崎回，出一冊示予，且告曰：'此莅亭上人所著詩也。'莅公昔居臺江，行高志潔，早爲禪林白足，所與遊皆縉紳先生、文人才士，日相賦詩，連吟不倦，乃其胸中有不可乎一世者。今竟飛錫崎陽矣，國中莫不加敬，高其學，尊其教，爲之金池淨土以居之，爲之朱宮紺殿以崇之。莅公處之恬如，不異其在臺江時。余取其詩而讀之，其情深而明，其旨淡而遠，無滯礙心，無蔬筍氣，非所謂風雅而有文者耶？夫莅公佛也，既以外形骸，脫生死，其在綦江，在崎陽，何擇焉？然非有卓犖超絕一世之才者，何能所至，而使人重之如是？固余向所願慕而未見者，乃今得之者。慧遠隱廬山不出，與彭澤遊，嘗過虎溪而有三笑之圖。厥後辨才退居龍井，東坡訪之，遂出風篁嶺，因作二老亭，題詩以記其事。今予滯姑蘇，而莅公居崎陽，飄然於三山六鼇之外，非如虎溪、龍井之尚在人間可以尋蹤躡足至者，其孰從而覓之？然見其詩如見其人，況又有董君者爲余道其愫，通其悃，知莅公亦必有以許我者，於以繼三笑、二老之後，以傳於人，同不同，未可知也。既以復董君之請，因書而爲之序。時甲辰蒲月上浣，法弟嚴雲題於半月樓書舍。"

陳肖野跋曰："莅亭《蕭鳴草》向有稿本投示，藏之已久……今年,董鑒亭自海外歸,謀付剞劂,而海門先生爲之序相知,苣亭之詩,不脛而走天下。苣亭尚有《異草》《次蓮》《大江》等集未獲鋟,蓋於此已見一斑云。甲辰立秋前一日,閩海社弟陳朝相肖野謹跋。"陳肖野,生平未詳,《蕭鳴草》中有《寄同社陳肖野孝廉》一詩。據此跋,寂傳除《蕭鳴草》外,尚有《異草》《次蓮》《大江》諸集,今俱失傳。

　　《蕭鳴草》收寂傳各體詩 115 首,另附董鑒亭和詩 10 首,大抵皆其東渡日本後所作。《東渡棹發吳淞》《渡海書事》二首,乃其橫渡重洋時所作。"吳淞江口上艨艟,萬里惟憑五兩風。山水無情分去住,華桑何事限西東",與日本長屋王"山川異域,風月同天"皆透顯出天下一家之情懷;"微茫鳥不度,飄蕩浪相催。逐棹魚窺客,號空雪作雷。舟疑鼇捧出,天似水浮來。對此悲行役,翻憐古渡杯",則描述渡海情景,境界尤爲闊大。寂傳在長崎廣傳佛法,集中《贈吉野山宗秀和尚並送還山》《贈別鎮臺吳平部公丹波守解任歸東都》《賀藩鎮石河公土佐守重任崎陽》等詩,乃與當地僧俗往還之作。又多載及彼邦風俗,如《庚子重九》中有"豆餳釀壓茱萸酒,栗飯新吹蒼蔔香。不事登高與茗芋,也應補貼舊時狂",所述乃長崎重陽炊栗飯之俗;《題長崎聖廟》一詩,則尤可見出中土文化對日本之影響。寂傳久居殊方遐域,家國之懷自是濃烈,集中書寫思親念友人之詩,無慮大半,如《送東明訪果堂和尚邀看山後梅花》云:"殊方歲暮欲傷神,試向東明問主人。共作華言消寂寞,便探梅信上嶙岣。依巖背石垂垂發,間竹穿松樹樹春。却憶故園相賞處,爲誰零落爲誰親。"要之,寂傳弘法扶桑之心迹俱見於《蕭鳴草》中。是集雖僅一卷,然其詩亦可方駕於隱元、高泉諸人而無愧色。

《南嶽二刻》一卷、《南嶽近草》一卷,釋明哲撰

　　明哲(1667—1734),字曉堂,吉州安福楊氏子。盛京隆安寺本哲

禪師嫡孫，衡嶽天培鑒禪師法嗣。康熙五十年（1711）秋，繼師住持南嶽祝聖寺，後又住福嚴、雁峰，西江禾山、象山二寺。雍正十二年（1734）十一月示寂，世壽六十六。著有《南嶽近草》《南嶽二刻》行世。生平未見碑傳，《正源略集》卷一一有其小傳。

《南嶽近草》一卷、《南嶽二刻》一卷，《清人別集總目》著錄爲：“《南嶽近草》一卷，康熙 52 年刻本（湘圖）；《南嶽二刻》一卷，康熙 54 年刻本（湘圖）、康熙 61 年刻本（湘圖）。”二集刊刻時間、版式不一，湘圖藏本將二集合爲一册。開本高 23.5 釐米，寬 14.5 釐米；版高 17.5 釐米，寬 12.5 釐米。首爲《南嶽二刻》，次爲《南嶽近草》。

1.《南嶽二刻》一卷。卷端題“南嶽二刻”/“釋明哲曉堂氏著”/“嶽中諸蓮社評點”。半頁 8 行，行 18 字，無格，左右單邊，白口，單魚尾，版心鎸“南嶽二刻”及頁碼。正文前有康熙六十一年壬寅（1722）陳溥序，康熙五十四年乙未（1715）康畬德序，葛亮臣跋，及譚尚箴序。

陳溥《南嶽曉堂和尚詩序》云：

　　曉公師爲天童法乳，素有高行，兼工於詩。自安福來衡，主南嶽之祝聖寺，足迹不輕涉城市，問道者錫常填户，維厨無宿米，猶日與文流騷客相倡和，以故湖以南諸當事莫不敬重之。攸去衡僅二百里，予抵任以來，羡嶽山之勝，亟欲一遊，又雅慕師名，冀得把晤爲快。乃三年中往返衡麓者屢矣，率爲公務所牽，未暇繫纜一登，即欲晤師一面無由也。客春三月，大中丞王公就嶽廟建百日齋壇，以祝萬壽。届期，公親詣廟拈香，予忝屬員，得與駿奔之役，後先在嶽者旬餘，不惟得覽紫蓋、岣嶁之勝，又幸從公餘之隙，私一謁師。師亦不以予爲俗吏，偕劉子犀衡、彭子湘南數過予寓，示以《嶽吟》之編。予受而卒業，竊歎師之名爲不虛。今

秋,師歸安福掃祖塔,便道過予,予率邑中諸文學送之司空山寺,
秉燭聯吟,經宵乃別。臨行,囑予序其先後之詩。聞之宋嚴滄浪
有云:詩與禪一,必以妙悟爲宗。予以爲禪非妙悟,則不能超凡
作聖;詩非妙悟,則不能脱俗入神,嚴之論誠韙矣。顧近之詩僧,
藉口玄箸,因而風幡窗月,滿紙機鋒,使騷雅之章,幾成傳燈賸
語,又烏在其爲禪,烏在其爲詩也? 今讀師之詩,觸景成吟,語語
妙悟,猶鏡中花,猶水中月,澹宕空明,無有執著。語云“善於
《易》者不言《易》”,則知深於禪者不言禪。嗚呼! 此師之禪所
以爲真禪,師之詩所以爲真詩也歟? 抑聞衡之山高一萬丈,周圍
八百里,日月跳蕩,雲霞吞吐,春朝秋夜,千狀萬態,師坐卧其間
者幾二十年,耳之所聞,目之所矚,無非衡者。是以達之於詩,或
挺而爲峰,或渟而爲淵,或變化而爲蒼靄晴嵐,或飛鳴而爲靈風
怪雨,種種色色,不可名狀,斯亦極風雅之觀矣。然則,師之詩固
從禪悟中來,亦未必非得江山之助也。予固樂爲序而歸之。時
康熙壬寅年小春月,賜進士出身文林郎御試兩擢一等充《盛典》
《詩經》兩館纂修官奉旨特用知湖廣長沙府攸縣事天台法弟子陳
溥頓首拜撰。

陳溥(1662—1749),字永叔,號南陔,天台人。康熙五十二年(1713)
進士,知湖南攸縣知縣,有政聲,著有《湖南雜詠》。晚年自訂《泳川
詩文集》二十卷。據其序稱,明哲詩集最早爲“嶽吟”,後名爲“南嶽
曉堂和尚詩”,此本實刻於康熙六十一年。《清人別集總目》稱湘圖
尚藏有康熙五十四年刻本,索之,則未見也。

　　《南嶽二刻》收詩 60 題約 85 首,幾乎每詩皆有評點。卷末有“未
竟工”三字,知其尚未刊刻完畢。後又刊釋先懷《雜吟》9 首,卷端題
“曉祖下第三世弘法沙門先懷巨謀氏”。末有汪益南跋:“愚溪禪師
不以詩鳴者也,慧根清浄,學識過人,其得力在語言文字之外。偶一

作詩，祇抒其性靈所動，無少雕琢，而節奏亦復和平。昔予師曠峋嶁公曰‘南嶽詩僧，自曉堂外無嗣音’，茲其嗣音耶？然師固不以詩鳴者也。鄉進士候選知縣蘭溪法弟汪益南跋。”所收釋先懷詩數頁，半頁亦8行，行亦18字，左右雙邊，字體較《南嶽二刻》更大。

2.《南嶽近草》二卷。卷端題“釋明哲曉堂著”。半頁8行，行18字，有格，四周單邊，白口，單魚尾，版心鎸書名、詩體、頁碼。無評點，無序跋。卷末題“門人佛耀、佛濟募刻”，共收詩63題約90餘首。《清人別集總目》著録《南嶽近草》爲康熙五十二年（1713）刻本，則湘圖藏本裝訂順序顛倒，應先爲《近草》，再次《二刻》。

明哲性淡泊，破笠瓢囊，甘於貧寒，非汲汲於世緣之僧，更非勢力僧徒所能比，又寢處烟霞，淘洗性靈，故頗能得詩之真味，清雅宛然，情致綿邈。康畲德序稱：“余屋距祝聖咫尺，彼此相遇，渾脱形骸間，嘗以詩相唱和，因得讀其全集。體格瑰奇，音韻高古，一出性靈，略無沾滯，夐夐乎陳言之務去也。”湘中詩友每以“盛唐風味”“饒有別趣”“臭腐神奇”“詩中有畫”“逼真杜老”等語評之，雖有獎掖之嫌，然明哲之詩，確有可諷誦者。如七絶《清明道中》：“薄霧晴籠二月天，幾行白鷺下平田。可憐多少王侯墓，偏似無人掛紙錢。”《途中口號柬寄司空和尚》云：“半生牛馬苦無端，帶病猶衝臘月寒。遥憶故人家未遠，輕烟幾縷出層巒。”《辛丑夏客星城上林值浹旬苦旱舉目如炙承道憲燦文劉大護法惠以西瓜纍纍遂不禁雀躍走筆馨謝》：“悔不深山久閉門，紅塵如蟲在炎襅。侵甜蔗尾思天渥，帶冷水團拌玉吞。”饒有興味，實出家人豁達之語。

《蕊香詩草》四卷，釋聖潛撰

聖潛（1668—1737），字獅林，號浮山。俗姓陸，雲間（今上海）人，後徙平湖。十四禮德山妙峰，十八脱白，二十二得戒靈隱碩揆原

志。歸居鹿苑竹溪。後行遊名刹，參湘翁和尚、碧露和尚，三十四歸
故山妙巖寺，養母終年。性冲淡，好吟詩，與陸奎勳、林之溶、姚廷瓚
等爲方外交。著有《蕊香詩草》四卷存世。生平具見邵貽孫《蕊香詩
草傳》。

　　《蕊香詩草》四卷，二册，乾隆刊本。見存於南京圖書館。開本高
26 釐米，寬 16.5 釐米。扉頁題"東溪藏版"；各卷卷端題"蕊香詩
草"/"當湖釋聖潛獅林浮山著"。半頁 11 行，每行 21 字，單魚尾，版
心題"蕊香詩草"。正文前有陸奎勳、林之溶、屠應麟、田氏、陸天錫、
姚廷瓚序六篇，邵貽孫《蕊香詩草傳》一篇。林之溶序曰：

　　　　方外能詩者，於吾湖得三人焉，曰高逖、曰紅椒、曰獅林。夫
　　高逖、紅椒樹幟詞壇，海内争識其名，惟獅林詩不傳於世，何耶？
　　蓋獅林素性謙下，見人如不勝衣。凡有所作，亦不屑留稿，故先
　　輩許巢友、柯魯山諸先生咸樂與遊，倡酬有年，不少著述。今僧
　　臘六十餘矣。一日，造余論詩，索其舊作，一無所存。其徒雪垞
　　於殘編斷簡中得三百餘首，分爲四卷，捧讀之下，氣清神逸，格健
　　神完，不傷不怒，大有風人之遺，乃急爲之編定。他日壽諸梨棗，
　　讀其詩可以想見其爲人，兼與高逖、紅椒鼎足而峙矣。小石林林
　　之溶題。

聖潛究心詩歌，却不重詩名，惟與二三知己倡和，無意存詩。幸其徒
雪垞丐資於同社君子，彙集四卷，《蕊香詩草》得以存世。林之溶，字
笠亭，浙江平湖人，工詩詞，舉博學宏詞被放，著有《小石林詩集》等。
屠應麟序亦云："顧其稿不自收拾，頗多散棄，而雪垞特爲之存什一於
千百，今之裒然成集者是也。"然詩稿成集，付之剞劂，却在聖潛示寂
之後。陸奎勳撰於乾隆二年(1737)的《擊竹詩草序》載："獅公《蕊香
詩草》，余久爲之選定作序，今歸自粵西，未經把晤，忽聞化去。默聞

奉遺言丐同社諸君醵資鋟版，此其誼重師恩。"則《蕊香詩草》當刊於乾隆二年。

邵貽孫《蕊香詩草傳》實爲聖潛作傳，録之資考生平：

師名聖潛，字獅林，號浮山，俗姓陸氏，爲雲間巨族，後徙平湖，因家焉。父諱懋麟，字止山。母顧氏，名勝舟，誕師時見紫衣僧入室，鄉人驚異，謂此子當不凡。母曰："否，是必佛家子也。"周歲瘦如削骨，三歲不行，愛茹素，見僧輒喜。九歲讀書，過目不忘。十四禮德山妙峰老人爲師，十八脱白，時時夢名山大刹，鐘鼓旛幢，低徊不忍去。後行脚諸叢林，入門徑路，恍如舊遊。二十二得戒於靈隱碩公。是年庚午，碩公留侍左右，見師性操溫雅，澹然無塵，即以法器期之。秋歸侍本師，住鹿苑竹溪，聲光頓出諸老上，福源矍然，普濟、蓮輝二公咸推爲畏友。禪定之餘，發爲詩歌，得許巢友、沈潛夫、柏斯民、柯魯山諸先生指授，集中載《四懷詩》，志不忘也。己卯年三十一，結制雲門，首參湘翁和尚。庚辰，遊學翔鳳、資福、天童諸名刹。辛巳冬，再參碧露和尚於金粟。一夕上厕時，中有所得，即呈偈曰："向來在夢中，夢醒豁心空。有星皆拱北，無水不朝東。"碧公笑而頷之。壬午冬，歸故山妙嚴，一鉢蕭然，自甘淡泊，杜門教授，養母終年。或有以未開法席爲師惜者，少宰沈公闡齋曰："獅公大事了徹，博通儒典，碩公諸孫未易有此。然則坐大道場，説法度人，師寧有不足者哉？"所著《蕊香詩草》，各體俱備，幾及千篇。今年六十有八，養疴無事，悉取舊作，删存四卷，陸堂太史爲之序，一時之能詩者，皆有題辭。雖騷壇一席，不足爲師增重。即詩而論，亦當爲近代領袖，可詠可傳也。乾隆丙辰午日，古處邵貽孫撰。

此傳作於乾隆元年（1736），時聖潛年六十八。據陸奎勳《擊竹詩草序》云：“今歸自粤西，未經把晤，忽聞化去。”則時過一年，聖潛病卒，終年六十九。

是集四卷，卷一古體詩 40 首，卷二五言律詩 103 首，卷三五言排律、七言律詩 86 首，卷四五、七絶句 71 首，凡 300 首。其詩多爲酬贈、懷人、感懷之作，情動於中，發爲韻語，真摯感人。聖潛奉母至孝，集中有不少詠母詩，如《冬夜侍母作》云：“親老關心切，霜嚴刺鬢饒。慈烏憐反哺，苦棘恨摧條。轉側難成寐，聽殘漏點遥。”《聞母信寫懷四首》有“半年離膝下，無日不迴腸”“夢繞秦山月，心懸柘水烟”“忽報春來信，終宵卧不安”“遠愧汾陽老，西山日易沉”句，寫思母心切，夢牽魂繞，全然一片赤子之心。其懷友贈友之作，如《四懷詩（丙戌夏追悼曩昔師友得四先生各繫以詩表其姓氏里居以志企慕云）》《冬夜同蓮法師步月懷心石上人哭道公上人二首》《讀小石林詩集》等，亦情深意真，自然淳厚。屠應麟贊之“得性情之真也”。陸奎勳云：“余觀獅林，平居雖遊於方外，而養母終身，是其孝也；博稽教典，閉門不交俗客，是其静也。維孝與静，其性情迥與人殊。故發爲韻語，有超然於塵埃之表者。”集中尚有憫時傷民之作，如《乳虎行》云：“連年旱潦穀不登，鑄刀僅可完官庫。此物貪饕最不祥，即時驅遣莫待暮。”《狸奴歎》云：“可憐物類胡不仁，甘爲凶暴恣殘賊。弱者之肉强者食，衆生恩怨無終極。”針砭現實，哀歎生民，亦可傳矣。

《思齊大師遺稿》附《勸修浄土詩》
一卷，釋實賢撰

實賢（1686—1734），字思齊，號省庵，俗姓時。常熟人。七歲出家，有夙慧，凡諸典籍，覽即成誦，間出語句，頗驚長老。嘗掩關真寂寺三年，晝覽藏文，晚課佛號。至鄮山禮阿育王塔，發四十八願，卒感舍利生輝，作《舍利懺法》《勸發菩提心》等文，激勵四衆，誦者多爲涕下。雍正十一年（1733）臘月八日告弟子，曰："明年四月，吾其去矣。"獨閉一室，日課佛名十萬聲，至期書偈辭衆，趺坐合掌，念佛而逝。衆見其生死自在，莫不興感。著有《思齊大師遺稿》二卷、《勸念淨土詩》一卷存世。碑傳有吳樹虛所撰《涅槃懺主思齊賢法師塔銘》，《新續高僧傳四集》卷四五亦有其傳略。

《思齊大師遺稿》附《勸修淨土詩》一卷，一册，乾隆四十七年（1782）刻本①。見存於上海圖書館。開本高 25.6 釐米，寬 16.6 釐米；版高 18.2 釐米，寬 14.2 釐米。卷端題"思齊大師遺稿"/"海虞弟子際本記録"/"語溪弟子正因敬集"，内鈐"王培孫紀念物"印。半頁 8 行，行 20 字，白口，左右雙邊，單魚尾，版心鎸書名、篇名。正文前有乾隆二年（1737）丁斌序、乾隆十二年（1747）釋明照序、乾隆四十七年顧光序，及《思齊大師遺稿附録》，又有《題省公書法華經》《募清大藏法寶疏》二文。

顧光序略曰："思齊大師值刹竿欲倒之日，乘願再來，修頭陀行，既證果位，則以所得者證人。平生不以文字自鳴，乃其所作諸《懺儀》《淨土詩》及《發願》諸雜文，行解相應，理事俱融，一字一句，皆以我佛方便之心爲心，非夫如麻似粟，鼓唇弄舌，惶惑衆生以誇撰述者可比。光尤感其《浴佛涅槃懺》，於佛始生及於示寂，尤三致意，發前人所未發。夫佛以一大事因緣出現於世，其於死生去來，正其妙圓覺心，隨機逗漏。大師於此獨具正法眼藏，使人知真如法相，有住無住，於一時懺法特示當機，則其切己爲人，正非淺識衆生所得窺其底裏者已。昔洪覺範著《智證傳》，論者以爲其護佛慧命，如貫高、程嬰、公孫杵臼之用心。今師之用心，其視洪公爲何如也！光生也晚，不能親侍

---

① 柯愈春《清人詩文集總目提要》著録其《省庵法師遺書》四卷，乾隆五十一年北平琉璃廠漱潤齋刻本，藏於北京大學圖書館。是集爲彭際清重訂本。筆者未見。

衣佛,晤師嗣法孫果圓及居士邵華乾,幸得盡見師遺集。聞師居四
明,常禮阿育王寺舍利,亦一作禮懺會儀。師化後四十九年,今會者
常數百人守師遺法,語及師,皆流涕。吳樹虛云:師化時,示微疾,作
偈西向坐,人聞異香,白光照一室,燈爲失明。蓋師於净土一門,實能
見之行持,非止托之空言者。今其遺集具在,後有觀者,亦可以共爲
興起也已。乾隆四十七年六月夏至日,訶泉弟子顧光謹撰。"後摹有
"訶泉之印""顧光"二印。

　　丁斌序曰:"夫智海流波,涓滴亦資其沾溉;性珠吐耀,光明遍燭
於幽微。隨機逗巧之詞,會心不遠;即事成文之下,得意斯存。匪誇
麗藻之工,自具超塵之致,旨同正覺,義協真如。有思公大師者,本常
熟儒家子,皈心佛教,厭世網以早離;祝髮空門,誓真修之實證。規重
矩疊,卓乎梵行精嚴;意朗心開,允矣性天澂徹。當嗣法受戒,耆宿推
入室之雄;迨闡教參方,緇素仰傳燈之嫡。業非自了,念切利他,勸導
之誠,形諸文字。其刊行入藏者,如《勸修净土詩》一百八首,明示諸
根普被,總由念佛一門。討究淵源,無疑不破;發揮旨趣,無理不彰。
至於敷揚誓願之文,詮釋經文之奧,誠言啓發,作苦海之慈航;法要流
通,列昏途之慧炬。而其宏宣懺法,則功德尤昭。瑞啓誕生,展誠於
浴佛;道遵遺教,皈命於涅槃。舍利光中,顯千年之聖迹;盂蘭會裹,
補百代之闕文。醒世多方,法音久布,豈弄月吟風之什所足較其淺
深,雕龍繡虎之談可或方其寶貴乎? 蓋其筆舌所形,根源斯著,光明
偶露,悟證爲昭。觀發足遍參以來,遠近皈仰,而安養期至,示寂於武
林梵天,寺中花開,見佛之樂,來去宛然,此其驗也。乃其生平所作詩
文,則尚多散軼。或甫經脱稿,一任取携;或偶爾製詞,未經收拾……
乾隆二年歲次丁巳重九日,法弟丁斌拜序。"

　　釋明照序曰:"思齊大師者,諱賢,吳之常熟人,姓時氏。七歲出
家,有夙慧,凡諸典籍,覽即成誦,間出語句,頗驚長老。驅烏已往,鄉
里知名。既圓具,遍遊講肆,所到主家,咸以器目之。曾入枯木堂,究

竟西來大旨有年，則所得者不淺矣。復念身世泡幻，難睹大覺慈光，後躬往四明，精勤苦行，撰修舍利懺法，十有餘年，卒感佛放光，身心慶幸。一時緇素感其誠敬，遠近雲集，得預法會，如登梵殿。於雍正六年，師於求生安養，一念彌切，鍵關於本寺之西偏，萬緣摒棄，單持六字洪名，不知有寒暑者。甲寅四月示微疾，十有四日乃辭眾，趺坐合掌，念佛而逝。眾見其生死自在，莫不興感。師一生戒律精嚴，專修淨業，痛黜外學妨廢道業，誠不欲以才名炫世，所以雖有示人，一字不留。師茲示寂多年，其徒無住上人，思慕師之手澤，一字一句，美若醍醐。於是遍搜頹垣破篋，僅得數十餘篇，散珠碎玉，漸次錄成，未暇校梓。茲因四方渴仰，有靜遠茅先生者，欲刊刻流通，商之余孫果圓，並乞爲序。余愧椎魯少文，不能闡揚大師之隱德潛輝，作大光明幢於斯世焉。略序於此，以待後之集燈者，知所概云。乾隆十二年歲次丁卯十一月哉生魄，梵天學人明照和南敬撰。"

《思齊大師遺稿》收文12篇，偈頌73首，《代作懺文》一篇。《代作懺文》版式與他文不同，蓋後所附錄。另有《思齊大師遺稿附錄》一卷，所附爲他人挽章二篇。又附有《勸修淨土詩》一卷，卷端題爲"清古杭梵天寺思齊賢大師手著"/"弟子正因重刊"。前有實賢自序，後有門人正因跋。正因跋曰："乾隆四十年臘月佛成道日，重刻《勸修淨土詩》一百八首，並不淨觀及四念處。承此功勳，惟願自他道心堅固，同念彌陀，普結勝緣，生彼樂土。"《勸修淨土詩》後又附有《感物雜詠》二十首、《警世偈》一首。《感物雜詠》分賦蛾、蠶、蜘蛛、廁蟲、蚊等動植之屬。後又有乾隆二十三年（1758）二月杭州吳樹虛所撰《涅槃懺主思齊賢法師塔銘》及正因總跋。《思齊大師遺稿》編排無序，蓋因實賢從未董理所作，遺佚甚多。其圓寂後，弟子正因廣布信士，遍予搜討，隨得隨刻。正因跋文即曰："善信樂法，若緇若素，知其不知，識與不識，或見或聞，凡隻字片紙，有師圖書者，伏祈檢留，封寄杭之梵天寺，隨得隨刻。俾因獲一字，如獲至寶，字字相仍，承仍不已,盈致篇章卷帙,如珠玉雨寶,寧嫌多乎?"

　　實賢梵行精嚴,篤志奉佛,愍衆生之造業,普施法雨,而不以文字炫名於世。然所作《舍利懺儀》,受衆讀之,無不感激涕流,真乃苦海之梯航。其序云:"是以重述行儀,再申懇到。終身從事,畢命爲期。不唯自省過愆,亦與人同懺悔。沉疴未起,每憐同病之人;浪子不歸,頻下思親之淚。文無足觀,義或可取。所冀障山翻倒,轉成功德之山;業海乾枯,化爲智慧之海。六根都攝,修浄業於此身;三昧早成,見彌陀於即世。凡我同志,毋忘此心,同願力於千生,共報佛恩於萬劫云爾。"所撰《感物雜詠》二十首,自序稱:"余久不事吟詠,禪頌之餘,因思世人耽戀塵苦,不求解脱,乃取諸物類相似者以比況發明之,諸有智者以譬喻得解云。"此二十首詩,巧譬妙喻,警醒沉溺於苦海之衆生。如《詠厠蟲》云:"自來坑厠是吾鄉,便溺甘於美酒醬。汩没既深渾不覺,翻將臭穢作馨香。"《蚊》云:"啾啾鼓鬧緣何事,早夜圖謀是嘴唇。得少失多寧計較,都將一口喪全身。"此種文字,可令奔競塵勞之衆生,冷水澆背,陡然驚心。

《未篩集》不分卷,釋超源撰

　　超源(1677—1745),字蓮峰,錢塘人。玉林通琇之法孫,笻溪行森之法嗣。雍正間召入内廷,主長洲怡賢寺。善繪畫,點筆秀潤。生平未見碑傳。著有《蓮峰和尚語録》十卷、《未篩集》存世。《清詩别裁集》卷三二、《兩浙輶軒録》卷三九有其小傳。

　　《蓮峰和尚語録》十卷,有康熙三十一年(1692)《嘉興藏》本。是書爲嗣法門人性深等編。正文前有法弟超裴等人序,收録超源於福建興化孤山禪寺、興國禪寺、報恩禪寺、龍華萬壽禪寺、廬山通天禪寺、獅山西明禪寺諸會語録、小參、示衆、頌古、像贊、文偈、雜詠等。

　　《未篩集》不分卷,乾隆十三年(1748)刻本,見存於北京大學圖

書館。《清代詩文集彙編》第 238 册據此影印①。卷端題“未篩集”/
“武林釋超源蓮峰著”。半頁 10 行，行 18 字，無界行，左右雙邊，白
口，單魚尾，版心鎸書名、頁碼。書前冠有乾隆元年（1736）釋元信序、
乾隆八年（1743）蔡寅斗序、乾隆六年（1741）超源自序。

　　釋元信序曰：“蓮峰源禪師，杭人也，敕封大覺普濟能仁國師之
孫，敕封明道正覺禪師之子，法眼圓明，兼精翰墨。世宗憲皇帝召入
内廷，賜紫衣杖鉢，敕主姑蘇怡賢禪寺，大人先生樂與之遊。覽其著
述，遊歷登臨，思古懷人之作，靡不聲調高閒，情致纏綿。獨其中愛親
篤友之思，猶不勝悠然而深長，讀之令人戚戚心動。少陵一生以詩歌
抒寫忠愛，賞者稱其詩得《三百篇》之遺。公之詩，可謂知其道矣。然
非至性人，不能有至情語。公學佛者也，唯得乎佛之深，故得乎性之
至。世視吾徒爲淡薄，豈知吾徒者哉？昔大慧云：我雖佛之徒，愛君
親之心與人同也。當時士夫皆從之學禪，其門之盛，至今艷之。公之
寓親愛之道於長吟短詠間，使世之讀者不復以淡薄視吾情，並能見吾
徒之真，則公之以詩説法，功不淺矣。乾隆元年臘月八日，敕封文覺
禪師草亭元信題。”元信（1664—1750），字雪鴻，號草亭，賜號文覺，姑
蘇人，南嶽下三十六世。釋達珍《正源略集》卷一〇有其小傳。

　　蔡寅斗序曰：“吾友漣水程風衣以詩古文詞自豪，所交多天下奇
士。顧生平少所許可，於先輩推王或庵、宋潛虚，於同學推沈歸愚、徐
笠山、周白民、方貞觀及僕，於方外則推蓮峰上人。壬子春，予將北
遊，宿風衣菰蒲曲。風衣曰：‘諸公皆君所知，恨不見蓮公耳。’又曰：
‘君論詩文，主於妙悟，惜未與蓮公一相視笑也。’予謾曰：‘蓮公何如

---

①另，南京圖書館亦有藏本。浙江圖書館、廣東圖書館、中科院圖書館藏有宣統
　元年上海存古社重刻本。上海圖書館藏有清鈔本，曾爲黄裳遞藏，内有批校，
　末附《枯木禪七十唱和詩》一卷。《清人詩文集總目提要》據南京圖書館著録
　爲“未篩集一卷”，“版心刻‘嵒室詩集’，附《枯木禪七十唱和詩》，乾隆間刻”。

秘演?'風衣曰:'君乃曼卿我耶?'各大笑。後數年,予客晋、客越、客閩,卒卒未有間。聞蓮公奉憲皇帝召賜紫衣,侍圓明園,爲一時尊宿,乃知風衣非妄歎者。比予再入都,則蓮公已奉詔南還,住怡賢寺,遂相左也。及己酉(或誤,應作'辛酉')冬,再宿菰蒲曲,則蓮公在焉。迺大喜,作竟日談。翼晨,得見其語錄一册,畫數幅,詩數章,然後知蓮公之超悟絶倫,非宋之秘演,而晋之遠公也,吾向者真謾語耳。惜匆匆作别,然由是常有一蓮公在予意中。去歲,館吳淞之同川,曾偕袁生質中至怡賢寺訪之,時蓮公尚在淮,悵然而返。今夏,坐百城樓,報有方外客,急出迎,則吾蓮公也。問何以至此,曰:'年來厭喧殊甚,此間香巖居頗清净,聊憩息焉。'噫!予在吳淞者兩載矣,曩時故友如覲伯、俊偉、湘南輩,多墓有宿草,存者唯玉洲、旭之,又遠客他省,是以稀復入城,何圖今日乃聞足音也?因往候,得携其《未篩集》,讀之悠然如雲之出岫也,朗然如月之印於潭也,飄然如天籟之無心,盎然如生物之以息相吹也。舉釋典玄妙之旨,擺脱而融化之,遂若王、孟、陶、謝,亦復去禪不遠者。嗚呼,止矣!讀其詩想見其爲人,惟心境空明,一塵不染,是以渣滓盡而筌蹄忘,固有不由擬議得者。惟上人受憲皇帝不世之知遇,覲光御苑,卓錫名刹,而味道尋真,始終不易。捨繁華之境,而甘棲於寂寞之濱,視滾滾紅塵中,纖毫不以芥蒂,其胸次何如哉?而吾輩之久困名韁,逐逐焉而未有歸根立命之地者,爲絶可悲也。會冬夜,方與袁生挑燈朗誦,適風入空樓,一天飛雪,雪霽月出,清光泠泠,千里一碧,萬籟俱寂,清鐘一聲,嗒然泠然,不知此身之在塵世。因顧謂袁生曰:'此非《未篩集》之景况,而風衣所謂悟境者乎?'因書之以爲序行,當報風衣知予近日與蓮公果相視笑也。乾隆八年十二月望前三日,江陰法弟蔡寅斗書於吳淞之百城樓。"蔡寅斗(1694—1762),字芳三,一字建勺,號九賓,江南江陰人,仕至國子監助教,能詩文。著有《九賢堂稿》。《未篩集》中有《待月柬蔡芳三先生》《夢故友程風衣》諸詩,述及超源與蔡寅斗、程風衣之交遊。

超源自序云：

> 昌黎言文章曰“皆醇也，而後肆焉”。余惟稻粱固美種，而業農者必揚其糠而去其秕，蓋取其醇也。醇則厥功在篩。余學佛，無瑕工詩，且乏師資，隨心所至而爲吟詠，未嘗去取，自知不醇。昔六祖執舂，五祖問曰：“米熟未？”□曰：“已熟，但未篩耳。”余宗此言，而自署曰“未篩”。倘有爲我篩者，安得不北面而事之？乾隆六年歲次辛酉春二月上浣，紫太道人超源自題並書。

超源將詩集名爲“未篩”，典出六祖問道之事，顯含自謙之意。

書末有門人明印題跋：“是集先老人嘗手自删定，釐上、下卷，署曰‘未篩’，文覺禪師作序，澄江蔡芳三先生序而有評。迨後《燕吳往來集》與原稿俱失於舟人之手，幾無隻字僅存。既而，老人就所記憶者隨手追録，得詩若干首。其間篇什倫次，歲月後先，有未暇論。老人既寂，印等不敢以臆見妄爲甲乙，就所追録付諸剞劂，深以前稿不復還爲恨。戊辰秋八月既望，門人明印並識。”據明印所述，超源著述原有《未篩集》《燕吳往來集》諸集，然俱失於舟人之手，此本乃其追録而成，迨其示寂後，由明印刊於乾隆十三年戊辰（1748）。

《未篩集》收超源詩 110 題 153 首，雖數量偏少，然題材甚廣，凡遊歷登臨、寄人抒懷、題畫、山居皆有所涉略，風格亦頗爲多樣。《圓明園雜詠》六首，狀寫圓明園地邐之景，清新明麗，如“最喜梅花早，寒香襲我襟”“風光清海甸，霞彩散香林”“浮雲閒活計，流水澹生涯”諸句。《香巖雜詠》則取景清幽，懷空幻之思，如“明月顧我影，涼風襲我衣”“世味如嚼蠟，何是可怡悅”“嗟我空林中，寂寞竟何待”等。其寄人抒懷，則情真意切，如《九日同張無夜施竹田姚杯湖林蓮山登吳山》：“十年九日客他鄉，每向登臨動感愴。今返故山逢舊雨，得憑高閣縱清狂。塔涵秋影搖空碧，帆帶江聲入大荒。爭插茱萸喜無恙，相携笑語立斜陽。"《懷大恒法侄》云："寂歷經床花亂飛，暮雲寒重壓春衣。不知孤錫留何處，風雨空山獨掩扉。"大恒即茇虛明中也。蔡寅斗評其詩曰："悠然如雲之出岫也，朗然如月之印於潭也，飄然如天籟之無心，盎然如生物之以息相吹也。"雖爲印象式評點，實亦可見其風格之多樣性。另《蓮峰禪師語錄》卷一〇收有《山居（用石屋禪師韻二十四首）》《龍華八詠》《梅花百詠》《落花吟三十首（次黃十華居士韻）》等詩。沈德潛《清詩別裁集》卷三二選其《夢故友程風衣》等四首，以爲"其詩揣摩王、孟，舉釋典玄妙融化出之，殊有空山冰雪氣象"。

《符夢堂集》一卷，釋明鼎撰

　　明鼎（1680—1751），字調梅，號粟庵，晚號恬退翁，俗姓馮，黃梅（今屬湖北）人。幼讀書，輒嗜禪味，企慕空門，父憐而成其志。髫齡入匯源，禮石白落髮。年二十，秉戒於萬杉大楚，深究本分，遍參宗匠。至浙江理安參超格夢庵禪師，康熙四十五年（1706）承記荊，旋入京師柏林寺。出世住蘇之蘇寧、荆溪石磐、杭州理安。雍正九年（1731），被旨住柏林寺。十一年奉旨修葺萬壽寺，工竣南歸。十三年復奉詔入京，校閱大藏，命主萬壽。乾隆初，莊親王爲奏請卓錫萬壽並掌僧錄。乾隆十六年（1751）七月示寂，世壽七十二，僧臘五十四。著有《四會語錄》十四卷及詩文集《符夢堂集》一卷，得法弟子二十餘人。實瑄述其行狀，莊親王爲撰塔銘，均未見。《新續高僧傳四集》卷二五有其小傳。

　　《符夢堂集》一卷，一册，乾隆十五年（1750）刻本。見存於南京圖書館。開本高27.3釐米，寬17.1釐米；版高18.2釐米，寬14.4釐米。卷端題"符夢堂集"／"楚黃釋明鼎粟庵氏著"／"嗣法門人實濟、實天較訂"。半頁10行，行20字，左右雙邊，白口，雙魚尾，版心鐫書名"符夢堂集"及頁碼。正文前有乾隆十五年庚午春浮居士、塞爾登序二篇。春浮居士序曰：

> 文者載道之器，而詩者有韻之文也。故感於物而有言，言必肖其心之所得。心無所得而剽竊焉，以爲詩文，欲求一言之几於道而不可得矣。調梅上人静者也，事浮屠法，專心壹力，以精窮妙道之奧，垂數十年。中有所得，形而爲言，想見其心如止水，智若轉珠，故凡有所作，恢恢乎得古人形貌，而根柢深厚，識解清超，更有味外之味，洵乎其爲見道之言也。客曰："道豈待言而著哉？論道而及詩文，得毋遺飄風迅疾、好鳥過耳之譏乎？"余曰："不然。考釋氏有聲聞、緣覺，昔香巖和尚聞瓦礫擊聲，恍然脱悟。今上人之於詩文，亦覺路之開於聲聞者耳。執歐陽子之云以論詩文則可，若以論上人之詩文，則猶有詩文之見者存，而不足與論上人之詩文也已。"既以語應客，爰撮其大旨而詮次之，將使世之人觀其言，知其道，因益重其爲人也，於是乎書。乾隆庚午小春下浣，春浮居士序。

"庚午"爲乾隆十五年，春浮居士，未詳何人。塞爾登序曰：

> 天下之夢皆幻境也，而幻之中有真假焉。無所思而夢者謂之假，有所思而夢者謂之真。禪師之文集而謂之"符夢堂集"也，其真夢乎？從來爲儒者曰存心養性，爲釋者曰明心見性。夫心統乎性，仁義性也，仁莫切於孝親，義莫重於忠君。入釋者恒以了徹爲究竟，而求其識此真性者，蓋亦鮮矣。惟禪師者，洞心性之源，會三教之一，出家而不忘乎親，出世而不忘乎君。捧讀是集，其《哭親十首》如"承歡有志空餘夢，聞訃無端劇斷魂"，則念切於親也。其《萬壽禪寺同戒録序》如"君命有所難辭，王恩更

不可負",則念切於君也。推之而往來酬答,爲序爲文,靡不有忠
孝之意溢於筆墨焉。是以畫之所思,無非忠孝,夜之所夢,無非
君親,是真所謂能明本心,能見真性者。然則,人必覺而覺,而禪
師之夢其即禪師之覺也耶?夫是以謂之"符",而寄諸詩歌,發爲
文章,而以"符夢堂集"名篇也。釋之所謂大覺金仙者,其是之謂
與?爰是爲序。乾隆庚午歲仲秋月望日章山塞爾登。

塞爾登,官至國子監司業,著有《緑雲堂詩集》五卷、《塞外封藩草》一
卷等。《符夢堂集》應爲明鼎於京師時編訂而成。

又有明鼎自撰《符夢堂記》曰:

　　雍正十一年余住柏林,上諭修葺萬壽寺,命余開工闢土。是
日早課後,趺坐禪榻,夢大士垂手提携,隨覺。及至寺,闢土畢,
前後遊覽。僧開大殿,抬眸睹大士慈容,與夢中無異。及歸寺,
與蒼雨書記言其事,彼即應聲云:"師有萬壽之讖。"予笑而不答。
是秋,請假南歸,結構吳山,杜絶世情,未嘗有意於北遊也。迨十
三年秋,又奉命來京,較閱大藏。及藏事告竣,復欲請假南歸,忽
奉旨卓錫萬壽,本非吾志,乃意想之所不及。因憶大士慈悲,前
夢不爽。噫!浮生一夢,此尤夢中之夢,蓋有不可易之理存焉。
山房寂静,獨坐窗間,即吮筆而額之於匾,曰"符夢堂"。庚申仲
春楚黄恬退翁鼎題。

文中述其堂、其集命名"符夢堂"之由來。

　　是集有總目,收七律60首、五律48首、七絶49首、五絶16首、雜
著22篇。世宗即位,屢詔叢林高道,明鼎嘗於便殿對答,稱旨,而賜
予紫衣、如意、轉輪藏等物,一時聲赫京師叢林,王公貴族、公卿士夫
皆樂與其交。集中之詩頗可見煊赫景象,如《丁卯春喜鄂侍郎諱容安

過萬壽原韻》等。又有《恭和駕幸萬壽原韻》詩云："一水庭前碧,歷朝翠輦遊。天香籠寺古,仙樂過雲稠。冠蓋無迎送,橋門有放收。可中能駐錫,代不乏恩流。"歊嘛昇平,宏贊聖恩,頗爲得體。然明鼎最佳之什,乃其抒寫山居閒情逸致者,如《山居(杭之南磵山中次開山法雨大師山居二十七韻)》《甲寅季春石林山中自適九首》等,皆情韻盎然,詩禪相兼。明鼎雖出入便殿,屢被聖恩,然時時未忘山林之趣,自號"恬退翁"實明其志也。其《丙辰客都門適值重陽令憶余卸事已經三載暢何如之偶得一絕以志光陰彈指間耳》云:"浩蕩三年閒教徹,縱橫南北若爲家。比來又到無心地,笑指黃花插冷沙。""丙辰"爲乾隆元年(1736),三年後,明鼎謝事南歸,"笑指"一句,非超然者所不能道矣。明鼎辭世偈云:"海上橫撐没底船,神頭鬼面已多年。而今搋轉娘生鼻,一任諸方取次傳。"亦是得大自在之語。

《雪廬吟草》二卷,釋復顯撰

　　復顯(1716—1776),字夢因,別號雪廬,俗姓張,浙江海寧人。歷主揚州建隆寺。能詩兼擅山水,與袁枚、蔣士銓、杭世駿、鄭板橋等人遊。著有《雪廬詩草》二卷存世。生平略見阮元《淮海英靈集》"癸集"卷一。門人清恒撰有《傅千華七世建隆第二代上夢下因顯師祖頂像》,史椿齡撰有《雪廬小傳》,俱見於《建隆寺志略》。

　　《雪廬吟草》二卷,道光十三年(1833)刻本,見存於南京圖書館。開本高 25 釐米,寬 17.8 釐米;版高 16.9 釐米,寬 13.3 釐米。扉頁篆書"道光癸巳冬月"/"雪廬吟草"/"唐培士題"。上卷卷端題"雪廬吟草卷上"/"建隆寺復顯夢因著",下卷卷端題"雪廬吟草卷下"/"樹下頭陀復顯夢因著"。半頁 9 行,行 21 字,白口,單魚尾,版心鎸"雪廬吟草"、卷數、頁碼。正文前有道光十三年癸巳張學仁序,乾隆三十八年癸巳(1773)蔣士銓序、袁枚題辭,乾隆四十六年辛丑(1781)俞棠序,乾隆四十三年戊戌(1778)金兆燕序,道光十三年釋清恒題識,書末有蘊庵了璞、慧辰二篇跋。

蔣士銓序爲其佚文,移録之:

夢因上人名復顯,本海寧舊族,生相莊嚴,年十六披薙,性天清朗,心地圓融,般若内薰,夙習頓現。既而早通内典,酷嗜儒書。年三十五主揚州建隆寺方丈,歷十載,檀施雖衆,不推不戀,隨順世緣,了無迎距。凡學人才子稱名宦寓公者,皆友之。首座慈恒,故海寧陳氏子,童真慧業,寢饋書畫中,與師若宿契,瓶鉢相依,如影在月。壬辰予來揚州,知師名,偕同年生棕亭教授造訪,鐘魚弗語,吟聲滿林。師伏几,手披口授,訓兩僧雛讀書臨帖,佔嗶如學究。予竊異之。棕亭曰:"此靈山二童子者,曰巨超,曰道揆,乃師之孫行也。"詞氣既接,儒雅寢流,以視動容於宰官富人者,翛然自遠。明年,師出所著《雪廬集》見示,冲淡婉約中,蒼秀挺豁,氣韻在大曆、元和、長慶間,是名構也。或謂:"佛以不立語言文字爲上乘,師學浮屠教,可如是乎?"予曰:否。悉達太子師蜜多羅習六十四種奇文奥字,然後成佛。雪浪言:"不讀萬卷書,不知佛法。"冬溪則日誦萬言,下筆無礙。雪梅則講《四書》《周易》不去口,聞人談禪則唾曰"亂説,亂説"。若覺澄則曰:"吾特借文字以入佛門。"又曰:"由文字而顯曰教,離文字而悟曰禪,泥文字則失之滯,略文字則失之誕,去滯與誕,其必由教而禪乎?"然則,天上未有不識字之仙,西方又豈有不能文之佛哉? 夢因以無師智得大辯才,然於梵筴中詭詞妄語,絶口不言,而物理道根,機鋒朗澈,隱然形於詠歎。使世有菩提,非師孰證也耶? 顧唐宋釋子,每納交賢士大夫,如文暢、高閒、惠勤、聰殊始流今譽,或奉詔敕與修藏典,聲華所該,霑漑亦潤。今師卓錫烟花酒肉之地,雖冠蓋偶瞻,温麿寡托,不能無憾。師啞然而笑曰:“此好名者所艷也,吾何慕焉? 吾固以詩爲梵吹也,以慈恒、巨超、道揆爲龍象也。吾不知佛,何知貴人長者,又何知吾詩之傳與不傳,及吾身所寄爲烟花爲酒肉也? 火城自熱,雪廬自冷,唐宋諸賢何在耶? 其交遊又何足重輕也?”予以其言似聞道者,乃書之以弁其詩。乾隆癸巳六月,鉛山蔣士銓拜撰。

蔣士銓(1725—1784),字心餘、苕生、藄生,號藏園、清容居士,晚號定甫,江西鉛山人,與趙翼、袁枚並稱“江右三大家”。著有《忠雅堂集》。此序失録於邵海青、李夢生《忠雅堂集校箋》(上海古籍出版社1993 年版),曲學娟、徐國華《忠雅堂集佚文考釋》輯録之①。蔣士銓與復顯唱和頻繁,《忠雅堂詩集》卷二〇有《題法苑珠林謝夢因上人(四首)》,稱復顯“師本智慧人,逃儒亦遊戲”。《雪廬吟草》卷二亦有《金棕亭學博招集署齋喜晤蔣心餘編修》一詩。

　袁枚題辭曰:“詩兼衆體,而思力所到處,俱有清蒼之色,駘宕之韻。吾知呈佛時,佛且首肯,豈徒使齊己、貫休輩五體投地已耶?”此題辭亦未見袁枚諸集中,王英志《袁枚全集》(浙江古籍出版社 2015年版)輯録於《零散集外文》中。復顯與袁枚亦嘗相唱和,《雪廬吟草》卷下《暮春次史雲麓韻》詩後注:“時袁簡齋、金棕亭、蔣心餘、閔玉井諸君集建隆寺作《送春詩》,次日羅兩峰、張堯峰、朱二亭、史雲麓作《留春詩》,故云。”

　俞棠序曰:“雪廬宗浮屠教而性喜吟詠,年二十餘從予遊,屢以所作商榷推敲,予亦時與唱和,蓋方外詩友也。自予遊歷燕楚,滯迹春明,雪廬主席建隆,卓錫邗上,隔越二十餘載。迨予遊倦言旋,路過維揚,留建隆逾月,知詩僧之名遍於江介。索其吟稿,懶於鈔録,且謂未

---

① 曲學娟、徐國華《〈忠雅堂集〉佚文考釋》,《上饒師範學院學報》2009 年第1 期。

能方駕古人,隨手棄去,計與唱和以來不下數百首,無從掇拾。予爲
求其近作,或散諸篋笥,或返諸同人,彙之僅得二百餘首。其中與學
士詞人唱酬贈答居多,擇其尤雅,得一百五六十篇,俱和平典切,句調
鏗鏘,颯颯可誦者。囑其記室鈔分上、下兩卷,名《雪廬吟草》,藏之。
自兹以往,抵雪廬示寂時,又十有餘載,意其於詩必更有進境,年愈老
而愈工。乃往索之,仍復棄去,並無存稿,惟舊鈔兩卷尚在,益歎雪廬
之虛懷若谷,名心盡泯,得力於浮屠之教已深也。夫浮屠之教,絕世
緣,滅色相,以性空爲主,習靜爲功,由定生慧,有合於儒書定靜安慮
之旨。雪廬既宗其教,功在跏趺,故寄之聲韻,精深卓越,足以追蹤古
人。少陵云:'静者心多妙。'雪廬之詩不從習靜中得來哉?予惜其不
自收拾,散佚過多,復取舊藏兩卷訂正而序之,囑其嗣孫巨超繕録二
册,一存建隆,一存慶善禪寺。他日壽諸棗梨,得並名於唐之齊己、宗
(疑爲'無')可,實予所厚望也夫。乾隆四十六年辛丑三月朔日,甘
村俞棠序。"據此序,《雪廬吟草》二卷乃由俞棠從敝篋中輯録、校訂
而成,原有百五六十篇。今檢存本,上卷收詩 67 題 70 首,下卷有 45
題 71 首,共 141 首,與原稿略有出入。道光十三年(1833)釋清恒題
辭中有"檢點晴窗詩兩卷,即付剞劂情何深"句,則是集乃由釋清恒於
道光十三年付梓。清恒,字巨超,別號借庵,著有《借庵詩鈔》十二卷。

　　金兆燕序曰:"唐之詩僧不下百餘人,惟《杼山集》高挹群言,不
傍他人門户,故其詩有'雪之晝,能清秀'之語。夫清在神,秀在骨,非
但有蔬筍氣,便可冒爲之也。二十年前,初與夢因定交,即舉此語,以
證於史君苕湄,苕湄深然余言。因謂今日僧詩可當清秀之目者,惟夢
因上人一人而已。夢因爲人恬雅蘊藉,蓋以韻勝者,其神清故無塵雜
之念,其骨秀故無鈍笨之態,讀其詩如見其人也。昔朱放、張繼、皇甫
曾諸人與靈一爲塵外友,自夢因示寂後,予遂無塵外友矣。悲夫!戊
戌初夏,金兆燕識。"兆燕,字鍾越,一字棕亭,安徽全椒人,乾隆三十
一年(1766)進士,官國子監博士,著有《棕亭古文鈔》十卷等。

　　韞庵了璞跋曰:"昔賢論詩云:'和平之音淡薄,而愁思之聲要妙;歡愉之辭難工,而窮苦之言易好。'余以雪廬之詩觀之,知其説之不盡然。雪廬韜居方外,有愉悦之情,無愁苦之氣,寄志翰墨,聊用自娱。一時文人學士爭長壇坫,往往主於其居,朝夕唱和,又或數千里郵筒往來,歲無虛月。雪廬益樂之。當其會意物表,敷情象外,崇標逖韻,庶幾皎然、靈徹之流,亦何工也? 雪廬既歿,遺稿散落,不傳於世者且六十年。今問樵長老主建隆,得見此卷,即壽諸梨棗。讀其詩者亦將歡欣夷愉,恍然如遇其人與? 象山後學韞庵了璞拜題。"

　　慧辰跋曰:"雪廬者,我夢祖晚年棲息之室也。其側有竹梧交翠軒,乃延賓之所。當時軒中酬唱者,有蔣太史心餘、袁太史簡齋、俞司馬甘村、金學博棕亭數君子,皆藝苑鴻哲,不妄許予,咸評其詩清新在神,秀徹在骨,鏗鏘發乎金石,幽渺感乎鬼神,其心愛好,不啻口出。嗚呼,豈虛譽哉! 吾祖辭世五十九年,竹梧之軒無恙,雪廬之雪易消,吾祖之詩竟同鴻爪泯滅,高情逸韻不見於今,可勝嘆哉! 常於他集中僅見一二首,求所謂《雪廬吟草》者,終未之見也。去年冬,偶於敝簏中得《雪廬詩》二卷,即甘村俞公所訂,命記室録之者也。遂與友人謀壽諸梓。歲當癸巳,與蔣太史作序之年甲子適符,蓋六十年於兹矣。吾祖嘗登泰山,泛滄海,南北數千里,豈無弔古寫懷,發諸毫素者? 蓋嘆遺佚不僅此集也。噫! 顯晦有時,似存乎數,安知無好事如俞公者録而藏之,他日或能復見,未可知也。苟或不求,則遺集湮没,亦終莫顯。然則,全詩之求,請從此始。道光十三年三月之望,建隆寺五世孫慧辰謹識,丹徒唐培士校字。"

　　復顯之詩,諸家皆以清秀稱之,以爲"清新在神,秀徹在骨"。今觀之,略可當得起此種評論。例如《雪廬自題》二首云:"三界同火宅,雪廬還自冷。夜來抱月眠,夢入梅花影。""室虛自生白,況更雪皎皎。縱有石點頭,不如無言好。"詩境冰清玉潔,了無纖塵。又如《冬日曉起》云:"松窗凝曙色,檐際鳥聲喧。縛帚先除徑,分泉好灌園。

冷風砭瘦骨，野日淡孤村。煨芋圍爐坐，寒深且閉門。"清而不寒，淡而不弱。又如《秋日洪闇公史茗湄焦五斗沈江門諸居士洎松亭藥根二上人小集桐柏軒用孟襄陽遊景空寺韻》："犬吠秋陰夕，細聽人叩關。雨驅殘暑去，秋放小庭閒。詩思碧梧外，客懷紅蓼間。荒厨無款待，煮茗話空山。""秋放小庭閒"中"放"字，初讀之，似覺不穩，細思之，又非此字莫屬。復顯之詩大多工整有序，又無刻意鍛煉之迹，故頗得袁枚、蔣士銓等詩壇尊宿之推崇。

《話墮集》三卷、《二集》三卷、《三集》三卷，釋篆玉撰

篆玉（1705—1767），字讓山，號嶺雲道人、南屏至人，俗姓萬。浙江仁和人。年十七投净慈寺薙染，嗣法於昭慶寺雷巖禪師，爲臨濟宗第三十五世。雍正十二年（1734）遊京師，和碩莊親王允禄招住海澱法界觀心佛堂，十三年，侍郎烏雅·海望薦之於朝，奉旨偕永覺超盛考永明智覺法派，加封"妙圓正修"之號。後還住杭州萬峰，與詩壇老宿，挹嵐餐翠，烹葵燒筍，別構數楹，結社其中。乾隆十六年（1751），德清令李芳榕延住棲水大善寺，高宗巡江南，迎鑾顧問，賜銀錠十。二十五年，桐鄉令陳虞盛請住秀溪之龍翔，寺故貧瘠，損衣縮食，然樂其閒静，若將終焉。三十二年重九日入滅，壽六十三，臘四十六。篆玉禪誦之餘，遊情翰墨，雅善鼓琴，工行草書。所著有《南屏續志》一卷，詩十卷。碑傳可見杭世駿所撰塔銘，《新續高僧傳四集》卷六四有其小傳。

《話墮集》三卷乃篆玉詩集，乾隆十三年（1748）刻本，見存於中國科學院圖書館、復旦大學圖書館等，《四庫未收書輯刊》集部10輯21册據中科院藏本影印。各卷卷端題"話墮集"/"西湖篆玉讓山"。内鈐"皇階過眼"/"中國科學院圖書館藏"/"東方文化事業總委員會

所藏印"。半頁 10 行，行 19 字，四周單邊，白口，單魚尾，版心刻書名、卷數、頁碼。正文前有南屏至人小像，及安遇居士金志章《話墮像贊》："一笠翩然，萬緣不挂。身遊環中，心超塵外。荷澤宗風，杼山詩派。妙音密圓，辯才無礙。"次爲乾隆十三年厲鶚序、杭世駿序、篆玉自序。

厲鶚序曰："南屏詩僧，自宋北磵而後有椿大年，《與楊廉夫遊》句云'揚雄宅外好修竹，黃妃塔前多翠微'，其標致可想見也。寥寥四百年，迺得萬峰讓師。師道韻灑落，戒行高峻，每愛以韻語爲佛事，與白衣居士相提唱。空靈圓秀，無一字不從七個蒲團上來，却無一字有折脚鐺邊、蔬筍氣，無論遠追雪晝、越徹，即此《話墮》一編，不可與北磵、大年嗣音耶？乾隆戊辰二月花朝，錢唐厲鶚拜題。"

杭世駿序曰："歲在閼逢困敦，里中諸宿老閒適無事，扇兩湖之芳風，追八社之逸軌，吟興聿新，佛香時接。牽率入社者，北山則恒公，南屏則讓師也。讓師蓋纏永離，辨才不斷，破械作詩，正如發微妙音，證無畏義。以禪爲大超耶？以詩爲小超耶？吾不得而辨矣。而師且標集曰'話墮'，是崇彼法而輕言志永言之教也，亦以世之泯泯棼棼，以言詩者之衆，而思力矯之也。嗚呼！執相徇名，錮迷識浪，澄觀朗悟，在下天下地者，既無能以爲役，窮老盡氣，雕肝腎以爲詩，非不專矣，而'四深''二廢''四離'之旨，又復使方外得專其美。讀此集，竟有不溾墨而汗下者耶？堇浦居士杭世駿。"

篆玉自序曰：

凡事有義三焉，空、假、中三。三原是一，一復成三，而話亦如之。故無話墮空，有話墮假。無話，心聲蘊也，不曰空中有假；有話，心聲申也，不曰假亦含空。空、假不二，中道斯立。立非言不述，述仍墮乎空、假也。蓋世出世人，不憚乎墮，憚乎無述也。竊思學佛者警語自閒，韻言固所當戀。若會犇牛而飽馬，不妨拈掇，滯在句下，儋板何辭？余自雍正癸卯至乾隆戊辰二十餘年，中間腰包南北，雲水徜徉，高會時臻，好懷日有，聯吟接袂，勿管其有無俱墮，頗愜聞根。聲消話歇，依舊證空假，雙彰未泯，聞性是旨，豈不與第一義諦冥相吻合乎？古德云："無言已墮第二義，況有言乎？"若一概無言，義從誰剖？有言方顯無言，無言之秘斯詮。禪原無閾，因境不被境轉，製境之道方呈，佛所不呵。是以寧違古德之箴，存茲話墮之集。人或恐蹈伊人之侮譙，寶秘不宣。余惟恐伊人之不我議，樂以竿木隨身，逢場索笑也。四月朔日嶺雲道人篆玉自序。

篆玉詩集名曰"話墮"，實"墮話"也，墮入文字禪也，是自嘲語也，亦是"彼法而輕言志永言之教也"。是集所收皆古今體詩，卷一72首，卷二75首，卷三66首，共213首。

《話墮二集》三卷。正文前有乾隆十八年（1753）魯曾煜序，稱："南屏讓師精内典，通儒家言，書法入能品，尤長於詩。其風骨嶄然，其詞淹秀明約，有初唐劉希夷、喬知之，盛唐常建、劉眘虛之風。既刻《話墮初集》，吾年友屬子樊榭序而行之。購其集者，户限爲折。師雖疲於應，而興尚烈，因復刻二集，而督余爲序之。噫！既云墮矣，何再刻爲？昔墮和尚喝破竈，一喝即止，假令再喝、三喝，則老婦且揶揄而退，不已贅乎？師曰：'不然。世有不墮而墮，有墮而不墮。不墮而墮溺乎迹，墮而不墮超乎神，神則弗滅，吾因仍之。'余曰：然。木樨花香，吾無隱乎爾。乾隆癸酉秋杪，會稽魯曾煜拜序。"則是集殆刻於乾隆十八年，所收亦皆古今體詩，卷一79首，卷二76首，卷三63首，凡218首。

《話墮三集》三卷。正文前有乾隆二十四年（1759）春玉笥山人傅王露序，略曰："今年春，公介烎虛恒公以梅花小照屬題，並索和山舫詩，遂訂遊山舫。至則萬峰山房舊徑已塞，遇中立上人導至興教寺後山，沿仄徑而入，與公對坐山舫，重話舊事，因讀其《話墮集》詩。凡一刻再刻，且將復以三集授梓，而囑余序。”則三集殆刻於乾隆二十四年，收詩約 200 餘首。

南屏萬峰山房，自萬曆間玄津大璨隱於此，嗣後代有詩僧，至嘉慶間已七代矣。阮文達嘗題匾額曰“七代詩僧精舍”，遂名噪一時。篆玉以能詩而序列第六代。乾隆二十二年（1757），篆玉於山中新構萬峰山舫，丁敬爲作《南屏讓山開士作山舫於精廬之左薌林相國爲書額開士集社友賦詩》。“薌林相國”，即梁詩正，所題文字見於《淨慈寺志》卷五：“乾隆丁丑秋，讓山和尚重構山舫成，屬予書之。予惟人世一舟也，舟或藏於巨壑，或於中流，豈有二指哉？茲舫雖繫於山，而心不繫於舫，雨奇晴好，適與境會，不愈於乘風鼓枻，作競夕遊者乎？薌林梁詩正並題。”居山舫者，可眺雷峰塔，俯瞰湖波，雖無舟之用，却取舟之形，別具風雅。“山舫”落成後，爇虛明中嘗“畫壁一堵，清吟抱膝，韻播藝林”，文人雅士雲集於斯，多有題詠。

《話墮》三集，所收率皆篆玉與法侶、詩友酬答往還之詩，與《爇虛大師遺集》同爲考察清中葉杭州吟壇重要之文獻。集中所附厲鶚、杭世駿、金志章、朱樟、丁敬、楊潮觀等人之詩，頗具有輯佚、校勘價值。篆玉之詩，似專力於湖光山色、寒煙殘陽、清風明月，雖不言禪，却宛然有禪者面目。如《次韻酬杭太史沈編修》：“吾廬圍萬峰，復與塵境絶。晴尚少過從，雨更無人迹。頹塔類醉翁，蒼茫身半没。竹樹蕭蕭聲，涼影散清樾。先生金閨彥，心地自超忽。乘興偕入山，山雲勿爲隔。寒翠漬衣裳，風吹濕漸滅。高吟答山靈，得句慰幽寂。我亦歡喜生，寧肯忍鈍拙。橫琴默不談，對兹山水碧。”又如《五月廿一日小有天園聽雨》其一曰：“南山當户牖，隱約未全分。會有人看雨，不孤僧在雲。重泉來木末，清磬隔溪聞。索句忘深坐，飢鷹晚叫群。”閒雅中見清拔之氣，絶無清苦、枯寂之狀。故厲鶚評其詩曰：“無一字不從七個蒲團上來，却無一字有折脚鐺邊、蔬筍氣。”

《南磵吟草》一卷,釋實月撰

實月(1711—1771),字智朗,號漁陸,俗姓李,金陵人。年十九,投江寧觀音慧開,誦習三年,受具於六安大悲院曇瑞禪師。後依雲峰素蓮,習天台、賢首諸經論,久而厭其枝蔓,乃飛錫理安見佛日禪師,得其大法。後住臨江定香古刹,百廢俱興。乾隆十八年(1753)奉命住杭州理安寺,正綱飭紀,大振石磬之音,四方參叩,殆無虛日。高宗南巡,三次幸臨,實月皆奉對無爽,宸衷載懌,錫予有加,御書"識安心竟"匾額。幼時未嘗習文學,晚忽貫通諸子、百家,武林詞客皆樂與之遊。臨終示偈曰:"金剛王寶劍,一斷一切斷。山雲與水漚,誰斷誰至斷。"乾隆三十六年八月十日示寂。世壽六十一,僧臘四十二。著有《語録》四卷、《禪宗必要》《南磵吟草》存世。生平事略見《新續高僧傳四集》卷二五。

《南磵吟草》一卷,一册,乾隆三十一年(1766)新橋青龍街傳硯齋寫刻本,見存於南京圖書館、浙江圖書館。開本高25.5釐米,寬15.9釐米,版高17.9釐米,寬12.5釐米。封面鈐有"金陵翁氏茹古閣藏"印,卷端鈐"方昂之印""鐵梅氏藏江寧金石文字之印""曾藏翁鐵梅處"等印。卷端題"南磵吟草"/"鍾山釋實月漁陸",卷末有牌記"新橋青龍街傳硯齋鎸板"。半頁9行,行19字,黑口,左右雙邊,單魚尾,版心鎸書名、頁碼。正文前有吳樹虛、吳震生序二篇。吳樹虛序曰:

> 禪宗以盡離語言文字爲出要之道,而覺範洪公、元叟端公等大放厥詞,作佛廷班、馬,文墨之刻幾等身,夫豈與宗旨背哉? 以離文字爲入道之路,以顯文字爲弘道之宗,大事既了,身心洞然,凡舒眉豎指、振衣曳屣間,皆是現量清機,魚潛淵而鳶飛天也。

何況微妙寂音,從光明藏中一一流出,是文字耶,離文字耶? 一切俱不可說。若猶以爲病者,非徒不通世諦,其於離言絶相之旨不啻自作網障萬重。樹虛喜事方外諸名宿,其間善能韻語聿有數師,而理安智公者是禪師,非詩僧也。往來數十年,談間輒以玄要相示。乙酉春仲,入山坐松巔閣中,出詩一編,讀之神思清越,能導閱人心路,趨入覺場。初不意其衣袾中,亦具是物。蓋公以無師智隨機應迹,般若內熏,所得皆妙,故於行脚橫擔之時,優閒宴坐之處,置其韻語,無異伽陀。雖不作意與古之高僧競起,亦時時續其後響。友朋聞之,日徵其稿,而慮其難副衆請也,持本丐王鐵翁爲之點定。鐵翁存其什二,曰:是足以現智公眉宇矣。俾之謀於梓人,顏曰“南磵吟草”。理安亦稱南磵寺,著其地也。南磵於西湖限以重嶺,遊迹稀至。今得公爲東林主人,足以牽引郭中勝流,婆娑於此,續爲洗發其泉石清妙幽敻之致,爲道場增一勝緣,而紹法雨老人之故事,此《吟草》將爲之拈矣。乾隆丙戌年春季,臨江鄉人吳樹虛。

吳樹虛,即吳穎芳,字西林,自號樹虛、西泠居士,仁和人,布衣終生,能詩善文,通音律、六書,著有《臨江鄉人詩集》等傳世。丁丙輯其著述入《西泠五布衣遺著》。據吳序,則《南磵吟草》由王鐵翁爲之點定。

吳震生序略曰:“漁陸大師著述等身,於感懷、吊古、論偈所不攝者,則以詩出之。又與寒宗交契最多,西林、甌亭尤覺酬機應響。一日,投僕吟卷,且命爲跋。僕非侶,未諳禪定,明昧多歧,即詩亦人云亦云,草木同腐,詎能窺測天海者? 其隱於家,亦猶師之漁於陸也。不敢自外,則姑舉前語似之。人亦有言:僧詩戒蔬筍氣。不知以蔬筍爲本色,猶賢於以酸餡氣、酒齍氣爲本色者遠矣。師其爲我一莞爾乎? 讓溪髮弟吳震生和南。”震生(1695—1769),別署南村、弱翁等,安徽休寧人,徙居仁和,著有《太平樂府玉勾十三種》。

《南礀吟草》一卷,共收實月詩130餘首。乾隆年間,實月與烎虛、篆玉齊名於武林,杭堇浦、厲樊榭等文士皆樂與之遊。堇浦編有《理安寺寺志》,實月爲之序。集中載其與諸文士交遊唱和詩頗多,如《陪甌亭西林南徐在滋烎虛讓山大悲庵休褉》。實月雖晚歲方習詩文,然因道契精深,雅量過人,故舉筆揮翰,皆從妙悟中流出。如《雜興四首》其二云:“大川信可涉,鱗鴻去不返。蜻蜿繞除鳴,崇蘭凋故畹。無術繫跳丸,丘樊任偃蹇。明月照人圓,顧影聊自遠。”《感興二首》其一云:“買得千金劍,於心起不平。倚天時獨笑,看月幾回盈。塞馬何曾失,籠禽空自鳴。採薇懷二老,千古愜人情。”清越振響,頗令人發思。實月還有《山居次法雨大師韻十二首》,於山水清音中多寓其對人世、物理之思考,如其五云:“莫道幽棲心太寂,眼邊佳趣世難爭。半巖密樹清陰合,一桁遥山淺翠橫。果熟猿兒隨母至,雨餘鳩婦趁雄鳴。興來峰頂時長嘯,萬壑千巖盡發聲。”其翛然物外之致,使人頓消名利之心。實月非枯禪死寂衲子,《過于忠肅墓》《金陵》《閱史》《哭母》《改葬先慈朱孺人感賦三首》《岳家灣》等,則具拳拳忠孝之心,亦禆益於名教也。

《烎虛大師遺集》三卷,釋明中撰

明中(1711—1768)[1],初名演中,字大恒,號烎虛,一號嘯崖,俗姓施。浙江桐鄉人。七歲薙染於秀水楞嚴寺,穎悟非凡,讀内典外籍,過目不忘。雍正十二年(1734)受皇戒於京師法源寺。世宗潛心釋氏,於千僧中選侍講四人,明中與焉,特旨居吉祥苑,同參佛法,期

---

[1] 柯愈春《清人詩文集總目提要》謂:“明中生於康熙五十年(1711),約卒於乾隆三十二年(1767)。”蓋未及見其小傳和塔銘也。

往各闆名山，傳法布道。未幾，世宗駕崩，乃還本籍，嗣法於玉琳通琇四傳無闇永覺，更名爲明中。乾隆六年（1741），出世住持西湖聖因寺，後移主上天竺，晚住净慈。高宗南巡，三賜紫衣、御製詩，極享恩寵。三十三年二月一日示寂，年五十八，臘五十一。明中戒律精嚴，道風秀出，禪餘尤喜爲詩，精於繪事，有"畫禪詩聖"之譽①。所著有《語録》上、下卷，《詩集》三卷。碑傳可見杭世駿撰《賜紫住持南屏净慈禪寺茇虚大師塔銘》，《新續高僧傳四集》卷十有其小傳。

《茇虚大師遺集》三卷，乾隆三十五年刻本，見存於中國科學院圖書館，《四庫未收書輯刊》集部 10 輯 20 册據此影印。卷端題"茇虚大師遺集"/"西湖釋明中茇虚著"。内鈐"中國科學院圖書館藏""東方文化事業總委員會所藏印"等印。半頁 10 行，行 19 字，四周單邊，黑口，單魚尾，版心刻書名、卷數、頁碼。正文前有乾隆三十五年（1770）庚寅錢陳群、乾隆三十四年（1769）杭世駿序。杭序曰：

> 沙門不當爲詩，禪以繕性，詩爲悦性之具，與禪礙也。又佛戒綺語，語不綺則詩不工。綺非釵飛釧動之謂，其謂鍛煉而出之，故鏤金錯采綺也，春蠶蠟燭亦綺也。屏去綺語，樸遬之響，蔬筍之氣，肆意衝口，流而爲偈頌，演而爲機緣，與禪合，與詩離矣。吾特以爲惟沙門可以爲詩，何也？所居在空山，所交無俗客，口不及朝常，耳不聞市鬧，目不見姚冶。以蒼松、瘦竹、清泉、白石爲供養，以經行、晏坐、打鐘、掃地爲職業，以寒拾爲本師，以皎晝爲程式，轉華嚴之法界，衍魚山之梵唱，澄心渺慮，有觸即書，與吾儒之攢眉苦想，齤齬而不能安一字者，勞逸殊矣。間嘗流觀禪藻，所入叢林，虚心採納，丹霞若澹歸，華林若迹删，海幢若阿字，

① 參看黄小霞《"畫禪詩聖"：净慈茇虚禪師釋明中的生平交遊與文藝創作》，《杭州師範大學學報》2013 年第 3 期。

長壽若石廉,化城若借山,嘉興若冬關,皆庸中佼佼者也。盤山
拙庵爲商邱、秀水方外之交,廬山心璧爲新城所亟稱許,姚江拙
巢,梨洲選入逸詩。嘗取其所刻觀之,宮商蹇乏,一拙不足以盡
之。石揆爲禪宗大尊宿,俍亭爲教乘大導師,其《寄巢》二集及溪
流文字具在,皆所謂附庸風雅,非詩家正法眼藏也。程材於禪
窟,其難如此。西湖有二詩僧,一爲亦諳,一爲茇虛。亦諳癯而
逸,茇虛秀而腴。亦諳主涵青院,與錢塘詩人陳撰玉几、符曾藥
林、厲鶚樊榭相唱酬。亦諳歿,而三人相繼下世,不能傳其詩也。
茇虛早侍內廷,荷兩朝之恩遇,歷主聖因、天竺、净慈、乾峰四道
場,道力堅凝,文采豐贍,在彼法中爲師子蟲,與諸詩老角力,亦
擲象之調達也。一筇一笠,闌入南屏詩社,予與梁侍講山舟相視
莫逆,托契尤深。入滅後,有詩數卷,余爲芟薙其十之三四,山舟
力任刊行,而以序文誶誺。吾何言哉? 曩過净慈丈室,放言劇
論。予謂:禪自禪,詩自詩,二途劃然,不可牽而混也。從詩入
禪,研聲病,養清機,虛心觀理,骨格蒼而思力厚,夫而後禪可徐
參也。從禪入詩,胸中先有幾卷古德機緣,不能擺脱,用辭不必
出處,措意在可解不可解之間,一參法席,公然自大,浮慕詩名,
謂可一蹴而至。不知詩雖小道,亦歷賢劫,鈍辭拙口,欲以拈椎
竪拂之伎倆施之,相窺於本原之地,五內不免葷濁,一經指破,不
通身汗下乎? 茇虛深然其言。今序其詩,遂爛漫言之,普爲天下
禪人言詩者,痛下針砭,而津筏亦在此矣。嗚呼! 有言不信,茇
虛不作,吾將誰語乎? 乾隆三十四年龍集己丑二月朔,秦亭老民
杭世駿。

《茇虛大師遺集》乃由杭世駿删定,梁同書(字山舟)刊行。又錢陳群
序云:"恒上人明中七歲投楞嚴寺爲僧,梵誦之餘,兼習書畫,嗜爲詩,
無蔬筍氣,蓋頓漸兼資者。主净慈講席,往來楞嚴之法雲山房,適予

告里居，筍輿過訪，茗話移時。上人出所爲詩稿相質，清軟絕俗，經山舟翰林芟定，予讀而愛之。"則删定者又似爲梁同書也。序後又有□□居士草書鈔録《國朝獻徵録》《淮海英靈集》中明中小傳，蓋爲遞藏者鈔録。是書正文前有目録，卷上收 85 首，卷中收 114 首，卷下收 68 首，凡 267 首。目録後云"嗣法門人實蔭、實廣、實蹤、實堅編校"。

清詩流派紛呈，鄉邦詩社滋繁。當雍乾之際，尤以浙派最盛，杭世駿、厲鶚、金聲等人廣結鄉賢，流連於湖光山色，縱情於詩酒雅集。袁枚《隨園詩話》卷三謂："乾隆初，杭州詩酒之會最盛，名士杭、厲之外，則有朱鹿天樟、吳甌亭城、汪抱樸臺、金江聲志章、張鷺洲湄、施竹田安、周穆門京，每道西湖堤上，揭裳聯襼，若屏風然。有明中、讓山兩詩僧留宿古寺，詩成傳鈔，紙價爲貴……十年來，儒釋兩門，一齊寂滅，竟無繼起者。"隨園所稱杭州詩酒之會，以南屏詩社聲勢最大。明中不惟社中成員之一，或曾擔任社長之職。丁敬曾爲明中刻有"兩湖三竺萬壑千巖"印章，印身所刻爲"庚午臘月篆，祝大恒和尚社長之壽，丁居士記"[1]。今讀《炗虛大師遺集》，内中載及明中與社友雅集分韻之詩極夥，如《壬午十一月六日平山主人招同諸公集平遠樓寫望》《三月廿九甌亭招集瓶花齋食藤花分得香字》《甌亭招同諸公南屏探桂同用東坡八月十七日天竺送桂分贈元素韻即送槐堂之胥江》等。明中之詩，風調閒雅，雋秀清麗，宛然昇平盛世之象，無清寒、酸餡之氣。《新續高僧傳四集》傳其生平爲："妙參三昧，得其片楮，咸知寶貴。晋有林、遠，唐惟禪月，反覆比擬，庶幾仿佛云爾。"雖略嫌過譽，然乾隆間，明中誠爲東南第一詩文僧也。清人吳慶坻《蕉廊脞録》有所謂"南屏七代詩僧"之説，所指即炗虛、讓山、主雲、惠荃、樾堂、小顛等僧，阮元亦曾題萬峰山房匾額曰"七代詩僧精舍"，而炗虛明中實爲南屏詩僧之職志。

---

[1] 參劉正平《南屏詩社考論》，《北京大學學報》2013 年第 3 期。

《竹波軒詩鈔》一卷，釋乘戒撰

乘戒（1720—1786），字炳乾，號拙頭陀，原名戒珠，字律常，俗姓金，嘉興人。早失怙恃，十二歲披緇於白蓮谷隱山房。年既壯，受天台宗旨。乾隆三十三年（1768），住漏澤方丈，梵唄清徹，晝夜不倦。三十八年仍歸白蓮。十餘年間遍遊江南名山，南登天台山，北至九華，航海於普陀。五十一年七月示寂，年六十七。著有《竹波軒詩鈔》一卷存世。生平未見碑傳。

《竹波軒詩鈔》一卷，一册，乾隆五十四年（1789）刻本，見存於上海圖書館。開本高 24.5 釐米，寬 13.9 釐米；版高 17.1 釐米，寬 12 釐米。扉頁題“竹波軒詩鈔”，卷端題“竹波軒詩鈔”／“檇李釋乘戒炳乾”，内鈐“王培孫紀念物”印。半頁 10 行，行 21 字，白口，四周單邊，單魚尾，版心鐫書名、頁碼。卷末題門人頓性、頓祖、頓隆，法孫觀融、觀慧、觀解、觀明、觀中、觀修、觀諸等同校梓。正文前有金永昌、金聲二序。

金永昌《竹波軒詩序》曰：“佛火蒲團，梵誦而外，别無塵事，故禪門言詩於境地爲尤近。然求其無蔬筍氣者，亦不易多覯。白蓮炳公與余爲童䄡交，緇素異流，氣誼頗相洽。顧余碌碌無善，然而炳公功勤行苦，精進不息，遂群推龍象。主席漏澤六年，拈椎竪拂，付鉢傳衣，未嘗專以詩名家。迺讀其遺集，靈山登眺，友朋款洽，竹波之軒不啻與橘鶴之樓後先輝映，爲蓮寺添一佳話。所謂蔬筍氣者，果安在耶？遴選視姚君稍廣，然閲經諸作，足見精研梵筴，非尋常可比。質之姚君，或亦無其刺謬乎？乾隆己酉春正月，柳塘居士金永昌拜題於凝雪書屋。”“己酉”爲乾隆五十四年。金永昌，字際和，號醉墨，别署柳塘居士，有《凝雪書屋吟稿》。《竹波軒詩鈔》中有數首與其唱和之詩。

金聲《拙頭陀詩序》曰："詩本性情，人之真面存焉。浮屠律常名戒珠，字炳乾，得法後易名乘戒，自號拙頭陀。余之族兄也。伯父景山公秀庠弟子，不幸早世，怙恃無人，披緇於白蓮谷隱山房。年甫十二，頗精敏。時同里諸老宿咸在，我先大夫茶邨公爲竹林遺老，相與素心晨夕，以兄爲東道主。兄之詩得力於諸前輩爲多。乾隆初，詩學未盛，講聲律者，雖文士目爲餘事，而諸前輩歌詠太平，更唱迭和。其爲詩也，如太羹元酒，如清廟之瑟，味淡聲希，從性情中自在流出。故兄亦耳濡目染，有初唐人風。年既壯，受天台宗旨。戊子，主席漏澤方丈，濬淤河，建譚妙堂，律嚴而行苦，邀冥福者咸敦請焉。梵唄清徹，晝夜不倦，寒暑亦無間也。三年決意謝去，寺鄰挽留甚堅，不得已又爲住持者三年。癸巳，仍歸白蓮，凡諸方講經無不會。十餘年間，南登天台山，北至九華，航海於普陀、武林二百里，而近屢作雲水遊。丙午年六十七，精神未衰，集其生平所著，得五百餘首，又作留別詩數十以附於後，自相知徒侶以及草木無不與焉，遂於七月終示寂。噫！兄於去來之際，何了悟若此耶？然事近不經，儒家所不道，故余讀兄詩，僅録《別梅》一絶，以概其餘。其品題諸經，是禪門本色，余非佛者，亦不敢登。又古體甚少，尚沿《擊壤》餘習，悉删之。而今體亦淘汰過半，僅存百餘首，非取之略而擇之精也，求無失乎兄之性情，以存其真面云爾。時乾隆戊申夏五製，弟金聲稽首拜識。""戊申"爲乾隆五十三年（1788）。據金序，乘戒之詩原本五百餘首，經金聲删訂，惟存一百餘首。

集中之詩，大抵與文人雅士酬答之作，蓋乘戒樂於接迹吟壇，流連風雅，竹波軒亦爲當時詩人吟賞之勝地。乘戒述竹波軒云："竹波小築占東郊，半掩禪扉少客敲。看取風幡心不動，滿庭清籟落門庭。"然其竹波軒並非"少客敲"，其《集竹波軒懷橘鶴樓三友得吹字》中又有"橘鶴徒存額，鹿幹幸有詩。風流誰可繼，古道近難追"句，實以竹波軒爲橘鶴樓之嗣響，以接續風雅。乘戒因與文人雅士時相唱和，故其詩有乾隆間春容典雅之風,殊不類衲子之詩。

《田衣詩鈔》一卷,釋名一撰

名一(1728—1766),又名際一,字淳牧,號雪樵、田衣生,俗姓印,浙江海鹽人。年十六,從嘉興新豐鎮南院大山剃度,十九詣杭之聖因寺茇虛大師受菩薩戒,二十四參珠明寺鉏雲和尚,一言悟徹宗旨,遂付衣法。歷主白蓮、漏澤、景光諸寺。著有《田衣詩鈔》一卷、《田衣詩話》一卷、《國朝禪林詩品》五卷存世。

《田衣詩鈔》一卷附《田衣詩話》一卷,一册,乾隆三十年(1765)刻本,見存於上海圖書館。柯愈春《清人詩文集總目提要》失録。開本高23.3釐米,寬15.5釐米;版高18.3釐米,寬13.8釐米。封頁題"田衣遺稿附傳"。卷端題"田衣詩鈔"/"檇李釋名一雪樵"。卷末署"門人本静、頓周、海涵、清機、理徹、本固等校梓"。半頁10行,行21字,左右雙邊,大黑口,版心鎸"田衣詩鈔"及頁碼。正文前有乾隆三十年乙酉名一自序及張雲錦《雪樵大師傳》。

名一自序云:"予幼未讀書,長而學佛,繩床經卷間,偶以積習未除,輒成有韻之語。行將入山面壁,所著諸稿,悉欲火之。門人輩念予二十年來性情所寄,堅請授梓。世法文字,了無根蒂,何敢望傳?異日諸公欲覓田衣生面目,或不免一展是卷耳。乾隆三十年乙酉長至日,雪樵名一病腕自序。"序作於名一去世前一年。

張雲錦《雪樵大師傳》略曰:"珠明鉏雲暹和尚有法嗣曰雪樵,諱名一,字淳牧,號田衣生,海鹽印氏子也。生於雍正五年戊申十二月初九日。母臨產時,仿佛見老僧入户,乃生師。三歲即能隨母誦藥師佛號。八歲父母相繼殁,寄食親戚家。年十六,從嘉興新豐鎮南院大山師剃度。十九,詣杭之聖因寺茇虛和尚受菩薩戒。二十四,參珠明寺,謁鉏雲和尚,一言悟徹宗旨,遂付衣法。鉏雲從珠明轉白蓮,會普明紳士敦請，住方丈，白蓮虚席，舉師主其事。戊寅，又主漏澤寺，辛巳退院。癸未，養疴於吴門之怡賢寺。乙酉，復主杭之皋亭景光寺，抱疴日重，旋退歸。丙戌九月十一日示微疾化去，遺命焚骨入塔，塔於堯封之上院。僧臘凡二十四年，世壽三十有九。師勇於進修，始出家，見諸尊宿開堂説法，即思棒喝緇白，利濟雲水。後主白蓮，值年歲不登，齋厨告匱，師拮据募化，饘粥無缺。少時寄宿親戚，未及讀書，出家後隨參隨習，寢食俱忘。又見聖因、普明俱以詩見重士大夫，復學爲韻語，刻苦不掇。先著《台宗世系》一卷、《國朝禪林詩品》五卷，余曾爲點定付梓。近復手定《田衣詩鈔》一卷、《詩話》《白蓮語録》一卷，梓既就，病遂不起。吁！師之苦心孤詣，傳世在此，得疾亦在此……當湖法弟張雲錦拜撰。"張雲錦，字龍威，號鐵珊、藝舫主人，以紅葉詩、春草詩得名，人稱"張紅葉""張春草"。著有《蘭玉唐詩集》十卷、《續集》十一卷。

　　《田衣詩鈔》一卷，收名一詩 119 首。名一嘗師事灰虚大師，親炙於篆玉、杭堇浦、厲樊榭、丁敬身、金壽門等人雅士，亦爲南屏詩社之後進，故所作之詩多爲社中酬答之作。例如《夏日侍灰虚老人過松寱山房有詩奉和原韻》《夏日過萬峰山房索讓山和尚畫竹二首》等。《早春重來湖上有感舊遊》乃緬懷詩社當年盛況："東南耆舊半飄零，無復言詩隻眼青。近日風前數作者，風流雲散等晨星。（社中諸詩老，惟金處士壽門、丁布衣敬身、杭太師堇浦、南屏讓師、灰虚老人存焉）。"其詩一如灰、讓二公，從容淵雅，時有承平之風。如《南屏山樓坐雨》："郭南柳拂寺門烟，畫裏生機詩裏禪。峰擁半邊雲飄渺，澗通一脉水潺湲。紙窗老屋飄來雨，箬笠重湖歸去船。無限心情都消碎，燒燈把茗話當年。"《田衣詩話》一卷，凡 19 則，内中頗涉乾隆間古杭詩人，尤以釋氏詩人最多，所及者有借庵、懶真、然修、荇芳、覺海、鉏雲、篆玉、際微及名一本人。名一嘗撰有《國朝禪林詩品》，今仍見存。

《西溪詩存》一卷，釋觀我撰

觀我（1747—1769），字成己，一字存几。平湖（今浙江嘉興）人，雁蕩龍湫僧。生平未見碑傳。著有《西溪詩存》一卷存世。《兩浙輶軒録》卷三九、《續檇李詩繫》卷四〇有其小傳。

《西溪詩存》一卷，乾隆三十七年（1772）刻本，見藏於北京大學圖書館，《清代詩文集彙編》第412册影印。扉頁大字題“西溪詩存”。卷端題“西溪詩存”/“龍湫釋觀我成己”。内鈐“木犀軒藏書”“明墀之印”“李氏玉藏”“李盛鐸家藏文苑”“李滂”“少微”等印。半頁8行，行19字，有界行，黑口，上花魚尾，左右雙邊，版心鎸有書名、頁碼。正文前有乾隆三十七年沈初序、乾隆三十四年己丑潘湑昭序，以及是書目次。

沈初序曰：

陳青柯比部來京師，以書册示余，曰：“吾鄉得一詩僧，甚年少，又善畫，此其所作也。”余讀其自題畫詩，雖草草，然絶無俗韻，因識其名爲“觀我”。今年，余自京師歸，則僧已去世四年矣。其師爲刻其遺詩，請余序之。謂余曰：“觀我志願學古人，思以文藝傳名於後世，視諸僧之習梵樂、誦咒持、拜跪儀者，皆耻爲之，願從儒生學。姿甚敏，讀經書頗通大義，復能爲詩，因令其習舉子業，爲制義。時年僅十六，出其文，宿儒咸異之，因許其蓄髮出應試。觀我引鏡自照，久之嘆曰：‘貴賤固有相耳。吾相薄甚，即應世，不過浮沉諸生中，且恐不永年，返初服甚無謂也。’遂止。乃益肆力於詩，焚香閉户，枯槁寂寞，人事日少，讀書日多，惜其年僅二十有三而殁。”余曰：噫嘻！修短命也，然人苦不自知，皇皇焉瘁其思慮，役其筋骸，以奔走求索於無益之地，一旦命盡而死，生平無一事可傳於人口者何限。若僧之有志於學，死後有一卷詩亦足矣。遂展其詩閱之，率其性靈所觸，感物起興，無烟火氣，亦無蔬筍氣。儻加以面壁功，其視宋之九僧輩不啻過之，而無如天之限以年也。因爲之序其簡端云。乾隆三十有七年壬辰嘉平上澣，香溪沈初書。

乾隆三十七年爲 1772 年，序中既云"今年，余自京師歸，則僧已去世四年矣"則觀我卒年應爲 1769 年，即乾隆三十四年。序中又謂"其年僅二十有三而歿"，則觀我生年當爲乾隆十二年，即 1747 年。

潘潛昭序曰：

予自甲申歲館於乍川，遊西庵，得與開士貫公交。成己其高弟也，幼聰俊，能讀儒書，頗留心吟詠。時年甫十九，與予殷懃相接，言談舉止毫不染俗塵，望而知爲禪門繼起也。因索其近稿視之，清秀可喜。予謂貫公曰："此子不凡，宜厚培植之，他日定當高出《宏秀集》諸公。"貫公遂命執弟子禮。予不辭固陋，上自漢魏以至三唐，先爲溯其源流，導以入門正宗。成己亦相視莫逆。自是周旋朝夕，析疑問難，無間風雨，迄今總五稔耳。而詞句雋雅，法律謹嚴，駸駸乎學力日上，視彼動入禪語、不離蔬筍氣者，大有徑庭。倘天假之年，優遊深造，我烏測其所至哉？古來稱詩僧者，代不乏人，至於品行卓犖，才藝兼工，卒未易覯。成己爲人沉靜而端雅，焚香煮茗外，唯知讀書，平生見富貴不逢迎，而獨喜從儒者遊，四方名流每過從，樂與之相倡和。又性素愛古，見古人字畫，無不心摹手追者，其墨迹人共珍之。蓋嘗遊武陵，登虎阜，流連風景，賦詩憑吊，猶以爲未廣所見，會將遍歷名山大川，以益助胸中之奇，足以知其志之所在矣。惜乎年未及壯，不獲償所願而夭折中道，豈天不欲使禪門中有繼起者耶？是可悼也。

今年春，貫公哀其遺稿，屬予刪定，謀付梓以問世，不欲負夙昔培植之勞。予謂成己若在，所造良未有艾，今既已矣，存其詩正所以存其人也。爰不禁太息而爲之序。乾隆己丑三月望日，潘淯昭碯庵氏書於九峰之旅館。

據此序可知，觀我嘗學詩於潘淯昭，去世後，業師貫公哀輯其稿，淯昭爲之刪定，並付梓問世，所存者不惟其詩，亦存其名矣。集中有《潘碯庵先生見過》《九日同碯庵先生暨陳思巖張古塘周蘭垞諸同學集惹山用少陵九日藍田崔氏莊韻》《次韻酬碯庵先生上巳雨中見懷之作》諸詩，乃記其與潘氏交遊唱和之作。

觀我頗不屑於梵樂、誦咒、儀軌，而耽吟詠，讀儒書，乃真正之詩僧也。《西溪詩存》收觀我各體詩 106 題，所存不多，然其詩境清雅，頗可諷讀。如五律《寒山》中二聯"更無雲去住，時有鳥飛還。仄徑行人斷，禪扉盡日閒"、絕句《聞笛》末二句"數聲吹入江風冷，多少梅花落遠岑"、七律《秋泛》中二聯"南浦烟深頻送客，洞庭波瀾任橫舟。水光明滅斜陽外，楓葉蕭疏古渡頭"、五律《冬夜》中二聯"孤松伴清影，片月悟禪心。雲淨長河回，風高遠漏沉"、七絕《訪陳琴思不值》"恰聽花外曉鶯鳴，一路春風訪舊盟。不道幽人琴掛壁，空勞黃犬吠相迎"，寫景抒情，頗能曲盡其神，殊有遠韻。又如《春草四首（其一）》，逐句化用前人句意，然不覺堆垛。觀我嘗和中峰和尚《梅花百詠》，惜今未見存。讀集中《臘梅花》一詩："昨夜天公放雪花，點成黃蠟出奇葩。幽香却比寒梅好，不數孤山瘦影斜。"頗具獨造之思，可想見其《梅花百詠》亦非泛泛之作。沈初、潘淯昭皆謂觀我詩"無烟火氣""無蔬筍氣"，意謂其詩既本色當行，又不墮入自家習氣，此於釋子之詩，最爲難得。集中《岳忠武王墓》《姑蘇懷古》《館娃宮》《伍相國祠》《五人墓》《挽吳處士怡三》等懷古憑吊之作，可見其決非僅鍵户苦吟，不聞世外之僧，於歷史、世事實有獨到感悟。如《五人墓》云：

"五人義魄薄雲霄,狐虎炎威久寂寥。死與要離連舊冢,冤同伍相泣寒潮。恰留俠骨香千古,共結丹心憤一朝。回首山塘寒食路,行人魂斷雨蕭蕭。"格調悲沉,乃清人詠五人墓之佳作。

《西廬詩彙》二卷,釋明操撰

明操,字猗蘭,號隱樵禪師、隱頭陀,俗姓胡,湖南邵陽人。幼聰穎,或因不遇而剃度。《正源略集》卷一一列其爲超淵心壁法嗣。嘗居廬山秀峰,乾隆間結廬南昌東湖,名曰雨棠園。著有《西廬詩彙》二集存世。生平未見碑傳。

《西廬詩彙》二卷,一册,乾隆六年(1741)刻本①,見存於上海圖書館。開本高 24.6 釐米,寬 15 釐米;版高 18.4 釐米,寬 13 釐米。卷端題"西廬詩彙"/"邵陵釋明操猗蘭"。内鈐"王培孫紀念物"。半頁11 行,行 21 字,白口,左右雙邊,雙魚尾,版心鎸"西廬詩彙"、卷次、頁碼。正文前有韓珙序,存二頁,有修補痕迹;又有張璨、傅涵、張景蒼、汪德淳、魏權、汪彬六人題辭。後有張達題跋。

傅涵題辭曰:"方外之詩,非過枯寂則蹈疏野。破枯寂而臻瀏亮,排疏野而務沉雄,非面壁潛心,屠龍辣手,何可得也? 余近寓雨棠,因獲交隱頭陀,片語神契,隻字言詮。觀《西廬詩彙》一集,極其淋漓,毫無滲漏,不但無疏野枯寂之病,且盡瀏亮沉雄之妙。爰爲備録,俾置名山。"

張達跋曰:"儒者排釋氏莫甚於朱紫陽,而嘗與僧志南等爲遊侶也。他如韓昌黎之高閒、大顛,蘇子瞻之佛印、參寥輩,往來酬答,不

①《清人别集總目》作"乾隆三年序刻本",誤。柯愈春《清人詩文集總目提要》亦著録是書,稱中國科學院圖書館另藏一部,前有法弟余棟、彭沅瑨及韓珙序,又張璨、傅涵等評語。由是可知,上圖存本,脱頁甚多。

一而足。是釋氏之引導吾儒，不以禪機而以詩文，即瞿曇所謂‘先以欲鈎牽，後令入佛智’之權巧也。予初晤猗蘭大師，見其狀貌奇秀，舉止異常，與之語，不屑凡近，叩所藏，淵博無涯涘。蓋幼年穎慧過人，日盡書，一針一切，在人耳目前者唾棄之。不遑爲文，高視闊步，筆墨豪悍，同儕多目懾之。今雖薙染事佛，而生平俠骨豪情刮磨未凈，往往發之詩歌，頓挫沉雄，無體不備。士大夫見其詩，慕其爲人，咸以接見爲幸，師固澹如也。方晦影雨棠園，澆蔬洗鉢，自樂其樂，著作益富，然秘之不輕示人。兹刻乃四方客南州者，各以傳誦鈔集，爲上、下卷，授之梓，較師之藏稿不過萬分之一。諸名士或序或評，頗得其概，予可弗贅。至若儒者不佛智而惟欲是貪，則亦城東老姥之見也。嗟夫！乾隆六年辛酉孟夏，蕉湖同學弟張達頓首。”

是集卷上收詩 235 首，末一首爲殘詩；卷下收 315 首，前二頁爲鈔配，末亦有闕頁。所收之詩，未分體，亦未編年，《清人詩文集總目提要》以爲時限“約自雍正初年迄乾隆五年”。

明操之詩題材甚豐，無體不備。《丁未歲飢紀事》《憫農》等寫實述事，悲天憫人，知其非枯寂之頭陀也。又《秋興八首》乃擬杜詩，亦頓挫沉雄。如其二云：“萬山木落正秋高，吊影孤鴻隔水號。爨婦抱瓶來古井，牧童驅犢下寒皋。經霜黄菊饒香艶，得食蒼鷹健羽毛。向晚砧聲何處急，亂人鄉思太無聊。”集中所收之詩率皆其寓江右時作，故多寫兹地風物。如《重修繩金塔》：“鈴鐸半空聞，登臨遠世氛。天低四面水，人上七層雲。日月懷中去，湖山望裏分。南離重鎮静，佳氣動氤氲。”中二聯超凡拔俗，氣象闊大。又《甘棠祠懷古（舊省志載祀召公奭）》：“江省多名迹，甘棠卜我居。至今歌勿剪，在昔政何如。圃是雲卿種，坊乃高士書。千秋誰嗣響，湖月自盈虚。”並有小字注，多涉江右風俗。

《鑒藻集》四卷，釋際麟撰

際麟，字憩巖，無錫錫山僧。乾隆十三年（1748）前後受詔入内苑，終寂於京邸。生平未見碑傳。有《鑒藻集》四卷存世。

《鑒藻集》四卷，四册，乾隆二十一年（1756）維揚建隆寺刻本。見存於上海圖書館。開本高24釐米，寬16.2釐米；版高18.9釐米，寬12.9釐米。扉頁題"乾隆丙子冬月"/"天都愛閒居士校刊"/"鑒藻集"/"維揚建隆寺藏版"。内鈐"宜松館藏書""王培孫紀念物"印。各卷卷端題"鑒藻集"/"錫山釋際麟憩巖著"。半頁10行，行24字，四周雙邊，白口，單魚尾，版心鎸"鑒藻集"、卷次、頁碼。正文前有乾隆二十一年愛閒居士（黃晟）序。其曰：

> 乙丑春初，侍先慈北郊省墓，時雨雪新霽，道潦不可行也，憩於古佛寺中。寺即宋藝祖平淮南故壘，賜名建隆者也。住持僧曰品木，續學能詩，與之語，詞理條鬯，予詫爲東林、徑山復出。木曰："某何足道，某有同學友憩巖者，内行修潔，學問淵博，著述富有，差可頡頏古人耳。"予固已藏之胸中矣。既奉先慈之命，更新兹寺，品木實主持之。予以巡功數往，暇則與焚香煮茗，言論往復，故耳憩巖名益熟，且得悉其平時著作，集名"鑒藻編"。中《華嚴宗鏡宗論》則清涼之肖子，永明之功臣也；序記碑銘，則文暢之宗韓柳，惠勤之學歐蘇也；至若歌行、近體，則又如"雪之晝，能清秀，越之澈，洞冰雪"也。予因是欣慕更甚。是時，覺生老人召入内苑，巖即其首座也，嘗左右之，欲從之遊，邈不可得。品木郵書北上，屢致予恫。巖復書云："數千里外，考德問業，相賞實在風塵之外。異日者飄笠南歸，當徘徊邗上，出斯編而商榷焉。"予亦以爲時節因緣之自有在也。閲數年，巖遽没於京邸，品木亦

相繼寂滅，斯文之散佚存亡，杳不可知矣。天下事相須殷而相遇
反疏，往往若此，爲之悼嘆者久之。乙亥仲冬，其法嗣净明適携
《鑒藻全集》至邗，介品木之法嗣懋鷹問序於余。余且喜且愕，十
年夙願，一朝酬之，時節因緣，意在斯乎！展閲再過，見其於一義
中作無量義，不啻破須彌而爲微塵也；於無量義中作一義，不啻
攝四大海水入一毫孔也，質之向所聞於品木者不誣爾。因念吾
兩人雖未謀面，神交有素，不亟爲表著而章明之，何以稱情？爰
擇其尤者，釐爲四卷，謀諸剞劂，以廣流傳，且以見梵行門中固不
乏宏通之彦云爾。時乾隆丙子年仲秋，天都愛閒居士書於槐蔭
草堂。

摹印"黄晟印章""曉嵐"二印。生平俟考。《鑒藻集》四卷乃由黄氏
編輯而成。

正文前有目錄，卷一收表 1 篇、論 6 篇；卷二收書 2 篇、序 18 篇、
記 3 篇；卷三收傳 7 篇、碑 1 篇、銘 1 篇、狀 2 篇、祭文 2 篇、跋 3 篇、贊
1 篇；卷四收詩 108 首、賦 3 篇。目錄闕二頁，係王培孫鈔補。王培孫
題曰："《鑒藻集》頗不多見，卷二殘缺目錄，爲售書人割裂，兹重訂復
原狀，約計少記文十六篇云。時甲子仲夏端午節訂成志。"

卷末有篆書牌記："乾隆丁亥仲秋志閒居士較刻。"又附有際麟自
述："麟不敏，幼患羸疾，嘗隨母氏諸錫山進香，甫下舟，即哭失聲。母
詰之，指岸曰：'去何速也。'及歸，母語家君以故，家君異之：'此非塵
埃中人，當有般若緣。'迨薙染受具，遊歷講肆，偶閲《圓覺經》，至'雲
駛月運，舟行岸移'，不覺翻然淚下，恍若夢前身，逢故處。每欲棲身
净土，以遠公蓮社爲法，然已躬下大事未明，終不能釋然也……歲乙
卯，結夏於都門西山普覺寺，休暇之際，遊心海藏，採摭經文，著爲《涅
槃般若名異體同論》，非敢追蹤以上宗匠，亦聊以述陋管窺天之一致
云爾。"集中屢屢述及其奉佛經歷，如《山窗舊雨自序》："余幼苦羸

病，每秋風起時，庭樹葉霏霏下，夜聞搗藥聲，輒心醉。熒然一燈，給侍不過蒼頭童子，飲食多屏去。先親嘗疑爲淪謫中人，後脫白爲苾蒭。經名山，禮白足，睹珠宮貝闕，儼然夢前身，逢故處。聽漁山仙梵，直使人悲淚欲零。雖幻變全消，尚住有情世界，故每托意言情之作，亦由水花風葉，無非觸境而然也。"

際麟乃篤實修行、力窮佛法之僧，所著《華嚴統宗論》《宗鏡綱要論》等，或闡明佛法要旨，或以佛法波瀾世間法，議論宏肆，頗有見地。其所撰論、賦、書札則文辭豐贍，悲憫勸慰，尤可見其慈悲之心，如《大圓鏡賦》《天津賦》《盤山賦》《上營田觀察使顧太冢宰書》等。詩歌則清越悲慨，每托意於山川、風木、宮闕，要皆言佛法之苦諦。如《雜詩》《清明前一日即上巳雨雪大作》《山窗舊雨》《水中雁字二首》《舟停泊頭月下悵然有作》等。《聽王含一道士彈琴》一首，尤可爲其代表："携來禪室調仙指，恍若鷖鷖鳴春曉。巫雲帶雨乍淒其，湘水含波初窈窕。忽如春雁下江沙，更若悲歌走燕趙。宮商迭奏美無度，感余懷古憂心悄。《廣陵散》已絕流傳，茫茫濁世稀康邈。小山叢桂幾時攀，芳筵人去空飄渺。月明花明靜涵虛，餘音尚逐簾櫳繞。"際麟論釋子之詩，頗崇尚皎然、貫休，以爲"清越入神"，其詩實亦可當此四字評語。

《擊竹詩草》一卷，釋德音撰

德音，字默聞，號雪垞，康乾時人。屠應麟《蕊香詩草序》稱其爲"族叔"，故俗姓屠。陸載崑《擊竹詩草跋》曰"默師以名家子，薙髮妙嚴"，則出身顯族。德音《擊竹詩草》有《述舊呈叔祖寅量公》詩，其一云"世譜傳嘉郡，鴛湖接鶴湖"，鴛湖、鶴湖皆在浙江嘉興，則德音乃嘉興名家子。幼依妙峰老人，《秋懷》其三曰："昔余自總角，垂示雪庭前。問難無虛日，磨礱已數年。"下小字注"余幼依妙峰老人，親蒙教益。"後祝髮妙嚴,禮聖潛爲師。雍正十年(1732)前後,曾出外行遊參方。能詩,著有《擊竹詩草》一卷存世。《兩浙輶軒録》卷三九有其小傳。

《擊竹詩草》一卷,附於釋聖潛《蕊香詩草》後,見存南京圖書館。卷端署"擊竹詩草"/"當湖釋德音默聞雪垞著"。前有陸奎勳序,後有陸載崑、葉鑾跋文兩篇。陸序曰:

> 妙嚴山房笑公位下兒孫靡不工詩,若獅林、默聞二上人,尤稱大雅不群者也。獅公《蕊香詩草》,余久爲之選定作序,今歸自粵西,未經把晤,忽聞化去。默聞奉遺言,丏同社諸君釀資鋟版,此其誼重師恩,非深有合於詩家本旨者與?默師全稿,向未寓目,雪窗批覽一過,見其律體清瘦圓融,足繼閬仙、齊己,古風、絶句亦覺颯颯可誦,視僧詩帶酸餡氣者,過之不啻倍蓰矣。壬子冬,曾以《雪垞行脚圖》索題,余贈句曰:"古德重參方,大悟從疑始。多師是汝師,稱詩無異旨。"可知深於禪者,未有不工於詩者也。丹黃既畢,爰書數語而歸之。丁巳嘉平月,易窩老人陸奎勳序。

陸奎勳(1665—1740),字聚緵,號坡星,又號陸堂,浙江平湖人。康熙六十年(1721)進士,授檢討,充《明史》纂修官。不久乞病歸鄉,開館講學。其學識淵深,精通經史,著有《陸堂文集》《陸堂詩集》等。陸奎勳係平湖名流,曾結社雅集,極觴詠唱酬之樂,與聖潛、雪垞師徒皆有往來,頗稱許二人詩。又葉鑾跋曰:"雪公禪定之餘,間亦談詩,吟成《擊竹集》一編,欲附其師浮山卷末。"當付刻聖潛《蕊香詩草》之時,將己詩附後。

是集一卷,凡詩98首。集中多爲酬贈之作,如《賦贈雲山先生》《和邵子怡亭見贈元韻》《春日訪白蓮上人》等。德音曾入當地社集,

《花社拈得卦韻》有云：“城陰有高士，栽花抵妙畫。拉友登其堂，裙屐各瀟灑。”寫春社分題，吟詩風流。其性落拓蕭散，《春郊漫成》云：“曰余世外人，襟懷學蕭散。時逢東風和，悠然終日玩。天紅與嫩綠，刺目俱燦燦。徘徊復長吟，此遊亦汗漫。”《秋懷》詩云：“疏花明古寺，翠竹冒深階。對此物情好，難諧時事乖。懶從閙裹得，狂向静中排。遮莫清秋候，長吟動遠懷。”筆致瀟灑，可想見其人。其七言長詩《春江花月夜》，雖係樂府舊題，然格致飄逸，清氣浩渺，不沾塵埃，若“春江浩淼涵穹蒼，静看皎月浮波光”“臨風仙子欲起舞，依稀環珮聲丁瑲”“我來心曠神亦怡，扣舷一曲歌滄浪。滄浪澄兮月皎皎，金波閃閃流湯湯”“太空寥廓杳無際，清輝萬斛安可量”等句，心與境會，灑脫自在。葉鑾對其詩推揚頗盛，曰：“展卷之下，神韻悠揚，出風入雅，琳琳琅琅，觸目成采，此非有真學問、真性靈而何以遽至於斯？夫豈近時稱詩者流，浮光掠影，所能較其萬一哉？”

《笠堂詩草》一卷，釋福仁撰

福仁，字湘月，俗姓倪。康熙間住涇縣水西寺，乾隆元年（1736）退席水西寺。著有《笠堂詩草》行世。生平未見碑傳。

《笠堂詩草》一卷，一册，乾隆四年（1739）刻本，見存於南京圖書館。開本高25.6釐米，寬16.2釐米；版高16.6釐米，寬13.1釐米。扉頁題“笠堂詩草”，卷端題“笠堂詩草”/“涇川釋福仁湘月著”。半頁10行，行19字，四周單邊，黑口，雙魚尾，版心鎸書名、頁碼。正文前有乾隆四年朱卉序，其云：

> 往予客廣州，與方外杲亭上人論三家詩，謂藥亭文人之詩，元孝詩人之詩，翁山才人之詩，而各有一體見長。夫詩正不必諸體悉工也，唐以來稱集大成者，子美一人而已。太白之近體皆偶

爲之，非其長也。陳拾遺以五言古傳，孟襄陽以五言近體傳，二公於五字之外，不能有所復增，豈其才爲之耶？莊子云："用志不分，乃凝於神。"惟詩之志亦然，故貴獨也。今讀湘月上人詩鈔，數體俱佳，有烟霞語，無蔬筍氣，蓋沉酣於《弘秀集》中諸宿之最高手者，亦得"嶺南三家"之旨趣，流連吟詠，積有歲年，絕不類於時之方外之所爲詩者，詩可以傳矣。即此一編，卓然藝苑，先爲全集嚆矢。因贅數語，是即予與杲亭上人論詩之本意也。乾隆四年三月，草衣山人朱卉拜題於白門僑居。

朱卉，字草衣，號織屩山人，蕪湖人。喜吟詠，足迹幾半天下，袁枚嘗題其墓曰"清詩人朱草衣之墓"。《笠堂詩草》有《寄朱草衣山人》云："石頭城下寄高蹤，老却奇才陸士龍。閉户懶迎三徑客，登山愛看六朝松。雲深不比人情薄，水淡何如道味濃。預訂幾時來問字，孤筇雙屐喜相從。"序中既稱是集"先爲全集嚆矢"，則所見《笠堂詩草》則未爲福仁之全集也。

書前有總目，共收詩 167 首。釋福仁詩多寫山居雅興，較少涉及世情，雖乏瀾翻世事，然頗可諷誦。其代表作當推《賢山漫興》："山深終日絕塵氛，景物清幽意自欣。樹少重栽邀雨露，田荒勤闢事耕耘。每依綠柳聽黃鳥，閒倚丹崖看白雲。無客到門堪偃息，茶烹活水送斜曛。"山色爛漫中，所見惟隨緣任運、灑脱自適之僧侣形象。

《流香一覽》一卷，釋明開撰

明開，字具宜，號覺堂，俗姓湯，毗陵（今江蘇常州）人。生卒年不詳。康熙四十六年（1707）嗣普明法席，雍正十二年（1734）世宗詔見於拈花寺。歷主嘉興、蘇州、興化、常州諸地寺院。著有《流香一覽》一卷存世。年七十四自叙《行實編年》二卷。

《流香一覽》一卷，一册，光緒四年（1878）眠雲室主重刻本，見存於南京圖書館。卷端題"流香一覽"/"天隱主人覺堂開具宜氏輯著"/"兩峰道人朱宗文景亭父校閲"。半頁10行，行20字，有格，四周雙邊，白口，單魚尾，版心鎸書名，頁碼。前有明開自序、佚名序。明開序稱：

> 原夫溪山之有志，猶國家之有史也。史以記事，務直而不務華；志以記迹，務實而猶務詳。總之，要如列眉指掌，毫髮不爽，使後之覽者，過目了然，而知盛衰興廢之所由來，躍然喜，惕然懼，各各興起，其勸善懲惡之心，因之沿革，以垂不朽者也。然掌史者若司馬公尚不能纂太丁、太甲實録，採志者雖謝東山又豈能盡雁宕、天台全面目哉？况去古逾遠，在城不淪而爲屠沽雜踏之市，在山不没而爲牛溲馬渤之場者，亦幾希矣。此《流香一覽》之所由詠也。夫流香溪爲法華祖師肇迹之基，法華祖師爲法華山著名之，實乃先儒所謂五百年一出世者也。無何，竟略之於《武林志》，僅詳之於《異聞記》，至若《西溪志》且並其略而亡之矣。幸有亡不得者，則法華塢，塢口古法華亭，塢深處卧雲庵，昭昭實迹，猶足昭著人耳目也。余於是核之以志，證之以迹，考之以義，訛者正之，闕者補之。首從法華山入法華塢，由一溪經兩山，度四橋，歷三十一蘭若，並即十峰、十泉，凡可馳目而手指者，甲乙編之爲題，即之以詠，語尚真，迹尚詳，名曰"流香一覽"。欲使後之觀者，按迹而求溪山之勝，展卷悉在眉目間也。昔吾天童密祖登新安黄山，顔其額曰"到者方知"。當其時，蓋深得乎山川之靈奇，要非口耳所可傳授萬一，則余兹詠也，又祇丹青家寫生似而已，欲求其真，亦當告之曰"到者方知"。時康熙乙未臘八日，覺堂道人明開題於天隱庵之偶軒。

"乙未"爲康熙五十四年(1715)，據明開自序，其撰《流香一覽》，乃志流香溪之勝迹也。佚名序亦稱："癸巳春，謝事禾之普明，偶來法華塢之天隱以居。身輕無累，飽飯之餘，幽尋曠覽，睹林泉廬宇之風景，恍然契夫《異聞記》所云者。尋覓《西溪志》，一爲之折衷。而《西溪志》獨述曇翼在秦望山誦經十二年，感普賢大士化生來試舊迹，以證緣起。又云廟塢相傳有彦、翼二師隱此誦經，每感紅蓮澗生，清泉石裂，獨法華祖師竟杳然烏有也。幸法華塢、古法華亭、卧雲庵諸遺迹尚在，庶乎《異聞記》猶足徵也。"揆諸語氣，此序似亦爲明開所撰。

　　流香溪在古杭西溪，然《西湖志纂》《武林梵志》所載頗爲疏闊。《武林梵志》卷四惟載："佛慧寺在履泰一圖，晉天福七年普覺明一禪師開山，有碧沙泉，今在山門，左爲法華祖師道場，因名法華山。"明開所作《流香溪詩》四十八首，每題下皆詳述其位置、援引掌故，叙其由來，與明末大善《西溪百詠》體格略同。例如《古法華亭》一首，題下注曰："在法華塢口，跨輦道，造石柱瓦甍三間，舊有横山六松長元祚江先生書額，今廢，余特爲補之。"其詩曰："有山斯有塢，有塢斯有亭。此迹今誰説，西溪幸有銘。遠通千里客，近把兩山青（謂東西兩山）。舊額重題出，横山目可冥。"其詩本不足道，然足資考證掌故、地名，類如山志。

《水明山樓集》四卷，釋實懿撰

　　實懿，原名清懿，又名祥懿，字雲巢、恭文，俗姓陸，浙江海寧接濟里人。髫年讀書杭州雲居寺，一病幾危。寺主通淵俞山醫之，遂不還家，諷唄齋薰，兼精歧黃，人有"醫王"稱之。以寺志數百年失修，肆力搜討，追蹤清芬，凡建置、人物、靈異、詩文有可傳誦者，都爲六卷。好吟詠，尤工近體，與戴綸長、張暘、許震元等結吟社於雲居寺。著有詩文集《水明山樓集》四卷，嘗重刊中峰明本《梅花百詠》二卷。生平略見《新續高僧傳四集》卷六四、管庭芬《海隅遺珠録》。

　　《水明山樓集》四卷，一册，乾隆刻本。見存於南京圖書館、上海圖書館、山西大學圖書館。開本高 25.2 釐米，寬 16.6 釐米；版高 18.4 釐米，寬 13.6 釐米。各卷卷端題“水明山樓集”/“雲居衲子實懿雲巢著”。半頁 9 行，行 21 字，左右雙邊，白口，單魚尾，版心題“水明山樓集”、卷數及頁碼。正文前有杭世駿、吳世賢序二篇，又有汪沆、趙澄、孫汝元、陳士寅四人題詞，卷末有吳震生跋。

　　杭世駿序，未見其《道古堂全集》中，今人蔡錦芳、唐宸點校《杭世駿集》（浙江古籍出版社 2015 年版）亦未收入，但管庭芬《海隅遺珠録》收有此文。移録如下：

　　　雲居在浙會城西南隅，循鐵崖嶺而上，山徑逶迤，臨湖抱郭，誠静侣之精廬，真仙之邃宅也。宋佛印、東坡吟嘯其間，元中峰曾此駐錫，《梅花百詠》、遺像及麻履尚存。外有長廊，夜月望湖上諸山，如披畫幅，吟朋社叟，樂其深靚，遊衍忘返。寺之上人號雲巢者，讀龍樹《論》而耽清吟。山居左右，乃吾友金江聲、朱鹿田二公所居也。酬唱往來，殆無虛日，梵放聯吟，則茇虛、嶺雲兩禪伯相與頡頏湖山間。有詩數卷，就余論定，謬爲去取，汰存其什之六七，意常者不録，語常者亦不録。集中如“茗香留客醉，詩夢入春恬”之句，曩時爲中丞莊公擊節歎賞。他率類此。渢渢乎山水之清音，印峰居恒之微旨也。間登舊社，憩水明山樓，與雲巢話舊，四顧茫茫，江聲、鹿田俱老病而逝，茇虛滅度於净慈，嶺雲示化於龍翔，六七年間，湖山耆宿凋殘，即方外交期亦盡，不勝今昔之感。而雲巢亦將老矣，宜其詩變而愈工，殊難測量。余退老居閒，久疏筆墨，顧重雲巢之請，聊弁數語於篇首。乾隆三十三年歲在戊子中秋後九日，秦亭老民杭世駿。

據此序,是集當爲杭世駿所編次。管庭芬《海隅遺珠録》謂:"杭太史
菫浦選其詩曰《取斯集》,刊以行世。"未知何據。

吳世賢序略曰:"惟我雲巢上人,係出平原,幼皈幻住。二十四橋
明月,本是前身;三百六十梅花,尚留法譜。錫隨鶴去,偶嗣維揚;林
識雲歸,長韜跌翠。瘦餘詩骨,花間擬陶令之歌;妙擅靈丹,肘後近葛
仙之嶺。拈花空手,觸處回春,指月微吟,應聲擊鉢。酌清泉於一滴,
無井非香;尋舊夢於三生,有亭即褉。存心普濟,底須一葦慈航;懷古
獨深,肯拾六朝浮艷。哀然存集,卓爾不群。盥手而薇露皆霏,寫心
則旃檀並屑。哭亡親於泉隔,二百字腸斷猿啼;哀師長之梁摧,三十
章慘逾鵑血。蓋不關孝義,祇是剪紅刻翠之詞;而獨具性情,曷勝搶
地呼天之撼? 夫人知慟,矧我同悲。"按,山西大學藏本未見此序。

吳震生跋略曰:"雲居雲公幼以慧姿學醫此山,初無意於禪也,長
而能禪,又且工詩。其遭遇雖不逮宋之慧琳,然竹夕花朝,飛章寫韻,
與武林諸名士遞作笙簧,詞林樂府,恒採其聲,儕諸靈、皎,何多
讓也?"

是書正文前有目録,卷一收古今體詩 77 首,卷二收 78 首,卷三
73 首,卷四 75 首,凡 303 首。實懿詩多寫山林風物、湖光勝迹,或獨
行自吟,或與文人流連風雅。詩風清麗,宛然可誦。摘句如"長風捲
暑涼歸榻,缺月窺人影上衣。徐引茗甌驅睡障,偶拈詩筆試清機"
(《夏晚水明山樓納涼》)、"一竿風月净,四面水雲寬。入夏渾忘暑,
終朝祇覺寒"(《湖心亭》)、"濕雲倚塔重,晴岫壓湖明"(《秋霽》)、
"蜃起晴雷疾,鼉鳴午夜交"(《聽潮》)、"火傘亂撑山半路,朱霞齊上
樹間樓。不隨春氣噴香艷,祇逐霜痕媚晚秋"(《紅葉》),摹景繪物,
頗入精微。其與文人、禪伯唱和鬥技,亦不遑多讓,妙句佳什,俯拾皆
是。如《秋日訪吳處士西林郊居次樊榭先生韻(二首)》其二云:"禪
課分餘暇,徐行松竹間。聽秋涼灑葉,看雨白沉山。自愧非支遁,偏
容素往還。紛紛名利客,誰得並高閒。"又《和楊知誨跌翠山樓避暑》

云："高處塵襟謝，恬吟不自休。門臨山路近，榻傍竹窗幽。雨氣迷江樹，秋聲入寺樓。晚凉應可納，欹坐且遲留。"陳萊孝《譙園詩話》云："雲巢最工歧黃術，人每以醫王呼之。余復有'前身應藥師'之句，雲巢覽之，不覺俯首至地。"

《芝峰集》一卷，釋宗輝撰

宗輝，字净月，幼與持荃嵩來同爲阿育王寺秋遠碧高弟，開法杭州靈芝普慶院，移鎮海瑞巖寺。當道聞其有才幹，延主邑中總持禪寺，修舉廢墜，焕然一新。乾隆二十四年（1759），以七十餘高齡卓錫阿育王山廣利禪寺。晚年喜爲韻語，天資敏捷，揮豪立就，其臨機説法，具正知見。著有《宗輝芝峰語録》四卷、《芝峰集》。《新續高僧傳四集》卷五八有其小傳。

《芝峰集》一卷，一册，乾隆十四年（1749）刻本。見存於浙江圖書館。開本高 25.5 釐米，寬 16 釐米；版高 16.8 釐米，寬 11.8 釐米。卷端題"芝峰集"/"釋宗輝净月稿"，鈐有"覺緣居士"/"朱恩之印"等印。半頁 9 行，行 19 字，白口，四周單邊，版心鎸"芝峰集"及頁碼。正文前有乾隆十四年己巳謝闓祚、傅元杓二序。謝闓祚序曰：

四明世稱佛地，故多鍾詩僧。余見聞所及，則玉几秋公爲最，承流趾美者荃公嵩來，其高弟子也。近者净月上人復起而揚騷壇之幟。上人幼年嘗侍秋公几杖，與嵩公爲法門兄弟。其不甘以瓶鉢了生涯，而思仰企於文暢、秘公之列，固然無足怪。第余與上人往還久，既疑上人之足取重於人不必藉夫詩，而上人出其智慧餘力，發憤於既老之年而爲詩，亦敏捷可喜；又疑禪悟之妙，或有得於語言文字之外者。余既閲其詩，不能不贈之言也。上人舊住南鄉之善慶庵，當道聞其有幹才，延主邑中總持禪寺。

自是而修造鐘樓,鼎興天后宮所,至今人踴躍樂輸。邇又主席瑞
巖,修舉廢墜,山川煥采,此其法力宏偉,誠可稱佛門中龍象矣。
夫爲人子孫者,親食其祖宗之遺澤,而或不然爲前人撑挂門户,
其或刻録攘奪,惟恐不至。上人於佛何有哉? 止以身既披剃入
空門,不得不假福田利益之説,爲如來大士噓其遺焰,恢其象教。
而三年禁足,脱口成吟,亦遂能不失其師門步武。則試以上人而
承其祖父一綫,其爲增田廬之式廓,接詩書之瓣香,卓然而稱賢
子孫,何疑哉? 余學殖荒落,不能如昌黎、永叔增重浮圖,而亦頗
喜與方外論交,故嘗私謂上人之足重不藉夫詩,上人亦能以其詩
自見,則詩彌足爲上人重。爰略爲差其甲乙而歸之上人,試持以
示玉几、荃公,其以余言爲何如也? 乾隆己巳年夏至前三日,濤
山謝闓祚撰。

謝闓祚,字悦如,號濤山,鎮海人。乾隆七年(1742)進士,官甘肅鎮原
縣知縣,罷官歸里二年,起授四川寧遠府經歷,謝不赴。著有《並日樓
詩文鈔》。集中有《奉和謝濤山先生見贈原韻(三首)》,其三曰:“但
守燃燈一派傳,敢言覰破野狐禪。山窗寂寂無人問,花開花落已
數年。”

　　傅元杓序云:

　　　　予始不識上人,方當事者延主總持禪寺,時邑紳士莫不相與
往還,而予以疏懶性成,弗客一訪丈室。抑其時上人以有事於創
建,應酬日紛,亦未知有予也。人亦有言,交道有神,其故微矣。
由前計之,彼此殊軌,壹似終於不相謀者,然豈知今日固得借詩
以通作合,成忘形交,倘亦有數存於其間歟? 予未深於詩,上人
以成功既退之餘,屏迹杜門,鋭意吟詠,且時以所作商榷於予。
竊意詩之一道,非清曠閒寂者必不能工。顧上人既隱於浮屠矣,

其爲清曠閒寂何如？就其所處之地，寫其所得之趣，應必有翛然遠者。獨怪其半生碌碌，必遲至垂老之年，乃始與筆墨爲緣。脱令其早自卒業，積力並氣，壹志於詩，則所造就又安可限量？雖然，予猶樂上人之欲以能詩名也。不然，迹其力之所至，度不過以幹濟之聲聞於時，又烏所藉以與當世之詩人交？即予於風雨廬中，不亦幾幾乎少一方外友乎哉？芑源從父，上人契好也，先曾介之以通講於予。而從父承州守補庵公家學，亦喜爲詩，屢慫恿其鋟版，今能下世不欲負其意，問序於予，因記之以弁其端。己巳夏孟，斗峰傅元杓書。

傅元杓，字星曜，號斗峰，著有《問梅堂詩稿》。《芝峰集》中《宿傅斗峰文學書樓》詩曰："書樓重宿聽濤聲，寒夜窗前月正明。且喜頻來時問字，殷勤爲我話三更。"集中又有《哭傅芑源》一詩，所哭即元杓從父傅芑源，詩中有"興豪勤索句，性定懶尋幽"句，又有《中秋傅芑源文學索詩》。

是集共收宗輝詩146首。宗輝雖既老之年方且吟詩，却無粗率之弊，反能以平淡之語，寫個人之情懷，言必見志。例如，《除夕》云："性本無終始，形隨節序更。耐飢除腹飽，甘静覺身輕。臘積鬢毛白，春餘爪甲生。年增日已減，退步是前行。"又如《人日》曰："新春多雨喜新晴，人日山窗得趣清。不待東風多努力，梅花枝上月微明。"宗輝乃勤勉之僧，不談玄弄虚，集中《邑侯李公寳默召余募建鐘樓》《應張公君佐建天后宫》諸詩，可見其修造總持禪寺鐘樓及殿宇之事。

《石根小草》一卷，釋成岳撰

成岳，字柱天，江西廬山人，生卒年不詳。住如皋碧霞山太極庵，苦行清修，嗜吟詠，與鄭燮、胡天游等人遊。著有《石根小草》一卷存世。生平未見碑傳。

　　《石根小草》一卷，一册，乾隆二十五年（1760）刻本。見存於上海圖書館。開本高 27.2 釐米，寬 16.9 釐米；版高 19.5 釐米，寬 13.8 釐米。封面題"石根集一册"。内鈐"王培孫紀念物"方印。卷端題"石根小草"/"匡廬釋成岳柱天著"。半頁 8 行，行 16 字，白口，左右雙邊，單魚尾，版心鎸"石根集"及頁碼。正文前有乾隆二十五年庚辰胡彦穎序。序曰：

　　　　禪與詩異乎？曰異也。然則有同乎？曰異派而同源。夫詩也者，道性情之言而已矣。詩在吾儒爲四教之首，釋典有偈而無詩，顧偈亦詩之類耳。宗門直指人心，不立語言文字，然參悟有得之後，見於語言文字，一一入妙。詩亦偈，偈亦詩，好語佛説盡，烏睹詩之非即禪，而禪之不爲詩耶？如皋尊宿柱天和尚，余不及見，而其得法弟子若機參、且容兩上人皆與余交，因得以知柱天之於禪矣，而未見其詩，然業知其詩必妙也。今秋，鄭君板橋來皋税駕，且公所索柱和尚遺稿，略爲點定，且冠以叙。余從交且公得見之，知板橋爲和尚故交。而讀柱和尚詩，又以歎板橋之文爲不虛也。既卒業，爲跋數語而歸之。庚辰下元，石田胡彦穎。

據胡氏所述，鄭板橋曾爲成岳詩集撰序，然此本未見鄭叙。而胡序原本爲成岳詩集之跋，今移作序，抑成岳詩集曾數刻歟？是集共收成岳詩 150 餘首，末首《上巳舟中六十初度》明顯殘闕，當非完帙也。

　　成岳之詩大抵爲交遊酬答、舟途旅次、山居禪修之作。集中有與鄭板橋、胡稚威等文人唱和之作。其詩頗可諷讀，時見佳構，例如《泊舟廣陵懷板橋鄭明府萬峰顧明經（時客廣陵）》云："曉發石頭城，暮宿廣陵岸。愛此清秋濤，月映光零亂。良宵懷故人，迢遞陵城閒。披

衣坐不眠，霜鐘來夜半。"《答冒處士萇原雨中見寄原韻》云："禪關原
自閉，誰復肯相尋。一徑黃花瘦，三秋積雨深。妙香清世慮，孤磬入
愁心。不有新詩贈，何緣寄苦吟。"乃寫景懷人之正體也。《題畫六
絕》則清峻孤峭，極具畫面感，猶"畫中詩"也。如其三云："千峰飛瀑
急，萬壑歸雲靜。孤亭落日邊，松枝瘦孤影。"《詠史》則縱橫議論，遣
發幽思，如其四云："一國亡來一國亡，六朝興廢太匆忙。南人復説長
江水，此水從來不得長。"《山居十詠》則抒寫山中悠閒之趣，如《詠
梅》："寂寞空山裏，梅庭又報春。疏枝仍怯臘，細澀已撩人。月淡魂
應冷，霜濃色轉新。端居無一事，朝夕著爲案。"不刻露矯作，大抵合
乎正格。

《清朧吟草》一卷，釋清朧撰

　　清朧，吳縣人，法緣、世緣皆不甚詳。夙抱經濟之才，然未獲遇，
終歸釋氏。著有《清朧吟草》一卷，生平未見碑傳。

　　《清朧吟草》一卷，一册，乾隆四十年（1775）香海林刻本。見存
於南京圖書館。開本高 25 釐米，寬 15.6 釐米；版高 19.2 釐米，寬
12.4 釐米，卷端題"清朧吟草"，未署撰者、編者名。半頁 8 行，行 18
字，四周雙邊，白口，單魚尾，版心鎸書名。正文前有乾隆四十年己未
江百穀序，云：

　　　　斥亭與清朧訂交橙里時，清朧已歸釋矣。其生平之行藏，處
　　境之順逆，少壯之豪雄，暮年之閒曠，未嘗概見也。及遍讀其詩，
　　則恍如舊識焉。夫清朧，吳人也，夙抱經濟才，不遇於時，不獲奮
　　見於事業，因自肆於山水間，或彈琴寫心，或吹簫遣興。至若羈
　　愁旅況，遷客懷人，吊古傷情，銜杯對月，一一托於詩而發之。而
　　其興會所至，出口成章，溫厚和平，不事雕琢，則優渥於少陵者深

矣。橙里,歙之名區,賢豪輩出,清朧偶一涉迹,便遇賞者,以故因夢逃禪,香林卓錫,遂有終焉之志。斤亭嘗有句贈之曰:"半生歷盡塵緣幻,一室牢關户牖深。但借蒲團留慧種,何須梵唄證禪心。"亦大概得其意云。清朧詩甚夥,體亦備,其古韻雄健,感慨悲歌,別爲一集。兹特出其近體若干首,皆未歸釋時所作。請擇於習隅、梅賓兩君,而囑序於斤亭。斤亭命途多舛,羈棲南譙、鑾水間,鬱鬱數十年,始歸老故鄉,方之清朧,意致略仿佛焉。即以清朧之感懷諸什贈斤亭可也,故樂爲之序。乾隆乙未仲夏,古歙篁南斤亭道人江百穀拜題。

是集惟收清朧詩 49 首,依江百穀序,俱爲"其未歸釋所作"。所作無大可觀,蓋以運途多舛,未遇於世,故頗多牢騷憤懣之辭。集中有《悟境》一首云:"是非榮辱不相關,人我俱忘心地閒。夜静溪澄看水月,朝來策杖玩雲山。"所述悟境非禪家圓融透徹之境,仍是藉山水以遣愁緒,未出文人積習矣。

《續蓮詩草》二卷,釋賢巖撰

賢巖,字天成,號松烟上人,江蘇崑山人。俗姓趙,初結廬趙林興福禪寺,得法於瑞光心公,後開法甫里(今屬吳縣)海藏寺。著有《續蓮詩草》二卷。生平未見碑傳。

《續蓮詩草》二卷,二册,乾隆四十二年(1777)刻本①,見存於南京圖書館。開本高 24.5 釐米,寬 13.8 釐米;版高 16.5 釐米,寬 11.9

---

① 柯愈春《清人詩文集總目提要》斷此本爲"乾隆四十三年刻本",然此集末有"乾隆五十八年學賢鈔録"數語,又扉頁有"乾隆丁酉春鐫"牌記,則此本當爲乾隆四十二年刻本。

釐米。扉頁題"乾隆丁酉春鎸"/"西莊王先生鑒"/"續蓮詩草"/"趙林山藏板"。各卷端題"續蓮詩草"/"玉峰釋賢嚴天成"。半頁9行，行19字，大黑口，四周單邊，單魚尾，版心鎸書名、卷數、頁碼。正文前有許集、王立禮、許士奎、張學敏序四篇，書末有錢錦、顧時鴻跋二篇。

許集序曰："天成上人爲心公和尚法嗣。心公以詩名，卓錫海藏，圓寂後，上人繼之，亦工詩。去秋，余寓海藏，偕諸族人暨上人聯吟累日。又示平日詩稿，讀之氣清而神恬，有空山無人、水流花開之致。益嘆詩本性情，人自爲塵俗濡染，發而爲詩，遂少天趣。上人性情真樸，不習世故酬應。自六時課誦外，即手一編不輟，所見者清池皓月，所聞者禽語林聲，所與周旋者非文人談藝，即衲子證禪，誠摩詰所謂外人內天者。偶一抒寫，宜其清曠拔俗，抑揚頓挫，皆有真性情溢乎其間也。且如上人年四十餘，嗜學不倦，益肆力於魏晋、三唐，將見格愈老，才愈大，不惟繼心公瓣香，有青出於藍之目，視古道猷、惠休、處默、齊己諸名公，無難頡頏千載矣，豈止是編僅露一斑已哉？乾隆丁亥春仲，陶村許集撰。"丁亥爲乾隆三十二年（1767），序中言，天成"年四十餘"，則其當生於1727年即雍正五年前後。

許士奎序曰："詩之爲道難言矣，釋氏之爲詩更難言矣。明於禪者未必長於詩，長於詩者未必明於禪，即間有吟詠，僅如偈説，其於魏晋、四唐之遺響渺乎無有。緬思古之道猷、惠休、靈一、齊己輩，禪與詩並行而不悖，相得而益彰者，曾有幾哉？天成上人者，心鑒公之法嗣也。少壯隱於浮屠，心公主席海藏，遂授法焉。爲人枯淡真率，不樂世故，菩提明鏡，不染一塵。静修之暇，更喜爲詩歌以自娱，得句即出人頭地，心公每器重之。迨心公回首後，繼尊年公而主其席，重興蓮社，騷人逸士樂與之交。每一社席，擬古今諸體一二十題，拈韻擊鉢，天公得心應手，下筆數百言，若出宿構，然總之不離魏晋，唐者近是。數年來，卷已盈帙，擇其尤者，選十中之一,將付剞劂,請余爲序。於是焚香静坐,三復公詩。古體則拔地倚天,如松柏之生於山;近體則含英咀華,如芙蓉之出於水,與心公《秀野》《浮餘》二集後先輝映,有開繼之功焉。所謂禪與詩並行不悖,相得益彰者,其在斯人歟,其在斯人歟! 乾隆辛卯孟秋之中澣,嘯圃許士奎書於碧存居。"

錢錦跋曰:"松烟上人携一帙示余,曰《續蓮草》,命爲釐定。余何敢哉? 讀其詩則空靈澹蕩,有達觀一切之概,深與西來大意相合,是因詩悟禪耶,抑由禪悟詩耶? 夫禪參空色,詩本性情,是詩非禪,是禪非詩。然詩從心造,禪亦從心得。試問松烟,是一是二? 友梅錢錦。"

《續蓮詩草》二卷,上卷收詩 165 首,下卷收詩 141 首;卷末又有乾隆五十八年(1793)秋八月,學賢鈔録《宋仁宗皇帝贊僧賦一律》及陳眉公二詩。賢巖之詩,各體皆備,樂府、古、近體詩均有上乘之作。上卷之《烈婦辭》《吳宫曲》《凉州曲》《關山月》《汴河曲》《澀露歌》《楊花落》等,渾樸平暢,猶存古意。《惜生》一首可見其志:"惜生憚煩慮,拙守鄉園居。鐘梵多清音,白雲滿蓬廬。淡泊心所安,虀鹽味有餘。烟霞得其趣,嘯詠時一娱。松竹適幽歡,歲莫樂與俱。此中有真禪,聊以復其初。"通體逼肖陶詩。然其詩亦失之於此,不少詩作難脱模擬之迹。如《楓橋夜泊》云:"蕭蕭暮雨五更風,漁火江楓問舊蹤。落葉滿船眠不得,寒山寺裏一聲鐘。"斯情、斯景、斯境,皆未超出張繼之藩籬。又《山家》云:"潺潺流澗水,鬱鬱覆巖松。四面白雲合,深山何處鐘。"亦乏獨造之思矣。然《病中雜詠八首》之一:"荏苒光陰五十春,浮生碌碌誤前因。那知出世仍從世,不謂離塵復入塵。修道未成慚佛祖,感懷無以報君親。殘棋暮景嗟遭際,潦倒艱難備苦辛。"觸景興懷,自抒心曲,尚有動人之處。

《倚杖吟初稿》一卷、《續稿》四卷，釋古風撰

古風（1744—?）①，字澄谷，號寒石，晚號獨樹老人，浙江天台王氏子。乾隆間開講席於蘇州天寧寺，法律精嚴，懺事誠肅，吳中人士奉爲依歸。既而退居支硎山麓之吾與庵垂三十年，名流逸士，遊支硎者必款關訪之。嘉慶十一年（1806），以緇素之請主杭州理安寺，十七年返支硎山，能詩善文，與洪亮吉、石韞玉、陳鱣遊，黃丕烈曾刻其詩集。著有《倚杖吟初稿》《續稿》若干卷存世。顧承撰有《寒石大師小傳》，釋小顛有《寒石風公小傳》。《國朝杭郡詩三輯》選其詩四首。

《倚杖吟初稿》一卷、《續稿》四卷，二冊，嘉慶十四年（1809）刻本，見存於南京圖書館。中國社會科學院圖書館亦藏一本。開本高26.3釐米，寬15.4釐米；版高17.5釐米，寬13.1釐米。扉頁題"洪稚存、石琢堂兩先生鑒定"/"倚杖吟"/"士禮居刊行"，知爲黃丕烈士禮居所刊。內鈐"嘉惠堂所閱書"印，知爲丁丙八千卷樓遞藏。卷端題"倚杖吟"/"天台山人古風著"。半頁10行，行18字，左右雙邊，白口，單魚尾，版心依次鎸"吟一""吟二""吟三""吟四""吟五"等。此本第一冊收《初稿》《續稿一》，第二冊收《續稿二》《續稿三》《續稿四》。

《初稿》前有石韞玉、洪亮吉、石鈞三篇序，簡末有黃丕烈跋。

洪亮吉《寒石上人詩序》不見其各集中，亦爲劉德權點校《洪亮吉集》失收，是爲佚文。移錄如下：

> 余不佞佛，而喜與方外交，自塞外歸，相識復六七人，皆能外形骸，絕塵滓，梵誦之暇，喜觀儒書，以長知識。若寒石者，讀其

---

①古風生年，據柯愈春《清人詩文集總目提要》。

詩最超脱，有非餘僧所能及者。余雖不諳禪境而識悟境，寒石之
詩則又從悟境入者也。間嘗論之，昔人所云"境路絶，風雲通"
者，悟境也；又云"采采流水，蓬蓬遠春"者，悟境也；又云"空山
無人，水流花開"者，亦悟境也。其人類皆大智慧，具有夙根，然
一生所作亦不過一二語，令人可以悟入，他即不盡然。若寒石之
詩，雖儒釋異途，其可以悟入者，抑何多耶？余識寒石不過一旬，
日與之遊支硎、鄧尉間，見其事事灑脱，語語靈警，與所作詩吻
合。倘他日見道益高，所得益進，固當於支公、竺公之外，別豎一
拂，又豈並世詩僧所可同日語耶？與之別，因書於卷首以爲叙。
時嘉慶九年歲在甲子小除前十日，上書房舊史氏陽湖洪亮吉撰。

洪亮吉於嘉慶五年庚申（1800）九月自塞外歸里，《倚杖吟》卷一有
《洪稚存太史自伊犁歸》一詩云："直諫動天下，誠爲不世才。科名真
弗負，氣節衆同推。匹馬千山外，孤身萬里回。君恩真浩大，一載賜
環來。"蓋古風與其相交正在嘉慶五年九月後。洪亮吉《更生齋詩續
集》卷一《十五日偕陳徵君鱣鈕布衣樹玉暨澄谷方丈重遊白雲抵暮乃
返》《是日晚澄谷方丈招同陳徵君鈕布衣及黃主政丕烈見山閣小集分
韻得把字》《留別澄古方丈》諸詩，可見其二人之交遊。

石鈞序曰："《倚杖吟》者，浮屠師寒石退院棲山時所作詩也。憶
余識師時，年俱少壯，余遠遊玄菟郡，師在吳開天寧講席。方是時，意
氣甚盛，各思有所建立。及余倦遊而歸，聞師大闡宗風十餘載，而退
閒於支硎山麓之吾與庵。壬子歲往訪，入門見石碑橫牆上，題曰'倚
杖處'，野花滿籬，清風灑如。既相見，與師登見山閣，雲山四望，鳥語
關關，喬林靈籟，時與澗泉相答。憑眺久之。師謂余曰：'吾初識君
時，心未之奇也。近讀《清素堂詩》，不虞君詩卓卓可傳如是，於是瞿
然知重君矣。'遂出《倚杖吟》相質，詩境超逸，時臻禪悟。自是，吾二
人交日益密，師詩日益進。四方知名士來訪余者，招遊山水，輒過師

清話，或賦詩累日夕始返。故士之識師者咸稱道不置，謂余曰：'子有如是方外交，而其詩可不爲之流布乎？'余韙其言。今甲子冬日朓其篋，採尤雅者得若干首，爲序而刊之。噫！吾與師交幾三十年矣。此三十年中閱歷世事，波瀾反覆，親舊盛衰，存亡者何限，滔滔泯泯，可勝慨嘆。而顧影蒼涼，蓋吾人亦各已老矣，苟無著述，何必表見於後世哉？僧詩自廬山諸道人而下，雖代有其人，而佳者寥寥焉，豈耽精於此者寡歟，抑不欲以文字而傳歟？然文章道德，本相爲表裏，何必屏除？此余之即以師之重余者爲師重，雖師雅欲晦藏，而余必强取而梓行之也。髮弟遠梅石鈞撰。"石鈞，字秉綸，號遠梅，吳縣人，著有《清素堂詩集》。據此序，《倚杖吟初稿》當由石氏選刊而成。

《初稿》一卷，收詩 90 題 112 首，《續稿》收詩 100 題 126 首。《續稿》又有黃丕烈跋曰：

> 余素不佞佛，故緇流之與交者亦少。乾隆乙卯春，就葑門天寧寺作薦先道場，始識澄谷上人。蓋是時上人自浙來蘇，開創叢林，法律精嚴，懺事誠肅，吳中人士奉爲依歸。余雖不崇尚釋教，偶與之討論文字，亦娓娓通儒理，自此遂得一方外友焉。既而退院，居支硎山麓之吾與庵，因出其餘閒染翰賦詩，積久得《倚杖吟》一卷，刻諸吳中。凡春秋佳日，名流逸士遊支硎者，必款關訪之。無論識與不識，上人悉與之晉接，招登見山閣，瀹茗清談，極賓主之歡而散。余忝舊交，蹤迹更密，其結文字緣，方外勝於方內矣。嘉慶丙寅，浙中理安方丈乏主者，上人以理安法嗣，義不可却，因捨蘇就浙主理安。三載以來，間一回蘇，輒語余曰："衲至理安無他樂，惟是山水清嘉，吟詠之興，今逾於昔，新詩又添若干首矣。"余許爲刻之。今春遊浙中，出一卷示余，諷誦再四，覺詩境益進。古人云"得江山之助"，其信然耶！顧余竊有感焉，生平所識緇流，惟杲堂能詩，向與上人爲三高僧，同時結社於葑溪，

其一不能舉其名。今杲堂辭世，而上人又遠遊吳中，僧可與談詩者鮮矣。不知上人何時得重返故山，偉二三舊友同造其“倚杖處”而吟與？此余所日夕企望者也。茲衰刻其《初》《續稿》，而略叙余與上人結契之情如此。嘉慶己巳四月芒種前一日，吳郡黃丕烈書。

據黃氏跋，則《倚杖吟初稿》刻於古風退居支硎山時，《續稿》則由黃丕烈刻於嘉慶十四年己巳(1809)，即古風主席杭州理安寺之時，並與《初稿》合刻，故此本第一册後有牌記曰“嘉慶己巳孟夏刊於吳門”。

第二册收《續稿二》《續稿三》《續稿四》。《續稿二》即《和法雨大師山居詩》二十七首。扉頁題“和法雨大師山居詩”/“八十八禿居山書籤”/“庚午三月之暮”。卷端題“倚杖吟續稿二”/“天台山人古風著”。正文前有三松居士、陳廷慶、石韞玉、陳鱣四篇序。後有王兆正跋。

三松居士序曰：“嘉慶庚午四月下旬七日，西泠理安寺澄谷禪師訪我三松堂，出所著《和法雨禪師山居詩》見示，清微超逸，與法雨之旨，蓋心心相印也。澄谷禪誦之暇，惟以吟詠自娛，有皎然、靈一之風。其居吾蘇州西山吾與庵，有《倚杖吟》二卷，今卓錫理安，復有是卷。法雨爲理安中興之祖，澄谷是作，殆有繼述之志焉。貫休《山居》諸什，不得專美於前矣。三松居士題，時年七十有一。”

陳廷慶序曰：“吾閱獨學老人言而知寒石，又偕弢園顧子遊而交寒石。茶話之頃，訢合無罣礙。出觀其詩《倚杖吟集》，虛佇神素，於渾脱中時露奇警。陽和舊史氏稱於支公、竺公外，別竪一拂，信然。今春三月，重來西泠講舍，得寒石上人過我，復示《和法雨師山居詩》一卷，沖澹閒遠，不啻法雨家風，直指西湖作衣鉢也。是不可以不識數語於簡端，使後之沙門開士繼寒石而起者，一如寒石之繼師。行見遠追鳥窠、如滿之流，與香山居士同參禪悅，入不思議三昧，豈止鼎足炔虚、讓山間，爲超出泥犁惡道已哉？請以此還質之獨學老人，然乎不然？石瞿舊史陳廷慶識。""獨學老人"即石韞玉。陳廷慶（1754—1813），字兆同，號古華、桂堂，乾隆四十六年（1781）進士，著有《古華詩鈔》。

陳鱣序曰："近購別業於吾邑西山之麓，疏泉叠石，種竹栽花，行將爲山中人矣。寒石大師頃自西湖來見訪，出所作《山居詩》相示，喜其曲傳清景，澹雅冲和。長吟數過，恍置身於兩峰、三竺、九溪、十八澗之間，安得不呼爲'賈島佛'耶？亟勸其付梓，以爲名山生色。海寧陳鱣合十題。"

《續稿三》收詩 41 首，後有半恕道人跋，其曰："澄谷上人主理安席已六易歲矣，曾携其《初》《續稿》各一卷，屬刻吳門。去年庚午，又刻《和法雨大師山居詩》一卷。今夏返支硎，復輯近歲所得詩，合爲一卷，而屬余排比先後，統爲四卷。曰：'衲年已及老，此後有詩，當存諸篋中，俟徒輩料理之，不及手定也。君乃衲之故人，曷爲我志其始末？'遂不辭而筆諸卷尾。辛未大除祭書日，半恕道人謹跋。"半恕道人，即黄丕烈。據其跋，《續稿二》即《和法雨大師山居詩》，刻於嘉慶十五年庚午（1810），《續稿三》則刻於次年嘉慶十六年辛未，並由黄丕烈統爲四卷，即今所見之本也。

《續稿四》收詩 75 首，無序跋，不知何人續刻。内中有《七十生辰自嘲十首》《乙亥元旦》諸詩，所收蓋古風晚年之作。

《倚杖吟》初、續稿，凡五卷，共收古風詩近三百首，多作於乾隆末年至嘉慶十八年間，而尤以其主席理安寺期間最多。乾嘉之際，古風詩盛於江浙，一時名士若洪亮吉、黄丕烈、陳廷敬、石韞玉皆與之相遊唱和，故集中酬贈之作頗多。例如《贈黄蕘翁居士》云："君住臨頓里，我居支硎山。相去廿餘里，旦暮能往還。時時誦君詩，意味何清閒。孜孜購異書，聞見開心顔。非徒宦情澹，厭俗常閉關。頗宜冷澹人，相坐對林間。"古風擅寫山居詩，除《和法雨大師山居詩二十七》

外,《初稿》中有《山居二十首》,《續稿一》中有《山居雜詠》,《續稿四》中有《庵居雜詠》等組詩。其山居之作,閒雅古澹,清秀自然,饒有禪悦風致,且各體皆備。摘句如"聽泉歸別浦,掃葉見空山""秋風時落木,山雨忽流泉""棲山禪意静,放鶴古人稀。石徑雲還繞,茅庵花自飛""坐禪時對月,覓句忽聞鐘""室白一聲磬,天青數點山""但見花開落,渾忘春後先""冷屋多虚響,茶爐薪易灰,山窗寒月上,遠寺晚鐘來""小橋横古道,獨樹護禪關"等,寫景造境,清秀澹蕩,別有閒趣,故時人以爲"貫休《山居》諸什,不得專美於前矣"。

《半間梅花吟》一卷附《春遊紀事詩》一卷,釋廣福撰

廣福,字寧遠,四川西昌人。禪居南昌。著有《半間梅花吟》一卷附《春遊紀事》一卷存世,生平未見碑傳。

《半間梅花吟》一卷附《春遊紀事詩》一卷,一册,乾隆五十五年(1790)刻本。見存於上海圖書館。開本高 25 釐米,寬 15.2 釐米;版高 16 釐米,寬 12.4 釐米。内鈐"王培孫紅龕物"印。卷端題"半間梅花吟"/"西昌釋廣福寧遠"。半頁 8 行,行 18 字,白口,左右雙邊,單魚尾,版心鐫"半間梅花吟"及頁碼。正文前有乾隆五十二年(1787)江鎮序,其曰:

> 陶淵明愛菊,得氣之秋者也;周濂溪愛蓮,得氣之夏者也;陶宏景愛松,得氣之冬者也;林和靖愛梅,得氣之春者也。秋不止於菊,而淵明愛之;夏不止於蓮,而濂溪愛之;冬不止於松,而宏景愛之;春不止於梅,而和靖愛之。愛菊則詠菊,而秋氣惟清;愛蓮則説蓮,而夏氣獨沁;愛松則哦松,而冬氣表秀;愛梅則詠梅,而春氣昭融。然則,氣之正者,鍾於人與物;人之正者,亦鍾於氣

與物。四時之氣不同，物故不同；四君子之人不同，愛亦不同。要皆各得夫氣之正，其不同者究歸於無不同。乃知人各有愛，無論物與氣，惟視人之所得何如耳。寧遠上人天性閒淡，尤喜於詩歌。丁未春，余寓其禪堂之西寮，因訂交焉。一日，出詠梅詩示余，並囑爲之序。寧遠方外人也，言其清則當詠菊，言其潔則當詠蓮，言其孤與高則當詠松，茲豈愛梅而爲是詠乎，抑愛春而爲是詠乎？夫梅得氣之先者也，寧遠其殆悟乎本原，而借梅以發之歟？則是寧遠之詠梅，非獨與愛菊、愛蓮、愛松者不同，即與林和靖之愛梅，亦有不同者在也。以視世之詠牡丹者，其所得不更較然大異乎哉？時乾隆五十二年歲次丁未立秋後一日，桐城髫弟江鎮拜序。

是集收 24 首梅花詩，曰"含梅""早梅""古梅""雪梅""月梅"等二十四題。內有朱筆或墨筆圈點，眉批時見"僧語""佛意""禪心透露""春心發作""清淡之極"等評語。

　　所附《春遊紀事詩》，前有乾隆五十五年胡虔序，其曰："贛水北下千里，經南昌西，其東爲東太湖，綠波凝淨，回折周數里，而散原疊嶂，叢翠蔚然，與湖光映發。故遊觀登臨之美，不必求遐僻，勞車馬，而山川之幽勝已得之俯仰之間。余客此三載矣。今春，復渡江南來，居寧遠上人禪室，風雨不得出庭户。而寧遠以《春遊紀事詩》示余，忽乎若身之翔於太虛而攬勝於江城也。豫章古名郡，寧遠以明澈之資，又得佳山水以爲之助，其詩之工也固宜。獨余之愛樂此邦將不能久居也，亦安得不於寧遠之詩而三復之。乾隆五十五年三月，桐城髫弟胡虔拜叙。"胡虔，初名宏慰，字雛君，號楓原，桐城人。師承姚鼐，友翁方綱、畢沅，嘗參修《南昌府志》。廣福《春遊紀事詩》爲賡和嘉興錢月槎之韻而作，所寫爲豫章勝景，有《南浦晚渡》《鶴舫觀花》《列岫亭望西山》等。除賡和錢氏原韻外，又倒疊前韻，別具一格。

　　廣福之詩，所見惟詠物、紀遊之作，格調清新、淡雅，然煉字欠工，亦乏獨造之思。例如《月梅》云：“月明春夜朗，花興似都豪。素色空無迹，清芬衆若擾。院深群籟寂，漏永一天高。坐醉孤根下，飄然領玉膏。”又《村梅》：“村裏傳春信，先開隴畔東。不争桃李艷，獨傲雪霜中。疏影撑寒月，微香入野風。短長聞牧笛，淡淡兩三重。”雪霜、疏影、牧笛、素月，皆爲陳詞，未免墮入詠梅之窠臼。《春遊紀事詩》中《南浦晚渡》前韻及倒叠前韻二首，倒流利自然，頗可諷誦。“長江不盡古今愁，碧影遥空蕩遠眸。南浦渡頭來往客，問誰同上木蘭舟。”“春來江上唤輕舟，春水盈盈映遠眸。夾岸烟含垂柳綠，年年攀折使人愁。”倒叠前韻，難度雖不高，但廣福此二首情意纏綿，意脉相連，是爲合璧。

《雲舫繼述軒文鈔》一卷，釋一智撰

　　一智，字廪峰，一字石峰，號黄海雲航、護遷客，徽州鄚山人。本名家子，淹貫六經諸子，後出家如意寺，受戒於武林宜潔律師，嗣法黄山雲舫雪莊老人。雪莊示寂後，繼述雲舫。著有《雲舫繼述軒文鈔》一卷存世。生平未見碑傳。

　　《雲舫繼述軒文鈔》一卷，一册，雍正十年（1732）刻本。見存於上海圖書館。開本高 25.2 釐米，寬 16 釐米；版高 15.4 釐米，寬 11.8 釐米。内黔“王培孫紀念物”印。卷端題“雲舫繼述軒文鈔”/“黄山僧一智廪峰氏著”。半頁 9 行，行 19 字，大黑口，四周雙邊，單魚尾，版心鎸“雲舫繼述軒文鈔”、文體、頁碼。前有雍正十年程文光序，略曰：

　　　　天下盡人可以不作詩賦，而浮屠氏不可不作；天下他處可以不作詩賦，而吾黃山尤不可以不作。何則？其途異趨，其性孤峻，其於吾儒本扞格而難入，苟無此以爲應求之階，有對門而不相通者矣。此貫休、支遁之流，每動人尚友之思也……辛亥冬，遇師於東海，譬之一望蘆葦中，忽見蒼松獨挺，能不令人刮目耶？於是倡酬之樂，殆無虛日，而棒喝之功，加余獨厚，故余之知師亦獨深也。師爲郭山名家子，六經諸子，貫穿淹該，下筆洋洋灑灑，千言立就，非慧業文人曷克辦此。初息慈於如意，受戒於武林宜潔律師，既而受黃山雪莊老人。老人禁足雲舫三十年，操履廉潔，不輕見人，如喻中丞、張督學、丁太守輩，皆有可望不可即之歎。間寄興丹青，獨開生面，故師之筆墨迥異恒蹊，其淵源有自來也。繼述雲舫以來，夙夜孜孜，冀成老人未竟之志。蓋老人在日，欲建十方常住，爲遊山勝侶息躬之地，因緣未至，卒難其人。老人回首時，諄諄以此事付師。而如意寺者，爲前朝朱御史功德，今正殿傾圮，以圖恢葺。師以一身而兼兩任，且均處艱難之會。是則連年匍匐淮陽，筋力爲之疲，而形神爲之瘁者，是豈得已哉？山中嘗絕糧三日，師入城乞米歸，冒雪登峰，雙足龜坼。時已暝，雪埋松路，不能前行，乃露坐老人塔前，以冰雪爲裀褥，以猿鹿爲伴侶，晏如也。迄今足瘡猶嘗作楚，其苦行有如此。性嗜佳山水，北至燕齊，南至越豫，凡遇名勝，輒冥搜幽討，詩滿奚囊，能窮前人所不能到之境，能發前人所未經道之句。王公大人或重其清德，或慕其高致，爭識一面以爲快。有以苞苴請托者，師峻拒之，其潔清有如此耶？師外祖母舒吳氏，早寡，矢志柏舟。或諷以無子且貧，奈何自苦？曰：“吾十指即良田也，吾一女即佳兒也。他日婿若外孫，即養我送我之人也。”師承母訓，寤寐不忘。長白常太守蒞新安，以禮招師於公署，嘗請所欲，乃泣以舒吳氏苦節告，常爲詳請建坊。師每言及父母、師長恩德，輒涕泗交頤，其純孝有如此。噫！世之偶抱一才一藝者，猶嘖嘖人口，

而況師之才大如海，心慈如佛，宜其愛之敬之者之衆也。壬子夏
五，將還黃山，余過榴軒錫邸，見案頭所著《黃海賦》。莊誦一過，
如坐我於軒後丹臺，俯視千葉蓮花，而始信人間果有仙境也；又
如携我於雲舫之室，手弄天半朱霞，而鋪海奇觀登時呈象也；又
如引我入山陰道中，而目不暇給也；又如授我以遊山之枕，而心
曠神怡也。至夫大聲疾呼，經營慘澹，欲繼雪老人之志，而保松
大夫之歲寒也。蓋黃山爲江浙幹龍，象合重離，適主天下文明之
柄，以故二省人文，較他處特盛。此信而有徵者也。夫樹木爲山
峰之毛髮，未有毛髮髡而本體不困者，未有本體既困而更能蔭及
遠近者。今黃山松柏大半爲貪夫所擭，皆由山寺荒凉，人烟稀少
之故，故於篇中，凡三致意焉。嗟嗟！安得同志者善籌護松之
策，永保黃海之脉，擴充雲舫之道場，振江浙之人文，以慰師之婆
心也哉？由是觀之，作是賦者，豈徒誇多鬥靡，欲拔《三都》《兩
京》之幟，以與吾儒頡頏哉？亦迫於不得不作也。爲弁數行於其
端，以告留心世道者。時雍正十年歲次壬子閏夏五，白嶽程文光
書於隅山書屋。

釋一智授業師爲黃山雪莊老人，名道悟，字惺堂，號雪莊，別號鐵鞋道
人，康熙二十八年（1689）携杖遊黃山，愛兹山勝景，遂結庵而居，後築
有雲舫，種梅山中，朝琴暮鼓，吟詩作畫。所繪百十幅《黃山圖》，筆意
蒼潤，得元四家意，爲文人雅士所艷羨，或親臨拜訪，或題詩詠贊。汪
士鈜爲撰《雲舫記》，趙青藜有《雲舫增建梵宇記》。雪莊圓寂後，一
智繼主雲舫，故名其室曰"雲舫繼述軒"。

　　《雲舫繼述軒文鈔》所收一智詩文實僅《黃海賦》一篇。《黃海
賦》洋洋灑灑，長達三萬餘言，不惟釋家賦之僅見，於文人賦中亦不遑
多讓。據賦前一智自序云："兹以戊申杪冬望後二日，敬奉華嚴奧典，
延至己酉正月望前，四朝欣看，圓滿期場。事緣先師示寂八年，恰際

常光僧臘八袠。擬酬慈訓之恩德，虔修法供之莊嚴。”己酉爲雍正七年（1729），時雪莊已示寂八年，一智撰此賦，一爲紀念先師之慈恩，一者表向佛之虔心。一智以釋子之慧眼，鋪排陳叙，以黄山勝景而言華嚴莊嚴海，至謂“須得此一座黄山，始可描寫華嚴之莊嚴；亦惟此全部華嚴，能頌贊黄海之富貴”，故不可徒以文字觀也。賦中又隨文自注地名、典故、傳説，亦可補黄山輿地、史乘之闕。

嘉道卷

《雪笠山人詩集》不分卷，釋智方撰

　　智方（1737—?），號雪笠山人、一覺，居天津海光寺。生平未見碑傳，有《雪笠山人詩集》存世。

　　《雪笠山人詩集》不分卷，一册，道光四年（1824）海光寺刻本。見存於天津圖書館。扉頁首行題"志在水雲"，中行大字題"雪笠山人詩集"，第三行題"海光寺藏版"。内鈐"天津特別市市立第一圖書館藏書章"等印。卷端題"禪餘八居吟"/"武原雪笠山人智方氏稿"。半頁9行，行21字，無格，白口，四周雙邊，單魚尾，版心惟鐫頁碼。正文前有嘉慶十六年辛未（1811）張振德序，書末有題識："道光四年歲在甲申孟春月，法孫日愚薰沐手書"。張振德，乃嘉慶七年壬戌（1802）進士，其序略曰："智方上人夙皈净果，獨證玄言，既遁迹於桑門，猶眷情於藝苑，經行之暇，浩唱爲高。夫其志動於中，興觸於外，縱南頓北漸，義有攸殊，而禀秀懷靈，理無或異，亦足升降謳詠，馳逐飆流，固不必執往鏡以求合，軼芳軌以抗蹤也。昔昌黎叙文暢之行，廬陵述秘演之著，要皆優其文義，與爲發揚。僕愧匪才，竊慕斯旨，工拙之數，又何必言？嘉慶辛未仲冬，蓬萊張德謙序並書於津門客舍。"

　　《雪笠山人詩集》大抵以時序編排，頗可考智方生平。集中有《丙午二月初十日適逢五十之辰隨自題小照一則》詩，"丙午"乃乾隆五十一年(1786)，則智方當生於 1737 年，即乾隆二年。其詩曰："我年今五十，非知四十九。若論説禪宗，面南看北斗。又道持浄戒，露地烹白牛。再説講教乘，笑破虛空口。這樣老古椎，將來好餵狗。人天不護持，佛祖難下手，難下手，好下手。畫公歷劫描不就，描不就，描得就，竹林獨坐。冷秋秋。月一輪，琴一曲，高山流水響空谷。若問渠儂是阿誰，雪笠上人號一覺。"據此，智方當禪教並重，頓漸兼修，頗具風雅。其卒年俟考，集中最晚繫年詩乃《丁卯四月初四日同田居士登盤山雲罩寺定光佛塔》，丁卯爲嘉慶十二年(1807)，則其世壽當七十一歲以上。

是集雖未分卷，然實分兩部分，前部分收《山居》《禪居》《村居》《庵居》《幽居》《田居》《船居》《閒居》《山居雜詠(十首)》，稱爲"禪餘八居吟"；後半部分則曰"蓮喻閣詩草"，收各體詩 170 餘首。所收之詩，多有評語，或題於詩前，或題於詩後，以小字行之，惜未知出於何人之手，大抵精當可取。

智方之詩，頗具僧人本色，是集開首"禪餘八居詠"，詠世外風光、自然幽趣，讀之令人有超塵之想。例如"花報春來香入簾，定回短偈靜中拈。白雲也愛清閒好，日未斜時宿我檐"，書中評語曰："淡遠之神，出於天籟。"智方所交者亦多爲法侶同道，來往酬答，商榷詩書，談禪證道。例如《過息塵庵訪一心大師》云："瀟瀟風雨送輕舟，紅葉紛紛兩岸秋。過訪息塵承見愛，竹窗茗話問禪由。"《癸巳初春贈天津海光寺天然大師》其一云："樊籠脱却出塵緣，頓悟心空及第禪。海闊光寒龍迹隱，林深草碧象王眠。桃花見處根源徹，梅子熟兮性地圓。明月滿船君自載，風幡動後喻真玄。"用典自然，不覺滯澀。其寫景亦頗具禪境、禪趣，摘句如"雲迷黃葉寺，霜醉碧山楓"(《再過硤川》)、"兩山紅葉落，數寺白雲封"(《晚過硤川道中》)、"渺渺越山吳地盡，濛濛流水白雲齊"(《雨中登六和塔》)等。清代釋氏詩人，遠軼前朝，所作之詩，雖未必能越皎然、靈徹輩，然亦有可賞之處，智方之詩即是如此。惜乎世人多棄若故紙,致使其流風餘韻秘而不彰,沉而不響。

《夢東禪師遺集》二卷,釋際醒撰

際醒(1741—1810),字徹悟,一字訥堂,號夢東,俗姓馬,河北豐潤人。幼而穎異,經史群籍,靡弗採覽。二十二歲因大病發出世志,至房山投三聖庵榮池老宿薙髮。越明年,詣岫雲寺恒實律師圓具。先後參叩香界寺隆一法師、增壽寺慧岸法師、心華寺遍空法師,精研《圓覺》《法華》《楞嚴》《金剛》要義。乾隆三十三年(1768)參廣通粹如,爲其印可,爲臨濟宗第三十六世法嗣。三十八年,繼席廣通,率衆參禪,策屬後學,宗風大振。後歸心净土,日課十萬彌陀。遷主覺生、紅螺山資福寺,衲子依戀追隨者衆。嘉慶十五年(1810)十二月十七日示寂,三七茶毗,獲舍利百餘粒。世壽七十,僧臘四十九。著有《示禪教律念佛伽陀》《夢東禪師遺集》及《語録》行世。生平見《夢東禪師遺集》卷末所附《徹悟禪師行略》。釋傳印撰有《净土第十二祖徹悟禪師年譜》①、謝成豪有《徹悟禪師年譜》②。

《夢東禪師遺集》二卷,一册,嘉慶二十二年刻本,見存於北京大學圖書館,《清代詩文集彙編》第400册影印。各卷卷端題"夢東禪師遺集"/"嗣法門人了亮、了梅較刊"。每半頁10行,行20字,四周雙邊,白口,單魚尾,版心鐫書名、卷數、頁碼。正文前有際醒自序云:

> 余自乾隆癸巳住持京都廣通寺,領衆參禪,間有東語西話,筆以記之。至丁卯歲,以宿業深重,多諸病緣,因思教乘五停心觀,多障有情,以念佛治。且此一門,文殊、普賢等諸大菩薩,馬

---

① 釋傳印《净土文集》,九江廬山東林寺1990年版,第136—142頁。
② 謝成豪《徹悟禪師年譜》,載《書目季刊》第44卷第4期,2011年。

鳴、龍樹等諸大祖師，智者、永明、楚石、蓮池等諸大善知識，皆悉歸心。我何人斯，敢不皈命。於是朝暮課佛，而禪者願隨者頗夥。因順時機，且便自行，遂輟參念佛。時門墻見重者，謗焰四起，余以深信佛言不顧也。十餘年來，所有積稿，一旦付之丙丁童子，不意爲多事禪者，於灰爐中撥出若干則，然百不存一矣。嗣後爲業風所吹，歷主覺生、資福兩刹，爲虚名所誤，往往有請開示索題跋者，迫不得已而應之，日久歲深，復積成卷。戊辰夏，逢春李居士在山聽講，聞法有悟，遂欲付之剞劂。余曰：“不可，身既隱矣，焉用文爲？此世間隱者之言尚然，余已棲心净土，復何文字可留？”居士堅請不已，爰弁數語用示，皆不得已之言也。嘉慶歲次庚午九日重陽後三日，訥道人書於資福二有丈室。

嘉慶庚午，乃嘉慶十五年（1810），是書既稱《遺集》，則當刊刻於際醒示寂之嘉慶十六年後。書末有牌記“板存隆福寺”。又附有寬申所撰《徹悟禪師行略》及嘉慶二十二年（1817）門人了睿所撰題跋。釋了睿題跋，述及《遺集》收集、編訂過程甚詳，其曰：

訥堂老人一生苦心爲法真誠，誨人不倦。住廣通時，著作法語、偈頌、題跋甚富，逮輟參後，一意西馳，從前所作，盡令焚之。乾隆五十四年冬，睿始親炙座下。次歲解制，同學喚醒師欲旋梓里，臨行，遺余鈔本語録一卷，題曰“碎瑚析檀”，内有山居詩偈等作。余甚愛而吟玩之，惜未暇問出何人手筆。壬子夏，老人遷住覺生，睿亦隨往。一日，老人見之問曰：“此録燒已數年，子安得有此？”睿述所由。老人曰：“當時所焚如此者數本，此必喚醒多事，私竊留者，仍命焚之。”睿始知爲老人之稿本也。由是愈加珍秘，且私囑同人將各所記憶，或別有收藏者，求而時襲之，然希圖完璧，不可得也。及老人退居紅螺山寺，以期静養，由禪者追隨不捨故，體恤衆心，復成叢席。丁卯昶亭居士來山聽講，法喜怡神，深生感激，索所存語句，並堅請老人開示净土宗旨，及啓信、發願、立行、用心、修持等文，合前詩偈等篇，共爲兩卷。而老人復將宗門中語句删去大半，今所傳者止此耳。《念佛伽陀》久已别行。嘉慶乙丑，又得老人山中講前法語一篇，不忍棄置，今附集内。顧睿劣機淺識，謬承齒録，自慙未能克振先宗，光揚法道，但恪守成規，謹仿脚迹而已。每生厭離，竊常私祝老人現居蓮邦，何吝文殊金臂，遥摩睿頂，一安慰之也，抑或未敢私先導師，必待彌陀同至，始携睿手往育珍池乎？心懷劇切，語吐真實。良由苦海濤汹，業風無定，此生錯過，後世何追？更祈老人於寶華臺上，無量光中，遥相攝之。嘉慶二十二年佛成道日，不肖了睿謹識。

細觀之，行略、題跋與正文版式皆不同，蓋皆後所增刻。

據柯愈春《清人詩文集總目提要》，首都圖書館藏另有《徹悟禪師遺稿》二卷，同治七年（1868）刻本，乃由《夢東禪師遺稿》二卷更名而來，前有嘉慶二十四年（1819）錢伊庵序、弟子誠安序，及際醒自序。筆者未見此本。另，民國十九年（1930）曾重印《徹悟大師遺集》二卷，内有釋印光跋云："《徹悟語録》，洵爲净宗最要開示，倘在蕅益老人前，決定選入《十要》。然具法眼者，可令此書湮没不傳乎？以故錢伊庵居士於嘉慶二十四年，擇要節略，名《徹悟禪師遺稿》，刊布南方。同治七年，杭州諗西師依庵本重刻於杭州。同治十年，楊仁山居士又稍節之，改名語録，刻於金陵。光緒十六揚州貫通和尚刻《净土十要》，依仁山本，附於《十要》後以行。今排《十要》原文，特附於《十要》第十之後，仍依仁山本，但加錢叙於首，俾閲者咸知此書之源委云。"按《夢東禪師遺集》當首刻於嘉靖二十二年，錢伊庵再刻於嘉靖二十四年，諗西和尚又刻於同治七年（1868），楊仁山又刻於同治十年

（1871），釋印光重印於民國十九年，諸本間各有節略增删。今九江廬山東林寺淨土宗研究學會點校印行的《徹悟大師遺集》三卷，即據印光大師重印本整理而成。

際醒由禪而淨，終成清代淨土宗大師，列爲“淨土第十二祖”。際醒不惟精研淨土宗旨，用心修持，亦大力弘揚淨土法門，竟使遐邇仰化，道俗歸心。近代淨土宗匠倓虛法師、印光大師皆深受其影響。際醒平昔於語言文字，不欲究心，屢焚手稿，然讀所存篇章，總攝無餘，圓融無礙，對機立教，真理兼包。《示衆》《西有解》諸篇，乃向信士開示淨土宗旨，啓信發願，叮嚀囑咐。所作詩偈，則情韻豐潤，格調盎然，非如一般淨土偈頌質木無文。其《山居》第三首：“山空人静水淙淙，獨自被衣對夜釭。花氣隔簾侵石榻，鐘聲和月到松窗。塵塵三昧機先露，擾擾狂心定後降。通宵坐來渾似睡，夢魂幾度落蓮邦。”其《擬永嘉證道歌》，洋洋灑灑，近三千餘言，直截痛快，足可接迹玄覺大師遺響而無愧色。

《法喜集》三卷、《唾餘集》三卷附 《隨便集》一卷，釋禪一撰

禪一（1739？—1820？），字心舟，一字小顛，幼名法喜，浙江桐鄉人。出家淨慈之萬峰，師事讓山篆玉。性曠達，嗜飲酒，好吟詠，爲杭世駿、厲鶚所賞。所作《戊辰除夕》中有“從兹七十年華去，世事紛紜莫問渠”句，“戊辰”爲嘉慶十三年（1808），上推七十年，則其生年當爲乾隆四年（1739）。但《癸酉除夕》有“漫道人間物不遷，匆匆七十又三年”句，“癸酉”爲嘉慶十八年（1813），上推七十三年，則其生年當爲1741年，即乾隆六年。錢師曾《心舟上人輓詩》稱，嘉慶戊寅（1818）正月二十日小顛示寂南屏萬峰山房；嚴廷珏《小琅玕山館詩鈔前序》稱，嘉慶庚辰（1820）三月三日小顛時年七十有八；管庭芬

《松光和尚塔志(代兵部尚書正藍旗蒙古都統桂松良作)》稱嘉慶丁丑(1817)春，"顛公怛化，遺命以萬峰山產悉歸淨慈常住"，所載皆存抵牾，未知孰是。小顛門人龍池嘯溪《乙亥小春留別顛師》詩中有"修來鶴髮三千載，養得童顏八十年"，則世壽似在八十以上。著有《法喜集》《唾餘集》等行世。生平事迹略見張樞所撰《小顛傳》。

《法喜集》三卷，一册，嘉慶十一年(1806)刻本，見存於南京圖書館。開本高 26.9 釐米，寬 17.2 釐米；版高 17.3 釐米，寬 13.4 釐米。扉頁題"法喜集"/"山舫藏版"。內鈐"玉雨堂印""韓氏藏書"二印。卷端題"法喜集"/"西湖釋禪一心舟著(一字小顛)"。半頁 10 行，行19 字，有格，左右雙邊，白口，版心鎸"法喜集"、卷數、頁碼。正文前有嘉慶十一年丙寅(1806)張鉉、嘉慶八年癸亥(1803)趙晉、嘉慶二年丁巳(1797)小顛三篇序，及西江謝鳴篁(潔園)、吳下張吉安(蒔塘)題辭各二首，又有桐鄉張樞撰《小顛傳》。

張鉉序曰：

> 前輩杭堇浦、厲樊榭兩先生居杭時，常與南屏讓師友善，稱其詩自宋北磵而後，四百年來鮮有匹者。後讀《話墮》三集，空靈警秀，超逸物表，乃歎兩先生之言爲不誣。余賦性懶拙，無用於世，惟山水之癖不能去懷。嘗北逾大河，南遊黃海，東歷台宕，西登匡廬，謂靈秀所積，必有如讓山其人者。物色久之，輒不易得。庚申、辛酉間，復往來湖上，遇心師於南屏之萬峰山房，風骨高峻，朗朗有出塵之致。叩之，故讓山弟子也。讀其詩，秀而腴，鍊而逸，於家法之外，自闢町畦。數十年來，兹願始慰。師嗜飲嗜遊，脫略形迹，每當花明月霽，縱飲高歌，酬唱之篇，衰然成帙。余生平方外之交，無有逾師者矣。余自西江倦遊垂兩年，足不出戶，師郵其《法喜集》見示，囑爲評定。余自愧名望、學力遠遜堇浦諸公，而心師、讓山後先標映，一燈相繼，瓣香猶在，百年而下

必有不能軒輊者,余又奚云? 嘉慶歲在丙寅重陽後一日,舸齋居士張鉉拜題。

張鉉(1756—?),字翊和,號舸齋,江蘇丹徒人,以優貢授理問,工詩畫,著有《飲緑山堂詩集》。據此序,張鉉識小顛當在嘉慶五、六年間,而序則撰於嘉慶十一年丙寅。

趙晋序云:

昔嚴儀卿以詩喻禪,此言尚涉疑似。夫禪也者,内念不動,外念不起,安有思議存其間? 身如槁木,心若死灰,此禪境也。空山無人,水流花開,此詩境也。以禪悟發爲詩,字字從妙明心中來。以詩語必入乎禪,氣含蔬筍,詩味索然矣。南屏顛公所著《法喜集》,非禪非詩,即詩即禪,自成爲顛僧之詩,宜其獨立萬峰而鼻孔撩天者也,如《贈宋茗香之作》"天台路上逢諸佛,箇箇從君乞道糧"。嗟乎! 叢林衲子啞羊成隊,罔據法席,造作語録,此皆模糊影響之談,不過爲乞道糧之疏簿而已,又安論爲詩爲禪之宗旨哉? 顛師痛念諸方,運廣長舌,充滿法喜,石屋、中峰之遺響,不於此集見之乎? 陳後山序《參寥子集》云:"釋門之表,士林之秀,詩苑之英。"顛師足以當之,非今之參寥子與? 吾視後山瞠乎後矣。癸亥八月寒露前一日,趙晋書於無言室。

自嚴滄浪以來,"詩禪相通"論盛於叢林詩界,然趙晋此序質疑此論,以爲詩禪未可相通,頗具新意。

小顛自序,其云:

釋子詩與儒者詩同乎? 曰不同。何也? 儒者托物比興,自寫胸臆,有所不得意者,皆發之於詩。釋子身既脱離乎俗,而心一無所繫,虛空粉碎,豈有景物之流連不可釋乎?雖頌竹拈花,眠雲觀樹,觸處無非悟境,偶得一言半偈,皆從自己鼻孔中流出,非規模漢魏、晉唐及宋元體格也。以心印心,不許旁觀者思量分別,此真釋子語也。余幼脱白南屏萬峰,薙度後,日惟打鐘掃地,運水搬柴,給侍三餐而已。萬峰爲明季遠祖玄津壑法師與董香光、黄貞父諸公結香巖社於此,當時往還諸名宿留題之什已載入山志,七葉傳家,宗風未墜。幸得與方今諸名士時相過從,積時既久,篇什遂多,亦有載之己集者,亦有附選入刻者。山僧幸得挂名於卷籍,乃不自知其固陋,妄爲播弄。總之,春鳥秋蟲,自鳴得意,非博虛譽於人也。余幼時來萬峰脱白,先師字之曰"法喜",今取以名集者,不忘先師命名之意。嘉慶丁巳仲夏,小顛僧自序於南屏萬峰山舫。

小顛自述《法喜集》命名由來,並論及釋氏詩與儒者詩之别,亦頗具有己見。

張樞撰《小顛傳》,述小顛之風神,頗精妙,亦録之:

　　余方外友心舟,幼名法喜,梧桐鄉人。出家净慈之萬峰,性曠達,好吟詠,古杭遠近皆以能詩稱,讓公所鍾愛也。讓公與屬樊榭、杭董浦諸先生友善。讓公不飲點滴,凡有來集山舫,必置酒吟詩,每呼心舟在側,心舟得佳句,諸先生必稱賞之。乾隆庚辰,讓公主席吾邑之龍翔,心舟隨侍方丈,讓公吟句,與心舟相推敲。時歲次戊子,大旱,邑侯陳率父老請祈雨,讓公即就道領衆,循田課佛,雨隨霑足。讓公旋抱病,命秉法與法喜,曰:"吾向有不知吾道屬何人之章,而今而後,衣鉢得傳人矣!"遂圓寂。心舟奉龕殯葬三年,復歸南屏,不誦經,不念佛,惟詩酒爲事。余謂心舟有二病:詩狂、酒狂,一人兼之。由是聯吟者日益廣,共飲者日益多，不知天之高、地之厚，目空一世。時有當途顯達慕名來訪，心舟不解逢迎，但覺酒益醉，句益奇，其狂益甚，因自號西湖小顛。鄭板橋云："秀才罵和尚，和尚亦罵秀才，總嫌和尚不成佛，秀才不做官，謂推擴不開耳。"噫！余與心舟交垂四十餘年，從不相罵一聲，和尚安心不成佛，秀才安心不做官，何等豁達，何等天真！此正極推擴得開處。心舟年近古稀，面貌加丰，精神愈健，若非詩酒陶情，安能得此不老之景象乎？心舟以爲何如？

小顛外表爲詩酒和尚，内則飄然物外，和光同塵，類如寒山、拾得、布袋，實亦禪門散聖也。

《法喜集》三卷，卷上收詩 68 首，附他人詩 6 首；卷中 76 首，附洪亮吉等人詩 4 首；卷下 88 首，附他人詩 2 首。

《唾餘集》三卷附《隨便集》一卷，一册，嘉慶二十一年（1816）刻本，見存南京圖書館。開本高 25 釐米，寬 15.8 釐米；版高 17.1 釐米，寬 13.2 釐米。内鈐"鏡泉過眼"方印。各卷卷端題"唾餘集"／"西湖釋禪一心舟著（一字小顛）"。半頁 10 行，行 19 字，左右雙邊，白口，單魚尾，版心鎸"唾餘集"、卷數、頁碼。正文前有小顛自序，其云：

> 村謡樵唱，未協格調，又耻賦性椎魯，了無别出新裁之思，不過剽竊陳酸，拾人涕吐，故署曰"唾餘"。東坡謂釋子詩要無蔬筍氣，若今之釋子，求其蔬筍氣而不可得，兩眼塵蒙，一腔障礙，蔬筍氣從何而得耶？毋怪乎壁觀婆羅門，要净掃葛藤也。比交六合孫怡堂居士，别有嗜痂之癖，一見生喜，釀金於同人，灾梨於今歲，卅載臟私，一朝敗露。夫禪有野狐禪，詩亦有野狐詩，顛倒夢想，發此寐語，殘羹餿飯，令人嘔吐，難免打入野狐隊裏去，未得爲詩家正法眼藏也。枉費居士一片婆心，急向佛前懺悔，累人不

淺。某甲罪過，記著便録，故前後不復次第。嘉慶甲子夏閏六
月，小顛老僧自序。

“甲子”爲嘉慶九年（1804）。孫怡堂，生平不詳，蓋爲此集付梓刊行
者。小顛自序後又有釋海幢、張鉉（舸齋）、董麟（竺雲）、郭汝礪（小
巗）、錢玫（漢村）等人十篇題詞。書末有海寧王海村跋，其曰：

　　　西湖去净慈寺百餘步，有精舍曰萬峰山房。籬門幽邃，曲徑
坳摺，修竹千挺，環立於山房之前。於竹影掩靄間，有小閣數楹，
對山瞰湖，延雲席月，湖光塔影盡入閣中。舍傍軒然昂峙者，爲
萬峰石，虚寶磝砑，苔蘚駮蝕，幽花細草，娟秀生憐，山鳥一鳴，則
寒翠欲滴。嗟乎！此塵寰中之仙境也，而詩僧小顛居之。小顛
習浮屠，於釋氏之書無不通曉，然平居對客，不作一禪語。性嗜
酒，日必飲，飲必醉，酣喜淋漓，發爲詩歌。士大夫以詩酒訂交，
群相過從。小顛喜則迎，懶則罵，人亦以其性通脱，輒不與之較。
嗟乎！是殆有托而逃者歟？小顛詩致清絶，善狀山居幽趣，出詞
渾脱，無深險纖利之言。予讀其詩而歎之曰：吾儕幸際太平，飽
食暖衣，無所表見。見之於詩，凡爲忠臣，爲孝子，其意境爲山
嶽，爲雷霆，爲鮮花美女，爲奇鬼幽人，皆心摹其境而出之於言。
今小顛習無爲之教，一切人世可喜可慕、可驚可愕之境，隨起隨
滅，澹然無存，縱成詩歌，當如彼教偈言而已，何能抒山靈之奇
致，發禽魚之邂情如是耶？繼而思之，小顛無所嗜而嗜酒，詩之
工，殆酒有以佐之也，於是傾甕酌酒而爲之跋。海寧王斯年海
村識。

《唾餘集》三卷，卷上收詩 52 首，卷中收 92 首，卷下即《隨便集》，附
詩 62 首。

小顛嗜飲酒，然非"酒肉和尚"也。其《和陶飲酒六首》"小引"曰："東坡《和陶詩》一卷，蓋其生平大概盡述於此。余最喜陶，見其《飲酒》六首，托意深遠，不止於酒也，喜爲和之。而予所嗜與陶同，所處與坡異，坡老若起，當謂豐干久寂，饒舌猶存。"小顛飲酒，雖不同於坡公酒慰平生，然亦托意深遠，時顯真意。其詩曰："勵志固守拙，其樂得自真。僻居南山陲，風俗喜素淳。積雨連旬日，苔蘚延階生。上有摩崖書，體格似周秦。巖棲五十載，未嘗涴風塵。穿衣吃飯力，焚香掃地勤。畢生事四件，餘外無可親。即有沮溺流，誰使之問津。"其人狂妄怪異，目空一切；其志則淳樸任真，守拙歸一；其詩則下筆無端，痛快淋漓。《戲作鬼嘯》八首，於生死去就間，舉重若輕，超拔警醒。所作《醉顛吟》尤可視爲代表作："醒時默，醉時哦，顛老今年過耳順，人生百歲有幾何？涸入迷途猶未遠，惜此風光已無多。不習禪，且隨緣，但能守拙無他嗜，只願飲酒全其天。籬菊稱逸品，採之製爲枕。莫遭陶令嗤，有酒不肯飲。徐邈昔言傳，中聖又中賢。千金上壽魯連耻，一石竟醉齊髡眠。"《五十生朝自述》亦頗寫盡其志趣："年當知命命知耶，物外情迷路便差。半世無聊消酩酊，一生有負著袈裟。鷄冠荒砌初披葉，鳳耳空庭小試花。且喜故人來結夏，磁甌分喫趙州茶。"乾嘉以還，僧人尚詩之風不逮前朝，然古杭南屏净慈，此風不墜，代不乏人。小顛個性卓異，詩風灑脱飄逸，實爲繼篆玉、茭虛大師之後又一傑出詩文僧。

《一芒鞋》一卷，釋智光撰

智光，號仙臺山人，星源人，乾嘉時僧。十七剃度於信州豐溪之會龍寺，師事鎮海和尚，爲曹洞宗第三十四世孫。禪誦之餘，留心吟詠。著有《一芒鞋》一卷存世。生平未見碑傳。

《一芒鞋》一卷，一册，稿本，見存於浙江圖書館。開本高 24.3 釐

米,寬 16 釐米。扉頁題"仙臺古寺"/"一芒鞋稿本"/"嘉慶戊辰秋月
鳳岡紫巖道人珍藏"。卷端題"一芒鞋(仙臺集)"/"銀城余元泰東巖
先生、婺城王煒赤園先生校訂"/"宜邑洪芝華紫巖居士互參"。半頁
8 行,行 17 字或 16 字,中縫題"一芒鞋"/"仙臺集"及頁碼。正文前
有嘉慶十一年丙寅(1806)趙汝舟、嘉慶十三年戊辰(1808)王煒及釋
智光自序,書末有嘉慶十三年智光跋、紫巖道人《一芒鞋論》。

　　趙汝舟序略曰:"邇來騷客妄作謳吟,近日緇流少知音律。惟我
智光上人,衣鉢傳諸博嶺,飛錫卓彼仙臺。丹井重開,闢千年之古迹;
梵宮初建,聽餘響於晨鐘。每當暇豫之時,常切推敲之什。雕金琢
玉,都從元白胚胎;比事屬辭,不減曹劉抒寫。或攬登臨於山水,收羅
畫入珠囊;或看變幻之烟霞,題品都歸玉版。交遊莫非才士,佛印一
流;吟詠不愧詩僧,惠休的派。吐氣成采,幾疑舌有青蓮;吹息如蘭,
恍若篋盈香草。從此壽之梨棗,應登學士詩壇;他年譜入風謠,留作
禪門話柄。是爲序。嘉慶丙寅年仲夏月,新吴雲帆氏撰。"

　　智光自序曰:"余星源人,十有七歲時入釋,至今二十餘年。始落
髮於信州博山,後當吾祖鎮海禪師主會庵寺講席,斯時文人學士借榻
潛修者,不可枚舉。予於參佛誦經之餘,每留心吟詠,故得與諸君子
時相唱和焉。夫詩難言也,童而習之,至有白首而不知其故者,矧予
才疏質陋,敢語韻事?《書》云'詩言志',予志於釋者也,烏用此? 然
詩也者,非有礙於釋。上而日星雲漢,下而山川草木鳥獸,至日用飲
食,與夫賓朋來往,釋雖寂也,而此昭然天地之間者未嘗寂也。則感
物興懷,其於詩也未免有情,曷能已乎? 予性耽於是,故不嫌不文,興
之所至,歌詠隨之,聊以抒一時之情好,非敢誇耀於人世。高明者見
而哂之,亦不辭云耳。是爲序。"

　　書後又有智光總跋曰:"予自庚寅以前詩稿,向請鵝湖牧邨虞先
生郢政。癸巳,又以銀城招,復妙元古迹,今已三十餘年,而先生亦赴
玉樓,其前稿未及走領。至嘉慶甲子,荷蒙名公益友所贈篇章,凡志

與序二百餘首，又檢拙作七百餘首。然而，陽春白雪惠贈者多，使下里巴人得附驥尾，幸何如之！第希名公益友俯施指示，差可者僅有二百餘首，將來付剞劂，庶不嫌狗尾續貂云耳。嘉慶戊辰年秋七月，仙臺山人總跋。"今所見智光《一芒鞋》共詩 198 首，引、跋等雜著 15 篇。其名"一芒鞋"之義，紫巖道人如是云："茲以'芒鞋'名篇，亦猶叩鉢、一笠之號，非仙即佛，隱姓氏於人間，似有若無，渾迹象於世界，空而不空，實亦非實。今觀者顧名思義，如見其人，迥不異乎流俗，而又不同乎流俗，有一種清高之氣超然於風塵外者，故一時才人學士雅慕贈答、相與酬和者，不可指數。以視今之踏破芒鞋，逐逐於名利場中而不知悟其品概，更何如也？"釋氏別集之命名，或以所用器物彰顯身份，如紫巖道人所言"芒鞋、叩鉢、一笠"者；或以堂號室名命之，若"徧行堂""咸陟堂""瞎堂"者；或表達文字與禪之悖論，若"唾餘""禪餘""話墮"者，皆具佛家色彩。

《一芒鞋》所收詩歌大抵以時序編次，始自乾隆癸巳（1773），幾乎逐年除夕、元夜皆有述懷詩，若《庚申試新》《辛酉新春》《甲子除夕》等。《丙午除夕燈花》云："銀燭青烟伴老僧，花開品字幾層層。一聲爆竹迎新歲，焰裏還生如意燈。"《乙未元旦》云："桃符竟寫欣佳節，萬斛浮緣概掃絕。安得長如白足僧，山中永伴閒雲歇。"又有《六十生辰寫懷》云："甲子初周鬢已斑，生涯常寄白雲間。高峰未遂拈花笑，荒徑首開點石爛。置就金床瞻舍利，携回布袋掛禪關。江城自有梅花曲，何用蟠桃獻碧山。"智光之詩，格律工整，偶有妙句，但終屬凡流，難以動人。其談禪說空，亦多平泛，似未入禪髓。如《和博山秋祖和尚山居原韻三首》其二云："樹老山環曲徑通，三餐麥飯四時同。一天星斗誰人摘，都在禪心掌握中。"又《破禪二首》其二云："帶得禪機向玉壺，拈來無物興偏餘。眼前氣候環天地，春到南山不用鋤。"既未臻圓融澄澈之境，亦乏古德禪詩之拙樸風韻。

《牧石居詩集》二卷，釋默可撰

　　默可（1743—1808），字杲堂，號芋香，又號牧石，俗姓翁，幼名起崑。蘇州洞庭東山人。性至孝，年十六依吳縣竺峰庵慧峰和尚脱白，法名廣輝。年二十得戒於福州鼓山遍照和尚，後遍參諸方，得法於廣州海幢朗如和尚。乾隆四十五年（1780）後居蘇州鬶溪法雲寺，後因彭紹昇請居海會，閉關二十餘年如一日。嘉慶十三年（1808）七月示寂。著有《牧石居詩集》存世。生平見顧承撰《牧石和尚塔銘》。

　　《牧石居詩集》二卷，嘉慶十六年（1811）且住庵刻本。見存於國家圖書館，《清代詩文集珍本叢刊》第328册據之影印。扉頁篆書“牧石居詩集”，楷書小字“辛未秋七月鐵君題”，並摩有“鐵君”一方印。次頁爲牌記“嘉慶十六年七月且住庵刊板”。各卷卷端題“牧石居詩集”/“默可杲堂著”。半頁10行，行21字，白口，左右雙邊，上魚尾，版心鎸“牧石居詩集”、卷次、頁碼。正文前有嘉慶十五年庚午（1810）顧承序，又有方筠繪“牧石老人小像”及寶山弟子印庚實題詩、凈一學人趙光照書像贊。書末附有顧承撰《牧石和尚塔銘》。

　　顧承序稱：“予嘗讀石屋詩，圓净名通，離諸障礙，心好之。竊以爲石屋之詩非詩也，智慧發光而已矣。牧石上人，今之石屋也，禪餘之暇，喜爲韻語，行脚時紙墨不具，拾落葉書之，今不可得見矣。癸卯以來，閉關海會，人稍稍見其手迹，亦未嘗有稿也。上人化後，予從知識家搜羅鈔録，凡得若干篇。於是上人詩始有定本。上人詩較之石屋，不甚相遠。石屋想多情少，上人則未免有情，然其智慧發光則一而已矣。雖然，上人之有詩，已多一事矣。今復從而裒集之，不又多一事乎？吾不知寂光净居中，其肯以爲然乎否也？姑序之，以俟讀此集者下一轉語。嘉慶庚午寒食節，顧承撰，趙光照書。”顧承（1757—？），字燕謀，號醉經、醉易，長洲人，與顧廣圻、顧曾號曰“三顧"，著有《醉易軒詩稿》等。據此序，《牧石居詩集》乃顧氏於默可示寂後搜羅編輯而成。

是集有目録，卷上收五古 13 首、七古 6 首、五律 15 首；卷下收七律 19 首、五絶 14 首、七絶 58 首。凡 125 首。默可之詩，尤可注意者，乃其所作庵居題材，計有五古《庵居》2 首、七古《庵居》1 首、五律《庵居》5 首、七律《庵居》9 首、七絶《庵居》19 首，凡 36 首。"庵居詩"，類如山居詩，更偏重於抒寫日常禪修之體悟。顧承以爲默可詩與石屋清珙山居詩"不甚相遠"，皆"智慧發光"。例如，此首云："少時心事厭人寰，直入烟籬不擬還。誰料而今雙鬢白，却從圖畫看秋山。"又如："床頭塵尾罕生風，客到談禪我詐聾。畢世一枝棲物外，頻年無事入城中。寒窗補衲雲嫌薄，老眼題詩紙畏紅。閉户渾忘庵近市，買山不復慕支公。"顧承描述其庵居生涯云："公始至海會時，屋宇頹敗，不蔽風雨，居數年營構完固。又以隙地爲放生池，庵故寬敞，屋旁樹梅竹桃柳數百本，日課誦其間，道洽緇素，名動四方，公澹如也。"除《庵居》詩外，默可題畫寫景，亦頗可諷讀，例如《題樵者聽琴圖》《題除夕遊山圖》等。洪亮吉《更生齋詩續集》卷三有《贈僧默可》詩云："背城三十步，四面水雲澄。似出人間世，來尋物外僧。徑留前代蘚，塔隱隔宵燈。何止談空好，詩參最上乘。"讀之可想見其人之逸致。

《竺溪老人黄葉詩稿》不分卷，釋源撰

釋源，號竺溪，青浦人。年未弱冠，因閲《高僧傳》而棄縫掖，入天台修頭陀行。遍遊名山大川，行迹數萬里。早歲受知王昶，被許爲"王陽明之流"；乾隆五十一年（1786）謁袁枚，袁枚以其"有大過人者"。道光初寓杭州西溪。著有《竺溪老人黄葉詩稿》一卷存世。生平未見碑傳。

《竺溪老人黄葉詩稿》不分卷，一册，道光六年（1826）刻本。見存於浙江圖書館。開本高 28.4 釐米，寬 17.6 釐米；版高 19.8 釐米，寬 13.6 釐米。卷端題"竺溪老人黃葉詩稿"/"東麓居士張德基編"。半頁 10 行，行 20 字，白口，四周雙邊，單魚尾，版心鎸"黃葉詩稿"及頁碼。正文前有道光六年周宗孟撰序，後有道光五年（1825）汪元龍跋、道光五年釋源自跋。周宗孟序略曰：

　　余近得交一方外士，即大江南北所稱竺溪禪師者，今之麟鳳也。年未弱冠閲《高僧傳》，即懷古人之志，遂棄縫掖，入天台，木食澗飲，修頭陀行有年。既而欲探禹穴，讀人間未見之書，以求天下知識印其所得。環遊二三萬里，而叢林到處咸尊爲首座，海内之名山大川，跋涉殆遍。厥後因養親歸隱漕溪水月庵，足迹不入城市二十餘年。著書一十二種，囊括萬有，自成一家，藏諸石室，以俟後之子云者。嗟呼！世之所指爲迂爲狂，古人居其一，猶且不免世俗之駭也。而師兼而有之，欲人不驚也，不疑爲怪也，亦難矣。兹者以甲申、乙酉寓杭州西溪時，所作七言絶句紀於木葉上者，東麓張君編次若干卷，名《黃葉詩稿》，其高足別峰上人將付剞劂，問序於余。余以其詩之高妙，則讀者當自知之，故勿暇論，惟論其迂與狂也。設物以喻之，引古以證之，而終以不解釋之。冀其驚者、怪者、怖而疑者，聞此而一旦豁然，同乎大通，則鶉可化爲鳳，鼠亦變而爲麟。是説也，能變化氣質而超凡入聖者。孟子不云"人皆可以爲堯舜"乎，是真語也，實語也，不誑語也。勿以余言爲河漢也，則可謂不自棄矣。於是書以復別峰，或爲跋也可，序也亦可。道光六年歲次丙戌清和月吉旦，華亭髮弟菘園老圃周宗孟拜撰。時年九十有三。

汪元龍跋曰：

古之賢者咸有癖，不癖不足以稱名士。故有癖《左氏傳》者，癖松聲者，癖《蘭亭》法書者，癖酒、癖竹、癖茶者，其癖不一。而更有烟霞之癖，癖於詩、癖於高尚者，此癖之過清而衆人所嘲弄者也。然其學問之精，詩之工，則自古癖者居之多。如前明之孫太初、青獅翁輩咸目空古今，自許過高，或構思造句，棲息樹巔，或却聘避人，獨居山水寂寞之鄉，飢寒逼迫，顛倒而不厭其窮者，往往一篇適成，絶呼狂喜，較諸立功青海，受封侯之賞，自以爲莫之比也。彼既稟資獨異，故衆人之戀而弗捨者，皆不足芥蒂於懷，獨行其志，遂成一代作者。此無他，乃癖之效也。余與竺溪上人定交在金陵之隨園。當是時，年俱少，一時意氣甚合，縱談羲農玄默之道，旁若無人，而座客皆耳語，以笑吾二人之癖於古也。惟簡齋先生深知上人之才，有大過人者，由是余亦蒙其知遇之厚。居無何，上人有峨嵋之遊，飄然以去，余送之龍江關外。會日暮，舟人見促，不獲已，揮淚而別。厥後余亦復入京師，再遭見黜，落魄南歸。家益貧，奔走衣食於四方，寄人籬下，不得不低首降心以就其事，面上不覺俗塵三斗，漸諧於衆，而人亦不以余爲癖也。是以學問一途，則頹然盡廢矣。今年春，因福州之役，偶過武林，聞上人近居西溪，即日艤舟訪之。見其古貌敝衣，歌聲若出金石，而浩然之氣愈充愈粹，相隔三十年依然如昔焉。上人亦瞿然問所以至此者。余告以故。俯而不答，仰而消遣，童子沽酒而自烹筍腐以飲余。余既聳然異之，始信其學有定力，而益知簡齋先生之賞識良有以也。噫！上人之孤孑違俗，與青獅翁略似，而精義入神之學則轉或過之，故知天之生才愈出而愈奇矣。是夕，追念同學諸君，如雲烟已散，安得復叙，爲之唏噓者久之，不知東方已白。上人乃示其近作《黃葉詩稿》若干卷。余讀未終卷，而忽憶曩日同赴焦山詩會，上人年未弱冠，即俊傑廉悍，和漁洋、周鼎原韻，援筆立成，一座盡驚。時夢樓太守王公爲座中祭酒，即以上人之作定爲壓卷，其評語有"奇辟而法，言必見志，且其風骨孤峻，他日老其材，不在參寥、寂音之下"。則上人之詩，前輩早有定論矣，余安敢復贊？况其學與年俱進，而讀之如飲醍醐，鮮有不知其味者。嗚呼！余之荒落譾陋，日就頹廢，詩文之不工，緣俗所遷移而然也。兹者執筆而附名於簡末，則羨上人有志竟成，並感吾簡齋先生疇昔期望之心，悲余之自棄云爾。道光五年歲次乙酉清明前二日，江都髪弟汪元龍元海氏頓首拜撰。

釋源自跋曰：

甲申冬杪，余從峰泖間之武林，泊舟松木場。越明日，襆被復遊西溪，偶入法華塢。沿溪而行，山盡水窮，有庵名樹雪林者，頗愜幽趣。主人竹公亦有道之士也，遂假榻於東廂。時四壁蕭疏，寒霾釀雪，或著履探梅，或棹舟訪舊，或酌酒以吊古，或發奮以抒懷。偶爾得句，蓋折脚鐺外紙墨未備，輒磨以松炭，拾階前黃葉，以指尖書而紀之，積溪石上，不匝月，沛然高二三尺。一夕，西風捲地，忽與六出齊飛飄散，籬落間殆滿。適有東麓張君偕客枉顧，拾而讀之，歎爲絶妙。由是率與輿夫遍覓水石間，得壞爛者居半，而檢其完善者共若干首，餘皆颺去，而余亦不復省記矣。張君與客欣然呵凍和墨，易之以紙，仍題"黃葉詩稿"，親任剞劂。余笑而不許，然感激知己之情，故跋數語於後，藏諸行篋。道光乙酉臘月佛成道日，清浦竺溪道人釋源自記。

"甲申"爲道光四年（1824），是年冬，釋源至杭州，寓於西溪樹雪林庵，於水邊林下，寒冬雪天，吟詩遣興，所作之詩皆書於黃葉之上，散落籬落間。張德基等人讀而驚歎之，遂掇拾謄寫，名曰"黃葉詩稿"，並付梓人。

　　是集收各體詩二百餘首，皆七言絕句，題材則多詠史、懷古、遣興之作，蓋以遊西湖之故也，計有《謁關岳二王祠》《謁于忠肅公墓》《過蘇小小墓》《謁精忠祠》《錢江觀潮有感》等數十首。如寫蘇小小墓："斷橋流水碧潨潨，小小芳名久已聞。六朝古墓俱無問，千載西泠獨此墳。"含蓄蘊藉，是爲懷古之正格。又《雪霽獨登孤山》其一："清曉獨立處士墓，崎嶇石徑雪花鋪。倚筇四顧無人迹，非但孤山我亦孤。"其二："梅妻鶴子今猶在，立懦高風久已無。漫擬結廬亭畔住，此山有我未爲孤。"以古抒懷，別具意趣。釋源又有《虎溪三笑圖》詩，其序曰："西溪詩社，是日同賦者十二家，咸謂遠公縱步閒情，不覺已過溪橋，故大笑耳。余則直道三人之心事，而一時座上諸公擊節稱歎，以爲未嘗有道及此也。其發揮《春秋》大義有功於名教者，遂置之卷首。"其詩曰："報斯迴圈慘更凶，曹奸馬謫枉稱雄。寄奴又蹈前朝轍，不滿三公一笑中。"釋源頗負時名，多識聞達之士，集中有《懷舊詩》十二首，自稱皆"疇昔知己者"，除王昶、袁枚外，尚有劉墉、梁同書、彭際清等人。

《巖石詩鈔》三卷附《無聲詩話》一卷、《韞玉詩集》二卷，釋胡照撰

　　胡照，字見明，號古巖，江蘇常熟人。居安徽涇縣長春庵，年未三十，足迹遍歷楚越，所至名士爭相酬贈，所得之作彙刻之，名曰"韞玉集"。又精書畫，名幾與巨然相埒。著有《巖石詩鈔》三卷存世。生平略見《涇縣志》。

　　1.《巖石詩鈔》三卷附《無聲詩話》一卷，嘉慶刻本。見存於安徽圖書館。封面署"安樂未央之室"/"古巖贈言（主）子重自書"；扉頁篆文署"巖石詩鈔"。各卷卷端題"巖石詩鈔"/"涇上釋胡照古巖"，

鈐有“程印”“懶趣軒珍藏”等印。半頁 9 行，行 19 字，四周單邊，白口，單魚尾，版心鐫“巖石詩鈔”、卷數及頁碼。正文前有嘉慶十三年戊辰（1808）趙良澍、吳蕙培序二篇。

趙良澍序曰：“録古今詩者多以釋道附其後，而一代不過數人，一人不過數章，何寥寥也？ 蓋人無至性，必無佳文，方外之徒以清浄寂滅爲學，其發諸吟詠，無關於身世倫常之大，亦無當於喜怒哀樂之真，故所傳者少。今讀《巖石詩鈔》，雖未克與皎然、齊己争名，而喜其天性之尚未没溺也。余曩遊長春古寺，見巖石年甫九齡，於衆雛中獨爲伶俐，嘗戲贈以詩云：‘從師學竪天龍指，導我飛登巧嶺尖。’後數年，吾弟台巖借榻寺中，授經之暇，喜作繪事。巖石見而悦之，學爲一枝一石，頗有生動之趣。因與究論畫理，出所藏古今名筆，使之臨摹，輒能神似。台巖喜其慧也，並教之以詩古文辭，歷十餘年，巖石執弟子禮，掃地煎茶，服勞過於本師。及台巖謝世，哀痛號咷，神貌爲悴。今讀其集中《悲歌》一篇，令我惻然增手足之痛，而他詩亦注注及之，不敢忘當時之口授指畫，可不謂至性過人乎？ 第其少習浮屠，無卓然見諸行事者，吾徒所惜也。今巖石之畫，流布大江南北，當世巨公如袁簡齋、梁山舟、曹竹虛諸先生皆有題贈，名幾與巨然相埒，獨未知其詩耳。予屢勸之付梓，未允也。久之，乃檢篋中藏稿，囑爲訂定，擇其尤者，得百六十章，鐫諸梨棗。余非敢阿其所好也，亦以禪林枯寂中有此真性情之作，雖大雅君子亦欲與之把臂入林，訂爲詩友，固不忍以其丹青之長掩之矣。時嘉慶十三年歲在著雍執徐仲秋月上浣之吉，肖巖趙良澍撰並書。”趙良澍，字肖巖，涇縣人，著有《肖巖詩鈔》等。《肖巖詩鈔》中有《見明上人傳》稱：“見明以詩畫播於遐邇，而巧嶺又當徽、寧孔道，一時文士之往來嶺下者，皆慕其名而假宿山中，與相酬唱。嘗自繪《巖關古刹圖》，就過客索詩。新安曹宫保竹虛先生爲作五律二章，而大江南北之能詩者續有題贈，遂歸爲一册。”又稱其“識見通達一切，能空所有，何慕於名”，“蓋數十年以來，涇之詩僧罕有其匹者"。

吴蕙培序曰:"虎丘鐵舟和尚畫,黄山雪岑道士琴,考坑古巖和尚詩,江左三絶也。余偕古巖遊黄山,邀雪岑同至虎丘,耳聽雪岑琴,眼看鐵舟畫,口吟古巖詩,園蔬麥飯,猿鶴同餐,乾坤清氣,所得獨多。此樂惜鄭板橋、袁隨園兩先生不及見也。黄髯耕者吴蕙培書。"

胡照之詩,大抵寫山水清音、田園風物居多,風格清新淡雅。首篇《神仙中人不易得》曰:"仙人何處尋,即此山人是。居住山林中,常與白雲邁。求之不可見,徵之安能起。朝採山中藥,暮汲山中水。朝暮在山間,山水自娱耳。"蓋自述人生意趣爾。《暮春》云:"如入蓬萊島,使我心地空。會心不在遠,静立小樓中。東開面萬壑,不覺夕陽紅。"《喜雨》云:"今日逢好雨,喜氣動眉端。田泥即優渥,嘉禾亦新鮮。野老披蓑至,談笑自欣然。携酒飲野老,起看新月團。陶然各自醉,仰首謝青天。"清新脱俗,閒適自然,絶無半點塵俗氣。因其入景之深,又精研繪事,故所作略其形貌,而力求遠韻,如《雲海》云:"界破青天色,峭壁立寒素。空明浩蕩中,欲去更回顧。"又如《春梅》云:"逢春透早梅,竹裏數花開。每遇微風送,清香入座來。"逸筆了了,神韻、境界全出。

《巖石詩鈔》後所附《無聲詩話》一卷,卷端亦題"涇上釋古巖胡照著",乃胡照論畫之作。"無聲"指繪畫也,古有所謂"無聲詩史"是也。是編收録胡照評詩論畫語,頗具自家隻眼。若謂:"此扇頭小景也,意欲仿靈壁、石溪一派。然以形較之,尚不能似,況神似乎?大抵此道不從蒲團得來,雖八法具備,終不能使木佛放光,照諸天世界。"

2.《韞玉詩集》二卷,附於《巖石詩鈔》後,爲第二册。封頁題"安樂未央之室"/"古巖贈言(賓)子重自書",與第一册"主""賓"相對,蓋前者爲古巖自著,後者則文人題贈。卷端題"涇上釋古巖胡照編"。扉頁題"古巖贈言"/"趙肖巖書"。第三頁題"巖關古寺圖記"/"張惺齋書",摩有"臣炯之印""右文在手"二方印。次爲胡照撰《巖關古寺圖記》，又次爲孫淵如（星衍）篆書題"巖關古寺圖"，署"嘉慶五年題，時在西湖蘇文忠祠，孫淵如"，並摩"臣星衍""蒙仙"二印。又次爲胡照所繪"巖關古寺圖"，分兩個半頁，左上署"辛亥仲秋八月，釋古巖畫於巧峰之麓"，摩有"釋古巖印"等印。再次爲胡照撰題識。

　　胡昭題識曰："昔參寥、惠崇以詩畫名，非遇坡公，恐亦未能聲施後世。古人云：'蚊蟲終日經營，不能越階序，附驥尾則涉千里，攀鴻翩則翔四海。'斯言信哉！予以窮鄉耕山鋤壟之僧，本不敢求名當世，而大人先生枉駕山中者見予略能弄筆，輒贈高言。雖自顧碌碌，有慚獎許，而諸君子之不靳齒頰，欲拔幽潛，亦玉局之用心，不敢没也。故爲序而刊之，供諸佛几。時嘉慶十三年歲次戊辰之春二月上浣，涇川掬水亭上釋古巖胡照謹識。"是集乃胡照輯録當時文人雅士題巖關古寺詩，計有袁枚、梁詩正、王鳴盛、曹文埴、金榜、徐立綱、袁樹、雷之榮等題詩數十首，並注其字號、籍貫，頗具有考證輯佚價值。

《茶夢山房吟草》二卷，釋達宣撰

　　達宣（？—1848），字青雨，浙江海寧朱氏子，出家於白馬寺，往來省會，主東城半畝居，後繼松光了義主浄慈法席。工詩善畫。著有《茶夢山房吟草》二卷存世。《國朝杭郡詩三輯》卷一〇〇稱金亞伯廷尉嘗撰有塔銘，未見。李放《畫家知希録》卷九有小傳。《茶夢山房吟草》中有《紀哀詩》，自稱幼失雙親，寄迹空門。張青跋《茶夢山房吟草》曰："年甫弱冠，而能脱然於塵俗之外。"蓋年二十已爲僧。其法弟釋達受《寶素室金石書畫編年録》"道光二十八年（1848）戊午"條載："（四月）十二日青雨兄得疾，日見尪瘠，醫藥無效，心甚憂之，延至六月初二日圓寂。"

　　《茶夢山房吟草》二卷（附補詩），二册，見存於南京圖書館。開本高 25.6 釐米，寬 16.3 釐米；版高 17 釐米，寬 13.3 釐米。卷端題

"茶夢山房吟草"/"海昌釋達宣青雨"。半頁 10 行,行 19 字,白口,左右雙邊,單魚尾,版心鐫"茶夢山房吟草"、卷次、頁碼。正文前有道光五年(1825)錢杜序,張問陶、小顛、張駿、屠倬、吳錫麒、陳桂生等十六人題詞,後有張青、程文淦題跋,又有邵正笏、鮑桂星等人評語。錢序曰:

> 嚴子樂泉以《茶夢山房詩卷》示余,並致青雨上人意而屬爲之序。余諾之,數月未有以應。一日,方濡墨起草,適客至,取青雨詩展閱數四,謂余曰:"觀是編所作,即古詩僧如靈徹、齊己亦無已過之。然篇中雲鬟花貌諸詞,體近香奩,曷勸之芟?"余謂不然。夫《詩》三百篇有貞有淫,有正有變。顧貞正者或以爲刺,淫變者或以爲美,聖人並存之,而不詳其義,下至美人芳草,亦皆忠君愛國之言。古人爲詩,各有寄託,以迹求之,以意斷之,未有不去遠甚者。又況禪理超妙,環佩聲音,無非悟境,則雲鬟花貌,安知非有真詮密諦、參最上乘者耶? 以視尋常寄託者,更難以迹求意斷矣。凡禪之爲道,能凈此心而已。昔慧遠爲蓮社,淵明飲酒,而慧遠招之來;靈運不飲酒,欲求進而不得,以心雜也。然則誠凈此心,即持梁而齒肥,猶之茹苦而甘淡;被錦而衣繡,猶之釋素而披緇。若持戒必及吟詠,以爲始空色相,又何解於佛家之有茉莉夫人、奈林妃子也哉? 余聞青雨嘗與士大夫遊琴塢,諸君迭有倡和。余雖未見其人,與譚至理,今讀其全稿,知此中有真詮密諦者在,固未可以詩論也。即以詩論,亦所謂透徹玲瓏,不可方物者爾。道光五年歲次乙酉小春,次軒錢杜序。

錢杜,字希南,號靜園、次軒,浙江仁和人。乾隆四十三年(1778)進士,授編修。是集約刻於道光五年(1825)後。題詞頁末有"古杭昭慶經房藏版",蓋由杭州昭慶寺刊藏。

《茶夢山房吟草》上、下卷,卷上存詩 82 首,卷下存詩 80 首,略按時序編次,後附補詩 36 首,凡 198 首。因其詩畫兼擅,故集中亦多存題詩畫作,如《高秋原(鉞)司訓以引流小榭吟草見貽賦謝二十四韻》《題陸虹江孝廉(元烺)邗上集》《題篁村煉師詩集》《慈柏圖爲余慈柏(鍔)先生題》等。達宣詩攬世情入懷,無苦吟局促之態,然不爲俗務所牽,自寫性靈,衝口出言,程文淦稱其詩“語帶烟霞,氣無蔬筍”,鮑桂星評曰“清遠閒逸”,張問陶題詞曰“詩骨瘦削詩味清,一團蒲坐太憨生。看君拂袖長吟處,欲奪皎然齊己名”。其詩氣清辭達,近王孟一派。錢杕序中稱人言青雨詩“雲鬟花貌”“體近香奩”,然綜觀是集,此類詩並不多見,《美女鏡》差略近之:“照出嫦娥天上姿,乍開玉匣月圓時。雲鬟豈向池邊整,花貌如從井底窺。扇斂羞容遮約略,畫傳倩影寫迷離。山僧看破空中色,一任憑虛伎倆施。”顯非一般香艷之筆,確有錢杕所謂“環佩聲音,無非悟境”之妙意,乃借雲鬟花貌,寄托真詮密諦。青雨詩各體兼備,尤擅五、七言長詩,叙事寫景,張弛有度,如七古《八月十六朱紫瀾過訪晚同赴海上觀潮作》寫潮漲潮落之景,筆勢奔放,氣象萬千;七古《紀哀篇并序》爲思親而作,融情入事,真摯動人。

《月洲詩鈔》不分卷,釋懷德撰

懷德,一名先學,安徽旌陽人。出家於閬中青蓮庵,佛行深醇,旨趣高妙,參禪禮佛之餘,喜吟詠,著有《月洲詩鈔》存世。生平未見碑傳。

《月洲詩鈔》不分卷,一册,嘉慶刻本。見存於安徽圖書館。開本高 24.4 釐米,寬 15.5 釐米;版高 18.4 釐米,寬 13 釐米。卷端題“月洲詩鈔”/“旌陽釋先學懷德氏著”。半頁 10 行,行 20 字,有格,白口,左右雙邊,單魚尾,版心“月洲詩鈔”。正文前有陳步瀛序,乾隆五十五年庚戌（1790）隋銓序、趙良霖序，嘉慶三年戊午（1798）孫承志序、湯尹燮序，書末有嘉慶三年程雲跋及釋明愼跋。

陳步瀛序曰："僧家詩要是僧家聲口心底，與詩人流品。人又自不同，而又不得落僧家習氣。蓋一味枯寂，了無詩趣，如東野窮愁，但覺寒儉逼人，殊不愜人意也。唐宋來，僧之爲詩者甚多，而温文大雅，不失詩之本色，又不失其僧家之本色，此甚難乎其人，亦甚難乎其詩。宛陵釋子懷德者工於詩，而讀其全帙，温温乎有詩人之風，其樸質簡勁，又奕朗如有道僧之説法，句句皆得真諦，無一野狐禪語。此即求之詩家，尚以爲難，而況於僧耶？予故喜而弁數語於簡端，爲僧之爲詩者啓一法門云爾。賜進士出身前翰林院庶吉士兵部武選司郎中安徽布政司布政使陳步瀛拜撰。"

隋銓序曰："戊申之冬，余客宛陵，與仙源程碧巖友善。碧巖每爲余言，旌川之青蓮庵有懷德和尚者，其佛行深醇，旨趣高妙不具論，獨論其爲人，和而不同，介而不孤，工爲詩，喜交文墨佳士，蓋緇衣中之傑出者。余心頷之，爲製古詩一章以贈之，凡重碧巖之賛揚，而未深望其底蘊也。然其精神意氣，往來於懷，每戚戚然不能釋。其所住山與黄山近，碧巖之行也，與之訂同遊黄山，因得以識其人。己酉，會遭家難，忽忽一載，未遂所願。庚戌入夏，偶得餘間來旌，就碧巖室齋，踐黄山約，遂得識所謂懷公者。其像貌魁梧奇偉，其談詞樸質渾簡，其爲人雅飭，引人入勝而莫測其意趣之所在，洵哉盛德君子也。及讀其詩，温厚和平，純潤自然，而不蹈襲唐宋來僧伽習氣，則又菩提別悟，詩學之正宗也。碧巖之言，良不虛耳。夫高山大澤中不少畸士，而其人每不樂與世見，世亦莫得見之。如懷公者，近在數百里内，非碧巖言幾交臂失之，於此見人材之鬱鬱未得志於時，而知己難逢者比比然也。茲於遊黄山暇，復取其詩，爲之次第而考訂之。意者石曼卿之爲人，與其文章，雖無歐陽公之賞識，其遂湮没而不傳矣乎？且又安知付剞後之不復有歐陽公者之表而彰之乎？茲且爲之序，以導其端云。乾隆庚戌六月上澣,庚弟鏡堂隨銓撰。"

孫承志序曰:"昔歐陽公爲釋秘演作詩序,稱其爲奇男子,胸中浩然,喜爲歌詩以自娛,今尚有秘演其人乎? 吾於懷公上人見之。懷公生太平,學佛於旌之青蓮庵,道邃品醇,性和貌偉。嘗遊黄山,坐方丈説法譚經,緇衣弟子環立傾聽,頓開覺路。乃以其所參最上乘者,發爲吟詠,一種超邁出塵之概,令人讀之悠然意遠。余於懷公神交有素。丁巳夏,余館孫村,送徒附宣州試,道經就溪庵旁,叩門造訪乞火,懷公束炬贈之。清談片刻,三生有幸,遂出禪關話别。見夫群峰抱環,一溪流注,松聲謖謖,與澗竇潺湲相間,山水清音,秀絶人境,恍然曰:'此其爲懷公之詩乎?'於其鎸詩,書以贈之。嘉慶三年歲在戊午季夏伏日,樾山鄉弟孫承志拜題。"

湯尹燮序曰:"方外著述每多語録、偈頌之文,然亦代有工詩者。而惟漢魏無聞,若晋之慧遠,自有一種深奥處,可稱名篇,其後遂寥寥矣。唐僧之爲詩者甚衆,類能各樹一幟,以立騷壇,而皎然之風格,齊己之軒爽,推爲第一。宋初則有九僧宗法晚唐,而希晝、惠崇爲之冠。他若有與歐、石交者,有與蘇、黄交者,往來唱和,每多傳作。而元明兩朝,緇衣之能詩者正大有人在。夫儒生讀聖賢書,與方外酬結,在名賢亦往往有之。韓子聖道之衛也,而於文暢作尚足取焉。朱子理學之宗也,而於志南詩猶見賞焉。大抵釋氏之詩,氣清語削,滌盡塵俗,乃爲佳耳。若吾友懷公參禪禮佛之餘,喜登臨山水,樂與賢士大夫遊。所爲詩有禪理,無禪語,且又每關倫理日用之常,可與古作者媲美,其殆釋名而儒行者歟? 今録詩成帙,問序於余,因弁數言,慫恿而付之梓。歲在著雍敦牂餘月上澣,理齋弟湯尹燮拜撰。"

懷德之詩,多寫山水清音和山居禪修況味,清新雅致,舒卷自然,逗露天機,而不墮枯禪窠臼,亦無偈頌氣。如《山居三首》其二云:"山中習静與雲閒,曳杖深林翠靄間。活潑天機何處現,一溪清澈水潺潺。"《青蓮即景四首》其二云:"幾度迎凉結豆棚,泉流澈底映心清。天機一片逢真侶，趺坐秋林聽鳥鳴。"蓋以其佛行深醇，旨趣高妙故也。而其與法侶、友朋酬贈、思懷之作，則情真意切，含蓄雋永。如《別友》云："把臂深林損綠苔，趺跏纔下講經臺。何堪渡水穿雲去，極目秋空一雁回。"然懷德其人其詩，知者甚罕，蓋以其傳本甚少，遊歷不廣之故也。

《掃葉詩存》二卷，釋悟帚撰

悟帚（1817—1863），字掃葉，俗姓孫，江蘇宜興人。年二十，因婦以烈死，出家桃溪之心庵，後卓錫地藏庵。嘗入秦，庚申亂後，雲遊苕湖濱，典衲易米，募諸善信煮糜活飢民以萬計。著有《掃葉詩存》行世。生平未見碑傳。《光緒宜荆新志》卷八有其小傳。《掃葉詩存》卷下有《咸豐三年除夕虛度三十有七》，咸豐三年爲1853年，則其生年當爲1817年，即嘉慶二十二年丁丑。《光緒宜荆新志》卷八稱："癸亥歲卒"，則卒年爲1863年。

《掃葉詩存》二卷，光緒元年（1875）刻本，見存於天津圖書館。各卷卷端題"掃葉詩存"/"荆溪釋悟帚"。半頁8行，行19字，大黑口，左右雙邊，單魚尾，版心惟鐫有頁碼。正文前有光緒元年任光奇序曰：

> 予少習制舉藝，未暇爲詩，即與詩人遇，亦未嘗留意也。逮庚申丁亂，流離瑣尾，無可以寫懷者。間學吟詠，成五、七字句若干章，然自抒其志，以未得師門，終不敢質諸大雅。辛酉之春，始遇詩僧掃葉於唐角村。羌村闃寂，秉燭夜闌，則相與促膝論詩之源流。自漢魏以迄唐宋，有明至國朝，諸大家體裁風格，因時升降之故，晷晦不倦，而後知詩之不易作，道在資之深而學之博也。掃葉因悼亡出家，其悱惻纏綿，萬不得已之故，托之於詩。平居博極群書，由《史》《漢》以及《莊》《騷》諸子百家，靡不畢覽。後

縱遊四方，復遍歷名山大川，憑吊興亡，感激宕往，情之所至，發
之於言，得於心而應於手，殆所謂資之深而學之博者乎？掃葉之
詩，可以傳矣。嗟乎！士君子讀書稽古，疇不欲以立功立德表見
於斯世。及生不逢辰，所遇蹇轗，功德既無可成就，即思立言以
垂不朽。而或迫於遇而不及爲，或強爲之而不能工，有志之士徒
傷老大，與草木同腐者，不知凡幾。掃葉誠好古之士，不獲以功
德見於世，窮而爲僧徒，以一二篇章鳴其不平，士之不幸而至於
此者，何可勝嘆也。然而古來之以言傳者，皆無心於必傳。掃葉
以不得已之故，托之於詩，夷然不知其將傳與不傳，而其可傳者
自在，則又掃葉之幸也。昔之賢者，或隱於山崖，或隱於水湄，或
隱於塵肆，所隱不同，而超然物外，靜觀坐照，則未始不同。今掃
葉獨隱於緇流，置身塵世外，鑒古知今，識精而詞卓，非世之徒事
唱和者可比。其成集也，淘之汰之，刪削數四，自序而付之梓。
其詩醞釀深厚，無肥濃之習，亦無蔬筍之氣。入秦後，詩格益進，
駸駸乎入浣花之室矣。抑吾更有異者，掃葉爲浮屠後，庵居奉
母，孝養終身，屢賦落花以寄其抑鬱傷悼之意，其用情與吾黨同，
殆墨名而儒行者耶？庚申後，原集已付劫灰。今開士雲帆慮其
散佚而不傳也，籌資重梓之，請序於予。予維掃葉之爲僧，不必
藉詩以傳，而讀其詩者亦未始不可以傳掃葉之爲人也。爰述所
由知掃葉者於簡端。光緒元年陽月既望，味蘭居士任光奇拜撰。

據任序所言，《掃葉詩存》早已刊刻，然毀於庚申之亂，光緒元年
（1875）釋雲帆籌資重梓。後又有咸豐四年（1854）悟帚自序曰：

　　僧悟帚，陽羨人。年二十，因婦以烈死，出家桃溪之心庵。
結習未盡，喜學爲詩學，少得輒棄去。歲月既久，所存積十餘帙，
意不自愜也。歲乙卯，帚病且久，徒本純懼其詩之亡也，爲手錄，

分六卷，將謀付梓，傳示於世。夫僧之爲學，以戒爲先，毘尼律持四根本净戒，當絶妄言綺語。詩者，妄言綺語之所成也，障也。帚有不能自已者。帚少貧賤，中更憂患，多可哀可怨之事，非詩不足以達其纏綿悱惻之情。爲僧後，尤恣肆自放，於吴、於楚、於秦，杖錫所至，靡不縱遊。友朋之離合，山川之夷險，人事之得失，景物之變遷，非詩不足以寫其宕往感激，淋漓俯仰之致。及遇西寇亂至，麏麚靡騁，帚方慷慨激越，直抒胸臆，將以窮詩之變矣。而乃遘此奇疾，窮卧荒庵，慘怛呻吟，精氣日就衰颯，詩已索然，可慨也。昔所存録，得失自知，意欲删改，因病不果。世之作者以爲善則觀之，以知其勞苦患難身世之故；以爲不善則非，笑之，唾棄之，雖投諸水火，固其宜哉！且結習之障，帚亦漸知所懺除矣。咸豐四年冬，悟帚。

序末落款爲"咸豐四年冬"，但中又有"歲乙卯，帚病且久"云云，"乙卯"爲咸豐五年，安有咸豐四年而述明年之事，頗疑落款時間偶誤。然據此序，悟帚詩集乃由門人本純刻於咸豐五年，原有六卷，書前當冠有此篇悟帚自序。

又書末有澄光悟然跋曰：

　　師掃葉卓錫地藏庵，好以歌詩論時事，識者謂其有齊己、貫休之風，而復得力於少陵者。庚申亂後，雲遊苕湖濱，典衲易米，更募諸善信，煮糜活飢民以萬計。既而物化，置瓦龕以委大浦之濱。所著詩甚富，手删訂爲卷五，喻唐吴君評次爲二卷，原板已付浩劫。然慮其傳之未廣也，乞序於卓儒任君，措資重刊之。傳其詩歟，抑所以傳其人也。住持澄光悟然和南謹跋。

據此跋，則悟帚詩集原爲五卷，喻唐吴評次爲二卷，此本之前還曾刊有二卷本，然原版亦毀，後由澄光悟然重刊。任卓儒即任光奇也。此本仍可見喻之評點。

是集分上、下二卷，上卷收各體詩 110 題 208 首，下卷收 66 題 116 首，凡 176 題 324 首。卷上《我詩》乃悟帚自評之詩：“我詩忽一變，哀怨不可制。下筆動纏綿，苦未知所自。有客見讀之，呼我告正議。云公禪定人，當得禪悦味。綺語過緣情，清修多乖戾。宜於枯寂中，力求精進地。”今觀其詩，不惟無有禪味，亦無僧人特質，無論遣懷、懷人、詠物、述事，觸目皆嘆生嗟死、慘怛呻吟之辭，絶少見其平和、寂静之心境。如開篇《病中擬淵明挽歌辭》，沉痛悲慨逾於淵明；《懷人》三十三首則寄寓友朋離合之苦，《詠懷》亦神似阮嗣宗。《落花》等詠物之作，喻唐吴評曰：“規仿晚唐，都嫌卑弱，因或係悼亡之作，意有所指。”此種格調固因其身世遭際所致。悟帚於此自釋曰：“山僧吟寒蟲，此道未深詣。正變之源流，時亦私講肄。詩緣情而生，古今歸一致……離情本無詩，各自明此意……若雲禪定人，詩本非正冶……所以古詩僧，不入傳燈記。詩僧但攻詩，工苦專乎技。運水與搬柴，酸鹹蔬筍氣。鐘鼓梵唄聲，香火詞堆砌。繩墨拘清修，寥寥殊無謂。我自作我詩，發情止乎義。”悟帚作詩，不拘身份，但抒胸臆，故任光奇稱其爲“墨名而儒行者”。

《借庵詩鈔》十二卷、《借庵詩文遺稿》三卷，釋清恒撰

清恒（1757—1837），字巨超，別號借庵，俗姓陳，一説姓陸，浙江海寧人。幼而聰秀，風致楚楚，受讀塾中，稍解文義，探求玄理，妙契禪機，即厭世味。受具後得法於焦山澄洮，繼席定慧。誦課之餘，輒肆及詩古文辭，涵泳心性。嘗渡南海，至普陀，泊舟山。阮元、王豫與其莫逆交，往還酬唱，時有所作，多見傳詠。然性甘澹泊，雖境極清

苦,耐寒忍飢,貧衲乞請,絕口不言。著有《借庵詩鈔》《借庵詩文遺稿》《枯木堂筆記》等行世。生平未見碑傳。《新續高僧傳四集》卷六五、《正源略集》卷一五、《兩浙輶軒録》卷五一、《普陀洛迦新志》卷六有其小傳。

清恒詩文集,名曰"借庵詩鈔",屢經刊刻,今存版本甚多。據《清人別集總目》,計有嘉慶十二年(1807)刻《借庵弇山詩草》三卷,藏於温州圖書館;《借庵詩鈔》二卷,嘉慶六年(1801)丹徒王氏刻《京江三上人詩》選本;《借庵詩鈔》五卷,道光三年(1823)刻本,藏於首都圖書館;《借庵詩鈔》十二卷,道光六年(1826)刻本,藏於上海圖書館、南京圖書館、復旦大學圖書館等;《借庵詩文遺稿》三卷,道光十八年(1838)刻本,藏於南京圖書館、南京大學圖書館。

1.《借庵詩鈔》十二卷,道光刻本。見存於上海圖書館,《清代詩文集彙編》第452册據此影印。扉頁"道光六年春月"/"借庵詩鈔"/"陳文述題"。卷端題"借庵詩鈔"/"焦山清恒巨超著"。半頁11行,行21字,左右雙邊,白口,單魚尾,版心鎸書名、卷數、頁碼。正文前有道光十八年戊戌(1838)長白麟慶序,道光三年癸未桐城李宗傳序、洪亮吉序、焦山嗣法門人覺源序,及趙翼、王文治、吳錫麒、王鳴盛、秦瀛、阮元、洪亮吉、曾燠、胡敬、邢澍、吳嵩梁、王賡言、陳文述、王豫、陳錫勳、梅冲、王乃敏、門人釋覺詮等人題辭,書末則有"海西庵薙徒妙詮校字"九字。

麟慶序曰:"予少時侍宦浙東,往來金、焦、北固間,習聞詩僧借庵之名,思一見而不可得。道光癸巳奉命督河,踰年有巡江之役,泊舟維揚。公餘,得晤借庵,相見恨晚。今年秋,其徒性源奉遺書來請曰:'師已厭世矣,所遺《借庵詩鈔》若干卷,願乞一言以爲重。'予惟詩之作多矣,而可傳者繫乎其人。詩人之傳亦多矣,而所以傳者繫乎其人所居之地、所托之心。地莫勝於名山大川,心莫靈於真如大覺。借庵實兼而有之。且夫世之自托於詩僧者,每每高潔自負,與物輒忤,故多疏狂潦倒之態、激楚悱惻之文。不然，鍵戶枯槁，崇虛控寂；又不然，摘裂字句，補綴成章，以諧觀聽而廣結納。無與於頌述而繡黻其詞，無所爲慨嘆而涕泗其貌，以不情之悲喜爲酬應之唱和，所謂鞞鐸不中於音。而借庵初無是也，故予讀其古今體，覺留連景物，寄興篇章，劇切人倫，究言治略大旨。禪學通於理學，又誰謂山澤之臞，不足與言廊廟哉？所惜借庵晦影歸真，於今二載，佛法所謂微言廣被、遺訓遐宣者，夫豈獨在詩乎？性源爲人退密，必能追蹤繼響，世守此山，借庵有知，當深幸得其傳矣。道光十有八年歲次戊戌秋九月，長白麟慶序。"按，此本扉頁既題"道光六年春月"，然麟慶序則落款道光十八年戊戌，故頗疑此本實爲道光十八年刊刻，梓者一時疏忽，一仍原有扉頁。

李宗傳序曰："憶乾隆戊申歲，余世父抱犢先生返自姑蘇，述吳中山水之勝，京口金、焦、北固之奇。且言於焦山得一僧曰借庵，書法秀整，詩清遠拔俗，泂浮屠中傑出者也。其後余過京口，望焦山，輒有借庵在臆中，然無由一見。越嘉慶庚辰，余與越僧九峰遊，語及借庵。九峰曰：'吾師也，會當來越矣。'踰時，九峰導借庵、卍香詣余，曰：'將爲天台、雁宕之遊。'卍香者，越州詩僧也。余述二山勝概，且爲焦山之約。久之，借庵自台、宕歸，留詩一册而去。道光壬午，余往來京師，過鎮江，迫於程限，又不得登焦山而與借庵相見。噫！焦山與金山對峙於海門者也。金山余屢至，焦山以稍隔風濤，每欲去而中止。昔蘇子瞻來此，同遊盡返，而決獨往賦詩紀之。今人不逮古人，即一遊而亦有然者。每望峰巒峯岬，老樹蒼然，想見其洞壑靈奇，雲烟杳靄。借庵處其中，探幽攬勝有時，江清月白，木落山空，萬籟聲沉，鐘魚響寂，焚香默坐，拈韻成吟，佛耶仙耶，吾不能爲之測也已。借庵才本超曠，又得江山之助，塵慮屏除，精光迸露，宜其詩之清遠拔俗也。且年逾六十，登山足健，不異少壯人。蓋不獨其詩能工，其人亦如野鶴孤雲，飄然天際，儻所謂與造物遊者耶？今來焦山，盡讀借庵詩，且爲之序，數十年夙願償矣。惜余世父不及聞此言也。道光癸未孟冬月，桐城李宗傳撰。"按，宗傳，字孝曾，號海帆，安徽桐城人，歷浙江麗水、平湖、瑞安等知縣，有政聲，著有《寄鴻堂詩文集》十六卷。

洪亮吉《三山僧詩序》曰："三山僧者，乳山古巖、焦山巨超、攝山慧超。三山者，在江寧、鎮江之間，相去不越一二百里。山既近，而三僧者以詩相切劘，無間晨夕。余不識古巖，而識巨超，又因巨超識慧超。二超者又時時爲余道古巖遺事。既而讀三僧詩，其清遠絶俗，若出一轍。又加以性靈，焚香掃地，椀飯杯茗，撞鐘擊磬，梵聲佛號，布施之雜沓，經懺之繁瑣。入則一蒲團一龕，出則一瓶一鉢，經府歷縣，蹈山蹠水，千險百怪，億態萬狀，一一見之於詩，而未已也。值俗家父母兄弟之疾痛，所居所遊，歷之州縣，水旱疾疫，皆於詩見之。非尋常緇素者流，貌守戒律，以口頭禪爲五、七律者比。或以謂三僧者，既逃乎方之外矣，而又拳拳於一家，拳拳於一世若此，於彼道爲過。余獨謂不然。三僧者惟遊於方之外，而尚能拳拳於一家，拳拳於一世，以視士大夫受倚畀之重，而遺棄一切，不肯任事，反侈説因果，縱談天釋，以驚世而惑衆，彼其心或以爲置身事外，則人莫能窺我之際矣，又豈知即談空説法而不能任事之實，已百喙莫辨乎？則何如此三僧者，雖以空虛爲主，寂滅爲宗，而尚不忘天性之親與食毛踐土之德，有所觸而即動，至於如此也。余性不佞佛，而未嘗不與方外交。方外之交，又以二超爲最，因二超而復有以知古巖，然後知方外之詩，亦未嘗不以性情爲重也。其友張君舸齋、王君柳村爲付之梓人。陽湖洪亮吉序。"此序又見於洪亮吉《更生齋文甲集》卷一，有異文。清恒有《聞洪稚存太史五月十一日病卒詩以哭之》，可見二人之交誼。

覺源序略曰："師自五十以前主焦山，住龍華，雖有吟詠，未嘗不以説法爲事也。自五十以後，十餘年來不見其説法，而止見其吟詠。人以爲師之所好在詩，而不知師固善於隨時者也。昔顔子簞瓢陋巷而不改其樂，孔子蔬食曲肱而樂在其中，知孔顔之所以樂，則知吾師之所以隨時矣。"據其所稱,則清恒自五十之後方肆力作詩。

　　《借庵詩鈔》十二卷,大抵以時序編排,卷一收詩94題,卷二101題,卷三88題,卷四79題,卷五92題,卷六80題,卷七108題,卷八98題,卷九83題,卷一〇37題,卷一一54題,卷一二66題,凡980題千餘首。

　　2.《借庵詩文遺稿》三卷,一册,道光十九年(1839)刻本。見存於天津圖書館。封頁題"借庵詩文遺稿",扉頁篆書"借庵詩文遺稿"/"道光十九年夏季"/"鄉後學達受",摩有"達受""六舟"二印。各卷卷端題"借庵詩文遺稿"/"焦山清恒巨超著"。半頁11行,行21字,白口,左右雙邊,單魚尾,版心鎸"借庵遺稿"卷數及頁碼。正文前有道光十八年麟慶序(實《借庵詩鈔》十二卷本序)及釋了璞二序。

　　釋了璞序曰:

　　　　東坡云:佛法之在中國也,必藉能文者而後傳。苟無其文,雖有臨濟之志、香嚴之辨,不免與身俱泯。故釋氏之英者,研究宗乘之外,往往博通外書,與名士遊,以自彰離文之道,豈其勿思之秘而資於儒,亦猶儒者之有餘力而資於釋也。晋支遁、支謙既道術高妙,而文辭才辨又皆精拔,故當時君相翕然傾慕,若景星瑞雲,可望而不可即也。是故翺翔方外而與馳騁翰苑者,同一歸也;應酬曲折而與深冥禪觀者,無相礙也;窮探經論而與杜口毘耶者,無二門也。然則,冲襟幽抱,詎可以形迹擬議者乎?吾師借庵老人主席焦山五十餘載,於内典無所不窺,且咀而玩之。又於六經傳疏群史百氏汗牛充棟之言,無不貫串。又皆抉其神髓,略其膚革,虚玄寥廓,出有入無,蓋因才力有餘,殆若天授。《詩》曰:"惟其有之,是以似之。"出有爲似,故殊安然,不見其難也。夫釋氏之道主於性空,師握空靈之性,以攝萬有,何所不善。嘗藉語言文字,一寓給孤微旨,以盡詞林雅藻,續前緒,開來葉也。

鬱乎歲寒之茂松，燦乎秋夜之逸光，稽之往匠，同符作者，可與二支並傳也。夫焦山名山也，當南北之衝，學士大夫遊旌必至。凡入山者皆知師之能詩，願結方外之友，故五十年間，遍交天下賢豪，而未嘗挂諸齒頰，寒素如故也。師年七十，刻所著詩十二卷問世，至八十一西逝，門人性源長老錄其遺稿二卷，又雜文一卷附焉。師之文，蓋不止此。七十以前文稿散失無存，不能並見於世，惜哉！戊戌秋，性長老以遺稿呈河帥麟公，甄別可否，麟公序而梓之，益歎麟公愛才之心，爲不可及也。璞侍師日淺，不能知師之深，恐猶兔之踰河，無以徹底。竊喜載名卷尾，以附之不朽云。道光十八年五月象山戒弟子了璞撰。

《遺稿》乃清恒門人性源輯錄，而付梓者則麟慶也。

清恒之詩，不惟數量堪稱翹楚，質量亦冠絕於諸僧之上。洪亮吉、袁枚、趙翼、王豫、陳文述、阮元等詩壇職志皆對其人其詩推許備至。如趙翼稱"怪底好詩清人骨，一生常住水雲中"，陳文述稱"巨公淡蕩人，禪味深六朝。學詩勝學佛，妙悟禪理超"。釋顯清《呈借庵長老》亦謂："吟詩清到骨，説法會無心。"今觀清恒之詩，確可當得起諸家推譽。其詩諸體皆備，題材極富，凡水旱災疫，登山臨水，詠史懷古，默坐禪修，皆入其詩筆。如卷一二《大水歌（道光十一年）》《道光十一年六月大水災各處田廬淹没避至焦山者三千餘人蔣夢峨觀察同諸縉紳設賑山中感而賦此（六首）》，所記爲道光十一年（1831）長江流域之水患，抒寫悲憫之懷。其所築焦山書室，坐擁經史，書畫故鼎，靡不收藏，集中《讀朱子語錄》《讀元遺山詩》《題支遁集後》《讀孟郊詩》《夜長不寐枕上記漢史作》《讀明史》諸詩，皆其讀書感悟之作；而《過宗簡公墓》《訪宋虞允文三宿處》《孝陵》《過文信國祠》《雙忠廟》等，則爲其登臨懷古之作。因其讀書多，詩料多，故所作典雅醇厚，清而不薄，不似其他釋子一味清寒，不耐咀嚼。卷六《八月二十四日嘆咭唎國貢使過瓜洲》描寫彼時入華西洋人之印象,展現出帝國臣民之氣度:“紅毛琉球與日本,凡有土者皆不隱。東接高麗西于闐,四五萬里猶爲近。嘆咭唎國路最遥,手持玉帛來天朝。天外有天天盡包,海外有海海盡潮。言語聽皆與此異,衣冠五色分官吏。面入傅粉髮盡黄,宴必牛羊飲鼓吹(每日食時必作樂)。要知夷不與華同,君臣禮制非周公。(見人無揖拜禮,惟除帽而已)我朝恩比前朝重,幾百舳艫相護送。”然清恒所未料及者,數十年之後,英人竟以堅船利炮待我朝護送之舳艫,良可嘆矣。

光緒年間,宜興陳任暘因輯《焦山續志》,四方蒐羅,重刊清恒《借庵詩鈔》,又將其徒及孫秋屏、性源等人詩,合刊爲《焦山六上人詩》。陳氏自序云:“借庵爲焦山定慧寺方丈,晚年退居海西庵,性耽吟詠,爲儀徵阮文達公、丹徒王柳村徵君所引重。道光己丑梓其所作名曰‘借庵詩鈔’,藏諸詩徵閣,與《江蘇詩徵》並傳。於是山中詩學大開,其徒及孫曾莫不於課誦之餘,推敲覓句,如秋屏、性源、月輝、芥航,各有稿尚存,而玉峰庵之友渠亦唱和其間者也。余輯續志,蒐羅各稿,已散失居多,因告芥航之徒雲帆、友渠之徒鶴洲曰:‘稿雖無多,然志有體例,不能全採,曷不壽諸棗梨,以續借庵之後,而存焦山詩派耶?’及刊既成,並屬合印成帙,以貽同志。”《焦山六上人》收《借庵詩鈔》十二卷、《秋屏詩存》一卷、《性源詩存》一卷、《月輝詩存》二卷、《芥航詩存》一卷、《懶餘吟草》二卷。

《懶雲樓詩草》四卷,釋與宏撰

釋與宏(1758—1838),號卍香,山陰(今浙江紹興)人。七歲出家鑒湖之興教禪院,歷主平陽、開元諸叢林,後退居小雲棲寺。喜吟詠,與洪稚存、釋小顛、釋清恒等人遊。著有《懶雲樓詩草》四卷等存世。生平未見碑傳。

　　《懶雲樓詩草》四卷，一册，道光七年（1827）小雲樓刻本。見存於南京圖書館、浙江圖書館①。開本高 24.6 釐米，高 15.2 釐米；版高 17.3 釐米，寬 13.2 釐米。扉頁題"道光丁亥鎸"/"懶雲樓詩草"/"小雲樓藏板"。各卷卷端題"懶雲樓詩草"/"越州釋與宏卍香"。半頁 10 行，行 21 字，左右雙邊，白口，單魚尾，版心鎸書名"懶雲樓詩草"、卷數及頁碼。正文前有道光三年（1823）李宗傳序、與宏自序。

　　李宗傳序稱："憶余初至浙江，有事越州，求古迹及能詩者，自一二詩人外，或以卍香上人對。造訪之，以一詩贈余，時嘉慶己巳，卍香居開元寺時也。後十餘年，再來越州，問之則仍退居小雲樓矣。小雲樓者，越州城外古刹，地幽迴，多種梅花，時若鄧尉、香雪、海雲。余再訪卍香，燒筍供客。飯罷，見其案頭巨册，則所爲詩也。其後，與焦山僧借庵爲天台、雁蕩之遊，揖余而別歸，留詩贈余。卍香年六十，其興致如此。越中故山水窟，千巖競秀，萬壑爭流，古高僧若支遁、智永、南州法師皆寄迹於此。卍香之於佛法，吾不知其何如。顧吾嘗謂人惟逃名與利，方托於禪。今爲沙門弟子者，往往好利之心較有家者而更甚，閒有清修自得者亦不免致飾於外，以競一時之名。卍香有異才，而隱於禪以自適，其能詩不自以爲能詩也。招之入吟社，則入吟社而已；招之遊山水，則遊山水而已。不然，則率其徒侶採薪負米，自給而已，與雲同棲，與梅爲友，悠然不自知其老也。史傳所稱高僧，吾未之見，卍香倘其倫耶？卍香之詩，泊然神清，蕭然意遠，自然之句，每若天成，如皎月之在潭，明霞之麗天也；如閒鷗弄海，逸鶴翩然凌風

① 按，浙江紹興圖書館藏有《懶雲樓詩草》一卷，手稿本，已列入第一批《浙江省珍貴古籍名録》。未見。後有楊哲庵、戚揚、鮑亞白跋，李生翁跋並題簽。又有西泠印社拍賣行曾拍出《懶雲樓詩草》二卷，二册，稱此本爲清道光七年（1827）小雲樓自刻本，扉頁題"道光丁亥鎸/小雲樓藏板"，前有道光己巳高第序，末有道光丁亥（1827）鄔鶴徵跋。然道光並無己巳年，故頗疑其真僞，或爲乙巳之誤。

也；如拂白石，彈素琴，而松風來謖謖也。讀其詩，可想其人矣。是爲序。道光癸未孟冬月，桐城李宗傳撰。"序中稱"焦山僧借庵"，即巨超清恒，著有《借庵詩鈔》十二卷等。清恒《借庵詩文遺稿》卷一有《卍香寄懶雲樓詩集即題卷後》，述其與卍香與宏雲遊天台、雁蕩事。

與宏自序云："今年春，余七十生朝，同座醵金爲壽，勸梓所存《懶雲樓詩草》。余自惟半生遁迹空門，粥魚茶版，何暇言著述。即庵居岑寂以及登覽酬和，偶有所作，半如禪宗語録，平澹淺易，不足云詩，固辭不許。而所請益堅，乃盡取篋中舊稿，屬椴翁、雪舫兩居士點定，得三百餘首，分爲四卷。編成，自書其緣起如此。道光丁亥閏五月，卍香與宏識。"

《懶雲樓詩草》四卷，卷一收詩 95 首，卷二收 89 首，卷三收 88 首，卷四收 94 首，凡 366 首。與宏淡泊名利，樂遊山水，喜交文士，採薪負米，躬耕自給。《五十自述四首》《七十自述四首》乃自陳人生旨趣，如《五十自述》其二云："四圍水竹助清虛，翠繞青環愛我廬。大夢適當將覺後，此身仍似未生初。烟霞痼疾醫難療，蔬筍酸鹹氣不除。赢得湖光三百頃，賀家一曲作鄰居。"因有此心境，故其詩灑脱俊逸，無拘束、寒蹇之態，如《書懷》其二云："皎皎月正白，悠悠雲自行。以彼一點滓，掩此千里明。人心如鏡臺，潔比秋水清。一念不肯息，萬慮遂交縈。老以静而治，莊因達乃成。非儒亦非釋，無爲了平生。"即便類如"寒食"之作，亦顯春容、閒雅："冷節蕭條苦雨天，濕薪破竈欲無烟。閒携石子敲新火，分與鄰家化紙錢。"（《寒食苦雨》）《哭稚存先生》雖悼念故人，亦非摧肝裂肺，反有幾分豁達："一别成千古，懸崖手又分。浮生如脱屣，太史本修文。夢斷南蘭月，鐘沈北渚雲。片帆他日到，何處更尋君。"與宏詩才宏闊，長篇短制，皆得心應手，如《天台萬年藤杖歌》《怪山歌》《擬白香山夢仙詞》歌行，尤可見其詩才。

《口頭吟》二卷，釋嘯溪撰

嘯溪（1759—?），號龍池，吳門人。俗姓范，名龍池，爲范文正公二十四世孫。不樂仕進，師事南屏浄慈寺禪一小顛。遊嶺南、補陀等地，識阮元、陳文述等名人。工詩善畫，篆隸精妙，著有《口頭吟》二卷。生平未見碑傳。《國朝杭郡詩三輯》卷一〇〇有其小傳。

《口頭吟》二卷，四册，道光刻本①，見存於南京圖書館，上海圖書館、國家圖書館、泰州市圖書館、中科院圖書館亦有藏本。各卷卷端題"口頭吟"/"釋嘯溪著"/"吳門張吉安選"。目録第十六頁後有牌記"羊城西湖街富文齋刊刻"。内鈐"綺芬"等印。半頁 8 行，行 18字，四周雙邊，白口，單魚尾，版心鎸"口頭吟"、頁碼、卷數。首册爲序、題詞、目録，有阮元、檀一清序二篇，及陳文述、龔述祖、船山居士、宋如林、蔡秉中、趙古農、王文焯、繆艮初等人題詞。

阮元序曰："杭州南屏墅庵有僧庵在竹林最深處，詩僧小顛居之。余昔在杭，嘗遊其間。小顛能詩傲物，與一時名流相接。余題其室，扁曰'七代詩僧精舍'，蓋小顛以上居此者皆詩僧，至小顛七代矣。或曰：'詩傳七代而無名，今子名以七代，豈以後將失傳耶?'余爲之愴然。余去杭後，小顛没，其弟子嘯溪復能詩，不失其傳。嘯溪曾來粵，爲羅浮之遊。甲申又至，並以詩一卷相示。余因題其詩卷曰：'漫將衣鉢説南能，七代詩傳百代僧。鐘後月前明不斷，南屏深處一詩燈。'嘯溪以後皆傳詩弟子，則余詩爲公案矣。長至日，阮元識於嶺南節

①《清人别集總目》以《口頭吟》爲道光四年羊城西湖街富文齋刻本，或誤也。略觀此本，《題方霽堂問津待渡圖》以下 21 首詩，字體顯異於前文，當爲後所附刻。又，集中收有不少撰於道光四年（1824）之後詩作，例《戊子（道光八年）七十自述七律四章》。

院。"後又云："'詩燈'二字比'禪燈',何如? 嘯溪參之,此亦禪藻
也。"《口頭吟》中有《阮芸臺宮保移節滇黔奉呈》詩云："碩望巍巍有
幾人,重才育物見情真。宦囊最喜瑶篇富,客路還知老衲貧。萬里滇
池同望歲,十年粵海久留春。羨公培植門墻盛,功靖封疆見化淳。"阮
元以其爲南屏"七代詩僧"嗣響,可謂知音也。趙古農題辭即曰:"七
代詩僧傳妙諦,三朝元老屬知音。"

　　檀一清序曰："嘯公本范氏子,文正二十四世孫也。先世遷居幽
州,尊人大成公從征西藏,以軍功世襲恩騎尉。師薄於仕進,讓弟襲
職,從浮屠氏遊,師南屏僧小顛,傳其衣鉢。不惟禪通三昧,且善畫工
詩,篆隸之妙,洋溢宇内。庚辰歲,自粵歸武林,道次玉山,僕適客武
者泉先生署,與師相值,風雨客窗,煮酒燼茗,恨相見之晚。今閲五寒
暑矣,而師復學杯度,重遊珠江秋林,行脚再至冰溪,出其大集,索叙
於僕。僕何人,斯敢爲之序……嘯公目飽雲山,遊歷天下過半,吐詞
立意,多清雋語,故知其胸中丘壑,非徒以口頭禪傳,直以文字禪傳
也。佛燈一穗,永照詩龕,信如芸臺制府云。七代詩僧,肇起有人,非
嘯公其孰能當此。謹識數言,弁之於首。道光四年夏中澣之十日,檀
一清拜叙於懷玉山下安拙草堂。"

　　《口頭吟》二卷,共收詩 296 首。其詩多爲行脚、參方之作,詩格
清雋,詩思飄逸,無苦思。如《秋草》云："荒烟冷露痕猶在,野店斜陽
路已平。剩有堤邊衰柳在,暮蟬相對亂蛩鳴。"陳文述題辭曰:"禪從
三昧證,境與四靈開。"王文煒亦曰:"大抵如齊己,高亦近貫休。"皆
非虛語也。《戊子七十自述七律四章》其一尤可見其性情、志向:"脱
却塵緣西復東,山高水遠興何窮。升天豈有神仙福(佛誕日賤降),閲
世方知大夢空。一硯爲田無税納,頻年行脚任愁攻。曾經多少鄉雲
聚,不覺頹唐七十翁。"嘯溪爲"七代詩僧"之嗣響,性情、詩風皆仿自
乃師小顛,其《乙亥小春留别顛師》云:"一庵小隱萬峰巔,終日沉吟
抱甕眠。庭下有花誇富貴,胸中無事傲神仙。修來鶴髮三千載,養得

童顏八十年。記取霜紅留別去，何事再結後來緣。"可見其對小顚之尊崇。

《北萊遺詩》三卷，釋廣信撰

廣信，字北萊，乾嘉間嘉善雁塔寺僧，嘗與郭靈芬、黄凱鈞結雁塔吟社。著有《北萊遺詩》三卷行世。生平未見碑傳。蔡韶聲《西塘人物志·廣信》載："廣信，字北萊，俗姓某，雁塔寺僧，具夙慧，邃於禪理，工書法，好爲詩，與吳江郭麐、葉樹枚、魏塘凱鈞輩相往還。又與同里沈壽康、壽山戴晟、顧幼枚等，結雁山吟社於寺之煨芋草堂，詩酒爲歡，殆無虛日。時吳鯤爲逋客，廣信遇之厚，鯤乃師之而剃度焉，改名空明，字天寥。天寥歿後，又爲刊其遺詩三卷，其自作者未梓。"並注曰："郭麐《天寥詩序》及郭鳳《天寥墓志》。"①

《北萊遺詩》三卷，與釋空明《天寥遺詩》合刻，一册，民國二十四年（1935）煨芋草堂刻本，見存於南京圖書館。扉頁篆書"北萊遺詩、天寥遺稿合刻"／"乙亥十月雪滕署"。開本高 26.5 釐米，寬 15.5 釐米；版高 17.6 釐米，寬 12.5 釐米。半頁 12 行，行 30 字，無格，四周雙邊，白口，單魚尾，版心鎸"北萊遺詩"或"天寥遺詩"，版心下有"煨芋草堂"四字。煨芋草堂，在雁塔寺，蔡韶聲《煨芋草堂》詩并序曰："雁塔禪院又名歸真院，元至正甲辰内有煨芋草堂、疏露寮。清初僧白谷能詩，繼起者有慧潮、香谷、涵白、古溪、浮石、晚山、綠天諸僧。乾嘉時北萊、天寥結雁山吟詩社，作起於後。"正文前有民國二十四年沈昌直、沈德鏞二序，述及合刊之原委。沈昌直序曰：

佛家宿根之説，余初未之信也。以爲事物印諸胸，而後成記

---

① 參看金梅主編《南社西塘社友遺稿》，古吳軒出版社 2006 年版，第 101 頁。

憶。胸未經歷，即已通曉，於理詎符。及後徵諸人事，乃漸不能堅持前説，蓋事每出於例外者。就一藝之微，且近在我鄉者證之，而即已可見矣。以余所聞，我鄉有柴才子者，目不識字，而脱口輒成韻語，其詩主爲袁簡齋所採取，入之詩話。其後更有楊其楓者，業舟子，能與人唱和。又相傳有史挑水者，以唤賣西瓜爲人厭，即口占絶句以釋之。彼輩出自窮閻，身任賤役，未識詩書，而能吐屬不凡，無慚大雅，如此，斯亦足異已。顧此數人者，猶僅僅以零章斷句，傳誦人口，而未能裒然成集也。其尤卓卓者，厥惟天寥上人。上人俗氏吳，名鯤，字獨游，業縫工，遇郭靈芬兄弟談詩，輒竊聽，漸學爲之。久之，遂成名家。又久之，忽更剃度爲浮屠。汪宜秋詩所謂“輸與縫人吳季子，關門自製水田衣”者也。以一縫工微賤之身，忽事吟哦爲詩人，忽耽禪悦爲佛徒，謂非生有自來，其含藏於第八識中者，了了未忘，而能若是。吾蓋於此而益信宿根之説，爲果非子虚也。天寥之爲僧也，依胥塘雁塔寺北萊上人，爲其弟子。歿後，北萊爲梓其詩，凡三卷。顧印本無多，流傳未廣。而北萊亦詩僧也，既得天寥爲之徒，吟興益起，嘗與黃退庵父子及靈芬兄弟結雁山吟社。維摩丈室，旁附騷壇，裙屐聯翩，篇章稠叠，極一時之盛。顧北萊終以貧病死，其遺詩三卷久未付梓。今者，雁塔寺住持德均願以瓶鉢餘資，梓其遺稿，並重刊天寥之詩，合爲一編。雅道不衰，宗風重振，晦之者數十年終顯之於一日，斯則非特德均之風雅好義，即稽之佛乘，亦可與其時節因緣之説相證益明矣。書成，余友江子雪塍、蔡子韶聲先後囑予一言。予既喜方外之有人，又喜即此一集，而於我佛之説得證其二，爰不辭而爲之序。乙亥重九，吳江沈昌直。

沈昌直（1882—1949），字穎若，號次公，吳江蘆墟鎮人，南社成員。按，此序以佚文收入沈有美編《吳江沈氏長次二公剩稿》。沈德鏞序略云：

　　往與吾友蔡子韶聲談鄉里文獻，旁及於方外，知乾嘉之際雁塔寺有北萊禪師與其徒天寥二人者並工詩。當日，郭靈芬兄弟、黃退庵父子俱與之遊，嘗結雁山吟社，唱和甚得。於是靈芬館主號一時壇坫，交遊遍海內，而獨惓惓於此枯寂之釋子，豈非以其人之有可愛重者耶？天寥在俗時，嘗爲縫人，尤夙與靈芬兄弟習，慕好爲詩，而靈芬兄弟亦以是折節與之交。顧時人多嫉恨之，至不容其鄉里，晚逃於佛，年且五十矣。越二年而歿，北萊思之甚哀，事在郭丹叔所爲天寥塔銘中。北萊之生平能詩而外，雖不若天寥之有考，然觀其能垂青於天寥，毅然錄以爲弟子行，其襟抱之不凡，視靈芬兄弟何讓焉。要之靈芬兄弟之友北萊，友天寥，以至天寥之師事北萊，其契合無間，蓋由於氣類相感之切，無足異者。余獨怪夫吾鄉近百年來，其間服儒服頌詩書者，無慮千百輩，場屋聲名或鵲起於一時，而求其著述於身後則十無一二，其愧夫北萊、天寥多矣。夫詩之爲教，固士大夫之事也。古者諸侯卿大夫交接鄰國，揖讓之際必稱詩，以喻其志。春秋以降，聘問歌詠既不行於列國，而其道亦稍衰矣。然自《三百篇》之後，楚騷，五、七言代興，至唐而大備，後之作者爭鳴繼響，卒相維於不敝。蓋詩本乎性情，人有性情，即不能廢詩，猶夫江河之於水源，不敝則流不竭也，故不必儒者能之，而方外之才傑亦往往奮起於其間。唐之皎然、無可、賈島，宋之九僧，其尤著者，彼其服習雖不同，而性情要皆有獨至者焉。是以在儒則爲李、杜、蘇、黃，在釋則爲皎然、無可、賈島、九僧；在儒則爲郭靈芬兄弟，在釋則爲北萊、天寥，斯固一氣之相彌而無間於儒釋者也。余讀北萊、天寥二人詩，其造詣雖未深，然佳處時有可入古人之室者，是亦可以傳矣。北萊之詩，其稿本舊存里中倪氏，計其時湮没且百年。

數年前,吾友吴江柳君亞子既爲之點定,輯爲三卷,韶聲屢謀梓之而未遂。天寥詩三卷,則當日北萊爲之輯而付梓者,今刊本已不多見。頃者,雁塔寺德均上人念先澤之可珍,遂請韶聲合編二人之詩,刊以行世,而自爲之跋云。德均自幼披度於雁塔寺,今已皤然成老僧。其爲人雖未嘗自見於文辭,然行事多有合於義者,嘗出其生平瓶鉢之所蓄,築雁塔灣市街,新北萊之丈室,曰"煨芋草堂",今復刊其先世之遺詩,亦可謂釋而儒矣。韶聲屬序北萊、天寥詩,因並書之。中華民國二十四年十月,沈德鏞序。

沈德鏞,字禹鏞,浙江嘉善人,亦南社成員。據此序,《北萊遺詩》先稿存於里中倪氏,後由柳亞子點定,輯爲三卷。《天寥遺詩》則早有刊本。二僧詩集合刻本則由雁塔寺僧德均出資刊行。蔡韶聲(1897—1988),名文鏞,嘉善西塘人,亦南社成員。郭靈芬,即郭麐(1767—1831),字祥伯,號頻伽、白眉生、邃庵居士,吴江人,工詩詞,善篆刻,著有《靈芬館詩集》《蘅夢詞》《浮眉樓詞》等。

合刊本首爲《北萊遺詩》三卷,扉頁題"乙亥十月"/"北萊遺詩"/"德鏞署檢";各卷卷端題"北萊遺詩"/"釋廣信北萊著",書後有"德均謹校"四字。正文前有蔡韶聲序,其云:

吾鄉釋子之能詩者,在明代惟聞谷一人而已。鼎革之際,有志之士往往遁迹空門,舒吟嘯發,感慨於粥魚梵唄之間,其用心多有不得已者。其間若永壽禪林之道安、静覺庵之南巢、優曇庵之牧雲,類皆能於禪功之外出餘緒,以事聲詩。而雁塔禪寺,尤方外才傑之所聚。蓋自白谷倡導於先,而慧潮、香谷、涵白、古溪、浮石、晚山、綠天諸僧並起,振響於一門之内,可謂甚矣。乾嘉以還,流風不泯,北萊禪師繼軌於後,而天寥爲之徒,所交遊者如黄退庵父子、郭靈芬兄弟,皆一時名下士。嘗結雁山吟社,酒杯詩卷,花雨伽音,多足稱者,然率以貧病死。其遺詩三卷,余於庚申歲得之於倪氏銀藤館,久欲付梓而未果,今雁塔寺住持僧德均請以瓶鉢餘資謀刊此稿。昔天寥歿時,北萊嘗刊其遺稿,今觀德均刊北萊之詩,其篤於一本之誼,亦何讓於前輩焉,北萊爲有後矣。十年來,余輯《平川詩存》於方外,若聞谷、牧雲、白谷、慧潮諸僧詩皆十得其一二,而道安輩則欲求片言隻字而不可得。今北萊之詩,雖其間湮没將百年,然卒賴德均之力以行世。佛説因緣有自,吾其信之矣。中華民國二十三年冬十月十日,韶聲蔡文鑄序。

後有嘉善顧思義(組珩)《題北萊上人遺詩二首》,其一曰:"雁山吟社盛當時,諸老風流想見之。亦欲光輝吾祖德,好從何處覓遺詩。(小字注:族祖西城、春圃兩公俱能詩,與北萊輩結雁山吟社,稱盛一時。今欲覓兩公遺詩,已不可得矣。)"又有嘉善倪世勳(志方)《題北萊遺稿》其三云:"銀藤高館舊書倉,殘稿收藏百載強。却喜阿兄能解事,蠹餘猶得發光芒。(小字注:《北萊遺稿》爲吾高伯祖默卿公銀藤館中藏本,庚申秋,族兄學澄所檢出,以付蔡君韶聲者。)"其四曰:"中郎心力搜遺佚,校勘河東見苦辛。得付麻沙遠流播,要知佛説有前因。(小字注:韶聲以《北萊遺稿》示余君十眉,十眉寄與柳君亞子,亞子特編録爲三卷。)"余十眉(1885—1960),名其鏘,字十眉,號秋槎,嘉善西塘鎮人,民國元年(1912)結識柳亞子,入南社,民國二十二年,與柳亞子等發起組成新南社,乃南社著名詩人,著有《寄心瑣語》等。

後爲柳亞子題識云:"北萊上人卓錫嘉善西塘雁塔寺,與黄、郭諸老倡酬甚密,即縫人吳季子披剃之本師也。遺稿兩册,藏余秋槎茂才(其鏘),許汗漫,頗難卒讀。余從假歸録副,輯成三卷。上卷經吾邑葉溉翁加墨,中卷嘉善倪默卿點定,下卷無人校正,僅黄霽青、郭少蓮、程桐生都有題記爾。天寥遺稿中有《呈阿師詩》,而此於披度後迄其恒化，迺無一字，疑尚非完璧也。中華民國九年庚申元月十四日，吳江柳棄疾記。”此文未見於《柳亞子文集》（上海人民出版社 1983 年版）、《柳亞子文集補編》（郭長海、金菊貞編，社會科學文獻出版社 2004 年版）、《柳亞子集外詩文輯存》（張明觀、黃振業編，上海人民出版社 2011 年版），是爲佚文。其題識中所及黃霽青、郭少蓮、程桐生題記，俱見其後：“壬午初春，霽青讀一過”“癸未季冬，少蓮燈下讀一過”“甲申冬十一月，鷥脰湖漁人程桐生讀過”。

又有葉樹枚題識云：“小住雁塔丈室垂十日矣，廿二日決理歸榜，淒風苦雨，滯人可惱，翻得讀上人詩卷，於是知風雨不爲無情也。前半瑕瑜互見，微有點竄，後則頭頭是道，不可思議。合十贊歎，書其卷端。戊寅新秋，鐵呵寮主葉樹枚讀。”葉樹枚（1767—1824），字條生，號改吟、鐵呵寮主，有《改吟齋詩》《改吟齋爐餘什一》行世。葉氏此題識當爲原稿所附。後又有嘉善朱吟濤《挽北萊上人》三首。

《北萊遺詩》三卷，收詩 150 餘題，首爲北萊上人與戴晟（怡雲）、沈壽山（村漁）等雁塔吟社唱和詩，所詠皆“殘雪”“新晴”“新柳”“新榮”諸題，蓋北萊與吟社成員皆頗擅長詠物。如北萊詠《白蘋花》云：“雨點湖波微有聲，如鈿小朵可憐生。不禁曉日瞳瞳影，却愛斜風葉葉輕。白鷺鷥肥窺不見，紅蜻蜓小立難平。潤濱採擷同蘩藻，薦享還看筐筥盛。”中二聯，刻摹詠物，細緻傳神。北萊尤喜寫四季輪替、物候幻變，以抒寫其對人事、物理之感悟。例如《夜坐偶作二首》云：“安禪無事俗緣超，流水溪山是故僚。破寂昏黃聽不寐，北風戰雨響瀟瀟。”“晏坐虛堂抱膝吟，聲聞風過隔窗櫺。松篁到底難分辨，雨雪瀟瀟拉雜聽。”集中類如《暮春積雨》《暮春雨後》《夏日雜詠》《夏日雨後即事》《冬日即事》《初秋即事》之詩，無慮過半，此爲其詩之顯著特色。

《參茶老人集》二卷《附録》一卷，釋真傳撰

真傳（1763—1815），字會一，號參茶老人，俗姓何，江蘇吳縣人。年十九，僧懶珙教之念佛，授五戒，名曰性三，字覺甫。後禮境智和尚，教以淨土法門，遂向道尤勤。居士彭紹昇閉關文星閣，真傳師事之，與共臥三年。年二十八，投杭州大宗福寺溪谷上人出家。窮研内外典，尤明《楞嚴》《唯識》奧義。中歲，往來嘉興楞嚴寺募修藏版，誓願宏深，然因疾而歸。嘉慶二十年（1815）二月示寂，世壽五十三，僧臘二十四。著有《參茶老人集》二卷存世。生平見顧承撰《會公和尚塔銘》。

《參茶老人集》二卷，嘉慶二十四年平江六湛堂覆刊本，見存於南京圖書館。開本高 24.5 釐米，寬 15.5 釐米；版高 17 釐米，寬 13 釐米。扉頁篆文題“參茶老人集”，次頁亦篆文題牌記“嘉慶丁丑春三月平江六湛堂刊版”。各卷卷端題“參茶老人集”/“沙門真傳會一著”。半頁 10 行，行 20 字，左右雙邊，白口，無魚尾，版心鎸書名、卷數、頁碼。正文前有嘉慶二十四年己卯（1819）彭兆蓀、釋達如、徐體微三序，及高塏《會公和尚遺像》、彭兆蓀《會公和尚像贊》。

釋達如序略曰：“達如久慕會公上人高躅，以未識面爲憾。嘉慶戊午春，藕香禪兄持公撰《約理楞嚴寺藏經版序》示余。讀之知公爲紫柏尊者乘願再來，故專心懇切若此。丁卯夏，公過夾山，因緣會合，相視一笑，遂定交焉。夜憩鉗錘室，茶話次，叩問台、賢諸家奧旨，公答如流，尤精《唯識》妙義，深爲欽佩。越二日，惺庵、冶堂二禪兄約公遊攝山、金陵諸勝，遂別去，未及叩宗乘公案，心甚悵惘。嗚呼！末法傾頽，宗説皆乏正知見，爲僧者衹知温飽，不知出家爲何事。公能一一精通，甚難希有。話別之後，不覺十載餘，而公已西歸矣。今公之入室弟子寶嚴居士，編公著述，彙刊成集，郵寄蘭陵。余得快讀一過，

知公於宗門事，更爲透徹，深入玄微，洞明骨髓，超情離見，事事無礙，真覺世之慧燈常住不滅者也。爰贊數語於卷首，俾知法性常存，歷千劫而不泯云。己卯孟冬，五羊拙矯庵達如和南謹叙。”按，“己卯”爲嘉慶二十四年（1819），然書前牌記爲“嘉慶丁丑（嘉慶二十二年）春三月平江六湛堂刊版”，此序或刻版竣工後添入，抑或後之重刻？

徐體微序曰：“寶嚴居士夙植净因，性耽禪悦，與會公和尚爲密契。會公西歸，寶嚴刻其《參茶遺集》寄余。受而讀之，不落理障，不墮言詮，真所謂智珠洗徹，觸處圓明。忍土有緣，能領悟其旨趣，則皆知有歸宿地矣。夫鏡智本來無垢，慈燈可以照微，千古密諦微言，總不出此二義。會公篇什雖存者無多，然山川花鳥，感事懷人，語句之間，動關至道，信非凡響。若僅以語言文字爲工，非真知會公者也。潤州浣梧道人徐體微稽首拜撰。”

《參茶老人集》二卷，上卷收叙1篇，傳略1篇，尺牘17篇（附1篇），開示1篇，法名説1篇，書後1篇附1篇，贊3篇；下卷收五律9首，七律16首，五絶1首，七絶19首，凡詩45首。

附録一卷所收頗爲繁雜，有顧承《會公和尚塔銘》1篇，汪縉（受廬）、釋默可（呆堂）、單焴（華藏）、趙光照（月樓）、顧承（醉經）、方笴（湘湄）、貝墉（寶嚴）等投贈詩三十餘首，江沅（韜庵）《題參茶老人集後》1首，釋明徹（懶庵）、釋悟開（豁然）、顧承、江沅、貝墉《題參茶老人遺像遺墨後》若干首。又附有《元栯堂禪師山居詩》，並次雲棲大師、玉林國師、石雨大師評語各一則，又有嘉慶二十四年（1819）平江貝墉跋《栯堂山居詩》一篇。

真傳因存詩甚少，且多與寶嚴居士唱和之作，故題材略顯單一。然寥寥數詩，居然可誦可傳。如五律《留别寶嚴居士》云：“雪霽臨流望，當前景物新。將春携杖笠，戴月度關津。慧命誰相續，遺經半積塵。征途我已慣，祇恐枉勞辛。”繪景寫境，感事懷人，頗契合僧侶之身份，語句之間，皆關至道。又七律《將之檇李留贈寶嚴居士》云：

"顧我飄蓬何處居，一龕相對意如如。鄉心久繫蓮苞裏，癡想難忘蠱食餘。去後黃花應滿圃，歸來梅萼合盈裾。梵書莫厭頻頻讀，珍重寒霄玉漏疏。"實文士、僧人酬贈詩之正體。

《雪齋詩草》一卷，釋達真撰

釋達真（1763—?），字竹嶼，號雪齋，江蘇泰州人。著有《雪齋詩草》存世。生平未見碑傳。據《雪齋詩草》中《丁丑九日》詩首句"五十五重陽"，下小字注"余生於癸未"，則達真生於乾隆二十八年（1763）。李保泰題《雪齋詩草序》云"雪齋，泰州石氏子，少嘗學儒。"可知俗姓石，少習儒，後棄家學佛。鮑文逵《題雪齋詩草》云"雪齋爲僧五十載，傲骨無成不能改"，則達真僧臘五十以上。張吉安壬午題詞曰"辛巳嘉平，雪齋師以大稿三册屬爲訂定"，則達真至少道光元年、道光二年（1821—1822）間，尚與張吉安互有往來，時年已近七十。達真久居鎮江焦山，往來於蘇、揚之間，工詩，多與士夫唱和。

《雪齋詩草》一卷，一册，道光間刻本，見存南京圖書館。開本高23.5釐米，寬15釐米；版高17.2釐米，寬12.5釐米。卷端題"雪齋詩草"/"吳陵達真竹嶼氏"。每半頁10行，每行21字，左右雙邊，單魚尾，有格，版心處鎸"雪齋詩草"。正文前有張壽田繪達真小影，張吉安所題"雪齋和上像贊"："邗上二分明月，吳中四百紅橋。何處尋梅招鶴，眼光青入松寥。"又有李保泰、石韞玉序兩篇，張問陶、張吉安、潘榕皋、汪端光、吳鼒、陳爨、洪梧、鮑文逵、茅潤之、吳墉等17人題詞。李序作於嘉慶十年（1805），石序作於嘉慶二十四年（1819），張問陶題詞作於嘉慶十七年（1812），張吉安題詞作於道光元年辛巳（1821），可知《雪齋詩草》累經編訂。據李保泰序"出其詩見示，多至兩百餘首"，張吉安云"雪齋師以大稿三册屬爲訂定"，然今《雪齋詩草》僅一卷，存詩117首，似經裁汰，數量大爲減少。張問陶云"雪齋上人出示《竹嶼吟草》”，或尚有《竹嶼吟草》已散佚，或爲《雪齋詩草》之異名也。

雪齋喜與士夫交往，詩以唱和，頗得維揚名流推崇。石韞玉序曰：

> 昔者七佛傳心，各有四句偈。偈者，古詩之流也。如來演十二部經，每説法必以重頌繼之，頌亦六義之一也。詩中三頌皆無韻，故佛經之頌亦不葉韻，但取其抑揚反覆，可以感發人之性情而已。職是之故，古今善知識多有以詩鳴者。雪齋上人棄家學佛，往來蘇、揚之地，且三十年，所著《雪齋詩草》，哀然成集。暇日謁吾門而請一言，予展卷讀之，其詩皆超超玄箸，疏瀹性靈，不煩繩削，自然合道，雖在皎然、齊己之間，高置一座可也。顧吾獨有感於古之詩僧如賈島，初爲僧，名無本，刻意苦吟，論者與孟東野並稱，愛之者至欲以黃金鑄像，呼之曰賈島佛。後以“鳥宿池邊樹，僧敲月下門”之句爲韓京兆所賞，勸令蓄髮應舉，卒之勳業無聞，浮沉卑位，終於長江一尉而已。無他，名之一念誤之也。宋時琴聰、蜜殊、參寥輩遊於蘇、黃間，聲華籍甚，然皆不能清修梵行，玷及宗風，則向之文采風流適以爲累矣。今上人在蘇、揚遨遊士大夫間，豈無一二人相賞如昌黎者？而上人一瓶一鉢，垂垂將老，其堅持初志，可知將鄙浪仙而不爲，而聰、殊以下又無論矣。因論次雪齋之詩而及之。嘉慶己卯八月，竹堂居士石韞玉序。

石韞玉（1756—1837），字執如，號琢堂，江蘇吳縣人。乾隆五十五年（1790）進士，曾任山東按察使，引疾歸後，主講蘇州紫陽書院。好藏書，工詩，著《獨學廬詩文集》等。所贊雪齋文采風流，清修梵行，以爲賈島、琴聰、參寥等所不及。

　　達真與張問陶頗有交誼。張問陶（1764—1814），字仲冶，號船山，四川遂寧人。乾隆五十五年（1790）進士，曾任吏部郎中、山東萊州知府等。乾嘉“性靈派三大家”之一，著有《船山詩草》。船山辭官後，寓居蘇州虎丘，雪齋當在此際與之過從甚密。是集有《呈張船山太守》《寄張船山太守》等，稱船山“清言先導路，大雅本扶輪。示我滄浪旨，何愁腹笥貧”。

　　展讀《雪齋詩草》，研練之中時有俊逸之致，如“倚竹一身綠，看山雙眼青”“一聲清磬度，人倚夕陽樓”“四山開曉色，萬木卷秋聲”“雨飛石榻潤，雲走石窗虛”“石樓靜對梅橫嶺，蘭舫清吟月滿湖”諸句，頗得王孟標格，洵性靈一派，足見船山詩之影響。達真所居焦山，有《瘞鶴銘》碑石存焉，傳爲東晉陶弘景所書，故其常以梅鶴自喻，有《尋梅招鶴圖》，張船山有詩題之。其自題詩曰：“梅是幾生修得到，我欲尋之花尚早。我與梅花瘦可憐，一生知己縈懷抱。鶴飛去兮而山陰，我欲招之山崎嶇。日暮不歸心悵悵，空山岑寂無知音。夜深獨坐寒燈小，蟠屈花枝幽夢繞。一聲嘹唳墮青天，月到窗前疑是曉。”可見澹遠清逸之志。

《續和妙覺普度和聖寒山大士詩》，釋達傳撰

　　達傳，字鼎成，號石泉。幼投古鹽資聖寺杏花山房道初禪師，篤志修行。年十八九上天台，乾隆四十二年（1777）進香普陀，禮育王舍利，過天童，瞻密祖道場，轉奉化，遍遊東南名山。後因本師虛奇老人受請毗陵之天寧寺，同住三十餘年。嘉慶十二年（1807）繼住天寧，禪餘之暇，遍和寒山、拾得詩。同寺釋普照謀刊之。生平未見碑傳。

　　《續和妙覺普度和聖寒山大士詩》不分卷，一册，嘉慶刻本，與寒山原詩及楚石梵琦和詩合刻，見存於上海圖書館。開本高 28.3 釐米，寬 17.8 釐米；版高 22.4 釐米，寬 15.3 釐米。卷端題“妙覺普度

和聖寒山大士詩"/"佛日普照慧辯楚石大師和"/"三吳僧達傳續和"。達傳和寒山詩,半頁 10 行,行 21 字,白口,四周雙邊,無魚尾,版心鐫"支那撰述"/"續和天台三聖詩"。正文前有雍正皇帝《御製寒山拾得詩序》,嘉慶二十一年丙子(1816)柳邁祖《續和三聖詩序》,嘉慶二十二年丁丑(1817)釋達治《續和三聖詩序》,嘉慶十九年甲戌(1814)達傳《續和天台三聖詩緣起自序》。又附有《寒山詩集》中閭丘胤《天台三聖詩集序》、志南《天台山國清禪寺三隱集記》,至正十八年(1358)南堂遺老清欲題詩、陸放翁《與明老改正寒山詩帖》、朱熹《與南老索寒山子詩帖》、永樂十四年(1416)釋净戒刊《三聖諸賢詩辭總集序》、石泉氏《續和天台三聖詩雜説》(凡十則);又有"豐干祖師真像""楚石禪師像贊""達傳像贊""圓覺慈度合聖人拾得大士真像"等。後有釋廣慈、嘉慶二十二年丁丑釋普照等跋,及釋普照《永寧普照和尚續和詩》十六首。

柳邁祖《續和三聖詩序》云:"古今詩教大備,惟方外之詩爲易傳,蓋以托業空虛,不復醰心章句,而一二聰穎浮屠拈毫弄筆,便以流播藝林。然構思雖巧,琢句雖精,不過稱爲詩僧而已。石泉開示卓錫常郡天寧寺,自修自度,已三十餘年。寡言語,慎交接,所談者無生之理,所持者净土之功,人無知其能詩者。乃忽舉性靈所獨得,而發之於詩,詩之尤著只在和寒山、拾得詩數百首。驟觀之,不雕不飾,何嘗爲詩;然一種真意流通,天機鼓蕩,又何嘗非詩。誠以人以詩爲炫世之端,開士以詩爲見道之語,道見得真,詩達得出,詩即是道,道即是詩,此其異於詩僧之所爲,不得以吟詠小技薄之也。且夫作詩難,作和詩難,作和寒、拾詩則更難。國清投宿,二大士且不容豐干饒舌,豈容後來僧衆饒舌乎? 今開士和詩,或舉寒、拾所未言者而暢快言之,或舉寒、拾所已言者而反覆言之,讀者幾莫辨其孰爲原倡,孰爲和作,一脉相沿,同條共貫,此所爲不二法門也。然則寒、拾之詩,數百年一和於楚石,又數百年再和於開士,楚石禪師安知非寒、拾現身説法?

開士又安知非楚石現身説法乎？且安知非楚石、石泉，一爲寒山之化身，一爲拾得之化身乎？夫言爲心聲，文以載道，信非明道者不能爲是詩，且非明道者亦不能識是詩之妙也。曹溪衣鉢，久已衰微，當世緇流不無旁騖，予甚幸有開士正其趨而導其歸也。謀刻是詩者，爲普照開士，其有功寒、拾，應不在石泉之下。時嘉慶歲次柔兆困敦壯月之吉，賜進士出身誥授朝議大夫湖南寶慶府知府前翰林院庶吉士會寧柳邁祖頓首拜撰。"邁祖，字宜齋，甘肅會寧人，官至翰林院庶吉士，户部主事，調任寶慶府知府，有政聲。著有《振緒詩文集》。

　　釋普照跋曰："……吾師鼎成大師自幼習瑜伽教，一旦知非，弱冠之年，看破紅塵。其受業師示寂後，遺下千金，師分一半翻造本房殿宇，一半喜捨本寺禪堂，修葺天王殿。事竣，即飄然上天台山，慕寒、拾之風，歷參諸大善知識，了明本地方風光，與凈老人同住嘉興精嚴有年。吾常自五十年荒歉之後，天寧接衆，叢林難以撐持度日。住持本公商之郡城衆紳士護法，咸謂非凈老人不可。於是各紳士及當道宰官護法，俱具請啓，延主天寧。凈老人偕師同來，不三年間，百廢俱舉，師實輔弼，常住多年。凈老人年過古稀，欲師繼席天寧。師素志誓居學地，不肯爲人避之於外，凈老人無可挽回。又過三年，約精嚴琢翁老和尚再四勸逼。師歸然歎曰：'我何人也哉！敢煩兩老人如是費神。'即勉而應允。時甲子初夏安居日，至丁卯新秋解夏，期三載已滿，師念色力不佳，倦於應酬，決志退居，以讓同門。迨甲戌年，常郡又遭飢荒。明年三春，常住應用實難資補，師向於受業處有桑園地畝餘，累年積金三百兩，欲買供衆田，效本寺真如、真修二上人置田遺資，每月朔、望、初八、廿四設油腐供衆。師乃曰：'何不先濟急乎？'於是買上白米四十石，每石足價五千文。噫！師可謂行解雙修者乎？當此佛法衰替之時，緇侶孰不愛名愛利，師視名利如蒭狗耳。吾常僧俗靡不仰慕德風，師毫無矜色焉。予甲戌之秋謝澄江十方院事，回常城發心刻《平心論》《原人論》《華嚴奥旨》畢，復刊《續和三聖詩》。

師止之者三,向予曰:'一大藏教無人肯看,孰顧此耶?'予曰:'聞雲棲板遭回禄,使三聖人詩法寶及楚老和尚詩湮没,與世無聞,可乎?'師不得已而從之。予與師生平至契,知其顛末如此。兹當剞劂告竣,自愧匪材,聊題數言於後,使閱之者知三聖詩與了義經其理吻合焉。時嘉慶歲次丁丑春王月上元吉旦,晚學普照謹跋於永寧蘭若之羯摩寮。"

續和三聖詩者,前有楚石梵琦、石樹通隱、福慧野竹、晦山戒顯等人,達傳鼎成爲後續者矣。達傳謙稱:"此步三聖詩,一無文義,不過葉韻而已。"今觀其和詩,雖不如寒拾詩辛辣、深刻,然亦語樸意真,以文字説法,篤行明志,非徒舞文弄墨者可比。例如,寒山《老翁取少婦》一首云:"老翁取少婦,髮白婦不耐。老婆嫁少夫,面黃夫不愛。老翁娶老婆,一一無棄背。少婦嫁少夫,兩兩相憐態。"楚石和詩云:"兒侵父母財,在上續寬耐。父母借兒錢,不還傷所愛。聖賢教尊卑,義利分向背。餓狗争骨頭,人爲畜生態。"達傳和曰:"庵前一古松,霜雪侵偏耐。萬木盡凋時,青青我所愛。濤聲遠送來,玄鶴未嘗背。所以百花中,那有此翁態。"意趣、格調,自有其特色。惜之達傳《續和三聖詩》,鮮有人關注。項楚《寒山詩注(附拾得詩注)》、陳耀東《寒山詩之被"引""擬""和":寒山詩在禪林、文壇中的影響及其版本研究》等,遍考歷代評、擬、和寒山詩者,皆未及達傳之續和。蓋是集傳本甚少,達傳亦非名僧故也。

《天寥遺詩》三卷,釋空明撰

空明(1768—1819),字天寥,俗姓吴,名鯤,字獨游。本農家子,習衣工,與嘉善黄退庵父子、沈瘦客、袁湘湄、朱鐵門等人遊,又好博,爲人所嫉恨,五十禮北萊廣信出家,兩年後歿。著有《天寥遺詩》三卷行世。生平略見詩集所附塔銘。

《天寥遺詩》三卷,與釋廣信《北萊遺詩》合刻,館藏地、版式及合刻序俱見《北萊遺詩》。天寥遺詩爲合刻本下半部分。正文前有嘉慶二十四年(1819)郭麐序、釋廣信序,及郭鳳《天寥塔銘》;簡末附有《靈芬館詩話》二則,民國二十四年(1935)周文焕、雁塔寺僧德鈞跋。郭序稱:

> 天寥,蘆墟村吳氏子,名鯤,字獨游,天寥爲其浮圖之號也。天寥年五十始薙髮爲浮圖,爲浮圖二年而卒。其行事具余弟丹叔所爲塔銘中。余與之同鄉里,相識三十餘年。余未遷魏塘時,數數過從,因識湘湄、江庵諸君。慕好爲詩,家故農,又少習衣工,未讀書,家亦無書。既慕爲詩,則從余假架上詩讀之,且讀且作,時時有性情語。朋輩輒相假借,歎賞之。益自喜,爲之不休,始爲絶句,已而律體,已而又學爲五、七言古詩,雖不盡合而大致不俗惡。雖不讀他書,然能取詩中典故,詳問切記,以資其用。觀其詩,不知其二十以前未完四子書也。中年好博,爲博徒,爲逋客,爲傭保,已而爲浮圖以歿。今所有詩二百餘首,頗有可觀者,可謂難矣。嗚呼!天寥已矣,生年蹤迹爲里人所賤辱,其爲詩也,又莫不笑之。然里中被儒衣冠,爲科舉,享廬妻子之奉者何限,一旦溘然,欲求一字留於後不可得。而此二百餘首之詩,尚在人口。其本師北萊又出瓶鉢之資,爲輯而付之梓。天寥其亦可無憾矣。其詩三卷,前二卷未爲浮圖時所作,今總名之曰《天寥遺詩》,不從其朔而要其終也。嘉慶二十四年,祥伯郭麐序。

釋廣信序曰:

> 編輯天寥詩,得三卷。既成,遂序之曰:天寥始業縫人,覽其

詩，不知其爲縫人；繼遊於博徒，覽其詩，不知其爲博徒；終歸我
釋氏，覽其詩，不知其爲釋氏族。何也？蓋爲縫人，爲博徒，爲釋
氏，特天寥之托迹於外，至其中則壹於詩而已，壹於詩則始終一
詩人而已。世之人以其爲縫人也而輕之，以爲博徒也而薄之，以
其爲釋氏也而又奇之，於天寥固無與焉耳。夫天寥不以縫人、博
徒自待，並不以釋氏自縛，歷處奇筇困厄之境以孤行。其兀傲不
馴之氣，不容於鄉里，不容於羈旅，及歸空門又幾幾不容於徒侶。
惟二三宏雅之流，因其詩以愛其人。而余亦聯吟叠唱之契，所以
保護之者甚至。然則天寥之窮，窮於能詩，窮而猶不置滿壑其身
者，未始非得力於能詩。天寥之始終爲詩人也，詩亦何負於天寥
哉？今其身已化去，求其所謂縫人、博徒、釋氏者，殆不啻寒烟冷
風，無迹可尋，而生平心血之所聚，獨耿耿不可磨滅。斯集也，即
以爲吾門之舍利環可也。昔皎然與吳生季德共編《詩式》，藝林
傳之。余雖非敢望皎然，私喜得天寥爲弟子，庶幾比吳季德以相
與有成，而遽不永其年，是則余之不幸也。嘉慶龍集己卯夏五，
魏塘雁塔寺住持衲廣信序。

雁塔寺僧德鈞跋曰："北萊、天寥兩師皆出雁塔寺。北萊師爲天
寥師之本師，二人俱以能詩名當時。而天寥師未剃度時，夙從吳江靈
芬先生兄弟遊，尤多識遠近名士。北萊師既得天寥師爲之徒，禪悦之
外，旁及吟詠，蓋師徒兼良友者。惜天寥師先其師怛化，計其爲僧僅
兩載爾。殁後，北萊師嘗輯其遺詩爲三卷，梓以行世。靈芬先生及北
萊師皆有序，今刊本流傳已不多見。北萊師遺詩，其稿歸存里中倪
氏，余居士秋槎丐吳江柳居士亞子點定，輯爲三卷。上、中兩卷，其先
嘗經吳江葉溉翁、同里倪默卿兩居士校正者，見柳居士題記。溯吾雁
塔寺，前乎兩師之能詩者有白谷、慧潮、香谷、涵白、古溪、浮石、晚山、
綠天者，諸師以方外而盛文藻，殆未有若我先世者。德均鈍根人，不

能繼祖德於萬一，而猶幸兩師之詩歷劫而在，復懼其久而散佚也，爰馨其瓶鉢之資爲之合刊以行世。世有呵其著文字，不敢辭也。"

《天寥遺詩》三卷，卷一收詩 83 首，附他人詩 4 首，聯句二首；卷二收 73 首；卷三收 33 首，附黃凱鈞、郭麐、郭鳳、黃若濟、黃安濤、郭楠等送其出家詩若干首。天寥其人既奇，遭遇亦慘，詩則多自傷之辭。如《感懷》詩："傷貧傷逝情懷惡，不是愁眼即醉眼。酒債未償詩債積，荒唐歲月過中年。"其詩頗爲吳中文士所激賞，郭麐以爲《鴛鴦湖》《金閶雜詠》等詩"氣無蔬筍，語帶烟霞"。天寥爲僧不足兩年，生平大多落拓江湖，其詩固無僧人習氣，而多爲情性之自然流露。

《竹窗剩稿》一卷、《妙香詩草》十卷、《妙香詩草》一卷，釋漢兆撰

漢兆（1769—?），字妙香，號伴霞，浙江寧海人。俗姓盧，原習儒，後入天台寺爲僧，歷主開元寺、山陰方廣寺、觀音寺。曾與越中名士王衍梅、周師濂於耶溪、鏡水間結"泊鷗社"，吟詠自娛。著有《竹窗剩稿》《妙香詩草》若干卷存世。生平未見碑傳，《兩浙輶軒續録》卷五一有其小傳。

1.《竹窗剩稿》一卷，一册，嘉靖刻本。見存南京圖書館。開本高24.6 釐米，寬 15.4 釐米；版高 17.5 釐米，寬 12 釐米。扉頁題"竹窗剩稿"。内鈐"光緒壬午嘉惠堂丁氏所得"一方印。卷端題"越州觀音寺伴霞漢兆禪師竹窗剩稿詩集"/"門人英温、英悟、英勇、英雲續刻"。每半頁 9 行，每行 21 字，左右雙邊，白口，單魚尾，版心鎸"竹窗剩稿"。正文前有陳秋水、姚寶煃、胡雲焕序三篇，後附《遊台雜詠》，爲漢兆出遊參方所作詩歌。姚寶煃序曰："《竹窗剩稿》及《遊台雜詠》各一卷，乃伴霞上人所彙刻。"則兩種皆漢兆本人彙編。陳秋水序作於嘉慶十八年（1813），胡雲焕序署款"嘉慶歲在旃蒙大淵獻壯月，

古虞鎔齋胡雲焕拜手”，則作於嘉慶乙亥二十年（1815）八月。集中又有《次仁和沈雨耕先生耜見贈原韻》一詩，所附沈詩原序云“乙亥長至前十日，余薄暮還家，喜鐵蓮師以漢兆上人山居詩八首賞鑒”，“長至”即“冬至”，可見次韻詩作於嘉慶二十年冬至前後，應在胡序之後。由此，《竹窗剩稿》或因門人續刻，收録漢兆散於輯稿外之作，亦或漢兆詩集迭經編輯，故序文繫年不一，所收詩歌甚至晚於序作。

　　《竹窗剩稿》存詩 289 首，《遊台雜詠》存詩 17 首，凡 306 首。《遊台雜詠》係漢兆某次出遊天台之作，“爲迓蓮臺詣上方，便辭花木出松床。臨歧遍示參玄者，千里禪心不爾忘”（《留别兩序大衆出山》），經行之地天姥峰、金鼇山、半雲山、方廣寺等，皆吟詠成詩，彙集成卷，附刻於《竹窗剩稿》之後。《竹窗剩稿》則繫年跨度較大，集中有《三十自叙》《四十自叙》諸詩，大抵依時編次。是集除遊方寫景、酬答贈和之外，山林清修之作最多，如“安心修白社，揮手謝紅塵”（《三十自叙》）、“鬧市非予願，深山野趣長”（《閉關》其一）、“身世渾無我，禪心似石頑”（《閉關》其二）、“月餘不出門，生意滿眉目”（《山居》）、“夢回無箇事，閒殺住山僧”（《山居》）等句，均描景述懷，抒寫悠遊山林之風致，宛然可誦。漢兆吟詩成癖，自號爲“詩狂”，“酒癖唯君誇獨步，詩狂笑我聳雙肩”（《遊西湖重訪小顛上人二首》），堪與小顛“酒癖”比肩，如“翻經如見佛，得句忽聞雷”（《山居》）、“到處雲山詩有債，本來名利我無緣”（《四十自叙》）、“超然眼界空名利，祇有詩魔擾擾來”（《山居雜詠》）等。漢兆詩清雋疏朗，不蹇澀，無俗態，其以詩悟禪，既具詩家之真，亦得禪意之妙，故胡雲焕序評曰：“不含蔬筍氣，時帶烟霞語，殆所謂‘心燈夜炳，意蕊晨飛’，得真如妙諦者與？聞上人由儒入釋，詩本粹然儒者之言，遁於禪而隱於詩，借吟詠以作智慧劍，藉倡和以破煩惱城，非等閒釋家詩所可同類而共稱之也。”

　　2.《妙香詩草》十卷，八册，道光刻本。見存於浙江圖書館。開本高24.5釐米,寬15釐米;版高16.4釐米,寬12.5釐米。每半頁9行,每行21字,左右雙邊,黑口,單魚尾,版心題"妙香詩草"。正文前有汪廷珍、李宗傳、馮清聘、德豫、徐聯奎、王衍梅、陳清柱、杜堮序八篇,其中汪序漫漶較嚴重,餘皆完好。

桐城李宗傳《伴霞上人詩序》謂:"其初刻曰《竹窗剩稿》若干卷,續刻曰《妙香詩草》若干卷。一日扁舟吳會,遊數月歸,過余留詩一册。披閱之,凡吳中山水佳處,莫不有詩。其地皆余所舊遊,其詩皆余所欲言而未達者。"

王衍梅序曰:"而於是乎有禪人之詩,而世之論詩者乃云禪詩忌蔬筍氣,誤矣。夫蔬筍氣,禪人之本色也,失其本色,是失其本真也。今使禪人而習爲富貴家言,華則華矣,而非其中之所有,則豈有真性情流露於其間哉?夫民之初生,不必定爲二氏也,今乃向之非而弁者突而髠且緇,豈其中有不得已而在耶?卒又安能易其中之所有而習爲富且貴之言耶?"

陳清柱序曰:"歲壬午夏,孟公抵吳門,袖出《妙香詩草》見示。余病盲八年,仗司聽一官辨畦畛,知公之詩由天授,非人力所可及。因讀汪瑟庵先生、會稽馮太守弁言,其發明妙香二字,離奇變幻,如天女散花,如華嚴樓閣,有此妙序,合公妙詩,俱造造乎在閬峰巓矣。余與公訂交久,不得不將公數年苦心孤詣略述顛末。公本寧海儒家子,范陽盧氏人也。束髮授經時,過目成誦,即有出塵之想,勉從親命結褵,不兩月即破情關,入天台山作浮屠,嘯傲烟霞。年未三十遍歷諸方,繼如白雲歸岫,詩滿經囊。余時在豐干樓閱藏,與公作同參,已知非規規於雲水中者。公偶口占云'老僧行腳風辭樹',余戲答云'小子埋頭雪滿窗',維時已識公詩意高潔,惜豹一斑耳。今僂指隔二十餘載,公與越州名士聯吟鷗社,積墨香林,詩境新奇,別開生面,其從禪悅中來,其不從禪悅中來,似詩似禪,一而二,二而之一焉。公今可以傳矣。"

正文前有全書目録,共收古今體詩 968 首。漢兆於清中葉住持浙東天台教,戒律精嚴,有古雲門雪竇之風,其推闡宗教,啓悟群生,或述倫理之實,或衍教義之旨,裨益於宗風之提唱。其人又久居山中,於烟霞之斂舒,草木之榮枯,時鳥候蟲之變聲,目接而受,又參之以妙諦,證之以妙果,詠之以妙香,故其清新澹宕,有僧家之本色。徐聯奎序贊《山居詩》兩聯"別有天然趣,藤懸花倒開","花能生鉢翻多相,絮不粘泥便了緣",以爲"造到極處工夫,大徹大悟,大休大歇田地,與世之尋常相去霄壤矣"。

3.《妙香詩草》一卷,一册,刻年不詳。見存於浙江圖書館。開本高 25.2 釐米,寬 15.4 釐米;版高 17.7 釐米,寬 12.4 釐米。扉頁題"杜石樵先生鑒定"/"梅花百詠"/"妙香室藏板",卷端題"妙香詩草"/"緱城釋漢兆妙香著"/"和中峰禪師梅花百詠元韻一百叠",卷末題"督學使者杜堮評"。每半頁 9 行,每行 21 字,左右雙邊,黑口,雙魚尾,版心鐫"梅花百詠"。

是集乃漢兆仿元中峰明本《梅花百詠》之和作,凡一百首,皆七言律詩,俱詠梅花,故集名一稱"梅花百詠"。正文前道光五年(1825)有漢兆自序曰:

> 衲於粥魚飯版禪誦之暇,偶檢巾箱,得中峰禪師《梅花百詠》。展讀之下,愛不釋手,不覺技癢效顰,亦叠百首。非敢援淮陰將兵,多多益善之例,因不能佳,故以多爲貴耳。或疑愛花著相,詎知經言"諸相非相,即見如來",所貴即相而見非相,非離相外别有非相者存也。龐居士云:"但自無心於萬物,何妨萬物相圍繞。鐵牛不怕獅子吼,恰是木人對花鳥。"有識者將其作兩橛。佛言:"見與見緣,並所想相,如虚空中花,本無所有。此見及緣,原是菩提,妙净明體。云何於中,有是非是。"旨哉言乎! 然則花即相也,相即性也,性相不一不異,何著之於有? 或有疑衲犯綺

語之戒。夫文字性空,合衆字以成全詩,可自無而之有;散全詩以歸衆字,可自有而之無。當其自無而之有也,數不上百,即演演而億千百叠也可;及其自有而之無也,覓元字脚了不可得,謂之空無點塵亦可。東坡先生不云乎"彈指未終千偈了,向人還道本無言",謂衲爲犯戒可也,以爲持戒可也,以爲即犯即持可也,以爲非犯非持可也。愧衲才無襪綫,自知不足以聞世,乞就正於郢匠,肯斫削之,使合規矩準繩,當爇妙香一瓣以謝,豈敢狂簡云乎哉?道光五年歲在旃蒙作噩夷則白月上弦日,伴霞山人漢兆自叙。

　　序作於道光五年七月初八,時年漢兆五十餘。因偶讀中峰明本《梅花百詠》,興起追之,和成百首,並將其付梓。是集約爲道光五年後所刻,係單行本,未入漢兆其他詩集。集内有其友杜堮夾評。杜堮(1764—1859),字次厓,號石樵,山東濱州人。嘉慶六年(1801)進士,曾任内閣學士等職,精通詩書畫,著述頗豐,有《遂初草廬集》。道光初年,杜堮外任浙江學政,所評蓋其任上所作。《妙香詩草》十卷本,前收有杜堮作於道光癸未(1823)序,自稱"督學使者",蓋杜堮與漢兆結交,始自杜堮督學浙江期間。

　　集中詠梅百首,俱無標題,均步韻中峰梅詩,首句以"神"字入韻,偶句押韻"真""人""塵""春",絲絲入扣,絕不逾韻。作爲大型組詩,是集首尾開合頗有組織。首詩云:"尋芳懵懂獨精神,傲骨撐冰露本真。當日羅浮曾入夢,今朝越水又來人。青山卅載已陳迹,白社孤老一拂塵。笑我效顰留百詠,與梅共作十分春。"從"尋芳"起篇,立意傳寫梅花之神,現其"本真",由此發起下文,引領全局。末詩云:"吟盡冰霜繪盡神,筆尖躍躍有餘真。入林頗覺無留影,惹笑何妨聽後人。次日覆瓿雙合掌,當年種樹一微塵。莫嫌未脱寒酸氣,少了梅花不算春。"以"吟盡"收百叠,詩不論"寒酸""惹笑",抑或"覆瓿",

皆留待後人評鑒，而自己亦可合掌了願，留影於梅花。

漢兆鋪就百章，著意詠梅，不惟繪梅之品相，更寄寓一己之志。其寫梅之冰潔，如"亂踏江天逢雪海，偶拈片花當詩人""水晶爲骨玉爲神，莫把梨花當作真""耐雪耐霜更耐冷，宜烟宜月更宜人""雪想丰姿玉想神，深藏空谷養天真"等；寫梅之芳香，如"最好暗香浮盎盎，未曾賣弄一些春""衆香絶勝莊嚴海，獨樹猶如倔强人""何物摶成精氣神，須從香裏認來真"；寫梅之澹遠、幽潔與孤傲，如"澹處已無樓閣夢，空來不受劫灰塵""空山凝化餐霞叟，傲骨渾如採蕨人""十分幽潔堪爲友，一種孤高自出塵""冰堅木脱了無助，獨力能開天地春""如此冰心洵净品，何愁風骨墮凡塵"等，皆將花與人融而爲一，借梅之形象，自我寫照，點染出奇崛、孤傲之個性。恰如其詩云"筆與心花如渾一"，幾臻至花人輝映，形神契合。漢兆詠梅，每以花爲契端，又多含機鋒，體悟禪理，深入禪心，體現了僧人自家特色，如"合配茶神與酒神，吟邊清興亦通真。看來不是空心佛，行近還尋索核人。了了八還觀色相，空空四大悟根塵。不是圓覺花開否，但覺霏霏鼻觀春"等。而杜堮夾評亦慧眼獨具，頗得其髓。

《古樹軒詩録》一卷，釋嘯顛撰

嘯顛（？—1838），俗姓秦，江蘇鹽城人。嘗於合肥城東築精舍，晚入冶父山中，徐子苓手訂其詩，曰《古樹軒詩録》。生平未見碑傳。

《古樹軒詩録》一卷，一册，道光三十年（1850）刻本，見存於南京圖書館、上海圖書館。開本高26釐米，寬20釐米；版高17.3釐米，寬12釐米。扉頁書"道光庚戌夏日"/"古樹軒詩録"/"馮桂芬題"。鈐有"錢塘丁氏正修堂藏書"印。卷端題"古樹軒詩録"/"鹽城釋嘯顛著"。半頁9行，行20字，左右雙邊，大黑口，雙魚尾，版心惟鎸頁碼。正文前有道光二十九年己酉（1849）潘曾瑋、道光十九年己亥

（1839）徐子苓、道光十六年丙申（1836）劉耀椿三篇序，後有道光二十六年丙午（1846）吳克俊跋。

潘曾瑋序略曰："余隨侍京師，官閒曹，優遊多暇，間一徜徉於浮屠氏之居。竊怪今之髡而緇者，方袍拄杖，日酣豢塊處於腴田華宅；而其黠者多積金錢，趨炎附穢，以奔伺於形勢之地，苟簡滅裂，以大叛其師説，是可慨矣。余友徐君懿甫往寄其邑中僧嘯顛詩，屬刊而存之。僧詩孤峭幽迴，余讀之想見其人。常以安丘劉觀察叙言引韓退之事，憤不與通，是其於師説可不謂深嗜而篤信者耶？夫惟深嗜篤信於其師説，故能決然自守，而大異於風俗。懿甫數稱其志行有隱君子之風，其益信然也。於僧詩總一卷，其工拙固無俟余言。余竊有感於劉觀察之説，而引伸其指，因弁於簡端，以告夫世之爲佛之徒者。道光二十九年乙酉秋九月，吳縣潘曾瑋。"

徐子苓序曰："余有方外之友曰嘯顛，爲人外夷冲介，喜讀書，能詩，尤篤於友朋之節，志行有隱君子之風，老而益溺於佛。其詩，余爲鈔存若干首。既得其稿，又附入十數首，總爲一卷，距其没蓋又一年於今矣。余少喜莊老家言，有取於强骨踵息之説。時嘯顛坐禪城東，遂數往來，常共登姥山，泛舟於焦門之陰，樂之，約擇一丘以相依而終焉。既余中江南鄉榜，嘯顛病痢劇，夜往視，燈睒睒，喘息無人氣。徐矍然坐起曰：'咄，吾固知子必過我，我老病死，何憾？顧念子才雜而性剛，古之人惟無欲故無累於物，子將獨奚以免耶？'時道光十五年九月十五日夜也。其詩安丘劉先生尤亟賞之，嘗至肥欲往候焉，屬道意謝，弗與通。或問之，曰：'若叙吾詩，盛稱韓退之，是蔑吾祖矣，又何見爲？'肥上僧之能詩者，舊有野蠶。野蠶俊脱尚氣，嘯顛顧簡素，不屑屑於排偶聲律，時雜出於輪回因果之説。今集中所存《閻羅謠》《海上有一士》諸篇，仍其志也。嘯顛姓秦氏，鹽城人，其殁也於冶父山中。道光十九年既望，徐子苓叙。"徐子苓（1812—1876），字叔偉，一字西叔，號毅甫、懿甫，合肥人。晚歸隱巢湖龍泉山下，號龍泉老牧、默道人、南陽子。分修《安徽通志》，著有《敦艮吉齋詩存》等，與王尚辰、朱景昭並稱"廬州三怪"。據此序，《古樹軒詩錄》實由徐子苓編訂而成。序中稱"距其没蓋又一年於今矣"，則嘯顛當死於道光十八年，即 1838 年。

劉耀椿序曰："昌黎韓子闢佛甚力，獨與僧大顛交，謂其聰明能識道理也。唐多詩僧，無一人得交於韓子。大顛之與韓子遊，卒亦不以詩。合肥徐君子苓來泗上，以手錄僧嘯顛詩示余。其詩冲澹超逸，而其言率皆感時憂世之言，蓋有讀書談道之子，剽竊附會而不得其似者。然則，嘯顛固僧服而儒行者與？倘遇韓子，且將引而近之，而不忍以不類黜也。嘯顛顧獨以詩見哉？道光十六年正月，安丘劉耀椿叙。"

吳克俊跋曰："《古樹軒詩錄》一卷，釋嘯顛著，徐孝廉懿甫所手訂也。猶記十年前，同蔡徵士靜遠、郭明經問渠訪嘯顛於城東精舍，蒲團茗椀，澹然相對，其詩穆靖如其人。既之廬江冶父以殁，靜遠、問渠相繼謝世。余老病，數橐筆遊江湖間。懿甫亦數窮不偶。翻閱此卷，追數昔遊，邈焉隔世，是可慨也。道光丙午秋，蔗翁吳克俊時年七十有四。"吳克俊，號菊坡，合肥人。工書畫，與張丙、趙席珍等結社合肥城東，每以詩詞相和。著有《羅雀山房詩存》二卷。

《古樹軒詩錄》一卷收嘯顛各體詩 71 首。徐子苓稱嘯顛"不屑屑於排偶聲律，時雜出於輪回因果之説"。今觀其詩，多率意成章，不縛於聲律，古體詩尤可見其素心。例如《曉立》一詩："東方白欲動，殘月斂餘影。悄然立前階，仰視星耿耿。零露濯新機，心目起空冷。天地本静妙，静乃發人省。萬法此中生，大道在會領。"又如《答月》："夢醒明月來，照我禪床下。不是檢生平，來此胡爲者。清吟答素輝，心事俱堪寫。殷勤頗能訴，勿謂知音寡。"無刻意雕琢之痕，亦無蔬筍之氣。而《雜詩十四首》《讀史四首》等，多言感時憂世，知其亦非枯寂之衲子也。

《法一集》三卷，釋寶占撰

寶占，字夢如，一字嘯霞。幼脫白於桐邑之清河庵，課誦之暇，嗜吟詩，著有《法一集》三卷存世。生平未見碑傳。

《法一集》三卷，一册，道光三年（1823）松風水月居刻本，見存於上海圖書館。開本高 24.8 釐米，寬 16 釐米；版高 17.1 釐米，寬 13.6 釐米。扉頁題"仁和宋小茗、石門施少鋒兩先生鑒定"/"法一集"/"道光三年冬鋟"/"松風水月居藏版"。各卷卷端題"法一集"/"清河釋寶占夢如（一字嘯霞）"。半頁 10 行，行 19 字，白口，左右雙邊，單魚尾，版心鎸書名、卷數、頁碼。正文前有道光二年（1822）宋咸熙序、徐炳如序，嘉慶二十五年（1820）程元浩序，嘉慶二十四年（1819）寶占自序；又有施嵩、吴英、王景曾、周金、王家英、金安瀾、吴作霖、陳恩淇、沈兆文、程宗塈、倪應培、吴文烈、朱珍、于吉中、顧世球、程范等人題辭。

宋咸熙序曰："桐溪故多詩僧。余選邑人詩，得宋時蓬居士下十餘輩，皆能詩，希蹤風什，無雕章縟采。蓋百里間多幽勝地，而爲之僧者復以其蕭閒澹遠之趣發而爲詩，故能翛然以清，復然以超。沈南疑又謂：明初（按，當爲'明末'）僧有文貞者，嘗輯《檇李禪林詩》，題品行世，頗具手眼。其書如在桐溪，詩僧當不止此也。余來桐溪，得方外交二：一小顛，一巽亭。小顛故夙好，巽亭則莅官後始與之往還。或告余曰：'清河庵有嘯霞者，與巽亭居僅隔一牛眠地，亦詩僧也。吾子何未之或知？'余一再訪之，辭以他往，不克見。嘯霞亦未來余齋也。余心服其品之高，而終以未見其所作耿耿胸次。今年春，介吴生松雨屬余序其詩，雒誦一過，其蕭閒澹遠之趣溢於楮墨間。昔韓子蒼論韋左司云：'其人性高潔，鮮食寡欲，所居掃地焚香而坐，其詩清新妙麗，唐詩人之盛亦少其比。'夫左司惟入禪，故能佇興而作，脱去塵埃。今嘯霞爲梵門尊宿，體無衆染，心歸妙宗，宜其詩之蕭寥孤迥，仿佛左司也。余年來喜誦乾竺書，而詩逾鈍拙，良以日在塵俗中，昔之詩朋大半散亡。小顛死矣，巽亭以多病杜門不數數見。如嘯霞者，又高不可致，安得與之經行宴坐於覺花香草之間，一開智慧芽，少得其蕭閒澹遠之趣？吾雖老，尚能作數百首詩，爲拙集另闢一境，不獨已公茅屋下可賦新詩已也。嘯霞其許我否？嘯霞名寶占，字夢如，詩凡三卷，而以‘法一’名其集云。道光二年孟夏三日，仁和宋咸熙撰。”咸熙，字德恢，號小茗。仁和人。嘉慶十二年（1807）舉人，官桐鄉教諭，嘗建藏書樓曰“思茗齋”，廣聚圖籍。

　　徐炳如序曰：“厲徵君樊榭之言曰：詩自詩，禪自禪，不相侔也。蓋以詩詠性情，禪則滅情以見性；詩貴風雅，禪尚機鋒，若此其不同耳。余以爲詩之大要期於不俗，苟求免俗，自非胸次恬澹、灑然於塵埃之外者不能也。而禪學功夫，正以心地閒寂、了無掛礙入手，此詩之與禪非其合者歟？嘯霞上人居清河庵，清溪紆環，灌木蘢蔽，極城南之幽勝。嘯霞課頌之暇，叉手行吟，欣然得句，故其詩和平淡遠，靄如春雲。集既富，屬序於余。余卒業其詩，因之有感矣。吾人處闤闠之間，如黃塵野馬，米鹽繁瑣勞其形，向平婚嫁牽其慮，或有觸於中，則憤世嫉俗，言辭感慨。欲求嘯霞之和平澹遠，其可得哉？以是知禪之與詩未始無相須之功，而樊榭之言非定論也。東村徐炳如。”

　　寶占自序曰：“達摩西來，直指見性，不立文字。洎乎寒、拾代興，方存韻語，不過山石樹葉間，流音傳響。縱有言辭，亦不許旁觀者擬議卜度，迥出乎思量分別之外，截斷意根。是則即言以明禪，即物以印性，非取流連景物，規模漢魏，如今之所爲詩也。夫釋子既離乎俗，日惟掃地焚香，心無繫滯，觸目悟境，當處解脫，豈以水月留形，鏡花存迹乎？雖終日纏而不縛，一朝得脫而無矜，自在天成，出乎本具，此其分也。余自幼脫白於桐邑之清河庵，日專禮誦，瓶鉢之餘，更無所好。適閒往來雲水，相遭二三知己，偶有所遇，或相酬贈，或即獨哦,總之頌竹拈花,不專意造,亦自知固陋,非敢播弄言辭以博虛譽也。而況自明照以來更百千劫,其間語言文字之禪,不知凡幾。若余此卷,非特不能不立文,並不能作語言文字禪也,是可愧耳。嘉慶己卯暮春之朔,嘯霞僧自題於松風水月山房。"

《法一集》收寶占詩139首,卷上46首,卷中44首,卷下49首。寶占性沉靜,掃地焚香,終日晏坐。其《習靜》詩曰:"詠罷澄潭上,歸休小院中。燈明禪榻靜,香爇佛爐紅。入定原非夢,觀心不礙空。秋聲何處起,簷外有梧桐。"因靜入定,因定得慧,故多清空絕塵之句。如《山居》云:"一林黃葉落,滿徑白雲多。"《山齋》云:"澗底水來看寫影,石根雲起坐題詩。"集中又有《狂歌十六首》,其小序稱:"雨窗獨坐,輒述狂懷,自愧文不猶人,言無詮次,事多不類,意屬虛浮,適當野語,用報知音。"所謂"狂懷"非世俗之狂心,實"皆悟道之言,自以爲狂,不狂也"(吳作霖評語)。錄二首以見一斑:"白雲遊四海,長風蕩八極。離合各有期,俄爾成生滅。生滅既非久,風雲豈長有。無生乃無滅,虛空獨不朽。"又:"群鳥時高飛,倦止依林丘。衆水日東下,放爲滄海流。自忘形色貳,誰言道裏悠。萬物各有致,吾生歸行休。"

《一指窩詩錄》一卷附《題畫詩餘》一卷,釋達塵撰

達塵(1779—1847)①,字性初,號月樵,俗姓馬,震澤(今江蘇蘇州)梅堰人。幼脱白於茜雲庵,自爲沙彌,好讀儒書,從當地聞人陳丈受詩法,多有妙悟。及壯,杖錫出遊,受具足戒於净慈寺雲棲禪師,嗣

①柯愈春《清人詩文集總目提要》以其生於乾隆四十六至五十年(1781—1785)間,誤。

法於舜湖振坤禪師。後笑溪禪師招同住梅堰顯忠寺。道光三年
（1823）主長慶講席。兩載後退院，授徒於潯溪圓通、妙境兩庵，卒於
道光二十七年，世壽六十九。禪誦之餘，尤喜吟詠，與文人結思陸龕
吟社。著有《一指窩詩録》一卷存世。生平見王之佐《月樵禪師塔志
銘》。

　　《一指窩詩録》一卷，一冊，咸豐刻本，見藏於南京圖書館。另，上
海圖書館藏有道光二十四年刻本。開本高 24.5 釐米，寬 15.5 釐米；
版高 21.5 釐米，寬 12.2 釐米。扉頁題“一指窩詩録”/“題畫詩餘
附”/“宋之彝”，内鈐“葉山民所藏鄉邦文獻”方印。卷端題“一指窩
詩録”/“震澤釋達塵月樵”。半頁 9 行，行 21 字，左右雙邊，白口，單
魚尾，版心鐫“一指窩詩録”及頁碼。正文前有道光二十四年（1844）
孫爕序、于源《燈窗瑣話》一則、張澧《讀月樵上人遺集作贊以弁其
端》、王之佐《月樵禪師塔志銘》，簡末有咸豐五年（1855）覺阿祖觀跋
文一篇。

　　孫爕序云：

　　　　吴越之間，叢林相望，其僧之能詩者蓋寡。近得二僧：文峰
　　字笑溪，達塵字月樵，皆出自梅堰之顯忠寺。寺故代有詩僧，二
　　僧承其先代遺緒，禪誦之暇，兼習吟詠。其鄉人王君硯農最愛重
　　之，嘗與予謀刊二僧合稿，已而不果。會笑溪卒，其詩爲秀水陶
　　君梅若所刊，予爲之序。月樵詩藏之篋笥，硯農以示烏程王君菊
　　人，而慫恿之。菊人慨然任剞劂之事，來請予序。予與月樵有一
　　日之雅，詩序之作，向嘗許之，兹不得辭。作詩之大要有三：曰
　　天，曰人，曰地。天之所賦有敏鈍，敏者悟速，能早探作詩之源，
　　而鈍者往往以拘牽而失之。人之所懷有靜躁，靜者心細，能徐參
　　作詩之旨，而躁者往往以鹵莽而失之。地之所處有窮達，窮者事
　　簡，能專務作詩之功，而達者往往以繁劇而失之。至於僧，其地

超乎窮達之外，無簿領，並無家室。其人守寂滅之教，有静而無動，一切事務，舉不足以入其胸，而惟定生慧，機鋒所觸，悟在頃刻，其天姿能化鈍而爲敏，尤非俗流所得而企之。故天下之作詩者，惟僧爲宜。予序笑溪詩，謂世人詩之不工皆由俗累，惟僧不累於俗，得自便其作詩，而怪世之爲僧者，詩多牽率應酬，竟讓笑溪以專美。今讀月樵之詩，即景生情，與笑溪同一妙悟，而別有一種空靈淡宕之氣往來於筆墨之間，於是歎禪門之未嘗無人也。月樵嘗授徒於吾里之妙境庵。是時，予與金子山甫正銳意作詩，喜詩僧之至，間日輒往訪之，月樵亦欣然出其近詩相質證。沈子柳橋家在庵側，使小沙彌召之，庭有鴨脚樹，拾落葉煮茗，談至日昃不肯去。已而，予病廢不能出戶，月樵還居故里，遂不相聞。兹披其集，曩日之詩具在，友朋講論，宛如目前。而追念二子，墓木已拱，爲之惻然。佛氏等其身於夢幻，而力求真空，證無生之樂，豈不以此也夫？顧月樵學佛，宜能達於生死去來之故，乃觀其挽友諸什，一往悲哀，令人不忍卒讀。何歟？可知外緣易却，内感難忘，影迫桑榆，舉目皆傷心之境，人不能使其身爲木石，雖遊方之外，亦安能頑然無動於中也？月樵爲人常落落難合，一主長慶寺方丈即退院，晚境愈困，口不言貧，生平不慕利亦不慕名。兹之刊詩，出於朋友之謀，而非其意之所欲，孤介之操，吾黨亦罕如斯人者，非獨緇流之選。予故樂得而序之云。道光二十四年歲次閼逢執徐且月望日，烏程孫燮撰。

孫燮，字吕楊，號愈愚，著有《愈愚集》。據孫序，顯忠寺二僧笑溪、月樵俱能詩，王硯農曾擬刊二人詩集，未果，後秀水陶琯刊笑翁詩集《如山居未悟編》一卷，而月樵之詩則由烏程王菊人刊刻。

于源《燈窗瑣話》云："梅堰有二詩僧，一笑溪（文峰），著有《如山居未悟編》，化後，陶梅若司馬刻之。一月樵（達塵），著有《一指窩詩錄》。月公老病，思得身前見其稿本。近王硯農徵士爲之鳩付剞劂，未及竣，而月公示寂矣。錄其《到庵》云：'纔拂蛛絲更剔苔，掃除荒徑竹籬開。詰朝定有詩人到，先把風爐試一回。'殊清絕也。笑溪詩《秋葵》云：'離披翠葉畫秋光，獨對西風吐嫩黃。此是老僧真面目，一庭清瘦立斜陽。'亦佳。"

覺阿祖觀跋曰："禪門詩有二種，其一單提向上，深悟玄要，一言半偈，天然不可湊泊，如唐寒山詩是也；其一禪誦餘暇，抒寫性靈，一唱三歎，有弦外之音，如宋九僧詩是也。寒山詩渺不可追，九僧矩矱自在，可以學力跂及。然胸中無書，筆下有塵，而欲追蹤畫、暹，蓋亦難矣。予夙聞月樵名，而無半面之雅。王硯農徵君常道其爲人，今春以《一指窩詩錄》見示。其詩冲澹和雅，未脫禪家本色，庶幾《禪藻集》之繼響也。顯忠寺代有詩僧，月樵能守其家學，一主長慶寺即退院，授徒自給，喜與諸名士往來，非所謂儒而墨者耶？烏程孫君愈愚序其詩，謂世人詩之不工皆由俗累，惟僧不累於俗，得自便其詩。其言良是。但世之爲僧者營營名利，其累更甚於俗，無怪乎禪門近代詩人寥寥也。月樵自此遠矣。乙卯春二月，覺阿祖觀志於五百梅花草堂。"乙卯爲咸豐五年（1855），祖觀，字覺阿，即張京度也，著有《通隱堂詩集》《梵隱堂詩存》等。

《一指窩詩集》後又附有《一指窩題畫詩餘》一卷，卷端題"一指窩題畫詩餘"/"震澤釋達塵月樵"。此卷共收詞 60 闋，皆爲題畫之屬，涉及 37 種詞調。

達塵性孤介，不慕名利，《自嘲》詩蓋其心迹之袒露："此心未肯死灰燃，一笑醯鷄甕裏天。竿木隨身聊作戲，雲山着眼浩無邊。滿階落葉供茶竈，半世虛名負俗緣。到底歸根何處是，枯荷留下藕如船。"平生以吟詠自娛，詩中頻用禪語、禪典，所發之情亦未出僧人本性，詩、詞均有較高水準，尤其 60 闋《題畫詩餘》於釋氏中實屬罕見。

《如山居未悟編》一卷，釋文峰撰

　　文峰（1780—1839），字性恬，號笑溪，俗姓徐。震澤（今屬江蘇蘇州）人。七齡出家於里中顯忠寺，依道隆長老。資性聰穎，好爲詩，後盡棄所學，行脚參方，究心於内外典。年四十，受具足戒於杭州理安寺香泉禪師，得法於秀水能仁寺道融禪師。開三壇界，緇流踵接，大闡宗風。越三載，住席吳江吉慶寺，有志鼎新，然時值歲歉，未果，遂鬱鬱成疾。道光十九年（1839）五月示寂，世壽六十。著有《如山居未悟編》一卷存世。生平碑傳有王之佐撰《文峰傳》。

　　《如山居未悟編》一卷，一册，道光二十年（1840）秀水陶琯刻本，見存於浙江圖書館，中國科學院文學研究所亦藏有一本。開本高24.2釐米，寬15.2釐米；版框高17.2釐米，寬12釐米。卷端題“如山居未悟編”/“震澤釋文峰笑溪”。半頁9行，行21字，白口，左右雙邊，版心鎸“如山居未悟編”及頁碼。正文前有道光十九年己亥（1839）烏程孫燮序、道光二十年庚子震澤王之佐《文峰傳》、道光二年壬午（1822）文峰自序，及陶琯、蔣寶齡、闞鳴珂、唐壽萼、王之佐、王棠、釋達塵等人題辭；後有道光二十年楊韞華跋。

　　孫燮序曰：

　　　王君硯農示予《未悟編》而言曰：“吾里顯忠寺西院，自國初以來，代有詩僧，素行、覯承、具修之詩，皆載入茅湘客《絮吳羹詩選》。數傳至道隆長老，有弟子二人：達塵字月樵，文峰字笑溪，皆能詩。月樵一主長慶寺方丈，即退院。而笑溪屢主秀水能仁寺及吳江吉慶寺方丈。吉慶寺頹廢，笑溪有志鼎新，心力俱瘁，值歲歉不果，遂鬱鬱成疾，數年而卒。臨卒之日，邀某至榻前，手此編諄諄見屬，蓋似未忘身後之名者。某即商之秀水陶君梅石，陶君捐資將付剞劂，子其爲之序。"予受而讀之，其詩以淡遠爲宗，抒寫情性，而不規規於格律聲調之末。昔人比詩於禪，有小乘、大乘之别，蓋言悟也。笑溪以禪爲詩，耳目所觸，無非悟境，此其所以不期工而自工歟？夫士苟才識稍異，莫不哆口言詩，其究也困以家室，逐於榮利，囿於聞見，旋作而旋輟，詩之道恒鬱而不暢。故子然一身，終年無事，惟僧之所積爲詩日月；蒲團静坐，以定生慧，惟僧之所藴爲詩情性；行脚所至，萬水千山，惟僧之所遇爲詩境界。然以予所見緇流之詩，大抵牽率應酬，無自得之趣，求如笑溪工者絶少，何也？蓋世俗之累，雖遊方之外者，亦未能免歟。笑溪之詩，其工如此，則其人可知矣。而陶君以平日遊從之舊，感其臨卒之言，慨嘆捐資，爲之刊布，其風義可尚，抑正釋氏所謂緣也。予不識笑溪，獨與月樵有一日之雅。其人孤介，授徒以自給，詩蒼潤可愛。王君欲合刊笑溪、月樵所作爲《二僧詩稿》，因循未果。今笑溪詩爲陶君所刊，以成夙願，予又當執筆而序其後。道光乙亥夏五，烏程孫燮序。

按，道光無"乙亥"年，疑爲"己亥"之誤，即道光十九年（1839）。陶琯（1794—1849），字梅石，號梅若、鋤雲，又號雲史，别號老梅、怙梅居士等。工書畫、篆刻，性高潔，終歲杜門不與外事，著有《緑蕉山館集》。陶琯《如山居未悟編》題辭前小序稱："道光己亥初秋，硯農王徵君過山館，出方外友笑溪上人遺詩一編，且言上人臨寂時，以所寶晋磚研（疑爲'硯'）一並詩屬其授予，欲予校勘付刻。嗟乎！身後之名，雖出世人猶亟亟如此，殆所云文字障深耶？上人因修復廢寺，力瘁致疾而歿，歿有遺憾，僅此數十首詩堪以壽世。矧予近歲往還最熟，區區之托，何敢辭也？"觀孫序及陶跋，則文峰欲以詩集傳身後之名，坦然若此，於釋氏中亦不多見也。

　　王之佐所撰文峰小傳，略曰：

師名文峰，字性恬，號笑溪，俗姓徐氏，震澤梅堰人。七齡脱白於里之顯忠寺，依道隆長老，資性聰穎，舉止異常。先從祖槐軒先生深契之，教之以詩，時有警句。師長余十歲，齒以兄事之列。每過如山居，瀹茗談詩，意甚相得。四方聞人亦樂與倡和，而吳枚庵、陸鐵簫、沈雲巢、徐山民諸前輩見輒加禮，枚翁曾選其詩入《卬須集》中。猶記一日謂余曰："語言文字非本分事，即有所作，亦宜從悟境入。"因盡棄少作，更其集曰"未悟編"，究心内外典、傳燈、語録諸書有年。年四十，具足於杭州理安寺香泉禪師。明年，得法於秀水能仁寺道融禪師，旋即主其席，開三壇界，緇流踵接，大闡宗風。越三載，會吳江之吉慶寺方丈乏人，衆請移錫。師憫寺之頹廢，剗苔納牗，薙草開堂，頻遭歲歉，殿宇未極修整，恒鬱鬱不樂。丁酉秋得脾泄疾，猶往來吳越，廣集檀施。戊戌春，道公逝世，心喪盡禮，謂往昔參方未遠，以老人在，今後閒雲野鶴，任其所之矣。嘗欲航海以募善緣，余力勸乃至退歸本寺，閉户養痾。迨己亥五月十日疾甚，招余至榻前，以晋磚硯一、詩卷二囑致秀水陶君梅若，冀其任刊，不移時示寂矣。僧臘五十有三，世壽六十。在師隻履西歸，證大圓覺，夫復何憾？而廬山社冷，無處逃禪，習遊者將何以爲情耶？其同門達塵號月樵者，以余悉其梗概，屬爲傳，遂不敢以不文辭。爰次其大概如此……道光二十年歲次庚子既望，同邑王之佐撰。

王之佐，字硯農，道光元年舉孝廉方正制科，工吟詩，江蘇震澤人，著有《青來草堂稿》。

文峰自序云：

余幼好爲詩，以僻處鄉隅，見聞弇陋，蚓啼蛙唱，自鳴自止而已。旋以吾宗清净寂滅爲本，徒沾沾於語言文字間，不亦顛哉？

於是盡棄所學，行脚參方，歷有年所，身心之學，迄無一得，乃廢然曰：吾其長爲未悟之人矣。既歸，舊時同學者咸喜其至，復以詩章相質，因於故篋中檢舊作，册存如干首，名之曰《未悟編》。蓋於吾宗本旨，既茫無所得，而於文字之末，亦格格未能悟入，良足慨也。時道光壬午二月，古梅花塢僧文峰識。

《如山居未悟編》一卷僅收詩67首，多爲與釋達塵、陶琯等人唱和之作。平心而論，文峰之詩，既乏僧人超然意態，亦鮮見奇崛、豪宕之概。雖自言“我心徒自苦”，詩却無椎心蝕骨之感。例如《病經兩載自分將去作生別詩以貽諸同好》，可視自評詩：“五十九年嗟一夢，夢中多事幻奇緣。聯翩結社嘗行脚，遊戲參禪喫老拳。剩有眼光容我放，空餘皮相向人圓。相期各盡生前力，措辦資糧證妙蓮。”與集名“未悟”實同一意也。又有《大水行》一詩略云：“老農仰面但呼天，而我低頭祇念佛。得非小民造孽重，二十年中合譴罰。龍公逞怒攫風雷，千里良疇盡遭劫。疇能作詩禱衡嶽，一掃陰霾見天日。重教插我公私田，民食國課均無缺。”雖具悲憫情懷，但識見仍不出因果報應之説。

《禪餘集》四卷，釋浄樂撰

浄樂（1780—?），字修草，世緣不詳。黄琮《滇詩嗣音集》卷二〇選其《祇林》詩，稱“昆明人，白馬廟僧”。著有《禪餘集》四卷存世。生平未見碑傳。《禪餘集》卷二有《嘉慶十九年乙亥余年三十有六辭鷄浮至靈照而詠》，按“嘉慶十九年”爲“甲戌”（1814），“乙亥”爲嘉慶二十年，蓋誤記干支。又卷二《戊寅除夕》有“三十九年如夢觀，忍窮披垢耐寒酸”句，“戊寅”爲嘉慶二十三年（1818）。據此，浄樂蓋生於1780年，即乾隆四十五年。卒年俟考。

　　《禪餘集》四卷，一册，道光刻本，見存於雲南圖書館。開本高
32.1 釐米，寬 15.8 釐米；版高 21.4 釐米，寬 13.3 釐米。各卷卷端題
"禪餘集"/"滇釋净樂修草"。半頁 10 行，行 20 字，無格，白口，四周
雙邊，雙魚尾，版心鎸卷次、頁碼。前有袁嘉穀題識："五古力争上游，
規撫三謝，而完篇殊少，由於其師友箴規也。七律尤滯，五律、五絶、
七絶喜談釋理、釋學，自佳，但就詩論詩，寧少取耳。"正文前有道光二
十一年辛丑（1841）謝瓊序，其曰：

　　　　自象教入中華，高僧間出，晋之支公、遠公皆以清言相尚，玄
　　箸超超，未聞以詩著。然如帛道猷、湯惠休之《採藥行》《江南
　　思》，可與陶、謝頡頏。降至有唐，如皎然、齊己、貫休，雲烟葱蘢，
　　珠璣的皪，其清微淡遠之致，若自韋、柳門庭中來，而究非如諸尊
　　宿之以詩爲偈，用示禪機者比。蓋詩自詩，而偈自偈也。吾滇自
　　勝國來，詩僧以讀徹爲冠，元宰駿公諸名流極推重之。普荷繼
　　起，詩亦清矯可傳。迄今寥寥，或有隱伏而不得聞於世者，余未
　　之見也。静（當爲"净"）樂和尚自幼聰穎絶人，比長披薙，讀《華
　　嚴》諸經，入法界海慧，恍然有省，時時行諸吟詠，其亦僧中之辨
　　才乎？使其由静生悟，以企於道，則華嚴法界海慧盡爲蘧廬，而
　　詩特末技焉耳。然即以詩論，搦風握月，涵詠性靈，而自饒天趣。
　　雖未能擺脱語録窠臼，要皆自抒其胸中之所得，亦衲子本色語
　　也，以視拾人牙慧、妄自鳴高者，不大相徑庭哉？蓋其行脚四方，
　　得力於山川之助，且多與學士大夫遊，日熏月漸，自然成章，有由
　　來矣。今且老而退隱，彙其積年所著，不欲湮沉，他人爲梓之以
　　傳，而丐一言於余。余與静（當爲"净"）樂締交最久，喜其於諸
　　衲中獨能樹風雅之一幟，是可尚也，因略綴數語以歸之。時道光
　　辛丑仲夏端陽後三日，石膧謝瓊序並書。

謝瓊,字石臞,昆明人。嘉慶十三年(1808)舉人,官禄勸縣教諭,有《謝石臞詩草》《彩虹山房詩鈔》等存世。

《净樂集》,流傳甚罕,柯愈春《清人詩文集總目提要》、雲南圖書館編《雲南歷代僧人著述考略》皆未能著録。是集卷一收古體 53 首,卷二收七律 130 首,卷三收五律 98 首,卷四收七絶 82 首,共 363 首。净樂頗擅作同題組詩,一題作三四首者,比比皆是,作數十首者亦非罕見,如《詠懷步唐人韻八首》《讀淵明榮木歸鳥之詩於懷有感效顰而作八首》《閒步古詩十九首不覺癡狂成二十首》《嘉慶十九年乙亥余年三十有六辭鷄浮至靈照而詠十二首》《山居二十五首》。其詩古體尚佳,律詩多不工。如《勉禪者學詩》云:“詩因酸極見天真,幾度推敲理謾伸。興發機先含造外,思窮象外著精神。欣然得意偏無句,偶爾忘情别有春。即物明心何所礙,融融水月識當人。”用語拘滯,有捉襟見肘之感,正如袁嘉穀所評“七律如此作,諺所謂吃力不討好也”。絶句則有禪偈氣,亦無甚可觀。

《隨緣集》四卷、《慈海和尚隨緣遺草》一卷,釋慈海撰

慈海(1785—?),生於涿郡,籍貫江西南昌。本儒家子,篤信佛理,嘉慶丁卯(1807)舉人。年四十,及父母遺世,妻妾亦亡,遂落髮爲僧,居京師拈花寺。其二女亦削髮爲尼。道光二十二年(1842)十月,有南遊之役。擅吟詩,與慶郡王奕劻叠唱《梅影詩》百首,膾炙一時。著有《隨緣集》四卷、《慈海和尚隨緣遺草》一卷存世。生平略見其所作《病中自述元韻》。

1.《隨緣集》四卷,二册,道光二十六年(1846)刻本。見存於上海圖書館。開本高 27.5 釐米,寬 15.7 釐米;版高 18.8 釐米,寬 12.4 釐米。卷端題“隨緣集”/“慈海草稿”。内鈐“王培孫紀念物”方印。

半頁9行，行20字，白口，左右雙邊，單魚尾，版心鎸書名、頁碼。正文前有道光二十六年丙午耆英、李鳴謙序及慈海自序。

耆英序曰："憶卅年前，見拈花寺壁詩，爲慈海僧作，讀而善之。就叩雲關，而僧已他適。隔一歲，始得晤談，娓娓清辯，深得詩之源流，而不以善綴爲工。且八法結構，饒有古趣，是能以慧遠而兼懷素者，即古人中亦不多得。余欽遲久之。迨總制兩江，僧駕燕北之扁舟，訪江南之舊雨，把手追昔，相得益歡。僧曰：'公周花甲時，僧願執一瓣香，諷《延壽經》，爲公祝期頤。'今正花朝甫度，春雨濛濛，僧不辭萬里而來，此古信人也。余更反覆其作，沉醰古學，探川源嶽脉之精藴，故自六朝以上，爲唐人所不能窺見者，僧一一抉之。作《梅影吟》至二百餘章，尤見才富。余嘗與僧互相資益，其進於古人者，往往爲余所不逮；有不令者，余亦間爲規之。而學之交，斷然一室，不在標榜也。初，僧業儒術，緣境值支離，始參上乘，嘔盡心血，亦'窮而後工'之説，自編其集曰'隨緣'，豈有因而發之乎，境使之歟，遇何爲而然也。詩共四卷，余爲刊之。僧與我有詩緣者，而余之所以重僧，豈在編章間哉？道光丙午春二月，耆英序。"後摩有"耆英""介春"二方印。愛新覺羅·耆英，字介春，清宗室。《清史稿》有傳。道光二十四年（1844）調授兩廣總督，兼辦通商事宜，二十八年回京任職，則其刊刻《隨緣集》當在其任兩廣總督時。

慈海自叙曰：

　　客有問於僧曰："既已爲僧，應隨僧緣，或深山窮谷，僻野荒陬，與木石居，與麈我遊，屏絶世緣，追究佛緣，誦經念佛，味道參禪，以此爲緣。胡乃寄情於翰墨，遊藝於吟哦，混迹於塵中，傲遊於海角，豈非反消而爲長，求暗而益章者耶？吾兹惑焉，亦有説與？"僧曰："無他，是則隨緣之實法也。"蓋人生斯世，必隨世緣，如飛不離乎空緣，潛不離乎水緣也。況緣之爲道，有三世焉：過去、現在、未來。是知吾無深山窮谷之緣,則深山窮谷不爲吾所緣;吾無木石塵我之緣,則木石塵我不爲吾所緣。吾與斯世無緣,世將棄我而去矣;吾與佛道無緣,道將遠我而晦矣。是知誦經緣也,經於我爲有緣;念佛緣也,佛於我爲有緣。味道參禪緣也,道與禪於我爲有緣;寄情於翰墨,翰墨於我爲有緣;遊藝於吟哦,吟哦於我爲有緣;乃至塵中海角,則塵中海角於我爲有緣。譬夫日中而食,則食與我爲有緣;夜至而寢,則寢與我爲有緣。水行不以舟爲緣,吾知其溺矣;夜坐不以燭爲緣,吾知其曉矣。夏以裘爲緣,吾知其熱矣;冬以葛爲緣,吾知其寒矣。況夫墮之一字,有妙理焉,先聖備言之矣。語云:毋意毋必,毋固毋我。子之所絶,忘其不隨緣也。亂曰:"君子素其位而行。素者,隨也。彼夫膠柱鼓瑟,刻舟求劍者,尚得謂之隨乎?"吾故曰:"人生斯世,必隨世緣也。如翰墨、吟哦等,是則過去爲儒已種之緣;誦經、念佛等,是則現在爲僧將種之緣;至未來之緣,則前路茫茫,非僧之明所能逆料也。今兹數十年之作,刊於八千里之外,安知非八千里之緣,而數十年之作,竟不能隨也。故一言以蔽之,曰'隨緣集'。"時屬道光二十六年二月念八日,慈海自序於粵東節署。

序作於廣州,内中皆言撰集之緣,亦是文字禪一種。

《隨緣集》四卷,卷一收詩 213 首,含《京西遺光寺五律步韻》129首;卷二收 262 首;卷三收 209 首,含《竹枝詞》40 首、《南遊紀事詩》104 首;卷四爲《梅影吟》210 首,共 894 首。

2.《慈海和尚隨緣遺草》一卷,一册,同治元年(1862)刻本。見存於上海圖書館。開本高 26.6 釐米,寬 15.6 釐米;版高 18.4 釐米,寬 13.7 釐米。封面題"慈海和尚隨緣遺草"/"李子齡氏松鶴題簽"。卷端題"隨緣草"/"遺光寺慈海著"/"賢良寺法安輯"/"拈花寺全朗、法華寺洪濤同較"。半頁 10 行,行 20 字,白口,左右雙邊,單魚尾,版心鐫"慈海和尚隨緣草"、頁碼。正文前有同治元年釋法安序,其曰:

> 吾釋教中近時詩僧有遺光寺慈海者,涿郡人,本文士也。清道光中登賢事,因事脱俗,視世界如樊籠,故不汲汲於名利,一心皈佛。即入空門,受戒於潭柘山岫雲寺,始住覺生寺崇理老人座下聽講,清修梵行,參悟真如妙理,不形諸言,猶不待乎色,而持律之嚴,概可見也。迨住拈花寺,爲道俗所推重,緣不以詩鳴,老來托寄風雅,嘗與晴嵐主人、蓮舫居士唱和往還,作《梅影詩》百首,耆相國嘗賞識之,膾炙一時。昔讀其閒詠甚夥,而但憶其佳句云"經滿寒窗雪滿山,梅花香裏掩禪關。無端觸動鄰邊犬,知是沙彌乞米還"之作,頗有寓意。原有"隨緣初集",近亦佚之,豈不重可惜歟? 余偶於拈花寺精舍壁間,得録其遺草五律六十二首,遂即付印,殆不致少湮佳章,以盡宗誼,而抒區區之願矣。壬戌冬至月榖旦,賢良寺住持法安識。

《隨緣集》中有《壬戌之秋與法公上人同遊拈花寺讀壁間疊韻詩傾佩久之後數月法公約全朗洪濤兩僧將此詩刻石以示來者囑余作七律一章紀其事云小除夕成多録識》,蓋紀法安於拈花寺録詩之事也。法安所稱"隨緣初集",即前所録道光二十六年(1846)耆英刊《隨緣集》四卷,至同治間已罕見傳本,遂刻《隨緣遺草》以存之。是集共收慈海詩 62 首。

3.《隨緣集》不分卷,清鈔本。見存南開大學圖書館。《南開大學圖書館藏稀見清人別集叢刊》第 21 册據之影印。卷端題"梅影吟(七律草稿二百一十首)"/"慈海存稿"。半頁 14 行,行 28 字。正文前有慈海道光二十六年(1846)自序,略有異文,落款則署"道光丙午二十六年四月初十日",序後附有慈海一首七律及一則跋語。其跋曰:"僧所學荒謬,此集原不敢示人,今爲介翁老夫子所梓,且將此原稿藏之相高，知己之感，謹識數語以覆，并謝并謝。僧慈海頓首。”頗疑此本爲慈海之手稿。

是集原爲經折裝鈔本，四册，半頁 13 行，行 28 字，字迹工整。第一册署“梅影吟（七律草稿二百一十首）”/“慈海存稿”，後三册收《小清院》《南遊紀事》等各體詩四百餘首。卷末有劉潯奉耆英之命而撰七律四首，其一曰：“蒲團坐破硯磨穿，六十光陰未了緣。小劫已登羅漢果，大名曾上孝廉船。（和尚係丁卯孝廉）吟成白雪堪千古，夢醒黃粱又卌年。（丁卯距今四十年矣）不是長齋貪繡佛，南昌眷屬本神仙。（和尚厭棄世俗，全家披剃）”

慈海每糾結於禪與文字之悖論，屢作絕詩以明志，如《絕詩》小序稱：“詩綺言妄語，原非出世人所宜，若不戒之，又被此魔引去，以詩絕之可也。”詩云：“久厭推敲事，何爲拈一柬。（剃染後久不作此勾當）豈非悲墨染，反爾近朱紅。搏虎徒貽笑，攘鷄又類通。從兹還擱筆，休入此魔中。”然慈海真作詩之高手也，凡歌行、排律、竹枝詞，長篇短韻，組章迭唱，皆得心應手，時有佳作。如《竹枝詞·詠菊》四十首、《京西遺光寺五律步韻》百二十九首、《梅影吟》二百一十首等。向來以爲應制詩難作，然慈海却不以爲然，曰：“且詩莫易於應制，點清題字，料定章法，列開層次，對仗工穩，來龍去脉，井井分明，則盡之矣。千篇一律，別無神奇，故吟詠家多不樂爲也。”顧其與慶郡王、豫親王等人唱和、步韻之作，雖不見佳，但亦工穩可讀。例如《南遊紀事》有《張偉然王毅軒諸公邀遊蘇園至則有妓四人僧別設一座口占以志》云：“衆香國裏晏群仙，人解風流我解禪。魏紫姚黄花繡地，秦松漢柏翠撑天。梅邊枕石鋪紅雨，竹外評茶狎綠烟。名士名園名妓輩，大家齊笑老僧顛。”應景之作，對仗工整，亦頗爲得體。而慈海之詩最佳者當爲獨吟之作，像《病中自述元韻》十五首，坦陳心迹，真切動人。又如《六十生辰》云：“禪餘草履可横征，何必疲驢轉磨行。櫪伏難厌千里志，御風誰禁九臯鳴。要觀化雨蘇南國，肯縮閒雲駐北平。笑把生辰搬白下,始言周申不虛名。"用典貼切,對仗工穩,頗能傳達自我個性。

《尊古堂詩存》一卷,釋覺圓撰

覺圓,字慧天,號寄亭,錢塘人。生卒年、法嗣皆不詳。自作《留別雲間諸子》小序云,嘉慶十一年(1806)秋,自禾中至雲間,主西林禪院。次年夏,以檀越築"祇園精舍",專研《楞嚴》。十五年退院,入天台。著有《尊古堂詩存》一卷。生平未見碑傳。

《尊古堂詩存》一卷,道光二年(1822)雲間直指庵刻本,見存於上海圖書館。開本高24.8釐米,寬15.6釐米;版高18.7釐米,寬14釐米。封頁書簽篆書"尊古堂詩存"/"壬午仲秋徐豐題"。扉頁篆書"尊古堂詩存"/"少眉書"。次頁爲牌記"道光二年仲夏之月刊於雲間直指庵"。內鈐"王培孫紀念物"方印。卷端題"尊古堂詩存"/"錢唐釋覺圓慧天"。半頁10行,行21字,黑口,左右雙邊,單魚尾,版心鐫"尊古堂詩存"及頁碼。正文前有道光元年辛巳(1821)高崇瑞、道光二年壬午王慶麟、張璿華及覺圓自序,又有覺圓小照,題爲"寄亭上人小像",及馮炳輝題像贊。

高崇瑞序曰:"積雪壅巷,淒飆中人,蟄室蕭寥,冬心闃寂。乃有彳亍遠道,剥啄荒扉,尺素相將,一編展示,則寄亭上人《尊古堂詩集》也。上人早肅清修,夙秉辯慧,受衣鴛湖之畔,飛錫谷水之陽。開説法之堂,天花散畫;置經行之室,溪泉瑩心。禪誦餘閒,兼事韻語。惠休擬'碧雲'之句,齊己定'深雪'之篇,騁譽叢林,靡不嗟賞。既而神馳絶境,極意玄關。觀瀑霞城,振金策於萬仞;鍵扉松徑,伴繡佛於一龕。頻更淨域之居諸,還就空庵之雲木。方袍已足,丈室自安,白業愈深,清吟不輟。今兹所集,夙製悉陳。蓄韻幽微,如有衆香之積;造懷淡泊,且覺六塵之空。氣除蔬筍,味得花水,華嚴之偈,其在斯乎!且夫二清振藻於三唐,九僧標秀於北宋,自來法苑,不少詩流。上人以耆闍之英,探風雅之奧,智光鏡淬,吟思環生,固將遠企前蹤,獨擅慧業。予窮年耕研,無日聽鐘,秋水蓮池,始識元師之理;落花禪榻,時過贊公之房。愧半格之未精,快全編之先睹,歡喜十讀,泚筆簡端,聊爲引喤,匪同饒舌。道光元年歲次辛巳仲冬之月,華亭高崇瑞撰。”高崇瑞,善詩文,工仕女畫,著有《松下清齋集》。

覺圓自序曰:“長洲王惕甫先生嘗謂余:‘不可爲名僧,尤不可爲詩僧,詩愈工,去僧愈遠。’余受教,惶恐累日。今居直指庵,一二知己時相過從,談禪談詩,結習未盡,然皆牽率酬應,概不存稿。徒錦帆私竊鈔存,今秋錄就,請余付梓。余曰:‘詩豈易言哉?語未工,體未備,貽笑大方,無爲也。’帆曰:‘五百應真各具面目神通,焉能一肖。’錦帆不諳文字,斯言似近於理。郡人王子希仲、馮子少眉亦以爲然,遂爲余序而傳之。嗟呼!眇眇禪棲,刮痕無日,大事未了,衰相已現,而先生之暮草亦宿矣。詩不工,而去僧亦遠,二君其重余之過也夫。寄亭道人書於松江直指庵。”

是集雖僅收詩 97 首,然覺圓頗耽於吟業,其《自題詩草二首》云:“西來祖意詎吟詩,恐受人間綺語嗤。自是山僧耽末藝,但求一字亦吾師。”“錫掛雲間十六年,都從文字結深緣。祇今衣鉢香燈外,冷淡惟留詩一編。”又《賦詩》云:“吟成一字響千年,生費推敲賈閬仙。我不效顰君莫笑,陶鎔情性出天然。”實以詩僧自居。所作亦不出僧家本色,以清雅爲宗,如《聽雨》云:“竹窗滴瀝到深更,不減芭蕉葉上聲。獨坐小樓深夜聽,天涯遊子最關情。”流利自然,宛然可誦。

《小綠天庵吟草》四卷、《小綠天庵遺詩》二卷、《小綠天庵吟草》不分卷、《六舟山野紀事詩》一卷,釋達受撰

達受(1791—1858),字六舟,又字秋楫,自號萬峰退叟、慧日峰

主,別號寒泉、小緑天庵僧等。俗姓姚,浙江海寧人。幼茹素,慕大雄氏,出家於海昌白馬廟,師事松溪超然禪師。六時梵行,精進不怠。歷住湖州演教寺、蘇州滄浪亭、杭州净慈寺。晚退居白馬廟。放參之暇,溯究六書草書,凡商周秦漢之彝器,皆考古證原,阮元嘗招入文選樓,以"金石僧"目之。又詩學借庵清恒,畫學松光了義,故又有"九能僧"之謂。所著有《白馬神廟小志》《寶素室金石書畫編年録》《南屏行篋録》《小緑天庵詩》《六舟山野紀事詩》等存世。今人桑椹輯所存著作爲《六舟集》(浙江古籍出版社 2015 年版)。所撰《寶素室金石書畫編年録》實其自撰年譜,管庭芬亦有《南屏退叟傳》。

1.《小緑天庵吟草》四卷,四册,稿本。藏於浙江博物館①。卷端題"小緑天庵吟草"/"海昌釋六舟達受"。半頁 9 行,行 21 字,緑格,四周雙邊,行楷。正文前有蔡名衡、戴熙、陳文述、金蕚、汪燀、阮亨、陳鳳孫、陳賜年、王承喜題詩。是集卷一收嘉慶十八年癸酉(1813)、嘉慶十九年甲戌詩 69 首,卷二收道光二十六年丙午(1846)詩 51 首、道光二十七年丁未詩 6 首、咸豐四年甲寅(1854)詩 6 首,卷三不繫年詩 30 首、道光十八年戊戌(1838)詩 43 首,卷四爲《山野紀事詩》41 首,凡 246 首。簡末有管庭芬《南屏退叟傳》。

2.《小緑天庵遺詩》二卷附《六舟山野紀事詩》一卷,一册,民國九年(1920)海寧姚煜古樸山房排印本。見存於南京圖書館。開本高 26.5 釐米,寬 15.3 釐米;版高 16.2 釐米,寬 11.4 釐米。扉頁篆書"小緑天庵遺詩二"/"山野紀事詩一",第二頁篆書"海寧姚煜古樸山房校印"。鈐有"海寧姚氏古樸山房印"。卷端題"小緑天庵遺詩"/"海昌釋達受六舟著"。半頁 10 行,行 21 字,左右雙邊,黑口,有格,

①按,浙江省博物館藏有《小緑天庵吟草》四卷及《六舟山野紀事詩》一卷,稿本。戊戌人日,筆者訪之,因尚在春節,館員未予借出,遂無緣及見。現據桑椹《六舟集》略予叙録。

單魚尾,版心鐫書名、卷數、頁碼。正文前有同治四年乙丑(1865)譚獻序,咸豐三年癸丑(1853)蔣學堅序,咸豐十年庚申(1860)姚煜序。三序後有同里後學張震摩"六舟上人小像",管庭芬《南屏退叟傳》,戴熙、阮亨、陳文述、金夔、汪燁、陳鳳孫等人題辭。

譚獻序云:"宋以來西湖多詩僧,工者蓋鮮。六舟和上以金石摹拓著名東南,扇頭賤尾,時時賦詩。性好搜訪,每得古迹,輒以詩紀,爲將來圖經所必録,於蔬笋中別具公案。當時自阮文達公而下,遊方之外,喜與師論文。裙屐觴詠,承平勝事,亂離瘻矣,渺不可追。人天小劫,彼法中如夢如幻,掩卷慨然。同治四年乙丑季冬,仁和譚獻審定,記時積雪盈庭呵凍書。"譚獻(1832—1901),字仲修,號復堂、半廠、仲儀等,浙江仁和人。此序未見於羅仲鼎、俞浣萍點校《譚獻集》,是爲佚文。

蔣學堅序略曰:"今年,徐君蓉初從武林丁君輔之假得《小緑天庵詩》三册,俱係六舟手稿。蓉初屬爲校録,余不敢妄加去取,即就譚仲修先生所選定者鈔撮得二卷。上卷多寫風景及友朋贈答之作,筆意近中晚唐;下卷俱詠古彝器之作,不求工於字句,而考證詳明,援據博雅,近翁閣學覃溪、張解元叔未一派。然則清新古厚,六舟兼而有之,洵能於詞壇上別樹一幟者也。昔吾邑有僧曰青雨,亦松光弟子,著有《茶夢山房吟草》,泉唐戴文節爲之序,久已風行海内。是集出,當可並垂不朽矣。余故樂而弁其端。癸丑七夕,蔣學堅書於梅溪客舍,時年六十有九。"丁輔之,原名仁友,字輔之,浙江仁和人。"八千卷樓"主丁松生從孫,嗜印成癖,以藏書風靡海内。徐蓉初,亦清末藏書家,爲詩人徐志摩之伯父。據此序,上所叙録《小緑天庵詩》四卷當爲達受手稿,嘗爲丁輔之所藏,徐蓉初屬蔣學堅校録,然蔣氏以譚獻選定二卷,付海寧姚煜古樸山房排印。此本實爲《小緑天庵詩》之删節本。

姚煜序略曰:"己未冬十月,錢塘丁君輔之以所藏六舟詩稿見示。余觀其詩,自抒懷抱,不事雕飾,韻清越以長,情綿邈以深,而生平所得金石碑版,咸著於詩,附以自注旁行斜上,考訂精确……六舟能以其詩永金石之傳,苟無傳其詩者,亦終不可以久,致足惜也。爰謀諸輔之,以聚珍版印行於世,倘亦嗜古者之所樂歟?原稿凡三卷,仁和譚仲修先生删爲二卷,去取至矜慎,今一依譚先生本,不復損益云。庚申春正月,海寧姚煜序。"姚煜,字文敷、文甫,海寧人,亦清末書法家、藏書家。

3.《小緑天庵吟草》不分卷,二册,鈔本。見存於上海圖書館。開本高 27.1 釐米,寬 16.9 釐米;版高 16.5 釐米,寬 10.6 釐米。鈐有"常熟周左季家鈔本書""隨時快樂翁"二印。卷端題"小緑天庵吟草"/"丙午"/"海昌釋六舟達受"。半頁 9 行,行 20 字,小字雙行同,黑口,左右雙邊,單魚尾,中縫題"鴿峰草堂"/"常熟周左季家寫本"。無序跋。

4.《六舟山野紀事詩》一卷,一册,鈔本。見存於上海圖書館。扉頁題"山野紀事詩",鈐"常熟周左季鈔本書"印。半頁 9 行,行 21 字,小字雙行同,白口,四周雙邊,單魚尾,中縫題"六周山野紀事詩"、頁碼,下題"都公睡室鈔本"。無序跋。

達受詩,以酬答贈友及詠古彝銘器爲多,而尤以後者最有價值。達受頗有考據癖,所作之詩,頗染此習氣。《山野紀事詩》中,幾乎無不題金石、書畫者,詩前小序則備述其來歷,考鏡源流,辨僞存真。方之於文人詩壇,大抵可目之爲"學人之詩"。如《渡江訪瘞鶴銘及宋人題名紀事》,序曰:"遊山過潤州,渡江訪《瘞鶴銘》故址,洎米南宫、賀梅子、陸劍南三題名。米題文曰:'仲宣、法芝、米芾,元祐辛未孟夏觀山樵書。'賀題文曰:'青杜綦立與權、山陰賀鑄方回、南陽張德洵公美、廣陵左礻和叟,建中靖國元年九日遊。'陸題文曰:'陸務觀、何德器、張玉仲、韓無咎,隆興甲申閏月廿九日,踏雪觀《瘞鶴銘》。置酒上方,烽火未熄,望風檣戰艦,在烟靄間,慨然盡醉。薄晚泛舟,自甘露寺以歸。明年二月壬午,圜禪師刻之石,務觀書。'附嘉熙二年十一月晦日，王瀋、李夔得、韓□、范仲□，下截砌成行路，余爲鑿道開山，手搨多本，分贈同好諸公，賦長詩糾其誤。”《瘞鶴銘》，傳爲南朝陶弘景之書迹，有“書家冠冕”之稱，歷代題詠者無數。達受所記宋人碑銘及事迹，亦具較高文獻價值。陸放翁此篇銘文，尺短神遥，然未入《渭南文集》中，今人歐小牧所撰《陸游年譜（補訂本）》“隆興二年甲申（1164）”條下亦未繫入兹事。此碑銘今仍見存於焦山西麓山道崖壁之上，具有極高之文獻、書法價值。

《石城寺詩鈔》二編，釋達慧撰

達慧，字靈明。生卒年不詳，道、咸間人，江西清江石城寺僧。黄慶同《石城寺詩鈔序》云其“少孤貧，捨身入緇流”。據自作《自笑》詩云：“自笑吾年四十七，眼底空華盡休息。”蓋行年至少四十七歲以上。好吟詩，寢饋與俱，斷斷然推敲不輟。著有《石城寺詩鈔》二編存世。

《石城寺詩鈔》二編，一册，咸豐九年（1859）刻本，見存於南京圖書館。開本高 26.8 釐米，寬 15.3 釐米。扉頁題“咸豐九年冬月鎸”/“石城寺詩鈔”/“板藏本寺禪堂”。初編卷端題“僧達慧靈明著”，次編卷端題“僧達慧續稿”。每半頁 7 行，行 20 字，無格，單魚尾，版心題“石城寺詩鈔”及頁碼。初編前有艾暢、黄慶同、吕光焕序三篇及目録。黄慶同序曰：

> 僧之能詩者，賈閬仙爲昌黎伯所重，令反初服之官，尚矣。餘如皎然、處默、齊己、景雲，其詩皆膾炙人口。厥後有明一代，宗泐、守仁、道衍、明秀輩，亦務去陳言，獨標新韻。我朝則戒顯、止巖，曁明印等數十人，追蹤接響，不昧元燈。吾邑近年來，惟中山之瀚若、慧力之雲谷，耽吟詠，諧聲律，耳其名而未與謀面，以外無聞焉。庚戌，予讀禮索居，石城寺僧達慧叩門請謁，袖其詩

册見示。自言少孤貧，捨身入緇流，從未就塾，經典由耳聞默識，於斯道寢饋與俱，斷斷然推敲不輟。予受而展誦之，諸偈大約明心見性，不脱西來宗旨，餘亦清潤可喜。夫僧之能詩無奇，詩之能工亦無奇，奇哉達慧之詩空所依傍，動與天遊，使其沉醉經史，淹貫百家言，安知質於杜少陵所云"鯨魚碧海"，韓退之所云"巨刃摩天"者，竟未之及？然達慧棲神於烟霞泉石，不與俗伍，斯編已撲去面上三斗塵，由是澄心凝思，渺慮爲言，他日所詣送者，定當自崖而返。黄慶同六舟氏撰。

序後附熊化、羅洪先、陳紀麟、艾暢、張夢枢、吕光焕、黄慶同、楊巨源、盧道奎、鄧恩林、周廷傑、聶秉誠、饒鼎亨、楊熙葵、李寶昌 15 人題詩，多寫石城寺紀遊攬勝。艾暢序云："達慧和尚進紙索留句。憶前明熊御史化遊此，詩頗佳，步其韻付之。由是士人傳和，達慧和尚彙録之，並取前人經遊詩通爲一卷，題曰《石城寺詩鈔》。達慧和尚亦能詩，自以其稿附於後。將鋟，來乞予言，冀兹山藉以有傳也。"蓋皆達慧所彙士人經遊詩，刊附於首，欲爲石城寺增輝也。唯吕光焕、王臨策屬題評達慧詩。吕氏云："達慧，詩僧也。以詩鈔初編見示，讀竟深爲擊節，因步前韻，賦以贈之。"次編末有楊式坊、李寶昌跋文兩篇。各序跋撰年不一，艾序作於道光二十六年（1846），楊跋作於道光二十八年（1848），吕序、黄序作於道光三十年（1850），而《詩鈔》刊於咸豐九年（1859），故此集付梓，歷時十餘載，頗費經營。

是集初編存詩 84 首，次編存詩 100 首，凡 184 首。達慧久居石城寺，深山形勝，故多寫景攬勝、唱和紀遊之作。如《題本寺三十六景》組詩中，《森天石》詩云："一石森天直作關，閒觀二水任潺潺。遊人到此省省麽，入得山來未見山。"《跰月鏡》詩云："月照西山去難留，老僧何事復生憂。静觀自在無餘礙，石鏡光寒夜不收。"《和諸紳士遊石城寺》其二云："踏破溪雲月色賒，層崖深處野僧家。夢驚天外

飛來鶴,彩散空中墜落花。因明性定求真静,自愛禪機去雜嘩。誰識
這般清意味,尤看松頂集群鴉。"其寫景唱和,不務雕琢,好融入禪門
話頭,直指大意,故楊式坊跋評:"一吟一詠亦見西來大意,是故予所
目瞪口呆者,奚能贊一辭耶? 然其中有空靈超脱之句,深微淡遠之
趣,積而愈出,又令人愛玩不釋。"艾暢序評:"達慧和尚詩類偈語,如
老尊宿據方丈手棒口喝,隨在皆見宗旨,亦緇門之奇也。"次編偈、頌、
燈録、贊,俱達慧佛門修行、參禪悟道之作,如《静悟篇》《解脱吟》《明
心偈》《閲彌陀疏鈔》等,其中《見性偈五十三》均四言四句,屬典型的
禪門語録體。

《通隱堂詩集》四卷、《梵隱堂詩存》 五卷,釋祖觀撰

祖觀,字覺阿,原名張京度,字蓮民。元和(今江蘇蘇州)人。嘗
佐州縣幕。年二十九①,與父母及弟同時出家於常州天寧寺,受具
戒。歸後築室西津橋畔,名通濟庵,繞屋植梅五百株,名所居曰"五百
梅花草堂",日與野老課誦吟詠。庚申避亂太湖衝山島,募捐田百餘
畝,建倉於山巔,遇飢則賑之,山中人尤感其德。未幾示寂,衆老少咸
頂禮哀悼之。著有《通隱堂詩存》《梵隱堂詩存》行世。生平未見
碑傳。

1.《通隱堂詩存》四卷,同治六年(1867)五百梅花堂刻本。見存
於天津圖書館。此本乃祖觀出家前詩集,扉頁大字篆書"通隱堂詩
集",次頁題"同治六年冬五百梅花草堂刊"。各卷卷端題"通隱堂詩
存"/"元和張京度蓮民著"。半頁 9 行,行 21 字,四周雙邊,白口,單

---

① 《梵隱堂詩存》卷一開篇《出家後作》謂:"二十九年胡亂過,今朝還我本來身。
世間萬事皆兒戲,祇有爲僧氣味真。"

魚尾，版心鎸有書名、卷數、頁碼。無序跋，書末題有"玉峰陳錫甫鎸刻"。各卷前有目録，卷一收各體詩56題56首，卷二收61題67首，卷三收56題56首，卷四收51題57首，凡224題236首。是集另有咸豐八年（1858）吳縣馮芳輯木活字排印本，藏於上海圖書館、南京圖書館等地。

2.《梵隱堂詩存》五卷，同治六年（1867）刊本。見存於天津圖書館。此本乃祖觀出家後詩集。扉頁大字題"梵隱堂詩存"，次頁爲牌記"同治五年冬日通濟盦"。各卷卷端題"梵隱堂詩存"/"古吳釋祖觀覺阿著"，鈐有"天津市人民圖書館藏書印"。正文前有同治六年（1867）馮桂芬序，其曰：

　　吾友覺阿上人詩，出家前作曰《通隱堂集》，出家後作曰《梵隱堂集》。咸豐丁巳，余得一聚珍版，爲印《通隱堂集》五百本，且爲之序。越三年庚申，湘鄉左刺史仁出廉俸百金，屬元和韓郎中崇合刊兩集。垂成，而有粵匪之難，板毀，原稿亦毀，幸上人弟子悦巖及余子芳緝録副皆存。悦巖眷懷師澤，懼或失墜，節縮米薪，以庀剞劂，得十之七八。余嘉其志，爲足成之，兩集遂完。悦巖復以序請。余與上人同課同入學，既余見愠宵小，戢影家巷，蹤迹益親。嗣又以避地衝山彌陀，共龕者四閲月，親見其示寂，兩刊君詩皆涉余手，殆彼法所謂緣邪？是不可以無言。上人詩友桂林朱觀察琦嘗謂余曰："出家前作似和尚詩，出家後作似秀才詩。"余曰：於理固然。上人爲秀才，視人世功名富貴一切如敝屣，於其胸中曾不芥蒂，寄之吟詠，固宜似和尚。洎爲和尚，袖手局外，蒿目時艱，一腔抑塞幽憤之氣無所發抒，不覺見之於詩，固宜似秀才。觀察可謂知言。願以質世之讀君詩者。同治六年夏四月，吳縣馮桂芬序。

馮桂芬(1809—1874),字林一,號景亭,吳縣人。道光二十年(1840)進士,授編修,咸豐初在籍辦團練,同治初入李鴻章幕府。少工駢文,中年後肆力古文,尤重經世致用之學,爲改良主義之先驅。著有《校邠廬抗議》《説文解字段注考證》《顯志堂稿》。此序又見於《顯志堂稿》卷二。據馮序可知,祖觀《通隱堂集》《梵隱堂集》曾刊於咸豐丁巳(1857)前,後三年韓崇擬合刻之,然遇庚申之亂,版毀稿亡。同治六年(1867),馮桂芬得祖觀弟子悦巖及其子芳緝所録副本,重予刊行。此本後列有吳縣葉廷琯調生、湘鄉左仁青峙等十一名閲校姓氏。諸卷前皆有目録,卷一收各體詩 33 題 89 首,卷二收 34 題 63 首,卷三 31 題 71 首,卷四收 37 題 68 首,卷五收 42 題 75 首,凡 177 題 366 首。

　　《梵隱堂詩存》另有多種鈔本存世。同治九年(1870)劉履芬鈔本,題爲《梵隱堂詩存》八卷,見存上海圖書館。開本高 25.2 釐米,寬15.5 釐米;版高 17.5 釐米,寬 11.8 釐米。黑格,黑口,左右雙邊,雙魚尾。鈐有"在官書寫""須上""彦清繕本""韻石過眼""閉關頌酒之裔"等印。又《梵隱堂詩存》十卷,稿本,見存於上海圖書館,版高18.4 釐米,寬 13 釐米,封面題"稚林手録"/"梵隱堂詩存",内鈐"景鄭藏篋""詞延子孫""芳緝印""芳緝校録"等印。卷端題"梵隱堂詩存"/"古吳釋覺阿祖觀"/"古光道人著"。無序,末有道光十八年戊戌(1838)江夏陳巒跋。此本即馮桂芬子芳緝之過録本。又有道光丁巳葉氏楸花庵鈔本,内有葉廷琯題識、貝青喬評語,見存上海圖書館。卷端題"古光道人著"。葉氏題識曰:"大著此集,無體不工,無妙不備,高華沈實,俊逸清新,可謂極詩人之能事矣。鄙人前讀《通隱堂集》,竊以吳凝父相擬。此集則中晚唐、南北宋以及元明諸派合爐而冶,不名一家,固由才力、心思日闢日廣,殆亦因身世之所遭既異,詩境即從而變化無方歟? 仍用朱筆僭加評點,以别於子木閲本,並附妄論簡端,惟希大雅教我,幸甚。丁巳小春,髮弟廷琯讀竟題。"此本或

《梵隱堂詩存》付梓前葉廷琯之校閱本。又有光緒八年（1882）凌雲鈔本，不分卷，存於南開大學圖書館（未見）。

朱琦嘗謂祖觀詩："出家前作似和尚詩，出家後作似秀才詩。"今通讀其二集，可謂的論。《通隱堂詩集》多山居、經寺、訪僧之作，例如《宿懶上人房》《過僧寺》《雪後過流水禪居》《送演教寺雪上人還山》《憇歸愠庵掛瓢堂》《遊法華山白雀寺》《遊破山興福寺》諸作，詩風清苦，時露超然自拔之氣。然《梵隱堂詩存》中俯拾皆是其過故宮荒祠、詠史懷古之作，或題前人著述畫像，如《安龍紀事》《題晞髮集即效其體》《題潞王畫蘭石刻》《題黃梨洲集後》《黃忠節公像》《歸震川先生祠》《壽丘山吊宋武帝舊宮》《題丘紀善家傳後》《劉龍洲墓》《閶門懷古》《鶴林寺陸忠烈公祠》《宋史》等，追懷古人，抒自家懷抱。若《顧亭林集》云："天壽山前吊古墟，回天無力欲何如。姓名枉入儒林傳，郡國常懸利病書。痛哭橋陵悲杜宇，崎嶇邊塞策疲驢。滹沱落月華陰雪，麥秀歌殘恨有餘。"或直寫時事，如《防海》《林少穆制軍出塞》《西洋》《看燈詞》《諸將》《吳淞》《甲辰除夕用范石湖甲辰除夜韻》《咄咄吟題詞》等皆關切民生、憂患邊警之作。祖觀之詩，前後反差甚大，誠如馮桂芬所云："上人謂秀才，視人世功名富貴一切如敝屣，於其胸中曾不芥蒂，寄之吟詠，固宜似和尚。洎謂和尚，袖手局外，蒿目時艱，一腔抑塞幽憤之氣無所發抒，不覺見之於詩。"古人論詩文貴在超出習氣。葉燮云："世出世法，本無二法，法法皆然，即詩文一道亦爾，然詩不能無大同而小異。世諦之詩，不可有俗氣、書生氣；出世諦之詩，不可有禪和氣、山人氣。論詩者於世出世法，似乎相反，然暢達胸臆，不襲陳言，要歸於不染氣習，無二諦也。"以此而論，祖觀之詩可謂不染氣習也。集中有《乾嘉詩壇點將錄》一詩，乃爲舒位《乾嘉詩壇點將錄》所題，可爲研究者注意。

《松雲精舍詩録》四卷,釋慧霖撰

慧霖(1806—?),字梅盦,俗姓李,新建(今屬江西南昌)人。因家道中落,四歲出家,薙髮於灌城之永福庵,爲徹峰和尚之法孫。道光十四年(1834)主持法雲律堂,凡十九年。後出遊兩浙、三吳。喜吟詠,著有《松雲精舍詩録》行世。生平未見碑傳。《松雲精舍詩録》卷首道光二十九年己酉(1849)慧霖自序云:"霖四歲出家,忽忽卅閱寒暑。"推之,慧霖當生於1806年,即嘉慶十一年丙寅。卒年俟考。

1.《松雲精舍詩録》四卷,一册,咸豐六年(1856)刊本①。見存於江西省圖書館。扉頁篆書大字"松雲精舍詩録"。卷端題"松雲精舍詩録"/"新建釋慧霖梅盦著"/"平湖張金鏞選録"。内鈐"饒士騰印""張劼之印""道以神理超""儒門淡泊"等印。每半頁11行,行23字,有界欄,左右雙邊,白口,無魚尾,版心鎸書名、卷數、頁碼。正文前有慧霖自序,張金鏞題識,簡末有黃秩林、陳景彥題跋。慧霖自序曰:

　　　　嘗讀易堂魏冰叔文,有《詩遁序》,乃梵林子採選方外與隱者之詩以聞世者也。霖四歲出家,忽忽卅閱寒暑,明心見性,難問宿根,衹向來見聞所及,於幼執灑掃、長習課誦外,輒喜吟詠。甲午冬,主持法雲律堂,往來師友互相砥礪,俾得略知趨步。比年出遊兩浙、三吳,於六條橋外,七里塘邊,小作勾留,會寒梅試花,若有所悟,此《梅盦詩存》之所自茸,而將問諸海内以求當頭棒喝也。霖本新建李姓,生四歲而家落,遂薙髮於灌城之永福庵,本

---

① 此本江西省圖書館斷爲"道光二十九年刊本",然書末有咸豐六年黃秩林跋,故此本當刊於咸豐六年。

師及師祖皆早侍徹峰老和尚，爲太師祖。自幼及長，胥承提命，今謬荷時賢推許，集資付刻，深自慚惡，秖冀它日得梵林子者及方外，不致湮我徹公培植之至意，則合掌以萬幸爾。道光己酉中秋，梅盦慧霖自叙。

據序所云，慧霖詩初名《梅盦詩存》，乃其自編而成，且冀望以詩傳名，迥異於方外諸公。

張金鏞題識云："香象踏波，靈獅噴碣。語在意中，禪在詩外。天地一瓢，江海兩萍。窮羈絕遊，悄焉屏營。寒山碧聲，瘂箏啞筑。挹此瑩流，蕩滌縈縛。真想溢襟，清機內韜。殘唄掇音，窗松忽濤。"

書末黃秩林題跋曰："梅盦詩以悟入，故多清雋圓妙之作，迨從先大夫遊，風格進而益上，則又未始不以學成也。集中名句，如《三村探桃花》云‘幾樹未開幾搖落，春風一樣有寒溫’，《晚泊》云‘不知今夜靜，但覺此生浮’，《過段舍人里居》云‘流水石橋圮，夕陽僧寺斜。盤餐堆白菜，樽酒泛黃花’，《病起》云‘苔痕鋪綠地，竹影上青天’，《桂石留題》云‘峨峨石丈名山長，落落花仙春夢婆’，均可採入詩話。以傳紀遊，如《匡廬諸寺》《城南古刹》及《西山》等篇，洗淨俗氛，獨臻超詣。又如《大小孤》、《金山》詩，丰標峻潔，力追古人。《五禽言》別饒古趣，《竹》《生日》《紫藤花》皆落落自異，《楊花曲》《三村竹枝詞》《東湖柳枝詞》，又致宛轉語。梅盦詩，乃無所不有，若此求諸唐賢，其皎然、齊己之亞歟？頃承招飲，賦詩贈別，深厚之味，百讀不厭，鄙人和答，自愧不如遠甚。而梅盦出示存稿數册，書此以志傾倒。咸豐丙辰孟夏，黃秩林書於南州旅館之東軒。"

陳景彥題跋云："慧琳，我江右詩僧也。前訪友於永福禪林，見其吟草數峽，携歸讀之，清洗可喜，亟往索其全集，僅得《梅盦詩存》一編。外此聞付梓者尚夥，去歲悉毀於兵燹。惜哉！不獲窺全豹也。慧琳詩根柢醇厚，意致深遠，塵襟滌盡，物我湛然，非具夙悟之姿，曷

克臻此？吉光片羽，良足弆珍，以備他日名公採選傳布，於不二法門
廣兹韻事，亦佳話也。書此歸之，以志欽服。新城陳景彦識。”

　　江西圖書館另存有咸豐八年（1858）刊本，扉頁篆書大字“松雲
精舍詩録”，次頁爲牌記“咸豐八年六月刊板”。版式同於前本，内鈐
“江西省人民圖書館珍藏”。與前本相較，黄秩林、陳景彦題跋置於書
前，餘皆大抵相同。

　　2.《松雲精舍詩録》四卷、《續編》三卷，同治六年（1867）刻本①。
見存於上海圖書館。扉頁題“松雲精舍詩録”/“同治丁卯仲夏重
刊”。正編卷端題“松雲精舍詩録”/“新建釋慧霖梅盦著”/“平湖張
金鏞笙伯選録”。續編卷端題“松雲精舍詩録續編”/“釋慧琳梅盦
著”。半頁 9 行，行 18 字，白口，四周雙邊，單魚尾，版心鎸書名、卷
次、頁碼。後有李士棻、陳庭策跋。

　　《松雲精舍詩録》四卷，卷一收各體詩 60 首，卷二收 47 首，卷三
收 58 首，卷四收 46 首，《續集》增收詩 121 首，共 332 首。慧霖詩多
寫行遊旅況、山水風物，抒發對世事、人生之感悟。《城南古刹紀遊》
《南州紀遊八首》《人日東湖漫興》《東湖柳枝詞》等寫江右風物、地名
之詩，尤值得注意。如《城南古刹紀遊》所紀豫章城南九蓮寺、祇園
庵、清泰寺、延壽寺，《人日東湖漫興》所寫爲豫章東湖、百花洲之風
物。其中，《城南古刹紀遊四首》其四“延壽寺”云：“窈然延壽寺，絶
愛飯牛書。香火龕興廢，烟雲壁掃除。稼觀秋雨後，蟲語夜燈初。
借得枯禪榻，言懷舊隱居。（羅飯牛隱居寺中，爲書寺額，又書四
壁，今已無存，爲之撫然。）”按，羅飯牛即羅牧（1622—1705），號雲
庵、住溪，寧都人，清初著名畫家，久住豫章。慧霖此詩，亦可資考
羅牧於豫章之活動。然從詩藝看，慧霖詩成就並不高。黄秩林以
爲“皎然、齊己之亞”，實過譽之辭。清中葉後，釋氏別集滋繁，一如

──────────
①柯愈春《清人詩文集總目提要》作“同治十年刻本”。

學村究喜作詩文，作必結集，又必乞序於人，動輒"駸駸乎皎然、貫休之上""爲當世詩僧之冠"云云，真堪一笑。僧詩至此而爛熟，然亦墮於末途矣。

《曇香精舍詩草》四卷、《曇香精舍遺稿》一卷，釋宏度撰

宏度（？—1839），字淵如，江蘇山陽人。幼孤寒，剃髮於淮安篆香樓，超悟不凡，詩學於程禹山山長，振聲於江淮間。著有《曇香精舍詩草》四卷、《曇香精舍遺稿》一卷存世。生平未見碑傳。

1.《曇香精舍詩草》四卷，一册，道光十七年（1837）刻本。見存於上海圖書館。開本高26.8釐米，寬18.6釐米；版高12.1釐米，寬16釐米。扉頁題"曇香精舍詩草"/"道光丁酉秋"/"文業題"。卷端題"曇香精舍詩草"/"沙門宏度淵如"，內鈐"王培孫紀念物"印。半頁8行，行18字，黑口，左右雙邊，單魚尾，版心鎸卷次、頁碼。正文前有道光十七年丁酉麟慶、輝發那崑、周燾，道光十五年乙未（1835）程虞卿四序，又有崇實、李麟吉、陳鍾繡、龔蓋臣、盧生、黄粲、田純春、周澍、盧文熙、朱玉斯、朱玉仁、張駿聲、蔣星耀、張涵貞、王洵等人題辭。

輝發那崑序略曰："道光乙未夏，余奉命出典淮權。案牘餘閒，與二三僚友偶憩篆香蘭若，松風吹人，花雨灑地，雖無丹崖碧嶂之勝，而林木蕭瑟，樓閣參差，俯仰其間，翛然有出塵之想。有僧淵如者，善畫，能鼓琴，語次灑落，嫻於吟詠。因出所著《曇香詩草》觀之，如天籟所發，如僧塔於山林杳靄間，可謂修修釋子，渺渺禪棲者矣。……道光十七年太歲丁酉六月，輝發那崑玉峰甫撰並書。"

周燾序曰："方外工詩者不少概見也，蓋其人既皈禪寂，則無瑕結文字之緣。即有一二好詩之人，不過略涉藩籬，罕能窺其堂奧；而好

之深者,又纏縛於語録、偈頌之習而無由自拔,求其通禪理而不作禪語者,戛乎難之。而今乃於詩僧淵如得之也。淮城東北鄉有寺曰篆香樓,枕雲水之上,幽秀甲一郡。淵如幼時剃除其中,性超悟不凡。稍長,受詩學於程禹山山長。山長少所許可,獨許淵如能詩。今年甫壯,得詩不下千百首。余守是邦,耳其名久矣。因公至其地,見其詩多未經人道語,氣韻冲淡類韋、孟,或竟有驀入淵明之室者,宜郡中知名之士樂與之酬倡而推重之也。夫自湯惠休、帛道猷以來,在唐若齊己,若如滿,若貫休,在宋若參寥,若清順輩,皆詩僧中之矯矯傑出者。然傳作人不數篇,篇不數句,其能著作宏富,裒然成集者未之見也。今於淵如見之,宜可繡之梓以問世,而淵如謙抑不敢也。於時諸同好合貲,以命剞劂氏。覽是集者,當不至以余言爲謬悠也。淵如年方富,由此而更精進焉,余又安能量其詩境之所止也耶? 道光丁酉嘉平月,黔南周燾序。"

程虞卿序曰:"僧之詩每嫌有蔬筍氣,然有意避之則又鄰於矯强。總之,詩本性情,僧詩而不本於性情,是直蔬筍之氣而已矣。凡人作詩愛蔬筍氣,是不墨於身而墨於詩者也。僧而作詩能純乎性情,是又墨於身而不墨於詩者也。淵如上人幼以孤寒爲僧,有句云'見人懷橘便思親',達誠齋權使見而歎曰'此孝子之詩也'。近每以所作質余。集中於父母師友之詠,莫不纏綿愷惻,發乎至性至情,余固知爲墨於身而不墨於詩者也。江淮之間,詩名頗噪,人多目爲皎然、齊己之流。然世第知淵如之能詩而不知其詩之本乎性情,善墨於身而不墨於詩者也。僧而墨於身而不墨於詩,則讀其詩者,自不得以僧之詩目之,豈僅無蔬筍氣哉? 道光歲次乙未穀雨前三日,石梁程虞卿拜手。"

2.《曇香精舍遺稿》一卷,一册,道光十九年(1839)三餘刻室刻本。見存於上海圖書館、浙江圖書館。開本高 25.8 釐米,寬 16.5 釐米;版高 17.7 釐米,寬 12.8 釐米。扉頁題"曇香精舍遺稿"/"己亥長至三餘刻室鎸";卷端題"曇香精舍遺稿"/"沙門宏度淵如"。版式略同《曇香精舍詩草》。正文前有道光十九年己亥管芳、陳鍾繡二序,又有昌立(小支)《曇香遺稿題詞》,書末有龔子恕跋。

管芳序略曰:"客秋,淵如上人飛錫廣陵,龔生藎臣作東道之主,買舟湖上,邀余同遊。適風雲偶作,舟艤小金山之陽,席上分題,淵如最先得句,同人傳誦,相與歎賞者久之。今淵如證道,倏爾十旬,有遺稿若干,藎臣代付剞劂,並索余序言。展卷再讀,故人如晤。其《除夕》有句云'來生可許住瓊樓'。嗟乎!此豈動於中而不自知耶,抑慧乘所照而先知之耶?不然,何爲預兆此言?但其詩體之高超,筆勢之雄健,浩浩瀚瀚,汪汪洋洋,有放之而不可遏之勢,陸海歟、潘江歟,真所謂行神如空,行氣如虹者歟?藎臣傳之,亦文字因緣之善舉也。是爲序。道光己亥仲冬,夢蘭管芳拜手。"

陳鍾繡序略曰:"淮陰篆香樓詩僧淵如者,夙負奇才,韜光釋氏,與余數載唱酬,甚相得也。秋初,忽返道山,不禁悼惜累日。伊師嚴山長老以遺稿正余袁江,適龔甥藎臣見而歎曰:'故人心血,其在斯乎!其《曇香精舍詩草》已梓之行世,是稿不可不爲傳之。'因携返廣陵,爲之校刻,並索序於余。嗚呼!淵如逝矣,而淵如之詩猶存也。則淵如之才,其藉詩以傳乎,其不藉詩以傳乎?吾以問世之讀此詩者。時道光己亥冬杪,繡嶺陳鍾繡拜撰并書。"

龔藎臣跋曰:"丁酉之秋,《曇香精舍詩草》梓成問世江淮間。讀其詩,恨不見其人矣。詎意越二載,而淵如示寂。嗚呼!天何喪斯人之速也。夫淵如幼秉異質,棲身象教,參禪禮佛之暇,雅慕清娛,舊學詩於石梁程禹山。未幾,乃詩名大噪,名下士叩松關而索句者殆無虛日。每當淋漓興會,拂紙揮毫,人皆服其敏捷,蓋夙具慧根,更兼勤學強識之所致也。憶乙未鞠有黃華之月,相晤淮陰,已識其非世俗緇素者比。無端佛也憐才,一旦西方被召,三十年紅塵小劫,倏如夢幻泡影。哀哉!冬初,余如袁江,於雲崖舅氏齋中讀其遺稿,感慨繫之。嗚呼!斯人心血,其盡於斯乎?大好禪燈,豈可使之泯滅。爰携返故園，爲之校録，以付槧人，並述言於卷尾。冥冥有知，諒淵如不嗔余爲好事。時道光己亥長至，邗上龔子恕拜識。"

　　宏度《曇香精舍詩草》四卷，卷一收詩 53 首，卷二收 52 首，卷三收 64 首，卷四收 43 首；《遺稿》一卷，收詩 114 首，凡 326 首，與其千首之多相差甚遠。晚清如皋文人冒鶴亭於淮陰湛真寺偶得《詩草》殘版，甚惜之，因覓得原刻本補足之，重予印行，並作《補刻曇香精舍序》，時爲民國十年（1921）。冒氏復將詩版置於篆香樓，顔曰"詩歸閣"，並作《詩歸閣記》。民國十年印本《曇香精舍詩草》見存於南京圖書館。

　　宏度所住篆香樓，始建於嘉靖年間。清元成《續纂淮關統志》載："淮水夾岸，大病挽輸，督府患之，命有司禱於淮神，因作巨樓鎮壓其地，而大川以寧。"因樓邊盛開玉蘭，花香漫樹，名之篆香樓，爲淮安文士遊賞吟詠之地。宏度即有詩云："座上皆名彦，詼諧共灑然。却憐寒蝶影，都化醉僧禪。松子滿階綠，鐘聲千樹園。他年圖畫裏，風雨認飛泉。"宏度之詩，本乎情性，孝親思友，感懷傷世，皆真切自然。例如《思親》云："見人懷橘便思親，回首蓬門十九春。記得髫年歸佛日，牽衣慈母唤兒頻。"又如《懷夏補山琴師徐州二首》其一云："風急雁聲遥，懷君酒一瓢。吟情臨皓月，離思壓秋潮。"又如《冬日雜詠》其一："窮冬十二月，日日苦風雪。重雲閉不開，古木撑如鐵。歲華既云暮，獨客毋消息。天風吹海水，海水多苦寒。抱兹一尊碧，遠望涕潺湲。"其詩諸體皆有佳作，能振聲於江淮之間，非徒具虛名耳。

《募梅精舍詩存》三卷，釋徹凡撰

　　徹凡（1808 前—？），字寄雲，會稽東山謝氏子，擅詩文，多交名流，居會稽興教寺數年而終，號稱"晚清越中三詩僧"之一。著有《募梅精舍詩存》三卷存世。生平未見碑傳。

《募梅精舍詩存》三卷，一册，咸豐七年（1857）南湖興教禪院刻本，見存於浙江圖書館、上海圖書館。開本高 25 釐米，寬 16.5 釐米；版高 12.5 釐米，寬 15 釐米。封頁題"募梅精舍詩存"/"薛炳"，扉頁篆書"己未仲春十一日倚裝"/"煮筍盫星詒篆"/"募梅精舍詩存"，次頁爲牌記"咸豐丁巳年十一月工畢，南湖興教禪院藏板"。各卷卷端題"募梅精舍詩存"/"釋徹凡寄雲"。正文前有咸豐八年（1858）李慈銘序，其曰：

　　浮屠氏之於詩，其難工乎？蓋彼之爲教者，一以清净虚無爲宗，舉人世憂樂愛惡之境掃而空之，以歸於至寂。而詩之爲道，非得於憂樂愛惡之深，則所作必不工。兩者既格不相入，無怪彼中人之稱詩者率荒忽鄙俚，入於宗門語録而不知反也。乃今觀凡公之詩則不然。凡公越之東山謝氏子，幼歸浮屠教，今年五十餘矣，持戒律益苦而偏嗜詩，其所作不下千首，皆棄之不肯示人。今所録者率近十年中作，又痛芟之，得三卷付諸梓。余受而讀之，如置身幽泉叢篁、孤花瘦竹之間，獨鶴與飛，清磬時發，令人意得神悦，杳然而不知所止。是其境亦未始不出於憂樂愛惡，而泊然無以嬰其寧，蓋其得於詩與禪之間者深矣。若此者固足以傳也。雖然，詩之工者無不窮。凡公所居曰興教寺，嘉慶、道光之際有宏公者，以詩名越中，越中賢士大夫與之遊，以其寺爲壇坫地，裙屐觴匏，無日不集，遠近道俗遂益震宏公之名，爭檀施之。而宏公因得以增崇其寺，名之曰"小雲樓"，爲城市間一勝境。凡公蓋親得宏公之指授，及見當時所謂賢士大夫者，而今復喜與吾輩遊。顧老而貧益甚，詩益工，名亦終不著，吾輩亦無以振之。此固朝野盛衰治亂之不同，而詩能窮人之説，亦至此益信矣。然浮屠氏之詩之工，終亦無加於凡公者也。凡公行移錫南池之某寺，世故方殷，其亦作者之一歟？蓋至白雲空谷，跫然足音,而凡公之詩益遠矣。時咸豐戊午冬十一月,會稽李慈銘謹序。

"戊午"爲咸豐八年(1858),然是書牌記稱"咸豐丁巳年十一月工畢",則李慈銘序當爲刻版後補入,故扉頁篆書又謂"己未(咸豐九年)仲春十一日倚裝"。序中既言徹凡"今年五十餘矣",則其生年1808年前,即嘉慶十三年前,世壽五十以上。集中有《五十自述詩》云:"曾記童年受戒時,窮途撒手即衣緇。住山孤負離親早,學佛還嗟悟道遲。貧病骨經深閱歷,去來心在善調持。起居衰健無從問,且述浮生感舊詩。"序中所稱"宏公",即釋與宏(1758—1838),號卍香,紹興人,有《懶雲樓詩集》存世。嘉道間,與宏將興教寺更名曰"小雲樓"。徹凡師事之,詩亦受其影響。李慈銘(1830—1894),原名模,字侯,號蓴客,室名越縵堂,晚號越縵老人,會稽人。著有《湖塘林館駢體文鈔》《越縵堂詞録》《越縵堂日記》等。此序又見於李慈銘《越縵堂文集》卷二,有異文。《募梅精舍詩存》卷二有《越縵山人秋山紅樹圖用自題原韻》詩。

　　《募梅精舍詩存》三卷,卷一收各體詩90首,卷二收97首,卷三收96首,凡283首。徹凡《和季覘寂寂原韻》自云:"住山長策書千卷,遺世高懷酒一樽。除是縱遊巖壑興,行蹤不出水雲村。"平生形迹多在山林寺院、巖壑水村之間,詩則以詠物、寄懷、山居爲主,寫景抒懷,時有清致。如其寫梅,有"照水風姿潔,撩人月氣疏"(《栽梅》)句,可傳梅之韻。又《園梅初放招諸同好》云:"一樹自孤潔,散花纔半開。枯僧仰天笑,寒月破空來。"後兩句突兀,然細思之,又無不寫其愛梅之切。又有《西湖紀遊》云:"一雨破清曉,四山生亂象。烟緋花散錦,風白柳吹綿。"可稱佳作。《題畫蘭》三首,亦含蓄雋永,情致纏綿:"彼美在空谷,離立含冰霜。地幽作花早,春風生古香。""盈盈一澗水,孤客遙相望。不採何忍捨,採之用無方。""願得贈之子,佩以羅綺裳。中道毋捐棄，千載留芬芳。”徹凡作詩專搜冥討，甚爲辛苦，其《吟詩》自云：“苦索冥搜誰見鄰，夜深危坐月當軒。比評雲物空饒舌，輸與階前石不言。”集中《回文詩》四首，可見其對詩藝之追求。如云：“居山樂事日悠悠，懶性情宜少應酬。舒卷暮雲閒伴榻，莽蒼春月如凭樓。疏疏雪映松巖碧，颯颯風生竹徑幽。書卷幾翻時久坐，虛窗向夕一燈籌。”回文之作，固屬遊戲，然非精研詩藝者莫可爲之。徹凡此首回文詩，除首二句逆讀，略顯生硬外，餘則意脉通暢，實乃精心結撰之作。集中又有《讀洪北江集書後》一詩，評價北江平生事功，頗爲中肯。

《鷹巢詩集》二卷，釋定志撰

　　定志（？—1842），字旅樹，號鷹巢，江蘇六合人。生時爲人所拾，祖母活之。將十歲爲僧，從承恩寺石塘遊，命識字習書。年二十四忤衆被擯，石塘寄其於石頭城五龍潭上，晚主金陵承恩寺。能詩善書，尤擅“指頭墨戲”。著有《鷹巢詩集》二卷存世，輯有《承恩寺緣起碑版録（詩附存）》①。生平未見碑傳。《鷹巢詩集》自序中略述生平。

　　《鷹巢詩集》二卷，道光十年（1830）刻本，見存於國家圖書館。《清代詩文集珍本叢刊》第 337 册據之影印。卷端題“鷹巢詩集”/“江東釋定志旅樹”，鈐有“青雨過眼”/“嚴啓豐印”等印。半頁 10 行，行 21 字，左右雙邊，大黑口，單魚尾，版心鐫卷次、頁碼。正文前有道光十年庚寅定志自序，其曰：

　　　　身俯仰旦莫之寄也，而淑慝悠忽之名生焉。身也，名也，振
　　　古所寶也。詩云乎哉！顧余墮地，髮未燥，爲人拾，嗣父母，族里

①是書收入於《南京稀見文獻叢刊》，詹天靈點校，南京出版社 2007 年版。

無聞焉。仰嗣祖母黄以活。祖母慮家人甚余也,將十歲命薙染,
從承恩寺石塘祖遊,夢寐猶呼祖母也。石祖鍾愛,書塾歸,指試
字句不少;假長,命習内典。性婞直,年二十四,忤衆被捭,祖寄
余於石頭城畔烏龍潭上,戒曰:静肄之,無他往。既聞以詩交也,
馳書責曰:惡用此。詩云乎哉! 肥水方孩上人有聰明錯用之嘆,江
右周子著乃有光陰迅速之歎。余心折焉。既晤楚中雪島大師,有
契,數十年來負愧多矣。詩云乎哉! 是役也,吾徒顧堂、葆忱輩爲
之,抑亦太清中之飄忽野馬耳。詩云乎哉! 入據梧集者,不出兹二
卷,殆二百章。道光庚寅長至日,鷹巢定志自識於竹香樓下。

　　定志字旅樹,號鷹巢,乃以自家身世而名之,又仿自南朝釋寶志之身
世。寶志出生時亦無父無母,金陵東陽朱氏之婦聞兒啼鷹巢中,梯樹
得之,舉以爲子。序中所稱石祖未知何人,集中《哭石祖詩》有"塵中
八十載,殊未了前因"句,知其年八十以上。又有《喜石塘祖病起》
《宿半閒軒懷石塘祖作》。定志稽古好學,博通内外典,其詩以詠古
事、寫古題見長。例如《許由瓢》《漸離筑》《博浪椎》《嵇康琴》《項王
亭》《古將軍行》《張睢陽廟》《子房洞》《掛劍臺》等,議論橫肆,亦不
乏情韻。《田家雜興》八首,饒有風味,非久躬身其中者不能道。其
《詠道上流民詩》云:"背負者小兒,懷抱者小兒。前提者小兒,後携
者小兒。啞啞諸小兒,嬉笑如平時。"楊香池《偷閒廬詩話》評曰:"此
詩可稱創格,妙在末後兩句,言外有餘意。"集中又有《題管韞山先生
遺像》《挽張鐵耕》等詩,可資考當世名流及布衣詩人。

《垂柳庵詩鈔》一卷,釋得一撰

　　得一,字如天,昆明段氏子。道光二年(1822)舉人,慨亂世之弊,
中道出家,工詩善書。著有《垂柳庵詩鈔》一卷行世。生平未見碑傳。

《垂柳庵詩鈔》一卷，一册，民國十六年（1927）陳福昌石印本，見
存於南京圖書館。開本 25.3 釐米，寬 15.3 釐米；版高 20.6 釐米，寬
13.4 釐米。扉頁題“丁卯孟冬月”/“垂柳庵詩鈔”/“昆明袁祖奇
題”；次頁爲牌記“民國丁卯冬十月昆明陳少疇石印”。卷端題“垂柳
庵詩鈔”/“釋得一如天稿”。半頁 10 行，行 22 字，無格，四周雙邊，白
口，單魚尾，版心鐫書名、頁碼，版心下鐫“陳少疇石印”。正文前有民
國十六年陳少疇撰《得一禪師垂柳庵詩草序》，其曰：

> 余一介寒儒，世居昆華。溯自秦漢至今，善詩名流，山歌童
> 謠，不勝屈指，及世界各國能詩者，豈鮮也哉？獨是浪蕩風流，每
> 喜作閨閫之句，抑妄言先賢之非，有傷雅化，不足論矣。我滇得
> 一禪師屬昆明段氏子，迺道光己酉舉人段楨齡桐軒（著《味道
> 集》）之叔，光緒丁丑進士榮勳建廷、壬午舉人榮詔宣廷、乙酉拔
> 貢榮晉康廷之叔祖。禪師慨亂世之弊，嘆佛教之衰，本清净之
> 身，發淡穆之想，遯迹塵囂，證心花果，法門弟子得理者衆。當時
> 唱酬，固有巖棲、月谷輩，高則高矣，不脱唐宋窠臼。此趣異道
> 殊，有由來也。厥後尚友文人，與予相契。一日，談詩興昂，遂以
> 《垂柳庵詩鈔》見示。予目卷中有《思親》一首，空門知本，尤爲
> 難得，爰是而存之。其書法秀潤，盡人皆知。如此工書善詩，僧
> 中罕有。不數年卒，塔在正覺寺山後海映庵。迄今垂四十年，感
> 慨繫之，再四搜索，胡又在手，予不忍棄。先呈函於圖書館長趙
> 公吟定，公大悦，許與重刊，復恐一時未獲，並由予先爲石印珍藏
> 勿失，以傳不朽。民國十六年歲次丁卯孟冬月，昆明陳福昌少疇
> 序於壺天樓。

陳福昌，字少疇，號竹癡。據其序，得一詩集清末嘗付梓刊行，福昌恐
其失傳，再四搜索，民國十六年重予刊行。序中又稱，得一示寂“迄今

垂四十年”，則其卒年約在光緒十四年（1888）前後。

　　是集收得一詩僅 65 首，大抵以時序編排。得一早年嘗與巖棲、月谷輩酬答，詩亦清新雋永，頗有禪意，如《懷華亭僧》《過柳墟橋》《高嶢晚渡》等。然因慨亂世之弊而披薙空門，詩中每有牢苦、憤慨之氣。例如《戊辰除夕（二首）》《戊辰中秋感懷》等，嘆老嗟悲，有志難酬，左支右絀，似無可歸依。《樂道》一詩，雖云“端居常抱拙，樂道一身閒”“超塵無俗慮，混迹在人間”，然字裏行間，到底意難平。陳福昌所激賞《思親》詩云：“老親曾棄養，兒身似孤鳥。飄飄隨緣度，咄咄心何了。静裏深思處，墮淚知多少。”頗慨嘆身世，難忘世緣。

《片雲行草》一卷，釋相益撰

　　相益，字純謙，號涉川，俗姓郭。端州（今肇慶）人①。道光間廣州海幢寺僧，嘗遍歷粤中羅浮、鼎湖諸名山。所居名就樹軒，所著曰《片雲行草》。生平未見碑傳。

　　《片雲行草》一卷，一册，道光二十七年（1847）刻本，見存於天津圖書館。扉頁題“道光丁未年”/“片雲行草”/“石溪先生鮑俊題”。卷端題“片雲行草”/“海幢釋純謙涉川著”。半頁 8 行，行 16 字，四周雙邊，白口，無魚尾，版心鎸刻有書名、卷數及“海幢”二字。

　　是集正文前列“片雲山人像”，次爲粤嶽山人、李長榮、鄧森、杜遊、吴炳南、梁九圖、顔曛、李景雲、李欣榮、張天桂等人題辭，又有番禺張維屏序。書末則有牌記“學院前曹廣文堂刻，板存海幢經坊”。張維屏序曰：

---

① 柯愈春《清人詩文集總目提要》誤爲“江西高安人”。高安古爲瑞州府所轄，非端州也。

　　方外友涉川主海幢法席，既退院，栽花種竹，吟詠自娛。一日，過余齋中，出其《片雲行草》屬點定，兼請弁言。余思凡爲釋序詩者，大都援内典，辨宗門，演禪機，參妙諦，否則引古詩僧爲比，是皆窠臼，不免陳言。今涉公自名其詩曰“雲”，余即請以雲説詩。今夫雲出於山川，行於太空，其往來起止，聚散合離，問之作雲之天，天蓋不得而知也。今夫詩根於性情，發於事物，其短長高下，甘苦疾徐，問之作詩之人，人若不能自主也。昔者海幢之創建也，開山之祖，厥惟阿字。然未有海幢，先有海雲。阿字之師天然老人，駐錫雷峰，一時豪俊之士嚮風皈依，宗派日盛，遂改雷峰爲海雲。老人又設按雲堂以課緇衆，後人輯當時諸尊宿之詩，名曰“海雲禪藻”。余觀涉公之詩，佳篇雋句，藹若春空之雲，以視《禪藻》諸詩，亦何多讓。余獨不知涉公自名其詩曰“片雲”，殆取象於太空之雲耶？抑取義於寺曰“海雲”，堂曰“按雲”耶？抑無所取象，無所取義，第以詩之無心而出，亦如雲之無心而出歟？余還問之涉公，請下一轉語。道光丙午長至，番禺張維屏。

　　張維屏（1780—1859），字子樹，號南山，因癖愛松，又號松心子，廣東番禺人，著述繁富。兹序又見於其《松心文鈔》卷四。冼玉清《廣東釋道著述考》著録是書，爲“道光丙午（1846）寫刻本”，並引近人陳融《讀嶺南人詩》絶句稱：“海幢多詩僧，如契清澄波之有《水雲集》，相潤琇琳之有《竹庵集》，契生隱禪之有《慧海集》，以至涉川《片雲》，先後《香初》《蓮初》等等，悉以海雲爲宗，海幢爲派，由源溯流，詩稱一時之盛。涉川詩韻遠神清，人稱‘嶺南第一僧’。則純謙，原名相益，蓋海雲、海幢以‘道函今古傳心法，默契相應達本宗’爲家派也。”

　　《片雲行草》收釋相益詩151題167首詩，率皆行遊及與文人雅士酬答之作，不類於天然、阿字等尊宿之雄渾詩風，蓋承平既久，方外釋子悠遊山寺，雅接文士，烹泉煮茗，無心世俗之事，故詩風清雅、閒

淡。涉川自名詩集曰"片雲"，以狀品性若閒雲野鶴，出於山川，行於
太空，無思無局，澹然無爲。集中《遊白雲山》云："野徑閒雲外，穿雲
我亦仙。香聞蒲澗水，風散鶴臺烟。人語翠微際，秋高碧落天。塵襟
何處滌，一掬九龍泉。"最可代表其詩風。又若《種竹》《夏日禪房即
事》《鶴》《羅浮漫興》《羅浮觀雲》諸詩，清淡中見超拔之氣。而《秋
夜登鎮海樓》《澳門海覺寺遇颶風感賦》二首，氣勢雄渾，境界闊大，
於集中頗顯獨特。又有《重遊澳門普濟禪院與秉上人》一首，可證普
濟禪院與廣州海幢、海雲密切之關係。

《禪餘吟草》五卷，釋顯清撰

　　顯清，生卒年不詳，號謹庵，浙江秀水人。少負不羈之才，而終隱
於浮屠。先住持四明太白寺，約道光十一年（1831）入京師，駐錫城南
報恩寺，後住持天津海光寺。喜吟哦，善隸書、法書，一時紙貴洛陽。
著有《禪餘吟草》存世。生平未見碑傳，《皇清書史》有其傳略。

　　《禪餘吟草》四卷，道光三十年黃葉齋刻本，見存於國家圖書館、
上海圖書館、南開大學圖書館各藏一部。《南開大學圖書館藏稀見清
人別集叢刊》第 20 冊據之影印。原書框高 17 釐米，寬 12.1 釐米。
扉頁題"道光庚戌秋鎸"/"禪餘吟草"/"黃葉齋藏"。内鈐"孫氏樓園
藏書"印。卷端題"禪餘吟草"/"天童釋顯清謹庵著"/"苕溪詩弟子
姚經甸子香刊"。半頁 9 行，行 19 字，四周雙邊，單魚尾，白口，版心
鎸書名、卷數、頁碼。正文前有道光三十年（1850）庚戌廖炳奎序，書
末有牌記曰："京都琉璃廠遊藝齋舒炳南監刻，素存齋張佑庭鎸字。"
　　廖炳奎序曰：

　　　　嘗論詩人奇才少，清才尤少。歷代清詩，晋有陶靖節，六朝
　　有謝宣城、鮑明遠，唐有李太白、白樂天，宋有林和靖，元有元遺

山、薩雁門，明有高季迪，本朝有查初白、黃莘田、阿雨窗、李葦齋，一代不過數人。所謂乾坤清氣，得來難也。今又於謹庵上人見之矣。十數年前，曾於都中友人處會晤，迄今絶不省記。客秋，僕自粵旋沽，適梅小樹續起梅花詩社，上人亦在社中。始讀其詩，清光大來，脱去凡俗，不勝欽佩。新春以《禪餘吟草》浼僕商定，盥誦一過，覺清氣流溢於楮墨之間，不落塵溷，有似宋遺民《谷音集》，把玩不忍釋手。僕竊有感焉。溯唐詩僧最盛，貫休、齊己外，以皎然爲冠，其詩清絶。宋詩僧有惠勤、清順、可久，與東坡唱和，故其詩流傳至今。甚矣！清氣之難得也。有第一等襟抱，第一等學識，始有第一等清詩。如太空之中，不著一點，星宿之海，萬源湧出；如土膏既厚，春雷一動，萬物發生，是豈郊寒島瘦所可同年語哉？上人浙產也，秀水之山川秀甲浙西。其扶輿磅礴之靈，不鍾於物，必鍾於人。其人之瑰偉奇特，得山川之鍾毓者厚也。且與竹垞先生同里，負不羈之才而隱於浮屠，主席於太白。既而遊長安，駐錫城南報恩寺，詩名隸法，紙貴洛陽。近又托迹於津門海光寺，因同社始與訂交。僕之序上人詩，亦如白樂天所云"以今生世俗文字之因，轉來世讚佛乘、轉法輪之緣"云爾。質諸上人，以爲何如？是爲序。道光上章閹茂孟春月，古閩豸峰廖炳奎合十撰於碧珊瑚寓齋，時四百三十八甲子。

據此，《禪餘吟草》爲顯清自編之集。正文前又有陳鶴年（露坪）、王敬熙（蓮品）、耿日棠（仲蘭）、徐嵩年（壽莊）題詞。陳氏題辭曰："杖錫來京國，飄然不礙身。揮毫留墨迹（師善隸書），得句見天真。修褉燕臺月，詠懷津水春。與君敦夙契，禪悦意相親。"後有目録："第一卷古今詩體三十四首，第二卷古今詩體三十一首，第三卷古今詩體三十一首，第四卷古今詩體四十六首，第五卷古今詩體三十五首。"凡詩177首。

顯清之詩，無外寫山水樓觀，挹風懷人，投壺雅歌。蓋承平日久，士夫褒衣博帶之風，闌入叢林。其詩既無苦吟鍛鍊之痕，亦無蔬筍、酸餡氣，然皆爲泛泛之作，廖炳奎推許未免過譽。卷三《辛丑重九登高有懷》："浪遊京雒幾重陽，愁懷無端到上方。故里忽爲封豕擾（讀邸鈔，八月十七日英夷犯寧郡），祇林已作戰兵場。艱難世路生謀拙，移徙家園事業荒。昔日舊交都不見，茱萸浸酒待誰嘗。"寫鴉片戰爭爆發，英軍佔領寧波、定海、鎮海等地，顯清望鄉抒懷，飽蘸家國愁思。顯清與當世文人往還密切，集中有數首言及其入詩社之詩，如卷一有《問竹詩社分題白秋海棠》，卷四有《宣南吟社分題（附贈答）》等，可資考嘉、道年間文人結社之盛況。宣南吟社，初名消寒詩社，因所集常在宣武門南潘曾沂宅，故更名宣南詩社。據胡承琪《宣南吟社序》、陶澍《潘功甫以宣南詩社圖卷屬題撫今追昔有作》、朱緩《宣南詩會圖記》，兹社創於嘉慶九年（1804），成員有陶澍、梁章矩、錢儀吉、吳篙梁、李彦章、林則徐、潘曾沂、程恩澤等名士，乃清中葉影響甚著之詩社，頗爲研究所關注①。然顯清《宣南吟社分題》所錄與姚經第、姚經甸、蒲艾田、凌厚堂諸人唱和詩，未見人徵引。

《鉢中草》二卷，釋常亮撰

　　常亮，字玉清，號白齋，俗姓羅，湘潭人。道光間龍巖寺僧。承開山祖超振石鐸之風，亦能詩，著有《鉢中草》二卷傳世。生平未見碑傳。

　　《鉢中草》二卷，二册，道光十四年（1834）活字本，見存於湖南圖

①關於宣南詩社，參看楊國楨《宣南詩社與林則徐》（《廈門大學學報》1964年第2期）、王俊義《龔自珍、魏源"參加宣南詩社"説辨正》（《吉林大學學報》1979年第3期）、樊克政《關於宣南詩社的命名時間及其他——對〈宣南詩社管見〉一文的幾點商榷》（《華東師範大學學報》1980年第4期）等。

書館。開本高 26.6 釐米，寬 16.3 釐米；版高 20.1 釐米，寬 14.6 釐米。各卷卷端題"鉢中草"/"湘潭白齋僧常亮著"。半頁 8 行，行 16 字，無格，四周雙邊，白口，單魚尾，版心鎸"鉢中草"、卷數、頁碼。正文前道光十四年甲午周暉吉、劉文協、羅修檢三序，書末有道光十四年常亮自跋。周暉吉序曰：

> 蘇長公句云"傳家有衣鉢"，鉢傳之在僧家久矣。康熙初，高僧石鐸以能詩見重一時，諸名流梓其集，名"石鐸聲"，龍巖寺開山祖也。其嗣法孫白齋性沉靜，好儒書，學韻語，瀏亮而有逸致，而擊鉢可成，與鐸聲相應。既成帙，顏之曰"鉢中草"，丐余言弁之首。余爲辴然曰："昔佛圖澄咒蓮生鉢，是鉢中花。花乃有草，豈一莖化丈六金身故，以此顯神通耶？"白齋曰："否否，詩草爲鉢，即如鉢之不重龍腦而爲瓦鐵，以家風在我故也。"余頷之。雖然貫休、齊己之堂，白齋升矣，靈山一笑，當付之正眼藏。在此菰蘆中以詩僧傳者，石鐸而後，舍斯人，其誰與歸？時道光甲午春仲，曉邨周暉吉題。

石鐸，法名超振，錢塘人，順治初來居龍巖寺，乃龍巖寺開山祖師。著有《石鐸聲》一卷行世。常亮乃超振之法孫，亦承續其擅詩之風。《鉢中草》首二詩即爲《題石鐸聲詩集》《夜讀石鐸聲》，以明其志。
劉文協序曰：

> 余與白齋談詩於濂之湘山寺八閲歲矣。每蕭齋寂坐，一念及之，其詩情禪意如在目前。茲寄所撰《鉢中集》近體，屬余言序之。披閲數四，見其清新俊逸中矩矱森然，因念彼家有頓、漸二義，頓悟恐涉虛機，不如精持戒律，由漸入悟之有把握。白齋殆有鑒於虛機之非禪，故於詩亦謹守矩矱，若戒律然。從此操之愈

熟,將神明變化於矩矱之中,則於禪得詩,復於詩見禪。鉢也,可制深潭毒龍;草也,可化漫空花雨。禪也,詩也,合同而化,直入迦葉室矣。區區仰承,法祖石鐸,云乎哉! 道光甲午仲春,醴濂荔園劉文協題。

《鉢中草》卷二有《春日喜晤劉荔園先生即席賦韻》等詩。

書末常亮自跋云:

> 余以鈍根學無生法,同輩中即有予之棒喝,而罕能有及詩者。余亦不知何以爲詩,抑又何用詩爲也。然聞金翅擘海、香象渡河之説,昔賢嘗以禪喻詩,而慧業文人非非落想,其詩亦可通於禪。余從梵唄之暇,讀開山祖《石鐸聲詩集》,竊向往之。且往來名流時有留題者,竊仿效之,意欲嗣響鐸聲,仰承鉢授,愧未之能逮也,而有志焉。近年學步邯鄲,存之遂已成帙,乃有勸其付梓者。因思方外人本非欲以詩傳,在詩家自無奇論,譬如藏蟲時鳥,聊以自鳴,豈若詞人墨士,必鰓鰓然計其工拙,以希夸世而行遠哉? 是以鑴之,即作野狐禪觀可也,而非敢云詩也,亦惟有其志也。道光甲午仲春,白齋僧玉清常亮自識。

《鉢中草》二卷,卷一收詩 142 首,卷二收 145 首。常亮之詩以詠物見長,尤喜寫花草植木。集中有《牡丹》《水仙花》《杜鵑花》《秋蘭》《荷花》《紅葉》《新竹》《孤松》《春柳》《月季花》《桃花》《矮桃》《古桂》《梅花》等詩,近六十餘題,或狀物之特徵,傳其風神,或寄予閒情逸志。如《紅茶花二首》其一中“曾從寒夜燒紅燭,還向春風奪紫霞。一笑酡顏臨夕照,半妝朱頂露山家”句,可謂曲盡其妙。小詩《夏雨》云:“纔見前山雨脚連,片時昏黑已無天。大風一捲雲何處,決決流泉響稻田。”明白如話,饒有真味。常亮有《自述》詩云:“生涯瓶鉢住空林,多種芭蕉萬緑陰。雲裏樓臺看鶴去,水邊花竹聽龍吟。
腰窗晚揭雙鈎帕,膝徑賢彈百衲琴。共説儼然天竺哉,不如伴佛好修
心。"不關世味,潛心修道、吟詩,故其詩多呈清雅、閒適之調。集中有
《題茸香詩草(僧滌塵作圓寂時纔十六)》云:"白社風流在,曇花一現
奇。至今香馥馥,古詩月明時。"滌塵《茸香詩草》今有嘉慶十六年
(1811)文成堂刻本,存於湖南圖書館,然因殘損嚴重,不獲寓目。道
光間,張禮嘗輯有《三僧遺稿》并序曰:"三僧者,一滌塵,一石舟,一
漱石,皆余及門先後詩弟子也。滌塵殁於嘉慶辛未,纔十六齡;石舟
殁於道光辛巳,僅廿四歲;漱石則五旬未滿,一旦先徂,嗚乎,慟哉!"

《巖棲詩草》一卷,釋昌雲撰

昌雲,字巖棲,號慶有,俗姓丁,雲南昆明人。道光、咸豐間主昆
明西山華亭寺,擅詩書,與雲貴總督林則徐、雲南學政吳存義互爲詩
友。著有《巖棲詩草》一卷存世。

《巖棲詩草》一卷,與釋續亮《梅庵吟草》合刻,一册,光緒二十九
年(1903)油印本,見存於上海圖書館。柯愈春《清人詩文集總目提
要》失録。開本高24.2釐米,寬15.6釐米;版高19.8釐米,寬13釐
米。扉頁題"巖棲梅庵詩合刻",次頁題"光緒癸卯仲夏刊於滇南"。
卷端題"巖棲詩草"/"華亭釋昌雲巖棲稿"。半頁10行,行22字,黑
口,左右雙邊,單魚尾,版心鎸頁碼。正文前有昆明李坤撰《釋巖棲月
谷詩合刻序》及林則徐、吳存義、陳鷗三人題辭。

李坤《釋巖棲月谷詩合刻序》云:"余郡多詩僧,前明自古庭振
聲,本無嗣響,若讀徹,若普荷,類皆以絶智大慧繼踵飆起,與中原文
士相角逐。香光稱擔當爲求之六館不得其人,漁洋稱蒼雪爲釋子第
一,信乎其能詩。皇朝受命,此風未沫。保山袁氏輯《詩略》,得方外
者十一家,而曰超遠、曰宗慶者皆吾邑産,皆國朝之詩之冠也。余生

也晚，見其人不得，思得如其人者見之，亦不得意者。迨經喪亂，斯道墜矣。丁丑遊華亭，讀巖棲詩碣，乃知傳嬗賡續猶有人在，訪之則化去。丙戌結吟社，願得如慧遠者爲之主，僉曰月谷哉。時方遠出不可致，比歸又化去。所爲詩草，其弟子秘之。蓋巖棲者，吾猶得讀其詩，若月谷則並詩亦未見也。壬寅將遊洛，往辭陳丈，出合刻二僧詩屬序。讀之竟嘆曰：詩不必釋而工，亦不必釋而傳，而釋之易工易傳何哉？豈不以其人能遺外世俗，凡舉不足累其心歟？其居多山林佳處，足以瀹發其神智，澡雪其性靈歟？又其所與遊者多賢士大夫，爲之拂拭推挹，足附之而名益彰歟？不然，世之爲詩者何限，其人其居不皆遜於釋，何工之不易及工亦不易傳也？然豈不繫乎時哉？國家隆盛，俊乂咸登，士大夫之好賢者，雖極之山林、傭販、黃冠、浮屠，猶陰求而下交至，所以示甄拔之無遺也。若夫晚季步愈蹇，法愈變，才愈少，知亦愈希，士之懷奇抱異，思得一當以濟時艱者，尚蔽於讒慝娼忌，老不得邀顯貴之一盼，奚又及於方之外哉？蒼雪、擔當亦幸值明法之未變，而香光、漁洋猶有承平士夫之習也。不然，古庭壇坫與明社俱屋矣，烏能至於今？巖棲從林文忠遊，稿既槧，人固知重其碣也。月谷交遊無貴顯，丁時非隆盛，雖産吾邑，而爲僧詩及工傳不易也。然則，陳丈之在今日又烏可少哉？昆明李坤序。"李坤，字厚安、檪生，號雪道人，昆明人，光緒二十九年（1903）進士，授編修。工行草，善詩文，著有《思亭詩文鈔》《齊風説》等。

林則徐題辭爲《道光丁未長至後竢村退叟林則徐手題》四首，其一曰："爲助營齋誦《法華》，潮音散作曼陀花。（近爲先室諷經，始識上人）何期合十參禪後，更擅吟壇手八叉。"其二曰："半偈修持静掩關，六時鐘磬彩雲間。（上人居彩雲閣）箇中悟徹詩三昧，硯洗平泉綺語删。"其三曰："聞道吳剛舊締緣，曾修月斧廣寒天。（詩中多吳和甫學使評語）吾衰退盡生花筆，慚負推敲賈浪仙。"其四曰："前宵吟侶集衙齋，四韻分題各寫懷。最是寒鐘清梵夢，枕邊詩味得來佳。

（昨課五華諸生，以《寒鐘》等題分韻，上人見而有作，余賞其‘詩味枕邊回’之句）”林則徐（1785—1850），字元撫，又字少穆、石麟，晚號俟村老人、俟村退叟等，福建侯官人。任湖廣總督、陝甘總督和雲貴總督，兩度受命爲欽差大臣。擅詩詞、書法，著有《雲左山房文鈔》《雲左山房詩鈔》《使滇吟草》等，今人輯爲《林則徐全集》（海峽人民出版社 2002 年版）。《全集》據昆明西山華亭寺藏手書石屏，亦錄有此四詩，題《巖棲上人以詩求題率成與之》，繫於道光二十七年（1847）十一月，有異文。

吳存義題辭亦四首，前注曰：“丙午初秋，過彩雲閣，訪子雲先生。慶有上人出所著詩稿，讀之頗覺幽雋，知從子雲受鉢，故能超越尋常萬萬也。因書四絶句於卷前，即博上人一粲。”存義，字和甫，江蘇泰興人。道光十八年（1838）進士，選庶吉士，授編修。二十二年，督雲南學政。林則徐題詞自注謂“詩中多吳和甫學使評語”，然今本《巖棲詩鈔》未見吳氏評語，蓋付梓時已删。

《巖棲詩草》一卷收昌雲詩僅 29 首。另《滇詩嗣音集》卷二〇選其詩《懷嵩如上人》等 5 首，皆可見靈心秀骨。如《巖居》一首云：“古路無人至，高松有鶴還。夕陽明翠靄，樹色滿西山。”翛然遠韻，可入王摩詰集中。又《自東川歸昆明途中作》云：“東川歸路繞千盤，有客方嗟行路難。筇杖半挑雲裏去，遠山一點雪中寒。瘴烟黑處深須避，烽火紅時忍細看。三月還家春色老，杜鵑啼殺杏花殘。”道、咸之間，滇南局勢動蕩，陳鷗題詞末二句“昆池劫灰黑，猶卧彩雲中”，後注曰：“是年四月，省城漢、回譁亂，軍務起矣。”咸豐六年（1856），臨安礦商與回民爭楚雄石羊銀礦，互相殺戮，慘死无數。巖棲詩中“烽火紅時忍細看”，即爲世外人對亂象之諦視。

清末卷

《春蠶集》二卷，釋覺岸撰

覺岸（1812—1880），字蓮舟，號遁庵，俗姓謝，名宗溥，江都（今屬江蘇揚州）人。本世家子，少孤多病，其母以比丘尼言，捨身釋氏。性穎悟，凡儒書及二氏之籍，過目輒瞭瞭。嗜吟詠，曾曰“惠休、齊己何人，吾將把臂入林”。年未二十，掌焦山書記，嗣平山堂知客，又師事詩僧清恒，學益進，涉筆皆唐音，書法出入二王。著有《春蠶集》二卷存世。生平碑傳有郭晋超撰《蓮舟和尚傳》。

《春蠶集》二卷，一册，光緒八年（1882）刻本。見存於上海圖書館。開本高26.1釐米，寬14.5釐米；版高17.3釐米，寬11.4釐米。扉頁題“甲申仲冬”/“遁庵剩稿”/“同里陳念東書”。卷端題“春蠶集”/“韓江方外蓮舟遁庵著”。内鈐“王培孫紀念物”方印。半頁9行，行19字，左右雙邊，白口，單魚尾，版心鎸“春蠶集”、卷次、頁碼。正文前有光緒八年壬午郭晋超撰《蓮舟和尚傳》，及朱潤、王炎、齊學表、陳念東、汪國夙、徐穆、野航、汪鋆、劉瑢等人題辭，又有徐穆跋。

朱潤題辭稱：“咸豐己未，余避地艾陵湖東，值蓮舟上人住錫元武祠，望衡對宇，昕夕過從，因請讀其所著。緣亂後詩稿散佚無存，不復記憶，僅録近作相見示，署其首曰‘春蠶集’。蓋上人詩品如空山出雲，舒卷無礙；又如春蠶吐絲，纏綿不斷，足見性靈清發，非繩墨所可拘也。佩服佩服。同里朱潤雲林拜書。”

王葵題辭稱：“年已七月，余編訂蓮公遺稿，並手録一通，共得近體詩二百首有幾。自春徂秋，閱數月甫成，將付其徒近禪上人。近公知余與蓮師交最深，垂四十年如一日，並屬余爲之叙師生平之梗概，兼屬題辭。久之，未遑捉管。因憶同治辛未春三月既望，時師六十初度，余爲作長歌爲師壽，詩中略叙師之生平，並及師之詩品高超，學有自來。爰録此詩於左，用代作爲叙，或作題辭，均無不可也。光緒辛巳秋七月，髮弟王葵小汀頓首拜志。”“同治辛未”爲 1871 年，是年春三月，爲蓮舟六十初度，則其生年乃 1812 年。

徐穆跋曰：“近禪上人既刊其師《春蠶集》告成，復持底本乞余校勘。讀之美不勝收，因仿摘句鄙列，以資談柄。如‘曲木斜通市，疏鐘響隔烟’‘晚烟迷極浦，落日下成河’‘不見故園柳，偏傷異地春’‘石壓筍斜出，壁欹藤倒垂’‘故園青草長於我，孤館梅花寄遠君’‘客舠曲港穿城去，繞廊層樓傍水居’‘碧月窺人如有意，黄花對我亦忘言’‘來時烟水魚苗長，去日河堤燕麥肥’‘杯傾綠蟻歌三叠，人對青山話六朝’‘十里畫樓都近水，二分明月更宜秋’‘長年祇覺佳時少，酷暑真如小劫過’‘老至誰知春夢短，階空信覺曉霜稠’，皆可誦也。他時採入志乘，方外一席，非蓮公其誰屬耶？嘯竹徐穆拜題。”

《春蠶集》二卷收覺岸詩約二百餘首，皆爲太平天國起義之後所作，其慷慨悲歌，窮愁獨鬱，時見於筆端。例如《詩稿失陷城中毀於兵燹悵然有作二首》其二：“自笑平生若楚狂，行年五十太匆忙。而今又與營巢燕，故故銜泥入草堂。”覺岸愛恨分明，任俠使氣，然其詩纏綿悱惻，格調悲沉，如《秋柳詞三首》其一云：“楊柳無情甚，長亭復短亭。早知有搖落，何必向人青。腸斷桓伊篴，愁生帝子靈。西風吹不盡，牽恨入飄萍。”《梅花》云：“蠟瓣冰心潔，能回冷處香。炎涼漫侵奪，霜雪助精神。花盡方宜葉，香消不染塵。紛紛桃李艷，徒爾一朝新。”寫梅之高風雅韻，捧讀之，真思接千載，想見其人。

《唯心集》一卷,釋乘戒撰

乘戒,號定慧。世代務農,父早逝,幼即出家,法緣未詳,世壽六十以上。生平未見碑傳。著有《唯心集》一卷存世。

《唯心集》一卷,同治十一年(1872)如皋刻經處本,與釋量海《影響集》合刊。見存於浙江圖書館,又收入《卍續藏經》第110冊。開本高25釐米,寬15.8釐米;版高16.6釐米,寬12.8釐米。卷端題"唯心集"/"海湧小白花海岸山人乘戒定慧著"。半頁10行,行20字,白口,左右雙邊,無魚尾,版心鎸"唯心集"。正文前有乘戒自序云:

> 夫修行捷徑,莫如念佛;念佛之要,必先觀心。心若不明,徒勞唇吻,雖口親佛號而不知念者是誰也。夫一念相應,九品同符,理事持名,皆不虛棄。苟於能念之心所念之佛,直下雙忘,心佛齊泯,忽爾净智妙明,廓然洞徹,寂光真境,頓了目前。所謂自性彌陀,唯心净土之義也。古德云:"禪净雙修,自他兼濟。目足齊運,到清凉池。"又云:"念佛不作福,入道多苦辛。作福不念佛,未免受沉淪。作福兼念佛,如筏渡迷津。"則悲智齊融,方提得起這一句佛也。是故當勤精進,急辦前程。一句阿彌陀,異口同音;一句阿彌陀,善惡不分;一句阿彌陀,凡聖正因;一句阿彌陀,解脱冤親;一句阿彌陀,普濟群生;一句阿彌陀,萬善同登;一句阿彌陀,六度齊行;一句阿彌陀,净穢澄清;一句阿彌陀,東西合并;一句阿彌陀,包括古今;一句阿彌陀,涵蓋乾坤;一句阿彌陀,證如無生。一句了然超百億,十方世界現全身。祇因蓮社道友請益禪净唯心之旨,不覺逗漏,遂成話墮,雖有言説,毫無交涉。夫損己利人,智爲先導,開之以方便門,示之以解脱道,横超直徑,誓不退轉,定有到家時節,如肯余言,終不虛行。

《唯心集》乃因蓮社道友之請而作,要旨在於闡明觀心與念佛並重。是集收净土詩偈 52 首,附有《孝思篇》及 16 首詩偈。《孝思篇》自云:"余幼歲出家,父早逝,唯慈母在堂,胞兄終養,世爲農業,幸藉菽水無匱。余雲遊在外,未遑歸省,逮乎成立,欲報私情,詎意見背。嗚呼痛哉!恭惟鞠養,生我劬勞,罔極之恩,深固高厚,生不供甘旨,殁不克烝嘗,真世間之大罪人也。每一念興,不勝悲噎涕淚。噫!生我者父母,成我者師友,將近耳順之年,唯是追遠之心不能已已,遂作《孝思篇》,以自警云。"乘戒以雙親爲佛,稱:"家家有佛二尊,胡爲世人不識。堂上父母雙親,便是釋迦彌勒。不用點燭燒香,衹要鞠躬盡職。隨時菽水承歡,婉容敬順顏色。晨昏定省毋違,衹候起居晏息。"不惟裨益於名教,亦其所倡"目足齊運,到清凉池"也。乘戒净土詩偈,頗爲生動形象,非徒闡理説教者。如云:"卧聽鄰鷄第一聲,五更曙色漸分明。整衣束帶思何事,十念彌陀信願行。"又云:"日落西山憶故鄉,終須檢點辦資糧。等閒整頓好行李,莫待臨時手脚忙。"净土詩偈最易流於板滯,或生吞佛號,陳陳相應,淡乎寡味。然乘戒所倡,涉語質樸,明白曉暢,凡情聖解,宛爾一如,殊能警悟人心。

《影響集》一卷,釋量海撰

量海,名如德,以字行,江蘇蘇州人。比丘尼。住持某庵,親善知識,博通教乘。咸豐間避兵,染惡疾卒。著有《影響集》一卷存世。生平未見碑傳。

《影響集》一卷,同治十一年(1872)如皋刻經處本,與釋乘戒定慧《唯心集》合刊。見存於浙江圖書館。又收入《卍續藏經》第 110 册。開本高 25 釐米,寬 15.8 釐米;版高 16.6 釐米,寬 12.8 釐米。卷端題"影響集"/"菩薩比丘尼量海"。半頁 10 行,行 20 字,白口,左右雙邊,無魚尾,版心鎸"影響集"。書末有題識:"靈護施錢五十千文，古璵于蓮慶、蓮玉、長清等共施資刻此四種。同治十一年冬，如皋刻經處識。"

釋觀如《蓮修必讀》曾選量海净土詩22首。思觀老人輯《修西聞見錄》卷二收有蔣元亮撰《量海尼傳稿》云："往常與玉尺家居，考訂净土文字，四衆中獨少尼之著作。竊謂天地清淑之氣，必不以類而有所輕重於其間，况方以類聚，則同類之身，必引同類，豈但有身教而無言教者乎？玉尺既出家，謀刻藏經，往來吳越之地，乃獲見《影響集》於古明姚上善之手。其中著作，述净行者多，蓋比丘尼量海之筆也。既與同人酌訂吳門四衆弟子詩，即以《影響集》入焉，而净土之人文小備。慨爾嘆曰：人何必相逢相遇，乃爲净土知音乎？如李素真、冒其孝、鍾培棟、熊秉忠、陳鴻謨、乘戒、量海諸上善，皆未有一面之緣，而精神如不隔，其在左右者。或數年而合離之感，往往於心境遇之，如文明、周國定、甘雲開、陳靈復、茅慧雲、蔣慧生之輩，空中變化，未得其端倪，則此世他生之成就，能不令人思且望耶？量海，戒定凤根，慧心初裕，上品之資也。其集中《尼戒》一篇，尤見東土大乘氣象。"蔣元亮，字步陶，如皋人。好古博聞。初不喜時藝，及屢試不中，乃學佛，師從鄭學川。量海《影響集》即其從友人玉尺處得之，並刻入《吳門四衆弟子詩》中。《修西聞見錄》卷二又收有蘇州姚古明《量海軼事》一則："量海，避兵有惡疾。人曰：'既是大修行人，何故有此惡疾？'答曰：'此一一波羅蜜，非汝所知也。'臨終時，徹夜呼余名。既卒，人以告余。余曰：'此時真喫緊，念佛未遑，豈遑念我？'"

《影響集》收量海《净土詩》8首、《二十四氣省懷詩》（錄3首）、《偶作》2首、《無題》9首、《聚沙庵歌》1首、《經題如是》1首、《擬古爲平湖陸孝女作》1首、《念佛詩》48首，以及《阿育王舍利塔前燃指願文》《目前機跋》《警衆語》文3篇。

釋氏詩歌總集偶爾選有比丘尼詩歌，然有別集存世者似惟有量海《影響集》。是集所收均爲量海念佛、參學詩文。其《念佛詩四十八首》均以"一句彌陀"開篇，細述念阿彌陀佛號之殊勝法力。例如第六首："一句彌陀照世燈，無邊教海總持能。本來妙諦通真俗，不滯中觀即上乘。"又第二十七首："一句彌陀作入神，山河大地絶纖塵。莊嚴無量從心現，心地閒閒四季春。"量海秉持"禪净雙修"，所作詩偈亦有禪偈風味。例如《無題》其一曰："看他孤獨人，真爲無事客。出入往來間，逍遥無杖策。既無兒女情，亦無妻子迫。偶然樹下坐，則見梅花白。"《偶作》云："兀兀翛然却是癡，明明了徹實無知。施爲動轉原非識，水月相交映緑池。"

《禪餘吟》一卷，釋隱禪撰

隱禪，當湖人。世家顯族，弱冠出家，參方於支硎、鄧尉之間，後卓錫天童。著有《禪餘吟》一卷。生平未見碑傳。

《禪餘吟》一卷，一册，同治刻本，見存上海圖書館。開本高 22.4 釐米，寬 15 釐米；版高 17 釐米，寬 13 釐米。扉頁題"禪餘吟"，卷端題"禪餘吟稿"/"當湖釋氏隱禪稿"。半頁 10 行，行 20 字，白口，四周雙邊，單魚尾，版心鎸"禪餘吟稿"及頁碼。正文前有同治二年癸亥（1863）顧星湄《禪餘吟稿序》，其曰：

> 風騷有主，雲水無家。寄生涯於瓶鉢，名重貫休；攬奇氣於江山，吟工齊己。固知抒寫淵衷，端由夙慧；陶鎔靈府，洵屬通才。是惟名士可作高僧，乃知妙悟能參大覺。彼夫皎然爲謝康樂之孫，無可即是賈長江之弟，亦復才情橫溢，山水方滋，莫謂披緇脱白之流，定非華族清門之選。然或長篇累出，秀句争傳，足抗元、白之行，能奪徐、庾之席。非不探懷有錦，灑墨成烟，而叩其宗旨，不聞粲舌以生蓮；詢以真如，未克因指而見月。辭華雖贍，修證無階，亦奚取焉。惟古吳隱禪上人，當湖名裔，檇李儒

生，傳家高三徑之風，陳藝獻幾策之篇。乃甫當弱冠，便厭塵緣，鳳企空門，早皈凈土。十年卓錫，在支硎鄧尉之間；千里行縢，出越水吴山而外。方其滯迹武林也，莽蕩中原，正銅馬興妖之日；荒涼吴會，適蒼鵝出地之秋。人剛微服而行，師竟間關而出。遍地干戈，一舸溯之江駭浪；彌天鉦鼓，片帆乘南海慈航。其棲蹤太白也，山山疑草木之兵，處處警弓弦之鳥。衣鉢隨身，愴其亡羊歧路；風塵滿目，投來跑虎禪林。既閲滄山之巨麗，氣倍沉雄；迭經宇宙之顛危，詩逾排戛。擊節沉吟，饒有晋唐遺韻；悲歌慷慨，詎爲燕趙雄風。師時結夏習静山中，余適避兵久居甬上。四載離鄉，空作仲宣之賦；三生踐約，來尋圓澤之廬。一席禪關，半窗茗話。拈花識微笑之容，頭頭是道；入座示無生之法，面面俱圓。蓋天童自太白降臨，神僧輩出，義公經始於晋代，密祖紹造於明時。固緇流輻輳之區，亦上達修靈之府。而上人安禪於此，課誦餘閒，詠歌自適。不少登臨，蕉葉寫一天之緑；非無投贈，藤箋截百幅之紅。於是搜其篋衍，不亞千篇；抉其菁華，都爲一册。披誦載周，落落瀉松篁之韻；含毫振響，淵明出金石之聲。其言情則無著、天親，同心友誼。烏烏如訴，有淚皆鵑；耿耿不忘，我心匪石。宛爾性真之善，藹乎仁者之言。其寫景則曉風殘月，柳三變之詞心；遠水平山，倪雲林之畫意。其高曠也，如皓月當空，衆星俱隱；其沉著也，如巨舟引重，浩氣獨行。他如觸景興懷，因文見道，則遠公蓮社，還須詩外賞心；支遁禪機，始信言中有物。固不僅裁雲鏤月，緯綺思於吟壇；波撼氣蒸，縱奇觀於筆陣也。猥荷上人囑爲兹序，管幼安潦倒窮鄉，自慚學落；江光禄零星錦緞，尤嘆才衰。敢以千里之音，用冠陽春之曲。同治二年歲次癸亥四月下澣，禹航顧文澄星湄撰。

顧星湄，名文澄，號寄翁，餘杭人。集中有《禹航顧星湄居士寄示見懷詩即步原韻奉簡》。

是集惟收隱禪詩 54 首,所寫山中景,多落入僧家窠臼,如《山中晚步》:"步步晚烟中,落落雲深處。相顧無相識,獨來復獨去。"另《天童十景》《山中即景》等,亦乏個人逸致。顧氏序中評其詩"如皓月當空""如巨舟引重"云云,未知從何而論,其推獎過甚,近乎瞎評。稍可觀者,如《與一如上人夜話》云:"遍地盡干戈,浮生負奈何。貧交知己少,新鬼故鄉多。隻影心偏遠,雙親鬢已皤。何當移骨肉,相約入烟蘿。"亦屬平泛之作。清代釋子頗重詩文集之付梓,每托請文人撰序題跋,文人亦樂爲之,以示清雅,至有一集中序跋達十餘篇之多,題辭數十首之上者。若顧氏之恣意推獎,喪詩家持平之心者,亦不少見。

《唯心詩集》三卷、《續唯心集》一卷,釋昌仁撰

昌仁(1824—?),字一庵、義庵,號勞山主人。上海人(一說即墨人),俗姓王(一說姓矯),名宗道,字本如。家貧無依,流亡他鄉,入空門,居勞山。年十七,客於京師十餘年,遍參尊宿,龍蘭簃太史勸學吟詠。咸豐四年(1854)東歸,八年復至京師,十年歸。同治四年(1865),主席勞山華嚴禪院。後遊江南,晚住法華院。生平未見碑傳。著有《唯心詩集》三卷存世。

《唯心詩集》三卷,四冊,光緒十三年(1887)刻本,見藏天津圖書館。扉頁題"勞山沙門一庵集"/"唯心詩草"/"光緒丁亥初春刊板"。卷端題"唯心詩集"/"勞山華嚴禪院主人釋昌仁一庵稿"。半頁 9行,行 20 字,四周雙邊,白口,單魚尾,版心鐫書名、卷目、頁碼。正文前有光緒四年戊寅(1878)王練序,光緒十一年乙酉(1885)梁于渭,光緒十二年丙戌(1886)何文焯、黃儒筌題辭,光緒十三年丁亥(1887)昌仁自叙。王練《唯心集序》稱:

　　一庵禪師，佛心仙骨，少入空門，精學禪理而能詩者，宿慧也。余自攝副學即聞其人，而願遊二嶗，叩雲關，惜未果焉。戊寅春，大總戎李樨庭同遊二嶗，先至太清宫，晤諸羽客，縱觀山水，少得佳趣。越日，暮宿華嚴庵，得識禪師，談宴競夕。次早至丈室，見案陳筆硯，榻擁詩書，有禪師詩稿一編，讀而善之，携以回署。展閲數過，見其平奇穠纖，亦名一格，要以步武前賢，於唐則杜、孟、王、元，於宋則蘇、陸、曾、范，才人也，仙人也，亦學人也。自是關城内外，傳歎不已而比稱奇，幾於紙貴洛陽。閲月，禪師到署，出本珠還，遂訂方外友。惟因所作，清真易曉，不假雕飾，如香山詩，雖鄉里老嫗能喙其義，固不揣庸愚，而爲之叙。又採飴山老人論詩絶句以贈之：“要知秋色分明處，只在空山落照中。”未知有當否，附録存參。光緒四年歲次戊寅清和月，莒州澄江王練拜題。

王練（1819—1892），字澄江，山東莒州人，以府試第一入泮，晚主嶗山書院，有清譽，工詩文，善書法。昌仁《自叙》曰：

　　唯心集者，集性天之幻境也。性天寥廓，幻境參差；境與心會，交於詩歌。涵養性情，淘汰物欲，亦人生之雅事耳。余深知此趣，但恨學識庸愚，才情錮蔽，然尤孜孜苦吟者，迺宿生習氣使之然也。每於山間海上，月夜花晨，興發俚言，以圖自娱，豈有驚人之句而語人乎？三十年來，存稿一帙，近被士友賞識，難掩其鄙，有以刊傳勸者，未敢許可。杜詩云：“讀書破萬卷，下筆如有神。”余飄萍南北，奔走風塵，手無一書，胸無千字。雖有吟哦，不過略寫襟懷，發揮幻境而已，奚望流傳世間，貽笑大方者歟？友曰：“是不然也。詩之一道，本乎性情，出乎自然，不假雕琢，正爲子未識詩書，能文字禪，亦天地間之奇才也。刊而行之，誘進後學，其不善歟？梨棗有靈，正樂爲用。”余笑頷之，遂付剞劂氏。

光緒十三年歲次丁亥二月，勞山沙門昌仁一庵謹叙。

後墓有"勞山主人""義庵昌仁"二印。書後載有"助刻善友功德"九人。

昌仁《唯心詩集》略以時序編次，卷上有《唯心詩集》，又有《東歸集》，下小字注"甲寅四月"，所載乃其離京赴勞山華嚴禪院途中所作之詩；卷中有《南遊默詠》《勞山閒吟》《唯心集》三小集；卷下有《潭柘山岫雲寺集》，下小字注曰："時癸未五月廿六日，至山結夏。"又有《消閒集》，下小字注曰："光緒甲申正月，移錫法華寺隨吟。"又有《消寒吟》。蓋《唯心集》原爲諸集中一種而已，後總諸集之名，亦題爲《唯心詩集》。

《續唯心集》一卷，附見於《唯心集》末，版式同。卷端題"續唯心集"/"二勞山華嚴禪院沙門昌仁一庵稿"。正文前有長白成昌序曰：

> 光緒乙酉秋，予再應京兆試，僑居法華寺，故明太監劉通舍宅地也，凡半載。課餘，常與師談勞山之勝。師爲即墨人，寺當山麓，故知之最詳。暇時出示《唯心集》三卷，多隱勞山之作，讀之覺清氣往來，常有不食人間烟火語，知其得山水之助甚深，而於儒書亦頗留心得也。是歲爲予與師相見之始。未幾，予報罷東旋，復與師相別。越二年丁亥冬，予又入都門。戊子春初，冒雪訪師於賢良寺，聚談半日，以慰平生。蓋予幼年多病，托迹空門，成童後始蓄髮歸家，每聞鐘聲梵唄，輒有醒悟，釋氏所謂前世因者，非耶？師又出詩一卷，而問序於予，予交師久，不敢以不文辭，謹綴數語以識顛末。師行年六十餘矣，貌清癯，身頎而長髯，目炯炯有光，望而知爲修行之人，殆以隨緣世間，而參文字之禪者歟？敢以質之精於內典者。己丑秋八月前三日，長白成昌謹叙於京師思園。

“戊子”爲光緒十四年（1888），即《唯心集》刻後一年，故續集當收本年内所作之詩。

集中諸詩頗可考證昌仁之生平。卷下《消閒集》收其光緒甲申（1884）正月移錫法華寺隨吟之作，内中《自喜》詩有“余年六十一”句；又《遷法華寺》有“六十一年衰病翁”句；又卷上《癸丑五月廿日正予初度之辰有感而作》有“中年哀樂聚吾身，又寄閻浮三十春”句，則昌仁當生於1824年，即道光四年。卷上《勞山華嚴院諸景》“有引”曰：“余童稚之年，叨居此山……竟未知住山之樂何如耳。年甫十七，客於都中十有餘稔，觀世路崎嶇，人情幻化，回首遥思，始知山林之樂。”《咸豐八年戊午五月重遊都下武清道中聞拈花寺性公圓寂悵然有作》《余自庚申十月歸來時作痰喘自思不久人世乙丑六月被衆推出住席勞山華嚴禪院有感而作》《余兄弟二人貧無所依余少入空門兄亦流亡兹冬家侄輩爲尋遺骨附葬先塋因思昔傷今哀慟淚下隨吟二絶》等詩，皆可考證其行迹。

《唯心詩集》所載昌仁之詩，多爲其行遊、居山、禪修之作。雖其自言“山林憶舊樂，烽火非吾憂”（《四月十日留别金臺故人》），然因其行遊之廣，故頗能反映清末現實。集中如《感時》詩云：“嶺外忽征兵，城頭哀角聲。年荒愁盜賊，世亂苦蒼生。困獸知能鬥，横流未易平。何時遣良將，一掃瘴烟清。”《甲寅元旦有感》云：“民生今日困，兵燹隔年深。愁對梅花坐，清樽細細斟。”均寫戰亂兵燹。《八月下旬賊逼天津京師戒嚴》《泊舟天津吊謝子澄明府》等，則反映天津民變後板蕩之現實。卷中《上海縣故人邀同夜飲》云：“湖山佳境在蘇杭，此日繁華屬上洋。萬國樓船横極浦，四夷廬舍接穹蒼。日生東海人烟雜，夜落西江客夢長。且出青錢沽美酒，與君剪燭話滄桑。”描寫夜上海之繁華勝景，内心却含無限凄凉。其詩述事抒懷，頓挫沉鬱，老辣縱横；而寫景題畫，則清新可喜，自然流利，體現出較高之水準。

《浄土證心集》三卷，釋卍蓮撰

卍蓮(1827—1886)，字曉柔，一字廣和，平陽人。少年牧牛砍柴，弱冠入玉蒼山法雲寺披剃，後往天台國清寺受戒。偶得唐詩殘卷，即習吟詠。光緒二年(1876)，其徒浄一整理其詩賦爲《卍蓮詩鈔》刊行，又有《浄土證信集》三卷等行世。生平未見碑傳。《温州山水詩選》有其小傳。

《浄土證心集》三卷，一册，光緒元年(1875)古杭昭慶寺刻本。見存於天津圖書館。扉頁鎸"光緒元年孟春鎸"/"浄土證心集"/"古杭昭慶寺藏版"。各卷卷端題"浄土證心集"/"傳天台古和卍蓮述"。雖曰"述"，實卍蓮自著之詩文也。每半頁 8 行，行 20 字，白口，左右雙邊，單魚尾，版心鎸書名、卷次、頁碼。正文前有光緒元年乙亥吴鄭衡序、卍蓮自述。書末有牌記"浄業釋子一浄募刻，東甌張慶芝謹刻"。又列助刻芳名，並題"此集共三萬三千六百三十三字，除刻資外，印一千七百部敬送"。

吴鄭衡序略稱："台宗卍蓮法師，深究宗門，廣稽教部，不以宗教爲究竟，而以浄土爲指歸。其亦徹悟根源，契理亦復契機，故發爲詩歌，作爲銘詞，無不闡揚浄土，大放厥詞。二十九章之雜綴，所以辯明浄土也；四十八首之題像，所以宏贊浄土也；唯心之頌百八，所以遍窮浄土也；要約之律二十，所以勸修浄土也。而且欣厭有銘，警策有偈，無非反復叮嚀，欲人之同歸於浄土也。夫菩薩之用心，利他更切於自利，恐浄土之不知所修也，爰輯儀式以示之；恐浄土之有外乎禪也，復擬《牛頌》以通之。法師之於浄土，固已深信，而證之於其心矣。余與法師交契有年，深知巔末。十八猶負薪，二十始薙染，未嘗學問，而能言之亹亹者，不亦難乎其難哉？因弁數語於簡端，以明法師之專心浄土，絶不以宗教接人。正是善宗者不言宗，善教者不言教也。後之學者,當知無宗之非教,無教之非宗,無宗、教之非净土也,幸勿歧而二之。是爲序。大清光緒乙亥歲孟春月,樂成吴鄭衡書於三一閣之染香室。"吴序撮述是集之内容及要義,然比照是書前所列目録,共收詩、偈、文48篇,並未見所謂"二十九章""頌八百",則《净土證心集》或未盡收卍蓮詩文。

　　《净土證心集》所收詩文,皆關涉净土修持法門,與世諦文字無涉,其要旨無非明净土之宗趣,宏贊净土宗師大德,勸人修持净業。如《簡易不可思議》乃述净土簡單易學,具無上功德;《誓願決定》《立行堅猛》等則告誡修持净土之要訣。平心而論,卍蓮所述率皆净土常識,然其反復叮嚀,又曉之以平易語,實亦具大功德矣。卷中《牧牛頌》乃禪門傳統詩偈,闡明攝禪歸净,最爲可讀。如其中《忘牛》云:"得手功勳亦是無,忘情絶慮一身孤。悠悠獨坐聞啼鳥,寂寂空懷捲畫圖。自昔已逢真俗趣,而今不顧舊時途。渾融居址誰爲主,畢竟逍遥没此模。"《舌血畫阿彌陀佛像詩(并序)》,凡四十八首,乃因辛未至癸酉信士刺舌血畫聖像三百六十餘軸所作,讀之撼人心魄,傾服其堅猛信念。

《梅庵吟草》一卷,釋續亮撰

　　續亮(？—1900),字月谷,號清光,俗姓劉,雲南富民人。嗣法巖棲上人,巖棲歿後,繼主昆明華亭寺,著有《梅庵吟草》一卷存世。生平未見碑傳。

　　《梅庵吟草》一卷,與釋巖棲《巖棲詩草》合刻,光緒三十三年(1907)油印本,見存於上海圖書館①。卷端題"梅庵吟草"/"昆明釋

---

①柯愈春《清人詩文集總目提要》著録爲"《梅庵詩鈔》一卷",中國國家圖書館藏,爲"花浪樓編訂",與筆者所見非同一本也。

續亮月谷稿”。正文前有光緒二十六庚子(1900)趙藩序,及光緒二十八年壬寅(1902)陳鷃題跋。

趙藩序曰:“新城王文簡公評國朝釋子詩,以吾滇蒼雪爲第一,海内無異。嗣二百年來,其分蒼雪之法乳者,麗江則有妙明,妙明傳至昆明巖棲,而巖棲之徒月谷亦以韻語聞於時。余曩在昆明,未之見,今自蜀歸里,思一結方外緣,則月谷已於己酉示寂矣。其弟子浼山陰陳蘭卿太守以月谷遺稿屬爲勘訂,搜琛琢秀,得古今體四十餘篇,釐爲一卷,畀之鋟木,俾永其傳。月谷與蘭卿及吴牧騶觀察、王倉文司馬、孫菊人大令皆締文字交,濡染涵詠,集益無方,而瓣香固在蒼雪。此集中短什長謡,雅有《南來堂》風格,金碧伽藍,一燈未墜,未知繼此誰龍象也? 人海滄桑,風雅闃寂,又豈但致慨於宗門也哉? 月谷名續亮,昆明劉氏子,初披剃於妙高寺,住持城中天君殿。蘭卿云。光緒庚子冬日,劍川趙藩叙。”趙藩(1851—?),字界庵,晚年自號石禪老人,雲南劍川人。總纂《雲南叢書》,著有《向湖村舍詩文集》若干卷。《清人詩文集總目提要》謂續亮生年不詳,卒年爲光緒二十二年(1896),未知何據。據趙藩序稱,“月谷已於己酉示寂”,則續亮卒年當在1900年。趙藩序中所稱妙明(1789—1862),號松庵、雪峰。麗江納西族人。嘗建有嵌雪樓,亭臺樓閣,輝麗一時。著有《黄山吟草》二卷存世,藏於麗江圖書館,筆者未見。

陳鷃跋曰:“余喜誦佛經,故好與僧遊,又喜讀古人詩,故好與當代詩人遊。若僧而能詩者,則尤好之篤,惜不多覯也。憶自弱冠迄於今,玆垂四十餘年,得兩人焉:曰巖棲,曰月谷。巖棲知名早,南中大夫之能詩者皆締交。其弟子如天工行草,有懷素風,知必有以傳其詩矣。月谷後巖棲起,貞介孤潔,所知好不過三數人,皆先謝世,今存者惟余,而余亦將老矣。月谷亦疾時以稿授其弟子覺幻,謂:‘此固不足惜,然亦曇花之一瓣,幸丐山陰陳叟爲余藏之。’語訖,合掌逝。覺幻收骸畢,以稿授余,並述師語。余聞之泣然曰:‘師之藏者謙也,余爲之授梓。'適劍川趙子至,屬爲勘訂。趙子曰:'月谷詩學傳自巖上人,盍並刻之?'乃往求語如天,則已化去。其再傳弟子利題跋之皆名人也,輒割裂而售之,卷亦隨逸去。不得已,從華亭碣間鈔得若干首,合月谷詩刻爲一卷。余亦可以慰月谷矣。獨惜巖棲者,以交名人而詩以名,復以交名人而詩幾失,豈真深通佛理,視一切法皆如夢幻、泡影、露電歟? 轉令余疑月谷之多罣礙也。光緒壬寅冬月,山陰陳鷗序。"陳鷗,昆明人,嘗輯有《雲南浙江會館志》一卷,著有《集翠軒詩稿》二卷。續亮詩稿,先乃由其寶藏;而巖棲之詩,則由其從華亭石碣中鈔出,並交梓人刊刻。

　　《梅庵吟草》收續亮詩僅 32 首,内中多與禪子、文士唱和之作,詩風清俊超逸,洵爲本色衲子。例如,《麗江妙明闍黎見訪》一首:"落日空林净,柴門叩遠僧。款茶留丈室,下榻對秋燈。白髮真如雪,清心直似冰。殷勤相洽意,耐久感良朋。"又如《卧雲山訪妙峰不遇》曰:"來時春欲暮,一路採新薇。曲徑多芳草,高峰空翠微。猿攀古藤上,鴉背夕陽飛。落落孤松下,月明人未歸。"寫景抒懷,頗得風人之旨。

《聽香禪室詩集》八卷,釋笠雲撰

　　芳圃(1837—1908),字笠雲,江寧陳氏子。幼披薙於長沙黎仙庵,聰穎過人,讀書妙解義理,尤工書法,喜賦詩,以暢禪機。光緒初元(1875)繼席虎岑,與山長徐樹鈞相往還,結麓山蓮社,唱和無虛夕。復主上林杲山。會曾國藩祠成,衆皆推其主之,湘中名宿若王闓運、郭嵩燾皆與之酬答。光緒十年(1884)遊上杭、姑蘇,徐花農素欽之,爲卜西湖孤山,修寶成寺以處之,榜其室曰"留雲",以寄意焉。然芳圃却之,返湘中。適日僧水野梅曉尋法南嶽,道出長沙,爲述日本佛乘,芳圃頗爲之動。光緒三十一年(1905)春,率門人筏喻、道香東渡

扶桑,著有《東遊記》。三十四年示寂,壽七十有二,戒臘六十,著有
《聽香禪室詩集》若干卷。生平未見碑傳。《新續高僧傳四集》卷三
五載其事迹甚詳。

《聽香禪室詩集》八卷,二册,光緒二十二年(1896)刻本。見存
於湖南圖書館、南京圖書館。開本高 27 釐米,寬 15.5 釐米;版高
16.5 釐米,寬 12.2 釐米。扉頁篆書"聽香禪室詩集",第二頁爲牌記
"光緒丙申孟秋徐樹鈞署"。各卷卷端題"聽香禪室詩集"/"麓山寺
沙門芳圃笠雲著"。半頁 10 行,行 21 字,四周單邊,白口,單魚尾,版
心鎸"聽香禪室詩集"、卷次、頁碼。正文前有光緒十三年丁亥
(1887)王闓運序,其云:

> 　　同治癸、甲之間,余從衡陽至長沙,其時材彥方盛,文宴間
> 集,而方外法侶鮮聞。舍利弗、迦游延之嗣獨有道人示余一卷,
> 詩學蘇、陸,書似李春湖,詢之則麓山笠和尚也。既而曾大傅祠
> 成,謀請主山,群推笠公師,其師且以讓焉。於是數數相見,吟詠
> 詞翰之事,酬接沛然,戊、庚之間,會無虛日。而笠公名重東南,
> 杭州耆宿至爲營寺湖上,榜曰"留雲",謂欲留笠雲於杭也。今歲
> 假館思賢,重聯香火,乃知超然住著,復返舊林。詩格高深,篆法
> 遒美,行草沈著,俱隨臘進,加以徹悟大乘,不滯言迹。自顧學行
> 無增於昔,幸知慚愧,猶可同參耳。聽香詩卷,前已欣賞,兹復得
> 睹近作,則大改格律,尤長五言。同人將合刊以省傳鈔,輒記數
> 語以志欽仰,使覽者無疑於文字之妨禪律也。光緒丁亥秋七月,
> 王闓運題。

王闓運,原名開運,字壬秋,一字壬父,湖南湘潭人。嘗自題所居曰
"湘綺樓",學者稱湘綺先生。此序未見於王闓運《湘綺樓詩文集》。
序中湘綺盛贊其詩,以爲詩格高深。芳圃亦極推重湘綺,集中《夜讀

樊山集奉題》有"傾心湘綺追黃綺,高步微之與牧之"句。

　　王序之後,又有王先謙、鄭襄、袁緒欽、嚴家鬯、黃維申、嚴毓泗、黃嗣東、周以存、鄭黎、葉德輝等人題詞,皆盛推芳圃之人格和詩格。如嚴家鬯題詞曰:"花雨散繽紛,供養自前定。天人阿修羅,頂禮世延宜。清絕禪宗詩,得氣多所孕。妙諦循環生,吐瀉靡剩餘。天然奇趣恣,磨琢復圓瑩。行腳東南遍,山水攬名勝。留雲雲不住,宿耆別無騰。一舫(俞曲園爲構留雲舫於孤山)一集哀(徐花農集刻《送人六一泉寺詩》),疑脫寶刀贈。參寥天下知,名走不借脛。歸依彌勒吟,吟苦偈聲應。思賢講舍鄰,選理暢王(壬父)鄧(彌之)。清籟響空霜,古刹澀鐘磬。靜澈寒拾微,匪曰肆逸興。閻仙手推敲,如如心取證。世盡夢芳形,一覽令人醒。風雅莽荊榛,祇園日未暝。如彼蕙蘭香,芬芳襲幽徑。尋香香不聞,閒閒香入聽。"又王先謙題詞云:"補恒勝遊前後寺,如來正法北南宗。上人了徹三千界,福地仍歸七二峰。湖上留雲清譽滿,湘中隱霧道情濃。(用集中語)一編日擁江山氣,百歲長看冰雪容。"又葉德輝題詞云:"扁舟吳越攬烟霞,彈指瞿曇頃刻花。欲與支公談玉屑,懶從童子布金沙。禪心自定鐘前杵,詩句新籠壁上紗。怪的東南詞客少,傳燈今已屬僧家。"

　　是集凡八卷,略以時序編排。卷一收 47 題 64 首,卷二收 45 題 65 首,卷三收 48 題 50 首,卷四收 34 題 34 首,卷五收 82 題 92 首,卷六收 29 題 49 首,卷七收 31 題 48 首,卷八收 49 題 57 首,共 365 題 459 首。

　　芳圃另有《東遊記》一卷存世,亦藏於湖南圖書館,因殘損嚴重,館員未予借閱,余央求再三未果。據《新續高僧傳·芳圃小傳》稱《東游紀》:"凡所經見東、西兩京佛寺、僧學,及扶桑風景、政教、習俗,莫不言之甚悉,而與倭人題跋詩篇甚富。"

　　芳圃與寄禪、永光,並稱"近世湖南三詩僧"。此三人常往還唱和,詩格高古,其人皆於季世踐履大乘菩薩精神,悲世憫懷,救國圖强，故爲世人所欽服。芳圃爲湘中龍象，廣結善緣，更東渡扶桑，取道域外。光緒初年，芳圃曾集湘中名流於浩園詩酒雅會，其《十二月五十六自壽詩二首酬曾月溪僧燮檀道俗十九人用月溪原韻》其二"記隨徐郭斗尖乂"句下注曰："浩園文酒之盛，自丙子以來，有玉池老人熊鶴村、詩老湘綺先生、王雁峰、鄧彌之兩山長、徐叔鴻侍御、李適叟、陳松生、余佐卿、陳伯巖、蕭希魯、曾重伯、涂稚蘅、袁綏儒、朱次江諸君，同衣則余與寄禪、道香，屢爲觴於此。至其賞雪消寒，徐、王諸公又用東坡尖乂韻賦詩紀事，事又六七年矣。今者皓雪滿園，樓臺珠玉，追念昔遊，半多物故。而存者寥寥數人，又聚散不定，惟朱君次江一氈寒臥，亦意緒無聊，對兹良集，不禁唏噓。"芳圃曾從長沙北向梨峰，與朱靜軒、袁筱珊、王香嶼等結"梅花詩社"，拈梨峰八景詠之，此皆爲清季湘中風雅之盛事。

芳圃詩，似湘綺所稱近蘇、陸，蒼老勁健，集中《水災行》《戰城南（有序）》《紀夢》諸詩，或直切時事，或悲憫蒼生，即其遊山舟行，宴坐寢息，亦時透顯悲慨之氣。如《重遊嶽麓山》曰："蒼蒼雲水洗雙眸，拄杖橫擔過橘洲。五里樓臺天再闢，十年山麓屐重遊。楓林葉燦丹霞色，石澗泉潺清淺流。北上懸崖探神迹，禹王碑下漫句留。"《遊賈太傅祠》其一云："落日江城晚，來尋賈傅祠。頗深憑吊感，還重旅人悲。遺澤存荒井，殘文蝕斷碑。懷沙悲屈子，曠世證心知。"合觀芳圃、寄禪、永光三人詩作，大抵皆有此一特徵。

《僧家竹枝詞》一卷附《丁酉歌》、《孤峰剩稿》四卷，釋開霽撰

開霽（1838—?），字德輝，自號孤峰老衲。垂齠入塾，習制藝，攻章句之學。庚申亂起，避黃山，投筆從戎，入楚軍之幕，隨左宗棠征戰婺源等地。戰事平定後，猛發出世之志，光緒十年（1884）泛海登普陀

山，拜觀音大士，矢志學佛。十三年（1887），應東甌縉紳之請，主席仙巖聖壽寺，二十三年（1897）又主龍遊靈耀寺。著有《僧家竹枝詞》一卷、《孤峰剩稿》四卷。生平事略，可見其自傳《丁酉歌》。

1.《僧家竹枝詞》一卷附刊《丁酉歌》，光緒二十四年（1898）武林瑪瑙明臺經房刻本。見存於南京圖書館。開本高 23.4 釐米，寬 14.8 釐米；版高 20.3 釐米，寬 11.4 釐米。扉頁題“光緒戊戌仲夏”/“僧家竹枝詞”/“錢唐戴芝英題”。第二頁爲牌記“光緒戊戌仲夏鎸於武林瑪瑙明臺經房”。卷端題“僧家竹枝詞”/“孤峰老衲開霽德輝稿”/“得度弟子廣思了見、廣瀞了垢敬録”/“嗣法門人傳泉鏡圓、傳修善緣、傳利根琳校刊”。半頁 8 行，行 20 字，四周雙邊，白口，單魚尾，版心鎸“僧家竹枝詞”及頁碼。正文前有光緒二十四年戊戌（1898）開霽弟子傳修善緣所撰《僧家竹枝詞序》及《孤峰老衲示門弟子語》。傳修序曰：

　　吾師孤峰老人悲象教之陵夷，慨獅蟲之熾盛，有志上進者參禪念佛，靡所適從；無意真修者隨波逐流，罔知振作。爰將僧家所行之事，作《竹枝詞》四十八首，以示徒輩，描寫逼肖，搜括無遺，或貶或襃，直言不諱，真可謂眉毛拖地，一片婆心矣。修等親承棒喝，拳拳服膺，弗敢忘，顧私之一家，何如公之一世。俾初入佛門者咸知若者上品，若者下流，若者當法，若者當戒，清夜捫心，陡發猛省，豈非啓迪後進之一助乎？夫偈頌、拈提、詩歌、賦贊，或闡向上之旨，或宏浄土之宗。古人著作，汗牛充棟矣。是編別創一格，非雅非俗，亦諷亦箴，實足補前人語録所未備。願新發意者各取一編，置諸案頭，時一展誦。山歌也，村謡也，實警語也。間有不拘韻處，毋以詩律衡之可也。時光緒戊戌仲夏，嗣法門人傳修善緣和南謹序於龍邛一山，皈依弟子了心嚴達書。

"戊戌"爲光緒二十四年，此序述《僧家竹枝詞》寫作機緣甚詳。《孤峰老衲示門弟子語》，則述開霽撰《僧家竹枝詞》之目的，略曰：

> 嗟乎！佛法至今，其不絕如縷乎？古時出家難，試經方度，官給度牒，秉戒後參訪知識，無刻不以向上爲念，故晋魏唐宋以來，千餘年間，高僧輩出，了悟者代不乏人。朝廷尊師重道，優禮有加，異於常數，蓋上以此事爲重，下亦不肯自輕也。今時出家易，僧衆愈多，真衲愈少，無論鄉曲小廟，除應酬經懺外，不知修行爲何事，宗、教、律、净杳焉不聞，師無以爲教，弟亦無以爲學。即通都大邑、名山巨刹，亦往往重外輕內，捨本而逐末，以集緣興造爲急務，置身心性命爲緩，而拈花之旨、西來之意，大半束之高閣。欲求佛道之盛，其可得乎？戊戌春，晝長無事，偶將僧家所行，衍爲俚詞，以示徒輩。自"入山"以至"舍報"，得題四十有八。俾知若者上品，若者下流，若者當法，若者當戒，生大慚愧，發大勇猛，樹精進幢，被堅固鎧，思與賢聖比肩，不屑與流俗伍，庶幾不無小補……光緒二十四年歲在戊戌四月八日書。

是集凡四十八首，爲《入山》《祝髮》《求戒》《坐香》《打七》《念佛》《禮佛》《誦經》《拜經》《閱藏》《聽經》《復小座》《持咒》《修懺》《朝山》《挂單》《過午》《拜香》《持錫杖》《荷方便鏟》《安居》《結茅》《持午》《持銀錢戒》《閉關》《禁足》《禁語》《然指》《然臂香》《拜舍利》《住老堂》《打餓七》《趕經懺》《趕齋》《趕香會》《領香客》《化緣》《敲木魚》《敲銅板》《拜韋馱》《拜華殿》《應赴》《站釘關》《開佛店》《化小緣》《馬溜》《發魔》《舍報》，以竹枝體衍僧徒日常行處之規，雅俗相濟，亦諷亦箴，可謂僧詩之創格。如《祝髮》云："訪得名師拜禱慇，機緣契合選良辰。薙除煩惱紛紜髮，圓頂方袍氣象新。"《閉關》云："净掃山寮一兩間，萬緣齊放掩松關。《華嚴》一部三年滿，樓閣門開豈等閒。"語雖不似王梵志、寒山詩之辛辣，然亦可爲佛門之規箴。又多標有音注和意注，皆爲發心向佛之士所作。

是集後附刊有《觀音菩薩原偈》及開霽擬作偈。《觀音菩薩原偈》云："觀音菩薩妙難儔，清浄莊嚴累劫修。浩浩紅蓮安足下，彎彎秋月鎖眉頭。浄瓶甘露常遍灑，手執楊枝不計秋。千處祈求千處應，苦海常作渡人舟。"此偈盛傳叢林，每逢觀音大士誕日，多誦之。然開霽以爲："首二句尚可，中四句欠佳，'浩浩'，水盛貌，'紅蓮'如何？'浩浩'安字亦不妥；'彎彎秋月鎖眉頭'，是直以菩薩爲女人矣。即以女人而論，措詞亦欠莊重。"其擬偈曰："觀音菩薩妙功德，耳根入道證圓通。上合諸佛同慈力，下合衆生同悲仰。三十二應隨時現，十四無畏不思議。教持神咒大悲心，慈航普渡出苦海。"開霽自題曰："偈雖不佳，祇求得體，質諸天下叢林、諸方尊宿，以爲然否？"與原偈相較，開霽之偈雖莊，然仍不如原偈更能述觀音大士之風神。

又附刊有《丁西歌（并引）》，乃開霽六十歲時所撰自傳詩。每述一事，皆自注個人經歷。是詩小引曰："今歲丁西元旦口占起四句，因病未續。中秋月明如畫，階前散步，往事縈懷，信筆足成，衍爲長句，覺六十年幻迹，泊垂老志願，備述無遺。噫！一彈指間，已周花甲，屢罹羸病，晚景無多，遥憶生平契好，與夫世外朋儕，或千里暌違，罕通雁信，或片時萃聚，倏唱驪歌，不知此生猶有把晤緣否？寄郵筒以當留別，倩手民以代鈔胥，情之所感，烏能已乎？知我者當不哂我也。"既稱"已周花甲"，則開霽當生於道光十八年（1838）。詩中述咸豐五年至同治四年（1855—1865）太平天國戰事甚詳，可補史之闕。

2.《孤峰剩稿》四卷，一冊，光緒三十三年（1907）刻本。見存於上海圖書館。扉頁題"光緒丁未初夏"/"孤峰剩稿"/"了心居士題"；次頁篆書牌記"光緒丁未孟夏月龍丘古靈光丈室開雕"。内鈐"王培孫紀念物"印。卷端題"孤峰剩稿"/"南海普陀山孤峰老衲開霽德輝撰"/"嗣法門人智修傳道、善緣傳修、根琳傳利同編次"/"皈依弟子了人嚴曾通、了我嚴曾衍、了心嚴曾達校梓"。半頁9行,行20字,白口,四周單邊,無魚尾,版心鐫"孤峰剩稿"、卷數、文體、頁碼。正文前有光緒三十三年丁未傳修善緣序,其曰:

孤峰老人儒而釋者也,幼習舉業,長值赭寇亂,囊筆從戎十餘年。裁定後,聽鼓趨公垂三十載,銅符兩綰,小試烹鮮。性耿介,不喜攀援,故所如不偶。年將艾,浮海皈佛,棄簪紱如敝屣,山中一應筆墨,咸出師手,旋作旋棄,稿多散佚。今修於故紙堆中,搜得殘稿若干首,請於老人,將付剞劂。老人歎然曰:"修行之要,以體究無生、真參實悟爲上乘,以一心念佛、發願生西方爲捷徑。若此世諦文字,唾餘耳,糟粕耳,烏足存?"修固請,乃許。計法語二十則,雜文三十一首,雜偈七十八首,楹聯三十二首,題曰"孤峰剩稿"。噫!修因之有感矣。儒者長於屬文,未諳釋典,所言輒隔膜。釋者或主叢席,酬應紛繁;或住空山,造詣孤絕;或修密行,以勤苦篤實爲操持;或練世緣,以營造莊嚴爲能事,求一儒釋兼通者,蓋戞戞乎難之。間有洞明教觀,徹悟心宗,説法談經,辯才無礙,而胸之所蘊,口能言之,筆不足以達之,往往爲儒者所輕。佛道寖衰,職是之故。夫文以載道,無文則道不明,文字般若,盍可少乎哉?惟願世之爲師長者,遴擇聰穎子弟就傅讀書,儒理既明,方可進求佛理,庶幾發爲議論,著爲詞章,足闡三教同源之旨,而三教之淺深優絀,愈以大明於世。俾向之未諳釋典視僧倫者,咸知佛道之大,佛理之精,行將轉倨爲恭,易毀爲贊,不徒息其喙,且以服其心,謂非世道人心之大幸歟?明眼人當不河漢斯言。光緒丁未孟夏月,嗣法門人傳修善緣甫和南謹序於龍丘古靈光丈室。

開霽出家之後,無文人結習,故所作詩文,皆以坐禪念佛、度己度人爲要旨。例如《八哥念佛四首》《八哥不念佛又四首》等詩偈，一片老婆心，反復提撕。《苦勸人莫毀三寶説》《續説》，則苦言勸誡，謹護三寶。《讀揭陽禿禪老宿捨身辭世偈有感次韻八首》乃因光緒三十年（1904）廣東揭陽奉旨興學，驅逐僧尼，勒提廟産，八十尊宿禿禪不堪其擾，絶食七日，誦《仁王護國般若經》端坐示寂而作。《擬歸去來兮辭》雖步趨淵明，然悔懺之心、向佛之志，篤實分明。開霽曾立有《孤峰十願》，不主叢席，不傳戒，不講經，不主法會等，意在真參實修。故所作詩文往往有自家境界。例如《辛卯元日口占》：“心同枯木坐如屍，閒念彌陀遣六時。拾得松枝撥爐火，元來冷暖自家知。”又《看雲》：“世間祇有白雲閒，我比閒雲閒更閒。南北峰頭忙不住，笑他底事出青山。”直契心源，非世諦文字可及也。

《梓園詩鈔》八卷《補遺》一卷、《古今列女辭》一卷、《續刊梓園詩鈔》二卷、《梓園山房又次稿》七卷，釋江叡撰

　　江叡（1837—?），號瘦虎、雪山行者。俗姓、籍貫皆不詳。自言四五歲時，父携泛舟金、焦間，賈人奪之母懷中，遂來湘。十一歲披緇從佛，居雪峰山最樂寺數十年。性枯冷，貌清癯，不樂與人接，捨詩書無他嗜，生平纂述十餘種。輯有《記事珠文集》六百卷、《補録》八十卷、《記事珠詩集》五百餘卷、《方外綺語詩文集》百餘卷、《可心齋日記》《臆記》《梓園詩話》二百餘卷，著有《梓園詩鈔》八卷、《古今列女辭》一卷、《續刊梓園詩鈔》二卷、《梓園山房又次稿》七卷等數種行世。生平未見碑傳，自撰《述夢小紀》略述行迹。

　　1.《梓園詩鈔》八卷《補遺》一卷，光緒二十九年（1903）刻本。見存於湖南圖書館。開本高 27 釐米，寬 15 釐米；版高 18.5 釐米，寬12.5 釐米。扉頁題“梓園詩鈔”/“顔可鑄題”，第二頁爲牌記“光緒癸

卯冬月湘城鎸版”。半頁 8 行，行 22 字，白口，單魚尾，版心鎸“梓園
詩鈔”、卷次、頁碼。目録第十五頁後殘損嚴重。正文前有光緒二十
九年癸卯周汝霜序，書末有光緒二十九年曾鮜跋。周汝霜序略曰：

> 同邑瘦虎上人生震旦而墮空門，生平雖無日不讀儒書，恒歉
然若不得居於佛。顧常自言僧而汔不能得僧味，則又不欲竟居
於佛。儒佛兩不自居，瘦虎其有所見也。瘦虎貌癯神暇，性特孤
冷，然具有熱心俠氣。造其廬，與其言，涉及世變國難，義憤填
膺，若不能自遏抑。既深錮湘西萬山之中，謝絶人間事，無所變
見於世，則亦遂不惜托於文人結習，日從事詩文撰述，姑借文字
以攄其磊落磅礴之懷，與其悲憫嗚悒慘歇之慨。自余之匿習之，
將及十年，空山沉寂，草景寖馳，今日頹然老矣。嗚呼！余與瘦
虎之所感可知也。簇簇種類，已迫强權，莽莽神洲，難逭天演，自
西力東漸，歐美之新宗教與夫新學術，潮流所蕩，幾欲環球教主
而競於前。當此之時，處此之勢，余與瘦虎之所感，何如也？世
界之國僉哀印度，印度者，佛法産生之墟也，印度已矣，席印度之
前車者不改印度之覆轍，又幾何不相尋而爲印度之續？而今而
後，日月方長，余與瘦虎之所感，不知當更何如也？瘦虎所成詩
歌，余爲甄録六百有餘首，梓鋟而存之，匪猶世俗文字之見之循，
抑亦留備六如界中去來，今之紀念云爾。光緒癸卯陽月，湘鄉周
煦埏汝霜識於長沙。

《梓園詩鈔》初刊於光緒二十九年癸卯（1903），爲湘人周汝霜編録付
梓。是集釐爲八卷，大致以繫年編排，卷一收咸豐四年甲寅至同治八
年己巳（1854—1869）詩 92 首，卷二收同治九年庚午至同治十二年癸
酉（1870—1873）詩 64 首，卷三收同治十三年甲戌至光緒七年辛巳
（1874—1881）詩 74 首，卷四收光緒八年壬午至光緒九年癸未

（1882—1883）詩 49 首，卷五收光緒十年甲申至光緒十一年乙酉
（1884—1885）詩 70 首，卷六收光緒十二年丙戌至光緒十五年己丑
（1886—1889）詩 51 首，卷七收光緒十六年庚寅至光緒十八年壬辰
（1890—1892）詩 125 首，並附録《曹吟韻堂詩》33 首，卷八收光緒十
九年癸巳至光緒二十九年癸卯（1893—1903）詩 94 首，補編收詩 13
首，共 665 首，與周煦埏所稱"六百餘首"相當。

　　曾鮒跋曰："瘦虎釋而儒者，居雪山最樂寺數十年。自言四五歲
時，父携泛舟金、焦間，賈人奪之母懷中，遂來湘上，繼墮空桑，稱江
氏，意江北人也。貌清癯，性冷而潔，喜梅花，其生以正月五日。上人
詩有云：'民生太古忘名姓，壽度中天數英蕚。'蓋知所自來，而不知其
所自生，亦可悲已。自維無親無著，性抑不耽禪悦，而莫之脱窠曰也。
即寄情於詩，以寫其纏綿悱惻之思，而致其忠孝節義之旨。於是益乃
縱情書史，博覽百家，置鈔胥其旁，日事編摩，老而不倦，於孝行尤拳
拳三致意焉。計自光緒丁丑刊行《記事珠禪宗輯要》《方外綺語文
册》六百餘卷，續輯成帙者《記事珠文集》六百卷、《補録》八十卷、《記
事珠詩集》五百餘卷、《方外綺語詩文集》百餘卷、《可心齋日記》《臆
記》《梓園詩話》二百餘卷，都三千卷。噫！可謂勤矣。其自著詩文
集約四十卷，既爲商訂而繕存之，又自謂禪家不尚語言文字，所作未
肯自信。屬今新政逴騰，舊學告退，舉所編輯，將爲文塔，火以殉葬。
徒曾孫高朗、演俶憐而惜之，以諗余。余尼之曰：'否否，因果信宜不
繫於焚，且留以資來生證果之因也。'更有進者，佛教不立文字，而所
謂性情之真，願力之大，自與名教綱常不可得，而變革者歷浩劫而不
灰，豈與夫注蟲魚，弄風月，誇多鬥麗，以騁一時之名者較妍媸、競得
失哉？周君汝霜爲選録詩若干卷，以授梓人。余適以試事來長沙，爰
襄校訂，而綴其崖略如此。光緒癸卯孟冬，曾鮒謹跋。"跋中稱江叟詩
文集原有四十餘卷，今所存惟十餘卷，蓋散佚頗多。江叟勤於著述，
日事編摩，所編總集數種，達三千餘卷。其所編《記事珠》，今湖南圖

書館仍存一册,含卷一〇五、卷一〇六,卷端題"梓園山房記事珠"/
"湘陰釋江叡瘦虎輯"。《五朝方外綺語餘編》原有三百四十九卷,庶
幾爲自古以來規制最大之僧詩總集,惜湖南圖書館亦僅殘存二卷。

2.《古今列女辭》一卷,光緒二十九年(1903)刻本。見於《梓園
山房詩鈔》後。扉頁題書名"古今列女辭",第二頁爲牌記"光緒癸卯
冬月湘城鋟板"。是集爲江叡以樂府體詠歷朝列女之詩,自魯義姑、
楚孫叔敖母、漢范滂母以下,而至清朝夏景澄妻葉氏,凡54人,又代
人作15首,雜出15首。江叡雖披緇衣,然博覽經史,實墨名而儒行
者,於孝行尤拳拳三致意焉。

3.《續刊梓園詩鈔》二卷,光緒三十四年(1908)梓園堂刻本。見
於《古今列女辭》後。扉頁題"梓園詩鈔",第二頁爲牌記"光緒戊申
仲夏續刊",卷末題"梓園堂襄刊"。卷端題"梓園詩鈔續刊"/"湘鄉
江叡瘦虎著"。正文前有蕭鍾員序,江遠翠、劉聘瑇、曾滌垢、黄澍霖、
曹肇文、潘升南、李金尊、李瑚、張毓祺、盧楪題辭,卷末有江叡自跋。
江叡跋云:"自同治乙丑以迄於今,四爲剞劂之舉,毋乃同一孟浪,不
知所上。爰作此以解嘲云。時光緒戊申季夏中浣,小雪山行者江叡
瘦虎率題,時年七十有二。""戊申"爲光緒三十四年,上推七十二年,
則江叡當生於1837年,即道光十七年丁酉。

《續刊梓園詩鈔》二卷,亦依時間先後編排,卷上收光緒三十年甲
辰至光緒三十一年乙巳(1904—1905)所撰古今體詩81首,卷下收光
緒三十二年丙午至光緒三十四年戊申(1906—1908)所撰古今體詩
92首。

4.《梓園山房又次稿》七卷,光緒三十四年(1908)梓園堂刻本。
扉頁題"梓園山房又次稿",第二頁牌記題"光緒戊申仲夏付梓",各
卷卷端題"梓園山房又次稿"/"湘鄉釋江叡瘦虎著",諸卷末皆題有
"梓園堂襄刊"。正文前有光緒三十四年戊申(1908)王希曾序,同治
五年丙寅(1866)江叡自序。王希曾序曰:

　　余自十六七時，讀書梓園最樂寺，寺之長老瘦虎上人推先世
之契，而以忘年友及予。同時曹布衣湄浦、劉貢士季樸並假文字
相切劚，因是詩酒燕好之樂相得也……而今所與商定上人之文
者，獨有予在，蓋不能以無感也。上人性枯冷，習静遁空，六十年
捨詩書無他嗜，生平纂述十餘種，於古今忠孝節義，闡揚惟恐不
盡。其自所撰者，詩較多於文。先是癸卯，友人周煦埏鐫其詩六
百餘首於湘城，至是上人復有詩文合刊之舉，則文較多於詩。予
以謂文之體與詩之異趣，要其所以爲言之故，未嘗不一……上人
貌釋而心儒，以予與晉接三四十年，所見議論、布施，皆秩然無鵽
於昌黎讀書識道理之旨，而非釋氏耽净虚寂滅者可同年論。自
國家多故，當道慨議富議强之策，而以禁烟膏、興女學爲切要。
上人由是撮取並世士大夫社會箴言爲《醒世要録》，冀廣勸戒，亦
可想其老而救世之心未衰也。至所刊之文卷七，詩爲卷二，合周
君所刊，不啻數十卷，其有稿未梓者數倍。於是耄及而弗倦於
勤，蓋不惟方外罕見，求之吾黨亦不能多得。讀其詩與文者，自
能悉其梗概於言意之表矣。光緒戊申仲夏，王希曾撰。

　　《梓園山房又次稿》刊於光緒戊申（1908）仲夏，當略早於《續刊梓園
詩鈔》二卷，加之《梓園詩鈔》八卷《補遺》一卷、《古今列女辭》一卷，
故江叡《續刊梓園詩鈔》跋曰：“自同治乙丑以迄於今，四爲剞劂之
舉。”是集所收皆爲江叡所撰之文。卷一收序 24 篇，卷二收論 5 篇、
記 5 篇、傳 2 篇、事略 5 篇、壙志 1 篇，卷三收書後 30 篇，卷四收題 14
篇，卷五收跋 40 篇，卷六收頌 3 篇、贊 12 篇、箴 4 篇、銘 20 篇、哀祭
16 篇，卷七收雜文 15 篇。王希曾序中“至所刊之文卷七，詩爲卷
二”，蓋即《續刊梓園詩鈔》二卷。

　　序二爲江叡自叙，其云：

德行本也，文藝末也。玄箸超超，取味在酸鹹之外，故鈎玄索隱，窮源究奧，率不立語言文字。或曰：太上貴三不朽，立言其一也。孔子稱有德必有言，之二說何居？余曰：其人有道德文章，内美含貞久矣，往往被之鐘鼎碑版，播之聲歌管弦，欲沮之勿言，亦烏乎能？故册書定禮，贊易繫辭，周孔有言；性理圖説，西銘集注，周、朱、張有言；下之班、馬、歐、韓，於古今治亂，國家興廢成敗，人事往來酬酢，皆有言；天文、地理、農田、水利，九流三教，重評烏官，其人無不有言。夫言者心之聲，讀其言，可以覘五内，即言人人殊，要皆有物有則，五官、四支朽而言者不朽，太上斯貴之。或曰：師之稿顔曰“又次”，其即太上之謂與？余曰“未也”。孔云：困而學之，又其次也。余困則有之，學猶未也，將捨又次而趣下矣。以朽人而著朽言，惡保其弗朽意，固自謂太上貴三不朽，立言又其次也。以余言視太上所爲立，立又其次也。殆無所謂次，亦第曰“又次”焉。爾時同治丙寅夏五，釋江叡瘦虎識於梓園山房可心齋。

同治丙寅，爲同治五年（1866），則此序乃其早年之文，後移作是集之序。序中，江叡釋其署名“又次”之意，語含謙遜。

江叡釋名儒行，自言曰：“余年十一歲從佛，十二讀孔孟書，間及内典，十九輟業，中間十六七，時讀古今人文，雖懵然不曉其義，總覺上口有味。今忽忽年四十，爲儒爲佛，兩不見收之，人謂學無生也，不然謂屬虛生也。”（《梓園山房又次稿》卷二《輯方外綺語餘編》）其於孔孟儒書、佛教内典，無所不窺，嘗觀《三國演義》，愛不釋手，忠義之感，不啻從自性出。雖外表清癯枯淡，實内懷俠義忠膽，所撰詩文、所輯纂述，無不磊落磅礴、悲憫慷慨。《古今列女辭》一集，即肆弘古今列女之風義，雖有悖於近世婦女解放思潮，然亦可見其拳拳節義之心。罹民族存亡之際，或“師夷長技以制夷”“別求新聲於異邦”，或揚厲傳統以抗外侮，路徑雖殊，其心則一。江叡僅湘中蕭寺一釋子，自非時代之“弄潮兒”，然猶具斯情斯懷，亦釋門之雄傑也。其《追和會合詩（并序）》《題桃花扇八絶句》《傀儡》《題史忠臣遺集》諸詩，皆一腔耿耿磊落氣；所撰《王船山龍舟會雜劇題詞》文，論船山《龍舟會》與東塘《桃花扇》爲“同一用情，而船山之煩冤隱慟爲更摯焉”；《論劉因之節》《題黄梨洲明儒學案方正學論後》《嚴介溪遺像跋》諸文，亦勿徒作史論文字觀爾。

《蓮西詩存》二卷，釋寶筏撰

　　寶筏（1838—1891），字蓮西，幼通釋典，兼習儒學，精於繪事，喜藏名畫，工山水，居廣州海幢寺松園數十年，謹守戒律，孤介獨行。著有《蓮西詩存》二卷存世。生平未見碑傳。

　　《蓮西詩存》二卷，冼玉清《廣東釋道著述考》著録。今所見爲光緒十九年（1893）釋壁立刻本，藏於北京師範大學圖書館、中山圖書館等地。《北京師範大學圖書館藏稀見清人别集叢刊》第 30 册影印。封頁鎸“光緒十九年初夏黄紹昌題”／“海幢經坊藏版”。各卷卷端題“蓮西詩存”／“海幢釋寶筏著”。每半頁 8 行，行 17 字，無格，四周雙邊，白口，單魚尾，版心題書名、卷次、頁碼。正文前有光緒十九年釋壁立、何桂林序，黄映奎、潘飛聲等題識。釋壁立爲《蓮西詩存》刊印者，其序所述成書過程甚詳：

> 　　《蓮西詩存》上、下二卷，禪兄寶筏手著也。憶光緒十有五年，督學汪公柳門巡試來粤，試竣，約同制軍張公香濤命駕海幢。是日，同至者則有明府楊公彝卿、太史梁公星海。丈室茗話之餘，太史向予索《蓮西詩卷》讀，予方愕然，無以對。太史徐曰：“公豈尚未之知耶？即松園寶筏大師之詩也。”予乃對以寶兄緣

事他出,詩卷爲其自藏,因未呈覽。嗟乎!《蓮西詩存》平昔原未問世,而詩名赫赫,見重於當代巨公如此,想亦必有可觀者在也。迄今數年,寶兄業已圓寂,友人遜吾黎君,從寶兄遺篋檢出原本交予藏貯,忽忽又兩載矣。而蘭史潘公叠次借鈔,並屢勸付之手民。竊思巨公名流索讀索鈔,前後若出一轍,信之今日殆可傳之將來乎!予素未諳此道,暇日偶然披覽,覺詩情禪理亦頗有契悟於心者,因歡喜而力付剞劂,俾公同好。所惜佳章微有散逸,未能悉刊,爲憾耳。不揣譾陋,聊書數語,爲刻《蓮西詩存》緣起云。時光緒十九年孟夏,禪弟壁立謹序於海幢光宣臺禪室之一瓣山房。

汪柳門,即汪鳴鑾,張公香濤,即張之洞,皆一時名公,重寶筏之詩若此,確可見其詩之可傳。海幢光宣臺禪室,原爲清初阿字今無之丈室,今無有《光宣臺集》,則寶筏、壁立皆今無禪師之法孫也。何桂林序則云:

> 吾粵方外士以詩鳴者,俱本正聲,所以古今傳誦不絕。大率明季甲申、丙戌之遺老而逃於禪者多,如憨山之有《夢遊集》,空隱之有《芥庵集》,正甫之有《零丁山人集》,天然之有《瞎堂集》,祖心之有《千山集》,阿字之有《光宣臺集》,石鑒之有《直林堂集》,訶衍之有《鶴鳴集》,真源之有《湛堂集》,仞千之有《西臺集》,樂説之有《長慶集》,澹歸之有《徧行堂集》。自天然之開法嶺南,所採阿字輩一百二十餘人之集編而爲《海雲禪藻》,大啓宗風。其詩類多感時述事,亦如憨山之一派皆出乎性情之正,所以歷久而彌彰。百餘年來,塵異、石洞、迹刪諸宿著作如林,爲《咸陟堂集》;又數十年,則有静公之《香海集》,隱公之有《竺堂集》,澄公之有《水雲集》,戒公之有《玄庵集》,涉公之有《片雲集》,悉

以海雲爲宗,海幢爲派,由源溯流焉。林少時撰香石、南山兩夫子杖履,過海幢,訪涉公於就樹軒,嘗論及之。時紫虛先生講學於此,或問片雲衣鉢屬於何人。先生曰:"海幢之詩,一時爲盛,且深於禪理者多,許其嗣聲,庶幾其稚子乎,衣鉢之傳則非其人也。"時蓮西侍側,猶未祝髮,人知爲香初之弟子矣。蓮西雖少,立志頗高,涉公甚雅愛之,曰:"小子學詩匪易,君其裁之。"既而曰:"吾宗要先淨心地,蕩去凡穢,洗盡淫哇,方可爲詩。不然,雖脱略俗塵,無蔬筍氣,而不師於古,終無出塵之想矣。"蓮西領此,似甚樂者。自此蓮西之詩進矣。逾年觀之,駸駸逾進矣。紫虛喜其心之虛、學之富,嘗告人曰:海幢詩派有傳人矣。惜涉公不及見耳。蓮西居松園數十年,守海幢之法戒,不以寸步離,不以一事苟,不漫浪一語,不輕讀一書,不濫交一人,蓋一孤介獨行僧也。夫人之立身不孤介,發爲文字必平平無奇,唯不屑逐於時趨,遁迹山林,高立崖岸,然而挖揚風雅,方足以遺世而獨立。蓮西骨冷神寒,近於郊、島,其沉摯蕴厚,静默寡言,證禪根,汲古繩,俯視一世,能文能畫,直造諸師之室。晚歲,以清净之身肩萬緣之事,心勞而神耗,勞極而病,病愈復勞。至辛卯四月十七日之夕,猶手抱一卷,隱几而寂。蓮西既寂,其詩未寂也。鏤冰雪於寸管,散珠璣於九天,雖曰西歸,誰謂不在世間耶?今存其遺稿二百餘首,視皎然、靈一嫌其少,較曇域、懷浦則見其多。詩之工不繫乎豐與嗇也。嗚呼!海幢詩派,代有傳人,若蓮西者非歟?今其同志壁立上人愛其詩,力付剞劂,爲梓以行,庶幾海雲禪藻之風不墜,吾又安知後來者之不可接軫乎哉?時癸巳二月,金粟老人何桂林。

序中溯海雲詩派源流甚詳。明季嶺南,滄桑巨變,故臣莊士往往避於浮屠,於山林丘壑間、古佛青燈下,歌詠吟嘯,以貞厥志,而尤以天然函昰一門風氣最盛。徐作霖、黄蠡合編《海雲禪藻集》,即輯録僧侶73人、居士詩人63人,其規模之大,歷時之久,自古罕見。此派詩文僧,不惟有密切之法緣關係,亦繫以優良之詩文傳統,故綿延不絶,而寶筏則堪稱此詩派之殿軍。序中所稱"涉公",即釋相益,字純謙,號涉川,俗姓郭,道光間廣州海幢寺僧,有《片雲行草》行世。

《蓮西詩存》所收寶筏詩惟二百餘首,然可觀者多。兹集前所附清季粤東黄映奎、潘飛聲、楊永衍、楊其光諸文人題辭,評之甚高。如潘飛聲云:"爲詩五言法陶謝,亦造長句追韓蘇……海幢少此一枝筆,嶺南支許何往乎。"楊其光評曰:"作詩如作畫,三昧造其極。借畫喻詩境,元氣淋漓滴。"今讀寶筏之詩,多題寺、酬答、行吟、題畫之作,乃其平日參禪、雲遊之反映。山水清音,松濤烟雲,俱入筆端,風格清麗,宛然可誦。除此,寶筏亦承續海雲詩派述事感懷之傳統,清吟之中隱含悲慨。《夜出厓門口》《厓門懷古》諸題,即祖述今無禪師;《空城雀》乃因盜賊充斥、憫時傷亂而作;《感事》則寫夷氛日熾時生民危懼之狀,猶有海雲詩派之風骨。

《冰雪寮詩鈔》二卷、《净土救生船》三卷,釋寬量撰

寬量(約1840—?),字源海,號澹雲,又號西舵,四明鄞縣應氏子。賦性懶戀,幼棄詩書,及長矯惡塵俗,惟慕清凉。年二十,決志祝髮染衣,受具於天童慧源和尚,晚住杭州紫陽山妙峰庵。著有《冰雪寮詩鈔》《净土救生船》等。生平略見於《冰雪寮詩鈔》所附俞陛雲撰《杭州紫陽山妙峰庵詩僧澹雲和尚七十壽序》。

1.《冰雪寮詩鈔》二卷,一册,民國十九年(1930)鉛印本。見存於南京圖書館、浙江圖書館。開本高25.4釐米,寬14.5釐米;版高14.2釐米,寬10.2釐米。扉頁篆書題"庚午春月"/"冰雪寮詩鈔"/

“新州葉爲銘署”。次頁題：“皇圖永固，帝道遐昌。佛日增輝，法輪常轉。”第三頁爲“澹道人像”。卷端題“冰雪寮詩鈔”/“紫陽山澹雲寬量”。每半頁9行，行18字，黑口，左右雙邊，雙魚尾，版心鎸書名、頁碼。正文前有光緒三十三年丁未（1907）顧曾沐序及宣統元年己酉（1909）寬量自序。

顧曾沐序稱：“古來高僧以詩名者多矣，如唐之《宏秀集》，宋之《詩僧前後二集》，流傳至今，然皆流連山水、藻繢風月之作。頃讀上人《冰雪寮詩》，以禪宗三昧揮寫性靈，字字從慧悟中，較之前輩詩僧有過之無不及也。拜服拜服！至《救生船詩》三卷，俞曲園、夏工部已括言之，茲不復贅云。光緒丁未秋八月，南通州顧曾沐滌香倚裝書於杭州寓齋。”曾沐，字述銘，號滌香，通州人，同治十三年（1874）進士，以母老不欲出，歸主江陰延禮書院。

寬量自序云：“余幼棄詩書，賦性孤迥，不與世緣和合，亦不與諸塵作對也。成童後，父授岐黄，奥旨精微，匪可言喻，關人性命，於我心有感感焉。且父嚴威，敢不惟命是聽。從此陡生逃禪，酷愛山水遊。至光緒庚辰春，六禮相傳，殊增愁緒，顧以迎娶尚遠，解脱有方，即於九月間，背父入山。爲人子者，難免於不孝矣。幸有昆季六人，侍養尚周，家庭不寂。祝髮具戒之次，遍參名山善知識，或得一句半言，融會大義於心境之間，或與暗符，或與互見，或推衍其意，或義理可闡。我之一身，形影如行雲孤鶴，志淡雲子。三十餘年來，克省内疚，鍛煉此心而已。至坐關中，諦觀至大，權實體用，蓋真悟勝於聰明，信矣哉！非圓悟自心出生，終歸戲論而已。宣統建元除夕自序。”

是集卷上首爲《著書山樓記》文，收詩77首；卷下首爲《樓蓮堂記》文，收詩106首。集中有《六十初度自述二十首》，稱：“四十年來向外尋，而今六十得家珍。滿輪明月懷高士，一樹梅花憶故人。聽水澗邊聞自性，看雲峰下悟前身。（癸巳初夏，余遊虞山三峰，於雜華林避暑，又遊中峰，恍悟前身即日葵禪師也。又曾記吾母嘗指曰：此兒老僧投懷。是耶非耶，余性則然矣。）分明了了原無事，萬紫千紅不是春。”明心見性，通脫灑然，頗有古德偈誦之風味。又有《余於丙寅冬造梅花壽壙於烟霞洞内吸江亭邊四圍皆種梅花以寫梅詩佳境耳》，丙寅爲民國十五年（1926），則寬量世壽當在八十以上，其嗜梅雅韻，堪比林和靖。所作《棲蓮堂分四時十雜詠四首》《又即景四首》，寫景抒懷，亦饒有禪趣。寬量與清季文人頗有往還，《康有爲先生》云：“徐徐于于達深明，中外崢崢最有名。雙騎遨遊偕萬老，片帆博學聚諸生。前朝風骨名儒峻，薄暮烟霞道者行。我是蓮池門下士，寸心早已向葵傾。”持論尚且平允。

2.《净土救生船詩》三卷，一册，光緒刻本。見存於南京圖書館，又收入於《卍續藏經》第 110 册。柯愈春《清人詩文集總目提要》失録。扉頁題“光緒戊戌春三月中澣”/“净土救生船”/“錢唐陳元濬署”，次頁題贊“皇圖永固，帝道遐昌。佛日增輝，法輪常轉”。各卷卷端題“净土救生船”/“四明鄞東沙門寬量源海集”。半頁 10 行，行20 字，左右雙邊，白口，無魚尾，版心鐫書名、頁碼。正文前有光緒二十二年丙申（1896）俞樾序，其云：

> 自世尊憫念群生，隨機施化，於一切法中，求其至直捷、至圓頓者，莫如念佛求生净土。乃爲長老舍利弗，説西方有世界名極樂，有佛號阿彌陀，因詳述其中種種，依正莊嚴，勸誘衆生，發願往生彼土，由是净土之説興焉。晋太元時，高僧慧遠結社廬山，與慧永、慧持等一十八人同修净土之業，而劉遺民爲著《發願文》，王喬之等復爲《念佛三昧詩》。自是净土之學，與禪宗並重，信從益衆。然諸賢《念佛三昧詩》，至今尚有流傳，余嘗讀其一二，不過云“至哉之念，主心西極”，而於佛説净土法門，未能明白指示也。四明有沙門梵琦，著《懷净土詩》七十七首，其中有云：“釋迦設教在娑婆，無奈衆生濁惡何。欲向涅槃開秘藏，須從

净土指彌陀。"庶幾指破迷津,高登覺岸矣。然其詩亦惟是泛言大意,切指工夫。乃今讀澹雲上人《净土救生船》,自爲詩而自爲注詩,凡四十八篇。每篇七言四句,而每篇之注,多或數千字,少亦數百字,發明三觀圓修之義,提唱事理一心之旨。推而至於"執佛從心現,不信西方有佛;執佛西來,不信自心顯現",二端皆爲邪見。正顯事理圓通,可謂深切著明,至詳至盡。而其歸本在信、願、行三門,使人知所入手,又諄諄於持戒之得、犯戒之失,勸孝戒淫,尤爲切摯。循此以求净域,真可以一葦杭之矣。余本鈍根,於西來大義一無所得,惟嘗注《金剛經》二卷,闡發即住即降伏之旨,頗與他解有殊。上人見而善之,以是詩索序,敬爲誦晋支道林詩云:"維謂冥津遐,一悟可以航。"願與一切衆生沉淪五濁者,同登此大願船也。光緒二十有二年太歲在柔兆涒灘夏六月,德清曲園居士俞樾撰。

俞樾(1821—1907),字蔭甫,自號曲園居士,浙江德清人,道光三十年(1850)進士,官翰林編修,潛心經學,旁及諸子、史學、訓詁、詩詞等。著有《春在堂全書》。此序未見於《春在堂全書》,是爲佚文。

寬量自序云:

不肖愚下凡夫僧寬量,字源海,號澹雲,又號西舵,四明鄞縣應氏子。賦性懶戇。幼棄詩書,及長矯惡塵俗,不與世緣和合,惟慕清涼,歡喜跏趺默坐,邂逅有道之僧伽,諮詢無爲之妙法。年滿二十,決志祝髮染衣,入空門而皈依佛海,受具於太白山天童名藍,皆由宿樹正因,方能感斯勝報,自慶有幸。願我世世生生,博通儒典而出家爲僧,了悟心宗而宏宣正法,咸令見者聞者,皆大歡喜,信受奉行⋯⋯量志慕宗乘,信而猶豫,再造天童,頂禮於廣昱和尚前,請益《楞嚴》"七處徵心",而和尚施以當頭一棒,量憫然。更施慈悲，反覆開示，然其語雖反覆，義不雷重，憫我恩深，誨我無倦。嗣後和尚退院，隱迹東湖青山寺，執侍左右，始獲見地，乃往諸方參究，拈念佛是誰。參之既久，未能達無生之體，祇坐得清閒香，定中但覺輕安而已。一日携鉢來杭，至玉泉，與精覺上人同居茅茨，嘗閱淨土經論。自今觀古，彼則鉅賢至聖，咸舒藻以爲盟；此則覺德鴻儒，盡摛毫而作誓……安居既久，玉泉重運土木，移白沙泉護國寺而住。入夏，細閱永明《宗鏡録》《唯心訣》《心賦》《萬善同歸》等書，至“縱然未明道眼，也須成就淨身”，量豁然擊節云：“此竟契末世行人因地。”即作偈曰：“三業皎潔淨身成，諸善回向資淨因。鈍根著相求菩提，堅信願行獲往生。”嘗誦口中，由斯信願彌堅，密密持名，轉第一義諦於口輪，喻如鐘之受杵，愈擊愈鳴，愈叩愈莫能掩，如風行空不窒塞，放去收來得自在。君不見，香象渡河，步步截流，獅子踞地，頻頻返擲。凡先後棲息養閒之處，每觸逆順愛憎之境，必以此一句佛號爲前鋒，覆軍殺將，亦不知其幾矣。辛卯之夏，幻質失調，精神疲倦，於夢寐間，髮現赤白蓮華，光明曄曄，倏然氣爽神清，一心念佛，密密不輟。甲午之秋，再移南山六通蘭若，影不出山，立願敬寫《華嚴經》，功圓回向，滋潤蓮根永固。於是頓忘膚見，既竭心思，得《淨土詩》凡四十八篇，廣搜博採，各種經論，於神會中，默相孚契，符合淨土者彙纂注解，目之曰《淨土救生船》。自謂舉六字而攝無邊教海，立一理而收無盡真詮，一一標宗，重重引證，普令眠雲立雪之人棲心淨土，遂使究理探玄之者盡入圓宗。故我普爲群靈，敬述兹集，仰憑佛眼，證此微誠，回向菩提，乞求加被。惟願法界衆生，乘此救生船，同出六道沉淪苦海，同遊四土九品果海，是知紫金臺上身登而本願非虛，白玉毫中神化而一心自慶。所願同見彌陀，同悟無生，同化含識，同證妙覺。自恧福德俱薄，未可流通。時有徐孝廉蓮臣先生謂量曰：“嘗聞藥無貴賤，啓病者良;法無精粗,救時爲要。何故秘此不傳,上人於法有慳心乎?"量默然無語。徐孝廉慫恿付諸梨棗,謂此四十八章,詳細詮注,遇明眼人,自知一片真實苦心。苟能枉者直之,邪者正之,疑者決之,迷者悟之,盡大地人,於一念中,同得念佛三昧,共證菩提,不亦偉歟! 光緒丙申歲仲春月丁丑日自序。

後又有光緒二十二年(1896)《富陽夏震武觀記》及俞樾《題辭》。

《净土救生船詩》共收詩四十八首,《卍續藏經》本删去寬量自注,唯録詩而已。其詩語明白曉暢,所喻之理亦簡省明晰,無外乎導人起信、發願,踐行净土法門,諄諄於持戒之得、犯戒之失,勸孝戒淫,尤爲切摯。例如第二十三首云:"佛與衆生同體性,莫言食肉養精神。夭亡多病前因報,戒殺放生習至仁。"第四十七首云:"人人正好念彌陀,親切無如自琢磨。磨得本心如朗月,靈光托質藕華窩。"俞曲園謂"循此以求净域,真可以一葦杭之矣",尚爲一家之見,然其揚寬量而抑梵琦,則有失公允。

《嚼梅吟》二卷、《八指頭陀詩集》十卷、《白梅詩》一卷、《寄禪遺詩》一卷、《八指頭陀詩集》十卷《續集》八卷《雜文》一卷,釋敬安撰

敬安(1851—1912),字寄禪,號八指頭陀、癡衲等,俗姓黄,名讀山,湖南湘潭人。宋詩人黄庭堅之裔孫。出身寒素,七歲喪母,十二歲喪父,年十八投湘陰法華寺東林和尚出家,旋至衡陽岐山仁瑞寺從恒志和尚習禪。光緒三年(1877),於四明阿育王寺舍利塔前,效佛祖"千瘡求半偈"事,燃二指並剜臂肉以供佛,因自號八指頭陀。光緒十年(1884)後,歷住羅漢、上封、大善、密印、神鼎、上林、天童等大刹。民國元年(1912),任中華佛教總會會長。道法精深,品性高潔,身在

佛門,心縈家國,圓寂前一年,於天童山青鳳崗營建塔院,取名"冷香",環植梅花,世稱"白梅和尚"。著有《嚼梅吟》《白梅詩》《八指頭陀詩文集》等傳世。生平見其所撰《自傳》,附於《八指頭陀詩集》卷末。

寄禪詩文集,屢經刊刻。光緒七年(1881)於浙江刊有《嚼梅吟》,翌年又刊有《補遺》一卷。光緒十四年(1888)陳三立、羅順循爲其刻有《八指頭陀詩集》五卷;光緒二十四年(1898)葉德輝重予印行,並增補佚作及新作,釐爲十卷。光緒三十年(1904),《白梅詩》在浙江刊刻。民國五年(1916),東莞張伯楨取寄禪所贈十首《白梅詩》刊行,名曰《寄禪遺詩》。民國八年(1919),即寄禪圓寂八年後,湘人楊度輯所見存稿,合爲《八指頭陀詩集》十卷、《八指頭陀詩續集》八卷、《八指頭陀文集》一卷,於北京法源寺刊刻行世,此爲流傳最廣之寄禪詩文集。今所見者有五種:一爲光緒七年《嚼梅吟》二卷;二爲光緒二十四年葉德輝刊《八指頭陀詩集》十卷;三爲光緒三十年浙江刻《白梅詩》;四爲民國五年張伯楨刊《寄禪遺詩》;五爲楊度法源寺刻本。

1.《嚼梅吟》二卷,二册,光緒七年紫榴山房校刻本。見存於湖南圖書館。開本高25.7釐米,寬15.5釐米;版高17.2釐米,寬12.3釐米。卷端題"嚼梅吟"/"長沙光頭書生寄禪著"/"紫榴山房居士校"/"白雲禪窟道人評"。半頁9行,行20字,無格,左右雙邊,黑口,雙魚尾,版心鐫書名、卷數、頁碼。正文前有秦簀序、光緒八年開慧老人序、光緒六年寄禪自序、光緒七年俞廷熙序,又有光緒七年胡飛鵬、呂桂、徐鏡、楊恩壽四篇跋,及仁和汪蟾彩、沈鼎臣題詞。序一爲秦簀撰,其曰:

> 光緒紀元之歲,余差次浙之甬東。暇日遊於天童,詢悉方丈皈依,俗姓朱,爲吾邑丙子翰林朱卓夫本家也。皈依禪氣冲盎,

道體清宏,真不愧法門弟子。時有往來,悟玄之餘,頗饒興會。三年六月,余二次至甬,復得晤皈依。有寄禪者,俗姓黄,亦家於潭之薑市,緣中落,至爲僧,喜學爲韻語,時有全句。出示《嚼梅吟》一卷,絶去塵俗,天然爲真門妙諦。一見之後,聞就於皈依所常住萬善庵,坐關不出者幾年餘。五年,余需次武林候潮門,寄禪曾有詩來,塵事匆冗,未暇復答。六年,余莅任蘭溪,相距較遠,每至洞源及大寺等風日清幽之處,未嘗不念二僧於懷也。今年二月,余由蘭邑量移,權篆鄞山。二僧同來相訪,寄禪復出舊本索序。余以一行作史,正陸務觀所謂:"官身早莫不容閑,塵土堆胸愧滿顔。也有向人堪説處,坐衙常對水南山。"閲《嚼梅吟》,不啻"水南山"之對也。他日寄禪之味日深,詩思日進,所造詣者正未可以限量。因皈依代爲敦促,略述其顛末如比而已。欽加同知銜署理浙江寧波鄞縣知縣湘潭秦簧謹識。

秦簧,字麓笙,湘潭人,同治三年(1864)舉人,著有《聽湘流書屋雜著》四卷。

開慧老人《嚼梅吟序》曰:

寄禪子,湖南湘潭人,常時掛錫叢林,樂爲鄙事,惟運水搬柴是其能也。嘗有句云:"開堂秉拂非吾願,運水搬柴是我能。"略言其志。生平愛山水,喜吟詠,聞有佳處,不論遠近,携杖獨往,興盡則還。或於孤峰頂上,盤結草庵,與牧童樵竪互相唱和。偶有得意之作,欣欣然忘寢食。而天性疏懶,不樂學書,雲水中或得一句半偈,皆倩人録之。集久成卷,得詩凡三百餘篇,題曰"嚼梅吟"。忽一旦持卷謁余曰:"吾平生修行不得力,因此誤耳,欲付於火。"予止之曰:"《法華經》云:'欲説俗學經書、治世語言、資生等業,皆順正法。'汝豈不聞乎? 何苦以龜毛繩自縛,參寒巖枯木禪也。"寄禪子默默無語,余遂留其卷,壽諸梨棗,並爲之序。
光緒辛巳歲浴佛日,開慧老人述於西湖之寄隱居。

《嚼梅吟》卷上《補遺》有《哭西湖開慧禪伯》詩後小字注云:"公曾爲
余刻《嚼梅吟》。"此詩繫於光緒八年(1882)。據此,《嚼梅吟》初由開
慧老人刊刻,開慧老人示寂後,次年又補刻 101 首詩,附於卷上。
　　寄禪自序曰:

　　　　余,楚之湘潭人,黃氏子。幼喜持齋,厭茹葷。行年十二,失
　　所怙恃,慨念塵世無常,人生如寄,因動出塵想。十七出家於湘
　　陰法華寺,禮東林和尚爲師。是歲冬受戒南嶽祝聖寺。明年,參
　　恒志和尚於岐山。越五夏,頗有省發。時郭筠仙中丞從侄菊蓀
　　司馬見而契之,憫余少孤失讀,欲授以諸子百家之學。余恐世諦
　　文字有妨禪業,因力辭。司馬不許,乃略事推敲,方三年,即棄
　　之。一瓢一笠,遠遊山水,流連吳越,凡七閱寒暑,適興成詩,得
　　三百餘篇。本不欲災及梨棗,因諸君子敦請,不得已而從之。
　　噫!余爲如來末法弟子,不能於三界中度眾生離火宅,徒以區區
　　雕蟲見稱於世,不亦悲夫?事將落成,爰叙數語,以志一時之感
　　云耳。光緒六年端午後四日,寄禪子自序於明州旅泊庵之戒詩
　　山房。

　　俞廷熙跋曰:

　　　　近時詩文日出,梨棗被災。板橋老人云"不得始皇而火之",
　　信然。然則寄禪《嚼梅吟》之刻,亦爲識者所訾乎?余謂不然。
　　今之刻詩文以炫俗者,其心非好名,即好利也。寄禪超然物外,
　　無所謂名,更無所謂利,心之所好,詩而已矣。所好在詩,則單詞

剩句,珍惜彌深,刊而存之,亦固其所。至於題裁之純駁,章法之工拙,任斯人之毀之譽之,均有所不暇計也。寄禪趣余言,遂書之。光緒七年夏仲,四明俞廷熙題跋。

廷熙,四明人,光緒三年(1877)賜同進士出身。

胡飛鵬跋曰:

余癖好經史,而不甚滿道學;亦愛究内典,而獨不喜僧人。誠以僧人學佛而輒背馳夫佛,亦猶之道學希聖而動多漓聖也。歲庚辰,予友吕文舟、徐酏仙下榻家塾,課兒子礬。兩君皆友長沙僧寄禪,且亟稱其詩不置。予初亦未之奇,意不過稍别俗僧已耳。今夏五月,寄禪冒雨重過予山房,微聆所語,訝其不僅稍與流俗殊,尋復出詩數卷,顔曰"嚼梅吟稿"。予爲次第披讀一過,覺如滿山梅雪間清磬一聲,迥絶凡響。絶次之,律更逼近唐人,於島佛尤似。蓋寄禪苦心孤詣,所造如此,而其得江山之助深矣。始知天下士,皮相者失之,類相者亦失之也。既索予題評,乃直書臆悰,跋於帙,以志吾過,且徵此中之有人焉。顧特未知後有如考亭其人者,得勿以大顛一書,嘵嘵於予之易轍乎?呵呵。光緒辛巳端陽前一日,四明胡飛鵬魯封氏跋於紫榴山房之南窗下。

胡飛鵬,字魯封,號樵硯,别號紫榴山房居士。此本即由胡氏校刻而成。光緒五年(1879),寄禪作《九日寄天童秋林老宿》云:"滿城風雨動幽思,正是重陽菊放時。遥羡吾師行道處,一株紅葉好題詩。"秋林老宿聞此不悦。寄禪又作《己卯九日余寄秋公有一株紅葉好題詩句彼時不知有宫女故事秋公次韻見譏復成一絶答之》云:"禪心不礙題紅葉,古鏡何妨照翠娥。險處行吟方入妙,寄聲巖穴老頭陀。"胡魯封

聞後,亦有一絕云:"禪心泥絮恐非真,悟徹《西廂》始入神。他日採
君入詩話,題紅佳話又翻新。"(《胡魯封聞此事稱賞不已,贈余一
絕》)用道潛"禪心已作沾泥絮,不逐春風上下狂"句,對寄禪之詩予
以高度評價,可謂知之深矣。

　　呂桂跋曰:

　　　　人生讀萬卷書,走萬里路,而後著爲文章歌詠,乃有可觀。
　　讀書多,則所識廣;行路遠,所遇必多奇。古人著述,未必無張大
　　其事以粉飾文藻。今我以目睹者而一一印證之,則江山之險巇
　　平遠,城郭人民之富庶輻輳,魚鳥花草,雲雨晦明,莫不各有意
　　態。合之以一己之浮沉通塞,遇於目,感於心,皆足發詞華之麗
　　藻。昔太史公讀書,以名山大川爲師友,是以文章跌宕有奇氣。
　　今讀寄禪子詩而益信焉。寄禪子自長沙飛錫,遊寓四明,迢迢五
　　千路,所過名山大川不勝指屈,一一咸登諸歌詠。其淋漓感慨,
　　沉鬱頓挫,又豈寒瘦之郊、島所能望其項背哉?予初交寄禪時,
　　以其詩爲必傳於後無疑。詩之近唐近宋,諸名公已先予評騭之
　　矣,故不贅。予特謂長沙故多佳山水,衡嶽之雲,洞庭之波,又復
　　得屈子、賈傅之風流文采,勝地名賢,足令人嚮往靡盡。前日寄
　　禪子有返棹之思,一日者倘別予而歸,其瞻望更何如哉?爰跋數
　　行以貽之。時在光緒七年歲次辛巳天中節,四明東林文舟呂
　　桂跋。

呂桂,字文舟,生平不詳。寄禪有《上元雪霽過呂文舟處士宅》等詩。
　　再爲徐鏡跋曰:

　　　　作詩固難,解詩亦難,然則余能解詩乎?非敢謂能也,強解
　　所不辭也。予遇寄禪子於丙子之春,初未見其詩,而但異其人,

貌奇古,醉氣淡雅,昂昂乎不可以褻,雍雍乎不可以去。當風月之夜,話山川雲物之勝,一一遊歷之區,若有欲吟詠而不能自已者,余竊意其能詩也。後數日,予友楊靈荃謂曰:"寄禪子能詩,且甚善。"余曰:"何以知之?"曰:"有《嚼梅吟稿》在。"予乞觀之,披閲始遍。乃知景者景,情者情,不執一體,不泥一格,而洋洋灑灑,非若世之拘拘於吐唐茹宋,反失"詩言志"之本旨者然也。噫! 其詠歎淫佚,明白曉暢如此,而淺深離合,自令人有不言而喻之妙,予胡爲乎强解哉? 雖然,解則解矣,而顧無一詞。烏乎! 可曰:其人其詩,其詩其人。時在光緒辛巳歲端陽,四明徐鏡酡仙氏跋。

徐鏡,字酡仙,自號四明醉客,善飲工書。寄禪有《次韻徐酡仙社友》《哭社友徐酡仙四首》《過徐酡仙故宅》諸詩。《過徐酡仙墓》中有"平生知己淚,霑洒向寒雲"句,當爲其在四明時之詩友。

又楊恩壽跋曰:

　　吾友寄禪子性愛山,每躋攀必凌絶頂,務得奇觀。逢巖洞幽邃處,便吟詠其間,竟日忘歸。飢渴時,但飲寒泉,啖古柏而已。若隆冬,即於澗底敲冰和梅花嚼之。故其詩帶雲霞色,無烟火氣,蓋有得乎山川之助云。時在光緒七年辛巳歲夏孟,楊恩壽靈荃甫跋於半灣閒居。

按,此楊恩壽非晚清著名詩人、戲曲家楊恩壽。《八指頭陀詩文集》中有作於光緒八年(1882)《過東林寺有懷亡友楊靈荃》詩,而後者卒年在光緒十七年(1891),字鶴儔,名坦園,號蓬海,別署蓬道人①。

_____

①參看李文興《晚清詩僧寄禪研究》,吉林大學 2015 年博士論文。

《嚼梅吟》二卷，卷上收詩 106 首，版心鎸"嚼梅吟卷上補遺"，第十四頁後即爲補遺 100 首，並附人贈和詩 2 首。卷下收 132 首，附人贈和詩 5 首，書札 5 篇，所收之詩止於光緒七年。

2.《八指頭陀詩集》十卷，光緒二十四年（1898）葉德輝續刻本。見存於湖南圖書館。扉頁題"八指頭陀詩集"，卷端署"八指頭陀詩集"/"釋敬安寄禪"。半頁 10 行，行 21 字，白口，四周單邊，雙魚尾，版心鎸有書名。書前有王闓運所撰二篇序及寄禪自撰序一篇。王闓運首序撰於光緒十三年（1887），其云：

> 詩歌僧律所戒，而寒山以之度世，唐時俗尚吟詠，亦猶鷇音獸言，入其群以接引之也。寄禪師兄幼誓出家，然指求法，精進甚苦。初不識文字，忽有慧悟，通曉經論，有逾宿臘。然頗癖於詩，自然高澹，五律絶似賈島、姚合，比之寒山爲工。湖外樸儉，士大夫雖異之，莫能崇奉檀施也，故得全其孤潔，自吟自賞而已，使有刺史求見之，幾何而能留國清乎？夫法尚應捨，何况言語。然世尊相好妙音，皆嘗示見，供人贊仰，生人信向。闓運平生求工文詞，信爲逐末矣。既見所錄，輒題以告學者。丁亥閏月戊申，湘潭王闓運序。

王闓運次序撰於光緒十四年（1888），其曰：

> 自晋以來文勝，至唐詩勝，趙宋理勝，而釋家均隨世有拔萃之秀。就詩論之，唐僧詩不能頡頏王、李，六朝僧詩無愧陸、謝，唐後益靡矣。蓋法顯、支公兼文理以爲詩，齊己諸人徒事吟詠故也。謝靈運譏孟顗無慧業。慧者圓頓之所尚，業者退墮之所由。然謝雙舉爲言，豈不以一切法爲悉（疑爲"慧"）爲業乎？知業之善猶不善，益知業有善有不善也。其理非趙宋後之理，其詩即非

趙宋後之詩也。吾湘多詩僧，詩不勝余，僧定不勝余。而寄禪和
尚以慧業故，不由識字，自然能文。衆聳異之，爭相傳鈔，欲其省
便，因爲刊布。余初序之，引賈島以比，意以爲不過唐詩僧之詩
耳。既隔一年，復有續作，乃駸駸欲過慧休。余序未爲知言，亟
刊前序，更爲論定，亦見進步之速也。寄禪得慧而能兼文理，以
爲詩，可謂稀有。雖然，慧亦業也，法亦業也，散花所以供養，何
故反以著衣爲結習？衆無花業故，故亦無花慧，知此而寄禪可爲
詩，亦可以不爲詩矣。戊子十一月既望，王闓運改定重題。

王闓運乃清季詩壇巨擘。寄禪早年作詩，曾向其商榷，闓運頗識之，
稱之爲“詩魔”，且多有改訂，別出手眼，至有讀者罔覺爲其筆墨者。
闓運爲寄禪詩集撰此二序，前比之爲賈島，後比之爲惠休，以見其進
步之神速，亦揭示出其詩風之嬗變。

後爲寄禪自序，略曰：

　　年十一，始就塾師，授《論語》未終篇，父又没。零丁孤苦，極
厥慘傷。弟以幼依族父，余無所得食，乃爲農家牧牛，猶帶書讀。
一日，與群兒避雨村中，聞讀唐詩，至“少孤爲客早”句，潸然淚
下。塾師周雲帆先生駭問其由，以父没不能讀書對。師甚憫之，
曰：“子爲我執炊爨灑掃，暇則教子讀，可乎？”即下拜。師喜甚，
每語人曰：“此子耐苦讀，後必有所樹立。余老，不及見耳。”無
何，師以病没。然余遵師遺訓，不欲廢業。聞某豪家欲覓一童伴
兒讀，即欣然往就。至則使供驅役，自讀輒遭呵叱，因悲嘆，以爲
屈身原爲讀書計，既違所願，豈可爲區區衣食爲人奴乎？即辭
去。學藝，鞭撻尤甚，絶而復甦者數次。一日，見籬間白桃花忽
爲風雨摧敗，不覺失聲大哭，因慨然動出塵想，遂投湘陰法華寺
出家，禮東林長老爲師，時同治七年，余方成童也……後省舅氏，

至巴陵,登岳陽樓。友人分韻賦詩,余獨澄神趺坐,下視湖光,一碧萬頃,忽得"洞庭波送一僧來"句。歸述於郭菊蓀先生,謂有神助,且曰:"子於詩,殆有宿根。"遂力勸爲學,授《唐詩三百篇》,一目成誦。後精師見余所作,大奇之。然以讀書少,用力尤苦,或一字未惬,如負重累,至忘寢食,有一詩至數年始成者。念生死事切,時以禪定爲正業。一日静坐,參父母未生前語,冥然入定,内忘身心,外遺世界,坐一日如彈指頃,猝聞溪聲有悟。嗣後,遍遊吴越,凡海市秋潮,見未曾有。遇巖谷幽邃,輒嘯詠其中,飢渴時,飲泉和柏葉下之,喜以《楞嚴》《圓覺》,雜《莊》《騷》以歌,人目爲狂。嘗冒雪登天台華頂峰,雲海蕩胸,振衣長嘯,睡虎驚立,咆哮攫前,以慈心視之,虎威亦解……住四明最久,窺天童、雪竇,窮攬霞峴、月湖之勝。郡中吕文舟、徐酏仙、胡魯封、馬文齋、沈問梅諸君,相與唱酬。余口吃字拙,嘗作詩寄李炳甫茂才,有"花下一壺酒"句,書至"壺"字,忘其點畫,遂畫一酒壺於上。酏仙書法名一時,出紙强余爲書,筆畫錯落,左右易位,如倒"薤"然。每宴會,酏仙以懸之中堂,諸客觀者,無不絶倒也……是秋八月,返棹長沙,余年三十有四,計行脚已閲十霜矣。越明年,省先塋,宿莽縱橫,不可復識,望窮山慟哭。幸村老有存者,指示方能記憶。蓋自兒時葬先君來此,倏忽二十餘年,罔極恩深,生不能奉甘旨,死不能導神識,不孝之愆,真百身莫贖也。自是常往來湘、衡間,有所作,輒就諸名宿正其得失。友人陳君伯嚴、羅君順循,憫余吟詠日久,爲之芟定。自癸酉始,迄戊子,得古今體詩若干首,付之手民。嗟嗟!余自爲如來弟子,不能導衆生離火宅,復不能窮參究徹法源底,乃墮文字自拘,耻孰甚焉。因將平生幻迹,學詩緣由,言於卷末,以示余學道無成,即以此自爲懺悔,令大覺海中增一浮漚可也。敬安述。

陳伯嚴，即陳三立（1853—1937），號散原，義寧人，著有《散原精舍集》等。光緒十二年（1886）會試中試，返長沙，與王闓運、釋永光等結碧湖詩社。羅正鈞（1855—1919），字順循，號劬庵，晚號石潭山農，湘潭人，嘗入陳寶箴府中爲塾師，後官至山東提學。寄禪於光緒十年甲申（1884）歸湘，其詩得陳、羅二君賞識，並爲之校刻。陳、羅校刻本原僅有五卷。所收之詩起同治十二年迄光緒十四年（1873—1888）。

是集後又有葉德輝跋，其曰：

　　　余識寄師，十餘年矣。見則口吃吃吟其詩，一字未安，推敲竟日，故其詩日益進，而集且日益富矣。寄師盛年從武岡鄧白香、吾邑王湘綺兩先生遊。其詩宗法六朝，卑者亦似中晚唐人之作。中年以後，所交多海内聞人，詩格駘宕，不主故常，駸駸乎有與鄧、王犄角之意。湘中固多詩僧，以余所知，未有勝於寄師者也。自癸酉年始，至戊戌年止，共得詩十卷。其前五卷，義寧陳伯嚴考功校刻行世，卷六至卷十，余爲之續刻。有爲前本未録者，余仍選得數首，附後補遺，凡半年而功畢。寄師往來梓人處，猶復改刻不休，其溺志苦吟，信有不可及者。釋氏喜言因緣，如寄師者，殆所謂有文字緣者耶？戊戌臘八日，湘潭葉德輝識。

葉德輝（1864—1927），字奐彬，號直山，湖南湘潭人，光緒十八年（1892）進士，著名藏書家、出版家，著有《書林清話》等。陳三立所刻之本，今仍見存於南京圖書館、湖南圖書館等地，名曰《八指頭陀詩》五卷，附詩集、雜文二卷，爲光緒十四年刻本。葉德輝續刻本，今藏本甚多，上海圖書館、南京圖書館、湖南圖書館等皆有庋藏，爲《八指頭陀詩集》十卷、《八指頭陀雜文》一卷（收文十篇）、《詞附存》一卷（收詞《滿路花》二闋）、《八指頭陀詩集補遺》一卷（收詩六首，及他人詩一首）。所收之詩，起同治十二年迄光緒二十四年（1873—1898）間寄禪所作之詩文。

3.《白梅詩》一卷,一册,光緒三十年(1904)浙江刻本。見存於浙江圖書館。開本高25.4釐米,寬15.9釐米;版框高15.4釐米,寬10.2釐米。封頁署"白梅詩"/"魏鍼署檢";扉頁題"妙香密圓"。卷端題"白梅小集"/"釋寄禪"。半頁9行,行20字,四周雙邊,白口,單魚尾,版心鐫"白梅小集"、頁碼。卷末小字題:"每本貳分八釐。願送者,板在天童寺,如欲印刷,向寧城邑廟對面衙内問寶康齋刻印經書作,不取板資。"正文前有光緒二十七年辛丑(1901)程頌萬、鄭文焯、俞明震,光緒二十九年癸卯陳三立、陶濬宣,光緒三十年甲辰吳鋆、陳詩等人題跋。

程頌萬跋曰:"寄公出示《白梅詩卷》,予評其'意中微有雪,花外欲無春',爲梅之神;'澹然於冷處,卓爾見高枝',爲梅之骨;'偶從林際過,忽見竹邊明',爲梅之格;'孤烟澹將夕,微月照還明',爲梅之韻;'净姿寧遜雪,冷抱尚嫌花',爲梅之理;'三冬無暖氣,一悟見春山'('三冬'句,原作'孤芳違衆賞'),爲梅之解脱。寄公大喜,囑予志之。予又以其'人間春似海'一首爲諸詩之冠,不可摘句贊之。詠梅至此,可謂獨擅千古。若'花冷方能潔,香多不損清',猶尋常能道,不足爲寄公頌也。後見寄公詩雕本,則改'妙香嚴净土'四句爲'林園澄夕霽,静對穆余襟。自寫清溪影,如聞白雪吟'等句,更覺渾脱。兹卷三絶,必傳無疑。光緒二十七年中秋後十日,十發居士頌萬力疾並書於湘上養廬。"

俞明震題詞曰:"古今詠梅名句,如'枝高出手寒''雪後園林纔半樹''江邊一樹垂垂發',均從側面取神。他如'疏影橫斜''香中別有韻'諸詩,未能超脱。甚矣,爲梅寫照之難矣也。戊戌居長沙,寄師造訪,出《詠梅詩》三首,讀至'意中微有雪,花外欲無春'二語,將梅花全神寫足,驚爲絶唱。二語得之禪悟,脱去尋常蹊徑,詠梅得此,觀止矣。乃别後六年,重見寄師於海上,知至戊戌後,詠梅詩復連篇累牘，佳句美不勝收。知師文字障尚深，爲書數語歸之，了此一重梅花公案。請師正恁麽時，閉却娘生口，離色離香，下一轉語。俞明震書於安慶輪船中。”

陳三立題辭略曰：“余方自南昌還白下，適寄師亦以天童住持飛錫來遊。既相見，出示《白梅詩卷》。其始作三首，在湘時曾一讀之，餘續若干首，則戊戌別後所未及見也。所作佳妙處，諸君評贊，頗無剩義。余惟摘其二疵句，謂爲未免淺近。師因易‘淨姿寧遜雪’爲‘苦吟方見骨’，‘清高不受塵’爲‘清香不是塵’，余笑頷之。師故好苦吟枯索，半字未安，或應時改定，或廢寢食，以求其是。余視人文字，亦好掎摭利病，於師尤不少假借。兩人者，今雖各老去，然結習癡癖，猶復如昔。成佛升天，殆不免坐此爲累，可笑人也。癸卯伏日，陳三立題記。”

此小集唯收寄禪詠白梅詩十首：《白梅》《梅癡子乞陳師曾爲白梅寫影屬贊三首》《爲淨業上人題白梅》《梅癡子爲豁然道人寫梅録余白梅詩五首於其上因有餘紙復作此詩》《對梅懷陳考功》《對梅有悟》《月下對梅》《雪後尋梅》。

4.《寄禪遺詩》一卷，東莞張氏《滄海叢書》本。卷端署“湖南釋敬安寄禪著，東莞張伯楨篁溪刊”，所收惟寄禪十首詠梅詩，亦光緒三十年（1904）《白梅詩》重刻本，仍有程頌萬、鄭文焯、俞明震、陳三立、陶濬宣、吳鎏、陳詩等人題跋，惟多出張伯楨跋。其曰：

余十年前久耳湖南詩僧寄禪之名。壬子客都門，都人在湖廣館開大會，歡迎梁任公先生。在演壇上，由適階上人介紹，始得與寄禪訂交。時寄禪寓法源寺，月夜過訪，聆其言論，似紅葉禪師一流人也。寄禪出生平所作詩數卷示余。其全集本擬附刻入余叢書中，已與寄禪有宿約。自寄禪歸道山後，全稿爲湘潭楊度攫去，寄禪之弟子道階欲踐寄禪之約，屢向楊氏索還贈余，而楊氏則謂行將付印。久之，消息寂然。時楊氏醉心帝制，焉有餘力提倡風雅爲寄禪刻詩集耶？恐過數十年後，再遭兵燹，寄禪之詩，終與馬矢車塵同碎，不獲流傳於後世，是則楊氏之咎也。海内雅人知余有與寄禪刻詩之約，屢貽書敦促，愧無以報命。今搜行篋，得寄禪所贈《白梅詩》一册，亟以付梓，貽贈同志。寄禪有知，當亦撫髭微笑曰：篁溪知我。丙辰十一月，東莞張伯楨跋。

伯楨（1877—1946），字子幹，號滄海，又號篁溪，東莞人。寄禪遺稿原擬托付張氏董理、刊刻，不料爲楊度所得，度因助袁世凱復辟帝制，未遑刊刻。伯楨惟有將行篋中寄禪所贈《白梅詩》一册，付梓行世。

5.《八指頭陀詩集》十卷、《八指頭陀詩續集》八卷、《八指頭陀雜文》一卷，民國八年（1919）法源寺刻本。見存於國家圖書館等。扉頁題"八指頭陀詩集"/"楊度題"，次頁爲牌記"己未仲冬月刊於北京法源寺"/"板存北京法源寺文楷齋"。各卷卷端題"釋敬安寄禪"。半頁10行，行21字，左右雙邊，白口，雙魚尾，版心鎸書名、卷數、頁碼。正文前有光緒十三年丁亥、光緒十四年戊子王闓運二序，光緒二十四年戊戌葉德輝序、民國八年己未楊度序。楊度序稱：

> 予世居湘潭之薑畲。寄禪師爲薑畲黄姓農家子，幼孤貧，爲人牧牛。十餘歲時，投山寺出家爲僧，然兩指供佛，故名八指頭陀。師長予將二十歲，予幼時即聞鄉有奇僧，具夙慧，能爲詩。初不識字，以畫代書，不知"壺"字，輒畫壺形。其時，薑畲鐵匠張正暘及予妹叔姬，皆不學詩而自能詩，鄰居三里以内，有此三異，鄉人傳以爲奇。而王湘綺先生隱居雲湖，相距纔十餘里，予輩咸師事之。其地又有老農沈氏，能學陶詩，群呼爲沈山人。又有陳梅羹處士，亦居薑畲，博學能詩，不事科舉，刻有《陳薑畲集》。一鄉之中，詩學大盛，高談格調，卑視宋明漢魏三唐，自成風氣。惟

師自出家後，遠遊於外，其先塋在薑畬，偶歸拜墓，因來相訪，予始識之。聞其自言，初學爲詩甚苦，其後登岳陽樓，忽若有悟，遂得句云"洞庭波送一僧來"。後遊天童山，作《白梅詩》，亦云靈機偶動，率爾而成。然師詩格律謹嚴，乃由苦吟所得，雖云慧業，亦以工力勝者也。師曾宿予山齋，予出屏紙，强其錄詩，十字九誤，點畫不備，窘極大汗。書未及半，言願作詩，以求赦免。予因大笑，許之。自後師不再歸，予亦出遊，湖海流離，十有餘載，中間未曾一見。惟予居日本時，師自浙江天童山寄詩一首而已。民國元年，忽遇之於京師，遊談半日，夜歸宿於法源寺。次晨，寺中方丈道階法師奔告予曰："師於昨夕涅槃矣。"予詢病狀，乃云無病。道階者，亦湖南人，妙解經論，善修佛事，師之弟子也。予偕詣寺視之，遣歸葬於天童，並收其平生詩文遺稿以歸，待乞湘綺先生爲删蕪雜，以之付刊。先生暮年耽逸，久未得請，予亦因政變，身爲逋客，未暇及此。湘綺先生旋復辭世。更越二載，予得免名捕，復還京邑，始出斯稿，以付手民，然未敢爲删定，僅整齊次第之而已。師詩曾由義寧陳伯嚴、湘鄉王佩初、同縣葉焕彬先後爲刊十卷，其未刊者八卷，師自定爲續集。今爲輯合而全刻之，附以雜文，都爲十九卷。道階及予妹婿王君文育、同學喻君味皆、友人方君叔章，爲之校字。文育，湘綺先生第四子也。凡校刻經八閱月而始成，距師逝世，逾七年矣。世變孔多，劫灰遍地，而此稿猶存。端忠愍辛亥南行，從予借取叔姬詩稿以去，云將鈔稿見還，後乃携以入蜀。革命事起，端既被害，稿亦遺亡，副本雖存，然不備矣。予丙辰歲逋亡，出京之日，隨身手篋，所儲祇此，故人遺稿，故未散滅，以至於今。執彼例兹，寧非獨幸！世間生滅無常，一切等於此物。師何必有此作，予何必無此刊？事與教法無關，而於因緣足述，故詳叙之於此。民國八年十二月湘潭楊度序。

楊度（1875—1931），字晳子，原名承瓚，湖南湘潭薑畲人。早年主張變法，後追隨袁世凱復辟，事敗後，遁入空門，自號虎頭陀。楊度與寄禪有同鄉之誼，並常詩文往還。寄禪示寂後，楊度收其平生詩文遺稿，擬請王闓運删訂，然闓運暮年耽逸，度未克請，加之深陷袁世凱復辟漩渦，故遲至民國八年始交付給北京法源寺刊刻。楊度刻本分《八指頭陀詩集》十卷、《續集》八卷、《雜文》一卷，前十卷基本仍陳三立、葉德輝之刻本，《續集》八卷則寄禪光緒十四年（1888）所作之詩，《雜文》一卷則以陳三立、葉德輝輯本《集述》《雜文》爲基礎，復增入光緒十四年後所撰之文。

除以上諸集外，《清人別集總目》稱寄禪尚有《枯木禪師詩稿》一卷，宣統二年排印本，藏於上海圖書館。上海圖館藏館藏書目確有是書，然索之，却未見存，頗疑此書非寄禪所著。諸集所收詩文與楊度刻本相較，略有互補。1984 年，嶽麓書社出版梅季點輯《八指頭陀詩文集》，2016 年上海古籍出版社出版段曉華《八指頭陀詩文集》，皆以法源寺本爲底本。

寄禪本不識字，却酷好吟詩，其《詩興》曰："我欲成吟佛，推敲夜不眠。狂歌對明月，得句問青天。"早歲因得"洞庭波送一僧來"句，而爲王闓運賞識，許之爲"詩魔"。今存之詩，總約二千餘首，備記其平生幻化之迹與心路歷程。寄禪遭逢國難陸沉之日，常奔走圖劃，振臂高呼，號召國民，臥薪嘗膽，挽狂瀾於既倒，故自稱"雖已辭家猶憫世"。其詩句"强鄰何太苦，塗炭我生靈……太息蘆溝水，惟餘戰血腥"，作於八國聯軍侵入北京之後；"鯨吞蠶食各紛争，未卜餘生見太平""酒酣看劍長嘆吁，國讎那敢忘須臾""誰謂孤雲意無著，國讎未報老僧羞"，作於庚戌（1910）日俄協約簽訂之時；"天上玉樓傳詔夜，人間金幣議和年。哀時哭友無窮淚，夜雨江南應未眠"，作於《辛丑條約》簽訂之後，皆泣血哀號，悲憤填膺，真可謂"塵世滄桑國亦愁"。而對於革命義舉，寄禪則予以熱情謳歌，其頌辛亥革命曰："終成大革命,不負好時光。若論元勳業,還須頌湯武。"故世人每以"愛國詩僧"而目之。

　　然寄禪又决非僅一"詩僧"耳,其品性高潔,道行精深,詩則富有禪理、禪趣,尤喜以梅自况。其最早詩集即名曰《嚼梅集》,人以爲"絶去塵俗,天然爲真門妙諦"。寄禪曾自稱"前生多半是梅花",所傳軼事,尤有趣味。寄禪在阿育王寺時,有武弁數人,連袂入山,憩坐寺中,忽發詩興,操湘音者微吟曰:"一步一步緊。"旁一人曰:"行過育王嶺。"相與大笑。寄禪應聲續曰:"夕陽在寒山,馬蹄踏人影。"皆爲之拍案叫絶。又有以《寒江釣魚圖》向寄禪索題者,題曰:"垂釣板橋東,雪壓蓑衣冷。江寒水不流,魚嚼梅花影。"與人遊嶽麓,援筆吟曰:"意行隨所適,佳處輒心煩。林聲闃無人,清溪鑒孤影。"以是人稱之爲"三影和尚"。其寫梅之態、梅之清、梅之韻,堪稱一絶,其名作《詠白梅》曰:"了與人境絶,寒山也自榮。孤烟淡將夕,微月照還明。空際若無影,香中如有情。素心正宜此,聊用慰平生。"可與林和靖"疏影""暗香"兩聯把臂頡頏。

　　寄禪不學詩而能詩,故不專拘於一家一派,嘗自稱"喜以《楞嚴》《圓覺》,雜《莊》《騷》以歌",又曾言作詩"傳杜之神,取陶之意,得賈、孟之氣"。故詩風多樣,筆隨境遷,既有豪放雄渾、深沉悲壯之愛國詩,又有清新雅致、自然高古之詠物詩、禪境詩。王闓運稱其"自然高澹,五律絶似賈島、姚合,比之寒山爲工"。梁任公《飲冰室詩話》更允其爲"當世第一流詩僧"。若以釋氏詩史而論,寄禪實爲古典詩僧之殿軍。東晋以還,能詩之釋子,燦若晨星,若與支遁、慧遠、湯惠休、皎然、齊己、貫休、道潛、惠洪等相較,寄禪絶無愧色。

《澹園吟》一卷,釋海鰲撰

　　海鰲(1858—?),號蓮洲、蓮舟,又號了幻。俗姓毛,雲南富民縣永安莊人。父母早亡，出家於昆明地藏寺。嘗任中華佛教總會雲南支部副支部長、中華佛教總會副會長。與釋平光、趙藩、陳榮昌等結雲南螺峰蓮社，弘揚净土法門。五十三歲後，始學詩，著有《澹園吟》一卷存世。

《澹園吟》一卷，一册，民國四年（1915）啓文局石印本，見存於南京圖書館、雲南圖書館。柯愈春《清人詩文集總目提要》失録。開本高 25.5 釐米，寬 19.7 釐米；版高 15.8 釐米，寬 15.5 釐米。封面題"淡園吟一卷"/"遁農題簽"，扉頁題"蓮洲上人著"/"淡園吟一卷"/"遁農題"。第三頁爲牌記"民國四年春啓文局石印"。每半頁 8 行，行 20 字，左右雙邊，無格，白口，單魚尾，版心鎸"淡園吟"及頁碼，版心下鎸"啓文局印"。正文前有民國二年癸丑（1913）桐村居士《蓮洲上人詩集序》、困叟題詩十九首、石禪居士趙藩題詩、蓮洲上人畫像及謝宇俊像贊、周鳳《題蓮洲禪師澹園吟》；簡末有謝宇俊《澹園蓮洲上人詩後序》。

謝宇俊《澹園蓮洲上人詩後序》略云：

> 蓮洲以失母故而不妻，忍嗜欲，甘悲酸，遁逃乎方之外，此儒者所難能也。而蓮洲皆冒行之，顧乃墨名儒行者歟？吾與之遊焉。辛亥遭屯，怨者指目牽引，夙所慕悦，憎而避趨。蓮洲安我以其榻，饟我以其食，日夕説詩，不動於視聽，質篤於朋友。又如宋儒真西山謂，佛氏以剗滅彝倫爲教，此爲佛之偏者充類，至義之盡。言之今蓮洲，何如也？蓮洲與予讀書蚩山虚凝庵潛樓，誦《涅槃經》以自課，見吾嘗苦吟，問曰："何味之深也？"應之曰："盍學之，當自知。"笑曰："吾五十有三歲矣，比達夫更長，雖然，姑試之。"迺選讀古詩，由五言入手，迄今五年，得詩若干篇。樸而不華，直而不鄙，自出硬語，剽竊病鮮，此亦其勞意苦行之一端也，其足尚也已。蓮洲，毛氏，雲南富民縣永安莊人。僧名海藆，

又號了幻云……乙卯冬月,澘圃居士謝宇俊撰。

　　是集收海薲各體詩約 180 餘首,以山居、贈答、遣懷之作居多,感慨沉深。《憶母》一首乃自傷身世:"父面兒不識,問母父何去。含悲強笑語,拾來兒在路。從此長相思,時時淚如注……干戈米如珠,餓殍人無數。釜懸須斷吹,呼天難垂護……還來侍母側,不知母何處。生事空帝幬,死祭失丘墓。思之摧心肝,兒命當獨苦。"《辛亥重九滇事紀略》則述辛亥年滇中革命義事:"屋頭飛子彈,人静無吠犬。滿城革命軍,孤忠一將倜。菊水救車薪,石來敵以卵。官吏竄穴匿,群黎倖免損。斗然换世界,旌旗五色展。千古爲奇聞,相值事略撰。"蓮洲雖晚年始學詩,尚欠圓熟,然樸而不華,直而不鄙,無雕琢之痕。如《澹園詩》云:"丙申開别墅,卜築東城邊。將作退隱處,且參解脱禪。三弓載黃華,半畝種幽蘭。柴門兩重閉,矮屋三五間。繞庭梅幾樹,倚窗竹數竿。春來山茶艷,秋到海棠嫣。舉目千重翠,迎面一片山。懶僧眠日半,頑童戲鞦韆。汲井烹雀舌,拭爐熱龍涎。日斜鳥集樹,風定竹籠烟。酌酒月臨盞,灌花螟隨人。園趣清且淡,世外苦而酸。成敗多少事,紛紛過眼前。前日田成海,今日海成田。可憐向日葵,朝開暮即蔫。滿城風烟涣,老僧自偷閒。"以白描法鋪寫淡園風物,抒寫淡泊、寧静之懷。

《瀛仙閣詩集》四卷,釋敬宗撰

　　釋敬宗,字證禪,弱冠寄居寺寮,與釋寄禪同參湘陰法華寺東林和尚,著有《瀛仙閣詩集》四卷存世。生平未見碑傳。

　　《瀛仙閣詩集》四卷,光緒二十三年(1897)刻本。見存於湖南圖書館。開本高 25 釐米,寬 16 釐米;版高 17.5 釐米,寬 13.5 釐米。扉頁題"瀛仙閣詩集"/"黃自元題",摩有"敬興"一方印,即自元字也。

各卷卷端題"瀛仙閣詩集"/"湘陰釋敬宗證禪"。每半頁 10 行,行 21 字,四周雙邊,黑口,雙魚尾,版心鎸書名、卷數、頁碼。正文前有謝廷榮、陳治、黃自元三序,又有南嶽釋澹庵、黃自元、龍潭山人、陳星燦等人題詞,及吳錫康、陳耀、吳宏潤、饒薑齡、程頌薰、八指頭陀、郭毓華、釋性明、介石、周魯恒等人交遊唱和詩,卷末則有嚴家邑、釋默庵二篇跋文。謝廷榮序曰:

> 詩之爲言,胡爲者? 所以寫襟懷,發感慨,書寄托,寓諷刺,示儆戒,揚善行,播風化,紀名勝,以平日閱歷所致,一到吟詠唱歌之際,天然流露,而不自知其臻於妙也。歲庚辰,余以古蒲城堤呂仙巖後倡建瀛仙閣,緣此地湖垣正西之辛方,青烏家以率爲文庫。遊目縱覽,嶽麓拱映蒼翠,星沙洲渚瀅漩,四環山水翕聚,真天然瀛島仙嶼,因題曰"瀛仙閣"。是歲春間落成,集湘中諸碩彥、方外大沙門宴會閣中,道侶、高賢超然塵表,誠一時之盛事也。更喜東林長老住持其中,每歷年所,岐術爭推國手。而其高弟子寄禪與證禪,素耽吟詠,共仰風騷,其學問淵源,良不偶矣。而證禪開士者,尤爲鄉邦耆舊夙所心契。兹以近作《瀛仙閣詩集》二百餘首問叙於余。翻閱把玩,雅近寒山大士一流,氣度安和,悉出天籟,不假雕飾,自然成章,具見襟懷之灑落、寄托之高深,感慨激昂,靡不盡善。是寒山也,是證禪也,是證禪而寒山,寒山而證禪也,均不得而擬議之。是爲叙。歲在旃蒙作噩之壯月,賜進士出身按察使銜湖南糧儲道資中謝廷榮謹撰。

八指頭陀《次證師弟見贈元韻即題其集》曰:"魔界如如佛界如,有何結習不能除。打開大海龍宮藏,覓其虛空鳥迹書。"集中卷三有證禪《次寄禪師兄原韻》曰:"窮參萬法契真如,獨有詩魔結未除。今日瀛仙將壽梓,願留半偈補蕉書。"

嚴家幖跋曰：

　　證禪上人持律已二十八載，日久益嚴，好吟詠，不雕不琢，天籟自鳴，近刻《瀛仙閣集》，哀然成帙也。早歲學詩於西枝長老，枝公著有《茗香室稿》，一時名宿群加欣賞。余故友長沙曹鏡初部郎，雅宗漢魏，阜寧裴樾岑廉訪喜讀邵康節、陳白沙先生詩，與枝公門徑兩合，故一見皆歡。上人所撰具有淵源，宜謝觀察筱莊、黃太史敬輿弁言簡端，贊美不已也……上人自弱冠後養静寺寮，其父老迎侍梵宫，届七十稱觴祝蝦，一領袈裟，校世俗人，洗彩尤摰。誦集中“菊花開放滿庭芳，酒晋延齡樂未央”之句，其孺慕爲奚如？禁岐山藥香室，六更寒暑，不幸目盲。同懷弟得禪祝髮扶持，移錫清凉寺，依依左右，如未失明者然。荆花、棠棣佳什常吟，孔氏分梨，姜家共被，友於之篤，何多讓焉……余讀斯集，不能不感慨繫之矣。而或見其與默庵、明果尊宿者説法有詩，謂上人即心即詩，即詩即佛焉，非知上人者也。而或又見其與徐芸渠山長、李次清方伯諸先生贈答有詩，謂上人殆不啻即心即詩，即詩即佛焉，亦非知上人者也。丁酉十一朔，長沙嚴家幖租香甫跋。

後摩有“嚴家幖印”“租香”二方印。

　　是集釐爲四卷，大體以詩體編排，卷一收五古9首、四古2首、七古4首、七絶47首，卷二收七律43首，卷三收七絶88首、古風1首，卷四收五排2首、五絶8首、五古1首。又附有《瀛仙閣詩録》，收七律14首、五排2首，凡詩221首。釋敬宗詩多寫湘中山水風物，用語清新自然，不假雕飾。如卷一《瀛仙閣晚眺》云：“雨從嶽麓來，霏霏日將暮。白鷺宿幽溪，黃鸝隔深樹。箕踞敞仙樓，抗懷聯妙句。非潛任揚抑，雲烟隨去住。夜來鐘磬聲，禪心發清悟。”可謂即心即禪，即禪即詩矣。其所作絶句《瀟湘八景》，人境渾融，運思巧妙，尤堪稱佳作。如《瀟湘夜雨》云："獨憐久雨滯瀟瀟，怕聽芭蕉漏滴長。一夜鄉心深不寐，三更尤覺布衣凉。"《洞庭秋月》云："月照君山分外清，澄波萬頃漾空靈。不知何處仙人笛，吹落梅花滿洞庭。"《江天暮雪》："古渡橋邊繫小舟，滿天飛絮壓風窗。漁翁醉抱簑衣卧，錯認蘆花白滿江。"詩中有畫，畫中有詩，又頗具幾分禪意，故釋澹庵評曰："嶽色湘紋詩裏畫，拈花指月定中禪。"

《空明子詩草》不分卷，釋宏覺撰

宏覺，俗名江浩，住折蘆庵，餘皆不詳，著有《空明子集》存世。

《空明子詩草》不分卷，清鈔本，見存於上海圖書館。開本高24.4釐米，寬 13.1 釐米。卷端題"空明子詩草"/"宏覺"。無格，字多漫漶，無序跋。正文前有道光三十年庚戌（1850）李善蘭題識稱："余前年在盛澤所見《夢破蝶庵集》，而不知又有《空明子詩草》。宏覺俗姓江，名浩，住折蘆庵。此册乃未經薙髮，多在杭前時所作。而其詩筆高遠，讀之令人傾佩。庚戌夏四月，古鹽官李善蘭讀並記大略。"李善蘭，字壬叔，號秋紉，海寧人，學貫中西，尤精算學、天文學，曾任同文館天文學算館總教習，有《則古昔齋算學》《則古昔齋遺詩》等行世。所稱《夢破蝶庵集》今未見存，亦未見書志著録，蓋已不存於天壤。

是集所輯爲宏覺未出家前之詩，凡 153 首。其詩多詠物、紀行之作，情韻豐潤，寫景狀物，時有佳句。如寫白燕"上下堂前疑舞雪，差池簾畔雜飛樓"、寫黄蛺蝶"飄飄欲墮松雲片，相相時翻金鏤衣"、寫梅花"瘦影夢迷雲白夜，冷香魂斷曉寒天"、寫敝裘"歲寒著去心偏愛，日暖披來力不禁"、寫春興"幾叠雲山天際隱，一村桃杏水邊圍"、寫蜀錦"種出三巴開錦緷，艷分五色鬥龍文"等句，頗能傳寫之形神。

蓋宏覺由儒而釋，精研詩藝，五、七律工整而流利。例如《漫成》云：
"老燕穿花入夏驕，看其湖上獨逍遙。蛙初出水青堪寫，雲乍離山淡
影描。蔓草荒烟悲落照，斷碑殘碣認前朝。芒鞋伴我多生趣，屢向垂
楊憶蠻腰。"惜未見其出家後之詩。

《雙溪集》四卷，釋妙文撰

妙文（1852—？），字月賓，號壽峰，俗姓湯，長沙益陽人。九歲喪
母，嘗語人曰："世道顛末，勢不可居，觀日所營，何有一實？"決計入深
山訪明師求道。光緒十八年（1892），落髮於南嶽山難陀寺，與釋敬安
遊。二十四年，隱於龍池。宣統元年（1909）至廣州，住持白雲雙溪
寺，開演《毘尼》《楞嚴》，發明性理，士大夫皆聞風敬慕之。著有《雙
溪集》四卷存世。生平略見釋震遠《衡嶽月賓文禪師記》。

《雙溪集》四卷，二册，宣統二年（1910）刻本，見存於上海圖書
館。開本高 26.5 釐米，寬 15.6 釐米；版高 18 釐米，寬 13.4 釐米。封
面題"雙溪集"/"夏同龢題簽"。卷端題"雙溪集"/"曹溪六祖下第四
十六代法嗣雙溪賓著"。每半頁 10 行，行 20 字，白口，左右雙邊，版
心鐫"雙溪集"、卷次、篇名、頁碼。正文前有宣統二年庚戌載陽氏序，
略曰：

> 世代綿遠，僧侶中間有良莠不齊，以致風規不整，而粵東一
> 省尤爲最甚。此有心於佛道者，不無慟哭流涕而長太息者也。
> 迺吾師月賓上人幼而聰俊，長而慧圓，辛未弱冠，祝髮空門，而胸
> 襟朗徹，心地光明。嘗以振起宗風、闡揚聖教爲己任，復以天地
> 之心爲心，萬物之命爲命，誠佛門中佼佼之丈夫者。目擊而心傷
> 之，是以不憚跋涉，於宣統己酉歲飛錫至粵，住持白雲雙溪寺，手
> 輯《佛學十論》，注解《陰符》，發明性理，流通經典，誠足振起禪

宗，驚醒愚闇。而粤省之士大夫鄉先生輩，與夫各界中人聞風而
敬慕之，索閱稿者爭先恐後，甚至日不暇給。復請開壇，宣講上
乘佛學，聽者雲集。一時之聞其道者，遂各得薰陶漸染，浸溢乎
仁義中正之内，遊衍乎規矩準繩之中，即頑冥者流亦不自緝而化
矣。其最尊崇者，又莫如夏殿撰同龢，梅觀察光羲諸君子，僉以
一時化人以口，百世化人以書。爰醵金將《十論》《陰符》等著集
之付梓行世。不惟讀者如聞鉦鐃，如沐春風，將見禪宗自此振
起，佛國自此長新矣。師雖未敢自謂賢勞，蓋亦不知幾費經營，
幾費籌畫矣。吾故曰：天下事創之始者難，繼之後者尤難。吾願
後之有志者，毋忽吾師一片苦衷也。是爲序。宣統庚戌中秋，閩
南載陽氏序。

按，此序中稱妙文"辛未弱冠，祝髮空門"，"辛未"爲同治十年
（1871），則其生年當爲1852，又稱其"宣統己酉歲飛錫至粤"，俱與釋
震遠《衡嶽月賓文禪師記》不合。

是集前有目録，卷一收向楀《佛學十論序》、太虛《陰符經揭序》，
及妙文《佛學十論自叙》《佛學論》《廣東自治會般若心經講録》；卷二
收《陰符經稱性直解叙》《陰符經稱性直解》《覺道歌》《證心銘》《華
嚴頌》；卷三收語録、問答、書、序等，卷四爲詩偈集。末附震遠《衡嶽
月賓文禪師記》、普熙《醒迷説》，又附有資助刊版二十二人芳名。

《雙溪集》前三卷近乎佛家語録，乃月賓上人闡揚佛法、自修自證
之作，兼及儒釋契理之言，循循善導，僧俗咸宜。例如所講"佛學十
論"，除論"傳宗""演教""大乘""小乘"外，亦論"越俗""處世超世"
"超世處世""化民大同"等。月賓上人大聲疾呼，倡明大無畏之宗
旨，救濟人心世道，於清季民初蕭條暗啞之社會，尤具有特殊意義。
卷四"詩偈集"中，則多與八指頭陀唱和之作，有《從普陀歸長沙晤八
指頭陀》《過高臺寺步八指頭陀韻》《和八指頭陀妙高韻》《次白梅韻

贈八指長老》等。如《次白梅韻》曰："熟知塵境外,皎皎一枝榮。雪
覆多增秀,天昏轉更明。喜伊懷素志,令我動微情。鐵骨冰心節,修
來同幾生。"傳神寫韻,雖不及寄禪,然亦明心見性之作也。又有《和
寒山詩》二十二首,仿寒山清妙絶塵之格。其詩偈清雅秀潤,多爲其
佛禪心性之流露。如《峰頭夜坐忽見雲開月現有感》:"熏風鼓散野
雲烟,心月同明照遍圓。光净澄瑩百谷轉,輪孤寂寂映千川。清輝萬
古不磨滅,幻相頃時有變遷。此夜通身涼徹骨,參窮父母未生前。"小
詩《詠月》曰:"夕陽墜大海,圓月上高岑。恒與禪心共,清輝照古
今。"讀其詩偈,遍體清凉,似入光明法海之中。

《潛夫文存》九卷,釋佛印撰

　　佛印,字小顛,自稱顛僧,俗姓曾,名何,字慕田,石陽人。幼以蕭
其光爲師,遍讀經史。弱冠後,西遊巴渝,北至涿洛,東漸於海,南浮
江淮,遍交賢士大夫。後落拓廣州,受知於蘇廷魁,以華堯封之薦,出
家南詔。著有《潛夫文存》九卷行世。生平未見碑傳。

　　《潛夫文存》九卷,四册,光緒刻本,見存於廣東中山圖書館。開
本高 25.9 釐米,寬 15.4 釐米;版高 19.2 釐米,寬 13.6 釐米。卷端題
"潛夫文存(詩存)"/"石陽慕田曾何著"。每半頁 9 行,行 22 字,四
周雙邊,白口,單魚尾,版心鎸"潛夫文存"、卷次、頁碼。是書分文四
卷,詩四卷,文一卷。詩、文二卷正文前分别有光緒六年(1880)佛印
自序。詩存前又有饒月樵題詞一首、蕭兆柄題詞四首、蕭寶臣題詞
三首。

　　佛印《文存自序》曰:"既優遊於極樂世界之中,煩惱去矣,寵辱
忘矣,則凡韓、柳、歐、蘇苦心孤詣,自鳴得意之作,俱不足當一晒也,
顛亦安用此區區者爲耶?雖然,木必有本,水必有源,不有入世,曷由
出世哉?顛之得登歡喜地,實由窮辛迫鬱來也。猶記淪落粵東之日,

以文字謁蘇賡堂河帥於羊城，心顫手跳，不自知其文之是否也。蒙帥紆尊降貴，賜見賜茶，教之以聖賢之道，誇之爲不世之才，憐我困窮，十分惋惜，愁我淪落，再四低徊，必欲拔之，使不淪落，逢人説項，此華堯封方伯所以有攜往南韶之舉也。最難忘者，初見華公之日，一語未發，華公即曰：‘蘇帥十分惋惜子，蘇帥十分惋惜子。’凡四五稱，猶不已。及攜以偕行，登舟之際，顛至稍遲，華公問故，顛以往辭蘇帥對。華公喜曰：‘好，好，如是則蘇帥放心矣，如是則蘇帥放心矣。’顛今幸得超離苦海，蘇帥自足含笑於天上。然此境此情，天下後世，誰則知之？嗚呼！俞伯牙結樵夫之契，許子將舉牧竪之人，嚴中丞款落魄之夫，韓昌黎拔推敲之子，歷千百世而猶膾炙人口者，以有文字流傳也。顛如執出世之見，置語言文字於不屑，概付諸焚如棄如，其無乃忘本而不思蘇帥之恩知乎？夫忘本之人，亦佛祖之所深惡痛絕者也。曾謂混迹儒林，祖述憲章，垂三十年者，而可若此乎？於是將平生所作史論，存二十五篇，其餘每體各存一二篇，授諸梓，使天下後世知蘇帥懷吐握之風，如是其甚也。以顛之不才，猶蒙矜寵愛憐也，且使淪落不偶之士無憂也。以顛之不肖，尚可得超離苦海，而優遊於極樂世界也。雖然，其果堪存與否，顛究不自知也，欲執而就正於人。蘇帥已没，天下誰肯目吾文者，其惟質諸古人乎？質諸左，左則盲；質諸遷，遷則腐；質諸班椽，班椽則憂悶圄圄，而終莫予語。其轉而質諸吾心乎？學懶專經，略觀書籍，文羞師古，自得縱横，此則顛之生平也已，其果堪存與否，顛終不自知也。姑板而藏之寺中，以待來者可耳。或有惜其存之太少者，顛告之曰：賦命寒薄，遭際艱難，昔爲貧士，今爲貧僧。即此區區者，亦瓶鉢中日朘月削，不知受幾許苦辛，而後得結梨棗之緣也，況多也而何能爲力也？且文字之傳，原不以多爲也，漢廷徐樂止載一書，晋代劉伶僅傳一頌，使吾文果堪與古人頡頏，質諸天下萬世而無愧也，一篇足矣。況兹數十篇，不下數萬言，而又何少乎？光緒六年六月六日，小顛曾何自序於崇陸臺禪院。”按，蘇廷魁，字德輔，一字賡堂，廣東高要人。道光十五年（1835）進士，選庶吉士，授翰林院編修，受任河南布政使，後擢陞東河河道總督，主張時務，力陳時弊，詩文俱佳，著有《守柔齋行河集》等。佛印付梓其文，意在報答蘇氏之知遇之恩。

　　佛印受知於蘇賡堂，蓋亦以其通經致世之故也。道、咸間，國勢衰微，積弱難返，有識之士若蘇賡堂、馮桂芬等究心時務，除弊興利，聲應氣求，實季世之爝火微光也。佛印中路出家，所作詩文絶少僧家氣，而多書生氣。觀集中《武侯論》《高穎論》《王導論》《隋高祖論》《唐太宗論》《褚遂良諫武后論》《徐敬業兵敗論》等史論，及《書陳慎璋》《上華堯封方伯書》等，或别賢不肖，借古諷今，或憂國傷時，直陳利弊，識見甚高，宛然經生面目。所作之詩，亦好論議古今，非徒流連光景者也，故蕭兆柄題詞有“高超直是聖門士，沂浴雩游家舊風”之評。

《碧湖集》二卷，釋永光撰

　　釋永光（1860—1924），字海印，自號憨頭陀，俗姓張。湖南益陽人。幼聰敏好學，十六歲祝髮於南嶽祝聖寺，師默庵禪師，潛研禪理。晚清佛教復興，永光創中華佛教總會湖南支部，任會長之職，先後住持祝聖、白鹿、開福諸刹。雅好詩畫，飄然超脱，廣結賢士，相與唱和，人譽之爲“今之齊己也”。早年嘗入南社，又與湘中名宿王闓運、曾重伯、袁緒欽、程頌萬等結有“碧湖詩社”。著有《碧湖集》二卷及《曼陀羅室遺稿》四卷。生平未見碑傳，《湘雅摭殘》《南社紀録》有其小傳。

　　《碧湖集》二卷，民國廿一年（1932）萃錦園刊本，見存於湖南圖書館。開本高31釐米，寬20釐米；版高16.2釐米，寬12.5釐米。封面題“伯皋先生慧存/溥儒呈”；第二頁題“碧湖集/鍾義題耑”；第三頁題“碧湖集”/“海印上人詩”/“長洲章鈺署耑”，摹有“霜根”方印；

第四頁爲牌記"壬申秋九月萃錦園刊"。卷端題"碧湖集"/"益陽釋永光著"/"西山逸士溥儒輯"。每半頁9行,行21字,左右雙邊,白口,雙魚尾,版心鐫書名、頁碼。正文前有民國二十一年(1932)溥儒序及劉腴深序。溥儒序曰:

> 昔東晉之亂,慧遠雁門僧也,抱道退遊,杖錫南渡,開社東林,闡揚象教,契元亮之高舉,識靈運之不終,君子所謂明哲之士也。及其玄覽物表,發爲至言,蘊道隱機,孤鶱善藏,美哉淵乎!海印上人以慧遠之道,遊於京師,與余邂逅西山,賦詩相答。當時公卿方草禪表,上徵車,負物望者皆傅亮、顏延之之徒,上人傷之。乃歸長沙,與湘中遺民結碧湖詩社。登衡嶽,望蒼梧,臨三湘之表,攬七澤之勝,吊屈原、賈誼,以寄《匪風》之悲。其爲五言,近輞川、襄陽,高俊及於沈、宋。自詩教之衰,宇宙雷同,風馳雲趨,逶迆凌頹。上人際遇陽九,迍遭艱瘁,詠興亡之事,以變風雅。若出仕於朝,必能盡忠致身,似屈原、賈誼之所爲者。晦是懿德,入於浮屠,然能獨善自守,不磷於亂者,其幸與,其不幸歟?辛未秋,長沙劉隱居腴深,元亮之儔也,寄上人遺稿四冊,屬序而行之。懼其湮没,以負平生之言,乃論次卷帙,刊叙梗概,庶俾後世罔因文詞以蓋其忠貞。壬申暮春之初,溥儒書於萃錦園中。

後摩"溥儒之印""舊王孫"二方印。溥儒,即溥心畬(1896—1963),原名愛新覺羅·溥儒,初字仲衡,改字心畬,自號羲皇上人、西山逸士,爲恭親王奕訢之孫。篤嗜詩文書畫,尤擅山水人物,與張大千並稱爲"南張北溥"。永光乃遊京師時結識溥儒,集中有《與心畬居士晚步度公塔院次韻》諸詩。

　　劉腴深序曰:

　　吾湘多高僧，唐以來，南嶽石霜、潙山道吾、藥山雲巖尊宿相望，惟闡禪宗，獨齊己以詩鳴於乾寧、龍德之間。三唐緇流詩集傳者，齊己外如皎然、貫休輩，可指數也。《四庫提要》稱，齊己五言律詩風格獨遒，有大曆以還遺意。予讀《白蓮集》，暈然想見其人，以不並時爲憾。及予得交海印上人，則深引爲幸，以爲今之齊己也。海印籍益陽，習儒業，與齊己同；幼祝髮，長而歷名山亦同；晚值革除，運丁百六，惓惓有所思亦同；其耽吟詠，與士大夫遊，亦莫不同。此意予爲海印言之，爲之愀然。而天下後世之不知海印者，以知齊己者知之，不必泥其爲齊己爲海印可也。國變後，海印續倡碧湖詩社於會春園遺址，舊志所謂碧浪湖者，葺舍數椽，人多河汾之儔，社則月泉之比。以予沉冥，孤往相招，屬屢其中，沆瀣之投，殆逾夙分。每製一章半偈，必示予推敲而後快。自後行邁羈旅，時獲與俱。其詩雖不必襲前賢之迹，以篇句相高，而自有其所以爲詩者。故五律攀王、孟，七絶亦追大曆諸子，皆出於機杼之自然，斯又疑齊己未逮者矣。昔鍾伯敬謂齊己詩，有一種高渾靈妙之氣翼其心手。予於海印亦云然。頃者西山逸士爲訂遺稿付剞劂，書來督序，蓋去海印之没且十稘矣。回憶湖社之雅，曠若隔世。曩日儔侶，經亂離老死，存無二三，予亦不復自放於詩。而海印之詩之卓爾可傳，則終有不能泯滅如齊己者在。要其性情意趣，悲歡歌哭，非詩何以傳海印哉？其傳不傳，海印無容心，後死者固不得不尸其傳之之責也。抑予夷考齊己生平，與司空圖締交尤摯。海印可擬齊己，予雖不敢擬表聖，而襟契之深則無不及。即陽九之厄，似又過之，是不能不重發予愧，增予喟已。壬申孟春，劉善澤謹序於長沙之天隱廬。

後摹“劉氏善澤”“劉腴深”印二方。善澤（1885—1949），字腴深，晚號天隱，瀏陽人，尤精經傳注疏之學，好爲古近體詩，詩風雄橫兀傲，自成一格，爲"同光十子"之一，著有《天隱廬札記》《天隱廬詩集》等。

2000 年，湖南文史研究館主編出版有《海印上人詩集》，署爲"溥儒輯，龍非池補輯，張九編校"，此本首有張九《致佛源大和尚函——〈海印上人詩集〉代序》，又收録溥儒、劉腴深原序，及柳敏泉《曼陀羅室遺稿序》《湘雅摭殘·釋永光小傳》《海印上人遺像題記（并注）》，正文收《碧湖集》卷上、卷下，及海印上人詩輯佚，並附録有關詩文函件。

永光另一詩文集《曼陀羅室遺稿》，今未見存本。據柳敏泉《曼陀羅室遺稿序》云："癸未、甲申間，余避寇資陽，得識白鹿寺僧燭冥、弘暢。燭冥年已耄，恒瞑坐無片語，話及寺之興廢，津津道之，而歸功於海印上人爲多。無何，燭冥圓寂，弘暢出海印詩鈔囑删訂，曰：'海印所爲詩，不自珍惜，北平溥心畲居士曾節刊之。示寂後，燭老常以念，今又歸西，將理而梓行，以成其志。'時寇氛方熾，亂離中恐散佚，偶一翻閲，仍歸之。乙酉秋，余返長沙，弘暢復申前請，因即原本校讎，更就正於天隱居士。居士，海印老友也。"則是集成於永光圓寂之後，校訂者即柳敏泉，未知是否刊行。

《碧湖集》僅詩無文，卷一收 93 題，卷二收 73 題，凡 166 題。永光身當季世，風氣日下，詩教寖息，與湖中耆宿結社唱和，迍遭艱瘁，慨然悲歌，其志節操守，可表著於世。集中嘆興亡之事，悲故交之凋零，俯拾即是。如《丙辰七月二十五日舊石頭陀與皆庵匯宗鏡湖同遊開福寺古袯襖亭頭陀先有詩因次韻》云："逃禪野衲終無補，遁世遺民未見還。兵火驚心各離散，蓊門幽夢影珊珊。"《亂後天隱居士往瀏陽探女壽彤病未歸感賦壽彤余弟子也兼訊其婿惠和》云："故山兵火近何如，强病携筇問起居。隻影遠衝林下雪，雙楓遲負夢中書。荒林野哭哀前路，破甑江城愴劫餘。嘆息幨車歸未得，長途鼙鼓益愁予。"《益陽白鹿道中感賦》云："北望中原戰血黄，十年瓢笠竄窮荒。瑶溪瓊户娟娟月，猶照生公舊講堂。"所見皆荒城、斷烟、苦雨、凄風，所聞皆野哭、鼙鼓、悲笳。組詩《都門雜感七首》則更字字悲慨,不忍卒讀。
道、咸以還,湖湘文教、宗教日興,奇崛豪邁之士蜂起,叢林慨然興復
象教、肩負道義者輩出。故傅熊湘稱:"湘中詩僧,笠雲、寄禪而外,首
推海印。"

《無掛礙齋殘稿》二卷附《筆記》
一卷,釋萬休撰

　　萬休(? —1944),號無掛礙齋主,湘陰人。幼年出家於長沙城隍
廟,後出遊四方。著有《留夢集》《睡餘集》《無掛礙齋日記》《焚餘詩
草》《無掛礙齋殘稿》等。

　　萬休著述,今惟見《無掛礙齋殘稿》二卷,民國二十三年(1934)
鉛印本,見存於湖南圖書館。開本高 26.6 釐米,寬 15 釐米;版高 18
釐米,寬 10.4 釐米。扉頁題"無掛礙齋殘稿"/"甲戌冬刊",摩有"無
掛礙"方印。第二頁爲無掛礙齋主像。每半頁 10 行,行 30 字,白口,
版心鎸書名、頁碼。正文前有民國二十三年萬休自序,其云:

　　庚戌以前,大病幾死,破文字障,所爲詩文付諸火,書亦置高
閣,不一讀。庚戌以後,又死灰復燃,間有所作。國變,行腳日
多,對於吟事,反不如童草時忘寢廢食,把筆不倦。蒲留仙所述
之書癡,當時有以似之。憶昔承平,聞情多,世故淺,知識薄弱,
以揄揚我者爲快,人愈揄揚,我愈以詩爲樂園。後以病故,始知
文字不能却死,漸悟到飢不能爲食,寒不能爲衣,貴賤一任趙孟。
趙孟爲賢者賤之,猶足以自明;趙孟爲不肖貴之,實足以取辱。
聞之舜有臣五人而天下治,亂離中讀此書,不亦羞殺天下人。年
來懶散進步,即知好亦尺素不通,蓮花落之作視爲乾矢橛之不
若。揄揚我者,彼廢然返,我亦嗒然喪。三學上人力索余詩與筆

記付梓,欲作枯龜之留,至誠感人,遂析庚戌以後作爲上卷,國變後作爲下卷付之。東施率真,不以爲醜,太上忘情,適亦快意,從茲可語者衆矣。韓陵片石,直白頭豕耳。甲戌冬月。

"庚戌"爲宣統二年(1910),即辛亥革命之前年。萬休將詩集析爲上、下二卷,卷上收詩147首,皆庚戌以後作;卷下收詩224首,則民國時期所作也。萬休稱庚戌以前大病,所爲詩文盡焚。集中有《静皆先生欲得余詩行世舊稿悉焚愧無以應拈此寄》云:"詩不驚人世不名,近名詩豈盡人驚。揀金沙轉超金乘,斷水愁翻逐水輕。文字障中羅萬有,奈何天外總無情。此心脉脉將終古,始識浮名一紙成。"詩集後附有《筆記》一卷,凡三十四則,悉載清季民初人物、掌故,如林琴南與蔡子民論辯事、八指頭陀佚事,尤具參考價值。

清季民初,三千年之大變局也,朝代更替,列强辱國,新舊激蕩,人心世態,惶惑不安,清净之佛門,豈能閉關自守而得其完卵歟? 儒門淡泊,收拾不住,皆歸釋氏。清季佛門亦不乏血性漢子,乘時而上,悲憫世間,奔走呼高,若太虚、印光、弘一、寄禪等鐵肩道義,著述弘法,亦爲一世之豪傑耳。萬休雖不能比肩寄禪、芳圃、永光等湘中尊宿,然亦盡己所能,追隨鼓吹。集中與寄禪、笠雲等人唱和之作尤多,例如《讀寄禪笠雲兩老人贈詩有存亡之感》《遊開福寺追碧湖詩社》《聞八指杜多發起佛教總會有作》《有感寄憨頭陀》《悼憨頭陀》等,故其詩實近於寄禪、永光,悲慨沉痛,於滄桑巨變中,作憫亂傷時文字,攄胸中之憤慨。如卷下《亂離述懷十首并序》曰:"國中苦亂離久矣。年來閉關,殆成絶物。余實羅滄桑中之滄桑,浩劫外之小劫耳。一燈相對,萬感交縈,古之人所謂'逃空虚無人之境',今之世等'覓心了不可得'者也。我能往寇,亦能往安,得避秦之桃源,與鷄犬伍,高歌爲哭,爲詩十章,借欲驅此感想,遠離天壤間也。"十首詩盡述清季民初釋子於險惡境遇中之複雜心境,如其六云:"人生行樂百年期,成佛成塵豈有差。鑄錯徇名都幻妄，忘情何處著相思。"又有《吊憨頭陀》云："逃命不早毀應來，文字終遺百世衰。垂暮豪情太蕭瑟，傷懷逝水漫徘徊。南能北秀無何有，地老天荒次第催。墨瀋如新詩在匣，吟魂知取到寒梅。"悲慨無端，滿紙傷懷。如此之文字，似非僧人之所有，然處此亂世，亦是真性情之流露。

《卧雲東遊詩鈔》十二卷，釋静園撰

静圓，字松月，號卧雲，民國十一年（1922）由京口至雁蕩，嘗主羅漢寺。著有《卧雲東遊詩鈔》十二卷。生平未見碑傳。

《卧雲東遊詩鈔》十二卷，四册，民國十三年（1924）刻本①，見存於浙江圖書館、上海圖書館、復旦大學圖書館。開本高 24 釐米，寬 16.2 釐米；版高 10.2 釐米，寬 14.4 釐米。封頁題簽"卧雲東遊詩鈔"/"浩齋題簽"；扉頁草書"卧雲東遊詩歌鈔"/"太夷"；次頁爲牌記"癸亥孟秋甌郡開雕"/"翻印必究"。各卷卷端題"卧雲東遊詩鈔"/"松月静圓著"。每半頁 10 行，行 21 字，下黑口，四周雙邊，單魚尾，版心鎸"卧雲東遊詩鈔"、卷數、頁碼。正文前有民國十二年癸亥太夷、沈致堅、胡惟賢、徐麟祥、吕渭英、吴士錡、鄭同、劉紹寬、蔣希召、莊以臨十篇序，又有符璋、曹昌麟題詩，及民國十三年三月釋静圓《刻東遊詩鈔成十二卷自題五言六十四韻識感》長詩。

太夷序曰："往者釋寄禪訪余於滬上，以所爲詩示余。余告之曰：'詩則善矣，而題多不可存，蓋欲編詩必先製題，製題有史法焉。吾未觀其詩，先觀其題，即斯人之清濁賢否定矣。'寄禪頗病余言。夫詩以人爲主，而言者心之聲。若其所往還者與其所賦詠者，無製題之史法，則不啻列己名於厮養傖楚之傳中。此不待觀其詩，識者已擲而不

----

① 柯愈春《清人詩文集總目提要》誤爲"民國十年刻本"。

顾矣。卧雲詩才亦寄禪之匹，而詩卷之富，十倍過之，年力方壯，進而不已。試取余言而檢之於他日，編詩之法不無小補耳。癸亥秋日，太夷。”“太夷”乃鄭孝胥號。據莊安正編《張謇年譜長編·民國篇》，張謇曾於《大公報》1924 年 9 月 11 日致松月静圓函曰：“太夷（鄭孝胥）謂公詩才可正寄禪，而詩卷之富，十倍過之。誠然誠然！詩古體最勝，勝在翔實。公自謂落落趨古淡者，恐猶未盡然也。”又《鄭孝胥日記》1923 年 10 月 23 日載：“僧卧雲來謁，以其詩稿還之。”又 10 月 29 日載“爲卧雲作詩序”。

　　沈致堅序曰：“壬戌臘月，余自金華量移甌海……越明年癸亥春，雁蕩有詩僧卧雲法師來，欲爲羅漢寺募金重葺，爰携《東遊詩鈔》若干卷，索叙於余。朗誦一過，未嘗不歎其析理之富則洞達本末，陳義之高則擺脱筌蹄，卓錫雁山，足以爲靈嶽生色也……卧雲者，負奇才，鬱鬱無所遇，漫遊天涯，以吟詠寓歌哭之致，殆秘演之流亞歟？秘演以天下無事而不出，卧雲以天下多事而不仕，卧雲較秘演而尤悲者矣。且詩人往往得江山之助，卧雲遊展，詎止雁蕩已哉？……歲在癸亥仲春月，黄岡沈致堅叙。”

　　徐麟祥序曰：“……卧雲法師抱遠公之清尚，懷結社之素心，振錫雁宕，遍尋丘壑，特愛蓉峰之勝，謂其山林幽閴，足契静趣。大荆蔣君叔南邀集同志推師住持羅漢寺。癸亥春月，與師自鹿城入山同遊，風雨之晨，燈火之夕，輒效韓、孟故事，聯吟甚樂。得詩三篇，一用師本鈔韻，二用韓詩韻，多至八十一韻。師酬答如響，莫不爽若鳴鏑。因得盡讀師《東遊詩鈔》，硬語盤空，駭膽栗魄，蘇才韓筆，幾與雁峰争奇……癸亥二日，宜興徐麟祥澄秋甫序於伏虎洞之前樓。”集中有《伏虎洞阻雨水同澄秋聯句用本鈔天窗嶺韻》《夜宿大荆蔣季哲居士槐蔭廬同徐澄秋居士聯句用韓退之寄崔二十六立之韻》諸詩。

　　吴士鐀序略曰：“……卧雲法師少時讀書稽古，有推倒一世之概。中年歸佛，斂心空寂，然其所蓄積抑鬱不得發，往往發之於詩。去年春,錡晤師於金山江天寺,一見如舊。師出其前後詩所鈔者數千篇相示,受而讀之,大都祝髮以前風流自賞,清詞麗句,溢於楮墨,而悲歌慷慨,不無酸楚之音。祝髮以後,觸目荒涼,輒引佛諦理以自廣,而悲憤之心且與厄言曼衍以日長也。錡重其詩,哀其志,相與酬倡久之。初秋過訪,則已飛錫浙東,歷永嘉入雁蕩矣,遂悵悵如有所失。今年九月既望,師忽見過叙別,袖出一册曰《臥雲東遊詩鈔》。讀其詩,沉鬱頓挫,老幹不支,知師之得於山川之感發者深矣。然其妙處在天然,如明鏡之鑒物,毫末悉現,而鏡實無心。以問於師,師曰:'詩理通乎禪理,名名色色,應物以付,又何有心於其間哉!彼焦脣噪吻以求工者,與物遠耳。'……癸亥九月下旬,丹徒愚弟蘭賓吳士錡拜撰於慮齋之南軒。"

　　蔣希召序曰:"壬戌之秋九月既望,希召罷大病,困頓床褥,臥雲法師自京口來遊雁蕩,以詩見貽。召精神疲敝,無以答報。越數日,法師來視召病,對癥下藥,遂日以瘥。又越月餘,法師去遊方城山,過召舍,出其《東遊詩鈔》八卷,囑爲之序。召病後未復元,讀未終卷,然已爲之神旺矣。臘月初旬,晤師於靈巖,縱談甚歡。召既返舍,費日夕力,盡讀師古近體詩約四百餘首。其首二卷爲過滬及鹿城作,餘皆雁蕩作。師之過滬、鹿城,爲遊雁蕩也,則《東遊詩鈔》毋寧謂之'遊雁詩鈔'可也。雁蕩自開闢以至今日,善遊者稱江陰徐霞客,善以詩寫雁蕩者稱長洲江弢叔、青田端木鶴田。讀《霞客遊記》《伏敔堂集》《太鶴山人集》者,類能言之。師之遊之詩,兼備三子之長而更上之。召擬重輯山志藝文,得此珍逾拱璧。昔東坡贈詩僧道通有句云'語帶烟霞從古少,氣含蔬筍到公無',可謂法師詠矣。雖然,法師之來雁蕩,發願於山中,闡揚佛法,重啓道場,以爲雁蕩之光現。正商量安錫地,毋令全了、行亮專美於前。若僅以詩僧視法師,則不足以知法師也。大寒後五日,雁蕩亦澹蕩人叔南甫蔣希召拜撰。"蔣希召(1885—1934),字叔南,別號雁蕩山人、雁蕩亦澹蕩人,早年參加革命,入光復會,民國成立後任北京總統府諮議。後隱居鄉里,盤桓雁蕩山中,撰有《雁蕩山志》五十四卷。

《臥雲東遊草》十二卷,爲程雪樓、劉瞻明等人倡議刊刻,集中有臥雲撰於民國十三年(1924)三月三日《刻東遊詩鈔成十二卷自題五言六十四韻識感》及《雪樓程公居士許刊拙稿感賦》《瞻明劉居士首倡刊刻拙稿因贈》諸詩。卷一收詩 44 首,卷二收 60 首,卷三收 37 首,卷四收 37 首,卷五收 38 首,卷六收 35 首,卷七收 38 首,卷八收 53 首,卷九收 64 首,卷一〇收 59 首,卷一一收 50 首,卷一二收 88 首,凡 603 首。太夷序稱臥雲"詩卷之富",甚至十倍於寄禪,則其詩遺佚甚多。是集開篇爲《壬戌七月十一日由京口江天寺乘火車東往滬瀆》,則其東遊當始於民國十一年,所收皆爲其東遊雁蕩之詩,故蔣希召有"毋寧謂之《遊雁詩鈔》"之説。其詩多以遊蹤爲題,遍涉甌海村鎮、寺院、河流、池潭、巖洞、山峰、勝迹,可補史地之闕。如記《樂清》一地之巖洞、山峰,即有《靈峰洞》《南碧霄洞》《苦竹洞》《鳳凰洞》《長春洞》《將軍洞》《仙人洞》《雲板洞》《東石梁洞》《朝陽洞》《三賢洞》《雙筍峰》《凌霄峰》《靈芝峰》《五老峰》《連雲峰》等,故蔣希召以其詩兼徐霞客、江湜、端木國瑚三人紀遊雁蕩之長而更上之也。

《歇庵詩存》一卷,釋了翁撰

了翁(1873—1941),號歇庵,俗姓余,名霖,字楫江。祖籍安徽休寧,生於嘉興。幼喜讀書,光緒二十八年(1902)中鄉試,任監印官等職。辛亥革命後辭職,專心學術,與沈子培合續修《浙江通志》,編有《梅里志》等。後皈依白業,棲心净土,嘗任上海佛學書局編輯。著有《歇庵詩存》一卷存世。

《歇庵詩存》一卷,一册,民國二十一年(1932)鉛印本,見存於上海圖書館。開本高 26.4 釐米，寬 15.4 釐米；版高 15.2 釐米，寬 11.3 釐米。封面題"余楫江送"/"柏皋識"/"歇庵詩存"。卷端題"歇庵詩存"，未著撰人。每半頁 11 行，行 26 字，四周單邊，小黑口，單魚尾，版心鎸頁碼、文體。正文前有了翁自序，其云：

> 僕素未學詩，率率應酬，間有吟弄，光宣以前，稿久失矣。辛亥後，偃蹇江鄉，略存近稿，大抵皆酒邊燈下哼囈之辭，而遺落甚多，亦無心掇拾。歲辛未，成《自壽詩》二十章，將結束焉，長女覺生請具資一印爲壽。念老歸白業，身隱焉文，姑付之，以了世緣。歲次玄默涒灘，海上行人了翁。

《歇庵詩存》共收了翁辛亥革命後詩 106 首，大抵反映民國初年風雲際會及其心路歷程。例如《滬上雜詩》《六旬自壽詩》《雷鋒塔三圖（郭和庭君所繪，爲張蔥玉君題）》《擬曲園別詩》等，或寫實，或遣懷，多憂國愁緒。《哀王靜庵（二首）》尤顯沉痛："歲時剛紀菖蒲節，異地驚傳薤露歌。自昔輸君多慧業，詎期先我脫婆娑。有同玄趾攀橋柳（竹垞有吊王玄趾義士詩，見《曝書亭集》），竟步靈均赴汨羅。將謂世間書種絕，茫茫塵海涕滂沱。""玉泉山下感龍漦，溫樹淒涼剩故枝。哲理早開天上眼（君爲《紅樓夢評》，於寶玉出家有開天眼而觀之之説），譯文猶襲篋中詞（嘗乞君譯《東籍》一篇，猶存篋中）。海樓談客嗟星散（君亦志局同事，庚辛之間數數至海日樓，寐叟化去，同人星散），閬苑殘陽悵黍離。此後西泠重吊古，傷心休問水仙詞。"將靜安自沉比作義士之舉，步趨屈子，可謂深得其情矣。

《潮音草舍詩存》不分卷，釋太虛撰

太虛（1890—1947），法名唯心，字太虛，號華子、悲華、雪山老僧、縉雲老人等,俗姓張,名沛林,浙江崇德人。二歲喪父,由外祖母長之育之,年十六禮蘇州小九華寺士達上人爲師。光緒三十四年(1908),與温州花山法師遊,立志革新佛教舊弊。宣統二年(1910),隨棲雲和尚至廣州,結識革命志士。民國二年(1913),入中華佛教總會,至普陀錫麟禪院閉關三年,深有所得。後赴會台灣、日本、歐美等地考察,整頓僧制,弘揚法事,先後創辦閩南佛學院、武昌佛學院、世界佛學院、西安巴利三藏院、北京佛學院等,創辦《海潮音》《覺群周報》等期刊雜志,組織世界佛教聯誼會、中國佛教會、中國佛學會等社團。抗戰期間,積極救國圖存,號召華人、佛教團體一致抗日,國民政府授其宗教領袖勝利勳章。民國三十六年(1947)三月十二日,於上海玉佛寺説法時,忽中風舊疾復發,十七日圓寂。著有《整理僧伽制度論》《新的唯識論》《法相唯識學》《潮音草舍詩存》等,後由門人編輯《太虛大師全書》行世。嘗撰有《自傳》,自記五十以前事迹;釋印順撰有《太虛大師年譜》,備載其一生行迹。

《潮音草舍詩存》不分卷,一册,見存於湖南圖書館。開本尺寸26.5釐米,寬15釐米;版高22.7釐米,寬11.5釐米。卷端題“潮音草舍詩存”/“太虛大師作”/“了空編”/“佛慈藥廠馮明政校”。每半頁13行,行30字,白口,四周雙邊,版心鎸書名、頁碼。前有民國二十七年李基鴻序,曰:

　　余喜讀方外詩,取其平淡自然,不事雕琢,而信手拈來,都成妙悟,能使讀者易契禪理也。太虛吾師博通三藏,徹悟二空,融會古今中外之學説,適應時代機宜,宣邑佛法真理,爲今佛學界之泰斗,固不以詩鳴者也。惟早歲親近八指頭陀,與陸鎮亭、易哭庵、梁節庵、陳散原、陳石遺、馮君木、陳天嬰諸詩人遊,曾刻行《昧庵詩録》。比二十年,則專力於教理之闡揚,僧徒之作育,過化存神,其足迹遍國内外名山大川,遐及歐美。而短句長歌,往往於舟舷車軾發之，或通都，或僻壤，或林泉，或瀛嶠，皆抒寫其所至止之真情實景。嘗曰："吾之詩，蓋聊以志遊耳，故不復綴輯。"余從散見於《海潮音》者讀之，每覺精義洋溢，奇氣磅礴，輒爲之低詠高吟，而不能自已。昔《海潮音》十五周，余既於武昌世界佛學苑建潮音草舍，爲師紀念，即從事搜集師之詩偈，漸已裒然成卷。今臘月值師五十初度，謀刊布之，以爲師壽。師亦以可助其生平數十年之回憶，不我固拒。復因此集十之六五皆鈔自《海潮音》，乃命名曰"潮音草舍詩存"云。中華民國二十七年又雙十節後，李基鴻序於渝州客次。

　　《昧庵詩錄》乃太虚第一本詩集，刊於 1916 年。《海潮音》初名《覺社叢書》，創於 1918 年夏，1920 年改爲《海潮音》，太虚親手編輯並發表《覺社宣言》，中有"海潮音非也，就是人海思潮中的覺音"之言，編輯地則輾轉杭州、漢口、廬山、衡陽、貴陽、重慶等地，爲現代最著名之佛教期刊。《海潮音》除弘揚佛教精義、覺悟衆生外，亦發表筆記、小說、譯著、詩詞等。太虚所撰詩歌，即常見諸該刊。李基鴻（1882—1973），湖北應城人，早年入同盟會，後任民國政府財務委員會秘書長等職。篤信佛教，號了空和尚，編輯出版《聖揆錄》一書，爲近代佛教大護法。太虚《潮音草舍詩存》，即由李基鴻搜集而成。又，今人夏春錦主編有《太虚詩集》，2018 年由浙江古籍出版社出版。

　　太虚乃近代佛學大師，學貫三藏，修持湛深，格高調清，爲世人所景仰。早年即酷愛文學，凡小說、詩詞、筆記、戲曲、書畫，無所不窺，故頗注重以文字三昧闡揚大乘菩薩道，示他人津筏。太虚晚年曾憶曰："我的詩詞，民五前大約收存於《昧庵詩錄》，民五至民七間的遺失最多，連馮君木、劉驤逵的詩序也遺失了，最爲可惜。民七後的，大致可見於《覺社叢書》及《海潮音》上。我並從漢、晋、明、清間，爲《佛教文醇》《佛教詩醇》之選輯，惜其稿後皆遺佚。"其平生足迹遍歷華夏、日本、歐美,所至之處,往往以詩偈紀之。《潮音草舍詩存》,大抵以編年形式,歷載其修行、考察、弘法之足迹,寄予其對人世、物理之感悟,精義洋溢,風格多樣。《赴歐舟次印度洋七律》《巴黎紀遊》《由芝加哥至三藩市》《紐約赴芝加哥車次聞吊時哲》等,皆其遊歷歐美之見聞,不惟描寫異域之新事物,亦有新思想、新境界。《明月閒叙》云:"瘦月緣山上,寒蛩伏草鳴。暗草窗外滿,虛白室中生。坐久衣微冷,談深語倍清。清風颯然至,天籟雜吟聲。"又如《圓瑛禪兄由天童寄詠梅詩至和韻答之》云:"寒月照禪林,清輝冷襲裳。溪聲流日夜,梅萼綻風霜。未睹三分白,先聞一段香。禪心澹五著,消息露堂堂。"其《禪絕二十八首》《禪關漫興》等,則爲其禪悟後所發,素樸自然,可謂幽思風發,妙義泉湧,皆其自性之流露。太虛生逢不辰,復罹百憂,深諳大乘菩薩道精義,矢志拔衆生於苦海,如《四十八歲述懷》云:"衆苦方沸騰,遍救懷明達。仰止皆佛屠,完成在人格。"太虛格局闊大,關懷民族命運。例如《掃葉樓題壁》一首云:"莽莽神州此一樓,憑欄須是最高頭。三山隱約窺天外,萬里蒼茫入眼悠。牛斗已無王氣射,禹疇空有亂雲浮。登臨恍讀傷心史,遙對莫愁無限愁。"思接千古,沉鬱頓挫,格調蒼茫,其人其心,於兹可見。

主要參考文獻

［唐］魏徵、令狐德棻《隋書·經籍志》，中華書局 1997 年版。

［後晉］劉昫等《舊唐書·經籍志》，中華書局 1975 年版。

［宋］晁公武撰，孫猛校證《郡齋讀書志》，上海古籍出版社 1990 年版。

［宋］陳振孫《直齋書録解題》，上海古籍出版社 1987 年版。

［宋］歐陽修、宋祁《新唐書·藝文志》，中華書局 1975 年版。

［宋］王堯臣等編次《崇文總目》，中華書局 1985 年版。

［宋］尤袤《遂初堂書目》，《文淵閣四庫全書》本。

［宋］鄭樵《通志二十略》，中華書局 1995 年版。

［元］馬端臨《文獻通考》，中華書局 2011 年版。

［明］黄虞稷撰，瞿鳳起、潘景鄭整理《千頃堂書目（附索引）》，上海古籍出版社 2001 年版。

［明］祁承㸁等《澹生堂讀書記》《澹生堂藏書目》，《中國歷代書目題跋叢書》第一輯，上海古籍出版社 2005 年版。

［明］錢謙益撰，潘景鄭輯校《絳雲樓題跋》，《中國歷代書目題跋叢書》第一輯，上海古籍出版社 2005 年版。

［明］徐㶿《徐氏紅雨樓書目》，《中國歷代書目題跋叢書》第一輯，上海古籍出版社 2005 年版。

［明］楊士奇《文淵閣書目》，《文淵閣四庫全書》本。

［清］丁丙《善本書室藏書志（外一種）》，浙江古籍出版社 2016 年版。

［清］黃丕烈撰，余鳴鴻、占旭東校點《黃丕烈藏書題跋集》，上海古籍出版社 2013 年版。

［清］季振宜《季滄葦藏書目》，《續修四庫全書》本。

［清］陸心源《皕宋樓藏書志》，浙江古籍出版社 2016 年版。

［清］于敏中、彭元瑞等著，徐德明標點《天祿琳琅書目》《天祿琳琅書目後編》，《中國歷代書目題跋叢書》第二輯，上海古籍出版社 2007 年版。

［清］錢曾著，管庭芬、章鈺校證，余彥焱標點《讀書敏求記校證》，《中國歷代書目題跋叢書》第二輯，上海古籍出版社 2007 年版。

［清］錢曾撰，瞿鳳起編《虞山錢遵王藏書目錄彙編》，《中國歷代書目題跋叢書》第一輯，上海古籍出版社 2005 年版。

［清］瞿鏞編纂，瞿果行標點，瞿鳳起覆校《鐵琴銅劍樓藏書目錄》，上海古籍出版社 2000 年版。

［清］吳壽暘、郭立暄標點《拜經樓藏書題跋記》，《中國歷代書目題跋書刊》第二輯，上海古籍出版社 2007 年版。

［清］徐乾學《傳是樓書目》，《續修四庫全書》本。

［清］永瑢等《四庫全書總目》，中華書局 1995 年版。

［清］張金吾撰，馮惠民整理《愛日精廬藏書志》，中華書局 2012 年版。

崔建英輯訂，賈衛民、李曉亞參訂《明別集版本志》，中華書局 2006 年版。

胡旭《先唐別集敘錄》，中國社會科學出版社 2011 年版。

黃仁生《日本現藏稀見元明文集考證與提要》，嶽麓書社 2004 年版。

柯愈春《清人詩文集總目提要》，北京古籍出版社 2002 年版。

李國玲《宋僧著述考》，四川大學出版社 2007 年版。

李靈年、楊忠主編《清人別集總目》，安徽教育出版社 2000 年版。

繆荃孫、吳昌綬、董康《嘉業堂藏書志》，復旦大學出版社 1997 年版。

繆荃孫著,黄明、楊同甫標點《藝風藏書記》,《中國歷代書目題跋叢書》第二輯,上海古籍出版社 2007 年版。

萬曼《唐集叙録》,中華書局 1980 年版。

王重民《中國古籍善本書提要》,上海古籍出版社 1983 年版。

冼玉清《廣東釋道著述考》,見《冼玉清文集》,中山大學出版社 1995 年版。

袁行雲《清人詩集叙録》,文化藝術出版社 1994 年版。

雲南省圖書館編《雲南歷代僧人著述考略》,雲南美術出版社 2007 年版。

張元濟《涵芬樓燼餘書録》,商務印書館 2018 年版。

祝尚書《宋人別集叙録》,中華書局 1999 年版。

祝尚書《宋人總集叙録》,中華書局 2004 年版。

後　記

　　這部書稿，是我主持的 2014 年國家社科基金一般項目"歷代釋家別集叙録"的最終成果。嚴格説來，這項研究最早始於本世紀初我在中山大學跟隨黄天驥先生攻讀博士學位時。天驥師不僅指明了我的研究方嚮，還授以取徑目録、版本、校勘的治學方法，使我受益終生。在後來的學習和工作中，凡經眼一種釋家別集，我都盡可能地查考書志，辨明其成書過程、版本流變，記録行款、牌記和印章，摘録序跋和作品，銖積寸累，遂成此稿。

　　古今書志，大多簡明扼要，行文省净。拙稿則不避繁瑣，大量移録序跋，有的篇目甚至長達六千餘言。這一方面是深受了冼玉清先生《廣東釋道著述考》的影響，另一方面則因爲釋家別集查找不易，意在提供給學者更多的資料參考。另外，我原本打算考録所有存世的釋家別集，但還有數十種無緣經眼，這個遺憾，只待來日彌補。

　　拙稿作爲課題的最終成果，有幸得到了五位匿名評審專家的好評，鑒定等級爲優秀。有專家認爲"這是近年文獻研究、文學研究乃至佛教研究中的顯著成果，對推動相關學術領域的研究有重要作用"。不過我深知，這只是對我歷年孜孜以求的鼓勵，拙稿實難副此殊譽，無論是編撰體例、版本考定、持論的客觀性，還是標點和行文，都存在很多問題。懇請方家不吝賜教，匡我錯謬。

　　拙稿的寫作和出版，得到了衆多師友的支持。武漢大學陳文新教授是我的博士後合作導師，見我華髮早生，艱辛倍於常人，總是想方設法地予以幫助,細緻地指導了我的每一項研究計劃。台北"中研院"廖肇亨教授是明清釋家文學研究的拓荒者,給了我很多必要的幫助,並慨然賜序,令拙稿增色不少。廣東中山圖書館林蔭研究員、中山大學圖書館李福標教授、山西大學張立榮教授爲我影印了數種釋家別集,使我省却了很多舟車勞頓。王彦明、祝童、張子川、張立彬、朱瓅、付怡、陳琦等同學不僅幫我整理資料、校對原文,還提出了諸多疑義,使我真正體會了教學相長的樂趣。拙稿的出版,還得到了江西師範大學文學院的資助。若没有這些師友的無私襄助,書稿的質量肯定會大受影響。在此,一并表示衷心的謝忱!

　　廿載光陰,"如夢幻泡影,如露亦如電",倏忽而過。我資質駑鈍,鮮有慧性,無法參透"無我相,無人相,無衆生相,無壽者相"的究竟義。那些逝去的人事,歷歷在目,焉有消散無存之理? 先母慈藹的笑容,先岳父悠揚的琴聲,先師良運的諄諄教誨,每在我焦慮、懈怠之時,總會躍然腦海,給我以無邊的寧静和毅力。人生一世,幻有幻無,若雪泥鴻爪,又似紅爐飛雪。拙稿見證了我廿年問學的甘苦,對於個人而言,敝帚自當珍重;但對於萬法而言,不過徒增大海一浮漚、空中一微塵而已。讀者諸君,棄之可,作醬瓿覆亦無不可。

2021 年 8 月 30 日南昌艾溪湖畔